2019
Ranking of Chinese Novels 2019

中国小说排行榜

中国小说学会　编选
中国兴化市委宣传部　承办

Novel

Novelle

Short story

Web fiction

作家出版社

中国小说学会2019年度小说排行榜评委会

评委会名誉主任：

冯骥才（天津）中国文联副主席 中国小说学会名誉会长

评委会主任：

吴义勤（北京）中国作家协会

评委会副主任：

赵利民（天津）教授　　汪　政（江苏）评论家

特邀评委：

陈骏涛（北京）评论家　　陈公仲（江西）教授

夏康达（天津）教授　　李　星（陕西）评论家

评委会成员（以姓氏笔画为序）：

王　干（北京）评论家	王　侃（浙江）教　授	王　祥（北京）教　授
王春林（山西）教　授	王达敏（安徽）教　授	文　欢（北京）编　辑
卢　翎（天津）教　授	毕光明（海南）教　授	朱小如（上海）评论家
刘阶耳（山西）教　授	江　冰（广东）教　授	安殿荣（北京）评论家
李国平（陕西）评论家	杨剑龙（上海）教　授	肖惊鸿（北京）评论家
宋　嵩（北京）评论家	何向阳（北京）评论家	张元珂（北京）评论家
邵燕君（北京）教　授	林　霆（天津）教　授	单小曦（浙江）教　授
房　伟（江苏）教　授	施战军（北京）评论家	段守新（天津）评论家
夏　烈（浙江）教　授	郭宝亮（河北）教　授	黄万华（山东）教　授
桫　椤（河北）评论家	崔庆蕾（北京）评论家	续小强（山西）评论家
谢有顺（广东）教　授	颜　敏（江西）教　授	藏　策（天津）评论家

2019中国小说学会排行榜

短篇小说排行榜

1	《吴菲和吴芳姨妈》	叶兆言	《青年作家》2019年第7期
2	《炖马靴》	迟子建	《钟山》2019年第1期
3	《火车》	宁 肯	《收获》2019年第5期
4	《芥子客栈》	艾 玛	《中国作家》2019年第3期
5	《铁屑》	安 勇	《鸭绿江》2019年第5期
6	《昧火》	渡 澜	《人民文学》2019年第11期
7	《城北急救中》	修新羽	《花城》2019年第1期
8	《扯票》	刘荣书	《民族文学》2019年第9期
9	《雪从南方来》	张惠雯	《人民文学》2019年第4期
10	《苟滑脱逃》	朱山坡	《青年文学》2019年第1期

中篇小说排行榜

1	《生死恋》	王 蒙	《人民文学》2019年第1期
2	《青霉素》	尹学芸	《收获》2019年第3期
3	《基因的秘密》	姚鄂梅	《上海文学》2019年第1期
4	《或有故事曾经发生》	鲁 敏	《十月》2019年第3期
5	《橡皮擦》	范 稳	《收获》2019年第2期
6	《开屏术》	田 耳	《钟山》2019年第4期

7	《长夜行》	常小琥	《上海文学》2019年第3期
8	《筷子扎根》	孙春平	《民族文学》2019年8期
9	《猪嗷嗷叫》	李司平	《中国作家》2019年第5期
10	《风烈》	杜　斌	《黄河》2019年第2期

长篇小说排行榜

1	《云中记》	阿　来	北京十月文艺出版社2019年4月
2	《人，或所有的士兵》	邓一光	四川人民出版社2019年7月
3	《他乡》	付秀莹	北京十月文艺出版社2019年8月
4	《人生海海》	麦　家	北京十月文艺出版社2019年4月
5	《森林沉默》	陈应松	《钟山》2019年第3期

网络小说排行榜

1	《魔力工业时代》	二　目	起点中文网
2	《宰执天下》	cuslaa	纵横中文网
3	《天道图书馆》	横扫天涯	起点中文网
4	《牧神记》	宅　猪	起点中文网
5	《天才基本法》	长　洱	晋江文学城
6	《十三行》	阿　菩	阿里文学
7	《我的1979》	争斤论两花花帽	起点中文网
8	《好想住你隔壁》	叶非夜	云起书院
9	《昆仑侠》	骁骑校	17K小说网
10	《谋断九州》	冰临神下	起点中文网

目 录

长篇小说评论

网络小说评论

短篇小说及评论

序 言

勾画生活与人性的不同侧面

毕光明

世间事物千差万别，人的生活以及在生活中表现出来的人性也有着不同的侧面。世界、人、生活和人性的丰富性与复杂性，决定了一个时代的小说创作所触及、摄取和勾画的，会是生活或人性的不同侧面。2019年的短篇小说因之呈现为丰富的存在，仅从小说学会排行榜作品来看，不同年龄段、不同资历的作家，根据各自对生活与人的观察、理解和想象，描绘出了历史和现实中生活的或奇崛或灰暗的样态，人性的或闪光或鄙陋的面相。

21世纪以来，让短篇小说始终保持在较高艺术水准上的，还是一批20世纪80年代即已成名的作家，2019年也不例外。叶兆言的《吴菲和吴芳姨妈》和迟子建的《炖马靴》，无论是在命意的独到，还是在叙事的成熟上，都体现了名家经久不衰的创造力。《吴菲和吴芳姨妈》写一对双胞胎姐妹从小到大揪扯而造成的一生恩怨，暴露出人性中鄙俗的一面。吴菲和吴芳不仅相貌相似，更有着相近的心性和性格。姐妹俩虽然血脉相连，但"一生都在和对方过不去，从小开始争夺食物，争夺父母宠爱，争夺别人关注，争夺男孩子"，争夺的结果是谁都没有得到真正的幸福。正因为相似，与其说她俩跟对方相争，莫如说跟镜子中的自己在争夺，与其说争夺是双胞胎姐妹的个性，不如说自私是人的共同本性。

《炖马靴》展现了人性中不无温暖的一面。主人公"父亲"是东北抗日联军一支小分队里的伙夫，一次参加夜袭日军驻地的战斗，行动失败后分散撤逃，遭到一名日本兵的追击。在双方周旋和战斗的路上，有狼出现并相随。尘埃落定后，"父亲"发现了濒死的日本兵对害怕死后被狼吃掉的极度恐惧和求救的眼神，并从死去的敌人身上发现了他珍藏着的恋人的照片。"父亲"还发现，跟随他的两只狼，原来是他救助过的瞎眼母狼和它的儿子，母狼是带着下一代来给他报恩的。这个由人与人、人与兽双重关系嵌套起来的故事，印证了行善得好报的古训，更讴歌了人的善良、怜悯心和同情心这些最可贵的品性。

宁肯的《火车》也是从历史的深处去寻找人身上与生俱来的秉性。故事发生在20世纪70年代，主人公是一群大人无暇顾及的大杂院少年。在荒凉的年代里，缺少生存的物质，也缺少爱，北京城南郊区的盛大的铁路货车站，才是他们的乐园。一次正在尾车上玩扑克时，火车突然开动，他们中唯一的女孩小芹未能跟着一起跳车而被火车带走。事故发生后，这几个同伴竟然相约撒谎，欺骗大人。小芹失踪一年零五个月后归来，已经变了样子，而她失踪期间究竟去了哪里成了无法解开的谜团。小说以侏儒为叙事视角，凸显了成长少年身上的本能萌动和逃避责任这一人性的原罪。

同样以未成年人为书写对象的《扯票》是河北作家刘荣书的又一力作。"扯票"在冀东方言里意为撒谎。小女孩是个留守儿童，跟着爷爷在农村生活，这个孩子很聪明，但很喜欢撒谎，一对捡垃圾的夫妇听信了她的谎言而将其收养。这一去就是三年，女孩差点从此再也找不到自己的父亲。与之相比，安勇的《铁屑》是让成人来承受时代所予的生存重负的。下岗工人老姑夫为了挣钱养家而一度失踪，归来之后对自己失踪之谜的解释虚虚实实，哪一种可能性都存在，而无论是哪一种都让人震惊。对于这代人来说，历史是光荣的，但留下的何尝不是创伤。

切入现实而又着眼于边缘环境里人的生存状态及精神状况，本来就是短篇小说的特长。"90后"作家修新羽的《城北急救中》写今日城市青年一族的生存窘境，让人更真切地感受到物质化时代的生活氛围。租住在城北急救中心对面的两个大学毕业生，他们的生活与情感始终在危机中摇晃，但唯其经过了危机的考验，差点失去的"心"可望找回。艾玛的《芥子客栈》是一篇向金庸致敬的小说。客栈往往是江湖的一角，寡妇小万也许只是打算经营一份与世无争的生活，但爱情找上了她，武林旧怨也找上了她。小万接受寻仇者的挑战，与之在深夜的海边过招，用父亲教给她的绝技打败了对方，堪称神奇。朱山坡的《苟滑脱逃》的主角是小偷。苟家三代都靠当扒手为生，且在蛋镇上垄断了这一行当。小偷固然可恶，但盗亦有道，苟滑始终恪守着行窃的规则，这无疑是对现实的一个讽刺。苟滑对电影情有独钟，并能神奇地从银幕上逃离，又从银幕中归来。发迹后的苟滑，并未提高他在小镇人心目中的地位，意味着人心是一个恒定的道德尺度。

此外，张惠雯的《雪从南方来》讲述了一个血缘亲情与爱情相冲突的故事。父母离异，与父亲相依为命的12岁女儿担心新来的女人会夺去父亲的爱，用谎言迫使父亲分手，从此再无幸福。毁掉他人生的是女儿的自私和嫉妒，也是他自己的偏心和害怕麻烦，说明人的心理天平在亲情与爱情之间总是失衡的。2019年的小说界，年轻作者渡澜的出现是一道奇幻的光亮。这位19岁的蒙古族女大学生，以她的《昧火》在缠绵于历史与现实的短篇小说之外烧出了一片异彩。小说故事令人惊恐：羊肚子里剖出了婴儿，女孩甘狄克执意收养他，给他取名为"嘎乐"（火），为了保护嘎乐，她逃进了森林，最后遭到发疯般拥来灭火的村民的踩踏。小说的魔幻想象接通了原始思维，似乎要在人的世界里燃亮生命的火苗。

吴菲和吴芳姨妈

叶兆言

　　杨小玲九岁，父亲带她到南京见过一次吴菲和吴芳姨妈。当时到处都挖防空洞，南京城很混乱。父亲跟人借了一辆自行车，驮着杨小玲先去吴芳姨妈家，然后又去吴菲姨妈家。

　　杨小玲印象中，四十岁的吴菲和吴芳姨妈，仿佛同一个人。长得太像，离开这个姨妈到那个姨妈家，杨小玲被双胞胎姨妈的相似程度惊得目瞪口呆。天哪，怎么会这么一模一样，外表衣着，脸部表情，说话声音，根本没差别。

　　两位姨妈都没留吃饭，也不沏茶，结果父女俩只好到商店里买两个油球充饥。南京特有的一种食物，很像一个握起来的拳头，有豆沙馅，用油炸过，非常管饱。杨小玲母亲为此一直耿耿于怀，自己丈夫带着女儿辛辛苦苦大老远去送虾籽鲞鱼，吴菲和吴芳姨妈也太不拿别人当外人，太不讲客套，她们表现得太冷淡。

　　虾籽鲞鱼是苏州特产，杨小玲清楚地记得，外婆专门去酱菜店讨了干荷叶，用纸绳子细心包扎。外婆说，她两个侄女和她哥哥一样，最喜欢吃采芝斋的虾籽鲞鱼。外婆是吴菲和吴芳姨妈的嫡亲姑妈，杨小玲母亲与双胞胎姨妈是表姐妹，年纪差不多，童年和少年都是在四川成都度过。那时候正好抗战，她们一起在池塘里游泳，一起叫喊着跑空袭警报，一起钻防空洞，一起学骑自行车。

　　杨小玲的外公与双胞胎姨妈的父亲，也就是杨小玲的舅公是同事，都是农民银行职员。说起来应该比较亲近，尤其在四川的那段日子，两家就隔着一堵墙。杨小玲母亲与吴菲和吴芳是同学，先在同一个小学，后来又同一个中学。三人有过一张穿童子军校服的合影，有人说她们长得像三胞胎。

　　自从杨小玲父女在南京遭遇了冷淡，杨小玲母亲便不太愿意在女儿面前提起这两位姨妈。外婆有时候还会念叨几句，说双胞胎侄女打小就一直闹别扭，自从出生，一直在互相捣蛋。

　　"我嫂子那时候真不容易，双胞胎就没办法喂奶，喂这个，那个拼命哭；喂那个，这个又像要杀了她一样，一个劲地死号。索性都不喂，倒也就太平老实了。"

　　外婆的描述中，杨小玲有个印象特别深刻，吴菲和吴芳姨妈永远在闹别扭，一别扭就互相不说话，父母关照什么事，让这位喊那位吃饭，让那位喊这位做功课，其中一个便会以"我现在不跟她说话"为理由，予以拒绝。杨小玲的舅公和舅婆因此很生气，生气也没用，双胞胎脾气都倔，都不怕挨骂，宁愿挨打，也绝不让步，不说话就是不说话，坚决不说。

当时的农民银行职员中，还有一家也有双胞胎，那家是两个男孩子，平时也吵闹，也打架，不过兄弟姐妹有矛盾，他们通常会站在一边，一致对外。外婆说她哥哥家的问题是孩子太少，还有个弟弟，老实巴交总被两位姐姐欺负。外婆的哥哥喜欢女孩子，吴菲和吴芳姨妈自小就被宠得不行。

外婆说来说去，必定要表达这样一层意思："我这俩宝贝侄女，天生一对冤家。"

吴菲和吴芳姨妈属于那种极其相似的孪生姐妹，为了有点区别，父母故意让她们穿不一样的衣服、穿不一样的鞋，甚至留不一样的头发，可是这都没用，她们不仅长得太像，关键是神态也没区别。实在太相似了，不要说别人会弄错，就连她们的父母、她们的弟弟，也经常被弄迷糊。

杨小玲母亲开始上中学，她与吴芳一个班，吴菲在另一个班。初二的时候，比她们高一级的初三（2）班，有位大官僚的公子哥叫姚谦，他有辆老牌的英国凤头牌自行车，天天骑车来上学。姚谦父亲不仅是国民政府的高官，而且是农民银行的监察和董事、杨小玲外公和舅公的上司。杨小玲舅公是银行的处长，有一天，他做东请这位上司一家吃饭，杨小玲外公作陪。姚谦也跟着父亲来了，大人们在一起说话，他便在门前的小操场上教三个女孩子骑车。

杨小玲母亲学得最快，她很快学会了骑自行车。学得最慢的是吴菲，那一阵为学习骑自行车，三个女孩经常与姚谦在一起。姚谦也喜欢跟她们玩，一有时间，便会主动过来找她们。吴菲和吴芳都觉得姚谦这个大男孩挺可爱，都觉得他有点喜欢自己，在姚谦面前都是尽量保持克制，姐妹俩平时一碰就吵架，就相互不说话，只有在那段时间，才很难得地和平相处。姚谦确实喜欢她们，双胞胎姐妹很漂亮，长得又是那么相像，很难分清楚，他弄不太明白自己到底是喜欢谁。

吴菲和吴芳姨妈和平相处的时间并不长久，很快又出现裂痕。放假，姚谦和大家约好，到时候一起去学校操场上练习自行车。没想到本来说好上午来，结果有事耽误，拖到下午才过来。他来的时候，吴菲正好在杨小玲母亲家玩，姚谦来了，先解释自己上午为什么不能赴约，又喊她们一起去骑车，并且问吴芳到哪儿去了。吴菲随口来了一句，说吴芳肚子疼，在家睡觉呢。

于是就三个人一起去骑自行车，没喊吴芳，姚谦也没多想，没想到吴芳会很生气，会因此非常生气。事实上，吴芳此时正待在家里看书，看法国作家纪德的小说《田园交响曲》。她并没觉得这本小说有多好看，只是觉得无聊，只是因为语文老师说纪德是一位非常好的法国作家，比巴尔扎克还好。

吴芳没想到姚谦会不喊她，没想到事情会这样。其实他推着自行车过来，吴芳已看见他往姑姑家那边去了，看见他进了杨小玲母亲家。出于女孩子的矜持，吴芳没好意思主动迎出来，毕竟她们家与姑姑家只隔着一堵墙。她相信，如果要出去骑自行车，姚谦一定会喊她一声，会喊她一起去。她甚至能够听见姑姑家那面隐隐的说话声，只是听不清在说什么。后来声音没有了，吴芳看见他们走了出来，也没喊她，竟然是径直走了。

这件事情弄得三个女孩子鸡飞狗跳，等到吴芳清醒过来，人家压根没准备喊她，压根不打算喊她，她后悔已经来不及。眼看着他们越走越远，吴芳开始生气，生了一会儿气，她决定去学校找他们，她决定要问问姚谦，问问明白，为什么他不喊上自己，为什么就这么走了。结果到学校门口，她改变了主意，学校并没有围墙，远远地，她看见杨小玲母亲正在操场上骑自行车兜圈子，吴菲和姚谦则坐在双杠上说话，一边说一边笑。

杨小玲母亲后来只不过是实话实说。吴芳质问她："你们为什么不喊上我？"她如实地告诉吴芳，是吴菲说她肚子疼。吴芳立刻咬牙切齿，立刻暴跳如雷，立刻明白是吴菲在暗中捣鬼。双胞胎姐妹终于为此大吵了一场，很长时间又是不再说话，又变成了仇敌。杨小玲母亲还把吴菲也给得罪了，吴菲觉得她不应该从中做小人，挑拨是非，不应该在中间传话。

吴菲说："你明知道吴芳气量小，为什么还要把这话告诉她？"

"这话本来就是你说的，"杨小玲母亲十分委屈，也开始较真，"你说吴芳的肚子疼，说得跟真的一样，我妈和姚谦都听见了。"

多少年以后，杨小玲母亲告诉杨小玲，当时她已意识吴菲姐妹都喜欢姚谦。毫无疑问，吴菲和吴芳姨妈爱上了姚谦，她们为了他争风吃醋。姚谦是个很讨女孩子喜欢的大男孩，个子高高的，很结实，很英俊，皮肤也白。杨小玲曾经问她母亲，是不是和两位姨妈一样，也有点喜欢这个叫姚谦的男人。杨小玲母亲顿时脸红了，红得很厉害，说："我没有，真没有，我那时候什么都不懂。"杨小玲笑着说："喜欢不喜欢一个人，这跟懂不懂没关系，该喜欢就是喜欢，你用不着不好意思。"

姚谦很快就报名去军校当兵，那时候，抗战都快结束了，前方战事却依然很吃紧。他毕竟是个热血青年，家里想阻拦也拦不住。在军校读书，还没毕业，没来得及上前线，抗战突然胜利了。大后方难民开始返回南京，杨小玲母亲一家是坐船回来，那船很慢，前后走了差不多一个月时间。吴菲和吴芳姨妈家先走了一步，与姚谦一家坐着财政部包机返回南京，他们的父亲公务在身。

姚谦不久也转了学校，进了"中央大学"历史系，像他这种官僚子弟，自然想到哪去哪。再后来，他变成了进步青年，两位姨妈也开始上大学，也思想进步。吴菲读的是金陵大学，学医；吴芳是金陵女子学院，学习家政。有一段时候，姚谦和共产党的地下组织走得很近，不止一次差点被抓。他是公子哥儿，仗着有背景有后台，平时大大咧咧，有点玩世不恭，父母和官家都拿他没办法。

刚回南京，姚谦与吴菲姐妹还有来往，渐渐地就不怎么见面了。国民党退去台湾前，他带着自己女友去吴菲姐妹家做过一次客。姚谦的女友也是一名国民党高级官员子女，也是进步青年，跟共产党走得更近，已经是一名地下党员。她显然没有吴菲姐妹漂亮，性格很开朗，说话同样大大咧咧，大家一起聊天，百无禁忌，立刻就熟悉起来。

女友说："我听姚谦说过，他说你们姐妹，都喜欢跟他玩，老是为了他吵架。"

姚谦连忙解释说："不，不是这样，应该说是我喜欢跟她们玩。"

"就是你说的，你还说她们喜欢你，你就是这样说的。"

女友不肯放过姚谦，笑着继续出卖他，继续拿他开涮。这时候，吴菲姐妹也难得保持一致，异口同声地要姚谦老实交代，必须老实交代，他是不是真喜欢过她们。姚谦被逼得没有退路，只好承认自己确实是喜欢过她们。都这么说了，大家还是不肯放过他，还要继续逼，非要他说出双胞胎姐妹中，到底是喜欢哪一个，是吴菲，还是吴芳。

姚谦真的是被逼急了，最后只能对女友说一句老实话："她们两个长得太像了，我是真分辨不出来。"

这以后，姚谦的全家去了台湾，只有他没走，留在了大陆。人民解放军进入南京，姚谦参军，随军继续南下，去了福建。再以后，参加抗美援朝，赴朝作战，在第四次战役中失踪，被列入了阵亡者名单。由于在大陆没别的亲属，烈士证书便寄到了那位女友手里。消息传开，吴菲正好刚结婚，正好是在蜜月里，这消息让她大吃一惊。因为有了那张烈士证书，所有的人都对姚谦的牺牲深信不疑。

姚谦的女友几年后，才和一位转业的志愿军军官结婚。为此她一直很内疚，觉得姚谦当初是为了自己，才选择留在南京，参军也是因为得到了她的鼓励。如果他不选择留下来，如果不是为了积极向上，为了进步，他可能就不会牺牲在朝鲜战场上。1957年，姚谦的这位女友心直口快，发表了不当言论，被打成右派，下放劳改，最终自杀。她的老父亲没有追随国民党去台湾，女儿的事让他非常伤心，又无可奈何，就在女儿遭遇不幸的第二年，一场并不严重的伤风感冒，夺走了他的生命。

出乎大家意外，姚谦并没有死，并没有牺牲在朝鲜战场上。三十多年后，1985年秋天，他又一次神气活现地出现在南京城里。这时候，他的身份是一名侨居巴黎的爱国华侨，来到这个城市是考察投资，已经去过上海北京，去过深圳广州，最终还是选择了南京。姚谦住进了金陵饭店，这个饭店在当时赫赫有名，颇有几分神秘色彩，有着国内第一高楼之美誉，衣冠不整恕不接待，住宿要花九十美元一晚，只能使用外币兑换券。他不仅住在这里，还在顶层的璇宫，宴请了吴菲姐妹。

真相一点都不复杂，在当年的战场上，姚谦所在的部队全军覆没，很多人牺牲了，活着的都成了俘虏。他被送进了战俘营。战后，姚谦选择去台湾地区，原因很简单，身边很多人都做了这样的选择。

姚谦到了台湾地区，大多数战俘被留在军方继续服役，特殊的家庭背景，让姚谦有机会选择再次读书。他又一次和家人团聚，并且选择了到美国读书，大学毕业，他没有回台湾地区，而是成为台湾地区驻法国代表处的工作人员。

这以后，姚谦选择了经商，赚了不少钱。他成了一名不折不扣的商人，在商场上跌宕起伏几十年，终于事业有成，家庭幸福美满。这一切可以说是始料不及，姚谦给吴菲和吴芳姨妈看自己与妻子的合影，看他子女的照片。这是一次非常难得的聚会，两位姨妈已很多年不来往。吴芳问他知道不知道前女友的事，知道不知道这个不幸的女人已经自杀了，姚谦听了，怔了一下，叹了口气说："我在台湾听说过这事，没想到会是真的。"

姚谦显然知道这件事，显然对这个话题不想多说，不仅不想说前女友，对怀旧也毫无兴趣。吴菲姐妹提到了杨小玲母亲，问他还能不能记得当年大家一起骑自行车，姚谦又是一怔，想了一会儿，淡淡地来了一句："当然记得，那个女孩叫什么来着，我记得她家就在你们家隔壁。"

吴芳丈夫钱先生最初是吴菲的男友，也曾经是吴菲的同事。吴芳大学毕业，先在民政局找了一份工作。吴菲带着自己的同事兼男友钱先生回家见父母，这个钱先生是内科医生，来了就过问杨小玲舅婆的老慢支，就给老人治病，深得老太太喜欢。

钱先生成了吴家的女婿，他怎么就从吴菲姨妈男友变成吴芳姨妈丈夫，说起来太过传奇。然而这个故事从杨小玲母亲嘴里说出来，并不会觉得稀奇古怪。说到这，必须解释一下，杨小玲母亲就是我的老岳母。真也好，假也罢，事实上，我对吴菲和吴芳两位姨妈的最初印象，也正是从姐妹易嫁开始的。说起来，非常像三流小说中的情节，可惜这个离奇故事，经过我老岳母的叙述，一点也不复杂，一点也不精彩。

"她们一辈子都在吵，都在争，只要是个东西，不管好坏，总是要争的，什么都争，她们两个争男朋友，很正常。"

自从杨小玲成为我的妻子，两位姨妈的故事，开始陆续传进我耳朵。按照老岳母的说法，她们一生都在和对方过不去，从小开始争夺食物，争夺父母宠爱，争夺别人关注，争夺男孩子。

1949 年以后，杨小玲家与吴菲和吴芳姨妈来往越来越少。最重要原因，杨家离开南京去了老家苏州。次要原因，杨小玲外婆过世了，大家在感情上变得可有可无，若即若离，也不太想主动联系。杨小玲父女送虾籽鲞鱼遭到冷遇，给了杨家一个很好的借口，杨小玲外婆在世，还会念叨哥哥嫂嫂，念叨她的两个双胞胎侄女，可是杨小玲母亲在心里却始终有疙瘩，一直不肯原谅，她不能原谅她们那样对待自己的丈夫和女儿。觉得不应该这样看不起人，吴家一直都比杨家有钱，杨小玲舅婆比较小气，不仅小气，而且多疑，两家交往中，都是杨小玲外婆在给吴家送东西，买这买那，讨好吴家姐妹。来而不往非礼也。

杨小玲受母亲影响，对两位姨妈印象十分模糊，唯一印象就是那次送虾籽鲞鱼，两位姨妈太像了，仿佛一个模子制造出来。她并不觉得当年的冷遇有多严重，也不明白自己母亲为什么那么在乎。因为实在是不了解，知道得太少，杨小玲说起两位姨妈更不靠谱，她对她们的叙述，来龙去脉都是乱的：

"钱先生是吴菲姨妈的男友，后来成了吴芳姨妈的老公。"

"吴芳姨妈退休前，在一个中学当副校长。"

"吴菲姨妈的工厂很大，有幼儿园，有电影院，有游泳池，是个军工厂。"

"吴菲和吴芳姨妈平时根本就不来往……"

杨小玲从苏州调来南京定居，我们有了孩子，几次搬家，曾经有一段时候，住的地方就在吴芳姨妈的学校对面。她跟我说起过这对双胞胎姨妈，也是说说而已。那时候，吴芳姨妈很可能已经从这所中学退休，即使没退休，我们也没打算主动去找。进入新世纪，女儿已考上大学，非常偶然的机会，我们发现女儿中学的物理老师，竟然是吴芳姨妈的女儿钱红梅。

于是开始叙旧，套近乎，你来我往互通情报，一些原本很模糊的事，连不起来的琐碎细节，渐渐有了头绪，变得清晰。说起来，杨小玲母亲，也就是我老岳母，与吴菲和吴芳姨妈还算是比较亲，她们是姑表姐妹，到杨小玲和钱红梅这一代，显然要更远一层。然而因为女儿在钱红梅所在的学校读过书，一下子就变得亲近起来。杨小玲觉得太可惜，女儿都已经考完大学，这一层亲戚关系才被发现。

钱红梅离过婚，没孩子，快五十岁了，突然下决心要嫁到法国去。说起来足够荒唐，荒唐得让人难以置信。她突然辞了职，嫁了一个很有钱的老头，这个老头就是已快八十岁的姚谦。姚谦晚年定居法国，三年前，他的太太死了，儿女都没时间管他，现在很需要一个人照顾，结果就选择了钱红梅。钱红梅脑袋一热，居然也答应了，为这事，吴芳姨妈一度气得要和女儿断绝关系。

杨小玲去法国旅游，曾在钱红梅家住过一晚。一转眼，钱红梅在法国也待了好几年，风烛残年的姚谦，这时候完全离不开钱红梅，好在家里还有一名越南女佣，帮着一起料理。虽然只是住一晚上，她们聊了许多私房话，互通了太多情报。杨小玲告诉钱红梅，自己九岁时如何去她家送鲞鱼，怎么被她母亲和吴菲姨妈的长相所震撼，说自己母亲为了两位姨妈不管饭，如何耿耿于怀。

钱红梅则说自己也是到读中学，才第一次知道还有个双胞胎姨妈。她说："我当时的那个感觉，肯定要比你更震撼，等于是突然发现自己还有一个妈，她们确实太像了，什么都像，你想想，这有多吓人！"钱红梅告诉杨小玲，后来又发现了更吓人的事，她发现父亲钱先生竟然是吴菲姨妈的前男友。有一天，吴芳姨妈与钱先生急眼了，气急败坏，恶狠狠地来了一句：

"这么多年了，你心里是不是一直放不下吴菲！"

钱先生也急了，说："你别瞎说。"

吴芳说："我瞎说什么，我是不是瞎说，你自己心里明白。"

钱红梅说她在一开始，并不明白这段对话的潜台词。那时候她刚上大学，刚谈恋爱，一直只是把这事埋在心里。直到自己离了婚，终于有机会与钱先生讨论这事。钱红梅直截了当，说："爸，你就跟我说真话，你们真的谈过恋爱吗？"钱先生没有否认，钱先生说："我确实犯过糊涂，不过和你妈以后，我确实是只喜欢你妈一个人。"钱红梅问他跟吴菲姨妈有没有过什么亲密接触，有没有那个。钱先生诅咒发誓，说拉手什么的有过，搂搂抱抱也有过，其他绝对没有。

钱先生说："我们那年代的人，纯洁得很。"

"那你怎么把我妈弄到手的？"

钱先生没有如实回答，话题扯开了，只承认这么一个事实，他当初确实被钱红梅她妈挖了墙脚。

说起吴菲和吴芳姨妈，相对更熟悉的是吴菲姨妈。这和钱红梅的千叮万嘱有关，多少年来，我们与两位姨妈一直没有联系。自从杨小玲与钱红梅在法国巴黎有了那次长谈，无形中多了一件事，逢年过节，杨小玲总会拉我一起去养老院看望吴菲姨妈。杨小玲说："既然答应了钱红梅，我就应该说话算话。"

吴菲姨妈在养老院已住了很多年，与钱红梅一样，也是结过婚，没孩子，然后又离了。与吴芳姨妈相比，她的一生似乎要更孤独一些。钱红梅告诉杨小玲，自从嫁到巴黎，寂寞时常会想到这位姨妈，吴菲姨妈就像是她母亲的影子，或者说更像她钱红梅，注定会成为孤魂野鬼：

"我妈还有我爸，还有我，吴菲姨妈呢，她什么都没有。"

钱红梅说自己每次回国，都会去看望吴菲姨妈，就算是人在法国，也时不时会跟她通个电话。不管怎么说，吴菲和吴芳姨妈都不应该这样，她们血脉相连，不应该这样一辈子敌对。钱红梅告诉杨小玲，吴芳姨妈患过癌症，是淋巴癌，一直是病歪歪的，有一段时间，她特别担心自己母亲会不久于人世。钱红梅属于那种什么话都能说出口的人，什么话都敢说，她说："我妈要是真没了，我就把我爸也送到养老院去，让他和吴菲姨妈在一起，让他们两个老情人鸳梦重温。"

钱红梅希望杨小玲能代替她，经常去看一眼这位孤独的吴菲姨妈。她告诉杨小玲，吴菲姨妈的性格跟她妈一样古怪，一开始，她并不容易亲近，显然不太喜欢钱红梅，但是渐渐地，就把她看作是自己女儿。吴菲姨妈曾经告诉钱红梅，有时候她也觉得自己跟吴芳姨妈就好像是同一个人，吴芳做过的事，她同样也会去做。如果钱先生当年是吴芳的男友，她很可能一样也会去挖墙脚，也会把他夺过来占为己有。吴菲姨妈说："你爸算不上什么优秀男人，他和姚谦不一样，当初我们根本不值得为了他争来争去。"

吴菲姨妈走得很突然，大家都没想到先走的会是她，我们在养老院留了电话号码，因此报丧电话是直接打给杨小玲的。然后就是杨小玲和钱红梅互相通电话，你打过来，我打过去，商量这商量那，没完没了。好在有互联网，电话沟通也方便。跟养老院讨论，商量处理后事，什么样的规格，大概花多少钱。很快一切安排妥当，这期间，又商量如何通知钱红梅父母，钱红梅说，她一定要说服他们去见吴菲姨妈最后一面。

终于在电话里都谈清楚，养老院那边负责一条龙服务，布置灵堂，安排花篮花圈，举行告别仪式，最后送火葬场。钱红梅显然不能从巴黎赶过来，因为那边姚谦的状况也很不妙，随时都可能出现大问题。好在钱红梅的父母也搞定了，钱红梅已经做好思想工作，我们要做的，就是开车去接吴芳姨妈和钱先生，陪他们一起去养老院。

吴菲姨妈躺在鲜花丛中，告别仪式开始前，吴芳姨妈和钱先生在灵堂休息。杨小玲有不少事急着处理，我便在灵堂陪他们。吴芳姨妈很少说话，一直在沉默，钱先生时不时找话跟我聊天，知道我是位作家，问最近在写什么，有没有作品被改编成影视，又说最近正热播的一部电视剧很好看。吴菲姨妈没别的亲人，过来告别送终的只有我们。对了，还有吴菲姨妈单位的工会代表，过来看了一眼，匆匆留点钱就走了。

当时最奇怪的感觉是，有点不知所措，我突然明白九岁的杨小玲初次见到两位姨妈时的感受，她们到了生命的尽头，虽然穿的衣服不一样，仍然还是那样相像，太像了，仍然还是像一个人。这种感觉真是太奇特了，我一边喝水，一边坐在那与吴芳姨妈和钱先生敷衍，脑海里胡思乱想。细思恐极，因为太像，面前的这位姨妈，仿佛是另一位姨妈正在从鲜花丛中走出来。告别仪式终于开始，养老院中平时与吴菲姨妈有交往的老人、医生、护士和护工，都来了，有的还坐着轮椅，他们都是第一次见到吴芳姨妈，都忍不住要偷眼看她。

告别仪式结束，吴菲姨妈的尸体被送往火葬场。整个过程都被杨小玲用手机拍摄下来，准备发给钱红梅。接下来送吴芳姨妈和钱先生回家，一路上，大家有一句没一句地说话。杨小玲在开车，跟他们聊钱红梅，说她们在巴黎的交往。吴芳姨妈害怕晕车，坐在前排，对杨小玲的话不感兴趣。快到目的地，吴芳姨妈突然回过头，质问坐在后排的钱先生，她说："我一直都在想，都在琢磨，当初我们要是没走到一起，会怎么样，要是你和吴菲在一起，又会怎么样。"

吴芳姨妈说："今天躺那的，很可能就应该是我，老钱你说对不对，是不是这样？"

钱先生没想到她会这样问，一时间，也不知道应该如何回答。

孪生姐妹的"戏剧"人生
——评《吴菲和吴芳姨妈》

汪 政

  叶兆言的《吴菲和吴芳姨妈》虽然只是一个短篇，但内容却很丰富。小说的故事时间居然前后几十年，从民国、抗日一直写到当下。在短篇小说中，这样的构思应该说还是比较少见的。故事时间有时就是个容器，理论上说，故事时间的长度会和作品所包含的内容的多少成正比，特别是对于写实风格的作品而言，故事时间常常对应着客观的历史时间，它所关涉到的历史事件也就相对较为丰富。历史是兆言的强项，所以，这篇小说在兆言手里显得那么轻车熟路，游刃有余。而且，这几十年的历史在作品中还不仅仅是叙事的背景，像数码头一样报过去，而是场景化的、细节化的，与人物命运紧密相连。以作品中的男主人公姚谦为例，如果不是抗战，他就不会去军校，如果不是抗美援朝，他就不会去参军，不会到朝鲜上战场，也就不会被俘去台湾，更不会留学美国、经商欧洲，而如果不是改革开放，像姚谦这样的人是断断不可能再回国，也没有机会到大陆投资的。所以，在作品中，历史与人物的命运是有因果关系的，实在而又具体。因此，虽然是一个短篇，却非常典型地体现了叶兆言作品的风格，在大历史中书写个人的命运遭际，以历史的无情反衬个人的渺小，在人生遭际的偶然中透出浓重的悲剧意味。

  当然，姚谦还不是作品最重要的人物，重要的人物如篇名所言，是吴菲和吴芳，历史在作品中的作用也更具体地体现在这两个人物的身上，而小说构思的精彩也出自这对孪生姐妹。文学作品中写到孪生关系的不少，利用这种关系出戏的也不少，因为这种关系天然地具有戏剧性。在这种关系中，虽然是两个人物，但却是两个高度相似的人物，除了人物自己，在他人的眼中，他们或她们却似同一个，所以，有意的或无意的错误便时时出现，这便是许多作品构思的重点。但《吴菲和吴芳姨妈》构思的重点却不在这里，作品也无意在这种相似上出戏，相反，作品的重点在强调差别。小说利用人们日常生活中的经验和对孪生文学人物阅读的惯性，在相似的前提下着意突出两个人物的不同。而且，这一不同又非外表、性格上的不同，而是两个人物之间的关系的对抗，用作品中叙事人的岳母的概括就是，"她们一辈子都在争吵，都在争，只要是个东西，不管好坏，总是要争的，什么都争，她们两个争男朋友，很正常。"小说所有的冲突都是围绕这对孪生姐妹展开的，都是围绕她们两个人的争斗、争夺设计的。小说主要的意旨也就在姐妹的冲突中，这意旨实际上是怀疑，是不解，是诘问。外表高度相似的孪生姐妹为什么要争斗一辈子？人心难测，不论是生活的复杂性，还是人性的幽微，都远远超出了我们的预设。叶兆言要表达的就是这样的人性之问，生活并不按我们的想象进行，人物的性格、关系和命运也不是我们善良的愿望所能左右，更不要问为什么，因为生活的丰富与人性的复杂是没有答案的，如果强作解人，言出必错。

不能不佩服兆言叙事的技巧，真正把孪生关系的戏做足了。虽然，小说一直在叙述这两姐妹的冲突，水火不容的冲突，但作品中的其他人物，却又一直迷惑于二者的相似，以至因为二者的相似而改变了自己的命运。我想，读者大概也有类似的感觉，一对外貌相似的人在作品里打得难解难分，眼花缭乱，要分别把这两姐妹的故事讲清楚还真不是件轻松的事。这对孪生姐妹把小说中的人物一个个绕得晕头转向的同时，叶兆言也把读者绕了进去。

炖马靴

迟子建

故事发生在1938还是1939年，父亲记得并不很清楚，他说年份不重要，重要的是时令，寒冬腊月，祭灶的日子，西北风呜呜叫，他们抗联部队的一个支队（父亲至死对他部队的番号保密），二十多号人，清晨从四道岭小黑山的密营出发，踏雪而行，晚饭时分，袭击了位于中苏边界的一个日军守备队。

父亲说他们事先侦察了，这个守备队在山脚下，距离一个小镇四五里路，驻扎着三十来人，有一栋长方形板房，两个矩形仓库，还有一对大狼狗。板房是营房；两座仓库呢，为弹药库和粮库。这两座库，是他们的主攻目标。

那时关东军在中国东北，一方面针对苏联，在边境一带秘密修筑防御工事；另一方面针对抗日武装，进行围剿。为切断老百姓与抗日队伍的联系，他们大规模实施归屯并户，建立"集团部落"，大片农田荒芜，无数村落夷为废墟。父亲说自此之后，队伍的给养成了问题，缺粮少衣，陷入被动。

四道岭在哪里？我在地图上找不到。父亲说除了四道岭，还有头道岭、二道岭、三道岭和五道岭。这些岭呈刀锋状，山上林木茂盛，山下溪流纵横，地形复杂，易守难攻，适宜做密营。父亲说他们最初的营地在头道岭的大黑山，那里狼多，当地人也叫它野狼岭。深夜时群狼齐嗥，狼眼鬼火似的在树丛闪烁，地窨子的女战士恐惧这"夜歌夜火"，就往男战士住的这一侧跑。父亲也不避讳，说他们因此喜欢狼嗥。

狼通常群居，但也有离群索居的。父亲说头道岭就有这样一条母狼，它双眼瞎。不知是天生瞎眼，还是后天瞎的——比如被猎人打瞎、疾病或是同类相残所致。大家分析，它在狼群里受排斥，才被驱逐出来。一条瞎眼的狼，就是一把卷刃的剑，锋芒不再。虽说它的嗅觉依然灵敏，但它朝着掠食目标飞奔的时候，由于深陷永无尽头的黑暗，往往会撞到树上，或是跌入谷底。猎物到不了嘴，反受皮肉之苦。但狼是聪明的，父亲说这条瞎眼狼自打发现支队的行踪后，就一直凭声音和嗅觉尾随他们，求得生存。

父亲是火头军，他可怜瞎眼狼，做了几个鼠夹子，将拍死的老鼠扔给它。战友们都说，狼是吃人不吐骨头的野兽，喂不熟的，可父亲还是不忍看它挨饿，尤其到了漫漫长冬，白雪像巨大的裹尸布一样覆盖了山林，它几乎找不到吃的，连哀叫的力气都没了，像一团飘浮的阴云，蔫巴巴地尾随着队伍，父亲总会想方设法给它口吃的。它得了食物后会叫几声，像小孩子没吃饱奶时的吭叽声，带着些许的满足，又有些许的抗议。

大地回春了，瞎眼狼的日子就好过多了。春夏秋三季，它可以用鼻子觅到果腹之物，而那些东西其他狼基本是不碰的，譬如浆果、蘑菇、青苔或是昆虫。它食肉的机会有没有呢？那得看它的运气了。病死的鹰，半腐烂的兔子，对它来说就是美味。一旦发现，它就迅疾赶去。可这样的食物，也是乌鸦的珍馐。常常是它大快朵颐时，乌鸦纷纷落下，与其争食。瞎眼狼反正看不见，奋勇吃它的。父亲说他们不止一次撞见它与乌鸦同食腐肉的情景。看着它被漆黑的乌鸦给挤在一角，像条瘪了的布袋，实在是心疼。

有时不是瞎眼狼先发现的腐肉，而是乌鸦，它也能跟着蹭点荤腥。乌鸦一鼓噪，它就循声而去。所以瞎眼狼最爱的声音，该是乌鸦的叫声吧。乌鸦啃不动的骨头，对它来说就是心仪的阳光，它会把它们拖进山洞，作为存粮，以备不时之需。它瘦弱不堪，但牙齿锋利，骨头于它，恰如糖果。

瞎眼狼像个讨债鬼，跟着支队，渐渐地成了编外一员。

这条狼有年正月，突然消失了！看不见它了，大家还担心，它是不是被老虎或狗熊给吃了？父亲说瞎眼狼失踪三个月后，他和战友为前方的大部队运粮，竟在二道岭又遇见了它。它居然大了肚子，怀了崽了！它拖着沉重的身子，穿越新绿点点的灌木丛，往头道岭走。它的爪子在林地上，留下的印痕明显比过去深了，而它的毛色，也比过去光鲜了！闻到它熟知的队伍的气味，它还停下来，转过头，低低叫了几声，有点羞怯，又有点骄傲似的。

它是在哪里俘获了一条公狼的心呢？父亲说他们猜测，公狼与它发过情后，恐怕也是后悔的，否则不会在它怀着孕的时候，让它孤独地在山岭间穿行。

那次运粮，父亲他们中途遭到日伪军伏击，死伤过半。原来是队伍里一个姓梁的通讯员做了叛徒。他们不得不放弃头道岭的密营，重整旗鼓，在四道岭的小黑山再建营地。这样，头道岭的瞎狼，就在他们视野里消失了。两三年不见它，大家还念叨，它生了几仔？养活得了小狼吗？因为一直没见它来找他们，父亲认定，瞎眼狼生的小狼，个个都是好眼睛，它的生活有了灯，不需要他们了。但父亲还会在队伍偶尔开荤时，将吃剩的骨头，扔在附近的山洞。瞎眼狼喜欢山洞，也能对付骨头，万一他们转移了，而它走投无路，寻到那儿的话，总不会饿着。

为了那次行动，父亲说他们做了周密的计划。选择过小年的日子，是因为侦察员带来消息说，日本兵到了冬天的晚上，为打发长夜，喜欢三五结对，去镇上喝酒。小镇有家烧锅，酒好，下酒菜地道，且店主人的老婆俊俏，待人周全，烧锅便成了这个守备队士兵的温柔乡。每逢中国的传统节日，端午、中秋和小年，烧锅一派花园气象，菜品多姿多彩，香气勃勃，撩人胃肠。每逢此时，守备队的人有一半会开小差，防卫空虚，易于突袭。

小年那天飘着雪花，从四道岭到目标点，大约八十里路，要穿越几道山谷和数条冰河。父亲他们驾着滑雪板，清晨就出发了。呼呼叫的北风，让雪花成了薄命人，未等落下，就在半空中被风撕裂了。雪粉飞扬，常迷了人的眼睛。父亲说他们不讨厌这样的迷眼，因为雪花纤尘不染，就像老天送来的润眼膏，无比清凉。

他们在午后三点接近了日军守备队，埋伏在山后，把滑雪板卸下，藏在一条沟塘里，预备着突袭成功后，再穿上撤离。父亲说每个战士都是滑雪高手，在冬季，滑雪板就是他们的战马。

腊月的太阳冻得够呛，午后四点不到，就缩着脖子退出天朝了，想必急着烤火去了。太阳落山后，遗下一片滴血的晚霞，好像西边天负了伤。父亲说天黑透了，侦察员带来消息，三辆摩托车驶离守备队，带走了十一个日本兵，看来他们是去镇上的烧锅了。父亲说支队长没有犹豫，下达了进攻令。

趁着夜色，队伍匍匐向前，靠近目标。守备队四周是铁丝电网，两扇宽大的铁门紧闭，门侧的岗楼是空的，没有岗哨。营房灯火通明，照亮了院子。那生硬的铁丝电网，因为有了光的照拂，在院子里投下了无数爪形的印痕，像一幅工笔的松枝图。两条大狼狗嗅到异常，汪汪叫起来。身手敏捷的神枪手小张，握着手枪，埋伏在岗楼，单等日本兵开门察看时击毙他，打开进攻的通道。岗楼对面，隔着一条雪道，是一摞半人高的柴垛，一个机枪手和五个持步枪的战士，作为冲锋的主力，以此为掩体，准备突击；其他人员，分布在左右两翼，由此对守备队形成三面夹击。

两条狼狗越叫越凶，营房的门终于"嘎吱"一声响，有人出来了。狗迎了主子，引至铁门，更凄厉地叫起来，用爪子嚓嚓地挠门报警。那个日本兵没有想到外面重兵埋伏，打开铁门，他刚一露头，小张便举起手枪。子弹飞过，他应声倒地！两条狼狗狂吠着，像两朵暴风雨中滚动的浓云，一前一后冲出，一个奔向岗楼，一个奔向柴垛。奔向岗楼的，被小张击毙了；奔向柴垛的，被步枪手撂倒了。不同的是前一条狼狗吃了一颗枪子，后一条吞了两颗。守备队的日本兵听到枪声，携枪而出反击。院子的光亮，让他们成为鲜明的靶子，在交战中处于劣势。支队伤亡极小地冲进守备队，可以说是旗开得胜。

然而谁也没有料到，那三辆刚离开不久的摩托车回来了！

十一个荷枪实弹的日本兵回来了！

父亲说抗战胜利后，他路过那个小镇，才知道那天日本兵为什么突然回返。原来镇上的几个农民，看不惯开烧锅的夫妇做日本人的生意，知道小年的这天他们又要来喝酒，自制了燃烧弹，投向烧锅，让烈火吞噬了它！

他们在返回途中，已经听到了守备队传来的枪声。

父亲说他们受到了前后夹击，优势立刻转为劣势。

当队伍冲向弹药库和粮库的时候，没想到这两座库居然还有碉堡的功能，这是他们事先没有侦察到的。虽说守备队门前的岗哨形同虚设，但粮库和弹药库的哨兵一直在岗。这两座仓库里架设的机枪，让暴露在空场的战士陷入绝境，父亲说大部分战友牺牲在那里，包括支队长，以及两名救护伤员的女战士。

最终从虎口脱险的，只有五个人：一个副支队长，三名战士（两男一女），加上父亲这个火头军。当然，父亲说他是后来才知道的，因为逃出的五个人，分了三个方向。

他们事先也制订了撤退计划，一般来说，为牵制敌人，保存实力，撤退时会分两个方向。火光中的父亲不辨东西，所以开辟了一个撤退的第三方向。

他们没有全军覆没，得益于绰号磨牙王的战士。这个人爱磨牙到什么程度呢？不仅睡觉磨，行军磨，吃饭也磨。挨着他睡的战士，梦中被他扰醒，常将臭袜子塞进他嘴里。他咬着袜子，吭吭哧哧的，磨不出声了，但醒来后塞袜子的战士就惨了，袜子湿漉漉的不说，对着太阳一照，还亮光点点（到处是窟窿眼），好像他用牙齿，在袜子上播撒了繁星。

父亲说交战处于被动时，靠近粮库的副支队长下达了撤退令，父亲眼见着身负重伤的磨牙王，咬着牙，趁乱爬向弹药库，在冻土上爬出一条墨似的血痕，用自制的手雷引爆了弹药库。剧烈的爆炸令大地震颤，冲天的火光像一条条金红的鲤鱼，跃向夜空，守备队周围的铁丝网被撕裂了，日本兵赶紧转向粮库防御。

父亲就从弹药库北侧逃了出来。从此以后，与磨牙相似的声音，比如吱扭的扁担声、暗哑的拉锯声，甚至是老鼠啃东西的声音，都被他视为美音。

父亲逃得并不顺利，一个日本兵不屈不挠地追捕他，两个人之间的周旋和战斗，也就进行了大半夜。

初始父亲并未察觉身后有人，他戴着狗皮护耳，呼哧带喘的，加上踏雪发出的咯吱声，根本听不到背后的动静。由于撤离方向有误，预先藏在守备队山后沟塘的滑雪板，对父亲来说是梦里的彩虹，遥不可及，他在雪中跋涉了一个多小时，才走了七八里路。但父亲觉得这距离足够安全了，他停下来，打算歇歇脚，给身体补充点能量。

父亲说作为火头军，无论行军还是打仗，总是背着一口铁锅。那铁锅像菜墩那般大，与他的背一样宽，所以他背着它的时候，一点也不突兀，就像他身体的一部分，当然这使他看上去像个罗锅。除了铁锅，他棉袄外还斜挎着干粮袋，里面装着二斤左右的炒米。此外他棉军服的里子，靠近胸口的地方，还缝了两个布袋，一个装盐，一个盛火柴。火柴和盐，是部队陷入被动时的救生索。

父亲停下的一刻头晕眼花，也许是先前战友的死刺激着他，他忽然恶心起来。当他垂头呕吐的时候，后背的锅猛地一震，冲击力让他险些栽倒，接着右前方树丛闪出一团白炽的火花，好像流星划过，父亲马上意识到这是子弹擦着锅的右角飞过，后有敌手追击！父亲本能地卧倒，拔出枪来，匍匐到一处雪坎，以此为掩体。

父亲讲起这个人时，总以"敌手"相称，那么我也随他这么叫吧。

雪已停了，父亲说借着雪地的反光，依稀看见一团黑影在树丛间飘动，距他不过四五十米。敌手对父亲的突然消失满怀警觉，因为他知道子弹打飞了，父亲不是中弹消失的，对方已进入防御，他的最佳进攻机会葬送了。敌手开始隐蔽自己，父亲说那团黑影下沉了，鬼影似的不见了，证明他也就势趴在雪地上了。那年雪大，积雪足有两尺，正好隐蔽。

父亲说他所在的支队的武器装备，在当时算精良的，有七八条老套筒步枪，还有两把毛瑟枪。手枪中好的是缴获来的王八盒子，其余的是自制的转轮手枪。有的队伍武器装备紧张，像火头军和救护兵，只配备大刀，而父亲所在的支队人人有枪。父亲所持的是一支自制的转轮手枪，有些笨重，但很好使。父亲自诩枪法不错，用它打过野猪和狍子，为支队改善伙食。不过对他的枪法，我一直怀疑他有吹嘘的成分，因为在我童年时，看他参加武装部的运动会，父亲投掷的铁饼和铅球，都是不听话的孩子，落脚点不在规定范围内，没一次成绩有效的。还有他每每教训我时，无论是飞向我的砖头还是空酒瓶，也无一砸中。当然，也许他只是为了吓唬我，没让它们走正确路线。

在与日军守备队的交战中，父亲所带的子弹基本用光，只剩三发。每一发对他来讲，都贵如黄金。父亲说一个人在野外作战，子弹的用途多着去了。既可抵御敌手，又可预防野兽袭击，还可以猎取动物、获得食物，以及向搜寻自己的人发出求救信号。除了这些，父亲说子弹还有一项顶要紧的功能，万一奄奄一息，有落入敌手的危险，不如给自己个痛快，所以他说要给自己留颗子弹，就当是藏着一块人生最后的糖。

但那个晚上，他的糖果没能保住。

父亲说腊月天本来就冷，加上夜间气温骤然降至零下三十多摄氏度，人趴在雪坎上，一刻钟就冻木了。如果双方僵持下去，都将被活活冻死。为了让敌手主动出击，父亲想了个办法。他穿了两层衣服，里层是棉绒秋衣，外层是棉袄。他不顾严寒，卸下锅和干粮袋，脱下棉袄，将里层的秋衣脱下，再把棉袄穿回，锅背上，顺手捡了一根被暴风雪刮断的柞木树杈，故意大声咳嗽几声，引起敌手注意，然后用树杈将秋衣挑起来，轻轻舞动，制造他在运动的假象，敌手果然上当，连着两发子弹打过来，父亲说那家伙的枪法真不错，子弹都是穿过秋衣呼啸而过。两发子弹过后，父亲丢下树杈，让秋衣垂落，使对方以为他中弹了。果然，敌手认为父亲凶多吉少，慢慢露出头来，缓缓朝前移动，准备察看战果。当敌手走了十多米时，父亲扣动扳机，想在最有利的时机下，一枪撂倒他。可是也不知是手冻得麻木了，还是移动状态的黑影有点飘忽，总之第一颗子弹打飞了。枪声让他暴露，敌手自知上当，卧倒瞬间，父亲又开了第二枪，这一枪中弹的是一棵树，树发出嘶嘶叫声，火花绽放。父亲说他剩下最后一发子弹后，反倒镇定了。双方都知未伤及对方皮毛，也就是说，他们的生命，处于同一地平线上，谁有日出，就看命运了。

父亲说他占据的雪坎驼峰一样凸起，是天然堑壕，毕竟有利，不想转移。但他知道卧在雪地撑不了多久，所以紧盯着那个方向，等待敌手的意志先崩溃。他们对峙了近半小时，父亲说他感觉周身的血液要凝固的时刻，敌手背后传来凄厉的狼嗥。这种声音一直萦绕着支队，对父亲来说，习以为常，权当是老朋友来打招呼，可敌手却感到危机，躁动不安，听得见他潜伏之处传出咯吱咯吱的声音，他想着避开狼吧，终于起身了，一直全神贯注盯着他的父亲，就在他露头的一瞬，打了最后一枪。

父亲很镇定，撤退时没忘了将中弹的秋衣拿上，顺手系在腰间，将两只袖子打结。他说现在很多人在运动时喜欢把外套脱下来这样装扮，自以为时髦呢，其实那时他就这么干了。那天西北风从背后吹得厉害，秋衣像棉帘子护住腰臀，让他暖和不少。

父亲说自己太走运了，等后来终于瞅清他时，才知道最后一枪，击中了敌手的左肩，而这家伙是个左撇子，右手虽也能持枪，但枪法比起左手差远了，所以尽管父亲消耗了所有子弹后被迫撤退——为避免中枪，父亲采取蛇形移动方式，身影忽左忽右——但暴露在敌手有利射程范围内的他，没有倒下。那人开的最后两枪，都成了献给夜的森林的小礼花。

父亲是什么时候察觉到敌手也没子弹了呢？他说为了便于听动静，他解开了护耳，在雪地跋涉约两里路后，他不再听到背后传来枪声，只有越来越清晰的狼嚎，觉得奇怪，回身一望，隐约见尾随他的敌手所挎的枪，似乎枪头朝上，说明它也无用武之地了。父亲说那一刻他轻松了一下，赶紧放慢脚步，撒了泡尿。他说战事紧急时，只要不是冬天，尿就撒在裤子里，尤其是雨天的时候。可是北风呼号时节，一泡尿下去，不出一刻钟，裤裆就会冻成硬坨，男人的家伙挨着冰坨，再强旺的人也会废了！父亲说如果那样，就不会有我和姐姐的出生了。

父亲撒完尿，又回身看了一眼，敌手追得近了些，但离他还有二三十米的样子。他走得踉踉跄跄的，看得出很吃力。父亲也没多想，心想你有耐力就追吧。武器都成了哑巴后，双方拼的就是毅力、体力和运气了。

雪又下了起来。父亲说不下雪的话，他不会迷失方向，他本来是向着四道岭新建的密营方向撤退的，他渴望在那儿与离散的战友会合，渴望着在地窖子笼起火，喝上一缸热水，吃顿饭，踏实睡一觉。

然而雪越下越大，父亲说雪夜的森林，就是打了数不清的烟幕弹，你不走上歧路都不可能。他分辨不出东西南北，觉得哪儿都是前方，可走了一个小时后，会突然发现，自己又回到了先前经过的地方。敌手无路可走，紧追父亲。父亲怎样走，他就怎样追随，父亲想除了斗志在起作用，这家伙一直跟着可能与背后狼的追逐以及他无法辨认来时的路有关，也就是说，他也无力撤退了。

他们就这样在飞雪中又行进了两个多小时，午夜时分，父亲实在走不动了，在靠近河岸的灌木丛停下。飞雪中林木模糊，可狼的叫声一点也不模糊，反而愈发清晰。对付狼，火光就是子弹，父亲打算与敌手，徒手决一死战，如果幸存的话，就卸下锅，燃起一堆火，化点雪水，就着热水吃炒米。想起炒米，他一摸斜挎的干粮袋，却是瘪的，他立时就腿软了。父亲仔细摸索，发现干粮袋靠近后脊梁的部位，有道寸长的口子，看来这一通急走，穿山时被树枝给刮破的，炒米白白流失了。所幸吊在干粮袋上的茶缸还在，行军中它既能喝水，还能当食物的容器。父亲说鸟儿要是寻到遗落的炒米，一定会张开翅膀欢呼。他说脱险以后，干粮袋就不在衣服最外面斜挎着了，而是像护卫盐和火柴似的，将其当银圆捆在腰间，这样就不会有闪失了。

老实说复述到此，我觉得父亲无数次唠叨的这个故事，没啥新奇，无非是他们行动失败，他单枪匹马撤退，被一个敌手不懈追击而已。

但接下来发生的故事，尽管父亲每次讲述时，语气都是平静的，但总能在我心底搅起波澜。我对后半程的故事永不厌倦，就像对一首喜欢的乐曲，不管循环播放多少次，依然爱听。

雪没停，父亲选择了靠近河谷的一片灌木丛停了下来。除了手枪，他还携带着一把三寸长的钢刀。作为火头军，这把刀的主要用途是炊事，剁个野菜，剥点引火的桦树皮，打到野兽开荤时用于肢解动物等。当然危急时刻，它还可以作为武器。

父亲说他卸下锅，把枪也卸下，看着敌手一步步逼近。他的喘息传来了，如此沉重，好像喘不动的样子。父亲手握钢刀，身体绷紧，做好了决战准备。可是敌手踩着父亲趟出的脚印，趔趔趄趄靠近他时，既没做出战斗的姿态，也没举手投降，而是一头栽倒在雪地上。父亲怕他佯装倒下，持刀慢慢凑近，才发现他左臂中弹了，他的军服残破不堪。原来情急之下，他撕扯军服当绷带，包扎伤口了。可是他伤得厉害，军服的面料又不适宜做敷料，所以包扎处渗血严重，一团墨色。父亲说他从未见过一个人的眼睛会在夜的飞雪中发出那样强的光，锐利、绝望，又不甘。敌手打着寒战，牙齿磨得咯咯响，不知他是被疼痛折磨的，还是因为憎恨父亲。

父亲先缴了他的枪。是一支轻便灵活的三八式步骑枪，俗称小马盖子枪，父亲说那是女战士最喜欢的一款枪。他最终靠着这支枪，俘获了母亲的芳心，那时她在后方营房的被服厂做军服，当然这是后话了。

小马盖子枪到手后，父亲继续搜他身，没发现手枪和刀具，说明他们仓促应战中，装备不足。父亲说本来可以一刀子扎在他心口上，让失去反抗能力的敌手立即毙命，但见他气息奄奄，挺不了多久了，再说狼嗥声越来越近，父亲准备赶紧点火。敌手受伤后，伤口没包扎好，血滴在雪地上，父亲想，是血腥气让嗅觉灵敏的狼一路跟着吧。狼的叫声越来越近时，父亲听出至少两条狼在叫，一种声音富有攻击性，凄厉而有穿透力；一种比较婉转、犹疑，像婴儿的啼哭，让他有似曾相识之感。

父亲在灌木丛划拉了一抱干枯的树枝，又找了棵桦树，剥了块桦树皮，生起火来。这堆火距离敌手倒地之处，有四五米远。父亲把锅支上，想融化点雪水来喝。没有食物，吃几粒盐，喝一缸热水，也能补充能量。

他烧雪水的时候，想着该怎样处置敌手。他失血过多，倒地后就再也没能爬起来。父亲知道这样下去，不出几个小时，他就会死在那片灌木丛。他似乎不惧怕父亲，但对狼的叫声表现出异常的惊恐，狼一叫唤，他就呻吟。

父亲又找来一些柴火，打算在篝火旁多休息两个小时，等雪停了再行动。他抱着柴火回到篝火旁时，雪水烧沸了，狼也来到近前。躲避在灌木丛后的狼，交替发出叫声，一种是带着威慑和焦急情绪的大叫，一种是呼唤故人似的低沉呼唤。敌手哼唧得更厉害了，他身体扭曲着，似乎想努力爬到篝火这来，可他终归没能离开跌倒之地半步。

父亲是怎么判断出徘徊在附近的狼，有一只就是他熟悉的瞎眼狼的呢？他喝过一缸热水后，发现篝火的斜对面，狼发声之处的灌木丛，有两个黄绿色的光点在闪烁，那是狼眼发出的光。两条狼应该有四个发光点，可父亲说他望了多次，总是两个光点，这说明另一条狼的眼睛是不发光的，它不是瞎眼狼又会是谁呢！父亲说直到这时他才明白，为啥有一条狼发出的叫声，令他有熟悉的感觉。

一缸热水落肚，父亲觉得已快凝固的血液，开始苏醒，一波一波地缓缓流动了。他摸出几粒盐，当点心一样品咂。直到和平时期，父亲都有囤积食盐的习惯，这与他战争年代的经历有关吧，他常说盐粒是尘世的珍珠！

不瞎的狼一定是饥饿到极点了，它的叫声带着极度的不耐烦和愤怒。父亲向篝火填了更多的柴，让它愈发旺盛，篝火噼啪燃烧，就像黑夜的心脏，怦怦跳动。父亲说他歇息的时候，不时瞄一眼敌手，他努力挥起右手，似在召唤他。父亲走过去，发现他浑身颤抖，脸被疼痛和恐惧折磨得扭曲变形，他对着父亲，从牙缝中迸出一个"冷——"字，父亲明白，他这是想离篝火近些。父亲犹豫了一下，想着这可能是他此生的最后愿望了，最终还是又怜又恨的，拽起他双脚，确切说是拽着一双半新的长腰马靴，将他扯到篝火旁。篝火照耀着他，他发出一声怪异的笑声。不知是被篝火激动的，还是因父亲最终屈从了他而得意的。

敌手是个年轻的士兵，懂得一点中国话，说不连贯，单字单字地蹦。他到了篝火旁，先是艰难吐出个"水——"字，父亲没搭理他；他又吐出个"盐——"字，父亲还是没搭理他。父亲说了，水和盐的摄入，也许会让一条毒蛇苏醒。想着自己差点成为他枪下的鬼，想着牺牲的磨牙王，父亲甚至觉得把他拖到篝火旁，让他得到最后的人间温暖，都是对战友的背叛。

父亲说那夜的篝火太美了，将它周围飘舞的雪花，映照得像一群金翅的蝴蝶！他看着飞旋在铁锅上空的雪花，心想它们要是化成小年的饺子，该有多好啊。父亲饿得慌，狼也饿得慌。一条狼始终凶悍地叫，它一定希冀篝火快点熄灭，黎明快些来到。敌手怕自己最终会成为狼的盘中餐吧，他在生命的最后时刻，拼尽全力，拍一下自己，然后指指篝火，再吃力地拍一下自己，再指指篝火。父亲明白，他想让自己火葬了他。父亲说你要是投降，优待俘虏，我或许可以考虑。敌手听得懂父亲的话，但他没有将手上举，而是牢牢贴在胸口，像守卫最后的堡垒，至死没有做出投降的姿势。

敌手挣扎了最后一程，凌晨两三点钟死了。父亲说这时雪停了，老天爷不撒纸钱似的雪花了。西北风刮了起来，父亲又捡了一抱柴，让篝火始终处于旺盛状态。父亲饿得肚子咕咕直叫，可雪水沸腾的铁锅，依然没有可煮食的东西。父亲再次搜敌手的身，希冀有所发现，万一有两块压缩饼干，或是一支香烟，那将是这个小年的好享受了，可他最终失望了。他只在军服的口袋里搜出两样东西，一个是一方蓝格子手帕，另一个是长方形金属外壳的镜盒。打开一看，里面竟夹着一张两寸的黑白相片。父亲凑近篝火一看，那是个穿着印花和服的姑娘，她额头很宽，鼻子小巧，微微垂头，浅浅笑着，满眼都是甜蜜。这掩藏在镜盒里的姑娘的相片，令父亲有看见原野小花的感觉。父亲想这相片中的人，也许是敌手远在家乡的恋人，而她再也见不到心上人了。父亲将镜盒放回敌手的口袋，而将蓝格子手帕揣进自己兜里了。

父亲从敌手的头一直细搜到脚，突然有了救命的发现。敌手穿着的马靴，是长靴，长靴通常是军官和骑兵的装备。从这名士兵的肩章和帽子看出，他不是军官，那么他是守备队中的一名骑兵？军官的靴筒通常为平口的，而骑兵长靴为斜口的。父亲说敌手的马靴就是斜口的，深棕色，里面有黑色绒毛，极其保暖。靴子是上好的牛皮的，靴帮靠近脚腕处，有一圈韭菜叶宽的装饰带，好像给这靴子戴了一个项圈。

父亲将这两只靴子从敌手脚上拔下来，靠近篝火，用钢刀切割靴子。靴筒很温乎，敌手死了，可他身体的余温未散，孤魂似的游荡。父亲说摸到热气时，他心里哆嗦一下，望了一眼敌手，他死时眼睛没闭上，父亲停下手，将敌手的那块蓝格子手帕掏出来，走过去蒙在他脸上。父亲每每讲到这个细节，我总要问，你是怕他看见你吃他的马靴吧？父亲的回答总是，一个死了的人，唉，他就是没闭上眼的话，哪能真瞅见呢。他并不解释给他蒙面的具体原因。

父亲割掉靴底，将要扔掉时，发现靴底烙印着一行字，仔细辨认，原来是"昭和十二年制"的字样。他将靴底撇得远远的，说是感觉是将这罪恶的一年给抛掉了。父亲划开靴帮，燎猪毛似的，将靴筒绒毛在火上处理掉，再用刀子，将它一遍遍地刮着，除掉绒毛烧后留下的灰烬，再尽力刮掉所染的颜色，让牛皮尽量恢复本色。他数了数，一双马靴，经他分解后，得了大大小小的牛皮，一共十块。他将它们放进雪堆，一遍遍揉搓，使它们更为清洁，然后加柴调旺篝火，往铁锅续了雪，使融化的水更多，把马靴皮下到锅里，又折了几簇樟子松苍绿的松枝，作为提香除秽的调料，投进锅里，开始炖马靴了。

父亲说火旺，锅很快就烧开了，咕嘟嘟冒热气。在冬夜的山林，这口锅散发的水蒸气，在升腾的一刻，被篝火映照得像一条腾空的金龙。没有锅盖，水汽蒸发极快，父亲不停地往锅里添雪。马靴的味道渐渐散发出来，初始是煳味，跟着是膻味，半小时后，牛皮仿佛被熬得苏醒了，淡淡的香气出来了。父亲说他等不及了，狼也没耐心了，它们闻到肉皮的味道，嗥叫不休。一种是威慑性的想要攫取的叫声，一种是乞求施舍的温和的叫声。

父亲用桦树枝条做筷子，捞出最大那块马靴皮，用刀切下一小块，填进嘴里。牛皮虽然膨胀起来了，但炖得时间不长，极其难嚼。父亲努力吃了半块，将余下的一分为二，撇给盘踞在灌木丛的狼。我问他食物如此短缺，为啥还要喂狼？他说可能是习惯吧，毕竟瞎眼狼在那里。再说狼得了吃的，就不会过来吃人。他说的人，是否包括敌手呢？这个话题我始终没敢问他，直到他辞世。

父亲说肚子一旦有了食物，哪怕只是垫了个底儿，心就不慌了。西北风越刮越大，树也开始呜呜叫起来。父亲不担心会有敌兵追来，因为路途艰险不说，他们留在雪地的足迹，早被飞雪和狂风搅起的雪浪给荡平了，任谁也别想找到他们了。

马靴又被炖了一段时间后，终于嚼得动了，父亲吃了两块，体力恢复了，他将剩下的牛皮捞出来。父亲说几乎就是打个哈欠的工夫，它们就在寒风中凉透了，再打个哈欠的工夫，它们就冻硬了，父亲将它们当点心，分别揣进裤兜，然后取下篝火上的铁锅。热锅落在雪地的一刻，发出"吱吱——"的叫声，父亲说锅底下的雪被烫得不轻，破了很大一片，流出汩汩雪水，但热锅烫伤的雪，很快结痂，寒风也让热锅成了冷锅。父亲抬头望了望天，雪停了，但夜空还没晴朗起来，望不见北斗星，父亲不知置身何方。夜晚的山岭，看上去都是一个模样，按照父亲的比喻，它们就像一把把钢刀插在那里，阴森恐怖，让人觉得是在屠宰场。

父亲本不想天亮前出发的，他不知该走向哪里。天明以后，他能从太阳判断方向。可是狼逼得他必须走，因为它们窸窸窣窣地冲出灌木丛，朝向篝火了，显然那点牛皮，不够打牙祭的。父亲说当它们离自己仅有五六米远时，他在它们斜对面，借着残余的篝火，望见了一生难忘的情景，两条狼一前一后，呈一条直线，前面的狼高大威猛，后面的狼矮小瘦削。前狼挣扎着向前，后狼拼死咬住前狼的尾巴，试图阻止它的步伐。父亲认出了后狼就是瞎眼狼。他说从未见过狼眼会泛出红光，前狼试图奔向篝火旁边的人时，眼睛漫溢的就是这种光，也不知是不是篝火映的。父亲"嗨——嗨——"地叫了两声，这是以往瞎眼狼尾随支队，他抛给它食物时，惯常的招呼声。瞎眼狼显然熟悉父亲的呼唤，它更加用力地往回拽前狼，前狼的尾巴绷得直直的，像一支在弦之箭，就要绷不住了，它的尾巴随时有被扯掉的危险，痛到极点，叫声格外瘆人。最终前狼让步了，瞎眼狼将它生生地拖回灌木丛。父亲长吁一口气，感恩似的分出两块牛皮，投给它们。

父亲说既然前狼连火光都不怕了，久留于他来讲，危险太大了，他准备出发。他本想换上敌手的棉服，它的保暖性更好，可是这件棉服的肩胛处，被父亲发射的子弹打穿后，先前涌出的鲜血已成凝固剂，衣服破损污秽不说，要是强行脱下，等于撕敌手的皮。最终父亲将他的帽子取下，扣在自己头上。然后划拉了一抱柴，将篝火调得旺旺的，拔腿出发了。

常听父亲讲炖马靴故事的母亲和我，一再问过父亲，你都要开拔了，还点篝火做什么？是不是火葬了敌手？父亲给出的答案总是模棱两可的。有时他说："我缴了他的枪，还吃了他的马靴，不然就得饿死啊。"有时他说："我战友的尸骨还不知埋在哪里呢。"有时他说："那晚上没月亮，生火能照亮一段路啊。"最接近答案真相的一次，他说："唉，让他和那个姑娘的相片一起化成灰，他做鬼也值了吧。"

父亲说他根据西北风吹来的方向判断，他要撤退到队伍的密营，得与风向逆向而行。结果他走了一两里路后，风竟然休克了，没了，他等于丧失了唯一路标，又不知所向了。按照父亲的说法，当时森林整个冻僵了，树枝动也不动，连一声野生动物的叫声都没有，他感觉自己在地狱中。天渐渐亮了，可它亮在阴云里，父亲期待的太阳没有现身。就在他走投无路之际，他听见了背后有走兽的声音，回身一望，距他五米多远，就是那两条狼！冬季的狼皮毛黯淡，它们就像荒草堆一样。瞎眼狼还是在后面，叼着前狼的尾巴。前狼见着父亲，停了下来，它的目光柔和多了。瞎眼狼低低叫着，安慰着陷入绝境的父亲。父亲仔细打量前狼，发现它是条年轻的公狼，它对瞎眼狼不敢违命，原来是瞎眼狼的儿子啊！父亲是怎么看出的呢？前狼追上父亲，停下的一瞬，它身后的瞎眼狼，立马松口，放下前狼的尾巴，上前两步，用嘴温柔地触着前狼的脸，似在亲吻，前狼发出撒娇和委屈的叫声。父亲说只有母亲对孩子才能表现出如此的怜惜和爱抚，也只有孝顺的孩子，才会对母亲发出的哪怕它不喜欢的指向，俯首帖耳。直到这时，父亲才明白瞎眼狼当年为什么怀孕，它是为自己的未来生活，寻找一双眼睛啊！不知瞎眼狼一窝生了几仔，存活几只，它的丈夫和它另外的骨肉，也许都因嫌弃而背弃了它，但至少父亲看到了，有一只忠勇的小狼，把自己的尾巴当作母亲的生命线，在荒无人烟的深山，不离不弃地牵引着它。父亲说瞎眼狼所叼着的尾巴，是它生命的脐带，也是一道藏在心底的光啊。

后来的故事，我和母亲差不多都能背诵了：天连阴了三天，不见日月，瞎眼狼和它的孩子在前引路，把父亲领出迷途。他们靠着所剩的煮熟的马靴皮，和深埋在雪下的红豆浆果，以及山洞的骨头，渡过难关。而那些骨头，有瞎眼狼备下的，也有父亲当年丢给它的。骨头怎么吃呢？父亲说晚上在山洞口生起火后，会把它们在火上烤酥，这时的骨头就能咬动了。而小狼很卖力地想帮他们解决伙食，其间它发现一只雪兔，可它跳跃着要扑向它的时候，它的母亲松开它的尾巴过慢，它扑了个空。母子狼最终带着他，靠近了一个村庄。父亲说闻到炊烟的气息后，瞎眼狼觉得告别的时刻到了，它松开嘴，用两只前爪激动地刨着地，洗尘似的，快乐地躺倒，在雪地打了几个滚，然后起身抖了抖毛，沾在它身上的雪粉飞溅出来，飞进父亲的眼睛，与他的泪水相逢。瞎眼狼看不见父亲的泪，它无比骄傲地仰天嗷嗷叫了几声，仿佛宣告它的使命完成了。小狼卸下了父亲这个沉重包袱，得到解放，它比母狼还要欢欣鼓舞，父亲说它原地转了好几个圈，像在跳舞，然后站定看着父亲，身体后倾，调皮地做出进攻的姿态，长嗥一声，最后吓唬一下父亲。

母子狼转身走了，依然是小狼在前，瞎眼狼叼着孩子的尾巴在后。父亲说它们转身前，他给两条狼作了个揖，瞎眼狼无法看见，小狼却并不领情，对着他又是一声长嗥，好像在说，少来这套，没吃掉你，算你走运！父亲说他夜晚栖息在山洞的那三天，瞎眼狼守候在洞口外，也不忘了叼着小狼的尾巴，怕它万一不听话，会对父亲下口吧。

父亲得救后，认识了后方被服厂的母亲，那支缴获来的小马盖子枪，经组织同意，配给了后来跟父亲一同上阵的母亲。他们在我之前，生了一个女孩，跟着他们转战，营养匮乏，两岁就死了。我命好，出生在抗战胜利后。父亲待我甚为严格，他像严苛的教官，要求我学习攀岩、游泳、滑雪、测绘、爆破甚至跳伞等本领。据母亲说，这些都是抗联战士当年要学的科目。每到小年的时候，他都要讲一遍炖马靴的故事。所以我落下了一个毛病，父亲去世后，每年腊月二十三，我也给我的儿子，讲炖马靴的故事。而且我退休后，爱泡在图书馆的地方志资料室里，查阅抗联时期的相关历史资料，希冀能找到头道岭、二道岭、四道岭的位置，希冀能找到那个不依不饶追逐父亲的敌手的资料，希冀能够从民间资料中看到有关瞎眼狼的传说，可是我就像一个蹩脚的渔夫，撒下无数片网，却终无所获。最后我甚至怀疑，父亲的这个故事，是不是编造的。但有一点是可以肯定的，父亲中弹的棉绒秋衣，弹孔还在，边缘处的烧灼痕迹清晰可见，不过它没有传到我们下一代手里，而是在抗联博物馆陈列室的橱窗里。

父亲去世的次年，母亲也走了，他们都活过了八十岁。炖马靴的故事，只有我一个人给下一代讲了。儿子是做网站编辑的，他每次听这故事，总要俏皮地说，驴马牛都是大牲口，算是一族的，爷爷当年在山中，吃的可是大补的阿胶啊。之后便骂张学良，说当年他要是带领东北军抵抗侵略军的话，日军不会轻易占领东北。他说当年的东北军是只老虎，空军有两百架战机，地面部队也不错。张作霖当时开办的兵工厂设备优良，还有德国进口的设备呢，所以造的武器也过硬。儿子说要是张作霖不被炸死，妈拉个巴子的，侵略者休想进犯东北半步！儿子经常是发完牢骚，就会打电话叫外卖，外卖的主角是猪皮冻和鱼皮冻，他说动物的皮，是身体的精华。我想他是用他的肠胃，帮助他的精神，记忆这个故事吧。

最后我要补充的是，父亲每回讲完炖马靴的故事，总要仰天慨叹一句：人呐，得想着给自己的后路，留点骨头！

2018年10月，哈尔滨

"人狼相遇"的新叙事
——评《炖马靴》

黄万华

　　一个雪地艰难行军的东北抗联战士，和一头终日陷在无穷尽的黑暗中的瞎眼狼之间会发生什么？这种战争年代"人与狼"的相遇指向了什么？这就是迟子建短篇小说《炖马靴》要写的。它一反以往文学所写"人与狼"的意义，"吃人不吐骨头"的狼有着知恩图报的灵性和母慈子孝的天性，与林海雪原鏖战中抗联战士的善心爱意互相映衬，散发出天地间的无尽暖意。

　　那个"1938还是1939"（那正是中国抗战最艰难的年月）的故事是由父亲一次次讲述展现的，经历了漫长而艰苦的东北抗日的父亲本有着许多该向后人讲述的战争年代的故事，然而让父亲刻骨铭心而向"我"再三讲述的却是他与狼的相遇。一头失群的瞎眼母狼，在濒临死亡的困境中得到父亲的救助，并产下了"一头忠勇的小狼"，小狼"把自己的尾巴当作母亲的生命线，在荒无人烟的深山，不离不弃地牵引着"双眼失明的母亲。而在父亲孤身与日本守备队的"敌手"雪地险战后，瞎眼狼和它的孩子在不见日月的风雪深山，在前引路整整三日，把父亲领出了迷途。与父亲首次相遇的小狼，其本性在饥饿中自然会有猛烈攻击父亲的举止，是母狼以自己矮小瘦削的身躯，阻止了高大威猛的小狼对父亲的攻击。父亲夜晚栖息在山洞的那三天，瞎眼狼更是守候在洞口，也不忘叼着小狼的尾巴，不让父亲有丝毫受攻击的危险。父亲脱险后给两条狼作揖道别，这一作揖，是人感悟天地万物的灵性而感恩致谢，是所有生灵间的相通相知。

　　父亲每年小年时都会向"我"讲述当年从"四道岭密营"出发袭击日本守备队的故事，严寒岁月剑拔弩张的战地激战和人狼相遇的传奇经历在一遍遍的讲述中成了父亲要向子孙后代交接的最重要遗产。"我"曾到处查询，希望得到一点与父亲讲述有关的历史资料，终一无所获，"最后我甚至怀疑，父亲的这个故事，是不是编造的"。然而，父亲一次次的讲述，都以一个个血肉丰满的细节，留在了后代的记忆中，使得父亲的讲述，即便有着编造，也散发出感人的真实。那个作为故事的核心情节的"炖马靴"发生在你死我活的"肉搏"战对手之间，却以人所共有的温情从父亲对"我"的讲述延续到"我"向儿子的讲述。能一代代讲述下去的，不正是无论战争摧灭的残酷，还是时间流逝的无情，都无法消磨尽的历史真实吗？

迟子建写小说，始终倾注着她的一腔"热血"，那是一个作家的"热血"：悲悯、敬畏、关爱；探求、洞察、善言……《炖马靴》让人再次感受到迟子建不会枯竭的"热血"。那是迟子建身上最为可贵的作家品格，不断化为她作品的感人力量。

火车
——《城与年》系列

宁　肯

　　1972年意大利人安东尼奥尼拍摄《中国》时，我们院的几个孩子走在镜头中。安东尼奥尼并没特别对准他们，只是把他们作为一辆解放牌卡车的背景，车上挤满蓝色人群，我们院的孩子只停留了十几秒便走出画面，向城外走去。城墙虽然消失了，护城河还在。过河就是铁路，庄稼地，二道河，三道河。二道河是污水，河汊纵横如车辙，那是我们院孩子抵达的最远的地方。通常就在铁道边上玩，听说过三道河没去过。从后来才见到的片子看，他们是五一子、大鼻净、小永、大烟儿、文庆、小芹。小芹是唯一的女孩，但是跟男孩差不多，一个颜色。那么还有一个人是谁呢？他比别人都矮了一大截，落得有点远，而且不像是和前面一伙的。但是没他一切都无从谈起。四十年后我在镜子中看到他，他也老了。别以为侏儒不会老，照样会老，满头银发，雪山似的，照耀着短小如藕节的身体。

　　他们——当然也可说我们——过了桥。

　　桥是南城的永定门桥，普通得不能再普通，要不是简易栏杆几乎看不出是座桥，路面也是一样的柏油与反光。桥上永远有人在打鱼，冬天凿开冰也打，每天打得上来打不上来都打，网抬起落下，像钟一样准确。总有含着长烟袋一动不动的老人围观，就是说不管这个城市已走了多少人总有闲人。街上也还有人，公共汽车空荡荡，但算不上空驶。偶尔车后面跟着辆自行车，汽车多快自行车就多快，没任何原因。阳光不错，路面反光，汽车、人、自行车像在镜子中。

　　护城河泾渭分明映着城市、农村、环城铁路，火车慢慢悠悠，汽笛声声，大团的白雾飘过河来，被坚硬的城市吸尽。白雾在田野上要飘很久，这也是我们喜欢河对岸的原因之一。我们在铁路上奔跑，追着白雾。铁路本是麻雀的世界，麻雀起起落落，重复飞翔。我们的奔跑没有重复感，我们只是几个孩子，并且奔跑的原因不明，与食物无关。枕木的节奏决定着我们奔跑，只要踏上枕木不跑不行，直到有人带头卧下才全都卧下。没人教我们倾听，只是一人俯耳大家就都跟着——好多事都这样，然后竟真的听到了轻轻的震动。尽管就课本而言我们是白痴，但本能异常聪明。火车来了，尽管在远方，但是来了，远远地来了，简直有音准。虽然我们不知道音准但已听出来，声音越来越高，越来越密，越来越响，然后我们一哄而散……

火车从来轧不到麻雀，也轧不到我们。

黑色的火车红色的曲臂，喷着热气一下将我们吞没，什么也不见了，只见红色曲臂那样奇怪地来回转动，好像原地打转，但却在走。我们跟着热气大声呼喊，听不到自己的声音，只看到同伴的口型。火车过去了，我们依然跟着尾车跑，向尾车扔石头，歪戴帽子的押车员不为所动。

我们从没扔过绿皮车，看都看不够，窗口都是陌生人，他们看我们，我们也看他们，我们追着窗口跑，有人扔下东西，一包垃圾，或梨核儿，我们也不在乎。我们太喜欢陌生人，远方的人，每次都追出很远，客车走了看不见我们还在铁路上走，不知为什么。有一次走得太远，突然意外地远远发现许多黑皮车，无数平行又交叉的铁轨，闪闪发光，一个我们从未见过的陌生世界。我们不知道这是车站，要是客车，我们自然会想到是火车站，货车站把我们看傻了，太兴奋了。我们猫着腰穿过铁轨，神神秘秘爬上了一列列安静的列车，从此这里成了我们的乐园。我们跳进涂着沥青的车厢，进入闷罐车厢，从车尾到车头，搬动拉杆，发出"呜，呜，呜"想象中的声音。在帽型尾车上，我们扶着简易的铁栏，站在押车人常站的地方招手，望远方，模仿叼着烟的姿势，从里面手扶门边只露半个身子，挥舞帽子。我们探寻各种可能的发现，工具箱、大衣、帽子、暖壶、杯子、饭盒、工作服，偶或发现有工具箱没锁，里面的锤子、改锥、钳子、扳子、轴承，太让我们兴奋了。我们戴上工帽，穿上工作服，拿着扳子拧这儿拧那儿，好像工作了一样。我们不再是简单的孩子，货场让我们像竹子拔节一下长了一大节，我们走路都和过去有点不一样，这一点甚至从影片中也可看出：我们不再散散漫漫，而是步履匆匆。

那天是周二，是不是全世界星期二下午都没课？还有周六，不仅如此我们那时周四下午也没课，就算上午也常有自习课。由于课本的原因，尽管我们头脑简单可本能不简单，那天一吃过中午饭本能就活跃起来。在大门洞外我们等了一会儿小芹，每次差不多都是小芹最后一个出来，烟色条绒上衣，烟色的猴皮筋，猴皮筋将两条烟色硬辫勒得很紧，整个看去，小芹在我们之中是最接近麻雀的，干脆说就是一只鸟。五一子打了个榧子。

我们住在南城中轴线偏西，在和平门与宣武门之间的琉璃厂附近，我们院在北京也是数得着的上百户大杂院。有三个门，正门、旁门和后门，从前门儿进去后门儿出来要穿过迷宫似的夹道，出来后差不多就到了宣武门。已经说不上几进几进院，院中有路，路中有院。夹道、小巷、角门、垂花门、豁口将十几个院连在一起，有的院门紧闭，常年没人，里边有树、亭子，甚至一段小河。小河好像是暗河的一段，没出院又消失了。具体到我们小院，不到十户人，是这大院中最普通的小院，虽青砖墁地但房子低矮，就算正房也比别的院矮一点，据说是早年间的牲口棚。

我们等小芹倒不因为小芹是女孩，我们没什么性别意识，所有人都是一个人。主要是小芹在别的方面和我们不一样，她有零花钱我们没有。小芹不和父母住，从小和姥姥住我们院。小芹父母住在北京西城的社会路，是中科院的工程师，过去节假日她父母老来我们院，去了干校后来得少多了，听说最近又去了新疆。小芹有一个姐姐在内蒙插队，还有一个弟弟跟着父母，北京、五七干校、新疆到处跑。关于小芹我们也就知道这些。每月小芹都有固定的零花钱，五块钱呢！我们一年的学杂费才五块，这笔钱由姥姥掌握着，小芹因此恨死姥姥了。

我们从大院里出来，穿过门前的前青厂胡同，这是我们梦游都不会走错的胡同，前面不远，过了北柳巷十字路口就是琉璃厂。我们的学校就叫琉璃厂小学，不在街面上，在小胡同内，走九道弯、小西南园、铁脚脖胡同都行。过了铁脚脖胡同是荣宝斋，荣宝斋对面是琉璃厂唯一的一座西洋建筑，四层带白廊柱，顶部刻有：1922年。老辈人说中国的第一部电影《定军山》就诞生在这座楼前，但这是我们每天的必经之路，我们已经视而不见。直到南新华街与东西琉璃厂交叉的十字路口才稍稍陌生一点：大街对我们这些孩子永远都有些陌生。这里有两趟公共汽车，一个是十四路，一个是十五路。十四路在这里的站不叫琉璃厂叫厂甸。厂甸到永定门一共七站：厂甸，虎坊桥，虎坊路，太平桥，陶然亭，游泳池，永定门。我们无比熟悉这些站牌，倒不是因为坐车而是每次都数着站牌走着，一站一站，比坐车还熟悉这些站。

只有小芹坐过一次，坐完就后悔了。小芹在永定门等了我们好久，在桥上吃了三根冰棍，喝了两瓶汽水，差一点就坐车回头找我们。那以后小芹每次都跟我们一起走，长着一副马相的五一子心眼儿总是很多，每次他都别有用心地鼓动小芹坐车，开始我们不太明白，后来就一块帮腔，结果终于等到小芹一句话：要坐大家一起坐。不用说，小芹请我们坐车。但五一子还有幺蛾子。小芹自然统一买票，五一子偏要把钱给他，他自己上车买。小芹给了五一子一毛，这样我们都要自己买，小芹也没说什么给了我们每人一毛。七站地七分，售票员要找三分，找回的三分说好了要还给小芹。我们都上了车，五一子最后一个，没想到车门刚要关上，五一子突然跳下车。五一子说他不坐车了，他跑着。我们立刻明白了。五一子像匹小马奔跑起来，一直在我们后面，车快他也快，车慢他也慢，有时他变得只是一个小点了，但路口到了，五一子又追上来，甚至超过我们。每一分钱对我们都是宝贵的，因为就算一分钱，我们兜里都没有，小芹没想到快到第四站时我们每人花四分钱买了票，到虎坊路纷纷下车。

小芹也下了车。

五一子傻了眼，问我们为什么下车。我们都不说话。我们坐了四站花了四分钱，省了三分钱。小芹先没理五一子，先朝瘦得跟刀螂似的大烟儿要，大烟儿给了小芹三分，小芹不干，让把钱都拿出来。大烟儿看五一子，磨蹭半天，嘟嘟囔囔，说后面三站他也跑，意思是三分钱他可以留下。小芹毫不客气一把夺过大烟儿手里的三分钱，大烟儿心虚没躲，看五一子。大家都看五一子。对于接下来的大鼻净、小永、文庆，小芹只是伸手，话都不说。他们张了手，但没主动送上钱。小芹一一从张开的手心里拿走了钱。到我这儿稍迟疑了下，我主动把钱放到小芹手里。

小芹朝向五一子，伸出手。

五一子拍拍兜，说钱丢了。可真说得出。

"那我翻了。"小芹说。

"翻吧。"五一子梗着脖子说。

一个女孩子翻一个男孩子身，我们都没想到。虽已是春天，五一子仍穿着脏得发亮的土黄棉袄，并且是空心儿的，下面穿了一条单裤。五一子跑了四站地，棉袄系在腰上，光了膀子，像小一号的他那当装卸工的爹。小芹一点不犹豫，解下五一子腰上的脏棉袄就翻，五一子光着大板儿脊梁，肩头晒得发红。小芹在五一子身上翻了个遍。

我们挺佩服小芹的，主要是我们把钱都交了，也希望小芹把钱翻出来。

"把他裤子脱了！"大烟儿说。

"藏裤裆里了！"大鼻净说。

我们太了解五一子了。

"我脱了？"五一子主动说。

"脱了。"

"你脱吧！"如果马也有流氓相，一定就是五一子当时那副样子。

小芹伸手便脱，五一子拿出了钱，变魔术一般。

小芹妈妈每月从远方寄来一次生活费，姥姥把小芹的零钱换成一毛、五分，分成了三十份，每天视小芹的情况发放一次。哪怕三天一次、两天一次也行。但是不。小芹姥姥不。早晨小芹睡得迷迷糊糊便听姥姥唠叨，催她快起床，数落昨天小芹的错误和不是，鸡毛蒜皮，嗡嗡嗡嗡，小芹堵上耳朵，姥姥就给扒开。姥姥也真会挑时间，平常小芹根本不听，吃饭都端碗到邻居家吃，我们院倒是也兴这个。或者姥姥说一句小芹顶一句。小芹同姥姥的关系就跟中苏关系似的，一直都很紧张。上学都快迟到了姥姥还没完没了，越说越气，钱捏在手里不放下。有时小芹忍无可忍背起书包就走了。姥姥便追上去把早点钱摔给小芹，最气时不追，早点钱也不给了。第二天姥姥继续数落昨天的事，时间不算太长便给了钱。小芹拿到钱，问昨天的呢？姥姥没办法，要是吵起来小芹会把钱放下便走，继续不吃早点。这种事情之前不是没有过。

小芹的零花钱包括早点钱，每天一个油饼，八分钱，另外的七分钱才是零花。粮票可以兑钱，或者说也是钱，油饼要是交一两粮票可以省二分钱。为了这一两粮票，小芹跟姥姥打了好长时间，粮票按月定量供应，每人一份，每月都有粮店的人到院里来发。"发粮票喽！"一嗓子就行，全院人都出来了，拿着户口本，就等着这天呢！小芹姥姥死活从不给属于小芹的这一两粮票，"买粮食都用了，哪儿有你的粮票，你都吃了。"小芹不服："我早晨也得吃呀，粮票包不包括早晨？你要说不包括我就不要。""不包括。""包括。"小芹给妈妈写信，讲理，控诉，直到妈妈寄来了全国粮票问题才解决。我们院谁家都没有全国粮票，看着可是新鲜了，全国粮票也叫全国统一粮票，到哪儿都能花，比一般粮票大，硬挺挺的，像新钱票一样。但我们还是希望小芹把全国粮票花掉，别攒着，换成钱，攒几张就行了。每次出门远行小芹都会给我们买冰棍，去时一根回来一根，还买过汽水呢。汽水一毛五分钱一瓶，当然不是每人一瓶，五六个人一瓶，你一口我一口分着喝，喝着喝着我们就打起来。这时就算五一子是我们的头儿我们也照样会跟他急，扑上去撕咬，只有小芹能像有电棒一样将五一子分开。小芹姥姥最恨的就是五一子，最瞧不上的也是五一子，老太太总能一眼就看穿五一子，每次我们精疲力竭地从铁路回来，小芹的姥姥都像定时炸弹一样，是我们预料之中的。"你们还回来，怎么不让火车撞死！"

我们四散奔逃，五一子更是缩头乌龟。说起小芹姥姥我们都不怕，但一见小芹姥姥还是怕，就像说起炸弹不怕，一响可就另外一回事了，我们都像着了弹片被炸飞了一样，跟电影里的鬼子似的。倒是小芹充耳不闻，像没看见一样，从姥姥身边走过。她们家门敞着，弹簧都被临时卸掉，只等看着我们进院。小芹也不客气，进了屋使劲把屋门拉上，拉上弹簧，就差插上门。小芹姥姥本来冲着我们，立刻停了，无比愤怒地拉开门，哐当卸了弹簧敞开房门，跺着脚将小芹和我们一起骂。小芹躺在炕上堵着耳朵，有时一跃而起，摔门而出，本来跟长征似的好不容易回来了，却一气之下重新走到街上。

我们毫无同情心，没有一次到街上看看小芹。我们都在挨家长骂，那么大声，我们听得出，那也是让小芹姥姥听的。小芹姥姥在我们那片是个很特殊的老太太，既不像有文化的老太太，也不像没文化的老太太，更不像是有着工程师女儿女婿的老太太。瘦，脸上皮包骨，抽长烟袋，黑牙。出身不好，头几年还挨过斗，可是我们院邪行，一直没怎么有社会上，比如工厂、机关、学校那一套，红卫兵哥哥姐姐们倒是闹过一段，但很快都轰乡下去了。说不迷信那也就是嘴上说，事实在那儿摆着，我们院大人就是这心理。

我们院也就小芹不怕她姥姥，每次从铁道回来零花钱至少停三天，就是那七分钱不给了，只给早点钱。上铁道是大错，小芹也不争，而且没了零花钱小芹也有办法，早点不吃了，省了，就像五一子、大烟儿、小永——我们都不吃早点，就没吃早点的习惯。这当然是农村人的习惯，我们院大多以前都是农村人，还保留着许多农村人的习惯。我就不一一列举了，还是说小芹，习惯了早点的小芹没了早点非常挂相，中午放学回来狼吞虎咽，一点吃相没有——吃相历来是老太太教育的话题。

"是不是没吃早点？"

"吃了。"

"撒谎。"

小芹姥姥跟踪了小芹，戳破了小芹的谎言。

"我的早点钱，我愿吃就吃，不愿吃就不吃，你管得着吗？你有本事别让我吃早点，别给我早点钱。"

"你这孩子，滚！"

"就不滚，我妈的钱我干吗滚？"

"我是你姥姥！"

"你不是我妈。"

我们走在细长的铁轨上，伸出两手，排成一线，晃晃悠悠，不时弯腰捡起一块砟石头扔向远方。铁轨与枕木是天然的一对，像一对老人。铁路已太老了，连石头都老了，带着深深的油腻污渍。但比起这座城市，依然是现代的钢铁世界。信号灯闪耀，路轨闪光，这盛大而又迷幻的货场，以及这几个孩子，安东尼奥尼拍不到这里不等于这里不存在。它一定存在。我们轻车熟路地穿过纵横交错的铁轨、道岔，划过弯曲的扇面打开的钢铁之光。在红色信号灯处我们低下头猫下腰，不像麻雀，麻雀做不到这点，避开扳道工，来到了货车丛中。这里是一个无人的世界，大多是黑色车，也有个别好久不开的绿皮客车。这里是我们的街道，我们的王国，我们的胡同，随便上到一辆尾车上，像以往一样，像一种固定的仪式，所有人的头习惯地凑到一起。

"海外来人了。"

"第三次世界大战就要打起来了。"

"联合国军已经登陆。"

《铁道卫士》印象深刻，已深入我们的骨髓，五一子假装演员方化，手势我们太熟悉了，眼睛直直的。接下来的次序不固定，有点乱，大鼻净与大烟儿总是抢话："可我那二百垧地？"大家一起喊："给你弄个师长旅长干干不比你那二百垧地强！"笑得前合后仰。

小芹从不参与，看着我们，这时她的确是女孩。直到有一次五一子给了小芹一支烟，是的，五一子已开始卷大炮，偷他爹的。五一子给小芹卷了一支，小芹叼起来，大鼻净一副谄媚的样子给点上。别说，这时候小芹表情还真有几分女特务的样子，特别是小芹自行把硬辫子松开，头发弄得松松垮垮。我们都看傻了，有种非常陌生的东西，我们觉得好看，但谁也没说好看。说不出来。我们像镜子一样，小芹肯定看到了自己。

我们围着桌子，尾车空间不大，两边各一张铁凳子，中间是铁架做的桌子，两边的铁窗相对。靠里有个铁炉子，烟筒伸到车顶外。一般火车其实有两股烟，一是白烟，一是黑烟。浓浓的黑烟就从这里伸出车顶冒出，比白烟更长久，更让我们心驰神往。有时还会有马灯、信号灯、信号旗，桌上随便放着简单的行车记录，以及搪瓷缸子、饭盒、水壶、圆珠笔。椅子下面是工具箱，工具箱上面卷放着被子、大衣，都脏得要命，和煤堆在一起。我们拿着信号灯照来照去，不敢拿到外面。信号旗拿外面没问题，可以在尾车栏杆处乱晃，不会被发现。从一辆尾车到另一辆尾车，我们不会停留在一辆尾车上。那天发现了一副扑克牌，扑克牌又脏又破，满是油污，但仍让我们兴奋不已，就像玩惯假枪后见到了真枪。

我们刚有清晰的记忆就赶上了破四旧，脑袋立马像归零一样，当插队的哥哥姐姐带回扑克牌，我们无比惊讶，世界竟这有种新鲜玩意儿，太神奇极了。我们当然玩不上，一向被世界忽略，但这并不妨碍我们创造自己的世界。我们撕了作业本，裁成五十四张同样大的纸，写上红桃、黑桃、方块、梅花和数字，大猫写上大猫，小猫写上小猫，也是一副牌。我们玩大百、小百、升级、争上游、憋七，甚至带到火车上玩。我们坐在两边铁椅子上，像开会一样，非常神秘，一点也不觉得那些破纸可笑。发现真正的扑克牌后，那堆烂纸立刻被我们扔到窗外，随风飘散。五一子和小芹一头，大烟儿和文庆一头玩起对家，小永和大鼻净围观，替补。五一子让我把门关上。这不用说，我负责警戒，从来如此。

汽笛声声——远处总有，尽管这次是我们的车发出的，但七十多节车厢太远了，因此任何汽笛声可忽略不计，我们都习惯了。就算屁股底下"哐当"一声火车动了，通常也不太慌张。稍不同的是那天我把门锁上了，这也不打紧，还有窗户，我去开门，大家纷纷跳窗而出，以前就算开着门也有人成心跳窗。小芹和五一子收牌，收了最后几张，五一子翻身，跳窗。铁门打开了，毫无疑问小芹会跟着我，这都不用说。车很慢，我下到铁台阶最后一节一跃跳下。当然摔在了地上，我太小了。果然小芹跟着我出来了，到了栏杆处，却没下台阶，迟迟没跳。我们追，喊快跳，快跳，几乎拉到了小芹的手，小芹却没动。小永摔倒了，大烟儿也摔倒了，在枕木上，砾石上。

小芹扔下了扑克牌，我们每个人都捡到了，一边追一边捡，一边捡一边追，我这个罪魁祸首落在最后，远远追着，也捡到了一张。我不能说扑克牌是罪魁祸首，是一种命运，哪怕它经常用来算命，但我也恨死了扑克牌，我觉得我就是扑克牌。我们散散落落停下了，五一子从我们手中一一收走了牌。五十四张，一张不少。小芹没有一次扔下，一张一张扔下，不然我们也不会追那么远。火车消失了，我们又追了好一阵。

牌与小芹都重要，这是真的。的确，在迷茫中牌仍然是一种快乐，一种无法言状的东西。一年以后我们见到了小芹，无论牌还是小芹都已被成长太快的我们忘记了。当然，牌要早得多，很快那副本来就很烂的牌就被我们彻底玩烂，变成了碎片。确切地说，我们见到小芹是一年零五个月之后，也就是在那个春天过去后又过了一个春天的那年秋天，小芹来到我们院，在午后的阳光中打开尘封已久的门。院里老人的匣子正在批判《中国》，义正词严。居然抹黑中国，却又不明白，那个叫安东尼奥尼的怎么来到中国的？谁请他来的？这部纪录片就是这样和我们有着扯不清的费解的关系。以往的批判都是鲜明的，极易理解，唯独这次像个天外来客。我们都已经上了中学，除我之外。五一子、文庆、大鼻净甚至都已开始上初二，所有人都长高了半头、一头，除了我。

我们已不认识小芹，但一看就知道是小芹。小芹也不认识我们，从我们身边走过，旁若无人。我们正在防空盖上打乒乓球，星期二，下午没课，就如小芹消失的那天。小芹也一样，长个儿了，不再是辫子而是短发，脖子显得有点长，对一切都不陌生，熟视无睹，好像从没消失过。她们家的门锁显然锈住了，她开了半天也没开开。我想下去帮她，开个锁什么的我手到擒来，是我强顶，可那时我正在房上玩扑克牌的碎片，是我自己的拼图。还是她自己开开了，一股灰尘飞出来，她毫无感觉似的迎着进了屋，掸都没掸一下。但进去后就把弹簧顺手卸下，打开门放空气。她不是不敏感。她穿了一件稍短的瘦削红黑格子上衣，下身国防绿裤子，遮住脚面，背着军挎，自行车后座夹着一个棕色有拉锁的手提包。车是八成新永久二六，支在门口。说不上她从哪儿来，不像外地，也不像北京。

小芹失踪后她爸妈连着来了两次，一次为小芹，一次是前来奔丧，相隔不到三个月，从新疆来可不是容易的事。让我们惊讶的是，小芹父母两次回来穿的都是军装，领章帽徽，四个兜。彼时全民皆绿，但真国防绿很少，有也只是两个兜，下面空空如也。四个兜可不一样，馒头扣都比两个兜的大一号，我们分得可清了。而且四个兜的神秘之处在于从连级到军级都一样，连毛主席都穿一样的四个兜。不过小芹父母来自偏远的新疆，我们的惊讶有点打折扣，要是在北京可不得了。另外俩人都戴着白眼镜，像兄妹，连神态都像，和解放军简直无关。所以关于小芹我们还是那句话：她没和我们在一起，那天我们去铁道没有她，不知她去哪儿了，和我们对小芹姥姥说的一样。谎言有个奇妙的作用，一旦说出，特别是集体说出就会连自己都相信，会变成石头。我们因此从没怀念过小芹，一分钟都没想到过报案或找铁路上的人报告，收走扑克牌之后五一子便提出小芹没和我们在一起、我们不知道小芹去哪儿的谎言。我们的恐惧，我们心里的石头一下落了地，一致赞同。小芹在那一刻真正消失了。我们统一了口径，攻守同盟，五一子使劲扔出一颗铁路上的砟石，挥舞着好像一下长大的拳头说，谁要是说出去，他绝不放过，会整死他。

"对，"我们随声附和，"整死他！"好像说得不是我们自己。一路上大家越来越高兴，越来越振奋。小芹姥姥定时炸弹的巨响让我们第一次觉得可笑，全不当回事，也没有四散奔逃。小芹姥姥那皮包骨脸上一双老眼骨碌骨碌地转，不相信我们所说，事实上，我们的异口同声反而暴露了我们在撒谎，街坊四邻其实也都听出了。

"好啊，你们说小芹是不是给火车撞死了？是不是？是不是？我告诉你们，小芹被撞死了你们谁也别想跑，都得给我偿命！"这当然是气话，恶狠狠的话，威胁的话，但并不是让人相信的话。但是当小芹真的没出现，我们的谎言由于不断地重复完善，越来越像真的，越来越具体，越来越无情，小芹的姥姥收起了嚣张。

"真没和你们在一块？"

"没有，真的没有，真没有，向毛主席保证没有。"

"我们出门时还看见她，她往另一边走了。"大烟儿说。

"她去菜市口照相馆了。"最可信的文庆说。

"是，是，是。"

成功了，是我们最成功的一次，小芹的消失甚至成为我们的高兴之源。直到小芹姥姥夜晚撕心裂肺的哭号才让我们的心一紧，但也很快就过去了。

"小芹，你个死嘎巴儿的，你上哪儿去了，你还不给我回来，你说你到底跟他们去没去，是不是撞死了，你去哪儿了呀，我怎么向你妈交代呀……我不活了……你快回来吧……回来吧……"

一夜哭号，寻死觅活，非常恐怖，但直到三个月后才死去。

不是残酷，不，这是事实。

三个月后小芹父亲再次问到小芹，找了我们每个人，并保证不把我们讲的说出去，他们本来就做保密工作的，让人特别可信，可我们也在保密呀。我不知道别人说出没有，反正我没说。我相信大家都没说。如果说上一次小芹父母来，我们还能看到他们白色眼镜片后面的那种怀疑，那种静默还让我们的心怦怦直跳；那么三个月后我们在他们的眼睛里什么也没见到，特别干净，因为我们干净。

小芹插队的姐姐也来了，还有新疆的弟弟，全家人都带着外地的颜色，边疆的风霜。新疆的风霜和内蒙古还不同，新疆的脸更暗一些，连男孩都旧，反倒是靠东北的内蒙古的风霜十分鲜亮，好像秋梨与苹果。全家人一样的是：都没什么悲伤，我们觉得至少红苹果似的姐姐应当大哭一场，眼圈儿是红的，但是没有。他们处理了房间大部分东西，临走时上了一把大锁。没必要那么大的锁，好像科研成果，生锈很难开。

要不是小芹旁若无人的样子，我想我们见到小芹会惊喜，她的陌生的神态提醒了我们。我们惊讶但无话可说，而且今非昔比，我们都已不是孩子，都长大了，甚至有点走样儿，大烟儿更像刀螂，大鼻净湿乎乎的面积更大了，小永唇上起了一层茸毛。变化最大的是五一子，更像马，说不清脸更像还是手臂更像，背部油黑油黑的，好像刷得很亮。总之所有人都有点牲口相，何况他们现在都是我哥哥的徒弟，每天晚上跟着我的著名的流氓哥哥举重，劈哑铃，盘杠子，个个表情生涩。

小芹进进出出，收拾屋子，晾被子、毯子、枕头，到水管子处打水，从我们身边走过。我们对小芹慢慢收起好奇，也像看陌生人一样。

"够牛逼的。"大鼻净湿乎乎地说。

"那裤子估计是她爸的。"文庆说。

"傻逼，她妈的。"大烟儿内行地说。

"操，你才傻逼，"文庆说，"我还不知道她妈也是解放军？可你瞧那裤子绝对是她爸的。"

"你们傻逼，国防绿不分男女，都是男式。"

声音就在小芹身后，尽管压低仍会让小芹听见。倒是五一子一直没说什么，马一样的沉默，马一样的目光凝视着小芹，管接管送。至于我，我在房上，我的样子倒是和下面这些牲口有一种呼应。虽然当初主要因为我锁门才出的事，我的责任最大，但我又是无法怪罪的。我干了什么别人都不奇怪，因此我可以跟小芹打招呼，问这问那，毫无障碍，但我也没动。

倒是院里的爷爷、奶奶、大爷、大妈见了小芹格外惊讶、亲热，问这问那。小芹对他们倒也正常，露出我们熟悉的淡淡的笑容，回答了我们遗忘已久的不可思议的问题。回答得十分轻松，小芹到了新疆见到了父母，并且早就见到了。这还不算，不久便又和父母一起回到北京。这些变故早就发生过了，只不过我们一点都不知道。

小芹不用成心，很自然就戳破了我们的谎言。我们院大人都知道了小芹原来是和我们在一起的，一起去的铁路，老人们眼珠不动了，困惑多皱的脸与其说是惊讶不如说是麻木，瞪着我们，也瞪着小芹。小芹说她一直想去找父母，那天正好就去了。"正好"我倒没想过，可我一直认为她的确可以跳下来。只是再蠢不过的五一子他们竟然好像没听太明白小芹的话，我不知道五一子他们这会儿的聪明劲哪儿去了，逢到真正需要智力时五一子的脑子与晒黑的手臂、膀子、大腿没什么区别。

小芹在西城月坛北街铁二中上学，搬到我们院并没转到附近的四十三中。她骑着男式二六自行车每天早出晚归。她干吗搬回来住谁也不知道，肯定不是为了我们或街坊四邻。她有时回来得早，下午没课，中午一吃过饭就回来了，晚上吃剩的。我们胡同好多人也认识小芹，但也像我们一样对她感到特陌生。除了那肥大的国防绿裤子，二六车也特扎眼，彼时没中学生骑车上学的。还有军挎、刘胡兰式的短发，和所有人都不一样。肯定有人拍她（拍婆子），只是不知道什么人能拍她。反正我觉得我们这片人都没戏，也就朝她瞎吼一嗓子。

他们都觉得五一子有戏，毕竟过去关系不错，就鼓动五一子。但五一子一见小芹就脸红，真的像马，并且像马一样出汗。和谎言没关，小芹事实上也并没特在乎。就是一种畏惧，正如小芹当初扒他裤子的畏惧。五一子都不敢，大鼻净、大烟儿、小永就更不敢了，干脆完全放弃，就像完全不认识小芹。

有一天我敲开了小芹的门，其实我早可以这么做的。与别人无关。那天我和猫、鸽子相隔不远坐在房上，她推着二六车进院，不知怎么向上瞥了一眼，并没与我相视便过去了。通常谁进院也不向上看，谁都是低头看门道、脚下，或平视，反而我可以看到任何人。她中午之后回我们院多在周日，有时周六。偶尔会在周一、周三，这两天全天都有课。而那天是星期三，所有人都上学去了，她的黑红格瘦削的上衣划破了阳光。她瞥了我一眼后穿过防空洞盖、小厨房、过道、屋门口，支上车，没锁车，掏出钥匙开门。她的短发真的不是圈子式，很阳光的。

当然，她见了我还是很惊讶，如同我对她的房间的惊讶：房间竟然如此简单。

"有事吗?"

"没事。"

我到她的腰部，她的惊讶有拒绝的内容，但是随着俯视地打量我，慢慢地缓解下来，一贯的表情消失了。我的惊讶稍长一点，四下看了一下，房间只一张桌子、一把椅子、几块铺板、一点生活用品。以前的八仙桌、太师椅、自鸣钟、大黑柜都没了。四壁空空，桌上有课本、笔、作业、书包，几本没皮的不知什么书。只有墙上的主席像、窗台的石膏像是过去的。

"你不上学了?"她先问了我个问题。

"我想知道，"我单刀直入，没回答她的问题，"你有三个月时间没找到你爸妈，到哪儿去了? 怎么找到了新疆你爸妈? 还有，你那天说'正好'，真是'正好'吗?"

停了一会儿，我又说道："我不会对别人说的。"

真是憋了太长时间，尽管我的问题多，但我觉得她应该回答我，因为她应该相信我，凭我坐在房上。

结果事实的确不简单：她看到铁门锁了，希望把大家都拉走，可结果大家都跳了车，从窗子跳出的。

"你希望我不跳车吗?"

"不希望。"很干脆。

她不想跳。爱拉哪儿拉哪儿。她当时就是这感觉。她承认以前想过藏在尾车去新疆，但也就是想想。

"可你明明说那天就想。"

"就那么一说。"

"真的不怪我?"我问。

她没说话。我讲了那天为什么锁门，关上门很好玩。"你们玩真的牌，关上门就也像开会学习。也真怕有人来，好不容易有一副真牌。我并没把门锁死，很快就打开了。"

"你要打不开我就跳窗户了。"她认真地说。

"为什么?不愿我在?"

我们有一句没一句地聊着，都没有坐，靠在空荡荡的墙上。墙上是毛主席在安源的画像，我离得远，她的头顶到了。对面是落满灰的石膏像，一个在外面封死的窗台上，里面可放东西。

"你一个人在车上不害怕?"

她没回答，将我赶走了。她这人很没准儿，不知哪句话就惹着她了。我们聊得还行，甚至有点像朋友，但她依然对我们的"友情"没任何顾忌。另一次同样的场景，还是靠在主席像下的墙上，她回答了我上次的问题。她说她一点都不怕。我觉得她没说实话。她说她觉得火车说不定会一直把她拉到新疆她爸妈那儿，"这感觉不错，干吗要赶我走呢?"

她睡着了。火车半夜停了，上来一个人。一个提着信号灯的人把她照醒了。这是个煤矿小站，押车员是个好人，答应帮她找车去新疆。她的运气可真不错，一上来就碰上了好人。我们这些常在铁路上玩的人对押车员并不陌生，大多脏兮兮的，叼着烟，歪戴帽子。不过我还是愿意相信她的话：碰到了好人。外地和北京不一样。

小站叫阳泉，已是山西地界，我们对山西也不陌生，院里好几个插队的哥哥姐姐都在山西，我们甚至还听说过阳泉。押车员是位大叔，小芹坐的是拉煤的车，拉煤的车一般都不去新疆，押车大叔说只有拉石油的车才会从新疆过来过去，得等拉油的车。再有就是坐客车。新疆可是远了，什么车到新疆都得一个星期。客车要很多钱，最好还是拉油车。大叔有办法，铁路上有很多朋友。

"那你怎么那么长时间才到新疆?"我忍无可忍。

油罐车不是天天有，她在大叔家等。

"你住他家了?"我吃惊地问。

"是呀，怎么了?"

居然没把我赶走，我有点庆幸。小芹的脸上写着一切费解的不可思议的东西，一些即使不真真假假也是可疑的东西。阳泉站在一条大沟里，四周是黄土，押车大叔还不住在大沟里，住在另一条枝杈的沟里，人家不多，散散落落着一些窑洞。窑洞我觉得很正常，院里插队的人也有住窑洞的，听说冬暖夏凉，毛主席都住过窑洞。押车员子不高，戴着一顶新的蓝帽子，那帽子蓝得就算在北京的大街上也难找。但我对那么蓝的帽子感觉并不好，有点不祥之感。小芹讲话就有这种让人有不祥之感的特点。小芹说大叔有口音，但是能听懂，有老婆孩子。

我一下放心了，什么都相信了。

我一高兴小芹又把我赶出去。

押车人的老婆是个盲人，但他女儿眼睛明亮。女儿十一岁了，没上过学，是妈妈的眼睛，帮妈妈干活。女孩想上学，有本、铅笔，自己有时写写画画。小芹说她还教了女孩写字、认字、画画，画青蛙和小鸟。小芹在窑洞住了一个多月，没等到新疆的油罐车，每天帮盲女人和小妹妹编草编。这哪是小芹干的活，可小芹不仅干了还干得非常麻利、出活，荆条没了还到塬上去割荆条。盲女人和小妹妹和她一条心，三个人加劲干，小芹说着说着眼睛红了，把我赶走了。

编草编挣车票钱？即使不是胡说八道也差不多。说好的油罐车呢？两个月都没一趟？就算攒车票钱，一个运煤小站怎么可能有客车？如果一切都是子虚乌有，押车人是个大坏蛋，小芹怎么不跑呢？押车员来来去去，小芹完全可趁他不在家时逃跑。但是好像没有，她竟然还叫他大叔。我在房上和众多麻雀在一起怎么也想不明白。真有盲人老婆？我用小石子投猫，猫连躲都不躲，毫无反应，躺在房脊上睡大觉。投向鸽子，鸽子飞走了，又飞回来。再投。我站起来大黄猫才懒洋洋伸了个懒腰，跳下屋脊，走了。

另外就算一切都是真的，问题是再怎么说也是三个月呢，她怎么过来的？我再怎么单刀直入也没用，被赶出来多少次也没用。她说了能说的，自相矛盾。她说押车大叔在另一个城市把她送上火车，这是对的，但另一个城市是什么概念？忽然想到她为什么总是穿肥大男式的国防绿裤子？几乎没见她换过，能感到腿在里边逛荡，一阵风刮过来时就像旗子裹住了旗杆，屁股很妙。安全是安全，但不也很扎眼吗？这一片的顽主都比较土鳖，不敢怎么样，铁二中那边就难说了，听说铁二中有许多响当当的顽主，我总是在房上不由得想象小芹在铁二中操场走过的样子：昂首挺胸，短发一动不动。

有一次我问小芹想她姥姥不，按理说这事完全犯不着将我赶走，我不过是靠在墙上没话找话，结果她将我"请"了出去，就是揪住耳朵拉开房门一下将我甩了出去。我的耳朵几乎掉下来了。这样的"请"当然不是第一次，而且主要很顺手，稍一俯身即可。但这次与以往不一样，以往通常都很慢，慢慢牵着我送出屋，这次很快。她太恨她那无法言说的姥姥了，过了那么久还是那么恨，完全是雷，不能碰这话题。我从没偷窥的毛病，但那次的哭声——呜呜的深长的大哭，让我踮起脚尖看到雨一样的她。

她想姥姥？

我从没见过那么混乱的脸。

她有太多的谜，我在房顶上看着太阳落山。越过海浪般的房顶，北京真的是可以看见山的，不仅仅随口一说。彼时北京西边只有工会大楼、民族饭店、民族宫几座高层建筑，站我们院房顶一马平川都看得见，像在海上看见轮船一样。金色哨音的鸽子不断掠过前方，整个房顶都是金色，哨音让我抬头，猫也在扬头，像我一样慢慢摆头，我的眼睛毫无内容，但猫不同，永远是警觉的，你能从它的眼睛里看到什么。

警察的身影最初出现在猫眼睛中，一动不动，跳了两下又不动了。我其实也并不特别意外，真正意外的是小芹的"罪行"。不是警察来找小芹的，而是小芹带着警察来到我们院。一共三个蓝制服警察，长得都一样。一个就够了，不知干吗要三个。小芹垂着头，短发有些乱，挡住了部分眼睛。没戴手铐，两手仍交在前面。此前在哨音中我已听见摩托车声，当然不知上面坐着小芹。哨音由远及近，掠过屋脊，摩托车突然停下，还突突地响了一会儿。我立刻随着猫越过房脊跨到临街一边，两个警察押着小芹已进院，还有一个警察锁车。车是挎斗摩托，俗称挎子，就是后来在二战影片里常见的那种黑色的。

三个完全相同的警察随小芹进了屋，很快出来了一个，负责在外面警戒，也像二战电影。打火机"啪"的一声点燃烟，很帅，朝我们院上空长长地吐了一口。他一看见我，立刻警觉地摸什么，随后撇了下嘴角。我们院男女老少都出来了，没人敢靠前吱一声，问声怎么回事，倒是也都不感到特别意外。没多一会儿小芹出来了，头更低了，并且惊人地戴上了手铐。

《曼娜回忆录》，也叫《少女之心》被搜出来。这个让我非常意外，怎么也想不到，觉得也不该，她做出什么我都理解，唯独这事不可思议，抄什么不行，怎么抄的是这个手抄本？自然没不知道这个手抄本的，即使我这个已放弃学业、整天待在房上的灵长类都知道。我记得马脸的五一子还拿到过两页，来到房上和大鼻净、大烟儿、文庆、小永围在一起神神秘秘地看、念，忽高忽低，高时都向后动一下。五一子特别主动地也招呼我过去，肯定是冒坏，我太了解他。当我听到大烟儿"表哥的阴茎进入了我的阴道"，确实，我的脸都绿了，我从没听到阴茎、阴道那样的术语，力量也就更大，更惊人。五一子看着我哈哈大笑，并低头看我的裆。那破破烂烂的两页纸不是作业本，是信纸，红线格的那种。

但小芹抄的却是全本，家里竟然还有一本！

铁二中看来就是不一样，我们这片就是几张纸，大家瞎抄来抄去，要抓得有好多人抓起来，但好像一直没什么大事。抄整本就不同了。小芹留给我最后的印象就是她戴着手铐低头走的样子，永远停在了这一刻。而且这次还不像上次，小芹出事后，她们家的房子易了主，房管所调配来了新的住家，一对在琉璃厂荣宝斋工作的老夫妇，膝下一女，据说是抱的。我们以为老头与小芹家有点关系，结果一点没有。关于小芹的事传也是瞎传，有的说小芹判了三年，有的说五年，也有的说是"强劳"，反正都差不多。我们之中有人骂五一子脓包，说小芹不定被人铆过多少次，五一子早该对小芹下手，如何如何。我觉得就算小芹像人们说的那样五一子也没戏。

小芹和小芹家完全和我们院断了音信，这次我们倒没很快忘了小芹，好长时间都兴奋地谈论，分析得很细，都是和性或性器官有关。但时间抹去了一切，时间层层叠叠，时间太长了，想不到四十年后我还活着，镜中的白发像雪山一样，或者我就是雪山。

这事没想到还没完。小芹的父母现在竟然都是院士，照片都在百科上。两人还都是白眼镜，加上白发，一看竟是那么亲切，感觉就是我们院的人，虽然我们院早已不存在。费尽了周折。有一天终于打通了小芹父亲的电话。小芹的父亲不知道我是谁，我具体描述了当年的自己，然后我听到了小芹母亲的声音。小芹母亲接过了电话，给了我小芹的电话。

这天晚上，我拨通了小芹的电话。

"凝视"中的自我回溯
——评《火车》

藏　策

"1972年意大利人安东尼奥尼拍摄《中国》时，我们院几个孩子走在镜头中。安东尼奥尼并没特别对准他们，只是把他们作为一辆解放牌卡车的背景，车上挤满蓝色人群，我们院的孩子只停留了十几秒便走出画面，向城外走去。城墙虽然消失了，护城河还在。过河就是铁路，庄稼地，二道河，三道河。……"

小说一开头，就把叙事带入到了与安东尼奥尼的纪录片《中国》相互文的语境之中，于是小说就拥有了多重时间与多重视域。叙述者的聚焦及其叙事，被置于意大利人安东尼奥尼的"凝视"之下，虽然他们在《中国》的镜头中被当作背景拍入的时刻，在物理时间上处于同一时刻，但却是源自不同视点不同时代与不同空间的目光交集。叙述者在这一时刻，是作为"我们"中的一分子进行叙述的，就犹如卡车的背景，还处于主体的混沌状态。而当叙述者终于对安东尼奥尼"凝视"的目光有了自觉的意识时，其实已经是多年以后的事了。于是，同一时刻的不同时间维度，与面对同一背景的不同视域，便借助着精神空间里的回溯过程而渐次分离了。然而，这种分离所指向的，却恰恰是命运的雪泥鸿爪……

就如安东尼奥尼的《中国》，在中国所经历的误读与理解的历史过程一样，叙述者也渐由"我们"走出而成为"我"。然而令人唏嘘的是，这种个人主体的自主意识，却是被心灵的创伤性记忆所唤醒的。

接下来的故事，其实都是在纪录片《中国》的"凝视"目光中继续进行的，于是就显得特别的意味深长。就因为有了小说中那个具有特别意义的开头，那么小说里接下来的所发生的故事，也可以被视为是遗落在纪录片《中国》镜头之外及之后的另一种延续。读者似乎依然在透过那部著名纪录片的镜头，看到那列承载着命运的火车，冒着浓烟喘着粗气，轰鸣着驶出了画面之外……我们在这样的历史镜像中，看到了小芹，看到了蒙昧少年时代犹如性教育教材的神秘而暧昧的手抄本小说《少女的心》，看到了命运的嘲弄，看到了各种的不堪回首……在这些不断切换着的镜头中，我们还看到了些什么呢？其实我们真正看到的，恰恰是留在岁月中的自我的倒影。

记忆中的回溯，其线性关系中的节点，又恰始于对纪录片《中国》的反观。在这种巨大的时空差异中，与他者目光的缝合点，刚好又汇聚到了当年与安东尼奥尼的镜头交集的时刻。这看似是一种精神性的回归，然而被缝合其中的，却是那一代人的人生。当叙述者在某天晚上，终于又拨通了小芹的电话时，我们不知道由这个记忆的缝合点中，又会溢出一种怎样的生命体验……

　　一切尽在不言中……

芥子客栈

艾　玛

1

　　港东村位于崂山北麓，紧临着鳌山湾。有一条狭长的小洲从村子里伸出来，像条舌头一样伸进海湾里，形成了一个得天独厚的天然渔码头，叫港东渔码头。芥子客栈就开在渔码头上。确切地说，它并不在码头上，而是和码头背靠着背，渔码头在舌头西侧，面向湾里，能看到最美的海上日落。芥子客栈在东侧，面向湾外，正对着泊在海上的大管岛、小管岛，能看到最美的海上日出。有人曾从海上拍过一张照片，天刚黑下来，夜蓝如深海，芥子客栈一灯如豆，背对着码头上的一片灯火，看上去很有点遗世独立的味道。

　　熟悉港东渔码头的人都知道，客栈所在的地方原本是养参场，客栈原本也不是客栈，不过是养参人看海参的简易房。近些年来，海参行情不好，加上每年夏天浒苔泛滥，海参难养，这个养参场就荒废了，房子久无人居，草一日长于一日，渐渐的，连村里最野的孩子，也不大愿意到那里去。后来，从青岛市里来的一个跛脚女人倒看中这个地方，花钱买了下来。女人瘦，跛，但做事麻利，只花了两三个月的工夫，便把这个简易房收拾得焕然一新，翻修了屋顶，外墙给刷成了蓝色，面向大海的那面墙上，开了两扇大大的窗，窗棂刷成白色，两扇窗间是一扇白框透明玻璃门，门外是防腐木铺就的露台，也给刷成了白色。就常有人看见那女人身边搁着茶盘，盘腿坐在露台上看海，多是一早一晚，一坐几个钟，礁石一样不动。女人和气，但不爱说话，不好接近。有人散步路过客栈，碰巧那女人在用白色木栅栏围院子，问她围院子做什么，又不养鸡，又不养鸭。女人只是笑，不言语。女人从网上买的木栅栏非常低矮，是城里人造花坛用的那种，没有荒草高，三岁的小孩抬腿就跨过去了。但到底也是个栅栏，再有人路过，即便那女人不在露台上，也只立在那脚脖子高的栅栏边往里张望，隔着一个不大不小的院子，屋内的情形终究是看不大清，白色纱帘半掩，从门边、窗边隐隐探出三茎两杆绿叶红花，给人很不一样的感觉。

　　港东渔码头的船都不大，近海作业的多。潮汐涨上来，出海，下一个潮汐上来，返港。鱼获也多卸在码头，就地销售。出去的船，和回来的船，都要从舌尖上绕过，远远地从芥子客栈门前驶出、驶进，所以船什么时候回来，那女人门儿清，每日总能踩着准点来买刚靠岸的海鲜，皮皮虾、蟹子、小黄鱼什么的。女人买得不多，但信赖渔家，不像有些城里女人那样挑肥拣瘦。城里女人的毛病，有一些在渔民看来非常可怕。比如，她们挑蟹子，要的是那种身手好的，玉指一挑，把蟹子戳个肚皮朝天。身手矫健、能很快正过身来的蟹子，她们才说好，才要；蟹子手脚慢一点，她们就会嫌不新鲜。也不知是个什么理！铁打的蟹子也经不起这样戳嘛！客栈的这个女人不这样，因而渔家大多也不让她吃亏，多是给她挑好的，女人安静地付钱，也不像别的城里女人爱讲价。总之她给人的印象，是不错的。几回下来，再远远见她摇晃着肩膀、一脚浅一脚深地过来，就有渔民主动招呼她，还有人恭敬地问她，"贵姓？"女人笑，也不说"免贵"，单说姓万。于是码头上的人，不论大小，一律叫她小万。起初，人们也并不知小万那是个客栈，渐渐的，隔三岔五就有人坐地铁到浦里，或是自驾车，一路打听着过来，问"芥子客栈"，起初被问到的人不免茫然，待来人摸出手机，亮出那蓝房子，才恍然大悟，原来小万，拾掇那房子是为了开客栈。客栈叫"芥子"，最多接待住客两人。芥子嘛，大家倒都知是微小的东西。"实诚的。"聊起来，都不免感慨。住宿价格不贵不贱，一晚三百，一月五千。饭却不便宜，当然住客可以自己做，来码头买海鲜，回去自己煮。也可喊小万做。小万做的话，吃饭按人头，分三档，有一百五十八一个人的，也有一百六十八一个人的，最贵的，一百九十八。听得人咂舌。"一百九十八？"理着网的人，常愣在问道的陌生人面前。但也绝无人会说"贵了"。末了，几乎都是忙里偷闲地抬手一指，简短地道："走到尽头，右拐。"渔民的日子，也着实是忙碌的，没工夫论别人长短。来人都说小万手艺好，网上评价全五星，说是尤其擅烹鱼，无论是鲜鱼，还是鱼干，都说好吃，都说没吃过那么好吃的鱼。因此，来芥子客栈住宿的人呢，有两件事是不能不做的，一是在客栈看一次日出，还有就是吃小万一顿饭。当然这些不是小万说的，都是大家从问道的人那里知道的。

2

廉海砂认识小万，是小万来渔码头半年之后的事了。

廉海砂在大管岛长大，七岁离岛读书，小学时寄居港东村的小姑家，初中寄宿温泉镇的大姑家。到温泉镇后，每逢节假日回家，廉海砂不走冯家河码头，而是绕道港东村，看望小姑，再搭乘村里的顺风船回岛上。初中毕业后，廉海砂留在了温泉镇，做过许多工作，现在他在温泉镇边上的一个别墅小区做保安，每日腰间挂根丁字棍，开着一辆电瓶车在小区里转悠。别墅小区入住率低，人少，花多，房子好看，廉海砂每日笑眯眯的。跟在海岛上长大的许多年轻人一样，廉海砂受不了岛上的寂寞，但他也不喜欢城市里的喧嚣。温泉镇在他看来是世界上最好的地方，没什么高楼，家家户户的墙根都能晒到太阳，不管什么东西，走路去都能买到，水龙头一拧有水，二十四小时有电，人不多不少，车也不多不少，这都是廉海砂喜欢的。不过，廉海砂的老爹却认定，廉海砂在那"世界上最好的地方"过的却是最"懊头"（方言，意思是郁闷）的日子，因为廉海砂二十九了，没有老婆，也没有孩子。岛上和廉海砂差不多大的男人，孩子都上岸读书了，廉海砂却连老婆在哪里都不知道。好在廉海砂的老妈信主，相信一切自有主的安排，倒不叨叨这事。廉海砂的两个姑姑，温泉镇的大姑，港东村的小姑，没少为廉海砂操心，她们给廉海砂介绍过的姑娘，遍布了鳌山湾一带的二十多个村子。廉海砂呢，却总是"没感觉"，当然，有时候是人家没看中他。廉海砂家的日子呢，过得去的，岛上三间大平房是翻修过的，东西厢房扩建了，院子也修整过，不比别人家差。还有一片海，租给了养殖户。岸上呢，前几年，温泉镇以东临海一带刚开发，房价还很低时，廉海砂家就翻出老本，买了一套两居室的房子，以备将来孙子孙女上学时好住。现在这房子租给了东山大学青岛校区的一个外教住着，房租养活一个人，绰绰有余。廉海砂的老爹以前是渔民，现在上了年纪，不打鱼了，就在岛上干点零活，这两年都是和廉海砂的老妈一起帮人看海，不让游客在老板租下的海域里钓鱼撬牡蛎，日子不多好，但也还过得去。当然，这样的家境，说破天，也只是，还过得去。廉海砂自己呢，人品是没说的，身体也不错，四肢健全，五官端正，只是肤色黑，蝌蚪眼，一笑，眼角无端冒出几根蝌蚪尾巴，看着略有些老相。现在是一个脸和钱一样重要的时代，在钱和脸这两样事上，廉海砂都没有特别的优势，但他还时常"没感觉"，大姑小姑就有些恼，撂下话来，操不起这份心！廉海砂听过笑笑，有时回岛上看望父母，照例两家也都走到，将大姑小姑一并看了。

这年秋天，廉海砂从一个业主那里得了个治腰腿病的偏方药。一种西藏产的草药，棉花球般，说是浸泡在高粱酒里，没事抿两口，能治老寒腿。廉海砂在这个小区工作的时间长，跟很多业主都很熟了，有的业主一时半会儿不来这边住，就拜托廉海砂浇浇院子剪剪草什么的。逢年节，业主不在，廉海砂还会手书大红对联一副，"水暖观鱼跃，花香听鸟鸣""烟波天接海，欢笑喜迎春"之类，贴在业主家的大门上，字虽不大好，但一笔一画甚是工整，大红洒金纸衬着，看着喜庆。送廉海砂偏方药的业主姓赵，新近娶了镇上一个开温泉旅馆的女人做第三任太太，两人开着一辆越野车，带着一条狗，旅游结婚，去了西藏，自驾游。这一趟来回两个多月，廉海砂当然也没少照应他家，还跑镇上给他取过两回国际快递。业主的新太太和廉海砂的大姑熟，对廉海砂家的事情知道得不少，也知道廉海砂的老爹有腰腿病的，所以特地送了两包藏地草药给廉海砂。廉海砂用手机上的一个软件扫了扫，是藏雪莲。雪莲廉海砂是知道的，珍贵的，藏雪莲，想来也差不了。得了个新方子，廉海砂就想送给老爹试试，一来表表孝心；二来，万一有效呢？廉海砂就申请调休两日，回家给老爹送药。他骑着电瓶车，先去跟温泉镇大姑说了一声，然后去了小姑家。小姑家在村子的最里边，崂山脚下，不靠海，不打鱼，单是种地、种茶，但小姑却还保留着做姑娘时在船上晒鱼干的习惯。小姑家没有船，小姑都是去码头上买鱼，就地剖好，用海水洗过后，借熟人家的船带出海去晒。大鲈鱼、鲅鱼、摆甲等大些的鱼，挂起来晒，小面包鱼、舌头鱼、鳗鳞、鼓眼等，则摊到甲板上去晒。廉海砂的小姑，固执地认为，在自己家里晒的鱼干，不如在渔码头上晒的好吃；在渔码头上晒的鱼干，不如在船上晒的好吃。其实不光鱼干，样样东西，在小姑嘴里，还都是岛上的好，就连耐冬，也是岛上的开得好看。小姑说什么，廉海砂都听着，他可是知道的，小姑说是说，可真让她回岛上住住，一天也难得挨下来。廉海砂到小姑家时，正好小姑要去渔码头收鱼干。廉海砂把电瓶车停在院子里，骑着小姑的三轮车和小姑一道去了渔码头。这是个傍晚，海水退得老远，金黄色的太阳照得渔码头对面的那一片滩涂像镀了层金箔，赶海的人不少，逆着光，人啊，船啊，远远看去全都像贴在金箔上的黑色剪纸，框上画框就能上墙。

廉海砂从船上收了鱼干，装在竹筐里抱上来，他一共抱了三筐。廉海砂的小姑坐在三轮车上，把竹筐挨个儿夹在两腿间，捡了些个大、色泽透亮的海鳗鱼干装进了一只纸箱里。

小姑两手插进袖筒，朝装满鱼干的纸箱努了努嘴，对廉海砂说，给蓝房子里的小万送过去。

廉海砂就去给蓝房子的小万送鳗鱼干。天还亮着呢，可蓝房子灯火通明的，窗纱卷到一边，屋内的情形，站在栅栏外的廉海砂看得一清二楚，雪白的墙，落地窗旁的一张长餐桌边，坐着一对时髦的男女，桌上的一只白色细颈陶罐里，插着一朵碗口般大的月季花，月季周围，摆着高脚酒杯，还有许多碗盏，看着都新奇有趣。坐在落地窗那儿，头一扭，就看得到廉海砂身后那一大片入秋后变得清澈明净的海，还有海中央的大管岛、小管岛。廉海砂怕破坏客人的好风景，赶紧猫着腰，抱着鱼干到蓝房子北边去，那里也有扇玻璃门，看不见那对客人，但看得见厨房的情景。小万系着一条白围裙，头扎一方蓝丝巾，正在一块长方桌上切着什么。廉海砂站在那脚脖子高的围栏边等了一会儿，小万没有发现他，她切完菜，又把一个大大的玻璃碗抱在胸前搅拌起来，她一边用筷子在碗里搅着，一边抬头朝着客人的方向说话，大约是在和客人聊天。这是十一月底的天气了，又是傍晚时分，从海上刮来的风吹在身上着实有些冷，廉海砂对着那扇玻璃门又是跺脚，又是喊话，小万始终没有往门外看一眼。廉海砂就跨过那道脚脖子高的栅栏，走过去敲门……

后来，廉海砂问小万："送鳗鱼干那次，你是真没看到我，还是装没看到我？"小万就笑，好一阵后，轻声说："装没看到你。"廉海砂的心就像被一双小手挠过，整个人都酥软起来，觉得这应该就是传说中的一见钟情。

3

给蓝房子的小万送鱼干后没几天，廉海砂又申请调休。物业保安队人手紧，队长就对廉海砂说："才刚休过假的，怎么了这是？咱这班跟休假有啥区别啊？不过，"队长的眼睛像扫描仪一样将廉海砂上上下下扫了两遍后，说，"你要是去泡妞的话……"

"泡妞。"廉海砂飞快地应承道。

队长再没说什么，队长比廉海砂大不了几岁，孩子都两个了。不孝有三无后为大，人家廉海砂连个老婆还没呢。

当天傍晚，廉海砂就坐到了蓝房子临窗的那张餐桌边。廉海砂新剪了头发，穿了一件带帽薄羽绒衣，里面是件浅灰卫衣，下搭牛仔裤运动鞋，看上去很精神。来之前，他经过一番仔细考虑后，预订了份一百六十八元的晚餐。一百九十八的，实在是太贵了。有时候廉海砂和保安队的小伙伴去温泉镇上吃烧烤，一百九十八元都能喂饱保安队八条好汉了。一百五十八的……也不差十块钱。这么想着，他预订了份一百六十八的。当然，房间和晚餐都是在网上订的，廉海砂新注册了个网名，潮哥。起先他想起名"砂哥"，嘴里念了两遍，砂哥，砂锅，不中听，果断放弃了。潮哥在网上告诉小万，晚上六点到。小万跟潮哥约好，六点半开饭。潮哥骑着电瓶车去的，这一回他没去大姑家，也没去小姑家，电瓶车停在他小学同学港东派出所王警官那儿。他到得早了点，和同学唠了一阵嗑，才踩着点去了蓝房子。

小万系着白围裙，头扎蓝丝巾，微笑着给他开门。小万站到一边，让廉海砂进去。屋内温暖如春，墙、地面都是灰色，家具都是白色。一个外国女人躲在某处浅吟低唱，余音袅袅，绕梁不绝。餐桌上已沏了一玻璃壶花草茶，颜色甚是可爱。喝什么茶，小万在网上是问过潮哥的。小万不建议潮哥晚上喝绿茶，红茶潮哥不爱喝，柠檬茶潮哥怕酸，最后说好了，就花草茶。小万推荐了百合花配黄芪，说是能缓解压力，补脾益气。小万还问了潮哥有没有什么忌口的，潮哥说没有，想了想，又加一句，怕辣。提到"辣"，现实世界里的廉海砂心里胃里就都有些不好受，以前他爱过物业的一个姑娘，极爱食辣，姑娘怀孕后，廉海砂和姑娘想奉子成婚，结果竟遭到了姑娘家人的激烈反对。后来，姑娘打胎，辞职，离开了他。不过，也就那么一瞬间，这不好受很快就过去了。毕竟是以前的事了。

厨房是开放式的，用一排及腰高的操作台与餐厅、客厅隔开。操作台上摆着许多高高低低的好看的罐子，有一个木架子从天花板上垂下来，上面挂满了各式高脚杯。临窗的餐桌上，那只白色细颈陶罐里，这回插的是一枝芦苇。小万站在操作台边切菜，轻声细语地告诉客人，饭马上就好，请自便，喝点茶，参观下房子也可以。廉海砂于是起身各处看看，客房很大，进大门左手边壁炉后就是，占了整个房子的三分之一，一张大床摆在房间中央，正对着窗，坐在床上就能看到海。小万的小房间在厨房后边，门上挂着"谢绝参观"的小木牌。两间卧室之间是一个会客厅，沿墙一溜书架，上面摆着的除了书，还有各种各样儿的小瓶子小罐子，有的里面还养着些野花野草，廉海砂都认得。

廉海砂回到餐桌前坐下，小万给他端来了一碟盐焗小海螺，只有六只，说是让他先开开胃。廉海砂心想，开什么胃？胃一直开着！他从小胃口好，吃什么都香。渔家吃海螺，要么清蒸，要么水煮，蘸料吃，或是什么都不蘸。小万的做法与渔家不同，她选的是比拇指头略大点的海螺，小，但也不能太小，太小没肉，也不能太大，"大的，就不能那样做了。"小万说。她先用海盐和橄榄油将小海螺腌渍了一个下午，然后用锡箔纸包好塞烤箱里烤。廉海砂用一柄两齿银叉，剔出海螺肉来吃，脆、韧、香，好吃的。很快六只小海螺吃完了，单剩六只海螺壳卧在描金小碟里，廉海砂还想吃，他看着海螺壳，明白"开胃"

是什么意思了，开胃就是往肚子里下饵，要钓上人的馋虫来。

小海螺壳撤下去后，小万给廉海砂倒了一杯红酒。小万预先告诉过潮哥，酒有红葡萄酒和蓝莓酒两种，开海后以吃海鲜为主，客栈不提供啤酒。潮哥选了葡萄酒。现在渔村的人都知道，吃海鲜喝啤酒对身体不好。廉海砂不懂葡萄酒，平时都是喝啤酒的，但这葡萄酒他觉得也挺不错，他甚至喝出了一股烤花生的香气。菜一道道上来，吃完一道，撤下一个盘子一只碗，再上一个盘子一只碗，廉海砂真心觉得太麻烦了。不过，菜都很好吃，尤其是鱼，名不虚传。潮哥没点鳗鱼干，小万的干蒸鳗鱼干也是一绝，她差不多把全港东村晒的头一拨鳗鱼干都买了下来。但廉海砂不想在蓝房子吃着饭还想起小姑来。他选的是新鲜小黄鱼，清蒸。两条一拃长的小黄鱼精赤条条地躺在盘子里，身上连根葱丝都看不到，但鲜得没法说。廉海砂吃着鱼，忍不住问小万，搁什么蒸的？小万心里说，最关键的是时间好吧？但她还是答他所问，说："也没什么特别的，比你们多放一样东西。"

"什么东西？"

"湘西腊肉。"

廉海砂就用筷子满盘子找腊肉。小万站在操作台里面，手里剥着一根芦笋，道，蒸完就都拣出来了。廉海砂急了，冲口问道，扔了？小万说："一会儿给你上。"廖海砂有些不好意思起来，对小万说："一起吃吧？我一个人也吃不了。"小万摇头，不语，到灶上一只锅里舀了碗东西端给他，是一碗汤，里面有小鲍鱼、小海参各一只，鲜的。廉海砂喝着汤心想，一百六十八倒真值了。接着又上了一份主食，是一小碗干拌荞麦面，上面浇了些腊肉沫炒香菇碎，原来蒸完鱼的腊肉用在这里了，会过的。吃完面，廉海砂以为一百六十八元都吃完了，没想到小万又接连上了两样东西给他，一样是一只细长白瓷杯里插着的几根鲜芦笋，另一样，是甜点，杏仁牛奶布丁。布丁，廉海砂以前陪前女友去市里逛街时吃过，和果冻一个味。城里人的名堂。果冻放碟子里，浇一勺果酱，再换个名字，就身价倍增。

"中西结合啊这是，"廉海砂吃着布丁，笑着问小万，"从哪里学的手艺？"

"没什么巧的，用心罢了。"

廉海砂道："哪会这么简单！我样样事用心，还不是……"廉海砂说着，忽地住了口。小万收拾操作台，就当没听到。

芦笋雪白的，生脆多汁。廉海砂以前没见过白芦笋，吃着芦笋他又问小万，怎么是白的。小万告诉他，趁芦笋没长出地面就刨出来了。廉海砂明白了，是没见过光的东西，于是他觉出了嘴里淡淡的土腥味，吃了一根，就不再吃了。他也从不吃蝉蛹。

4

后来，廉海砂又去蓝房子吃过几回饭。不过，他只在那里住过一夜。那是个周末，他过了一夜后，第二天一早搭出海的船回岛上看老爹老妈。小万再去码头买食材，发现潮哥在客栈过了一夜的消息大家都知道了。

"海砂那孩子……"他们如是说，语气里颇多疼爱，像谈论自己家人。

于是她知道他其实叫"海砂"。有人很直接地问她到底是不是青岛人，青岛哪里人，多大了，结婚没，家里都有什么人，末了还不忘补一句："那可是个老实孩子。"——像是有点担心她会坑他的意思。也不一定就是在说她不老实，毕竟她不是这鳌山湾一带的人，不知根不知底的。小万都懂，但无端就觉得讨厌起来。她只是想在此开个客栈度日罢了，哪个男人值得她去坑？于是潮哥再上线，问有房没有，小万就答，没有。饭呢？饭，也没有！

如此，接下来的一个多月，廉海砂没去过蓝房子。但他时不时的，在网上给小万留言，把许多心事讲给她听。有次他喝了点酒，竟跟她提到那个未出世的孩子，他伤心得说不下去。他还给她讲了两件事：一件，有位业主家被人用鸟枪从小区围墙外开了一枪，子弹穿透二楼双层玻璃射入墙中，业主受到惊吓，投诉他们保安队，这个月他们的奖金全没了。第二件，他妈加入的其实是哭教，常常哭得死去活来的，他和他爹都接受不了，尤其是他爹，老头一直努力地养家，从不打老婆的，他妈痛哭到底为哪般？小万很少回复他，只是听他说，但廉海砂说的那些话，在她心里还是引起了一些变化，她感受到了他的不易，或者，是生活本身的不易，不再那么抗拒他的联系。渐渐的，他不再叫她老板、小万什么的，而是开始喊她姐了，她不恼，也不应，由着他。

入冬了，蓝房子院中的衰草开始结霜，正午方消。起风的日子，晴日里也冻得人直抖。小万开始烧壁炉取暖。入冬前，她就买了一堆苹果木柴堆在后面屋顶上备着，一根根齐檐码着，远看，屋顶上像是卷起浪花。小万小时候，她爹万师傅常逗她，眼瞅四周无人，冷不丁就把钥匙往树顶抛去，"小丽，钥匙！"万师傅喊。小万总是应声跳起，她抓住一根树枝，借力往空中一跃，树如风吹，整棵都摇晃起来。小万跃到树梢，抓住那把钥匙后，双臂抱膝，一个后翻稳稳地落到树后去，完成这些动作时她的两条腿仿佛没有分别，双脚同时落地，并不能看出一条腿比另一条短。她看看掌中的钥匙，再回头看，树已弹回去，像是什么都不曾发生。渔码头地少，土薄，没有树。隔两天，小万就会在夜里去后院，"小丽，钥匙！"她仿佛听到那一声喊，于是纵身抓住檐下滴水，一翻身上到屋顶。屋顶没有钥匙，她会抱一抱劈柴下来，放到壁炉边烘着，这样烘两天后，烧起来没烟。苹果木耐烧，烧着还好闻，小万喜欢。

天冷，来海边的客人少了。那些眼神清亮、清晨看到海上日出会在露台上又蹦又跳的文艺小青年不见了，来的多是九折成医、饱经世故的糙客。送走了一个昼伏夜出、邋遢的摄影师后，初雪那日的下午，又来了一个中年背包客，打车过来的，网名叫"啸天翁"，大个，连腮胡子。他跨步走上露台时，站在门后的小万感到脚下的地板晃动了两下。不过"啸天翁"名字响亮，人却安静，进了房间后，门一关，再不见出来。小万觉得奇怪，却也不好打扰。开客栈，最怕遇到两种客人，找事的，寻死的。背包一丢就到处看，跑到屋外大喊大叫，或是发呆，都是正常的。下着雪呢，透过窗户往外看，朔风搅白雪，海天成一色,如此美景,换别的客人只怕就要疯了,可啸天翁这样安静的,小万没遇见过,于是她不免有些担心起来。

天渐渐黑下来。客人是点了晚餐的,小万权衡再三,备了个海鲜火锅,食材也都备好放在旁边,客人出来,如果想吃,小炉子拧开即可。小万想了想,又拿出一瓶老酒放到餐桌上,一来,冬天喝老酒,养人。二来,老酒度数不高,能喝的,一瓶下去,不至于发疯;不能喝的,喝完一瓶,不至于醉死。

小万回到房间后,一直留意着外面的动静,到夜深也没听到客人开门出来的声音,就好像那屋里根本没住人。如果是寻死的……小万想,拦是拦不住的。如果是找事的……小万有些不安,但又自忖自己拳脚上远不如爹的功夫好,江湖上不曾扬名,更不至于招惹人。一个从小多病、练拳健身的弱女子而已,怎会有人想来会她?拳头上赢了她又能博得什么名声?!除非——小万想起阳谷县那个拳师来。好好的日子过着,突然那人上门挑战,无冤无仇,打得她爹吐血而亡。虽然她娘总说他爹不是被打吐血的,是食道生病吐的血,但小万还是觉得跟阳谷拳师有脱不了的干系。尤其是后来听说他竟以赢了青岛最厉害的螳螂拳手这噱头在阳谷扬名,人称醉拳韩。过了多年后,小万终究是没忍住,跑去阳谷县扇了那人两个耳光,夺了本就不属于他的那点虚名。这是三年前的事了。阳谷拳师小万倒是不怕的,怕就怕他暗中使坏,乘她不备来阴的。这世上糟糕的事情愈来愈多了,有人用两包香烟就能买个凶替自己去杀人,各种花样翻新的吹香、拍花子也时有耳闻,比以前的蒙汗药可下流多了。小万想来想去,觉得还是有备无患、了解一下"啸天翁"比较好,毕竟从他行路来看,是有身硬功夫的样子。小万于是上网搜"啸天翁",掘地三尺,只搜到个画家,后人评其画作,"山川浑厚、草木华滋",倒让小万想起她爹教她拳时讲的话,"脚下如石,要沉稳有力;拳下如风,要生机勃勃。"小万于是想,这世上许多事果然都是相通的呀。不过画家辞世已三十多年了,显然不会是刚入住的这个傻大个。小万又想找以前练拳的朋友打听下,看他们知不知道这么个人。犹豫了一阵后,小万打消了这个念头。近几年来,她已与他们都断了联系,彻底退出了武林——如果那也算是武林。一旦联系上,打听不到什么还好,如果得了什么消息,欠下人情,以后再不联系,反倒显得薄情寡义了。小万住的这间屋子距壁炉远,冷,睡不着,于是她干脆起床,拉开窗帘,迎着外面的雪光,默默打了一套拳。"十年太极不出门,一年螳螂打死人",但小万练的这套拳,旨在强身自卫,说白了,就是一套以螳螂拳为基础的女子防身术,不以攻击为目的。还是在她很小的时候,她爹根据她自身的特点,为她创立的这套拳,无名,无定式,讲究因地制宜,随机而动,每一招都能变守为攻,是十分实用的。小万从小练到大,三十多年了。有拳傍身,小万平静了不少。她在心里对自己说,真有事,躲是躲不过的,该来的,就让它来好了。于是小万不再想客人的事,洗洗睡了。

5

第二天天刚擦亮，小万就醒了，毕竟心里有事，睡不踏实。她开门一看，餐桌上的食物已一扫而空，酒也喝光了，不知客人是什么时候吃的。壁炉里又添了两根木柴，噼噼啪啪烧得正旺。一双硕大的运动鞋烘在壁炉边，散发出难闻的气味。小万走过去看，鞋子是湿的，显然客人夜里出去过。小万不由一惊，装修时她在门窗周围埋了一根拉线，连到她卧室里的两块碎玉片子上，这两块玉片子是用崂山玉磨成的，书签大小，白天取下一片，夜里装上。装上时，有人进出，门后合页扯动拉线，碎玉片子相击，会叮叮作响。玉片响，她没有听不见的道理，她一向警醒的。小万仔细检查了下门窗周围，发现大门背后的墙上被人钉了个图钉，正好在拉线的位置。江湖小伎俩。小万看了一眼紧闭的客房门，门后一点动静没有。小万穿上外套出门去，雪停了，没有风，空气冷冽清新，白雪铺到崖边，衬得那海深邃如夜空。院子里果然有一串大脚印，朝着房子而来，出去时留下的脚印已被雪覆盖，看不大清了。看来夜里客人在外待的时间不短。

小万沿着脚印走，雪在脚下咯吱作响。小万出小院左拐后下到那片黑色礁石处，在那几个旧养殖池边，脚印消失不见了。早上潮水上涌，抹去雪，抹去了一切。

廉海砂拎着一个壁挂暖气机上门，进门就对小万说，我看你淋浴间还缺一个。他还带了把小电钻，小万没来得及说什么，廉海砂就把暖气机装上了。小万过去试用了一下，浴室很快就暖和了。

小万泡了壶茶，和廉海砂坐在窗边。她把暖气机的钱转给廉海砂后，问："怎么又回家？家里没什么事吧？"廉海砂进门时说顺道路过，顺道来装个暖气机。见小万关心起他家里来，廉海砂很高兴，又感动，说："没什么事，托姐的福，都好着呢。"廉海砂说着话回头看了客房门一眼，压低声问："姐，什么人这是？大白天还关着门。"

门厅有一双大码的鞋，廉海砂路过渔码头时就都听说了，客人对风景没兴趣，下雪天，没海赶，没落日可看，但风雪中的渔港，美的呀，谁路过不得驻足观看一阵，拍几张照片？那人可好，头也没抬，看守妈祖庙的老头问他去谁家，他也没搭理，怪的。

小万就把手机给廉海砂看，预订房间时留下的信息很少，说是两天，费用是入住时现金支付的。廉海砂就说，还是得正规一点，如今大酒店住客信息登记很全的，除了身份证，还扫脸……小万把脸扭向窗外，不想听。小万说："一个人想隐姓埋名躲到某地清净两天，怎么就不行？"

眼看窗外潮水涨上来，廉海砂急着去赶船。他妈离岛去外地会教友，好几天音信全无，他得赶回家去安抚安抚他爹。临走前他问小万，想不想跟他去岛上耍两天？反正这房子人也搬不走。小万看看窗外那个岛，淡墨抹就的一般，风可以刮走的那种，显得极不真实。小万摇头。

廉海砂走后没多久，码头派出所的王警官就来清查外来户口。说是近期打黑除恶专项检查，要挨家挨户登记外来人口信息。小万来这儿日子不短了，头一回有警察上门，她猜大约是廉海砂跟王警官说了什么。也不等小万说话，王警官进门就砰砰地敲客房门，嚷着看身份证。原来客人是河北容城人，属于雄安地界上了，俗名肖田翁，湛山佛学院本科毕业，曾在海会寺修行十年，现已蓄发还俗。王警官的声音温和下来，又问了客人一阵，都是问的多，答的少。问及还俗原因，客人说，没意思。王警官就笑，对客人说："那是，我要是你我也还俗，赶紧回雄安娶妻生子，如今那可是个好地方啊。"

王警官查户口时，小万一直在厨房忙着。听到"肖田翁"，听到"湛山佛学院"，不免想笑，一个出家人，却叫"啸天翁"。小万在湛山脚下长大，小时候，每天天不亮她就跟着父亲到湛山上练拳，寺里的小师父也常在那个点做早课，"虽有多闻，若不修行，与不闻等，如人说食，终不能饱……"类似这样的话她可是打小就听得耳熟。她手里剥着蒜，眼睛不由自主地将客人仔细打量了一下，面生的，站姿萎靡，肩沉，背驼，回答王警官问话时总是慢半拍，说不出的感觉。王警官跟他说笑时，他也没有任何反应，脸上始终没有表情。

"也许……也练过太极。"小万想。

"没事。"王警官走时笑着对小万说。他留了个电话给小万，让小万存手机紧急电话，一键直拨那种。小万笑笑，不语。

这晚小万准备了干蒸鳗鱼干、蟹黄包子、杂菌无花果鲍鱼汤、小米海参粥和蜇头拌苦菊。小万用尽心思做了这顿饭，她想，若是找事的，横竖还欠他一顿饭，若是个寻死的，一顿好吃的饭，会让人吃了还想吃，只要还想着吃，这人的日子就能继续过下去。

6

肖田翁立在餐桌边，对小万做了个请的手势。小万谢过，坚辞。肖田翁坐下来后，说："也请给你自己做点好吃的吧，今晚还有事请教。"

小万明白了。她洗了个苹果，坐到操作台内的一张高脚椅上吃起来。等肖田翁吃完饭，小万起身收拾桌子。肖田翁让到一边，看着小万，说："可惜了，这么好的手艺。"小万一笑，问："韩拳师是你什么人？"肖田翁拱手道："好个聪明人！我奉师父遗言，前来讨教几招。"小万这才知道，醉拳韩死了。三年前，小万去阳谷，在韩拳师武馆里只见过他二弟子，不见大弟子，传言大弟子出门云游去了。眼前这位，想必就是那大弟子了。

小万上下打量了肖田翁一眼，道："他比你大不了多少，你怎么拜……"说到一半小万闭了嘴，心想这是人家的私事，这么问就唐突了。再说，醉拳韩人都死了，死者为大，语出不敬不好。

肖田翁一直立在桌边等着，小万收拾完，在他对面坐下来后，肖田翁才坐下来，他看着小万，说："今天你说的一些话，让我很犹豫……"小万问："什么话。"肖田翁说："你朋友劝你实名登记时，你说的那些话，我都听到了。"

他叹了一口气，抬眼望着屋顶，道："如今这世道，庙不像庙，道没个道，只有那些酸文假醋的文人，自己给自己弄个假名，倒哪里都去得，天南海北聚会切磋，整得倒像个侠义江湖，偏我们这样的寸步难行，连把宝剑也带不出门。"小万平静地道："如今文坛在朝，武林在野，两码事。再说，一代人有一代人的命运，今时不同往日，都是迟早的事。"

小万看着肖田翁，又道："退一步海阔天空，我为什么去阳谷，想必你也是知道的。"肖田翁点头，又摇头，慢吞吞地道："可我，答应过我师父。再说——"原来去年他就来过一次青岛，那时小万新寡，所以他一声没吭又回去了。小万就站起来，说："如此，我就不废话了，恭敬不如从命。昨夜想必你已挑好了地方，说吧，哪里？几点？"

不出小万所料，肖田翁选定的地方果然是废弃的养殖池，整个港东镇，也就那里没有摄像头了。自从那几个池子不养东西后，为加强渔码头的治安，原先装的一个摄像头被调了个方向，背对着那一片海了。

"午夜一点，不见不散。"肖田翁说。

小万明白，那个点，开始退潮，大约只有养殖池的水泥池边是露在外面的。那些长方形的池边只有一巴掌宽，因常年浸在海水中，长满了海藻和青苔，雪后天寒，只怕会结冰。韩拳师一门，说是拳，但多是脚上的功夫，戳脚。冰，他大约是不怕的。

为以防意外，也为免生麻烦，两人按规矩约定各自写好遗书。小万回到房间，翻出一双轻便的钉鞋穿上，对结着冰、冻得梆硬的地面来说，这鞋实际上没什么用，不过，聊胜于无。小万穿好鞋，坐下来写遗书。这不是她第一次写遗书了，那回去阳谷，事先她也是写过遗书的，她在遗书里叮嘱她丈夫蜘蛛好好活着，好好照顾她妈。眨眼，才几年工夫，她妈病死，蜘蛛摔死，把她一人剩在了这日趋无趣的世上。现在她已无什么亲人可需嘱托，想了一阵后，她决定把客栈留给廉海砂，条件是入住时客人无需实名。写完这句话，她又觉得不现实，画掉，重写：无论什么时候，都不得要求客人刷脸。

这个夜晚风轻月朗，岸边白茫茫一片，倒也不觉得黑。小万下了礁石，见肖田翁已在养殖池边背水而立，跟小万一样，他也穿着某个户外品牌的紧身衣，这种衣服保暖轻便，有弹性，适合实战，那种众人皆知的对襟练功服其实只适合表演。

海水荡漾，浮冰撞击水泥池边，发出轻微的嘎吱声响。小万纵身跃上池边，果然结了冰，脚下打滑，小万暗中提气，稳住了身子。肖田翁也不多说，身子一矮，拉出一个架势来，是无极桩，却又不全似，为适应脚下方寸之地，收了不少的，总之是稳扎稳打的路子。小万于是也不废话，一个快步向前，想着天寒地冻的，早点分个高下，也好回屋暖和。肖田翁大约也是这么想的，仗着身高力大，迎面破门而入，使出一招玉环步，直欺小万中堂。玉环步是螳螂拳一派最出名的招式，肖田翁这招表面上看是向螳螂拳示敬，含谦让之意，实则有一招跌翻小万的意图。虽说小万只打了他师父两个耳光，可阳谷大街小巷都传师父挨了她十几、二十几个耳光，甚至有人说她打累了才停下来的，否则老韩还要挨得更多！这些流言蜚语，令师父含恨而终，也使醉拳韩满门蒙羞，声名扫地，武馆难以为继，一帮师弟师妹流散，肖田翁想想，恨的。他这一招颇费心思，偏小万动起拳来，就似天真简单的孩子，眼里向来只有拳，只依对方拳脚顺势而为，没有揣摩他人心思的习惯，肖田翁这番示敬谦让也好，心思狠毒也罢，她竟一点也没领会到。她自幼习螳螂拳，对玉环步再熟悉不过了，见肖田翁拳到面门，于是立马屈膝后撤，侧身避过。很快，两人一来一往，十几个回合过去，竟难分高下。肖田翁有些不耐烦起来，寸步跟进，一记狸猫上树，跟着又一记穿心脚，小万急忙回肘防御，无奈脚下一滑，收腿不及，下方露空，右腿连中了两下，一个后仰跌坐在池边。肖田翁乘胜追击，又一招叶里藏花，脚尖发出哨音，直冲小万头顶而来。养殖池边狭小，小万退无可退，索性险中求胜，以短制长，于是双膝铺地，一个蹲里藏身，人如流水入窟，眨眼就钻到肖田翁身后，起身时，就势对着肖田翁右后腰来了一招风顺暴雨，肖田翁收腿不及，身子前扑，差点跌入海中。肖田翁游方多年，见多识广，又习武不辍，应变力也是极强的，吃了这一亏后他并不慌，回身一招飞箭手，将小万逼退，同时身子一矮，脚下连连后撤，一时冰碴飞溅，面不改色地稳住了自身。瘦弱的小万，力道却不小，肖田翁于是拿出看家本领来，生花手加鸳鸯腿，凭借优势站位，如蚕食叶，直把小万往海中逼去……为利于排水，海参池一般都修成坡状，向海中倾斜，池边又结了冰，小万身处下方，十分被动。肖田翁拳脚生风，攻势千变万化，如一堵移动的墙，向小万压来。小万身后几步之外就是海，退无可退，她闭上眼，把肖田翁想象成了一棵树，一棵风中之树，"小丽！钥匙！"她仿佛听到了父亲的喊声。她睁开眼，看到钥匙带着一点银光，淡若星辰，正往那棵风中之树的树梢飞去，小万侧身跃起，像抓住一根树枝那样，往肖田翁凌空踢来的腿上一点，瘦小的身子被高高弹起，她伸手，一把抓住了那把钥匙！小万双臂抱膝，一个后翻，稳稳地落到了"树"后。小万松开拳头，想看看那把钥匙，这时，她身后传来了"扑通"一声巨响……小万没有回头，她知道，这一回，那棵风中之树没能弹回来。

7

廉海砂在岛上三日，给老爹做饭，陪他去海边溜达。廉老爹替人看护的那片海，海蛎子、海螺早都收完了，退潮时，能看到像秋收后的庄稼地一样空旷的黑色海滩，一些浮冰搁浅在上面，宛如白色的麦草堆。廉海砂打听到，老妈这次去的是郊城。

"我还没死，她去号哪门子丧？"廉老爹提起来这事就火大。

廉海砂也说不清他妈号哪门子丧，"我为主所受的苦而哭，也为自己所犯的罪而哭。"老妈曾经这样说。主所受的苦、老妈所犯的罪，廉海砂一律不知。他自己不清楚，也就无法跟他爹说清楚。他爹不清楚，家里的一只狗、三只羊，还有一群鸡就遭了殃，动不动被他爹用细管竹抽得鸡飞狗跳。这些日子，廉海砂光是瞧瞧，就累得慌。

廉海砂还在船上，就听说了港东派出所抓到网上逃犯的事。他给小万打电话，无人接听，又连忙打给王警官，得知那逃犯正是蓝房子的大个子客人。那天王警官查过户口后，晚上躺在床上思来想去总觉得哪里不对头，睡到半夜爬起来又上公安部网站查看网上通缉犯的资料，觉得大个子和一个叫田瀚的走私管制刀具的家伙长得很像，这家伙曾在东南亚搜罗了一箱子长剑短刀偷运入境，东西被扣，人却一直没有归案。王警官连忙叫上一个值班民警，带上手铐等警具赶往芥子客栈，却见客栈大门洞开，小万和大个子都不在，两人正急得不知如何是好时，听得崖底下小万喊"救命"，奔过去一看，小万没事，那大个子不知怎么掉到海里了。王警官连忙跑到码头扯了张渔网过来，三人齐心合力，一网把大个子捞了上来。大个子不会水，灌了一肚子冰海水，人也冻得硬硬的，擂得鼓响，好在还有半口气，能让他有机会接受法律的严惩。

"小万呢?"廉海砂还是担心得很。

"小万没什么事，小万好好的。"

廉海砂松了一口气，王警官却又在电话里说："算了吧我说，比你大了五岁呢，婚过一次，前夫横死，爬楼族，从楼上摔下来的……"

原来是丧偶。廉海砂不由有些心疼起小万来，他匆忙打断王警官的话，说："知道知道，都知道。"

下了船，廉海砂飞奔到蓝房子，推门见小万孤身一人立在窗前看风景。廉海砂走到她身边。小万问："会判死刑么?"

廉海砂笑道："刀剑罢了，不是毒品，死不了。"廉海砂小心翼翼看了她一眼，问："大半夜跑去海边干什么?"

小万两眼看着窗外，摇了摇头，道："我出来喝水，见门开着，寻过去的。"

"想必逃犯的日子不好过，不想活了的。呸! 哪里不能死? 偏来这里!"廉海砂说着话，伸手捉住小万一只手，轻声问，"吓着了吧?"

小万不动，也不吱声，过了好一阵后，低声答："嗯。"又过了一阵，小万突然想起来什么，她扭脸看廉海砂，脸上一副小孩儿似的天真新奇的表情，她对廉海砂说道："你知道么? 海水是咸的，可海水结出的冰，淡的呀，以前我竟不知道!"

——2018年9月19日完成于蓝山

一篇具有召唤感的小说

——评《芥子客栈》

李国平

    作家艾玛，记不清在什么场合见过面，时间久了，有何寒暄，交谈了什么，记不清了。

    她的小说，以前读过，印象中总是那么沉静，有淡淡的韵味。她的创作，在三个方向上展开。一个是她的家乡，"涔水镇"系列，这是她的童年记忆和文学出发地。这个系列，是她对故乡的回忆，饱含感情营造的一个艺术世界。在她的"涔水镇"系列中展现了逝去时代的各式各样的人生状态，铺陈的是景物、风情、人事心态，具体的遭际和命运，各自的喜怒哀乐和爱恨情仇，人物在一个地理环境中互相交织，又被时代的大背景影响，形成了"涔水镇"的社会风情画，民俗变迁图。第二个方向是这些年新一代的高校中的知识分子，这些知识分子多少都和乡村有所勾连，都有割不断的脉系，他们的经历，可以说有着一代甚至几代知识分子的行迹，他们走出乡村，置身于城市之中，在多种身份的置换中应对着新的现实困境和精神危机。

    近年来，艾玛开辟了她创作的第三个方向。这个新开拓，她自己有记述："也就是从去年那个夏天开始，我动手写一个系列短篇，《芥子客栈》是其中一篇。目前为止已完成了五篇，再写三两篇，我就可以跟主人公小万说再见了。"这第三个方向是什么方向？仍然有着浓郁的地理背景、人情习俗。不过由山清水秀的"涔水镇"，由知识味和烟火气混搭的高等学府换成了天高海阔的海边。具体说，是作者现在生活的，给了她新感触的青岛。去年，我读到艾玛的短篇小说《白耳夜鹭》。按照艾玛的说法，她的这个系列短篇，都有一个人物"小万"贯穿其中，居于故事的核心。这篇《白耳夜鹭》，"小万"还没有出现，但"小万"此后出场的舞台背景已经搭建成型。所以，仍可以把《白耳夜鹭》看作这个新系列的开篇或首篇。因为在《白耳夜鹭》和《芥子客栈》中都有着相同的海洋文化背景，异于她以前小说的生活习俗、地域特征。在《白耳夜鹭》里，故事发生于崂山脚下背山面海的小渔村，在《芥子客栈》中，人物活动的具体场景则是崂山北麓的港东村，是港东村的渔码头。在这两篇小说中，人们可以读出，传统的生活方式、渔村性格和新的时代风尚人伦方式交织一起。第二个特征则是叙事方式和叙事能力方面，随着人文地理参照的变化，当然还有作者对短篇写作的体味和悟觉，作者的叙事从小叙事走向了大叙事，尽管诸种叙事方式在"涔水镇"系列里都有尝试，但已不那么拘谨，不那么小心翼翼，不那么显得人为匠心，而是变得从容自然，收放自如，显然，显示了一种大气而自信的掌控叙事的能力。这两篇小说在结构中，留有空白，并不给出明确的指向性，但又铺垫和提供了足够的气息，又向读者敞开了多种解读的可能性。

西方有一路理论，叫作文本的召唤结构，说的是好的文学作品，尤其是小说都有空白点和未定点，呈现出一种开放性结构，它在文本中提供了足够的理解信息，但又不直白地给出结论，而是召唤阅读者参与，在读者和文本的互动中，使文本的意义生成多种可能性。艾玛的《白耳夜鹭》是这样的文本，它将犯罪和赎罪深藏于叙事中，将真相和判断置放于悬疑中。《芥子客栈》也有这样的特征，作品叙写主人公小万和廉海砂的交往、感情、爱情，叙述藏而不露，含蓄大于浓烈，但又分明牵肠挂肚，主线之外，又穿插了一个具有江湖恩怨、武林纷争的复仇故事，那个复仇者肖田翁是什么身份？武林高手？网上逃犯？他和小万的争斗平复了一段江湖恩怨，了却了一段武林往事，抑或是强化了小万和廉海砂的感情，作品并不给以答案，回避的是直截和明晰。故事中穿插的故事，是为映衬，抑或为叙事的有机结构？文本中透示出的判断，基本悬置了道德判断和现实批判，但分明又有一种悲悯和温热流散在整个叙事之中，体现着对复杂人性的体察，难言的人生况味，召唤着读者的体味和想象共同完成。

铁 屑

安 勇

1

我想讲讲老姑父失踪的事。这件事并不复杂，2002年初春的一天早晨，老姑父出门去锦州进货，从此便没有了音讯，活不见人，死不见尸，就像人间蒸发一样。五个月后，就在大家已经不抱希望时，他带着一笔钱和一个秃脑袋，又突然回来了。

事情虽然简单，讲起来却并不容易。

首先，因为时间久远，前后枝节已经没人能说清楚了。老姑父秃顶是真的，头疼病也确实好了，做过胃切除手术也不假，每次他喝高，都会撩起衣服，让人看肚子上紫蜈蚣似的伤疤，哑着嗓子冲空气里的假想敌叫号："老子，一只脚迈进阎王殿的人，还怕啥玩意儿？"他的手术做了十七八年，除了人瘦点，一直该吃吃，该喝喝，活得好好的。我问过老姑，老姑父到底是不是胃癌。老姑说钢厂医院说是，但八成误了诊，没准儿是溃疡啥的。她一直想让老姑父再去医院做个检查，老姑父坚决不同意，继续厚着脸皮冒充癌症病人，享受"生命剩下的时光"。

再有，我老姑说，20世纪90年代末期他们相继离开工厂后，老姑父确实做过几年小买卖，但从来没听他说过赔钱。话又说回来了，就算真赔了，他一个摆地摊的又能赔到哪儿去呢？我老姑说，中山路上也没有什么希望保险公司。虽然老姑父动不动就竖起手掌，吓人倒怪地来一句"哈基玛"，但我还是不太敢相信他真去过韩国，当然了，我也不太相信他真去缅甸赌石了。亲戚朋友对老姑父的评价出奇一致："广发人挺好，手艺也不错，就是说话不靠谱，满嘴跑火车，不知道哪句真哪句假。"

老姑父说话到底有多不靠谱呢？我举例说明一下你就明白了。

20世纪80年代初，城里满大街都唱着《年轻的朋友来相会》，我老姑还没答应和他谈恋爱，他们俩都是三炼钢的工人，同在二车间，一个钳工，一个焊工，老姑父打着交流技术的幌子三天两头往我爷爷、奶奶家里跑，每次都不空手，看谁都自来熟，哥呀姐呀叫得特别亲，脏活累活抢着干。我二姑一看见他就笑："咱们家的雷锋又来了。"有一回正赶上我们从乡下去串门，他主动和我爹握手，说早就听说大哥上山下乡的故事了，心里最佩服的就是大哥。

我二姑在旁边直罗锅："上礼拜你最佩服的不是你二姐夫吗？"

老姑父麻利地接过我爹手上的帆布兜子："大哥和二姐夫，我都最佩服。"抬手摸摸我脸蛋儿，问几岁了，上几年级，属啥。我吸溜一下大鼻涕，往我爹身后躲，打定主意不告诉他。老姑父长得瘦高，有点驼背，一头浓密的黑发挓里挓挲，说话哑脖哑嗓的，让我害怕。我爹拿膝盖顶我腰眼儿，把我往前面推："八九岁了还这样，真挺丢人的。"见我实在狗肉上不去台面，只得替我回答。

老姑父看一眼老姑："属猪好，有福，将来我有儿子，也让他属猪。"冲我眨眨眼睛又说，"明天我夜班，早晨过来，领你去看风景。"

我老姑也属猪，身材苗条，瓜子脸，双眼皮儿，大眼睛，我从没想到属猪的还能长得像她那么好看。

第二天早晨，我睡得正香，老姑父就来了，一身工作服，斜背工具包，手伸进包里，先从里面掏出个马蹄形状的东西："知道这是啥吗？"

我摇头。那东西看上去像石头，但我没敢说。

"这是魔法石。"老姑父手又伸进包里，拿出一个纸包打开，里面是些黑乎乎的铁屑，"想不想看它们表演？"

老姑父让我把纸端平，铁屑看上去死气沉沉，不像要表演的样子。

"我一施魔法，它们就会表演。"老姑父把魔法石放在纸下面，喊了声"起立"，躺着的铁屑纷纷像人一样站了起来。老姑父又喊"齐步——走"，铁屑像一支队伍似的迈步开拔，走到纸边上，眼看要掉下去时，老姑父喊"立正——向后转"，它们又转身往回走。老姑父喊"跑步——走"，铁屑果然奔跑起来，在纸上发出沙沙的脚步声。老姑父喊"跳舞"，那些铁屑真的跳起了舞。凑近细看，每个铁屑都不一样，舞姿也各有不同，有的旋转，有的跳跃，有的翻跟头，有的斜着身子在纸上滑行，看着看着，我恍惚觉得它们变成了人，在魔法的操纵下各显神通。老姑父喊了声"收"，铁屑重新躺在纸面上。

"这两样东西都送给你，算是见面礼。"

我美得直冒鼻涕泡，不敢相信自己的耳朵，老姑父怎么舍得把这么珍贵的东西送给我？后来才知道，老姑父根本不会魔法，他给我的是磁铁，也叫吸铁石。

老姑父又从包里掏出个亮闪闪的东西："一个小玩意儿，给你做纪念。"

我手里的东西圆滚滚的身子、长鼻子、大耳朵，后面一条打着圈的细尾巴，做得相当精致，让人爱不释手："是猪，你咋做出来的？"

"拿白钢做的，小意思，以后想要啥，我就给你做啥。"

"匕首能做吗？"

"小意思。"

"飞镖呢？"

"小意思。"

老姑父弯着腰蹬车子，我坐在后座上，风呼呼地从耳朵两边吹过去，我闭上眼睛，把头靠在老姑父后背上，蓝帆布工作服洗得发了白，有一股好闻的肥皂味。

"宝剑你能做吗?"

"小意思。"

"手枪呢?"

"小意思。"

这事老姑父没吹牛，他是八级钳工，手艺在三炼钢数一数二。他和老姑结婚后，每次见面，都会送给我一件亲手做的东西，每次都说同样的话："一个小玩意儿，给你做纪念。"我还保留着他送的一只白钢笔筒，是他离开工厂前一年做的。笔筒下部是一圈竖立的书脊，上面缠绕着藤蔓，点缀着叶子和两朵喇叭花，再向上是一本打开的书，书页上刻着一行字：祝你早日成为作家。那也是他送我的最后一件纪念品。二十年过去了，仍然锃明瓦亮，像新的一样。惭愧的是，到现在我也不太敢说自己是作家。

我们穿过中山路、立山路，又过了一个十字路口，把车支在路边，上了一座铁桥。我站在桥上脑袋直发晕，没看到啥风景。老姑父说，你往前面马路上看，再过几分钟，风景就来了。几分钟后，马路上的自行车渐渐多起来，随后越来越多，汇成一条自行车的河，从面前的马路上流过来，从桥底下流过去。我看得眼花缭乱，恍惚觉得骑在车上的人变成了一枚枚铁屑，在某种魔法的操纵下前进。我问老姑父哪儿来这么多车，他们要去哪儿。

老姑父满脸自豪："他们都是钢厂工人，要去上班的。钢厂三十万全民，三十万集体，六十万人，每天早晨东西南北四个大门口都能看见这样的风景。八点钟汽笛拉响之前，所有人都要进入岗位，晚一分一秒都不行。你看见那根电线了没，知道中间为啥往下坠吗?"

我摇头。

老姑父说："有一天早晨，我出门晚了，骑到这眼瞅就不赶趟了，前面还堵着千八百辆自行车，想加塞门儿都没有，咋整呢? 一着急我用上了轻功，两手提车把，上了那根电线，从这头骑到了那头。上班没迟到，就是把电线压弯了。"

我憋了几天，回家后把这事告诉了我妈。

我妈转脸对我爹说："广发这人心眼儿好使唤，就是说话没屁眼子。"

我问"没屁眼子"是啥意思，我妈不理我，我爹说："就是说话没把门的。"

表弟小龙的说法相对文雅："我爸在南边说的话，你得跑北边听去。"

小龙比我小一轮，今年也扔下三十奔四十去了。他结婚晚，前年才有女儿。老姑父失踪那年，他正读高三，学习成绩不好不坏，按说咋地也能上个专科，他却选择了本省的铁路技工学校。一是学费低，二是包分配。老姑父回来后连拍大腿带跺脚，说自己啥都想到了，就是没料到这一层。

说了这么多，其实就是一个意思，失踪那段时间发生的事，除了老姑父自己没有第二个人知道，他说话又不靠谱，这就给讲述增加了很大难度。让人更头疼的是，老姑父自己的说法也不一致。过去他一直说是和朋友去云南做买卖了，又从西双版纳到缅甸赌石，钱就是赌石赢的。但几天前，他又突然对我说，是去韩国做手术了。

所以，我得先说一句，本人只是记录者，不对事情的真实性负责。

话又说回来了，让一个写小说的对事实负责，也不大现实。

2

我老姑事后回想起来，头一天傍晚，老姑父确实有点不一样。

他显得有些沉默，一直没咋说话，饭却没少吃，吃完一碗，又盛了第二碗。自从做过手术后，他再没这么吃过了。第二碗吃完，他像是还要盛第三碗，老姑正想阻拦，他把伸到一半的碗收回去放在了桌子上，冲着空碗说："明天要去趟锦州，谈一笔生意。"他在再就业一条街上摆了个一米宽的地摊，卖羹匙、汤勺、小盆、炒菜铲子之类的不锈钢制品，最多的一天挣过五十元钱，但他喜欢把自己说成大老板，张口闭口"生意""资金""物流"啥的。老姑父这么一说，老姑就知道他又要去单洞小商品批发市场进货了，手上忙着收拾碗筷，说："行，你去吧。要是能得空，就去林西路买点海虹干，那东西便宜禁放，熬菜搁一把，借味。"她在我老叔的干洗店打工，马上得出门去接班，当晚就睡在店里。

老姑父跟到厨房门口又说："这两天可能有封信，别忘了去居委会拿一下。"我老姑说行，忘不了，从厨房往外走。老姑父侧开身子，让她过去。

"信皮上写的是你的名儿。"

"知道了。"

"你拆开看就行，不用等我。"

"知道了。你今天咋这么磨叽呢？"

老姑父用手拍拍脑门儿："是吗？八成又要下雨了，我脑袋有点儿疼。"

老姑心往下一沉，过去丈夫总叨咕胃不舒服，吃完饭好打嗝，一直没当回事，结果，一年前钢厂医院就说是胃癌，胃切除了四分之三，虽然没有复发，但人已经干不了啥重活了。她生怕老姑父再有点别的毛病。

"你咋一下雨就脑袋疼呢，哪天得上医院查查。"

"用不着查，有这脑袋我自豪，人家都管我叫气象站，比天气预报还准。"

这时候，小龙在鞋架旁边喊，要出门去上晚自习。老姑父几步走到门口，在儿子肩头拍了一巴掌："学习得努力，可也别死乞白赖累着自己，差不多就行了。"小龙弯腰系鞋带，嗯了一声。父子俩性格正相反，表弟话少，有点闷，我老姑说，话都让当爹的抢去说了。小龙打开门正想往外走，老姑父又在他肩膀上拍了一巴掌，小龙以为还有话，等了一会儿，老姑父啥也没说，他就转身出了门。

老姑父站在老姑后面，相隔一米多远，从镜子里看她梳头。屋子里有一股糨糊味。墙脚的纸盒从地面一直摞到棚顶，把穿衣镜挤得只剩下窄窄的一条。不去干洗店时，老姑就给鞋厂糊纸盒，糊一只，挣五分钱，能买一盒火柴。我老姑把头梳完了，正想拿皮筋扎起来，老姑父走到她身后，说："我给你编个辫子吧。"老姑本来想拒绝，时间不多了，她急着出门，老姑父已经把头发抓在了手里。老姑对我妈说过几次，技术好还在其次，老姑父最让她感动的就是这份细心。每次丈夫给她编辫子，她心里都热烘烘的，眼泪在眼圈里直打转。他们俩都有一头好头发。他们的感情也让人非常羡慕。我不止一次听我妈对我爹抱怨："你可啥时候能给我编一次辫子呢？"我爹笑呵呵答："等你把头发长长时就编。"我妈天生头发少，一直梳五号头，根本编不了辫子。

老姑父很快把辫子编好了，走开两步端详："还是梳辫子好看，咱俩第一次见面时，你就是一条大辫子。"

老姑往身上穿外套："不赶趟了，我得麻溜儿走了。"

老姑父说："你走吧。"跟到房门口又说，"咱俩是八二年春天结的婚吧？一晃二十年了。"

老姑弯腰穿鞋："可不是咋地，一细想怪吓人的，我都成老太太了。"

"你一点儿都不老，还那么漂亮。"

"可拉倒吧，眼角全是褶子。"

"哪天我讨弄点仙丹，让你吃了长生不老。"

"那我就成老妖精了。"老姑说着，推开门往外走。

"吃仙丹咋能成妖精呢？咱得成神仙。"

老姑从楼梯往下走，在两层楼之间的缓步台上回了下头，见老姑父一脚门里一脚门外地看着她，就摆摆手："赶紧关门吧，小心进苍蝇，脑袋还疼不了？明天你不是坐早车吗，待会儿早点睡，就别出去下棋了。"

老姑父答应一声说，过劲儿不疼了，但还是没关门，仍然保持原来的姿势，看着老姑顺着楼梯往下走。老姑下到一楼时，才听到自家屋门砰的一声关上了。那也是老姑父失踪前，她听到来自丈夫的最后一个声音。当时，老姑万万没有想到，丈夫很快就将杳无音信，直到五个月后才能再回到家里。老姑当然也无法想到，再次出现的丈夫将会让她大吃一惊，他瘦得非常厉害，腰也更弯了，而原本浓密的头发在头顶处圆圆地秃了一块。

3

按老姑父过去的说法，第二天，他就和朋友登上了去昆明的火车。他那个朋友姓罗，两人同年进的工厂，在一个车间，老罗干电工，六级。两个人原本是打算去倒腾些玉石回来卖，之所以没告诉老姑，是因为买卖有风险，怕她跟着提心吊胆。一年前做了胃切除手术，做生意又赔了一笔，老姑父这趟有点赌博的意思，寻思撑死胆大的，饿死胆小的，索性冒一把险，把钱捞回来。没承想，刚一下火车就遇上了扒手，老罗衣兜被割开个大口子，带的本钱一分没剩下。老姑父为人仗义，当即拍着胸脯表示，吃喝住宿做生意都用他的钱，挣了二一添作五，赔了算他的。

他们在昆明转了一圈，听人家话音，买玉还得去西双版纳打洛镇，那地方和缅甸接壤，能买到货真价实的老坑玉。两个人到了打洛才知道，手里那点钱根本不够干啥的，连半块玉都买不到。他俩正发愁不知如何是好，有个东北口音的矮胖子主动来搭讪，问愿不愿意跟他跑一趟缅甸，要多少钱都好说。老罗的意思，既然到云南来了，就不能啥钱没挣着灰溜溜地回东北去，两个大男人，还怕他给卖了咋的？老姑父说："你都不怕，我一个癌症病人怕啥啊？"他们俩狮子大开口要了个数，对方立刻答应下来。

到了缅甸，老姑父才搞明白，矮胖子姓刘，是去那边赌石的，他们俩的任务是当保镖，人家相中了他们人高马大东北口音。刘老板给他俩各发了一把匕首。老姑父用手指肚在刃口上荡两下，又眯着眼睛看看："你这是啥玩意儿？"对方说是匕首。老姑父就笑了："这东西也能叫匕首吗？"刘老板冷笑："那你说啥东西才能叫匕首？"老姑父笑笑："你要是能找到钳工的家伙什儿，就知道啥是匕首了。"毛料半个月才能从山上下来，闲着也是闲着，刘老板说："我打听打听吧，我还真想知道知道啥是匕首。"

还真让他找到了，离他们住处不远有一家小型机械厂，原来加工些农具啥的，卖给周边的山民，最近这几年，人们发现弄玉石挣钱，都没心种地了，半年前厂子黄铺，留下一个老头儿看大门，铁皮搭的厂房里扔着只钳工台、钻床、砂轮机生了锈，插上电试试，还能将就使，台虎钳、钻头、锉刀也都有。刘老板从墙脚捡起一块材料："这东西看着不错，拿它做吧！"老姑父瞅一眼："这是生铁，硬度不行，做不了匕首。"挑出块黑色的材料："没有高速钢，就使它吧！"刘老板问："你这个是啥铁？"老姑父说："这不是铁，是碳钢，硬度、韧性都行，就是不亮堂。"刘老板说那就开始做吧，我都等不及要看匕首了。老姑父说："现在不行，手巧不如家什妙，我得先把家伙什儿调一调。"每次老姑父讲到这里，脸上就会放出光彩，站起来，俯下身，就好像眼前真有一只钳台似的，从头到尾把安装调试的过程讲一遍。他讲得太专业，听多少遍也记不住，我就一句带过吧，老姑父调好了家伙，没用多大工夫，做出了第一把匕首。刘老板刚把匕首拿起来，一股寒气就逼到了脸上，拇指粗的木棍，轻轻一挥，就砍成了两截。他冲老姑父伸出大拇指，说讲定的报酬照给，结账时额外再加一笔钱。

十几天后，毛料下来了。老姑父说，以前总听人说钱像大风刮来的，不明白是啥意思，亲眼见到赌石，才知道这句话真是太生动形象了。一块石头吊到院子里，卖家喊出一个价，要是有人相中，当场就拍钱，紧接着就用电锯切开，赌正了，一家伙就能挣个几百上千万，要是看走了眼，买到手一块不值钱的石头，钱就白白打了水漂。刘老板入行时间不长，但眼睛挺毒，相中的几块石头，都出了绿。虽然算不上一夜暴富，但这一趟也捞了一大笔。

刘老板兴奋得胖脸通红，雇了车把石料运回国加工，和老姑父他们俩商量："兄弟我有个预感，我的财运到了，我想趁这股旺运，再等一批料，报酬少不了你们的，多一天我就多给一天的钱，你们看怎么样？"老姑父有点犹豫，原本打算一个星期回去，如今已经一个多月了，害怕家里人惦记。老罗主张留下，反正也过来一回，干脆多待几天，到时候把钱往媳妇面前一放，她就说不出啥来了。我老姑父一想也是，多待一个月，就能顶上摆地摊小一年的收入，索性就横下心来。没想到赶上了连雨天，先是毛毛雨，后来越下越大，采石坑里积了水，工人都躲在棚子里望天。老姑父犯了头疼病，天天抱着脑袋窝在床上。刘老板从山上采了些野菊花，让他往头顶百会穴上抹，说是偏方，能治头疼。老姑父抹了几朵，头疼果然减轻了些，就接着抹，抹得脑顶黄乎乎的，出门上厕所，让蜜蜂追得直跑。从那时起，脑袋一疼他就抹野菊花，头疼的次数渐少，程度也越来越轻。早晨起床，看见枕头上有头发，也没往心里去，直到脱发越来越厉害，头顶上显现出一块圆形的斑秃，才意识到问题严重，赶紧停下不抹，但为时已晚，头顶上浓密的头发脱落，露出了光亮的头皮。

雨下了一个多星期，天才放晴，这批毛料晚来了十多天。刘老板的财运还是挺旺，拍下的石头，又都出了绿。离家两个多月了，老姑父越来越心急，劝刘老板见好就收，留点运气下回再用。刘老板答应得挺好，今天拖明天，明天拖后天，又挨了半个多月，等来了下一批料。这次有喜有忧，没赔没赚。刘老板也决定回去。边境上却出了事，一伙毒贩和边防兵动了手，用上了冲锋枪、手榴弹，边境线上风声鹤唳，他们来时那条路也被封住了，只能再想别的办法。

等信的间隙，又来了两批新料，刘老板运气又回来了，拍的石头都出了绿。边境线终于打通了。老姑父对刘老板说，出来四个多月了，真不能再拖了。刘老板说："下批料三天后到，我再赌最后一把，你俩要是愿意，跟我一起玩。我拍的第一块石头，就当给你们的报酬。不愿意的话，直接给现钱。"老姑父心一横，同意拿石头顶。老罗胆子小要现钱。

我简单地说吧，刘老板拍下的第一块石头又出了绿，虽然不多，价值也远超老姑父原本该得的报酬了。三个人第二天越过边境，返回了打洛镇。刘老板给老姑父付了一笔钱，把石头买了下来。当天晚上，老姑父和老罗就上了回东北的火车。失踪五个月后，重新出现在家人面前。

4

上面这些就是老姑父十几年来一直向人们讲述的版本，喝点酒他就重讲一遍，当然了，不喝也会讲。开始大家还都听得很耐心，别的不说，毕竟老姑父真带回了一笔钱。人们看到了他们家的变化。老姑父不再摆地摊，在转盘附近买了门市经营，老姑也不再去干洗店，纸盒也不糊了。大家出于对钱的尊重，一直在竭力忍受，架不住老姑父不断重复，这些年也不知讲了多少遍，原来深沟寺的街坊邻居听得耳朵都起了膙子，心里也有了阴影，一看到他从楼门里走出来，心就忽扇一下子，老姑父刚把手掌往下劈，说出一句"哈基玛"，不等他指头顶问"你瞅我这头型，像不像地中海？"人们就赶紧掏手机，假装接电话，要不就一拍脑门，像是突然想起了什么事情似的匆忙走开。老姑父不管那套，一个人没有仍然抛出问题，"知道这头型是怎么来的吗？"然后就滔滔不绝地开讲。

大前年，钢厂在鲅鱼圈建了批新住宅楼，价格比市里便宜不少，高铁往返也很方便，很多老职工都搬了过去，老姑父和老姑也在那边买了房子。换了一批新邻居，老姑父又能讲他失踪的故事了。老姑告诉我，老姑父又嘚瑟起来了，天天身边围一圈人，讲得嘴角直冒白沫子。老姑已经六十多岁了，头发变得稀疏花白，额头、眼角皱纹越来越深。她爱上了韩剧，一集里抹好几次眼泪。老姑父迷上了硬笔书法，写了好多卷卫生纸的唐诗宋词。虽然生活有了变化，但夫妻俩感情仍然很好，自从失踪回来后，一天也没再分开过。前年小龙有了女儿，让老姑帮忙带几天，老姑开出的条件就是预备一张双人床，让老姑父也一起过去住。

担心老姑父的胃，老姑一向对他喝酒管得很严，有天大的喜事，也不允许超过二两。半个月前，我去鲅鱼圈看他们时，老姑却一反常态，炒了四个菜，又烫了一壶酒，让我好好陪老姑父喝几杯，她悄悄说："你老姑父这几天情绪有点反常，可能心里憋着啥事，又不想对我说，你们爷儿俩对脾气，喝点儿酒，他没准儿能告诉你呢！"

老姑匆忙吃完一碗饭，借口看韩剧，把自己关进了卧室。

老姑父确实有点沉默，酒喝得挺快，话却说得很少。我正想挑起话头，老姑父右手掌向下一劈，说了一句"哈基玛"。我以为他马上要讲失踪的故事了，他却再次沉默下来，过了好一会儿，喝干了盅里的酒，才慢悠悠开口问："你知道'哈基玛'是什么意思吗？"

这个知识点他讲过无数遍了："不是傣语，问好的意思吗？你在云南学会的。"

老姑父摇摇头："老弟，这不是问好的意思，它也不是傣语，今天我想和你说几句心里话。"

每次他喊我老弟，就只能证明一个问题，他已经喝多了，我怀疑不等把心里话说出来，没准儿就先出溜到桌子底下去了。

"这是句韩语，意思是'不要'，换成咱东北话就是'别那么整'。那天下午麻药过劲儿，我从病床上醒过来时，那个穿白大褂的韩国医生对我说的第一句话就是它。他兴许以为我要从床上坐起来，担心押到伤口吧！"

我问他病床是啥意思，韩国医生又是干啥的。

老姑父忽然把脑袋低下去凑近我："首尔一家医院的病床，韩国医生是给我做手术的，你拿手摸摸，是不是有一圈疤瘌？"

我不明白他是啥意思，将信将疑伸出手，手指在头皮上慢慢移动，秃顶和头发边缘似乎真有一道疤痕，仔细再摸，又似乎没有。我说出了这个结论。老姑父把脑袋收回去，喝一口酒："要不咋费劲巴拉去韩国呢？还是人家技术高，这要是钳工，也得和我一样八级。"

老姑父头上一句脚上一句的，让我越听越糊涂，请求他说得详细些。他喝口酒，瞄一眼卧室门，老姑那边没有动静："今天，我就和你说说十六年前失踪的真相吧！"

"你不是去云南做生意了吗，后来又到缅甸赌石，钱也是赌石赚到的？"

"我根本没去云南，那都是随口编的瞎话，用你们作家的话说就是虚构，其实我去了韩国，在那做了个手术，直到伤口养好才回来，钱是人家给的报酬。"

5

"那天早晨离开家后，我没上去昆明的车，也没去锦州进货，我压根就没去火车站，顺着中山路向西走了十几分钟，把怀里揣的信投进邮筒，就上了一辆8路汽车。你知道我要去干啥吗？"老姑父眨眨眼睛，有几分得意地哑着嗓子问，看他的样子，早料到我说不出正确答案。

我配合地摇摇头。他讲故事的方式就是不断抛出问题，不断需要别人回答，当然谁也答不对，最后只能由他给出答案。

"我是想去寻死的。"老姑父笑出了声。

"寻死？"我也笑。他这套把戏我领教过多次了，等着听他胡编乱造。

"没错。你是作家，我就换个文雅的说法，我已经准备好了和这个世界告别。"

"为什么呢？"我脸上挂着笑，打算做个合格的倾听者。

"原因有三条。第一我是个胃癌患者，铆大劲儿也活不了多长时间了。第二我做生意赔了一笔钱。不是摆地摊，是倒腾邮票，我以为真能挣大钱呢，结果赔了个底掉。家里那点儿积蓄不算，还拉了一笔饥荒。这事你老姑不知情，你也一个字别向她透露。第三，也是最关键的一条，我要是死得漂亮，就能给你老姑和小龙留下一笔钱。"

我刚想开口，老姑父右掌前推，做个制止的手势："我知道你想问啥，在那之前，我买了份保险，上面的条款写得清清楚楚，如果我意外身亡，受益人能领到十万元赔偿。我扔进邮筒那封信，里面装的就是合同。我不能当面交给你老姑，只好麻烦邮递员了，我估摸她看到那封信时，我早就漂漂亮亮地死了。啥叫死得漂亮呢？第一，也是最起码的一条，不能死在家门口。我死了一了百了，但不能让你老姑和小龙有心理阴影，出来进去都想到我，那太不像话了。第二，就是不能让人看出破绽。这是个技术活。遗憾的是，我只有一次机会，不能像当钳工似的反复练习。我打算在大马路上让一辆大卡车撞倒，必须得大卡车，车上还得拉着货，就算踩刹车，惯性也能冲出几十米，撞在身上力量也大。要不然弄个半死不活的，生活不能自理，不但留不下钱，还给你老姑和小龙找罪受。"

我必须得承认，老姑父确实有虚构天赋，用我们农村老家的话讲，"说瞎话都不带眨眼的"。如果他改行写小说，咋地也能评上个二级作家吧！或许是出于对同行的妒忌，我绷不住想拆穿他："你可能忘了这茬了吧，十六年前，我老姑拿着你的信从东走到西，中山路上根本就没有那家希望保险公司。"

"他们搬走了，答应去韩国做手术之前，我害怕你老姑会拿着合同找上门，老李告诉我，这根本不是问题，他们很快就要搬家，希望保险公司这个名头也会随之注销。我当时还开玩笑，你们这是只给我一个人希望，不打算给别人希望啊！"

他倒是能自圆其说，但里面有很多漏洞，充满了荒诞意味，用后脚跟想也不像真的。不过我不想再说啥，对一个爱做梦的人最大的尊重，就是不要把他喊醒。我敬了老姑父一杯酒，请他继续讲下去。

"那天早晨出门时，我穿上了天蓝色的工作服，把工作证装在上衣口袋里，咱得死得讲究点，别给旁人制造麻烦，别让人当无主尸体对待。8路车到和平桥时，我下了车。这里离家有七八公里，再往前走几步，就该上外环了。我站在路边瞅了一会儿，不少大卡车从路上轰隆隆地开过去，前面二三百米有个弯道，车到我跟前正好把速度提起来。马路对面还有一家老牌熟食店，傻子也能猜到我要过马路干什么。我在路边站了十多分钟，不是怕死对自己下不去手，是想等一个好时机。我刚才说了，这事和干钳工一样，也是技术活，得先计算好车速和走路速度，两下配合好，弄得严丝合缝。还要等一辆合适的汽车，然后才能潇洒地把人生剩下的几步路走完。在工厂里，我是个好钳工，但在家里，我算不上一个好丈夫，也不是好父亲，没本事挣钱养家，给不了老婆孩子好生活。每次看见那些纸盒，闻到那股糨糊味，我就滚油煎心地难受。我最大的愿望，就是你老姑把钱拿到手后，能和小龙好好活着，别因为我没完没了地难过。"

老姑父说得动了情，抬手擦眼角，我也有些感动，这和事情真假没半毛钱关系，虚构往往比现实更加生动感人，作为一个写小说的人，当然懂得这个粗浅的道理。换个说法或许更加准确，事情虽然是虚构的，但老姑父对妻子和儿子的感情是真实的，这也是他打动我的根本原因。看来，我低估了老姑父的虚构能力，如果他真写小说，没准一级作家也能评上。

"那辆蓝色解放平头柴在拐弯的地方露头时，我心里一阵狂喜，车上拉着货，车速也挺快，我对自己说，就这辆得了，但愿司机别因为这事蹲监狱啥的。我从马路牙子上下来，走到了路面上。我已经不想老婆孩子了，像从前站在操作台前一样，心里静得出奇，就想着把最后几步路走好，当一个无可挑剔的死者。要是寻死这事也给评级，我想评上最高级，就像当年干钳工时一样。"

身后传来一阵响声，卧室门打开了，老姑从里面走出来。坐在我对面的老姑父脸上现出紧张的神色，立刻停止了讲述，一根手指举起来冲我摇了摇，嘴唇动了两下，我猜他想说的一定是"哈基玛"。他的样子很滑稽，我使劲板着才没有笑出声。

老姑远远地喊了一声"你们爷儿俩可别喝多喽"，转身进了厕所。

酒已经凉了，我倒了半缸开水，把酒壶坐在里面。我爷说过，白酒得烫热了喝才行，凉酒有酒寒，喝时间长了，胃受不了。烫酒的搪瓷缸是个老物件，上面的字迹剥落残缺，模糊能认出一个"大"字和一个"刀"字。我估计"大"是"奖"字的下半边，"刀"字是从哪来的，却怎么也猜不出来。

6

老姑从厕所出来又进了卧室。酒烫热了，我先给老姑父倒上一盅，又给自己倒上，等着听他继续往下讲。老姑父把酒喝干了，却没有接茬儿讲下去的意思。若有所思地盯着我看了会儿，忽然开口说："老弟，都时过境迁了，我是不是不该提这事？"

我不置可否地笑笑，知道不需要回答，他喜欢吊足了别人的胃口再往下讲。我指着缸子上的"刀"字问老姑父，原来是个什么字。老姑父说："是'力'，这下面本来还有一行字，'咱们工人有力量'，缸子还是当年技术大比武的奖品，快四十年了。既然开了头，我还是接着往下说吧！"

"我没死成，这是废话，真死了，还咋在这儿喝酒呢？刚走下马路牙子，有人在后面拍我肩膀喊'大哥'。我吓了一跳，刚才好像回过头，身后没有人，这人是从哪儿冒出来的？不过也说不太准，没准专心致志寻死，就没往身后看呢。我转回头，面前站着一个和我年龄差不多的男人，中等身材，一身蓝西服，好像有点面熟，想不起来在哪里打过交道。'我是老李啊，这么快就把我忘了？'对方伸出手。我想不起老李是何许人也。那辆蓝色解放平头柴呼啸而过。'半个月前，在中山路上，你投保的业务就是我办的。'我这才想起来，前一阵买保险时碰到的可不就是他吗！这个老李还夸过我有一头好头发呢！我抓住他的手使劲摇晃，就像在他乡碰上了老朋友，其实我是有点不好意思，真要死了也就算了，在这个节骨眼儿上遇到人家，有点当小偷被抓住的感觉，我这也有骗保嫌疑吧？"

不管事情真假，我都相信老姑父的真诚，他这人好吹牛不假，却是一个处处替别人着想的好人，不管是在工厂，还是在深沟寺家属住宅区，他的口碑一向不错。当年失踪后，好多人自发地参与寻找，到大街上贴寻人启事，走进每一条马路和胡同，几乎把那座城市翻了个个儿。

"老李拉着我的手，回到人行道上，问我要去哪儿。我指指对面的熟食店，说想卖点酱鸡脖子，晚上抿两口。老李看看我：'大哥，我猜你不是想买鸡脖子，而是另有目的地。'我有点心虚，问他另个目的地是啥地方。老李说：'是车轮子底下，你怕是正打算要寻死吧？'我大吃一惊，张口结舌地愣在那儿，好一会儿才想起否认，说他净瞎胡扯，活得好好的，我寻哪门子死呢！就算活得不好，我也不能死啊，俗话说，好死还不如赖活着呢！老李说：'因为你得了癌症，做生意又赔了钱，前一阵买了我们的保险，死了就能给家里人留下一笔钱。'我又傻眼了，心里这点弯弯绕都让人家说出来了，就像让人当场脱得光不出溜一样，连点遮挡都没有了。我还能说啥呢？老半天才憋出来一句话：'你是不是一直跟踪我？'老李说：'这些细枝末节不重要，我来是带给你一个好消息，或者说，有一个变通的方案要和你探讨。如果你能接受，用不着寻死，就能拿到一笔钱，而且比死了还要多拿一倍，不是十万，而是二十万。'我说：'是不是把高装袜蒙脸上去抢银行？咱得先说好，可别给我弄双穿过的。'老李说：'大哥你挺幽默啊，犯法的事咱不干，只需要你做个手术就行了。那边有个茶馆，环境挺不错，咱就别在大马路上说了。'"

客厅五斗橱上的电话响起来，老姑父停下话头，端起酒盅抿一口，但没过去接，我以为他没听到，扬了扬下巴提醒他。老姑父摇头："卧室里有分机，八成是儿媳妇，要向你老姑请教育儿知识。"

电话不响了，不大一会儿，老姑推开门走出来，重重叹口气："老罗死了，今天早晨犯的心梗，没抢救过来。"老姑父有点发蒙，直毛二愣地问："哪个老罗？""咱二车间的电工老罗啊，你咋把他忘了，还跟你去过云南呢！"老姑父恍然大悟，发出一阵叹息："老罗挺会保养啊，每次见面，都给我讲一大堆养生知识，咋就死了呢，比我还小一岁呢，今年刚六十出头。"又说，"朋友一场，咱得过去送送啊！"老姑说："今天太晚了，人家还得布置灵堂，明天早晨再去吧！你们爷儿俩消停喝，我把菜热热。"

老姑热完菜，又进了卧室。老姑父喝了半盅酒感叹道："人这辈子也真是没法说，想活的活不成，想死的死不了，好像专门跟你对着干似的。我刚才讲到哪儿了？到没到韩国？"

"还在中国呢，路边有个茶馆，不知道你跟没跟老李进去。"

"进去了，连死都不怕，我还怕啥呢！我们俩在角落里找了个位置，老李想要茶，被我拦住了，让他沙楞说，到底做啥手术。老李说：'大哥是爽快人，我也就不藏着掖着了，是一个头发移植手术。简单地说，就是有人相中了你的头发，想花钱买下来。'我有点明白了，那人是个秃子吧？'不是全秃，准确地说是地中海发式，所以，需要大哥移植的就是头顶这一块。如果你同意，咱立刻签协议。''做完手术就给二十万？''二十万，一分都不少，现金还是打卡，大哥你说了算。''这人不是脑袋上面秃，是脑袋里面秃啊，移植个头发，就给二十万？''大哥你听我说，常见的头发移植手术，移的是毛囊，就像农村种水稻补苗似的，哪里秧苗多就拔一点，插到缺苗的地方，手术烦琐不说，成活率也很低。咱们这个手术呢，就像种植人工草坪，是移植整块头皮，通俗地说就是把你的头皮和出资人的头皮互换一下。手术方案很简单，但对技术的要求比较高，关键在于要做得天衣无缝。目前国内还做不了，需要去韩国做。因为这两点，对方出价也就高些。出国的事大哥不用操心，护照和各种手续都由对方负责。''我只要出块头皮就行了？''准确地说，是这样。''对方是什么人呢？''这个是保密的，连我们也不清楚，一旦签了协议，以后你在任何时间任何场合对任何人都不能透露这事。'我问他要在韩国待多长时间。他说前前后后估计要四五个月。我说想先和家里打声招呼。老李没同意，说手术做完之前不能透露半点消息。我知道你老姑和儿子会很担心，甚至四处寻找，但要是我真死了，他们不是更难过吗？我没犹豫，就在协议上签了字。不就是一块头皮吗，有啥大不了的。老李把协议装进了皮包里，把一张照片推到我面前，'这是韩国那边给的效果图，大哥你看看，满意不满意？'我拿起照片看了看，上面的人瘦长脸，小眼睛，头顶上秃了一块：'好像是我？''准确地说，是手术后的你。人家那边讲究诚信，这张照片请大哥保存起来，做完手术如果有啥不一样，就和他们进行交涉。'"

"那张照片还在吗？"我打断老姑父的讲述，如果他能拿出照片来，或许我真会相信他说的话。

"那玩意儿咋能保留呢？早扔到医院的垃圾桶里了。不过，人家的水平真是高，做完的效果和照片一点都不差。"老姑父忽然叹口气，"前天我还和老罗通电话呢，说是和姓田那老娘儿们还处着呢，今天咋就死了呢？"

"你和老罗去云南，到底是真的假的？"

"当然是假的了，我是去韩国给人家移植头皮了，但这事不能说实话，一是和人家签了保密协议，不能言而无信。二是不能给你老姑和小龙增加心理负担。说去云南，我也得找个证明人啊，就请老罗喝了顿酒，教了他一套嗑儿，告诉他不管谁问，都这么说。"

"那套嗑儿是你自己想出来的？"

"赌石是老李教我的，剩下的是我自由发挥的，你觉得那个故事怎么样？用你作家的眼光看，还说得过去吧？"

"当然说得过去了，细节生动，想象丰富，故事曲折，又很流畅，不由人不相信，要是写出来，应该是一篇好小说。你还是接着往下讲吧！"

7

"当晚，老李和我一起住进了宾馆。躺床上一聊才知道，敢情人家是经过一系列比较、筛选、考察，才最终确定买我头皮的，具体过程老复杂了，我就说其中一个吧，为了万无一失，他们还考察了小龙的头发，从遗传角度确认无误，才来找我签协议。老李说：'你很幸运，发质、发量、颜色、头发生长速度等指标，都符合买主要求，所以才能最后胜出。'我说谢谢啊，能给我这个机会。老李说：'不必客气，有什么要求随时提。作为中间人，我们的口碑一向很好，不仅因为我们有一套科学方法，还因为我们始终千方百计地为你们双方着想。'第二天，我和老李坐火车去了北京。他说是陪我，但我觉着像押送似的。到了首都机场才知道，护照、签证、机票啥的人家都已经弄好了。和我换头皮那主儿，已经先去韩国了。我问老李，咋就准知道我能签协议呢。老李说：'当然知道了，你连命都豁得出去，还能舍不得一块头皮吗？'我又问他，是不是投保那天就知道我要寻死了。老李没正面回答，笑呵呵地反问：'你说呢？'在韩国做手术前后的事，我不想细说了，总而言之一句话，手术很成功，大家很满意。但我始终没见到换了我头皮那主儿。我知道他不是一般人，一定很在乎形象，要不然不会花大价钱换一块头皮。也不知道我的头皮对他有多大帮助。想着我的头皮跟他满世界乱转，心里就有一种说不清道不明的感觉。看电视时，我也会在心里琢磨，说不定这个人脑袋上顶的就是我的头皮呢！这些细枝末节咱都不说了，我说了半天，其实都是铺垫，最想和你说的是在手术时发生的一件事。他们揭开我的头皮后，发现了一个小东西。"

"是什么东西呢？"

"是一块铁屑。有小手指甲大，比指甲稍厚一点，四周鼓，中间凹，是从铸铁上下来的，大概干活时被钻头削掉，飞起来楔进了头顶。当时也许疼了一下，但没流血，也就没理会，过后除了不时头疼，也没有别的啥症状。韩国医生说，因为已经触碰到神经，所以才会头疼。他们顺带取出来，交给了我，说以后不会再头疼了。"

"那是好事啊，因福得福。"

"好事个屁，这小东西可把我坑苦了。手术后第二天，老李来和我谈判，'很遗憾地通知你，二十万报酬，恐怕不能如数兑现了。'我当时就急眼了，骂他卸磨杀驴。老李给我鞠躬：'我理解你的心情，我早说过了，作为中间方，我们的口碑一向很好，报酬有变化，是因为出现了意外情况，想必你也知道了，医生从你头上取出了铁屑。'我哼一声：'顺带取个东西，就少给钱啊？你把铁屑再给我放回去得了。'老李说：'取铁屑不算什么，问题在于，那块铁屑穿透头皮时，伤到了毛囊，经过仪器测定，准确地说，你那块头皮上有78个毛囊受到了破坏，一个毛囊里正常能长3根头发，那就是少了234根头发……'我让他痛快说，想扣多少钱。'买主只同意给十万。'我刚想发火，被老李制止了：'这不是几根头发的问题，而是你的头皮不再完美了，成了残次品，就像你加工零件，残次品根本不能出厂。买主很不高兴，连我们都受到了责难，说不专业不敬业，能打对折，已经是最好的结果了。'"

"你接受了？"我问老姑父。

"不接受还能咋办，总不能让人家再把头皮换回去吧，那样的话，十万也没了。我把那块铁屑保存了起来，铁屑哪儿都有，可这块值十万块钱啊！这么多年我一直珍藏着它，隔三岔五就拿出来，偷偷看一看，想想我丢的那十万块钱。不知道看过多少遍了，那块铁屑已经磨得锃明瓦亮，像一块白钢似的，都能照出人影来了。"

"你能拿出来让我看看吗？"这又是一个很直接的证据。

"没法让你看了，东西已经丢了。本来我把它装在一只小铁盒里，放在你身后那块隔板上面，你老姑看不到，别人也不理会。但三天前的下午，我发现东西丢了，铁盒还在，里面啥也没有了。我四处找都没找到，问你老姑，她根本就没碰过那只铁盒，问小龙也一样。如果它不丢，我不会把隐瞒了十六年的真相说出来。看不到那东西，我心里发空啊，没着没落的，不和你叨咕叨咕，就过不去劲，话说完了，我心里也敞亮多了。"

"怪不得我老姑说你有心事呢！还让我陪你喝酒探听一下，这些事你不打算告诉我老姑？"我决定配合到底，虽然去韩国比去云南更不可信，但看得出来，老姑父从中得到了更大的快乐。

"当然不能告诉，除了你之外，我再不会告诉第二个人，就算到死那一天，也不会说。否则，你老姑就会心难受，责怪我不该为了钱做这样的事情，而且还瞒了她这么多年。"

"我怎么和老姑交代呢？"

"这倒是个问题，"老姑父皱起眉头，似乎正努力思考，手指突然敲在桌子上，"你这么说得了，我刚从报纸上看到一个消息，钢厂最近又要裁员了，只保留十万人，这事让人心里堵得慌。"

我琢磨了一下，这个理由确实站得住脚。老姑说过好多次，老姑父就是一个死心眼儿的人，这些年人虽然离开了工厂，心和魂儿一天也没离开过。否则的话，他也就不会把那块铁屑看得如此重要了吧？即使那东西并不值十万元，很可能只存在于他的想象中。

壶里的酒喝光了，夜色完全笼罩了这座城市。

老姑父忽然没头没脑地问："老弟，你还记不记得，那根电线为什么下坠？"

我一下想起了多年前，他带我看风景的那个早晨，从耳边吹过的风，天蓝色工作服上好闻的肥皂味，还有马路上像河一样流动的自行车，恍惚中那些骑车人变成了一枚枚铁屑，在某种魔法的操纵下前进，"当然记得，不是被你骑自行车压弯的吗？"

"任何事情都不会过去"
——评《铁屑》

段守新

    不敢绝对地说，怎么讲一个故事一定要高于故事本身讲了什么；但至少可以说，"如何"讲一个故事的重要性，丝毫不亚于"为何"讲这个故事。安勇的《铁屑》，就是这样一篇体现出高超的讲故事的能力的好小说。

    《铁屑》的魅力，首先在于它在叙事上的真假莫辨、虚实相生。从整个结构形式看，小说实际分为两个叙述层。其中，叙事人"我"讲述"老姑父"的故事，构成了第一叙述层级，而"老姑父"讲述自己的故事，则构成了第二叙述层级。两个叙述层之间，是一种不断建构/解构的关系。具体说来，即处于第二叙述层级的老姑父所讲述的故事的"真实性"，往往会被第一叙述层级的"我"动用各种方式，给予巧妙的消解和颠覆。例如，在老姑父最早讲述的去缅甸赌石的故事之后，"我"又安排他讲述了另一个版本完全不同的去韩国做头皮移植手术的故事，这是通过叙述者先后讲述的自相矛盾，解构了前一个故事的真实性。当然，小说里更多采用的手段，是让"我"直接或间接、有意或无意地让老姑父一直居于一个不可靠叙述者的位置。例如，小说一开始，就转用他人（亲戚朋友）的评价，告诉我们这个老姑父的主要性格特征，就是"说话不靠谱，满嘴跑火车，不知道哪句真哪句假"。这就使得我们对他的任何叙述，始终抱以相当程度的警觉。事实上，即便是他最后所讲的那个植皮的故事，其真实性也值得怀疑。因为一旦"我"问及至关重要的证据（术后效果图、铁屑），他都无法提供。应该说，这篇小说是有着近于"元小说"的形色的。只不过，它并不像那些具有高度实验性的先锋小说一样，执念于形式上的孤绝探索，而是有意让我们的注意力，从对故事真相的追踪，转移到它所塑造的这个有趣的独特的人，以及他所讲述的这些真真假假的故事上来。"姑妄言之姑妄听之"，在这一点上，《铁屑》倒是向着小说的本义靠拢了不少。

    但是，如果我们仅仅是从趣味性的角度理解这篇小说，显然严重低估了它的内涵的深沉和厚重。在老姑父这个人物身上，作者其实凝聚了一代产业工人在经济转型过程中的集体身影。尽管他"说话没把门的"，但在他那些云山雾罩天花乱坠的故事里——在缅甸给有钱人当保镖、用自杀来骗保、出卖头皮——如果仔细体味，虽然版本各异，却无一不带着阴郁而惨伤的底色。铤而走险，几乎成了这些被时代的飓风驱赶到走投无路的人的唯一出路。安勇在《铁屑》的创作谈里提及，这篇小说的创作渊源，一是源于作为新中国的第一代产业工人，他的爷爷的生活经历；一是对他的某位在20世纪90年代"下岗"的亲戚的切近观察。也就是说，小说中的老姑父的人生，实际上沉积、叠合着一部共和国的工业史、工人史：从曾经的主人翁的荣耀和骄傲，到现在的边缘人的艰难和挣扎。在这样过于猛烈的落差中，像老姑父这样的人，无法不迎接风驰电掣的历史之轮带给他们的擦伤。而通过不断的自我虚构、"讲故事"，用以抵御和消解来自生活的无情重压，或许也成了他们中的一部分人，最好的却又是不得不然的某种心理机制。也只有理解了这一点，我们才能从故事表层的那些谐谑、调侃和热闹的"趣味性"之下，看到它隐含的苦涩和沉痛。是的，正如作者所言，"任何事情都不会过去"。但前提是，必须要有人一直有心地、努力地、持之不懈地去书写、记忆、镌刻，否则，那些个人的和集体的创伤还是不可避免地会被遗忘，无声无息地沉落到时间的幽暗的深处。《铁屑》的真正的分量、价值，恰恰是在这里。

卓异的叙述形式、鲜活的人物形象、厚重的主题内涵、精致的结构布局之外，《铁屑》仍然不得不提到的一大亮点，是富含暗示和象征意蕴的意象的设置。比如老姑父的那个搪瓷缸，原是四十年前技术大比武的奖品，上面曾印有"咱们工人有力量"的字样，而现在已经剥落残缺。在这个年代感十足的物品上，无疑传递着丰富的然而又不能明言的社会历史信息。至于小说的核心意象，一如题目已经先行提示的，显然非"铁屑"莫属。作为炼钢厂的加工废料，它既是现代大工业、重工业再精粹不过的象征性符号，同时，也因为它的细小、微末、无以计数和不由自主等性质，与成千上百万产业工人的历史处境和集体命运发生着相当贴合的互喻关系。甚至还远远不止这些，小说中更提到，当年在生产过程中意外楔入老姑父头皮里的一块铁屑，不只让他患上了多年的神经性头痛，最后更让本已困顿不堪的他失去了足足一半的植皮酬金（十万元）。在这荒唐而又残酷，令人啼笑皆非的结局里，作家更使铁屑意象发展出一种伤害性的功能指涉——而他在此所寄寓的，对于历史与人的悖逆的不尽叹惋、愤慨、悲悯，也不能不使我们心事浩茫、思之万千。

昧 火

渡 澜

我的女儿甘狄克去帮姥姥挤羊奶，她本应该在中午回来的，却在晚上才到家。

她抱着一个被羊皮包裹的孩子，身上的绿色皮衣落满雪花。她正露出崭新的表情，这令我惊讶——甘狄克在开挖河道的声响中出生，身上总是有种奇异的安稳感。

"怎么这么晚才回来？亲爱的甘狄克，这是什么？"

"额吉，出了一点儿事故。"

我又惊又怕，甘狄克却镇定自若。令人无法想象的是，她在几年前还错把"闭眼睛"说成"关眼睛"，把"鹿"说成"坐"，如今她竟然稳妥地抱着一个来路不明的孩子，淡定地说着"出了一点儿事故"，行为举止像个大人。

"额吉，现在它是我的孩子了，我要叫它嘎乐①。"

"甘狄克，这不是你的孩子。"

"不，它是我的。"

她抱着孩子坐到了火炉边。甘狄克惹人怜爱，粉嘟嘟的脸蛋在火光的映衬下像甜蜜的糖果。老人们说她的可爱胜过春天，可以融化燕子们的翅膀，令它们坠落在她的私人轨道上。她小时候从来不会弄疼我的乳头，她还会可爱地窝在我的怀里像猫一样呼吸。我爱她，哪怕在如此古怪的场景里，我听到她嘴里传出唤小狗的口号，看到她满脸微笑地注视着怀中的孩子，便也不由自主地笑了出来。

孩子的手从羊皮里伸出来，握住了甘狄克的衣襟。它手背上厚厚一层辣椒色的茸毛，小小的方指甲是耀眼的人工化的白。嘎乐抿着嘴，睁大了眼，仿佛在不动声色地进行着欢闹的计算。脖子又粗又短，肌肉发达，这理应是动物的脖子，因为它们不得不用肌肉紧实的脖子来保持脑袋在身体的前方。嘎乐的脸上还沾着血，甘狄克用手指轻柔地替它擦拭着。她甚至试图纠正它长得不正的嘴巴。

我为她的可爱和认真醉心，凑过去亲了一口她的嘴唇，抚摸她小鸡茸毛一样柔软的短发。当甘狄克还是小甘狄克时，她的头发少得可怜，以至于我给每一根头发都起了好听的名字。哪怕在冬日，她的头发和头顶都是热乎乎的，让人心软。甘狄克温顺地仰头

---

① 嘎乐，蒙语，意为"火"。

亲吻我。

"它看起来快要两岁了……甘狄克，告诉我到底发生了什么？"

"额吉，你认识姥姥家的那只公羊吗？它叫吉·拉克申，没有牙齿，耳朵上挂着红色的耳标。"

"我当然认识，亲爱的，你姥姥是那么尊敬它，不忍心杀死它，希望它老死。"

"是的额吉，姥姥不想杀死它，可是吉·拉克申最近总是在人们要处理羊的时候跑过去，缠着刀子不放。"甘狄克的眼中倒映着我悲伤的面容，她接着说，"于是大家决定要杀了它。他们在吉·拉克申的肚皮上切开一个小口，一个男人将右手伸了进去，然后他尖叫着抽出了手。我们赶忙问他怎么了，他指着手指上的齿痕，说被羊肉咬了一口。我们立刻就听到嘎乐的啼哭声从那个小口里传出，大家切开吉·拉克申的肚皮，发现了它。"

"可是，吉·拉克申不是公羊吗？也许羊吃草时不小心把孩子吃进去了。甘狄克，孩子是不是在羊的胃里发现的？"

"我不知道，额吉。"

甘狄克的嘴唇一张一合，话语很快填满了我们的房子，溢出了墙壁。我担惊受怕，反复检查门窗有没有关好，怕这可怕的故事传出去令草原褪了颜色。嘎乐在羊皮里狠狠蹬着腿，试图挣脱出来。它张大嘴呻吟，舌头果然如甘狄克所说的那样——像个球，随着它的喘息左右摇摆，发出滴滴答答的声音。哪怕在风和日丽的日子里看到如此可怕的孩子也是会做噩梦的，更别提这种风雪交加、没有月亮的夜晚了。我抚平皮肤上冒出的鸡皮疙瘩，骨骼也为之战栗。我颤抖着坐在了火炉旁，想让自己暖起来。

"额吉，我必须把它带回来，否则他们会杀了它的。所有人都怕它，不敢接近它。姥姥肯定也恨着嘎乐，认为是它害死了吉·拉克申。我不想让它死去，它也是个生命。况且——吉·拉克申不是也决定救它一命了吗？嘎乐咬所有碰它的人，但它不咬我，我想……"

"你在想什么，我的好孩子？"

"嘎乐是爱我的，它选择了我。"

"甘狄克，它不属于你。没有什么是属于你的，你只有你。"

"可是，额吉，嘎乐都不咬我。"

"它不属于你，甘狄克，被你饲养不是它的命运。"

"额吉！这不是饲养！这是养育！我要教它读书写字。"

"甘狄克，你糊涂了，你太爱幻想了，你……"

"不！额吉……"

砰砰！

突然响起的敲门声打断了甘狄克的话，我们向门的方向望去。甘狄克抱紧了孩子，大大的眼睛里欢乐之泉已经干涸，追逐着那稍纵即逝的声响。她吓坏了，我赶忙凑过去，轻拍她的头，安抚她的情绪。甘狄克仰头望着我，黄蜂一样小巧可爱的嘴巴一张一合，想说什么却又说不出来，吞吞吐吐。

砰砰！

敲门声再次响起，一连串连接起来变成一种鸣响。甘狄克跳了起来！强有力的巨响中，我和甘狄克的心脏猛烈跳动。

"是姥姥吗？"甘狄克问。

"我们应该开门，甘狄克。"

"不，别开门，额吉，姥姥会杀了嘎乐的！"

"不会的，甘狄克。"

"额吉！姥姥恨嘎乐，她会用她的猎枪干掉嘎乐的。"

"我去开门，把一切都问清楚。我们要相信她，她是仁慈的，她不会伤害任何人。好了，现在我要开门了，我的甘狄克，你跟姥姥解释清楚，说说你为什么把孩子带来，然后把孩子还给她。你要听话，我开门了。"

甘狄克连连后退，露出模糊的表情。孩子们总是这样——希望被大人们理解，却又不想被他们彻底看透。

我走过去打开了门。我的额吉走了进来，她的肩膀上已经堆积了雪，我感到歉意。我拥抱了我的额吉，拉她进来，关上了门。她双颊通红，白发飘飘，突出的前额上有长长的皱纹。她瘦削的肩上背着猎枪，逼视着一切的眼睛闪闪发亮。她已经老了，可身体健康，至今没有人能在赛跑中超过她。有谁能说出老人的准确重量呢？他们有时候沉重如铁力木，有时却又轻盈如和纸。

她已经走到屋子正中央了，直勾勾地看着甘狄克和她怀里的孩子。她们的交锋迟迟不能展开。只有嘎乐发出盘旋的尖锐的喊声，几乎是在发泄怒火。甘狄克神情严肃，在胸腔里发出同样的声响，如嘎乐荡起的涟漪。甘狄克和嘎乐已经非常像母子了，她们依偎在一起，享受着天然的爱。而甘狄克谨慎防备的目光令这画面看起来像一则咄咄逼人的广告——"保护好你的孩子！"

"甘狄克，把它给我。"

"我不。"

交锋开始了！

"你真是个小傻子！好好看看你怀里抱着的是什么！"

"是个孩子！是条生命！除此之外它还能是什么？"

"它是个吃人的怪物！它把艾儒翰的手指咬断了，还吞了下去。"

"它只咬了一个小口子！您别听他们瞎说。艾儒翰上次还说自己的鼻孔里有毒蛇在冬眠呢，谁会相信他！"

"够了！快把它给我！"

"哦！我不！它是我的。"

"不要总是把'我的'挂在嘴边，这会带来不幸。甘狄克，把它给我！"

"哦，呜……我不。"

"给我！"

青少年天生恐惧出丑。甘狄克在姥姥命令般的话语中感到一种只属于年少时的难耐和羞耻。她痛苦地睁大眼睛，眼泪几乎要夺眶而出。甘狄克执拗地抱紧嘎乐，冰冷的话语从她的小嘴里吐出，仿佛世间的愚行令她惊骇："您会杀了它的！"甘狄克是否把嘎乐当成了一场游戏？一场领养游戏？青少年热衷于游戏，这是他们的天性。你怎么能熄灭游戏之火呢？

姥姥大步走过去，想从甘狄克怀里夺走孩子。我赶忙冲上去阻止她。可怜的甘狄克一直努力维持的"大人"模样土崩瓦解了，萦绕在她心头的那小小的畏惧突然变得庞大起来，笼罩了她稚嫩的心灵。甘狄克发出尖叫，慌忙奔出屋外。我根本来不及阻止，她的衣摆像一只夜蛾在我的眼前飞过，只留下惨淡的绿色。砰！门被风关上，一层浅浅的雪花被吹了进来。室内立刻变得寒冷，火焰在一刹那仿佛被冻僵了，停止了舞动。雪片的噪声飘向角落，喃喃细语，秒针一般微弱的声响，不是寒冷，而是这些声响令我颤抖。

我忙不迭地冲了出去，却只看见白茫茫的雪地和漆黑的天空。黑夜降临得如此之快，像一只沉重的乌鸦坠落了。一阵风吹来，甘狄克的脚印立刻不见了。外面雪花纷飞，雪片大而厚重。我感到它们贴上我的脸，带来一种阴险和渐进、浸骨的冷。

我的孩子！

我忐忑不安，手忙脚乱："哦，我的甘狄克！您把她逼急了！她抱着一个孩子能跑到哪里去呢？"

"不用着急，那个红毛小怪物一冷就会发出喊声，我们循着它的声音去找。"

"额吉！我们得叫一些人来。"

"哦，小可怜，你吓坏了！外面下着雪，甘狄克能跑多远呢？跑两步她就气喘吁吁了。"

"可是……"

"你可真讨厌，我自己去找她，"额吉说，"我要一枪崩了那个怪物。你看到它的红毛了吗？它会为草原和森林带来灾难的。"

额吉衰老的脸上有一层细密的汗水，她眼中燃烧着的大火，在瞳孔深处嗞啦嗞啦地烧燎。嘎乐的脸和甘狄克的脸在火的炙烤下抽搐着，交替浮现，痛苦得几乎变形。我不知道额吉的愤怒究竟来自何处——她的愤怒并不是私人的，里面人群交头接耳，低声讥讽，热热闹闹。她看起来可怕极了，我可怜的甘狄克的逃亡是对她的愤怒的一种确认。

她想干掉的只有嘎乐，我的女儿是无辜的。我不能让甘狄克冻死在这大雪纷飞的夜晚，于是我立刻和额吉外出寻找她和嘎乐。

眼前是平坦的草场，甘狄克根本无处躲藏。但不远处有松树林，孩子们总是去那里玩耍。正如额吉所说，嘎乐在寒冷中忍不住发出喊声和尖叫，仿佛雪花割伤了它的皮肉。这声音忽远忽近，却一直未曾间断。我和额吉艰难地在雪中行走，大风呼啸，在我们头顶上轰鸣。我们本来担心嘎乐的声音会被这风声淹没，可它的喊声随着风雪的加剧越变越大，尖锐刺耳，听起来像石壁的破裂、野兽的号啸，令我们冻得麻木的头脑骤然变得清醒。我和额吉已经接近松林，这里的雪相对较薄，风相对微弱，可以勉强看清孩子的脚印。风雪中松树干上干裂而不规则的鳞状块片影影绰绰，迷离惝恍，有时像大军鱼的鳞片，有时又像无数条细细的、弯曲的污渍。我死死盯着林中摇摆的、稀疏的树冠。由于土地里所含盐分分布不均，松树的针叶呈现出深浅各异的绿色，一阵大风携带着雪片从树冠间涌过，全部的绿就变为统一的白，极目远眺，如钠在氯气中燃烧。我拉紧衣领抵御寒风，瑟缩着身子在雪地上匆匆行走。我频繁摇头，摇落雪花，甩脱脑海中消极逃避的念头。

额吉突然被绊倒，我赶忙前去扶起她。她站起来拍了拍自己的衣服。

"是石头吗，还是树枝？"

我低头查看，被吓出了一身冷汗，尖叫却卡在了嗓子眼。

"手！"

不过我很快冷静了下来，这是个冻僵了的成年男性的手，并不属于我的女儿。额吉弯下腰握住那只手向上拉着。

这时又刮来一阵飓风，我被吹得倒退三步。我闭上眼，即被冻上，眼前漆黑一片。我在手指上吐了一口唾沫，涂抹在眼睛上，这才睁开。

此刻展现在我面前的是一脸惊恐的额吉，她几乎摇摇欲坠。不祥的预感在我心中升起。

"我的孩子，你是对的，我们应该叫人来的……"

她将那人拉了出来。他的肩膀上有个洞，肚子已经被掏空了，肠子冻得像钢管。他被动物吞吃了内脏。他怒视上空，双手直直伸向天际，像要紧紧抓住飘走的生命，尽管生命已经一去不返。冻僵的尸体闻起来像驼尾和杞果，还有一点儿辣味。我腹部绞痛，嘴里泛酸，拼命压制住反胃。在这种天气里呕吐，吸入的寒气会刮烂我的嗓子和胃。

"是狼吗？"

额吉的脸色苍白，毫无血色，她摇了摇头："是熊。"

"熊"这个字就像一个巨大的拳头猛砸我柔软的胃，我忍不住呕出了一口酸水："熊？现在是冬天啊！"

"我怎么知道，也许它冬眠前没吃饱，提前醒来了。"

她又说："糟透了，我的子弹连熊的鼻子都无法穿透。"

"哦不！是熊！我可怜的女儿……"我已经无法站立，跌坐在地上，直愣愣地盯着那惨死的男人，仿佛看见了可怜的甘狄克。我立刻被吓哭，捶打地面，泪水在我脸上冰冻。

"都怪您！您为什么要吓唬她？她一直是个好孩子，她听我的话，她从小就那么可爱。她的阿爸去世前一直在亲吻她，他是多么喜欢她呀。我的甘狄克，我的女儿，我的爱——你怎么了？你碰到熊了吗？呜，我的孩子！"

额吉显然也吓坏了，呆愣在原地，重复着一句话："我们得叫一些人来，我们得叫一些人来……"

就在我们不知如何是好的时候，松林里突然传出甘狄克的大喊声。

"嘎乐——嘎乐——嘎乐啊——"

这声音撕心裂肺，震天动地，我从不知道我的女儿可以发出这么大的声音，像一阵惊雷炸响在天空，迅速传遍世界。我被女儿的大喊声震得耳朵嗡嗡响，心跳剧烈。这声"嘎乐"乘着风和雪奔走四方,我眼前花白,除了耳中震耳欲聋的喊叫什么都听不见了。我和额吉无暇顾及男人,匆忙向林中跑去。甘狄克的声音同漫天舞动的雪花一起扑到我的脸上,我又冷又绝望。她被熊追赶了吗?

起先,这里只有风的怒吼声、甘狄克的喊声和我们的喘息声。但不知为何,我们逐渐听到了其他声音——家的方向传来了人们杂乱的脚步声、惊恐的呼喊声、水桶和铁盆的碰撞声——砰砰哐哐乱作一团。我们甚至以为是一大群马奔驰而来了,它们嘴里也喊着:

"嘎乐啊——"

"嘎乐——"

我站立起来,和额吉并排站着,向家的方向看去——一群人正向这里奔来!

他们在夜间被惊醒,他们拎着装满水的木桶、抱着装满水的铁盆、捧着装满尿液的夜壶、带着装满泪水的眼眶……有些人慌忙中只在掌心里留了一捧水,奔跑中洒了一地,五根手指被冻在了一起。人群蜂拥而至,在风雪中疾奔,大多面露惊慌,口中大喊着:"嘎乐——"有些人泪花飞溅,痛苦地尖叫着。他们从睡梦中醒来,却堕入了另一个噩梦。这个无限延长的队伍,没有阻碍,一片晦暗。我在刹那间迷失了——我到底是远观者还是参与者?

"发生了什么?"我和额吉异口同声地问,对熊的恐惧已经被这群荒诞恐怖的人群所淹没。

远处甘狄克的喊声经久不息,悠长痛苦,像海水激起的巨浪,顷刻吞没了一切!甘狄克口中的"嘎乐"产生无可匹敌的力量——唤来远处的人群,激励他们奔向一个共同的目的地。

"我知道发生什么了!"额吉瞪大眼睛对我说。此时他们已经跑了过来,我们被激流般的人群冲散了。他们除了眼前的森林什么都看不见了,除了奔向那里他们什么都不管了。我被人群推搡着接连几次摔倒在地上,还好起来得及时,不然就会被这群疯子踩成肉泥!他们摆动的手肘砸在我的脸上,带来剧痛,我痛得龇牙咧嘴。可没过多久,又一轮疼痛袭击了我的身体——他们那装满水的器皿撞击我,哪怕我穿得再多,也无济于事——铁器令我满身瘀伤,痛不欲生,犹如在地狱里翻滚。我夹在人群里,像一片可悲的石炭纪的岩石。我完全被桶里溅出来的水湿身,我恍然大悟!

他们以为森林着火了!

他们错把甘狄克口中的"嘎乐"当成了真正的嘎乐,殊不知那只是一个小怪物的名字。我在扭曲的人群里大喊:"你们误会了!根本没有着火!"可是没用,远处的甘狄克依旧在尖叫和哭泣,由远而近,翻卷着——仿佛世界都在巨响中滚动!我无力地随着人群摇摆身体,防止自己跌倒。我已经伤痕累累,额吉也不见踪影。

这一切都怎么了?

"嘎乐——嘎乐——"

"嘎乐啊!"

还有什么更倒霉的事情吗?我简直不敢相信眼前发生的一切——一只巨大的棕熊嘴里

叼着一个孩子穿过慌乱的人群，奔向了东方。熊死死咬着它肌肉结实的脖子，孩子背部辣椒色的茸毛在空中飘扬，血滴如珍珠般在风中蹦跳。熊嘴里咬着的是嘎乐！它在远离了人群后才慢悠悠地用后肢站立起来，这哪里是什么饿坏了的熊，它很壮硕，将近有三百公斤，肩背隆起，全身被厚厚的长毛覆盖，咧嘴的动作令它看起来像是在微笑。它的视线搜刮着我心里的口袋，我预感到不幸的未来，预感到自己将要成为一个泪流不止的女人。嘎乐奄奄一息地闭着眼，竟然也在微笑，那笑容为它灌入了新的能量，它不需要羊肠线和点滴，它只要一头熊就满足了。熊很快俯下身，四肢着地，跑出了我的视野。我们的夜晚依然存在。所有人都凝滞在这雪窖里，无法逃脱。

这就是甘狄克惊呼的原因——她的"孩子"嘎乐被熊叼走了！

这是哪里来的熊？它把一切都打乱了。远处甘狄克的声音越来越小，我被人群推挤着向那里前进，我本以为甘狄克会就此止声，谁知她竟重新开始用那令人恐惧的、令人头皮发麻的大嗓门喊起来——她在喊我！

"额吉！"

"啊——额吉——额吉，救我！救我啊！"

她的惨叫混着人们的奔跑声——怎么了？熊不是走了吗？她被熊咬伤了吗？甘狄克的喊声撕心裂肺，一点儿都不连贯，总是响一阵停一阵。她喊得那么痛苦，如同正在被烈火烧灼、被凌迟折磨……我不禁也开始大喊。我脸颊上的泪水已冰冻，我张大嘴喊，只感到肌肉撕裂般疼痛。我在人群中急速前进，想看看我的孩子发生了什么。

不知过了多久，世界安静了，甘狄克没有声音了。我冲进森林里，大雪和飓风令一切变得模糊。一群雪白的人朝我恶狠狠地掉眼泪——白色常常被滥用，以至于人们忘记了它也可以成为一种令人恐惧的存在。他们的皮肤上一层厚厚的冰霜，明亮到耀眼，四肢也因此坚硬如雄鹿的角。他们亮闪闪的脚下血红一片。

"骗子！"

"没有着火！"

"这雪踩上去是温的。"

"是谁喊的着火了？"

人群开始逆行，哆哆嗦嗦地走出森林。一切都结束了，森林重又空荡荡了。一种强烈的解脱感笼罩着我。我向树林深处寻去。我知道女儿在那里等我，她一定是伤到哪里了，有东西弄疼她了，想想她刚刚大喊的"额吉"，她是受了苦了，这令我无法忍受。我可以被人打断全身的骨头，却无法忍受我的女儿被一小块鹅卵石砸到脚趾。在松林里，遍地的脚印和锅碗瓢盆。人们的咒骂声回荡在这里，令我打了一个冷战。

我的孩子呢？

我看到我的额吉站在一棵松树下，在风雪中低垂着头，双手无力地撑在膝盖上。我走近看她的脸，额吉眼中愤怒的大火已经被浇灭了，留下了死一般的灰烬和一个深渊，仿佛人群将桶里的水一股脑儿地泼到了她的眼里。我的额吉竟然也是满脸泪水，整张脸看起来像玻璃一样冰凉剔透。冰冷中蔓延的绝望与痛苦浓重得犹如凝固的铁块。我是被冻伤了，还是被灼伤了？我的皮肤感到瘙痒——一种呆钝沉重、难以遏制的痛痒。我的哪个细胞坏掉了？这个疑问足以延伸生与死之间的痛苦边界。我想起甘狄克痛苦的呼喊声，我的孩子怎么了？我是不是不小心跳过了一些步骤？

"额吉，甘狄克呢？"

"走了。"

"她被熊咬伤了吗？"

"没有，熊没有咬她。"

"那她去了哪里？呜，她自己回家了吗？"我开始哽咽，身体颤抖。

"那群疯子的脚带走了她。"

额吉突然将肩上的猎枪扯下来，挥臂将它用力砸向松树。破旧的猎枪在清脆的响声中崩碎，炸成碎片。她跪坐下来，用手捂住了脸。

我回头看，此时风已经停止呼啸。松树看上去都是一模一样的白，布满了裂缝、折叠、凸块和剪影。

文化调色板与蒙古族叙事
——评《昧火》

江 冰

　　渡澜短篇小说《昧火》（载《人民文学》2019年11期）首先抓住我的是富有个性的语言风格。毫无疑问她是属于蒙古族的——羊群在风雪中行走，"嘎乐——嘎乐——"惊天动地。然而，作者出生于1999年，年轻岁月又让我把作品语言与互联网相联系，其中类似"青少年热衷于游戏"一类话语，又染上网络青年亚文化色彩，网络一族的语言风格与蒙古族长调般的悠长语言，交互而成稍嫌刺眼不适却又个性十足的语言风格。

　　其次，作品先声夺人的寓言色彩。公羊肚子里出了一个婴儿，吊诡怪胎不祥之兆，于是"草原褪色"，天地陡变；我大惊失色，姥姥用猎枪驱赶，女儿紧抱婴儿逃进暴雪黑夜；女儿大声呼喊"嘎乐——嘎乐——"，召唤救火群众。狂风暴雪、黑色森林、手伸向天空死尸、熊与婴儿……一系列神秘怪异悬疑符号，在现实世界中间凸现。全篇弥散惊悚不安的危险气氛，仿佛世界末日的警告。人们无法控制的大自然，呈现出吞噬一切的狂暴凶相。无法阐释难以言清的符号与图景，构成作品的寓言特征，亦是作品给予我们最为强烈印象。蓝天白云水草丰茂牛羊成群的蒙古草原，被年轻的作者涂抹成另一番迥然不同的景象——显然属于被重新艺术剪辑，浸透作家主体思想的变异画面。

　　简言之，预设寓言框架，设计特异符号，情节退居其次，重点在氛围渲染与象征暗喻的传达，以及对作品节奏的快速推进；卡夫卡式惶惑、马尔克斯的魔幻、毕加索超现实主义、达利式绝望、蒙克的呐喊，超现实逻辑与现实细节真实描述奇妙组合……在2020春节幽闭在家日子里读《昧火》，浮想联翩，思索人与自然，展望人类前景。小小短篇焕发出如此力量，惊心动魄，震撼人心。

　　没来由地想起本雅明先知般言论："我发现，世界上除了那个固执的问题之外什么都没有了。这个问题就是，世界何以存在事物？何以存在世界，我带着惊异领悟到，世界上没有什么能迫使我承认这个世界的存在。它的不存在对于我，一点都不比它的存在更值得怀疑。存在对不存在眉来眼去。当月光闪亮时，海洋和大陆并不比我的盥洗池闪耀。"

　　我再次陷入沉思：人物、动物、自然、环境、警戒、寓言……染上理性的字眼排沓而至，透过小说叙述在眼前不停地晃动。艺术家天生敏感，遭遇人类困境难题时，唯有艺传达乃"最优雅的行动"。也许,作者身为蒙古族离大自然更近;也许,身为"95后"倍受现代艺术"世界风"熏陶——故有渡澜,故有《昧火》;常态叙述中的非常态故事,构成狂风暴雪中的寓言警示,流荡着巨大震撼与无边焦虑。

然而,文化调色板上的斑驳陆离,无法覆盖蒙古族倔强的叙事。问题在于外来文化与本族文化调色的比例如何?融会贯通之目标如何定位?拉美作家走上世界文坛的艰辛努力是否提供启示?渡澜非常年轻,在诸多文化艺术风格交汇撞击之时,望少有"炫技"之意而多有民族叙事之心,坚定而韧性的态度会让她走得更远。

我言语时领悟;而领悟时,却又无言。

城北急救中

修新羽

发现陈焯睡着的时候，我狠狠掐了他一把。而作为报复，他喊了惊天动地的一嗓子，引得周围人纷纷侧目。我不侧目，我全神贯注地看着那正在翻乐谱的小提琴手，看着音乐厅天花板上一小块脱落了的墙皮，装作不认识他。

这种伪装在音乐会结束之后终于前功尽弃，因为陈焯像条尾巴那样紧紧跟在我身后，低眉顺眼，一口一个对不起。票是提前好几个月买的，英国小提琴巨匠来华首场演奏会，我为此期待了很久，还特意找出最得体的那身黑连衣裙。然而陈焯连两个小时的清醒时间都给不了我，他只能给我对不起。

我感到前所未有的挫败，脚步逐渐慢了下来。陈焯牵住我的手，说他确实不应该睡着，然而我也有错，我刚才掐他的时候没有堵住他的嘴。我试图摆脱而未遂，就找了个路灯旁边的位置，站定了望着他。他肯定看清楚了我眼里的泪水，因为他瑟缩了一下，猛然把手松开。那些乱七八糟的托词对我不管用了，早就不管用了。

这就是我和陈焯，我们从来都这样的。

我们在城北读的大学，毕业后想尽办法才留了下来。经过反复思考和反思实践，不约而同地发现谈恋爱是降低生活成本的最佳方式，就心照不宣地睡在了一起。

我们租的房子就在城北急救中心对面。每天都能听见急救车乌拉乌拉的声音，把那些快死了的人运进来。有些就这么死了，有些折腾一顿也还是死了，只有非常少数的幸运儿才能活下来。人们嫌这里晦气，租金也就相对低廉。

夏天那阵子房间老跳闸，陈焯只好跑去阳台上，靠着一盏应急台灯批作业。阳台上蚊子多，等他回到床上回到我身边的时候，总是带着一股很浓郁的花露水味，闻起来比我还娘。他会故意抬手搂住我。

我嫌热，把他挡开。他会不依不饶地搂过来，只为看我一脸嫌弃又委屈的样子。我说陈焯你都多大年纪了还喜欢欺负小姑娘？他会故作深情地说，在你面前我永远八岁。我想把他踹下床去，而他会顺势抓住我的脚踝，把我拉向他。

楼体隔音效果很差，尽管每个窗缝里都贴了隔音胶条，却还是能听见由远及近的警报声。隔着窗帘，还有急救灯一闪一闪地飘过来再飘远。刚搬过来的时候我总睡不好，只能跟陈焯整宿整宿做爱，汗津津地昏过去，直到第二天被闹钟吵醒，带着黑眼圈挤地铁。后来工作越来越忙，我们也越来越习惯，躺下就能睡着。只是随着天气变冷，有时候明明各睡各的，醒来的时候也会抱在一起，陈焯毛茸茸的下巴会抵在我肩膀上，胳膊也紧缠过来。

刚搬过来的时候，我还没经验，依旧留着那个功率过大的吹风机，洗完澡吹着吹着头发房间就跳了闸。把窗帘拉开朝外瞅瞅，只看见旁边几户的灯都还亮着，马路正对面是荧荧的一排红字，城北急救中。"心"字不知道怎么坏掉了。陈焯走到我旁边，把窗帘重新拉上。拉得太急，房间里就弥漫起一股灰尘的味道。我说城北大概要没救了。

陈焯说，那怎么办，那我们只能倾城之恋了。

我不知道城北是不是要倾覆，只知道我们随时都可能彻底完蛋。陈焯高中学理科，但因为是外语院校的保送生，到大学只能继续学外文，学得就有些三心二意狗屁不通，毕业之后就找不到工作，最后去给外语培训机构打工。而我被一家创业公司拉去当CCO，全称Chief Cultural Officer，首席文化官；公司里只有五个人，人人都是首席，而我最重要的一项工作就是帮大家点外卖拿外卖。简单来说，我们两个谁也看不到未来。

陈焯的公司离这里很近，而我上下班要坐一个多小时地铁。所以做饭和日常打扫基本都被他包揽，就连厨房里的围裙都是他喜欢的花色。有时候我加班到很晚，从地铁站回来黑灯瞎火，经常打电话让他来接我。他就赶过来拉住我的手，一边走一边背诵社会主义价值观来壮胆。

那时候只有寿衣店还开着，白惨惨的荧光灯亮着。我手心直冒冷汗。陈焯说我们都是社会主义好青年，都是年轻人，不要怕那些牛鬼蛇神。我嘴硬着说："我也不怕牛鬼蛇神，我怕人，怕杀人放火抢劫。"他倒觉得无所畏惧，走到路灯下的时候还突然朝我耳朵大叫，又一脸讪讪地说："哎，你没被吓到啊。"当年我究竟为什么会觉得他很可爱的？完全就是个傻×。

我们在一起快两年了，可谁也没说过"我爱你"。出去玩的时候，别人问我是不是他女朋友，他也总是很暧昧地笑笑。私下里他跟我讲过好几次，他说，你也是知识分子，是念过大学的，是讲道理的，你不能强迫我。那时他刚跟女朋友分手，头上长着一片草原，只想把自己变成野马。他说，我心里那扇门关上了，现在只想找个人陪在身边，其他的走一步算一步。

我说，每次你心门关上的时候，我的手都恰好在门缝里。

陈焯扭头看我，就像在看一个陌生人。他说："你什么时候这么文艺了。"我说原文来自一本学术专著，《现代性与大屠杀》，豆瓣评分9.0，讲的是犹太人总把手指放在现代性的门缝里。陈焯开始笑，他说："好好好，我承认你还是你。"

我说："我不承认。"而陈焯摇摇头，表示他不想吵架。他慢慢脱掉外套，仔细叠好，然后把头枕到我膝盖上。如果我愿意的话，从这个角度可以很方便地掐死他。我用手指轻轻拂过他下巴的胡茬。

陈焯就那样睡着了。人在睡着的时候看起来往往会年轻些，带着一种毫无防备的天真，然而这个道理在陈焯身上并不起效。陈焯一睡过去就像是死了。

最开始，他的睡态总能让我感到震惊。我们第一次出去开房的时候，并没有正大光明，而是打着期末复习的旗号。隔壁传来呻吟之后，我把脸凑到陈焯跟前，问："没激起你的好胜心吗？"而陈焯立马跳起来，抱着电脑找了半天，开始大声外放一部聚众淫乱的色情电影。

女主角声嘶力竭地呻吟，而我笑倒在床上，还故意选好姿势，让腰上的皮肤露出一小截。陈焯看都没看我。"陈焯，你真是个君子。"

陈焯对此不以为然。他说："我今天是真的要好好复习的，也劝你认真看看课件，不要老马失蹄，在大四的时候把自己挂掉。"他的话倒激起了我的好胜心，决定要复习给他看，跟他比比谁更能沉得下来。

结果我还在研究费孝通的差序格局理论，陈焯就已经咚的一声倒在桌子上。姿势很奇怪，额头紧抵着桌面，像是猝死了，像是能这样一直睡下去，睡个几十年。我象征性试了试他的鼻息，然后把他搬到了床上。

那是我第一次认真地打量陈焯。他比我小半年，高瘦文静，头发浓密，皮肤白，在人群里打眼一看就很出挑，再配上那副黑框眼镜，完全就是电影里那种斯文败类。可仔细观察起来，五官也没什么特殊的地方：眼睛不大，眉骨不高，下巴倒是有点儿尖。睡着之后，陈焯浑身的力量和戒备都卸掉，无论怎么推他，拉他，捏他，他都毫无反应。他睡得那么沉，那么死。

陈焯学过钢琴，我也学过。但他考过了九级，我只学了三年就放弃。更要命的是，我带他去参加过几次朋友聚餐，而他只是坐在那里，露出自己那脸傻笑，就能被所有人喜欢。

我拿毛巾沾湿了给他擦了擦脸，在他旁边和衣而睡。其实从那天开始我就该知道，陈焯对我几乎没有兴趣。他只是习惯了讲软话，习惯了对女孩子好，而我只是一个比较方便的选项。时至今日，我们的关系依旧更像是长期互嫖，甚至留不下什么干净美好的记忆。

那天外面下着暴雨。

雷声滚滚而来，整个城北都停电了，只有急救中心的几个房间还亮着灯，估计是有什么应急电源。那天晚上陈焯七八点钟才回来，自顾自进了厕所洗澡。我跟进去看，他脱下来的衣服都被冷水浸透了。我把衣服扔到洗衣机里，问他："雨伞呢？"

"借给了一个学生。"

我有些心疼，于是决定跟他吵架。我问："男学生还是女学生啊？"

陈焯说："女的，眼睛大，皮肤白，长得比你好看。"他的话从防水帘后面透过来，闷闷的。他说得如此坦荡，我心里反而不好受起来，架也没力气吵了，早早洗漱完躺到了床上。陈焯不声不响地洗漱完，关好灯，也躺到我身边来。

我们肩并肩躺在床上。我深呼吸，闻着周围的空气，潮湿而带着隐约霉味。我不知道在这间房子里有什么正在坏掉，那些旧家具，还是那些被整齐叠好收在柜子里的衣服。陈焯说："我掐指一算，你又在生气了。"

我说："陈大仙再帮忙算算，我是被什么气着了。"

陈焯说："生活。"

这样的事情在生活里并不少见。有次我们吃完晚饭，打算出去看电影。在公交车站旁边，一个小姑娘把鞋跟卡到了下水道盖里。陈焯蹲下身帮她拔了出来，而她连声道谢，说自己穿高跟还没穿习惯。又问："你也这么晚才下班啊，什么工作的。"

公交车还是不来。

陈焯指了指旁边楼上那个"天天向上培训学校"的灯箱："教外语的。"小姑娘"哦"了一声，过了会儿说，最佩服英语好的人，找他报名培训的话能不能有优惠。我在陈焯试图回答之前，就笑了笑抢先说："没优惠的，他们公司管得可严了。"

那天晚上陈焯格外来劲，看完电影回来的路上还在追问："你是不是吃醋了？"我说："吃春药了。"

不怪我生气。我旁敲侧击地问过好几次，至今没搞明白他有多少前女友。

还有一次，是穿校服的小姑娘在我们楼下探头探脑。那时我正在把阳台上晾晒的红内裤都收进房间，才收到第五条的时候，听见她鼓起勇气问我，陈老师住在这里吗？我说："哪个陈老师啊，不认识。"

小姑娘瞅了瞅门牌号，说："陈老师留给我们的地址就是这里，也可能后来搬家了吧。她举着手里的一沓东西，晃了晃："我们下周就结课了，大家想提前给他个惊喜。"从二楼的阳台上，我能看见那些信封上印着烫金的爱心。我摇摇头回到屋里，一条条卷好我们的内裤。

也不知道陈焯后来有没有收到那些信，总之他什么都没跟我提起。总之他对学生好，真的好。难免会招人喜欢。

为了赚钱，陈焯不仅教高中英语，还教初中数学。然而毕竟不学数学五六年了，他只能每天晚上对着辅导书自学，第二天再去讲给学生听。有时候好不容易搞懂了很难的问题，就会很得意地向我汇报，还把我揪过去也做做试试。我做不出来倒还好说，如果做出来了还做得比他更快，他就会闷闷不乐起来，坐在那里等着我去哄。

有些时候我会扑到他身边，捏捏肩捶捶背，夸夸他，找玻璃杯倒上热水塞进他手里。有些时候我觉得烦了，就什么都不理。

万圣节的那天，陈焯要给班上的学生带去惊喜。他跑去菜市场，拎回来两个脸盆大的南瓜。等我回家的时候，其中一个已经被削废了，另一个刚刚掏干净了瓤。我看不得他笨手笨脚的样子，找了把美工刀扑上去帮忙，最终把第二个南瓜削成了半哭半笑的像。为了不浪费粮食，我们吃了整整五顿的南瓜粥，连舌头都变成了黄色。出于对陈焯的爱，那时我不在乎自己的舌头究竟是什么颜色。

据他说，那些孩子们对南瓜很满意。而我总觉得，他是在寻找途经来消磨掉自己过分旺盛的父爱。我想过干脆养只狗，陈焯对此万分赞同，但又提醒我说，一定要从小养起，好好训练它，培养它定点排便的习惯，按时给它喂食洗澡，按时遛。他念念叨叨着所有养狗的细节，直到我终于打消了这个念头。

创业公司没有什么假期，有项目就忙些，没项目就轻松些。他们来砸门的那天，我刚熬过夜，起得就晚，半睡半醒间听见钝器的撞击声。起来从猫眼往外看，走廊空无一人，声音也已经飘到楼下了。又过了会儿，楼下好像吵起来了，有人高声说："这周就要搬出去，没有任何条件可以讲！"还有小孩子哇地哭了起来。

听不懂这是怎么回事，我原本打算继续去睡了，却看见有人从楼下跑了上来，手里举着支撑面杖一样的东西在我们这层每家每户的房门上乱敲，然后在每家每户的门上都贴了通知条。

他们说这栋房子在前几天的消防检查里被评为危房，现在开始往外清人，下个月就要整个拆掉。我问房东怎么办，他说他去想想办法，让我和陈焯也商量一下。

微信不回，电话也打不通，我决定去找陈焯。刚到走廊上，就听见他对班上的同学大声嚷嚷："你们就不能用点儿心吗，花着你爸妈的钱，又不是给我学的。"

有男生大声反驳："是给你学的，我们怕你伤心。"

陈焯当时正在往黑板上抄题，听见这话，咯噔一声把粉笔摁断掉。他转过身来把手里剩下的半截粉笔砸到那男孩子头上，说："我已经很伤心了。"

他低下头，挑了支新粉笔，想要继续抄题的时候才看到我站在教室后门口。

我朝他举了举手机，他朝我举了举粉笔。我摇头，而他终于无可奈何地从讲台上拿起块抹布擦擦手，去看我半个小时前发给他的信息。

陈焯坚持上完最后半节课才跟我一起回去，以免工资被扣掉。

于是我坐在培训机构的前台那里等他，前台小姑娘瞥了我几眼，端来半杯热水。我感谢了她，从包里找出根口红，去洗手间里补了补妆。

回去的路上我们接到房东的电话，那中年男人满怀歉意地解释了半天，说已经给居委会负责人递过几条烟，以为没事了，不知道这次上面查得那么严。挂了电话之后，陈焯问我打算怎么办。我说："同林鸟也要各自飞啊。"

陈焯说这不是开玩笑的时候。可他也没有什么办法。

打扫卫生是他负责的，但一个月前老板去外地开会，放了我们所有人的假，我刚巧有时间，就随手收拾了下客厅，结果从沙发上的杂志里掉出来几页病历。没有名字，只有诊断日期以及诊断结果。在我见过的所有病历中，这算写得很清楚的了，能让我明白究竟发生了什么。

我真的不会做饭。但我那天点了一桌子陈焯喜欢吃的外卖，等他回来。

今年是我们俩的本命年，陈焯买了二十条红色内裤，十条男式的自己穿，十条女式的硬塞给我，说是本命年犯太岁，红色能辟邪。于是我们阳台上经常就红旗招展。我没料到他会这么迷信，而他神秘兮兮地跟我说，这是家族传统，就连他的名字也是算命先生起的，说他五行缺火，"原本是卓越的卓，就直接给加了火字旁。"

他说这个字是光明的意思，是照亮的意思，是火苗跳跃的意思，总之都是好意思。可我很没文化，还是去网上搜了一下，发现这是个多音字，还可以读作"抄"，是把蔬菜放到沸水里烫一下的意思。我把这件事记了下来，准备好好嘲笑他，但一直没找到什么合适时机。现在我重新想起了这件事，这是个多么不吉利的名字啊，让那些绿色的生机勃勃的东西在沸水里蔫掉。

我以为我们能吃完饭再讨论这件事，可陈焯一进门就溜到了沙发那边，东翻翻西看看，大概是意识到自己没把那些东西放好。我说赶紧来吃饭。

于是他麻利地拉开椅子，坐到我对面。丰盛的晚餐显然在他意料之外，因为他的神色突然紧张了起来，不知道他是否忘掉了哪个重要纪念日。

我跟他讲，是我们公司今天拿到了第一笔天使基金。他瞅着桌上的菜，还故意用手点着数了数："三荤两素，大餐啊。"

我也跟着他瞅桌上的菜，可眼前却总是晃着病历上的字："肺癌晚期"。会恶心，呕吐，最后呼吸衰竭。会死得很难受。为什么是肺癌呢？陈焯已经戒烟了。可能是因为雾霾吧，冬天烧起煤来，城北的雾霾一向很严重，朝窗外望去，万物都灰蒙蒙的。特别是我们这里，离急救中心近，离火葬场也不远。前阵子治理污染，据说已经关掉了一些燃煤企业，可火葬场总不能给关掉吧。朝窗外看的时候，万物就依旧灰蒙。陈焯又总是在阳台上批作业，总是待在灰蒙里。

陈焯说："那我先动筷子？"他一边吃，一边努力露出幸福的笑容。

我吃不下去，正好外面传来了隐约的哭声，就跑去了窗前。有人正把盖了白布的担架从医院里抬出来，平常都是从后门走的，今天不知道怎么直接抬到了前门。一个年轻女人跟在担架后面，时不时抬手抹眼泪。还有个中年女人，用手扶住担架，脸涨成了红色，大声哭号。其实死也有死的好处，本科时我跟着老师去养老院里做过调研，年老面前，那些寿终正寝的人反倒不可能保持住什么体面。

往常陈焯总会很快冲过来把窗帘拉上。但今天他没有，他远远躲在房间的另一边，看都不愿往我这边看一眼。就好像这边有什么东西会伤到他的眼睛。车很快开走了，黑暗中我不知望向何方，却突然注意到"城北急救中"那几个字也熄灭掉了。或许他们终于打算把那个缺失掉的"心"补上，为了维修才拉了闸。或许只是故障。

听完音乐会那天，陈焯非要将功赎罪，拉我去附近一家不起眼的小店，说是学生推荐给他的，这家烧烤做得特别好。可店里面没几个人，我们选了靠窗的位置，点好烤翅和啤酒。我们谁都没再提刚才的事情，直到陈焯又一次开始道歉。

陈焯说："最近他们放寒假，来上课的人很多，我真的很累。"

我说谁不累呢。

我接着又说："我要去找学长了。"在学校的时候我参加过许多兴趣社团，认识过许多人，这些陈焯也都知道。陈焯说什么学长啊。

我说："就是社团里认识的，生物奥赛国家队那个。"陈焯当年才拿了省二等，没拿到竞赛保送的资格，因此对所有国家队选手怀有微妙的嫉妒。

他说："你能不能讲讲道理。"

我说："不讲道理，讲故事。从前有个人，又穷又怯，连治病的钱都交不起，还不敢跟别人说，只愿意自己默默忍着，等死。"

陈焯说："那我给你讲个道理吧：心思太重的人是活不开心的。"

我说："你讲完了没有？"他说没讲完。然而他也没有再继续讲下去，只是和我一起沉默地坐在餐桌前。已经是晚上十点半，旁边的服务员鼓起勇气凑过来，说："先生小姐，要不先买个单，我们马上打烊了。"

我指着陈焯说："让他买，我没钱。"然后手脚麻利地穿上衣服，头也不回地冲出门去，仿佛已经当众把他给甩了。可是出门之后我又不敢走得太快，因为身上没带家里的钥匙。

我磨磨蹭蹭地走，陈焯也在后面磨磨蹭蹭地跟，走到那家寿衣店门口的时候才撵了上来。他说："你真勇敢啊，不知道这附近前些天闹过鬼吗？""所以你是算我家里人是吗？""等我以后变成鬼了，一定会好好保佑你。"

我不想听他说话，干脆转过身，躲到了寿衣店里，那扇脏兮兮的玻璃门在我身后关上，陈焯在外面发愣。寿衣店里的老板在里面发愣。

头戴毛线帽的老人家瞪大眼睛："不买的话别进来捣乱哦。"

我说："怎么不买。"正好陈焯也低着头跟了进来，被我一把拽过去："多精致啊，快挑个你喜欢的。"老板听了我的话，把屋里的灯又打开几盏。灯光不再是白惨惨的，而是带了点儿暖黄。挂在墙上的衣服都很精致漂亮，摆在柜子里的还有许多模型，有苹果手机，还有些带花园的欧式别墅。老板说，都是纸做的，都能烧。

我最终买了一座城。一小座古代城池，让人想起了空城计，想起了烽火戏诸侯，还想起了小时候的手工课。它是用硬纸板拼起来的，拼接处还能看到胶痕，但也价值整整两百元。其他人会抱着怎样的心情买下这种东西，再烧掉它。我本来想把它直接拿在手上，但老板找出只纸盒子，非要帮我包装起来。陈焯一言不发，在离开的时候帮我推开玻璃门。

我捧着纸盒走在前面，陈焯跟在后面。这条路还是很黑，一出门几乎什么都看不见，我也只是继续往家走，走着走着眼睛适应了些，就能看到微弱的月光落在前方。

"那病历不是我的，是方老师的。"在我身后，陈焯小声说。方老师是他的同事，据说当过高中的教研组长，退休后被培训机构请过来教课。老烟鬼。

"我看你误会了，就想顺便吓吓你。我不知道你那么傻。"

我想扇他一巴掌，但我只是把那个纸盒子扔到地上，踩扁了。

砸完门，贴通知，之后就没了下文。房东找关系去打听情况，但也没问出什么来，总之说大家都还没开始搬，可以继续先住着。

初雪那天，我们去买了火锅底料在家里涮。锅里热腾腾的，杂七杂八丢进去，满屋子烟火气。我边吃边盯着他看，他边吃边盯着锅里的东西看，把那些浮起来的虾饺抓紧捞出来，再挑点儿羊肉丢进我碗里。他说："你够不够，不够冰箱里还有。"

我说："抓紧把东西都吃掉吧，还不知道能在这里待多久。"

陈焯说："如果这里真的住不下去了，咱怎么办？"

我说："不是咱怎么办，是我怎么办，你怎么办。我去找那个奥赛学长呗，让他养着我。"说话的时候，嘴里好像又尝到了南瓜味。在连续吃过五天南瓜之后，我一直对南瓜味感到恶心。

陈焯放下碗，放下筷子，呆呆地坐着。我说："那个学长后来在印度出家了，从朋友圈里看，每天过得都很快乐。"

陈焯说："你去不成的，没人会要你，你没有慧根。"眼泪从他睁大的眼睛中落了下来，留下两道亮亮的湿痕。成年之后，我还从没近距离看人哭过。我觉得头晕，甚至没办法起身去找些纸巾过来。我把袖子扯出来一截，往他脸上抹。

陈焯朝后躲了躲。他说："如果这里过不下去了，我就带你回家吧。"

我问："回青岛吗？"他说不是，回老家。那里有果园，有渔船，有玉米地，反正饿不死的。

我说不。我说："别以为你说这话就行了，你永远都不够真诚。"

陈焯说："难道你就真诚了？连跟我说句情话都是剽窃的。"

我说："我剽窃谁了？"陈焯说，剽窃齐格蒙·鲍曼，心门与手指，《现代性与大屠杀》。他站起身走到客厅的书架那里，边说，边恶狠狠地把那些书一本本抽出来，一本本甩在地上。砰，砰，砰。窗外急救车的声音由远及近地响。

我说："对不起我脑子不灵光，没办法，编不出更多瞎话了。"

陈焯说："那我教你行不行，我说一句你跟我说一句。"

陈焯说："我爱你。"

我用比他大一百倍的声音嚷回去："没听见，没听见！"我他妈的一点儿也不难过，只觉得生气，可我生气的时候总是想流眼泪。陈焯的表情突然就垮掉了。他走来抱住我，但我什么感觉也没有，就像被一个玩偶抱在怀里。

我说："这就是你编的瞎话吗？"抱住我的胳膊收得更紧了一些。

他说附近真的闹过鬼，所以政府才减免了租金，非要把这些辅导机构拉过来，想用学生的阳气来镇一镇。他说："我们抓紧搬走吧，太晦气了。"

听完音乐会那天，我一整晚没再跟陈焯说话，第二天故意定了很早的闹钟，跑去茶餐厅吃了顿丰盛的早餐，又买了杯冰咖啡，才开开心心往公司赶。路上接到陈焯的微信："我道歉，好不好？"我看了一眼就把整个对话记录彻底删掉了。

我们公司主要是在设计手机 App。和那些给人们的自拍加耳朵加尾巴的拍照应用不同，我们能给人们的宠物加上衣服、帽子、眉毛、手。CEO 是个比我高三届的学长，每天都穿着同一件浅蓝卫衣，精力旺盛地讲述着未来。"历史的车轮已经可以看到了，我们想法要多，不能漏掉每一块金子。"其实我没看到，但据他说，历史的车轮在朝短视频驶去："人们越来越没有耐心，所以视频要短；人们越来越浮躁，所以视频比文字更能吸引目光。历史似乎总在驶向更糟糕的方向。"

上周他约了几个投资人见面，昨晚在微信群里兴冲冲跟我们说，搞到了一大笔天使基金。不是空头支票，是真金白银，足够给我们每个人涨薪三倍。钱多，压力也大，需要马上给出理想demo来配合宣传，可我们连产品定位都还没想好，就都留在办公室里集体加班。我全神贯注地整理着用户调研报告，而陈焯又发来微信，问我在哪儿。我说："我在你心里。"然后把手机扔到了一边。公司里有咖啡机，有零食，熬过整晚不是什么难事。直到第二天上午，CEO验收了成果，我才又溜回家去。

陈焯不在。但从垃圾桶里留着的烟蒂数量来看，他估计没怎么睡着。我换好睡衣，窝到床上，盘算着该怎么哄哄他，让他明白事情没有那么无可挽回。我等着他来联系我，我就在家里等他。他一直没有回来。

之后我睡了会儿，又醒来。整个房间空空荡荡，只有一道阳光从窗帘缝里落进来，碾在床尾。好像能听到雨声。还能听到有人在楼下压着嗓子交谈。

从窗户边偷偷往下看，是几个人正喊着号子，努力将一辆侧翻了的三轮车扶正。东西乱七八糟地甩了满地，有些沾着水就化掉。都是纸糊的，还不是什么好纸。是寿衣店也要搬迁了，老板在三轮车上载了过量货物，到巷子口的拐弯那里一时没稳住。店里的帮工正努力从雨水里抢救那些物件，再把防雨塑料布重新捆牢在车上。

我还看见了陈焯。他一手拎着几袋刚买回来的蔬菜，一手抓住几只红彤彤的纸灯笼，把它们往旁边的编织袋里塞。我随便套上件衣服，也跟着跑了下去，跟他们一起弯着腰，把成堆纸制的物件从雨里拾起来。雨还在无休无止地落下来，万物声响都被雨声掩盖住，雨声太吵了。

我们就像是阴间里的幽魂，漫无目的地收拾着那些冥币和纸元宝，把它们装回到袋子里。最后地上只剩些被泡软的黄纸，老板向我们道谢，然后开着那辆三轮车，载着那些精致的假房子假人假钱，晃晃悠悠地离开了。

陈焯说："这些东西有用吗？"他说话的时候，阳光从云层里慢慢渗出来，给世间万物都镀上了一层浅金色，让世间万物看起来都昂贵极了。陈焯还说："我们回家吧。"

无心背后的深情

——评《城北急救中》

林　霆

爱情小说有很多种写法，在近年的中国当代短篇小说中，更多的是写欲望之爱、身体之爱，如苏童的《香草营》、金仁顺的《彼此》、毕飞宇的《相爱的日子》。这些小说或者是描写了欲望之下的蝇营狗苟，或者是表现现实挤压下的抱团取暖，作家看重并着力讲述的是中国人爱情稀缺的时代病。也有少数小说写得异常温暖，如铁凝的《火锅子》用一个微小而有力的细节印证了一对老夫妻半个世纪的爱情。而"90后"作家修新羽的短篇新作《城北急救中》则出奇制胜，写了一场被事先宣称无爱的爱情。

小说的题目透着不可解的味道，看了作品才知道，这是一对刚刚大学毕业的小情侣租住房对过的"城北急救中心"的标牌，"心"字的霓虹灯不知何时坏掉了，在夜里只能看到"城北急救中"的字样。"无心"似乎是一个隐喻，暗示着这对小情侣的关系，他们的同居并非感情至此，而只是为节省生活开支凑在一起的。与心无关、与感情无关的同居关系，竟然发生在风华正茂的纯真年代，这真是一件荒谬至极的事情。加上死亡的意象在小说中不断出现，都令人感到无比沮丧和颓废。好在故事并没有进入中年人的情感模式中，在点点滴滴的细节中，可以看到两人表面的嘴硬，也掩不住内心的真情。特别是在小说的后半部，当肺癌晚期的诊断书出现后，"我"叫了一桌子他喜欢吃的菜，虽然两人继续互相使性拌嘴、挖苦讽刺，却不经意地流露着对彼此的在意和珍重，只不过都羞于承认自己的感情。其实，在他们伪装的冷漠和轻率背后，还存留着青涩和真挚。小说呈现出当下年轻群体的情感生活，他们怀着对不可知的未来的困惑和迷茫，在局促的经济条件下辗转于北京的准底层世界。"虽然世界是荒谬的，人生是痛苦的"，但是作者最终没有把人写到绝望中，还是给了这个世界一点温度和希望。因执拗而极力掩饰的羞涩真情，是小说中特别动人的地方，也可以看出作者通过细节和对话来表现人物心理的特殊才能。

小说采用一组组对立的意象群，如寿衣店、纸钱、救护车、急救中心、出租屋与大学毕业、青春、爱情相对应，使死亡与生命、薄情与深情中产生撕裂的美，在无心与有情之间按捺着不息的盼望。在出租屋被拆迁，就要无家可归的难局中，唯有这样的温情与爱恋，能支撑人继续不放弃自己，不熄灭生活的信心。

　　小说的语言和技法并不老到，却别有一番单纯和美好的滋味在其中。生于1994年的修新羽，已经是一位文学新锐，她的想象力和对世界的新鲜感受，使她的小说清新不世故，率真又别有韵致，呈现出当下小说中难得的素颜之美。

扯票①

刘荣书 （满族）

小丫头喜欢扯票。

她喜欢扯票的原因，是能够从中得到好处。比如说馋嘴了，她便会对她的爷爷说，爷爷，我病了。这样说着的时候，她便神情委顿，蜷缩在床，或瘫靠在爷爷怀里。她天生似乎便是一个具备表演才能的小丫头。你哪里病了，哪里不舒坦？爷爷伸出骨节肿胀的手，去她的额头触探。没发烧呵，脑门瓦凉瓦凉的。爷爷自语。小丫头说，我和你一样，哪儿也不疼，就骨头缝疼。爷爷便笑了，明白了她的小心思。并不揭穿，逢场作戏说，真要是病了，我就去商店买一听水果罐头给你吃吧……买山楂的。山楂罐头败火，吃完准好。小丫头奇怪着爷爷对事物的认知，怎么会和自己如此不同？即便真的病了，她也不喜欢吃那种酸酸的山楂罐头，而喜欢吃那种甜甜的桃罐头或菠萝罐头。她开始和爷爷讨价还价，语调变得俏皮起来。爷爷，你给我钱，让我自己去买吧。买一罐"红牛"，喝完我的病就好了……你嫌钱花得多，就买"小松鼠干脆面"，要么就买"大嘴巴辣条"。

小丫头喜欢扯票。

她喜欢扯票的另一个原因，是能够得到别人的同情。比如她的爷爷出门做事，中午没能及时回家，饥肠辘辘的小丫头，便会在村中游荡。饭菜的香味像一根绳子，将她牵引到准备开饭的人家。倚在那人家的门口，脸上是一副可怜巴巴的模样。小丫头，该吃饭了。你不回家吃饭，在这里干吗？那家的主人会问。我爷爷病了，他没力气给我做饭。小丫头蔫巴巴地说。那家的主人便会叹口气，邀请她坐上自家的饭桌。等饭吃完，好心的主人还会让小丫头带上几个馒头，捎给她病中的爷爷吃。不想好心的主人吃完饭去田里干活，却会路遇她的爷爷，问：你不是病了吗！大晌午的，刚从田里回来？

小丫头的爷爷明白孙女又在扯票，只能装出一副糊涂样子。

在这个小小的村落里，小丫头扯票的对象，不仅是她所能遇到的人，即便那些孤苦的白杨、沉默的垂柳、流里流气的狗、成帮结伙的公鸡母鸡，也要领受她的谎言。她会将吃完的果核抛向远处，让馋嘴的狗以为那是一块香喷喷的骨头；她会把鸡蛋从抱窝的母鸡身下偷出来，换成一块河滩里的卵石，让母鸡整个夏天一事无成；她还会对着村外的道路

---

① 扯票：冀东方言，撒谎的意思。

说，你知不知道哇！我妈今天要从城里回来了，她会给我带来很多好吃的东西，你晚点黑，要不她就找不到家了……道路不言。看似愚钝，实则也跟她学会了扯票。直至暮色沉降，也不见它把小丫头的妈妈给吐出来。

久之，这个村落里所有的事物，便都知道她是一个喜欢扯票的孩子。却又无不承认，她真的是一个极其聪明的孩子。小丫头五岁时，便在当过几年民办教师的爷爷的授教下，认识了好多字。小卖店里的各种零食，她能半蒙半猜，说出它们晦涩又蹩脚的名称。她还记住了她父亲的电话号码，每次去小卖店打电话，她的爷爷只会记住号码的一半，便需借助小丫头的提示，昏花着老眼，练"一指禅"似的，戳着纽扣一样"吱吱"作响的白色按键。

喂，是志国吗？我是你爸！干吗哪，吃饭了吗？……在医院呐，你媳妇生了……是个孙子！嘿嘿，我当然高兴啦。算你小子有能耐，没让咱老李家绝户。没事你别老喝那猫尿，再成个家不容易，不要老和你媳妇怄气，要对人家好点。咋着，今年不回来了？不回来就不回来吧……我用不着你惦记。我就是估摸着，小丫头该上幼儿园了。咱家这边附近也没幼儿园，我是想，你要是方便，还是要把小丫头接出去……我知道你过得不容易，可过得再不容易，也不能耽误孩子上学。我这身子骨一天不如一天，再带她几年虽说没啥问题，但我实在是怕耽误了孩子。

爷爷最大的心愿，便是能够让小丫头去上幼儿园。他觉得他的孙女，绝非等闲之辈。

他同别人吹牛，把自己的孙女夸到天上，却又非要把别人家的孩子踩在脚底。他问贵生的奶奶：你孙子上二年级了吧？贵生奶奶说，歇完伏就该上二年级了。小丫头的爷爷喊贵生：贵生贵生，你过来，爷爷给你出道题。15＋6等于几呀？贵生掰完手指，又一屁股坐在地上掰脚趾。掰来掰去，也没能把数学题算个清楚。爷爷卷根烟，用舌头一下一下舔着烟纸说，好嘛，我看再出道难点的题，你得跟那哪吒似的，长出三头六臂。贵生奶奶在一旁生气，说，他还是小孩子嘛！哪能算出这么难的题。爷爷便将小丫头喊过来。15＋6等于几呀？小丫头转转眼珠，答得像爆豆子：等于21。15＋16呢？等于31。她咋算出来的？心眼儿忒多。贵生的奶奶张口结舌。爷爷说，我们家小丫头，要能像城里人家的孩子那样，早点上幼儿园，绝非等闲之辈。

闲来无事，爷爷便会当着小丫头的面，念叨藏在他心里的打算。

最近的幼儿园，在亮甲店。过了油盘庄，还要过多余屯。少说也要三十公里，骑三马子，也要赶大半天的时间。每天接送，得把爷爷的腿遛细喽。让你在那儿住校，你年纪小，爷爷也花不起那笔费用。那可不是一般人家的孩子能上得起的，不光要缴一笔学费，听说，花插①着，还得给老师送礼。

小丫头在一旁插话：三十公里？爷爷，那又是多远？

爷爷解释：三十公里，就是六十里。你绕着咱们庄子，从贵生他奶奶家，再到甜枣她姥姥家，来来回回，也不到半里地，你算算，这要兜多少圈？

---

① 花插：意为间隔。

小丫头眨巴着眼睛，觉得根本就没法算。她只是觉得奇怪，便问爷爷：鸡有公母，人分男女，爷爷，咋这个"里数"，也分公的母的？

爷爷被她的话逗笑了。无从解释，只继续念叨：你爹能把你接到城里就好了。城里虽离咱家上千公里，可坐火车，也就一天一宿的道。我听说城里农民工子弟学校不少，收费也不贵。你爹日子过得紧巴，肯定掏不起。等我卖了苞米，两头猪再卖了，加上以前攒下的那些钱，也够你读几年的……可去了城里，钱落你爹手里，人落你后娘手里，得不到啥好儿，我又怕你受了委屈……

爷爷念叨来念叨去，最后只能自寻解脱说，也是呵！即便我孙女上不了幼儿园，也比别人家小孩聪明。我孙女扯票，鬼都能被她唬得一愣一愣的。

小丫头没有在意，爷爷的话是对她的贬损还是褒扬。她只在心里默念着爷爷方才提到的从他们庄子去城里的路——上千公里。如果按照从贵生他奶奶家到甜枣她姥姥家算，来来回回，又要走多少个来回？

等小丫头真的走过这上千公里的路程，便已是第二年春天了。

啥时候能到哇？

坐在火车上，小丫头一刻也不安生，不是在车厢过道跑来跑去，便是和陌生人"自来熟"地混在一起。等天快黑下来的时候，她便偎在父亲身边，一刻不停地这样问着。

她父亲说，你睡吧，睡一觉就到了。你一睡着，火车就跑得老快了，"嗖"一下，比宇宙飞船还快。

小丫头在火车上睡了。她开始做梦。梦到火车真的变成一艘飞船。她还梦到了她的爷爷。梦到爷爷的时候，乡村里的事物，不知怎么，竟全然发生了改变。她的爷爷变成了一头耕牛。贵生的奶奶，变成一只爱打瞌睡的老猫。甜枣的姥姥，则变成一只爱唠叨的长尾巴喜鹊。那些鸡呀狗呀猪呀，全都变成了人的模样，只是面孔模糊。就连那条通往村外的路，也变成一位哀怨的寡妇，能听到她在连连地叹气……

那天早上，爷爷没有起床，而是抠索着从裤子底下翻出十块钱来，对小丫头说，爷爷太累了，没力气起来给你做饭，爷爷睡会儿，你去小卖店买点东西吃吧。第二天早上，爷爷仍躺在床上。小丫头不忍将他惊动，替爷爷披披被角，自作主张，再次从裤子底下翻出十块钱。准备出门之际，爷爷醒来，攥住她的手。就是在那一刻，小丫头发现，她的爷爷变成了一头耕牛。从那耕牛的眼睛里，淌出一滴老泪。她中午照旧在别人家混饭吃，没有扯票，而是实话实说：我爷爷病了，没力气给我做饭。等回到家，天就快黑了。小丫头喊一声：爷爷。爷爷没有搭腔，仍在床上睡着。小丫头伏在爷爷身前，心疼地说，爷爷，你两天不吃饭，不饿呀？此时，一条跟进来的黑狗开了腔：你爷爷都快死了，你咋还不快点喊人来救他。小丫头这才醒悟。她在黑暗的村街上奔跑，敲开一户人家的房门，乌鸦一样叫着说，我爷爷病了，说不定快要死了，你们快去救救他吧！那疲累至极的一家人，以为她又在扯票，没有理会。小丫头敲开两三户人家的房门，所有的人都没有理会。直到跑到小卖部，她给父亲打了一个电话，哭着说出爷爷快要死去的消息。父亲让别人接听电话，求那小卖部的主人去他家里看看。

看到的结果，验证了小丫头并未扯票——这竟是她长这么大，唯一的一次没有扯票。

小丫头的父亲回家奔丧，无人照料的情况下，只能将小丫头带在身边。自此，小丫头便离开村庄，来到了一座陌生的城市。

说是城市，在小丫头眼里，只不过是一个嘈杂的大庄子而已。

从落脚的那一刻起，天空便开始落雨。时而零星阵雨，时而牛毛细雨。看不到传说中的那些高楼。往远处看，只见一层隐隐的雾气。雾气中传出的声音，让小丫头觉得，有一匹身形庞大的动物，蹲伏在雾气里喘息。喘息声时轻时重，像居心叵测地窥视着她，又像气势汹汹地逼近了她。等雾气散尽，才看清有一道架设在道路中间的桥梁，像一条被人抛向空中的蛇，忽地就僵直了身子。而那些歪歪扭扭的房屋商铺，则像家禽随意排泄的粪便，紧凑而密集。道路上移动的车辆行人，全都变成虫子的模样。人如蚂蚁，车像甲虫。那些她万般熟悉的事物不见了，那些猪呀鸡呀鸭呀，再也不见了。只看到一些狗，乔装改扮，变得更加流里流气……她随着她的父亲，穿过暮色中一条嘈杂的街道，拐入一条迷宫般的巷子。潮湿像一声叹息，从巷子深处飘散过来，间杂着男人女人的吵骂声、小孩的哭叫声、锅碗瓢盆的磕碰声。她攥着父亲的手，偷瞟一眼他高大的身形，恍惚间，发现父亲瞬时变成了一匹马。一匹疲惫不堪的马。

到家了……她的父亲说。推了她一把，将手足无措的小丫头，置身在一间昏暗的陋室。小丫头只见过坐在床上的女人一面。后来从别人嘴里，得知她便是她的"后妈"。不由分说，脱口而出，叫了一声：妈——那其实是父亲一路上对她的叮嘱。她的叫声令女人有些错愕。女人尴尬一笑，随之叹了口气，冲着男人说，到底还是把她带来了……

小丫头的父亲怔怔站着，成了一匹困顿的马。他耸一耸肩背，振作精神，拨弄一下小丫头枯黄的发辫，故意支开话题说，快去，看看那个小孩，他是你弟弟。

小丫头这才发现，女人怀抱着的，是一个婴儿。怯生生走近，见婴儿肥白粉嫩，小嘴哑吸，发出"咕咚咕咚"的吞咽声。那声音听来异常地解渴。女人前胸半敞，浅黑色乳晕似要被哑出血来。她伸出一根指头，小心翼翼在婴儿的脸上触碰了一下。不想那女人掩了衣襟，强行将乳头从婴儿嘴里抻拽出来，迅速放在床上。起身，嘴里生硬说道，你们还没吃饭吧，我该去做饭了。

小丫头仰头，呆呆看着她的继母，觉得她的继母非常高大。没错，从最初见到她，她便觉得她像一只鹅，一只高傲的大鹅。昂着长颈，每一声嘶叫都像喝令。此刻婴儿啼哭起来，在床上抓挠着四肢，在小丫头的眼里，慢慢变成一只粉嫩的小猪崽。

小丫头独自睡在一张临时搭就的床上，好像仍躺在火车座椅上。火车变成了一挂马车，轻缓摇动。听不到蟋蟀的鸣叫，听不到夜鸟的啼啾，此时所有的生灵都已睡了。恍惚中，只听到父亲和继母的低语。

到底还是把她带来了，往后这日子咋过呀！

不把她带来咋整！总不能像个小牲口，把她给卖了吧。我毕竟是她爸，我不管她谁管她。

可你当初骗我，从没说过还有一个鼻涕虫闺女。早知这样，我才不会嫁给你这个穷鬼。

你不也一样，咱俩混一起的时候，你都离两次婚了。

你放屁！

好，我放屁……算我求你，给孩子一条活路吧。况且她已经大了，等小子再大点，身边不总得有个人照看嘛……咱俩一块出去打工，挣双份工资，才能慢慢攒俩钱，也好在城里买得起房子。

做你的白日梦吧！继母的声音弱下去。别说买房，就是喂饱这几张嘴，咱俩都得累得尿血……

男人女人的对话，在小丫头的意识里渐渐模糊。她的父亲和继母，变成了两只静卧在黑夜里的动物。那啼鸣的婴儿，变成树顶巢穴里的一只雏鸟。那我又是什么呢？小丫头在昏沉的睡意中发挥着想象。在想象中，起初她是一只蜗牛，缓慢爬行在路上。一公里，两公里，从贵生他奶奶家，再到甜枣她姥姥家，来来回回，不知要走多少个来回……后来，她又变成了一只羊。一只长着独角的山羊。看上去更像一只骄傲的独角兽。皮毛好似白锦缎，鼻唇鲜红，眼神晶亮，踏着灵活的碎步，奔踏在一段不知出处的路上。

小丫头的继母，并不能和所有童话故事里的继母画等号。

她并非一个心狠手辣的女人，只是生性粗疏。或许日子的困顿，让她少了些母亲的慈爱，而多了些女人的刻薄。该做饭时，她会照样做好热腾腾的饭菜；该睡觉时，她会吩咐小丫头早点上床。偶尔出门，她会让小丫头帮忙照看一下睡着的弟弟，从外面回来，见小丫头双膝跪着，安静地守在弟弟身边，她便不由心存感激，一张苍白的脸上，露出难得的笑容……只是好心情总是不愿与她为伴，不到半天时间，她便又会因一件琐事而心烦起来。因为老是心烦，她便成了一个阴晴不定的女人。

她不怎么搭理小丫头。仿佛小丫头只是一只流浪到此的小猫，死皮赖脸缠在她的膝下，舍它一口饭吃就不错了。至于小丫头的父亲，毕竟是男人，生性粗疏不说，还有一点麻木。他是一个泥瓦匠，每天从建筑工地回来，身上脸上都挂着灰迹，疲沓地坐在饭桌边，像一匹从泥泞中跋涉过来的马。他喜欢喝酒，散装白酒能帮他祛除困乏，却又很快，使他人仰马翻地睡倒在床上。

没有人搭理小丫头。所以说，身在城市的小丫头，是孤苦的。大多数时候，她只能顾影自怜。在屋子里待烦了，她便自作主张，独自出门溜达。她的继母也从来不会管她。

小丫头小心翼翼摸出巷口。巷口的日杂店、理发店、馒头铺、五金店，和老家庄子里的房屋差不多类同，抱团取暖一般，密匝匝地挤在一起，仿佛挤得喘不上气来。站在一面斜坡上，能看到他们家租住的两间平房，淹没在高低错落的屋宇之间。这里是一个很大的庄子，因外来打工者麇集，显得人满为患。一架高高的电信塔，像一棵信号树，提醒着人们出工收工的时间。太阳挂上电讯塔的时候，城中村便会悄寂下来。市声从更远的地方传来。小丫头起初不敢走远，唯恐找不到回家的路。走至巷口，她在一棵银杏树下玩一会儿，便会顺原路折返。她像一条凭借气味标记地盘的狗，手拿一根捡来的滑石笔，隔不多远，便会在途经的墙上，画出一些不规则图案。那些图案看上去像动物，却又长着一张人脸。在这样一种抽象表达中，小丫头并未有过太多想法。她没有想画出她的爷爷，虽然她是那么样想他；她没有想画出她的妈妈，她已将她的模样忘得差不多了；她没有想画出那些熟悉的鸡呀猪呀猫呀狗呀——她胡乱地涂抹，只是一种百无聊赖时的习惯使然。有时走着走着，她常会对路径的认知模糊起来，等看到这些图画，心里便会豁然开朗。这才知道，那或许是自己给自己有意留下的路标。

渐渐地，她便对这一带的地形烂熟于心了。游逛的距离越来越远。对于那些陌生区域的探寻，使得她每天都在经历着一番探险。走过巷口的那棵银杏树，顺一条坑洼马路前行，走不多远，便会看到一个高高的铁架子。铁架子搭成门型。黑色生铁镂刻成枝蔓的形状，簇拥着顶部四个向日葵花盘大小的字——西Ⅹ口村。她认识"西"字，认识"口"字，也认识"村"字，却唯独不认识那个笔画繁杂的字。这个字的笔画可太多了，她用手在空气中撩拨，也没能数出它有多少笔画，却清楚地知道，这个冷冷矗立着的铁门洞，离她所住的地方不远，也算"家"的所在了。

过了铁门洞，又往前走一段，喧嚣的市声便会扑面而来。一条整洁的马路两旁，矗着一排排楼房。穿戴各异的人，在那楼房里出入。她痴痴地望着他们，并不觉得奇怪，因为她从电视里每天都会看到他们。她沿街巡行，有时也会横穿马路，像一只无所畏惧的蚂蚁。横穿马路，实在是因为街对面的一家店铺，画在橱窗上的冰激凌实在诱人。她横穿马路的次数很少，总会一直沿着马路牙子走。走一段，折回来。由此便会牢牢记住一个个醒目的标志——一块美女广告牌，一块红颜色的大字标语牌，一处顶楼尖尖、长着一颗南瓜样脑袋的楼房。只不过这南瓜不是金黄的颜色，而像一个蒙了尘垢的玻璃球。后来她还发现一块写有无数地名的路标牌，像一棵奇形怪状的树，被人削掉枝丫，只剩残缺的臂膀。又像一只刺猬，身上插满令箭。只是这刺猬不能踽踽爬行，只能像呆子一样，站在一个红绿灯不停眨眼的十字路口。

她站在那路标牌下，仰面观望。

路标牌上的箭头，分别指向东南西北四个不同的方向。每一排箭头都像一根手指，为她提示着什么。她滤掉那些不认识的字，专拣那些熟人一般的字迹来读——石化加油站。尚民广Ⅹ。北河公园。北河九号公Ⅹ……小丫头知道"公园"，知道这个公园的"公"字，和性别没有任何关系。她听她的爷爷讲过，爷爷说，公园，古代那是官家的园子。公园里有花花草草，有游廊，有湖，还有游船……有没有老虎狮子和大象？小丫头问。那是动物园，爷爷说。动物园一般都收费，公园不收费。有一次我去城里，没地方睡，就在公园的椅子上凑合了一宿。

小丫头决计要找到那个公园，她要去那传说中的公园里看一看。

世界由此豁然洞开。

小丫头经由路标牌的指引，走过石化加油站。后来才知道，马路上的汽车，是要靠喝这里的汽油才能续命的。她走过尚民广场，发现广场只不过比老家的麦场略大，只不过这里或者那里，铺了水泥板，砌了高台阶。她在广场驻足，看到有人在此溜达，有人用一根自制的毛笔，弯腰写着大字。只不过那些字迹，太阳一晒就不见了……她还看见一个和自己年龄相仿的小姑娘，跪在太阳地里，面前铺一块脏兮兮的纸壳子，纸壳子上写着她的命运——她是一个哑巴。她妈死了，由爷爷带大。如今她的爷爷也死了。她父亲在建筑工地打工，摔断了腰，没钱治病……小丫头眼巴巴看着，听着别人的窃窃私语：这小姑娘命可太苦了。她便不由泪湿了眼眶，觉得跪在那里的小姑娘，除了是个哑巴外，活脱脱不就是自己嘛。有人从小姑娘身前经过，腰也不弯，"当啷"一声，便见一枚硬币落在一只铁盒子里。除了有人投硬币，还会有人扔纸币。十元的大票子，扑簌簌落在水泥地上，好似天上掉馅饼。低头跪着的小姑娘，见小丫头长久站在一旁，便会睐她一眼，伸出脏兮兮的小手，一把将纸币抓牢，唯恐被她抢走似的。将钱放进铁盒子的同时，不忘给投钱的人作个规规矩矩的揖。

小丫头觉得很是惊奇。觉得她平白无故在这里跪，怎么就能得到这么多好处？她静候一旁，心里默数，一个上午的时间，投在那铁盒子里的钱，加起来足有百十来块。更令她感到惊奇的是，每到晌午，便有一个男人来给小姑娘送饭，顺便将铁盒子里的钱收走。依据小丫头的推断，男人应该就是小姑娘的父亲。他是她的父亲，穿得却还算体面，显然没在建筑工地打工，也没将腰摔断。小姑娘的午饭，一般是盒饭，有时还会加一个鸡腿。显然，她的生活也并非纸壳子上写得那样悲惨。更令她感到惊奇的是，小姑娘非但不是一个哑巴，和男人说起话来，小嘴巴子还鼓鼓的，简直像个吵嘴的蛤蟆。

小丫头这才知道，其实她和自己一样，也是一个喜欢扯票的小姑娘。

等找到公园时，小丫头已兴味索然。

只见公园门口，立着一位扬臂做舞蹈状的姑娘。一个半大小子，趴在姑娘身前，正将手按在姑娘的胸口上。等他将爪子拿下来，小丫头发现，姑娘通体铁黑，乳房却露出了金黄色。显然她的乳房，不知被多少人这样摸过。进了公园，小丫头更感失望。说是游廊，除几条弯曲小径，小径旁的花草还不如老家沟畔旁的花草繁茂；说是湖，却只是一条小河沟子，还不如她老家池塘里的池水清澈。自然更不见什么游船。

由此她便知道，这城市里的许多东西，其实和她一样，都是喜欢扯票的。

这一天午后，继母去上厕所，将婴儿交由小丫头抱着。等她回来，见小丫头因为分神，自己摔了一跤，膝盖磕破了，婴儿也摔在地上，哭得比猪崽还欢。继母也不斥骂，只出手在她的腮上拧了一把。

外面下着雨。小丫头出门时，不忘换双雨鞋，并从家里带了把雨伞。雨水在伞檐上流泻，濡湿她的额发。她走过幽深的街巷，听到雨水打在铁皮屋顶上，发出"叮咚叮咚"的声音。除了这些悦耳的声音，整个城中村陷入了沉默。她走过日杂店、理发店、馒头铺……如今这些地方，她闭眼便能走过。于是她便闭上眼睛。只等走到一个交关处时，才会将眼睛睁开。她走过那棵银杏树，走过那个门型的铁架子，走过被箭矢射中的路标牌，走过广场，特意朝广场上看了看。只见广场空荡，阒无人迹。等她拿开雨伞，发现天已晴了。太阳从南瓜状的楼顶冒出来，却显然正在慢慢沉落下去。

她坐在公园外的雕塑旁，一脸的无助。

她坐在那里，动着自己的小心思——她想，自己从家里出来，是待一会儿自己回去呢？还是等父亲来找？以前她和爷爷怄气，便会躲在村外的草垛里。每次，爷爷都会低三下四地去那里找她。但父亲毕竟不是爷爷，他没有爷爷那样的好脾气。况且她的父亲，每天从工地回来，天总会黑了。他不来找她可怎么办？……反正也不会饿死！小丫头这样赌气地想着。她完全可以效仿广场上的那个小姑娘，找个人多的地方，跪在那里，等着别人给自己丢钱。可自己不会写那么多字，又怎么扮成一个小哑巴？她狠了狠心，甚至还曾想过，干脆变成一只羊，一只独角的山羊，一公里，两公里，数着步数，一步一步走回自己的老家……

小丫头这样想着的时候，引起了两个人的注意。

是一男一女两个人。

男人身量高大，一张长脸面相呆滞。女人矮小，脸色蜡黄，一脸的精明。他们骑一辆带斗的电三轮。车斗里堆着纸壳子和空塑料瓶子。女人在前驾车，男人在后坐车。经过一个垃圾桶，男人便会下得车来，去垃圾桶里弯腰翻拣。他们经过小丫头身边，女人看她一眼。等他们折返回去，见小丫头仍在那里呆呆坐着。本已骑了过去，女人却刹住车，对那男人说，天快黑了，这孩子咋还不回家呀？

男人回头望一眼，督促女人一声，驱车返回。

电三轮停在小丫头面前。女人探头问：孩子，你咋自己坐在这儿呀，家里人呢？你是不是迷路了，找不到家了？

小丫头抬头看着他们。

他们便看清了她的长相。看清她被雨水濡湿的头发，枯黄而委顿，贴在脸腮两侧。小脸瘦瘦。鼻尖结一层硬壳，像个脏兮兮营养不良的小猫。但鼓凸的脑门，以及晶亮的眼神，一眼便能看出她是个聪明孩子。她穿双不合脚的雨鞋，裤管窝在鞋筒里。裤子上沾满泥迹。上衣缺两粒扣子。手攥袖筒，在鼻翼上抹了一把，可怜巴巴地望着他们。便让这一对男女觉得，她肯定是个无家可归的孩子。

小丫头此时不想说话。她心内焦灼，正想着怎么回家。

女人有些失望。回头对那男人说，走吧，是个小哑巴，一个残疾孩子。

男人不搭腔，仍呆呆地看着小丫头。

被人当成了哑巴。在老家，残疾孩子那是会被人瞧不起的。小丫头一时忘了自己的初衷，她不就曾想过扮成一个小哑巴嘛！但不知怎么，委屈却瞬间涌满了她的胸腔。想要开口申辩，未曾开口，却哭了起来。当然是佯哭，没有一滴眼泪。边哭边说，我不是哑巴……她用手遮着眼睛，从手指缝里，见那一对男女对视一眼。男人跨下电三轮，弯腰在她身前，心疼地说，孩子，你不是哑巴，嗯，你真的不是一个哑巴……好了好了，你别哭了。哭得怪让人难受的。可你，为啥自己坐在这儿呢，你碰到啥难处了吗？

面对陌生人如此恳切的问话，一瞬间，小丫头便拿定了一个主意。

她决计要"扯"一个"票"。

她可从未"扯"过这么一个不靠谱的"票"。她说出来的谎话，参照自己真实境遇的同时，也近乎成了广场上那个乞讨女孩的翻版。小丫头说，她妈死了。她爸也死了。她由爷爷养大。后来爷爷也死了。于是，她便被叔叔卖给了人贩子。她由人贩子带着，来到这个城市。人贩子是个坏人，经常打她。她便逃了出来。现在，她成了一个无家可归的孩子。

小丫头扯谎逻辑清晰。能编出如此严谨的谎话，连她自己都没有意识到，有一半竟是从电视上学来的。她讲得有枝有叶，有理有据。先是挽起裤腿，指着自己磕破的膝盖，又努着嘴巴，小手在脸上比画。

你看你看，这都是他们打的。

男人更加心疼。蹲下身，深深叹了口气，问：孩子，那——你现在可怎么办呐！

小丫头一脸茫然。不知道……我也不知道现在该怎么办。这样说着的时候，她便真的哭了起来。她真的为自己此时的处境感到了迷惘。

男人伸手，拭去她脸上的泪。他说，要不，你跟我们走吧。

小丫头不哭了。一脸警觉地问：跟你们走？

男人指指身旁的女人，解释道：我们俩是两口子，一对好人。如果你没有家，就跟我们走算了。我们没有孩子。今天遇到你，也算咱们的缘分。

小丫头不言。

男人说，我们会对你好的。我们会把你当亲生的看待。有一口吃的，会留给你吃；有一分闲钱，也会留给你花……

一旁的女人拽了一下男人，打断了他的话。你说什么呐！难道你真的想收养她？即便真的想收养，你不是喜欢男孩子嘛。

男人显得很不耐烦，甩脱女人的手，气咻咻说道：你憋了半辈子，也没给我憋出个孩子，你就是个光打鸣不会下蛋的母鸡。这件事可由不得你……你看这孩子眼睛多亮，一准是个聪明孩子。我一见到她，就喜欢上了。

小丫头看一眼男人。又看一眼站在男人身后的女人。她在心里盘算——她长时间待在这荒寂的公园门外，其实一直盼着她的父亲过来找她。如今父亲不来，她又怎么好意思回家去呢？况且回了家，继母也注定不会给她好脸色看。

小丫头想到这儿，于是，她便认真地点了点头。

小丫头坐在电三轮上。虽心有忐忑，却感到一种久违的惬意。回头张望，见那把深红色雨伞，被孤零零地丢弃在路旁。她想说点什么，却没有开口。街灯亮了。闪烁的霓虹勾起了她对前路的好奇。当时她并没有太多的想法，只想度过一个无所依傍的夜晚……经过一家馄饨店，男人见她楚楚可怜的样子，伸头问她：你饿吗？小丫头点头。他们便停下车来，为她买了一碗馄饨。两人不吃，坐在一旁看小丫头吃。男人又买来一瓶碳酸饮料。小丫头喝得很是尽兴，酒醉般连连打着饱嗝。当她重新坐在电三轮上，仍在不停地打嗝。天彻底黑下来了。他们慢慢巡行，边走边捡拾着垃圾。"叮咣叮咣"，小丫头不时会听到塑料瓶子雨点一样溅落在她的身旁。

她慢慢睡着了。

扯谎带来的后果，小丫头起初并未真正意识到。很快她便生了一场大病，三十九摄氏度的高烧，吓坏了男人女人。他们将她送到医院，无微不至地照顾着她。在病人面前，他们顺理成章称小丫头为"女儿"，而病痛中的小丫头，恍惚中觉得和父母有了再度的厮守。

病好后回到家，生活已步入了常态。对小丫头来说，却不啻发生了一场地震。当她问起自己身处何地时，男人女人对她所说的是——就在他们遇到她的那个傍晚，她在电三轮上睡着了。他们带着她，走了很长的路。后来乘汽车，坐火车，这才到了现在住的这个地方。

静下心来一想，小丫头不由吓了一跳。这么说，以后就再也回不了家了？再也见不到父亲了？那个家虽不值得留恋，但父亲毕竟是她的亲生父亲。对父亲的回忆，使小丫头恍然感到"家"的可贵。她还会时常想起那个猪崽一样的弟弟，想起抱他时的感觉；她也会想起继母，觉得继母也并非那么可怕……只睡了一觉，咋就离家这么远了呢！她想起父亲带她从老家出来，也是睡了一觉，便走过了上千公里的路程。于是她有些气馁。在她最初的打算中，她本是想在外面过上一晚，或像在亲戚家那样，玩上几天，便独自回家。可现在，一切都发生了不可逆转的改变。仅凭她一个孩子，也实在没有改变的能力。一公里，两公里……睡梦中的旅行大大超出小丫头的预期，她猜不出城与城之间的距离，只觉得自己深陷于一个巨大的空洞。她被自己的谎言戏弄，面对男人女人的热情，只能故作懵懂，扮演着她本该扮演的角色。

他们所住的地方，看上去十分杂乱。甚而比原来的住处还要寒酸几分。给小丫头的感觉，这里是一个被人舍弃的大庄子。大多数时候，小丫头不能随便外出，所以对周围环境没有一个明晰的认知。她只是很快洞察了这一对男女所做的营生。

男人的作息时间没有规律，有时披星戴月出门，天亮前回家；有时一个上午都在家中呼呼大睡，晌午出门，半夜回来……总之那辆简陋的电三轮上，总会有纸壳子、空饮料瓶子、包装袋、生锈的钢筋，被他源源不断地运送回来。经过女人的挑拣、分类、打包、结捆，再源源不断地运送出去。

大多数时候，女人吃完了早饭，便会坐在院子里分拣垃圾。空饮料瓶子扭开瓶盖，倒掉残余液体，统一装在蛇皮袋里。为节省空间，她还会踩上一脚，将饱满的塑料瓶、易拉罐，踩成一只只哑火的炮仗；废纸的分拣较为明细，硬纸壳子、书本报纸，会卖出不一样的价钱；钢筋、铸铁、轻薄铁，也有太多讲究……院子里乱糟糟的。特别是下过雨的午后，阳光直射，气味更加难闻。女人会因废品的多寡而暴露出她的古怪性情。废品成山，她便会显得宽容，任由小丫头在屋内或院子里随意闲逛。只见她一个人，窸窸窣窣，隐身在废品堆中，像一只飞快打洞的土拨鼠。对了，就是她分拣废品的样子，让小丫头看清她是一只土拨鼠。而如果哪天男人收来的废品少，她便会一脸忧愁。坐在门槛上昏昏欲睡，眯缝起眼睛，鼻尖上不时会落上一只苍蝇……她假意昏睡，却能洞察秋毫。若见小丫头踮起脚，胳膊高高扬过头顶，正在拨弄铁门上的门闩——而那门闩好似锈死了，总发出吱嘎的声响，令人牙瘆。她便会猝然发出一记尖利的喝叫：你想出去干吗？别再跑丢了，赶紧把瓶子里的水倒倒干净。

我想撒尿。小丫头喊。

你能有多大的尿脬？撒尿不在院子里撒，还想撒到大街上去。

她不允许小丫头出门半步，或许真的怕她走失。又或许，她忌讳着这孩子的来历，他们捡到了她，便成了他们的私人财物，唯恐轻易失去。

生活无疑是清苦的。即便那长脸的男人，偶尔会对小丫头施予父亲般的慈爱，给小丫头买回一根热乎乎的烤肠，偶尔，还会从衣兜里，变戏法一样掏出一根棒棒糖，也不能博得小丫头的欢心。小丫头已渐渐清楚自己眼前的处境，意识到扯票给她带来的后果；她意识到自己的莫名走失，不知会给父亲带来多大的麻烦。这一天晚上，小丫头忽然就对他们道出了实情。她说她并非一个没有家的孩子，她有爸爸妈妈，还有爷爷。她的爸爸妈妈，和那些油光粉面的人一样，是城里人。他们一家人幸福地生活在一起，生活在一座漂亮的楼房里。小丫头如此说，本意并非想要扯票，只意图用自己的虚构，反衬这一对夫妻生活的寒酸，以及她困蹐于此的无奈。

男人听罢，停止咀嚼，愣住了。瞟一眼饭桌边的女人，显得有些心慌意乱。

女人也愣了愣。随即鄙夷道：她在撒谎！这孩子咋这么喜欢撒谎呢。我可从来没见过这么喜欢撒谎的孩子……她怎么可能是体面人家的孩子，当初咱们捡到她，她脏得像个小叫花子。

小丫头也意识到自己不该扯票。意识到扯票并不能给自己带来任何好处。随即改口，道出自己的真实境况。

男人听完，脸埋在灯光暗影里，半晌也不说话。

你不信？小丫头说，不信就给我爸打个电话吧。

男人抠抠索索掏出手机，放在桌面上。女人显然也被她的话唬住，小心翼翼地问：真有这么回事？你真的知道你爸的电话？

小丫头点头。

那就把号码说出来吧。

小丫头吐出前三个数字，忽地顿住了。她的脑子里一片混乱，好像一只被捣蛋孩子捅落的马蜂窝。因为刚来城市不久，她的父亲不知咋就换了手机，同时也更换了号码。家里无需给他打电话，所以她便没能记住新号码的后几位数字。她只能故作镇静，翻着眼睛，最后凭借印象，押宝似的，吐出了一串数字。

男人半信半疑地拨通了电话。免提开着，铃音一响，听到一个男人的声音，数来宝似的说了起来：是刘先生吗？你对我们的理财产品有购买意向吗？如果有购买意向的话我再向你推荐一款新的理财产品……

小丫头再次说出一串号码。

半晌，才有一个女人接听：喂，谁呀？

是我。男人疑惑地答。

是赵老板吧？咋好久没给我打电话了，今天才给我打电话，是不是又想我了……

男人慌忙挂断电话，一脸懵懂地看着小丫头。女人在一旁"咯咯"笑着，像一只轻浮的母鸡。她说，这个女的应该是你妈吧？你妈原来是干这个的？

小丫头一脸无奈，等她再次说出一个号码，完全是蒙的。

男人再不肯验证。

女人抄起一根筷子，杵了一下小丫头的额头，开玩笑似的说：你又在撒谎，你咋这么喜欢撒谎呢。你也不想想，撒谎对你有啥好处？我们不管你了，把你扔大街上，说不定真的被人贩子拐走，打折了胳膊腿，看你能咋办！

小丫头鼻翼抽动，紧蹙眉头。她求救般看着男人，执拗地说：要不，你把我送回到那个公园门口去吧，把我送到那儿，我自己就能找到家了。

男人痛惜地看着她，为难地摇头。就是在这个时候，小丫头发现，灯影遮蔽下的男人，正在慢慢变成一头乡村的驴子。他的表情虽显呆滞，却绝非一头蠢笨的驴子。他看一眼女人，好似无意中眨了一下眼睛，语气中充满了无奈。

咋送你回到那里去呀，离得老远了。况且，我也找不到去那儿的路了……孩子，我也搞不清你的来历，搞不清你咋这么喜欢撒谎。你跟着我们，日子虽过得苦点，总比你睡大街强吧。况且，你都不知道，外面到处都是坏人，专挖小孩的眼睛。小丫头感到了深深的失望。那就真的没办法了……她想。想起自己第一次坐火车的经历，她由她的父亲带着，只睡了一觉，火车就跑了上千公里。睡梦中的火车，速度比宇宙飞船还快，难怪他们就找不到回去的路了。

接下来，小丫头只能调整心态，尽力适应新的家庭，适应这里的生活。她也曾想跑出去过，离开这一对男女。她有过很多跑出去的机会。但一想到即便离开这里，自己也找不到回家的路了，回不到父亲身边，她便丧失了离开的勇气。日子倏忽而过。她偶尔仍会尿床，便会遭到女人的痛打。她也照旧会扯票，扯票于她来说，好像是一种与生俱来的本能，不免会令那痛惜她的男人深感失望。她听到过他们在深夜里的低语，困厄中却搞不清那话中的意味。

或许她说的都是真话，咱们还是把她送回去吧。男人说。

她真要撒谎可怎么办？即便不撒谎，真有这么回事，你也不想想，见了她父母，会不会把咱们当成人贩子，咱们拐骗了人家的孩子。女人说。

咱咋可能是人贩子呢！当时咱们只是听信了这孩子的话，好心收养了她。

你能说得清楚吗？你能和一个满嘴谎话的孩子掰扯明白吗？！……反正不能把她送回去，给她治病花了好多钱，管她吃喝到现在，好不容易能帮着做点事了，咱可不能做赔本的买卖。先这么将就养着，说不定再过几年，她就把啥都忘了。

女人不舍得把小丫头送走，因为小丫头真的能帮他们做很多事。她能帮他们分拣废品，手脚麻利，效率不输于大人。每个傍晚，一家人倾巢而出，去大街上捡拾垃圾，小丫头的那一份算作额外收入。男人女人围着垃圾桶转，而小丫头，单枪匹马，便会有大大的收获。她去露天烧烤摊转悠，那些吃宵夜的食客，便会将饮料瓶丢给她。有时，还会送给她吃不完的烤串。她拖着一个大编织袋，像一只小老鼠，在大街上疲沓地走动，便会有好心的路人，将那没喝完的矿泉水倒掉，迫不及待地将空瓶子擩给了她。在女人的唆使下，小丫头还会溜进饭店后门，去偷人家的纸壳子和饮料瓶。一袋烟工夫，便抵得上他们一晚的捡拾，即便被人发现，也不会将她怎样。

小丫头简直成了他们挣钱的工具。所以后来的每一个傍晚，他们都会带着小丫头，去街上捡废品，仿佛约定俗成一般。

不知这是小丫头的不幸，还是她的幸运。

她困踞在这虽破败，却如牢笼般坚固的院子里，只当黄昏降临，才会在大街上迎来自由。但暮色中的大街，却又仿佛成了困踞她的另一重牢笼。没有人监视她，她可以随时在人流中隐遁。但男人此前说过的话，却使她自己禁锢了自己。她察觉不出环境在时间中的改变，却能清晰感知身体的改变正在悄然发生。她似乎长大了一点，正在学着尽量不去扯票。她已深知扯票给自己带来的危害。在黄昏迟暮的游走中，她再不会像以前那样，用滑石笔在所经之地画出抽象的图画。不管多么陌生的区域，她由男人女人带着，路过一次，最多两次，便会牢牢记住一个最为醒目的标志——一幢融入夜色的高楼，一尊怪模怪样的雕塑，一个经常站在路口指挥交通的疯子……就是这些独特的标志，将方圆几公里之内的路线慢慢串联起来。她记不清夜色中经过了多少这样陌生的区域，但这些醒目标志，却渐渐将这座城市的一段路径贯通，在她的脑海中形成了一张清晰的地图。

在时间的流逝中，小丫头怎么也不会想到，竟会同这样一个黄昏偶然相遇。

那天的晚霞异常绚烂，天边好似燃起一场大火。大火使黄昏中的城市变得好看起来。远远的地方，好像堆砌起数座绛红色的山峰。山峰经由暮色浸染，颜色变得越发迷离。一个不经意间的扭头，小丫头忽地发现，楼顶上的一个圆形标志，竟是如此眼熟。

它像一只南瓜，却非黄色，而是泛着微红。恰似霜降过后，被爷爷遗落在瓜秧里的那只。她的心里瞬间破开一个洞，有风呼呼吹入。随着暮色沉降，那只南瓜形状的尖顶正在慢慢冷却，反射出玻璃球一样的微光。有些清冷，又有些破败……她不禁掩了嘴巴，差点叫出声来。

那不正是她以前游逛，经常看到的一栋建筑吗？离那儿不远，便是竖着路标牌的十字路口。往前走一段，便是公园，顺着公园折返，便是广场、加油站……她再不敢想下去，仿佛把记忆中的路径全部想出来，眼前的奇遇便会消失。她惊讶的表情引起女人注意，顺着小丫头的视线望过去，问她：你看到啥了？小丫头不答，故意扭开身子，目光在周围睃巡……没错，这里虽是第一次来，但穿过身后的一座铁路桥，桥对面的一家商场，她已非常熟悉。她拼接着记忆中残缺的地图，却仍不敢相信自己的判断。揉着眼睛，趁女人不备，再次朝那个南瓜形状的楼顶深深看了一眼。

那天晚上，小丫头久久不能睡去。

她闭上眼，一张地图便会在黑暗中赫然出现。她想象着自己从这里离开，七拐八拐，便能抵近那家商场，穿过桥洞，便能看到那个南瓜形状的楼顶。顺着"南瓜楼顶"的指引，便能轻易找到那个十字路口，找到路标牌、公园、广场、加油站……她倏地睁开眼睛，耳边响起男人曾对她说过的话——咋送你回那里去呀，离得老远了。况且，我也找不到去那儿的路了……她便不由得无声笑了起来。现在，她终于知道，男人在扯票！他扯的票，无疑是她听过的，最大最荒唐的一个谎言。

第二天，小丫头等待着离开这里的机会。她除了等待，别无他法。

院门关着。院子里的废品堆积如山。女人坐在院子里分拣着废品，像一只勤奋的土拨鼠，动作飞快。塑料瓶子、纸壳子、书本，土屑一样在她的身体周围飞溅。小丫头与她隔开一段距离，也手脚不歇地忙碌着。看上去她像一只勤奋的小老鼠，正在挖掘一条逃生的通道。她的勤奋与乖巧，赢得了女人的怜爱。因这几天生意一直不错，出门收废品的男人像一头勤奋的驴子，半天时间不到，便将两车废品运了回来。

中午想吃点啥？要不给你们爷儿俩炖点红烧肉吃。女人说着。听不到小丫头回话，她便欣悦地斥责一声：哑巴啦，我在和你说话呢。

临近晌午，男人从外面回来了。这次他没有满载而归，而是一脸沮丧。脸上血淋淋的，看上去十分吓人。因和一个收废品的人争抢地盘，他被人家打了。那个王八操的下手真狠，一拳就捣破了我的鼻梁骨。他嘟嘟哝哝说着。你白长了个傻大个儿，他打你你不会打他！女人一边为他处理伤口，一边煽风点火。打啥架呀，真要把人打出个好歹来，日子还过不过了？都流血了，那你咋不报案？报啥案呵，打完了我，他转身就跑没影了，跑得比兔子还快。潦草吃罢了午饭，男人女人躺在另一间屋里休息。

小丫头佯睡。她睁着眼，很快便听到他们发出的轻重不匀的鼾声。

她翻身下床，手拎一双断了鞋帮的凉鞋。她若将那凉鞋穿在脚上，鞋后跟必定会磕着她的脚跟，发出不怀好意的"啪嗒"声。她踮着脚尖走路，经过男人女人的睡房，撬开门帘一角，往里窥看，见一头受伤的驴子和一只疲惫的土拨鼠，蜷卧在床，睡得正酣。

她出了屋门。钉子一样的瓶盖硌疼了她的脚。她套上凉鞋，向门口跑去。门闩好似生了锈，发出"吱嘎吱嘎"的声音。她顾不了许多。抬胳膊，较劲儿一样扭着短粗的门把手。令她感到奇怪的是，在最初被困踞的日子里，她也曾数次搬弄过门闩的把手，但那个时候，她根本够不到它，要扬手踮脚，才能勉强够到。短短的时间过去，她怎么就能如此轻易地将它抓牢。胳膊平端，毫不费力，只来回扭动几下，门闩便如一条被打断七寸的蛇，彻底松懈了力气。

她跑出巷口，起初有些不知所措。蹙眉看着眼前的街市。杂乱的街市无法与她脑子里的地图发生对应。等跨过一段废弃的铁轨，地图这才变得鲜活起来。她想加快前行的速度，怎奈脚生羁绊。等走上一条光滑的马路，干脆将凉鞋脱掉，弃在路旁。她时而奔跑，时而驻足，仰首朝四下里顾盼，确定着自己的方位。等一幢高楼映入眼帘，她便已胸有成竹。一尊怪模怪样的雕塑为她带来惊喜，那个经常在路口指挥交通的疯子，照常在一个岔路口出现。他冲小丫头怪模怪样地扬着胳膊，嘴里呐喊，好似在同她道别，又好似在给她助威。

经过商场，钻过桥洞，等朝那个南瓜形状的尖顶高楼走去时，小丫头已累得精疲力竭。她慢慢走着，成了一只爬行的蜗牛。一公里，两公里……从贵生他奶奶家，到甜枣她姥姥家，只需围着庄子绕上一圈。眼下，她也不知道自己走了多少公里。当她站在南瓜形状的尖顶楼下，校正方向，顺利找到了路标牌，却再次有了一种迷途的幻觉，因此多走了一段弯路。好在她终于找到公园，那个她曾经的走失之地。等看到因被人摸了胸口而蒙羞的姑娘，小丫头这才长舒了一口气，终于开心地笑了起来。

她开心地笑着。跑过广场，广场上人流密集。没有人会注意一个赤脚奔跑的小丫头。

她像羚羊一样跳跃，枯黄的发辫飘散在颈后。此时的小丫头，已由一只缓慢爬行的蜗牛，变成了一只羊。不是羚羊，而是一只独角的山羊。看上去，它更像一只骄傲的独角兽。皮毛好似白锦缎，鼻唇鲜红，眼神晶亮，踏着灵活的碎步，奔踏在回家的路上。

她经过银杏树的位置，但那棵高大的银杏树已然不在，只见地面突兀着一根树桩。她经过铁门洞。铁门洞欹里歪斜。向日葵般大小的字，脱落了一个，只剩三个。她依然认得出那个"西"字、"口"字和"村"字。但那个笔画最为繁杂的字，已消失不见。她经过日杂店、理发店、馒头铺、五金店……如今这些地方虽照常地拥挤，却一律关门闭户，不见有人出入。那家门脸最大的日杂店的墙上，写有一个红色的字。一个"提手"旁，歪歪扭扭附着一个"斥"字。她走上一面斜坡，一眼便看到那架高高的电信塔，此时像一棵被点燃的信号树。塔下的城中村，恍惚间也腾起狼烟。几幢低矮的平房卧倒在地，好似被传来的敌情吓了个半死。可它咋就会弄错了呢，小丫头回家，其实是一个好消息呀。

站在斜坡上往下看，小丫头根本找不到家的所在，心情不禁烦躁起来。天快黑了。好在幽暗的街巷里仍有憧憧人影在晃动；好在千疮百孔的城中村内，倏地有灯光燃亮，仿佛为她指明着方向。小丫头不禁心生喜悦，深一脚浅一脚地向坡下走去。她不时荡起手臂，指尖划过转角的屋墙，曾经由她随意涂抹的图画，暮色中依然清晰可辨，好似她为自己留下的路标，看似无心，实则有意。只是，当沿路的屋墙断然露出一段缺口时，标记不见了，她便再次心慌意乱起来……等拐过一条幽深的巷子，往前再走一段，这才心内笃定——眼前出现的房子，确凿无疑便是她家的所在。此时，她虽已模糊了对"家"的印象，却能够想象，一家人坐在屋里的样子。她的父亲，她的继母，她的弟弟，无不是一副欢欣的模样，好似在等候着她的归来。怎么身在老家的爷爷，也来到了这座城市，坐在灯下，眯缝起眼睛，一脸欣慰地看着她。

小丫头终于来到她家的门口。

屋门却紧闭。淤积在屋顶的夜色，此时像黏稠的液体，"哗啦啦"流泻下来，使那黑暗中的屋宇更显荒芜。屋内一片死寂。就连周围的邻居也都闭紧着屋门。小丫头不由害怕起来，喉头耸动。一个可怕的现实渐渐浮现在她的脑海。家里咋没人？莫非他们搬走了？正当她失望之际，低矮的窗户忽而撼动，骤然亮起的灯光，使她闭上眼睛。等慢慢睁开——没错，灯光便是在此一刻，被屋里人点亮了。

她迫不及待，迈步上前，伸手去撼动屋门。屋门虚掩，为她无声闪开。昏暗的灶房一切如旧。从卧室里晕出的灯光，好似灰尘的乱絮，覆盖了饭桌、煤气灶、破旧的橱柜。她无声地穿过隔间，走到父亲和继母的睡房门前。

以前挂着的门帘不见了，敞开着一个破门洞。只见一位陌生人，两鬓染了霜白，勾头倚靠在床栏上。他像一匹马。一匹疲惫而哀伤的马。正是马匹高大的身形，使小丫头认出此人正是她的父亲。

她的父亲此刻也被外面的声音惊动，抬头朝外看。不由愣住。他好像不认识自己的闺女了，张口结舌地看着她。直到小丫头怯怯叫一声：爸爸……她的爸爸身子僵直，这才慢慢起身。走几步，蹲伏在地，一把将小丫头抱住。喉头似壅满棉絮，破锣一样嘶声问道：

丫头，是你吗？你从哪儿冒出来的？

小丫头被她的父亲抱着。脸抬起在他的肩胛上方，四下顾盼。

爸爸，我……我妈呢？我弟弟呢？

这样问着的时候，小丫头感到父亲的肩膀，抖动得好似雪霜剥落。

事后小丫头的父亲说，自从她莫名走失，因为找她，他便荒弃了营生。小丫头的继母也离家出走了，并带走了她的弟弟。

这些年你跑哪儿去了？让爸爸找得好苦，一直找了你三年……你都不知道你有多幸运！这个城中村马上就要拆了，幸亏我想着放在这里的一套泥瓦匠工具，赶回来取。拿上工具，准备明天一早就走，再也不回来了，再也不想找你了。你咋就恰好在这个时候，自己冒了出来。这可真是太巧了，真是太幸运了。

小丫头感叹着自己的幸运，却为父亲的一句话而感到了迷惑。她问她的父亲：爸爸，我真的三年没回家了？可我咋就觉得时间那么短呢，短得好像只有三天……你是不是在扯票？她的父亲说，我哪儿有心情跟你扯票。可不就是三年！你都九岁了，你瞧瞧，你个头都长这么高了。

小丫头的失踪已在警察那里备了案。她的父亲便去当地派出所为她销案。

警察听闻此事，介入了调查。事后听警察说，小丫头走失的三年时间里，其实一直住在这个城市。也就是说，她和她的父亲住在同一座城市。最为蹊跷的是，她的父亲为了找她，跑了上万里的路，却没有想到，从那对收废品的夫妻俩的住处算起，到她的家，竟只有短短的六公里路程。

六公里。只是十二里的距离。从贵生他奶奶家，到甜枣她姥姥家，来来回回，用不了多一会儿就走到了……怎么会这么近呀！小丫头说，警察是在扯票吧？

小丫头觉得，那一段路，可真是太长太长了。她因为扯票而误入迷途，等独自找回她的家，似已耗费了她全部的童年时光。

后来，小丫头便和她的父亲，离开了这座城市。去向不得而知。

她的父亲或许带着她，回了老家。正像所有童话故事里宣扬的那样——这个喜欢扯票，并且非常聪明的小丫头，从此过上了幸福而稳定的生活。

撒谎无关道德
——评《扯票》

毕光明

冀东方言把撒谎叫作"扯票"，跟有些地方把说谎话叫作"扯白"差不多。撒谎是一种有意掩盖事情真相的言语行为。对于成年人来说，如果是为了损人利己而说谎，就是道德问题；即使不以伤害他人为目的，但说谎话成了习惯，那也是一种性格缺陷。然而，要是一个孩子喜欢说谎话，即动不动"扯票"，就可能另有原因了。刘荣书的小说《扯票》，其主人公就是一个喜欢说谎话的小丫头，在她六岁那年，由于一次撒谎，改变了她一家人的命运，也差点永远地改变了她自己的命运。正因为这个小丫头的"扯票"带来的后果令人同情，所以尽管她小小年纪就似乎撒谎成性，但是她的扯票故事引起的不是道德诘问，而是对于弱者生存状况的震惊，以及对于造成他们生存艰窘的原因的追问。

小丫头是个留守儿童，爷爷带着他在农村生活，他的爸爸在上千里路外的城市里打工，做建筑工地的泥瓦匠。这个感受不到父爱母爱的孩子，只有隔代的亲情给她一点温暖。可是爷爷不光年纪大，还穷，满足不了孩子吃零食的要求，并且出去做事中午不能及时回来，害得她饥肠辘辘。小丫头想吃零食了，或是抵御不住村中别人家饭菜香的诱惑，于是无师自通地学会了扯票。她喜欢扯票的原因，是因为"能够从中得到好处"和"能够得到别人的同情"，说明是生存本能教会了她说谎话。然而，小丫头爱说谎，不只是出于对食物的需求，人们忽视了这个孤苦的孩子还有精神的需求。所以，"在这个小小的村落里，小丫头扯票的对象，不仅是她所能遇到的人，即便那些孤苦的白杨、沉默的垂柳、流里流气的狗、成帮结伙的公鸡母鸡，也要领受她的谎言。"而小丫头对着它们叨念的，与其说是谎言，莫如说是藏在她内心深处的对母爱的渴望。爷爷明明知道孙女喜欢扯票，但没有理由责备她，倒是为孙女的绝顶聪明而骄傲。小丫头还没有上幼儿园，就从当过民办老师的爷爷这里学会了认字，还会算数。在与同村上过小学的孩子的比较中，爷爷感觉他的孙女绝非等闲之辈，因此他的最大心愿，便是能够让小丫头去上幼儿园。他对人说："我们家小丫头，要能像城里人家的孩子那样，早点上幼儿园，绝非等闲之辈。"可是这个普通的愿望难以实现，一是路太远，最近的幼儿园也在三十公里之外，二是爷爷花不起那笔费用。爷爷的心愿至死未能实现，等到他去世，他的儿子从城里回来为他奔丧，把小丫头带去千里之外的城市时，小丫头已经六岁，到了上小学的年龄。乡村留守儿童的生存与教育状况，小丫头未必只是个例。

跟着父亲进城了的小丫头，生存境况并没有好到哪里去。她的爸爸、继母，还是婴儿的弟弟和她，蜗居在城中村里，继母阴晴不定，父亲早出晚归，没人搭理她，陪伴她的仍然是孤苦。当一个人摸到街上，她的意外发现是，"这城市里的许多东西，其实和她一样，都是喜欢扯票的"。本来，来到父亲身边的她，不需要再扯什么票。可是想不到，一次为情势所迫，她还是扯了一个票，并且撒的是一个大大的谎。就是这个谎，让她被一对听信了她的谎言的捡垃圾的夫妇，把她当作孤儿收养了，并且谎称她已被带到了另一个千里之外的城市，她感到震惊，"只觉得自己深陷于一个巨大的空洞"，意识到被自己的谎言戏弄，不知会给父亲带来多大的麻烦。这对同样是城市寄居者的捡垃圾夫妇，开始收养小丫头还是出于好心，但当小丫头长到成为一把捡垃圾的好手——"简直成了他们挣钱的工具"以后，他们明知小丫头真实的身世，也不肯送她回家，而继续欺骗她，直到小丫头偶然发现了她熟悉的街道上的标志，醒悟到这个男人一直在扯票，且这个票是她听过的"最大最荒唐的一个谎言"。这个谎言，差点使她一辈子再也见不到自己的亲人，而实际上这对夫妇住的地方，离小丫头一家住的城中村，相距才十二里地。小丫头靠着自己的聪明，终于逃出了囚笼，回到了即将拆迁的城中村，并无比幸运地遇见了准备第二天就放弃找她，永远离开这里的父亲。两鬓染霜的父亲，让她知道了自己扯票的严重后果："自从她莫名走失，因为找她，他便荒弃了营生。小丫头的继母也离家出走了，并带走了她的弟弟。"父亲找她找了三年，从身材高大，变得像"一匹疲惫而哀伤的马"，而小丫头自己呢，"她因为扯票而误入迷途，等独自找回她的家，似已耗费了她全部的童年时光。"这样的悲剧，应该由一个小孩子的"扯票"行为来负责吗？

《扯票》用一个小丫头因为说谎而差点害了自己的故事，呈现了一部分乡村留守儿童的生存境况，他们就是再有天分，也无法与城市儿童站在同一起跑线上。只要城乡二元体制还在延续，他们就可能重复父辈们的顶多做一个城市寄居者的命运。

雪从南方来

张惠雯

一

预报今天有雪，是这个冬天的第一场雪。吃早餐时，他又查了一遍当日天气状况：预测中的雪会从晚七点开始下，七点降雪的可能性是百分之七十，八点降雪的可能性是百分之九十。

他夜里睡得不好，早餐有点儿食之无味。最后，他把没吃完的、已经变硬的烤面包片倒进厨房的垃圾桶里。咖啡凉透了，但他还是把它喝了。他把餐盘、咖啡杯洗干净，放在控水的餐具架上。不锈钢餐具架和悬挂在它斜上方的那些酒杯一样，擦得发亮，发出银色的光。灶台上同样一尘不染，像黑色的镜面。对着石头台面的吧台，并排放着两张褐色带靠背的皮质吧椅，一把明显磨损得更厉害——他一个人就坐在吧台那儿吃饭。他背后那张六人座的长餐桌上空空荡荡，既没有餐具、桌裙，也没有花。

他打开电脑，开始在记事簿上列下一日事项：

一、查看公司邮件
二、回复小敏的邮件
三、清理车库，为下雪天做准备
四、解决午餐
五、去公司

他习惯在记事簿里写下一条条标注着数字的事项安排，即便可记的事越来越少。他不知道这样是否真能提高效率，或者只是为了让生活看起来更充实、有序。这个早上，他脑海里不断浮现出来的始终是女儿那封邮件。他想他今天务必要给她回一封信，至少让她知道他已经看了邮件，不必再为此担心。

小敏很少给他写电邮，她喜欢发手机短信，那是最简单的方式。如果是她认为比较重要的事，她会给他打电话。她去纽约读大学时，他们之间有个约定：每周通一次电话，每个月至少见一面。除了假期，每月一次的聚会，几乎都是他开车去纽约看她。后来，她有了男友、工作，以及越来越多的朋友……他们俩每个月见一面的约定早已不知不觉打破了，唯有一周一次电话的习惯保持了下来。她几乎从不发电邮。两天前，当他打开邮箱看到她的邮件时，他心里有种预感：这或者是惊喜，或者是什么不幸的事。

那封电邮是用英语写的：

亲爱的爸爸：

今年感恩节不能和你一起过了，我觉得抱歉，但我和几个朋友约好了，我们会一起在纽约过感恩节。我希望感恩节过后，工作和杂事都少一些。也许新年以后你能过来？不过，让我们先不要这么早决定。无论如何，我盼望我们尽快见面。

如你所知，我和蒂姆已经订婚了。时光飞逝！亲爱的爸爸，你能相信你的女儿马上快要三十岁了吗？当然，你会强调说只有二十八岁半。你总是说在你的印象里，我还是个小姑娘，但事实本身总会吓人一跳。不过，你知道，我很享受我的成年生活。谢谢你在我的成长时期给我的所有支持。你上次问到结婚的事情。不，不，你的女儿还不想这么早结婚。在这一点上，我和蒂姆高度一致，在很多事情上，我们都能彼此理解。我们对彼此非常认真。蒂姆是我遇到的最理解我的人，这一点，我相信你完全同意我的判断。

我要告诉你的这件事难以启齿。亲爱的爸爸，其实，这几年来，我一直想告诉你。当我自己明白什么是爱情，什么是一种在生命里相互扶持、陪伴的珍贵关系时，当我明白这种事对我们每个人多么重要时，我为过去的任性感到羞愧。但我没有勇气告诉你。昨天，我把这件事告诉了蒂姆，我需要他的建议。他鼓励了我，让我给你写这封信，告诉你那件让人遗憾的事情的真相。

爸爸，你还记得那天晚上发生的事吧？我告诉你徐宁阿姨和我争吵之后把妈妈的照片撕成了碎片。但是，爸爸，那并不是她撕的。我让你看到的妈妈的照片碎片是我自己撕的。我那时候只有十二岁，我对你太依赖，太爱你，我害怕徐宁阿姨把你从我身边抢走，我不能想象会失去你对我的爱、深切的关注。是的，我当时总是威胁你说我要回北京找妈妈，但那一点儿也不是我的想法。从五岁开始，我就和你生活在一起，我对妈妈并没有那么深的感情，也不能想象再回去和她共同生活。我现在回想，徐宁阿姨对我并没有冒犯，而我也没有其他讨厌她的理由，我只是不想让你忽略我。我看得出你多么喜欢她，否则你不会在我不高兴的情况下仍然让她搬过来和我们一起住。爸爸，从我五岁时你带我来到美国，我们相依为命，我一直觉得生活就是我们两个人的生活，家就是我们两个的家！

你选择了相信我，而她离开了我们家……爸爸，但是我欺骗了你！请你原谅十二岁的我的幼稚、自私和嫉妒。很多次我回想起这件事都无法安宁，我为此哭过。我选择告诉蒂姆，因为我不愿带着这样的忏悔走进婚姻。他鼓励我告诉你，他要我无论多么惭愧，都对爱我的父亲诚实。爸爸，我可以自豪地告诉你，蒂姆是个高贵的男人。

爸爸，我折磨了你，也折磨了自己。我祈求你的原谅。如果可能，我希望你也能有机会对徐阿姨说出我的愧疚，祈求她的原谅。

爸爸，你感恩节为什么不去得克萨斯一趟呢？你在那里应该还有不少老朋友吧？你可以去拜访他们。南方的冬天多温暖！我现在也经常想起休斯敦，毕竟从五岁到十四岁，我在那里生活了十年。也许不久后我会带蒂姆去休斯敦一趟，他很想看看我长大的地方。爸爸，去南方吧！现在公司并不需要你，理查德早已可以帮你料理一切。

很多吻，很多拥抱。

爱你的敏

这完全不是他意料中的邮件。它……实在是太出乎意料！那封邮件一直在他面前打开着，几分钟后，电脑屏幕黑下去，他再点一下键盘让它亮起来。他惊愕、困惑，坠入记忆的迷雾，像突然患病的人一样不断用手指紧紧地按压额头。

二

他坐在那儿写那封回复的信。他感觉不能写得过于简短，但也想不出多么富有感情且足以安慰她的话。他不得不把她那封信重读一遍，一种往事突然涌来造成的时空错乱和晕眩感全然地笼罩住他。在电脑前呆坐半个多小时后，他写了一封半长不短的信。在第一段里，他告诉女儿他已收到她的邮件，他夸奖蒂姆，说他多么令人信赖，而他又是多么乐意把女儿托付给这样一个正直、诚实的男人。在第二段里，他说那件事他依稀有些印象。既然已经是很久以前的事，他们都不必再为此痛苦、愧疚，最好的办法是忘掉，但他仍感激她告诉他，她是个勇敢的孩子。在第三段，他说他会考虑她的建议，也许找个时间去温暖的南方一趟，他希望感恩节以后能尽快见到她，她应该明白，对他来说，这才是最幸福的事。

把邮件发送出去，他立即关上电脑，起身到车库里去，仿佛急于把它抛诸脑后。他上午得把车库整理出来。冬天之前，车都停在外面车道上。

天气仍然晴朗、干燥，没有雪的征兆。车库太久没打开，门吱啦啦卷上去，光线里立即飘满尘埃。隔一条街，对面那座房子勤恳的男主人背着吹风筒，在吹草坪上的树叶，树叶翻飞的空中同样微尘飞扬。

车库里看起来一片狼藉。地上堆放着很多拆开的纸箱——除了食物以外，他几乎什么东西都从网上购买。靠近车库门口，立着笨重的高尔夫球球筒，里面插着七八支球杆，旁边的地上扔着一袋袋的球，白色的袋子上和球筒、球杆上都落满灰尘。球袋后面，不知道哪年遗留下来的几桶油漆排成一排，地上扔着粉刷用的各种型号的刷子。他看到一个巨大的长方形纸箱，他蹲下身仔细看了箱子上的图案才知道里面装的是一棵仿真圣诞树。圣诞树的大箱子旁边放着好几个鞋盒大小的纸盒，盒子用白色的纸胶带封着口，胶带上是小敏用潦草的英文写的标注：圣诞树挂件、圣诞彩泡、雪花图案投影仪……当然，小敏早已不在家过圣诞节了。在她和蒂姆关系稳定以后，圣诞节和新年她都在蒂姆家过，感恩节是她留给他的唯一一个节日。往年的感恩节，或者她回家，或者他去纽约找她。当她在信里说约好了和朋友们一起过感恩节时，他明白她是委婉地告诉他不必去纽约和她相聚了。

靠另一面墙堆放着他的"农具"：锄头、耙子、铁锹、短柄和长柄的铲子，还有各种型号的园丁剪刀，浇草坪的自动旋转喷头、手动喷头、盘成一团的乌蛇一样的水管……都是他春夏季节整理花园时用的。还有一辆墨绿色手推车，手推车后面靠墙立着一架折叠梯。折叠梯旁边，三个同等规格的透明塑料箱子摞成一摞，装着小敏的旧鞋子：扁平柔软、可以折叠起的船形鞋，细跟的舞鞋、网球鞋、跑鞋，夹趾的、草编鞋底的凉拖鞋，褐色羊皮长筒靴，鞋口翻毛的短靴……他一直想把它们送到"救世军"的捐赠中心去，但好几年了，始终没有行动。转过墙角，在车库通往客厅的那扇小门左边，并排放着两辆自行车，一辆黑色，一辆天蓝色。温暖的季节里，沿"民兵小径"骑车，曾是他们俩最喜欢的周末活动。他们从贝尔福德小镇出发，穿过莱克星顿，一直骑到剑桥。他骑那辆黑色的车，她骑那辆蓝色的车。那是她上大学以前的事。

这些经年累月积存下来的杂物，混乱无序地堆放在一个长久封闭的空间，每样东西都附着着一段旧时光，这情景颇像人的记忆：一堆时间遗留下来的、彼此之间没有关联却混杂在一起的东西随意堆放在某个昏暗的库房里，拥挤不堪，默无声息，潮湿，落满灰尘……他决定先用裁纸刀拆那些箱子，把它们压成纸板，然后把靠左边这面墙堆放的东西转移到右边去，把这些东西占用的空间规整、压缩，留出左边的空间停车。车库里没有暖气，阴冷，散发出陈旧、饱含灰尘的气味，幸好还有阳光照进来。

昨天夜里，躺在床上睡不着的时候，他试图理清他到美国后的生活线索：他住过哪些地方，在每个地方、每段时间里曾发生过什么……他发现有些东西他完全记不起来，有些时间和地点被他弄混淆了。譬如，一九九七年到一九九八年这段时间，他究竟是已经搬到得州糖城，还是仍然住在凯蒂区。那栋客厅里有架房东留下的橡木色老旧钢琴的房子，究竟是他带女儿到美国后租的第三个还是第四个住处？那段短暂时光里，他和徐宁从她住的位于三楼的公寓窗户里望到的远处那个湖，冬天的湖边长着发黄的荒草、干枯的芦苇，湖面上似乎永远笼着一层柔曼的雾气……那幅冬景是在二〇〇三年的年末还是二〇〇四年的年初，是在圣诞和新年假期之前还是之后？小敏出走那次，是住在她的女友泰勒家还是凯西家？他被这些想不清楚的细节纠缠，而且无处求证。时间的难以衔接、某些细节的丧失也许无关紧要，但当有关它的记忆掉进了黑暗无光、深渊般的遗忘之中，他生命中的某一段仿佛就有永久消失、不复存在的危险。在夜深人静的时候，这让他极度焦虑，变成一种折磨。现在，那种折磨淡多了，似乎黑暗中尖锐的感觉会融解、消散在白日的光里。

带小敏来美国那年，他三十六岁，小敏五岁。他前妻没有来，那时她已经是一所小学的副校长。她确信五年内，自己能成为那所学校的正校长。她选择离婚。这对他来说倒不是多大的痛苦，因为他们早已不和。她身上兼具了小官僚和一位严厉教师的双重特质，使得家里充满庸俗、古板的气氛。有时婚姻是件奇怪的事，两个性格相去甚远的人会瞎摸误撞地进入婚姻，而后在婚姻里越走越远，直到最后难以理解为何当初竟会相爱。但他们也许从未相爱，在那个清教的年代，你很难区分什么是相爱，什么是仅仅渴望一个可以合法触摸、合法拥有的女人。在办完离婚手续后，他们俩都松了一口气。

他们最先住在休斯敦。初来的三四年里，他们每年换一次公寓，因为公寓只给新房客可观的租金折扣。一开始的生活不安定，更不富裕。租住的公司公寓不提供家具，他们的住处只有几件必不可少的简易家具：床、双人沙发、餐桌、一张学生用的小写字桌。他后来又从不同公寓的垃圾回收点捡过一把靠椅、一张小边桌，还有一面带木框的、完好无损的穿衣镜。他把它们捡回家，擦洗干净，告诉小敏说这是从别人家买来的二手货。他不能说是他捡的，担心她自尊心受伤。那时候，他在一个中国人开的小贸易公司打工，每个月只有两千美金的薪水，而房租占去了三分之一，而且，他们得有一辆车，他要为女儿购买基本的医疗保险，他上班之外还在学习一个付费的IT课程……生活究竟是什么时候开始稳定下来的？他想是在他加入那家生产医疗器械的美国公司以后。他的薪金比之前那份工作翻了一倍，他们离开廉价住宅区，搬到了凯蒂一带。在那里安定地生活了两三年后，他在糖城买了自己的房子。他记得他带小敏住进新房的那一天，她看到他买给她的那张圆顶的、挂着纱幔的木床（那一直是她想要的公主床），忍不住跳起来吻他。他把所有的旧家具都送人了，房子连同房子里的一切都是崭新的、精致的。他告诉小敏说，她就是这房子的女主人。

拆好的纸板已经码放在右边墙角里。球具和圣诞树、灯饰也被搬到了右边。他找了块抹布，坐在塑料矮凳上，开始擦自行车上的灰尘。他累了，身上出汗，有点儿喘息。他比过去胖了一些，尤其肚子那边，肥厚、松弛。他变得容易疲劳，站起身时用力稍猛膝盖会抽疼……他注意到对面的吹风筒安静下来，居家男人也消失了。和十多天前绚烂的景致相比，现在的街景单调、萧瑟。在那么短暂的时间里，火焰般的叶子全都枯萎飘落了，屋后的树林曾像是金黄橙红的颜料流溢、堆叠而成的巨幅油画，现在只剩下一堆暗淡的灰褐色线条。那些赤裸的枝丫有时如凝固般静默，有时又被风吹得剧烈颤抖。

在遇见徐宁之前的很长时间里，小敏是他生活里唯一重要的人，她是女儿，是他的小女友，还是他家里的女主人。到美国以后，有热心的人给他介绍女友，他都拒绝了。他在心里做过决定，不会在小敏年幼的时候给她找个继母，以免她有任何被伤害的危险。徐宁不是别人介绍的，是他在朋友家里遇见的。他第一次看见她的时候，她穿着牛仔裤和一件白色衬衫，袖口挽到了肘部以上，烫着短短的卷发。她活泼、爱笑，动作利索，身上有种男性的飒爽气质。她是个护士。那是个午餐聚会，每人需带一道菜到主人家聚餐，他带的菜是从餐馆打包的。她毫不客气地说他偷懒、缺乏诚意。过一会儿，她对他说："你不尝尝我做的这道菜吗？小鱼豆干。很好吃的，台菜。"他于是吃了她做的那道菜，真的好吃。

他想，他是和徐宁在一起以后才明白什么是男女之爱的，他指的既是精神意义上的也是肉体意义上的情爱。她有种出奇的热情，这热情会从她眼神里、头发里、皮肤里散发出来，仿佛是一股强劲的力量，你很难不被她感染。她把这热情也蔓延到了他身上——他这个被长久冰封的乏味、僵硬的人。他们迅速建立起一种亲密无间的关系。那时候，只要她不上班，白天他就去她住的地方找她，即便遇到公司下午开会、他和她相处半个小时就得离开。

她住在一栋三层公寓的顶层，那公寓的门、床、窗帘以及屋里每一样摆设他都记得。每一次，从踏入她的房间开始，他就像脱去了沉重的躯壳，变成了另一个人，一个柔和、富于感情的人。他有一把她公寓的钥匙，如果去得早而她还没有回来，他就在那里等她。他此前从来不知道等待也是这么美好的事。从她客厅的落地窗可以望见那个湖，湖很小，但和休斯敦那些高档居民区里挖掘的人工湖不同，它有种天然、荒野的美。如果某个午后还有足够的时间，他们会坐在沙发上喝茶、聊天。有时候，湖面的雾霭中突然冲出一只鸟，像条灰白色的线笔直地抛向高空，像一条弧线划向远方，然后消失在蓝色的天幕里。那大概是他一生中唯一的恋爱时光。他们只能白天见面，晚上他需要在家陪小敏。那是他很多年里第一次感到被束缚的烦恼。

那段幸福时光很短暂。他想他后来犯的一个巨大错误是草率地让徐宁搬过来和他们一起住，以为朝夕相处会有助于培养她和小敏的感情。在徐宁搬过来之前，她和小敏也见过几面。小敏始终表现出青少年的淡漠、不易讨好，但并没有明显的失礼，而徐宁确实一直努力争取她的好感。在小敏面前，她变得不自在，胆怯起来。每次见面，她都会给小敏带礼物，但小敏只是礼节性地道个谢，从未当面打开过，过后也不再提起它们。他印象深刻的是那个圣诞节，他们三个人一起吃饭。徐宁送给小敏一份圣诞礼物，小敏接过去就放在了旁边一张椅子上。徐宁笑着问她要不要打开看看，小敏说她不喜欢当着别人的面拆礼物。而他送给她的礼物，她却马上打开了。那天晚些时候，他送完徐宁回来，小敏躺在客厅沙发上看电视。他注意到椅子上的礼盒不见了。他问她是否看过徐宁送她的礼物，喜不喜欢。据他所知，那是一条很贵的围巾。小敏冷冷地说："一条围巾，老女人戴的，我打算把它寄回去给我妈。"又过了一会儿，她说："你对她说，以后不用再送我礼物了，或者是些不值钱的东西，或者是这种老里老气的东西，我一点儿也不喜欢。"女儿的尖刻让他吃了一惊。但他没说什么，他想如果他反对的话，只会激起她对徐宁更大的敌意。

在几次见面以后，她们的关系没怎么改善，而他对女儿的态度一筹莫展。可他竟天真地认为，只要徐宁搬过来住，小敏会慢慢接受她，会适应这个家里有另一个人和他们共同生活。他甚至幻想着小敏会慢慢喜欢上她，以为一切只是时间的问题。

那封信把这一段回忆带回来，那么鲜明、清晰，却令人痛苦。当两个未曾遭遇过生活折磨的年轻人，带着某种让人讨厌的乐观选择告知"真相"时，他们像是把他枯竭但平静的生活突然撕开了一道口子，恐怕是一道无法愈合的口子……

时间接近下午一点。他把整理好的园丁工具收进他留下的一个空纸箱里，用胶带封好口。这个冬天他再也不需要它们，直到明年四月过后，直到像民谣里唱的那样："四月的雨水带来五月的花。"

三

如果不去公司，他经常在镇里的Panera Bread解决午餐。这里的食物简单但很新鲜，而且，他们不像餐馆那样有明确的午餐打烊时间。他叫了烤牛肉三明治，配一小碗清汤，随套餐送一个苹果，但他每次都会把苹果带回家。对他的牙来说，去啃咬一整个苹果已经相当困难。

吃完午餐，他要了杯咖啡。天色阴沉下来，天空中堆积着深灰色的云层。两辆黄色的铲雪车从街上开过去。它们大概已经为晚上要来的雪做好了准备。

在过道另一头、靠前的一张桌子那儿坐着位华人女子，她看起来三四十岁的样子，身材纤秀，穿一件米色的高领毛衣，羽绒外套搭在旁边那张椅子的椅背上。在他前面隔着两张桌子，坐着一位五十岁上下的美国男人，和他一样在喝餐后咖啡。男人坐的位置面对着他，他能看到他的目光不时朝对面那个女人瞟过去。男人终于起身走到那女人的桌子旁边，毕恭毕敬地站着，问他可不可以和她聊聊天。他没听到那女子的回答，但看到那男人在她对面坐下来，看起来有点儿局促，脸膛兴奋得发红，并不像个游刃有余的猎艳老手。他像许多美国男人一样声音洪亮、中气十足，他听见他开始谈论天气，说晚上会来一场大雪，还提到他就住在这个镇。但背对着他的那个女人的回答他听不清楚。过一会儿，他看到男人尴尬地笑了，嘴里说着对不起，声称他没看到她戴结婚戒指。他由此猜想那女人刚才告诉他她已经结婚了。但那个男人并没有离开，他红着脸，希望她允许他去给她买一杯咖啡，他只是想聊聊天。随后，他就雀跃地站起来，走去柜台。

有些滑稽，有些难堪，又有点儿令人感伤，男人和女人之间这种持续不断的无休无止的追逐游戏。窗外一辆辆车在灰色的公路上静默无声地快速穿行，仿佛钢铁的鱼群。店里的碎冰机发出群蜂飞舞般巨大的噪音。那个男性追求者端着他的两杯咖啡走回来，像是捧着他的两份战利品。他兴奋地坐下来，面对一个仅仅是由于礼貌而没有把他赶走的女人。

他想到和徐宁在一起时，她和眼前这个女人差不多的年纪，也是这种偏瘦的身材。他常常惊讶她纤瘦的身体里怎会蕴藏着那么大的热情和能量。她的长相说不上特别美，但在他眼里，她身上每个地方都是细腻的。他知道她早已找到了另一个人。他不知道那个人是谁，但他嫉妒那个男人，相信他比自己幸福。像她这样的伴侣，会和你始终胶着、缠绕在一起，会让你的生活温热、充满生气……很遗憾，在他们相遇的时候，他们面临的不只是两个人的幸福的问题。

他突然打消了去公司的念头，猜想公司里的人恐怕并不想要见到他。今晚有雪，也许大家已经开始陆续离开。趁着还有点儿天光，他想去附近一个湖边走走。

他抓起那个鲜红的苹果，塞进外套口袋。经过那两个人时，他不无自嘲地想：他们会不会注意到他？会不会意识到他是他们这场追逐游戏的唯一目击者？但他知道他们甚至不会看他一眼。有时候，老境的尴尬并不在于变老本身，而是你心灵的变化追不上身体的衰退。在心灵的镜像里，你还是个仪表堂堂的壮年人，但在他人眼里，你已经是个颓唐的老者。

他开车十分钟就来到湖边。眼前已是一片冬日景象：衰草、枯枝、腐烂破碎的落叶，仿佛冻僵了的光秃秃的小径，被一阵阵风吹皱的、银光闪闪的湖面。只有在冬天，这里的湖面才显露出来，开阔、清亮。春夏季节，湖面完全被浮萍和水藻覆盖，秋天则漂满落叶。风不大，但阴冷刺骨。一群灰褐色的加拿大鹅在湖中游着，它们像肥硕笨拙的大个儿野鸭。下雪的时候，它们是仍然待在湖上，还是会去哪里躲避？最冷的时候，它们会不会挤在一起取暖？生活于它们而言是严酷的，但它们倒不会形单影只。

回想起来，徐宁搬过来以后那段时间就像阴郁的梦一般，充满了混乱和挣扎。晚餐桌上的冷言冷语、明嘲暗讽、沉默、委屈、猜疑、忍辱负重……他们俩小心翼翼，唯恐伤害了孩子。但这种小心翼翼又被小敏当成了他和徐宁"同谋"的证据。徐宁本来像个欢快的大孩子，但在眼前这个真正的孩子面前，她欢快的光芒全都暗淡下去。如果小敏拒绝吃她煮的晚餐，开始打开冰箱找冷冻餐盒，她也只是勉强笑笑。有时小敏假装没有听见她说话，忽略她示好的动作，她不过无奈而又嘲讽地看他一眼。她曾让他喜欢的那种天真的轻狂、肆意妄为的勇敢，反而变成他所惧怕的东西：他怕她不够容忍，怕她没有掩饰好她的不快，怕她直率的表达又会引起一场争执。她说话、发笑的声音稍微大一点儿，他都会害怕，怕这声音会从他们的卧室传到另一个房间里去……

起初，他们还相互安慰、鼓励对方，但慢慢地，他们也都疲倦了。那种阴沉、压抑、暗含着怨愤的气氛弥漫在家里的每个角落，压灭了每一点儿快乐的念头。小敏的卧室里经常整夜地亮着灯，她似乎以灯光、以她深夜不眠的事实来时时警示他们。徐宁也变了，变得暴躁、易怒，她不能在小敏面前发作，却开始对他发泄她的强烈不满。她觉得他过于宠溺女儿，却没有考虑她的委屈。但在那样的情况下，他又能做什么呢？她愤怒、冷漠起来令人绝望。也许她身上那种强烈的能量如果不能用于快乐，就会用于愤怒。

他们一起生活了三个多月以后，某一天，小敏失踪了。她夜里十一点钟还没有回家，手机也关机。他打电话报了警。整个夜里，他坐在客厅的沙发上等电话。徐宁说她可以替换他，让他去楼上睡一会儿。他几乎是愤怒地拒绝了她。他想，如果小敏打电话回家，她第一时间绝不想听到徐宁的声音。第二天接近中午的时候，一位女人打电话给他，说她是泰勒（或者凯西）的妈妈，告诉他小敏在她家，昨晚和她女儿睡在一起。她再三道歉，说她昨天的确问过小敏，但小敏说她已经知会过爸爸她要在朋友家过夜。他听到这消息就抓起车钥匙离开了家。他边开车边哭，本来，他以为他已经失去了女儿。他痛苦地意识到一个人的介入如何改变了这个家，改变了他和女儿那密不可分的关系。

过后，徐宁说她可以搬走，但他劝阻了她。就这样，她又留了下来，直到一个月后发生了另一件事，也就是小敏在邮件中提到的那件事。

那晚他回到家，徐宁去上夜班了，小敏的房门紧闭。他敲门，过了一会儿小敏才打开门，看到他突然号啕大哭。他抱着她，问她发生了什么事。她只是哭。他让她在床上坐下来，他一直说："好了，好了，平静下来。"后来，她哽咽着，说她和那个女人吵架了，那个女人发疯一样撕了妈妈的照片。当小敏从她写字桌的抽屉里拿出一小堆照片的碎片时，他一下子蒙了。他根本不敢正视女儿手里捧着的那堆彩色的碎片，也不敢想它究竟意味着什么。当他带着年仅五岁的她离开她母亲时，他心里是确信不会让她受一点儿委屈的……突然之间，徐宁成了阴毒地坑害一个柔弱、毫无抵抗力的女儿的恶毒继母的化身。他怒不可遏，疯狂地打徐宁的手机。很久以后，她终于接了，还压低声音问他是不是疯了，说她一直在忙，突然看到手机上有二十多个未接电话。她装得像什么事都没有发生一样，这让他觉得她更加恶毒、有心机。他开始失控地骂她，他从未这么骂过任何人。她试图说什么，但他不容她辩解。最后，她冷冷地说："我不明白你在说什么，有什么事回去说。""不要再装了！"他喊道。但她已经把电话挂了。然后，他又回到小敏的房间。他紧紧地抱住她，她那双仿佛受了惊吓的眼睛望着他——那是一双完全信赖他的、孩子的眼睛。

他一夜没睡。第二天上午徐宁回来的时候，他多少冷静了一些，觉得可以和她谈谈那件事。而她看起来比他冷静得多，冷静得近乎轻蔑。

"说吧。"她说，"你指的究竟是什么？我究竟对她做了什么残忍的事，我假装了什么？"

等他说完，她的冷静像镜面骤然碎裂，坐在椅子上的她猛地站起来："你现在就叫她起来，你让她过来当面和我说。"

她声音发抖，样子看起来很可怕，似乎要马上冲过去找小敏。他一把拽住她。她发疯似的抓他的手。他想，她也会有如此丑陋的时候。

"我绝不会让你再刺激她。"他说，紧抓住她不放。

后来，她放弃了挣脱他的努力，安静下来。她又在椅子上坐下来，一阵绞痛般的表情突然掠过，让她的脸扭曲了。

"骗子！骗子！这么小一个孩子……"她一字一顿地说。

"你不许这么说她。"他的模样一定非常凶狠、丑陋。

她抬起眼睛，望了他一会儿，嘴唇上浮现出一抹近乎微笑的弧度。

"所以，你昨天晚上打电话是为了这个？在我上班的时候，像发疯的畜生一样吼叫、骂人？"

他没说话。他已经后悔他昨天说过的话。他看见她眼睛里突然涌满泪水，她的嘴唇抖动，随后整个身体都在发抖。他不知道他能做什么。

"你选择相信她，是吗？"哭完了她问，哑着嗓子。

他不回答。

"不用回答，什么都不用说！"她站起来说，拿一张纸巾擦掉脸上的泪，像是如释重负，"我应该早就明白的，我应该早想到结果会是这样……"

第二天，她收拾东西离开了，他没有挽留她。他想帮她租一套房子，想给她一些经济上的帮助，但她断然拒绝了。事实是她不再接他的电话，也不再回复他的短信、邮件。很快，她换了号码，大概只是为了摆脱他。找不到她的那段时间，他失魂落魄。他让自己尽量去想她的冷漠、她的刻薄、她做的那件可怕的事，但这都于事无补。他睡不着，焦虑地一遍遍翻看手机，半夜起床打开邮箱写信；他到她上班的医院，在停车场里等着，却在她可能出现的时间逃之夭夭；他还到处打电话给认识她的朋友，只为了从别人那里听到一星半点儿她的消息……慢慢地，他知道他必须接受这样的事实：他所做的这一切都没有意义，他们之间的困境毫无解决的可能。

家里又恢复了那种平静——多年来的、一贯的平静。他和小敏心照不宣，谁也不再去提那些痛苦的事。这个家，这个小世界，它像一个有着坚硬外壳的、封闭的东西，打开过一条缝隙，很快又惊恐而痛苦地闭合了。他想他在这世界上只剩下一个角色必须心无旁骛地、永远地演下去——一个好父亲。

他走到湖边有围栏的地方。不知道为什么，这里有一带齐腰高的木围栏，像农场里圈马的那种围栏，延伸出去两三百米，又毫无征兆地中断了。他沿着围栏旁的小路走，眼前是平缓的草坡。湖三面被树林环绕，唯有这面向着开阔的草坪，仿佛牧场的风景。草黄了，但很平整，看得出不久前有人割过。那些年里，他和小敏喜欢在这草坡上野餐。最好是春天，五月以后，日光那么温煦，空气里弥漫着花草的香味。小敏说："同样的东西在外面吃，味道好得多。"吃完东西，她喜欢趴在毯子上看书，有时她看着书睡着了，他就在她旁边守着，半个小时，一个小时……对他来说，那两三年算是轻松愉快的时光，是彻底放弃了其他念想的轻松。

他不相信心理学家说的"选择性遗忘"，不然，他为何没有忘记那天晚上发生的事呢？那件令人痛苦的事的每个细节都印刻在他的记忆里。倒是那些快乐的事，常常只剩下一两个格外清晰的镜头，其他部分都模糊了，像一团柔和、明亮的烟云，像湖面上闪烁不定的、细碎的光。

褐色的林梢在远处勾出天际线。天边浮着一条长长的孤云，泛出冬日薄暮时的冷光。周遭那么沉寂。某种微茫而凛冽的声音像滞留不散的烟雾一样漾在冬日的湖面上，潜行在林间、落叶堆和枯草丛中——一种低沉却无所不在的冬日鸣响。鹅群低飞，掠过湖面，在另一边上了岸。而后，它们在湖对面呆立不动，迎风立着，像在忍受，又像在冥想。他穿着单裤，在草坡上伫立太久，腿冻得麻木，眼睛酸涩。他发现这是一件荒唐又可悲的事：他让一个十二岁的孩子替他做了生活的选择！而一个十二岁的孩子的谎言几乎说不上是欺骗……这大概就是命运，只需要一个谎言、一点儿差失，它就拿走了原本属于你的东西，全然改变了你的生活。

他开车回家，发现路上已经撒了盐。粗粗的结晶体铺在地面上，像冻硬的灰绿色雪粒。那件痛苦的事发生后不到两年，他带小敏来到马萨诸塞州。他原以为新英格兰漫长的冬天会相当难熬，但后来发现这地方知道如何对付严冬和风雪。途中他去油站加了油。再启动车子，油表显示可行驶里程为四百六十五英里。如果他现在沿着90号公路开下去，开出马萨诸塞，进入康涅狄格，转上84号公路，一路向南开上两百多英里，他就能到达纽约，那个拥挤喧闹、杂乱不堪的城市。这是他最熟悉的一条行车路线。但很快，它对他来说就会变得生疏。

四

五点刚过，天就黑了。他打开房子里的灯。睡觉以前的时间里，他一般都待在楼下，但他习惯把楼上卧室里的灯也打开。一栋其他部分断然漆黑、只有楼下一盏孤灯的房子，从外面看起来总有些怪异。他仍旧坐在吧台旁边那张椅子上，打开电脑查看邮件。小敏还没有回复。当然，他上午才发给她邮件，而那也是一封不需要回复的邮件。

他们其实离得很近，两百多英里。但他知道她离他越来越远。她不再需要他，那么他就在他能达到她的距离之外。那年，小敏申请的所有大学都在东岸，但没有一所在马萨诸塞。她解释说，她希望到自己熟悉的地方之外生活，适应陌生的环境也是一种挑战；她也希望离家远一点儿，这样她不会那么依赖他。他表示完全支持她的意愿，私底下却像一个被无情抛弃的老男人，感到说不出的委屈和痛苦。她离开以后，他就一直往返在那条路上：从波士顿到纽约，从纽约回波士顿……虽然辛苦，但就像个赴心上人的约会的男人，心里至少是振奋的、怀着希望的。

想到明天早晨起来需要扫雪，他去了一趟楼上，从卧室储物间里翻找出手套、帽子、围巾，还有一条秋裤。大约十年前，他还不至于在外裤里再套条裤子。他像大部分美国人一样，穿单裤过冬，因为暴露在严寒里的时间毕竟是很短的。但这些年，他开始畏寒，在零下十度的天气里穿单裤走几步，腿会发抖。冬天开始变得难挨，尤其一二月最冷的时节，大雪一场紧接一场，扫雪变成了一种苦役。上午花一个多小时清理出来的走道、车道，到了下午又完全被积雪覆盖了。傍晚还要清扫一次，因为如果夜里冻上的话，清扫起来更加困难。但夜里往往还会继续下雪，一夜之间，大雪会封门甚至会埋住一楼的窗户……

他下楼，回到他清寂的厅里。他想，再过几年，他就会把这房子卖掉，搬到公寓里住。他去参观过那种公寓，里面的大部分住户是老人——那些再也无力自己清扫积雪的人，那些发现守着一栋很多房间的空屋再无多大意义的人。冬天，管理处会雇用工人来扫雪。温暖的季节，院子里的草木会被修剪得整整齐齐，鲜花盛开，一片生机，老人们走出来，在阳光下舒缓地散步……很快，他就会搬到这样的地方，融入这样的人群之中。在风雪交加的夜里，在温室般的房子里长久地、如同静物般坐着，望着玻璃窗外飘落的雪，独自一人。

朋友圈里都在分享下雪的消息和图片：下午三点，纽约在下雪；四点半，康涅狄格开始下雪；大约六点的时候，罗得岛的新港、普罗维登斯都在下雪。在他这里，雪是七点过后开始下的。昏暗的路灯光里，雪散漫地飘落下来，一开始像星星点点的白色碎屑，但很快就变成了大片的、斜飞的雪花。今年的雪像是从南方来，从纽约一路向北，最后到达波士顿。而他知道在最南方的休斯敦，在她那里，三天前已经下过雪了，一场多年来罕见的大雪。

她的样子开始缓缓地出现在他的脑海里，那么清晰，在不同的时刻、不同的地方，像一帧帧黑白照片。都是当年的样子。他试着描绘出她现在的样子，在她额头、眼角贴上细小的皱纹，在她的黑发里夹杂进去几缕灰发……他还想起她说话的声音，仿佛听见她的笑声、她轻柔的气息。但当他沉浸在他们俩甜蜜的笑言低语之中时，她的质问、哭声总是突然闯进来。同样，在那些温柔、静好的照片里，他会突然看见她眼睛满含泪水、发抖的模样。他突然意识到那个晚上，他对她做了极其卑劣的事。难道他真的认真判断过他应该相信谁吗？他真的想听她的辩解吗？他只是选择了一个对他而言便利的解决方法，他只是急于摆脱那种困境，回到他以前的生活……

仿佛感到一阵强烈的刺痛，他从枯坐的那把扶手椅上蓦地站起来。他扫视这个到处亮着灯光的宛如通体洁白、透明的所在。他发现他的居所如他的生活本身：整洁、光亮，似乎不缺少任何东西，但没有温暖。

他觉得饿了，但还不想做晚饭。午餐带回来的那个苹果放在餐桌上，他把它切成四瓣吃下去。站在客厅的窗户前面，他看见街道、屋顶、树已经披上一层白纱一样的薄薄的雪。等到雪积得更厚、大地上的一切完全被雪所覆盖时，雪地会泛出蓝光，雪夜会变成蓝色……天地之间都是飞旋的、曼舞的雪，有时候你看不出它究竟是在向下飘落，还是向上跳升。他在想是否应该走出去拍张照片，像他们那样发到朋友圈里，宣告他这里也在下雪。但他还是打消了这念头。这是件奇怪的事，各处的人们都在为一场新雪激动、振奋，而它不过是漫漫长冬的开始。

"致广大而尽精微"
——评《雪从南方来》

卢 翎

    自从2013年年底，迁居美国休斯敦后，张惠雯便开始书写她在那里观察或听到的故事。她的小说多来自她听来的故事，她认真地聆听、记录。但，她不是一个单纯的记录者，而是怀着足够的敬意与耐心等待这些"故事"缓缓生长。在"故事"生长的过程中，等待一个照亮艺术想象力的"微小的暗示"："其灵感来自微小的暗示，而这么一点点暗示的种子又落入土中，发芽生长，变得枝繁叶茂，然而它依然可作为一个独立的微粒，隐藏在庞大的整体之中"（张惠雯：《一粒种子》）。借着非凡的艺术才能，这"一粒种子"让她建造起一个小说的世界。

    2018年张惠雯出版短篇小说集《在南方》，以美国南方得克萨斯州为背景，讲述了十一个移民生活的故事，刻画了"一幅移民群像"。不同于二十世纪八九十年代的移民小说多着眼于东西方文化差异及冲突等问题，《在南方》关注今天移民所面临的问题："全球化使文化更融合，西方文化并不是多么新鲜、刺激的东西"；"今天中国到美国的移民大部分是技术移民，他们拿奖学金、做博士后，然后在学院或者企业工作，稳妥地进入中产阶级生活方式。对这些人来说，生存不是问题，问题是别的东西"（张惠雯：《在南方·后记》）。张惠雯以她独特的叙事方式和充满诗性品质的写作，探寻这些"别的东西"，它们是《华屋》《岁暮》《夜色》《欢乐》《十年》等作品中华人移民琐碎生活中的怅惘以及"灰暗地带的阴影"，是"那些困顿、消沉、悲伤、感动、失望与希望"，是那些被遮蔽、被隔绝、被置于晦暗区域的心灵镜像。

    《雪从南方来》仍是听来的移民故事，依着《在南方》的写作路径，细腻的笔触游刃有余地逡巡于人物的感情世界，深入人性幽暗地带，探微至暗之刻，而岁月的沧桑所赋予的洞穿世事的睿智与悲悯，令小说中移民的漂泊与孤独的罅隙处那些"别的东西"动人心魄。

    《雪从南方来》扎实细密，精致内敛，从容饱满。小说以寒冷的冬季和一场如约而至的大雪制造阴冷而压抑的氛围，一如主人公的心绪。在这孤寂的阴郁中，女儿的邮件撕开了他内心最隐秘处的伤疤，那段被埋藏在心底的、他自称"已经那么久了，都记不清"的往事，历历在目。随着大雪逼近的路径，主人公不得不重新面对曾经无法面对的往事。张惠雯极具耐心地设置种种场景，主人公对往事的回忆中，震惊、失落、迷茫、惆怅、麻木、犹疑、痛楚、落寞、绝望，种种情绪与心境一一呈现并纠缠在一起，他感受所前所未有的压抑，渐渐被逼近"绝境"，就像大雪终将来临，内心的秘密便在这绝境中呈现。我们看到，在女儿与女友之间、在亲情与爱情之间，他竭尽全力维护的"平衡"是如此脆弱，他心理的天平倾向了女儿，牺牲爱情保护了弱小的女儿，他因此心安理得。然而，他却无法欺骗自己，当女儿鼓足勇气揭穿真相，与过去和解去追求未来的幸福时，他不得不面对自己的内心，他所有的心安理得和制造的种种借口都不堪一击，他的父爱、他的牺牲，不是自己认为的那伟大而高尚，在伟大而高尚的背后是他无法面对的"自己"——以爱为名义加害善良无辜之人，是人性最为幽暗的所在。小说由此从移民的孤独与漂泊感、东西方文化伦理的差异、亲情与爱情的矛盾缠绕，延伸至我们每一个人的内心深处，这也是张惠雯所追求的："故事更关乎人性，普遍的人性""对无论在哪里生活的人而言都普遍存在的问题，即那些灵魂内里的波动和幽曲的斗争"（张惠雯：《在南方·后记》）。

致广大而尽精微，是短篇小说的理想，也是这篇小说所显现出的艺术境界。

苟滑脱逃

朱山坡

"生而为贼，我很抱歉。真的非常抱歉。"苟滑向人展示他细长而灵巧的双手，说，"我祖上都靠扒窃养家，我一生下来就是扒手，我干不了别的，只能子承父业，我比你们更讨厌我自己。"他说此话的时候像一个谦谦君子，态度很诚恳，很羞愧，甚至痛心疾首，是在憎恨自己，恨不得向所有的人下跪谢罪。他不止一次向受害人说这句话。只是，说完了继续作案，在蛋镇热闹的街头，把手隐蔽而熟练地伸向那些乡下人的裤兜。

苟滑从不扒镇上的人的裤兜，都是街坊邻居，他下不了手。虽然如此，如果站在正义一边，我们都认为苟滑是可恨可恶之人，希望雷电劈掉他的双手。但跟其他贼不太一样，苟滑有可爱之处。比如说，他从不希望通过窃取他人财物发家致富，只求一日三餐，从不大吃大喝，每顿都像乞丐一样吃得很节俭，有时候一碗稀饭就足矣。填饱了肚子，他便安分守己，老实巴交地坐在肉行的角落里打盹，只有想看电影时，才睁开眼睛，寻找猎物。

苟滑是一个虔诚的影迷。他从别人处所取的不多，有时候够买一张电影票就可以了。"我真的非常抱歉。我是为了看电影才这样的。"苟滑向我们解释说，"我看电影的时候，希望坐在电影院里的全是好人。夜不闭户，路不拾遗，所有人的心里都歌舞升平。"

因而，他从不在电影院里下手。虽然电影院里人头攒动，拥挤不堪，光线昏暗，正是扒窃的好机会。但苟滑认为，如果一旦意识到可能有贼，观众就必须时时提防，根本无法聚精会神地看电影，就会造成艺术的浪费，最终会导致良知的丧失。

"艺术的良知要靠像我这样的人来维护！"苟滑自信地说。我们不知道他心里的"良知"到底是什么概念，但苟滑确实向空中挥舞着拳头咬牙切齿地公开警告过那些贼眉鼠眼的人，不要在电影院行窃，谁搞事砸烂谁的头颅。实际上，他是在警告自己，因为蛋镇只有他一个扒手。电影院从没有出现扒窃的情况，无论是镇上的人，还是乡下人，甚至外乡人，坐在电影院里看电影用不着担心自己的裤兜会被扒手光顾。

"电影院就像是外国人的教堂，不是撒野作恶的地方。"苟滑说的，我们都十分认同。镇上所有的人都觉得"作恶多端"的苟滑说了一句深得人心的箴言。

这里的"我们"，指几个游手好闲之徒，因为太闲而凑在一起消磨时光，当然也有谨慎而有限的友谊。

苟滑长相粗鲁，常目露凶光，但内心柔软，即便是欺负乡下人也留有余地，不把事情做绝。比如，他从不把一个人身上的钱扒光。把钱包窃取出来后，他只取一半的钱，把另一半悄悄地归还原主。这叫休养生息，给人留下活路，也算是为自己积点阴德。果不其然，那些不幸被扒却发现钱财还剩一半的人，既有无端失财的悲痛，也有劫后余生之惊喜。苟滑既受尽了诅咒，又收获了赞美。因而，在蛋镇，他从来都是毁誉参半，让人爱恨交加。

但凡做贼的人，总有马失前蹄的时候。苟滑也是。有时候他将手伸向汗渍斑驳的裤兜时，被人察觉了。察觉者惊慌失措，抓住他朝着熙熙攘攘的人流大呼"捉贼"。人赃并获，此时的苟滑无法狡辩，有些尴尬和挫败感，他会把钱退还给原主，并义正词严地警告再三："保管好你的钱物，不要再丢了。"围过来的乡下人都认出了他，义愤填膺，叫嚷着揍扁他，但看到他粗壮凶悍随时以死相搏的模样，也就怯退了。他从人缝里闪出去，装作从容地戴上草帽，粗略乔装打扮一下，重新消失在人海里。

"我只有在一边作案一边想着电影里的情节时才会失手。"苟滑总是把失手的原因归咎于电影。这也不奇怪，类似电影影响了工作和生活的情况在蛋镇比比皆是。比如，炒菜时想到电影，把菜炒煳了；走路时想着电影，走反了方向；夫妻吵架，互相指责对方在过性生活时心里想着电影明星、嘴里喃喊着影星的名字……但电影使得苟滑马失前蹄，这是电影的独特贡献。我们希望电影要么把坏人全部变好，要么把他们全部消灭。

即便是失手，苟滑总是能轻易地逃脱乡下人的惩罚，并非仅仅因为他凶悍的外表。他是真的凶悍，打架下手很狠，不顾后果。五年前，他父亲还在蛋镇，他在高州练习手艺和胆识。有一次中了地痞的圈套，失手了，被当众掳获，十几个地痞围殴他，把他打得半死。他们以为苟滑真的被打趴了，当他们往他身上吐完口水，扬长而去时，他从地上爬起来，手抓一块砖头将他们其中的三个脑袋砸开了洞，吓得其他地痞抱头鼠窜……当然，苟滑进了两年少教所，实际上就是坐牢。从牢里出来后，他再也没有向谁扬起过拳头，但依然常常目露凶光，那是骨子里与生俱来的狠，令人胆寒。苟滑从他父亲那里继承了脱逃术，但都是低端的，比如说易容术、乔装术、求饶术、死皮赖脸术、丢盔弃甲术、就地隐身术、绝境求生术……如果无法脱逃，只好抱头扮死猪，任人踹踢，生死由命。苟滑的祖父是逃跑时翻墙摔死的，父亲是慌不择路掉进食品站的粪池沼气中毒死的。苟滑基本上不使用这些脱逃术了，因为在蛋镇，没有人敢揍他，他不需要狼狈逃跑。乡下人知道他的恶名，畏惧这个命贱如泥的烂仔，不愿跟他玉石俱焚，只求他的手不要伸进他们的裤兜，便相安无事。这也是一种善良。苟滑希望善良的乡下人养他一辈子。

"蛋镇还不富裕，只能养活我一个扒手。"苟滑说话绵里藏针，"我不允许有竞争对手。"

事实上，很多年来，蛋镇也只有一个扒手。在苟滑之前，是苟滑的父亲。在苟滑父亲之前，是苟滑的祖父。这几年，就是苟滑了。他的祖父、父亲都曾经对竞争者下狠手，除了他们家的，没有谁敢在蛋镇开展扒窃业务。这几乎成了一条潜规则，连派出所都默许了。每当接到裤兜被扒的报案，派出所第一个要找的人便是苟滑："乡下人不容易，你把钱还给人家吧。"苟滑从不承认，警察也无法从他身上找到证据，又因为乡下人本来就没什么钱，报案者损失都不大，警察便不了了之，对受害人说："你口袋里的钱不是还剩下一半吗？扒手已经手下留情了，算了吧？"也只能算了。荀滑出入派出所就像回家离家那样平常，甚至跟那里的四个警察有着源远流长的深厚友谊。派出所被乡下人骂作"蛇鼠一窝"，后来他们被扒窃，连案都懒得去报了。

荀滑只是蛋镇街头众多混蛋中危害最小的一个，犹如厨房里的蟑螂，又犹如一个人身上的小疥癣，包括警察在内，没有人觉得非要除掉他不可。

荀滑也因此觉得他会像他父亲一样，可以安心当一辈子扒手，直到老之将至，自己摔死在逃跑的路上。

有一天，电影才放到半截，电影院里突然有人惊叫，说自己的裤兜被扒了！这一叫，很多观众才发现自己的裤兜被人摸过了，有的还被刀片割了口子，身上的钱不翼而飞。电影院里一下子变得闹哄哄的，荀滑看电影的心情一下子没了。

"谁他妈的那么缺德，竟然在电影院里行窃？"荀滑站起来大声吼道。

然而，所有人都看着他。灯亮了。荀滑看到的全是对他充满怀疑和鄙视的眼神。

"蛋镇只有你一个扒手，你说是谁在电影院里扒窃？"

"可是，我一直在专心看电影，我的手从没离开过自己的裤裆！"荀滑争辩道。

没有人相信荀滑一直在看电影，都讥讽他比他父亲多使用了一条脱逃术：贼喊捉贼。荀滑有口难辩，把身上的衣服脱下来让他们查看。他身上没有钱。但还是无法洗清自己。

"反正蛋镇只有你一个扒手。除非你爷爷、你老爸复活了。"

此时荀滑意识到，蛋镇来了同行，跟他抢食了，而且是冷酷无情，不择手段，胆敢在电影院作案。荀滑突然目露凶光，脸上却有慌张。

一连几天，电影院里都有观众被扒窃，他们再也无法心无旁骛地看电影，时时提防。即使荀滑没有进电影院，他也是唯一的怀疑对象，观众的怒火都往他身上撒，大声责骂他把电影院变成了菜市场。派出所每天都接到有人裤兜被扒的报案，荀滑不厌其烦地向警察自辩清白。新来的派出所所长不相信荀滑，警告他，如果不能证明扒手另有其人，便要抓他归案，让法庭从严从快判决，把他押往遥远的监狱，在挖煤中度过余生。

荀滑委屈得像一只即将被宰杀的母鸡，发誓要揪出竞争对手。镇上没出现过几张陌生的面孔。陌生人也不敢在蛋镇贸然下手。荀滑怀疑是大家都熟悉的人作的案，比如麦香面包店的伙计李泡菜，银饰铺的学徒樊白毛，做棉花糖生意的叶呆子，游手好闲的痞子蔡，喜欢潜伏在女厕所的流氓顾……他们看上去呆头呆脑，却是贼眼圆睁，双手灵巧得很，功夫藏得很深，如果不是荀滑压住，他们早就出手了。荀滑不动声色，暗地里重点盯着他们，细心观察，耐心跟踪，可是一无所获。他们像往常一样，虽然鬼鬼祟祟，却并无扒窃之举。他把所有可疑分子全跟踪过了，都被他一一排除。可是扒窃案仍然频频发生，且常常把人身上的钱财和贵重物品一扒而光，毫不留情，一时间大街小巷人心惶惶，电影院里更是怨声载道，观众不得不一边看电影，一边双手捂住裤兜，即便如此，仍然有人钱包凭空消失。

有人猜测说，荀滑喜欢上了供销社最漂亮的售货员卢卡妮。但卢卡妮要嫁万元户。只要是万元户，嫁谁都无所谓。荀滑要当万元户，所以才一改常态，疯狂作案。

荀滑是喜欢卢卡妮，但他没打算当万元户。

"我喜欢电影，但没必要非得建个电影院不可。"荀滑说，"喜欢卢卡妮也是一个道理。"

对手藏得很深。荀滑面临的压力越来越大，内心充满了惶恐，寝食难安，对我们说："现在我是千夫所指了，每个人心里对我恨入骨髓，好像只有我死了，或者重新坐牢了，他们才安心，蛋镇才恢复安宁。"

荀滑的压力自然来自派出所，但更多的来自乡下人。似乎是，以前每一个乡下人都被他扒窃过，现在他们同仇敌忾，要跟他算总账了，甚至要把他祖宗三代的账一起算，只是没有找到合适的契机而已。但他感觉到危险在迫近。

这一天，已经临近春节。中午，南洋大街布行前突然有一个乡下人躺在地上呼天抢地地痛哭，引来里外七层的人围观。原来，这个乡下老头的裤兜被人扒了，养了一年的鸡，卖得二十八块钱，刚进布行，要给老母亲买七尺布做寿衣用的。老母亲在床上衣不蔽体，死前总得穿得体面些。付款时却发现钱不见了，裤兜被刀片割了一个口子。

"这是我一年的收入啊！"那个老头像被人割走了卵蛋，悲痛欲绝，在地上翻滚挣扎，哭声博得了同情。二十八块，对乡下人来说确实是一笔大款子了。老头是新茗村的一个五保户，年迈的老母亲在家等着他的钱买棺木。老母亲可能都挨不过春节了。

荀滑成了众矢之的，口诛之声响彻云霄。

荀滑怎么变得那么贪婪无情？竟然一下子盗取了一个五保户的全部家当！

民愤汹涌，如火山喷发。怒火把南洋大街烧得炽热。乡下人越围越多，很快就让街道水泄不通，他们高呼着口号，要揪出荀滑，为老头讨回公道。

没有人认出草帽遮脸、稍作易容了的荀滑。他小心翼翼地从人群里退了出来。

"我认得这个老头。刚才他经过电影院门口时，我只窃取了他左边裤兜的一块钱。因为我突然想看电影了。"荀滑对我们嘀咕说，"但我没偷他右裤兜的钱。你们知道，我从不使用刀片。"我们相信荀滑说的是真的。他没必要坏到透顶。

老头被割的是右裤兜。割口很直，很小，刚好够二十八块钱进出，说明两个问题：一是刀片很锋利，二是手法娴熟。作案者是一个高手。

荀滑把口袋外翻给我们看，确实只有一块钱。

"今天我不看电影了。我把钱还给老头。"荀滑说。

荀滑要拿着一块钱重新回到人群，亲自还给那个老头。我们阻止了他。我们远远看着那些被怒火点燃了的乡下人，心里也十分害怕。因为我们去年见识过香蕉大滞销时农民围攻政府的情形。

"他们会像一群鬣狗将你撕食了。"我们对荀滑说，"哪怕你是一头狮子、一只河马。"

荀滑悻悻地说："可是，有人败坏了我的名声，我要证明我的清白。"

"你的名字比东风旅社的暗娼还家喻户晓，还想证明什么呀？"我们不是他的帮凶，只是他的街坊，严格来说，只有他不做坏事的时候，我们和他才算得上朋友。我们平日里也做些不正经的事，但都遵循了彼此和平共处、互不干涉的原则，哪怕看到荀滑正在作案，我们也是睁一眼闭一眼。此时他像一只飞蛾要扑向一堆怒火，眼看蛋镇街头又要出现一起血案了。这些年，我们吃过不少亏，知道和平的可贵，不太愿意再看到有人喋血街头。幸好，他听从了我们的劝告。

"生而为贼，我很抱歉。真的非常抱歉。"荀滑说。这是他的口头禅。我们从不怀疑他的诚意。从牢里出来后，他曾经决定向善，要金盘洗手，走正道，去锯木厂上班，干正经的事业。但那些无孔不入的木屑使得他浑身发痒，轰鸣的锯木声使得他心烦意乱，漫长的工作时间让他坐立不安。不到一个星期，便向锯木厂说再见。不仅仅是他，我们当中的哪个小混混不想弃恶从善，做一个光明正大、有体面工作的人？只是时机未到，我们都在电影院里等待。

世事纷扰，江湖难清。电影院是最好的避风港和桃花源。

我们推着荀滑走向电影院。这天放映的是一部旧电影，我们都看过多少遍了。但是，除了看电影我们还能干什么？电影里有的东西，蛋镇都没有，比如最简单最常见的火车。荀滑就喜欢火车。荀滑从牢里来出来后，我们曾经结伴去陆川县看过火车。坐在铁轨旁边，从中午一直等到傍晚，才有一列绿皮火车从北面徐徐而来。残阳的余光照在火车身上，车厢通体金黄。我们被长得几乎看不到尽头的火车吓得目瞪口呆，又莫名兴奋，拼命向火车招手。出乎意料的是，火车并非想象中那样比闪电还快，而是开得很慢，好像它是故意慢下来让我们看个究竟的，甚至让我们跳上去，带我们前往遥远的地方。车厢里挤满了人，我们十分羡慕他们，向他们招手，他们却没有给我们相应的礼仪。但我们一点也不怪他们。荀滑却追着火车跑，眼看就要追上火车了，他却被枕木绊倒了。等他爬起来，火车已经转过一个弯，最后消失在隧道里。

"如果不绊倒，我早应该到广州了。"每当想起当年看火车的往事，荀滑都兴奋而不无遗憾地说，"那是我离世界最近的一次。而且，还让我明白了一个道理：当扒手是可耻的。"

那时候，他父亲没有因为儿子坐过牢而产生悔意、让儿子悔过自新，而是加紧训练他当扒手，教授他如何脱逃。因为在他看来，儿子坐牢的原因恰恰是学艺不精。在等火车来的无聊时间里，荀滑给我们演示扒窃和脱逃艺术，我们都赞叹他身怀绝技。"还有更绝门的脱逃术。你们做梦也想不到。"只是火车来了，他没有展示。这段经历，是我们和他的友谊的基石，也是不愿意看到他毁灭的原因。

后来，只要是能看到火车的电影，荀滑都要看。我觉得他进电影院不是为了看电影，而是为了看火车，各种各样的火车。这天上映的电影极其无聊，但是能看到火车。这就够了。

"我用那糟老头的钱买电影票吗？"荀滑在售票窗口前犹豫了。

我们说："当然。这是一块钱最好的用途。"

荀滑向售票员递上一张皱巴巴的一元纸币，换来一张电影票。荀滑接到电影票的刹那，像触电了似的，手抖了一下，脸部肌肉剧烈地抽搐，目光前所未有的谦卑、温和。

"怎么看上去像是一张远程火车票呢？"荀滑晃着手中的电影票说。

我们说："待会能看到火车，很长的绿皮火车，比一百条南洋大街连起来还要长。"

荀滑抬头看了一眼电影院，说："今天的电影院像一座监狱。"

我们推着他往前走。

"我害怕坐牢。你们没坐过牢，不理解的。"荀滑喃喃地说，"电影院可以像监狱，但监狱一点也不像电影院。"

我们推着他继续往前走。

"你们这是把我往监狱里推。"

南洋大街传来越来越激愤的声讨声。此时还有什么地方比电影院更安全呢？荀滑半推半就走进了电影院。但今天的他显得很特别，双手是颤抖的，汗水湿透了他的背心。电影院里坐满了人。我们的座位在最靠前的一排。刚坐下来，电影便开始了。

荀滑坐在我们中间，忐忑不安地、不时地伸直身子，抬头环顾四周，仿佛要让人看见他在安静地看电影，又仿佛是，他正在窥探谁在扒窃。电影院外突然传来阵阵喧闹声，很猛烈，气势汹汹，无法阻挡。毫无疑问，是一群情绪激昂的人在冲击电影院。

后来我们才知道，那个在南洋大街上倒地痛哭的老头趁人不备，用尽最后一口气，一头撞向布行门口的电线杆，脑袋开花，当场死了。那根电线杆碰晕过多少人的脑袋，早有人要求把它移走，政府总是置若罔闻，现在倒好，成了老头自杀的工具。后来我们说，如果没有那根晦气的电线杆，老头就不会死了。老头死状极惨，那些乡下人咆哮起来，每个人都瞬间变成了狮子。有人告诉他们，荀滑正是用老头的钱买票进了电影院。

围攻电影院开始了。他们手持凶器，誓言要打死荀滑，为民除害。派出所的四个警察和守门的卢大耳根本无法阻止他们。

乡下人冲进了电影院，一下子占领了后面的空隙地带。黑暗中，他们喊嚷："杂种荀滑，你滚出来！"

电影院里骚动起来。观众被泰山压顶的阵势吓坏了，小孩子都哭了起来。放映员蒋卷毛见多识广，没有被眼前的局面吓倒，稳坐放映室，淡定地让放映机正常地转动。电影仍在继续。只是荀滑坐不住了，喘着粗气，不断地擦拭额头上的汗水。我们也害怕起来，对他说："你应该脱逃了。"然而，荀滑无动于衷，绝望地瘫软在座位上，似乎是被吓坏了，忘记了所有的脱逃术，一筹莫展，只能坐以待毙。是啊，往哪里逃啊？他们已经把电影院围得水泄不通，连一只老鼠也无法在他们的眼底下脱逃。我们为荀滑揪心。他会被愤怒撕碎的。

那些怒火中烧的乡下人开始分头逐个座位查找，脸对脸地辨认，信心满满地要揪出荀滑。

电影的光线照亮了乡下人一张张愤怒的脸孔。他们也偶尔抬头瞧一下银幕，有的还被银幕上的影像吸引，停下来，驻足观看。荀滑的脸上凝结着大难临头、插翅难飞才有的恐惧、绝望和悲凉。

电影院里乱糟糟的，像清晨的菜市场，也像杀气腾腾的屠宰场。

"火车快来了！"我们兴奋地告诉荀滑。

是的，银幕上出现了一片无垠的草原，天空像海一样湛蓝。火车就要来了。

苟滑如梦中初醒，豁然开朗，猛站起来，回过头来对所有人说："亲爱的街坊、朋友们，生而为贼，我很抱歉，真的非常抱歉。但是，我要走了。我要离开蛋镇到世界上去。"

电影院一下子安静下来。在微弱的光线中，所有的人都看清了苟滑的脸。未等他们回过神来，苟滑径直跑向银幕，然后站在银幕前，朝观众席弯腰躬身，然后再次向我们挥手："我要跟随火车走了。再见！"

此时，银幕上，火车从远方开过来，像蟒蛇一样的绿皮火车在草原上奔跑，比我们见过的火车都快，风驰电掣一般。所有人都看到并永远记住了这个场景：苟滑转身冲向银幕，冲向火车……

苟滑在火车里向我们挥手。

我们也下意识地向他挥手。

火车消失了，苟滑也消失了。银幕安然无恙。电影依旧在继续。观众席上鸦雀无声。所有人，包括我们，包括那些乡下人，都目瞪口呆。

电影结束了。乡下人幡然醒悟过来，封锁了所有的出口，把电影院翻了个底朝天。可是，哪有苟滑的踪影？

苟滑就这样逃之夭夭，销声匿迹。十年间，我们都弄不清楚苟滑到底去了哪里。这是蛋镇电影院历史上最不可思议的往事。奇怪的是，苟滑消失之后，蛋镇再也没有出现过扒窃现象，似乎坐实了什么。苟滑脱逃后的第十一年，正好是春节，电影院正在上映《东方快车谋杀案》，人们正看得入迷，突然从电影里的火车上跳下一个人，径直走出银幕，站到所有人的面前，向大家挥手致意："……我很抱歉。真的非常抱歉。我回来了！"

此人西装革履，风度翩翩，像一个谦谦君子。借助电影的光束，我们好不容易认出来了：苟滑。

是的，苟滑回来了。他的模样没有什么变化。电影院里发出了一阵惊呼。有人冲上去拥抱他，拉住他，仿佛担心他会重新回到银幕，跳上火车，又离开蛋镇。

下面的情况同样家喻户晓。苟滑在蛋镇投资办了一个香蕉食品加工厂，招收了三百名乡下人，第二年初便当了县政协委员。在遥远的北方，他还经营着一家大型煤矿，从地下源源不断地扒出很多的煤，实际上扒出来的是钱。他的事业和理想远不止于此。有朝一日，他要建设一条长长的铁路，起点就在蛋镇，让所有的人都有机会到世界各地去。

他的成功像当年脱逃一样如此匪夷所思。然而，人们不但没有撤销对他作案的怀疑，反而还怀疑他扒窃了全世界。只是谁也不再提起，不屑议论，像曾经看过的烂电影。

匪夷所思的脱逃

——评《荀滑脱逃》

公 仲

　　"70后"的年轻老作家朱山坡，现在写小说已经驾轻就熟、挥洒自如、随心所欲了。这次，他居然给"扒手"作了个传。从"扒手"的自述，到"我们"的评说，从蛋镇的脱逃，到成功的回归，洋洋洒洒六千多字。然而，正如小说所说，"他的成功像当年脱逃一样如此匪夷所思。"是奇异？是怪诞？是荒唐？是寓言？是童话？是幽默？是嘲讽？是挖苦？是影射？是别有用心？总之，就是不可思议，匪夷所思。

　　"扒手"的自述，是他主动地从实招来，是内心独白，也是他真实的人性袒露。尽管他说的话似乎不大像一个"扒手"的语言，知识分子腔不少，什么"子承父业"，什么"艺术的良知"，什么"千夫所指"，但毕竟还是生动形象地显露出了这一个"扒手"的个性和习气。荀滑是祖孙三代的"扒手"，他自己说，"我一生下来就是扒手""我比你们更讨厌我自己"。他"态度很诚恳，很羞愧，甚至痛心疾首"，"只是，说完了继续作案，在蛋镇热闹的街头，把手隐蔽而熟练地伸向乡下人的裤兜"。虽然"我们都认为荀滑是可恨可恶之人"，但"跟其他贼不太一样，荀滑有可爱之处。"首先，他不偷本镇的人，"即便是欺负乡下人也留有余地，不把事情做绝。"偷钱留一半还给人家，"这叫休养生息，给人留下活路，也算是为自己积点阴德。"其次，他还是很简朴，他从不希望通过偷窃来发家致富。"只求一日三餐，从不大吃大喝，每顿都像乞丐一样吃得很节俭。"还有，他"是一个虔诚的影迷"，"他从不在电影院里下手"。他"确实向空中挥舞着拳头咬牙切齿地警告过那些贼眉鼠眼的人，不要在电影院行窃，谁搞事砸烂谁的头颅。"当然，"但凡做贼的人，总有马失前蹄的时候。"可他总是借口说，"我只有在一边作案一边想着电影里的情节时才会失手。"反正，他是"被当众掳获"过，"把他打得半死"，还进过两年少教所。可他从牢里出来后，也还只能重操旧业，难以改邪归正。"他曾经决定向善，要金盆洗手，走正道，去锯木厂上班，干正经的事业，但那些无孔不入的木屑使得他浑身发痒，轰鸣的锯木声使得他心烦意乱，漫长的工作时间让他坐立不安，不到一个星期，便向锯木厂说再见。"直到最后，因一老头被盗伤心而自杀，激起了乡下人们的愤怒，一致认定是正在看电影的荀滑所为。他们围攻电影院，要找荀滑算账。这次倒真的是冤枉了他，他无法辩白，竟自跑向银幕，与观众道别说："我要跟随火车走了，再见！"只见"苟滑转身冲向银幕，冲向火车……"苟滑就这样销声匿迹了，一走就十一年。这次正好是春节，他突然又在电影院上映的《东方快车谋杀案》电影里的火车上跳下来了。他"西装革履，风度翩翩，像一个谦谦君子"。简直换了一个人呀！实在佩服作者的这种超现实超时空的丰富想象力：登银屏而去，穿银屏而回；去时穷光蛋，回成大富豪。去时，人们恨不得打死他，"为民除害"，来了却又"拥抱他，拉住他"，选他当政协委员，就因为他发了横财，有了钱，尽管他的钱来路不明。他回到老家，办香蕉食品加工厂，招了三百名乡下人，还在外地经营大型煤矿，甚至，还想修铁路，以蛋镇为起点，通向世界各地。这简直就像"天方夜谭"，难怪人们"还怀疑他扒窃了全世界"。这就是苟滑传奇。看客们，这奇人怪事，不知你们信不信？反正，小说中的人们对他最后已经是"谁也不再提起，不屑议论，像曾经看过的烂电影"。

　　这倒叫我们想起了"阿Q"。作者的写作理念、写作风格好像有些像《阿Q正传》，嬉笑怒骂皆成文章，辛辣反讽无所不至。当然，这短篇的格局和揭示社会的深度广度是不好相比的。阿Q的命没有苟滑的命好，阿Q莫名其妙地被拉去枪毙了，而苟滑却反而发了，当起个什么委员来；阿Q有个精神胜利法，可救不了他的命，而苟滑遇上了改革开放，找到了一条活路。可又因他是有"原罪"的，人们终究还是会蔑视他，对他不感兴趣了。小说的功能就像一面镜子，它能照照别人，也能照照自己。值得人们去深思。

中篇小说及评论

序 言

一滴水里的太阳

段守新

　　从中国小说学会2019年度小说排行榜上榜作品这一特别的视角来看，本年度的中篇小说创作大体呈现为如下的状貌：对农村与城市生活的紧密跟进和深掘，现实与历史维度的双向拓展和贯通，以及创作方法和审美形态上现实主义与现代主义（也包括后现代主义）的并行互渗。

　　在对农村现实生活图景的捕捉和呈现上，"90后"新人李司平的《猪嗷嗷叫》堪称亮点。小说瞄准的是当前农村的扶贫工作，通过贫困户发顺等人企图杀掉县扶贫项目发放的母猪而引发的一系列事件，写出了基层工作的艰难繁重、个别贫困户的不觉悟和不上进等种种农村现实问题。小说提示我们，农村扶贫，仅仅物质上的脱贫是不够的，更重要的是精神上的脱贫。假如在精神、人格上不能真正有尊严、有力量地站立起来，那么他们将永无希望。如此说来，农村的扶贫工作并不是一件一蹴而就的事情，而是一个漫长而艰难的过程。常小琥的《长夜行》抓取的则是当前国人普遍关心的医疗问题。作者以一家医院的重症监护室为舞台和透视点，伸展出一个由医生、护士、患者、家属以及其他各色人等所组成的庞大而又复杂的社会网络，写出了当前医疗体制之下的各种矛盾、纠纷和困局，令人格外沉重。此外，范稳的《橡皮擦》表现城乡的差距、对立以及弥合的努力。杜斌的《风烈》表现人们在对权力、金钱、欲望的贪婪追逐中，人性的扭曲、乖张与裂变。田耳的《开屏术》以一种夹杂着写实、隐喻和荒诞的笔触，描绘当前的世态人情，大体也都可放置在这一现实视景的框架之中予以理解。

　　有的作家虽然也立足于现实，但更愿意以之为基点，往更为深远的历史时空里回溯，建构起一个历史与现实交互贯通的文学世界，承载自己的生命体验、情感体验或历史意识。尹学芸的《青霉素》讲述的是一个反社会人格的人生轨迹，但在我看来，这篇小说更富有美学价值的地方其实在于，围绕着这条主线和核心，延展、衍生出的那幅宽广而又绵密的北方农村世情画卷。它在时间上长达三十多年，涉及人物则有二十多个，场景、事件和细节更是繁复多变。然而，借助叙事人王云丫的视角，作者将这一切安排调度得既从容裕如又灵动自由，显示了作家的叙事智慧和才华。孙春平的《筷子扎根》为新时期以来的"知青文学"再度踵事增华。作为曾经的"知青"，主人公张海俊起起伏伏的大半生，以及膜拜对象"由李向阳而李嘉诚"的转移，让我们从他的身上辨识出中国近半个世纪的历史侧影和精神光谱。小说之所以耐人寻味和发人深思，既在于它塑造了这样一个头脑活络、精明能干、具有超强的生存能力的"能人"形象，也在于他身上所凝聚的一言难尽的历史内涵、历史意味。

无疑，在这一叙事趋向的作品里，王蒙的《生死恋》当属翘楚。在一个极其宏阔的时间（从新中国成立初直至当下将近七十年的历史）和空间（从中国到世界）范畴内，小说描画了苏、顿两家主要成员的人生和命运。而在这种宏大的社会历史背景之下，主人公苏尔葆的爱欲和婚姻，以及由此所产生的灵魂拷问——自我与超我、责任与自由、迷失与觉醒，尤其被王蒙像手术刀一样的文字剖析得淋漓尽致、沦肌浃髓，让我们不由得随着主人公一起经受这精神的大苦痛、大震荡、大困惑，并艰难地寻找爱情和生命的真谛。

新世纪二十年来的文学，以现实主义为其大宗、主流，几乎已成为学术界的某种共识。但是，在现实主义之外，同样存在着其他审美形态，它们之间也并非泾渭分明的关系，而是呈现出交融互渗的态势。仍以《生死恋》为例，在写实的情节主干之上，王蒙那种特有的狂欢化的话语风格和开放性的文体形态，也依旧一如既往地显明。鲁敏的《或有故事曾经发生》也在叙事形式上充满创造性。小说中叙事人对一桩烧炭自杀事件的采访调查共历时六天，在结构上也相应地划分为六部分，这很容易让我们联想到《圣经》里上帝用六天时间"创世记"的故事。然而，鲁敏却是在反讽的意义上套仿了它，以此暗示和切近小说的主题，即现代社会普遍性的情感荒芜以及爱的缺失。其他如姚鄂梅的《基因的秘密》，尽管在表象上似乎并没有突出的形式感，但是，荒诞的、近乎宿命般无从逃遁的故事，以及"人性恶"的深层议题，同样让它发散着一定程度的现代主义文学气质。

客观地说，2019年的中篇小说创作，与长篇、短篇相比，整体表现略显平淡。不过，从二十一世纪以来中篇小说发展的潮流来看，它一直在以一种浩浩荡荡有容乃大的气势奔腾向前。2019年度的中篇小说创作正像它里面的一滴水，即便只是一滴水，也折射着整个太阳的光辉。

生死恋

王　蒙

一　蜂窝煤之恋

所以顿开茅只能从煤球与蜂窝煤并存的那几年说起。也许它们往昔的使用是对大气环境的破坏，雾气重重非一日之烟。此情可待成追忆，只是当时已惘然。按照同院长大的尔葆的"父亲"吕奉德最看好的德国法律，起诉煤球与蜂窝煤已经过了追诉期限。

最近不知道什么原因，顿开茅常常梦见摇煤球。煤球的烟味儿有一些哈喇，似乎还有发面丝糕与肉皮冻气息。蜂窝煤的烟味儿却有几分清香，但是香得虚假廉价。顿开茅，一九四六年二战结束后出生，他爹说他们是正黄旗，满族。或谓他们本姓纳兰，是词人纳兰性德一宗，顿是他爹参加革命时改的姓，避免由于人们对于革命的选择而贻害家在白区的亲属。其实满族无姓，弄个姓是因为对中原文化的认同。

顿开茅对人生对生命的第一个感觉是煤球烟。那时北京市民大多烧煤球，把煤末子与黄土掺和在一起，加水，用大柳条筐篓摇成玩具风格的球儿，大致路数与如今元宵文化一致。侯宝林说过相声，嘲笑外国专家用各种仪器检验元宵，不得制作元宵放入馅子的门道。善良的中华百姓，他们的科技骄傲是煤球与元宵。这种煤球由于煤末子与黄土不均匀，常常烧不透，那时垃圾堆上爬满穷孩子，他们拿着一种专门的铁爪，敲开烧过的茶色煤球，寻找剩余的仍呈黑色的"煤核"，凑几斤可以卖废品。孩子们爬垃圾堆捡煤核，是中华民国古都北平的一道风景，是堂堂民国气数已尽的刺心征兆。

到人民共和国以后，改善了煤球做法，实现了模具化与一点点机械化，煤球的形状是两个小铁碗互压而成，所有的球球都围腰显出肚圈，少了煤核，少了黄泥烧成的陶块。

烧煤球儿的时代与大杂院、养猫，与满天麻雀、乌鸦、猫头鹰、蜻蜓、萤火虫的记忆混杂在一起。蜻蜓那时叫鹡鸰，鹡鸰本意是一种小鸟，读"留离"。下完雨，北京城到处都是鹡鸰低飞。还与槐树上的吊虫、冬天的漫天大雪、电石灯下的炸豆腐泡与豆面素丸子汤的记忆浑然一体。顿开茅此生最初闻见的煤球味道，除上述综合丰满的念想以外还混杂有猫儿屎尿的气息，这尤其臊腥得动人，泪眼糊糊。往事非烟，往烟如歌，几十年岁月不再，却是真实百分百。远去淡出，与你告别挥手，与院落墙上的猫的叫春号声一道渐行渐远。

在仍然寒风料峭的早春，春天的生气使猫儿躁动如狂，号叫如受刑，上房顶如功夫特技。猫的爱情与人相近，叫上几次，会见几次，结识几次，试探几遭，两情相悦，叫作缘分。在天愿为比翼鸟，在房愿为互叫猫。却也有互叫三夜，拜拜衣马斯的失恋。然后到了那一天那一晚，已经相识相悦的猫再闹上几小时，一分钟交配，又一声惊天动地的惨叫，雌猫屋顶打滚，完毕。生命的交响与小夜曲就是这样纯真动人且尴尬可悲可怖。然后一切味道留在煤球的燃烧里。然后现代化集约化的民居没有了猫的惨叫与烧煤球的气息，现代化的兽医科学做好了所有宠物的去势，除了人自己，并留下了后患。

顿开茅退休以后有时怀念过往，惊心叹昔，相信古人孔子与苏格拉底都没有可能半辈子看到那么大的变化。极好的变化，也令人时感生疏与些微的怀旧。

从三进大院出门往左再往右三百米，是一家煤铺，那里的工人阶级个个脸上乌黑。那里的一个孩子，旧社会连续两年想上一家比较好的师范附小，没有被录取。那个孩子教给开茅唱《二进宫》："你言道，大明朝，有事无事，不用那徐、杨二奸党，赶出朝房，龙国太，自立为王！"顿开茅全身心地向往现代化与美丽中国，但是在他的猫爹（耄耋）之年，竟想念摇煤球黑头发小。他一直误学误唱，把上述花脸唱段尾句唱成"自立，威武！"

要点在于顿开茅家烧煤球的当儿，他父亲顿永顺服务的吕先生家里烧的是蜂窝煤。后来又率先改液化石油气，改天然气。白净的、戴过好几样眼镜的、最初高高在上的吕奉德先生像是天上的大神。蜂窝煤烧起来没有不良刺激，烧出来仍然保持着原先形状，直接夹出来就行，减少了煤灰。而用烧火棍捅下去的灰白的灰，轻轻细细，碰到一点风就成烟雾，像后来舞台上常用的喷雾剂——二氧化碳干冰。它更高级，好像还有点老练，如果不是阴柔。

吕奉德先生住在大四合院的二进。第一进住顿开茅一家与司机。第三进住厨子、清洁工与园丁。第三进后还有果园，樱桃和枣、梨、柿子，还有香椿。而最重要的是藤萝，架上紫花串串，香气袭人，摘下花串，放上冰糖，与面粉一起做成藤萝蒸饼，令人雀跃。

蜂窝煤曾经是一种新技术，说它是用无烟煤制成的蜂窝状圆柱形煤体，由原煤、碳化锯木屑、石灰、红（黄）泥、粉等混合基料和硝酸盐、高锰酸钾等组成的易燃助燃木炭剂所组成，有十二个孔。

在煤气、液化石油气特别是天然气已经成为家用主要燃料的当今，在能源早就实现了管道化网络化全民化的二十一世纪，品味着关于蜂窝煤的说法中的物理、化学、能源、技术元素，顿开茅仍然保持着某种敬畏和依恋。

可惜的是记忆中煤的形状不大像蜂窝，倒是像均匀切开的一截一截全等的乌黑的藕，切薄一点，就更是美丽的黑藕片。

吕先生是个人物，无怒而威，无言而博，无姿态而气场深邃无底。吕先生的夫人苏绝尘老师也是那样的非同小可，气质高雅，举止迷人。据说她是在法国马赛留过学的人，回国后没有外出做过事，静静地待在家里。说是她协助吕先生的专业学术与社会生活，无求于家外大世界。她的笑容如莲如菊，清新喜悦，你只在法国小说里的插图上见过这样的笑意。她的笑靥更是黄河以北罕见。他们家有别的家里看不到的自动拨号电话机。当时的城区电话五位数字。据说更早是把电话固定在墙上，拿起电话，有电话局的接线生与客户联络，客户报告说"请接2局（西四、平安里一带）2508"，然后说话，如果2508有人接电话的话。

顿开茅的父亲顿永顺，是组织上派来协助吕先生管理这个院子的，相当于吕奉德先生的管家，但是那时已经不时兴"管家"一词了，顿永顺被称为顿秘书或顿主任。开茅长大以后，怎么看怎么觉得爸爸永顺个子像篮球队员，声音像歌手或广播员，姿态却像旧社会的跟班。更重要的是顿永顺的眼睛，他长着特别迷人的宛转的眼角，雅致而又灵动，鲜活而又痴诚，加上他的浓重眉毛，招引着偶然邂逅的目光。顿秘书常常到吕先生家里请示报告，商量夏季除蚊、深秋弹棉花、冬贮白菜、采购年货、卫生免疫、接种打针种种事务。永顺同志满面含笑，双手中指按着两边的裤缝，礼节绵密，京腔悦耳，举止透着老北京的文明周到。尤其是顿永顺与苏老师说话的时候，他们的相互笑意令人愉快升华，加强了他人的全面自信自爱。

吕先生不上班，但是常常被莫斯科人牌专车送到这里那里某个地方开会说话。然后他回来读书写字。他家客厅正墙上，挂着一个镜框，内有几行德语文字和中文，是他本人译出来的歌德名言："阳光越是强烈的地方，阴影就越是深邃。"说什么那两行德语文字，是汉堡大学校长给他题写的。他家里有一台日本产留声机，从他们的房间时而传出"百代公司特请梅兰芳老板"演唱的《甘露寺》《霸王别姬》，还有周璇的《花好月圆》。开茅不久就熟悉了"和衣睡稳"与"凤衫翠盖，并蒂莲开"这样不知其详、不知其义的唱词。有时候，还可以听到苏老师对于梅老板、周璇的声与魂的应和跟随。

大约二十世纪中叶，吕先生似乎摊了点事，一天被带走了。永顺秘书同志也被找去谈了一些次话。

人们发现，苏绝尘老师的坚强冷静出人意料，她的脸上偶尔现出一点皱眉的表情，此外，若无其事。次年夏天，在意外的变故冲击中岿然不动的吕夫人生了一个儿子。这个孩子非常可爱。

然后有一些悄悄议论。

又过了一年，让苏老师和她的儿子腾出了本大院最好的位于二进的房子，迁至一进，她们变成了顿家的同等级街坊。苏绝尘仍然悄然淡然，稳若青山。

二　二宝

姑且假设苏老师的儿子二宝（后正式名尔葆）出生那年顿开茅是十岁，小学三年级，少年先锋队员，红领巾。顿永顺四十六岁。吕奉德五十三岁。苏绝尘三十八岁。别的人，读者可以分析设定他们的年龄。

要点是，儿子三岁时候，不知道爹爹出了什么事的苏二宝戴着一个当时少见的法国帽子，照了一张相片，多年后见过世面的一些"海龟"，告诉土鳖们那是二十世纪法国制帽老板特莱克来特制做的马洛牌防紫外线压舌平顶帽。帽顶像西瓜似的切成四部分，两两相对，显现出深浅灰黑色方格图案。娃娃的照片光彩照人，娃娃的帽子迷人。本市最最著名的王府井中国照相馆以奉送一张十二寸涂染彩色照片为条件，取得了二宝妈同意，将一张更大的染上彩色的二宝三岁标准像，在当年六一国际儿童节放在照相馆橱窗里，向世界示好。

永顺对开茅说，人民共和国初期，有一张摄影作品，题为《我们热爱和平》，那个年代苏联与国际共产主义运动，都懂得强调和平与民主，和平运动在全世界开展得有声有色。中国那个与女孩一起各抱一只和平鸽的歪着头的男孩，太可爱了。此外，人们没有看到过这样的小男孩，直到二宝出现在中国照相馆的橱窗里。二宝更小更纯，当然。而那个和平鸽男孩，据报道还由于上了图片，骄傲自满，不守纪律，至少是一度跌进了思想品质不端的泥淖，成为全国少年的一个走弯路然后转变的典型。

照片甚至招揽了参观者，在人们知道了这个三进院子里有那个在橱窗里微笑的男孩子以后。男孩子为自己、自家、所在的院落带来了光彩，招来了当时还不懂得的一个词儿：粉丝。粉丝本来就不值钱，但是曾经很长时间需要登记购货本儿才可以买到限量的粉丝与芝麻酱等。那时的人非常好说话，都体谅大局。

十多年后老顿退休了，吕奉德出狱回大杂院，他们家早已从二进院子内迁出，腾出了大院最好的一组房室，搬到一进。所有当年的服务人员早陆续走掉了。老熟人只剩下了顿永顺，而吕奉德变成了刑满释放人员。天下没有不散的筵席。吕先生换了一个人，除了吸烟，还是吸烟，他把烟吸到鼻腔口腔，进入五脏六腑，吐出来时烟的颜色发黄。他的头发变得非常稀疏。他显得萎缩、丑陋、低下、寒碜，还加了些挤眼、歪嘴、颤悠腿与干咳等过去没有的毛病。

苏老师据说也犯了两次脑动脉血栓堵塞，但都医疗康复过来了。其实他们夫妇体质底子不错。苏老师语言偶有吐字含糊，表情偶有与话语内容脱节，早了半秒或晚了半秒，但仍然保持着原有的风度，特别是她的笑靥姣好依旧。

而顿永顺恰恰在退休后显示了他的文明得体、人脉众多，举止进退恰到好处。即使政治运动啊，阶级斗争啊，背对背揪出一小撮啊，闹得不善，对此位自我感觉良好、翩翩浊世之佳老汉，并没有什么影响。有一位延安老领导对他很好，说是许多坎儿上他都得到了保护，他好比放入了红色保险箱，够幸运。

有一次夜半时分传来吕先生的怪声如狼嗥，然后是苏老师的压抑的哭泣，他们儿子二宝名字也被提及。他们为了二宝的事而争执？他们的儿子叫作二宝，没有大宝为什么叫二宝？后来才知道，孩子叫尔葆。尔葆还是二宝？小名二宝然后学名勉强定为尔葆？他姓苏不姓吕？文雅的名字尔葆被文化层次过低的人们误为二宝？哪个说法比哪个更正确一些呢？

没有人知道，没有人发现，吕先生与吕苏氏这一家发生了什么问题。文明与不文明相距何远！文明的特点是光鲜，不文明的特点是闹腾。文明的特点是收敛，不文明的特点是逆风臭出四十里。

但是开茅听到了那一夜晚的苏家——由于十多年不见，街坊们已经不习惯说他们家是吕家——的惨叫，当他说到这个情况的时候，他的爸爸老顿突然变了脸色，警告儿子："不许议论旁人家的事。"

那天晚上永顺爹爹自己就着酱烧笋豆喝七分钱一两的散白酒，酒辣而且略臭，喝一口，顿永顺张开口咝咝哈哈半天，像是患了牙周病。

那天顿开茅也心情恶劣，他突然问父亲："今天我说到苏老师家，你吃那么大的心干什么？你究竟干了什么缺德事害了人家吕奉德与苏绝尘？我问你，你是不是坏人？"

"浑蛋！"顿永顺骂道，他抄起了酒瓶就要向开茅头上砸，却又突然泄了气，坐下来抱住自己的头，摇手，他结结巴巴地说："不是的……不是……"

十多年来，大院里陆续搬入了新人六家，一家卖煎饼，大门洞里常常放着一辆装有炉火炊具的手推车。当面放着饼铛与各种令人垂涎的作料。但只卖了一年就不让卖了。有三家无固定职业。有一家丈夫是医生，夫人是托儿所保育员。还有一家大女儿说是在公共汽车上售票收票。

后来本大院又在后花园里盖起了住房，拆掉了藤萝，再砍挖别的果木。顿开茅心目中，古老的北京从此少藤萝了，院有藤萝的北京人家，从此不再。有时历史就是从自己身边开始与形成的。三加一进院子，后来是十二个家庭，一个蹲坑厕所，一间室内抽水马桶。幸亏胡同里有一个气味极正的公厕，顿开茅一家很少用本院厕所，而是依靠集体公厕为主。第一进院子里一个水龙头，第二进厨房里另一个龙头。除二进后来的主房医生家外，每家一个水缸、一只水桶，从早到晚，谁一开龙头，第一进就雷声滚滚。

随着岁月消逝，夏天雨季各室漏雨的现象越来越频繁，那时的街道即现名社区的工作还是很不差的，随漏随修，随修随补，随补随渗，随渗随漏。大院里违法建筑与人口越来越多，其他物种，苍蝇蚊子刺猬猫儿狗儿燕子麻雀蝙蝠越来越少。街上收垃圾的车子，放着《学习雷锋好榜样》的唢呐曲调，按时收垃圾。生活稠密，秩序井然，革命人永远是年轻，社员都是向阳花，山连着山，海连着海，各种歌词慷慨激昂，反帝反修反反（动派），气氛热烈，绝不闷得慌，我们走在大路上，意气风发，斗志昂扬。

后来第一进院子，一个重要女孩儿出场。

三　山里红

好的，小说人年事虽已渐高，他设计的每个人年龄大体靠谱。小说人长期以来说嘴，夸自己数学成绩高于爬格子同行，直到一天把稿费通知多看了一个零蛋为止。顿开茅二十一岁时发现，虽然表面上看不出来，吕先生回家带给曾经温文尔雅、佳丽天成的苏绝尘老师的是沉重而不是温暖。文明的家庭善于潜藏矛盾，埋伏危机。顿开茅此时刚刚作为"文革"前入学的大学生，被承认了毕业，就任了二宝就读学校的英语教员。苏绝尘老师给他留下的美好印象不可磨灭。他早已猜到，他愈益肯定，苏二宝似乎不是吕先生的儿子。是谁的，他不想也不想想。吕先生回来后，渐渐地，这一家虽亲犹疏，度日维艰。或无声无息，或长吁短叹。

最要命的是二宝。二宝的班主任曾经与开茅谈起这个学生，问顿老师二宝家里出了什么事。班主任告诉顿开茅老师，苏尔葆原来功课极好，循规蹈矩，温文尔雅，被班主任视为最爱。但是苏尔葆近来突然变得一声不吭。班干部反映说他每天从早到晚，从上课到下课，一句话没有，老师点名提问，他站起来，嘴动、舌动、牙花动，不出一点声音，完全成了哑巴。他的这种情况把班上的一位女同学吓哭，令一个老师大怒，令几个老师害怕。班主任找了尔葆到办公室谈话，他自头到尾，没有出一声。她以此为理由要求学校处理，校长查看了尔葆的考试成绩与几个学期的操行鉴定，认为尔葆无疑是全校最优秀的学生之一。班主任自费带着尔葆检查身体，孩子对医生的提问，做出了一些回应，是或者不是，有或者没有，出声有三四次，嗯，没事，是，行……最后医生也没有说出什么道道，基本上没有诊断，医嘱是适当吃一点韭菜、豆类与葱姜，还有能治百病的萝卜。

最近情况更加严重，尔葆的数学考试成绩很差。不等说完，顿老师告诉女班主任，苏尔葆的父母上月同时病倒了一回，两个人躺在床上呻吟，十二岁的尔葆照顾他们的吃喝拉撒睡看病吃药。单位那边、街道支部那边都来了人，从钱财上与人力上帮助了他们，他们感激涕零，但是家里真正的台柱子仍然不是街道与单位同事同志，是谁呢？是少年苏尔葆。顿开茅没有说的是，他老爹顿永顺，敲门进入苏家，欲为老邻居老主家老领导帮帮忙，被吕先生哀号着劝拒出来了。顿开茅也曾多次到二宝家里帮忙。那天二老同时呻吟的半夜，他听到了动静，帮助二宝，用借来的改装摊煎饼车，将吕先生与苏老师送到了医院急诊。

在顿开茅断定吕、苏这一家三口确实是崴了的时刻，忽然来了一个女孩，是二宝初中二年级甲班同班同学，红小兵小队长，左袖子上别着带一道横杠的官阶标志。她带了四个同学，五个人忙活了一阵，打扫卫生，担水灌满水缸，还帮助二老洗了澡。

后来是小队长自己常来。她名单立红，开茅一听，什么？山里红？人怎么起这样一个麻利快的名字！果然，人如其名，名如其人，就是利索痛快的小大人。

最大特点是小心眼里有活儿。来到苏家，人还没有坐下，已经开始捡地上的碎纸。她扫地擦桌子晾晒被褥拾掇垃圾，她烙饼炒鸡蛋擀面切面炸黄酱调芝麻酱，炖茄子炖吊子炒鱼香肉丝虾皮丝瓜。她听说了开茅半夜帮助尔葆推车送父亲看急诊的事迹以后，竟来约会大哥哥开茅"与我们小弟小妹共进晚餐"，使开茅对小天使小队长单立红钦佩不已，坚信吕先生苏老师苏尔葆一家吉人天相，命不该绝，天降仙童，修来的福。

随着单立红到来，尔葆略略说一点点话了。比常人少，比先前多。尔葆更多情况下是看着立红，不说话，也有时候心不在焉，不知他想什么，笑一笑，很快失去了表情。

过了一年，两个孩子，都告别了代替当年少年先锋队的红小兵，继续常来这里的单立红帮助苏尔葆加入了共产主义青年团。不是完全顺利，在立红成为初三此班的团支部书记以后，又费了一年多的时间，在双双升入高中以后，尔葆才成为了中国共产主义青年团团员。

苏家大体正常。危机渐渐沉潜。苏尔葆寡言少语，顿永顺活得"恣儿"而且"赞"，苏绝尘弱质千钧，吕奉德外干中强。吕先生坐在早年购置的大藤椅上，有时一动不动，有时嫣然一笑，苏老师甚至打趣说："哎哟，您还是'巧笑倩兮，美目盼兮'呢。"吕先生只是苦笑，一天无话。

吕先生终于成了百分之四十一的偏瘫人，半坐半躺，少用饮食，突然原文背诵一句歌德名言："阳光越是强烈的地方，阴影就越是深邃。"突然唱一嗓子舒伯特谱写的福格威德古老德语诗句："菩提树下，你们可以看到我们俩，亲昵地摘草寻芳。"原来菩提树不仅可能在印度荫庇释迦牟尼佛陀修炼与觉悟。然后吕奉德用不同的语种骂一句带有强烈不雅动词的粗话。有时候对立红说一句"谢谢你"，或德语的"菲林，但克"。后来立红有一次告诉开茅，最可怕的是不知什么钟点，吕先生清醒明白、口齿清楚、准确无误、文明礼貌地说一句："我觉得我已经完全失去了活着的意义，是不是呢？"立红同时说："我的尔葆同学太坚强了。您说呢？"小小的山里红对二宝的爱慕溢于言表。

立红向开茅老师说起尔葆家事的时候，如果尔葆在一旁，定会皱起眉头，脸色发红，额头现出汗珠，牙关紧咬。开茅甚至想制止立红说这些话，但是立红完全不在意，她从各种意义上，胸怀坦荡，自信自得，无惊无忧，碧空如洗。她以红小兵、共青团、时刻准备着以"学习学习再学习"的名义，把活计献给尔葆同学与他的父母，并且诚实负责地与顿老师交流沟通。顿老师也确信，尔葆一家，谁谁都离不开能干与善良的山里红小红果了。事实不需要额外的理由，大家信服。

山里红长着一双北方人中很少见到的大眼睛，闪闪透亮。一个前额小锛儿头，显示了智力与倔强。她个子不算太高，全身都是力气与机灵。不但帮助尔葆家吃上了热乎饭，还使两位老人各得其所。她同时常常与苏尔葆一起做功课，他们互相督促交流，令人赞美。而且是她后来为全院各家带来了土暖气与水龙头。她的父亲是自来水公司工会干部，依据自来水服务规划，收了最少的成本费，给各家接上了管子，开初用蜂窝煤的炉火，后来用液化石油气点燃，做成了炊事用火与冬季取暖用热的合体供水与热力系统。原来根本不用多少技术，装进水，在一端烧上了火，热力的循环就会自然妥当进行，道法自然，暖发火焰，气走天然，水流循环。立红是苏家小天使，立红不但是红小兵的原小队长，也是这个三进大院的最受欢迎的小队长与团支部书记。立红自己的家离这里有公交车三站地。人们更多地看到的是立红在这个三进大院里，拿着标准的体育用尼龙绳和孩子们一起跳绳。她带领着十来个少年唱"就是好，就是好好好"，和"啊，朋友再见"。她与同院的孩子们竞赛背诵语录与革命烈士诗。她受到了三进大院男女老少的欢迎，只有二宝的神色平淡一点。在大家眼中，他与立红已经是一家人，已经公认，他们是姐弟，说是山里红比二宝大二十天。要不他们就是，或即将是——一对小夫妻。

稍稍有一点可惜的是立红的牙齿没有长好，不懂得为什么她的牙齿七扭八歪，口型不太规整，她的下巴也看着不太对付。一开头开茅怀疑立红先天性唇腭裂，当然后来做了校正弥补手术，手术是成功的。后来有机会做更切近的观察，顿开茅断然否定了自己原来的判断，立红的嘴唇无懈可击，只是牙齿排队排得不十分规整，她张嘴的时候看着还过得去，闭上嘴不知为什么让人感到一点小别扭。开茅为自己感到羞愧，他不应该胡思乱想，他没有道理挑剔天使，不能不尊重时刻准备着助人为乐的接班人。他想，生活得美满与否，与牙齿不无关系又并非一定有关，世上谁的牙齿是完美无缺的呢？应该做的是管好自己的事，在时代风雨中平安成长。福或者毁灭，这是一个需要智慧与乐观态度、同时绝对不能犹豫与软弱的问题。

四　纳兰顿永顺

终于轮到了说说顿家奇葩事迹。顿家，不是善茬儿。一九一〇年出生的顿永顺帅哥上几辈养尊处优：影壁墙、假山石、雕梁画栋、荷花缸、金鱼池、肥狗、胖丫头。早起小茶壶对嘴儿，得空儿水烟袋吹气儿如涨潮开锅，咕噜咕隆咕咚咚；变戏法，唱京戏，斗纸牌，手指一摸就知道手里的麻将是七条还是二饼；喂蛐蛐，养蝈蝈，更喜欢的是听鸽哨与收集鼻烟儿壶。后来家道中落，罐里养王八，越养越抽抽，故家不堪回首月明中，到了永顺父亲辈儿已经沦落不堪。永顺的爹小时因患病吸过两口鸦片，从此他不务实事，少吃少喝少穿戴，却又多才多礼多嬉笑。逢人对面称您老，不在场称您（音 tān），送客（音 qiě）感谢话堆一车，迎客（音 qiě）客气话堆成山。迎接来客他常常拿出茶碗，请人家看自己泡的茶水中茶叶棍（梗）是竖立着的，而茶叶棍立起来，证明的是贵客光临。

尤其是，吸过几口鸦片的永顺他爹，原姓名是南荣锦。他喜读书、作诗，还有给孩子讲古。说南姓来自那拉，也写作纳喇，还可以写为纳兰，更好听也好看一些。是清朝灭亡后，按照读音反切，与汉民融合，改成南姓或那姓的。如果是纳兰呢？他们就是词人纳兰容若的一宗了。但是不一定，纳兰中还要分成四个大支，合久必分，分久必合，而不管是分是合，既然纳兰了，就是词人一支，你愿意说慈禧太后一支，也对。他个人，要将纳兰性德当作先人。

到了永顺这儿，他爹早早把他送到绸布店学徒，力图不再走无业游民的歧路。培养了他的满面春风与垂手聆听的规矩举止。一九三五年十二月九日，二十五岁的顿永顺被全民抗日怒潮席卷，他以店员身份参加学生运动，帮助几个被警察追捕的大学生逃逸，匆匆中见到了美国进步记者斯诺原夫人海伦·斯诺。后来永顺与大学生结伴到了延安。三闹两闹，他成了鲁迅艺术学院学生，娶了媳妇，入了党，写过革命歌词，进入了一个文艺机构。一九四七年他因为"男女作风"问题，其严重性达到破坏军婚地步，险些被处决，他受到开除党籍等一系列清洗处分，老婆也与他离了婚。一九四九年以后，一位老首长帮助他将原来的处分改为"留党察看两年"，就这样恢复了党籍与革命干部的荣耀。

一九四六年，永顺媳妇生下开茅。永顺与妻子分手后，兵荒马乱中可怜的开茅被一位单身老革命赵大姐所喜爱领养，直到十岁，一九五六年革命大姐赵妈妈病逝。二次婚姻后又因自己不"老实"与妻子分居的顿永顺，领回开茅，父子团圆，使开茅进入他们的三进大院。儿子模模糊糊地觉得自己的父亲不是个太好的人，而与老大姐的十年家庭生活，培养了他高大上的眼光与从严要求一切的习惯。他阴沉冷峻地看着父亲，他无法不轻视父亲。而他寻找母亲的结局是，人们告诉他，在他刚满两岁时，一次遭遇敌人偷袭，星夜山路转移过程中，生身母亲不幸失足坠崖身亡。偷袭是国民党的一位司令指挥的，他从共产党身上学到了一些以奇用兵的战术，后来他起义立功，成为新中国的显要。但是顿开茅仍然无以释怀。他摸不着生父的底，他永远失去了生母，他的最亲爱的革命大姐养母去世，他过早地品尝到世事无常与处处可危的滋味。幸好，在三进大院中，他喜欢尔葆家老小，他感觉到吕、苏二老保留着某种学问与知识的文明。他尤其莫名地喜欢苏尔葆，二宝。他看着尔葆的眼角与眉毛，有一种特殊的亲切感。听着他说儿童荒诞主义的童谣："一个小孩写大字，写，写，写不了，了，了，了不起……"看着他长成一个少年，一看就是那样文明自律听话。他想起了一个词儿："克己复礼"。批孔的时候他第一次听到"克己复礼"一词，一直到见了少年苏尔葆，他总算看到了一个克己复礼的活人，一个榜样，一个符合千年理想的样板少年。他觉得克己复礼还是可爱的，比纵己非礼好，同时他看着二宝，觉得怜惜，毕竟复礼的时代早就过去啦。

顿开茅已经多少知道了，女生，是他爹犯错误的根由。对于异性他不无提防。他一次又一次被友人包括领导介绍"对象"，在各个"对象"的情意闪耀与肢体接触的温柔中他闪转腾挪，躲避着当真的情感，更不要身体与器官的丑陋。一遐想男女的那种关系，他就觉得自己会是摧残伤害污染清纯女孩儿的猛兽。同时每到最后一步他都相信应该有更美更好的女生在下一站等待着他，他越来越为尔葆与立红这对小男小女的情谊而赞叹，却忘记了自己的生活。二十大几了，他还是一个人。

一九七六年，六十六岁的顿永顺患肺部肿瘤，千辛万苦地治疗了三年半，不治。弥留之际他对眼前唯一的亲人儿子说了一些含糊不明的话。他说："我其实是个小人物，赶上了大舞台，我这一辈子过得很值。历史与个人，革命与生活，哪样都没耽误。没有办法，你爹有女人缘儿，一辈子喜欢过我的女人三十七八个，至少，如果放宽尺度，那就不计其数。不要胡思乱想，我说的只是喜欢，我也喜欢她们，如果谁也不在乎谁，又何必辛辛苦苦地走一趟男男女女的阳间呢？你也该……"他说了"成家"二字，开茅立刻表态接受，并说他正在与一家报纸的记者，上海人，用上海话说叫作轧（gá）朋友，他们已经谈妥，年内结婚。永顺说"纳勒金德，我腾出地方来了……"这是顿家唯一传承下来的满语，nelejindé，是"好"的意思。而纳勒，说到底也是他们的种姓。

然后永顺爹爹哮喘憋气，面孔发紫，他说："对不起，妈……"开茅听不明白，爹为什么说对不起妈，还是说对不起奶奶？他忽然明白，爹是说对不起儿子他妈。开茅泪如雨下。"我一无所长，一无所成，我是个浑蛋，坏蛋。我喜欢过，她们也喜欢过；枪毙了，我也认为理所当然，那是应该的……"最后咽气的时候，爹说了或者可能是什么"照顾你弟弟"几个字，或者不像是"你弟弟"，是"米痢疾"？"己鲫细"？开茅心里好像泼上了汽油，点燃了火，忽地一下子，他两眼发黑了：到底有多少地方还有需要我照顾的人？

然后他清醒过来，他亲了一下父亲的脸，父亲的脸孔显得柔软。"爹。"他叫了一声，很可能，有记忆以来，这是唯一的一次亲近与呼唤。父亲没有回答，父亲的眼皮动了一动。

三个半小时后，父亲的心脏停止跳动，血压线成平直的零。父亲的脸上有一丝笑容，真的。医生护士都发现了这个笑容。

回想一九五一年，父亲结了第二次婚。那时开茅五岁多，与革命大姐一起生活，不知道他爹的这些事儿。等到开茅八岁，继母也离开了家，也是由于永顺爹爹的"作风"问题。父亲与他的后夫人没有离婚，据说父亲有时还会到继母的住所去，但是开茅没有见过继母。父亲的遗体告别，继母原来说来，后来说是病倒在床，没能来。

永顺的去世使开茅失魂落魄好久。二十年了，他们在一起。父亲毕竟是父亲，说起老年间旗人享福的事情令开茅神往。风一更，雪一更，聒碎乡心梦不成，故园无此声。旧梦已成齑粉，乡音已经不传，他们经历的，是一程山，一程水，一更风，一更雪。说起他犯过的错误，他也没什么隐瞒。他说："我其实很骄傲。这样的事我不能对你说，我是福大命大，招人疼，包括（样）板儿团的角儿，她们喜欢我。我不能说不（他把不字拉长了声音，而且改作阴平第一声，他拼命丑化这个'不'字）。你要知道，一个男人不能对好女人转过脸去。你可以犯杀头的错误，你也不能让她们失望，而且丢脸。一个女人真的如她所说爱上了一个人——这个人不是别人，就是你，并且，她也是你喜欢的女人——你不能对不起她。我这一辈子活得一点也不冤。"

"少废话。要不我走。"开茅从来没像那一次那样轻视他的父亲，"你怎么能不想想……"开茅想说的话并没有说出口。永顺父亲的脸上显出了惭愧与失望的表情。开茅轻轻地叹了口气。

"其实，男人也很可怜……等闲变却故人心，却道故人心易变，这也是纳兰先人的词……"

一辈子没怎么见过他读书的顿永顺居然能够背诵先人的诗词，从中医学来说是父亲的心迷、神移、三伤、痰涌造成的。"人啊，人，可怜……"他说话的声音更加轻微了，如果开茅驳斥追究，父亲一定不承认自己说了什么、辩了什么。

后来，女作家戴厚英写了长篇小说，题为《人啊，人》。女作家与诗人闻捷的悲剧与传奇性的爱情，令开茅激动不已。

"人啊，人"，最初还是听永顺爹爹说的呀。

"人是没有出息的，人就这么几十年，没有'以前'，也没有'往后'。没有，你难受；有了，你腻歪。"也许只是开茅假设，他爹说了这些话。也可以假设什么都没说。爱嘟嘟的人当然是弱者。

怎么是肺癌呢？父亲经常吹嘘自己健康、吃苦、顽强，"经拉又经拽，经洗又经晒，经铺又经盖，经蹬又经踹"，他用《卖布头》的推销歌谣比喻自己的身体，侯宝林的相声里说过这样的妙句。父亲在六十大寿的时候还用手捶响自己的胸腔说："我仍然年轻啊！"然后他告诉开茅："上月我检查了身体，各个零件，各项指标，都与医书上印出来的国际标准完全一个样。"

怎么会忽然得了癌症呢?

确信自己身患绝症住进医院以后,父亲对儿子说:"这也是报应!"儿子没有回答。父亲的嘴角咧了咧。

父亲死后,儿子才明白,原来死神与报应离自己是那样近。儿子严肃地思考,他的生活还会得到什么样的应验呢?

父亲死后一年里,开茅梦到他五六次,他梦到踟蹰的爹爹,是不是人走了以后会有一种无家可归的涩苦?路灯风中摇曳,电石灯闪烁,传来火车机车的吭哧吭哧声音,有汽笛,更有机车轮与杆与铁轨的碰撞声。黑影化的父亲愈来愈高大伟岸,也愈来愈衰弱孤单。开茅看过曹禺名剧《雷雨》好几回,他最感动的是火车头的效果。火车头的效果比周朴园与四凤妈妈的见面还令他感动。话剧第三场,半夜鲁家,火车头响动,真切得叫人颤抖落泪。雷、雨、哭、诉、呐喊、吭哧吭哧,这交响构成了他先验的童年的忧思、沉重、悲悯与改变的决心。小时候他多次夜半听到火车机车的鼾响,他们家离西直门火车站近。

后来各种高层建筑渐渐把机车声音封锁,再说蒸汽机车也被电气机车取代,蒸汽机车雷霆喷嚏式的特有音响随即消逝于神州大地,开茅只能在曹禺的话剧里温习声音的记忆。比起四凤、周萍、周冲、繁漪和鲁妈的台词,夜半响起的遥远而悲怆的、不得休息也不得缓冲的火车头声,让开茅觉得更加失落与悲怆。

梦中的火车头响起蚀骨的老音响,梦里的父亲是真的老了,他摇摇晃晃地走着,好像打着一个纸灯笼。走着走着,倒在了地上,纸灯笼点燃起来,然后,父亲与灯笼飘散无迹。

几次做梦,有一次父亲说了句话,话没出声,但是开茅听见了,爹说的是"没有……什么都没有",没有什么呢?是出息?是幸福?是意趣?是良心?是事业与功勋?开茅想起了"报应"二字,他顿时惊恐地叫了一声。他在梦醒后暗下决心,必须汲取父亲的经验教训,一辈子不做坏事,不做对不起女人的事。尤其是对你来说,恩爱如胶漆、美丽如花月的女子。他还想起了地地、弟弟、细细、觅觅、唧唧、历历。他下床站立起来,去了一趟洗手间擦脸漱口。

五　年表

让我们再捋一下岁月和人:

1898年戊戌变法——百日维新失败。

1903年德国学术专家吕奉德出生。

1910年满族美男子、老革命顿永顺出生。他的父亲是没落贵族南荣锦。

1911年辛亥革命,推翻满清帝制。

1918年，著名苏联影片《列宁在1918》写的就是这一年。吕奉德妻子、在法国留过学的苏绝尘出生。

1935年二十五岁的顿永顺参加"一二·九"运动，次年抵延安。

1939年二十九岁的顿永顺结婚。

1946年顿永顺的儿子顿开茅出世。

1947年顿永顺犯破坏军婚错误，开除出党，后与妻子离婚。儿子被"赵大姐"领养。

1948年顿开茅生母在山路星夜转移中坠崖身亡。

1949年顿永顺恢复党籍。

1950年顿永顺就任吕奉德庶务主任助理，亦称秘书，与吕奉德同住大院。

1951年顿永顺二次结婚。夫人姓名职业不详。

1955年吕奉德卷入胡风案与一件里通外国案，身陷缧绁，锒铛入狱。顿永顺二任妻子又因顿的"作风"问题与之分居。"赵大姐"过世，顿开茅回到父亲身边，住进三进大院。

1956年，吕奉德入狱约十个月后，苏绝尘的儿子二宝出生，后正式取名苏尔葆。对二宝的出世，有一些不雅的说法。

1964年顿开茅开始在外国语学院上学。

1965年吕奉德刑满释放回家。

1969年顿开茅就任苏尔葆就读小学的教员。

1970年单立红出现在三进大院。已经停止了四年招生的各高等院校开始招收工农兵学员。开茅调到外语学院，任助教。

1975年苏尔葆、单立红双双中学毕业，两个人因为父母都患慢性病没有下乡接受再教育，分配到城建局建筑工地做小工。

1976年六十六岁的顿永顺因病去世。

1977年新年，顿开茅三十一岁，与上海籍报社记者王明光结婚。

1978年十二月，十一届三中全会，改革开放新时期开始。尔葆与立红考入大学，1978年春季入学，算是1977届大学生。尔葆学的是中医，立红学的是有机化学。什么叫有机化学？立红解释说："好比六必居酱园与王致和臭豆腐。"

1979年组织上为吕奉德平反，推翻了一切"不实之词"。秋天，吕先生住进医院高级病房。同年，苏绝尘被聘为本市文史馆研究员。她的病情有一些好转。开茅任外语学院讲师。

1982年吕奉德病逝，享年七十九岁。晚报上发表了一篇悼念吕奉德的文字，指出他是德国学的一代宗师，并在三年解放战争中在许多方面支持了地下党。

1983年，过去只承认是"同学"关系的尔葆、立红，终成佳偶。他俩都是二十七岁。两个人也都大学毕业，有了不错的工作。开茅获得副教授职称。

1984年苏尔葆赴美留学。三进大院住房拆迁，在原址建起了港资豪华会馆，主要给外籍官员巨商提供服务。苏绝尘、顿开茅、单立红迁至南五环外原大兴县地域。

……时间，你什么都不在乎，你什么都自有分定，你永远不改变节奏，你永远胸有成竹，稳稳当当，自行其是。你可以百年一日，去去回回，你可以一日百年，山崩海啸。你的包涵，初见惊艳，镜悲白发，生离死别，朝青暮雪。你怎么都道理充盈，天花乱坠，怎么都左券在握，不费吹灰之力。伟大产生于注目，渺小产生于轻忽，善良产生于开阔，荒谬挤轧于怨怼，爱恋波动于流连，冷淡根源于厌倦。激情是你戏剧性的浪花，平常是你最贴心的归宿。今天常常如昨，照本宣科，明天常常不至，交通塞车。终于雷电轰鸣，天昏地暗，红日东升，艳阳高照。丑恶来自贪婪，美丽出于纯粹。你迅速推移，转眼消逝，欲留无缘，欲追无迹，多说无味，欲罢不能，铭心刻骨，烟消云逝，岑寂也是纪念，沉默也是咏叹。生生灭灭，恍恍惚惚，真真幻幻，沉沉浮浮，实实在在，辛辛苦苦，飘飘悠悠，磨磨蹭蹭。冷冷暖暖，炎炎凉凉，轰轰烈烈，叮叮当当，乒乒乓乓。转眼衰老，转眼成长，说到做到，匆来匆去，记录清晰，诗（史）无达诂，默念默哀，云霞万道。神力无边，神勇无限，百年易了，一刻难挨。骂糊涂易，脱糊涂难。力撼山河，难得明白。什么时候呢，顿开茅塞，清明自由，万里无云，舒畅遨游，秋江明月，海市蜃楼，长风大野，无虑无愁！

一九八三年，粘着商标的盲公镜在中国大陆已经少见，提着一块砖头一样的日本录放机放《太阳岛上》的哥们儿也明显减少。尔葆突然申请自费出国，而且是立红力促他留洋换一种活法。他们俩两小无猜了十几年，先是老大了不急着结婚，然后是结完婚立刻准备离别出国。这让开茅觉得不可思议，他甚至产生了某种疑惑：他们俩之间有什么问题吗？还是没有？

与此同时，他们家找了一个帮工，照顾苏老师。

立红对不解其意的开茅说："我是个简单的人。从那么小，我看中了尔葆，我只想一辈子伺候尔葆，我确实伺候了他们家十五年，我献出了我的童年和少年，初识和永远，我的生活永远简单地成为一加二等于三。直到十一届三中全会以后，知道了世界原来有那么大。我与尔葆，我们送走了爹爹吕先生，甚至于苏妈妈也催促我们走出去看看。我们总算在大学里学了一点点外语，还有你能帮我们恶补，我们应该知道一点世界。虽然爹爹冤枉坐了十几年笆篱子，他从前见过世面啊。虽然妈妈身体摇摇欲坠，她仍然告诉我们，不能放过光阴，不能放过时间，不能放过空间，不能没有勇气去尝试，世界上除了一二三，还有四五六七八九十，而且有零和N。她还告诉我们在哪里学习与做事，其实有时候是一个程序问题，爱国不等于守一辈子家，出去好好看看，总会有更大更多更好的可能。意大利、法兰西、多瑙河、莱茵河、密西西比河，还有那么多地方，赤道与北极，她告诉我们，在南半球，新月的那根弦，是完全放平了的……那么多人，那么大的世界。"

开茅顿开茅塞，他不再劝阻，他知道他们的路线图与时间表，是尔葆先出去一至两年，站稳脚跟，立红跟出去。没有等立红再说，开茅说："好的，明白了。对苏老师，我尽一切力量，照顾她，像我的亲人一样。"

一九八四年八月，苏老师、开茅、立红将尔葆送到飞机场。那个年代，都认为出国是一件祖宗积德积善、坟头冒青烟的喜事。尔葆含泪说着放心放心，苏老师没有多少话，只是点头，再点头，笑笑，直到笑得嘴有点变形，然后恢复原状。开茅则紧握尔葆的手说："我争取不出八个月，到美国去看你。我们学院与美国有项目。"

进入了边防与海关隔离区，送客的止步在区外。直到这时候，开茅看到了苏老师与立红的泪花，还有她们的略略歪扭的嘴唇。尔葆挺好，挥挥手。开茅向远行者摇了摇手。不知道为什么，开茅也觉得有点眼花，他已经三十八岁喽。乐莫乐兮，新相知；哀莫哀兮，生别离。浮云，游子意；落日，故人情。别意，还无已；离忧，自不穷。开茅想，中国诗歌写离别题材的未免太多太多了。开茅还想，既然孔子都说了，"有朋自远方来不亦乐乎"，那么，是不是"有朋从此去远方，吾意岂得不彷徨"呢？

六　文之原罪

当然，王蒙设计的，顿开茅先生追求的，不是小说的雾里看花、水中捞月的无迹化。老子的重要格言是"善行无迹"，是说学习雷锋做了好事不要留姓名？是说会做事的人做完了不会留下瑕疵——不让别有用心的人抓住辫子？是说一种尚无尚虚静的仙风道骨，藐视那些孜孜求迹的恶心俗丑？我宁愿学习侯宝林的歪批三国，认为李耳是写给两千五百年后的影视编导们的：你写啥啥、咋咋，都行，可千万不要留下取材哪哪的痕迹啊。

也许善行真的能够做到"无迹"，但是文学做不到，文学的原罪在于：白纸黑字，刻迹戳心，爱怨情仇，铁证如山。

写作人，我愈来愈不想自称作家了，嚼嚼吭吭把"作家"二字吞下去，反胃而且便秘。写作人的罪是他们寻迹造迹，求迹留迹，涂迹染迹，迹满乾坤。而同时文学的取材有时确与文学成品相距甚远。只有最最无趣的闲言碎语长舌头小市民才以考证小说原型传谣造谣挑拨是非为能。还有最低级的摇唇鼓舌之辈，舞文弄墨，装腔作势，毒汁喷溅，暗箭伤人，成事不足，败事有余。于是有人对号入座，炒热自身。有人一拼到底，时日曷丧，与汝偕亡。有人民间侦查、人肉搜索、牵强附会。有的坐山观兽，更暴露了自己的无能无趣。

文学里面确定无疑地离不开大的或小小的经验，例如我们可以假设是通过买一瓶供不应求的中药秘方黄金鼻痒散来结构一篇小说的。鼻痒散产生了震动人心的情与仇、生与死、神圣与狰狞。买药的情节只是串糖葫芦用的一根竹签，用完了就扔，不吃不留不转卖。从营养医学与美食味觉上看，鼻痒散的意义归零，但是没有这根竹签，换成散装、铁签、绳签、胶粘……都会使糖葫芦的爱好者失意失感。作者对这个黄金鼻痒散没有一毛钱的兴趣，没有一分钱的厌恶。但是他被认定与鼻子发痒的一批病人和医士结下了梁子，从而开演了有本土特色的腔峒——空洞山恩仇记。你懂的。

一个写作人写了一个与XX有关的情节，你写了一个与XX有关的风景，你写的那个人的性别、外貌、服装都有某些与X或者小X所说的另一个Y有相似之处，然而，天理良心，你丝毫无意写XX与小X说的他的Y，你停摆了几十年，开始写一篇有自己特色的小说，你进入了虚构，进入文学世界，你受到了XX与小X的某些外在情事面貌的影响，你要写的其实已经是文学的 $XX \times A + BCDE \div QRST - UVW = L$。这里加减乘除后的各种符号，全部是取材自他或她自己。

所有的取材，都是第一取材于世界，取材于生活。而每个人的世界有大有小有善有恶有薄有厚有浅有深。第二，都是取材于自己，而自己有真诚有矫情，有卑下有高尚，有尊严有无耻。

如果被取材的是确定的N先生呢？亲爱的N，在你被文学取材以后，你已经升华，你已经变异，你已经扩张与弥漫，你已经吸收了日月之精华、天地之灵秀，成为非N，你已经置换入另一个假作真时真亦假的世界，你已经离开了人类的首肯，离开了大众的心愿，鲲鹏展翅，飞向远方。或者哪怕是神魔起舞，烟浓火烈。这后面的话参考了苏绝尘喜爱的法国诗人兰波名句。

X认为，X对于你与你对于X是重要的，但是在你的文学作品中，作品中只有一个L，L当然就是L，不是X。那么，L是否以X为原型，是一点也不重要的。原型不是人身，不是文学，不是雕塑，不是版式，不是成分图，不是贵重珍稀不可再生而且在贸易战中加征关税的原材料。原型可能提供了很多，也可能只是提供了一点表皮表象表层，一点点痕迹。称小说中的人物原型如何如何，这本身就活活坑死人。原型也可能是午夜晴空一颗星对你的眨眼，是游轮甲板上与她偶遇时她给你的微笑。你必须回应以眼光与微笑。而你痴迷于文学，你的回应成为小说、诗、戏剧，你进入了文学的虚构世界却纠缠于世俗关系难以自拔。你其实并不想泡妞泡成老公、炒股炒成股东、打个喷嚏成了果子狸——"非典"的元凶。想想，L是被人当作文学作品中的人物来阅读与议论的，是你瞳孔中的微笑，你网膜上的闪耀，你的午夜星光，你对于猫儿叫春与蒸汽机车的无可奈何的记忆。并没有谁要嫁给他或娶到她，没有谁要提拔他或者重罚他。没有人给他打电话或者借钱。L至少在十余年或几十年中被几千几万几十万人阅读，星光闪烁，笑容温柔，X、Y为什么自作多情到与L死活不松拥抱，非得保持一块投井跳楼同归于尽的一体性呢？

作家是一种什么祸国殃民祸人殃己的玩意儿呢？哪怕是亲爹活祖宗，某一点点端倪，一点点影影与绰绰，一点点兴趣与触动，引发了作家的写作心思，就像一只蟋蟀被竹管毛毛拨生了斗志，好了，这时哪怕有天大的不是，哪怕注定会被愚而诈的小市民们认为是伤天害理，哪怕丢人现眼，丢丢师丢友丢钱丢命丢德丢仁义，哪怕被猜测被传播被误解被记仇被冤沉海底，他必须写出，他已经兴起，兴而不写，那就是生不准活，就是生不如死。认为这种情况下可以不写的绝对不是作家而是混混儿。作家作家，为作宁可丢家。

作家重视的是文学攸关，作家自作多情，认为自己的作品有可能长存远走，作品终归比自己这个破人长命、气广，有重要性。他们该总结的教训太多太多，总结好了以后也许不写更好，人应该述而不作，富而好礼，笑而不答，情而不发，允执厥中。文学的信息保存在天幕云中，如手机数据、编码与信号永存，哪怕你设法把手机砸烂烧成灰粉。文学攸关的意义，理当比人缘攸关、物议攸关、友情攸关、利益攸关那些玩意儿重要百万倍。文学有时需要由文学的法庭审判，正如杀人犯、强奸犯，只能由刑事法庭而不是生理肾上腺、教育、小说法庭来定罪。

那么你为什么要写被认为确实可能与某某友人亲人恩人熟人名声攸关，与他们的某些经历、痕迹、相貌、职业、性别、年龄相靠拢的题材呢？你为什么要取材于活人，你为什么不能玩一个虚构百分百、无迹千分千呢？你是不是挑衅、是不是诽谤、是不是欲盖弥彰、是不是暗器伤友，至少是害人精、讨厌鬼？七十年前，讨厌鬼是一个在小丫头们当中如此流行的词儿，小女生们碰到小小子对她贫嘴贱舌，就会骂一句"讨厌鬼！"而被嗔斥为"讨厌鬼"的小男生，就会不无吃豆腐的快感，而狗屁不通地答以"讨厌鬼，喝凉水，砸倒了冰，卖汽水！"

没有办法，天机天意，天网恢恢，疏而不失。天地的创造力，胜过了文学的创造力；把所有的什么贝尔、什么古尔、什么利策、什么布克、什么之介、什么雨果与什么提斯的奖都发给老天爷也对不起上天的作品。好的作品是天造出来，天压下来，天捅入你的心肺，天掏出了你的肝胆，天捏住了你的神经末梢，天烧燃着你的躯体——天命天掌天心天火天剑天风。天的构思，胜过了你渺小的忖度，和你的渺小的微信糊糊群。天的灵感，碾轧过殉文学者一个个的痴心。

然后文学人必须将自己的神、魂、心、血、髓输给天，炮制好、拾掇好、撐捀好天赐题材，天赐文运，十年磨一剑，百年竖一碑，传之名山，咏之久远，呼之天外，燃之大千。

天的感动，令你欲仙欲死。好，你可以为天的文学启示而死，却绝对不能不写，叫作宁死不避写。你可以通过神思补天、吟天、登天、扑天、啸天、泣天、绣天、飞天、殉天，还有共工怒触不周山，天柱折损，天塌地陷；但是你不能面对"天文"，背过脸去，你不能是胆小鬼，不能为了友情亲情版税情关系情的攸关，而忘记了天命的攸关、文学的攸关、历史的攸关。不履行天意的作家一律处贻误、怯懦、临阵脱逃、右倾投降至少是渎职罪，刑期六个月至二十五年，我以为。

小说被设计的比设计者小许多岁的顿开茅不得不六年前就做了保证，他不准备透露尔葆的故事。现在他开始写了，他对你与你周围所有的人，无意不惜不敬，更无不好用意，你们都是他的亲人恩人兄弟发小。其实动起笔来他几乎为你一哭，原因是写着写着其实他必然离开了你与你们。你们他们她们，提供给写作的是一点契机、一点由头、一个外壳、一层面膜，最多是一层表皮。当然也是感念与记忆，他爱你，他感谢你们的提供与付出，他不可能忘记与你的心有灵犀一点通。他写的更多的是他自己的灵魂，斑痕与痛苦，祝福与牵挂，遗憾到了吐血。而且恭请明鉴：老弟圣明，写作人如有嘲弄，首先是自嘲；如有揭露，首先是揭开自己的疮疤；如果长叹，首先是长叹自己的无能无奈无方无力文学下萎，尤其是无补；如果丢人，他早就不惜丢两辈子人。

让我们设想一下，如果曹雪芹还活着，如果他的贾府亲戚朋友都活着，曹雪芹能够得到宽容吗？他出卖了贾府，抖搂出了猛料。他对父兄姑姨姐妹下了黑手，他血债累累，他唱衰祖宗亲朋，他狼心狗肺，家庭叛徒。如果按照司法案卷的标准衡量《红楼梦》，我保证他至少有三篇六十五项不实、不避风险、不无失真。我们应该为赵姨娘、马道婆、贾环、尤氏姐妹……乃至王熙凤而诉曹诽谤中伤。林黛玉也不会宽容曹雪芹的，曹在对她的描绘中，明显流露了那么多随性与夸张，才把黛玉写得那么小性与任性。

曹雪芹与他的亲人们能为红学家们，尤其是为曹氏宗亲会所宽容吗？曹某人能不涉嫌成立涉黑集团，企图灭尽红学人的九族各等亲，或者疑似神经兮兮地总觉得自己要被红学家们所消灭、所侦查、所投毒、所讹诈吗？

其实是曹雪芹为你们刻下了丰碑。如果有林黛玉、贾宝玉、贾府诸君而没有曹雪芹，你们早已经灰飞烟灭，谁会为你们一哭一恸一笑一颦？是曹雪芹延长了你们的生命，扩大了你们的灵光。同时注定是曹雪芹而不是那些二三流小文人永远失去了浑厚质朴的人缘与美名。

七　洋插队

一年半后，一九八六年一月，开茅用了两倍时间，总算兑现了诺言，做到了到离尔葆打工城市九十公里的圣何塞大学做访问学者，简称"大访"，大是指中国大陆。他考虑到二宝的艰窘，自己坐灰狗大巴到二宝所在地探望，请二宝吃馆子。他看到的二宝像是另一个人，清瘦，长发，嘴角下沉，目光可怜兮兮，神态卑躬屈膝。

二宝说："你告诉立红去吧，反正你明白，来到这儿，我就是一个臭苦力。来以前，这个跟我说那个告诉我，谁谁谁来到加州扎针灸买了房子，谁谁谁在纽约拔罐子娶了影星，做膏药能够发财，太极拳能够迷倒老外，看风水成了大师。全是真事，全都与我无干。轻易的成功，过去没有现在没有将来也没有。不费劲就发财，中国没有外国没有上到火星上也没有。"

"你不是说这儿有熟人有老师和同学吗？"

"有又怎么样？来到这儿我才学到了一句话：'人穷不发三誓，不沾三情'……"

"什么？"

二宝解释了"三誓"是断交、诅咒与目标，穷人既不要怨恨他人也不要晒雄心壮志。"三情"是依养、滥情与便宜。然后说："不到那个份儿上你也就明白不了我的话语。我在餐馆装卸洗涤粗活干了七个月，胳臂腿上起满了疱疹。我学会了开车，给人家送外卖，上机场接送人，非法打工，干了五十天。我还领到了老年护理的护士执照，毕竟我在国内是学医的。我一个人干两个人的活儿，白天送外卖，夜晚去老人院。送完外卖不走，等着人家给小费，遇到不给小费的，我们骂他先人。夜班护理，有探头盯着，许你没事坐会儿，绝对不能打盹儿，打盹儿扣钱解雇。还有一次我太饿了，我到市政广场捡过鸽子们吃剩下的面包屑。"

"天下没有易事。"

"这算什么？一位当年的美女，音乐学院女高音，声乐系高才生，被来华交流的YCC大学主管音乐专业的教务长看中了，当面动员她到美国留学，说是这免费那免费，还有一笔奖学金，并且负责给她办一切手续。她已经有男朋友，她英语不行，知道自己托福过不了关。再说她的家底很薄，父母两个人一个月的工薪收入折合二十五美元。她才二十一岁，哪敢出那么远的门儿。她犹犹豫豫，连本系党支部书记都跟她急了，几十个同学说如果她不去请她推荐自己去，男友也催着她答应，还要她想法把男友也弄到YCC。"

"根本兑现不了。她来到美国头一个问题是吃不饱，是饥饿。底下的事我也不相信，信不信由你。姐妹儿她已经是一个传说。传说她饿极了发现了一个窍门，吃冰激凌。甜死人的奶油冰激凌省钱又经饿。一年之后她吃成一个胖子。她得知在这里学了艺术就业很难，她也觉得发胖的结果会使她丢掉台缘，她改戏了，她学财经。她做不到把男朋友接到美国来，她干脆与原来的男友分手了。她见到我热烈拥抱，抱得我喘不过气来。"

"后来呢？"

二宝用白眼珠翻了开茅一下，泄气地说："她提出来我们可以同居，省钱，解闷，健康……不影响任何人包括我与她的未来与过去。我没有回答……"二宝咳嗽起来，好像是过敏。接着又说：

"一个男生，他原来是科长级干部，是一位书记同志的秘书，他的姨妈在这边，来了，太苦，回去了。不好意思，没有可能再做他的科长，他从朋友那边弄了点外币，又回来了，在法拉盛搞绿卡，花了不少钱，黄了，他破口大骂着又回了国，最后又回这边了。三进三出，为了下死决心，他把护照都撕了……"

"不可能。没有了护照他随时会被逮捕或者驱逐……待不住就回去嘛，不当科长就当科员办事员再不然到私企。当过书记秘书的人还不认识几个能人？"

"我哪里知道，糟糕的是跑了几趟美国的结果是回到祖国不踏实，来到美国待不住。就说我送外卖吧，中国人脑子灵，遇到阴天下雨，遇到我身体不好，不想跑远道，我就用个英语名字自己叫自己的外卖。到了店里取上食品就走，也完成了合同上规定的任务……他们还说，科长还跑到征兵站报名当美国大兵，当完了兵有许多优惠。可惜人家不收他这位中华人民共和国护照持有者。"

"我觉得谁也不必勉强自己，国外学学看看，也好，太困难就回去，何必出这么多洋相……"

"开茅大哥！"二宝突然一声大哥，令开茅一震。

"开茅大哥，站着说话不腰疼。这不是洋相，真正的洋相我没法告诉你。人，男人还有女人，太没有出息了。三十如狼，四十如虎，五十如金钱豹，六十如孟加拉叫驴！"

"谚语里只有前两项狼与虎，哪里有金钱豹和叫驴？"

"后两项是留学生们总结出来的。生活经验，是新语词的源泉。大哥！我们受的罪你哪里知道。专吃冰激凌的胖丫头，我真想她呀！"

二宝哭了。他后来还说了许多不适合高尚风格作品的话，王氏认为，人毕竟是人，虽然孟子也认为人之异于禽兽者几稀……稀乎仍有异也。我们毕竟要为自己留一点颜面。

后来二宝讲得更加惊心动魄。二宝说，他接受了伙伴建议，周日去教堂踩点蹚道，见到了一位被留学生们称为"mother"（嬷嬷）的老妇人。嬷嬷为初来的留学生提供住宿与伙食补助，只需缴纳市价的十分之一，便可基本上食住无虞。二宝住进去了。一位教育方面有地位的人物杜莱夫人来他们公寓视察，一眼看中了二宝，将二宝找到家里充当家庭教师，辅导她的华裔养女学习中文与中医，很快发展为对于二宝的情感靠近。二宝不了解也不敢询问杜莱夫人的年龄，他的感觉是她应该有六十岁。当然，她容光焕发，线条完美，高大健壮，三围引人注目。特别是她使用的巴黎香水，能让他发昏章第四十。二宝承认，她绝对有对他的吸引力魅惑力，二宝承认他每次见到她，听到她的声音，看到她的风姿，闻到她的气息，都有强烈的身心与器官反应。他不止一次梦中与她做爱，他觉得见到此夫人算是没有白来这一趟，没有白白赶上了伟大祖国的改革开放，他也不算白白地活了一遭。当了男人，长了那么一些没有出息也罢，气味不雅也罢，自惭形秽也罢，猪狗不如或者恰如猪狗才好的奇葩、蠢货、神具、小把戏、暗器、毒鞭、图腾与命门，他最后恐怕仍然是白白来了又白白走了，美国和世界。

"那么，那么，你……"开茅感到了一阵闹心、乱心。文绉绉的、不爱说话的、有时候让他觉得未免窝囊的苏尔葆二宝，出国一年，突然发表了这样的狰狞露骨、不忠不孝、不仁不义、不齿不耻却又老老实实、真真率率、不打自招、不攻自破的胡说八道。开茅的声音颤抖起来。

"你不要那样看着我，大哥，我什么都没有做，我是人，我不是猪狗，我拒绝了一个又一个，我不做面首，不是鸡也不是鸭。我只与她们，注意，是她们，不止前面说的两个朋友，我只与她们说三个词，第一个词是'no'，第二个词是'no'，第三个词是'absolutely not'，绝对不。她们笑话我，她们说她们不伤害任何人，不论安琪儿还是魔鬼。我不会做任何对不起我们家的小祖宗小菩萨单立红小队长的事。"二宝说，他改变了声音和容色，他吭吭吭地喘着粗气，他鼻子不是鼻子、眼睛不是眼睛地啜泣起来。

后来他们一起吃了相对便宜一些的中餐馆，有牛肉炒面与酸辣汤，还有一盘宫保鸡丁，最后还要了甜品冰激凌与咖啡，开茅点了三份大号冰激凌。吃的过程中，二宝脸上一直有一种贪婪与自责、饕餮与惭愧。开茅判定二宝其实仍然没有吃痛快吃饱满，喝完咖啡后他干脆激动地再加点了一盘龙虾、一盘阿拉斯加王蟹，打了"狗食包"，让二宝带回去。他也没有什么钱，他毕竟不是来洋插队而是来交流的，他有一点补贴。二宝兴奋中又给他讲了不少穷学生找窍门活下去的各种合法的与不合法的手段。例如用一个网状的细线兜住一枚夸特儿（四分之一美元硬币），去打投币公用电话，说上几秒没用的话咔嗒一响，夸特儿应该落入币箱，也就是说应该立即投放下一枚夸特儿，通话才能继续，不投，立马断电断话。但是你的线网要在刚一咔嗒时迅速抽出，同时立即再松手放下，于是还能继续通话。对于电话机来说，其感应应该与投放第二枚硬币无区别。毕竟机器不是生龙活虎的艰难学生的对手。

"不要老是说这样的事……"他与二宝一样，且笑且哭，且信且疑。生活啊，生活，发展到眼下了，下一步该怎么办呢？

还说到了一些大人物的子女在国外的传闻，更是哭笑不得，真伪莫辨。

临别，二宝发表感想说："自由的代价就是孤独，自由是人类生活与精神的真正考验，真正的自由与孤独是不能接受婚姻与家庭的。美国贝贝从一生下来就单独住一个房间，咱们呢，也许是几辈人住一间小屋，几辈人住一个大炕。内蒙古、新疆来的中国学生告诉我说，他们的牧民男女老少主客全都睡在一顶帐篷一条毡子上。我有几次真想收兵回北京了，谈何容易？是立红让我坚持下去的。"

半夜，开茅回到自己的居所，他一夜辗转反侧，革命建设，跃进追赶，改革开放，发展与现代化，留洋海外，都是血肉拼搏啊……

八　阴影

圣何塞见面仅仅一年，二宝离家赴美两年半以后，一九八七年十月，来了消息，说是已经站稳脚跟了，他要立红赶紧办理护照签证，到美国与他聚齐。他还特别打了电话，希望开茅帮助安排好母亲，他催促立红早到一天是一天，早到一小时是一小时。开茅知道这对于二宝有多么重要，开动全部马力给立红加油。他充满感情地说："二宝在美国太苦了。从他上初中，因为有你，在国内就没有受过这样的苦。"他与立红仔细商讨了夫妻双双出走美国后，老娘苏绝尘的安排与照顾。一是靠开茅，一是靠保姆。保姆极好，照顾苏老师已经四年，确实靠得住。还有市文史馆方面的关照，叫送温暖，还用上一个词叫"感情投资"，这个词让开茅讨厌。文史馆还给苏绝尘办理了就医优惠的蓝卡，还在理论上为苏老师配备了一名学术助手。只是从配备以后，苏老师与助手，始终谁也没见过谁。

开茅指导帮助立红用了一个月时间开证明、排队、照相片、办公证、复印银行存款记录、进大使馆，千方百计，快要成行了。突然一天立红变了颜色，告知开茅："我不去了。"

听到传闻，说是二宝在美国有花花事儿，女友不止一个。

开茅真急了，他拍了桌子，他落下了热泪：

"我用人格保证，我用脑袋担保苏尔葆是世界上最纯正、最忠实、最干净、最对得起你单立红的男人！二宝是谁？他是王府井最大的照相馆橱窗里的明珠、明星，中国最帅男孩，他是我至今见到的真正的中国绅士。只有你做得出来，你把自己的三十岁的丈夫赶到外国，你还想给他上上贞操锁贞操带？你知道你让一个三十岁的男人过的什么生活，你知道那有多么可怕！依他的条件，靠形象靠魅力靠气质靠性别他也早就发了小财开拓了事业，说不定他能登堂入室蹿高枝！为了你，他两年多当的只是苦力。我都没跟你说，说起来我只能同情他。快三年了你就不允许他活泛那么一次吗？没有没有，小姐，他没有。他说你是他们家的活菩萨，他说你是他们全家的救命天使，为了你，他拒绝了歌唱家加金融家的roommate（室友）的建议；为了你，他拒绝了主流人士的召唤。他也有人权，一个饥寒交迫的男人，为了温饱，为了生活，为了发展，为了他的最低最低最原始的要求，他采取了一些变通，又怎么样？问题是他连一点一滴那一类的事都没有做！你应该给他跪下！你应该鼓励他不能活活把自己憋死干死卡死整死！告诉我是什么人在那里嚼舌头？是哪个王八蛋？只有想爬上他的身体可是爬不上去的小婊子才会造这样的谣！只有羡慕他嫉妒他而自己是侏儒丑八怪白痴流氓无赖的臭流氓才会传他的闲话！你要真把我当成你们的大哥，过来过来，让我扇你两个嘴巴子！"

山里红完全怔住了，她没有想到开茅大哥会这样说话，她没有见过这样的开茅兄长。她说："你真不愧是二宝的亲哥呀！"听了这一席话，她其实是从头到脚地舒服，她听明白了，二宝好人，二宝够意思，如果她当真挨了开茅大哥的嘴巴，那她就是全世界最幸福的女人了。现代社会这样的男人已经凤毛麟角，世界范围里这样的男人与恐龙、骇鸟、龙王鲸……一样，根本不可能存在。她完全明白，中国式的贞节牌坊已经轰然倒塌，中国男人个个都有一百一千个理由来闹腾点花花事，所有的女作家都在告诉读者，男人是靠不住的，一切海誓山盟都是过眼烟云，一切的坚持与自苦都一文不值，都是愚蠢年代的产物，而女作家自身要"解放"一下，也绝对能吓死一队队一批批的男人。她完全明白，所谓的白头到老，所谓的始终如一，所谓的"山无陵，江水为竭……天地合，乃敢与君绝"当然感人，但那是歌诗，而且是两千年前留下来的。那玩意儿叫classic，那并不就是现实，如果是现实，就用不着作那种诅咒诗唱那种决心曲儿了。

但她仍然相信，她与二宝与别的夫妻不一样，她十二岁，严格地说是十一岁，第一眼就爱上了尔葆，她毫不犹豫地把自己的少年与青春贡献给了苏家，给了二宝，她认定了自己是二宝的人。当她小小年纪想起自己将是二宝媳妇，而二宝将是立红丈夫时，想到这儿她鼻酸心苦，她想号啕大哭。她从开茅的愤怒中相信了夫君的老实、纯真、坚贞、完完整整、干干净净，从头到脚，从里到外，从心到魂，从疼到爱只属于她。她为二宝心痛，为什么不能让二宝舒服一点？为什么她的舒服要建立在二宝的不舒服上？她哭着哭着笑了，她笑啊笑啊笑出了新的眼泪。她给开茅大哥跪了下来。

开茅刚一说完就后悔得不行，他抱怨自己比二宝大十岁，与之相比，他完全没有二宝的沉静与自控。二宝是真正的绅士，他只是个粗人，他对不起立红、二宝、苏老师、爹爹和先人至少是名人纳兰。情绪冲动夸张、巧言令色、怪力乱神，这些毛病他这儿都有，二宝那里，却是哪一样也没有。至于立红说的"亲哥"，他该说什么呢？

……如此这般，好事偶磨，一九八八年一月，二宝与他的娇妻山里红会面在美利坚合众国。一年后，一九八九年一月，单立红生下孪生龙凤胎，哥哥叫凯文（Kevin），妹妹叫苏璜（Susen）。

又一年后，一九九〇年立红当机立断，盘下一个华人店主因急于回国以超低价出售的一家东方杂货店，开始经营刺绣、扇子、梳妆盒、小泥佛、香包、线装书、字画、陶瓷、茶具、酒具、编织品、屏风、草帽、草鞋、珠串等等。没有大进益，但不无小补，也省去了立红找事由安排生活内容的麻烦。他们去过一个西班牙女人开的小店，店主说，不是为了赚钱，而是为了不让自己失去生活内容。二宝发表感想说，自由不仅需要孤独，还需要寂寞与无聊。

立红是颗福星啊！开茅赞叹。

半年后，开茅得知，苏尔葆在立红引导下，考进一家名气不小的高等学院，接受他们的远程职业技术教育。远程云云，意思是不必去学院的教室上课，可以通过函授、网络、电视电话等系统听课，完成作业，跑几趟研讨答问答辩质疑切磋，接受考试，获得学分。最伟大之点，不久后，在苏尔葆的倡议鼓动下，学院组织学员们到因改革而大红大紫的中国北京做了一次职业技术教育课题调查访问，他当然也趁机看望了母亲，给母亲带去了碧根长寿果、混合干果、带有小颗粒的花生酱、费城牌鲜奶油、多种维他命、钙片、大提子干。其中维他命现在一般称之为维生素了，但是妈妈总改不了维他命的口，尔葆觉得维他命的叫法很生动，便也维了她好多回命。

双双赴美后他们不断地寄钱来，数量越来越多，弥补他们"母在，双双远游"的过失。美国一待，便学会了用金钱弥补一切难以弥补的路数。但虽然"四旧"也好五舅也罢，破了又破，孔夫子讲的"父母在，不远游"的教导，还是屹立在华人心里。在出国后四年，苏老师欢迎完了以参访名义回了一次家的儿子，日益衰老平静呆木，以静坐、微笑、吟诵拉丁语古典文学作品与兰波的《黎明》和《醉舟》等度日，若有若无，若思若忘，若喜若悲。见了开茅，她认识，她落泪，见了别人，她一概无反应。

二〇〇〇年，八十二岁的苏老师突然对开茅说了一句话："我该走了。"开茅大惊，当夜给立红的东方小店打电话。五天后，二宝回来了，两天后苏老师含笑长逝。开茅坚信，苏老师不愿意给下一代增加负担，见儿子为了她专门回来了，她赶紧投向另一个世界。

虽然开茅理解这一切，同情二宝山里红这一对小夫妻，虽然他对他们二人都充满友情、亲情、故人之情，虽然开茅早就体会到了人生常常是充满遗憾的过程，你总要有所舍得，有所付出，硬起心肠，不管不顾，否则一辈子只会是一事无成，他仍然对二宝立红有点意见。他们对自己的母亲，总可以再多做一点，何况他相信，那是一个美好的人、高尚的人、痛苦的人、克己的人，她本来可以有自己的风华和幸福，她本来可以有自己的璀璨和雍容，然而，她什么都没有，什么都没做，什么都没有说。然后，她自己也都没有了。

苏绝尘死后七天，开茅梦见永顺爹爹，爹只剩下了一个空架子，抱着苏老师，他含糊地说了两个字，又是："报应。"然后开茅醒来。妻子王明光被他叫醒了，他说了自己的梦，说是自己心里别扭，妻子摸了一下他的脸，说："我们面对的事情已经够多，就放任一下梦境管理吧。事实，会隐没在梦中，像冰雪，融化在火里。"又是百分之九十五的兰波，深夜，她笑起来。

后来他们拥抱在一起。后来明光怀孕。次年他们得女，起名忆苏。他们找回了苏老师晚年的保姆，为他们俩看孩子。生命是有一种延续的，女儿的清纯当中，似乎有什么东西让开茅想象与说给自己。

九　月儿出场

直到苏老师离去，二〇〇〇年五月，尔葆已经四十四岁了，学分终于修够，他有了洋学位。次年，他被一家登记在爱尔兰的跨国医疗器材公司雇用，并派到中国一个工业园去办合资厂。

两年后工厂办起来了，他成为厂长，工资一下子比过去增加了十九倍，他成了真正的白领。他享受到了此生在国内外从未享受过的尊敬和礼遇。他有一辆供他专用的原装沃尔沃轿车，有一名兼职司机。有时候他更愿意自己开车。他有一名英语比他讲得还好的美女秘书。他的办公桌是半圆形的，向左向前向右，都有一大片桌面供厂长使用。而他仍然是一样地小心翼翼，谨小慎微，寡言少语，克勤克俭。中国人无不说他是君子风范，外国人无不称赞他是绅士教养。尔葆也很满意这里的民风，远远不像北京人那样大爷、天津人那样刻薄、东北人那样信口开河。长江流域人认真细致，精巧敬业，少说多做，勤劳本分，温和礼让。他也不知道到底是怎么回事，他从来没有感觉到过自己有什么能力、才干、精明，但是他在这里的工作成绩卓显，受到中外上下的一致好评。

根据他的建议，公司高管同意他选择优秀技术人员与熟练工人骨干，到世界各地参观访问，见识先进，成长自身，精益求精，攀登高峰。对开放不久的中国人来说，这也是难得的开洋荤的精神与事业享受。

他因工作关系带领本厂有关人员去过了都柏林、哥本哈根、利物浦、海德堡、巴塞罗那，也去了肯塔基与西雅图。他每年结合述职回美国的机会有五六次，圣诞节长假他也有半个多月的时间回到美国，回到自己的四口之家，安享天伦之乐。亦中亦西，亦乡亦城，亦农亦工，亦劳亦逸，他的脸上渐渐显出了四十余年来少有的笑容。

在中国的这个开发区工业园里，他当然也认识了拿着各式护照的外籍与本土企业家，和他们你来我往，豪肚油肚，咖啡、龙井、茅台、五粮液、苏格兰威士忌、XO、香槟、朗姆、伏特加、牡蛎、龙虾、牛排、意面、燕窝、鲍鱼、鱼翅、宫保鸡丁，慢慢加上了卡拉OK、蹦迪、交际舞、高尔夫、网球。

二〇〇四年开茅应邀带上妻女到尔葆在的这个工业园做了一回客，大加称赞夸奖。他们一起到工业园一家富有地方特色的船形餐馆吃饭，要了糟熘白鱼、蜜汁火方、阳澄湖大闸蟹和糯米豆沙做的鹅形甜品，喝了女儿红老酒。说这个酒是在闺女出生后立即预备到坛坛罐罐里，到女儿出嫁时再拿出来贺喜启用的民俗酒。

一边吃东西，一边还有当地名叫丘月儿的弹词演员表演说唱。女演员银装素裹，柳眉凤眼，莺声燕语，糯体柔情。开茅听不懂一个字的吴语，但是为之入迷，目不转睛，嘴都忘了并上。夫人王明光说："你怎么成了《红楼梦》里嘲笑的那只'呆雁'啦！"说得开茅脸红。

好在说唱进入了吴语Rap段落了，大量吴语，其次是上海话、宁波话，少量英语，还有普通话，融为一体，洋快板节奏，说得大家笑成一团，掩饰了"呆雁"的尴尬。就在这个时候，突然在客人饭桌当中上演了全武行。

原来是他们的邻桌，坐着与尔葆有一面之交的一位湖南老板与几位男女友人。他带着自己喜爱的圣大保罗名牌公文包来吃饭，单肩斜挎，坐好后将包包放在身边一把椅子上。就在Rap令人们笑成一团的一瞬间，一只手伸到了圣大保罗包包上，抓起了包包，开茅的妻子叫了一声："小偷！"明光不愧是有相当历练的记者，即使眼前有再好的美食美酒美妙演出，她总是耳听六路、眼观八方，随时发现新闻、动态、舆论、突变、奇形、怪状。随即是湖南老板的果断出手，叭的一声，一个十四五岁的男孩子倒在了地上，是的，扇了小捋（小偷）一个大耳光。

接着老板将小家伙一只手提溜起来，第二个第三个耳刮子，全上去了。

想不到的是Rap立即停止，演员从表演台上跳了下来，一步抢到小捋与老板面前，喝道："可以报警，不准打人！"

老板一听，目露凶光，再一看是义正词严的女演员，他一怔，尔葆也赶紧响应，向老板示意："对的，对的，是的。"

开茅夫人将这个活计揽了过去，她把小捋带到外边，教育了三十分钟，还给了他二十块钱，谆谆嘱咐，放他走了。回桌后，差点被偷窃的湖南老板问："这位姐，如果他是惯偷，他会认为您是傻子，他拿上您的钱也许立即换场作案，偷盗一个'梦特娇'，内有钻石白金戒指和大额现金。您怎么办？"

明光说："我只能做我认为对的好的高尚的事。小家伙他一定要坏，我怎么办？世界这样大，我们只能把事往好了做。您想，就算他最后因为罪行严重，刑场处决，砰，打死了……他也仍然有可能想起今天的事来有一点点后悔吧？他后悔而被枪毙，比在痛恨他人痛恨社会的情绪中被毙掉好。何况他也许有救呀，有千分之一的希望也还值得百分之百的努力。救道德救人心是积德呀。万一他本想改恶从善，反而是咱们这些吃澳大利亚龙虾的人，没有给他机会呢？他的后悔仍然是一种能量，每个人的喜怒哀乐，都有他的蝴蝶效应。不管怎么说，世界上，好人很多，中国这里，好人很多，吃饭听唱的人里头，好人很多。"

她的话博得了首肯与轻轻的鼓掌。

Rap随后停止。女演员改唱弹词风格的《洪湖赤卫队》，唱得尔葆泪下。

开茅、明光、立红、二宝，有机会两次在美国会面。二宝开车带他们走了东岸，在缅因州吃了加拿大龙虾，在波士顿查礼士河边观看了哈佛与牛津大学生的划船比赛，在纽约曼哈顿对面岛上攀登自由女神，在西岸去了旧金山的金门大桥，去了红杉林，去了洛杉矶的好莱坞。他们在密西西比河上了游船，最后还去了华盛顿DC的琳琅满目的博物馆。也算人生一乐。比起上一代、上两代或更多的代别人物，他们就算够幸运的了。"还想怎么着呢？"他们四个人互相问着，互相满足，互相鼓励，惜福惜乐。

二〇〇五年开茅又结合外语学院的业务交流，到尔葆在美国的家过了复活节，吃了肚子里装满栗子核桃夏威夷果与大提子干的火鸡。吃得苦中苦，方为幸福人。他很有感慨。同时他奇怪为什么二宝开始显得闷闷不乐。他问了两次，"你有什么事儿吗？""你有心事?"二宝连连摇头摆手傻笑，但是二宝的笑容不知为什么，给开茅以酸苦的感觉。

二〇〇六年的清明节，开茅去父亲的墓地扫墓，他小声告诉父亲，二宝现在日子过得不错，他常常吃龙虾，他希望父亲的在天之灵，保佑二宝，平平安安，幸福体面地过好自己的一生。还说，前不久二宝回来了，给他妈妈选好了墓地。他也去了一趟。

说完了，他又觉得无趣，多余。一天胸口疼痛，饮食无味无香，打了好几次怪嗝儿。

十　有女怀春，吉士诱之

二〇一〇年，二宝专门在一个周末来到北京。他穿着意大利华伦天奴名牌西装，身上有股应该是吃多了西洋退烧药片才会出现的浓烈汗味儿，他找开茅倾诉心曲。先是谈到，由于他担任厂长的业绩和各方面的良好记录，他与立红已经取得了美国国籍，他说，相当于办上了户口。紧接着是大谈他的房产与汽车家业。他在美国住地与中国工作地点各相中了一套房产，共值二百多万美元，两所都是独幢别墅型，他计划是一次性付清购买。此外他买了一辆崭新的"平治"，中国大陆叫作奔驰，德国原装，刚开了两星期，半夜在住所附近被人用碎玻璃划了个体无完肤，他找了当地公安机关，至今没有破案。他想不通为什么会发生这样的事，他准备再买一辆原装凯迪拉克……

开茅点头称颂，他不内行，提了些不必一次付清吧之类的屁话，然后就称颂二宝是吃得苦中苦，终为人上人。他另外提出二宝不必激动，不必一下子花出去那么多钱，他说他认为中国人喜欢银行储蓄是一个优点。他说他参加过一个经济研讨会，专家们认为中国经济有了长足发展的原因之一是喜欢存钱。一个以色列，一个中国，都因为热衷于存贮而获益。一面说一面怀疑着自己言语的意义，怀疑着今天的有朋自远方来，到底意味着什么。二宝他为什么一面准备大笔出手消费，一方面药汗与新西装交相辉映，二宝怎么了？东一榔头西一棒子，究竟是想说什么呢？他自己也颇觉兴奋，却又困惑。人家娶媳妇，自己傻高兴？人家发了财，自己烧得炮蹦儿？人家置业，横跨太平洋，你也发晕？你们俩，到底是谁更需要吃药或者减药，到底需要吃什么药减什么药呢？

而且在谈话中发现，二宝的两只袜子，不是一对，一只藏蓝，一只蓝黑，一只腰长，一只腰短。二宝是一个细心谨慎的人，他不应该出现这种情况。

然后吃饭。然后小酒。然后明光回自己的小屋做报社的事。然后二宝仍然是哼哼唧唧，"怎么了？"开茅问。"其实，也没有什么……"二宝答。

最后开茅急了，他喊叫起来："从小，你就是这个毛病，你不急，你活活让别人急死。我的兄弟大人，有话说，有屁放，我明天还要接待哈佛的校长，克林顿时期他当过财政部长，我这儿还有几十页的英语文档要看，需要恶补的事情一大堆……"忽然，开茅似乎明白了。

天啊，坏了，好个老实到了窝囊程度的苏尔葆，他敢情是陷入了感情的迷狂乱阵泥淖，他面临的是没顶的危险，他找不到自己的存在了。开茅完全傻了眼。他自言自语，他说："不，我不信，你与立红青梅竹马，两小无猜，不，不可能……"

"开茅，你应该明白，如果我与立红还保持着当初的恩爱，我不可能同意一个人回中国来当厂长，每两个月回到立红那边。你怎么会想不到这个？我和立红分居两地已经八年多了，八年多了就是三千天，你不觉得我也是个男人吗？"

完了。二宝的声音像蚊子哼哼一样，二宝的面色如土，身体发抖，二宝在发疟疾。他的话像是含着热茄子说出来的。开茅已经感觉到了问题的严重性。他不知道说什么好，他结结巴巴起来，倒像是他开茅感情生活家庭生活中出现了危机，是他遇到了折磨，是他有了难言之隐。

"我……我……每次我见到你都问这个立红，问那个凯文，还有苏瓒啊……我还建议过把他们接到你们厂子来啊。是你说她喜欢她的东方小店，你说一批用草编织的物件把立红的心吸引住了。你怎么说瞎话呀！"开茅差不多声泪俱下。

尔葆整理了一下自己的衣服，他解开了衬衫的最上头的扣子。他缓缓地说：

"是，就是那个吴语Rap演员，她也许不算最漂亮，她仍然好看得让我哭了一夜。而且她的纯洁清爽，她的傲骨侠心……她有头脑，爱学习，你听过她唱的弹词，你没看见过她写的字和她画的画，她上着英语班，她参加过托福模拟考试，已经达到四百五十分。是的，是她看中了我……她追了我五年多，你可能不相信，我们相谈甚欢，我们谈天说地，我天天去有她演出的餐厅吃饭。只是最近，我们才有了男女最亲密的关系。我坚持了六年，适可而止，不及于乱，发乎情，止乎礼，求之不得，辗转反侧。知止而后有定，定而后能静，静而后能安。她说，她说我应该无论如何烧灼这么一次，不论付出多少代价，咱们都只能活一次，骂就骂吧，打就打吧，死就死吧，死也要死一次林黛玉，死也要死一次罗密欧……最后成了灰，也是幸福的……上一个周六……"二宝呜咽了。

"我总算有了一个自己的机会。问题不在于她选中了我，问题在于她选中了我的结果是我哭成了狗！

"叫什么？她叫丘月儿，当然，这是艺名，她是上了一年大学退学出来唱弹词的。她说，她只想陪陪我，她说寂寞比饥饿还要可怕。她说她是爱情至上主义者。陪陪我。此愿足矣……"

两个人沉默了。二宝补充说："月儿说，她只想做自己愿意做的事，她觉得唱弹词比上大学好，她就退学卖唱，她后来觉得认识我比唱什么歌词戏词诗词都好，她准备放弃用弹词挣钱。她知道我有妻有家有子有女，但是她愿意见我，与我说话，也可以不说话，只要常常见到我。只要我常常让她见，她什么都不需要了。我已经跟月儿好了，我怎么办呢？"

"可是可是，"开茅不知说什么好了，"你再冷静冷静，咱们毕竟是中国人，咱们得多想一想，过去和将来，妻子和孩子。生活，你知道什么叫生活吗？苏联有一个作家，叫巴甫连柯，现在俄国人说他是一个打小报告的坏人，他害了许多苏维埃作家。我们不了解他。他的小说里写过，'生活比感情更强'。"

二宝说："当然，你想着立红，谢谢你，哥！我哪能忘了立红？我成了陈世美，我成了无情无义无耻无德卑鄙绝顶的丑类，我想着凯文与苏瓒有权利端起枪来毙掉我！这究竟是为什么呢？我的一条小狗命，现在要要立红的命，要凯文的命，要苏瓒的命。早晚还得要，你信不信，早晚我会要了丘月儿的命。妈妈的命也是我要的，妈妈早晚会来找我索命的。但是妈妈对我说她喜欢兰波的温柔的疯狂。爹爹，真爹爹假爹爹的命也都丧在我的手里……"

二宝终于大哭失声。开茅厉声制止了他。

"我底下的话可能显得没有良心，对不起，我没有选择过，我没有追求过，我没有失眠过，没有心跳过，我不知道什么叫窈窕淑女，君子好逑。有女怀春，吉士诱之。压根儿不知道求之不得、辗转反侧的滋味。我这一生只知道接受，只知道听喝。是我的家庭和命运决定了一切，是最最有主意能决断的单立红从十一岁就决定了一切。她是个敢想敢做、敢杀伐敢决断的人。她是司令员兼政治委员。杀伐决断这个词出自《红楼梦》，是用来形容王熙凤的。从升入初中，从见到了我，她就选定了我，从此我再没有机会选择。她是菩萨，当然，她是我们家我的母亲苏清恶的救命恩人。也是……"

"什么什么，你管你的母亲叫什么？她不是叫'绝尘'吗？"

"不。她喜欢的自己的名字是清恶。清是两点右边一个青字，恶是而且的而，下面加一个心。两个字的意思是惭愧……用不着扯这些啦。我的理论上的父亲，其实是最憎恨与厌恶我的人，是吕奉德。立红更是他的救命恩人。"

"冷静一点……"

尔葆狂笑了，他再不是开茅的安宁的、收敛的小弟弟了，他再不是温文尔雅的君子，轻声慢语的绅士。他说："立红善良得如铁如钢，坚决得势不可当，她目光远大，有心无二，说到做到，坚持到底，一往无前。而我呢？来路不正，从十一岁，我的世界里只剩下山里红了。我算个啥，我根本没有生的权利，吕奉德不承认我是他的儿子，苏清恶不告诉我谁是我的父亲，她只让我叫你大哥，我无缘父姓，又是罪犯吕奉德的种子，叫你一声大哥完全不能证明顿永顺叔叔是我亲爹呀！我能去做DNA检测去吗？和谁？和你一道？我难道是嫌自己给父母丢的人还太少太少？我从小知道的是小心小心，树叶掉下来，别人没有什么，我可能因此头破血流，千夫所指！我感谢立红，我喜爱已经二十多岁了的苏瓒与凯文。但是这次，在工业园，我有了我真真爱上的灵鸽仙子，我的月儿，我的心碎了裂了爆了。"

"你……要不你就两边跑吧，咱们中国人并不呆木，自古徽商就是两头大，回老家有一个家，有正夫人尊夫人，做生意的地方，不可能没有另一个家，也有太太有老婆有房室……"

"开茅，您这是说什么呀。"明光这时从她的房间出来了。她说，"别听开茅的胡说八道，他以为这还是明清前朝呢。我听到了，我明白我也理解，你只能自己决定，开茅不能替你决定，你的家人不能替你决定，你的情人也不能替你决定。世界上的一切事情都是有舍有得，不用糊弄自己，更不能糊弄立红、凯文、苏瓒，你还必须对月儿负责……你做好准备吧！一个男子汉，要么不要伤害别人，要么干脆冷酷一些，不必给自己找那么多理由，不要用歉意再去侮辱被你伤害的女子！"

"你说什么？用歉意再去侮辱被我伤害的女子？"

"这是阿尔蒂尔·兰波的诗。原文没有说是女子，只是说某个人。目前的状况，你舍弃哪一边都是三分之一或者更多的悲伤，三分之二或者少一点的希望；你两边都舍弃不了，那就只能是三的N次方的通通绝望！"

连开茅也为之一震，怎么明光能说出这样严厉、这样坚决又是这样精彩的话来。明光哪儿来这么大的本事，这么强的姿态，这么清晰的判断？男人，啊，你们觉得你们是什么大丈夫，所以你们要考虑影响、舆论、道德评价，可能还有什么意义、后果、理论、倾向，你们的思维与概念，你们的掂量与算计成了你们的伤口，你们的软肋，你们的压顶大山。而女性呢？一个心字，概括了一切，我心即我意，即我行，即我情，即我爱，即我天，即我命；也就是我的世界，我的人生，我的太阳！女人啊，你们太伟大了！

第二天凌晨，去飞机场以前，二宝敲响开茅家的门，一见他们，他哭了一场，说是总算明白了，他不能抛弃家室，不能抛弃恩重如山的山里红，不能抛弃神情卓越的凯文，不能背叛小精灵苏瓒，他确定了，要与月儿开诚布公地谈清楚，恨不相逢未娶时，他做不出狼心狗肺的事情来。他笑了起来，说是一旦下定决心，只觉心明眼亮，条分缕析，幸福安康，长治久安，全赖兄嫂。他带着笑声，与他们告别，邀请他们秋天去工业园骑马，吃内蒙古风格的烤肉与"老绥远"名牌烧卖。

十一　摊牌

先添上年表的新增部分：

> 1988年立红到美国与尔葆团聚。
> 1989年立红孪生龙凤，凯文与苏瓒。
> 2000年苏绝尘（改称清恩）病逝。
> 2001年顿开茅与王明光的女儿忆苏出生。

进入二十一世纪又过了十一年以后，腾讯公司于二〇一一年一月二十一日推出了一个为智能终端提供即时通信服务的程序，做出了一个改变国人生活方式的叫作微信的玩意儿。网上的咖咖们说，最厉害的不是核弹巡航导弹，不是航母也不是超音速战斗机，是微信。微信打败了电视，打败了电脑，打败了信用卡，打败了各国货币，打败了电话，打败了邮政，打败了盛宴与会见，打败了零售店与专门店，打败了隐私权与名誉权，干脆说是打败了人权与学位制度，打败了文化，每天孜孜于读微信的人远远超过了读经典名著的人。

有了微信，二宝与立红、开茅与二宝相距不再遥远，地球村的说法似乎也不勉强。二宝发了几张他与月儿的照片给开茅。他们一起在公园。他们一起在水乡散步。他们去看望住在那里的一个名作家。还有一张他俩的逆光照，注明是夏季的夕阳下。

明光问："怎么回事？"

开茅答："那还不明白，就这么回事。"

"那他临走时说的……"

"他自言自语的时候也许说得更多……"

"二宝在网上传这个，他不怕立红与孩子们看到吗？"

"不用咱们操心。按二宝的性格，他一定要告诉立红和孩子的，否则，二宝不成了前几年电视剧《潜伏》里的余则成了吗？"

开茅与明光看完孙红雷与姚晨主演的电视剧《潜伏》，感动了半天，感动的不是特工故事、特工忠勇、特工奇葩，而是主人公需要潜伏、潜伏然后还是潜伏。抗日，潜伏；日本投降了，继续潜伏。为了新中国，潜伏；新中国胜利了，继续潜伏（到台湾去）。而且在台湾要另行组织家庭，就是说在家里也必须潜伏，不然，不是等于自首叛变了吗？永远潜伏？潜伏一生？而且有人行家里手地说，死后还要继续潜伏，免得影响了未死的特工同志！

转眼就是二〇一二年，开茅六十六岁，二宝五十六岁。春季，开茅夫妇应邀到工业园看望二宝，月儿已经以个人雇用的管家兼秘书名义与苏尔葆同居了两年。二宝的说法，月儿早已不在餐馆"卖唱"，她为他料理一切，包括帮助处理商务。月儿参加了英语中级班，进步神速。

二宝邀请开茅夫妇到这里骑一次马。他们在五月份来了。他们在一个周六开着豪车走了一个多小时，来到月亮岛跑马场。一路上汽车音响里播放着腾格尔与德德玛唱的歌：《父亲的草原母亲的河》《美丽的草原我的家》《天堂》。明光对开茅说："兰波的诗说，生活在别处；高晓松说，生活不只是眼前的苟且，还有诗与远方。"

开茅说："佛讲的是'活在当下'。有趣的是这又是美国最大的会计师事务所董事长的名言。还有人说'诗与远方'是毒瘤……"开茅夫妇笑了，二宝、月儿没有笑。

听腾格尔的《天堂》的时候月儿泪如雨下。二宝问："这是怎么了？"

月儿说："你听不见？我的天堂，我的家！"

二宝没有出声。

他们过了一个非常美好的下午。开茅与明光，各自上了伊犁马，缓缓地走了几圈，闻到了青草与马汗的气味，身子一颠一颠，有点紧张，更是十分欢愉。骑马毕竟是一个值得自豪乃至吹嘘的事，是他们此生的新经验，在本土，涉嫌豪华，做梦也想不到，他们此生也豪华了一回。"时人不识余心乐，将谓偷闲学少年"。再过几年，也许他们会上游艇，上太空飞船，他们会像穆天子一样地去瑶池会王母娘娘，还要逛赤道逛两极？

"关键是身体的重心与马背起伏保持一致，你上我也上，你前我也前，你落我也落，你扭我也扭。"二宝大声地宣讲骑马的要领。他与过去是多么不一样了啊！

他们二人下马以后，二宝与月儿骑马跑起来。显然他们已经是老手，马场这里有他们存放的骑马专用背心、头盔、紧腿系扣子的马裤与黑马靴，他们一跃一跃，跑到了马儿前腿双跃接着后腿双跃的腾跃级别，马半跑半飞，半地上半空中，如驾云而飞。飞腾的感觉使二宝也是腾云驾雾，开茅与明光为他们鼓掌。尤其是开茅，他看到二宝这样的从未见过的舒展快乐，他忘记了一切。

就在这个时候二宝对月儿大喊了一声："红红，加油！"

什么意思？二宝想起了立红？面对月儿，二宝口误将月儿说成了红红？

月儿在马上一晃，众人惊呼了一声，还好，月儿总算又直起了腰，她停住了马。

骑完马，他们一起吃了马场酒店的烤肉。就是北京烤肉宛、烤肉季做的那种葱花与肉片混合翻滚的烤肉，原来这来自蒙古民族，应称作蒙古烤肉。开茅说起可爱的多民族的北京，普通话的形成中，汉族、满族、蒙古族、回族、女真、鲜卑、契丹咸有荣焉。

老绥远的烧卖，更是令四人赞不绝口。关键是肉要用手工切成小块，绝对不能绞成肉糜。粤式早茶里每只包一块大虾仁的烧卖也与蒙古族之正宗烧卖相距甚远。人们在江南的工业园体验内蒙古，人们享受着生活的开拓之乐。何况在吃烧卖的时候，四个人都觉得自己岂止小康，是不是快要大康了呢。

在回程快要结束的时候，忽然，坐在副驾驶位子上的月儿一字一字地说："二宝，我觉得终于是时候了，我们两人要到民政局去登记结婚。"她的说话口音与方式，令人想起吴语弹词。

二宝带着哭音说："你这是想起哪一出来了呀！"二宝似是叫苦。

与吴语的蚀骨相比，二宝的北京话显得有一点点油滑。

"站住！"月儿声嘶力竭，她哭出来了。全车人都吓了一跳。

二宝踩了急刹车。月儿推开车门，下车走了。车上三人愕然，一时谁也没看谁。寂静中二宝似乎诉说："我已经许多次，叫她红红了。"而已经下车走远了的月儿的声音是："八年了。别提它！"她说得痛心疾首，使你想起样板戏《智取威虎山》。明光的样子似有不满，她如果说话，会说二宝"是时候了！"而开茅能说什么呢？也许他要说："天哪！"

十二　生生死死

上次骑马后回京，明光突感身体不适，检查后怀疑是白血症前兆。开茅一心帮助明光治病，别的事都顾不上。二宝几次邀约与开茅见面，在工业园，在北京，在其他地方，开茅实在不便，他只是一次一次地讲着"对不起""请原谅""过几天"……开茅与明光去了台湾，说是那里的几个留美医师正在推行一种相对有效的方法治疗血癌，叫作CAR-T疗法，大体是使用病人体内的健康细胞，经过培植繁育，成为更强大的健康力量，再用回到病人身上，去战胜恶细胞毒细胞。大陆上也有这样的医疗探索，还都在临床实践与积累数据的协和医院里。

一年过去了，明光有起色，接受治疗，明光能忍受一切考验也完全合作。至于二宝，微信中告诉开茅，他与立红已经在美国办理了离婚手续：他把三份房产（后来买的与原来与家人共有的）全部转给了立红，他把银行里的存款，也全部汇兑了立红，他现在已经是

"无产者"了。他用这种自我扫地出门的方法，表达他对立红的负疚感。他说作为一个年已半百的老伙计，他是疯了，他是丧失理智了，他什么都不顾了。他没有自己的家世、国家、家庭、使命、记忆、感恩和渴望了，他没有父母、童年、少年、记忆、志向、愿望了。他现在只剩下了一个已经整整一年未见过面、未通过信、连春节期间微信表情都没有互发过一次的月儿了。月儿其实也不是神仙，不是天使，不是绝代佳人，不是维纳斯，月儿也是一个普通的人，但是他毕竟只剩下为月儿疯狂这一件心事。他终于可以把月儿明媒正娶，合法夫妻，从头生活，从头奋斗，人生从五十岁开始。他终于不必再躲躲闪闪，含含糊糊，无言以对，蛮不讲理加耍赖皮了。他已经发疯，已经害人害己害家害妻，害子害女，害了立红一生，害了月儿九年，害了友人大哥大嫂。他第二天就要回中国工业园了，他将向月儿报告，他毕竟为月儿做了一件事，他不是玩弄女人的拆白党，他不是不负责任的坏蛋。

他问候明光，为明光祈祷。他甚至说明光的病他也是有责任的。"我与月儿找你们一起来骑马，我这边名不正言不顺。恰恰在你们在场的情况下，月儿提出了婚姻的要求，而我的反应自私自利，毫无心肝。明光无法忍受我这样的朋友，你无法忍受我这样的朋友，回京后明光就病了……"

"这是胡说些什么呀？"明光回复道。

开茅摇摇头，他对二宝的心理状况担忧。对二宝所说的与月儿已经告别经年，也觉得匪夷所思。

他们立刻给二宝打电话，二宝关机，他们认为是二宝登上了越洋飞机。他们次日又打了多次电话。他们在网上搜查了所有二宝可能乘坐的航班包括经港澳台、夏威夷、新加坡、韩国、日本转机的航班。他们在网上又搜查近两天全球发生的空难。无。第三天，电话通了，这证明，二宝已经下机登陆，除非是手机被盗，现在拿在他人手中，他们马上就能与二宝联系上了。但是二宝不接电话。再打一次，再一次，再两次、三次，手机里发出了系统的声音："您拨叫的电话，暂时无人接听，请稍后再拨。"到第五天，开茅忽然紧张起来，他觉得太不对劲，立即订购飞工业园的机票，并且给二宝发出语音与文字信息，说他将在次日十一时抵达二宝厂区。

二十分钟后，二宝传来了有气无力、半死不活的音频信息："月儿上个月嫁人了。"

开茅顿足，更要赶快见到二宝，按原日程，次日午前他一人到达了二宝的厂区，他背着一个大口袋，活像从前自北京使馆区秀水街趸货的洋倒爷。他看到了一个被吸干了血、被抽走了灵魂、被打了药针一样的二宝。他只盼着二宝抱住他嗷嗷嗷地痛哭号叫一场。他希望二宝抓头发、跺脚板、摔玻璃杯，至少自己打自己一顿嘴巴，窝囊，文明，礼貌，七讲八美，急眼了打打自己总是可以的吧？然而二宝不响不吭。

他把自己陪明光去台北治病时买的台湾土特产金门高粱酒、新东阳凤梨酥与盐渍金橘、冰糖柚子皮，还有大溪豆干、珍珠奶茶、号称比散黄金还昂贵的冻顶乌龙，都带到二宝这里来了。

他带来了一幅镜框书法，是启功的《心经》全文抄录。"五蕴皆空，度一切苦厄"。看了一会儿，又觉得字不一定是启功的真迹，倒更像潘家园出售的赝品。不过，请看，既然色与受、想、行、识皆不异空，真启功假启功又有什么计较？真情假情，真家室、假家室、无家室，又有什么分别？他顺便教授给二宝，般若进智慧，而"般"在这里必须读"饽"。他教导二宝，许多"运生不测"者，是读通了《般若波罗蜜心经》后得到健康、欢乐、金刚不坏之身的。

开茅披肝沥胆地给二宝讲了几个小时，二宝无表情。

当天晚上，开茅陪着二宝，同睡一张大床，他也觉得可悲可笑，他就是把整个台北华西街的食品与佛教用品全部搬过来，他即使与二宝同床共枕三个月，他也不可能取代月儿的角色。月儿前个月已经嫁给了一个经营乡村俱乐部——高尔夫球场的二老板，她已经怀孕了。离完婚前来报告的二宝，根本没有见到月儿，月儿只是给他发了微信："既有今日，何必当初？冷言冷语，冰凉彻骨。月没那福，宝没那路。缘断情绝，读罢删除。"二宝乖乖地删掉了月儿的回音，同时将月儿的话背得滚瓜烂熟。

开茅受了月儿启发，也是为了哄二宝一笑，说是他从网上看到了用东北方言翻译的普希金的诗《假如生活欺骗了你》。此版本说："要是姐们儿糊弄了你，败急眼，败上火，败吭声，败蛄蛹，你就是一个大绿虫子，一边儿忍去，你把自个儿缩到茧子里，几天以后，咕隆，你咬破茧子飞出来了，你成了个花里胡哨的大蝴蝶。"

"不是姐们儿，"二宝说，"是生活欺骗了你。"敢情二宝也知道这个自普希金发展到中国东北网民的段子。二宝的嘴角儿上显出了一点笑容。呜呼，还是东北大碴子管点用。

第二天早晨，对方的时间是晚上，二宝给闺女苏瓒打了电话，多部分是北京话，少部分是西岸味道的土美语，他们谈了半天，开茅看到与闺女说话的父亲泪流满面。

三天后，开茅离开工业园回北京，二宝送他到机场，告诉开茅："我的那张造孽的童年照片，从美国家里的墙上取下来了，快递到厂子这边来了。"

一个月后，二宝建立了微信公众号，天天发表狗屁不通的诗。他篡改古今中外著名诗句。李白的《静夜思》改成："红红一个大月亮，掉到地上变成霜，抬头不见昨天（的）你，低头想你断肥肠。"改了王维的诗："己个儿坐在竹林中，张着大嘴喝北风，四面不见人鬼影，只有月儿不吱声。"后面注上原文："独坐幽篁里，弹琴复长啸。深林人不知，明月来相照。"还有李清照的《声声慢》，"寻寻觅觅，冷冷清清，凄凄惨惨戚戚……守着窗儿，独自怎生得黑？"二宝写成："找了半天上哪儿找，冷得（你）冻手又冻脚，长得黢黑谁人喜，卖单窗口没人要！"二宝在后记上说，这里说的"卖单"与埋单买单结账开票无关，是老北京话，是说一个女性呆坐，等于卖色相给众人看。另外他认为李清照长得不白净，她的词写得再好，也会有感情上的苦闷。后面跟帖一大堆讽刺，尤其是将"怎么能熬到黑天"的"独自怎生得黑"，说成长得面皮黑，更是荣膺"狗屎乱屙奖"。居然还有人对这种歪曲经典文化的公众号主人进行人肉搜索，公布说，这些不通的诗是一个买办奸商瘪三无赖大坏蛋阴谋制造的，别有用心，是挑战中华诗词大会，亵渎古典诗词，人神共愤，国人共诛之，好人共讨之可也。

二宝还写了一首新诗：

上　班

> 每天都要吃饭，
> 每天都要上班。
> 上完班需要吃饭，
> 吃完饭需要上班。
> 不上班也要吃饭，
> 不吃饭不能上班。
> 我每天都吃饭，
> 我每周上五天班，
> 天天吃饭，
> 天天上班，
> 直到有一天忘记吃饭，
> 直到有一天忘记上班。

开茅倒是略感幽默，山穷水尽，四面楚歌，写出点不通之作，勇于勤于晒给大众，穷极无聊也总要无聊出个样儿来。倒也不算大恶大噩大疴大讹。开茅甚至认为，二宝的新诗比旧诗更有希望。再说，他又到了与明光赴台治病的节点上了，"生得黑"问题已经有人指教了，连英语的译文"Oh! How could I endure at dusk!"也给二宝标上了。二宝只要自己想上进，中文英文，语言文学诗学，通的与其实不通的非诗，总会有所长进。开茅又有个把月疏于与二宝联系了。

人生长恨水长东。与革命前辈相比较，二宝那点事算什么？爹爹教过开茅一个新中国成立前蒋管区城市学生运动中爱唱的歌：

"跌倒算什么，我们骨头硬。爬起来再前进……"

顿永顺还喜欢唱："我们的青春像火焰般鲜红，燃烧在充满荆棘的原野，我们的青春像海燕般英勇，飞翔在暴风雨四布的天空。"

青春，你怎么可能低眉顺眼？即使青春已经远去，即使青春已经鼻青脸肿，头破血流，除了顶住，你还能怎么样呢？

十三　爱与死

二〇一六年四月十日周日零点，也就是周六午夜，开茅收到二宝发的微信照片，是苏老师早年写下的兰波的诗句：

"我罚下地狱，被天上彩虹，
幸福已经是我的灾难，也是

我的忏悔和我的蛆虫……"

下面是二宝的一行字:

"灭亡为爱作证,挚爱也会成为虚空。"

不好,开茅暗暗叫苦,他打电话、发微信,得不到任何回应。

三十四小时后,二〇一六年四月十一日星期一上午十时,顿开茅接到工业园二宝工厂急电,被告知,苏尔葆厂长去世,估计是四月九日周六晚八时左右辞世的。他的尸体是刚刚,也就是死后三十八小时后发现的。尸体的样子更像是自杀,公安部门正在查验。死者与妻子已经离异,前妻与子女都在境外,四十八小时内他们没有谁能来到工业园,死者一方再无亲属,他们从会客资料上知道苏厂长与顿开茅是好朋友。他们希望开茅来一下,协同处理一下苏尔葆的丧事。

"但是十日凌晨,我收到了苏尔葆厂长的微信啊。"开茅与厂方人员叫起来。对方没有回应。

当天晚上十一点半,开茅与病中的明光到达工业园。厂子的人告诉他们,周一上午本来有厂长主持的例行办公会议,过时间半个小时,厂长未到。厂里人也发现厂长一段时间以来状态不好,不放心。厂办派了人去厂长家迎接。敲门无人回应,与物业联系后,破门而入。发现厂长跪在床头,床头立柱上套着已经扣死的皮腰带圈环,是厂长常用的万宝龙牌腰带做成的,他的脖子放在腰带环上,靠头脸与身体的重量,勒住脖颈身亡。公安部门检查鉴定,无其他人入室痕迹,无生前搏斗痕迹,除脖颈勒伤外身体无其他伤害痕迹。为了防止尸体腐化,公安部门摄下大量照片,并获得厂方同意后已将遗体送往医院太平间。也与外方驻华领事部门取得了联系。

开茅夫妇进入他们并不陌生的二宝卧室,又仔细听取了实地讲解说明,并留下他们对于二宝生活状况与感情波动的证词笔录。

至于苏厂长在估计的自杀时间之后发来微信照片的事,警方认为未有异兆,可能验尸人员对死者辞世时间估计有某些误差,他不是九日晚八时而是十日零点以后才自杀的,也可能是死者使用了推迟发出时间的手机功能,到了他指定的时间点才发出的。这几句诗句的照片,警方在死者的手机中已经发现与读到,除了心情的抑郁外,未显示有其他方面含义。

第三天,立红与两个孩子来到。开茅与明光一惊,他们认不出精精神神而又凝重痛惜的单立红来了。立红等又补充了有关情况:四月九日晚八时,美国当地时间晨五时,尔葆给立红打电话,立红未接。立红说二宝在与月儿婚事泡汤之后,多次与立红通电话通微信视频音频,把月儿已经结婚、不久将生子的情形全无隐瞒地告诉了立红,并要求与立红复婚。"我无言以对。"立红对开茅说,"后来他的电话我有时接一下,有时告诉他我没有空闲,真的没有空闲,两边时间又配合协调不好。星期六早晨五点来电话,这是谁也不能接受的……"立红没有再说下去。

"我也是在这边给我电话说明了他已经离世以后,才收到了他的音频。他说的是:'红红,我不配活在这个世界上。'"立红的眼睛眯成了一条线,她的嘴唇咬得更紧了。

"死后？"开茅喝道。

"死后我才打开了他发的微信。"

总而言之，那个北京时间周五的夜晚，尔葆给立红电话，得到的是晨五时立红的内心抗议与实际拒接。给凯文电话，凯文按下了两小时内拒接的功能键。给苏瓒电话，苏瓒说："爸爸您先让我睡觉好不好，待会儿我还要去上滑翔机培训班……"她想着的是鸟儿般地飞翔，在高山与大海间。没等她爸爸再说话就把电话按死了。苏瓒回忆起来很悲伤，她说她没有想到这个结果。一年来她爸爸给她打了不少电话，心神不定，也不知道他到底要说什么。

开茅夫妇与立红、凯文、苏瓒共同看了现场照片。开茅注视着穿白衬衫和内裤的尔葆，身上披着一部分被褥，衬衫上端解开了三粒扣子，半闭眼睛，张着嘴，嘴角与鼻孔下边都有血迹。立红躲避着对于照片的正视，看照片前她问工厂专聘律师，她以什么身份来处理这件不幸的案件？她已经与苏尔葆先生离异，尔葆死后，他们已经没有可能复婚了，她什么都不是，她不能代表尔葆的家属。律师说，作为死者的原妻子、生前好友，尤其是死者子女的亲生母亲，她完全可以也应该参与丧事料理。她仍然铁青着脸，面对开茅也毫无表情。子女惊慌失措，不敢看照片也不敢不看。

他们看了一批遗物，其中有立红自美国快递来的他的幼童标准玉照，他根本没有打开包装。开茅与明光想起上次前来，二宝说那是他"造孽"的照片。看来，他觉得美好的记忆，已经无处容身。

开茅提出了一些问题，首先指出，尔葆的身体并没有完全吊起来，他怎么会死的？法医说，第一，可能他在把自己的脖颈放到皮腰带上以后，一度下了必死的狠心把体重放到了脖子上，一度在脖子上压上了百斤以上的力量，随即气管食管动脉勒紧窒息，几近断裂，然后又显示了跪垫的式样，跪下以后，颈冲压力有所减小，但后来这样的姿势，并不意味着脖颈处吃力的微小。他的心情波动与活动会极大增加脖颈压力。第二，在身体没有离开床褥的情况下，也能吊死自己，这样的先例，过去政法机构也见到过，不是没有。

然后开茅指出，按照尔葆按部就班、注意细节的性格，是不是可能他并没有下定决心自杀，而是只想试试？如果他当真要实行自杀，按常理他会穿得整整齐齐、干干净净，不会像现在这样轻易。对此大家认为开茅的看法有一定道理，但生活经验证明，也有另外的不按常理做某些事情的可能。再说决心已定也罢，未定也罢，现在还能说些什么呢？

开茅并没有什么认真的看法，只是不希望自己的老相识、自己的准弟弟之死处理得太简单、太草率、太方便。除了苏瓒与明光以外，没有谁眼睛里有泪水涌出，这也使开茅心有不甘。现在随便一个电视的装腔作势的节目都要搞出嘉宾、群众、观众的泪水，还有个专门名称，叫作泪点。搞出泪点，才有收视率，有收视率才有广告与利润。怎么连亲人的死亡都搞不出泪点来了？而且是一个如此善良文明的人！

而后他把不快发泄到从都柏林赶来的公司高管身上。他指出公司管理层竟然让尔葆离家十年到万里之外服务，这是不人道的，是侵害了尔葆个人幸福与健康的，应该依法追究公司方面的责任。说到这里，前妻与子女哭出了些微声音，算是有了点动静。

洋高管马上抓住机会解释说明。他找出记录文件，说是十年来，他们三次询问尔葆的意见，还有一次是在美国问过立红的意见，他们都不要求返美夫妻团聚，苏尔葆希望继续在华的工作，单立红希望苏先生到中国挣更多的钱。他们甚至告诉高管，中国人与欧美人不一样，不是离开了经常性的性生活就受不了。

"这样的事情合适不合适，你们应该有判断的责任与能力，不能完全由当事人负责，例如，你们是否给他安排了与家人在一起的更合适的职位与待遇……"开茅有力地驳斥说。

他们还看到了一批文档，是二宝胡涂乱抹的纸头，一张纸上写了无数"我爱你，我害你，你害我，你爱我，你我爱，你我害，害我你，爱我你，爱死你，害死你，你爱死，你害死……"另一张纸头上写着八个大字："天理恢恢，自取灭亡。"开茅钻心撕肺，站立不稳。

都柏林来的高管提出了公司给凯文与苏瓒的抚恤方案。

当天下午，签署了一批文件，从法律上结束了此事。子女没有异议，前妻没有异议，开茅不快，包括并不满意他们的抚恤，但也没有再提异议。该说的话他都说了，夫复如何？当地的公安民政外事部门要求所有的参与者包括立红、开茅、明光签名留取证言，只消证明子女与生前好友认可有关处理安排，他们都签了。

四月十五日，经各方同意，在殡仪馆举行了苏尔葆遗体告别。厂里的人来了不少，都说也只限于说："人家苏厂长，可真是个好人呀！"开茅看到了告别仪式开始的时候，快递公司送来一个别致的小花圈，全部紫黑色荷兰郁金香，中间有一个用白色钟乳花做的署名：乐鸸。事后，开茅想起乐鸸也许是月儿的另一种写法。他与明光谈了，明光不在意，只是不满意地说，她至少应该过来告个别。

如果说这样一个草草的告别仪式上总算有差强人意的点滴，那就是正中悬挂着的苏尔葆先生遗像。这是厂子里的一位青年职工用手机给厂长照的，他正在上楼梯，他的心情是那样明朗，他的一只手在轻击额头，这个姿势甚至不无高雅，他的左眼睛略略比右眼睛小了一点点，他似乎在调整焦距，他要看准与看清一个对象。他还充满着活力。

开茅与立红有所沟通，他知道立红的意思是告别后即刻在当地火化，他们已经购下了骨灰罐，然后他们回北京，把尔葆的骨灰送到西山附近一个墓地。立红还宣布，要在苏尔葆的墓碑上，印上他童年戴着法国男童帽的照片。

"如果没有人反对，我死后希望能与尔葆埋在一起。"立红对开茅说。开茅似乎已经成为二宝的法定代理人了。

"当然，再没有别的人了。"他与明光做出了一副宣誓的姿态。立红终于减少了一点尴尬。然后拿出二宝给她的要求复婚的二十一条微信给他们看。他们看到了二宝的血书照片："我没有想害你，可我害了你。"立红还告诉开茅，二宝临离开他们在美国的家的时候交代过："我的事，找开茅哥。"

她说："他说他害了我，最后是我害了他。我不管两国的法律，我会向中美两地亲友宣布，我要以最正规的方式宣布我与二宝复婚！"

山里红，毕竟是山里红啊！如二宝所说，她是杀伐决断的司令兼政委。开茅想向她伸出大拇指。

而且，延迟到现在小说人才顾得上一提：此次在二宝的丧事中见到的山里红焕然一新，她做了口颌整形手术，她一下子变得多么漂亮了啊。

又过了些日子，开茅得知，立红的美容手术是在她与二宝离婚后，专程到韩国做的。

了解了这一点以后，明光说："天知，地知，你知，我知，他知，她知。我们都不愿意说。这个话题太渺小，谁都不愿意暴露自己的渺小。即使将二宝与立红的故事写成一篇小说，也没有人会说破这最渺小之点。"

明光叹道："我们女人哪！"

十四　重码

此后一两个月，这件生离死别的事件成为开茅与明光的一个主要话题。明光恨得跺脚，认为二宝太不坦荡磊落。明光甚至引用鲁迅，从国民性的角度叹息：为什么不敢爱也不敢恨，不敢说也不敢做，不敢乐也不敢哭！在月儿提出了要求以后，二宝一开始没有思想准备，他的回答冷血而且颟顸自负。后来呢？一年时间，他下了那么大决心，做了那么大动作，他不与月儿沟通，他是在特工潜伏吗？潜伏恋爱？潜伏婚姻？他已经搞得立红与她的儿女天翻地覆，他已经颠覆了自己的家庭与人生，为什么却要向最要求最盼望最关切最痛心的月儿保密？这不是发疯吗？这不是浑蛋吗？这不是死人吗？这不是废人吗？坏人害人死，好人害死人！害死人首先是害了自己！他为什么不在一年前就说清楚他要去离婚？他甚至于应该光明正大地去问月儿，她能不能再等他几个月。他背着月儿做一切为月儿做的事，他背着月儿去为了月儿，他牺牲原有的一切！这是什么逻辑？他吃了什么蒙汗药丸儿？他凭什么认为月儿在愤而中途下车走掉之后，会为他守节守志，会也像特工一样潜伏起来，一直当尼姑当修女立贞节牌坊，等着他猴年马月再来偷偷找她调情？

"也许这是天意。归里包堆，二宝的媳妇还是山里红！"开茅说。

"可能。那他有权更有义务摸清摸准这个天意。如果天意是另类呢，比如，二宝应该与月儿再过十年，然后月儿患上我现在的病！"

开茅捂住了明光的嘴，"瞎说！你的病好了，人类已经战胜了癌细胞。海峡那边的三位医生很棒，北京也已经开展了这种治疗实验。据说日本医生也在研究治疗癌症的新套路。何况再过十几年！"

开茅说，二宝为什么不惜一切代价破釜沉舟办离婚手续，却整整一年与月儿隔绝信息，并无任何难解。他告诉明光，二宝的难处太多了，说实话，不仅二宝太难了，连姓顿的他自己也一直是吞吞吐吐、黏黏糊糊，一句痛快人话没有说过的呀！

开茅说："你想想，在与立红办完离婚手续以前，二宝能认定自己当真会与立红离婚吗？他能下定下死真正的不要良心不要亲情不要妻小的狠心吗？他只能走着瞧，试试再说。他能像兰波的诗那样不感歉意不感亏心地大步往前践踏自己的前半生、自己的最最亲近的亲属吗？他当真舍得立红，舍得儿女，舍得凯文，舍得苏瓒吗？现在我不好多问，但是我敢断定，这次离婚也是最后由立红下的决心！你信不？二宝不是一个杀伐决断之人哟！他能断定自己会这样办事？如果他与月儿一同计议商量他的离婚计谋，他还算是个人吗？"

明光一百个摇头。她认为，当真出现了不可开交的情势，就必须男子汉大丈夫，好汉做事好汉当："人有好也有坏，人有施恩也有欠情，但是人应该坚决些。施恩与欠情，都不要回避躲藏，都要敢亮出来。否则，害了所有的人。不下决心就是虚伪，就是不敢负责，就是哈姆雷特，就会害一个再一个。他不想弄脏自己的手，他自己放不出一个响屁，你顿开茅当然也就吞吞吐吐、迟迟疑疑了！开茅，我们都不喜欢凶恶的小人，但是，前怕狼后怕虎的君子绅士有多恨人！走了一个好人，留下永远的悲伤和遗憾……"明光声泪俱下。

"他从小……"开茅说。

"从小怎么啦？"明光说，"从小就不能鬼鬼祟祟、哆哆嗦嗦！"

"你应该了解，出事的时候是四月，天还凉，但是白天已经变得很长，下班的时候夕阳照在墙上。四月的黄昏太漫长，四月的黄昏不好过，孤家寡人，独自怎生得黑！尤其是周末，双周末，形影相吊，天怒人怨。境外的心理学家与精神病学家，乃至公共安全学者，都有注意灰黑四月的论述。"

"倒真像是欧美学者的话。他们喜欢鸡毛蒜皮的微观实证，我们喜欢大而无当的高屋建瓴。但是，人生岂止四月天？完了还有五月，还有闷热的八月，还有那冬天的漫漫长夜，夜夜刮着西北风。每天还有许多空闲，每周还有那么多时间……说不定几年后要实行每周四天工作制了。你会越来越受不了孤独，你至少得对自己负责，对自己最爱的人负责。"

"再说，"明光突然激动了，"你想想，如果月儿有心机有算计，二宝的三套房产根本不可能全归了立红……月儿是好人啊。"

"我头一次见到山里红的时候，她只有十几岁，她像一支火炬、一盏灯，一下子把二宝的家照亮了。"开茅听出了明光对于月儿的同情来了，他必须讲讲立红的好处，二宝的一切难处他们两口子也都感觉到了，他们需要保持某种平衡。

……总算把对于二宝的不满全都说出口，明光最后哭出了声。她呜咽着说："二宝真是好人啊。好人恨死人啊！"她又说，"在男男女女的事情上，我们是怎么搞的！从五四运动我们就够启蒙、够先进的了，直到现在，也没整明白。多了几个二郎八蛋，多了几个花言巧语与假招子，多了几个精神病，现时又多了许多下流网络小说。看看电视政法社会节目吧，不是因为认定对方变心下毒手杀了情人，就是伪造身份骗到人民币，不是掐人毁尸，就是将情人的尸体装到后备箱里星夜转移。说到男女关系，开口闭口都是'背叛''阴谋''出轨''绿帽子''冤枉''包二奶''小三''情商低下''人财两空''鱼死网破''冤冤相报'之类的字眼，你想了解我们的爱情、婚姻、家庭、伦理吗？你去找刑侦部门的年度资料汇编去吧……"

"没有这么严重吧？不要胡说啊！"开茅努力止住明光的激动。

"你想想，在刑侦案件中，男女之间情杀情骗的事故占了百分之多少；再想想，在爱情与婚姻中刑事犯罪又占有了百分之几十几的比例呢？"

"真是想不到啊，二宝就这样没了。"两个人又是一阵叹息。他们知道，他们会这样叹息一生。

"我最近常想，当然有可能，一个人死后仍然会给你发微信，发兰波的诗、纳兰的词，还有自己痛苦的心声，只要用对了程序与功能。我们后死者，就应该好好等着听着，会不会先我们而去的他，十年乃至二三十年后，发来那时候才想告诉我们的一些悄悄话……人是不会死去的，他们的心里话，还在天幕云里蕴藏着与氧化着，成为糖，成为酒，成为余响与新韵。"

"你讲得真好啊。"但愿上苍保佑明光平安。开茅心里默默祝祷，想着他们这个普通渺小的家庭的幸福。他说，"生命应该珍惜啊。"

"生命应该善待。"明光总结说。他们俩同时流出了泪。

然后开茅背诵了纳兰性德："……年来苦乐，与谁相倚……待结个、他生知己。"

人去以后，又能与谁共享喜怒哀乐？来生呢？谁与谁结为知己？他解释说，不是他生另寻知己，纳兰的词句应该解释为，不仅此生是知己，他生仍然必须是知己。不是有情人终成眷属，结成眷属甚至也不是最最必须的，人类需要爱情。想想吕奉德、苏清恶、顿永顺、顿永顺的妻子与情人，包括二宝与他的前任妻子与后任未成的女友……再想想开茅明光他们俩有多幸福吧。

十五岁的女儿忆苏自网上搜出了北京纳兰性德园，他们带上女儿，根据网上提供的资料去了海淀区上庄湿地。不错的房子，当年的纳兰墓，墓没了，新建了园。词人园子门口挂着一个黑板，粉笔写着："蘑菇炖小鸡，烧排骨，手擀面，家常饼，炒土鸡蛋，香椿鱼，野菜玉米团子，煎河虾……"标注了各菜品的价格。根据一些政协名流的提议修起的纳兰性德园，修好后无物可展，无人来看，园主将它干脆改造成了农家乐旅游点。女儿明知故问："纳兰性德，是厨子吧？你看，别的地方都说东北人要吃小鸡炖蘑菇，纳兰老师说的是蘑菇炖小鸡！"

爱情成为刑侦学的课题，纳兰性德的美词接上了蘑菇与香椿的地气。我们有那么好的词人和词，却少了什么呢？

春节到了，开茅收到立红的贺年微信，有几个花花绿绿的表情图片，别致喜人。她发来了客室里挂着的二宝的幼童照的照片。没有谈别的，只是说了子女的学习与体育成绩，还有俩人参加文艺演出的情况。她还给开茅家寄来两件外穿的加厚纯棉线衣。她说，她那里人们对于纯棉织品的喜爱超过了毛织品。

开茅与明光给他们寄去了中英对照的《唐诗三百首》，还寄去了一批中成药，他们知道，立红喜欢六味地黄、桂附理中，加上香砂养胃。

又过了半年，开茅收到乐鸥的微信，告诉他们她一直感谢大哥大嫂。她还提到，她的孩子成长得很好，她本人次年将到新西兰惠灵顿大学读英语文学。她现在正在家乡参加说唱曲艺研讨会。

开茅用他与明光二人的名义给月儿回微信："月儿，收到，谢谢，想念，祝福，我们活着的人要过得好，这是怀念，也是感激。明光、开茅。"

开茅将应该是在尔葆自杀后，他们才收到的有兰波诗与二宝的狠话的微信照片转发给了月儿，并说明了有关情况。与立红与月儿的微信来往，安慰了、填补了二宝溘然离去留下的空白。长远地说着他，想着他，哪怕是怨着他，这正是他们极其愿意的，为二宝的真实存在而作证。存在的证明是爱情，爱情的证明是难忘的悲痛。

两天以后，开茅看自己的手机，突然发现，给月儿的两封回信的上款写的不是月儿，而是"豺狼"。他发出的微信是："豺狼，收到……我们活着的人要过得好……明光、开茅。"还有"豺狼，请看尔葆死后发来的微信……"

他大惊，不能相信眼睛，不能相信精彩绝伦的五笔字型输入法。他试了二十次，证明"月儿"一词与"豺狼"重码。他连忙再发信，再再发信，再再再发信，没有回音。他发现，一个词"相信"，在五笔型里已经与相依、想念、相仿、相邻重码。

月儿不回答，是不是月儿拉黑了他的微信？他想着的是等明光再好好，他们一起去一趟新西兰惠灵顿。他们一定要找到月儿——乐鹬，他们祝福她和她的家人。听说惠灵顿海风极大。听说诗人顾城，就是在那边发了疯，杀妻以后自杀的。

……直到写完小说，这里谈谈汉字奇迹。我的主人公顿开茅与王蒙有着奇异的先验关系。请你在这个大约十五年前的五笔字型外挂版框架里敲键GGAP，四字母连打出来词组：第一个词组是"顿开茅塞"，第二个是"王蒙"。

后来，已经很少见到这样的外挂五笔版本了。五笔字型的重码是完全偶然的巧合吗？我不知道。LLBY，"男孩"，同时是"慷慨陈词"。Adlt，是英语"日常生活活动试验"的缩写，是五笔的"巧克力"，还是"苦力"，还是"恐龙图"，还是"苍龙转生"。

还有延迟，与"延迟"重码的是"处以"与"自尽"。"足球"同时是"蹭球"。"海龟"同时是"活象"。"小三"同时是"小厂"。"逻辑"同时是"鸭架"。而"怪力乱神"同时还是"发回重审"！英明噢！

"月儿"就是"豺狼"？当然荒谬，简直混账。顿开茅与王明光在这里向月儿乐鹬喊话，豺狼是软件的误伤误撞，与咱们的友谊互信毫不相干。

月儿你好！请回信！

立红你好！改革开放很好！

不忘好人！生活，前进！

最近的"新闻联播"里，播送了工业园与苏厂长供职过的厂子的正能量消息。

十五　尾声

二〇一八年四月五日，星期四，清明节，开茅与明光到八宝山烈士陵园为赵妈妈，到房山静安墓园与昌平万佛园为吕、苏二位老师与顿永顺爹爹扫了墓，献了盆花与祭果。又到海淀区香山南路，正黄旗十八号金山陵园祭奠了二宝。这一天，通向墓园的道路车水马龙，人山人海，他们早上八点出门，连午饭都没有吃，晚上七点多才到达了金山。

墓园的发展太迅速了，当年苏尔葆入葬的时候，是新开辟的长思园的第三个安息者，周边敞敞亮亮，见山见水见田。现在，长思园内的逝者墓碑已经好几百，密密麻麻，几乎是拥挤与火热。生命如烈火燃烧，死亡如海潮涨涌，墓园的入住飞速覆盖。暮色中开茅以手机做电筒帮助照明，费了十几分钟，才找到苏尔葆的姓名。青山，松柏，白云，逐渐深藏到暮色然后是夜色里，肃穆的扫墓者们大部分已经退离，一鞠躬，二鞠躬，三鞠躬，使人悲凄也使人平静。果然，一切生的苦恼纷扰渴求与手忙脚乱都结束了，安宁了，同时仍然被惦念着与回想着，叹息着与抚摸着。

开茅与明光都体会到了那宁馨的交谈，那无言的眷恋，那永远激荡着悲苦着与爱恋着的虚空，他们俩的手拉得更紧了，手拉手的时日由于有限而更加珍爱。

开茅用手机闪光拍下了放上了盆花的苏尔葆之墓，他不理睬不宜在墓地拍照的说法，将照片发给了立红。最令人感动的是碑石上方，通过瓷艺技术，在白色瓷砖上打印了他头戴法国男童马洛帽的彩色——其实也只是蓝灰与灰黑色的照片。建墓时单立红定下的碑石与瓷艺照片标准，立红离京后两个多月，碑石与瓷艺做好，经开茅首肯，竖好了墓碑，摄影，发去了照片。

回家路上吃了烧卖，清明返程一直延续到晚十点以后。开茅发现丢掉了手机。他给金山墓园接待室打电话，没有人接。

当天夜晚，开茅睡着睡着听到了手机的信号声，是他特别设立的专属二宝的彩铃，是腾格尔的《天堂》歌声。他一惊，他略有感觉与思忖，莫非是自己没有将手机丢掉，手机他一进门就自然而然地放到抽屉里了？他曾经多次将手机放到抽屉里，为的是妥为保护，结果是自己看不到着急。他想起来察看一下，又实在瞌睡，迷迷糊糊地与明光拉着手飘进一个屋室，并且听到了声音：

"哥哥，哥哥……"

他突然明白，是二宝在呼叫。

他从床上立起身，他拉开不知是哪一个抽屉，拿出手机，飘出卧室。他在自己的书房，打开了手机，手机顶部显出了二宝头像标志与音频的符号。

……他听到了二宝的声音。微弱、起伏、衰减、增强，然而清晰，他说："都好，都好。只是要勇敢些。幸福并不是我的苦痛。"

开茅有点晕，像喝多了酒。他摇摇摆摆回到自己床上，日益瘦弱的明光身边。明光咕哝了一声，他没有搭茬。

第二天醒后，他到处寻找手机，仍然是哪里都没有，打电话，从金山墓园的接待室，几经周折找到了手机的下落，说是今天凌晨，清洁工人从苏尔葆墓碑底座处，捡到了手机，他们已经向在接待册上登记的旅美联系人单立红女士发出了信息。

后来，费了老大劲，取回来了。清明假日，去墓园的人太多了，车根本开不动。

"还在？"明光问。

开茅点点头，他拿着手机说："我上月才刚网购的华为NOVA3，在二宝那里宿了一宵。它已经向可怜的弟弟传达了我们的问候。无论如何，是二宝再次给我发出了音频微信，他的声音，云里云外，飘来飘去，我都听得出来，他仍然是温文尔雅的呢。"

宏阔历史帷幕下的个体生命之谜的天问
——评《生死恋》

郭宝亮

　　王蒙的中篇小说《生死恋》，无疑是2019年度最有魅力的小说之一。这篇小说指向多极，含蕴深远，既有耄耋的智慧沧桑，又有青春的激情澄澈，有人把其称为"耄耋青春小说"[①]是有道理的。

　　小说以顿开茅为视角，以追忆的方式讲述了两代人的爱恨情仇故事。小说实际上设置了两个"三角恋爱"框架：一是上一辈吕奉德、苏绝尘、顿永顺的"老三角"，二是子一辈苏尔葆、单立红、丘月儿的"新三角"，两个三角互为因果，互为循环"报应"，演绎着生命的神秘宿命。

　　顿永顺作为吕奉德先生的秘书，在其蒙受不白之冤入狱受难之时，与其优雅的夫人苏绝尘坠入爱河，成就了一段不伦之恋，并且生下儿子苏尔葆，从此埋下了悔愧怨怼的种子。小说以隐晦的笔触书写了"老三角"的故事。那从吕家半夜传出的怪声如狼嗥以及压抑的哭泣声，如梦魇般地弥漫在大杂院的空气里，甚至连顿永顺都异常"吃心"，就像顿开茅的质问："今天我说到苏老师家，你吃那么大的心干什么？你究竟干了什么缺德事害了人家吕奉德与苏绝尘？我问你，你是不是坏人？"这一质问直接而犀利，这对于年轻的顿开茅而言是可以理解的，但对于八十五岁的王蒙而言，顿开茅的质问显然过于简单了：接下来顿永顺的反应先是愤怒，然后泄气，继而抱头、摇手、结结巴巴地说"不是的……不是……"显然饱含着无尽的潜台词，尽管顿永顺"风流成性"，曾几次因男女作风问题差点儿被枪毙，但王蒙仍然给予他足够申辩的机会，用简单的道德评判来判定一个生命体的好和坏，肯定是不合时宜的。

　　有趣的是，顿永顺这一人物形象，我们在王蒙的其他小说里似乎也能见到其影子。比

---

① 陈柏中、楼友勤：《问世间情为何物——〈生死恋〉阅读笔记》，《王蒙研究》第五辑，第47页，中国海洋大学出版社，2019年6月。

如《活动变人形》里的倪吾诚、《恋爱的季节》里的钱文的父亲，甚至在《王蒙自传》里的那个真实的父亲王锦第……父亲给予童年、少年、青年乃至中老年王蒙的都是噬心的疼痛感，一种爱恨交加的心灵创伤性记忆。"永远不做对不起女性的事"的这一教训，取自于父亲的反面典型，然而，父亲真的只是一个反面的浑蛋和坏人吗？当顿永顺患癌症去世以后，顿开茅五六次梦到父亲，究竟是一种怎样的象征？一个一向健康的人，怎么就突然患上了绝症呢？父亲对儿子说："这也是报应！"是的"报应"，这也是王蒙小说中的一个高频率词汇，《活动变人形》据说最初的名字就叫"报应"！"报应"对应着个体命运的沉浮，承载着多少神秘的宿命气息啊！顿家也许有着显赫的家世，把顿家与词人纳兰性德联系起来，既有历史的厚重，同时也加强了这种宿命的意味。顿永顺突然患癌，难道不是因悔愧而导致的生命报应吗？苏绝尘亦如是，她后来改名叫苏清恧，而"清恧"就是"惭愧"的意思。生命是什么？人是什么？"人啊，人"，顿开茅的感慨，充分说明了人——生命的无限复杂性。

如果说，对老一辈"三角"的叙写采用了比较隐晦的方式，那么对新一代"三角"则采用了浓墨重彩的方式。二宝的出生，暧昧而尴尬，自己名誉上的爹其实是最痛恨讨厌他的人。家庭环境决定了二宝未来的命运。他打小就谨小慎微，郁郁寡欢，心事重重。他听话自律文明，使得顿开茅马上想起一个词"克己复礼"。这是一个活在前辈阴影中的人，同时也是活在"爱的阴影"中的人。小队长山里红的出现，以爱的方式绑架了二宝的生活和未来，甚至连"洋插队"也是山里红安排的。二宝以极大的忍韧和克己，抵制了胖丫头与杜莱夫人等的各种欲望的诱惑，保留了自己对山里红的道德上的忠贞。当夫妻终于团圆于美国，且有了一双可爱的儿女时，二宝却又远涉重洋回到中国办厂，成为时髦的洋买办。在这里他认识了风情万种的弹词演员丘月儿，并疯狂地爱上了她。爱月儿又怕伤害山里红，什么都想要什么都不忍舍弃，在爱与非爱、道德与原罪的夹缝里，二宝骨子里的优柔寡断、顾虑重重、不敢作不敢当的种种人格弱点全都暴露无遗。而所有的这一切，难道不都是先天的孽因注定的报应吗？山里红离了，月儿走了，二宝鸡飞蛋打，他只有一死了之了。也许，一切都在天，天意难违，就像汉字的奇迹，五笔字型中的重码现象，顿开茅与王蒙有着奇异的先验关系，月儿与"豺狼"重码，诸如此类，生命的密码又有谁能够穷尽得了呢？

小说延续了王蒙此前小说在文体上的诸多特征，同时又有着新的探索。小说几乎囊括了从清末到二十一世纪，从北京四合院到美国和欧洲、再到中国工业园的广阔的时空，大开大合，闪转腾挪，上演了一出惊心动魄的人间戏剧。设置一个如此宏阔的历史舞台，体现了王蒙对政治、对历史、对文化的高度热情，这是王蒙所有小说一以贯之的旨趣。如此，王蒙笔下的即便最个人化的恋爱故事也不可能是一种纯粹的个人行为，而是历史帷幕下的个人生命史。小说中多次出现的"年表"，不是没有意味的。"报应"的含义尽管与个体生命密码有关，但最重要的决定因素仍然与时代历史的发展有着直接的关系。中国自近代以来，戊戌变法、辛亥革命、五四运动、共产革命、社会主义建设、改革开放等一系列波澜壮阔的革命、运动乃至变革，塑造改变着中国人的思维方式乃至性格特征，这种翻天覆地的变革难道不都是天道使然吗？"天若有情天亦老，人间正道是沧桑"。王蒙充满激情的对时间的感叹，其实也是这个意思："时间，你什么都不在乎，你什么都自有分定，你永远不改变节奏，你永远胸有成竹，稳稳当当，自行其是。你可以百年一日，去去回回，你可以一日百年，山崩海啸。你的包涵，初见惊艳，镜悲白发，生离死别，朝青暮雪。你怎么都道理充盈，天花乱坠，怎么都左券在握，不费吹灰之力。伟大产生于注目，渺小产生于轻忽，善良产生于开阔，荒谬挤轧于怨怼，爱恋波动于流连，冷淡根源于厌倦。激情是你戏剧性的浪花，平常是你最贴心的归宿。今天常常如昨，照本宣科，明天常常不至，交通塞车。终于雷电轰鸣，天昏地暗，红日东升，艳阳高照。丑恶来自贪婪，美丽出于纯粹。你迅速推移，转眼消逝，欲留无缘，欲追无迹，多说无味，欲罢不能，铭心刻骨，烟消云逝，岑寂也是纪念，沉默也是咏叹。……"王蒙在故作调皮轻快的狂欢化语调中，回荡着沉郁悲怆的生命慨叹！

小说叙述上尝试了多种技法。顿开茅作为叙述人，同时也是见证者，思考者，他的议论、感叹使得小说具有了"元小说"的先锋意味；同时，顿开茅的思考感叹也代表着作为智者的王蒙集八十余年人生经验的启示，使小说具有了一言难尽的复杂况味。《生死恋》不仅仅是一曲爱情的哀歌，而且还是宏阔历史帷幕下的对生命之谜探究的天问。

青霉素

尹学芸

1

老街有两座四合院，其中一座住了四户人家。比如我们和老石家就住东西厢房，夏天他们热，冬天我们冷。所谓"冬不暖、夏不凉，有钱不住东西厢房"，就是指这种居住模式。正房和倒房住了另外姓氏的两户人家，因为与本文无关，暂且不论。但正坤哥家住了一栋独门独院。正房高大，东西厢房也够格局，若没有正房比照，一点也不像配房。门楼是木头做的斗拱，曾经艳丽的图案都斑驳了。但青石板的台阶光可鉴人，门口一边坐一只石狮子，是与门槛下边的石头台阶连在一起的，比猫大，比狗小。尾部是一团云朵的写意，线条勾勒的地方落满了浮沉。门槛足有一尺高，因为太过年深日久，木纹一根一根都松落了。撕一下就能成一根牙签。没人觉得他家与众不同，那年月，人活得都糙。

当然，他们家人口多。赵兰香和四老歪生了七个儿子，号称七郎八虎，老八是一只黄鼬，经常到他家院子里行走。黄鼬是四老歪的母亲发现的，冬天的月光清白，黄鼬在鸡食盆子里舔一块冰。四老歪的母亲回屋倒了缸子开水融那冰，从此跟黄鼬结下了情谊。黄鼬经常来串门，却从不偷他家的鸡。黄鼬甚至从瓦垄上给他家溜钢镚，让他家从不少油盐钱。当然这是传言，但这传言知道的人甚广，许多年后，甚至被写进了民间传说，只是时代被往前提了大概一百年，钢镚变成了铜板。那年赵兰香四十三岁，生了老七正辉。婆婆哭着说："你比母鸡下蛋还生得勤，这是要吃人啊……打住打住，老八叫正风，就是那只黄鼬，不许你再生了！"赵兰香果然再没开怀，老八黄鼬却从此有了名声。四老歪其实只哥儿一个，他上面原本有两哥一姐，但都得天花和伤寒死了。"伤"字四老歪读四音，这不是罕村的口音，也有人说是黄鼬的口音。黄鼬跟他什么关系，哪里能讲得清。四老歪什么时候提起伤寒，脸上总是一副寒凛模样，像劫后余生一样，让人误以为得伤寒的是他。四老歪生下来时，脑袋长在右肩膀上，接生婆啪啪给了两巴掌，让他往左歪，果然往左歪了一些。后来他长大了娶媳妇，接生婆还说自己当年手软，若是再给两巴掌，就把歪脖治彻底了。

我们家住的四合院是土改分的浮财。四老歪家的四合院却是祖产。四老歪的祖上曾经跟官去过湖南，也有人说是做太监。告老还乡时，从外面带来了一个儿子。这也都是传言，究竟是哪一辈的事，没有人能说清楚。

四老歪能娶赵兰香肯定是这座大宅的功劳。只是，谁都想不到四老歪会生七个儿子。他本人是个小个子，黄面皮，尖鼻子，尖下巴上长几根狗油胡，多少有些驼背。他倒背着手跟头趄趄地走路，总是急惶惶的样子。其实他不当家，啥事都是赵兰香说了算。

正坤是四老歪的五儿子，我们都叫他五哥。

正坤跟我姐凤丫一般大，那年初中毕业，凤丫当了小社员。正坤被大队送到了县里的卫生站，学做赤脚医生。

这都是赵兰香的功劳。老大正合，去了公社农技站。老二正清，去了水利站。老三正气去当兵了。老四正义生下来是个残疾，活到六岁死了。赵兰香总能跟外面的人打上交道。比如，村里来工作组，派饭一准派到她家。都知道兰香婶子的杏核油烙饼好吃，里面的层薄如纸，而且层多得数不过来。鸡蛋炒得又香又嫩，跟烙饼卷到一起，顶风能香出三里地。赵兰香是个大个子，人也长得漂亮，一张嘴见啥人说啥话，脸上总是浮着虚饰的笑，大多数的时候不怎么由衷。她对四老歪不满意，动不动就皱着眉头说："要你干啥使！"

当然，村里也有别的闲言。有人给书记贴大字报，就把赵兰香捎上了。书记趴在桌子上扒拉算盘珠子，赵兰香在旁边扇扇子，脚下趿拉着破鞋子，衣衫不整。旁边有一行字：一丘之貉。这个成语那个时候很少有人知道，村里百分之九十几的人认不完全，所以，很难说有多少影响。顺带说一下，赵兰香家口多，但谁都休想趿拉着鞋子走路。所以她的儿子们各个器宇轩昂，衣服一个纽扣都不短。

正坤哥学成回来正是秋天，街上到处都是玉米皮子、玉米叶子，风走它们就跟着走，"唰唰唰，唰唰唰"的，像风拖着尾巴。他每天背着药箱在村里走，药箱上的红十字很抢眼。背带挂在左肩上，左手在腰间卡握着，右手插在裤子口袋里，一摆一摆地走路，能迷很多姑娘。正坤哥是几个兄弟里长得最好的，连身板都像赵兰香。他从我家门前过，凤丫经常追出去问："有没有人请你看病？"

"还没有。"正坤哥回答得很郑重。他人中很长，重眉重眼，后来我们说起他，都觉得他像戏里的人，不用搽粉和抹胭脂，也有红似白。那时村里有剧团，专门唱样板戏。现在我们说起来也记忆犹新，郭建光、李玉和、杨子荣，都演得有模有样。但有一样，妆化得再好，也没有正坤哥好看。

我们管赵兰香叫表大妈。我小时候就有刨根问底的毛病，特别想弄清楚这个"表"是怎么来的，可父母都说不清楚，不知是几代以前的事了。"一表三千里"，赵兰香也说不清楚。她进我们家就夸凤丫长得水灵。"两家要不是亲戚，结个亲家多好。"

当然没人把这话当回事，表大妈说话时脸上一点表情也没有，你不知她哪句是真的，哪句是假的。只有我记下了，并在心底有了一丝小波澜。

2

大喇叭一喊赵兰香拿手戳，我们就知道正气又寄钱了。正气一年寄来两次，八月十五寄五块，过年寄十块。我们私下议论说，咋不攒一块儿寄啊。或者，咋不寄给表大爷四老歪啊。在乡下，男的是一家之主，这种抛头露面的事，理应属于男人。

四老歪也有大号，叫刘庚。可这大号没人喜欢叫，大家张口四老歪，闭口四老歪，大人孩子都叫习惯了。

从老街出发要穿过两条街才到大队。所以赵兰香去取汇款单时简直是一景。她走长条坑，那里是主路，两只白薯脚迈外八字。她走路的时候又习惯一墩一墩地往后坐，似乎能把地碾出坑来。所以她看上去四平八稳，脚步永远不乱。微微皱着眉，嘴小幅咧开着，似乎正在做不情愿的事。淡绿色的汇款单她用两根手指夹着，遇到谁就举给谁看，像是在展示麻烦。庄户人很少见到这东西，所以总有人问："这样一张纸就能当钱用？"

赵兰香认真地解释："这张纸不能当钱用，但往镇上的邮局一放，就有人给钱。"

这天晚饭的桌子上，十家有八家会说正气的汇款单。村里也有在外当兵的，但往家里寄钱的只有正气一个人。赵兰香的儿子就是不一样，个个都有出息。

"你也去当兵吧。"我爸王大方坐在小坐柜上，卷烟的时候总是一龇牙，用牙垢去黏合卷烟纸。我哥王永利刚高中毕业，是个娘娘脾气。腊月我爸杀羊，让他帮忙拽羊腿。羊还没杀死，他小脸蜡黄，差一点就吓休克了。

王永利说："你给我去找工作组。"

我爸"蹭"地跳下小坐柜，就往外走。他是个雷厉风行的人，脾气火爆得像钻天猴和二踢脚。工作组一听王永利是高中毕业，打心眼里高兴。填了表，体了检，结果政审没过关，说我姥姥家是地主。

我姥姥打年轻时就守寡，受尽族人欺负，没过过一天好日子。定成分时，需要族里出个地主，他们就把帽子给我姥姥戴上了，没想到还能连累王永利。

我爸一点也不嫌弃我姥姥。说拉倒，这兵咱不当了。

王凤丫尖刻地说："他当也不见得能往家里寄钱。"

王永利问："你咋知道？"

王凤丫嘟囔说："我算出来了。"

我跟王凤丫住一个被窝。家里就少我一床被。所以，她管我叫"侵略犯"，我稍微往她那边一拱，她就说侵略犯又来了。她比我大七岁，已经是大姑娘了。高兴的时候怀里搂着我，估计会想入非非。每晚躺下我都用脚心摩挲她的脚后跟。"有新鲜事儿么？"我喜欢听新鲜事儿，什么样的新鲜事儿我都喜欢。她翻过身来说："你认识高燕红么？"我说认识。她爸在九队当会计，是个老实巴交的人。但高燕红圆脸大眼，是个厉害角色。我听过她跟人骂仗，花样翻新，一点不怵头，我顶佩服这样的人。"她上吊死了。"王凤丫捏了下我的脖子，一用力，差一点把我的脖筋捏断。我顾不上呕，赶忙问为什么。王凤丫说："还能为什么，原本是她去县里学赤脚医生，临了却让刘正坤顶了。现在刘正坤每天背着药箱满村串，她咽不下这口气。"我手心都凉了，没想到生活中还有这么惊心动魄的事。想若真是把脖筋吊断，得是非常难受的事。"都怪表大妈。"想都不用想，原因一准在她身上，她肯定使了法术，把名额争取给自己的儿子了。可村里若是有个女赤脚，也是很好玩的事情啊。

"赵兰香说，那丫头想不开。如果你想当赤脚，明说啊。我们家老五去不去都行，他还可以学别的手艺。这也犯得上上吊？"

"是犯不上。"我若有所思地表示同意。

"你知道什么！"王凤丫气得舌头打结。

我谦虚地说："我是不知道什么。"

王凤丫说："表大妈才是得便宜卖乖，为了让刘正坤当赤脚，她吃奶的劲儿都使出来了。"

"吃奶的劲儿怎么使？"我瞪大了眼睛，我当真不知道。

王凤丫蹬了我一脚，懒得再回答。

夜里，我把王凤丫冰醒了，王凤丫一声怪叫，逃到了被窝外面。

我说："哪这么大的水，你尿炕了？"

王凤丫说："是你尿炕了，把我漂出来了。"

我说这水冰凉凉的，不像尿。王凤丫往我身上摸了一把，说："你可能要死了，身子都凉了。"

我说："我是要死了，地上都是小白人，在向我招手。"

王凤丫摸到堂屋地，用瓢往缸里一捅，冰碴发出了"咔啦啦"的碎裂声。她"咕嘟咕嘟"喝了半瓢水，这才喊我妈。"王云丫要死了，身子都凉了。"

我妈过来摸了我一把，说我热着了，把被子往起翻了翻，说透透汗。可早上我的身子火炭一样地烫，烧得眉眼不睁。我妈说："不好。这丫头忽冷忽热，八成是得羊毛翻了。"

也顾不得烧火做饭了，我妈衣衫不整就端着小面瓢东一家西一家去借荞麦面。借到第五家，才借到那么一捧，我妈答应以后用白面还给人家。端着面瓢匆匆回来了。治羊毛翻只有荞麦面好使，这是祖上留下来的偏方。用鸡蛋清和面，把荞麦面搓成一个长条卷，然后在我后背上滚。只滚了那么几下，王凤丫就喊："出翻了，出翻了。长毛了，长毛了！"

我妈把荞麦面卷拿给我看，那上面似乎是有毛茸茸的东西。"你身上长羊毛了，以后就可以变成小羊羔。"

那敢情好。我有气无力地想，那样就等着别人给我割草了。

我身上一丝力气也没有，胳膊腿像是安上去的，想动一下都觉得艰难。外面下小雪了，爸、妈、哥、姐都去队里出工了。他们喜欢这样的天气去上工，在那里纳一会儿鞋底，聊一会儿天，工分白给一样。中午他们吃饭我没吃。下午他们又去上工了。我实在烧得难受，起来喝了三次凉水。后来就迷糊了，心想有凉水也喝不上了。我以为我睡着了，可凤丫收工回来喊不醒我，爸妈一下就慌了。

爸背着我往公社卫生院走。走到村口正好碰见赵兰香表大妈。听说我们去医院瞧大夫，表大妈张开两只手臂往回轰我们。"回去，回去。家里有大夫，还跑那么远干啥？"我爸不是信不过赤脚刘正坤，是慌乱时刻把他忘了。表大妈这一提起，我爸也想起来了。他和表大妈一起往回走，到路口分岔时，表大妈说，你跟孩子在家等着，我这就让正坤过去瞧。

于是，我一天打四针青霉素的日子就这么开始了。正坤哥说我高烧必有炎症，有炎症必要消炎，消炎必要用青霉素，连国家领导人现在都用这个。说真的，正坤哥下手有点重。尤其是打第一针，他手有些抖，额上有重重的汗气。往下扎针时，像掘井一样剜了剜，突然惊慌了一下，迅速把针抽了抽，又重新往下刺去。我家里人都在旁边围着，针头没落进皮肉里，他们都舒了一口气。可正坤哥惊慌的一瞬给我留下了太深的印象，因为针扎在我的皮肉里，这与扎别人不一样。第一次扎针结束了。正坤哥收拾好东西往外走，我觉得，他是踩了棉花垛了，脚被门槛子绊了一下，险些摔倒。第二次来，他已经从容了。他举着针管朝天观察时的神态相当迷人。他眼睛很大，睫毛很长，嘴唇抿紧时嘴角能旋出豆粒大的酒窝。我不由想起了凤丫，想如果他们能扯上关系该有多么好。他使用针剂也越来越娴熟。用医用剪刀"啪"地打断药管的颈项，用针头把药液吸进针管，然后对我说："翻过来，打左边还是打右边？"

才几天的时间，我屁股两边就像鞋底子一样硬板板了，捏一把都不知道疼。但我的凉汗越出越少。眼珠像是掉进了眼眶里，但有神了。身上也逐渐有了力气，我妈给我吃煮鸡蛋，我吃了蛋黄，把蛋清扔在了后院的枣树下，用一块硬土压着。我总觉得没煮熟的蛋清像鼻涕一样让人恶心。

许多年后，我只吃这样的蛋清了。煮鸡蛋时守着锅，从来不敢超过六分钟。人在时间的流程中总是在变来变去。这一点，我体会得太深了。

上级来做流行病调查，问了我的情况，归纳了几个特点：虚寒、发热、无力、厌食等等。基本可以判定是伤寒，一般潜伏期是两到五周。听说我每天打四针青霉素，上级来的人说，方向是对的，就是药量有点大。

问打几天了。我抢着说："打十九天了。好了还多打了两天。正坤哥说，我的病凶险，需要巩固。"

3

我那一个月没洗头，头发里长了很多虱子。凤丫扒着头发给我捉虱子，那些肥大的，都被她装进小药瓶里，然后再灌上水，那些虱子漂漂悠悠的都会游泳。她还爱撸虮子。它们成串地长在头发上，把人长成了白毛女。活的虮子能挤出一股水，能听见"吧唧"一声响，凤丫挤得特过瘾。捉是捉不干净的，凤丫便给我涂敌敌畏、六六粉，我走到哪里，空气里都是一股呛鼻子味道，头皮被涂得雪白。我的头发越长越长，发根还带一些自来卷，特别适合隐藏，而且透气。虱子在我这里是个顽固问题，很久都没有彻底清除。后来我经常想，怎么就没一剪刀齐根剪去呢？能减少多少麻烦啊。

但那时我未必同意。后来我女儿长大了，一个小女孩如何护头发，我是深深领教了。

我差不多是村里第一个接受正坤哥治疗的人。当然，过去也有人找他，但不过是拿点药，或给伤口擦点碘酒之类。正坤哥边看说明书边给人拿药，现学现卖。像这样正儿八经地打这样多的针我肯定是第一个。关键是，正坤哥把我的病彻底根除了，这简直是……妙手回春啊。

从那儿以后，正坤哥就变了。这当然不是我发现的，我上学放学很少看见他。而是听姐姐凤丫说的，正坤哥跟过去的体态和眼神都不一样，越来越像名副其实的大夫。比如，街上看见小孩长眵目糊，他也要让人家伸出舌苔，转转眼球，把听诊器放到人家的胸脯上，或者给人家把把脉——小孩有脉么。村里人真就这么认为，你若说腰疼，他会说八十八长腰渣——你有腰么。所以，村里很是有人看不习惯，说闲话。但那是少数人，在背后。当面越来越多的人叫他刘大夫。有一次，他回家吃饭时碰见了凤丫，让凤丫喊他刘大夫。凤丫红着脸告诉我说："真不要脸。"我眨巴着眼睛看凤丫，不明白一句"刘大夫"跟"不要脸"有啥关联。换了我，我就叫。

那天是周六，风刮得紧。傍晚的时候压了些风，我刚走到门外，就见有人三五成群地往西走。我问他们干啥去，他们说，看热闹去，正坤的媳妇来了。我心里"咯噔"一下，想，没听说过呀。我慌忙回屋围上紫花头巾，撒腿就往外面跑。紫花头巾是我爸新给我买的，花了四块五。又大又方又有毛性，看着就暖和。因为身上的衣服都是凤丫的衣服改小的，这个头巾简直是我的昂贵财产，除了吃饭睡觉，我干啥都围着。正坤家的大门外围着许多人，但大家都不往前走。门槛子上有个女的揣袖坐着，微微叉开腿，鼻子都冻红了。但这真是个好看的姑娘。皮肤白净，眉眼清秀，细瘦的脖子从紫花棉袄里长出来，是一副不屈不挠的样儿。她微微垂着头，发帘斜斜地遮在额头上，眼睛盯着台阶下面的某个地方，似乎是下决心要长在门槛子上。我说过，那副门槛子有一尺高，姑娘坐上去有一种无法言说的气势。她看着孱弱，却分明有一种力量存在着，让人不敢小觑。她不时咬一下下嘴唇，芝麻牙白晃晃的。

赵兰香正在院子里骂："瞧你长得就像死小鸡子，哪一点配得上我们正坤。正坤现在是赤脚医生，全村人的病都会看……"

女孩说："我也是赤脚医生。"

赵兰香说："你是哪个娘肚子里的赤脚？也敢到我赵兰香家的门口撒野。也不撒泡尿照照自己，跟我打嘴仗，你配么？"

女孩说："你也没啥了不起。"

赵兰香忽然举着扫把冲过来。扫把举得高高的，人像风车一样踉跄。有人拽那个女孩说快避一避，女孩却像钉住了一样不动，连眼睛都不眨。赵兰香一下拍到了门板上。赵兰香哭着说："有人养、没人教的烂货，居然敢上门骂我，再骂我撕烂你的嘴！我家正坤就是打一辈子光棍，也不会娶你个狐狸精，你就死了心吧！"但赵兰香一滴眼泪也没有。她使劲挤眼睛，还是没一滴眼泪。

女孩喊："刘正坤，刘正坤！你当初是咋跟我说的？海枯石烂心不变！你咋这么快就变心了？"

没人应声。但刘正坤肯定是在家里。赵兰香把扫把使劲一扔，扫把滚到了院子里。谁都没提防她猛熊一样扑上去，用一只胳膊套住女孩的脖子，一下就把她掀翻了。女孩仰面摔到了门槛子里，赵兰香跳着脚踹了好几下，女孩滚到了院子里。

女孩冲着灰蒙蒙的天空嚷："刘正坤，你死了么？你就不能出来见我一面么！"

我冲到了台阶上，一仰头，一下捂住了嘴。我看见有个人坐在东厢房的屋脊上，面目模糊，但是正坤哥无疑。

我的心"咚咚咚"地跳，像是发现了重大的秘密，不知该把这个信息告诉谁好。表大妈说那个女孩是狐狸精，这都是很严重的事。我突然冷得浑身发抖，觉得应该把这个信息告诉凤丫，我模糊觉得，这个信息应该与凤丫有关联。我撒腿就往家里跑，在炕上暖和了好一阵，凤丫还没回来。我趿拉着鞋子到外面张望，风吹凉了耳朵。我一摸脑袋，围巾不见了。我提上鞋子冲刺一样往现场跑，那里人已经散了，只有大槐树黑黝黝的影子。那棵树长在门口的对面，平日没怎么注意到。还没容我闪身，两扇木门开了，背着药箱的正坤哥走了出来。他说："你在这里干什么？"我说我的围巾丢了，来找围巾。他说："是那条紫花的吧？肯定是从后面被人押走了。"我突然想，他坐在屋脊上，说不定什么都看见了。这是一件悲伤的事，可我顾不得悲伤。我特别想知道那个姑娘去哪儿了，他和姑娘之间发生了什么。可我还小，问这些事觉得有些害羞。

一瞬间的犹疑，正坤哥已经消失了。他看上去与平时没有什么两样。脚步很重，震得冻土"嘭嘭"响。这让我有些惶惑，也许是因为黑天的缘故，我什么也没能看清楚。

凤丫把眼睛睁大了："你说表大妈会骂人还会打人？"

我故意不搭腔。凤丫踹了我一脚："问你话呢。"

我撇着嘴说："你可别打算嫁给正坤哥，有你受的。"

凤丫又踹了我一脚："瞎说什么……赵兰香的假模假式谁受得了。我告诉你，赵兰香心里有人了。"

吓了我一跳。又不是她嫁人，怎么是她心里有人了。

我问那人是谁，凤丫却转了话题，说起与正坤哥相好的姑娘，是河东小麦河村的人。她和正坤在县里学医的时候谈起了恋爱，正坤迟迟不去她家求亲，是表大妈不让。娘俩甚至闹到你死我活的地步，到底还是正坤哥败下阵来。那姑娘自己找了来，没想到大冷天连门都没进，还挨打受骂。

"你听谁说的？"我问。

不等凤丫回答，我就长长地"哦"了一声。我开窍的感觉就是始于那个晚上，觉得想通了一些事情。

"你是不是很难受？"我有些怜悯凤丫。这里面有很复杂的情感，真担心凤丫听不明白我的话。

凤丫趴在枕头上，别过脸去。不一刻，又把头扭了过来。她两只脚丫敲打炕，别提多没心没肺了。"你说正坤在东厢房的屋脊上坐着，他干啥坐在那里？"

"我咋知道。"我突然有些泄气。

小卖店的人也挣工分，但人家这一天的工分挣得多容易，风吹不着，雨打不着。还有，没人的时候谁不会偷偷剥块糖或掰块点心放嘴里？打煤油或酱油多打一两也是可能的。我去买橡皮铅笔时，经常会审视那样多的货物，算数再好，要想数清楚也是困难的。我还清楚地看见了半块点心掉在了地上，一直也没人捡。在他们眼里，这都是寻常物吧。我每次去小卖店都会顾虑重重，都会迟迟地移不开脚步。我心里的疑问太多了，那两个人让我充满了不信任。

售货员是一男一女，一老一少。我就爱打量铁秀珍，她两根辫子活像猫尾巴，又细又黄。刀子脸，就是比鞋拔子脸要窄，上面种着许多雀斑。罕村没有比她更难看的姑娘了，她说话的声音还不好听，起高音时，像着急的家雀子一样，吐不清词儿，你不知道她在说什么。

可她偏偏要嫁给正坤哥了。下聘礼那天，他们那条街都高兴，就像家家办喜事一样。不知凤丫怎么想，反正我是很难过。这种难过我甚至想找正坤哥表达一下。吃甜棒时手割了口子，要在平时，找点细土面或草木灰摁上了事。可这天我跑到了大队部，推开了医疗室的门，正坤哥正给一个人处理伤口，那个人被铡刀切去了半个手指头，几层纱布都湿透了。

在旁边无聊，我逛到了隔壁的小卖店。那个老头不在，铁秀珍在柜台里坐着，抬起头来问了句："买啥？"

"不买啥。我手割了口子。"我举起食指给她看，流了一些血，可已经风干了。我挤了挤，已经不出血了。这让我一下没了信心，少了些找正坤哥的理由。

铁秀珍对我的手指不感兴趣。她扫了一眼，继续埋下头去。我往里探头看了一下，发现她在织毛衣。我忽然有些高兴，大声说："你是不是给正坤哥织毛衣？"

铁秀珍也高兴了，挑起小眼儿上边的眼眉惊奇地说："你咋知道？"

我们俩突然都笑了起来，很默契。仿佛这是一件特别好笑的事。笑够了，铁秀珍说："你猜的不对。这个毛衣不是给正坤织的，是给正坤他妈——我婆婆织的。"她把毛衣举起来，"我婆婆"几个字说的有些显摆，我甚至觉得她都脸红了。只是她面皮黑，不好判断。毛衣已经织到腰身了。那是一种湖蓝色的毛线，用的是棒针竹签，看上去很柔软。她问我："好看么？"

"的确好看。"我说得很是由衷。

她眯起眼睛朝我看了下，说："回头我也给你织一件。"不等我有所表示，她又说：

"你有毛线么？"

我听不出这话里的其他意味。我对铁秀珍充满了好感。

我和凤丫一下子就成了对立面。她每每说铁秀珍不好，我就替铁秀珍辩护。比如，她说铁秀珍厉害，有名的浑不讲理。跟家里人打架也死去活来。我则说她心地善良，乐于助人。

"她还想给我织毛衣呢。"我举例。

凤丫笑得像抽了羊角风一样，浑身缩成一团。我难受地看着她，心说人怎么会笑成那样，太不正常了。后来她平躺着，身子还笑得颠了起来。她把胳膊横在脸上，我看她笑出了眼泪。然后，她迅速地翻了下身，把后背朝上，肩膀一耸一耸的。

我因为看了几本书的缘故，多少明白些这种情感。我搬了一下她的脸，说你是不是爱上正坤哥了？

她像鱼一样又翻了过来，眼睛都红了，可她还是满不在乎的样子，把脸上的头发往后一胡噜，说怎么可能。就冲正坤这么听他妈的话，将来谁嫁给他也不会幸福。

这话我又不爱听。儿子听妈的话，能有错？

"你看正合、正清的媳妇，哪个不是让婆婆欺负得小鸡子似的？

她俩都受气我是知道的。一条街挨门挨户数，哪个儿媳妇不受婆婆的气？多年的媳妇熬成婆嘛，不给儿媳妇气受，这婆婆岂不是白熬了？

我就是这样想的。凤丫戳了我一指头，说："等你有了婆婆再说吧。"

正坤和铁秀珍早早就住在了一起。白天上班都在一个院子，晚上正坤哥借口值班，特别方便。只是那只医疗床太窄了，不知他们是怎么睡的。他们也不太在乎别人说什么，还没结婚，铁秀珍就把"我婆婆"挂嘴边上，她特别爱提"我婆婆"。赵兰香提起铁秀珍就笑得合不拢嘴，她说娶的这几房媳妇，顶属这个满意。

我则想到了小卖部里的那些货物，经常想象铁秀珍会像耗子一样往婆家搬运。

正合和正清都自己谈过恋爱，赵兰香表大妈都没答应。正合谈的还是个中学老师，教过我物理，长着圆鼓鼓的额头，是个特别聪明的人。赵兰香对那些女人统统不放心，而是从娘家庄上找姑娘，头次见面都要叫她一声姨或姑。媳妇进了门，都跟她处得像妈和闺女。吃饭抢着盛满饭碗，去茅房解手一个在里蹲着，一个在外站着。过些日子就不行了，婆婆在背后说媳妇馋，媳妇在背后骂婆婆懒。老三的媳妇甚至闹到离婚的地步，非要打掉肚子里的孩子。这些都威胁不了赵兰香，她在街上叉着腰说："我又不缺儿子又不缺孙子，去穿红的来挂绿的。反正我儿子马上就要提干了，谁家有闺女赶紧提前打招呼，来晚了就赶不上趟了。"正气媳妇小眼珠瞪得溜圆，也只得偃旗息鼓，再不敢跟婆婆对峙。后来她跟正气去了西藏，从此再不登婆婆门槛。

表大妈在罕村声名远播，别人都是鸡蛋，只有她是石头。这是她自己说的。

这个冬天我十三岁。记忆深刻的事情是终于有了一条自己的内裤。不是穿不起，是大人想不起来。一条街上同龄的女孩子七八个，都没有穿内裤的习惯。内裤是平角，黑地红花。更深刻的是，这条内裤整个冬天都没有洗。春天脱下来时，能自己立着。这真是让人害羞的记忆，我经常想，怎么就没人提醒应该干点什么。或者，你自己就不知道内裤穿那么久不舒服？

转年刚一进腊月，正坤哥结了婚。那时婚礼大多在腊月办，说农闲是好听的，最本质的意义在于剩饭剩菜能留下去，甚至能留到过年，过年就不用买肉了。那时的冬天可真像个冬天，从没有暖冬之类的说法，大气层相当给力。进了腊月天就会降大雪，早上起来草房屋檐下的冰锥能有两尺长。小孩子的棉衣都一把抓不透。大树小树都穿白戴白，像万朵银花竞相开放。当然，我这样说是用了夸张的手法，王凤丫一听就很不耐烦。她心情不好。正坤哥的喜酒也没去吃。我心情很好，表大妈说让童男童女去压炕，问我去不去。还用说？别人家都是小子压炕，好生孙子。表大妈是让男孩子吓着了，她希望家里能有女孩。我早早换上新衣服，洗头发，扎小辫，辫梢系个蝴蝶结，把自己打扮得漂漂亮亮的。正坤哥的洞房是在正房的西屋，一下就能看出待遇来。正合、正清、正气结婚都在对面厢房，他们谁也没捞着住正房。当然，表大妈也想把铁秀珍娶在厢房，但铁秀珍不答应，坚决不答应。她就得住正房。正房与厢房不一样。要高出一个头，小格子窗上是盘叉图案，新糊了毛头纸，上面贴着红喜字。新铺新盖一衬托，这大房子就像宫殿一样，厢房哪有这气韵。四个压炕的孩子属我大，另三个都是秃小子，最小的才六岁，大概刚学会不尿炕。我们在炕上一溜排开，我睡炕头。因为烧了太多的火，身底下热得像是要烤白薯，人像待在夏天一样，四抹汗流。六岁的小子刚要打呼噜，我说："我给你们讲个鬼故事吧。"我肚子里有很多鬼故事，都是听正坤哥的奶奶说的。他奶奶小小的个子，花白的头发挽个髻，满脑子都是神鬼。我记事的时候她就已经八十多了。有一天，给我讲完故事她就死了，是在太阳底下晒死的。

说有一户人家的儿子四岁了，一到夜里就哭。问他哭什么，他说看见了大白人，像房那么高。大白人每晚都来，只有四岁的孩子能看见。后来他们请了捉鬼的，从后河堤一直尾随到和尚坟，原来鬼是从那里来的。他们把坟刨开了，见那白衣服叠得整整齐齐放在一边，鬼在一个角落缩着。捉鬼人扬起铁锹一拍，就把鬼拍扁了。再一铲，扔到了白衣服上。早有人准备了火柴，把那衣服点着了，大家围住那火，不让鬼窜出去。鬼身上没肉，比纸还不经烧，忽燎儿一下，就没影儿了……

我的本意是说，鬼没有什么可怕的。这不是正坤哥的奶奶教我的，是我自己总结出来的。说真的，给这些小人儿讲故事我很乏味，只不过有些技痒。其实很敷衍，只讲了个大概。就这，还把那个六岁小子吓着了，哭号着要找他妈。这样一折腾，半宿也没睡着觉。眼刚一打扎板儿，鞭炮"噼里啪啦"响了，原来是新媳妇进门了。

去娶亲的是我哥王永利和嫂子张圣文，他们是早一年结的婚。我哥算老高中生，凡事有点不信邪。娶亲要赶早，这个道理谁都懂。因为同一天结婚的人多，谁先娶回谁发家，这是老例儿。所以早晨三四点就娶亲的大有人在。但铁秀珍要条件，她不单要在罕村抢第一，还要在全国抢第一。这天是腊月初八，阴历阳历都是双日子，全国结婚的不定有多少。为了保证全国第一，她要求时钟敲过十二点娶亲的人就得上门。因为路太近，他们不能走村里，要到村外绕一圈。我哥颇有微词，说这有点像脱了裤子放屁。就这大雪天，村外的路又不好走，新媳妇上了车就不能下来，漆黑摸眼的，谁能保证路上不跌跟头或有个闪失？我哥被一致讨伐，说他不该说不吉利的话。他哪里拗得过乡风乡俗。虽然不情愿，也得乖乖照办。古时候娶亲要抱小绵羊，预示六畜兴旺。现在改抱个大皮袄，铁秀珍要求这个皮袄是新的，我妈把我姥姥的皮袄借了来，是我爸给她买的羔羊皮。去时我嫂子抱着，回来铁秀珍抱着。铁秀珍嫌羊皮的味道冲鼻子，一路都在抱怨。大家都配合铁秀珍把这个婚礼办了下来，铁秀珍也带来了不菲的嫁妆。大包小包的布料，大梗小梗的条绒布，涤卡、凡尔丁、华达呢、哔叽，每样都有几块。大家一边翻她的包裹一边咂舌，说以后铁秀珍会把日子过天上去，她可会算计呢。

晚上吃子孙饽饽，她说咸了，要重包。赵兰香那样大本事的人也没了脾气。她指挥人重新调馅儿，捏着一撮盐的手抖着不敢往里放。煮好的子孙饽饽系上红线绳，她亲自端了上去，铁秀珍喂了她一个，她满足得像小猪崽一样哼哼了三天。

4

"打针青霉素吧。"

"你打青霉素了么？"

有一段时间，我们村的人把这句话挂在嘴边。发烧要打，咳嗽要打，眼睛肿了要打，腿受伤了也要打。仿佛不打就跟不上流行。正坤哥的手艺越来越好，他打针不疼，轻轻一刺，就像被蚊子叮了一口。收针时又温柔又果断，正坤哥的食指摁上去，那枚指甲就像充血一样粉红。很多人都爱看正坤哥的手，洁净修长，葱白一样，指甲似乎从没长长过，外缘呈弧形。不管面对什么样的病人，正坤哥从来没有不耐烦过，而且不嫌脏不怕累。半夜三更有人喊，他背起药箱就走。正坤哥的技艺也见长，他又学会了输液。可别小看那枚小小的输液针，捏住，又稳又准地刺进血管都不是容易的事。村里的人得了大病在外住院，经常说那些年轻的护士，手艺还不如我们村的赤脚医生呢。

毋庸说，输液又成了村里的流行语。医疗室里那张床，正坤哥把那床铺得像落了一层雪，一点针渣糊焦也没有。感冒发烧去输点液，简直是人生的一大享受。经常听村里人说，找正坤输点液吧，一输就好。更有人说，输液比打针好受，那液凉凉地在血管里走，就像伏天吃块井拔凉水冰的西瓜。你不能说罕村人说的没道理，那道理确实是他们的真实体会，尤其是大姑娘、小媳妇，有时候渴望生病像渴望什么似的。这话是铁秀珍的原话。她说："你当罕村的大姑娘小媳妇爱生病？那是因为有刘正坤！"她说这话时笑呵呵的，一点也不带情绪。相反，脸上都是满足和得意，仿佛刘正坤是她手里的一块宝，那块宝能换来大大小小的钞票。

村里人都很庆幸，当初培养了刘正坤这样一个人，是多么正确。比上吊死了的那个丫头不知强多少倍。

要说出过什么事，那也是在所难免，罕村人想得开。比如一个叫张占刚的人，才四十出头。有一晚觉得心脏不好受，输了一瓶液后，就彻底好受了。村里人会这样说，这是寿命，怨不得别人。还有一个七十几岁的老太得了肾结石，疼得实在受不了，央告正坤哥给输液。输着输着人就死了。大家都说，她终于不疼了，这是哪辈子修来的福分。

对于生死，村里人的看法向来豁达，他们不当回事。

其实，事情肯定不止这些。常在河边走，那就得湿鞋。罕村人对正坤哥那真是没说的，包容加理解，当然，这是我说的。有一次，村里有个得伤寒的孩子死在了医院，据说是引起了并发症。村里人说，瞧，这要是让刘正坤输液，保准死不了。同样是伤寒，王大方家的二丫头那么重，不也输活了？

他们指的就是我。十几年过去了，那一天四针青霉素还在见证奇迹。

铁秀珍没嫁过来之前，四老歪表大爷家一直很平静。表大妈赵兰香像个老帅一样坐得住镇，儿子、媳妇、孙子、孙女都围着她转，她指东别人不敢往西。她打狗别人不敢骂鸡。铁秀珍嫁过来就不行了，她要给刘家改规矩。过去，正合、正清的工资都上交，媳妇们花一分张口跟婆婆要一分。比当下的财务制度还严格，媳妇们要一次钱，哆嗦一回。要五块能给三块就不错了。这还是大媳妇。二媳妇不受待见，要三块顶多给一块五。在他们家其实有许多笑料。媳妇们来月经不使卫生纸，而是用布袋子装草木灰，当卫生用品。这是赵兰香她们那代人年轻时用的招法，没想到借尸还魂了。铁秀珍哪受得了这个，她在娘家就是个天不怕地不怕，帝修反来了坚决打，还怕你个老太婆不成！铁秀珍要求正坤哥的收入她保管，否则就分家。赵兰香简直气疯了，天下居然有这样做媳妇的，嫁过来还不到一个月，就开始造反。这还了得！娘儿俩从吵嘴到对骂，谁都不退缩。铁秀珍心想，我这次退一回，这辈子就会让你攥出尿来。赵兰香心想，即便你是皇上的女儿，嫁到刘家就得守刘家的规矩，管不了你我怎么管别人。人一撕破脸，就说话没好嘴，走路没好腿。铁秀珍越骂越痛快，说婆婆如何压榨儿媳妇，倒不是指自己，而是指所有媳妇。因为常年不用卫生纸，裆里像烂泥一样臭烘烘，家里整天一股子糜烂味。"你不把别人当人，就不配别人把你当人。也不撒泡尿照照自己，有你这样做婆婆的么？你不配穿我织的毛衣，脱了，你给我脱了！"铁秀珍的小刀子脸寒光凛凛，手指点着赵兰香的鼻子，硬生生地让她把毛衣脱了下来。大家都说，赵兰香这回可遇见茬儿了，啥婆婆使啥媳妇。

"撒泡尿照照自己"，是赵兰香的口头禅，没想到铁秀珍用起来也轻车熟路。村里河也有井也有，何至于到撒泡尿照镜子的地步。那种极度蔑视、轻贱真是在骨子里，细一琢磨，没有比这更狠的骂人话了。

有一句话格外刺耳，铁秀珍说赵兰香跟大队书记搞破鞋："你当罕村人不知道？呸，纯粹是捂着耳朵偷铃铛。人家不是不知道，是装不知道，护着你那张老脸，否则臊也把你臊死了。"铁秀珍用一根食指划拉脸，那是没羞没臊的意思。大家往回一想，可不得了，大队书记不就是铁秀珍的爸么？在罕村统治若干年，最近才被人拉下马。被拉下马的第二天就找姑爷输青霉素，说喉咙肿得吃不进东西。铁秀珍没文化，但脑子好使，宗宗件件的事都记着。说赵兰香给书记送年糕，就像《夺印》里的烂菜花一样，来了就不走。为了让自己的儿子当赤脚医生，她像狗一样三更半夜钻寨子窟窿。"钻进来干啥？你当别人都是傻子？"赵兰香一下就给骂晕了。她家墙外边有个碾盘，开始她抚着大腿在那里哭，哭着哭着就没气儿了。

婆媳开战的时候永远看不见正坤的身影。赵兰香一没气儿，他不知从哪儿钻了出来，也不慌，也不忙，掐人中，泼凉水，就像对待其他人一样，总算把老娘救活了。赵兰香不依不饶，非要输几瓶液，她在医疗室的床上躺了好几天，正坤哥每天寸步不离地伺候，直到有一天，赵兰香自己都觉得不好意思了。

铁秀珍经济上闹独立还只是第一步。第二步，她在住房上闹独立。原来，她跟正坤定亲后，就给自己选了房基。那时她爸还在位，把大队院墙外的一处空场批给了她。这件事做得隐秘，连正坤也不知道。所以铁秀珍闹独立有充足条件。自己手里有几个钱，再跟娘家拆兑一些，就把房子盖起来了。大家发现了一个奇怪的现象，铁秀珍跟婆婆骂战也好，盖房也罢，刘正坤都不参与。你永远看不见他有态度。他每天背着药箱走街串巷，像个不食人间烟火的圣人。他脸上永远挂着淡淡的笑，不温不火，几十年如一日。除了做大夫，他啥也不做。包括下地干活儿之类，都是铁秀珍一个人泥里水里摸爬滚打。他没烦过谁，也没朝谁发过火，跟谁都没产生过一丁点儿摩擦。他就像个蜡人，温度几乎恒定。

于是人们开始往回想，他不当赤脚医生之前什么样。他初中毕业参加了几天生产队劳动，不出挑，也是沉默寡言的一个人。歇工时自己坐在远离人群的地方，玩小虫子。有一次，他把蚂蚱用草梗穿起来一串，挂到了树上，收工带回了家。也有人问他干啥使，他一笑，没说。

他很少跟人交流什么，见面说话永远是几句客套。

铁秀珍的行为，等于给刘家铁板一样的生活撕开了缺口，以后这个缺口再没能愈合。赵兰香只得给儿子们分了家。老大老二也先后要了宅基，从老宅搬走了。老宅分给了老三和老七。后来，老三正气转业到了北京，在环保部门做督查。他自从做了军官，就再没给家里汇过款。老七正辉大学毕业以后留在了天津，做规划设计。他们经常很长时间不回家，老宅就剩下了表大爷和表大妈两个人，还有门口的两个石狮子。那两个狮子也老了，眉目变得越来越模糊。表大妈经常骑着小三轮赶大集，到集上去吃煎饼果子。她逢人就说自己有多后悔，当初瞎了眼，找了铁秀珍这么个媳妇，把好端端的一大家子人搅得七零八落。早知这样不如让正坤娶那个赤脚医生了，眼下人家在县里的医院做大夫，已经是主任了。

也有人把这话传给正坤，想看他的反应。正坤只是一笑，一句话都没有。

5

正坤哥的婚姻生活，没人能说出个子午卯酉。他幸福么？如果央视去问他，估计也问不出所以然。大家都知道，铁秀珍说话做事看他眼神。那眼里有情愫，也有畏惧。铁秀珍蛮横是出了名的，打遍街骂遍巷。在正坤哥面前却乖得像只猫，说话都不放开音量。她每天都往医疗室跑，梳洗头脸，换干净衣服，扶着门框笑着问正坤中午吃啥饭，正坤只回答两个字：随便。铁秀珍再问，吃葱花馅饼行么？正坤哥头也不抬地说，行。于是铁秀珍心满意足地走了，回家换上家居衣服，烧火做饭。她的刀子脸越来越圆润，雀斑的颜色浅了，走路雀跃着步子，眉眼里盛着欢欣。这是日子过得舒心的标志。他们家买齐了所有的电器，邻居都把肉放进他们冰箱。他们生了一对龙凤胎，哥哥叫大水，妹妹叫小水。是正坤哥起的名字。他们是龙年生的，龙行云，有云就有雨。

这寓意不错。

铁秀珍可圈可点的地方真不少，她远不像表大妈说的那样一无是处。大家都说，自打跟正坤哥结婚，她就像变了个人。家里那样多的地，耙犁锄耪春种秋收都是她一个人。要知道，她做姑娘的时候从没付出过辛苦，横草不拿竖草不捏。孩子小的时候，她用自行车糖葫芦似的带着送到娘家，让姥姥照看，下地回来再把他们接回家。大水装一个筐里，小水装一个筐里，再把两只筐拴在一起，她才去做饭。表大妈心安理得地做闲云野鹤，跟人家斗小牌，因为一块钱输赢大打出手。也有人问她为啥不给儿媳看孩子，表大妈说："我的儿子我婆婆就不给看，我凭啥给她看？"

大家都觉得她没说真话。她的理由也不是个理由。

搬进新房以后，正坤哥有时很晚才到老宅来，不徐不疾地迈着脚步。黑暗像一层蛛网，轻易就被他戳透了。我遇见过他两次，黑暗中有脚步声"沙沙"地传来，我本能地往路边靠，还有几步远，正坤哥说："是云丫啊，吃了么？"声音明显持重，像个上了年纪的人。我说吃了。他站下来跟我说话，打听凤丫最近有没有回家。凤丫随军去了山西，后又转业回了埙城，这样一随一转，凤丫变成了公家人，拿为数不少的工资。说起凤丫，大家都说她命好，我自然有几分炫耀，用夸张的语气学说她工作上的事情，黑暗中正坤哥眼睛熠熠放光，我心里一动。想起凤丫又笑又哭的样子，那是我告诉她铁秀珍要给我织毛衣，她笑得抽搐，像得了羊角风。那时候真是不懂她为什么会那样，还有铁秀珍说的那句话："你有毛线么？"

凤丫自然是什么都明白，因为她是大人了。就因为是大人，她才笑成那样，这其中有多少微妙和不甘呐！她不肯参加正坤哥的婚礼，那一天我们又吃又喝，压炕，讲故事，娶亲，放鞭炮，热闹得不得了。谁也不知道她去了哪里。我暗暗叹了一口气，想凤丫如果和正坤哥走到一起，真是好姻缘呐。我又叹了一口气，他们走不到一起。凤丫清楚地说，正坤哥那么听他妈的话，谁嫁给他也不会幸福。凤丫是明白人，也许是太明白了。

我骂凤丫傻，铁秀珍不是也挺幸福？

当然，后来我们又探讨这个问题时，凤丫说我傻，那么简单的问题都想不明白。"即便我同意，正坤同意，表大妈也不会同意。咱家有啥？爸就会跟工作组对着干。正坤那么好的条件，她找个大队书记做亲家，已经是最低标准了。"

"他有啥好条件？"

"长得好，职业好。"

"啥叫最低标准?"

"她瞧不起我们家。"

"她说你长得水灵。"我还记得表大妈当年说的话："两家要不是亲戚，结个亲家多好。"

"你做个试。"凤丫的嘴角翘了起来。她也是个好看的女子，但说心里话，她没有那个女赤脚医生漂亮。但若要跟铁秀珍比，那简直不在一个档次。凤丫每要说不屑的话，都会翘起嘴角。"那个赤脚医生你忘了? 大冬天来找正坤，她连门都不让人家进。在这之前，我都不知表大妈又会骂人又会打人。"

"肯定是正坤哥不听她的话了。"

"所以她把气撒到了女赤脚医生身上。"

"正坤哥就在东厢房的屋脊上，院子里发生的事他都能看见。他甚至看见了谁抽走了我的围巾。"时过境迁，我说话明显有些不实事求是。

"他不能坚持到底，他其实是个废物。"凤丫的口气突然变得冷冷的，"他是个不负责任的男人，遇到事了就会逃避。"

"哦。"我有些泄气。凤丫的这些评价让我酸溜溜的。在我心里，正坤哥是个优秀的人，任何瑕疵也没有。听凤丫这么一说，正坤哥好像一无是处。我怜悯地看着凤丫，觉得她的幽怨里藏着嫉妒。他们中间隔了一条河，谁都不肯往前迈，结果造成了终身误。这是我很多年之前的想法，现在仍然这么看。

相比之下，凤丫无疑更痛苦些。"他还脚踩两只船，跟表大妈一样，不是什么好东西。"凤丫的嘴角又翘了起来，话说得有些露骨。

正坤哥转身走了，背着药箱的姿势都没变。但他明显消瘦了，身形像要飘起来一样。这个时候一般都是赵兰香打来电话。"你爸身上又不好了，快给他拿点药来!"赵兰香从来也没有好声气，不像年轻的时候顾忌颜面："他咋还不死，他不死我都要愁死了!"

四老歪表大爷年轻的时候做过厨子。虽然没有资格证书之类的可以标榜，但虎头丸子、四喜丸子、红焖肘子之类的大菜大家都说好。家常菜当然也做得好，所以表大妈一辈子都吃习惯了。过了六十岁，表大爷的身体明显不行了，那些劣质油烟熏坏了他的肺。腰越来越佝偻，喘气越来越困难，甚至掂不动一只炒勺。过去表大妈打牌回来能吃现成的，现在却要给表大爷做饭，让她不胜其烦。她不止一次对正坤哥说："你治得好全村人的病，咋就治不好你爸? 从来不给他用好药!"赵兰香嘴里的好药，就是指青霉素。谁也不知道赵兰香这话从何说起，自从跟儿媳妇交恶，儿子自然也成了对立面。既然治不好，她就频繁地打扰他，不管多晚，她打电话他就得来。他不会不来。谁让他是大夫呢。

"快，给你爸输液，输青霉素!"

他在他头前站了会儿，他侧卧着，脸有些偏朝里，似乎是对外面的一切"事不关己高高挂起"。喉咙里像刮风一样，有柴火叶子走动的声音。一口痰含在胸腔里，总伺机出来。他把脖子伸长，用力，再用力。脸憋得青紫，却是发出了咏叹调般的绵长音节。"咱……

治?"正坤叠着手站着，探着头问。房梁上挂着灯泡，浊黄的光亮上沾满了灰尘，他正好在灯光的暗影里，躺着的人看他如雾里看花。四老歪表大爷已经顾不得响应了，只是沉默地点了下头。赵兰香拿了根黄瓜走了进来，一撅两节，把尾巴那头给正坤，正坤看都没看，用胳膊肘顶了一下，拒绝了。秋黄瓜的香气满屋子飘，正坤吸了吸鼻子。打开药箱，东西都是现成的，甚至连药都勾兑好了。正坤知道父亲应该用什么药。他麻利地搬来一只大衣架，把输液瓶挂了上去。抻出父亲的左臂，用棉球涂了涂静脉注射的位置，然后捏起输液针，熟练地刺进了血管。

赵兰香问："你输的是青霉素么？"

正坤答："输的是青霉素。"

青霉素合着葡萄糖一滴一滴往下走，不一会儿，四老歪就面颊赤红，呼吸急促。

赵兰香说："青霉素是个好东西。"

正坤应了一声，朝外走去。屋檐下有蝙蝠扑棱棱地飞，有虫子"唧唧唧"地叫。正坤摸出一支烟来点上，吸一口再吐出来，夜色就更浓了。他平时不吸烟，谁也不知道他会吸烟。他从不让自己身上有烟味。他偏头看了一眼那窗，盘叉的格子被推拉窗取代了，上面装着玻璃。这是东屋。里面的窗帘拉上了，透出丝丝缕缕的神秘和诡异。屋里有响动。开合柜子的声音，间或还有人语声。赵兰香嘟囔："甭舍不得走，快去找你妈吧。""我跟了你一辈子，你都给过我啥？""屁大本事没有，你就是个窝囊废。"这话更像自言自语，断断续续传出来，给幽暗添了几分清冷。正坤回到了屋里，四老歪已经陷入深度昏迷。那液一滴一滴走得欢畅，已经去了多一半了。他把药箱打开，又合上了。又打开了一次，把棉球、镊子之类的小东西收拾了。他的药箱里永远井井有条。

"你就这么不待见他？"他说得有些羞怯。

"我没有啊！"赵兰香本能地反驳，随即又提高了声音，"这一辈子他给这个家挣啥了？连你都不是他挣的。"

正坤心里"咚"的一声响，像是有什么东西震落了。他想，她指的应该是赤脚医生这个职业，而不是别的。大家都知道，这是赵兰香豁出命去从人家手里抢来的。那个丫头叫高艳红，生得四方大脸，早成了吊死鬼。村里人甚至都不同情她，觉得她矫情。她爸是九队会计，三脚踹不出一个屁。

炕上大包小包的包裹从柜子底下翻了出来。不用问也知道，这是装老的衣服。赵兰香一个一个清点，转过头来说："你爸用不着了，把那液停了吧。"正坤也仰头看，那液其实还在走，只是慢些。拔下针头，用棉球摁住针眼。赵兰香说："还摁着干啥？就着他还有一口气，我们得赶紧把衣服给他穿上。死了再穿妨活人。"

衬衫，棉袄，大袄，摆裙。四老歪死了样地任摆弄。头整个扛到了肩膀上，眼闭成了一个坑，青灰色的单子盖到了胸口，那上面一起一伏。

赵兰香看了眼座钟，快十一点半了。她说他要是拖到下半夜，就得停大三天。他懂。扭头看了眼墙上挂着的日历。七号。再过半个小时，就是八号了。他坐在了炕沿上，折腾半天，他也累了。他无言地看着赵兰香，就听她嘴里说："废物人也不能让你空口走，啥事都有规矩。"她开茶叶盒子，抓好大一撮茶叶。返身捏四老歪的鼻子，他嘴张开了，她把茶叶塞了进去，顺便又给他抿紧了。

捏鼻子的那只手久久都没有松开。

我爸王大方有心病。他的心病我模模糊糊地能感觉到。那时我还小，有个晚上他让我做了两件事。第一把赵桂德请来。第二，去大队的墙外边贴个东西。事后我想，这两件事其实应该是一件事。赵桂德与我爸私交好，冬天的夜晚，他经常在我家一坐就是半宿。那天我爸让我去请他，也是个冬天的夜晚，天上有稀薄的月亮，村道让寒冷冻得硬邦邦的。我大概有十一二岁，边走边想，赵桂德就今晚没来，我爸却让我去请他，看来是要有大事发生了。莫名其妙的，我总觉得生活平淡，渴望有什么大事打破这死水一样的生活。小孩子也不都头脑简单。

赵桂德来我家后，我就睡了。然后，又迷迷糊糊地被叫醒了。我爸说，你敢一个人出去么？我"噌"地坐了起来，这世界上就没有我不敢的事。我爸交给我一张纸和一瓶糨糊，让我贴到大队部外边的墙上。注意不要让人看见。还特意告诉我，要贴得高些，如果够不着，脚下蹬几块砖头。

"回来如果遇见人，我就往表大妈他们家那个方向跑。"我自作聪明。

我爸摸了摸我的头顶，又顺带揪了下我的小辫儿，嘱咐我这件事不能告诉任何人，哥哥姐姐也不能说。

我顺利完成了任务，有一点小小的成就感。转天上学从那里过，我特意跑到那面墙上去看。那面墙上贴了各种各样有字的纸，有粉连纸，有苍绿色的纸，更多的当然是白纸，写些又丑又大的字。最上面是一幅画，一个男人趴在桌子上打算盘，一个女人趿拉着鞋子给他扇扇子。男的叫铁成树，女的叫赵兰香。我歪着脖子看了两眼，觉得这幅画一点也不符合实际。眼下正是冬天，离扇扇子的季节还很远。

我不敢判定哪张是我贴的。这里是大队的房山墙，各种纸粘在一起有寸把厚。我也不关心我贴的那张都写了些啥，这些对我都不重要。拐过墙角就是小学校，小学校是大庙改建的，外面有大红的柱子。廊檐下有两个老师正在说闲话。我弯过去听了一耳朵。一个说："你有没有看见铁书记的大字报？上面画了他跟赵兰香，写的是'一丘之貉'。"另一个说："哪里是这么简单啊。赵兰香衣衫不整，鞋子都还没提起来，明摆着是作风问题。"我吓了一跳，作风问题我可懂，这是大事。我见过有人游街，手拿一面锣锣，敲一下喊一声："我是破鞋——"我又跑回去端详那幅画，"一丘之貉"写在右上角，差一点飞到了外边。我还是搞不清扇扇子与作风问题有什么牵连，难道一个人打算盘，另一个人就不许扇扇子？

自从王永利当兵的事受挫，我爸就想当书记。这个想法坚定不移。他找到工作组，说自己根红苗正，三代都是苦出身，完全可以当书记。管工作组的是个女的，代号"工作组"常年在表大妈家吃派饭。她故作吃惊地说："老王为啥想当书记？"我爸思谋了一下，说想为人民服务。"工作组"忍住笑看天，用牙齿啃上嘴唇，好一会儿才回应我爸："真的么?"我爸当然说是真的。"谁撒谎谁是小狗。"他不知怎样表达自己才好。"工作组"这才正色说:"当书记必须得先入党,你是党员么?"我爸愣了下,才觉得自己吃亏了。过去有人找他写入党申请书,可他不入。他说:"我保证比党员做得好,咱们走着瞧。"他有蛮力气,总是干最脏最累的活。到地头了人家歇着他不歇,大家都叫他二傻,他这是自己跟自己较劲。一直到晚年,他偶尔还会为这件事后悔,如果当年顺顺当当入党,说不定也能当书记。

"那你就先写入党申请书吧。""工作组"表现得很爽快。

大人也有天真的时候呢,那时我就这样想。我妈不同意我爸入党,说他入不成。我爸不信邪,在油灯下连着写了三晚上的入党申请书。开始是用我的铅笔头,粗壮的大手捉铅笔头的姿势真费劲。光橡皮就使了差不多一块,墙柜上浮着一层橡皮皴,他鼓起嘴巴一吹,就四散奔逃。后来用钢笔抄,那个钢笔老拉稀,拉坏了不知多少张纸。关键是,我爸精益求精,又信誓旦旦,整整写了三张纸,他大概是想用质量和数量来说明问题,好打动人心。他说自己在旧社会没穿过一件新衣服,户口本上写的是贫农,其实比贫农还穷,是雇农。上无片瓦,下无寸土。我奶奶给大户人家当奶妈,我爷爷给人家扛长工,整天吃了上顿没下顿。他边写边抹眼睛,自己先感动了。他的文化是解放以后上夜校学来的,他肯学,还能攒词儿。不像有的人,半天憋不出两行字,像便秘一样。申请书交上去后,就石沉大海杳无音信,"工作组"看见他绕着走。有人私下告诉我爸,还是因为我姥姥的成分问题,他根本不可能入党。我姥姥是地主婆,整天挨批斗。她的姑爷怎么可能入党?我爸登时就炸了,我姥姥的事在那儿摆着,工作组的人早知道,还让他写申请书,这不是明摆着要人玩么!那段时间我爸专找工作组的麻烦,哪家请工作组吃饭,只要让我爸瞄着影儿,他准跑过去给人家掀桌。他有名正言顺的理由,工作组是来工作的,不是来请客吃饭的。那些请吃饭的人家都有大大小小的事情要办,买一吨煤,或买一辆自行车,或在哪里给孩子安排个工作。为了吃成一顿饭,甚至要放警戒哨。罕村人看见我爸就笑,说这个王大方,不单是傻子,还是疯子。我爸就是咽不下那口气,我们家明明比表大妈家成分好,表大妈家的儿子又能做工又能当兵,我家却不行。天下怎么就没有说理的地方!他得罪了多少人,是个未知数,不知有多少人戳他的脊梁骨。王凤丫总觉得没脸见人。有人给她提亲,没几天她就嫁了。那年闹地震,家家房倒屋塌,我爸被派到公社参加救援队,村里人可是松了口气。可从那年开始,政治格局变了,工作组也解散了,"工作组"倒背着手迈外八字,两根小辫子又细又短,像是挂在耳朵上——再没让人见到身影。后来听说她死于米猪肉,脑袋里爬满了虫子。

又过两年,地主都摘帽了。我爸又记起了那个茬儿,他还是接着写入党申请书,他还是想当书记。

他后来一直没有当上书记,与他的性子有关。他不服管。人家说一句他说三句,话稍不投机,他就吹胡子瞪眼,让人下不来台。乡里的干部在夏天抢收的季节在树荫下打牌,他过去把牌都撕了,还给人家讲了半天大道理:"群众都在战天斗地,你们这不是作威作福么!"铁成树后来不当书记了,让人告了下来。他点着我爸的脑门说:"王大方啊王大方，就你这脾气还想当干部？三天就让人撤下来。你以为干部是那么好当的？得整天装孙子才行。"我爸灰溜溜的。他想，有那空给人家装孙子，倒不如自己干点实际的。

又过许多年，赵桂德在大队的房山上画宣传画，小人儿画得齿白唇红，用喷壶浇花。我激灵了一下。我去打酱油，代销点早让个人承包了，大家都说，现在的酱油比铁桂珍那时候的酱油要好，兑的水少。但洗洁灵兑水多，倒碗里都不起沫。那些宣传画都是"五讲四美三热爱"的内容，花红柳绿的煞是好看。我走过去跟赵桂德打招呼。突然想起许多年前那个冬夜，我来张贴的也许就是一幅画，出自赵桂德之手。而身后的主谋，则是我爸王大方。

我心说，老王，不简单哪！

我爸这一辈子，可说是一事无成。他有文化、脑子活，可都没派上用场。他自己也觉得运气差些，干啥都不成功。改革开放以后，他做过皮草生意，包过工程，当过水果贩子，赚钱的事对于他来说，简直就是天方夜谭加白日做梦。可我觉得，是他的想法与现实有些脱节，很多事情他想得太过高远。可现实就是眼眉前这点事，他总是受到生活的惨痛捉弄和严酷打击。就像他一直没能入党，也一直没能当书记一样。我参加工作以后，他总是怂恿我入党，说只有入党才能从小到大当干部。可我的心气不在那儿，让他很失望。他五十多岁的时候就健忘得厉害，出门回来甚至找不到家。当然，他比表大爷四老歪幸运，活过了七十岁。那几年港澳都回归了，我们国家尽是大喜事，可他却连儿女也不认得了，管王永利叫表弟，管王凤丫叫表妹。为了不让他把我认错，我从来不问他我是谁。他说出的话也让人啼笑皆非。比如，他管自己叫王书记，若问他早上干啥了，他十有八九会说开会。他乐呵呵地就会说开会，可能觉得当干部只有开会这一项，让他一辈子钦羡。家里人经常逗他，说王书记吃饭了。他就高高兴兴地答应。我妈奚落他说："一天书记没当过，咋落了这毛病。"他就闷闷的，用筷子戳饭碗，戳得非常不耐烦。我妈只得说："好了好了，我们先吃饭，吃完饭接着开会。"

他失神的眼睛看我妈，重重地说："赵兰香的儿子为啥当兵？"

6

罕村有些风俗是很厉害的，不由你不信。比如，有句话这样说：不怕猫头鹰叫，就怕猫头鹰笑。猫头鹰在谁家树上笑，谁家准死人。小的时候我们专门印证过这件事，因为还没学过数学，也不知有多大概率。但有一点明明白白，死人都是成双成对的。先死个男的，后边一定会死个女的；先死的如果是个女的，后边一定跟着个男的。这个说法是一辈一辈传下来的。若问有什么根据，那肯定是什么根据也没有。

小时候不知怎么那么多猫头鹰。夜深人静时的叫声和笑声都让人骨头是寒的。因为你要分辨它是在叫还是在笑，它叫和笑的声音差不多。村里有个二哥会打黄鼠狼，一个冬天能卖几十张皮子，三块五一张，一张就能顶一个冬天的工分。有个晚上他家树上落了只猫头鹰，哈哈哈地笑起来没完没了。猫头鹰笑他也笑，笑的比猫头鹰的声音还大。他自恃他和家人都身体强健，没有什么能奈何他们。可转天早晨他迟迟不开门，家人推开门一看，他趴着死在了炕上，把炕席都挠出了麻花。

我们还相信很多东西。后滩有龙脉，如果不被破坏，罕村能出娘娘。和尚滩埋有九缸十八窖的金银，是朱元璋打从这里过时，储存以备建国用的。我们认真地跑去挖过，用抿铲，或小镐子，像挖白薯的贼根一样，幻想着面前如果堆一筐金银可以天天吃点心。遇到鼠洞总以为离胜利不远了。当然，最终什么也没挖到。后来又听说，这些金银会在地下行走，跟着朱元璋去了南京城也未可知。

这个朱耗子，领走金银也不知会一声。让罕村人白白守了很多年！

这些类似神话和非神话的故事都出自正坤哥的奶奶之口，我们叫她二奶奶。二奶奶是大户人家的女儿，嫁给二爷爷时，坐八人大轿。这在罕村都是有传说的，因为县太爷的轿子才四人抬。她常说这样一句话："地动山摇，花子撂瓢。"花子就是讨饭的。过去讨饭的人都端着瓢，这个东西家家都长，熟透晒干的葫芦剖两半，大的是大瓢，小的是二瓢。当年我就问过她，这句话是什么意思。二奶奶说，指的是好年景，花子都不要饭了。我长大以后觉得不可信，好年景大概意味着风调雨顺，可如果地动山摇把人都震没了，好年景还有个屁用。

她和赵兰香婆媳一辈子相安无事。年轻的时候赵兰香怕婆婆，怕得像耗子见了猫。年纪大了就反过来了。二奶奶瘫痪在西厢房，赵兰香每当从这里过，就会指着二奶奶说："你咋还不死，活着就是个祸害。"二奶奶则趴在窗台上，从窗洞里露出一张瘪茄子样的脸，细眯着眼，伸出舌头对赵兰香吐口水。二奶奶说："早晚你会害了我儿子，我做梦都梦见了！"

老家儿死了要走三年背时运，这简直就是谶语啊。四老歪表大爷安详地睡去了，早晨人们前来吊唁，纷纷夸赞他太会心疼人。没怎么让人伺候就走了，还走在了前半夜，天亮就已经是第二天了。转天早晨一出殡，能省一天的饭钱。他的六个儿子头戴孝帽在两厢跪着，大家总觉得少了谁，还有哪个没来？不是七郎八虎么？数了又数，才想起老四正义打小就死了。老八正风是一只黄鼬，来无影去无踪。黄鼬的名字还是正坤哥的奶奶起的，年轻时的黄鼬有许多传说。有一次，正风捉井壁上的小家雀，因为年老体弱精力不济，掉下去淹死了。二奶奶给它在菜园子里造了座坟，说它宁可掉井里淹死也不吃家里的鸡。后来，赵兰香又养了只白猫，也叫正风。白猫是个不靠谱，两只小黄眼球贼溜溜的，从来不捉耗子。有次跟个耗子逗着玩，逗够了又把耗子放跑了。赵兰香看见它就气不打一处来，摸到砖头是砖头，摸到笤帚是笤帚，准打它个落花流水。白猫基本不进刘家大门，它在槐树上造了个窝。靠吃百家饭活着。六个儿子跪在两厢，左边跪了三个，正合、正清、正气。正气转业从西藏调到北京，颧骨上带两块高原红。右边跪了三个，正坤、正杰、正辉。最小的正辉去年没考上大学，正在复读，那是一个发誓要走出罕村的孩子，平日脑袋撞个疙瘩也甭想跟谁主动说句话。去远处报丧的人一个一个回来了。姑、姨、舅舅三大家，然后才是"表"字辈。四老歪表大爷家的老亲戚多，报丧人去了十几个。供桌摆在头前，长明灯点着了，瓜果点心摆好了，头道纸烧过了，表大妈一个人在咧咧地哭。她突然想起了什么，抹了把脸，扶在门框上对儿子们说："你爸死了，你们都好好的，这三年都多加小心，没事别出门，小心让车撞了。"儿媳妇们都在旁边拧鼻子，嫌她这话说得不吉利。守孝这三年过年都不用走亲戚，这账不是只有表大妈一个人会算。

自从这一大家子扯开，赵兰香就像老虎被拔了牙齿，连余威都没了。当然，你不能说她从此怕了儿媳妇，这不科学。赵兰香自己说，上不怕天，下不怕地，中间不怕空气。事实是，儿媳妇们不从她手里要钱花，那种恭敬的感觉就没有了。表大妈非常不习惯，今天跟这个儿媳妇干一仗，明天跟那个儿媳妇干一仗，找的理由五花八门。比如，正合的媳妇养猪，她说不能吃干面，要搋猪食。三句话不投，她提着猪食桶给人家倒当街去了。把正合媳妇气得一边拿簸箕收拾一边哭。老二正清的媳妇有些窝囊，早年她横眼竖眼看不上。乡里辞退临时工，正清被退了回来，她就骂媳妇是个妨家娘儿们，自己好不容易给儿子找的工作，就这么被她妨没了。

有一次她去小卖店买东西，正赶上铁秀珍去喊正坤回家吃饭。铁秀珍从医疗室里出来，就当她是空气一样，眼仁朝天。他们平时也不说话，除了公爹四老歪去世，铁秀珍从不去老宅。赵兰香也从不到铁秀珍家里去。这个当年最满意的媳妇，成了结怨最深的人。平日还不觉得什么，可这一"撞见"让她觉得受了辱。她风车一样闯进医疗室，破口大骂刘正坤："如果你是我儿子你就把她打一顿。你不把她打一顿你就不是我儿子。"铁秀珍本来已经走了，听见吵嚷又回来了。铁秀珍挑开门帘说："正坤你要想打就打，咋打我都不还手。"铁秀珍是过于自信了。她不相信正坤会真的对她动手，正坤从来没对她动过手。刘正坤正给一个老太太涂抹药膏，那老太太生了蛇盘疮，从后背到前胸，像根带子一样系在了腰上。差一点就在左胸上合围了。乡间有说法，如果合围必死无疑。正坤用民间偏方熬了药膏，里面调了些青霉素，居然对那些小疱疹很有效。把老太太送出门，正坤回手把门关上了。只一拳，就把铁秀珍打倒了。

后来，是赵兰香跑出去喊救命。这件事传出去，听得人身上冷飕飕。都知道赵兰香对铁秀珍积了多深的仇恨，她出去喊救命，这是要把人往死里打的节奏啊。正坤骑在铁秀珍身上，拳头专往要害处捣。铁秀珍想还手的时候已经没了力气，她的门牙飞了，嘴唇翻了起来。鼻孔里窜出了黑色的血。一只眼球甚至被挤歪了，整个脑袋肿胀了一圈，看上去非常可怕。若不是赵兰香喊来的人把正坤拉开，真要出人命了。赵兰香蔫没声地溜了。她从来不知道正坤这么凶狠，怎么有点像报杀父之仇？

铁秀珍被娘家人送到了医院。她爹铁成树来讨说法。铁成树得了脑血栓，跌成了拐子。他挂根拐杖上门，正坤穿着白大褂正给人清理缝合伤口，一点也没有曾经行凶的样子。铁成树哆哆嗦嗦说："正坤，好歹一日夫妻百日恩，她是你儿女的妈，你咋能下那么狠的手？"

正坤头也不抬说："要是心疼，就领回去吧。"

半年以后，罕村又死了一个人，只是打破了符咒，没死女的，死的仍是一个男的。其实这个时候，人们对死男死女已经没有构想了。改革开放后，许多观念和想法都更新了，那些旧风俗、旧习惯都被扔进了历史的垃圾堆。大家都忙，也没工夫编排那些穷讲究闲磨牙。正合下班回来让摩托车撞了。摩托车跑了，只在现场丢了块车瓦。正合拾起来骑车回到家，媳妇在门口喂猪，他说了句"我让摩托车撞了"，扔下车瓦去了屋里，扎到炕上就没起来。媳妇起初没当回事。摩托车撞人还能把人撞坏？撞坏也不可能骑车回来。她家临街，喂完猪又跟过路人说了阵话，进屋才发现正合吐了一炕。正合侧着身子，头枕在一只胳膊上，真像睡着了。媳妇说："晌午又喝酒了？喝酒咋还往炕上吐？"媳妇是个好脾气的女人，她拿来笤帚抹布收拾残局，才发现正合舌头在外吐着，却牙关紧咬。她推了他一把，正合"砰"地变成了仰面朝天，人像口袋一样没了筋骨，也像口袋一样没了弹性。

从没见表大妈这么悲痛过。她被人叫了来，先看了眼儿子，回头就打了媳妇一嘴巴。媳妇说："你打我干啥？"表大妈说："正坤呢？快让他输青霉素！"正坤背着药箱骑着自行车来了，血管根本不走液。表大妈说："输，你就输。先把血管冲开。"结果血管到最后也没冲开，正合的身体一点一点凉了，舌头成了紫黑色，整个脸都塌腔了。

赵兰香哭晕了一次，又哭晕了一次。她十六岁生正合，自己还是孩子呢。正合生下来像只大耗子，喂养成人不容易。正合年前转了正，如愿以偿吃了商品粮。正合从没跟她生过气，她是想老了不能动了，要指望这个儿子的，没想到正合先走了。

又过了三个月，正清家里修房子，他给房顶上的人递烟，在架子上一错步，从上面摔了下来，把腰椎摔坏了。医院给做了修复手术，让他回家输液静养。正坤背着药箱在晚饭前进了二哥的家门，一瓶液走到深夜，转天早晨，正清的身子凉了，谁也不知道他是什么时候死的。

大家都说，四老歪活着的时候是个厚道人，死了咋就不厚道，连着带走了两个儿子。

儿媳们则说，都是赵兰香咒的。

7

谁要说有其父必有其子，王永利第一个反对。他可不想成为我爸王大方那样的人，他不想有我爸那样失败的人生。年轻的时候当兵受挫，我爸想入党，想当书记，是想掌握主动权，晚年甚至想出了毛病。没人知道王永利是咋想的，他有想法不轻易告诉人。我爸杀羊的时候他拽羊腿险些休克的事，王凤丫当笑话说过一次，就不敢再说了。王永利真生气，两眼鼓出来，两腮像气蛤蟆一样鼓起来，仿佛下一刻他就要爆炸了。似乎那是个天大的短处。"至于么。"王凤丫只能自己跟自己嘟囔。

但我们私下也说，王永利真不像我爸的儿子。我爸是个大炮筒子，一放一个响。王永利则是九曲十八弯，就像浏阳河一样。

过了十几年，我才隐隐看出他的成长路径。他跟我爸的目标其实是一致的，只不过方式方法不同，他更隐晦或更隐蔽，有点像曲线救国。一个偶然的机会，他认识了乡教委的主任，他给主任送了三百块钱的礼，便去教委做了临时工。这个主任跟我姥姥是一个村，只不过八竿子打不着。但这也能成为一个关系。姥家村上的人都是舅，王永利叫了人家好几年。

临时工跟正式工其实没区别。只要不看工资，负的责任一点都不少。王永利也是个能干的人，管农校和成人夜校。那时的农校管农业技术推广，经常去田间地头调研。王永利在岗位上入了党，这要是在村里，根本不可能。只要有一个人卡住你，你永世都翻不了身。一晃他就干了十多年，就是一直没转正。主任跟他关系好，总说让他等机会，说有一个转正指标也给他。

他如意找到了我嫂子张圣文，这是他在教委的一大收获，是下乡调研时认识的。第一次来家里，我们都没看上她。个子不高，走路一窜一窜的，没个稳当。可王永利笑得很殷实，眼里都是水气，我们就没有话讲了。王凤丫悄悄对我妈说："这样的媳妇要是遇到我表大妈，保准一百个通不过。"我妈说："是王永利跟她过日，又不是我们跟她过日子，管她干啥。"

后来，王凤丫找婆家我妈也是这态度。只要以后不回娘家哭委屈，就是好姻缘。

王凤丫对我说："我们家的人咋都显得缺心眼，闺女嫁出去，连个条件都没有。"

想了想，我说："妈说的其实是最大的条件。"

王永利从乡教委辞工回村里，我们谁都不知道。开始还以为像正清一样被公家开除了，后来才搞明白，他是请缨来做书记，是带帽下来的。铁成树下台后，曾有过一个书记，但没干几年，就被人告了下来。罕村人爱告状也是有传统的，三五成群，想告就告。因为离乡政府近，放个屁的工夫就到了。我爸简直气糊涂了。这若是过去，能带帽下来当书记，还不得把人高兴死？但现在不同了，都要跨世纪了，眼界和期许与日俱增，与大队书记相比，他更愿意王永利做个公家人，公家人市面广，村书记说到底是个井底蛙。可这是王永利自己的事，人家在前街盖了房子，辞工都没跟老爹说一声，你着急有啥用？

"当书记也好。"我妈开导他，"当年你不是一直想当书记么？"

"可那时候是啥年月？买肉凭票，当兵都要走后门。现在走前门年轻人都不愿意去，怕吃苦。"我爸摇了摇头，他尤其接受不了世风日下。其实，还有一个最大的理由他不说出来，那时当书记，有集体经济，个人能捞好处。铁秀珍不识字都能当售货员。凭什么？不就凭她爸是书记？她当售货员，旁边专门给她配个会计管算账。反正生产队管记工分，搁谁谁都乐意去。

我则想起了深夜贴的那张画。铁成树趴在桌子上打算盘，表大妈赵兰香在一旁趿拉着鞋子给他扇扇子。这幅画肯定有许多种解读，说不定会有出处有典故。最权威的解释当然在我爸这里，但这个事不能问，问了估计他也不会承认。那是个一箭双雕的伎俩，只是一只雕也没射下来。

甭看他是大炮脾气，那得看分啥事儿。否则，凭啥黑更半夜让我去张贴那幅画？

现在想来我爸够不负责任的，幸好那时村里治安状况好，不会一个小女孩走着走着就走丢。可见判断问题不能忽略背景，否则肯定会有出入。

叨咕了一晚上，都是在王永利不在的情况下。屋里烟熏火燎，我爸卷了不知多少支烟。他到老也抽不惯过滤嘴，嫌没劲儿。就像好好的猪肉不吃，非要吃上下水猪大肠一样，大肠还要用碱水亲自打理，否则吃不出那个味。我以为他气愤满腔，不由为他担心。他的炮筒子脾气发起来，能把房盖顶了去。可转天王永利上门，我爸的思想转变了，看上去他特别支持王永利。出谋划策了半天，说宅基地不能乱批，村里要有规划。堤上的树不能乱伐，不能坏了风水。欺街占道的违章建筑要拆，罕村就一条主街，都让他们欺负成鸡肠子了！我妈偷偷抿嘴笑，说他这也是间接过当书记的瘾。我素来对这些事情不上心，家中无战事，我收拾收拾上班了。

我在一家小报当记者，是自己考进来的。这么大的埧城，只有这一家小报，让我一考就考上了。王永利有事情爱跟我说，适当的时候，我也帮忙做个宣传报道，当然，是在不影响版面的情况下。正合大哥死的时候，我正好在家里休假，还特意看了眼正合大哥捡回来的那块车瓦，给他们放到了外窗台上。按照正合嫂子的说法，正合大哥的车祸没有目击者。但如果选择报警，这块车瓦也可以做证据。我把这层意思说给了正合嫂子听，她却不以为意。说凭这么块东西就能找到人，人家不承认咋办？

王永利这次让我回家，说有更重要的事。我下班直接去了他家，嫂子包的饺子正好出锅。我还端着碗，王永利就把我拉到了西屋，告诉我正清死了。"你知道正清死了么？"饺子是一疙瘩羊肉丸，咬开香气扑鼻。我被烫了一下，笑着说，大概都过"三七"了吧？王永利撅了根笤帚苗剔牙，这一点特别像我爸。他说："今天碰见了正清媳妇，黄脸打卦，说人死的蹊跷。"我赶忙问咋回事。王永利说，正清在医院手术做得好好的，身体其他指标也正常，回家输个液就死人，正清媳妇觉得液有问题。我松了一口气。说正坤哥也是老大夫了，行医二十多年，治不好人是可能的，但总不至于把人治坏。王永利嗑了一阵子牙花子，我就知道他有话没都说出来。

"难道药过期了？"我先想到了这个。

王永利摇了摇头，说："我不怀疑这个，正坤是个严谨的人。"

"当初给你打青霉素，你记得他做过皮试么？"王永利说出这话自己都显得不自信，自嘲地笑了下。

"那么久的事咋会记得，况且我那时多小，还不到八岁吧……哎呀，你怀疑他不做皮试？青霉素做皮试是常识啊！"

说是常识，过去其实我也不知道。我们都是缺乏常识的人，因为在家里和社会都没人教你这个。最近有个稿件涉及这类问题，我才有些印象。

我又说："即便正坤哥不知道，药物外包装上都有说明的，正坤哥那么仔细的人，不会注意不到。哥你太杞人忧天了，事情不会这样的。"他就坐在我的身边，我拍了下他的肩膀。

王永利想了想，认同了我的话："那就是正清又添病了，医院也不是多靠谱，许是没查出来，许是查出来了没说。"哥把笤帚苗撅得一段一段的在手里捻，"也许是我想多了。"

"你都想啥了？"我感兴趣。

王永利坦率地说："想啥我也不能告诉你。"

我噘嘴说："不告诉我你大老远把我喊回来，你以为我的时间可以随便浪费啊！"

哥说："要不你也应该回来了。"

"回来干啥？听你卖关子？"我白了他一眼。

哥嘿嘿一笑，从口袋里摸烟。那烟盒是软包装，已经压扁了。可奇怪的是，哥抽的是大中华。他才挣几个钱，怎么会有那么好的烟？看我疑惑，哥解释说，烟是别人给的，他借盒子用用。"医院想给正清带液，正清媳妇嫌贵，说这些药自己家里也有。如果从医院带了药，说不定会是别的结果。"哥继续唠叨。

"你还是怀疑药？"

"我没有怀疑呀。"哥把烟叼到嘴上，打着了火，"大队部还有事，你快去看妈吧。"他往外轰我。

我还是去了正清哥的家。没别的，就是有点好奇。正清哥的房子在西街，从王永利家出来，我要走一个刀柄和刀锋。不知为什么，我有点战战兢兢，心悬悬意悬悬，头重脚轻，"走刀柄和刀锋"的感觉就是我心里生出来的。我从小就是个好奇心强的孩子，什么事都想知道个子午卯酉。王永利欲说还休的样子刺激了我，我想亲耳听听正清嫂子怎么说。我们两家的关系有些特殊，是亲戚，这不消说。大事小情都要走动，称呼带个"表"字，就与街坊邻居显出不同来。但谁跟谁也不紧密。我爸和四老歪，我妈和赵兰香，都是一种水和油的状态，浮在上面，却不交融。见面需要寒暄和客套，脸是热的，心却是冷的。这一点，我打小就知道。比如，有一次吃喜宴，我和表大妈坐一桌。炖公鸡上来，她给这个那个夹好地方的肉，我就坐她旁边，她看了我一眼，把个鸡脑袋扔到了我碗里，还说："你吃凤头。"我对着鸡冠子"吭哧"就咬了一口。心说怕啥？哪都是肉。大人可能看得更清楚些，表大妈的分别心太明显。就像铁秀珍的小刀子脸，一般人家都不会找她做媳妇，她却肯找给长相那么好的正坤哥。我们还跟王永利开过玩笑："如果给你，你要么？"王永利说："慢说她是大队书记的女儿，就是公社书记的女儿也不行。你以为大队书记就像狗皮膏药，想贴就能贴一辈子？"

我和凤丫都对他竖大拇指，觉得王永利比刘正坤强。

刘家兄弟几个都是大个子，只有二哥正清又瘦又小，一副小骨架，像没发育成熟。脸是倒三角形状，有几分猴相。刚过四十岁，背就有些驼。正清和媳妇在大家庭里不受待见那是一定的。比如饭出锅了，他们如果先盛，赵兰香就会夹枪带棒没完没了。他们的孩子也不受待见，小时候都一副受饥挨饿的样。所以当初铁秀珍把这个大家庭扯开，内心最欢喜的应该是他们。他们在西街盖了房，十多年过去，小黑瓦的房脊有些下沉，所以他们请了工匠，要修补房子……

他家还没从哀伤中解脱出来，院子里堆放着砖瓦石料，泥水遍地，虽已干涸，汇成的杂七杂八的图案还在。如果正清二哥不出意外，这些建筑材料应该已经上房，待在自己应该待的位置上了。院子里早就干净利落了，他们夫妻都是勤快人。

二嫂子攥着我的手只是哭，一个劲地说后悔后悔后悔。是后悔修房，还是后悔出院？我没问。坐在她的面前，就发现把问题问出口不容易。正清二哥无疑是她的天，天塌了她就六神无主了。她哭得我心里也好难受，我安慰了几句，起身告辞。我在院门外站了会儿，两扇铁门是新装的，鸡血红。我还真没见过那么血红的门，在青灰色的天光中一汪一汪的，像是能够流动。墙根下的石头缝里还有纸灰曲蜷着，我回头想了想，这些天一直都没下雨。一条鲜活的生命就是被这些纸灰送走的。好凉薄啊！

只是……正坤就没个说法？

8

王永利比刘正坤大八岁。他们之间是什么状态，我说不清楚。大概，王永利也不屑于跟谁说清楚。他们过去什么样，我不知道。现在什么样我也不知道，这一点就跟女人不一样。女人要是有这样一个冤家，早嚷得满世界尽知了。

我是听我嫂子张圣文说的。王永利裁玻璃时割破了手，那血流得邪乎，就像碰到了主动脉一样。张圣文用手绢给他系了个死结，让他赶紧去医疗室处理伤口。王永利骑着摩托车走了，张圣文回屋换了件衣服，也骑车追了出去。医疗室里刘正坤正跟人喝茶聊天，他坐在椅子上，一条腿屈着，一条腿伸着颠哒，很恣意。我嫂子问："你大哥没来？"正坤身子都没动，平板地问哪个大哥。张圣文说："你永利大哥裁玻璃割破了手，流了很多血，没来你这里上药？"正坤说了两个字："没来。"喝了口茶，又继续跟人聊天。

我嫂子说，那一刻，气的人真是不知该怎么好。如果手里有刀，都恨不得捅谁一下。怎么那么让人不舒坦呐！"表亲，书记，比你大一轮，哪一样都值得你关心一句。可人家不但不关心，还要表现出漠不关心来，那个劲头拿的，真让人牙根都是痒的。还有比这更奇怪的事么？"张圣文问我，"我可是一直拿他当表弟的，你哥也从没招他惹他呀。"

当时我想，这话你们说了不算。正坤哥说了才算。我知道王永利的臭毛病，他是个牛皮哄哄的人，喜欢摆架子。

既然没来这里，那一定是去镇上了。我嫂子就像刚上岸的螃蟹，在大队院子里的杨树底下吐了半天泡。她心脏不好，需要平复情绪。镇上离罕村八里地，王永利一只手扶车把，一只手淌着血，这是好玩的？张圣文满脑子都是一路滴血的那根手指，到镇上说不定就把血流完了。

好在手绢结的那个扣系得死，王永利来到镇上，那指头肿胀成了水萝卜，但好歹血还是止住了。他疼得直打哆嗦。

回来后我嫂子问他："你跟正坤闹过矛盾？"

王永利说："没闹过。"

"从啥时开始不说话?"

"从啥时就开始不说话了。"

"到底从啥时候?"

"你说从啥时候?"

我哥一瞪眼,张圣文就赶紧摆手,说:"我们王家跟刘家,父一辈子一辈的交情。正坤医术好,哪里就用不着人家。你别当了书记就人五人六找不着北,皇上还有三个草鞋亲戚呢。"

我哥冷笑一声,说:"你这话比喻的不恰当,你以为刘正坤穿草鞋?"

张圣文捶了他一下,说领会精神:"你别以为天底下就你会说话。我告诉你,你是当哥的,又是书记,在正坤面前一定要低调。"

我哥说:"在他面前我没调!"

张圣文说:"你咋这么犟呢!"

我哥说:"我犟了么?我没犟啊!"

王永利一晃就当三年书记了,还别说,他肯定当得越来越有感觉了,与他在乡政府当办事员不一样,说话的腔调、做事方式,甚至走路的姿势都越来越像个书记。三年来,他和正坤就在一个院子里,低头不见抬头见。可谁也想不到,他们都当彼此是空气,脑袋撞个疙瘩,都不言语一声。似乎地老天荒就这样。

张圣文说:"肯定是你的不是,回头我去给正坤道歉。"

我哥说:"吃饱了撑的。"

张圣文戳了他一指头:"为什么呀!都多大年纪了,还像小孩子过家家。"

按照我哥的说法,自从他当书记,正坤就从没主动跟他说过一句话,铁秀珍也不例外,似乎是他们夫妻合计好的。有一天,王永利去医疗室拿两片感冒药,正赶上铁秀珍也在,看见我哥进来,她脸冲墙。我哥开玩笑说:"好歹我也是当大伯子的,铁秀珍,我没啥对不起你的吧?"正坤突然咆哮了句:"去死!"吓了我哥一跳。正坤脖子上的青筋扯起来,脸煞白。眉毛突突地跳,两只眼睛通红。他就那么恶狠狠地看着我哥,像是要吃人。手里拿着一把小镊子,一只拇指窝进去,也是要攥碎什么的感觉。我哥赶紧出来了,当时他以为是人家夫妻正在闹矛盾,让他撞着了。事后想想又觉得不像。

"总之你们都不要惹他,他对咱们家有仇恨。"

张圣文说:"他跟我没仇恨。"

我说:"他跟我也没仇恨。跟凤丫就更没有仇恨。"

王永利说:"那就是他跟大队书记有仇恨。"

"那肯定不是因为嫉妒。"我抢着接了一句。转念一想,点了点头。

张圣文困惑地看着我。王永利说:"你说得对。我也怀疑是因为更复杂的原因,比如……伤害。"

张圣文:"你怎么伤害他了?"

我扯了嫂子一下。我听懂了王永利的话。不是我哥伤害他,而是书记这个位子曾经伤害到了他。所以他的厌恶和仇恨要复杂得多。

张圣文一头雾水。连声问为什么为什么。王永利说："就你这种猪脑子想不明白这么深奥的问题。还是闭嘴吧。"

张圣文佯装打了他一下，说："当年是我们把铁秀珍娶回来的，他是不是从打那儿就恨上我们了？"

我和王永利一起说："差不多。"

铁秀珍自从挨打，就再不到医疗室来了。家里的地都承包出去了，大水小水上学，她闲着没事儿，整天在街上坐着。周围是一群老头老太太，大都是东倒西歪，半个身子的人。铁秀珍在这样的人群里也不受欢迎，因为她经常说着三不着两的话："你不死还等着啥？你儿子不会给你买棺材。"火葬买棺材是奢侈。她在说一个哭诉委屈的老太太，被老太太劈手打了一嘴巴。铁秀珍"嗷"地发出了一声叫，也听不出是悲伤还是兴奋。她跳起来把老太太扑倒了，骑上去两手抡圆了抽打，别人根本拉不开。正巧老太太的儿子从这里过，手里拿着一截钢丝绳。钢丝绳抽到铁秀珍的背上，碎花小衫都绽开了。

别人呼啦啦都走了。铁秀珍在地上躺着。那人只抽了她一下，她就从老太太身上翻滚了下来，那感觉是皮开肉绽了。那里是一个斜坡道，她半边身子在坡上，半边身子在坡下，脸上全是土。她没有哭，虽然后背火辣辣地疼，她觉得没有哭的必要。哭是给别人看的，眼下没有看她的人。她睁着眼睛看空泛的天。日头白花花，她都不知道刺眼。耳朵里"嘶啦啦"的都是蝉的鸣叫声。她不喜欢，可又无可奈何。这里就在大队部的外面，走到门口十米都不到。却没有人去喊刘正坤。拉架时没人喊，此刻也没人喊。过去她愿意往那里跑，洗净头脸，换上干净的衣服，喊他吃饭就像去相亲一样。那个时候正坤彬彬有礼，对她就像对待别人一样友善。一个偶然的机会正坤变成了凶神恶煞，从此这个形象就定格了。她开始恨婆婆，觉得是婆婆让正坤变成了这个样子，后来她恨自己。男怕入错行女怕嫁错郎，她明明就是嫁错了，嫁了不该嫁的人。他们稀薄的情感不知飘向了何处。他们回不去了。再也回不去了。

是做午饭的时间了，空气里一股子米饭香、烙饼的焦煳味，还有葱花饼的混合气味，特别呛鼻子。铁秀珍也是爱做葱花饼的人，因为正坤爱吃。放五花肉，或者放虾皮，或者什么都不放，面摊开以后刷一层杏核油。这是跟婆婆赵兰香学的。不能卷成筒，要折叠。锅盖敞开着，不能捂，这样葱花是绿的。小火多靠一会儿，靠出里面的油，饼就变得外焦里嫩。铁秀珍喜欢琢磨这些事，喜欢这些事组成的家庭氛围，孩子大人一同吧唧嘴，吃得热火朝天。正坤端着碗，从来不挑眼皮。但偶尔会看小水一眼，嘴角嵌出一抹笑，那是个跟他长得一模一样的丫头，打小爷儿俩就会对眼神。铁秀珍只敢偷偷看他，被他发现了他会闪躲开身子。无疑，他是好看的。结婚十几年，铁秀珍仍是看不够的感觉。她的肉身像大肉一样让他腻，她从不敢主动挨过去。烦的时候自己也骂，这他妈也叫夫妻！

大水小水放学找到这里，把她拉了起来。她闷闷地在前头走，迈外八字的两只脚磕磕绊绊。有几次她都要跌倒。小水喊："大水，扶着妈！"两个孩子一边一个拽着她的衣袖，走出十几步，被她不耐烦地甩开了。走到家门口，铁秀珍站下了，对两个孩子说："今天不做饭，你们去买点心吃吧。"大水"嗷"的一声叫，撒腿就跑。他的小刀子脸酷似铁秀珍，正坤从不正眼瞧他。小水扬着小小的头颅看妈妈，那张脸清秀而又俊美。她说："妈，你吃什么？我光吃点心吃不饱。"她一巴掌打过去，小水的腮帮子立刻出现了几个鲜红的手指印。铁秀珍骂："找你死爹去！"

在一个有着薄雾和霜雪的清晨，铁秀珍的哭天抢地惊醒了许多人。大家都习惯了她的歇斯底里，并不把她的号啕当回事。她经常就那样号几声，像一匹孤独的动物。铁成树在入秋的时候一个跟头跌死了，铁秀珍把他送到了墓地，跳进坟坑里说啥也不上来。大家问正坤怎么办。正坤说，不上来就不上来呗，我有啥办法。说完，转身走了。铁秀珍自己爬了上来，身上、脸上蹭的都是新鲜的泥土。那种往死里哭的感觉，任谁都看得出，她哪里是哭爹，分明是在哭自己。

稀薄的太阳升起来，街上有许多肮脏而杂乱的脚印。有个消息终于发散开。铁秀珍为什么号啕？因为小水死了。小水只是普通的感冒、发烧，引发了上呼吸道感染，却导致了肾功能衰竭。铁秀珍破口大骂，说刘正坤害死了小水。"你别以为我不知道，你故意不送孩子去医院，你就是希望她死。你这个杀人犯！"铁秀珍顺着嘴角淌白沫，瞳孔张大了，头发披散着，像一只奓开的刺猬。大家都说，这个女人过去总说出格的话，多半是装疯卖傻，这次恐怕是真疯了。

正坤铁青着脸，指挥木匠打棺材。家里有上好的松木板材，但正坤不让用。而是把一对金丝楠木的箱子拆开来，重新进行了组装。大家这才知道，正坤家还有这么好的老物件，不知传了几辈人。表面光可鉴人，寸把厚，折页都是包银的，两人搬动一只箱子甚至都很吃力。正坤去城里的绸缎行买来了织锦被褥和衣服，小丫头睡进去，越发花团锦簇。正坤从额上剪了自己的一撮头发放到了小水的枕头旁，合上棺材时，正坤一下瘫软了，哭着说："丫头，等着我。我过些日子就去陪你。"

那一瞬间，很多人都被感动得稀里哗啦。他们觉得，正坤才是真正舍不得小水的人。

正坤很快离了婚。据铁秀珍说，离婚进行得普通又平常，就像平时过家家一样。因为她已经无所谓了，过够了。"你们知道么？自打生了孩子，他都没跟我睡过觉，我连个寡妇都不如。"所以正坤提出离婚，她二话都没说，跟正坤办了手续。正坤除了几件衣物，什么也没要。大家都称赞铁秀珍这婚离得值，正坤千不好万不好，离婚这事对得起她。看得出，铁秀珍也很满意。她在街上坐着时，跷着二郎腿，脸上经常有得意之色。那种迷幻的样子，既是胸有成竹，又似有雄兵百万。只是几天以后正坤又结婚，让铁秀珍发了回疯，堵着人家门口骂了半天。骂够了，仍回到原来的地方坐着，呆若木鸡。脸上得意的神色没有了，面孔冷峻起来，越发像个刀子。

正坤娶的女人叫惠玲，其实应该说是嫁，正坤"嫁"给了惠玲。惠玲是三个孩子的母亲，半年前丈夫得肺癌死了。惠玲总闹憋得慌，经常抚着胸口说："我得找大夫瞧瞧。"不知什么时候两人到了一起。惠玲比正坤小九岁，那年正坤四十三岁，惠玲三十四岁。有刻薄人说，惠玲家来了个扛活的，因为惠玲最小的孩子才八岁。

惠玲经常到医疗室来，问正坤吃啥饭。正坤说："你等着，我回去做。"忙完了手里的活计，两人一起往家里走。惠玲个子不高，有点罗圈腿。若不是小上几岁，真是很难说配得上正坤。大家都说正坤是第一美男子，配村里任何一个女人都有富余。当然，村里人也会算一笔账，铁秀珍比正坤大三岁，惠玲比正坤小九岁，这一里一外是十二岁的梗，这可是有分别了。差十二岁的女人，那头人老珠黄，这一头还能称得上青春年少。也就难怪两人总是肩并肩地走，正坤偶尔搂一下她的腰，或揽一下她的肩膀，或把手放到她额上，替她拢一把头发。两人都是油里调蜜的感觉。生活的味道从他们身上漫溢开去，这一条街都是温馨的。

两个月，正好两个月，正坤走完了他四十三岁的生命旅程。惠玲吓傻了，不知怎样解释她和正坤才好，甚至忘了什么样的话是丢人的。"大早晨他就要吃白菜馅饺子，我给他包了一碗。吃完他往炕上一躺，让我摸摸他屁股凉不凉。我说废话，屁股哪有不凉的。他说：'那你就往前摸，再往前摸……烫不烫？'我才发现他真是烫，像在蹚火苗子。他说：'男人病先从根上病，要过年了，我不能病倒，得给自己输点液。'他把药调好，把针扎上，说：'你出去吧，我眯会儿。'我就去扫当院了。扫半截不放心，进来看他，发现那液比自来水走得还快。他脸上起了一层红豆，憋得就像个葫芦头。"

"他没跟你说点啥？"

"他就跟我说再往前摸，再往前摸……"

"你应该打120。"

"正要打，他就'嗝喽'一声咽气了。"

事后惠玲说，正坤留下了二十五万块钱，发送他只花了一万多。正坤还是挺疼人的，这是可怜他们孤儿寡母。结婚时间虽短，但能看出真心来。"平时他说过，死了由我来发送，埋得离小水近些就好，没别的要求。我只当他说着玩，谁想到就应验了呢。"

惠玲还把私密话说了出来："正坤说，将来铁秀珍死了，哪儿远埋哪儿去，不准与他并骨。"

有人说："谁管得了那么久远的事。你又不是刘家人，你管不了。"

惠玲说："我管不了还有我儿子。我儿子管不了还有法律。正坤有遗嘱。"

有人想看看遗嘱什么样，到底没能如愿。

赵兰香曾找惠玲要钱。惠玲说："你来不行，得你儿子来。他没让我把钱给别人。"

也有人好奇地问赵兰香："正坤没给你钱？"

赵兰香气咻咻地说："给，一个月给一百！"

历史就是一本书，既看不到第一页，也翻不到最后一页。所以，很多事情容不得看清前因后果。

就随风而逝。

9

正杰比我大两岁，我读高一的时候他读高三。正杰是老六，与弟弟正辉就差一岁半。他是在姥姥家上的小学，所以童年没在一起摸爬滚打，感觉就像个陌生人。第一个八月十五在学校过，那种感觉真是又落寞又孤单。我从女生部下来，是想到外面透透气，却见正杰低着头往这边走。我问他干啥去，他把两只手张开了，说在外面的小卖店里买了两块月饼，一块五仁一块豆沙："正要给你送来，你想吃哪种馅儿？"

我难以置信："你是特意来送我的？"

正杰说："就是特意买给你吃的啊，今天是八月十五，你初来乍到，我怕你想家。"

我说："女生楼你上不去。"

正杰说："我就想在楼下喊，你总会听得见。"

我这人特别容易感动，不由含情脉脉说："正杰哥，你真好。"

正杰两只胳膊抱起来蹭了蹭，估计他是起鸡皮疙瘩了。

如果说，我和正杰曾经有过什么，就是吃了他一块五仁月饼，然后在操场上一起看了一回月亮。这是1986年的秋天，在篮球桩下，我们一人倚在一边，说了些大而无当的话。那些话，我现在想起来也脸红，都是注定实现不了的。比如，到世界各地行走之类，我现在也只到周边小国转了转，是所谓的商业旅游，跟行走一点不沾边。一点也没想到若干年后我会当小报记者，这个小报随时摇摇欲坠。而正杰守着一个烂摊子，一守就是很多年。那天的月亮又小又丑，乌云一层一层在它身上碾过，天空不时黑黝黝一下。我问正杰高考志愿准备报哪里，对于高三生来说，这已经是很现实的问题了。正杰叹了口气，说："我们这样人家的孩子，这样差的学习成绩，哪里有什么好挑拣，有学上，将来能有个饭碗就不错了。"

因为刚来学校不久，我对未来有着美好的憧憬和想象。所以那晚正杰哥的话让我备受打击，也让我鼓涨起的热情瞬间瓦解。因为我也成绩平平，还多少有些偏科，未来那艘船驶向哪里，真是由不得人啊。我们就是在这种氛围中被老师抓了现行，老师把我们分开审，说我们不学好。无论怎样解释都没用。其实，老师也觉得我们没什么，但既然逮到了，就不会轻易放过。转天全校都知道了我们两个人的名字，吃月饼，看月亮，高一女生和高三男生，被人把舌头嚼烂了。那真是生不如死的日子啊，好在都有过去的那一天。毕业十几年了，还有同学说："你没和那谁走到一起？就是你们当初一起看月亮的……"

正杰哥在师范学校教历史，那是我们埧城的北大和清华，很多干部的"出身"都填那里。当然，俱往矣，现在这所学校就只剩了空壳子，正杰和几个同事在那里守摊，一守就是很多年。说真的，我有些同情他，曾经的好年华，就这样"守"过去了，就为了那个饭碗，这只饭碗得有多金贵！但看不见他就想不起诸如此类的问题，生活实在是太烦琐、太麻烦、太不尽如人意，哪里有时间和心情想不相干的人和事。有一天傍晚，我在鼓楼前边遇到了他。他还没看见我，我赶紧胡噜了一下头发，迎着他走了过去。不知道我在他眼里什么样，反正我是觉得他显得过于陈旧了。骑一辆破自行车，车把上挂着个黑皮包，是皮开肉绽的感觉。夹克和鞋子明显都是地摊货，眼镜腿粘了块橡皮膏……他骗腿儿下了车，我觉得这应该是上个世纪的经典画面，就像背景中的那座明代鼓楼一样，上面明显遮着块浮云。浮云也应该是上个世纪的，显得残破和古朴。正是下班时间，路上人来车往，车喇叭往死里催。我们只来得及交换一下手机号码，就被车流冲散了。

正杰一只手扶把，拧着身子看着我，把手捂在了耳朵上，我明白他的意思，勤联系，打电话。"我有个东西想给你看……"正杰挑起眼眉，几乎是嚷，很认真、很当回事的样子。我没当回事，朝他摆了摆手，也用手在耳朵上好歹比画了一下。

我跟凤丫住在一座城市，有事好商量。有天我们谈起母亲，在哪里都待不住，无论在城里还是乡下，总说孤单，没伴。又谈起表大妈，她已经住十多年养老院了，好像自打正坤死，她就离开了罕村。据说，在养老院待得非常扎实，过年都不愿意离开。凤丫首先提议，母亲如果也住敬老院，不就有伴了、不孤单了么？两年前她的脑子就开始出现幻觉，记忆力差得惊人。若是脑子好，她是不肯住养老院的。她不愿意把钱给别人，她算得清这笔账。于是我和凤丫从城南跑到城北，又从城东跑到城西，查看了七八家，备选的有一两家。从西外环下来，有个蓝色的大牌子很抢眼，写的是"贾迎春家庭料理"。起初还以为是吃饭的地方，可看括弧里的文字，才发现所谓的家庭料理不过是养老院的别称。我们喜欢带家庭这样的字眼，异想天开地想着，如果母亲也能找到个"家"，是皆大欢喜的事。

这是一组"井"字形的方形建筑，正房是二层楼，又把东、西、南用回廊串了起来，盖了一模一样的房子，院子里就成了个天井。十几个老人正在院子里晒太阳，有个老太太从马扎上站起身，朝我们这边走："这不是凤丫、云丫么？"我和凤丫对视了一眼，异口同声说："表大妈！"一点不错，真的是表大妈。她已经八十九岁了，腰板不塌，眼睛不花，白白胖胖，称得上精神矍铄。真让人羡慕啊！我们的母亲骨瘦如柴，整天颠三倒四，跟父亲去世前一模一样。我们又几乎同时说："没想到您住在这儿，挺好吧？"她不知想到哪里去了，虚饰的微笑顿时浮在脸上，说："我儿子死了我不能死，我得替他们活着。"

我说："我前几天见到了正杰哥。"

表大妈说："他当校长，忙着呢。"

"好久没见到正辉了。"

"他更没空。扎到地底下修火车道，城市的地铁都归他管。"

我当然知道，正杰只是个普通的事业编，没有职称，不能晋级，牢骚满腹。饭碗成了烫手的山芋，一门心思盼着退休。正辉则成了新闻人物，他是一家国企老总，因为决策失误造成国有财产流失，成了反面典型。

那天我在必胜客请正杰吃饭，正杰很不安，前后左右环顾，说这里应该是年轻人来的地方。可一条商业街都是大排档，哪里有安静的能说话的地方呢？

甫一坐下，正杰就说："正辉是被冤枉的。我们从底层上去的人，上面没人撑腰。"

我则想，人到中年，该是自己给自己撑腰的时候了吧？

我以为表大妈会问起罕村的人和事，或者，问问我的母亲。但她什么也没问。那座曾经喧嚣的村庄在她的记忆里明显抹去了。我们在院子里站了一小会儿，就觉出时间的多余来。凤丫跟一个圆脸女人进了一间屋子，想必那就是贾迎春。事后凤丫跟我说，人家都奇怪，说这个老太太不止一个儿子，可谁都不来看他，过年也没人接她，每月的开销从三个地方打过来，就没事了。

正杰告诉我，正坤一死，表大妈的魂就没了。她看中正坤以上的几个儿子，他们的命运都是她安排出来的，在他们面前，她可以为所欲为。正杰和正辉是自己考出来的，从她的眼神就能看出生分来。也许是因为儿子太多了，她有些应顾不暇。

谁知道呢，也许还有别的理由。

"正气呢？"我问。

正气当年从西藏调进北京，据说是偶然认识了卫戍区的某位领导，然后便是年复一年地寄土特产品。我想起当初表大妈取他寄的汇款单，是村里的一景。后来他提干了，把媳妇接走了，几乎没了音讯。

我问："你多久看她一次？"

正杰说："过去一个月总要去看一两次，可每次她都要问：'你有没有当校长？你怎么还没当校长啊。'有一次我特别生气，说：'我不当校长你就嫌恶我，你到底是不是亲妈。'"

正杰不年轻了，却还有些意气用事，这是我对他的突出印象。也许是这些年的郁郁寡欢改变了心性，总之他不是我希望的样子。

出了胡同就是闹市区，我们的车子停在了槐树底下。凤丫沉默着我也不想说什么。我猜，她也许跟我一样，想起了正坤哥。她当年不肯参加正坤哥的婚礼。

那个好看而又帅气的赤脚医生啊！

10

这个东西摆在了我和王永利面前的桌子上，那是一个黄丝绒面的本子，乌涂得已不可救药。这是惠玲在正坤的葬礼上转给正杰的，说藏在箱子的一个隐秘角落。"正坤的东西我都好好收拾着，我字眼浅，这个就不留着了。"惠玲说。

"惠玲根本没看，若是看了，罕村早翻天了。"

那天坐在必胜客，正杰把本子给了我。看得出他有些犹豫，直到最后一刻。他强调说："别让村里人知道，不好……"

说日记其实并不准确，里面没有多少内容。从字迹的颜色却能看出时间的跨度来。从一页到另一页，跨度有三年。"我忘记做皮试了。"第一页看得人手心出汗，是1974年10月13日。"第一次打针啊！""幸好没事，高烧退了。"每天都有清晰的记录。"今天三十九度三，不出虚汗了。""每次都担心针拔不出来，那地方太硬了，真担心那块肉死了。"有些字迹都模糊了，但正杰说，十年前的字迹比这清楚。哦，一晃正坤哥就去世十年了。

那些模糊的字迹居然是关于我的。在后面写有我的名字。我一下就想起了当年，正坤哥第一次打针时的惊慌。针扎在我的身上，我当然记得牢固，原来他是忘了做皮试。

好在我抗过敏。

正杰问我："你猜正坤是怎么死的？"

我犹疑一下，说："心脏病？村里人都这么说……他新婚燕尔。"

"他是自杀，"正杰落寞地看着窗外，马路上人车流动，都急惶惶的，"人死了这么久，也没啥可忌讳的了。我就是想告诉你，他是自杀，他心里很苦。他一直处心积虑……"

"处心积虑……自杀？"

正杰微微皱了下眉头，证明我猜得不对。若有若无的音乐在空中飘，顶上有许多葡萄藤，假的。

我问里面都写了些什么。他说你一看就明白了。

"1983年4月12日。没想到那么快她就走了。三支青霉素果然有威力。四支呢？"

我多少有些懂了，顿时冷汗淋漓。

"我们家族都是过敏体质，正坤他比谁都清楚。我爸，正清，小水，他自己。"

我喝了口玉米汁，甜得有些过分。

"他是故意的。"我寒噤了一下，"证据呢？"

"有时候，他假装给人家做皮试，其实根本没做。他乐于看见过敏的人，那样他就像猎手遇见了猎物。他的药箱里其实一直储存着肾上腺素，可他一次也没给人用过。难怪正清媳妇怀疑他。"

我越发吃惊，迅速百度了一下，肾上腺素果然专门对付青霉素过敏。

"谁知道呢。"正杰喝了口玉米汁，没喝利落，顺嘴角淌下了些。我看出了他有些激动，手隐隐在抖，"也许就是变态吧，你能解释这种行为么？"

我解释不了。

如今，这个本子就摆在了我和王永利的面前，王永利现在仍是罕村的支部书记，已经是老书记了。他这些年坐得稳这把椅子有赖于他的兢兢业业。王永利说，他当年对正坤曾有过怀疑，就是正清死的时候。"记得我喊你回来么？只是这件事情没法说。怎么说？"

我说："人命关天啊！"

王永利说："就因为人命关天，就更没法说。"他摇了摇头。

"就像现在这样。"他翻动一下那本子，一些纸屑飘了起来，是一股呛鼻子的陈旧味。正说着话，我嫂子进来了，王永利顺手拎起一张报纸，把本子盖上了，我嫂子偏头看了一眼，说："埙城日报……有什么新闻么？"王永利说，乔书记下乡调研了。我嫂子说："这算什么新闻。"

我嫂子出去了。我翻到了日记中的某页，指给王永利看。那里面写着表大妈往四老歪嘴里塞满了茶叶，而另只手捏着四老歪的鼻子，久久都没有撒手。

正坤蹲在外面的台阶上吸烟，他从来不吸烟。我至今都能想起他粉色的指甲盖，摁到皮肤上会充血。

"严格地说，他只是帮凶。但他算在了自己的头上……都有编号的。他自己，正好是第十五个。"我告诉王永利，"他给自己用了八支青霉素。这么多年，罕村就没人察觉？"

"都跟我们一样吧。"王永利说，"有一种无力感，让你说不得，做不得。"

"为什么呢！"我真想他还活着。

电话响了。我拿给王永利看，是正杰打来的。"你在哪儿？那个本子赶紧还给我。"他有些焦急。

"他反悔了。"我对王永利说，"给我的时候他说供我研究用，没说要收回。"

王永利用报纸把本子包了起来："还给他吧。"

我应了一声："正杰对我说，他的人他都带走了。"

王永利说："指的是小水？"

"霸权"下的荒凉与绝望

——评《青霉素》

王　侃

四合院、赤脚医生、大字报……小说《青霉素》并未触及具体的时间、地点，却通过诸如上述颇具意味的词汇自然而然地窜入"文化大革命"的历史年代，并以一个赤脚医生的生存苦难、一个兴盛家族的陨落，直击人性深处的阴霾，折射传统家庭观念的残酷，深凿特定历史的罪恶。

纵观全篇小说，牵涉"青霉素"的文字篇幅颇为有限，仅辗转于小说的部分章节，抑或是在不起眼处一笔带过。此种情况下，小说却以"青霉素"为题名，自不是为了强调其药用价值，恰恰是以此影射正坤利用青霉素杀人的真相。对此，小说的前九节只字未提，若不是最后一节的"真相大白"，怕是大多数的读者依然处于迷雾之中。如此，何以一部叙述家长里短的生活小说，却自始至终都蕴蓄着一股阴郁、沉重的颓败之气，如同一颗随时可能爆炸的"臭气弹"一般，便也有迹可循了。

然而，青霉素成为正坤的杀人武器仅仅是小说呼之欲出的浅层表象，作者如此"费尽心机"地将青霉素幻化为串联起连环杀人案件"引绳"，其箭头所要射击的真正靶心或许才是更为隐秘的"真凶"，即传统家庭观念及特定历史下一种理所当然、蛮横无理的"霸权主义"。小说中的母亲——赵兰香可说是其中的"集大成者"。"别人都是鸡蛋，只有她是石头"，信奉着这样的教条，赵兰香活成了家中的绝对权威，将丈夫四老歪始终"踩在脚底"，最后还亲手杀夫；强行干涉、包办正坤以上几个儿子的事业和婚姻；将家中财务大权紧紧攥在手中以便控制几个儿媳妇……赵兰香"看中正坤以上的几个儿子，他们的命运都是她安排出来的，在他们面前，她可以为所欲为"。然而，令春风得意的赵兰香没有想到的是，自从铁秀珍——她曾经最满意的媳妇嫁入刘家以来，刘家铁板一样的生活便被撕开难以愈合的口子，而赵兰香的权威也被一步步瓦解，"就像老虎被拔了牙齿，连余威都没了"。随着丈夫和儿子的相继死亡，赵兰香甚至连让儿子养老送终的如意算盘也成了空。

值得注意的是，在"母权"之外，小说中弥漫着一股更为强势的"霸权"力量——村书记。在小说中，村书记铁成树从未立体地出现在读者面前，村书记的权威却无处不在，具有极强的"辐射力"。赵兰香那样大本事的人与村书记成了"一丘之貉";丑女铁秀珍之所以能嫁给全村第一美男子正坤正因了是村书记之女;"我"爸王大方为争村书记之位不择手段;"我"哥王永利九曲十八弯地"回旋"也是为了获得村书记之位……看似只手遮天的村书记,在外人眼中是如此的风光无限、横行无忌,然而,铁成树下台后点着"我"爸脑门的那句话却道出了其中的无限心酸:"你以为干部是那么好当的?得整天装孙子才行。"

何以小说中曾煊赫一时、只手遮天的绝对"霸权",最终都以狼狈退场?究其缘由,"名正言顺"的"霸权"背后所隐藏的利益沟壑怕才是其中的根结所在。赵兰香死死把控正坤以上几个儿子及儿媳是为了自己得以安享晚年,而争夺村书记之人多是为了从中谋取私利。不难想见,"霸权"的背后利欲熏天、尔虞我诈的血腥场面之下,手握权势之人又怎么会设身处地地感受手中"蝼蚁"的所需所想呢?如此,种种"霸权"所带来的伤害在正坤身上集中爆发,最终酿成惨案,而"霸权"倒台也可说是必然的结局。

当然,也有的学者表示:"赵兰香的强势压制所造成的精神畸变怎么说都不足以达到这个程度。"①不会导致正坤利用青霉素先后杀死自己的父亲、兄弟、女儿和自己,更不会导致正坤变态杀害其他无辜的生命。此种说法或有其道理,然而,在这部小说中,手握"霸权"者不是一般人,而是正坤的母亲,我们无法忽视、更不能低估血肉亲情以及传统家庭观念的威力。血浓于水的母子关系是正坤自出生起就无法改变、更无处不在的事实,非时空距离所能轻易阻隔,更不是几句口号就能简单割裂的。在特定的年代里,沾染别样色彩父母的权威更成了令子女无处遁形的"照妖镜"、无法逃离的"五指山"。如果说靠自己闯荡的正杰和正辉尚且还能有一席喘息的余地,那么,对于连事业都倚靠赵兰香的正坤等人来说,根本没有自己的话语权,只能任凭赵兰香践踏、蹂躏。因为他们没有资本反抗,更无力反抗。其实死亡念头并非从一开始就无端窜入正坤的头脑之中,初为大夫的他甚至曾因自己的职业而自豪,特别是把"我"的病彻底根除之后,他在"街上看见小孩长眵目糊,他也要让人家伸出舌苔,转转眼球,把听诊器放到人家的胸脯上,或者给人家把把脉""回家吃饭时碰见了凤丫,让凤丫喊他刘大夫",就从正坤对待患者的态度来看,正坤热爱并享受着"赤脚医生"的职业。然而,父亲四老歪的离世却令正坤彻底明白了自己今后的命运,表面风光的他不过是第二个四老歪。至此,死亡成了正坤在绝望境地下唯一能够抓取的救命稻草,而他把"自己的人"都带走又何尝不是在尽一个大夫的"责任"与"义务"?

小说中正坤婚姻的失败、刘家的没落、死亡的魔咒,无不透露出对那股理所当然、肆无忌惮之"霸权"的否定与蔑视,以及对包办婚姻、门当户对等传统家庭观念的强烈反抗。然而,反抗之后呢?谁又能保证历史不会重演?其中的心酸与无奈怕是早已透过正坤的日记满溢而出,难以飘散。《青霉素》的镜头高度聚焦于人世间最为紧密、亲近的血缘亲情,却透过一个儿子无声嘶吼的慢镜头逐帧播放出"骨肉相残"之后的无尽荒凉。在这里,温暖、欢笑、关爱早已荡然无存,唯剩下人与人之间的无限疏离以及社会历史的沉重叹息。

---

① 夏康达:《尹学芸的"妹纸叙事"——评〈青霉素〉及其他》,天津日报,2019年9月17日第12版。

基因的秘密

姚鄂梅

第一次看到那个把女朋友抱起来扔到江里去的新闻时，我们全都很淡定，这么荒唐的事绝对不是我们家子辰干得出来的，据说现在叫子辰的人全国有三千多个。

我和姐姐还专门在电话中感叹过，别说是两个恋爱中的人，就算是自己家的布偶女孩，也不能够啊。姐姐还说，下次见了子辰，一定提醒他，今后谈恋爱，别动不动就往桥上跑，水边是最出鬼气的地方。

直到派出所的人找到姐姐，出示了身份证、照片，以及其他一切能证明那个子辰就是姐姐的独生儿子李子辰的时候，我才感到，多年前那种黑云压顶的感觉终于又逼上来了。

当年，我们中间最优秀的弟弟、我们家族的希望之星冉冉升起的时候，我就莫名其妙地升起过一股不祥之感，越过众多膜拜的头顶，我隐约看到远方飘来一片不怀好意的黑云，它有明确的目标，它就是冲我们家来的，但我没敢说出来，因为光是这一闪念，就已经很不吉利了。我从小就被教导，人的嘴上有一把锁，不要轻易打开，打开可能放出魔鬼。我还分析自己，我大概天生就是那种凡事先往坏处想的悲观者可怜虫，等结果出来时，要么喜出望外，要么早有心理预设，实际上也是一种自我保护机制。

子辰比我的儿子小博只大一岁多，各方面条件都决定了他们应该格外亲密，宛如亲兄弟，实则不然。有一年，刚上小学三年级的子辰来我家做客，跟一年级的小博一起玩游戏，玩到酣处，突然一把掀翻小博，抱起游戏机，一个人霸着玩。小博不服，照他腿上踢了一脚，他抓起小博的衣领，把小博逼到墙上，抡起拳头就往脸上砸，害得小博去医院缝了五针。我非常为难，我想我应该向姐姐举报子辰的暴力行为，但与此同时，我又觉得是自己照管不力所致，我应该把事情控制在他打人之前，想来想去，我没有将这事告诉姐姐。自从那年爸爸出事以后，身为"第二梯队家长"的姐姐，迅速跃居一线，颇有撇开我们的无能妈妈大权独揽之势，新官上任三把火，包括妈妈在内，我们几乎天天看她脸色，后来我们慢慢都长大了，她还是没能卸掉责任感和使命感，继续呕心沥血地维持着她在这个家一把手的威严，对我们几个长大成人的兄妹，动辄吼叫呵斥，对自己年幼的儿子更是坚信"说的风吹过，打的铁膏药"，老师点名了，回家要打；留校了，更是要打；哪次考砸了，除了打，还要撕本子撕书。有一次他扯断了女同学的书包带子，姐姐不问青红皂白，拿起擀面杖追着打，直到把子辰的屁股捶得像两颗咸鸭蛋才住手，边打还边骂他是个小流氓。因为我的不举报，子辰和我的关系从此有了某种默契，他妈妈说什么他未必听得进去，我要是说了什么，他多半没有异议。至于小博，他跟子辰再也亲密不起来了。所以，当我第一次听到那个消息时，心里其实是"咯噔"过一下的：不会真的是他吧？

出了这事我们才知道，原来子辰已经有了个女朋友，都同居两年多了，目前女孩子似乎正有移情他处的迹象。

他什么都没跟我说，我一点都不知道。我要是知道肯定要给他打预防针的，多大点事啊，谁一生只谈一次恋爱呀。恐惧和焦虑完全控制了姐姐，她大睁着两眼，连流泪这事都想不起来了。

姐姐开始无头无脑地收拾东西，无论如何，她要迅速赶过去，看看子辰，见见人家女孩子的父母，给人家下跪，让人家泄愤，谁让她生出了这种儿子呢？求情的话就不用说了，怎么说得出口。

她要求我陪她去，这是自然，姐姐是家中最大的孩子，在她之后，我们家连续夭折了两个，到我出生时，她已经可以为父母分点忧了，因此姐姐在我心目中，从来就不是孩子，而是仅次于母亲的家长。是的，她比父亲还管用，父亲动不动就从家里失踪，她则可以像母亲一样，常年坚守岗位。现在，姐姐老了，而我正值壮年，理应由我来当她的家长。除了这个因素，就个人素质而言，姐姐也不适合抛头露面，奔走呼号，姐姐唯一的工作经历就是在棉纺厂干过几年挡车工，子辰还没长大，工厂就倒闭了，她后来再没工作过，当然也没闲着，整天风风火火，咋咋呼呼，但认真说起来，竟没一个人说得清她到底在忙些什么。

因为这事，子辰的学校也跟我们取得了联系，这个离家不远的"二本"，算是托子辰的福，狠狠出了一把名，现在这个学校正急吼吼地跳出来撇清，说子辰并非他们的学生，他已经毕业了，却以报考本校研究生为名，钻学校管理上的漏洞，未经学校同意，继续单方面逗留在校园里。鉴于这个原因，学校对李子辰的个人行为不承担任何责任。

原来这几年我们一直活在欺骗里，我们以为子辰真的像他说的那样，白天泡在图书馆里、不上课的教室里，晚上混在某间学生宿舍里，整日不是苦读苦写，就是在校园的树荫里大声背诵英语。事实证明我们都太单纯太相信我们的下一代了，子辰大四开始就在外面租房，当然是跟某个女孩子住在一起。至于房租之类的经济问题，他进校第二年就开始做家教，基本实现了一半的财务自由，但他瞒着家里，说他只想专心学习，不想去做勤工俭学。家教帮他挣回了恋爱基金，家里则分文不少地为他缴纳学费和生活费，双线并行，相安无事。

得知我要陪姐姐去，小博不高兴了，他说：妈妈你不能去，大家都在说子辰哥哥是变态。

瞎说八道！哪有那么多变态，人犯错往往就是一念之差，谁都有犯错的可能。

人家已经重新打量我了，本来我们几个人计划周末去一个野营基地，现在有人突然退出了，不去了，我估计就是看了那个新闻的反应。

问题严重了，我不能完全无视小博的意见，连老公也说：你不如让她带个律师去，反正少不了请个律师，人家是专业人员，我们都是外行，别莽里莽撞跑过去，搞得无法收拾。

还能收拾个什么呀！我心想。

我跟姐姐说了老公的意见，她本来已经收好了，听我一说，拎着包的手松了。

还要找律师？你是说要想办法把他的杀人罪推掉？我觉得不可能，你替人家的父母想想，好好一个人……我是不打算请律师的，我也请不起，幸亏他法犯得真，否则我还真为难。

姐姐突然照她的旅行包踢了一脚：让他去死！让他去抵命！人家也是娘生父母养的！人家不该白死！

我逃了出来，我可不想陪她一起骂子辰，或是抱头痛哭，此时此刻，我心里更多的是悲哀和恐惧，我们家到底是怎么了？隔几年就来一个惊天动地，隔几年就来一个无妄之灾，我们这个家族得病了吗？也许姐姐说得对，与其找律师，不如去找个神婆之类的人看看，到底是哪里出了问题，病根子到底出在哪里。

很晚了，姐姐找到我家来，一改风风火火婆婆妈妈的步态，脸色苍黄又坚毅。

我决定了，不去了。她一屁股坐在我面前，两眼使劲瞪着地上。

我去干什么呢？安慰他？鼓励他？打他？骂他？你走了没多久，不知哪里飞来一只乌鸦，落在窗外樟树上，望着我呱嗒呱嗒一通乱说，我从不知道乌鸦可以那样说话，说了有一两分钟才走，稀奇吧，这里从没来过乌鸦，乌鸦是不会进城来的。它的口音我听不懂，但我听懂它的意思了。你别笑，我真的听懂了，它一走，我突然就下定决心了，不去了，有什么好去的，去了也没用，什么都别指望了，这回全完了。

乌鸦什么的你就别多想了，它肯定是饿了，闻到你厨房有肉味，你的厨房正好靠近窗户。

姐姐不相信我的解释，我自己也不相信，能飞到城里来的鸟，胆敢让人看见的鸟，从来都只有麻雀。

哪有脸去啊？感觉我自己也成杀人犯了。他是你看着长大的，你凭良心说，我打他打得少吗？打得不够狠吗？生怕他变坏，生怕他闯祸，真是越担心越出鬼。要不你代我去吧，你要是能见到他，就跟他说，从现在开始，他活一天，我也活一天，他哪天走，我也哪天走，生他一场，我能为他做的就只剩这么点了。

姐姐把话说到这个份儿上，我还能怎么办？只能点头了。

我受够了！从小到大，这个家的男人，老的也好，小的也好，除了耻辱，连一颗扣子的好处都没给过我。

我觉得姐姐总结得真好，刚刚我还在想我们这个家族是不是得了什么病，现在我明白了，我们没病，病的是我们这个家族的男人，每次出事都是他们，每次都是他们把好好的日子捅出一个大篓子。

我可告诉你，仔细照看好小博，现在就他一个全乎的了。

别瞎说，搞得人汗毛都竖起来了。

我们家第一次发生变故时，我还是个刚上一年级的孩子，我记得那天下着大雨，我起了床，来到厅里，并没有早饭等着我，母亲在流泪，姐姐坐在她旁边闷闷地发呆，再一看，门口很多泥泞和脚印，脚印坑里的水还是浑的，这表示很多人刚刚离开这里。我决定去厨房看看有没有饭吃，我得吃了饭赶紧去上学。我一路经过客厅、卧室，来到厨房，沿途都是打翻的桌椅、衣物、瓶瓶罐罐，房门大开，箱子和柜子的门都斜挂着，我躲着它们走，怕把它们碰掉下来。

"抄家"两个字是很久以后我才知道的。我们在课间玩跳绳，几个老师靠着晒墙聊天，一个老师突然说：人只有在这个年龄才有幸福可言，老子坐牢，家里抄家，一家人愁得死去活来，她浑然不知，天天跳绳，比谁都跳得好。我一回头，那个老师正在忧伤地望着我，虽然他及时移开了视线，我还是猛地醒悟过来，他刚刚说的那个人可能就是我，他们正在议论我。刹那间，我想起了那个下雨的早晨，家人的眼泪、家里的乱象、门口的泥泞。

冬天到了，我看到姐姐和妈妈在打捆一个包裹，里面有爸爸的棉袄，姐姐生气地扯开打好的包裹：舅舅已经交代过了，叫你找一件破的，补丁多的，这件才只有两个补丁，搞不好人家还以为他真的投机倒把赚了好多钱。妈妈立刻解开包裹。片刻，一件打满补丁、多处露出棉絮的旧棉袄被妈妈找出来，姐姐仍然气鼓鼓地瞪着妈妈：凭什么要我送？这都是你该做的事。妈妈垂下眼皮，像犯了错误的孩子，姐姐这是故意揭她的老底呢。在我们家，抛头露面的事从来没有妈妈的份儿，因为她不识字，也不识路，天下的路她只认得一条，那就是回娘家的路。她活着，除了生下我们，然后像牛一样干活，别的意义一点都没有。

姐姐是哪一天、什么时候出发的，我全无印象，我猜我大概是个发育迟缓儿，身边发生的事很少能刻进我的记忆里，即使有，也是极其零星、极其片断。我记得有天晚上，我们已经快要睡觉了，突然有人敲门，妈妈拉开门闩，姐姐一头闯了进来，把手上的包裹皮往地上一掼，硬邦邦地坐在椅子上喘气，她的样子吓坏了我们，偏偏这时，妈妈赶我们这些小的们去睡觉。我不甘心，折回来，凑近门缝，我看到姐姐在流泪，妈妈坐在她身边，一言不发地望着她。

若干年后，我在县城工作，并安了居，头发已经花白的姐姐来我家做客，她指着一条路说：往那边走，就是看守所。我问她怎么知道那种地方。她说：你那时还小，不知道爸爸在那里被关了一年多，我给他送过衣服。那里的人都好凶，在他们眼里，我们这些送衣服的家属，也不是什么好人，用不着好好说话，张嘴都是吼，瞪圆了眼睛吼。直到现在，我一看到那些白底黑字的大招牌心里就发怵。

他到底干了什么他们要抓他？

他带了一些人去码头装货卸货、修桥补路，最严重的可能是贩卖粮票，具体还有什么我也不清楚，反正最后的结论是投机倒把、黑包工头之类的。

我明白了，要是家里有个能说事拉理的人，保不定后来还能去跑跑平反呢。可惜那时我们都还小，唯一大点的姐姐又深以为耻，不愿再提。

我想起有个同学在公安系统做事，就问姐姐愿不愿意再去一趟，说不定当年吼她的人还在那里呢，可以去看看他们、奚落奚落他们。

姐姐一听赶紧摇头：那种地方，去一次，恨不得在大太阳底下暴晒一个月，才能消除晦气。

唯一能详述那件事的人只有妈妈和姐姐，但妈妈去世早，姐姐根本不想提，直到后来，我们都已接近母亲当年的年纪时，再提及此事，姐姐的语气突然变了，一丝丝戏谑，加上一抹辛酸的微笑。在那种地方还能干什么？劳动呗！听说冬天让他们去塘里挖藕，洗冷水澡；夏天去砖瓦厂出窑，衣服都脱光，一来因为太热，二来脱光了就不好跑。晚上安排读报，学习。还是受了苦的，人都病了才放他回家，进门时差点没认出来，浑身肿得发亮，一按一个坑。他那个人，本来就有点口是心非，从那里出来后，几乎听不到他一句真话，无论对谁。不过我发现，他回来以后，话少了很多，他以前可是个话篓子。

我对爸爸回家那天稍稍有点印象，仍然是夜里，小时候大多数重要的事情都发生在夜里。他推门进来，先是扶着门站着，后来又去扶桌子，再去扶椅子，那种混合着兴奋与紧张的气氛我至今记忆犹新。与我们家食物严重不足、个个面黄肌瘦相反，爸爸成了个大胖子，白胖白胖的爸爸得到全家的精心呵护。

然后我就记得有个穿制服的年轻人频繁出入我们家，就他那身制服而言，他对我们太过客气了，笑容也嫌多了点，每次来我们家，都先去爸爸床前请安，今天怎么样？好点了没？爸爸躺着，朝天伸出一只胳膊，抬手掐给他看，随便一掐就是一个圆圆的深坑，久久无法平复。真想吃点盐啊。爸爸绝望地喊。穿制服的年轻人总是说：你身体素质好，会慢慢好起来的，你不要急。然后就去找姐姐。

姐姐对他的态度有点奇怪，不是直接躲开，就是很不礼貌地拿屁股对着他，她这样故意冒犯他，他也不生气。终于有一天，我发现姐姐跟他好好坐着说话了。

我也是身不由己，人家让我干什么，我就得干什么。制服青年懊恼地说。

做得好，就该那么做。

你也要替我想想，端人的碗，服人管。

你是没得选，但我还有得选，我要是跟捆我老子、抓我老子、打我老子的人好了，世人都不会原谅我。

我问过他了，他说他不会把这事放在心里，他说他听你的，以你的幸福为重。

还有我的良心，你也问过我的良心了吗？

这话让他们痴痴地对望了一阵，制服青年怏怏地走了，此后再也没来过。

很多年后，我才知道，制服青年在爸爸抓进去之前就来过我们家，只是那时候他还没穿上那身制服，而且那时候我更小，对他几乎没有记忆。他们说，如果不是爸爸出事，制服青年很可能就是我姐夫，因为早在爸爸出事之前，他们就有了那点意思了，谁也没想到，那些人会把抓捕爸爸的工作交给他，上面正在着手培养的大有前途的他，除了出色地完成任务，他还有什么别的选择呢？他既不是个愤世嫉俗者，对姐姐也还没有爱到铭心刻骨无法替代的程度，他那时只是个还没完全翻开爱情这一页的普通青年，上面交给他一项重要任务，他就要出色地完成，要对得起上面对他的信任，何况那还是个难得的机会。

姐姐很快嫁给了别人，一个农机厂的工人，制服青年后来正式进入派出所，成了一名警察，再后来，他当上了派出所主任，声名日隆。他的妻子是一名端庄的小学老师，气质远远好过棉纺厂挡车工出身的姐姐，我在想，主任同志如果偶有走神的时刻，很可能会想，幸亏当年我姐姐拒绝了他。

继姐姐之后，只过了两年，姐夫也沦为失业工人，他弄了个修鞋的摊子，整天待在街角，脚边簇拥着一堆脏兮兮的破鞋。

有一天，派出所主任面色红润地从一家饭馆出来，迎面看见初冬的太阳底下专心钉一只鞋掌的姐夫，姐夫一直穿着原农机厂的深蓝色的工作服，可能那身工作服给了派出所主任好感，无论是技术还是人品，人们总是更相信专业制服。派出所主任径直朝他走过去，拉开椅子，踩上踏板，要求擦鞋。别说他穿着派出所的制服，就算是普通人，姐夫也要先做最当紧的生意，于是赶紧丢下正在补的鞋掌，过来擦鞋。一只鞋没擦完，姐姐拎着饭盒过来了，她一直给姐夫送饭，姐夫吃饭的时候，如果有生意，她也能接过他的擦鞋布代他做。姐姐是个正派人，走路从来只看脚下，一直走到跟前，才看清擦鞋的人竟是他！派出所主任也认出姐姐来了，收回正在擦的鞋，想要站起来，但姐夫擦得太投入，竟不让他收回去，拉着他的裤腿哎哎着，他下意识踢了一下，正好踢在姐夫的胳膊上，姐夫可比姐姐机灵多了，知道派出所的人不敢得罪，就算给踢疼了，也忍着不吭声。姐姐的脸噗的一下红了，红得要滴出血来。派出所主任被她的红脸逗笑了：是你呀！这么巧！不过说真的，你要是不红脸我还认不出来，这么多年过去了，你怎么还是个爱红脸的人呢？他说了这么多，姐姐只听见了他一句话，他差点没认出她来，她心里有数，他那是在说，她老了，老得他都快认不出来了，脸上越发搁不住，饭盒往地上一顿，扭头就走。

那天姐姐和姐夫吵架了，为的是姐夫没洗脚就上了床，两人越吵越凶，姐夫打电话向我投诉，说我姐遇上了老情人，新旧对比，落差太大，就把气撒到他身上，他又不是出气筒，她要是还喜欢别人，尽管去追求别人好了，尽管去当派出所主任太太好了，他不仅不阻拦，还可以送她个礼物，愉快放行。话没说完，就听得一声惨叫，估计是姐姐实在听不下去，打了上来。

第二天，我专门拐到街上，远远地看了眼姐夫的鞋摊，他出摊了，吵架并没耽误工作，说明这架吵得还不到伤筋动骨的地步。于是放心地去找姐姐，姐姐在家里做腌菜，两腿间一只大盆，一层青菜一层盐。我担心她做得太多，吃不了，她闷着头说：你们哪年不是吃完了还找我要？是的，我们什么都找她要，腌菜、腊肉、茶叶、干菜，所有老人才会准备的东西，我们都找她要。长姐当母，我们是真把她当作母亲来对待了。唯一不同的是，这个母亲还没老到那个地步，心里还装着一个让她耿耿于怀的男人。

如果是我，看到人家这么可怜，我就装着没看出来，把脸扭过去不让人家看见。他当然不会这么做，他巴不得让我看到他如今的荣耀，他以为我会悔不当初。

那你后悔吗？我坏笑着问她。

我为什么要后悔？各人有各人的命，我要是跟了他，他能去派出所吗？还不是跟你姐夫一样，该下岗的下岗，该摆摊的摆摊。

这话我服气，当年他要真的违背命令，不去抓我爸爸，他可能会赢得姐姐的芳心，但武装部的培养肯定也泡汤了，当然也谈不上后来的派出所。

我坐下来帮姐姐往菜帮子上抹盐，稍稍聊了聊，才知道她对这次街头邂逅的怨气简直无以复加。

你过你的好日子就行了，你尽管去吃香的喝辣的，就是不要回过身来尝一口可怜人的汤，嘴里还喊：好苦啊！

人家没来尝你的汤，人家也没觉得你可怜，是你自己心里不平衡。

我有什么不平衡的？我平静得很，根本就忘了世界上还有这么个人。

忘了还脸红？我想象她这张老面皮在男人面前情不自禁红得发烫的样子，忍不住笑起来。

她使劲扯下一片阔大的菜叶，怒视着我：你有什么资格笑我？一个至今都不敢走解放路的人有什么资格笑我？

我不敢去解放路，是因为那里有个人民医院，准确地说，是因为那里有个想起来就令人脊背发凉的妇产科。

第一次去那个充满血腥与耻感的地方，是姐姐陪我一起去的，做了好几夜噩梦。提心吊胆跟她说了那件事后，满以为她会打我一顿的，没想到她反倒哭了起来，就像那件说不出口的事是她做下的。

他不能陪我一起去，那是个秘密，他说我们在共同孵化一只巨蛋，我上大学的那天，就是我们孵化成功的日子。他是我的语文老师，温文尔雅，风度翩翩，从头到脚的书卷气。那段时间有两个电影明星最受我们追捧，一个是林青霞，一个是秦汉，我的老师就恍若秦汉。真的，身高、脸型、发型，尤其是笑容，简直跟秦汉一模一样。第一眼见到他我就迷上他了，我瞬间明白自己为什么会出生在此地而非彼地，为什么会在困窘与尴尬中顽强存活了十六年，为什么一意孤行放弃了另外一所中学，放弃了高考，来到这所中等师范学校，原来都是为了遇上他，我必须经历过那些才能来到他面前，就像小溪必须跌落无数悬崖，穿越无数山涧，才能投身宽阔平静的河面一样。

是我主动的，我一发现他，就开始挖空心思接近他，引起他的注意，生怕有人抢在我的前面，我常常听着听着课，思绪就飘走了，进入另一个情境，只有我和他的情境。

我成功地抢到了他，他亲我的那天，我发了疯一样，骑着自行车一口气跑遍全城，跑遍每一条街道和巷弄，直到跟一辆摩托车迎面相撞，书包飞出去，里面的东西撒了一地。

我说我应该不上初中，上完小学就直接来这里，跟他相遇，这样我们就不会浪费那么多时间。他说他也做了好多错事，他不该过早结婚，又立即当了父亲，不该在做下那么多错事后又觉醒过来，想要自我纠正之前的错误。他说他不喜欢大嗓门的中年妇女，受不了他喜欢的姑娘变成一个老于世故、张牙舞爪的家庭一把手，受不了她动不动就不许他上床、把他的枕头扔向窗外，以此发泄对他的诸多不满。他说她以前比现在羞涩得多，笨得多，他喜欢她的以前，恨她的现在。我说谁也抗拒不了时间，时间会把每个女人都腌制得面目全非。他坚信我不会，因为我的身体构造跟她们不一样，脑回路也不一样。正因为这些不一样，我才是他见过的写作上最有才气的学生。那时的我，是个多么古怪多么偏狭的孩子啊，别的都不在乎，只要有人发现我这一个优点就飘飘欲仙，为了这一个优点，我可以放弃其他所有优点。

我们在江边某个隐蔽的地方租了间房子，那间小房子没有窗户，只有一扇面朝江水的小门，我们在那里上"补习课"。足有半年时间，一放学我就往那里冲，多数时候是他先到，我们关上房门，如胶似漆。我们当然也上课，这方面他有绝对的权利，他想在哪里上课就在哪里上课，桌边，灶台边，床上，随时随地。他讲什么我就听什么，他肚子里有无穷无尽的知识，张口就滔滔不绝，流光溢彩，令我目眩神迷，五体投地。夜深人静时分，我们小心翼翼地打开门，我坐在他腿上，我们一起望向黑漆漆的江面，江水汩汩，汽笛声感伤而过，无需开口，全身心已麻花一样缠成一团。

是他发现我怀孕的，他说他不能陪我去，但我也不能一个人去，医生会盘问我，那将是他的灾难，当然也是我的灾难，我们会被兜头泼来的污水浇得面目全非。他问我有没有一个可靠的人，一个喜爱我又对我宽容的人，他说我只能找这种人陪我去。还有谁呢？我想到了姐姐。他也觉得姐姐是这个世界最值得信赖的人。他要我告诉姐姐，他在默默等我，他会用一个成年男人的毕生之力来守护我成长，并最终守护我们全家。这一天不会远了，我们已有详尽的计划。

我话还没说完，姐姐就扑上来揪我的头发：你去死！我才不管这种丢人现眼的丑事！我哭着去捡地上被她扯下来的一绺绺头发。她也开始哭。我告诉她，我们是一定要结婚的，但现在还不是时候。她骂我：你这头猪！傻瓜！每个坏男人都是这么骗女孩子的。我很生气，宣称如果她再骂他是坏男人，我就把孩子生下来。她马上不再骂了。我知道她一晚上没睡，不断弄出各种声音，早上五点，天还没亮，她就把我拖起来，一路数落我：真是厚脸皮，居然还能睡得鼾是鼾屁是屁的！我们一径来到解放路，一个前一天约好的医生在妇产科等我们。姐姐让我叫她姨妈。我从不知道我们在医院还有个姨妈。

姨妈是个寡言的中年女人，她似乎更愿意用目光说话，刀子似的目光刺了我一刀又一刀，最后刺向那个古怪的刑具似的床，我胆战心惊地爬了上去，任她扳开我的腿，用力往下压我的屁股。姿势摆好了，姨妈才说话：先讲好啊，待会不要鬼叫鬼叫的，这不是什么光荣的事。她的语气加深了我的羞耻。那是一种什么样的疼痛啊，我以为我马上就要死了，我后悔没给他留下一句话就这么死了，结果我又活了过来。当我穿好衣服，虚弱地来到外面，我发现自己突然矮了一大截，原先我比姐姐高出一点点，现在倒比她还矮了，我感觉她的目光在往下看我。

天正好亮了，该去学校上早自习了，不敢耽误功课，也不敢让班主任过来问我为什么旷课，我坐在教室里流冷汗，发抖，还好一切都是暂时的，趴一会儿就好了。他在我们的小屋里为我炖了鸡，我问他，为何我们谈论的世界那样美好，我们的身体却在经历如此不够美好的事情。我都不敢把妇产科的情景讲给他听，我怕他从此瞧不起我，进而瞧不起我们之间的感情，我觉得那里的一切跟我们精神上经历的一切格格不入。他抱住我，叫我闭上眼睛，听他的心跳，我听了一会儿，连自己的心跳也听见了，我在两个人的心跳声中依偎了一会儿，一切伤痛和不适就都平复了。他开始安排我们的未来，他叫我一定要考到北京去，要进入中国最好的中文系学习，然后他也要去考那个学校的博士，这样我们就能在那里扬眉吐气地生活了，再也不用耗子似的躲在这个小洞里，出门前还要事先透过门缝张望一番。

我们被北京计划激励着，每天都像随身携带着一笔秘密巨款一样，脱离集体，压抑着隐秘的兴奋，匆匆来去。姐姐在棉纺厂上着"三班倒"，跟我碰面的机会不多，有那么几次，她逮着我问：跟那个人断了没有？我说断了。我想的是，等我和他去了北京，再来告诉姐姐实情不迟。

离上次手术不到三个月，我又怀孕了。我真想独自跑到解放路那个妇产科，独自去求那个胖胖的话不多的姨妈，我试了几次，实在做不到，只好哭哭啼啼来到姐姐面前。姐姐一听，抬手就给了我一巴掌。

走！带我去找他！老子跟他拼了！

这一回，无论我怎么哀求，姐姐都坚持一定要见到他。太欺负人了！她噙着眼泪嚷，投向我的目光带了点让人感动的怜惜。

我一把抹去眼泪：姐姐你怎么能这么愚昧呢？他不是在欺负你妹妹，他是太爱你妹妹了。

跟刚才不同，这次姐姐一口气甩了我三个巴掌。真是个贱货！接下来，她破天荒对着我蹦出了一连串脏话，听得我目瞪口呆。

我一生气，就决定不求她了，肚子里的事情我也不管了，随它去。

当天晚上，姐姐哭着来找我，她说要是妈还在，她才不想管我。她一手拎着四只煮鸡蛋，一手拖着我，往解放路那边走去。

姨妈被我们吓着了，她瞪着我姐姐：你这个当姐姐的也不管一管？

姐姐就哭，比当年妈死了哭得还伤心。我要上班，我是三班倒，我还要管一大家人吃喝拉撒，我又不能二十四小时跟着她。姨妈瞪我一眼，领着我怒气冲冲往手术室走，把器械往盘子里扔得砰砰响。我想我今天死定了，她肯定要把这股气都撒到我身上。没想到她异常温柔，问我今年几岁，在学校有没有好朋友，还问我知不知道自己很漂亮。

漂亮是天老爷给你的一颗无价之宝，是要你把它献给命中注定之人的，你不要送错了，更不要在中途就把它弄脏了。

我听懂了她的意思，诚恳地告诉她，我没有送错人，千真万确，他就是我要送的那个人。

她叹了一口气，暂停下来，好像不想给我做了，不过她马上又改变了主意，重新行动起来。跟上次完全不同，这次她居然边做边跟我说话，我猜她是想分散我的注意力。她问我，我认定的那个人叫什么名字。我想她又不知道我是哪个学校里的，就大胆地说出了老师的名字。果然，她对那个名字无动于衷。

她安排我在小床上休息一会儿，没多久，我听到她和姐姐在外面争执起来，她说我姐姐不负责任，我姐姐说她这么做，正是因为对我负责，毕竟我还小，名声要紧。然后她们的声音低了下去，而我也睡了过去，不睡不行，眼里有一百根、一千根金针银针呈放射状往外飞，无休无止，闭上眼睛还能看见它们向漆黑的四周嗖嗖飞去。

回家路上，我向姐姐讲了那些金针银针，姐姐又哭了，她说：你记住，千万千万不能再做了，再做你会死的。然后她望向一边，望向黑漆漆的夜空，她喊：老天爷啊，我该怎么办啊？我又不能把她锁起来。

第二天整整一天，我没见到老师，那天的语文课，换成了英语，第三天还是不见他人影，就在那天下午，放学之前，我们得到一个消息，老师不会再来了，有人在江边发现了他的鞋子，还有一封遗书，遗书上只有三个字：请原谅！我想站起来，却眼前一黑，倒在地上。

我病了一场，慢慢活了过来。我们的语文老师换了新的，是个女老师，她教得不太好，至少是不对我胃口，我的语文成绩从此平平，连对作文都失去了兴趣。

若干年后，我已经结婚，大着肚子要去医院做产检，按照有关部门的安排，我的产检地正好是解放路的人民医院。自从那年三个月之内连续光顾了两次之后，我再没来过这里。

为了腹中合法的新生命，我不得不硬着头皮再次来到这里，医院重新装修过了，我希望当年的一切都已不复存在。

可惜我还是一眼就看到了那个胖胖的姨妈，她已经很老了，头发花白，即将退休。我恨不得立即逃走，但我丈夫在后面推了我一下，就像当年姐姐从后面推我一样，我只得硬着头皮往前走，只能寄希望于姨妈已经认不出我来。我很幸运，姨妈真的不认得我了，她填好卡片，把我领到黑暗的小屋子里，领到仪器前。

你运气不错，着床很好，发育也很好。老实讲，我真替你捏了把汗呢。

原来她早就认出我来了，我不由得鼻子一酸，扑过去抱住她。

恨我吗？

什么？

对了，你还不知道。做完第二次手术后，我就去了你们学校，我找到他，我要他选择，要么立即停止对未成年女性的纠缠，要么等着我的举报。我给他看了早已准备好的两封举报信，一封给学校，一封给派出所。他没有多说，低头沉默了一会儿，说他选第一条。但我没想到他会选择那条路，那不是我的本意。后来我也反省过无数次，我是不是做得太过分了。但你知道吗，你死去的妈妈是我亲表姐，你自己的姐姐又缺乏保护你的能力，我再不出面，你就小命难保了。

我看着她，越哭越凶。

如果我不那么做，你还会再来第三次第四次，你会死在我手上的，我是医生，我是救人的，不是害人的。如果你妈还在，她会同意我那么做的。你姐姐不行，她可能自己都还不懂得保护自己。这事本该由她去做的。

我想对好心的姨妈说句谢谢，但有股莫名的力量阻止着我。

得知真相的这天，我来到江边，当年我们租住的小屋已经不存在了，它变成了漂亮的临江大道的一部分，但我记得那个位置，那个角度，我站在我们当年深深相拥的地方。我能理解他写"原谅我"三个字时的心情，他不忍跟我分开，也不忍我们之间遭到破坏，他是个追求完美的人，如同他的外貌。在这个小地方，要想始终如一地维持优雅的容貌和气质并非易事，但他做到了，如果有什么事与他的努力方向不一致，他宁可被击碎，也不愿脏兮兮乱糟糟地苟活。

江水始终如一地平静，它不介意不断有人投向它的怀抱，带着愤怒和委屈，挣扎和绝望，甚至带着阴谋和敌意。它无边无际的巨人之胃，不动声色地吞噬着一切，消化着一切。

我提示姐姐，也许我们可以去找找派出所主任，虽然两地相隔较远，但毕竟是一个系统，万一他恰好有什么资源在那边，能关照的尽量帮我们关照一下，至少能让子辰少吃点苦头。

姐姐一脸嫌弃：亏你还记得那个人！她认定他不会帮我们，凭什么嘛，她说她找不到任何理由，又说人家现在跟我们没有半点关系。她说得越激愤，我就越觉得她其实是很想让我去找找他的。

没想到她的激愤是真的，她坚决反对我去找他。

这个世界上，我最不愿见到的人就是他了。从爸爸开始，我们家出的每一桩丑事，都被他看在眼里，我恨不得把他的眼珠子挖出来呢，还去求他！除非帮我们做事能给他往上爬加分，否则他巴不得在一旁看笑话呢，平治的事你忘啦？

一提平治，我就哑了，一直以来，"平治"的名字就是我的死穴，我不能听到它，也不能说到它，稍有碰触，这一天都会阴惨惨的。

平治是被父亲教导最多的孩子，当年父亲浑身浮肿着回家时，平治还是个小学二年级的学生，父亲单宠平治，这一点谁都看得出来，谁都不嫉妒，毕竟平治是我们当中唯一的男孩子。我们不约而同地推举平治专职照顾父亲，领了这个任务，平治从此可以名正言顺地不做任何家务，爸爸拖着浮肿的身体教他写毛笔字，教他珠算、心算，给他讲他从外面听来的评书、各种掌故，总之，他把他几十年从生活里淘洗出来的东西全教给平治了，这是平治的幸运，我们其他几个，没有一个人得到过这种幸运。那年平治所在的小学搞了个竞赛，平治轻而易举拿到第一名，突然加身的荣誉点燃了他的好胜心，他就像被施了咒语一样，从此远远甩开他的同龄人，一路奔跑，最终被保送到重点中学。我总觉得，平治跟我们不一样的起步，跟他与爸爸的那段陪伴有关，他远离了家务和各种杂活，变成了一个真正的学生。

但平治也有个弱点，他不会游泳，爸爸不让他学。

学会了反而危险，你们想想，那些被淹死的人，有几个是不会游泳的？从来没听说哪个旱鸭子是淹死的。

平治说：万一哪天洪水来临，我不会游泳，不还是得死吗？

爸爸一脸的自信和狡黠：你这么聪明，洪水到来之前，你早就躲开了。

进了重点中学，平治如虎添翼，只要上考场，不是第一就是第二，彻底打破了我们家孩子读书一般的记录。姐姐高兴时也会开玩笑：你肯定不是爸妈生的，肯定是生下来那天，被护士搞错了。这当然是玩笑话，平治长着我们家的鼻子呢，鼻梁中间有个小小的疙瘩，有点类似竹子的结节。高中毕业那年，平治的辉煌达到顶峰，他居然考了个全省的文科状元，喜报都送到家里来了，害得我们家手忙脚乱了一个夏天，在此之前，我们家从来没有办过大事，连迎客的桌椅和茶杯都没有，幸亏邻居借了一些给我们。这以后，尽管还没开学，平治基本上就没跟我们住在一起了，同学聚会，师生告别宴会，各种小型聚会，忙得不亦乐乎。他去报到那天，当地政府部门开来一辆黑黝黝的小车，停在巷子口等他。我们本来做好准备送他去火车站的，不得不临时打消念头，因为小汽车里已经坐了两个官员，加上平治，就坐不下了。平治也不想让我们送他。我又不是小孩子！你们送到巷子口就可以了。平治个子很高，那天他穿着白衫衣、黑裤子，站在两个把T恤衫撑得像面包袋的胖官员中间，越发显得精神抖擞，气宇不凡。我记得当时我脑子里就冒出了一个念头：平治这小子会成气候的！平治会振兴我们这个家的！

爸爸也对平治的未来抱有极高的期望：平治啊，到了大学不要松劲，好好学习，争取留在北京，你是火命，不适合留在多水的南方。

平治一去就没有音信，直到春节前两天，才风尘仆仆地回家，问他为什么比别人都晚，他说他只是不想那么早就回来等着过年。过完年，正月初三他又出发了，我问他是不是谈恋爱了，是不是要去女朋友家，他似乎很意外我会说出这样的话来，一本正经地跟我说：人活着，不能只关注自己，也要关注一下自己以外的世界。

我觉得大学半年让他改变了许多，他连眼神都跟以前不一样了，当我们被春节晚会逗得哈哈大笑的时候，他坐在那里，面无表情地盯着电视机屏幕，我怀疑他的心思根本就不在节目里。

也不用去问他，他不会跟我们说实话的，不管问他什么，永远只有一个回答：可以，还行，就那样。也许他觉得跟我们已经不在一个层次了，我们之间已经失去了对话的基础，就连母亲一样的姐姐，在他看来也不过是个"可怜的人"。他睡眠不好，床边永远摆着一本书、一支笔、一个水杯，等我们都睡了，他弄出来的声音格外刺耳，翻书，写字，咳嗽，喝水。第二天早上，都以为他要睡懒觉，结果人家早早起来去跑步了，他说那不是为了健身，是为了锻炼自己的意志。总之，大家都明白为什么就他能考上全省的文科状元了，因为人家天生就跟我们不一样，人家天生就乖，天生就是块成器的好料子。

大学毕业那年，北京那边传来一些令人不安的消息，我们担心他，又联系不上，想派个人去看看，结果还买不上火车票。白天上班，傍晚去菜场，不管在哪里，都能听到有人在谈论北京。姐姐格外紧张，这很自然，我们家最有出息的人在那里。不让去北京，我们就打电话，我们有他一个同学的电话，好不容易打通了，同学紧紧张张地说：我见不到他，我好久没见到他了。

平治终于回来了，他瘦了很多，也沉默了很多，他的工作也分配好了，就在离家不远的一个局机关，离我上班的地方很近，还配有制服。穿上制服的第一天，他满脸通红，走不出门。好不容易被我推出了门，又走得极慢。

姐姐，这一切都不是我要的。

我知道我知道，面对现实，慢慢来，你还年轻。我只能这样安慰他。我也知道，他这么好的学生，又读了那么好的大学，不应该给分到下面来，这对国家对个人都是一种浪费，不过又一想，像平治这种又自律又勤奋的好苗子，在哪里都是会成器的。

没多久又有不好的消息传来。平治和同事们去下面镇上办事，或者到各单位去稽核，都有接待午餐，人人都顺利爬上了餐桌，只有他不肯去，一个人在外面买碗面条，或者买包快餐面，吃完了接着干活儿。我一听吓坏了，飞快地骑上车子出去找他。还真被我找到了，他坐在一家小店外面的台阶上，正抱着一只康师傅牛肉面的快餐碗，吃得呼哧呼哧。我求他随大流，人家怎么做，他也怎么做，不给人家心里添堵。他倒笑了，先是夸快餐面好吃，然后就放下碗筷发呆。一只蚂蚁不知从哪里爬过来，他捡起一根草茎，竖在蚂蚁面前，蚂蚁犹豫了一下，爬上草茎，爬到他的手上，我以为他要捏死它，结果他只是轻轻一抖，蚂蚁落进了快餐面碗，在混浊辛辣的汤汁里挣扎。

如果随大流，就跟这只蚂蚁没两样。

我心里越急，就越是找不到话说，我能理解他，但我不能支持他，站在家人的立场，我只能把他往一条道路上逼，我捶他，摇他，吼他，他轻轻一笑，站起来说：你该去上你的班了。

就在那天，在街边，起身的瞬间，我看到天上飘来一朵黑云，充满怨气地停在我们头顶上方。我突然有种不好的预感，但我不知道如何逃开，更不知道要不要告诉平治。

危险真的来了，但不是我想象的那种危险，是另一种毫无价值的危险，愚蠢的危险。那是夏天，长江洪峰到来，各单位都在组织抗洪抢险，昼夜安排人员值班，排查管涌，平治参加巡逻的那个晚上，江堤在意想不到的地方出现了一个小小的溃口，因为是深夜，他们那一组值班的陆陆续续走掉了好多，只剩下不到十个人，备好的沙土袋又在三百米开外，眼见情势越来越急，有几个人吓得索性逃开了，只有平治还在咬紧牙关往溃口里扛沙土袋，溃口越来越大，当平治泥人似的扛着一袋沙土跑过来时，之前好不容易垒上去的已被大水冲垮，平治脚下一滑，扑倒在地，沉重的沙土袋压住了他，污浊邪恶的大水趁势而上，不会游泳的平治再也没有露头。

这是我们家有史以来最大的悲剧，我们怎么也想不通，怎么想都觉得平治是被人冷冰冰地按在了泥水里，一起巡逻的还有九个人，九个啊，不是一个，不是两个，而是整整九条精壮汉子，救不出一个年纪最小的同事？恐怕是根本就不想救吧，贪生怕死，袖手旁观，能跑多快跑多快，只有我们的弟弟平治，不会偷奸耍滑，不会演戏，不会说漂亮话，只会像条狗一样地忠诚，像头牛一样地老实，所以也只有他，才会傻瓜一样以身殉职。这不是事故，这根本就是谋杀。我们去防汛办喊冤，没人理，还被人轰，说防汛是当前大事，要举全员之力，牺牲是不可避免的，也是光荣的，等防汛结束，会有表彰大会，会上报先进事迹。

这时我想到了派出所主任，那个差点成为我姐夫的人，我找到他，说出我的疑虑，我还告诉了他之前平治不肯在人家单位吃接待餐，自己跑出来买快餐面吃的事，主任同志表情严肃地转起了手指间的笔。

现在肯定不好调查这个事，别说调查，提都不要提，等防汛结束了再说。

等防汛结束，事情就凉了。

趁热也没用啊，你们当然可以这样怀疑，甚至可以谴责他们，但你没有办法去追究他们的责任。其实我也觉得可惜，太不值得，那么多人都没事，唯独他把命丢了，丢得那么不值得。从解放到现在，全省的高考状元我们这里就出了他一个，多有前途的小伙子啊。真不值得，他是最应该活下去的人。

就算不能追究责任，把他们一个一个叫来问话也可以呀，把他们挨个挨个骂一顿，羞辱一顿，就说我们家报案了，告他们冷酷无情，见死不救，这一条他们够得上吧？

主任同志摇摇头说：你可以搞议论谴责，但我没有资格传唤他们，别说他们现在正奋战在防汛一线，就算防汛结束，我也不能传唤，那时他们很可能已是防汛功臣。

就平治一个人白死了！

他肯定是功臣。

我们不要这个狗屁功臣！我们只要平治！求你帮我们出出主意，让我们一起为平治做点什么。

他一直摇头，看上去比我们还要悲哀。

你们见我这样，以为我无所不能，其实我非常无力，尤其在平治这件事上，我能做的甚至还不如你们，我不知道你听懂了没有。他合起几个文件夹，放进桌子下面的抽屉，上了锁。

我好像懂了，他是有身份有权力的人，他是那个系统里的人，系统对他有很多牵制，不像我们，平头百姓，路边的砂粒，为亲人的死蹦一蹦，闹一闹，无所顾忌，无伤大雅。但一向老实的姐姐突然发作起来：邓世责，你高兴了吧？当年亲手把我爸爸抓进看守所，现在又眼睁睁看着我弟弟被人害死，我们家的男人都像风中的蜡烛一样，一口一个，一吹就灭，看到我们家这么倒霉，你心里肯定很舒畅吧，你怎么可能去为他做点什么呢？你巴不得延长这种享受呢。

我吓了一跳，这么多年来，他在我们心中，一直就是"派出所的那个人"，是一种潜在的温暖，甚至可以视为某种靠山，怎么能对人家这样无礼呢？与此同时，我猛地反应过来，他不是"派出所的那个人"，他有名有姓，他叫邓世责。

说话要有依据哦，我高兴的理由是什么呢？他竟笑起来，开心地望着姐姐。

当年冒犯了你嘛！你这样的大红人，谁敢冒犯？

要说冒犯，也是我冒犯了你呀。

以我这个旁观者的角度来看，他的眼神算得上真诚，而且异常和善，但姐姐反应很大，苍黄已久的面皮泛起一层潮红。

我上辈子哪里得罪你了，这辈子要一而再再而三地求你？先是我爸，接着是我弟，每一次都被你拒绝、被你嘲笑、被你瞧不起？

这话太重了，我受不起，我不是那样的人，求你不要继续冤枉我了。我办过很多案子，百分之九十九点九都办得好好的，唯有我自己，在你这里的冤情一直得不到平反。总有一天，你得给我平反才行。

你把平治的事情给我扳过来，我就给你平反。

邓世责苦笑：这事我真的没有办法。

看吧，我并没冤枉你，别人的案子你都办得妥妥的，唯独到了我们家，你就没有办法了，我们家又不是江洋大盗之家。

无论如何，平治就像那场夏天的洪水一样，义无反顾地退了场，再也无人提起。

平治走后第三个月，父亲在夜深人静时分，带了根绳子跑到平治单位门口，企图吊死在铁栅子门上，但他刚刚把绳子甩过去，门卫就被惊醒了。我们都看到了他留在家里的纸条，压在饭桌上的隔热垫底下。他说他当年从看守所回来，除了一身病，还带了一身晦气，他的晦气带累了家里，带累了平治，他说他感到抱歉，他应该在平治长大以前就采取行动才对。

这张纸条我们没给任何人看，我们直觉它不适合给外人看。

似乎是想以无声的、透明的存在来代替他未能成功的自杀行动，父亲没死成，但从此变得更加沉默了，连呼吸都换成了极低极低的频率。

找到邓世责之前，我已说服我自己，如果这次他仍然像在平治那件事上一样表示无能为力，哪怕只是婉转地表达一点点那种意思，我一定转身就走，并毫不犹豫地将他从我的人生中剔除，就当我从来都不认识这个人。

但他没有，他才听我说了一句，就变了脸：是她的儿子?!

然后就表现出异乎寻常的紧张，接二连三问了些情况，包括是什么人通知我们的，有没有跟对方家属接触过，他非常赞成给子辰找个律师的想法，并让我把这个任务交给他。

不管怎么说，尽量给他留条命。他说到留条命时的神情非常让人想入非非，好像那之后还有很大空间。

他特别提到我姐，问她是什么态度，我给他模仿姐姐的样子：让他去死！然后假借批评我姐来表明我对这事的态度：这是不对的，每个生命都来之不易，都值得努力去挽救，除非实在、实在不可能。

那当然，人们连流浪猫狗都在尽力救护。

在这悲伤又严肃的关头，他竟然温暖地笑了一下：你姐姐就是一根筋，你从小就跟她不一样。我第一次在你们家看到你，你六七岁的样子，为了把你支开，我给了你一点钱，让你去买点本子笔啥的，你飞快地跑去买了回来，余下的钱，你没给我，自作主张拿它买了糖果，你肯定是嗅出某种味道来了，觉得在我这里你有擅自做主的特权。为这事你姐姐还骂过你。你并不怕她，你知道我会帮你说话。时间过得真快呀，一转眼，我们都老了，老得连孩子都管不住了。

只是费用有点问题，姐夫的修鞋摊并不赚钱，原因在于他总是三天打鱼两天晒网，下雨自然是不出摊的，天气太热他也不愿意，太冷就更不愿意了，人家见他出摊不勤又不规律，自然也不会把生意留着给他做。后来他又说，这门生意做不下去了，因为现在人都喜欢穿运动鞋，皮鞋正被打入冷宫。他说他考虑还是去外面找家工厂做。他仍在留恋工厂的日子，穿上干净的工作服，踏着上班铃进厂，踩着下班铃出厂，到日子发工资，一年总有几次集体活动，他说那样的日子虽然穷，但心里头有阳光，不像现在，就算你能挣两个小钱，不知为什么，一年到头心里阴沉沉的，像堵了块又冷又硬的死面团。他让我帮他留意外面招工的信息有些日子了，我骗他说：外资厂子都快搬光了，剩下来的几家又开工不足，再等等看。其实是姐姐跟我叮嘱过，别让他到外面去，我们家男人没一个有好运气，穷也要给我安安全全地在家里穷。

人是安全了，但律师费从哪里来呢？我是可以凑一部分，但真要摊上一个律师，后续费用肯定少不了，总不能辩护到一半，中途因为费用不足而放弃律师裸身上阵吧？那可就前功尽弃了。

我硬着头皮跟邓世责提出，最好给我们推荐一个实习律师，或者某个正要打知名度的没什么资历但很有想法的律师，总之，我希望他能给我们推荐一个收费便宜点的律师。

邓世责摇摇手，叫我不必操心，他心里早有人选，一个威望颇高的民间律师，去年刚刚正式挂牌，开起了自己的律师事务所。我听说过那个人，人称老讼（宋）。

这个官司打赢了，对他的好处大大的。

当即打电话联系宋律师，听他的语气，宋律师答应得很爽气，邓世责心领神会地嗯嗯了一阵，把电话递给我，说是宋律师要求的。

你是孩子的小姨对吧？放心吧这事，百分之百的包票我不敢打，百分之六七十的把握还是有的。我们当即商定了赶往事发地的时间。

和老宋出发前一晚，我临时接到出差的任务，原定由我和姐夫陪老宋一起去的，只能改成姐姐姐夫陪老宋去了。当我把这个消息告诉姐夫的时候，姐夫说：看吧，这就是天老爷的意思！哪有亲生母亲躲在后面不上阵的道理。无奈姐姐还是坚持不去：天老爷的意思也不行，我受够了，他都有律师了，还不够吗？我故意激她：当年爸爸出事，你当仁不让地出面，平治出事，你也冲在前面，包括我读师范时出的那件事，也是你一手办妥，怎么到自己儿子身上了，反而撂挑子了呢？

因为我看透了，不争气的家伙都跑到我们家来了，倒霉的基因代代相传，你最好也清醒一点，事已至此，请再好的律师也没有用。

无论怎么劝说、开导，都没有用，姐姐突然铁了心不去管这事了。认命吧，真的是命。从小到大，我打他打得还少吗？没办法，我们家就出短命鬼，平治好吧，学习那么好，品德那么好，什么都好，结果呢？跟平治比，他应该死得心服口服，毕竟他身上背了条命债。

当老宋得知孩子的妈妈居然不愿出面时，大吃一惊：为什么？到时候很多地方她要签名的呀。

到底是律师呀，我说了那么多，毫无用处，老宋只亮出签名两个字，姐姐马上乖乖地同意一起去了。

　　也许就因为这事，再加上老宋语气里那种斩钉截铁舍我其谁的架式，我的预感突然变得好起来，我觉得我们的子辰也许有救了。

　　第三天姐姐姐夫就回来了，一进门就给还在外地的我打电话：他们怎么不把他打死算了？我真是恨死他了，就为了那么个女的！长得还不如他好看，还比他大一岁。

　　别乱说，见到子辰没有？姐姐说起那女孩的语气让我有点不爽。

　　见到了，没说上话，我也不想说，我一看到关在栅子门里边的人就想吐。当年去给我们的爸爸送衣服，他也是从栅子门里出来，一脸贼样，还冲我一笑，我当场就吐了，被站在外面的看守狠狠骂了一通。

　　那家人也见到了？

　　没有，我哪里敢见人家啊，老宋也同意我们走，他说最终会有面对面的那一天，不一定非要现在。

　　我责怪她没跟律师守在一起。现在他就是你儿子的救命恩人了，就算你不行，姐夫应该全程陪同人家呀。

　　那也要人家同意我们陪呀。他又没跟我们一道走，我们总共只在看守所见了不到二十分钟，看他那样子，也不爱跟我们多打交道，人家穿得可体面了，西装笔挺笔挺的，公文包一看就是高档货，我们在人家眼里就叫当事人家属，无名无姓的贱民。

　　我心想，要是找个气场跟姐夫差不多的律师，你倒是跟人家说得上话，就怕那样的人帮不上你儿子。

　　得知我还有三四天才能回来，姐姐一副等不及的样子，说爸爸知道子辰的事后好像很激动，人已经不对劲了，让我尽量抓紧时间

　　妈妈死后，爸爸一直坚持独居，不肯跟他的任何一个子女同住。这正是他跟妈妈不同的地方，我们跟妈妈一起，完全没有界限，不管多大，言行举止间还能找到小时候在她腿边缠来绕去的感觉；跟爸爸在一起就矜持多了，规规矩矩说话，能不说就不说，但也不怠慢他。也许他已习惯这种淡漠的相处模式，不管身边的我们在干什么，在说什么，他都两肩端平，神情悠远，仿佛打定主意超脱身边的现实，做一个局外人。

　　姐姐的描述我实在难以想象，她说爸爸居然要召开一个家庭会议，还说他有重要事情宣布。我想他都做局外人十几年了，挂在墙上的日历都还是大前年的，一个连日历都不想再翻的人，还有什么重要事情可以宣布？他不会是得了老年痴呆吧？姐姐说不像，还说他永远不会得老年痴呆，她从他神情上看出来的。她还打了个比喻，别看他像一根枯树枝，表皮已经枯焦，折断一看，里面还有绿色，还湿润，爸爸的绿色和湿润就是他眼里的那一点点光亮，像灰烬里的余燃。是的，他懒得动弹，也懒得说话，可他的眼神还没有完全熄灭。

　　我给老宋打电话，想听听他实地接触过以后怎么看待子辰的事。

　　才发现事情并不像姐姐讲的那样，并不是老宋让他们回来的，而是他们自说自话一声

不吭走掉的。老宋向我抱怨：就像那孩子不是他们的亲生儿子，而是我的儿子一样。

只好替他们道歉，说他们小气，没见过世面，不懂得为人处事，另外，也夸张了一下爸爸的情况，说家里老人可能是年纪大了，受不起刺激，突然出了些状况，终于把老宋安抚妥当了，才敢问子辰的情况。

他这事呢，的确很难办，我暂时还没有方向。不过他一直说，他当时眼前一团漆黑，脑子里嗡嗡作响，根本不知道他站在桥上，如果知道下面就是滔滔江水，打死他他也做不出来。嘿嘿，你信吗？

也许，谁知道呢？有些疾病藏得很深，可能一辈子也发现不了，每个人都有这个可能，只是没有机会把它激活而已。这正是邓世责跟我流露过的意思，但我不能跟老宋明说，明说就犯法了。我相信邓世责也不会傻到跟老宋明白无误地交代这事，毕竟，在这件事上请律师，大家心照不宣。

老宋显然是明白我的意思的，但他故意显得心不在焉：他平时，暴躁吗？

有一点，独生子女嘛，从小宠到大，你懂的。我不能再说下去了，因为我不知道要把这个信息放到多大为宜，只好把主动权交给他：总之，这事就交给宋律师了，你说该怎么办，我们就怎么配合。

尽力而为吧，你说呢？你和邓世责什么关系？

我一愣，不能说差点成了我姐夫，那太远了，他会因此轻视子辰这事，情急之下，我故意意味深长地说，我们是好朋友，很好很好的朋友。

明白了。老宋挂了电话。

他肯定以为我们是情人什么的，这会不会对邓世责不利呢？好吧，管不了那么多了，对子辰有利就行。

老宋又打了过来：叫邓主任放心，我竭尽全力。

哎哎！

我没猜错，他就是那么认为的，生怕我在邓世责面前说他坏话。

有朝一日，他和邓世责说穿一切，会耻笑我吧？邓世责也会瞧不起我吧？但也无所谓了，和一个生命相比，什么都很轻。

爸爸在平治单位门口自杀未遂之后，原本的沉默萧索迅速发展到极致，家里几乎听不到他的声音。

那是一种执拗的沉默，保持沉默仿佛成了他热爱的工作、他的事业。但是，不能因为他不说话，我们也集体变成哑巴，我们得尽量跟上日常生活的节奏。他在沉默中一点一点地脱队，离我们越来越远。一开始我们谁都没有发觉他在主动脱队，直到有一天，我们突然发现，他已经无法张口了，比如当他说"想喝水"这三个字时，相当费力，必须配合手势，才能让我们明白。当着他的面，我对姐姐说：他可能患上了老年自闭症。

姐姐不大懂得自闭症，但她很肯定地告诉我，他以前不是这个样子的，他以前相当开朗，尤其喜欢讲不干不净的笑话，他走到哪里，哪里就笑声不断。

似乎是为了反驳我给他下的关于自闭症的结论，他开始琢磨一种手上的小活计，他用塑料带结东西，各种字结：福禄喜寿，长命百岁，百年好合，以及各种图案，后来塑料带不流行了，又改用其他化纤材料，做好一批，摆到桌上，让姐姐拿到街上，找个卖钥匙串儿、打火机的地方，挂在那里代卖。他的东西从来不愁没人买，因为他做得少，说到底是做得慢，毕竟他是个男人，不太擅长做这种小手工。

什么是他最擅长的？

姐姐说：他很会说话。

简直不敢相信，这个沉默的老头，紧闭的嘴皮像刀片一样又紧又硬，居然是个擅长说话的人？

如今他把我们召集到跟前，艰难的动着嘴唇，却没有声音，我猜他已经发不出声音来了，一个人长久不说话，声道可能会发生堵塞。姐姐给他端来一杯水，他埋头猛喝一气，我听到清水滋润干裂喉头的声音，但还是不行，他试着清嗓子，光有声带的振动，发不出声音。

继续喝水，同时抓挠头皮，发出嗞啦嗞啦的声音。

唉！伴随着一股难闻的气味，他终于叹出一口浊气来。

都是我，带累了你们，一年又一年，家运不顺。

我们安慰他，是我们自己的过错，自己的遭遇，自己的命，怪不得任何人。

是我，我做的坏事。

你已经付出代价了。姐姐大声说：我最清楚，你在看守所待了一年多，好好的人进去，出来时跟死了半截似的，我后来问过了，你那根本就不是什么了不得的坏事，你只是做得不是时候，你做早了，迟做几年，你就是好典型。

不是那样。

他低下头去喘气。我都能看出来，他活不了几天了，他脸上已经有了死尸的颜色，他的双手，因为神经松弛，手指散开，根根都比平时显得更长。他像是再也不准备抓住什么了。

真正的坏事，不是被抓进看守所的那件，那不算什么。是别的。

我们都停下来，一起看向他，他脸上手上一直有老年斑，但现在我觉得，它们更像尸斑。

有一次，我们去外地收粮票回来，要坐一程机动船，船到江中间翻了，我们拼命找木板，找一切能漂起来的东西，我和一个女的同时抱住一块木板，我认识她，我们一起收过几次粮票，她总是穿一件老红色起小白花的棉袄。她快没力气了，她想躺上去，木板太小，她要是躺上去，我就没有任何可以抓的东西了。她求我帮她，我想我们俩只活得出一个，我就去取她绑在腰间的包，粮票都在那里面，层层塑料袋绑扎着，她没力气阻拦，只能喊：不要，不要。我拿到她的腰包了，她骂我：你不得好死！我把她的腰包绑在自己身上，她还在骂：你家所有的男人都不得好死！我要把他们一个一个都找来！他们一个都跑不掉！

我只轻轻踢了她一下，她的手就松开了，人沉了下去。我抱着木板继续漂，两个多小时后，我被救了。过了不到三个月，她的咒语应验了，我在卖粮票时被抓。后来跟着又出了好多事：跟邓世责的婚事吹了，平治也横死了，现在又出了子辰的事。

我看向姐姐，姐姐也在看我。我真想说：还有一个男人，我的语文老师，他也勉强算得上是我们家的男人。

这才真正是我干过的坏事。我手上一直有她衣服的味道，棉袄打湿的味道，现在还有。她很凶，一直跟着我不放。如果你们想家宅平安，想子辰平安无事，就不要埋我，也不要火化我，完完整整把我推进江里，让我去那里跟她了结。千万记住了。

第二天晚上，爸爸走了，我和姐姐守在他床边，他越来越硬，像刚从冰柜里拿出来的。

你觉得他说的是真的吗？我问姐姐。

就算是真的，难道你忍心把他扔到江里去？

你打算违背他的遗愿？

如果他真的想以这种方式了结，为什么不自己爬到江里去？为什么要让我们来背上这个大罪名？

结果，我们按常规方式把爸爸送进了火葬场，浓厚的黑烟飘向天空时，我依稀听见他在发出绝望的惨叫。

我们从骨灰盒里分出一部分，来到江边，雇了个小木船，来到当年他们翻船的地方。也许撒骨灰的方式能安抚一下我们纠结的内心。

按说，骨灰应该漂浮在水面上，至少漂一小会儿，但不是这样，那些灰白色的粉末，跟面粉差不多粗细的粉末，落水即沉，像他迫不及待跃入水中，去找当年的冤家拿回解救子辰的解药。

爸爸的事一办完，我就去找邓世责。

邓世责先是责怪我不及时通知他，他说他应该来送老人一程的，然后就垂下眼皮，像在默哀。良久，他抬起头望着我：你可能不知道，我和你姐交往的时候，他很喜欢我，什么事都喜欢跟我说一说，连跟你妈吵架的事都不瞒我，我几乎就是你们家的一员了。后来发生的那些事，的确非我所愿，我也是身不由己，其实你爸是能理解的，他还跟我说过，他一点都不怪我。相反，他希望自己未来的女婿有出息，还说，不会见风使舵的人没出息，心不狠手不辣的人没出息，妇人之仁又一根筋的人没出息，他还专门做过你姐的工作，叫你姐不要怪我，但你姐这个人，特别耿直，又重感情，知道是我带人抓了你爸爸，说什么都不肯再见我了，还故意气我，三下两下就跟别人订了婚。

但有些东西是没法抹去的，你看我们后来，一有事就跑来找你。

所以你们能想起我来，我特别高兴，真的。我们说子辰的事吧，我一直盯着老宋呢，我跟他打交道不止一次了，你放心，他会尽力的，而且他这个人很有能力。

估计难度不小，可以想象，对方家庭肯定不答应。

让老宋去办，他办不了的时候，会来跟我商量。

不到两个月，子辰的精神病鉴定就办好了，合理合法，各方面无可挑剔。我们一个劲地感谢老宋的时候，他却面露羞赧：就是有一点办得不是太好，子辰必须去精神病院待一阵子，以掩人耳目，但我保证，怎么把他弄进去的，我还怎么把他弄出来。

姐姐拼命点头，她大概觉得那里就跟医院一样。我对老宋说的"弄出来"心存疑虑，老宋见我不信，又补了一句：就算我弄不出来，邓世责也会出面把他弄出来，他不方便从公安系统捞人，医院他就没什么顾虑了。

我也觉得老宋说的有道理，子辰这回可能真有救了，本来我们都做好了判死刑的准备，杀人偿命嘛，还有什么可说的，没想到还有精神病这条路可走。立即想到刚刚死去的爸爸，会不会是他在水下找到了那个女人，打赢了她，从而改变了子辰的命运呢？如果那个女人的咒怨真的始终生效，这回应该改写纪录了。

子辰去精神病院那天，我们很早就等候在门口，警车开过来时，没有鸣警笛，这让我们心生安慰，好像子辰的事得到了些许原谅一样。

我们不敢暴露家属身份，幸亏那天下着大雨，天气又冷，我和姐姐躲在伞下，又是帽子又是围巾的，相信就是子辰也认不出我们来。

子辰倒胖了，胖得像团发糕，也不知道是不是浮肿。立即联想到爸爸那年回家的样子，也是白胖白胖像个蚕宝宝，心里顿时有种不妙的感觉。

姐姐拿伞的手一直在微微发抖，她早就不说"让他去死"那种话了，她的母性表达完全换了个频道，在我看来，她恨不得扑过去替他承受一切。

我咋觉得他看起来像个真的精神病呢？姐姐哭丧着脸问我。

我心里也有点发虚，但还是强作镇静：子辰是多聪明的人啊，老宋肯定跟他说过了，要配合，要机灵。他总不会傻到去拆自己的台吧。

姐姐瞟了我一眼：你明明知道子辰没那么聪明。

他的确谈不上特别聪明，甚至恰恰相反。但作为他的亲人之一，我从没说出来过，我总是寻找一切机会表扬他，有一年在我家打破了一只碗，我说：你咋这么聪明呢？就像你早就知道我最不喜欢那只碗又找不到理由扔掉它一样。姐姐知道后说：你对他们太温柔太娇惯了，娇儿不孝，娇狗上灶。吊大的倭瓜，打大的娃。

姐姐让我打听新病人入院都要干些什么，家属怎么探望，要不要跟医生建立专线联系。她说了一大堆，也不管我记不记得下来。我一一答应着，一副能力无穷的样子，我心中有数，不管多少问题，我都可用一个办法来解决，那就是去找邓世责。邓世责就是我们家的救世主，通过子辰这件事，我算是看出邓世责的实力来了，当年若不是爸爸出事，姐姐铁定嫁给了他，那他就是我的亲姐夫，是我们家的核心和灵魂，是我们家的舵手和保护神。从这个角度来说，爸爸的确掀翻了我们家奔向幸福生活的车轮。

我向邓世责报告，子辰正式进入精神病院了，我的意思是，他可以开始在那边施加影响了。但他不在本地，他出差了，刚刚出发，可能要七八天后才回得来，他让我放心，回来后第一件事就是去精神病院。我隐约觉得不妥，毕竟子辰刚刚已在我们的目送下进去了，一旦进去，他可就是进入了某个流程，我不清楚精神病院收纳新病人是个什么流程，但以我从电影电视上得来的经验，那不会是个温馨而愉快的过程，跟普通病人入住医院不可相提并论。

我说出我的忧虑，邓世责笑起来：你真的是电影看多了，放心吧，招呼早就打好了，你要是不放心，待会儿方便的时候，我再打个电话过去。

第二天晚上，我接到邓世责打来的电话，他说他跟那边通过话了，那边说，一切正常。我想细问什么叫一切正常，因为电击、水疗什么的，也是正常程序之一，不过又一想，觉得只要没有《飞越疯人院》里的那种手术，他们怎么对待子辰其实都不是问题，毕竟人家失去了独生女。

自从子辰转入精神病院后，姐姐可就有事情干了，几乎每天都跑到精神病院门口鬼鬼祟祟地张望，指望着碰巧看一眼子辰，弄得自己都快成精神病了，非跟我说，她听到过里面的号叫，其中子辰的号叫最响。我说你敢断定那个声音就是子辰的？她肯定地说，她养的儿子，他叹口气放个屁她都听得出来。

即便是那样也没办法，那个地方，不是我们想进就能进的。

实在受不了的时候，姐姐决定硬闯，她在门口盯了几天，买通了一个往医院里送菜的人，跟着混了进去，但送菜的人有固定的线路，并不能进入病区，所以姐姐实际上只是在院内的空旷地带逛了一圈，就乖乖地出来了。她告诉我这些的时候，声音冰凉，语调缓慢。

你觉得子辰待在那个地方真的好吗？那里面气氛不对，比牢房还吓人，没毛病怕也给关出毛病来了。

我也给她说得心里有点发毛，但越是这种时候，越是不能给她太多希望，就说：至少还有命在。

姐姐就不说话了。

邓世责终于回来了，他还算负责，不等我打电话去问，自己就先给我打了过来。

子辰以前有什么病吗？

没有啊！我心中一凛，等着他继续往下说。

他们说他以前好像有病的样子，进去之后发作了几次，他们正在给他治。

怎么治？喂喂，不会是把他当精神病来治吧？你知道的呀，他根本就没有那个病，他是正常人呀。

他匆匆挂了电话，说要亲自跑一趟，去看看到底是个什么情况。我要求跟他一起去，他想了想，答应了。

我暂时没有叫上姐姐，我怕姐姐在场，影响邓世责的临场发挥。

精神病院的管理极严，邓世责穿着制服，还是被拦了下来，经过两轮填表签字确认后，我们才被放了进去。

一个穿白大褂的中年男人迎了出来，看得出来，他就是邓世责的直线联系对象，两人寒暄了一阵，白大褂突然压低声音，附在邓世责耳边说起来。

以我的观察来看，白大褂说的不是什么好消息，因为邓世责坚决不肯转眼看我，他肯定知道我正在眼巴巴地瞅着他。

邓世责带我进来最大的利好是我们可以去看看子辰。

他享受着单间的优待。护士开门的时候，我迫不及待地凑近窗户看了一眼，因为是磨砂玻璃，只能看到一个模糊的影子站在屋子中间。

果然是他，他两手交握，一本正经地站着，似乎正处于罚站的状态。我绕到他前面去，轻轻喊他的名字，他茫然的目光缓慢回落到我脸上。

他不是我印象中的子辰了，春节的时候我们还见过一面，那时的子辰，绝对是个标准的二十四岁男青年应该有的样子，面色红润鲜艳，嗞嗞冒油，脸上肌肉紧致，轮廓分明，总之，就是一枚新出厂的硬币。现在，这枚硬币像在腐蚀性极强的水里泡过一样，满脸虚肿，双眼暗淡无光。

小姨看你来了。你还好吗?

他先是无动于衷地看着我，一分多钟后，突然绽开一个空洞的笑容，且收不回去。

那不是属于他的笑容，它没有内容，没有温度，那不是我熟悉的外甥的笑。

也许是病号服的原因，我总觉得他行动和眼神都有点不对劲，即便我正在跟他说话，也抓不住他飘忽的眼神，它们总是停留在某个我够不着的地方，不认识的地方。

为了活跃气氛，我问他这里的伙食怎样，想吃点什么，要不要我给他送点过来。他仍旧是那样，先是无动于衷，然后冷不丁绽开一个无知的空洞的笑。我开始觉得不妙，难道是白大褂在一旁，他觉得不便说话。

我试着跟他聊。

有个叔叔，对你很好，一直很关心你，来，跟叔叔认识一下，好好说声谢谢。

他仍旧直立不动，我不得不拉着他的胳膊转了个弯，让他正面对着邓世责。

就在转过来的那一瞬间，子辰趔趄了一下，似乎受到惊吓，又似乎想立即逃走，但很快，他站直了，脸上又恢复成刚才的模样，继而绽开一个最无意义的笑。

一个端着托盘的护士推门进来，一边瞟向我们，一边叫着子辰身上的号码:吃药啦!

白色药片装在类似尿检用的塑料杯里，我扑过去，拿起杯子，问护士:这是什么药?

医生开的药。

我看向邓世责，邓世责意外地看向白大褂，白大褂说:只是治疗躁郁的日常用药，量极轻，基本没什么副作用。

我偷偷拿了一颗藏在掌心，准备带出去，护士发现少了药，以为是自己弄丢了，在托盘里找了一遍，最终从身上口袋里摸出一只小袋。我眼睁睁地看着她从小袋里掏出了两粒，放进塑料杯里，对子辰做了个张嘴的指令，子辰乖乖地嘴一张，我还没来得及发出声音，护士已经把水杯凑到他唇边，在他下巴底下顶了一下，三粒药丸顺利咽下去了。

本该是两粒的量，护士给他服了三粒!

还没走出大门，我已经低声向邓世责说了十几遍:求求你! 求求你! 这地方待不得了。

没那么严重吧? 邓世责觉得我太夸张了:万一对方家属来这里查实这个人呢?

你一定得帮我们把他救出来。我听到我的声音已经是哭腔了;他已经傻了你看不出来吗？他才二十四岁，最有活力、反应最敏捷的年纪，可你看看他现在，俨然已经是个精神病人了。

我在想，那件事情会不会真的刺激到他、让他变得不正常了呢？要知道，发生那样的事，对任何一个人来说，几乎都是无法承受的。

我隐约嗅到一股诡异的、我们未曾料想过的气味，它无疑是邪恶的，但又有点无辜，像一株被迫生长起来的毒蘑菇。与此同时，头顶上那片黑云越来越清晰，越来越厚重，仿佛马上就要滤出黑色的水滴来。

你答应过我们的，你说你一定会把他弄出来。我们费了那么大周折，可不是为了把他变成一个真的精神病人。我跳到他面前，像真正的小姨子跟姐夫撒娇求救一样。

我当然会尽力。任何事情都有它的程序，不能瞎急，也不能乱来。

宁肯看着他死，也不要他变成个精神病人。这也是我姐姐的意思。

三个月后，以放假的名义，子辰被我们接了出来。

这时的子辰，已开始大量脱发，举止也比以前沉稳了很多，完全不像出事前那个二十出头的小伙子。

好吧好吧，外貌没什么要紧，只要我们的子辰还活着。而且他似乎比我上次在精神病院看到的样子稍稍好了点。邓世责到底还是可信的。

我们为他历时一年九个月后首次获得自由而办了个小型家庭聚会。

他问起姥爷，我们告诉他，姥爷已经走了。他还是问，姥爷知道不知道他今天回来。我怀疑现在的孩子们真的不知道"走了"就是去世了的意思，正如我们一开始也不知道"挂了"的意思，要不就是他在一个极其特殊的地方封闭了一年多，整个人已基本失去了正常交流的功能，得靠我们这些人帮他慢慢恢复。

当我压低声音，沉痛地告诉他姥爷已经去世，他错过了姥爷的葬礼时，他才一脸不相信地望着我，我以为他要哭了，我做好准备应付他的崩溃大哭，结果他只是看了我一阵，就垂下了眼皮。

聚会的气氛有点奇怪，明明是为庆祝子辰平安归来，却偏偏没有一个人敢提那件事，以及那件事的来龙去脉，看守所里的日子、精神病院的日子，所有跟那些地方有关的话题，统统禁言，又生怕冷场，令子辰感到不安，于是大家拼命找话题，一个接一个，你没说完我又开始，结果弄得驴唇不对马嘴，前言不搭后语，支离破碎，喧闹无比。再偷眼看看子辰，他静止而笔挺地坐着，像礁石置身奔腾的海面，无论浪花怎么扑向他，怎么讨好他，他都面无表情，岿然不动，真是有史以来最尴尬的一次聚会。

进行到一半的时候，子辰突然冒出一句话，像一勺冷水倒进开水锅。

妈妈，我想早点结婚。

要在平时，这种乖巧的话题肯定大受欢迎，但此时此刻，却如五雷轰顶，令大家呆若木鸡。我们都在想，那到底是个什么样的女孩子呢？刚刚以如此残暴的方式把女朋友摔死在江中的人，居然还有人爱他、愿意嫁他？这女孩一定是疯了。

还是姐姐最先反应过来，她连声说：好啊，可以可以，你随时可以结婚，妈妈早有准备。

我知道姐姐在撒谎，起码她不可能在今年为子辰操办婚礼，她没这个实力，也没这个心理准备，她只是不忍当众拒绝子辰而已。

没想到小博多了一句嘴，我早该料到他对子辰一肚子意见，他嫌子辰这个巨大的负面新闻影响了他的形象。他斜睨着身边这个笔挺笔挺的家伙：子辰哥，你一年多不在家，怎么谈的恋爱呀？你的爱人是男的还是女的呀？

说了你也不懂。子辰也不客气。

小博还想说什么，被我一个眼神制止了。

子辰继续：雅琪说了，她希望在十月下旬结婚，不冷不热，是穿婚纱的好天气，我们决定去找个有桂花树的草坪，搞个草坪婚礼。小博可以当伴郎。

十一个人一起抬头望向子辰，子辰谁都不看，只顾盯着面前的餐盘，似乎雅琪就站在他面前的盘子里。

雅琪说伴手礼她都想好了，除了糖果，还有一副手套，是她自己设计的、冬季用的手套，她说女人们应该都会喜欢的。

雅琪就是被他抱起来，从桥上扔进江里的女孩，他热恋中的女朋友。

姐姐眼中溢满了泪水，我轻轻摇了摇头，示意大家都别动，静听他说完。

我们打算生两个孩子，一个孩子太孤单了。太孤单的话，精神世界容易出问题。

他说这话的时候，筷子伸向餐桌中央，那里有姐姐最拿手的梅干菜烧肉，他像雕像一样笔直地坐着，右手像升降机的长臂一样伸出去，叉住一大块烧得棕红油亮的五花肉，手臂因此变得沉甸甸的，他心无旁骛，果断缩回手臂，直直地送进自己嘴里。五花肉一路召唤着油星，油星一路追赶着五花肉，一路滴滴答答尽情挥洒，各种菜盘，饭碗，他自己的大腿，胸前的衣襟，刚刚剃过胡须的青色下巴，无一幸免，而他浑然不觉，任那些闪亮的油星一路欢欢实实地跳将过来。这是某种标志，也是某种分界线，当一个正常人撷取菜肴时，身体总要不知不觉地前倾，左手及时递上菜碟，头微微低下，以谦卑而欣喜的姿态迎接即将入口的食物。只有在两种情况下，人才会忘了这种姿态，一是幼儿，一是智障人。

我再次去找邓世责，向他详细描绘子辰说话的样子、吃饭的样子，并且带上了偷偷拍下的视频。

他一边看一边轻轻摇头。

你觉得他哪里不正常？吃饭的姿势？他以前是什么样子你记录过吗？至于说话，我觉得他很好啊，"太孤单了，精神世界容易出问题"这种话不是谁都可以说出来的。

眼神，主要是眼神不对，他的眼睛以前很灵光的，现在像蒙了尘的玻璃。

把那个女孩扔下去之前，你见过他吗？我说的是扔下去之前的一个小时、半个小时、十分钟，也许还有扔下去之后的那段时间里，他的眼神是什么样子的你见过吗？

你的意思是说，在我们千方百计把他"弄成"精神病之前，他其实已经是个真正的精神病了？

我说句外行话，关于精神病的诊断，我觉得的确有主观的成分在里面。

对了对了，还有件事。我突然想起来最紧要的事还没告诉他：他居然说他要结婚，居然说他要跟雅琪结婚，就是那个被他扔下桥去的女孩，还要生两个孩子。这下你还认为他正常吗？

不要盯着他不放，也不要急着把他救出来，只有盐才能清洁伤口，只有眼泪才能安慰痛苦，只有发疯才能弥补无法弥补的错误。

邓世责说出这段话后，我突然有点发怔，像被他施了麻药，又像正被他催眠。

也许，当初我们什么都不做，让他顺其自然地走到终点，反而更好。见我没反应，他又说：不过，也可以这样理解，有种神秘的力量不让他走那条更好的路，他必须走上这条在我们看来可能更难走的路才行。

我懂他的意思了，就算我们强行把他从死刑犯的路上拉回来，也不过是拉回一个精神病人，跟死刑犯相比，真说不出哪个更好。

过了些日子，我和姐姐去了一趟江边，我们跪在江边烧纸，烧给爸爸，烧给那个不知名的女人，烧给某种无法预料的噩运。

给小博改个名字吧，给他取个女生的名字。姐姐说。

你还真信了？

姐姐抬起头，望着苍茫的江面：信吧，信了它，我们能活得轻松点。

一场以"基因"的名义上演的黑色幽默

——读姚鄂梅《基因的秘密》

宋　嵩

　　小说《基因的秘密》有一个颇能吸引读者眼球的题目。我们在中学课堂上就学习过，"第三次科技革命以原子能、电子计算机、空间技术和生物工程的发明和应用为主要标志"，而生物工程的基础便是遗传基因的发现。从孟德尔的遗传定律打开人类了解生命并控制生命的窗口开始，一百多年来，无论是试管婴儿还是克隆技术，再到人类基因组图谱测序和时下最热门的"基因编辑"话题，"基因"一词总是与一个时期最尖端的科学技术联系在一起，以其神秘色彩引发芸芸众生的无限遐想、幻想乃至狂想。然而，小说家姚鄂梅却并非要给我们讲述一个带有科幻色彩的故事。在她的笔下，"基因的秘密"作为一条纽带贯串于中国普通老百姓的家庭生活中，浓缩为一个家族三代人几十年命运的象征；换句话说，千百年来中国人思想意识中根深蒂固的"认命"观念，被作者既不乏幽默又饱含苦涩地置换成了颇具现代感的"基因"概念。

　　小说以一则耸人听闻的新闻报道拉开序幕：一个大学毕业生因为小小的情感纠纷而把热恋中的女朋友抱起来从桥上扔进了江里。"我"和家人起初还认为如此"荒唐"之事绝不可能是姐姐的独生儿子子辰所为；但随着事情真相的揭开，一家人的心态从"淡定"马上坠入崩溃，此后的家庭生活随之陷入了混乱的境地，潜伏于每一位家庭成员心底的那些锥心的秘密也便随着回忆被渐渐暴露出来。"我"于悲哀和恐惧中不由得绝望地质问生活："我们家到底是怎么了？隔几年就来一个惊天动地，隔几年就来一个无妄之灾，我们这个家族得病了吗？"而姐姐更是将这一"病根"迅速归结到"这个家的男人"身上，认为"从小到大，这个家的男人，老的也好，小的也好，除了耻辱，连一颗扣子的好处都没给过我"，并得到了"我"的高度认同。于是，姐妹二人得出了共同的结论——她们没病，病的是她们这个家族的男人，每次出事都是他们，每次都是他们把好好的日子捅出一个大娄子。

　　从姐妹二人（主要是"我"）对自己家庭几十年来遭遇的回忆来看，这个结论的正确性似乎是毋庸置疑的。"我"家的三代男人——父亲、弟弟平治、姐姐的儿子"我"的外甥子辰，或许还要加上姐姐的丈夫"我"的姐夫，这四个男人的经历一再给"我们"这个日子并不宽裕的家庭带来打击。先是父亲在"文革"期间因为贩卖粮票之类"投机倒把"行为而被送进看守所关了一年多，给尚未成年的姐妹二人造成了严重的创伤记忆，甚至影响了姐姐的终身大事；继而是弟弟平治这个曾经的全省高考状元因为过于"理想主义"而不愿与旁人同流合污，被视为全家人希望的他怀着"如果随大流，就跟这只蚂蚁没两样"的信念而在抗洪救灾中的一次偶然事件中失去生命；再就是多年之后子辰酿出的那桩惊人的新闻，而他的下岗工人父亲、"我"的姐夫也并不安于在街头摆修鞋摊度过余生，仍然念念不忘地留恋在工厂工作的日子。四个男人一而再再而三地打破那种小市民们安之若素的平静，不断在"好好的"日子里掀起波澜乃至巨浪，而与他们关系最密切的女人们——母亲、姐姐、"我"，以及被子辰从桥上扔进江里的女朋友，则不得不随之一次次心惊肉跳，甚至付出生命的代价。

但是，只要读者静下心来仔细想一想，就会发现姐妹二人对家庭中男人们的谴责是多么苍白无力。她们跟自己的母亲是截然不同的两代人。母亲"不识字，也不识路，天下的路她只认得一条，那就是回娘家的路。她活着，除了生下我们，然后像牛一样干活，别的意义一点都没有"，因此"抛头露面的事从来没有妈妈的份儿"。妈妈是旧时代女性的代表，这样的形象在以往的文艺作品中数不胜数，他们无一不是被同情的对象，是亟待解放的对象，往往也是作者和读者们"哀其不幸，怒其不争"的对象。与妈妈相比，"我"和姐姐显然是受过教育的新一代女性，姐妹二人小时候对妈妈的看法和做法（姐姐在去给看守所里的父亲送棉袄之前数落妈妈，"故意揭她的老底"），也表明她们不属于像妈妈那辈人一样生活。然而，就是这所谓的一代"新人"，思想观念里却充满了种种"旧"意识：姐姐很早就担起当家人的角色，"一把手威严"却难掩她的外强中干，每逢大事常常自乱阵脚；"我"在对待感情问题上极其不理智，为自己的语文老师先后两次打胎，险些酿成悲剧；而她们在对待弟弟平治工作和人生的问题上则更显得市侩气十足，与弟弟的思想境界有天壤之别（尽管弟弟的观念也并不是无可厚非的）。

这种小市民家庭培养出来的安于生活现状、但求无灾无祸且不乏小机灵的人生态度，集中体现在小说临近结尾处全家人为了解救子辰而做出的努力上：她们接纳律师的建议，声称子辰有精神病，以此来逃避入狱承担刑事责任。能够接受这样的建议，其实也暴露出她们内心深处某种不足为外人道的看法：精神病是有家族遗传性的，无论是父亲还是弟弟，他们的人生中都充满了在她们看来不近情理、非正常人所为的行为——正常人难道不就应该是安心地、好好地过无灾无祸的日子并享受"一颗扣子的好处"吗？因此，父亲和弟弟的"基因"里有遗传性的精神病因素，现如今又遗传给了子辰。然而一段时间以后，她们惊恐地发现，子辰真的出现了精神病的症状，假象变成了事实；姐姐甚至建议"我"给儿子改一个"女生的名字"，以此来躲避未知的灾祸。对于姐妹二人那种小市民意识和"智慧"而言，这真是莫大的讽刺。

在此意义上，《基因的秘密》这个题目颇得多年前的《贫嘴张大民的幸福生活》之妙：刘恒笔下琐碎的北京市井生活细节，折射出的是平凡的小人物们的生活困境，但他们仍不忘苦中寻乐、苦中作乐，此之谓"幸福"；而姚鄂梅笔下，发生在"我"一家三代身上的种种不幸被作者以一种轻喜剧风格的语调娓娓述来，并以一个带有黑色幽默意味的转折突然煞尾，所谓的家族"基因"的神秘感也便由此消解，让人在倍感啼笑皆非的同时，又体验到了深深的无力感和沉重感。

或有故事曾经发生

鲁　敏

第零天

1. 一定要干好。

这是我能碰到的最好素材，我能感受到它曾经如何沸腾以及冷凝后的样貌，不，直到此刻它还在咕噜噜地持续发酵中。尽管乍一看上去显得有些干巴：某郊区别墅，未婚女孩烧炭自杀了，这是她生父李先生及其现同居女友的住处。发现人是小区杨姓保安。屋里留了纸条，说明跟任何人没有关系。

我喜欢这种遮遮掩掩的粗料，像缠裹了十八层油纸，相信我，每一层都会抖搂出点不为人知的货色来，越接近里层，则越鲜美，尤其是最终那个核。也别指望"嘣"一声爆炸或者散落出粉色花瓣儿，这不是好莱坞或综艺节目，这是真正的人世间明白吗？核里面只有：真相，赤裸无邪，第一次进入世人之眼——经由我的剥取和发现。

想得美，嗯，总得想得美一些吧，这些年我主要就靠这活着了。跑深度调查也五年多了，从没跟邪恶壮美的"10万+"发生过关联，但咱也没傻干，每天都深挖各平台头条和热搜，嚼碎了吐出来再……咽回去，咽下不得意之气。真的，要能碰到合适的"料"，我准也会喷射出炙热如岩浆的"10万+"，哈，这当今的度量衡与硬通货，庶几等同于古代中之状元（热度一昼夜）、榜眼（热度小半天）与探花（热度三小时）。探花就行，我不会痴心妄想到更久，那不符合现世的节奏和规则，它像月光下的潮汐，偶尔以雪白的浪花高高托举，更多是没头没脸地冲刷抽打——抽打日久，我胸腔中的所谓一片冰心，已生出千万裂纹。再这样无声无息地耗着，真他妈不如去死。

2. 出门去见杨保安。下了楼，又折回去，把绿皮书塞进了包里，好歹忍住亲吻下书皮的冲动。是，得带着它，这有点小迷信，可迷信常常挺贴心的不是吗？今早，我起不了床，就从七点半直挨到七点三十八。这挨出来的"八"分钟就是个好兆头，会保佑这第一个外围采访开张大吉。

地铁挤得背包都嵌入了我的身体，更能感到绿皮书"硬硬的，还在"，虽然它已给我翻得烂乎乎的了。"绿皮书"是我给它的昵称，因它皮子是绿色儿的，一本非虚构写作教材，普林斯顿大学专用，作者姓麦克菲，这位麦老师长期为《纽约客》撰稿，长达五十多年。五十多年啊，等于说我老爹还是光屁股猴儿的时候，麦老师就写上了，绝对祖师爷，带出了一代又一代的徒子徒孙徒重孙，包括我的偶像海斯勒，写《寻路中国》的……虽然我跟他们尚扯不上师徒爷孙之伦，却也无妨我自投宗派吧。这次，我就想绝对地去按照麦老师的教程来写，说不定将来能投稿给《纽约客》呢，为什么不？得"想得美"一点儿！

我在地铁里无声微笑，嘴巴合上时，被前面一个女人突然撩起的黄头发给塞了满嘴。推不开，只好连着口水轻轻吐出来。这没有影响我的好心情，差不多正是带着这顽皮的自信，我与杨保安接上头了。

寒暄中，一边紧密观察杨保安的相貌，他所在值班室的陈设，桌上的摆放、墙上的挂件。一边提醒自己要始终保持这样的习惯，必要的话用手机拍下来。照绿皮书的说法，最好能有一个绝妙到出格的比喻来形容某人的外貌："一把神圣到不可言说的胡须"。对场景的复述要像悬疑片里的特写镜头，"墙上挂着一把古铜镜，灰尘隐约像一行字母"。

蒙对了杨保安的老家，并说我研究生宿舍的邻铺跟他是一个县的。杨保安嘴巴咧开了，接过我让的烟："我们那里的娃，一是考研究生厉害，二是考公务员厉害。我儿子就考到深圳了嘛，我老婆抬脚跟着就去了。你猜她去干吗？踩缝纫做织补。你都想不到，妈的改一对牛仔裤裤脚，十五块。补一个毛衣洞，小指甲盖大，要九十。还有换拉链，带衬的是三十五，不带衬妈的也要二十呢。"精确地报出一堆数字，好像我是来收集深圳织补行情的。我设法拉回，"这么说老杨，你那天是第一个进门去的？"

"本不该我下午班，给换的。下午班最无聊，只能打瞌睡。夜班……也是打瞌睡。我讨厌总打瞌睡，你猜我怎么打发时间？"咕咚一口茶，茶杯巨大，丑、脏。他瞪起眼，一脸期待。

"……还真猜不出。"我理理包，间接碰了下绿皮书。所有的时间都不会是浪费。这是谁说的，还是我这会儿的自我安慰？

"打死你也猜不出。亲娘都猜不出。"把笑声放出来，没有咽下去的茶水在黄牙齿上结成小气泡，"这个，你瞅这个。"他划拉一下手机并伸过来，是百词斩。"看，我都连续背了四百二十七天了！"

"哟！厉害！"他满意我这个态度，吸一口气，又要开头。我忙截住，"可那天就没法背了吧，现场一定很乱？"

"当然背！我天天打卡啊，有次拉肚子两天没正经吃饭我都背了。连续四百二十七天，从没停过。"停下，再次用激动的眼神盯着我。

我把衣领松开透气，"您这是要出国旅行？还是说这小区里外国人多？"

挠到痒痒处了，他极享受地摇头，"纯粹就是打发时间，看大门实在太无聊了。每晚我发一个打卡图给老婆，表示我这边都妥妥的。她呢，就说说她白天的织补。比方昨天，给条皮裙子换搭襻，得多少钱？你使劲猜！"拧开茶杯盖子，举着。

要没什么事儿，我还挺乐意这么听他聊的，还真不知织补有这么好的行情。我有条裤子，裤腿毛了边，能改成一条中裤也不错。那是我为第一次约会特意买的，随即想到那些先后离去的女孩，心里涌起奋战之力，"这么说，您是背完单词以后去的现场？是自动报警器响了？"

杨保安愣了一下，"呼"地把盖子扣上，"那破玩意儿，估计早都不灵光了。是楼上邻居下来遛狗嘛，狗叫得厉害，死拖不走……"他皱了下眉头，晃晃茶水，"一百二十，小铜搭襻才几个钱，净赚一百块，比我这强多了。我现在都有点信她了，真能替儿子攒上首付！"

坚持我的话题："不是别墅嘛，楼上有邻居？"

见杨保安之前，我在小区转了几圈。大半是普通公寓，只有临近紫金山的那一侧，有十来幢别墅，户户可以推窗见山，它们大多门窗紧闭，窗帘垂挂，富贵而沉寂。我停在一排冬青树前张望，企图从空气中嗅出某种异样。没有，死神有如一阵惊风。我看看并不摇动的树枝，莫名心慌。

"要别墅的话，那死翘翘几天了都不会发现啊。外头都是瞎传，就普通两居。"

那不能用"别墅命案"做题了，确实也太俗气。我递上第三根烟，"那您当时一进去……"

"味儿太呛了，吃不消。那丫头脸色倒红红的，细瞧不对，就打110，看大门就是看大门，可别多事。"他突然换成秘密的口气，"这半个月，连着三家中介找我，有家还请我吃了一顿，都是打听房主的情况。凶宅，你懂的？据说很抢手。"

"她身上穿着什么？倒在哪里？什么姿势？"我要画面感！他为什么不爱拍照呢。人们不是看见什么都"咔嚓"一下嘛。我情愿私人出钱买现场照片。绿皮书上有一章专门强调这个。比如鞋头的朝向，雨伞的摆放，窗帘的开合，等等。

"凶宅的价格一般才八成左右，要是死了不止一个，或者见血见刀，会更低。连我听了都心动，反正咱打小不信神鬼。"见我盯他，"真没仔细看啊，味儿冲得我也直犯恶心。再说，都过去好些天了。"他敲敲桌子，认真或假装认真地想了下，"反正衣服都是齐整的。我只记得，她指甲那叫一个长，各个指头颜色都不一样。"

"那纸条，是放在手边上？还是装在信封里？抬头是什么，笔画稳不稳？"遗书要能放在公号里该多带劲啊。能不能后期"还原"一张，那许多所谓小学生作文、警方声明、官方宣布，都是"制作"的，为什么这不可以？行了，我用力摁住这个丑陋的念头。

"啥纸条？没看到，我也不敢翻啊，得保护现场……那家倒是装修得不赖，有暖气片，电视机挺大，就是冰箱不咋地。我最喜欢双开门大冰箱。等哪天给儿子买上房，一定要双开门，一定装得满满的！"他沉浸其中，无法打断，"凶宅真没啥，全家灭门也无所谓。我总想跟我儿子谈这个事儿，他还没对象呢。对了，你对凶宅，咋想？"他把笑容收住，带着一种庄重的请求。

遂想了一下，包括那条毛了脚边的约会裤子……先有房子还是先有女朋友？鸡与蛋的问题。那来了又去了的几个她，真的理解过我这个人本身吗？有个女孩曾说我，并不会太跌落下去的，因为总也不会高抛起来。哈，我是初中物理题里的一道抛物线吗？

"能不能接受？我指娶媳妇结婚。"杨门卫语速加快，再次追问。

"什么房子都无所谓。"他不满地眯起眼。我继续，"假如真是互相喜欢的人，在哪里都开心的。假如并不互相喜欢，凶不凶宅的也不要紧，怎么着都是无聊。"两次从牙齿里吐出"喜欢"这个词，能清晰感觉到内心某处夹杂着渴求的绝望。我为这没有控制好的自我而有点羞愧。

"无所谓。"杨门卫思忖着，"假如这房子卖你，打几折你能接受？"

"前面你说八折？可以的。"我随口答，一边用"我是在工作，没时间闲聊"的那种眼神去看他，"关于自杀原因，您听到过什么？"

"我能听到什么？打个比方说吧，您家里有事的话，会把门卫当知心大姐吗？"他挺突然地站起身，给了我房主号码，"中介请我吃饭都没给。你这下满意了吧。我也要背单词了。"手机里一串极具仪式感的上课铃声，伴随着叽里咕噜的开场召唤。走出三五步，我回头看看，杨门卫露出的上半身嵌在铝合金门框上端四分之三处，一半脸正被手机屏幕照亮着。

3. 摇摇晃晃的128路返城公交上，在手机便签里起了个头。

> 小区门卫室的墙上，贴着卷曲的值班表，被烟味熏得微黄。事发当天下午是门卫老杨的手写签字，已被加粗的红笔给标了出来。被问及那个曾被人们谈论、又已被人们忘记的下午，老杨到此刻都还感到一丝讶异，"那姑娘是精心准备的，连指甲都修得花花绿绿。"

我试图用李大人的眼光来审看：一堆垃圾。她不会满意的。这选题本就是险中求生、生息微弱。

"这两周前的事呀，长蘑菇了都。"她面前两台电脑，手上还有阅读器，耳机挂在脖子上，直接否了，左手正要把耳机重新扣回。她是去年才跳过来当头儿的，火力很大，一直不看好我，稿子基本都只给C档，大概是在逼我"另行高就"。五年了，我也真是"老人儿"了，老而不力，老且不死。

"别。"记得我有些失礼地伸手去拉她，也不管异性及上下级授受不亲，"此中有真意。"我甩大词给她：时代感、当下性、典型性。我并不喜欢这些词，它们是塑料，是糨糊，还是广告牌。但咱不就是整天在与塑料、糨糊与广告牌打交道吗。

"潦倒艺术家？粉丝为明星献身？裸债大学生？整容失败？涉高层内幕？公知性侵？乱伦受害人？"报菜名似的，她一口气地掰开指头数落，然后又把指头全都收起，"这些都不新鲜了。没用！"复抓起耳机，"你还是跟黄老邪跑吧，他手上有两个题都不错，下期就上。要不然你这月又是光头了。"黄老邪是我们部门最凶残的，能同时扑三个特稿，带四个实习生（文末注一行"此稿某某、某某亦有贡献"），深得李大人激赏，"人家那一笔戳下去，从来都是稳赚不赔。"

"要不我写出来您再看？砸了算我的。"我不自觉也用了讲生意的口气，"这绝对是个大洋葱，只要我一层层……"

听到"算我的"那里，她已扣回耳机，可能还调大了音量，然后冲我比画了一个大巴掌："五天之内。"从她的角度而言，这已经是宽容的最高值了。我觉得她比一分钟前看上去好看多了。

"今天算吗？"我夸张嘴形。她也像默片女王那样摇摇头，于是显得更好看了。

嗯，今天就当是个零，采杨门卫无果也没事。

第壹天

4."公民从来就没有真正的隐私，这就是现代文明的代价。当然我尊重和配合你的工作，我对你本人也不会有丝毫偏见。"第一句，包括他的灰卡其衬衫与蓝毛衣，让我明白：碰上知识分子了，起码他觉得他是。

李先生递上马克杯："速溶的，将就吧。我郊区那边倒是有磨豆机……"皱起眉，"现在也许得考虑出手。"我注意到他的手细长白嫩，似不染凡俗。很好，我已养成了注意细节的习惯。我要在有关他的部分里写下这个。

客厅久没收拾的样子，堆了好一些空画框，角落里各种坛子罐子。"您搞艺术？"

"是秦老师的东西，她教美术。就是跟我在一起的……我们一起凑钱买了郊区那里。我们没有正式办手续。"说话时带着沉吟，很自然地做着解释与延伸。是个不错的被采对象。我再次检查了下录音，他肯定是那种要求"原话"引用的人。

离异，同居，业余艺术家，父亲的情人，我对这条线有相当的期待。当然最好还是从死者问起会比较自然吧，"她平常住哪里？"

"回城办事就这里，大部分时候我们一起在郊区。知道你来，她特意出去了，这你能理解吧。"

"呃，是问您女儿，她平时住？"

"哦，米米啊。"做父亲的把脖子慢慢向左边压下去，轻微一声"咔"，"判着跟她妈。不过这几年好像住外面，我没有具体过问，成年了嘛。"他换个方向压脖子，没有发出"咔"，"我跟米米是没啥话讲的。"看看我，修正了一下，"我跟她妈也没有话说。跟秦老师也一样。我啊，跟所有的女人都没什么共同语言。"最后一句讲得特别慢，并略微点点头，好像预备着供我直接引用。嗯，把女儿也归为女人，仿佛全无血缘关系的视角，值得注意。我在本子上打个星号。

"平常你们联系多吧？"

"这个频率，实事求是讲，处于中等偏下，但如果把范围缩小到离异父亲的话，那我应当能超出平均值。她从小话也不多，也不管我要钱，但逢到大小节我还是给的，阴历阳历生日都给，双11双12也给。我转个账，她回个表情包，差不多就这样。"突然笑了一下，"她跟秦老师两个倒有话讲的，当然我怀疑她们双方都在表演。也是有趣得紧，一坐下来就没完没了地讨论脸上抹的那些玩意儿。我觉得她们前后两次吃饭，讲的话是一模一样的。我有时在地铁或茶馆里听别的女人相互讲话，大体也差不多。"我礼貌点头，同时在心里甄别秦老师与米米的这种相处之道，普通的社交友睦？漠然还是深藏敌意？秦老师干吗就不愿见我？四处看看，书架和墙上，照片也不见一张。

"她都收起来了，防着你要拍照什么的。这里，还有那边，本来放着好多她跟儿子的合影。她儿子在加拿大。"李先生瞅我一眼，"是不是认为，米米跑到我这儿来烧炭，是为了抗议我跟秦老师？其实我跟秦老师，从她儿子出国后才一起的，再说这离婚都十来年了。但我不怪米米，她总得找个地方。房子出手确实会吃亏，也认了。"

"您刚才说，跟秦老师，也没什么话好讲？"挺好奇他们两人的这种半道关系，如何遇到，又如何决定远远地到郊区同居，算是惊动魂魄的彼此吸引？或只是搭伴过活与……鱼水之需？我在秦老师三字下又画了一道线。

"她啊，每天最重大或者说唯一重大的事，就是打开探头视频系统看她儿子，儿子自顾忙他的，她没事儿就一直看，想到什么就随口聊聊，也就不需要我再陪她讲什么了。过日子真要讲那么多家常话吗？晚上吃什么，这衣服太脏了，好像又降温了。切！反正我是特别不耐烦。生也有涯，"李先生抿起嘴，"外面的世界才精彩。我知道这是很老土的歌词。但真的，人要放眼大千世界，而不是日常小我的琐碎。"像又投食给我一个小标题。

"你没事喜欢关注什么领域？订了什么公号？有趣的事情太多了，简直时间不够用！"他稍微探过身子，"比如我一直关注火星探测的进展，那可是整个太阳系中，跟地球最为接近的行星，NASA撤退之后，马斯克和贝佐斯接棒，一般人只知道马斯克，其实贝佐斯也厉害的，亚马逊老板，同时做太空火箭……当然，闹脾气耍阴谋搞事情的贸易战也有趣得紧。何以解忧，哈哈，国际新闻！"

麦老师曾多次强调，要留意受访者的独特表达或习惯动作。我记下李先生的口头禅，"有趣得紧"，一边感到时间像只可怜的小猫咪，正踮着脚往我脚边爬过。

他盯着我的笔，顿了顿，又周全补充，"当然国内的事情我也上心的。比如学术腐败问题，这不是一个简单的腐败，这关乎整个教育体系。包括幼儿教育、基础教育，问题都很大。其实有一个最简单的办法可以从源头上拯救现状：把师范学校的分数线拉到北大清华那么高，只收最优秀的学生，像巴黎高师那样，你想，这样的人出来做教育，就是想差也差不了哇。"他的目光像虚拟的听筒，在我的胸部来回逡巡，想找到我的心跳点，"能源问题你有兴趣吗？这跟地球上的每一个人都有关系。最近我就注意到可燃冰研究，可了不得，海洋水域下百分之九十的面积都是富含区，据说可供全人类使用一千年。这什么概念啊，光听一听就激动人心，而且它燃烧过程中不产生任何残渣和污染，绝对清洁！目前只有唯一的障碍还没解决，希望我有生之年能看到这个技术上的突破。"他投我以天下为公的炯然目光。

我心里涌起一股高低不平的憋屈感，这"先天下之忧"可真是没人味儿。看看本子，只记了这些：白皙的手。秦老师。红包和表情包。有趣得紧。我掏出手机看时间。

"不用查。我会给你讲的，敢说我这可比百度全面多了。"一连串的"有趣得紧"似乎又要奔出来了。

"还是说说你女儿好吗?"打断,随即又为这样的无礼感到惭愧。"绿皮书"里指教过这样的情形:所有的交流,就算再无聊的空话套话,都挟带着信息或线索。可,能源问题!我补充:"我还急着赶一个会……"

他猝然停下抚摩沙发的手,原地轻拍两下、再两下,静了下来。

"米米那个留言条,能不能给我看下?"这是绝对必要的照片。

"说来也是莫名其妙,给警察拿走了呀!还有水杯、她的手机、包什么的,都封起来带走了。就隔着塑料袋让我们看了几眼,问是不是她写的。"

"那……?"

"我说不好。连她妈妈也认不出的。你倒说说,现在谁能认出谁的笔迹来?比如你,你说说谁能记得并认出你的字来?"他反过来问我,上身拉直。

"确实,有时隔时间长了,我都认不出自己写的字呢。"我笑笑,是苦笑。一边提醒自己,得再次约瞿警官,前两个电话里他显示出纯熟的推托功夫,那家伙挺难搞。

"就是嘛。前一阵,有个相当激进的教育理论,提倡所有学科教学都电教化,因为现代社会已不需要手写。也就是说,目前整个大中小学里的海量书写作业,就是一种无效劳动,也是对纸张的巨大浪费。这个如果能推广,你想想,以中国人口的体量来看,能保留住多少森林啊。"

"你们并不能确认,那是她写的?"

"还能是谁?那当然是她。"他又萎缩下去,手在沙发上来回移动。

"她跟您聊过吗?我是说……为着什么?"这样问一个父亲当然很可恶,反正我从敲门开始就是可恶的。

"我倒也想知道呢!这得问她母亲啊。我马上就给你号码,拜托你也替我请教请教呢,一直跟着她过的呀。我也想不通她为什么选在我这里,当然我说过我不介意。我买了这边的房子后,一直喊她过来玩,总也不来。这次终于说行啊我来……这些天,我反复回忆那个周末,从头到尾还真没瞧出任何不对。她跟秦老师仍是讲那些重复的话。到周日下午,本说好了一起回城,她说想再多待个半天,想正儿八经在早上给花园浇一次水。其实我那哪算什么花园,也就底层阳台嘛,一大半的花草都给我养死掉了。"他突然抬起左手来对付右手,处理食指上的一个肉刺。

他的双手为什么那样白那样长啊。我在笔记本上用力划去"有趣得紧",说服自己接受这样的空手而归,并计划改天来突袭秦老师。

起身告辞时,李先生仍然坐着,并不送我,"离婚那一年,米米还上幼儿园呢,本来早上都是我替她穿衣服起床。"声音显得年轻了一些,"她最怕穿套头衣服,直嚷嚷说透不过气,小脸儿憋得红红的。我就不明白了,那一屋子的二氧化碳,她怎么就不嫌憋的。"

我轻轻带上门,蹑着手脚离开了。

5. 超市进口货架上找到一小瓶白兰地,希望它足够纯正。晚上我打算用它洗头,并按摩头皮二十分钟。这是前几天刚看到的一个治脱发偏方。

头发这几年掉得太厉害。这不算个屁事，我介意的不是掉发本身，而是这种败落感的寓指。同事们老拿这个打趣，亲热地笑得上气不接下气，让我把昵称改为"禾儿"。包括每次回老家，对于我目下的状况（收入、单身、租房、升迁、考驾照、本科文凭，尴尬的各个方面），老爹现在已经不大讲了（讲了我即找借口改签，次日就走），他便权宜地只说头发，小心又心痛地啰里啰嗦，"看看，头顶心那块比我还少，你这才多大啊！还有额角那块，你每天照镜子吗？这都是怎么搞的呀！"怎么不照，我照镜子的时间跟女人们差不多。逼仄的异地小旅馆（我认为那里的镜子会更客观），半夜里起来撒尿（失魂落魄的凝视），商场里匆匆走过镜子长廊（对照周围的人们进行抽样比较），更不用说每一次洗澡和洗脸，用巴掌擦去镜子上湿漉漉的雾气……

除了服用维 B$_6$，闲下来我会搜罗些偏方，隔三岔五地换着试试。我知道这挺可笑，跟我笑话别人的怪毛病也差不多，反正也都是私底下的事情。

但瞒不过同住的铁刚。主要卫生间共用，故我对头发所做的各种试验，他都略知一二。记得有次的方子，需要柚子核浸泡二十四小时后的水。那些天我常买柚子邀他同食。铁刚搜了下柚子的热量，满意地报出一个数字，欣然享用。

他细细地撕果肉，我则小心地把芝麻大小的核儿收集到碗里，他不时张眼看我，看不下去了："治表不治里，你这全是白费劲儿。"笃定到俯视的口气，"你这纯粹是因为……"见我求知地盯着，他打个哈哈，友好地递我一瓣，"我说，你觉得我活得怎么样？嗯，各方面。"

那还要说嘛。这位铁刚，真可谓是，怎么说呢。读的是经济，换过两次工作，工资已是我的四倍，为了跳往更好的地方，还加入了一个年费4万元的高级经理人俱乐部。他隔天健身一次，计算和控制入口的每样东西。不喷香水绝不出门，由此常被误会成是"钙"。事实上他交往着一个通往婚姻的、同样全面飘红的好女孩。绝对的青年楷模！我真诚地表示了赞赏。

"其实只要规划三件事，搞定它们就行了：身体。金钱。情绪或者说情感。"他目光如小勾子，向我抛过来。我不太明白，他只得又说："你看我的头发？"

"又粗又亮。记得以前汪曾祺写小伙子的头发，打过一个比方，说发梢顶部像有个黑珠子。就是你这样的。"

"还掉书袋呢。你到现在还不明白吗，你这总掉头发，就因为你没搞好自己嘛……"他省略掉什么，"包括你前后追的几个女孩，总成不了？就没好好想过原因？"

"怎么就没搞好了。是她们不识货，我就跟这柚子似的，先酸后甜。"笑哈哈地继续剥柚子，我是挺擅长这样讲笑话的。

"哼，没准这里头，"他指指脑袋，做出恐吓的鬼脸，"可比掉头发严重多了。"

就此打住。自此我是有点避讳起来，后来又搞过蜂蜜加鸡蛋清、葱头汁两个方子，都是趁他不在家。他不该那样说我的。他见天儿的像国际名模那样计算卡路里和体脂率，我说过什么吗。

把卫生间锁好，打开排风扇，它很吵，这很好。我倒出四分之一白兰地，与洗发水均匀搅拌在一起，然后把它们往脑袋上揉搓。又倒出四分之一到漱口杯，一口喝光。还有一半，隔两晚再用。

按摩头皮的这二十分钟，是一天之中我最像样子的时段。我像以往一样闭上眼睛，企图彻底地放松和愉悦，可今天这眼皮却总在抖个不停——我只好在心里把接下来打算采访的对象、先后顺序、写稿时间等再次编排了一下。脚面有时间爬过，不是小猫咪了，喘吁吁的声音表明，是一只大狗，它的尾巴硬硬的，直打着我的膝盖。

第贰天

6. 去见米米母亲的路上，跟瞿警官联系了一下，第三次了。"哎呀小兄弟，封闭进修学习呐。"但这次给了我一个人的号码，说是与死者合租房子的。太好了！立刻短信请求微信号，对方通过了。

昵称是"初音"，往前翻了翻，全是带二维码的各种可售品。磨皮膏，指甲贴，洗纹身店。嗯，挺好，就像我的圈中友邻，见天儿地晒文章晒电影晒开会。使我颇感不解的是，米米出事那几天，并没有任何悼念或暗示……要是哪天我死了，铁刚起码也会为我点一串蜡烛吧，换作他死，我还会贴张他的照片呢。这不合常情，这大有价值！

"您在哪个方位？"挺勤奋地提前撒网，万一她跟瞿警官一样推三阻四呢。

发来一个定位，长营街上的一家店铺，叫"米米兔"。这！只得解释我起码得两小时后才有可能赶过去，毕竟已跟米米母亲约好了。

又一个定位，这回变成了湖南路。可真是爽利，我甚至觉得她有点过于配合，看来有话想说？心里感到振奋！不过，马上将要见到的是米米母亲，我得装备好抚慰伤痛的心情。事发已两周，但愿她能正常交流吧。

最初的设想是到她家里。场景很重要。同一个问题同一个人，家与公共空间，答得可能截然不同。母亲不愿意，她指定在小区附近的"益民大药房"门口——约好的时间，一位着玫红冲锋衣、背斜挎包的妇人从药房玻璃门出来了，指指药房门口一排肮脏的黄色塑料椅，表情紧绷："坐。就这儿吧。"那排椅子上已经坐了两个老人，起码有一位耳背，聊天声洪亮。路边行人走走停停。二十米开外还有个公交车站。

"附近有稍微安静点儿的地方吗？"我有意无意地往小区大门那个方向挪。像很多这个年纪妇女的穿着一样，很不错的玫红，同样不错的冲锋衣，到她身上就哪里都不对了。我忍不住多看了几眼，心里闪过一丝什么。

"我不会请你到我家的。"识破我，她稍做解释，"离婚后，我这里就再没待过客了。再说我出门时包都带身上了，完了我就直接去清凉门唱歌。"

"唱歌？"看来她情绪处理得还不错，我不禁又盘算着还有无回转的可能。真的很想看看米米住过的房间。她桌上的台灯与茶杯，床上的毛绒玩具，书架上的书（如果有的话）。

这些庸俗的点缀对拉动阅读量极其有效，人们会条件反射地伤感起来。"她也曾有过心爱之物，有过温热绵软之躯，亦曾倚窗而立看雨打风吹"——这样的酸句我可以写上一长串，有时我也会冷不丁地想，如果哪天我突然挂了，世上会有一个人知道，我喜欢过什么、享受过什么、经历或尚未经历过什么吗？瞧，米米小姐，将心比心，我绝不能让你毫无痕迹地死去。

"对啊唱歌，我们好多人呢。跟广场舞差不多。"神气里其实是瞧不起广场舞的，她走得比我快，不觉中我们俩都进了小区。

"等会儿我可以陪您一起去清凉门，边走边聊嘛。"我用体己的语气，且先不管两小时后的初音吧。母亲这条线，要一竿子到底。

"那也行。"她脸色松了一点，到拐角处的健身器械区，一屁股坐下："就这里吧，等会儿出去也方便。"

只好也找了一个造型古怪、不知用来练什么的器械坐下，一边细瞧她。

"母亲长着一张被哀痛和时间极度摧残过的脸。"来的路上构思过这样的句子。实际上很难看出她刚刚遭遇过巨大变故，甚至也看不出曾经年轻过，以致我对米米的长相也没法推测了。

啧，我突然意识到，我一直都还不知道米米长啥样。这本不难，起码她生父李先生那儿应该有。我是在有意推迟着这个"知道"，这会便于我对她抱有更弹性化的情感，可以极强烈，如同她是我的亲人、爱人乃至就是我本人。也可以冷淡地只当作一个进行中的工作对象、路上行人……当然，对公号文而言，得一开始就贴出生活照来，否则读者准会没心没肺的。但愿她是那种招人怜爱的俊俏模样。

我又一次打量母亲，同时勾连李先生的长相，想象着来自二人的卵子与精子，在很久以前的奇迹相遇。漫长的时间过去了，结合的造物在一日三餐一年四季中辛辛苦苦地长大，大到这个造物可以把自己给抹杀灭迹。有一个挺滑稽的心理学说法，说从子宫里出来，就是第一个"创伤"，然后每个人终其一生都在为这个创伤去修复或弥合。米米呢，倒好，不他妈的修复、也不他妈的弥合了，直接干掉。

母亲大概觉得凉，从背包里掏出一个花布坐垫，手工缝的，边角整齐。刚垫好，又拿出小水壶，同时还掏出个纸杯，给我倒上了递来，"我煮的梨子水，加了冰糖。"我真差点儿噎住。可能这个年龄阶段的妇女，都会这样仔细吧，脑子里又闪过什么，是的——我也算有个妈妈来着，当年都没等及我断完奶便跑啦。想想她还真是个洒脱新潮的人呐。不知道她而今也会这样的冲锋衣加斜挎包吗？会这样随身带着暖壶和坐垫吗？心里不禁有点发笑起来。没有人会相信，面孔不详兼去向不明的母亲，反倒成为我暗中消遣的一个小乐子。我的母亲全能九命七十二变，像大街上的每一个适龄妇女。

"是这样。"我哑着嘴里甜丝丝的糖梨水，让脸色沉痛，"我知道您一定不愿意提起米米，毕竟……"

"我愿意的。"她打断我，"我太生她的气了，气得没个说处。为她我总共才哭过两场。我这里、这里，"她捂着胸口，然后又捂着肚子，"还有好多眼泪水，偏就是哭不出来，起码得晓得她为什么去死我才晓得为什么哭啊。她这样莫名其妙！可真把我憋得太难受了。"她那切齿的样子让我不敢瞧她。我可真是罪过。

"她爸爸现在往我身上推。噢，把她一手带大，我倒有罪了。要我说，米米还是在他那里走的呢。我真该跟他打官司要人的。"她用力喝水，更用力地咽下，"你想她都搬出去三四年了，哪里能算是我的事呢？我这冤枉找谁说去？"

我不安地伸腿，屁股下面的铁家伙发出"吱吱"的怪音。

"没有人会相信我啥也不知道。我是她嫡亲的妈呀。"她苦闷得都看不起自己的样子。"这些天，除了到外面唱歌，其他我随时都在想。坐在马桶上想，端起饭碗来想，想得两边脑壳轮流疼。我一天天往回推算，都想到了上半年。今年母亲节，我还跟她开过玩笑，说你送啥礼物给我呢？她一下发了三个哭穷脸过来。其实我哪里会要她花钱，开的啥美甲店，哪能赚钱？后来还是我请她去拍了一个母女艺术照。喏……"

她在手机里翻出一张来递给我。这算是我第一次看到米米。照片里化妆太浓，又用了柔光镜，俩人皆穿着复古宽大长衣，都是圆圆白白没棱角的脸，都有点区分不出。如果米米还活着，并迎面走来，我铁定是认不出的。

"照相的都说我们像姐妹呢。"她把手机拿回去，"死丫头，你到底有什么事过不去的。"她擤一下鼻子，鼻腔里发出空洞的回声，"我知道她爸喊她去那边吃饭，无所谓啊，离这么多年了，我都当他是个屁了。我也就是好奇，问米米那是啥样的一个女人，她连这都不肯说。跟她爸一个样，啥话都不跟我讲。"

"从头到尾您一点异常都没有觉察到？这实在不大可能啊。"我忍不住喃喃起来，简直都怀疑起是我这里出了问题，怎么到现在都没有摸到一点基本的骨架。老朋友般的失败感又来了，比以前更加强烈，如大网兜头，我这回所押赌上的可是我刮锅底的最后一点信心呐。

她猛然起身，三两下收起坐垫和水杯，有如快镜头，然后以更快的速度往小区门口去。我得好一阵紧走才能勉强跟她齐平。我知道方才那话开罪她了，在她已经做了那么多的剖解之后，从侧面能看到她粗糙的腮帮红通通的，可能是风，更可能是愤然。我一时不敢开口，不免又开了小差——这大踏步的疾走，这风中的红腮，我那位母亲大人也会这样的吧。这样对比着的联想，像油渣子，嚼嚼也就吐掉了。

趋步紧跟，跟着她上了公交。只两站。随后我跟着她踏入到一条临湖小道，道上渐渐有人与她相互招呼。天色这时已暗下来，那些脸都胖胖的、潜出来，像带着一层晕。她向我小声介绍打招呼的人，像点数一大溜远房亲戚，"别看他现在瘸了，做过特种兵，到现在还整天吹，说能二十分钟跑五公里，身上还背三十斤沙袋。""就那个，都管她叫寡姐，四十岁前嫁过三个丈夫，都得病死了，就再没男人敢找她了。这诨名也是她自己取的。""没事，他就长那样，白化病，不传染的。我们这里有一半是老慢病号，能包圆门诊所有的科。"

这样说着，很快到达一个由城墙与门垛形成的露天凹型空间，她小声加了一句，"米米的事，我没跟他们说过，又不是什么非说不可的事，对吧。"我点点头。她于是挺放松地把我介绍给一位领头模样的白头翁，以及周围一大帮子的妇女与小老头，"记者。来看我们唱歌。"我对众人含糊致笑。这情况总会碰到。我明明是去采A事，可对方觉得B事或C事更有价值，他们会热心地带我去看B事与C事。

看来还不是——简单问好之后，包括米米母亲，就没任何人再招呼过我任何话。他们相互间也没有多少交谈。没有仪式或开场白，随着白头翁一挥手打起拍子，就很随意地张口开唱了。乐谱与歌词写在《人民日报》那样大的对开白纸上，笔画粗壮，挂在两棵树杈之中，如屏幕，众人皆仰头向之。为着耐磨，大白纸都用透明胶带糊了两层，并像挂历活页那样以孔洞绞串，每唱完一页，边上立着的两人，即拿着晾衣撑共同推举掀翻，配合极佳，全无多余动作。

> 我们走在大路上/意气风发斗志昂扬……
>
> 你挑着担我牵着马/迎来日出送走晚霞/踏平坎坷成大道/斗罢艰险又出发、又出发……
>
> 在我心中/曾经有一个梦/要用歌声让你忘了所有的痛/灿烂星空/谁是真的英雄……
>
> 让我们荡起双桨/小船儿推开波浪/海面倒映着美丽的白塔/四周环绕着绿树红墙……

什么歌都唱，显得极不讲究。这倒也与他们的模样挺配：老年人特有的那种松垮，满眼的残旧衣装，站得也是歪歪斜斜，到高音了，有的老头会耸起肩膀或歪转脖子，即便这样努力，整体完成度还是不行，高音基本上不去，上去的也挺不入耳。

> 鞋儿破帽儿破身上的袈裟破/你笑我他笑我一把扇儿破/南无阿弥陀佛、南无阿弥陀佛……
>
> 团结就是力量/这力量是铁/这力量是钢/比铁还硬/比钢还强/向着法西斯蒂开火/让一切不民主的制度死亡……
>
> 田野小河边红莓花儿开/有一位少年真使我心爱/可是我不能对他表白……

随时可以走。可我挪不动脚，他们的歌声里有种古怪的和谐与壮美，牢牢地捕获了我。当中我给初音留了一条言，她没有回复。我也管不了，只挨着一块石头呆呆地听，一边看夜色中来往的胖瘦人影。人影的远处，是更为黢黑的湖面。这样的远望中，听这些老嗓子们的合唱，真是不赖，有如千帆过尽。时间还是像狗一般在膝盖边打圈儿，我用手轻拍它的背，让它坐下。

到他们唱完，陆续招呼着都散了，我还想再坐一会儿。米米妈妈在我边上站着，一边扎丝巾、戴口罩、戴手套，把自己团团包住："这几天冷，到开春了会更热闹。有的老面孔，唱着唱着就不见了，反正也总有新的加进来。你还不走？我要走了。这个点儿，米米会吃点夜宵。"口气活像是米米还活着。

"您给她做什么夜宵?"突然也感到有点饿了,想到轮换着吃的那些破烂铺子,又全无胃口。一个人吃东西,总会让某种糟糕的感觉更加昭然。

"端一碗米饭放在照片前就行了,端到七七。这你不懂吗?"

"那以前呢,她一般爱吃什么夜宵?"我勉强追问。跟母亲的谈话并没有能给我的本子带来什么有效内容。

"你忘啦,她早就不跟我住了。估摸着也就是叫点外卖,或者下点面条啥的。很要紧吗,这?"她从口罩上方投来有点责怪的目光。

"呃,米米为啥要出去住啊,您这里不方便还是什么?"我在心里拟出一个小标题,"离异父母各有新欢……"假如米米因为这个去死,还有写头吗?什么原生家庭之类的,我厌恶这些时髦到没有感情的词。

"我这里可方便了,方便住一家三口爷孙三代四世同堂呢。"她尖刻地看我一眼,随即辛酸一笑,抬脚就要走。

"阿姨等下。"她收脚,但背朝我,"如果我这里查到米米走的原因,我给您打电话。"

她停下,扭回身体,取下口罩、手套,把丝巾也拉松,露出全部的脸来,重新走回我面前,挺正式地抓着我的手晃了两晃,以示感谢。

"嗯,我也没跟家里人住一起。没啥原因,出来也就出来了。"我吞吞吐吐地冒出这么一句。

她轻轻摇头,挺自然地拍拍我肩膀,一下子比我高出来好多似的。

——说实在的,我有点喜欢她拍我肩膀。

7. 从湖边回到家已是晚上十一点。捯饬了一会儿镜子里的头发,显然又是白扑腾一天,感到自己有点水土流失。我把绿皮书祭出来,快速翻,纸张哗哗,能看到里面被我做过若干记号和加注的地方。这带点仪式感的动作多少催生出一点余勇,赶紧的,为明天找米下锅吧——没准大料就在初音那边,比起母亲、李先生、秦老师,我也情愿在她这里多下功夫。

反复斟酌几番才发出留言,"不会生气了吧。希望明天能再给一个机会,这次保证不会失约。"发出后重读,简直像发给闹脾气的女朋友。

漫长的十分钟,回了。

"(洗澡的猪)"

"明天?"我点开看了两遍那只动图猪。它一丝不挂。当然,猪从来都是一丝不挂。

"=="

"不急您忙"。关掉大灯,打开我最喜欢的床头灯。它外罩上有花纹,投射到天花板上会形成一堆大大小小的爱心。被铁刚嘲笑过多次,我不理会。躺在这么多心的下面,同样是失眠,但感觉总会好一些。铁刚今天回来得比我还迟,肯定又是俱乐部那边有活动。他从不喝酒,以便替某个大人物开车,并且每次回来都为此而倍感振奋,"多好的机会啊。

你想想，他们当中无论谁，顺手举荐我一下，跟你说，年薪五十万不是梦。"是啊，我完全同意，也替他高兴，并希望那些烂醉过去的大佬能够在打酒嗝或呕吐时睁眼看下在前面默默代驾、把他们送到小区、搀扶上楼、有时还帮着去洗一下车的小伙子，并且这记忆能维持到次日或更久一点，小伙子可在痴痴地等着，等着被留意、被欣赏、被举荐呐。

"（吹头发的蒙娜丽莎）"

"（问号脸）"

披头散发、丑丑的蒙娜丽莎，挺好笑。有些人就能用表情包表达一切。"时间迟了吧？"我假意客气，其实通宵都行，把我的笔记本写满才好！

"（直接说事）"

"你和米米，当是无话不谈吧？"

"网友才无话不谈呢。（一串骷髅头）。她来这么一下子，我倒成米米兔独资大老板了。"

哦，美甲店，她俩还是合伙人。更好。看着那抛着自己骨头玩的骷髅头，我忙顺着走："她为啥要来这么一下子"

"来一下子？要我说，简直能来一百下子。"

我一下从床上翻将起来。这几天处处撞墙碰壁，还是头一次得到这么肯定的回答。而且听听吧，"一百下子"，简直能把所有人欠我的都给补齐了。"愿闻其详"。我都冒出了书面语，正好也可略微提醒她，这是一个正式采访。

"起码的，长太难看了，真的。就这条，能去死五十回。"她直接发来语音条，声音有一点低哑。为便于保存，我转换成文字并截屏。米米不至于"太难看"吧，她们母女那张艺术照，大样子还好的。未及回复，新的语音条又源源而来。

"胖是万恶之源。紧身的显腰粗，宽松的坐车会有人让座。穿长裙像坦克。牛仔裤就成大象腿。哦还有伟大的双下巴，P图起码要P三回的。"一串排比句中，她在喘吁吁地发笑，"要是有脸蛋也成，还能算胖美人。不巧脸上好几坨扁平疣，两只小眼睛还有点对呢。哈哈哈。"

深感疑惑，我们说的是同一个人吗？更疑惑的是她那笑声里的刻薄无情。

"所以说越丑越作怪，总闹着想切双下巴，打瘦脸针，做皮秒激光。哈哈哈最好能去韩国来个大全套，换头换身，统统换掉。"

趁她笑得上气不接下气，忙插空儿回了一条："你总不会是说，米米只是因为外貌不如意？"

"早死早投胎嘛，投胎做大美女，生下来就是大赢家，一直能赢到死。你想想看，那谁谁、那谁谁有个屁本事啊，不就是有张脸。"不知她是不是打开了一个什么关键词搜索，报菜名似的一口气排出若干炙手可热的名字，"要么做花，要么做花瓶，要么做搁花瓶的好看桌子，都能成。丑八怪的话真不如去死啦。"几乎有点拍手称快之感。

"个人觉得，这理由，不太成立。"我小心反驳。

"也是，好歹还有个男朋友，她肯定不能算最惨的那个。"咂咂嘴，似笑非笑。

男朋友？看我，怎么从没想到这一宗。人们固然很难成双捉对，但也并不都是孤家寡人。"你认识她男朋友吧？等会儿推我一下。"我紧紧捏着笔杆，喜忧参半，旧城未下，新城又至。

"也可能分了吧。他们总在闹分手，一出岔子就拉黑，再通过我这里加上，然后再出岔子。"

"出岔子？"好，露出小苗头了。

"中彩呗。我看她不如在妇科办张年卡得了，四趟五趟的，说不定还能打折，将来我要有男朋友了也好蹭个卡，哈哈。"我有点混乱，这算是闺蜜之情的一种表达？

"四五趟？"我不情不愿地记下这数字。这方向有点没劲。

"最近倒是有一阵没去了，那玩不起的肚子歇菜了还是怎么的。"语音条出现好长一段空白，初音在回想着什么，"还是说他们彻底分了？"迷惑地吁一口气。"五次打胎致不孕，惨遭分手决定自杀"。勉强算一个俗套的"阅读点"？公号编辑可能会在这里用加粗字体，然后下面的留言会有站队，愚昧与拯救，直男与渣男，女权与新女权与新新女权：我的身体我做主，关你屁事。

想到米米父母，尤其是母亲，都不知道女儿反复打胎的事？还是说觉得这不是个事儿？重听了一下初音的口气，也是嘻哈的。想了想，遂以一种无立场的口气："那有没有可能，米米其实对这种事情，是比较在意？然后就……"

"你是指哪种？"她声音突然带了鼻音，可能是躺下了。

"呃，生不了小孩，或者，分手？"我也有点困。如此夜深人静，如果不是在工作，而是两个人纯粹躺着聊天儿该多好哇。得，我这是在想什么呢。

"您可真逗，这算什么？要烦的事情多了去，所以我挺同意她死的，死了就什么都不烦了不是吗？"感冒一样的鼻音，显得多么真诚啊。已经过十二点了，得算是子夜，这给我一种恍然感。上一次跟一位姑娘聊到这么迟，是什么时候？即便这是采访，也是共同度过的一段深夜啊。我有心说几句闲话，又担心会中止掉这毫无防备的状态。

我掐掐自己，奋力继续与米米有关的话题。"你们生意咋样？米米兔……"关于美甲，我着实也说不出什么。记起杨保安说的，米米十只指甲涂着不同的颜色，料初音也当是如此吧。

"光靠小铺子哪行。主要是做微店，我们俩建了差不多有三十个群吧？洁牙烘焙淡斑丰胸美瞳酵素假发脱毛，反正有产品就做。我俩分头料理，在各个群搞气氛，给大家集赞投票打卡做运动做经验分享，再慢慢儿地带货。"

怪不得初音的朋友圈全是无情无义的二维码，只字不提米米，不过，就算是聊到这样的程度，我还是没能够弄明白，初音对米米之死，是极度伤心还是极度不伤心——有时这两者的表现，就是一模一样。

"那，生意还可以？"

"你小白啊。可以的话，干吗还要苦哈哈地伺候这么些群。她现在倒落得轻巧，活活儿地把我给吊这儿了。还是她狠。哈哈哈。"一阵幸灾乐祸的笑声，我把手机从耳边挪开一点点。

"冒昧问下，你俩开店的本钱是不是信用贷？利滚利？是不是逼得米米……"我急得单刀直入。

"一只小白兔，两只长耳朵啊，一对红眼睛啊。两只小白兔啊，四只长耳朵啊，两对红眼睛啊。"她半说带唱，调子乱七八糟，我实在无心欣赏。哪怕是高利贷，哪怕给骗掉大几十万上百万，亦可算作烂大街的平常死因，这文章就没法做了。当然，这对米米很不敬，但不得不这样来区分。难道我这么起早贪黑地拉大满弓，最终却放个空箭吗？那头初音又连发几条来了，"赚钱嘛，方法多的是。开个小窗私聊，都不要露脸，也不管胖瘦黑白，直接给器官特写，直接给声音。那打赏，东北话讲，哗哗儿的。哈哈你是小白兔，米米可不是，我也不是。"

"我也打过赏，还玩过VR。"我忙分辩，甚至都想坦诚交代那些场景和我当时的反应。真的，我有点想对她说。显得冒犯吗？这只是出于采访之需吧，我还不至于苦闷到这样的地步。

"一百件事，九十九件都值得去死，唯独不会是为钱。你要那样想，米米会半夜里去找你算账的。"她开了个玩笑，但声音里并无任何笑意。我疑心她在讲反话。

"那我就整夜守着，正好想亲口问问她那九十九呢。"我很担心谈话进入死胡同，初音却突然改为通话了，哗啦啦自顾讲起。

"不信？我都能讲通宵的！煎饼果子涨价了。新毛衣缩水了。楼上总往下扔东西了。市容叫我们换招牌了。跟了多少年的网站突然死了。对了，还有退货和差评，那真是一天能气死好多回的——说天太热了不想洁牙了，退。说太便宜了，便宜无好货，退。说包装破了，差评。使用说明书有错别字，差评并退货。说热爱国货、抵制日韩，退。总之，全人类都想不出来的理由，那些牲口们都能想到。

"对，私下里就管他们叫牲口，我跟米米也是牲口。整个群全是又丑又胖又穷还整天想着做公举做王子。你知道差评有多糟心嘛。讲那么多好话，到处放交情认姐妹，几个月的忙，然后一单全毁。有次米米真的就为这事儿哭来着，哭得那么难听，跟杀黑毛猪似的。我学给你听。

"怎么，呜呜，就说我家的面膜，呜呜，有股萝卜干子加脚丫子的混合味儿。呜呜，怎么会有萝卜干子加脚丫子味儿。这都是，呜呜，怎么想得出来的呀。呜呜……"

我在她模仿的哭声中一阵气闷，倘若米米真因着这样的九十九种烦恼去死，那我这稿子可真又臭又长又可笑哇。在绿皮书里的倒数第二章，列出若干结构大法，随便哪一种都是有重点、有高潮、有铺垫的呀，而不是平均主义的细碎尘埃。求求你，米米。你不应当、也不可能就为着这生活本身去死吧，那世界上所有的人都应当去死了呀。

"你能听清吗？她真就这样的，上气不接下气地哭。我也懒得劝她，就由着她颠来倒去地号。"大概是不满我的沉默，初音竟然又再学了一遍，敬业的演员非要加一条似的，一丝不苟地伤心欲绝，简直以为她是真哭了，"怎么，呜呜，就说我家的面膜，呜呜，有股萝卜干子加脚丫子的混合味儿。呜呜，怎么会有萝卜干子加脚丫子味儿。这都是，呜呜，怎么想得出来的呀。"

我在本子上胡乱划拉，子夜的时间白马一样"嘚嘚嘚"地踏过，它的长鬃毛飘起，拂过我的后脑勺。我开始偏头疼了，偏头疼的那半边，大概会掉头发更厉害吧。初音这里又将惨淡收场吗？米米的心事到底是跟谁说了，男友吗？天知道。人们的爱或依恋、对彼此的重要性，到底是否存在或怎么样才能够发生。他们有血缘与姻亲关系？他们天天见面？比方说同事或合租者？他们在对方面前痛哭并能够被准确模仿？可以聊天很久直至失去效率与信息，比如像这会儿的我和初音？

我很留恋此刻能有人跟我说话，但同时又想找到借口，光滑地结束这场抚慰不了任何人的对话——懂了，初音这么无聊地再一次模仿米米的哭声，也是出于同样的原因吧。

"你饿了吗？"她止住哭声。

"有点儿。冰箱里好像还有一袋速冻饺子。"

"米米就是特爱吃夜宵，我也是。但我现在真不能再吃了。要不你替我们吃行吗？起码得二十个，调点老干妈，倒点醋，最好配两个蒜瓣。行吗？完了再喝半碗饺子汤，原汤化原食。"

"行，我替你吃。"我无意与她争论减肥一事的狗屁意义。大部分事情都是狗屁，如果乐意，大家就各自执着去吧。

"抽烟吗你？"她又问。

"偶尔。没瘾。"

"吃完夜宵替我抽一根。我这牙已抽太黄了。"

"行。"

我先后发去两张照片：吃到一半的饺子、抽到屁股的烟。讲实话，我很高兴能与某一个"活物"分享这些，今天的饺子真有了饺子的味道。她要愿意，我可以每天晚上都替她吃。

她发来名片推送：志华。

愣了一会儿，想起这应当是"米米的男友"。我有点不舒服，觉得她用"回赠"的方式来答复我发她的夜宵照片，一下毁坏了我依稀感受到的某些东西。我遂也一本正经地感谢她接受了我的采访并提供进一步的帮助。再无回复了。

我在黑暗里回放语音条。初音的嗓音直通通的，话又多又碎，真不能算好听。但能知道，她也是极乐意这么聊聊的。

第叁天

8. 被来电铃吵醒，才七点，肯定是表姐。她隔一阵去我家一趟，替我父亲四处收拾下，顺便给我电话，然后八点半赶去上班。表姐零碎地抱怨着各种家事。闭上眼睛屏息听，能辨出老爹在附近走动、呼哧喘气。他有支气管炎，一到季节之交便发作。表姐仍然在讲，我打开免提，过一会儿凑上去大声地"嗯、是吗、真的呀、亏得想到"。喝水（没了，现烧）。洗漱（牙龈又出血了）。蒸小馒头（扔包装时发现过期半个月了）。

表姐说了一通，照例把手机交给父亲。她总这样，逼我们互相问候。实际上能说什么呢？

老爹从去年起变了策略，总打电话就说想抱孙子，得知根知底的娶个老家媳妇才放心，云云。他讲得太生硬，其实是觉得我还不如滚回老家算尿拉倒，啥都现成儿的。是，我现在确实不行，但我还没开始啊，哪怕最终开始不了，"我也情愿死在这里！""倒是为个什么呢？"老爹在我激烈的口号之后，有意慢吞吞地跟我要一个解释。我说不清楚，也认为不必说清楚，就撂了他电话。从此就只是通过表姐的手机，客客气气地如此这般了——我问他胃口如何、睡得好不好，他囫囵答上几句。相当于单曲循环播放。表姐最后接去，挂掉之前，她可能正抬头往院子里看了看，自语道："哟，今年这柿子结得可多。"

我正往架子上挂毛巾，听到这句，感觉身体里某处一颤，差点儿都想对着已经挂掉的手机再喊上几句什么。跟老爹就算通上几年的电话，都不如院子里那株柿子在瞬间带给我的心碎之万一。

志华的名片一点击，自动通过了，并跳出个花里胡哨的优惠卡，原来是电子城修手机的。那一带我正好熟悉，留了言就一路晃过去，虽则对这位男友并不抱太大指望。

电子城这一带算是高级地方，街两边儿都是气派门脸儿，各种金属门打开又关上，不断往外吐人、又往里吞人。黑西装，蓝色保洁，橙色外卖，灰色保安，和尚服，警服，校服，带胸牌的中介，高帽厨师，外套印着电话号码的物流工。人们都有着像模像样的差使并如此勤勉地交叉跑动着，瞧上去还真是赏心悦目。米米不在了，好多人不在了，好多人将不在了，仍会一直这样赏心悦目下去吧。

照二维码所示的摊位号一路找去。挺大的三面玻璃柜围成一个柜台，柜台上也贴了一圈二维码。外头站着两位魂不守舍的顾客，一位以均匀的步幅绕着柜台来回踱步，另一位则眼睛不错地盯着志华。我想那个正弓腰俯背捣鼓手机的当是他，衣服后背是同样的二维码。看不到他的脸。

倚着柜台等，在另外两位几乎是仇恨的侧目中，我的手机不停响。每天上午这个时候，李大人都会在工作群以倒计时方式"艾特"我，好像我不会掐日子似的。我总遮遮掩掩地给一个神秘主义的回复，让她、同时也是让我自己少安毋躁。她可能也只是例行公事，并不当真惦记。群里的讨论太热闹，新奇特异、怪力乱神，像秋之落叶冬之暴雪，来不及层层覆盖。

今天倒好，除了李大人的大棒，还有黄老邪的胡萝卜在召我帮忙，他给我发来一串关键词和周边链接，大方地让我在其中选，溜了几眼，其实都不用看，随便哪个选题，都比米米之死"重大"得多！我每天都要替米米扒拉开那些迅速掩埋掉她面孔的落叶与暴雪，把她从急速坠落的时间深处打捞上来……"还在揪你那个过保期的死题目？这是搞出感情，当对象谈了？小兄弟醒一醒，咱就是流水线上的来料加工好不好！"黄老邪好心又尖刻地劝说。

手机打成静音，我把目光移到柜台里的手机尸体上，它们被胡乱地码得老高，夹杂着被肢解了的电池、带粉嘟嘟装饰物的后背板、残损摄像头、裂成冰洞的黄金镜面，它们线路板暴露有如内脏，却还在闪烁着未接来电或未读留言。真有如一幅废墟末世图景，想这些手机里，也曾有多少活色生香与情短意长呐——真想把这样的景观写到米米的稿子里去，这不是跑题，世界上的事情不都是互相关联着的吗？

两个顾客先后取了手机，即刻开机，获得新生般焕然离去。柜台后的志华起身向我抬了抬下巴，一边往嘴里塞烟，带着我往楼外走。志华五官平淡，令人过目即忘（他在前面走，我立刻就忘了他长什么样）。背有点躬，鞋子大一码似的拖着走，显得疲沓。

他跟米米是修手机认识的：米米的每只手机，都会摔坏三四次屏，直到修不了。换新的，再摔。如此反复。后来志华给她打八折。后来只收她成本钱。后来免费。后来给她买新手机。——这听起来是直线逻辑般的过程，是我用了一千多米的步行长度，艰难诱供而来的。志华以一种极被动的态度待我，我提出一个设问句，他肯定或否定，或略作修正。我就像一个全运会记者："请问取得这样的成绩想感谢教练吗？"真叫人气闷，乃至让我产生了一种促狭的冲动，想把这平推乒乓球般的短促对话，一股脑儿地都呈现在稿子里，我们那些娇气又挑剔的读者们会怎么样呢？说不定是他们早就盼着被这样的琐碎刻板给虐待一下，并示威和投诉性地把阅读量直推到"10万+"！

"带我到米米常去的那家医院吧。"那是个很合格的场景，站在有图标或箭头指向妇科的那个楼层，我要在那里跟他聊米米，征得他的同意，拍照，发表时脸部打码。

志华扭头就往地铁走，"五站地就到。"倒也是喜欢他这样寡言的温顺。进了医院，他仍在前面带路，直带到住院部，上到三楼，他出来停在电梯间，冲我往里努嘴："我每次就到这里。"

我四处张望，感到被愚弄了："这是康复科啊！"他点头，完成任务的表情。

"米米在这儿看病？"一位条纹服病人歪斜着走过。

"她奶奶。"他显出一丝讶异。

志华这是有意装傻还是一派天然？见下奶奶倒也是可以。不过，奶奶的！奶奶，这岔得也实在太远了。

我冲志华晃晃食指，打电话问李先生要奶奶的名字和病房号。李先生很惊奇，"我母亲？病房号？"好像这是我给他临时发现的一个母亲似的。两分钟后，收到他一条挺长的短信，可以想见的书面语遣词：您不辞劳苦深入排查，这种敬业精神是值得敬佩的。她在三病区24床。不知您出于何种考虑，其实米米小时候只到寒暑假才跟奶奶住一阵子，并无特殊感情。此外，我也有义务提醒您，米米奶奶，即我的母亲，罹患多种疾病，恐无任何采访必要。

我抬脚就往病区里走，一边招呼志华，他在电梯间角落里找到一个消防箱，半挨着坐在上面，手肘稳撑在膝盖头上，已专注于手机，头都不动地向我摇摇上半身。

病房门半掩，三人一屋。全都躺着不动，亦无声息。最里面就是惠连英。被子直盖到鼻头下面，头上还戴了帽子。室温的话，估计得有二十摄氏度。我解开外套，轻叩床沿：

"惠奶奶。惠奶奶。"

"你要能喊得她应你一声儿，我送你座金山。"卫生间转出一个胖女人，身上松夸着软绵绵的秋衣秋裤，嗓门高得有如呼号。我以眼示意惠连英的床位，小声回道："我是米米的朋友。"

"啥米米？哦，那黑皮丫头。你放开声讲没事，这屋里三个，都不怕吵的。"目光像小灯泡，是久不与人讲话者所特有的亮，"本来在不同病区，打通了护士长，给我凑到一处，等于我承包这整个病房。"小灯泡自豪地扫过她的领地，给我指点介绍。

中间那位，身上进进出出若干管线，她排数：导尿。心电图。氧气管。输液。到饭点儿还得换鼻饲。"像不像多孔插座？"她抛出一个比方，直乐。靠门那一位，脸上平覆着一方毛巾（像死去的人那样），露出的头发乌黑、浓密，倒是比我强上好几倍。"工伤，二十八岁，高位截瘫加脑震荡。不肯讲话，也不肯见人，就是根会喘气儿的木头。好在是单位掏钱。"

"嗯。不容易。"

"仨全是木头。我乐得自个儿玩。假装这个是我儿子，那个是我老公，老太太呢，就当是我老娘吧，然后我就跟他们瞎说八道地讲，小孩过家家似的哈哈，就这么过家家，你猜我一个月挣多少？"她喜不滋滋，又想起不宜露富，"算了，你就猜哪位护理费最高吧。"

"惠奶奶。"我往最里床走，寒暄成本已经够多的了。

"是多孔插座！退休工资高嘛，保住这口气就等于保个账户，他家里人最认我。我经手这么多活死人，就从没一个害过褥疮！你晓得要多久喂一次水，多久翻一次身，多久做一组关节活动？讲究可多了，关键我肯用心，你想，最早我可是伺候走我老公的……"这位护工要也写东西，能走几页都不带标点的。

"惠奶奶是啥毛病？"我打断。

"就老了呗。脑萎缩，不认人，哪儿哪儿都老化了吧。我主要就保她两条：不感冒不感染。看捂这么严实，还是手脚冰凉。"她猛地伸手，拉着我的手就往老人被窝里去。一下碰到块凉肉，不知是大腿还是腰，惊得我悚然缩回。"哈哈哈，要是个漂亮大姑娘躺着，你缩手也这么快？"她称意大笑，秋衣下垂挂的空乳房愉悦晃动。

"你刚才叫她孙女黑皮丫头？"我顽强继续，其实也不需要顽强。她想说话，估计我就是问个天文地埋，她也能扯出一嘟噜子。

"皮不黑，是那丫头每次都黑着一张脸，尽我怎么热乎都不吭声儿，只在奶奶跟前脸冲脸坐着，一坐大半个钟点。我出去转悠，腿都走得酸了，回来一看，还在那儿坐着呢。"

"光坐着？"

"你以为能干吗？放炮仗敲锣鼓老太太也没反应的。对了，黑皮丫头倒是有一阵没来了。你是她男朋友？"

我没吭声。米米要是愿意我也愿意。

"黑脸归黑脸，倒也是个长情的姑娘。她再不来，我这里的三个，就更连死人都不如了，死人到清明还有人烧纸呢。"

"她死了。"我说。

女人弹簧似的一下子跳到惠奶奶床头，扯下被子，伸手放到老人鼻前，停了停，直拍胸口："这玩笑可开不得。她这一口气，可就是我的嚼裹儿呢。"

我理当说清楚，死去的是米米，同时观察对方的反应，然后兢兢业业地再从她这里追问压榨一番。一阵疲倦压倒了我。唉，黑科技是挺发达了，要能有什么设备，像公共探头那样，能抓取到人们某时某刻的想法就好了。

离开前，我也把凳子拉近到惠奶奶跟前。胖护工倒是机灵，套个外套带上门就往走廊外去了。

病房里一下子全然地静下来。不久就能从这一片静里，听到隔壁床各种仪器所发出的轻微电流声，还有输液袋偶尔一声"咕"。再过一会儿，能听到我自己的呼吸。又等了一会儿，我企图分辨出更多的呼吸。没有。躺着的三位，就像已成为床的本身，他们没有为这个空间贡献出任何分贝。

看看手机，才过去了四分钟。

我要求自己坐满十分钟，我要在这个房间里好好听一听自己的呼吸——米米在那漫长的一个钟点里，也一直听着她自己的呼吸吗？这让她更想死了，还是尽量地不去想死了？

"米米生前最放不下的，是从小带她长大的奶奶。她每周会到位于热河南路上的钟山医院康复科探望已经失忆的奶奶。据护工王劳（化名）大姐回忆说，米米有情有义，每次都陪奶奶说一个多小时的话，以帮助老人家康复。"在脑子有一搭没一搭地编了这段儿。屁，全是大路货的谎话。

志华仍是以手肘撑膝、勾着头揿手机，跟我离开时一模一样。我拍拍他，他迅速站起，脚大概是麻了，猛地一矮。我扶着他往楼道走："你只陪米米到过这里？别的呢？"

他手里仍在忙，"这盘快了，最多两分钟。"可能是被我催的，他突然身体一抖，曲终奏雅了。他抬头，空茫地笑着："别的？别的什么？"

需要坐下来跟他谈。路边一溜油腻腻的苍蝇馆子，敲着铲子吆喝招呼。各人要了大碗面条，外加两支冰啤。

"前后统共为你打过几次胎？你陪过几次？"我见他面条吃得差不多了，前面扯的闲篇儿也够他放松，才开始问。

他仰头把啤酒喝光了，我又给他要了一支。他颊边微红，眼里现出一种哥儿们式的热忱，句子明显变长。

"两次？我估猜的。这事儿我没陪过。你准以为我是个特别差劲的人吧。"他用力抹一抹脸，"她从不讲这些，所以我也不知道。而且我们俩……"看看酒瓶，似乎到此刻都还在为此困惑，"是她非要跟我在一起的，都不知道她看上我什么。"

"你不喜欢她？"

"主要我……搞不懂她。她就只是跟我睡觉。"

"倒像你吃了什么亏似的。"

"不是不是。我问你，你跟女朋友那……之后，是什么感觉？"

"感觉？挺空的吧，比一个人时还空。所以我现在对女人，大部分时候也不想。"虽是实话，可这么的就脱口而出，也是怪。

"我也这样！我想，我大概并不喜欢她。"志华不自然地笑了一下。

"明白。喜欢归喜欢，睡……归睡，不是一回事。"两人碰杯，纵容凉丝丝的啤酒从喉咙管滑溜下去，"所以我一直就单着，不过也讨厌总一个人。"

"单着更好。你看我这！"他显得很可安慰我似的，替我又要了一瓶，"米米也没把我当人，你看，招呼都不打一个。"

"真想死的人，跟谁都不会打招呼。"我这样劝他，"对了初音说你俩一直闹分手，主要为什么？"

"没具体事。是我要分的，毕竟，我又不是什么好男朋友。"

"她不肯？"

"肯啊，立刻拉黑。过不多久又找过来，一进门就拉窗帘、脱衣服。就像，嗯。"志华用手转了下啤酒瓶，"像渴得急着要喝水。"

"是不是长得……她有点自卑吧？"不得不继续扮演全运会记者。有一个我并不喜欢的理论：容貌不自信的女孩会通过性爱来寻求价值感。

"她可是很摆的那种！"他用了一句老城南土话，是形容女孩子长相显目乃至飒爽的意思，"反正两人走一块，我是不大配的……"

咦，初音可不是这么讲的呀。"给我看看她照片呢。"

"前不久全删掉了。"志华脸上有点尴意，"听修手机的客户讲过各种稀奇古怪的故事，反正手机里最好不要保存死去的人的照片，墓地啊碑文什么的也不要乱拍，很容易出事情的。"

怀着似乎是对米米而不是志华的失望，我举起瓶子跟他很响地碰了一下，"那你们等于是，炮友？"

"不完全，我们还一起打游戏。要说我这人有点什么能耐，这个绝对算。"志华脸上大放笑意，"王者你晓得的，有一百星了我，一般的主播都能秀他们一脸！"

"我最多只是贴纸牌或连连看。你不知道夜里赶完稿子是有多残，什么都拼不动了。"

"我是干别的事都残，只有拼游戏才来劲，哈哈。有次在排位赛里碰到一个职业选手，都没干得过我！这样讲你总能大致明白吧。"志华的模样越发雄阔起来，好像我们根本不是坐在这又闷又挤的小面馆里，而是置身一殊绝异境，他在那里泥丸众生，霸业千秋。

好吧，我替他高兴。我把最后几根面条挑出来吸溜完，像往常一样，胃里撑撑的全是食物，可还是有种不满足的饿感。

志华又跟我吹了好一通，从LOL到王者到吃鸡，重点是他如何从无名之辈到战神。见我兴致不大，想起我们见面的主题，敲敲面条碗，替我发愁了，"你这事怎么弄啊，就跟这空碗似的，啥都没有，硬写？我是从小就怕写，也怕数学，文不能武不会的，合该只能打游戏。人总得有个特长对吧。你呢，主要是能写?"

能写吗? 五年的泥坑都快没顶之灾了。也犯不着跟志华详解，胡乱点头，"对，能写。不过米米这篇，就没人说得清她。本以为你……"

"可惜帮不上你啊兄弟。"志华真诚地抱歉起来，"想想也就是一起吃东西、睡觉、打游戏，所以女朋友真不叫谈，而叫做。怪不得都是这样开头：你做我女朋友好吗?"

都没酒了，但我们还是又碰了下瓶子，像多年老友似的，还抢着结账。

"我请初音找到米米的病历了。她换过三本，前后统共为你打了五次胎。就在这同一家医院。也许就在她看过奶奶之后，就直接上九楼妇科去预约手术了。最后一次，病历上写到，找学医的朋友看的，说是子宫里面的那一层皮还是膜的? 已薄得没办法再有小孩了。如果找不到别的原因，我认为这可能就是……"借着外面令人睁不开眼的正午阳光，我一口气对志华说出我的想法——没法说出的是：稿子是死路一条了。

"绝对不会。"志华也眯缝起眼，但很肯定，"米米讨厌生小孩的。"

"你这反倒知道? 不是说你们不聊的?"我假作惊奇，心中直拍手。

"这是她在我们……那个的时候说过的。"志华有点涩嘴的样子。我也有点难堪，大太阳下的，深感这是对米米挺不敬的一个讨论。走了几步，一处广告牌的阴影下，志华又努力补充了一下，"她在那个时候，总喜欢乱七八糟地讲点什么。"

"挺好的啊，看来她很信任你?"我联想到酒后吐真言。以我不太精彩的性感受来讲，有时那也跟醉酒差不离吧。

"我不喜欢她那样。"志华在前头加快步子，"并不是说一定要像岛国视频……但她总不该那样自顾自说啊说的。"

"都讲些什么?"我急步跟上，米米竟有这样匪夷所思的诉说方式! 实在令我称奇。人到底会在什么时候对什么人说出心里话? 万一确实只有在这样的状态之下，米米才会吐露她的内心呢，对着另一具根本无法倾听和回应的交战中的身体? 我突然一股悲怆，想到她每每过来找志华，哪怕都分手了还是要找上门来……"快想想看，她都说过些什么?"我追问。

"那种时候，我真没法听清的。你别问了，问得都有点瘆人。我不想再回想跟她在一起的事情了。反正她说过这样的意思……原话我说不准，但这点我可以保证，她绝不会为生不出小孩去寻死。"我仍旧是往电子城方向的地铁，志华选了相反的方向。

我的地铁先到了，他好像是故意利用这当儿来跟我补了一句，"米米走了，我当然很难过，但也有点松口气。"他表情含混，"如果你是我，没准也一样。"

要跳下车来再问点什么吗? 我没有动。我就站在车厢门口，听凭安全闸和地铁门一一合上，看着两道门外有点变形的志华加速后退，倏然不见。

9. ……整个晚上都在整理，本子一页页翻过去，写的都是鬼画符。那些以为比较重要、休戚相关的人物，不过是一扯就断的线头，我所能做的就是直接咔嚓掉。

比如下午的秦老师之访。没有打招呼，我径直前去。一路上想着，可以从她整天盯着远程视频看的加拿大儿子入手，套个近乎，都是母亲之心，也许她旁观者清，能看出米米的什么情况？米米与父亲之间，有着特殊的怨念吗？进而促使米米对秦老师发展出一种虚假的友谊，作为她的自杀掩体，以便大老远地跑到郊区——

> "据著名心理学家某某教授分析，由于米米长期缺少父爱，反导致强烈的恋父情结，乃至发展为极端的自杀行为。心理学上，我们常把这种自杀命名为'图钉'型自杀，她是想把这个图钉扎在父亲与情人的爱巢里。"

是不是有点戏剧感？不过这离想象中的深刻性与社会性是有很大落差的。当然，这不是个挑三拣四、讨价还价的事儿。

拍拍门，倒是在家，隔着猫眼一句话就打发掉我："我也很伤心和同情，如果真有什么情况，老李肯定会跟你讲的。"南方口音的普通话，音质柔和。然后就再无声息了，不管我又在门外说了多少好话软话，都像说给吸音壁了。这近乎哀求的扮相，让我深感不适。

在附近呆鹅一样转悠了两圈，不时看到跟我年纪差不多的小伙子，顺利闯关传达室、单元门、防盗门，登门入户。他们是"饿了么""闪送""顺丰""美团""韵达"。看得我挺羡慕的，想着是否该给秦老师订份外卖或闪送海鲜之类，然后在这里截下送货小哥，我换上他的制服，然后得以与她面对面——黄老邪就这样干过，并无技术难度，但也不会得到什么坦率的呼应。故而我只是想了一下，就抬脚离开了。顺其自然吧，我找到这平庸的借口。多少时刻啊，我都需要这四个字。

如纸上判官，我画掉了秦老师，然后是杨保安，再是母亲。暂且保留下这三位：父亲李先生、初音和志华。对，还有一个特别客气的瞿警官……

台灯惨白，笼罩着光秃秃的键盘与皱巴巴的采访本，还有了不起的绿皮书。也许应当这样想？太容易掏出来的，最多就是李大人所不屑的那种烂大街货色。目前的空空如也，只能进一步证明，米米之死，有着罕有的、无法归类的属性，不是吗？

我在电脑上东逛西逛，终于消磨到十一点多——"哦，忘了谢谢。跟志华聊得还不错。多亏你帮我找到米米病历。"真是乏味的废话，她那边就算是自动应答也行。到这个点儿，就是想抓一个能说几句的人，何况我这是在工作。

隔很久，初音发回两只毛茸茸带厚肉垫的猫爪，让人挺想摸摸的。我不再提米米与志华，推一个心理测试给她玩，讲讲新电影，帮我看星座什么的——想勘测到哪里才是她的话语兴奋区。她今天很怠慢我，全是表情包应付。快要撑不下去的时候，决定说说我一直想问的事情，"你们做那么多代理，有什么对掉头发有效的玩意儿吗？"我喜欢用"你们"，就好像我是在跟她和米米两个一并讲话似的。

不过两分钟，微信上就有了七八条未读留言，再一看，我被拉进了一个名叫"茂密森林"的四百人大群，熟人提醒里能看到有初音和志华。那七八条、现在已十几条的留言，全是跟掉头发有关的讨论。

这会儿他们正讨论一种海带水疗法，群风极为谦逊和亲切，有一位正在晒图，对照海带水疗法以来的细小变化，有人分析口服与外用的差异，有的给出海带购买链接，有的认为南海的海带要胜过东海和黄海，为什么？南海是热带，那里更有强盛的生长基因不是吗？有人就此转了一个关于南海主权争端的热文。又有人对前者进行了"艾特"：先解决头等大事，再关心南海主权。我默不作声地作壁上观，感受着一阵阵突如其来的欢乐，忍不住又跟初音索要："你们不是侍弄着好多群吗，能不能把我再拉几个？"

"不嫌烦啊？"

"想感受下你……们的工作。这不是还没找到米米的原因嘛。"

"米米要是没死，恐怕都能感动死了。"

面膜打卡群。精油小公举。酵素王。亲亲艾灸。战痘天团。素食永生。再见拜拜肉。一健美白。雕刻三围。

满筐满笼的留言，轮换着看了一阵，各群的诉求各不相同，但结构、生态与气氛大抵相似，有点儿像国外电影里经常看到的那种心理互助组，不过更讲究，比如精确到毫米的臂围与胸围。讨论痘痘，以高清动图划分区域。面膜成分与对应肤色，做成曲线图表来分析——对身体苛刻到一种庄重的程度。

"这一个个的，是多么爱自己啊。"

"别用这口气。你是不知道，稍微胖点丑点，连粉丝团活动都不让去机场举牌牌！"初音用语音发来，一副夜聊的架势。原来这算是她的兴趣点？

"米米也这样？她其实还好对吧？"我起码得弄明白，米米到底算"很摆的"还是"丑得能死一百回"。

"得看跟什么人比了，如果跟我比，那死的应当是我，并且你这会儿采访的就是她了，哈哈。"初音笑嘻嘻地敷衍，随即掉头向我，"你不也是吗？不然你要治秃顶干吗。群里头男的也挺多。我们有个明星用户，各种女性护肤品他都买，可爽气了，一私聊，原来他做广告设计，老板以为他是Gay，所以很器重。据说那个圈子里，男同最吃香。所以他就索性一直假装是Gay喽，整天收拾自己。"

"嗬，这种事都跟你讲啊！是喜欢上你了？"心理再度焦虑起来，我到底想从初音这里得到什么呢？

"屁咧，越陌生越好讲真话呀。我就是阿猫阿狗，他也会讲的。"

"那你呐，什么情况下才会跟人讲心里话？"有心想与她探讨米米那种比较极端的情况，这么迟了，会认为我有别的暗示吧。

"交换。如果对方跟我讲，那我就讲。"

"我也一样。"四个字一发出，心里即感到一种异样感，觉得言重了。这意味着我们处于同样的状况，都想穿过重重夜幕，去无限接近那同样飘荡无依的彼此。不，打住，绝不能被这每夜例行而至的空虚所绑架。"不管怎么说，你们建这些群，也是做大好事，谁不需要这么个好去处。"我生硬地转移话题。

语音里传来一阵咕咕的笑，初音可能是含了一口水："鬼咧，才没人谢我们，这个走了那个来，大马路似的，都没人发现米米好久没说话了，她还群主呢。我要哪天挂了也一样。"

"可不，我圈里的啥A股群、出版人群、帮帮投票群、设计师群、师门群，谁在意哪个怎样，谁晓得哪个在还是不在了。"

初音那边默然了，延续了好一会儿，我能听到她寂寞的呼吸。

"等会儿替你吃夜宵吧！今晚你想吃什么？"

好像我这想法过分亲近似的，她冷不丁就挥手道别了。

第肆天

10. 云南馆子。闹哄哄的等卡位座，边上俩小孩拿着冲锋枪互射，逼真的"嗒嗒嗒"声与拖长的"啊"声惨叫。真羡慕这两个讨人厌的臭小孩，他们一再爽利地死去，又那样轻易地活转，当然从他们瞄准的方向来看，有许多子弹都射到我的心脏里了。

我专心盯着他们射杀我，以避免看到头顶上方那只循环播放明星视频的大屏幕，它跟我一路过来所看到的地铁广告、公交站牌、购物街当季新品橱窗等一起交叉闪动着，覆盖视线所及处，以致总让我产生一种强烈的烦躁，似乎他们与我们，过着全然不同的生活。有多少人算是我这一伙儿的？杨门卫肯定算，米米、初音也算。铁刚呢，快要到那一伙去了。李先生，还有我的导师常江，则要算广告上的他们吧，可能这正是我需要时不时见见导师的原因。

常江导师过来了，金属拉丝登机箱，咖色外套，臂弯上的米灰围巾半拖着形成一种风度。我忙起身迎接，发自内心地躬腰伸手，跟第一次见他的动作是不差毫厘——常江导师有恩于我，这一份工，即仰仗于他的全力推荐，尽管后来我也得知，这家公司是他朋友"脑袋一热"的新创网媒，底薪极低，招人很不顺当，他算是拿我去帮对方的忙。无论如何，我得以留在这里了。我感谢他，并仍像读书时一样，有阶段性汇报的习惯，趁他出差刚回，或正要出差之前，跟他和他的登机箱一起吃饭——除去学校课程（大多安排在晚间），导师几乎每周都要去外地授课，参加论坛、评奖、测评、对话。常老师很善于讲演，一拿起话筒就如接通复读机，书面语奔涌，速记下来可直接推公号。

跟往常一样，导师刚坐下来就讲"今天有点不舒服"。偏头疼，嗓子干咳，昨天睡得很糟，腰酸、溃疡了、牙疼加重、飞蚊症、好几天没有排便。上述这些情况，有时只犯三两项，有时几乎同时发作。导师年轻时加入过戏剧社，故即便说着这样的事情，依然像念台词似的，抑扬顿挫。

我端详他，每次都比上一次更为衰败，所有中老年的迹象都在比赛着包抄围剿他。我嘴里说着这种情况下应当说的"注意休息""导师的身体可比什么都重要"之类的话，可是相信吗，心里却由衷感到一种强烈到类似祝福般的向往之情：就算衰败，这也是一种功德圆满的衰败啊。他所拥有的资源、成就、物质、家庭，如同互相叠加着的小砝码，与他的年纪恰好相称着，他走过了生活的一大半，正好也攀到了大山头，现在，他可以甘心和放松地去老、去死了。而我的山头——它到底有没有，有的话又在哪里呢？

常江导师对我各方面的状况很是了然，他说过，我就像他年轻的时候。这也许只是鼓励之辞，而所谓人生导师，也是一种内心软弱的倚托，可不管怎么着吧，不时见一下常导，对我确实会有着心理上的强健之效。

"公务仓走快速通道。我们能有五十分钟。"导师用手按着太阳穴，一边示意我不要管他，抓紧时间该吃吃、该说说。

想到五十分钟谈话时间，想到还有不到四十八小时需要交稿，好像前面二十多年都一直这样的紧迫，一时竟不知从哪里开口。菌汤气锅升腾起水雾，"嘟嘟"冒着泡儿，导师的脸在对面摇动。我注意到他的眼袋，肿得又肥又白，还有他的腮、嘴角和双下巴，都被巨大的重力所牵引，直往地面上坠。

"导师你都还好吧？"

导师瞥我一眼，嘴里塞满了东西，像牛那样很大幅地咀嚼。人们总会因为赶时间而吃下更多。"我打算移民了。"舌头与牙齿使劲搅拌着食物，"进行得也差不多了。"

见我错愕，解释，一边在汤里翻找牛肝菌，"看看我这张脸都成什么样了，尤其这里头（他指指脑子，又指指胸）损坏得更厉害！这到底算什么，想想我也是半个身子埋在沙子里的人了。"

他要抛下的都是什么啊，多少人巴望着他那一切，哪怕只是其中的五分之一、十分之一。我感到一种红色的疼痛，就像看到一座特别高级的华厦给爆破塌倒了似的。我这里还在拼死拼活地衔枝叼土、寻砖觅瓦呢！或者，导师是遭遇到什么不名誉的舆论事件吗？论文、女学生、产学园腐败、站位问题？我尽可能地控制了一下声音和表情，"有什么特别原因？导师具体是有什么考虑？出去还是接着做专业吗？"

定睛看了我两眼，导师慈悲般地摇头，"这不需要任何原因。回头给你发些链接，你也看看。你想嘛，房产、媒体、实业、矿产、出版、教育、娱乐，但凡能排数出的领域，都有收紧下行趋势，一浪低，浪浪低，上游影响到中下游再影响到周边……"他高瞻远瞩又心平气和地指点，"要识时务。好些比我厉害得多的熟人，都过去了。总归是有道理的。"可能是为节省时间，他每层意思都带着潦草的跳跃性。我觉得他有些变化。记得半年前见面，他还跟我有声有色地骂了一通学术寄生虫，然后像布置作业似的跟我推了一本《被仰望与被遗忘的》，跟绿皮书齐名的非虚构必读。没来得及看，本担心他这次会问。

"再说人到晚年，需要一流的医疗。我想活久一点、好一点。真的，再忙三年、最多五年，多挣点，就彻底出去。外头看牙可是最贵的。"他指一下腮帮，一边从老豆腐上挑出辣子，又舍不得地捡回几个。"说吧，看你有事的样子？我帮不上具体忙，好歹还有说几嘴的能耐。"

"也没啥，跟导师一样，没具体原因，就是想动一动。"挥手赶蚊子般的，我用练达的口气。跟移民比，算什么呢这。"手上还在采一篇，也许会烂尾吧。反正多一篇少一篇，一样嘛。"轻松地摇摇头，这么一说，连自己也觉得挺有道理似的。

"我，严重不赞同。不要在不好的状态下做大的决定。我们到底应该如何处理现实与理想？这不是简单的指向职业升迁，或生活方式，这需要分几个层次来看。最最要害的，其实是关于自我人格的理想……"如同精英论坛开讲，导师握住了隐形话筒。经典国际理论，最新心理学发现，具体个案分析。"再说你三年还不到吧？在一个行业的积累很重要，你知道才华其实是什么，说到底，就是在一个领域里的功劳和苦劳。《卖油翁》还背得吗？'我亦无他，唯手熟耳'。跳槽要慎，这里有一个双向悖反理论……"

讲到大概第四个层次的时候，微信响了两声，他皱眉看着，回了一个语音，冲淡又亲切：你这是做啥呢，我们俩哪需要这样，也太客气了。再切换到跟师母留言，让她到门卫室取三份螃蟹，两人商量了几个来回，另外两份送给谁合适。然后又跟两个人（其中一位是通过秘书）要了地址。途中他不忘用下巴指菜，示意我抓紧吃。

我给导师盛了一碗汤，他心不在焉地喝了几大口，又接着开谈，准确地指向我的采访稿，如靶向药，"要好好写！再难看也要写下去。这世上没有什么是不能写的，就像没有什么人是不能爱的。你明白吗？所有的事物与人，都有发光的切面，既在它的生命体里，也应当在你的稿子里。"突然停住，给师母留言，说家里那份也不留了，你不是跟某某的太太是微信好友吗，马上给她闪送过去。讲完即迫不及待起身要找洗手间："我最近开始尿频了。"

时间已不多了，我把没吃完的牛肉打了包，一边在脑子里尽量抓取老师刚才的讲话要点，哪几句算是可以推一把、让我能继续撑着往前走的。这就是我今天想要的不是吗？

餐馆出口，一排射灯自头顶而下，导师本就浮泡的眼睛更有些异样的红丝，"又有哪里不舒服吗？"

"我什么时候舒服过啊！刚刚吃急了，胃疼发了。我今天都跟你说了些什么？说到理想我是怎么讲的？唉实在太累……你知道的，我现在已经不大会说出自己的真实想法了。刚才在水池子边，突然心里很难过！想到我在你这个岁数，那也是很苦闷的，可那也比现在的我强多了！我得好好想想，当时我是怎么样的，然后我再告诉你……今天是来不及了，下次再说吧。哦围巾，谢谢，现在总丢三落四！看到熟人还想不起名字。"

导师的身影像一粒小方糖，很快融化在咖啡般又香又苦的机场大厅。我挥了好久的手。一边咀嚼他道别前的话，像一个撤回键，把这整个中午他带给我的力量全都消弭了。或者这么些年，那力量本也是信则有不信则无的吧。

下午我给初音留过三次言，想约着去她们的合租屋看看，顺便再聊些别的。比如米米还有别的消遣和去处吗？加入过什么团队或活动之类？哪怕就是个读书会或绣花小组也行啊。也许那里有她的知心伙伴？思路需要全然开放，倒计时利剑已经离我的头顶心越来越近了。

初音的爽气全然不见，推三阻四起来，说米米那间屋早被房东清空了重新粉刷过，都有新客住进去了，带个两岁宝宝，夜夜哭得她睡不好。我解释说这不重要，或者说，这个年轻妈妈和她的夜哭郎，就是有用的。

我给初音拍去绿皮书里的重要段落，那些地方我都画上了两道杠。按《纽约客》审稿要求，其每一个具体之处，哪怕就是小说，都要"精准调查"。例一：一篇名为《两万美元》的小说，里面的角色于1979年前往麦当劳享用麦乐鸡块，而审稿员指出，麦当劳推出这个产品的时间是1983年。例二，某稿子里写到叶芝故居，建筑物上挂着"叶芝故居"的牌子被描述为"椭圆形蓝色瓷板"，这真的准确吗？是否为黑色釉锡？于是辗转联络，派当地人骑上自行车，去实地确认。

"因此你明白吗，初音，我去过郊区，也找过她妈妈，可最重要的是得去看米米住过的那幢房子，它的楼层高度、涂面颜色、新旧程度、外头挂的衣服，等等。生活就是由各种细节构成的，细节是无比神圣的，你明白吗？"

隔了很久，初音给了我一个门牌地址："今天我不在家。"

"那我等你在时再去，迟点也没事。"

"你来的所有时间我都不在。"

这下明白了。其实也有感知，她有了点儿变化，或者说，我与她之间有哪里不大对头，包括我这样仿佛是死皮赖脸地要去她的住处。故而对她的这种躲闪，我似乎又是全然理解乃至"人同此心"的。扪心自问，我对真的要与她见面，也存在着不可解释的恐慌与忧虑，担心我们这种纤细的联系就会承受不住就会绷开，并"咔嚓"断送了。

意识到这一点让我有些烦恼，但决定置之不顾，只保持一根筋的敬业感：莫非初音的回避，还是隐藏着与米米有关的什么鬼心思？

"这么不友好！你们真算是好闺蜜吗，怎么她出事，你连动态都没有发一条？"可终于问出了这个疑惑。

"发了集赞吗？集赞到一百她会活转过来吗？"她硬戳戳地发回一条语音，密布着暴雨就要到来的乌云。

也有道理。

11. 傍晚六点左右，我在506室敲门。鸟倦人归之时，总该有人回来了吧。哪怕只碰到那个带宝宝的女人，到她房间拍几张，最好能拍到尿布和小孩衣服，然后与米米打胎的那个妇科指示牌搁一块儿，读者们准会乖乖地进行联想。固然这角度还是很平庸，聊胜于无吧。瞧，我都能接受这样的想法了。

……没人应门。机械地下楼转悠一阵，再上来敲几下。都快七点了，越等倒越是不急了，耳边偶有轰隆声，那是时间的加长货车一辆接一辆地从我身上开过。楼下有一个小园圃，被冬青树围拢着，扔着水果箱、旧玩具，还有只旧单人皮沙发。就这儿坐会儿吧。

沙发的斜前方，有几棵半黄不绿的树，认不出。应当不是柿子树。冷不丁想到老家的院子，小时候在那里爬上爬下，短暂又模糊的记忆……我翻出家里的号码，看了几眼，又关掉。

眯上眼睛打盹儿，正到有点困意之时，有"笃笃笃"声自远慢慢而近，睁开眼，一只握着拐杖的手离我的头只有两公分，手背满是老人斑。得。我起身，就近找地方蹲下，远远的仍然可以看到单元门。想起一个最新的研究发现，说东方式的久蹲有助增强性功能。哈。

老头很郑重地坐下，拐杖放妥，用脖子里挂着的眼镜，换掉脸上的那副，对准我上下瞅瞅，再换回去，极自信地说："你不是这里的。"

"嗯。"

"七点到八点，该是我坐这里。"

"您老尽管坐。我……等人。"

"其实屋里有人。"兴致极为盎然。

"您？"

"我住505。猫眼里瞅到你一共打了五次门。"我一时沉吟，米米的事不知算不算这小区的新闻？"是那小娃娃的爸？不能怪人家不开门。"

看来完全不知道。也是，假如我或者铁刚哪一个挂了，对门的住家户哪里会晓得呢。何况米米又不是死在这里，她这"郊区"一招可实在是高明，如无影脚，哪儿哪儿都太阳照常升起。

这样也好。我摇头，含糊道："是找我以前一个女朋友，有一阵没联系了。"

"哦你说她啊，那也别担心。十点多，那丫头就会到这儿坐着了。我跟你说，这叫铁打的沙发流水的人儿。"老头被自己的幽默逗笑了，笑出一口痰，脖子里的挂筋抖动，"我早上五点半起夜撒尿，能看到扫地的老白第一个占窝，他在这里吃豆腐脑儿。六点多，四五个妇女在这里围成一圈儿耸肩膀扭腰。九点，前楼的胖婶子过来剥毛豆、撕豆角，我就奇怪了，她怎么一年四季天天儿都要拾掇菜，连豆芽都要摘根掐须的。十二点半，会有个跑快递的小伙子来这里打盹，大风天下雨天，他囫囵着裹在雨衣里照旧能睡，还真叫有本事。下午呐，人就多了，带狗来坐的，抽两根烟的，小孩子来玩沙子打架的，搞卫生的，收旧货的。我这时就最提防的，怕有人把这沙发给拖走，那可就完了蛋了。然后到六点……"

腿都蹲麻了，可终于等到老人家分行了，忙掐下话头就势站起，"到晚上十点多，她就在这里一个人坐着？"

"我这还没说完呢。六点往后，可真是要排班的。天越黑，这里越是抢手……"见我要往旁边走，"可不就是一个人坐着。都一个人啊，有的玩手机，有的打电话，有的盘手串儿玩。还有像叶老头，喜欢举个小收音机，不晓得他能听个啥，早都耳背了。"

"那她干吗呢？"都不知道，我跟老头子这会儿说的，是同一个人吗？是米米、初音当中的哪一个？

"她吃东西。纸饭盒或塑料袋，窸窸窣窣响，吃得特别慢，我都觉得她不是在吃，是图嘴巴里有个东西在嚼吧。"

要说吃夜宵，这像是米米。想了想，我换个问法，"她一天不断，每晚都来的吗？"米米总归是不会再出现了的。

"有一阵子是没来，我还奇怪的呢。但最近又来了，不吃东西，改抽烟，打火机啪啪响。"我想我明白了。老头继续以自信的口气说："相信我，你就在这里守着吧。等我这里完了，是楼上的小胖墩下来跳绳。然后是陈工的老伴，陈工死了之后，她接过来，说是替老头子坐的。再然后，就是你女朋友啦。"

"她们那屋，共几个人住啊？"最后再努力下，看老头儿是不是有区分。

"三个啊。一个刚生出个娃。一个是你女朋友。还有一个晚上五点出门，到凌晨四点才回，头上总扣个摩托帽，猫眼又变形，我就一直没看清是男是女。我家里还有一副眼镜子，专管看电视和看猫眼。你可别笑，现在什么传销啊吸毒啊瞎搞啊，都是租房子闹的！"他下唇收紧，显出一种市民式的铁肩道义来。

看看他混浊有如蒙荒之初的眼睛，一阵惊悚的欢乐袭来，他刚才讲的所有在这个沙发上轮流坐过的人，可能都不是他所看到的人。他从来就没有分清过米米与初音，甚至包括那位年轻母亲或晚出早归的夜行客。

可以确定，我今晚谁都不会等到了，得跟老头子拜拜了："腿麻，得溜达一圈儿去，省得跟您这儿抢沙发了。您倒是说说，这破破烂烂个露天旧沙发，他们一个个的图什么，家里多舒服嘛。"

"别人我闹不清。反正我是觉得比家里强多了。你想，这远远近近的，毕竟会有人走动嘛。按说年轻人不应当，正是热闹的时候嘛，我不懂你女朋友是咋回事。想我那时在工会，我爱人在粮油站……"开始回顾他曾经也有过的热闹，我一边活动手脚，一边慢慢后撤。

> "这是一幢九十年代的厂区老宿舍，翻新过的乳黄色墙面又被夏季的雨水覆盖上了弯弯曲曲的屋漏痕。九点八平方米，米米生前租住的房子如今已没有任何属于她的东西。从她五楼的窗户往外，可以看到几株没有挂果的柿子树，树下有一张被人丢弃的旧沙发。据邻居大爷告诉记者，晚上十点左右，她总会到这里来坐坐。次日五点半，负责小区卫生的老白，会在米米坐过的地方扫掉当天的第一批烟头。"

是否可以用这个场景来开篇（对，柿子树是我的添加），然后一条线由此倒叙，追索米米的过往，另一条向后，再现她如何走向死亡，最后形成总体上的逻辑性闭环。是啊，在绿皮书里，关于时间调度，有一个挺有意思的建议，就是最好能在整个事件中掐到一个类似于0.618的黄金分割点。并且，对时间进度条的前后拉动，也千万不要遵循老实巴交的匀速，比如晚上十点柿子树下的米米、康复病区奶奶病床边的米米、郊区公寓那个破花园里浇水的米米，她可以无限循环地停留在里面，只要我不喊"咔"，就一直不停。这些都是米米的时刻，像常导师所说的，属于她的独一无二……

我自欺欺人地遐想着——别的不说，就算真有柿子树，坐在下面抽烟的很显然是初音啊。可这个细节我还真舍不得抹掉。想了想，正好给米米母亲打个电话吧。

"不抽，这个我敢肯定，她一直很讨厌闻烟味。"

我觉得米米母亲不应当这么自信。我不禁脱口说出，"呃，她有个男朋友，您也是知道的吧。"

"这……没跟我说过。"声音控制得不错，还平稳地补充，"又不是结婚对象，也犯不着跟我说。我估计她爸也不知道。"能胜过做父亲的，就讲得通些。

"还做过好几次人流。"没有讲具体次数，好像这样就算体贴了。话一出口，我就羞愧至极。米米对此守口如瓶啊，她认为母亲不需要知道，连志华都不需要知道。

"就为这个去寻死了？"迅速反问，声音很尖，一下子抛得很高，如果不管前因后果，简直觉得这是一种喜悦的声音——她在等着我接下来的确认，以便终于可以一下子从空中直掉下来，大哭一场。

真希望我这就是来告诉她原因的啊。现在轮到我控制声音了："不，阿姨，我觉得不是。"本该解释下我的推理，讲讲志华其人以及米米与他的关系。但我的错误已经够多，我让自己闭嘴。

电话里毫无声音，可能米米母亲把手机拿得远了。我想起她的玫红冲锋衣，还有被寒风吹得通红的腮，她跟那些半老的人们一起在黑黝黝的湖边放声歌唱。

"要这么说，也许米米还真得抽上烟了。"她顿了顿，"你一定觉得我这个做妈妈的，很差劲吧。"

"没有的事。妈妈就是妈妈，挺好。"

"谢谢。"她似乎是这么说了一句，挂了。我往马路上看去，马路被各种小门面房的灯光，照成了一格一格，像深夜行驶的火车躺倒在地面一样。我看到好多母亲，年轻的衰老的母亲，坐在灯光的火车里。

12. 极疲乏，还得料理下头发。那半瓶白兰地，喝一半，头发根上抹一半，动作很慢，四处洒落。常说所谓放空、放空，我这脑子里是真的空了。外头突然有人猛力锤门。我从脖子上取下毛巾，暂且包住头发。

两个人扶着铁刚。进来后把他丢在沙发上，个子高的用下巴指挥我："家里有碘酒吗，再弄些冰块。"

我抓住矮的那个，"哎？"那人瞅瞅我头顶上的毛巾，嗅下鼻子，带点嫌弃地掸开我，嘴巴努下沙发，"我们只是负责送回家。"两人拍上门走了。

铁刚额头和颧骨有两处青紫，左下巴尽是血。衬衫的肩膀和领口处都破了。裤腿上好几团脏污水渍，像被人在地上踢滚过。可都是名牌啊。酒气挺大，也可能是我身上的。

"俱乐部还上演全武行啊？你不是从来不喝的吗？怎么回事，这？"铁刚双眼微合、不答。我替他处理，手法不熟，应当很疼，他愣是咬着不大能咬得上的牙，不出一声哼。直到我让他漱口，他这才吐出里面的半颗牙："别扔，要留着纪念。"那晚就没再说过别的话。

到底发生什么了呢？与俱乐部里的大佬发生瓜葛？为着某个远大前程的位置，他与另一位年轻人相争？为某位女郎？有人误会铁刚的性取向？或者反过来，我想起初音讲的故事，他放任这种误会，但被发觉不是，对方恼怒……

半夜里，铁刚叫唤起来。平常很少进他房间，他挺在意这个的。眼睛肿得都睁不开了，用手指着床肚子，要止痛片。下面有个暗屉。除了各种药，还有套套、膏油、丝巾什么的，抱歉不得不窥看到了。找到药倒了水，又把被冰块弄湿的枕头替他换掉，算是伺候完了。他嗡嗡地用厚嘴唇谢我，随即紧闭上眼。我把询问的话又揾了回去。

躺下来忽然想起那暗屉里有几盒药很不常见，西什么普兰？一查，是西酞普兰！唉。他真是要强，连病都瞒得这么成功。我把床头灯又打开，盯着投到天花板上的心心。后脑勺猛一阵发紧，铁刚此事提醒我了：会不会米米就是纯粹的抑郁症？一场未被觉察的暗疾，甚至她本人都不自知，所以不过就是因病而死，并且还是一种多发常见病。不，当然不是。我咬紧牙关，立刻拍死了这个可能。

不过——能感觉到自己正哧溜溜地急速下滑，呼呼的风声如耳语怂恿：算啦算啦，真有必要如此执着吗，就算此稿在明天还有百分之一的概率起死回生，再以千分之一的概率大热，然后我再以万分之一的概率拐到顺风车道，就此开挂，一步步攀升到高处，得以饱览人上人的风景，就像我的导师和他的高级朋友们一样，成功地能把人生给交代了，都可以去国外养老，去混吃等死。那真算有意思吗？

还不如现在就死得了！哈哈，那就成为再一个米米了。人们也同样会对我感到困惑的吧。咦，这家伙莫名其妙的为什么就死了呀，什么都好好的，并没什么过不去的事情啊。一个接力跑的死循环。有趣得紧吧。我在恶作剧的遐想中倦意沉沉。

铁刚那边偶尔传来一两声哼哼，要给他女朋友那边打个电话？算了，他肯定不愿意我打。每个人都活该各自呻吟，每个人都拖拽着无人知晓的水下冰山。

第伍天

13. 九点半，瞿警官在他的办公室接见了我——一大早接到他仁慈口气的短信，我像饿过头的人，已无胃口。但当然要来，万一呢？一身制服，胸前别着工牌，坐得很端正，十足"接待媒体记者"的表情。

得体的致歉和寒暄，我们相握的手刚刚放下，他即做出"请"的手势，手势很标准，"手机和任何录音设备，请放桌面上，关掉。"

"您这么紧张，莫非是他杀？"我有意嬉笑。被推搡、被指鼻子骂、被扣包、被关起来，相比而言，这位瞿警官真可谓是温文尔雅了。

不作声，笔直地继续保持伸出的胳膊。好吧，我可不希望他成为雕塑。

现在，他脸上终于稍许宽裕了一点，飞快眨了眨——这让我看到了他本人，只半秒钟，随后，他又不见了，只剩下制服、工牌和官方假笑。

我掏烟相敬，他指指墙上的标志。我拿出本子和笔，他没有阻止，只往后背靠靠。

"呃，蒙您帮忙，也采访了几位米米的亲朋好友，但还是没有找到她这么做的原因，请问您……"

打断，"这就是一起普通自杀。说句不好听的，在我们这里就不算个事。所以确实无可奉告。"他说起"无可奉告"来那么顺溜，像是在说"你吃饭了吗"。

"明白明白。我只是想了解，她为什么……"

没有吭声，只把两只膀子胸前横抱："这是你的事啊。"

"我采了一大圈，小事小情的有一些，但绝不致死，所以我这，只有向您求教和求救来了。"在他这里，装软认怂是有效果的。况且我也不是装，"总不可能无缘无故去死，我想您，一定有着很丰富的经验……"

再次打断，非常娴熟地打断，他有控制谈话的习惯："为什么要寻死，不能再简单了。别看说起来都是各有各的麻烦，到最后一捋，无非就是为名为利为男女。"我不大愿意，也不大同意他用这样的口气去判断米米或随便哪个人的死。虽则也可能有他的道理。

我点头记录，写到男女两字，突然想到，初音的态度那样怪，会不会她与志华之间也有点什么？三角恋关系中，米米选择了离场？还是说，与她们合租的那个性别不明的夜归客，与她们之间，有现代派的性别纠葛？天，我这是想到多远了，也真是半癫了。我在男女二字上直打几个叉叉。

大概是看看我有点穷途之相吧，瞿警官放松地站起来，双臂举成"十点十分"，同时扭起他的腰："你起码要作为凶案才对啊。当然我这里也是无可奉告。不过我可以讲'轰坑'的例子给你听，你可别以为香港都是荣华富贵，你知道那边有个油麻地吗，最爱出事情了。喝酒吵架被人推下海的，地铁扔死婴的，独居老人活活饿死的，模特儿被同行毁容然后上吊的，妈妈把女儿毒死的……有一间男厕所，说是每一格都死过人！所以那边开发出一个万圣节夜游项目，叫'油麻地的两万种死法'，每次报名都爆满——你啊，该去那样的地方才是！"

"呃，我一直是想着，所谓的自杀吧，某个角度讲就是他杀，是这里一刀那里一刀的合谋，所以我心里也是当作凶案来做的。有可能米米这一桩上，我是运气不大好。可再无聊的自杀也该有个原因对不对，这想法难道哪里错了？"我听到自己的声音像害牙疼病似的。

他没吭声，只把手臂交叉伸到后背，并继续扭腰。我觉得他的脸上多出一点若有所思。

"嗯，现场照片或她的遗书，能不能给我看一下？还有她的手机通话，不知你们有没有查到什么特别的？"这是我此行唯一的寄予所在了。

"过去太久了，销号归档，爱莫能助。"他复又端端正正地坐下来。

"啥时销的号？就算归档，那也还是有个档在啊。"

"昨天，不，是前天。已经不在我这一环节了。"

"看这时间点掐的，谢谢您拖到今天接见。"我气得都笑起来。也可能他真有这么一个勾销期，跟户籍那边配套。是啊，这是人类正当的新陈代谢。

瞿警官没有笑："你到底要找什么呢？就算给你看档案，也没啥有用的。"能听出来这是他本人在说话了。"你有你的难，我有我的难，这是我的饭碗明白吗？瞧，能给的号码我都给你了。"

当然，杨门卫和初音，可都是拜赐于他。我又摸出烟，他这次接过，把门掩上，又把窗打开，站在那里点上，吸一口，然后把烟伸到窗外："她把手机恢复成原厂设置了，SIM卡也扔了。通话记录当然还能查到，可你想想她这心劲，怎么可能跟谁去交底儿？包括现场的烟雾报警器她也给处理了。活儿干得可真是细——你不要误会，我警校有个师兄，为写论文评职称，叫我给他查过辖区内几年来的自杀数据、不同模式啥的。这事也有一比，处理得有好有孬。"他把烟弹到楼下去，谨慎地把屋内的空气往窗外又扇了好几下。"比如讲跳地铁，耽误交通不说，清理也特别不容易，完了还牵涉赔偿官司什么的。所以我说这个小姑娘，考虑周到嘛。"

"她最后留的那纸条，还有印象吗？能不能跟我说说？我保证不出现任何与派出所或您本人有关的文字。"我把手压在胸口起誓。

瞿警官看烟味散得差不多，把窗户关上，把门打开，并把我往门边上带："人家姑娘为什么要那样仔细？就是不想再麻烦任何人嘛，你又何苦违背她呢。真要怕交代不了任务，那咱公对公，让我们头儿去给你们头儿说说？一看你就是努力的小伙子，老哥可以帮你这个忙！"

"我也不纯粹是为了写稿子。这稿子不写都行。我就是特别想知道为什么，也等于说是总结经验教训嘛，你明白吗？万一还有别的人，跟她一样……"吸取经验和教训！哈，怎么说得这么正儿八经的，确也是发自肺腑。我停住，觉得自己泄露了什么。

瞿警官这次没有打断，在我有点语塞之时，还停下来等了我好一会儿。他一直送我到楼下，摘下帽子透气，并回递了一根烟给我："是啊，吸取经验和教训。谁又是仙人呢，哪个身上没点事……你猜我多大岁数？"

"四十吧。"我看他发白如雪，脸上纵横，咬咬牙，往最不可能的小数字里头说。

"记者当然都是小油嘴儿，一般人都以为我快退休了。其实我四十还不到。活该老相，真没几个人能挺过我这样的事。"

"您……"我犹豫着，如果不是采访需要，我真特别怕人跟我说心里话。我看看他，尽量不闪挪眼睛。他都挺过了什么？给老衰成这样。

"不讲不讲，跟记者是什么都不能讲的。不过我想你刚才讲得也对，我们得吸取经验教训。小伙子有意思哈！"他打起送客的哈哈来。

大约一刻钟后，我收到瞿警官一条彩信，放大看了看。是米米留下的那张纸。

　　　"请打报警电话。跟任何人没有关系。这是我自己的事情。"

怕浪费纸张似的，只是半张A4，手撕处还带着毛边与斜角。字不好看，但挺端正，三个句号，像三只小黑珍珠，圆圆的，透亮。

14. 有未读微信，李大人的，一个加粗的大问号。她已经愤怒得不发文字了。

想了一下，回她一个加粗的大感叹号。这出于一个无聊的文坛小掌故，表示即将诞生伟大杰作的狂喜。都此时此刻了，我还酸乎乎地玩这一套。李大人显然明白了，赏脸回了一个表示加油的动图。

派出所离电子城很近，反正要吃饭，不如再去找志华——顺便换个角度跟他聊聊他们三人的关系。这显然是瞿警官对我产生的影响。也或者，我对于米米在高潮时所喊出的倾诉还是难以释怀，我甚至觉得，光凭这一点，我就能好好地写上一大篇。这是多么夺人心魄的呼喊！可惜志华没有能领受到，还是说他刻意瞒过了我？我真不能放过这个点！哪怕并不能写到稿子里。

给志华的微信发不过去了，果然是喜欢拉黑。这可拦不住我，抬脚就往电子城去，二十分钟后，到达他的柜台。

场景与三天前类似。柜台里仍是小山似的手机残骸，外头徘徊着两个等手机的人，柜台里的人在埋头修手机。后背上仍是二维码，柜台一圈也是二维码——我重新扫二维码，跳出一个更加花里胡哨的维修优惠券：是另一个人。

志华离开了。为躲开我，因为那五次人流？躲开跟米米有关的任何挂碍？他跟米米之间，有着更深层的压力吗？我一时感到失职的踏空，也有负疚。我其实是同意他的，米米怎会为此事去死呢。但采访本身似乎就破坏了他原有的木然与自足，我想起他拖着鞋子、疲沓地走在我前面——他这是到哪里去了呢？

哦等等，我想起来，可能就昨天还是前天，我看到工作群里有人刷过一条消息，并报了选题，有家热门公司开出挺不错的条件招募竞技类游戏高手，并打算设立世界级顶尖赛事……我搞不清志华的真实水平，但瞧着那推文里广招天下贤士的意思，挺适合志华去投奔的。当然，这是我一厢情愿的、免责般的设想。我甚至还想着，是不是可以追踪一下志华？说不定可以换个后续角度来写？

> "六个月后，站在王者之路的总冠军领奖台上，游戏少年志华仍然记得传来女友自杀消息的那个遥远的下午。"

得了得了，马尔克斯老先生会从坟里爬出来杀了我吧。

我软绵绵地倚在柜台边，像在陪那两个不耐烦的家伙等他们的手机。软绵绵的原因不是无力，是一种仿佛全身麻醉般的飘动感。感到更饿了。祝你好运吧志华，无论你是想躲开什么，或是想寻找什么。本来还挺想再见你一次的，也可以不采访的，好歹能两个人一起吃东西啊。

买了一只烧饼，没想到是冷的，因边走边吃而更加难以下咽，但总比一个人坐在铺子里强。我走得很快，竭力想逃过那种感觉——时间，时间正从我身上轰隆隆压过去，现在不是大卡车了，现在成了地铁，还是高铁？想到瞿警官说的，轨道上的肉体很难处理。于是我又把时间换成了飞机，宽体波音777。这就对了，时间在我脸上飞逝，呼啸如耳光响亮。

有人来电，米米父亲。他说他不得不专门打个电话来，然后用书面语感谢我转发他的米米"遗书"照片。

"现在我能认出她的字了。我在家里头找到她以前的一个小记账本子，哪天办了理发卡，哪天吃重庆小面，哪天买两斤半糖炒栗子。如果现在警局再喊我去辨认她的字迹就好了，并且我现在还能知道她最喜欢吃什么呢……"我嗯了两声，不知如何回应。他也默然了片刻，然后再次谢我，但是终于还是忍不住提出修正，说"遗书"这个词并不准确。应当是留言条。不，遗字，最相宜。因为留言条的话，还应当有上款落款和时间才对……

我想他是不是还是坐在沙发上，白皙的手轻轻抚摩着沙发扶手，周围堆着秦老师的空画框。

"我在吃午饭呢，一只烧饼。"打断了他。我需要跟一个人说下这只冷烧饼，不管他是谁或他会怎么想。

他很明白地笑了一声，切成有点欢快的语调，好像我是一个正在喝苦药的三岁娃娃。"我一直讲的，人要放眼大千世界而不是小我得失。上次那个可燃冰，你还记得吗？那十全十美、取之不尽的最优能源，其唯一的障碍在于开采……"他很自然地跟我讲起了当前世界各国的前沿试验。热激化法、减压法、置换法这三种方式的利弊。但都还没有能够真正解决可燃冰在开采过程中因升温而分解的问题，而这又会导致不可逆的环境污染……米米父亲真的比百度搜索要好多了，不时夹带着"有趣得紧"。

我听得很专心，一边把冷饼子用口水泡烂，尽可能慢地咀嚼——麦子的味道，在我快要咽下去的最后几秒，朴素地香起来。在这种余香里，我收回了对米米父亲的曾有过的不屑，并与他达成了某种一致，对于人类知识进步的纯粹性观赏，或者说，对生命本身的寄寓与排遣之道。

如果说整个采访的子弹还有最后一发，我想留给初音。对，我认为我根本没有完成或者说就压根没有开始对她的采访。所有那些微信对话都是网友级别的可疑。当然应当与她面对面啊，从她的快速眨眼、无意识小动作与结结巴巴，来判断她与米米的真正情况，而绝不该以一个秃顶光棍汉的身份在深更半夜愚蠢地抒情主义。

等等，为什么是子弹，这是自动冒到我脑子里的比喻，我当然不想初音死。我站定，不能不想到弗洛伊德，他对脱口而出的口误，总有着令人失笑的推理。他认为，坑、水桶、木箱、炉子、蜗牛、森林、水流、首饰盒等皆与阴户有关，而军刀、左轮手枪、水龙头、指甲锉刀、吊灯、自动铅笔、喷泉、气球等则寓指为阳具。我这是越来越不讲文明了吧。

"请给我一个定位。我这就过去。"我直截了当地给她留言。

毫无反应。

"我没时间了。"最好她是以为我也要去寻死。跟寻死也差不多。明天一早，我的稿子就应当像个胖儿子一样的给生出来，并躺在编辑的邮箱里等着迎接人间的第一缕阳光。而到此刻，我这个胖儿子连他将要投胎的子宫都还没有找到呢——又来了，我为什么总在这样的比喻里打滚。

发来了定位。还真是个好姑娘。艳阳当头，我有点目眩。不是为了终于要见到她，是为了可能被打开的真相。我没有打车，那没有地铁安全可靠。我要平平安安地见到并剥开那个核。

出了地铁就是她所定位的国展馆。彩旗飘摇，人山人海。巨大的气球，巨大的拱桥，各种奇装异服的女生，简直以为来到了什么理想国。女生们露这里露那里，或者裹这里裹那里，鞋子、帽子、眼镜、皮肤颜色什么的全都怪力乱神。有一位女孩我从上地铁就看到，白头发直拖到地，白头发下面是全裸的黑色后背，非洲朋友那样的黑。地铁上看她这打扮，很扎眼，一到此处，就平常得很了。

盯着一张不知何时塞到我手里的导览图一看，原来如此啊，Cosplay年展会，她们统统都不是三维世界里的人物！我一下子有了不好的预感。

我发起位置共享，初音没有回应，也不回答我与对她具体展位的询问。在走过大概二十个展位空间之后，反倒有点奇怪的醉醺感。女仆、女王、女侠、女巫、女妖怪、女动物、女生灵、女男人。每一个都可能是初音——初音在忙着自拍，给别人拍，或者合影。她打着V字与爱心，无休无止地摆弄着道具与造型，没有所谓的胖瘦美丑，绝对完美极了。

我现在多希望回到第一天，我当时就应当直接冲到初音那里去才对啊。

我不顾礼节地直接呼叫起视频通话，这差不多是我的最后一口气了，得用力把它吐出来。

响了很久，她切换成了语音。嘈杂市声中我听到她的声音，与晚间判若两人，显得明快和虚假："你要定位，我不是就给了吗？你具体有什么事，就这里说好了。"我突然醒悟，从一开始就是这样，她最多只是告诉我她在哪里，可从来就没答应过见面。这花招当然并不复杂，只是我一直迟钝不觉。

"都到这里了，见一下呗。你们穿成这样，我怎么找到你啊？"有那么一瞬间，我想到美甲，她会跟米米一样，十只指甲都精心装饰过的吧。然而四周一瞧，这里所有女孩的手都不是日常的手了。"那要不，我把我的照片发你，你找我行吗？"我装傻似的，仍在争取着跟她见面的办法。

"见不见一样啦。有好几拨记者给我们拍照的呢。黑眼镜，小平头，黑双肩包，脸上有点油油的。我估计你们也都长得差不多对不对？"

给她说得又想笑，除了头发少点，我确实是这模样。"那要不你发一张给我瞅瞅？看到照片那我就不找你了。"继续讨价还价。

"本来就不用找，我们不在一个世界呀。"声音笑嘻嘻的。

"为什么，你能说说为什么吗？"我一阵耸动，不禁放慢语速，好像我这是在跟另一个世界的米米通话，她正在用一个曲折的附体的方式，回答我这些天来对她的全部追索。

"这你都不懂吗？我在二次元，你是三维啊！哈哈，好玩吧！我们就没法见面的。"

我吁一口气，从米米那里又回到初音这里。"哎，能不能问下，你为啥喜欢玩这个？"

"就傻乐呗，可以拍照啊，还有好多人会说喜欢我，可实际上他们看到的又不是我，哈哈。"

"你挺开心的?"

"开心,都开心死了。"

15. 我爬上128路车,去往郊区的终点。城外的天色已经开始暗下来了,车辆和行人开始稀少,紫金山近在眼前,忽又在身后,如同在绕山打圈。我们摇摇晃晃地往斜阳深处驶去,砖红色的暮光照进车厢,一对拖着行李的情侣头靠头在打瞌睡,那动荡中的依偎感人至深。

杨门卫身端如钟,勾首向下,嘴唇暗中翕动。有人或车辆通过,他便抬头投射出一个假作机警的眼神。他也用这样的眼神投向我,随即收回。看来是忘了我们曾经见过,并有过长达一个小时左右的交谈。

我走近传达室的半截透明门,晃晃手跟他打招呼。他定睛瞧我,犹豫地放下手机。

"杨师傅,单词背得怎么样?"

"Yes!Go!累计打卡第四百三十二天。"麻溜作答,"咦,你咋知道?"重新聚拢眼神,突然一笑,"哦啊!来得早不如来得巧,他们中午才把钥匙托我收着呢。"

"钥匙?"我递去烟,把我给认成谁了?

"就那家的房子啊,你不是来打听过嘛!"他稍微放低声,"往前倒数一百年,哪块土里没埋过人?"

"您是说,可以去看房了?"我真欣赏他这声东击西的记忆力。

"中介是我同乡,帮他个忙。有意向的,我就直接带过去。"他看看表,把一个写着手机号的牌子挂在门把手,"咱手脚得快点儿。"

遂跟着他几乎一路小跑,不免想到没有采访到的秦老师,经过这样的事情,又牵涉到房产变卖,也不知米米爸爸跟她,是将重头收拾起,还是就此岔道分开。唉,人啊人。

房里是一派等着被出手的凄惨模样。浮灰下的家具东一处西一样。卫生间有股子臭气。地面各种碎物。墙上挂过东西的地方有一块块的白净。阳台,或者,米米想要留下浇一次水的所谓花园,花盆歪倒,杂草横生。

"就在这屋?还记得她当时的姿势吗?"走到朝北的小房间,我停在门口。

"小兄弟,不是我劝你,既然想买,就不要再想这些事情。你真是要看房子?"他突然狐疑地盯着我的脸。

"想谈女朋友,还是得先有房子才成。"

"这就对啦!我要用你来劝劝我儿子。你想,省出的那两折!我老婆得要做多少织补啊。"带着由衷的欣赏,他拍拍我的肩,"放心,房子本身质量绝对没话说。你要来迟两天,肯定脱手了。"

"要不您先过去,我再各处仔细看下吧。"

"那最好。"他掏出手机看看,"出来时门把手向上抬一下,就锁上了。"

小房间还算整齐。床罩、台灯都还在。衣柜门半开半合。一只印有旅行社名号的旧行李包，半张着口，里面是些不想带走的旧衣服。自然都不是米米的，她只是在这里留宿过生前的最后一夜罢了。

我把房门半掩，慢慢躺倒到那张小床上，如果能无意中摆成与米米相似的姿势就更好了，那也许会给我点儿超级启示吧，关乎时代、典型、深刻并且他妈的还挺打动人心的——如我在五天前所"想得美"的那样。

虔诚地紧紧闭住眼，除了一股淡淡的灰尘味儿，除了垫在后脑勺下的包有点硌人，一片虚静，我真的只能两手空空去往DDL的死境了。像临终者飞快回顾一生，我再次闪回有关米米的一切采访，没错，它们还是那个死样，真实、乏味得不值一提，可是，等等，等一等！我是不是忘了什么？绿皮书啊，就在我脑袋下硌着我的绿皮书，在它最重要的导言部分，麦老师可是专门加黑加粗地解释过"创造性非虚构"！这个词组，其重音与重点，是"创造性"，而不是"非虚构"，也就是说，对一应的原材质，可以"选择性"采信和"创造性"运用……

可不，真实到底什么样，不就是小儿眼中的那只太阳吗，孰大孰小孰远孰近孰凉又孰热哉。秦老师的未遂，志华的中断，态度可疑始终不肯露面的初音，不正有着最可作为的空白吗？记得我还猜想过"恋父情结""死亡图钉"与"三角恋"呢，包括与米米她们俩同住的那位性别不明者，很方便就能带入"LGBT"的族群概念……嗯，真的，推倒，重来。把他们彼此遭际的幸与不幸，交互作用中的物理力学、光合作用或心理投射，翻个儿或卸八块，在历史、社会与家庭的所谓伦理建模中，重新推演出米米的死因，一条万能如意的逻辑链，要深刻便深刻，要动人便动人。需要的话，我可对某两条线筑渠引水、描红加粗，而把另外的线淡化出镜直至彻底删除。没什么的。谁是莺莺啊谁是红娘，谁是墙上美人呐谁又从坟中活转。哈哈反正那就是谁也不知道的"真相"，不是吗？

我差点儿翻身坐起——不，少安毋躁，再多琢磨会儿，就像人们在展览馆经常看到的模拟沙盘或古迹复原，要在细节与承转上考虑周全，所谓修新如旧……等会儿离开这里时，要记得拍几张照片（找一个毛绒动物放在床头），加上瞿警官提供的半张纸遗书，我拍过的她们租屋楼下的旧沙发、志华修手机的柜台、米米工作群的讨论截图、人流病历、米米奶奶的病房，再问母亲讨要一张她们的合影（承诺脸部打上马赛克）——也能算齐活了，挺有声有色的不是吗？

那么，现在我是不是可以稍微歇上一会儿？在米米生前的这张床上。这些天来，我他妈的何尝好好睡过一觉啊！

眯着眼也许才五分钟，手机响了。我知道一定是李大人。我盘算着应当如何答复。铃声是我新下载的一段太空摇滚。前奏幽冷，浩渺有如在宇宙散步。这样的铃声中，我出现了短暂而激烈的犹豫，长达三秒。

——不，上帝呀，难道我是上帝吗，我怎么能就"创造性"呢！我必须，他妈的必须非虚构，忠实于这五天来的空旷悬念，正像米米所拼命维护的秘密那样，就这样顺势而下，如浊水缓慢地淌过旷野，没有风景，没有阻力没有动力，只是如影如伴的日常本相。李大人，咳咳，不好意思啦，这枚洋葱头真就没个核儿，它无味无物无挂碍。不过我会如诺写下来，并于明早准时交稿。您呢，则负责干脆利落地打红叉叉，确实太无聊啦，绝不会有人想看的，它本就不应当问世，就像米米就不应当去死。

——当然！必须大无畏和大无耻，必须"创造性"，此乃天赋神授的职业特权。以绿皮书之名，我要大大方方地声明，这就是了不起的艺术创作和媒介传播。必须勾画出海市蜃楼，必须让李大人颤抖着粗野地拍腿叫好，必须让人们被刺激的味道冲得眼红鼻酸，洒下不值钱的泪水，然后10万+，让米米在万众瞩目中像模像样地死去，新生了一样地再次死去。

"哎。"仍然紧闭眼睛，我用极其骄傲的声音应答。

"病了，声音咋这样怪？"是老家表姐。

"没，只是躺着。"吁一口气。可惜没病，能挂了更好，顺手接过米米的接力棒。

"可注意不要生病了，一个人在外嘛，又没个女朋友。出门的话，没雾霾也得戴口罩，现在流感可凶，都能死人的。"随即是念经般的、一长串这样情况下的叮嘱。

"嗯。嗯。好好。"

"这两天注意收一下包裹。姑父非要把柿子给你寄过去。其实也没多少，有的太生，有的又太熟。我说哪里没有，又不贵的东西。姑父不听劝，就怪我那天跟你提了下柿子树，然后他就一直催着要我全摘下来寄你。记得啊，可千万不要跟螃蟹一起吃。"

又是柿子。是啊，小时候总看着它们由绿变青，慢慢变黄，最后变红，然后我就可以吃它们了……我抹一把眼，那里很干燥。"放心吧就，哈哈我哪里有蟹吃。"头稍抬起来，想听听那边是否有父亲气喘的声音。没有。只听到我最后的时间，如高空而坠的重器，带着呼呼的风声，向头顶心砸将而来。我抖了一下，遽然而起。

> 48000字　2019年1月6日　初稿
> 52300字　2019年2月4日　二稿
> 50700字　2019年2月15日　三稿
> 43500字　2019年3月10日　四稿
> 43700字　2019年3月20日　五稿

沉默而丰盈的停驻
——评《或有故事曾经发生》

刘阶耳

鲁敏《或有故事曾经发生》(《十月》,2019年第3期),借一桩"别墅命案"吸纳当下经验,显然得益于多类叙事性"话语"(先锋、风俗志、成长、写实、诗化)麇集呼应;析离之可各取所需地玩味,引人入胜;合取之又不致折中,驭繁就简,圆稳流利,如其性分而止。具体到它的叙事展开,大致如下:

——限期五天完成两周前发生的"别墅命案"的深度调查,某网媒从业者访者("我")信心满满,继先行接触了案发小区的保安后,前三天逐日走访了"烧炭自杀"女孩(米米)的父、母(早已离异)、同居的男友(志华)。接下来(第四天)光顾女孩曾经栖身的出租屋。此后(第五天)活动紧凑,拜会处理"命案"的警官,见到了女孩亲笔的"遗书";再去案发"现场";又试图接近(微信里多次联系过的)与女孩合租的"室友"("初音"),但未遂愿。连日折腾下来,临了一无所获。

叙事的"拐点"显然出现在采访的第四天。

当天上午因导师召唤,采访暂时中止;为导师"饯行"自然略显意外。采访者"跑深度调查"五年有余,职场蹭蹬,远远不及导师成功、显赫的"声望";可他导师偏偏厌倦了,想"移民",又要赚足颐养天年的"资本",首鼠两端间尽显虚无之状。于是乎导师颓唐,弟子拘谨,以致指导与被指导,俯视与敬仰,落寞或悲凉,别开生面地得以集中凸显。曾在受访者面前表现得极其优越的采访者,借此反而处在被考量的位置上,情势相反,意义非常,为此反观采访者不甘人后打拼的心结,其强劲的"奋斗"精神难道不会发人深思吗?

人命关天,事涉人道,凡有恻隐之心,职场伦理之于是类"重叠共识"发生的共鸣哪怕强弱不等,其可隐约辨识的度还是不容置疑的吧。一桩"命案"背后"赤裸无邪的真相",其实就摆明了这一点。然而采访者恰恰被引向见证"自杀"各类"细节"合乎实际的认知确证,概莫能外,乃由媒介传播的"轰动效应"所诱使的,果真若是,这岂非"从血泊中寻找闲适"(鲁迅语),鉴赏存亡之际他者的痛楚?一个职场老手,也就是说,一个业已"代具化"的工作狂,自我认同濒临的挑战伦理底线的"危机"处境,毋宁受到了含蓄的反讽。

这次"饯行"场景的叙事内置，一如前述，总之实施的是"主叙"/"辅线"间相互牵制的延宕之效，既然将采访者"单向度"的个性约定的"神采"予以了戏剧性的"曝光"，属于"叙事人"实际担当的修辞性功能，淳蓄涵养，适度限定，势必又会得到含蓄的确证；也就是讲，活脱脱一个"不可信赖的"引领叙事的角色，毋庸置疑！

采访者满腔热忱，自鸣得意，愈是吹毛求疵，热衷于复原案发现场各类日常化"纰节"，世事庸常经验性的困扰于是趋于职场伦理的背反。他所接近的各类"受访者"每每不甘就范，或究诘，或推诿，或逃逸，为他总不以为然地泰然任之，美其名曰的"深度调查"每每受阻，裹足不前，所能触及的无非夸夸其谈，大千世界，小我得失，究竟如何同怀视之，的确令叙事不能不审慎对待。

总之在"表达的严肃与被讲述的事物无意义之间"（普鲁斯特语），《或有故事曾经发生》率自明确的"元叙事"的应对策略，既明智又无奈。曾经的先锋，譬如马原，譬如格非，如果毫不例外地基于"时间"之于叙事生成"虚构"必需的技术有赖，反转出"叙述圈套""缺失"等类前卫的修辞利器，《或有故事曾经发生》从日常化的"写实"风范中汲取丰富养料，则显示了"当下经验"原质性博采的灵活和生动。当年袁可嘉先生展望"新诗现代化"的前景，热切地呼吁新诗"现实的、象征的、玄学的"多样化现代性元素进一步的"融合"；新时代的中国小说，显然在此作出了可贵的探索，值得肯定。

而从"受访者"的方面讲，年龄、职业、身份殊异，被采访的叙事款待自然随之变动。死者的母亲接受采访却不影响"唱歌"，话不投机，就扬长而去，为此扯动的叙事自然把南京城的市井生活一隅得到相适宜的"风俗志"的展览；叨扰警官，一根烟接一根烟刻绘细致，与保安交往，茶杯子被反复关注，叙事"场景"固定时"写实"性的细节逐步放大，以其确保相应的采访"进程"不致拖沓，交往双方各怀狡黠的个性神采栩栩如生自然得以简劲的体现。

死者生前的那位室友，幽灵一般，拒绝现身，既是《或有故事曾经发生》紧锣密鼓叙事不可或缺的一环，又恍若存在"缺席"的那位亡灵的魅影前身。面向狂野、时尚的当下，她甚或更是《或有故事曾经发生》叙事出奇制胜的散漫的刻奇化的美学见证。"此日六军同驻马，当时七夕笑牵牛。"（李商隐）文本出入"先锋"，流连（都市新旧杂陈）"风物"，从"写实"中检束人情世故，内省，机敏，为"职场"和"心灵"把脉，不消说，都会因为该美女"神龙见首不见尾"的叙事隐身之状，而得到平静或忧郁的停驻。

橡皮擦

范　稳

1

正午之后，阳光弥漫着慵懒的倦意，湖之梦高档别墅小区便也渐渐陷入饭饱神虚般的昏昏欲睡。花园里的鸟儿不叫了，树上那几只调皮的松鼠，贼亮的眼睛也迷蒙起来，各自蜷缩在绿荫深处打盹儿。A区18幢有只二货哈士奇，是它们的玩伴儿。它们在树枝上跳跃嬉戏时，那二货便会在树下狂吠，松鼠像逗一个两岁的孩子，常常溜到树干离地面两三米处，让哈士奇觉得只要轻轻一跃，就可够得着它。这条被主人叫作二哈的家伙常常被逗得从这棵树转到那棵树，捕获猎物的梦想让它垂涎三尺、乐此不疲。此刻，哈士奇也躺在自己的窝里做口叼松鼠的美梦。明晃晃的阳光下，世界宁静而混沌。

哈士奇的老主人洪玉林打开了院子铁门，在车道上步履蹒跚地走了几步，茫然地看着阳光下空荡荡的小区，大约是在想：我这是要去哪里呢？我要做什么呢？他是一个身材高大的老人，尽管筋骨已经萎缩，肌肉也已然松弛，可背不驼眼不花、腰也不弯。谈不上仙风道骨，但也不是风一吹就要倒。老人踟蹰片刻，回头喊：二哈，出来撒尿。那货在窝里头都不抬，只翻了翻眼皮，仿佛告诉老主人，一个小时前你才溜过我了嘛。老人这时看见了放在铁门边的一个黑色垃圾袋，刚才为了开铁门，顺手就把垃圾袋放地上了。哦，我是出来丢垃圾的。他提起了垃圾袋，感觉到沉，便想找自己的手杖，但手杖又不知躲哪里去了。这个世界上看不到的事物，还有一些过往的人和事，都是成功越狱的逃犯，永远消失在一个老人的记忆之外。真是可恨。

垃圾桶离这幢独栋别墅三十来米，走到一半时，有两步台阶，洪玉林没有看见，一步迈出去就摔倒了。

当天晚上，湖之梦小区物业公司安保部门的人调出了这天中午A区七号段的监控录像，人们看到老人跌坐在地上，半天都没爬起来，看上去孤独而无助。接下来发生的故事就让人们回味再三，连最聪明的警察也没法判断，最公正的法官也举锤不定。这个高档小区本来入住率还不到三分之一，每栋别墅之间又疏朗开阔，花园、草坪、树林、亭阁、水面等，营造出一片静谧宽阔的世界。所谓高档住宅区，就是让您能够拥有更多的私人空间。这是当初开发商的宣传主题。但是他们和住户大约都忽略了，一个老人的私人空间越大，就越孤独，也常常充满危险。

2

城市的装扮者白金华最近遇到一个社会性的难题：如何让一个民工三代考入七彩中学——这个连城里的孩子也趋之若鹜的私立名校，进去了就好比一只脚跨进了大学校门，也意味着一个民工的孩子将来会找到一份体面的工作，并最终成为一个城里人。这半年来他比自己当年高考落榜还更为焦虑，作为一名外来务工者，他比许多城里人更熟悉这座城市，他爱它繁华的商场超市，爱它整洁宽阔的大街，爱它地铁的喧嚣与便捷，爱它风光片一般的公园。他在一家装修公司工作，是一名技术娴熟的刮灰工。无数个家庭的墙面屋顶，内墙外墙，经他的手之后，平整了，光洁了，像宫殿一样有了档次。有时他也会悬在半空中，为城市的高楼大厦装饰打扮，白色、黄色、红色、灰色，以及种种与天地间相融洽的颜色，都在他的铲铲刮刮、磨磨刷刷中显现出来了。你是一个真正的行为艺术家。一个画家曾经这样赞美过他，另一个诗人说：你是生活的装扮者。这些他服务过的城里人其实都是些站着说话腰不疼的家伙，他认为。我们不过是生活的敲门者，来城市里讨生活的人。进哪扇门都要看你的身份证、居住证、施工证、准入证等各种能证明你身份的东西，还要忍受别人审贼一样的目光。"形迹可疑"，是白金华在小学时学会的一个成语，他现在总感到自己在城市里就是"形迹可疑"的那一类人。而人家城里人有一张身份证、一张卡甚至一部手机就可以走遍世界了。诗人和画家，以及种种的"家"，上小学时哪个不想？一个农村孩子的理想是不断被现实修正并一步步往下拉的。行为艺术家是干什么的，白金华不明白，但这座城市是如何一天天在他这样的人手中长高长壮的，他大体清楚。当在某幢高楼上施工，远眺天地之间，城市高低起伏、丰富多彩的天际线时，他都可以默念自己曾去哪幢楼做过外墙，去哪个楼盘搞过装修，哪个小区几栋几单元几号的女主人漂亮非凡但很傲慢，哪个高档小区又大都住的是有钱有权的高端人士。这座在外貌上壮观无比的城市，既火热又冷漠的栖身之地，就像它每一户家庭都有的那道防盗门，隔开了多少伪善和真诚，苛刻和包容，轻蔑和尊重，虚情假意和坦诚相待。一个城市的打工者，是在用体力和汗水敲它厚重的城门。比如：请让我们的孩子到你们的学校读书吧。

城市的回答直截了当：交钱来。

过去在外省打工时，白金华的女儿白布舒的学籍转来转去地非常麻烦。现在城里的公立学校的大门对外来务工者子女是敞开的，你只要有居住证，有合法稳定的收入，从小学到初中，政府规定的九年义务教育让每一个学龄孩子都有学上。但到了高中以后，白布舒就必须回原籍上学，这样才有考大学的资格。白金华怎能不知道家乡高中的教育质量？老子就是毁在那所山沟沟里的高中的。白金华从不认为自己不如人，更不相信自己的宝贝女儿会输在起跑线上。女儿一出生他就给孩子取名"不输"，他对媳妇小琴说：我们虽然输给了出身，但不能输给生活。城里人的孩子宝贝得不行，乡下人的孩子就不是心头肉了？只是女儿大了后，觉得这个名字太不雅，自己改名为"布舒"。看上去蛮有城里人的感觉。白金华最为欣慰的是，在校门口接女儿时，看着身穿校服的白布舒和她的同学一拥而出，谁能看得出来她是个民工的孩子？无论是学习成绩还是外貌扮相，我的女儿一点也不比城里人的孩子差。当然了，不能比的是起点，从金沙江大峡谷的深山跑进大学学堂，得要两代人的功夫。

女儿布舒中考预考成绩非常好，老师说只要正常发挥，上七彩中学应该没有多大问题。只是因为白金华是持居住证的"准城里人"，想进七彩中学这样的私立名校就要比别人多交一笔"择校费"，当然还不算住校费、补课费、每月的生活费、学习资料辅导费等杂费了。作为技术娴熟的刮灰工，白金华每天能挣到三四百元钱，除去周六周天休息和没有工做的日子，一月收入有六七千，加上媳妇打工三四千的收入，夫妻俩月入一万左右，可日子还是过得紧巴巴的。媳妇小琴说：一万块钱在老家可是大钱了，在这城里，房租水电吃喝拉撒，扣七扣八的，钱就是抓在手里的沙子啊。夫妻俩刚贷款在城里买了一套三居室的二手房，每月六千多块钱的还贷压力相当大。但这并不能抵消白金华要让自己的女儿上名校的梦想。再穷不能穷教育不是？白金华经常说：等我们家布舒考上大学，毕业后再考个公务员啥的，当上国家干部，我们从此就是正经八百的城里人了。小琴对老公的梦想总是信心不足，她会嘀咕说：再多的牛粪也堆不成高山。白金华的回答是：那些体体面面的城里人，三代以前还不都是农民。他们能做到的，我们又不笨也不懒，为什么就不能呢？你再看看我们村的王多贵，人家两代就换身份了，还当了区人大代表哩。城里人都在为他打工，围着他转。

城市就是个滋生梦想的温床，哪怕你生活在城市的边缘，身份低微而暧昧，你的梦也是五光十色的，是那越升越高的五彩气球。与大山深处宁静的村庄相比，城市的呼吸是急促的，城里的楼房比地里的庄稼长得还要快，它催促着你挣钱的脚步，让你连过年都不想回自己日益冷清的村庄。

与白金华想法迥异的是他的弟弟白银华，这是个与城市有些格格不入的家伙。他从十八岁就跟着哥哥满世界讨生活，到过广东，闯过海南，最远还去过新疆，现在落脚在故乡的省会城市，多少有在家门口干活的感觉，至少，离他梦中的媳妇更近了一点。

白银华已经二十八岁了，去年春节回家相上了邻村里的一个姑娘，互相留了电话、加了微信。半年多交流下来，那姑娘说：明年过年你来提亲吧，你得让我爹相信你的实力。白银华明白那话里的意思，过去峡谷里提亲，男方家提一串茶叶饼、两块红糖就可以了。女方家如果认可这门亲事，便会留下礼物，再回赠两块用芭蕉叶包上的新春糯米粑粑。但这是白金华白银华爷爷一辈的习俗，去年白银华的一个哥儿们也是去这个村庄提亲，带了两万扎得整整齐齐的人民币，还是被赶了出来。白银华不像他哥，是个守规矩过日子的人。他好打麻将，每次回到家乡，一年辛劳积攒下来的那几万块钱，差不多有一半要输在牌桌上，剩下的钱就随心所欲地吃了、喝了、花了。父亲早几年不在了，母亲也管不了他，只有他哥哥的话还偶尔听一下。两兄弟一起在外打工，他是帮手，也是徒弟。哥哥的手艺他从不上心学，他帮人刮灰，棱角线经常刮不直，墙面要么起泡要么开裂，还得他哥帮他补。他总是嫌这活儿脏，成天蓬头垢面，衣服上满是灰浆，且没有多少技术含量。但离了这点技艺，他想在城里讨到生活也难。你以为有了钱就能成为城里人了吗？这是他反问他哥哥的话。他还经常数落白金华，你一收工就换上干净衣服，每天洗澡，去美容店洗头，皮鞋锃亮，衣领洁白，把自己当成下班的机关干部，星期天还去图书馆听公益讲座，他们告诉你这座城市的历史，告诉你怎么炒股票，告诉你什么是安居工程、扶贫攻坚而房价却总是涨，最搞笑的是还告诉你城市有哪些文化名流、成功人士，告诉你怎样欣赏音乐、如何读一本书……可这些能改变你乡下人的骨头吗？你看起来像个城里人，骨子里还是个农村人。老家人认为你进了城，可城里人看你时眼皮都懒得抬一下。城里人生活在天上，我们生活在地上，一个是天一个是地，你是提着自己的头发想升天。

白银华是打工阶层中的愤青、二愣子，在街上开车也要骂骂咧咧，骂交警、骂那些不断超越他们的豪车。欺负老子们的车破吗，你撞上来噻！老子奉陪你一条命。有次和雇主吵架，操起刮灰刀就要朝人砍去，要不是白金华及时按住他，那祸就闯大了。这个弟弟几天不在他眼皮子底下，他都不知道该不该去派出所寻人。白金华也不明白他为什么会有那样多的怨气，也许从他一出生就与社会结怨了吧。白银华是家中老三，那时算超生，家里实在交不出罚款了，乡政府和计生办的人就来拉走了猪圈里的一头肥猪。白银华长大后经常在嘴角挂着冷冷的笑意说：我的命值一头肥猪，谁有本事把老子拉去杀了！

现在这个愣头青又给他哥哥出了个难题。他上周六和几个老乡打麻将，一个晚上输了一万六。白金华听完兄弟的诉苦，当即就给了他一巴掌。你是吃着屎了？脑袋被门板夹住了？人家出老千坑你难道不晓得？今年不是还要回去提亲吗？打甩手就能把媳妇娶回家？白银华不当多大个事似的说：血战到底嘛，出不了老千的。这点钱反正提亲也不够。我们这样的人，不搏一把，永远出不了头。

白金华差点没气背过去。真是民工的后代还是民工，赌徒的儿子一定是赌徒。白金华的父亲是20世纪80年代第一批走出山村的打工者，每逢过年的时候用一个蛇皮袋藏着一捆捆十元的钞票回乡，风光得不得了。但他也好打麻将，除了年夜饭那天在家，其余时间都在镇上的茶馆里打麻将。白银华小时候最熟悉的声音，恐怕就是洗麻将牌的哗啦声。这样的家庭环境怎么能教育得好下一代？多年以后白金华常常反思父辈的荒唐。他高中毕业参加高考，自认为成绩还可以，考个警校应该没问题，白金华从小喜欢看侦探小说，一直想当警察。但白金华没有继承到父亲的那点好运，民工二代的名分倒是顺理成章地继承下来了。虽然他现在比父亲那一辈人混得好，可谁会认为这是好运？

白银华说：别气啦。还有更让人气不过的。我听工程队刘队长说：咱们公司今年有几笔工程款结不了账，公司要裁人了。到处都差钱啊，我只是差点运气。

白金华恨得咬了咬牙，人走背运，差的是命。发不出工资算多大个事。前年白金华经不住身边的老乡怂恿，把十万块钱交给了同村的王多贵，百分之三十的年利率。第一年下来王多贵认账，十万变成十三万。双方重新签协议，继续将钱放在王多贵那里鸡生蛋蛋生鸡，都是一条大峡谷里出来讨生活的老乡，还有什么不信任的呢。这笔老本钱是为白布舒上大学时用的。但就在上个月，白金华找王多贵说女儿要上高中了，需要一笔钱，能不能把去年的利息先付给他。王多贵请白金华去高档餐厅吃饭、喝茶，然后两手一摊说：兄弟，别人也欠我的钱啊，眼下真的没有钱给你。我正在找人追杀那个欠我钱的王八蛋，不还老子钱，就先砍他一条胳膊。白金华不敢砍人胳膊，更不敢把这个消息告诉家人，怕影响女儿中考。女儿曾经跟他说起过，随便上个公立学校算了，花钱也少。为什么非要去跟那些城里人比呢？我们跟他们不一样。白金华记得自己的回答是：我和你妈辛苦一辈子，不图别的，就是要你和他们一样。

那个晚上两兄弟在白金华家喝下两斤多家乡带来的苞谷酒，喝得白银华热血偾张，喝得白金华眼冒泪花。白银华临走前撂下一句话：哥，富贵险中求，血战要到底。

3

白金华兄弟一个月前在湖之梦 A 区 18 幢对面的 32 幢别墅干过一段时间的装修，有一天下午，一个打扮得珠光宝气的女人开着一辆保时捷越野车，停在 18 幢的外面。刚好白金华兄弟买材料回来，那女人对他们说：小兄弟，麻烦帮个忙好吗？她让白金华兄弟从保时捷后备箱里抬下一箱茅台、一箱水果。然后她按 18 幢的门铃，一个保姆来开的门。女人指挥白金华兄弟扛着箱子穿过客厅，来到紧邻客厅的一间藏酒间，那里面有很多白银华叫不出名字的好酒。女人对扛着茅台箱子的白银华说：请先放在这里。然后她又带着白金华穿过一条走道，再经过一间保姆房，又走过一间摆放了各种古董的房间，来到餐厅，说：你先放在这里吧。本来白金华兄弟放下东西就该走了，但不知从哪个房间钻出一个走路微微颤颤的老人来，女人一见他就说：老领导，来看看您。老人很高兴的样子，先是把白金华兄弟当成跟女人一起来的，非要大家坐下来喝茶，不让他们走，热情得不得了。直到那女人反复解释说：他们是她请来搬箱子的，老人才释怀，顺手从茶几上抓起两包新版大重九塞给他们。白银华出来后问：哥你知道这烟多少钱一包吗？这家人好阔。

自从白银华在醉眼迷离中喊出"富贵险中求，血战要到底"后，这些天他们凭一张过期的施工准入证混进湖之梦小区，随时关注 18 幢的情况。他们在 32 幢搞装修时，已大体知道一些对面 18 幢的情况。白银华还和 18 幢的保姆以姐弟相称，在姐长弟短中，白银华还得到一个重要的信息：18 幢平常就他这个新认的姐和那个老人，老人有些糊涂了，生活基本不能自理。周六或周天其他家人才会回来。

湖之梦小区树上的松鼠也在打盹儿时，白金华和白银华正蜷缩在自己的微型面包车里吃方便面，他们目睹了 18 幢的老人跌倒。白银华把方便面碗一扔说：哥，机会。

这几天里，他们脑海中对这幢别墅里将要发生的事情，反反复复地推演到睡不着觉的地步。这家的保姆每天上午会去外面的小超市买菜，有时也会带上老人，费时一小时左右。而下午三点前后，保姆会带着午休过后的老人出来小区里散步遛弯，和难得遇见的几个邻居聊天，五点左右才会慢慢摇回家。18幢有院子门和防盗门，院子带刺围栏有两米高。客厅窗户是大落地窗，侧面一间屋子（保姆房）有一扇带纱窗的气窗，保姆经常会把窗户打开透气，只有纱窗是合上的。如果有人要从那里翻进去，只需轻轻一跃——当然，还得考虑那些贴着每一扇窗户安装的红外线报警探测器。没有谁知道在白天或者主人出门时，这些探测器是否在工作状态。

好运的大门不攻自开。他们从车里跑出来，自然而然地扮演起见义勇为的好人。他们搀扶着老人进屋，先关上别墅的院子门，再关上厚重的屋门，白银华还悄悄把门背面的保险锁锁死。

大爹，你没有摔着哪里吧？白金华问。

面对两个进到家里的陌生人，洪玉林显得有些张皇失措，他张了张嘴，不知道该说什么。这时二哈开始狂吠。二哈，不要叫。老人终于说。坐嘛，坐下来喝茶。

白金华判定，老人认不出他们来了，但他装着好像认识他们的样子，表现出友善，这是好运打开了它的第二扇门。大爹，你不认识我们了吗？白金华笑眯眯地问。

刚才他们将老人扶起来后，老人突兀地说：你们回来了？白金华顺口应道：回来了，回来了。他推测老人把他们当成家里的某个成员了。白金华在老家的奶奶也活成了个老糊涂，在小小的村子里也找不到回家的路，积攒了一辈子的零花钱也不知藏到哪里去了，连她从小带大的白金华白银华兄弟也认不出来了。白金华现在需要弄清楚的是，面前这个老人糊涂到什么地步了。

认得的嘛，认得的嘛。老人脸上现出困难的笑容。很像你在某个场合被人热情地打招呼，你绞尽脑汁、搜索枯肠也想不起对方是谁，但你还得虚情假意地来掩饰自己的尴尬和难堪。洪玉林眼下的困难还在于，他不知道该把两个年轻人往哪里带。过去家里来了客人，都有人招呼。很多情况下，他从不用起身迎送前来拜访的客人，能抽出时间见客人一面都是给人莫大的面子。家里人都说他老了，不想多见任何人了，喜欢一个人活在自己漫长的回忆里。他们这样说得越轻率，老人就越如大河中的一根枯草，和外面的世界漂离得越远。只有洪玉林自己知道，他活在一个多么孤独无助的世界，就像现在面对他想不起的客人，既有些手足无措，又仿佛守候了一万年，终于等到了乘着阳光的翅膀回家的晚辈。

回来了好，好。坐嘛，坐。坐。老人拉着白金华的胳膊，脸上现出解决了难题的笑意，深刻的皱纹乱成一团麻。

那只二货哈士奇，又叫了几声，但看到主人对客人那么热情，便回到自己窝里打盹儿去了。

白金华嘘了一口气，问：大爹，你家的保姆呢？

郝妈啊？交医保……老人茫然四顾，好像在找他的保姆。

难怪守了半天不见保姆出来。好运的第三扇门也打开了。白金华兄弟曾经认真讨论了如何对付这家的保姆问题。她很壮实、手脚利落。这种农村妇人，力气大得可以摔倒一个小伙子。每年白金华白银华都要回老家交医保，还要按手印画押，不然就无效。今天好像是农村人站在了农村人一边。

白金华继续问：大爹，家里没有其他人呀？

有个鬼！老人的语气忽然严厉起来，让白金华心跳了跳。这么大的房子，有个鬼。来喝茶嘛。工作忙哦，脱不开身哦。喝茶嘛。在美国远哦。来嘛，喝茶嘛。老人好像总算想起来了，客人进屋，应该喝茶。

白银华本来揣了一把小刀在身上，但刚才在车上时，他哥让他把刀交给自己来保管。白金华说：做这样的事情，最好不要伤到人，那样警察会把你往死里追。在这种大户人家里，能神不知鬼不觉地顺走几样东西就足够救我们的急了。但眼下的情形，让白银华觉得是个千载难逢的机会。不就是个糊涂的老人嘛，你当他面搬空这个家他都不会有反应。他用眼神告诉白金华，该动手了。

我讲个笑话给我听。老人忽然说。

白金华一愣，问：大爹，你……

我讲个笑话给我听。云根，云根，我讲个笑话给我听……老人喃喃地说，后面的话听不清楚了。

你自己讲笑话给自己听？白银华笑了。

白金华盯了他兄弟一眼，笑容可掬地对老人说：大爹，你先坐好。我来泡茶，我们再慢慢来听你老人家讲笑话。茶在哪里呢大爹？

后花园喝。茶室里喝。老人边说边往里走。白金华记得这幢别墅有前后花园，后院还有个加盖的茶室，面对一个鱼池。老人在前面走得摇摇晃晃的，他们紧随着老人来到餐厅，餐厅对面的门通向后花园，但是走到餐厅时，老人忽然说：吃饭嘛。

餐桌上凌乱不堪，有半碗吃剩下的面条，半盘香肠，一小碗花生米，一碟泡菜，东一堆西一片的骨头、嚼不烂的菜茎，还有一瓶茅台，白银华的目光粘在了茅台上。那天帮人家搬了那箱茅台进这个家门后，白银华问了他好几次，哥，你喝过茅台吗？

喝酒。来，喝酒嘛。老人忽然声音洪亮地说：眼睛也亮了起来。这让白金华心里一惊，老人好尖的眼睛，难道他还能看透人的心思？而白银华则像被人逮住了伸出去的手，慌忙说：不喝不喝。我们就喝茶，喝茶就是了。

老人却麻利地拧开了茅台酒瓶盖。再好的酒，一个人喝，也叫寡酒。杯子呢？他四处张望，没有人伺候的饭桌让他有些手足无措。餐桌上并没有酒杯，白金华不明白摆一瓶茅台是什么意思。

去找酒杯。白金华对白银华一努嘴。白银华转身往藏酒室走，白金华拉了一下他，手悄悄往楼上指了一下。他早已观察到了餐厅里的食品柜，那里有一排排的玻璃杯子，而老人的注意力在那瓶茅台上，他把酒瓶凑近鼻子，脸上现出一个馋嘴孩子般的陶醉。

好酒。洪局长我敬您一杯好酒。老干处的人怎么还不来？这个小刘越来越不像话。就要过年了。他们是汉国部队里的人吗？老洪你再不能喝酒了，血压高得很哦。老洪，老洪，我在那边冷得很。汉中要回家了，汉中去楼上了。再见吧妈妈，再见吧爸爸。老洪，你还我的汉中。你心肠好硬啊，汉中在那边更冷。再见吧妈妈，你不要悄悄地流泪。酒杯酒杯，眼泪眼泪。妈妈的眼泪。汉美，汉美去劝劝你妈。汉中是为国家，我没有什么对不起你妈的……我讲个笑话，云根的笑话，云根云根。来嘛喝嘛喝一杯好酒哦。

酒杯摆上来了，桌上只有一个老人的残羹剩饭。洪玉林笑呵呵地和对面的年轻人喝下了第一杯酒，脑子虽然更加凌乱，但看上去他是真心高兴，这栋大房子里要有人晃动，有人说话，才叫家嘛！平常除了天天陪着他的保姆，以及二儿子汉国时不时回家看看，老人觉着再不会有人踏进这个家门了。从前单位上的人还经常过来看望他，先是那些受他提拔的下属，以及渴望得到他美言的后生，再后来就只有中秋过年前老干处的人来了，他们不过是完成节前慰问的工作任务，还没有等他过问清楚单位上的事，人家的脚已经在门外了。气人的是，这帮小狗日的今年中秋都没有来！他感到自己已经没有了组织，一个干了一辈子革命工作的人，忽然失去了组织，生命的意义就没有了，只是等死，等得每一天都比一百年还长。更不要说等到个节日见到组织的人！外面的世界正无情地将他抛弃，像一辆越驶越远的乡村公共汽车，把他孤零零地扔在荒野里。他既找不到组织，也找不到回家的路。或者说，回家的路有很多条，错乱无序地在他的眼前铺展，而他明明感觉得到家就在眼前，一抬腿就可推门而入。他看得见老家的那间土坯房，看得见在火塘前忙碌的母亲，还看得见火塘上方悬挂的腊肉，被烟火熏得红亮红亮的，七八岁时的洪玉林偷偷地伸长了脖子去舔腊肉上渗出的油珠。香啊，真香。这香味如此真实，好像味道还藏在舌头下面。但洪玉林却推不开时间源头那扇遥远的家门。

白银华神色诡异地从楼上下来，悄悄向他哥低语道：楼上有个保险柜。那时白金华已经和老人喝到第三杯了，他开始想象那个保险柜，它肯定有密码，如何才能让这个老人说出密码呢？

你还认得回家的路啊？来来来，喝酒……老人忽然高声喊，他的眼睛明亮异常，猛地站起来向白银华迎去，刚跨出一步腿就绊在凳子脚上，他倒了，手徒劳地在空中抓了一把，把两个碗一个酒杯带到了地上。几声脆响后，老人已经跌坐在地上了。

白金华首先看到了一股血从老人额角处流淌下来，黑红黑红的，大约是在椅子角上挂破的。他上前去搀扶起洪玉林，让他重新坐在椅子上。大爹，今天你都摔了两跤了。你头上出血了，我帮你擦一下。不要动哈。白金华从餐桌上抓过几张餐巾纸，又对白银华说：去找找看有没有创可贴。大爹，你的药柜在哪里？老人这时高声叫唤起来，哎哟，我痛。白金华用餐巾纸压住伤口，说一会儿就好了大爹。老人说：我手痛。白金华拉着老人的手甩了几下，说手没有摔着啊大爹。老人又说：我脚痛。白金华说那你起来走两步。他扶着老人走了几步，没有发现有什么不对劲。

白金华现在感到了害怕，今天要是整出人命来，他们兄弟就惨了。老年人的事，说倒就倒了，说走就走了。白银华原来说他一个人来就可以把事情办了，他说：哥你有家有口的，我一人做事一人当。但白金华怕他毛手毛脚的，将事情闹到不可收拾的地步。他珍惜自己的家庭，但他也只有这一个兄弟。

白银华开始无所顾忌地游走在各个房间，老人并没有什么反应，只是默默地看着餐桌上那几团浸染了斑斑血迹的餐巾纸，忽然反常地哼起歌来——

"如果是这样，你不要悲哀，共和国的旗帜上……"

白金华有些莫名其妙，他不知道这是什么歌，更不知道是唱给谁的歌。这个神神叨叨的老人，大约只有外星人才可以跟他对话。你碰到一个外星人，可能会得到世界上最珍贵的宝贝，也可能被外星人掠走，一去不回。白金华眼里的外星人，既有某些从不正眼看他的人，也有那些钱多得不可思议的富豪。虽说都生活在同一座城市，但每个人的天空是不一样的。

好在老人的伤口也不是很大，况且老年人，血凝固得快。白金华松了一口气，继续和老人瞎扯，期图能得到更多有用的信息。白金华让白银华陪着老人喝酒，自己借口说要去找点纱布，帮老人包扎一下，也闪身上了楼。楼上有三间卧室，一间书房。显然只有一间卧室常有人住，那是一个带有卫生间的大房间，除了一排大立柜，一张日本进口的高档电动按摩椅，两个床头柜外，没有多少摆设。落地窗帘拉得很严，卧室虽然收拾得还整洁，白金华还是闻到一股陈腐的气息。这种气息跟他奶奶那间黑暗狭小的小屋子里的气息差不多。老年人的睡房，不过是还剩最后几口气的人的"活棺材"，乡下城里都一样。孤独、阴暗、晦气，阎王派来的小鬼在窗台上探头露耳，死亡的阴影在空中飘浮。当然，卧室也是很多人最喜欢存放财富的地方，卧室里要是还有一个带密码的老式保险柜，你用脚指头都想得出来它会收藏有多少财富。这个保险柜是绿色的，有一个衣柜那么高。可这个连人都认不出来的老人家还记得密码吗？白金华有些灰心地想。

真正引起白金华注意的是二楼的书房，它约三十平方米，两面墙是书架，靠阳台那一面是落地玻璃窗，还有一面墙上挂满了大大小小的照片，有彩色的，也有黑白的，还有很多的奖状和勋章，都镶有精致的相框。这是这个家庭的荣誉墙。白金华在这座城市做装修十多年了，还没有见过哪家的墙上挂有如此"重量级"的照片——周恩来总理和蔼可亲地握着一个激动得露出满嘴牙齿的军人的黑白老照片。应该是楼下那个老人家年轻时的照片，还有一张彩色军人照，武警少将军衔，从五官长相上看，或许是老人的儿子。他目光犀利，威风凛凛，仿佛身后有千军万马，随时都可以掩杀而来，让白金华无处遁逃。

天老爷，这家人可惹不起。

家里来了贼。白金华回到餐桌边时，老人语气平和地说。就像说家里来了朋友一样随意。白金华的心咚咚狂跳，白银华端酒杯的手抖了抖，去年白银华跟人斗殴被人用一根钢管抵在墙角时，都没有此刻这样紧张。但老人那副淡定从容的样子，让他们一时又无所适从。

大爹，你说谁？白金华的声音发颤。

电视上都放了，贼进屋了，出人命了。老人用手在脖子处比画了一下。

白金华用了十二分的力气才让自己镇定下来，说那是电视。贼只是想拿点值钱的东西，不会杀人。

光天化日之下，他们也太猖狂了！老人忽然一拍桌子，目光凌厉起来。那种凛然不可侵犯的威严是白金华兄弟从来没有见识过的，他们几乎要崩溃了。

人啊，不能起贪心！不拿群众一针一线。老人嗓门洪亮地又加了一句。

大爹，你是说……电视上的坏人？白金华沙哑着嗓子问。

电视上放的，都是我叫他们拍出来的。老人转眼又平和下来，还打着手势，像在作报告：4·19入室抢劫杀人案，刑侦处的人勘查了现场后，我让宣传处的人去录像。我给他们说：为了保卫我们国家改革开放的成果，要告诉人民群众增强防范意识，要震慑犯罪分子，敦促他们尽快投案自首。4·19案告破后，两个犯罪分子王超贵和赵七能供认，他们就是在老乡屋子里看到了我们拍的电视，晓得了我人民警察的强大威力，从躲藏的地方跑出来。一跑不就落进我们的手里了？到处都是卡子，到处都有我们的眼睛。他们能往哪里跑？

这个老家伙哪里糊涂了嘛？白银华有些绝望地看了看他哥。而白金华迎着老人咄咄逼人的目光，只能心虚地回答道：是，他们……不该跑。

你找到要找的东西了？老人依旧语气平和地问。

白金华吓得尿急，冷汗直冒。大爹，你头上出血了，我……想找纱布给你包扎一下。我只找到几块创可贴，大爹，我们先给你贴上止血哈。

白金华抓了张餐巾纸将老人脸上的血迹擦干净，这时他闻到从老人身上散发出来的臭味，原来城里的老人也是臭的啊。白金华的奶奶身上也经常有这样的味道，老人大小便失禁，可不像一个婴儿尿床那么简单，白金华又重新找回了点信心。但白银华将创可贴给老人贴上时，洪玉林一把抓住了他的手，忽然大声说：你这下跑不了啦。

白银华使劲挣扎，都把老人从椅子上带了起来，但也没能挣脱。老人的手竟然像鹰爪一样有力。

白金华忙上前去，抓住洪玉林的胳膊，急切地说：大爹，大爹，我们……我们来过你家的，帮你家送东西，你忘记了吗？我们不是……你想不起我们来就算了。大爹，我们还有事，我们走了。他不断给白银华使眼色，准备赶快脱身走人。

但老人断然说：只许你老老实实，不许你乱说乱动。

白银华有些恼怒地说：你放开我！他用另一只手抓住了老人的手，准备来硬的了。白金华脸上也现出事情就要办砸了的恐慌。

汉中，你好不容易回来一次，我讲个笑话给我听。

老人的语气忽然温和起来，像一个父亲对归家的儿子说出来的殷殷话语。我把汉国叫回来，把汉美叫回来。汉国都当爷爷了，我们家四代同堂了哦，过年时我们一直在等你回来啊。每年年三十的晚上，我会悄悄给你留菜哦。不能让你妈知道，不能让她知道。他的脸上这时荡开一层哀戚之色，可怜巴巴的样子，像一个被人遗弃在大街上的老人。

白金华反应过来，老人又犯糊涂了。汉中是谁，是他的儿子吗？他怎么会对着白银华说这样的话？他究竟要跟哪个讲笑话，又想讲个啥子笑话？真是急死人！白金华长呼一口气，这个老人家得哄一哄，不然他不依不饶地纠缠到门外，那还了得？

三个人重新坐下来，老人兴致又高涨起来。人齐了，就欢欢喜喜地过年了。都不要走，汉国平常在部队工作也忙，喝酒嘛喝酒。白金华问：大爹你有个儿子是将军啊？老人一撇嘴说：将军算个啥？呵呵。这小子小时候调皮，差点没被我一枪崩了！他现在嘛，工作是刻苦的，组织上是信任他的。白金华又问：大爹年轻时见过周总理？老人的眼睛亮了，嗓门又大起来，一脸的自得之色。1953年去北京开公安英模会，周恩来总理问我多大参加革命工作，我说十五岁。周总理说：还是个小鬼嘛，打仗害怕吗？我说：报告总理，我跟共产党走，干革命，就不晓得怕字。周总理笑了，跟我握手。我激动得差点要哭。

白金华心里想：这就是人们说的老干部了吧？还是老公安。我们动他一根汗毛，惹的麻烦就大了。

4

在旧金山大湾区圣何西县皇后镇的一幢公寓楼里，地产律师洪汉美借助Remote monitoring system（远程监控系统）将万里之外家中的情况看得既一清二楚又一头雾水，手中的电话拿起又放下。本来此刻已是美国西部时间的凌晨一点，她早该去就寝，明天九点还要出庭。但她惦记着家中的老父亲，因为她知道今天保姆回农村老家办医保，要到北京时间的晚上七八点才会回来。家里几个房间都装了监控摄像头，这是她去年回家力主安装的，借助网络，他们这些在外奔前程的子女可以随时看到家中的情况。两个月前的一天中午，保姆郝妈在午睡，洪汉美在监控画面中看见厨房里飘出阵阵浓烟，便急忙打越洋电话到小区物管那里报警。原来是老爸想烧开水，却把郝妈炖在煤气灶上的一锅红烧肉烧煳了。满屋浓烟滚滚，洪汉美在旧金山仿佛都闻到了浓烈的焦煳味，而亲爱的老爸却呆坐在客厅里浑然不知地看电视。

从前一年回国探亲时开始，洪汉美就发现孤独的父亲越来越糊涂了。五年前母亲去世后，父亲就像一个落单的老小孩，愈发沉默、迟缓、笨拙、木讷。从前那个叱咤风云的传奇英雄，那个让子女们既自豪又惧怕的父亲，那个让犯罪分子闻风丧胆的前公安局局长，现在成了一个吃饭时都要戴一个口水兜的老孩子。他光荣的过去，正在被一块无情的橡皮，慢慢擦去。

阿尔茨海默病（Alzheimer disease）患者，中国人略带不恭地叫作老年痴呆、老糊涂，医学上也称之为AD患者，也许是所有做儿女的肩头上卸不下来的重担。洪汉美最早察觉到父亲正不幸滑入AD的深渊，两年前就提醒她的哥哥洪汉国要引起重视。但洪汉国身为边防武警部队的少将，长期忙于公务，对父亲的状况并不以为然。说老年人嘛，都有不清醒的时候。咱老爸活了八十多岁了，能吃能睡，啥病没有，血压也不高，一年都不感两次冒，够省心了。洪汉美却不这样看，父亲面对回国探亲的女儿，再不会一遍又一遍地询问美帝国主义的社会治安状况，再不见他天天读《人民日报》和《参考消息》，甚至连《新闻联播》也不准时收看了。她就父亲的状况咨询了美国的医生。医生说：你父亲现在的病症属于AD症初期，它是不可逆转的，只会越来越严重。从失认，到失忆，再到彻底失去生活自理能力。她记得去年回家那天的家庭团聚宴，老父亲端起红酒杯对她说：妈妈，你辛苦。餐桌上的晚辈们笑翻了天，老人一时手足无措，不知道自己到底做错了什么。洪汉美的眼泪当时就忍不住夺眶而出。

如果母亲不先走，父亲不会老得那样快。家人都这样认为。一个亲人在衰老，并不仅仅体现在他脸上的皱纹、满头的白发以及愈发蹒跚的步履，他是一盏逐渐暗淡下去的灯，是流进岁月的沙漠里越来越细小的溪流，是一棵慢慢凋零枯萎的老树。这是谁也无法阻挡的事情。这些道理洪汉美都明白，她想不明白的是，不可抵御的衰老，为什么会摧毁一个人的智力，抹去他的记忆，让他变成一个白痴。不管他曾经是总统首相，还是贩夫走卒。仿佛他们是被有意拣选出来的人，上帝以此向世界展示人生尽头的残酷与玄妙；或者说，在生界与冥界之间，有一个只有他们深陷于其中的黑洞，幽暗、缥缈、迷蒙、混沌、混乱，没有人可以拯救他们，也没有他人能够理喻。

洪汉美不无悲哀地发现，家中的人已经不屑与这个曾经威风八面的一家之主多说一句话。哥哥汉国总是忙，嫂子对父亲的厌恶在空气中都嗅得出来（母亲去世后这股气味益甚），侄儿洪疆刚得了一个宝贝女儿，一心只过自己的小日子，是那种精致自负的小中产，他们一周回爷爷家一次，不过是为了履行当孙子的义务，那种漠然、敷衍，甚至不比对二哈更亲热。哥哥一家人放着一栋大别墅不住，宁愿挤在部队分的福利房里。哥哥的解释是他还在部队当着领导，住在别墅里影响不好。洪汉美明白，自己没有资格责怪哥哥一家不管老父亲，当她看到保姆郝妈搀扶着父亲在空荡荡的小区蹒跚散步时，只有一种深刻的无奈。自己身在美国，离异，和女儿刘涯难得回国一次，刘涯和外公也几乎没有多少亲情可言。这个在美国长大的孩子总是会问同一个问题：为什么不送外公去养老院？我们不想被人指着背脊骂。这不是洪汉美说的，是哥哥汉国的话。一个受人敬重的将军怎么会把自己的父亲送进养老院？洪汉美只能给女儿这样解释：我们这一代中国人，将"忠"和"孝"视为美德，信奉的是"老吾老，以及人之老"。儿孙一大群，老人却在养老院，是不孝子孙的做法。那你们中国人就宁愿看到一个老人关在家里孤独寂寞而死，slovenly and senile（邋遢并衰老），也不愿给他一个有尊严的晚年？面对女儿的指责，洪汉美总是底气不足地说：不，你外公晚年很幸福。

洪汉美当然知道自己这话里的虚伪，二十七岁的女儿也知道，甚至家里任何一个人都明白，对别墅里的这个老人而言，真正的幸福，或许就在他能够穿越眼下的混沌世界，进入天国的那一天。侄儿洪疆有一句话是这样说的：一个经常尿裤子的老男人，活着还有什么意义啊？

父亲还不到大小便失禁的地步，但他已经不能"正确"地大小便，除非有人帮他。经常的情况是，他要么人站在便槽前，却将小便沥沥拉拉地全拉在裤子上、鞋子上；要么他将大便拉在便坑外（父亲一直拒绝用马桶），然后又像小孩玩泥巴一样搞得卫生间里一片狼藉，有一次他把大便糊在了盥洗台上、镜子上、墙上（也许他想将之清理干净，却越搞越糟）。去年洪汉美回家过春节，给父亲买了一箱纸尿裤，可父亲却拒绝穿，说女儿把他当什么了，小屁屎娃儿吗（这种时候他竟又那么清醒）？洪汉美只得一次性买来十条棉裤、二十条秋裤、四十条单裤。她告诉郝妈说：只要他拉在裤子上，你就给他换。洪汉美不能容忍父亲身上散发出来一丝恶臭，但家里还是经常恶臭盈室。她不明白的是：一个暮年男人的屎尿，为什么会那么臭？那么大的房子，只要父亲一"闯祸"，几间屋子都臭不可闻，而且那臭气中还夹带着死亡的气息，令人无法忍受。她专门托人从西藏买来藏香，让郝妈到处薰。再好、再浓郁的空气清新剂、香水都已经没有多少效果了。

给父亲换裤子的事情，家里人都不愿染指，全交给郝妈做，没有哪个家人能够忍受那种臭味。一个人活成老小孩，可能会变得很可亲可爱，但也可能会令人无可奈何甚至心生厌烦。父亲情绪不好时，便会骂人，甚至动粗，乱打乱踢，仿佛不是他尿裤子了，而是别人。哥哥汉国有次帮他换袜子，结果遭父亲狠狠踹了一脚。所幸任劳任怨的郝妈还可招呼得住个性一向刚硬古怪的父亲，她说什么父亲都乖乖地听，老老实实地按她的话去做。即便是母亲在世时，父亲都不会这样听话。

他们是谁？父亲好像跟他们认识。但在洪汉美印象中，家中没有过这样的朋友或亲戚。父母的亲戚中，母亲那边的洪汉美全知道，母亲出身于城里的读书人家，亲戚本来就不多，来找洪家帮忙的更少。父亲那边的穷亲戚就太多了，七大姑八大爷的，过去不是来借钱就是来请求安排工作。父亲参加工作早，对故乡似乎没有多少感情，又是一个极讲原则的人，为此得罪过不少老家那边的亲戚。后来父亲索性不回老家了，他说人家是衣锦还乡，自己穿一辈子制服，不能用公家的衣服去还个人欠的债。

莫非他们是父亲老家来找工作的后生？不然父亲怎么会请他们喝酒。那两个年轻人看上去不像是多有教养的人，但也好像不是贼眉鼠眼的坏小子。家里的卧室、书房、客厅、餐厅，还有阳台这几个父亲常去的地方都装有摄像头。开初洪汉美看见一个年轻人在父亲的卧室床头柜翻找什么时，吓得汗毛都立起来了。但她随后看见这人把一块创可贴贴在父亲额角上。卧室的床头柜就是他的药柜，应该有创可贴之类的常备药。

家里的监控设备装好后，洪汉美觉得自己逐步沦为了"窥视癖"，一发现有什么不对劲就打电话。有一次郝妈去超市买菜，她看见父亲长久歪坐在客厅沙发上一动不动，家里的座机打了无数遍，他也没有反应，父亲也不用手机，说看不清上面的数字按键。洪汉美认为父亲不是心脏病犯了就是脑梗，便哭喊着打电话到物管公司。那边倒是反应迅速，立即派人去敲门，门又敲不开。然后社区民警、120急救车都出动了，最后来了一辆消防车，消防队员搭上云梯从楼顶开着的气窗爬了进去，父亲方才大梦初醒，笑呵呵地面对一屋子的陌生人，把那些警察、医生、消防队员当成单位上来慰问他的人，要人家都坐下来跟他汇报工作。物管公司的经理在电话里抱怨说：洪姐，拜托你不要经常这样吓我们了。

她也曾想打家里的座机，问一下那两个年轻人是干什么的。但她怕如果他们真是坏人，岂不是打草惊蛇？万一他们狗急跳墙做出什么对老父亲不利的举动……她不敢多想。

洪汉美犹豫再三后，决定先给二哥汉国打个电话，但那边一直是忙音。天知道他此刻在哪个连手机信号都没有的地方忙。洪汉美深深叹了一口气，继续观看家里正在上演的那出"戏"。

5

你是谁？

你从哪里来？

你犯了什么罪？

这是什么地方？

每个进了监狱里的犯人，一进去就要回答清楚这四个问题。洪玉林就像满肚子的故事刚刚打开了话匣子。我马上就要回去工作了。他打着手势说：他们不让我工作是错误的，组织上的平反通知已经下来了。我知道的。恢复工作是组织对我的信任，职务啥的暂时不考虑。老干处的人乱七八糟瞎尿整。当初就不该提拔小刘这样的人。我受党教育多年，党叫干啥就干啥。老人豪情满怀，一拳砸在桌子上，震得酒杯都翻倒了两个。

这是醉了还是继续在装糊涂？白金华心里叫苦不迭。装糊涂的人好对付，真糊涂的人你还真拿他没办法，你得有时间慢慢和他周旋，在一个混沌的世界里和他一起跌跌撞撞地摸索。就像白金华的奶奶，她一生的积蓄陷在了记忆的沼泽里，只有世界上聪明绝顶的人才可以将之打捞出来。白金华一度认为自己是家里最聪明的人，因为他读的书最多。他读侦探小说、犯罪小说、推理小说，常常把自己也读进情景之中。白金华回老家时把这点才华全用在了"寻宝"上，最后他就像一条嗅着钱味儿的猎狗，愣是在一条破被褥里把那区区几千块钱搜了出来。而眼前这个老糊涂的财富，绝对是可怜的奶奶的百倍以上。

可是，白金华今天脑子转得再快，也转不过这个比奶奶还糊涂的老警察。老天爷啊，还是快放我们走吧。

老人仍然兴致勃勃、口若悬河，颠三倒四地给两个图谋不轨的年轻人讲着自己的革命工作履历。1953年梁王山土匪叛乱，杀人放火，一个村寨一个村寨地烧光抢光。他们把工作队队员吊起来打，砍手砍脚，还把人装在美孚汽油桶里，架在柴火上活活烤死。我们公安队配合解放军剿匪。雷四眼，过去坐八人抬轿子，当马帮走夷方，驮鸦片去缅甸越南赚大钱。都是有武装的哦。县公安队伙食好，我从来没有吃到过那样好的伙食。雷四眼出门，前面四挺机枪开路，后面两挺机枪压阵。我们跟雷四眼打了三仗，都让他跑脱了。白面馒头盛在一个大簸箕里，随便吃。我一只手抓四个，两只手抓八个。教导员说：饱饱地吃，吃饱了去追雷四眼。汉中，你要多多地吃，吃饱了好抓雷四眼。来嘛，陪你老爸再喝一杯嘛。报纸上说：雷四眼被我剿匪部队生擒的。我那时不懂，就去问教导员，什么叫生擒。教导员说：就是被你活捉了的意思。呵呵！汉中，你晓得了吧，杀人不眨眼的雷四眼，是被你老爹活捉的。生擒，嘿嘿。像抓一只小鸡。

我可不是你的汉中。白银华突兀地冒出一句，把他哥哥都吓了一大跳。这家伙喝高了吗？白银华却不管不顾，语带嘲讽地说：大爹，我要是有你这样的老爸就好咯。我老爹只是个金沙江峡谷里的农民。

金沙江峡谷？洪玉林老人顿时眼睛亮了，是鱼坝村的吗？我家就住那儿。你们一进屋，我就听出是我老家那个地方来的人。什么人张口一说话，我就晓得他从哪里来的。过去干侦察员，三句话就可问出人家是干哪样的。人民公社时有个偷牛贼，说话咣当咣当，嘿嘿，打铁的嘛。老人现在思路基本清晰，表述也大体准确连贯，跟刚才说话颠三倒四的模样判若两人。

白金华被老人的话搞得心里一会儿热一会儿凉，有点猫爪下的老鼠的感觉。别的不敢想了，能赶快溜走就是大本事了。他努力揣摩老人的思路，企图在混沌中找到一条求生之路。他顺口敷衍道，鱼坝村在我们村子的下面，我们在半山上，核桃箐村。大爹，我们是老乡哦。

嘿嘿，老乡，老乡。许多年都没有见到个老乡了。故乡的话题再次引发了老人的兴致。平常他多想跟人讲讲自己的故乡啊，连保姆郝妈都知道他的老家房前有几棵树，屋后的水井有多深，他们家的那头老牛叫什么名字。他开始准确无误地回忆起那些远逝的地名和乡土风俗。鱼坝村邻近的村子是沙石滩和放牛坪，我们在沙石滩上枪毙雷四眼，人山人海。过年时人们在沙石滩上和往来的马帮做买卖，置办年货。四乡八邻的小伙子和姑娘唱情歌打跳。放牛坪的牛羊好，核桃箐的小伙子能干，入赘到江边来的小伙子个顶个强。有句话是这样说的嘛：买腿长的骏马，招山上的女婿；吃头刀的羊肉，娶鱼坝的姑娘。你们认得鱼坝村的张梨花吗？白金华摇摇头。老人有些失望：你们怎么会不认得呢？她是我的老母亲啊，是峡谷里最能干的女人。我好多年没有看到我的妈妈了。我要回家。可是他们不让我去。老人的目光暗淡下来，脸上又现出哀戚之色。

白金华问：你家老母亲还活着？

活着的嘛，还可以上山打柴呢。老人肯定地说。有天打柴的时候，就生下了我，小时候他们叫我柴娃。唉，活着活着，就没有用了。

白银华冷冷地说：大爹，你不愁吃不缺喝的，手里有花不完的钱，还住这么大的房子，活得多风光啊。

风光？年轻人才会风光。老人轻松下来，脸上的皱纹也舒展开来了，老顽童般晃起了脑袋。山这边的姑娘唱山歌，还没有唱完，山对面的小伙子就跑到跟前来了，这才叫风光。

白金华应了一句：是啰是啰。我们那边都是这样的。

老人的目光温热又空蒙，望着窗外绿茵茵的树林，仿佛看见了故乡的火塘。他说：峡谷里的梨树，一场春风吹过后，就高高低低地都白了，好看得不得了。江水起春汛，那些鱼喔，要去小龙溪上游摆子。拿个撮箕，站在小龙溪的水头上，一撮就是满满一撮箕啊。呵呵呵。天底下最好的地方，就是我们的金沙江峡谷啊。洪玉林笑得口水都淌下来了。

屁哟，穷山恶水的山沟沟。白银华嘀咕了一句。

老人"啪"的一声拍起了桌子。瞎说！我不准你诬蔑我的家乡穷！我们那里要啥就有啥的，鱼米之乡嘛！

白银华顶了一句，穷就是穷，我没有诬蔑。那个鬼地方就是穷得鸟都不拉屎。

老三，莫多话。白金华低声喝了一句。

穷？穷……穷……洪玉林嘴唇哆嗦起来。再陡的坡上都要长棵草。你咋个长大的？

爹妈养的！白银华根本不听他哥哥的。爹妈都是盘田种地的农民，我们能好到哪里去？

你……不爱妈妈的小杂种，老子要毙了你！

老人下意识地去摸腰间。这个动作娴熟、自然，一看就知道是个一辈子佩枪的人。白金华心头一惊，他相信老人腰间如果真有把枪的话，白银华也许还不明白怎么回事，枪口就顶在脑门上了。

白银华冷笑道：你枪毙了我，家乡还不是穷？来嘛，反正我们这种人的命不值钱。猪，我们是猪！你晓得吗？白银华声音大了起来。

你放屁！老人喝道。旧社会劳动人民才牛马不如。你这个反动分子！老子的枪呢？他两手固执地在空荡荡的腰间乱抓一气，最后有些难堪地将手捏成了拳头。白金华注意到那是一只枯瘦的拳头，骨节粗大，皮肤松弛，蜡黄的手背上布满灰褐色的老年斑。

这只握了一辈子枪的手终于颓然地放下了，老人的头也低下了，呼呼喘气。白金华赶快给他倒满一杯酒，说：大爹，你消消气，我们喝酒吧。别跟他计较。他不懂事。

老人一口把酒喝了，说：再来一杯。

老人连喝了四杯，屋子里的气氛缓和下来了。白金华想，干脆把他灌醉算了。没想到老人忽然说：家乡那么好，你们跑到城里来做啥嘛？

白金华说：大爹，你怕是好久都没有回过老家了。我们那边真的很穷。

老人不计较这"穷"字了，沉默了好一会儿，才问：真的？

白金华平常最怕别人问老家的事。他总是为自己的故乡感到羞愧，他情愿自己是个没有故乡的人。不是因为故乡穷，而是故乡带给他乡下人的身份，让他在城市里再漂泊几十年也擦洗不掉。就像白银华说的那样，爹妈是盘田种地的农民，你就好不到哪里去。他只有指望自己的女儿，她出生在城里，她的故乡就是这座城市，将来她还要在这城里工作，把自己民工后代的身份像擦去作业本上的铅笔字一样擦掉。这世上有这样一块"橡皮擦"吗？他不知道。

他没有正面回答老人的问题，显得有些沮丧和忧伤地说：我们这种农村人，吃得饱饭，又有什么出路呢？我爸出来打工十多年，只是把我们养大，我们是民工二代。现在满大街都是富二代、官二代，我们不敢去比，我们当年没有条件上大学，这辈子就当个农民工，也认命了。我只是不想我女儿再当个民工，在这个城市里没有身份、没有地位，将来再嫁个民工，以后子子孙孙都是民工！真那样的话，我们的生活还有什么意思？没有钱，还不是生活中最大的难事。活得没希望，那才难。

白金华不知不觉动了真情，好像搞错了说话的对象。连白银华都听不下去了，呛了他哥一句：啰嗦。

老人却郑重其事地说：让她好好读书。

白金华还陷在自己的情绪中。要有条件啊，大爹。农民工的孩子要上个城里的好学校，可不容易。当年我还想考警校，像你一样当个人民警察哩。可是我们的学校，小学时就一个老师，中学时教语文的老师还教数学和地理。你说说我们怎么跟城里的学校比？

农村娃娃，好好读书，才有出路。洪玉林抓住白金华的手，不停地摇晃，像是在托付一件重要的事情，把白金华搞得有些感动，以至于他都搞不清自己的角色了。

白银华却一撇嘴：你说得轻巧喔，大爹。我们又不是那些有钱人，想上哪样学校就上哪样学校，国内再好的学校也嫌不好，还出国留洋哩。

老人正色道：瞎说！留洋有啥好？我女儿就在美国读的书，遭罪得很。日子过得那么苦，还受美帝国主义的罪，真是气死我了。

白银华嘲讽道：看看吧，你们这样的人家，都去美国读书了还喊遭罪，我们想受这种罪还没有资格哩。妈的有钱就任性，想过啥日子就过啥日子。

放屁！老人喝道。年轻人，你的资产阶级思想很严重。

嘿嘿。白银华用戏谑的口气说：老大爹，我还想有地主阶级的思想呢。我他妈的有得起吗？

剥削思想。我要枪毙你！老人厉声说道，又从座椅上站起来，身子晃了一晃，险些再次跌倒。

哈哈哈哈，大爹，你都枪毙我两次了。可是你的枪呢？

白金华觉得到他兄弟今天不把事情闹到不可收拾就不肯收手，这让他感到害怕。他喊了一句：老三，你太烦了！

孩子要读书。要读书才好……老人嘴唇嚅动着，又坐了下去大口喘气，不知是气的，还是累的。他又抓住了白金华的手，与其说这次是要想嘱托什么，倒不如说他想找个支撑，以让自己不瘫倒下去。这个老人已经被他们打败了，像风中的枯树，一阵微风就可让他轰然倒地了。餐厅里此时斜射进来一束阳光，在洪玉林的头上镶上一层耀眼的光芒，让那满头的银发更白，白得近乎透明，白得令人心生怜悯和敬畏。

两兄弟的目光碰在了一起，都从对方眼里看出了无奈，也明白现在是最好开溜的时候。白金华抽出了自己的手，说：大爹，我们要走了。白银华也接了一句：我们走。拜拜了老大爹。

不要走……老人伸出一只手，仿佛想挽留他们。但他忽然张了张嘴，"啊、啊"了两声，艰难地站起来，一行尿液从裤裆处稀稀拉拉地淌下来了。

白银华皱起了眉头，鼻子收紧成一团，白金华也闻到了一股新鲜的尿臊味。

郝妈，郝妈呢？老人手足无措，张着嘴四处看。

地板上已是一摊尿液，浓烈的臊臭在餐厅里弥漫开来。白银华面带鄙夷地说：喂，你尿裤子了。

老子没有！老人硬硬地回敬道，但是他又不得不低头看脚下的尿渍。他想移动脚步，却一脚踩在那摊尿上。他提起脚来，放下去，又踩在尿液里。"啪嗒""啪嗒"，老人左脚挪右脚，右脚换左脚，仿佛在踩着尿玩耍，让两兄弟不得不再次皱起了眉头。

嘿嘿，你慢慢和你的尿尿玩吧。白银华幸灾乐祸地拍拍老人的肩膀，准备走人。

麻烦你们……麻烦你们，找条裤子……老人终于明白他现在的窘境，费力地说。

想得美哦！你又不是我老爹。白银华说。

老三！白金华喝了一声，起身往楼上跑去。

麻烦你……老人目光哀怜地追着白金华的背影。

一会儿白金华就拿了一条裤子下来。过来，帮个手。他对白银华说。

白银华一把抢过他哥手里的裤子，抖了抖，对老人说：告诉我楼上保险柜的密码，我们就帮你换裤子。明白了吗，老大爹？

老人呆呆地看着两兄弟，嘴唇张了张，无话。

你混蛋！白金华没有料到兄弟会来这么损的一招，张口骂了一句。

大爹，你好臭哦！你好好笑哦，"我讲个笑话给我听"。哈哈，这就是你讲给自己的笑话？讲干净是要花钱的。白银华并不理他哥，冷酷地说。我们他妈的从来就不干净卫生，天天一头灰一身泥，才能辛苦赚到一点点钱。钱还被人骗走，孩子也没钱上学。社会险恶啊大爹。

白银华将手中的裤子往前递了递，老人伸手来接，白银华又收回去了。说出密码来，我们就给你换上。快点想哦，裤子上有尿可不好受。他笑吟吟地说着，像在逗一个小孩。

白金华常常不明白他这个老弟的心肠为什么会那么硬。兄弟俩在社会上闯荡多年，在需要跟人争勇斗狠时，往往是当兄弟的冲在前面。没有白银华这个狠劲儿，他们怎么会走到这一步？他们本来是来行劫的，但未泯的良知告诉他，他应该去帮助眼前这个老人。那他到底是好人还是坏人呢？在社会上你想做个好人时，没有多少人正眼看你，而当你黑下心来做坏人时，又有一双无形的手推着你去学雷锋。这让他对眼下的困局心生厌恶。他觉得现在是他们哥儿俩掉进粪坑里啦，比站在一摊尿里的这个老人家还狼狈。

老人睁大了眼睛望着白银华，目光里既有屈辱又有愤怒。他又转头求助似的望着白金华，白金华连说一句话的勇气也没有了，不敢直视老人的眼睛。他想，我们是在做要挨雷劈的事。但事到如今，不管你做还是不做，天上惩罚的雷已经在积蓄力量了。

这是一段困难的时间，像沙滩上被烈日炙烤的鱼，人有时熬不过去，一颗鲜活的心便瞬间成炭。老人开始莫名地淌眼泪。先是一两滴，缓慢地在苍老的脸上流淌，然后他张了张嘴，像一头老狼一样干号了两声，又止住了。

我想不起你们是谁了，想不起来了。你们弄死我吧，弄死我吧。我这个样子……唉，唉。我不想活了，我听到我妈妈在喊我了。

白金华声音小得连他自己都听不见。大爹，我们是……我们其实不是……只是孩子要交大笔的学费……他无语伦次、结结巴巴，世界上大约很少有这样狼狈不堪的打劫者。他想去拉着老人的手，或者帮他拭去脸上的老泪，但是他不敢。奶奶说过，老年人流泪，佛菩萨也会不高兴。你们年轻，看到姑娘红扑扑的脸是福气，可看到老人的眼泪，就要遭报应了。

白银华继续他的冷酷：生不带来死不带走的东西，你捂着藏着干什么呢？这世道有人抢钱明火执仗，有人抢钱喝杯酒之间。大爹，就算你先做个好事，我们再学雷锋。

洪玉林终于缓缓蠕动了下嘴唇：要根针就给你针，要根线就给你线。走嘛。

白银华的眼睛开始放光，白金华却感到害臊。老人已经颤颤巍巍地走在前面了，看上去既漫不经心，又无所畏惧。

等一下，大爹。换双鞋吧，楼上是地毯。白金华说。

白银华瞥了他哥一眼：多鸡巴事！杀猪还怕手上沾血？

老人这时停下脚步，回头不急不慢地对白银华道：我们老家有句话说，隔着大山娶媳妇，等于在温泉里放屁。

白银华不明白这句话的意思，他发现老人的眼神有些不对了，但他仍然读不懂这将意味着什么。白金华跑到前厅鞋架上找来一双布鞋给老人换上。他们那时并不知道，他们在这里做的每一件事情，不是无可挽回的堕落，就是难以名状的救赎。

老人带兄弟俩走进卧室。白银华差点忍不住想跟他哥说：世上有些天大的难事，其实撒泡尿的工夫就能解决了。这种衣柜般大的保险柜，两兄弟给一些公司粉墙时见过。把它放在家里，天知道要存放多少贵重的东西。电视里放的那些贪官，不都是把一摞摞的钱放在这种地方吗？

老人径直走到保险柜面前，默默地站了一会儿，然后握着门上的把柄一抬，保险柜门便訇然洞开。白金华恍然大悟，一个脑子糊涂了的老人怎么会记得住密码？他们原先看到保险柜时首先感到犯难的就是如何得到那一连串的密码。他们甚至连试着摸一下保险柜门把柄的想法都没有过！侦探小说把人看糊涂了。人的眼睛有时真的会被一片树叶挡住世界上所有的风景。

两兄弟站在老人的身后，面对梦想中的财富之门，都能互相听到对方的心跳。白银华伸长了脖子，白金华却反常地紧盯着他的兄弟，仿佛随时要按下他脑袋里伸出来的欲望。人有时并不明白自己在最紧要的关头该做什么，无论是以命相搏，还是对一个姑娘说一句暖心的话。生活中的剧情常常在人们的想象力以外，白银华如果在此时要动粗，白金华不敢保证自己会不会踹他一脚。人放下自己的欲望，就跟放下一袋金币一样难。慈眉善目的老天爷有时会化作人间一个宽厚的长者，让你忘记金币。老人现在慢慢转过身来，手里捧着一套折叠整齐的解放军六五制式军装。

白银华说：大爹，你的裤子在这里。他想老家伙还真糊涂到了把换洗衣服收进保险柜了不成？他的眼睛瞄进了保险柜内，但他很快就被一道光照亮了——这在他的生命中是从来没有过的事情。

你，穿上它。洪玉林老人郑重地对白银华说。

我？白银华吓得后退了一步。不是被老人吓倒，而是被那身军装。

此刻，没有什么比军装更能令人肃然起敬，并忘掉邪念。红色的领章鲜艳夺目，草绿色的纯棉府绸布像春天深处的思念。白金华、白银华分别是上世纪八十年代和九十年代生人，不会知道这身军装所代表的时代意义。他们只是从电影电视或画报中见到过这款老式军服。和现在解放军的军装相比，他们只会认为它土气。

多年以前，白银华曾报名参军，体检都过了。一个接兵的连长说他文化基础不错，体格也健壮，到部队锤炼锤炼，会是一个好兵。他的梦已经飞进了遥远的军营，农村人嘛，除了考大学，就是当兵。不然他们怎么走出大山？但后来他被告知，他的名额被乡里有权势的人家"顶替"了。白银华没有找人讨说法，也没有唉声叹气，更不会掉眼泪。他只是冷笑几声，就收拾行装找他哥打工去了。

面对递到面前的军装，白银华身上的邪念在消退。是你要换裤子，不是我。大爹……他底气不足地说。

来吧，穿上让我看看。老人轻柔地说，小心地将军装抖开，一股英气扑面而来，令人心动，无法拒绝。

并不仅仅是因为"人是衣裳马是鞍"这样老套的说辞，而是无论何种款式的军装，总是有魔力的。它会和男儿身上的血性相碰撞，激发出此生从未有过的情感。一个再卑微的人，也会被一身军服赋予勇气、荣誉和责任。

把军帽也戴上。洪玉林又从保险柜里取出一顶镶有红五星的绿军帽。哦，对了，还有皮带。老人现在思路清晰，已经完全掌控了局面。军人怎能不扎腰带呢。他说。收腹，挺起胸来，再挺。腰要紧，背要平。好，好，就是这样。就是这样，就是这样，就是这样……

老人围着白银华转，把他拉到卧室里的穿衣镜前，帮他正正帽子，紧紧皮带，抻抻衣角。此时，所有的事情都在向相反的方向发展，或者冲出人们的想象力边境，飞进银河系里，用光年的速度抵达从不敢想象的彼岸。时间发生了扭曲，宇宙也充满了庄严。就像白银华看见镜子里的那个军人，妈哟，老子原来可以是这个样子。卧室里，打劫者和被打劫者都忘记了对方是谁，忘记了自己在干嘛，忘记了危险仍未解除，并且即将来临……

像啊！像。太像我的汉中啦。汉中，你总算回来了。汉中，我就你这么一个有出息的儿子……汉中，妈妈，妈……妈妈要是能看到你这个样子……

老人双手扶着白银华的双肩，再次抽泣，老泪纵横。

6

简直太离谱了！洪汉美在地球那一端忍不住叫了起来，眼泪簌簌而下。她有抓起什么东西砸向哪里的感觉。而往昔的伤痛，是你想喊想砸也挣脱不了的渊薮。

1979年的春天，是个多雨多雾又压抑伤感的季节，那一年南国边城的樱花不开，桃李不结，戍边的男儿不归。多年以后，洪汉美在给自己的女儿讲起这段岁月的感受时，习惯用"稀里糊涂"这个词。这一年她即将考大学，学习是稀里糊涂的，对班上某个男生朦朦胧胧的爱是稀里糊涂的，成绩当然也是稀里糊涂的，忽好忽坏。能否考上大学或今后要从事什么职业更是稀里糊涂。甚至，当某个春雨下得像人的眼泪的晚上，父亲一脸严肃地来到她的小房间，说：你妈要出一趟长差，我最近接了一项很重要的任务，忙不过来。你明天就搬到你小孃家去住，等高考完了再回家。洪汉美的家在城北，走路去学校也就十来分钟路程。小孃家在城南，她都没有想一想家里为什么要如此"舍近求远"，让她每天坐八站地的公共汽车去上学。其实父亲那张严肃认真了一辈子的"干部脸"和母亲事无巨细的照料、念叨早就让她厌烦了，到小孃家反倒更自由，还可偷偷看点闲书写些永远只给自己看的情诗啥的，于是也就稀里糊涂地答应了。二哥洪汉国那时还在乡下当知青，洪汉美不是十分相信大人们的话，她想最坏的情况可能是又要搞运动了，父亲又要挨整了吧？母亲又要每天愁容满面了吧？对一个少女来说，似乎没有比看着父亲戴着高帽游街更大的打击了。

可事实是"有"，甚至还更大，更令人无法相信，无法承受，无法忍痛含悲。高考结束，洪汉美在一个炎热的夏日回到家里时，面对的是一夜白了头的父亲、哀伤绵绵的母亲以及大哥洪汉中"革命烈士"的遗像。大哥洪汉中在这年春天的边境战争中牺牲了。即便到现在自己也已经两鬓斑白了，洪汉美还在为自己当年的稀里糊涂而痛悔。为什么不能去送大哥最后一程？为什么不在那个时候陪在父母身边？哪怕不考大学也罢。当了三年知青的大哥也报考过大学，只可惜连考两年都没有考上。父亲说：男儿不当兵，怎么能长成一条汉子？父亲说话的方式从来都是豪迈革命的、不与家人商量的。他亲自为大哥拎着背包，满面荣光地把儿子送上了接新兵的军车。《再见吧，妈妈》，这支歌在那个年代曾经风靡全国，无数年轻英武的士兵在南国的丛林中豪迈地唱着它，挥手告别了他们的家乡，告别了他们的母亲。

"再见吧，妈妈，军号已吹响，钢枪已擦亮，行装已背好，部队要出发。你不要悄悄地流泪，你不要把儿牵挂……"这是这个家庭最不愿听到的歌。

真是鬼来拍门了。洪汉美一边抹眼泪，一边盯着屏幕看，生怕看漏任何一个细节。父亲怎么能把大哥的军服给一个来路不明的小子穿上？大哥牺牲后，部队送回来大哥的遗物——一身崭新的军装，一双黑色的新皮鞋，一些衣物，一个搪瓷缸，两个脸盆，还有两本日记本，一本相册，十几本书，等等。母亲睹物思子，天天以泪洗面，在床上躺了一个多月。母亲真是不容易，一颗柔软善良的心，破碎在一个铁石心肠的男人身上。谁跟这样的男人过日子谁就要认倒霉。父亲后来把大哥的遗物都带到自己单位收存，只留下这身军装，锁进保险柜。这个保险柜是单位配发的，平常父亲的佩枪、弹夹、保密文件什么的都放在里面，家里任何人都不知道密码。二哥洪汉国小时候特别调皮，有次趁父亲疏漏，忘记关保险柜，悄悄把父亲的枪偷出来，拿到公安局大院的小伙伴们中去显摆，事发后差点被父亲一枪崩了。母亲去世后，父亲的心变得比母亲还柔软。洪汉美有一次回国探亲，撞见父亲一个人在卧室里，把大哥的军装平平整整地铺在自己的床上，军帽也端端正正地放在枕头上，独自垂泪。洪汉美那天拥着父亲，父女俩守着那身军装大哭一场。大哥洪汉中仿佛就在身边，可是他倒下了，再也不能起来。就像那个年代另一支很流行的歌里唱的那样，他已经"化作了山脉"。洪汉美情愿父亲把全部的过去都遗忘，哪怕他不再认识所有的亲人。她曾经跟父亲建议：我们把这军装烧在大哥的坟前吧。父亲的回答是：这军装在，我儿子就还活着。

洪汉美再也看不下去了。父亲这是在干什么？那两个小子究竟是什么人？大哥的牺牲，是这个家庭永远的痛。家里可以挂母亲的遗像，但从没有挂过大哥任何一张照片，哪怕是过去的全家福。只要有大哥在场的照片，都被小心收藏起来了。一个儿子在父母的目光里慢慢长大，他应在不同的年龄留下不同的风采，而大哥的生命永远定格在英姿勃发的年纪。哪个当父母的受得了？有些伤口永远不会愈合，尽管它会被流逝的时间一分一秒、千针万线、点点滴滴地慢慢缝合，但在时间的缝隙里，那伤口总会在不经意间被撕裂开来，思念之情、哀伤之痛，依然让人心滴血。几十年过去了，哥哥牺牲的事，家里虽然绝不会忘记，却再不会轻易提起。这是洪家一条不言而喻的铁律。先是母亲受不了，后来是父亲。在洪汉美的记忆里，这个在家里让孩子们敬而远之的严父，生命中只有工作，而绝少有家庭、亲情、父爱，以及儿女情长一类的情感。即便是过年吃年夜饭，父亲的脸上也难得有轻松的笑脸。有次母亲在饭桌上抱怨说：大过年的，你就放下你那张"干部脸"吧，让孩子们轻松一点。父亲把酒杯一顿说：轻松什么？我的干警还在一线值班。不吃了，我去看看他们。大哥汉中战死后，父亲同样不跟任何人商量，就将二哥汉国送进了军营。报纸、电视台的记者天天采访，他可光荣上了天，但回到家里母亲却与他寻死觅活，说：你害死了汉中，还要毁了汉国吗？你的心是铁打的，也就算了，难道我的心也不是血肉做的？老两口那年差点离了婚。洪汉美每每回忆起这些痛彻骨髓的往事，哪怕只是在生活中因为触景生情的一闪念——一支老歌、一本旧书、一个童年时期的伙伴、听人说起这段共同的记忆——都像有一把锥子扎在心尖尖上。家里有谁知道她当年选择出国是为了逃避这些挥之不去的伤感记忆？有一年她回国探亲，在街上看到一个青年，骑着一辆已不常见的永久牌28寸钢圈的旧自行车，要命的是车后还载一个扎着两条羊角辫的小姑娘。往昔情景扑面而来，那不是大哥正载着自己去上学吗？洪汉美当时就把持不住，在大街上不管不顾地泪流满面。

二哥汉国的电话还是打不通。她便打给侄儿洪疆，说老爷子一个人在家，两个陌生人摸进去了。老爷子不知为何把保险柜打开了。洪疆在电话那头大叫：这还了得！我马上报警。洪汉美说：先别惊乍乍的，吓着老爷子。你最好先过去看看再说，我感觉那两个人……但洪疆那边的电话已经挂了。

洪汉美想，这下半个城市的警力都要惊动了。

不到半个小时，警方已经悄悄把A区18幢围得连只野猫也逃不出去了，大队警察封锁了整个小区。市公安局的孙副局长亲自指挥了这次行动，他的指挥车就隐藏在离18幢不到三百米处的一个拐角处，指挥车上的微波传输平台已和小区物管安保部的监控画面接通，18幢室内的情况看得一清二楚，家用监控系统让孙副局长省了好多事。封控组、火力组、观察组、侦察组、电磁干扰组以及精锐的反恐突击分队均已就位。侦察小组已经潜伏到18幢东西两侧的窗户下，一种叫作"隔墙听"的侦听器像"耳朵"一样地贴在了墙上，孙副局长可以清晰地听到室内人的说话声。反恐突击分队的攀登突击车悄无声息地开到了别墅的北面，一组突击队员借助攀登架顺利地攀上了屋顶，按计划，他们将配合地面攻击从天而降。孙副局长布置了三套攻击方案，将突击分队分成三个战斗小组，每组五个人，分别从正门、窗户和屋顶同时展开攻击。他一再交代突击队员：人质是我们的老局长，千万不能有任何闪失。老局长要是伤到一根毫毛，我拿你们是问。

孙副局长刚干警察时，洪玉林就是他的师傅。他有些自责这些年来对老局长关心太少了，连两个小蟊贼也敢到老局长家来打劫，这不是羞辱我们这些干警察的吗？因此接到报警后他调集了市里最精锐的反恐突击分队。处置突发情况、解救人质的活儿他干得多了，但没有哪一次像今天这样令他权衡又权衡、小心再小心。

可是偏偏还是出了点纰漏。火力小组的狙击手和观察员选择了18幢西面最高的一棵大叶榕树作为火力支援点和观察点。但没想到他们爬上去时，惊动了榕树上的两只松鼠，两个小家伙从树上窜下来，在周边几株稍矮的一些树上窜来窜去，洪玉林屋里的那条二哈狗这下可激动了，冲窗外一阵狂吠。孙副局长从画面上看到两个犯罪嫌疑人的行为异常起来，他还通过"隔墙听"听到其中一个家伙问：有人来了吗？孙副局长当即命令：行动暴露，按第二套方案行动。

第二套方案由孙副局长亲自上阵。他戴上耳麦，套一件装有纽扣摄像头的工装外套，化装成一个送水工，先按响了门铃，然后在外面高叫"送水！"他身边的助手敏捷地把一根针式软管窥视镜从门缝里塞了进去，只有六毫米大小的柔性探头将门后面的情况拍得一清二楚。孙副局长的耳麦中不断传来指挥车上报来的信息：情况正常。两个人走过客厅东端通道，是老局长和一个嫌疑人。没有使用暴力，没有看到凶器。他们正走向大门。还有五米，四米，三米，两米。准备行动。

门打开了，是那个穿解放军老式军装的家伙来开的门，孙副局长瞥见老局长就在他身后右侧三米处。这个家伙看上去没有任何要劫持人质的意图，但孙副局长还是一步抢进门去，将自己卡在老局长和犯罪嫌疑人中间。跟在他身后的反恐突击队员蜂拥而入，利落地将这个家伙按翻在地。这时从屋顶展开攻击的队员也从楼上冲下来，他们很快从餐厅里把另一个犯罪嫌疑人也制服了。

孙副局长扶着洪玉林，说：老局长，是我们。

洪玉林眨了眨眼睛，好一阵才仿佛认出从前的老下属。但他接下来的反应让所有的人大吃一惊。

要过节了，你们才想起来看我呀。嘿嘿。

孙福局长说：老局长，你没有事吧？

坐嘛坐嘛，谢谢组织的关心。来那么多人干啥，你们工作也忙。来了就喝酒嘛。老人拉着孙副局长的手往沙发那边带。

老局长，我们接到报警了。孙副局长说。

洪玉林已经拉着孙副局长坐下来了。小孙，来来来，我讲个笑话给我听。他笑呵呵地说。

孙副局长被搞得有些一头雾水了，他问：老局长，我们是来抓人的。他指指被突击队员架着的白金华兄弟俩：这两个小子……

洪玉林往屋子里望了望，好像一屋子荷枪实弹的警察和被押着的那两个人才让他回到现实，他忽然大喝起来：乱尿整！你们乱尿整嘛。

孙副局长诧异地问：老局长……

把人给我放了。快！孩子要读书。

洪汉国这段时间一直在边境线督阵抓捕一个贩毒团伙，任务完成后才打开家里的手机，待他心急火燎地赶回家时已经是晚上十点。洪疆还在爷爷家，保姆郝妈也回来了，父亲也没有睡，守在客厅里的电视机前，对洪汉国的问候爱理不理。洪疆把他拉到楼上书房悄悄跟他说：警察进屋时爷爷毫发无伤，家里的东西一样也没有少。本来警察当时就要拷人，但爷爷非要给那两个小子担保，说是他老家的亲戚，不准警察动他们，还把他们送上车。警察也查了，他们没有案底，还真他妈的跟爷爷是一个地方的。当然他们一出小区，孙局的人就把他们带走了。

你去把人给我要回来。现在就去！洪汉国父子俩一回头，发现老爷子拄着拐杖站在门口，一双豹子眼在灯光下熠熠发光。

爸。洪汉国踌躇片刻，才说，孙局有他们的办案程序，我……我不好干预的。

办什么案？老人凶凶地反问。

爷爷，你等他们问清楚再说嘛。你连我都经常认不出来，咋分得清好人坏人？那两个烂民工看上去就不是好人。现在孙子辈的人对祖辈说话，都没轻没重惯了。

洪玉林愣了愣，拐杖往地板上一杵，喝道：你个小屁屎娃儿，你爷爷是干什么吃的，还要你来教？什么烂民工？我们是一家人！

洪汉国凶了儿子一句：放肆！跟爷爷怎么说话的？

洪汉国把老人哄到卧室，说：爸，你先睡，剩下的事情我去处理。老人说：不睡，我要看到孩子上学。洪汉国问：这么晚了，谁的孩子要去上学啊？老人只是反复念叨：孩子要上学，我不睡。洪汉国最后只得说：好吧，明天我们就送孩子去上学。

好不容易把老父亲哄上床，洪汉国还是找不到头绪。突然闯进家里来的两个陌生人，怎么就成他家的亲戚了？他决定先问一下妹妹的想法。他跟洪汉美用微信视频，洪汉美说她一夜没睡，把家里的监控录像调出来反反复复地看了两遍，她也问了小区的物管公司。那俩小子曾经在我们家对面那幢别墅搞过装修，凭过期的施工证进入了小区。小区物管公司安保部调出的录像证实，老爷子中午去扔垃圾时摔倒在外面了，是那两个年轻人将他扶起来送回家的。如果是做好事学雷锋，送老人回到家里就离开嘛。干吗赖着不走？还在家里到处翻动。当然他们也貌似做了些好事，比如把摔倒的老人扶起来，为他换裤子，陪老人喝酒聊天，等等。可看到他们在家里鬼鬼祟祟的样子，打死我也不相信他们是好人。主意打到我们家来了，也是吃了豹子胆。

洪汉国说：也许老爸在家是太寂寞了，来者都是客，都要热情接待，请人喝茅台。咱爸从来都是疾恶如仇的人，不至于放跑两个敢到家里来行窃的坏人吧？

洪汉美问最近一段时间父亲的情况怎样。洪汉国沉吟片刻，回答不出来。手上经办的这个跨国贩毒案，让他有两个多月没有来看望过父亲了。他回头问在一边玩手机的洪疆：你每周都过来的吗？儿子头也不抬地说：我还不是忙得很，上个月来过的。洪汉国叹了口气，对妹妹说：我先去孙局那里问问情况吧。有了口供，什么都清楚了。

洪汉国赶到市局时，孙副局长还在班上。两人年龄相仿，过去孙副局长也是洪家的常客，私下里两人都称兄道弟，因此见了面也不多客气了，直接谈案子。孙副局长说：老局长家出这么的大事，是我们的防范工作疏漏了。下午我把辖区派出所的人狠狠训了一顿。

洪汉国说：发生这样的事情，也难免。孙局，你进门时，你认为我父亲……当时是清醒的？

孙副局长有些不解地说：清醒的啊，我不认为他喝多了，虽然我闻到了他嘴里的酒气。汉国兄，你知道的，我参加工作时，连酒量都是老局长培养出来的呢。

洪汉国把到嘴边的话咽下去了。父亲已经糊涂了这件事，家人都没有告诉外人。英雄老去，诚可尊敬，英雄老糊涂了，爱戴他的人又情何以堪。他换了个话题问：现场勘查的结果怎样？

有些地方被人翻动过了，抽屉、床头柜、食品柜、酒柜、衣柜等地方，都发现了指纹。孙副局长低头翻阅自己的工作笔记，然后他抬起头了说，奇怪的是保险柜的把柄上没有发现他们的指纹。家里值钱的东西都在开着的保险柜里，一台尼康相机，两对手镯，十二件首饰，一套北京2008年奥运会的纪念金币，两万三千二百四十元现金，都没有动过的痕迹。我们也没有找到任何作案工具，技侦处的人连花园都翻查了两遍。现在是刑拘，老局长不肯作证，还说是你家亲戚，我们又没有找到证据，按规定，至迟明天这个时候我们就得放人。

洪汉国似心有不甘。假定他们是入室抢劫，不至于一样家伙都不带吧？

孙副局长挠挠头说：有这样的案例。对没有抵抗能力的老人、妇女、孩童来说：犯罪分子顺手从厨房里抓一把菜刀就足够了。不过，将军，我可不能做有罪推定的事情。

他称呼洪汉国"将军"，洪汉国自然心知肚明。大家都身居高位，重权在握，又干的是同一行当，都有一条明确的底线。洪汉国为自己刚才的话感到有些害臊，赶紧为自己打了个圆场：如果他们真是我们家的亲戚呢？你认为？

孙副局长一愣，我怎么知道你们家的情况？难道你老兄……也不清楚？他小心地问道。

洪汉国回避了这个不好回答的问题。他问：你们有口供了吗？

还没有。孙福局长说：刚才来报告说，这俩小子嘴还挺硬呢。你要不要来看看？

孙副局长打电话让审讯科把审讯室的画面同步传过来，他拉把椅子让洪汉国坐他身边，洪汉国看到被分别审讯的白金华和白银华。他们面无血色，一个显得很惊恐，一个则有些故作镇静。这小子叫白金华，我感觉他有些反侦察经验。孙副局长说。

根据传过来的文字记录，两人辩称他们是来回访从前客户的，看看有无质量问题，遇到老人跌倒在路上，才扶起老人送他回家，在聊天中发现原来是老乡，还是沾亲带故的亲戚关系。他们只是在屋子里陪老人喝酒而已。除此以外，就什么也问不出来了。不过，两人的口供稍有出入。白银华说洪玉林是他的舅姥爷，白金华则绕了半天，说洪玉林是他家二大爷的亲家翁家的一个堂伯的远房大表叔。

这时有人来报告说：两个犯罪嫌疑人的亲属接到我们的通知后，立马就赶来了，是个妇女和一个孩子，就在外面的接待室。孙副局长问洪汉国：你要不要去看看？

他们来到接待室，孙副局长拿着询问记录本问那泪流满面、不知所措的女人：你叫胡小琴？女人惶恐地点点头。孙副局长又问：你和白金华、白银华是什么关系？女人哭兮兮地说：白金华是我男人，白银华是我小叔子。他们咋个嘛？你们要抓他……呜呜呜呜。倒是那个看上去十几岁的女孩不断地为她妈妈擦眼泪，说：妈妈别哭，别哭，爸爸会回来的。这孩子的镇静倒让洪汉国有些吃惊。洪汉国脑子里一下闪过父亲的那句话：孩子要上学。难道……

孙副局长跟胡小琴解释道：白金华、白银华涉嫌私闯民宅，现在正在接受调查，问题查清了我们会再通知你。你们放心，我们不会冤枉一个好人，也不会放走一个坏人。现在你们可以走了。但胡小琴说：我们不走，我们家白金华不会干坏事的。我们要等他出来。

孙副局长转身出来，对跟出来的洪汉国说：这种情况多了，让他们去对付。我也该下班了，要不要去食堂吃个宵夜？洪汉国说：行，我也等等审讯的情况。

快到晚上十二点时，儿子洪疆打来电话，说他们已经在公安局外面了，爷爷就在他车上。今晚不见到那两个人，他就不睡觉。

洪汉国心里一阵叫苦，不是已经哄上床了吗？他老人家现在怎么就那么精神呢？刚才看审讯记录，他已找出一些疑点，他相信只要让市局的人审一晚上，什么问题都能搞清楚。但老爷子牛脾气上来了，牛都得给他让道。

洪玉林一见他们就冷冷地问：我的人呢？洪汉国回说：正在审。瞎尿整！老爷子又吼将起来。孙副局长忙说：老局长别生气。我们进屋里喝杯茶。洪玉林用手杖点着他问：你是哪个？孙副局长赔着笑脸说：老局长，我是孙志峰。小孙啊。

放人。洪玉林将手杖往地上一顿。

老局长，我们正在调查……

放人。洪玉林再顿手杖。

洪汉国有些看不下去了，说：爸，人家有人家的办案程序，我们先回去吧。

洪玉林扬起手杖就要打，在一边搀扶他的洪疆忙拉住了他，说：爷爷，爷爷，你疯了吗？

孙副局长把洪汉国拉到一边，说：这样吧，先给那两小子办个取保候审，跑不了兔崽子的。别把老爷子心脏病惹发了。

凌晨一点多，白金华兄弟办完取保手续出来了。白布舒迎了上去，扑到她爸爸的怀里。白金华跪下了，眼泪无声地淌。白银华则像被霜打过了一样，整个人都蔫掉了。市局里值夜班的人都知道了下午的案子，现在听说他们的老局长来了，那些手上无事的处长、科长、支队长、大队长都纷纷跑出来问候。一群高级警官簇拥着洪玉林、孙副局长和洪汉国，恨恨地盯着刚放出来的那两个家伙，仿佛想随时扑上去再将他们捉拿归案。让人感到奇怪的倒是洪玉林，他既不上前去跟他的"外甥"打招呼，也不走，只是站在公安局门厅的台阶上，苍老的目光望着那一家人相互搀扶着狼狈离开。那女人只回头张望了一下，便感到警察们凌厉的目光像一阵阵刚硬的风，吹得她双腿直哆嗦，结结巴巴地说：天爷爷，快走快走。只有那孩子不断回头，眼里全是疑惑。也许她在想：这是一场噩梦吗？

7

一周以后，洪汉国一家搬来与老父亲同住。他用下命令的口吻对妻子和儿子说：老人还在世一天，我们就陪他一天。

陌生人入户事件的余波渐渐平息。生活一如既往，如河中之水，再大的意外，也不过是一块石头扔下来，砸出一些响动、波浪和涟漪，转瞬之间，响声消失，飞溅的浪花跌落，涟漪也平息了。一切恢复如初，一切都将被时间之河载走。洪家有个微信群，除了洪玉林不用手机不在群里外，其余人经常在群里聊。因此，一段时间以来，大家有空就在微信上讨论。哪来那么"巧"的亲戚？从未说起过，也不事先联系，更不经人介绍，空着两手就登门认亲戚了？远在美国的洪汉美作为一个律师，竟然对发生在自己家中的一桩"疑似刑事案件"束手无策，让她感到这真是对自己职业生涯的羞辱。她在微信里和大家讨论"犯罪未遂"和"犯罪中止"这两个法律概念。

她时而扮演起诉人的角色——假定这两个人是打算到家里来行窃，家人及时报案，警察及时出现，阻止了他们犯罪。无论是美国的法律还是中国的法律，"犯罪未遂"都要依法追究刑事责任，至少也得判他们三五年的。

有时她又不自觉地当上了辩护律师——在警察没有来到之前，他们客观上有充裕的犯罪时间，包括家中的保险柜已经打开，老人毫无反抗能力，他们看上去又有点像《刑法》条款中"在犯罪过程中，自动放弃犯罪或者自动有效地防止犯罪结果发生"。如果是这样，则可以轻判或免予刑事责任。

但更多时候她还是作为一个家庭成员在发言——父亲即便再糊涂，也不至于敌我不分吧？当年他参加剿匪，跟随一个小分队追捕雷四眼，三天三夜连续战斗，小分队的战友牺牲的牺牲，负伤的负伤，父亲只身一人一路追踪到藏区的雪山上，最终让杀人如麻的大匪首也不得不俯首就缚。现在那股疾恶如仇、不屈不挠的劲儿怎么就没有了呢？

当然，态度更直截了当的是家庭里的第三代洪疆，这个年轻人在群里指天发誓地说：不把那两个烂民工送进去，他就不配姓洪。咱们抓了一辈子坏人的爷爷竟然被两个小蟊贼欺负，是可忍孰不可忍？

洪汉国有时也会在群里说几句：也许过去咱爸公务在身，不便多讲乡情，现在退休多年了，人也老了，难免就乡里乡亲、儿女情长起来了。中国的乡村你们不熟悉。一个村庄里都是亲戚，方圆几十里的人家都沾亲带故，看着八竿子打不着的人说不定还真有点血缘关系。父亲老家那个地方，峡谷纵深，闭塞落后，但民风古朴，重情讲义。

他现在尽量让自己保持公正和理性，不能把一家人的情绪再推向仇恨的高点，尽管他也是意难平。但他一要考虑到自己职务在身，二要应对老父亲说不清道不明、又不依不饶的糊涂或苛刻。这期间只要他一回到家，老人一会儿说窗户玻璃上爬满了拳头大的小人儿，要他用枪把那些想闯进家里的家伙都打下来；一会儿又念叨着要去看白金华兄弟，说他的两个"外甥"都长那么高了，他高兴。当然，老人催问的最多就是那孩子上学的问题解决没有。有次更荒唐到拿出一沓钱来，要郝妈带给白金华兄弟，给孩子交学费。洪汉国开初以为敷衍几日，老人便会慢慢忘记这事——他一生多少重要的人和事都忘记了，连母亲的名字都想不起来了，可"孩子要上学"却像一颗种子一样在他混沌的脑子里生了根、发了芽，似乎满世界都只有这个问题最为紧要。有一天洪汉国刚下班回家坐下来，正想要给老父亲问个安，老人又问孩子上学没有。洪汉国稍稍反应迟了点，老人就一杯茶水泼到了洪汉国身上。

多年的职业训练让洪汉国习惯于从不同角度去思考同一个问题，作为法律的捍卫者，他从不怀疑自己的执行能力、决断能力，他当然也知道有些"灰色地带"，是最详尽的法律条文也难以全部照亮的，何况制定法律的是人，依法办事的也是人。人有时也会陷在"灰色地带"里左右徘徊、举棋不定。他已经从其他渠道摸清了白金华家的大体情况，这个打工家庭竟然不自量力地想让自家孩子上七彩中学。多少城里的中产家庭都对它望而生畏啊。

有个晚上洪汉国从梦中醒来，梦里的情景像刚放过的电影一样。在边境线一侧，有个大山深处的村庄，被人们叫作"背毒村"。因为穷，村里有不少男人偷越国境去帮贩毒集团背毒品。他们挣得并不多，却是用生命和全家的幸福去冒险。在一次缉毒行动中，一个大约只有十岁的女孩追着他们的警车跑，嘴里不断喊"爸爸，回来！爸爸不要走！"让车上的洪汉国心酸不已。

其实这不完全是洪汉国的梦，工作中他经历过太多太多类似的事情。只是在梦中那个追着警车跑的女孩，不知咋的幻化成了白金华的女儿。那天晚上她扑进她爸爸怀里，为白金华揩拭眼泪的手让洪汉国难以忘怀。还有她不断回头张望的目光，除了困惑不解外，洪汉国甚至感觉了敌意和仇恨。唉，孩子，我们不是你的敌人。可是你怎么能跟一个孩子解释得清楚这些道理？

第二天上班的路上，洪汉国给一个前下属小陈打了个电话，他现在是市教育局的一个科长。洪汉国本来是想咨询一下七彩中学的情况，但下午小陈就回话了：报告老首长，您交代的事情已经办好了，学校那边非但不多收一分钱，按城市户口待遇办，还给免了将近一万元学杂费。洪汉国随口说了声谢谢。小陈便道：老首长您千万别这样说，我不敢当的，本来就是小事一桩。明天带孩子去见一下校长，办个手续，秋季就可以入学了。老首长要是没有时间，就我带孩子家长去。洪汉国本想说自己去办，但他实在不想再看到白金华猥琐的样子——他是猥琐的吗？洪汉国有些判断不清，他或许是不忍心看到那个女孩。于是洪汉国对小陈说：那你就帮我跑一趟吧，我把那人……我家亲戚……联系方式给你。洪汉国在心里骂了句，妈的，还真整成亲戚了！

晚上临睡前，洪汉国把帮助白金华孩子入学事在家庭群里说了，还说当老爷子听到这个消息时，竟然也只说了个"好"字。真不知道他老人家脑子里究竟在想什么。唉，就当我助一次学吧。我再也不会挨他老人家打骂了。

儿子洪疆在微信里语带讥讽地说：一群清醒的人，被一个老糊涂带进了坑里。偏偏他还是咱家的国王。

洪汉国训斥儿子道：瞎说些什么？再糊涂也是你的爷爷！你给老子记住，你爷爷活着一天，他就是一个传奇。

洪疆说：现在是一个笑话了。然后用了一个偷笑的表情。

洪汉国正想再训他几句，这小子现在说话越来越没大没小了。却见洪汉美在美国那边也搭上了话：助学是应该的，但一个电话就能解决的事情，犯得着铤而走险吗？

洪汉国说：你忘了他们跟我们不一样。

洪疆接嘴道：就是嘛，他们闯进家里作奸犯科，我们还得给他们兜着，帮他们的女儿上好学校。这就是我们和他们的不一样。

Innocent until proved guilty。这是洪汉美的女儿刘涯发上来的一句英语，平常她一般不参加家庭群里的讨论，一是她对国内的事情不太了解，二是她工作也忙，对洪家的家长里短似乎不感兴趣。

洪汉国@了刘涯：小涯，什么意思啊？

洪汉美代女儿回答：一个人在被证明有罪之前都是清白的。

洪汉国回说：当然，我们国家也早就废除了有罪推定。

洪疆又跟了一句：他们本来就有罪嘛。板上钉钉的事，不需要推定。要不是看在爷爷份儿上，我早一脚给他们踢进牢里去了。

刘涯这次用中文打上来的一句：你们不觉得自己很强势吗？

这下大家都沉默了。许久洪疆才回了一句：我爷爷连冷热都分不清楚了，还不是弱势吗？

刘涯追问了一句：你们一个电话都能解决的事，别人却要用身家性命去搏，谁强谁弱？

洪汉国其实一段时间来也在内心里反问：这桩事情要是放在一个普通家庭，孙副局长会调动精锐的反恐突击队吗？派出所的特警中队就足够应付了。如果不是老父亲从中阻拦，白金华兄弟能从轻发落？他还想起放走白金华兄弟的那个晚上，面对一大群威风八面的高级警官，白金华一家看上去那样猥琐、屠弱、卑微，像风中飘走的几片树叶。没有比这更具震慑力的场面了。要说强势，这才是只有洪家才会有的强势。干了一辈子警察工作的父亲当然太知道手握公权力的人的强势。父亲也是从普通老百姓一步步走出来的。洪家的人都多次听洪玉林讲过他加革命工作的经历。洪玉林小时候常饿得眼睛发绿。有一次他实在饿得受不了啦，就把家里供奉在神龛上的两个荞麦粑粑偷吃了。他父亲是个敬奉山神、水神、树神以及一切鬼魂的人，偷吃敬神敬鬼的东西，山林中蛰伏的各路鬼神就会打上门来。洪玉林被他惊恐而愤怒的父亲一巴掌打得从屋门口滚到门外的一堆猪屎里。那时他才十五岁，穷人的孩子更叛逆。他离家出走了，刚好那年解放军进到峡谷，洪玉林就这样被一个巴掌打进了革命队伍。谁家三代以前没有穷过？人穷了，这个社会上的许多资源都不属于你。

洪汉国还想起有一天老父亲在饭桌上莫名其妙地说了句话：有人来找你讨口饭吃，你不要问人家出来要饭的原因，给他一袋米就是了。

刘涯又在那边发话了：我给你们看看国外一个AD患者刚开始痴呆时，在一个医疗团队的帮助下写下的自白，或许有助于我们理解外公。然后她把一段文字发过来了。

——请给我们说话的时间，等待我们在乱麻成堆的脑底里搜寻到自己想要使用的词汇。如果我们不知道自己说到哪里，请不要让我们觉得难堪，因为我们的思考和说话，已经不是司机和他开的车的关系。

——请不要在意我们的判断，因为我们慢慢地在丧失判断。我们既没有办法确定自己的判断正确与否，也没有办法说服你们。当然你们也很难说服我们，除非你们使用暴力。我们的判断通常是失控的车，在黑暗中靠惯性往前走。

——如果我们忘了最近发生的某件特别的事情，请不要以为我们没心没肺。只要给我们一点提示就好了，我们可能只是想不起来。您也许能帮助我们回想起刚发生的事儿，也许不能。请别为难您自己。如果我们脑子里彻底没有这件事儿了，那它就是被一块橡皮擦擦干净了。

——也许有一天，我们开始经常忘记锁门，忘记关煤气，经常喊错儿女的名字，一遍又一遍地重复同一个话题；终于，我们又变回"孩子"了。我们会忘记一些事，又固执于另一些事。我们开始无理取闹，我们找不到回家的路，那块橡皮擦把我们所有的过去擦得一干二净。到最后，我们再也离不开二十四小时的看护。我们是想努力保持尊严，但尊严的意义本身，我们也想不起了。很抱歉，这就是生命最后的样子。

一个周末，洪汉国和几个老战友在家里聚会。做晚饭时他去厨房帮郝妈择菜。在给一把芥蓝去皮时，他顺手去灶台上的双立人刀架上取去皮刀。在把刀从刀架上取出来的一瞬间，他的血一下涌到了脑部，就像面对一支指向自己的枪口。

洪汉国记得很清楚，这套德国双立人牌的厨房刀具是两年前买的。刀架上配备了适合各种用途的五把刀——两把菜刀，一把去皮刀，一把剔骨刀，一把带齿的多用途刀，还有一根磨刀棒。那把去皮刀刀尖锋利、小巧玲珑，平常去个菜皮、削个水果啥的，非常好用。但在一个月前，郝妈在择菜时将它遗忘在择下的菜皮篮子里，当垃圾扔掉了。事后洪汉国还安慰过自责的郝妈说：一把小刀嘛，再买一把就是。

现在这把小刀就在洪汉国手上，也是黑色的刀柄，不锈钢刀身，刀柄上甚至也有铆钉。只是它不是双立人牌的，洪汉国一摸到刀柄就感到了异样。再仔细一端详，双立人的刀柄上有三颗规规整整的铆钉，这刀只有两颗，还摇摇晃晃的，再看刀身与刀柄的结合部以及刀背、刀刃，无不带有冒牌货粗糙、拼凑、简陋的特点。妻子和洪疆是绝不会买这种地摊货的。

他问在一边忙碌的郝妈，这把小刀你认得吗？

郝妈瞥了一眼他手上的刀，脱口而出：哎呀，你把它找回来了？

你看仔细点，是你原来丢的那把吗？

郝妈把刀接过去，顺手操起一根芥蓝削了一下，嘴一撇说：没有我们原来的那把好用。

是你买回来的？

不是。郝妈说，你不是说这种刀人家商店要卖就是一套嘛，单把的不卖。

洪汉国把刀放回刀架，也就那么巧，它刚好放得进去，新旧成色也差不离，只有认真点观察才会发现它稍长一些，刀柄还没有抵到刀架口。

这把刀在刀架上放了多久，你还记得吗？

郝妈被洪汉国满脸的严肃吓着了，张了张嘴，回答不出来。

洪汉国记得监控录像中有一段，当二哈开始狂吠时，白金华进了一趟厨房。从厨房的窗户可以看到花园及花园外面的情况。洪汉国当时将之理解为他在观察，他发现什么了吗？他进厨房的时间大约也就十来秒。也许他顺手就将这把准备作案的刀插进刀架上了，这个家伙够机敏的。那天现场勘查的警官还是嫩了点。

洪汉国看着有些张皇的郝妈，掏出一支烟来点上，说：没事了，你忙吧。

晚饭时，战友们都给洪玉林敬酒。这三个战友和洪汉国在部队摸爬滚打几十年，他们一起当兵，一起上军校，过去经常来洪汉国家蹭饭吃，老爷子也把他们当成自己的儿子。饭桌上洪疆故意问他：爷爷你还认得这几个叔叔吗？老人笑眯眯地说：认得嘛，认得嘛。那么他是谁呢？洪疆指着一个叔叔问。老人仍然笑呵呵地说：是我们家的人嘛，老朋友嘛。他叫什么呢？叫什么不重要嘛，是一家人就是了。高高兴兴在一起喝酒，一家人嘛。老人目光躲闪起来。洪疆却不依不饶，说：爷爷，在一起喝酒就是一家人了啊？当年国共谈判，毛主席和蒋介石还在一起举杯呢。你能说他们是一家人？现在人们天天都在饭桌上谈生意，尔虞我诈，相互欺骗，这也算一家人？洪汉国实在看不下去了，喝道：洪疆，别多嘴了！

那个晚上，家人都睡了后，洪汉国进到厨房，面对灶台上的刀架发了很久的呆。他抽出几张餐巾纸，将那把冒牌去皮刀从刀架上取出来，仔细包好，放在手掌里掂量了又掂量，仿佛是要知道它有多重，也仿佛是想追问它曾经试图嗜血的罪恶。然后，他转身将它扔进了垃圾桶。

2017年11月26——2018年2月16日一稿完于昆明滇池畔

2018年4月5日二稿修改于四川自贡

2018年8月9日三稿再改于北京西郊

2018年11月16日四稿于昆明滇池畔

寻找心灵回家的路
——评《橡皮擦》

杨剑龙

以长篇小说饮誉文坛的范稳先生，他的中篇小说《橡皮擦》，是一篇颇耐人寻味的佳作，以一幕未遂的入室盗窃案，呈现出现代人内心的失落和追求，立意寻找心灵回家的路。作品在别出心裁的艺术构思、细腻深入的心理描写、回环往复的映照烘托，在失智的前公安局长与入室偷盗的农民工之间发生的故事，在跌宕起伏的情节叙写中，将人生与人性描绘得生动深刻入木三分。

刮灰工白金华想让女儿进私立名校就读，但是需要一笔择校费，家里十万元给人高利息集资要不回来。患有阿尔茨海默病的洪玉林已不认人了，他出门丢垃圾跌倒在大门口。兄弟俩将老人扶起，乘机钻进了老人的豪宅，准备实施偷盗。老人远在美国的女儿洪汉美通过豪宅里装的监控器，关注到家里发生的这一幕。老人将这两兄弟看作熟人，客气地请他们喝茶喝茅台酒，弟弟白银华发现楼上有个保险柜，想逼老人说出密码。老人起身绊倒在凳脚上，额角流血了。白金华找到创可贴给老人贴上，老人又将白银华误认为是他的儿子汉中，说起了他的革命履历，说起他活捉土匪头目的壮举。在谈到故乡的话题，老人与这两兄弟认了老乡，白金华吐露出孩子要上城里好学校的心愿。老人突然尿失禁了，兄弟俩给老人换了裤子。老人却带两兄弟进了卧室，从未锁的保险柜里取出一套军装，命白银华穿上，那是他大儿子牺牲后的遗物，老人扶着白银华老泪纵横。女儿通过监控器关注着发生的一切，她打电话给侄儿说陌生人进了家门。公安局孙副局长亲自指挥，重兵出击轻而易举地抓捕了两兄弟。老人却执意要求："把人给我放了。快！孩子要读书。"小说精心构思别出心裁，让两个图谋不轨的农民工，与独居失智老人交谈中，逐渐良心发现终止了犯罪，让老人远在美国的女儿通过监控关注家中发生的一切。有意味的还有小说的结局，作家让老人的二儿子武警少将汉国回家居住，让公安局将作案的两兄弟取保候审，并通过关系以亲戚的名义，让私立名校免收白金华女儿的择校费、学杂费，还隐瞒了犯案者插在他们家刀架上的凶器。

作家颇有层次地描绘人物的心理，尤其对白金华的心理作了细致入微的描写，突出了他从期盼铤而走险盗窃财物，到良心发现终止盗窃的心理过程。小说从白金华一心想让女儿进入名校始,他想当正经八百的城里人。兄弟俩扶起跌倒的老人迈进豪华别墅,白金华推测老人把他们当成家里的成员了,他想能顺走几样值钱东西救急。老人摔跤后额头出血了,"白金华现在感到了害怕"。白金华上楼看到老人年轻时和周总理握手的照片,看到老人儿子武警少将的照片,他想"这家人可惹不起"。老人提及"4·19入室抢劫杀人案"拍案怒斥,"白金华吓得尿急,冷汗直冒",他想尽快脱身走人。当老人温和地将他当成了儿子,白金华想"这个老人家得哄一哄"。当得知老人曾是公安英模,他想"我们动他一根汗毛,惹的麻烦就大了"。在老人喋喋不休诉说其革命履历时,白金华"别的不敢想了,能赶快溜走就是大本事"。当老人尿失禁哀求为他找条裤子时,"但未泯的良知告诉他,他应该去帮助眼前这个老人"。在情节的叙述过程中,白金华的心理从铤而走险→感到害怕→可惹不起→吓得尿急→脱身走人→揣摩思路→求生之路→良知未泯→帮助老人,在颇有戏剧性的情节中,将入室作案者的心理很有层次地展现出来。小说同样对于弟弟白银华、女儿洪汉美的心理心态也作了生动描绘,在失智老人语无伦次的话语表述中,也呈现出其怀念过往孤寂抑郁的心理心态。

小说讲述了一个近似于荒诞的入室盗窃案,在一位失智老人与铤而走险的两兄弟对峙中,在老人语无伦次的话语中,在入室作案者跌宕起伏的心理中,常常采用回环往复映照烘托的手法,使人物的性格更加生动传神,在丝丝入扣的映照烘托中,让这幕接近荒诞的故事合情合理。小说以老人倒垃圾摔倒为开端,为两兄弟的入室盗窃做了铺垫。小说交代了白金华的人生之梦:女儿白布舒进私立名校,"考上大学,毕业后再考个公务员,当上国家干部,我们从此就是正经八百的城里人了"。在一笔不菲的"择校费"和已贷款买了三居室的经济拮据中,还让兄弟俩曾帮忙搬东西走进过18幢豪华的室内,他们的铤而走险就有了心理定力。在小说中,城市与乡村形成映照。住在豪华独栋别墅里的前公安局长,却也来自金沙江峡谷乡村,曾住在老家的那间土坯房里。当提到金沙江峡谷,老人"准确无误地回忆起那些远逝的地名和乡土风俗",想起乡村的梨花、溪水里的鱼儿。洪玉林小时偷吃了神龛上的荞麦粑粑,被他父亲狠打了一巴掌,十五岁的他离家出走,从此走进了革命队伍。在小说中,在老人前言不搭后语中,在女儿洪汉美的记忆中,英雄传奇与失智现状构成映照。洪玉林十五岁参加革命,1953年剿匪中独自生擒土匪头目雷四眼,出席北京公安英模会,受到周总理接见,他把长子汉中送去当兵,牺牲在边境战争中,他又将二子汉国送进了军营。曾叱咤风云的英雄,现在却成为语无伦次大小便失禁的孤独失智老人。小说中还有诸多地方运用映照烘托手法,让情节丝丝入扣丰厚完整。如以白金华糊涂的奶奶烘托失智的洪玉林;如交代白金华"一直想当警察",现在却成为入室盗窃的罪犯;如白银华曾报名参军,名额被乡里有权势的人家"顶替"了,入室行窃的他却被迫穿上了英烈的军装。

小说以具有象征意味的"橡皮擦"为题,想成为真正城市人的白金华、白银华,想擦去乡下人的身份;已成为失智老人的洪玉林,怎么也擦不去他的乡村记忆和革命履历。失智老人"既找不到组织,也找不到回家的路",他的内心牵念着金沙江峡谷的故乡,"却推不开时间源头那扇遥远的家门"。白金华、白银华在进入豪宅后,"他们本来是来行劫的,但未泯的良知告诉他，他应该去帮助眼前这个老人"。小说让图谋不轨的两兄弟寻找到心灵回家的路，他们终止了行窃终止了作恶。该小说呈现出人情与人性的深度和力度，具有打动读者启迪读者的强烈的艺术感染力。

开屏术

田 耳

易老板放出那消息，我预感隆介很快会露头，照样先找我。当然，脑海中总是千头万绪，好多预感即来即去，偶尔应验也不奇怪。

我首先想到他黑洞洞的嘴及讲话时煞有介事的样子。"准备好了么？给你讲个好笑的事，让你今天下午哭不出来。"他的神情，总憋着几分坏笑。说这种话时，通常天已经黑下，我俩坐街边喝酒。隆介是我喝酒的师傅，那时我买一瓶三块七的"沱牌"或是四块五的"邵大"去找他，大白玻璃瓶装着。他家门口不缺盒饭店，我俩就着盒饭那点菜喝起来。起初是他八两我二两，接着到七三开、六四开，再到各自一半。有一天，他说他心里难过，指定我多喝。我喝了有七两，他便朝我一指，"喏，你喝酒今天出师了。"那天他说是他离婚纪念日，心里难过是必须的，我也不意外，这种纪念日并不鲜见。因为，我不知道他结了几婚离了几婚，他自己也从没说清楚。他总是喜欢结婚，和他结婚的女人又总是喜欢离婚。

隆介电话打来，一个新号码，说易老板这桩生意他能接，但预付款要尽量多，成本会很高。我第一时间向易老板汇报。"不撂根骨头，他就不露头。"易老板眼白一翻，似乎在头脑中翻找隆介的模样，"这种事情，搞不好真要靠他出手，狗日的隆介，确乎有些异能。他现在人在哪里？"

我刚才竟没问他。照着他的号码回拨过去，已不在服务区。于是发了短信。

第二天下午，才见他回信息，说在成都。我想起这是他起床的点。

易老板说："在成都了不起？几十万的生意也懒得回我信息？你打电话过去，叫他这几天不要挪地方，我亲自去看他，要他请我采耳朵哟。"成都好事情很多，不知为何易老板独对采耳朵念念不忘。

几十万是有些浮夸，易老板报价是十万，求购一只孔雀。这只孔雀当然和一般的孔雀有区别：要能接受人的指令，随时开屏。孔雀通常几千块万把块，能够按指令开屏的孔雀，市场上无现货。易老板报价心里没准儿，还说可以适当多加一点。那么，我想这笔生意在十五万左右。

彼时我们还守着独夜寨那个铅锌矿，合伙人是民政局的王局长，若无一个在台面上、能够挡事的合伙人，这生意做不下去。在当时，这几乎就是潜行规。王局长表面上什么也不干，坐着分钱，但若没他挂个名头，我们会每天疲于奔命，和当地人无穷地周旋。

王局长不免养了一个女人，我见过，年纪不小，也不漂亮。"但她真的是我初恋……不，暗恋的女人。没想到，现在我能养她。"所以同样是养女人，王局长能够以此展现道义和情怀，某种程度上在帮他加分。那女人先在好吃街开了一家野味馆，店面很大，装修豪华，菜只是家常弄法，还有放猛火时死炒不掂锅造成的焦糊味。厨子是个连鬓胡，不会掂锅。众人背后讲，王局长养这女人，女人养这连鬓胡，得出个结论是王局长未必不知，但在这种关系里，没有谁吃了王八亏，没必要争风吃醋。一句话总结：他们都是有情有义的人。

易老板带我们常去那家店子，吃得心不在焉。付费离谱，但易老板总是喷起酒嗝说："王局长这人够意思，他对这女人真是好。"夸完，他也曾喃喃自语："我当年暗恋了哪一个？"

野味店子开不多久就关张，王局长对那女人的好还在持续，到女人老家荃湾镇买一块旧宅地建起新宅。新宅竣工，易老板带一帮小弟前去祝贺。是在老街尽头，一条街房子皆老旧，采光暗淡，还有说不出的整体的歪斜。但在街尾，踩过一条溪沟，环境陡然不同。门是老门，推开里面都是新弄成的，宅院里挖坑放水，其上曲廊回环，其下锦鲤跟肥猪似的缓缓游动，不大的一块地方，一时搞得我们犯起眼晕。当然，现在民宿兴起，这些都成基本配置，在当时，我确乎没想到人住的地方可以弄成这样子。我在单位宿舍长大，"家"对我们来说，就是用来装人的水泥盒子。

还有几尾孔雀，木讷站着，当我们靠近，它们便一溜小跑，并不惊惶。我记得以前在野味店也吃孔雀，可能有些孔雀长相出挑，不忍下刀，就被女人留着。那女人走出来，一袭无袖白纱衣，披发，两条手臂套着许多环，像是光膀子戴起了袖套，浑身上下民族风。孔雀被她养熟，侍从一样跟随其后。那一刻，我们看那女人似乎也不像从前看她那么姿色平常，怎么说呢，她也并未变得更漂亮，而是突然有了异域风情。我很快意识到，这感受更多是来自那些孔雀，它们更应该出现在阿拉伯世界某位苏丹的弥漫着安息香味的后宫。

这本就是王局长的"后宫"。

见到王局长本尊时，易老板自然不吝赞誉之辞。王局长听好话有醉态，忽然说："老易你要真的喜欢，这地方就送你了，包括她。"易老板赶紧推辞，表忠心。王局长这时候说："狗见人就摇尾巴。孔雀要是随时晓得开屏，又能当狗养又比狗漂亮，掏再多钱我也要搞起。"

这事情就派到我头上。起初我以为不算难事，春晚上的金鱼都晓得听人话了，那么孔雀至少比金鱼好打交道吧。再说易老板放话，钱不是问题。没想到，训练孔雀开屏有过成功的个例，却无成熟的套路，没人能拍胸脯保证一定把孔雀驯好，给个指令就能让它把屁股像折扇一样一褶一褶打开。

"孔雀开屏，是要弄得它发情。"有人在百度问答上回我悬赏的提问，又说，"还要它随时随地反复发情，更不可能。你能驯得我反复发情都算你狠。"

我多少有了些了解，知道孔雀开屏不光是发情求偶，防御敌害时也会开屏。它每一根长尾羽都有眼状纹，一开屏，就像有许多眼睛逼视对方，直到把对方吓走。据说拿块红布在它眼前晃，也能激起开屏。"……这个我试过，偶尔有用，但你不能老是这么弄。它吓不走你，它就自己走，不会一次次开屏。孔雀没你想的那么愚蠢。"又有人回话，自称是孔雀养殖户。我问他能否驯一只可以随时开屏的孔雀。他说："花这么多钱，你干吗不多买几只，买一大堆呢？这样一来，这只不开那只开，此起彼伏也是很好看的嘛。"

那一年高速公路刚在铺，支线飞机已有，飞成都只个把小时，但飞机是巴西产CRJ，同型号的飞机刚在世界范围内发生过数起事故，虽然仍属小概率，但我和易老板进到空荡的机舱，发现简直是坐专机。专机可不是易老板这个级别敢打主意的，一时心情不错，又说隆介知道我们要去看他，接待规格搞得如此之高。易老板说："……隆介的异能，他自己不知道，我们也不要跟他说。这家伙，给他点颜色他就敢开染坊。"

易老板认隆介是个人物，始于当年斗鸡。易老板靠做生意吃饭，但偏要把养斗鸡当成自己专业。斗鸡是专门拿来打架的鸡，这不是废话，本地小公鸡也爱打架，但不专门。泰国鸡（暹罗鸡）、缅甸鸡和西贡鸡都很专门，同样大小，体重是本地鸡的一倍，从量级上就淘汰掉了本地品种。易老板养斗鸡很早，自称"文革"期间就已开始，无从考证。八十年代他跑车，去广西凭祥口岸买西贡鸡，带回佴城和人赌钱。他说他逢赌必赢，也无从考证，但他入门早，摸通了门路，知道斗鸡这事情要靠投入。一是买原种，每隔两年一定要去东南亚买原种鸡，因斗鸡带回佴城繁育，体重逐代锐减，鸡二代还可勉强上场，繁育至三代，骨头轻肌肉坠，跟原种鸡没法配对打。二是靠药功，斗鸡喂养不计成本，长期用药汤按摩使皮肤增厚扛打，每天进补，上阵前半个月还要每天注射激素、性药和人血白蛋白……这些投入，在斗鸡身上总是见效，它们能把药效尽可能地转化为战斗力，不辜负主人夜以继日的摧残。这么说吧，斗鸡好比是武侠小说里练魔法毒功之人，药坏了身体，但短期内身体爆强，出手阴狠，拳拳到命。打过架的鸡，肉都不能吃，不但药味重，而且每一根肌肉纤维都塞牙缝。

易老板依靠本钱，养斗鸡在佴城博得斗鸡王之名，延续数年。而隆介，他是认识易老板以后才发现斗鸡不但好玩，还能赢钱。

我认识隆介时，他在易老板新开的一家门店里搞装修，指斥着两个钉龙骨架的乡下木匠。他讲话尖刻，好打比喻，喜欢听的当是笑话，一个木匠受不了了，刨子一递说"你来"。"我来就我来。"隆介看上去弯腰驼背，萎靡不振，一干起活却身材暴长一截，刨木钉架子干得飞快，不须用尺，每一根木枋都安放得横平竖直。割铝塑板更是一绝，电割刀在他手里好似一支笔，直接在铝塑板上划线，一掰开，贴到龙骨架上，射钉枪一打，严丝合缝。两个木匠接下来安静地听他训斥，脸上赔笑。我走上去递烟。"其实我是书画家，我是用画画的手给你们拆铝塑板，规格高吧？给你们装修门店，也就赚几包烟钱。"他递来名片，上面是写着书画家，书法是国协，画画是省协，还有写作，最不济也入了市作协。认识以后才知道这人无所不能，干过的活不计其数，中间还有余暇不停地结婚离婚。女儿只一个，才七八岁。我俩刚认识那天，他就说女儿可是天生美人坏，还拿照片给我看。我啧啧地赞叹："跟你可一点都不挂相。"他乐呵呵地骂起了娘。

他干过那么多活固然是生计所迫，同时我觉着也是天性使然，他当什么都是好玩，跟易老板去过两次斗鸡场，要讨几只斗鸡苗。易老板乐意添个徒弟，要他去鸡场挑鸡苗。是我带隆介去易老板位于半山腰的养鸡场，到地方后看着大同小异的鸡苗，他还问我怎么挑。我只能教他如何分辨公母。他当天不慌下手，三天后又去养鸡场，当天刚好孵出一筐，他全要，表示可以付钱。易老板说："你想玩，全都拿去。"省了钱，他便回赠易老板一幅字，早已备好，上面写着：胜者为王。还说："我平时不写这样的话，破了例的。"易老板一笑，也不裱，叫养鸡场陈师傅用双面胶直接贴墙上。

双面胶未干，字纸未脱落时，隆介就拎着一只火红毛色的鸡，找易老板斗。一看鸡龄，应是原种在侗城繁育出的孙辈儿，一量体重，果然轻了许多。易老板说赌个千把块，随便玩一玩。隆介央求说："头一架，赌一万块开开荤吧。"易老板说："那就二吃一，你赢了拿一万，输了给五千。你去里面挑一只。"进到鸡舍，他问哪只最狠。陈师傅说："对你来说，都狠。"我告诉他，眼下最厉害是那只长着僧帽鸡冠的西贡鸡"济公"。

"就叫鸡公？"

"济公，癫和尚济公。"

"就打它。"他还一撮响楗子。

养鸡场里有篾席围成的临时斗鸡场，随时试鸡。易老板的脸色，是想要给隆介上好入门第一课。哪一行都自有门坎，都要知道天高地厚。

当时过了正午饭点，易老板叫我下去买几份盒饭，且跟我说，"这有什么看头？快点去！"我下到山脚叫盒饭，打好包拎上去，只半个钟头，回到养鸡场，见他俩照顾着自己的鸡，以为还没开打。

"打完了的。"隆介露齿一笑，仿佛是他赢了。

易老板则有点恍惚，说："他妈的隆介，你教它打迷踪拳？"陈师傅给我讲起刚才打的那一架，忽然像个领导，不断地停顿，不断地找恰当的词语。显然，以往用来描述鸡打架的词汇和句子，难以描述刚才猝然发生的情形。总之，隆介带来的火红毛，没几下就把"济公"打得溜圈。易老板不得不认输，把"济公"救上来，若等济公被打得出声叫唤，就成了败筒子鸡，以后再上场先就脚软。易老板不愿意一场遭遇战就把身价不菲的"济公"废掉，认输是唯一的选择。养鸡场有POS机，现场刷一万块钱。

那一年我的底薪不到三千，奖金全靠准确地押鸡。这一架，幸好没来得及押一把。

"隆介，没想到养鸡你也行。"易老板一边狠狠地摁密码，一边问，"你是怎么驯的？"

"我和它建立感情，它爱我，因此愿意为我拼命。"

易老板哪里肯信。"少扯白，哪里学来的奇技淫巧，用了什么祖传秘方？讲出来亏不了你。"

"现在我才发现我非常爱她，胜过爱我老婆。"

"哟嗬哪个老婆？"

"所有的，打了捆都不能跟它比。"这一刹隆介确乎满目深情，凝望着火红毛，又说，

"也该有个名字了，就叫你红红吧。红红！"火红毛咕咕有声。隆介嘴对嘴吹了一口跌打药酒给它，好似一吻。

那天斗了鸡以后，易老板脸色比济公更为垂丧，眼睛睨着墙皮一会儿，冲过去劈手便把墙上飘零着的"胜者为王"一把扯下，揉成团踢开老远，并说："狗日的，你还以为他在夸你，其实他在叫板。"

隆介显然比当年多懂一些人事，晓得找一辆车来接机。"……我也没想到他今天开柳微，昨天还是什么的，反正比奇瑞好。"隆介坐在驾驶副座，易老板和我坐后排。司机说："昨天是一辆进口起亚。"

"听到了嘛，你们昨天来就好了。"

"我还以为是大奔哩，反正也差屎不多，你晓得接我我已经很感动。"

隆介说来成都要吃火锅，是特色。易老板说："我怎么只听说火锅是重庆的特色？"隆介知趣地一笑，改请我们去了红杏酒店。饭后去锦里采耳朵，隆介竟然还有相熟的技师，就站在路边，隆介指着她说是这里最好的。"没得错，我就是这里最好的。"技师过来，大大方方地拽着易老板往竹椅上躺。易老板说，只在成都采耳朵时还摇细铃铛，这个蛮有特色，摇得他一股寒气由心腔贯通脚板，却又那么地欲罢不能。

饭也吃过，耳朵也掏过，隆介要去开宾馆房。易老板说就想去住他的狗窝。隆介怒道："易老板，这点卵钱我有。"

"这个我不怀疑，但我真是想住你狗窝。我老远跑过来，稀罕住一家高档宾馆？"

我估计易老板是说心里话，平时说到隆介，他就会提起隆介住宅里那特有的万年不变的脏乱差，仿佛也是他一份天赋，装修精致摆设整饬的房间，被他折腾几天全都变成狗窝。易老板说那能找到当年上山下乡的感觉，在那种脏乱差的环境里，稍微搞点酒、撸几串，人就有想讲话的冲动。而现在，一个人想有讲话的冲动，简直比狗搂着猫发情还难。

隆介在大黄碾租一套房，离农大不远。那算是他工作室，与他"金屋藏娇"的家永远分开，他的老婆从来不给人看。他这样解释："反正换来换去，也不晓得给你们看哪个。"

防盗门锁舌跳了几下才打开，扑面而来仍是那股酸馊气。易老板就笑，问："你屋子里的气味怎么能发酵得这么稳定？"盒饭不扔，衣服不洗，啤酒瓶和白酒瓶在地上乱滚，书架上乱七八糟，插在电视上的仍是一台DVD机，毛片……这个就不说了，各有各的爱好，难得的是一成不变。他永远要淘碟，去网上下种子下片子却嫌麻烦。

隆介说："要不要看一盘老碟？"

"不敢。你都还在用VCD，放碟总是吱吱嘎嘎响，像是用泡沫擦玻璃，我的老心脏有点受不了。"易老板又说，"隆介，时代真的变了，你有必要下片子，换一台投影。要不然，你有的碟子还是上下两张，看到一半要换片，你就不难受？"

"不瞒你说，现在我只在换片的间隙，才翘得起哟。"

"翘起来找酒喝！"

我买了酒菜烧烤回来，他俩扔开椅子直接坐地上，在茶几上翻三皮。隆介手气不错，仿佛是易老板的克星。酒一喝就聊到当年的事，我知道易老板一直耿耿于怀。"……当年那只火红毛，到底怎么回事？过去这么多年，你也跟我交个底。"

"都卖给你咯，一手交钱一手交货，那以后我在佴城再不玩斗鸡。我是爱喝烂酒，干事还靠谱，说话基本算数，所以还能活到今天见你。"

"我知道其实不是那只，你换了一只，对吧？"

"当面交的货，你是认账了的。"

"这个我认，当时一眼看去是没差别，但是这鸡后面不能打了。"

"我说过，它爱我，愿意为我拼命。在你手里不能打了，我有什么办法？易老板你再有钱，但你不是我嘛。"

易老板啜着啤酒沫，看着天花板说："幸好只是一只鸡，不是和你抢女人。"

次日易老板提出要看隆介的饲养场子，如果场子都没有，孔雀的生意就没法放给他做。"……要是你都不喂活物了，叫我怎么相信你？"易老板几番盘问，隆介说场子哪能没有？"我答应过你，在佴城绝不再养斗鸡，但这里是成都。难道不是么？"易老板点点头："我猜就是这样。"

隆介又叫那司机开着柳微，去到都江堰的一个名为"民安"的小镇，开进西头一处僻静院落，说这就是他的"基地"。院子大门上挂了牌匾：隆祖古典园林工程指挥部。是他的手笔，里面有他的办公室，桌上有他和女儿的照片，可确证这院落是他地盘。他的主业，毕竟还是干包工头，别的项目争不了，但营造古典园林，弄几个雕塑，仿几幅古人的字画，都是他能独自包圆的，同样的活总比别人多出彩几分，所以就算他经常喝烂酒，时而误正事，也没人能将他踢出这一行。

院子眼下安静，平时只一个中年人守着。中年人姓徐，在给他喂狗喂鸡，池子里还喂着几只王八。隆介是喜欢把王八血滴到酒里面一起喝的。鸡当然以斗鸡为主，有七八只能打架的。本地土鸡养得更多，隆介喜欢用鸡肉配王八血酒。

"……你果然还在养。"

"没事也去找人斗一斗，这爱好，沾上了哪容易戒掉。"

易老板不再说话，把斗鸡一只一只捉出来，拿在手上掂量，再仔细地打量。易老板摆出很专业的模样，依次看头冠、眼水、颈盘、身法、脚架和悬爪，七八只鸡前后看了半小时。

"你当然养得很好。"他总结，"但你似乎没养过孔雀。"

"认识你之前，我都没养过鸡，但这不是问题，我像是天生通它们脾性。"隆介说，"再说孔雀也是一种鸡，门、纲、目都跟鸡一样。我这个徐师傅养过孔雀，他说跟养鸡差不多，比斗鸡更好伺候。"

"孔雀也是一种鸡？"

"我说你也不信，你可以查。"

于是我用手机百度一下，门、纲、亚纲、目、亚目、科都与鸡完全一致，分属时孔雀才将自己划出去。易老板恍然大悟，说怪不得哩，去到老王野味店里吃孔雀肉，我老怀疑他们在用野鸡肉蒙人。

考察结束，易老板不再住隆介的狗窝，也不要隆介接待，说还有别的事办。然后把我这个跟班也甩掉了。这一年里头易老板来成都好多次，都是独自前来，作为一个小弟，不该问的事不问。易老板离开时，跟我说："我看了他手里的鸡，没有那只火红毛留下的种。没道理的，他养这么好一只鸡，怎么能让它断子绝孙呢？败家嘛。"

易老板的疑惑这么多年也没消除，他坚持认为当年隆介交到自己手中的火红毛，是个替身。我反复说，就是那只火红毛嘛。看上去一模一样，但火红毛到易老板手里不能打，也是事实。于是我又另找解释："隆介会不会全靠药功把鸡搞雄？卖鸡不卖药，玩鸡的人不都这么干么。"易老板当时虽点了点头，脸上的疑云却一直没消。

易老板两天后再现身，情绪明显不错。他嘱咐我说："这事情就让隆介干，但首付款压低一点，最好能一年交货。以后你就盯着他，多来这里，盯紧了，看孔雀养得有点苗头，再给他追加款子不迟。隆介是有异能，但也是只飞天蜈蚣，说不见就不见了。"

所以我晚一天离开，取出三万现金码到隆介眼前。隆介跟我来个拥抱，而后从中分出两成给我。我说："以前说好的是四成。"他哈哈一笑："老弟，这次也不同于以前的无本买卖，我可是要下血本的哟。"

当年和他天天搞酒，趁着微醺，他鼓励我也搞搞艺术。当时我已经奔三十而去，搞艺术显然有点来不及，比如写字和画画，都是要童子功。"你认字啊，可以写散文，写诗。"他这么劝我。我跟他赶过几场诗会，都在晚上，聚在某个有钱人的家里，男男女女，念自己的诗。我觉得那些诗仿佛不难写，于是就说试试，写了半月，凑了二十首拿给隆介"斧正"。

"你是俚城写口语诗最好的一个，没有之一。"他看的第二天，电话打来跟我说，"这不是时间长短的问题，是有和没有。你天生该写诗。"

我有点眩晕，不得不说，心底里又暗自称爽。年轻的时候，谁又不把自己看成未被发掘的天才？再说，诗这东西，至少在我们俚城，没有谁能说清楚好坏。

一周以后他打来电话，问我愿不愿意发表，说肯定会有响动，就看响声有多大。又说县文联的《沱水》杂志主编也看了，也说好，二十首可以以专辑形式推出。"还可以在封二发你一张照片，你要专门找人照一张人模狗样的。"我吓一跳，我觉得发表是遥不可及的事情，只属于那些一把年纪笔耕不辍的老人家，没想我也可以，而且还刊登照片。我问："有什么要求？"

二十首诗一块发表，占版面太多，整整五张纸，而且还在封二刊登照片，彩色的，这些都要成本。他说版面费要四千，我觉得合情合理，并不贵，但我当时一个月赚不够两千。这种事，又不好借钱去搞，还须量力而为。他说："我认你这小兄弟，就出手帮你改改，质量进一步提高，版面费会酌情降下来。"

当他替我将版面费讲至两千块，我就没有任何理由再推托了。这个价格还算公道，何况隆介还给我配了一篇评论文章，印出来又占去两个页码。所以，当我知道版面费里隆介有四成的回扣，也不气愤，只是有点好笑。本来我不应该说破，但他那一晚心情不错，两人喝了一瓶还要加。于是我就把这事抖出来。

"老弟，我什么人，吃你的回扣？我帮你写评论，是有稿费好不好？"

"你写四千字，稿费是八十块。《沱水》稿酬千字二十。"

话说到这份儿上，他便一笑："那帮编辑也没意思，把我卖了。……这样吧，什么都不说了，我帮你充手机费。"稍后又说，"你倒真是个狠人，我吃你的回扣，你呢还要从这回扣里吃回扣。"

手机费一直没见充进来，再见面时，他这样说，"以后有钱一块儿赚，我给你和你给我，回扣都是四成，怎么样？"

这一次，他给我提成以后，才把外面的徐师傅叫来。"……老徐，不是开玩笑，真的要养孔雀了，你去弄点种苗。"徐师傅问蓝的绿的。隆介凭着记忆说："就蓝的吧，蓝的好看。"徐师傅说一般买种苗是一公搭四母，成套的供应。

"哪有精力搞长久，就买几只会开屏的，公的。"

"光有公的也不行，它们要冲着母孔雀发情才好开屏。"

"哪有这么麻烦。"隆介一想也是，只有公的没有母的，一帮性压抑养在一块，搞不好到时都变成斗鸡了。"那就买二十只公的，配五只母的。"

"一公搭四母，变成四抢一，是不是有点……性别比例失调？"

徐师傅的用词让隆介呛了一口。他又说："就要性别比例失调，就要让它们有危机感，才会抢着开屏嘛。呃对，一只公孔雀从种苗养到能开屏，要多长时间？"

"一年样子。"

"时间真是紧巴巴。"

"隆老板，一年到底要养成什么样子？"徐师傅此时是一头雾水，看来隆介什么也没跟他说。这是隆介的脾气，没摸着定金，他就当没有这回事。就在昨天，他哪想到易老板真就把这生意给他做。其实我也没想到。针对徐师傅，隆介自有他一套说法，不方便我听，所以暂且挥手示意他出去。

我说："看来你没得把握哦？"

隆介一脸坏笑又挤出来："有把握的事情易老板能叫我做？叫我干这事，肯定是死活找不着人了，只好请鬼看病。"

我提醒他："火红毛的事，易老板一直还惦记着。"

"老弟！"他佘了佘嘴唇说，"天知、地知，你知、我知。"

易老板让我去监督隆介的工作进度，我把这当成好差事。

我想起当初认他作酒师傅，还有写诗的师傅，只是喜欢跟他待在一起。他在小月亮影院里面租住一套房，走进去黑黢黢，灯一开四壁钉满字画，还有搜集而来的各种拓片。书都不上书架，打了捆横七竖八往上码，不可思议地延伸到天花板。人家书房画室都有名称，有斋号，圈中大佬题写裱起，或刻成匾。隆介自题"水帘洞"三字，用双面胶贴墙皮上。他租的是筒子楼的一间，前面客厅又是书房，中间是卧室，后面一厨一卫，整套房笔直狭长，采光从来不足，好似一眼山洞。

"的确是洞，但为毛要叫水帘洞？仙人洞不行？"

"日他妈哟，楼上经常渗水下来。"

"找楼上的把缝都糊上。"

"那女的长得一脸漂亮，"隆介说，"我喜欢碰面时她一次一次跟我道歉。"

搭帮隆介的引介，往下再在副刊发表几组诗（都是免版面费），我混上市作协的会员，得以参加几次笔会，得以认识地方上的书画家，之后便去其中一些人家里搞酒。隆介直言，是有混饭吃的意思，"吃自己的流泪，吃别人的流汗。"其实现在谁也不少一餐饭，真的去了，也没见隆介吃到流汗。他头脑中难以磨灭"吃别人的流汗"的美妙记忆。作为跟班，我很少喝到十块钱以上的酒。我敢说，他的不挑剔，让主人有一种说不出的轻松，感觉我俩就是他们酒橱的清洁工。

隆介另有个同学当了作家，姓黄。黄作家也爱吃百家饭，天一擦黑到处蹭，隆介便经常叫上他。两人保留有一套节目，就是黄作家讲隆介的故事，一路逗哏，而隆介在一旁保持傻笑，算是捧哏。这套节目很管用，请饭的人下次还请他俩，同时又叫来自己别的朋友，头杯酒一碰，主人便要黄作家摆一摆隆介的故事。黄作家的噱头，无非是隆介自小家穷。拿穷人开涮，在酒席上有古怪的吸引力，因大家都穷过，最穷的那一个，活该成为话靶子。我不想复述那些穷故事，反倒是钦佩，在黄作家一次一次的讲述中，隆介脸上怡然自得的神情。他跟别人一样地笑，仿佛还为此小有得意。

隆介父亲死得早，很小由半瞎的母亲拉扯，家在全佴城最穷的高寨，所有的致贫因素一股脑堆在他家，穷成啥样可想而知。若他是个理性之人，从小发奋图强，小心装人，搞不好能演绎出自己的励志传奇。偏巧他为人既爱耍小聪明，又严重缺心眼，旁观者都洞若观火地看他真人秀，所以他一言一行一举一动很容易编派成笑话。

黄作家说，隆介第一次翻身做人，是读初二的时候，换了一个班主任，是他亲戚，提他当常务副班长（隆介总是在此插言说，就一个副班长哟）。隆介屄了十几年，忽然一夜当了官，全班同学里面一人之下五十二人之上，那可怎么得了？给他封官的次日早晨，全班同学没一个迟到，齐斩斩地坐在座位上，看隆介新官上任，要放几把火。果然，隆介当天进来，衣帽都穿戴整齐，胸口上也罕见地没有汗渍、油渍以及口水渍。同学们叫他班长，他一口碎牙死咬，一声不吭。等到中午，他用霉豆腐蘸了三个大馒头，比平日多出整一个，悉数吃完，脸上就有饱醉之态，再找同学下军棋，一开口忽然喷出普通话来。

在此之前，从没有人听他讲普通话，在那所破学校，老师都是讲乡下话，不会讲普通话。隆介本来是讲乡话还夹苗腔，从没在人前喷过一句普通话，此时，满口普通话忽然这么飚开，大家听着，颇有几分电视台播新闻的韵味。大家看他，像变了一个人，或者变得不像人。慢慢地，有人鼓掌，有人模仿，有同学问同学这人是谁。隆介也是一不做二不休，军棋全让别人下，他来当裁判作点评，整个午休时间，宿舍里充斥他一个人的叽叽呱呱。

"和他同班快两年，以前听到他讲话，加起来也没有那个中午多。"黄作家说，"那是我初中三年最难忘的一起灵异事件。"

隆介补充："我前面十几年都没说过那么多话。"

黄作家记性不是一般好，还能复述隆介当天讲话的片段，显然精心练过，一张团脸尽量挤成猴脸，喷出的普通话有几多标准，便有几多怪异。这模仿一次次掀起酒桌上的高潮，大家轮番敬隆介大杯。隆介来者不拒，面带英勇就义般的微笑。有一次灌得太猛，隆介把酒呛进鼻腔，忽然痛哭流涕。黄作家见状过去安抚，隆介就势箍紧他腰，把脸鼻口眼往黄作家衣服上蹭。黄作家反应可不慢，见状万分痛惜地搂紧隆介脑袋，拼命捂他。隆介几乎窒息，赶紧松开。

那天我送隆介回家，问他，讲普通话的故事是不是真的。这故事我听了好几年，忽然想求证一下真伪。隆介嗯一声，并告诉我，"班主任不是我亲戚，我们是都姓隆，本家，读初中以前根本没见过。"

"也难怪，你们姓隆的人少，别人看来都是亲戚。"

"我没见过我爸爸，我把他当爸爸。"他说，"叫隆宗和，是书法家，你百度一下找得到哦。"

我没去搜，一搜我都能搜到我自己，还有头衔，市作协理事。这让我对网络搜索浑无信赖。他讲起隆宗和对他的器重，是因为教他写字。他之前写字并不好，家里一穷，哪有心思练字？隆宗和爱练字，写半辈子进不了县书协，换到他们班当班主任以后，批改一两次作业，直觉发现隆介写的字有苗头，便借他几本帖子，给他买来笔墨，反复叮嘱：隆介啊隆介，你一定要多写。稍加点拨，只一个学期，隆介写字便可以送到市里参展。当然，隆介也是投桃报李，后面隆宗和加入书协，最终成为市书协理事，都得益于隆介的推荐。"……不管他字写得怎样，我的老师竟然不是书协理事，那就是书协工作的重大失误。"

聊起隆宗和，隆介的话便多起来，换一副沉重的表情，平时看不到。毕竟，那是一个被他长期以来默认为父亲的人。有的人很容易把另一个非血缘的人当成父亲，隆介只认这一个。在他讲来，他确乎有着写字的天赋，但隐藏着，需要另一个人来开启。遇见隆宗和，他成为书法家，继而成为画家成为作家，要是没有这样的"遇见"，他无法想象现在自己是什么样子。他说到这里，我心里嘀咕，一个重度酒精依赖者，换一种活法，未必还能更坏。

他与隆宗和亦师亦友、如父如子的交情，显然是他嘴里罕有的温情表述，包括隆宗和弥留之际，他衣衫不解全天候照顾，比亲儿子做得更到位，临终最后一刻，是要他将耳朵凑近，留几句最后遗言。听他讲起这些，看他一张猴脸掀起的动容之色，我不免感触颇多。随年份的递变，短短几年，人与人之间的情谊都在变淡，许多亲情友情故事，现在一讲，恍如隔世。

后面和黄作家单独碰面的时候，又讲到隆宗和跟隆介的事，黄作家毕竟了解更多。"扯卵淡！"他说，"他俩关系是好，隆宗和去世之前隆介确实照顾了一阵，但隆宗和后面跟儿子去了海南，也死在那边，没有隆介什么事。"

我再去民安镇，隆介不在，孔雀围栏已弄好，不大，让我想起以前的鸡笼。买来全是蓝孔雀，又叫印度孔雀……怪不得，我头脑中，印度阿三头上都插一支孔雀翎。此时，孔雀苗一只一只通体发灰，看不出蓝的颜色。一共二十五只，都在围栏里面，低头啄颗粒饲料。这很难得，来之前我以为隆介为压低成本，每天背着背篓上山割草。现在孔雀苗还填不满围栏，他们还往里面放养一些本地鸡，一眼看去，除了体型有异，彼此和睦相处，倒还真像一伙的。

孔雀还不会叫，鸡则咕咕有声，我用余光看见，此时鸡的势力更大，占据着食槽，孔雀苗只能在边缘徘徊，瞅冷子冲过去啄几嘴。孔雀是百鸟之王，鸡暂时还不晓事，再说它们是本地品种，也算地头蛇。我想象着，数月之后围栏内形势的逆转，但也可能到时候隆介已将鸡悉数吃光。

"好吃莫过饺子。我就想不通，面粉包肉水里煮，有什么好吃。"隆介以前跟我说，"天下最好吃，鸡肉蘸酱油。"

他也确乎这么干，吃得并不讲究，鸡拔光毛整个扔沸水里煮透，把鸡皮煮成见哪粘哪的肉糊，把鸡肉煮成一束束线条，再捞起来撕着蘸酱油。那一副吃相，让我怀疑他对酱油有更深的感情。有一次我去小月亮电影院找他，他不在书房，不在卧室，我一直钻进厨房，见他正举着酱油瓶子吹，就像吹啤酒。见我进来，他呛一口，酱油便从嘴角挂出，黏在下巴上，显然还是老抽。

"怎么了？"

"嘴里淡味，喝几口就还魂了。"

我在那里睡了两日或者三日，徐师傅等人每天用"土茅台"招待我，从七点喝至半夜。这天大概到了凌晨，听见外面有窸窸窣窣的声音。窗棂被车灯的白光刷亮，旋即又黯淡。徐师傅身形一长，出到外面。我依稀听见女人的声音，突然断掉。之后隆介一个人走进房间，开灯。

"你真的等了我两天。"他说，"我有点感动。喝两杯不？"

"你真的是把孔雀当成鸡在养。"

"现在你看不出形势，我不能首先就让孔雀有优越感。你知道的，任何活物，有优越感都会摆起架子，对以后驯养不利。"

"我仿佛听见有美女的声音。"

"这地方女鬼多，你不要乱想，越想越来，不好收场。"

他凑近了告诉我，徐师傅在这有女人，跟他没关系。我只是一笑。他掏出烤串和好几打啤酒，啤酒都是听装，瓶壁挂着白霜。徐师傅稍后进来，我们三人搞起夜宵，终于进来一个女人，挨徐师傅坐，但怎么看都是隆介的口味菜。吃到下半夜菜不够，徐师傅爆一盘焦香脆爽的鸡丁。

"是孔雀，刚瘟了一只，等不得它死，杀了冻冰箱里哩。"

我想起往日时光，通常是我拎着烤串和冰啤，去到小月亮电影院，门一敲，里面一阵响动，便"添酒回灯重开宴"。通常是我和隆介还有一个女人，女人年纪可大可小，长相也并不挑剔，酒一喝都像嫂子一般亲切。现在毕竟有一段时日不见，彼此又有生意往来，隆介生分了。

"……他妈的，老徐就是厉害，太招女人喜欢，搞得我这里也不清静。"

我不难看出来，饲养孔雀的活计都是徐师傅一人包圆。徐师傅各种活计全都能上手，菜也炒得不错，关键时候还能给老板顶包……为了顶包顶得煞有介事，徐师傅也就不把自己的女人缘掩藏起来。男人嘛，都这样，何况身在这荒郊野外的地方长期生活，不可能只有鸡和孔雀做伴。

但话说回来，通过这几天的观察，徐师傅实是平常之人，种地和饲养牲畜，和我见过的大多数老农并无区别。他勤勤恳恳，我并不怀疑，但他绝不是用来完成特殊任务的。我再次提醒隆介，易老板掏这笔钱，是要弄一只会按指令开屏的孔雀，而不是要晚上剁成丁过了油下酒的肉孔雀。

"……时候还没到，我这样的人，只需用在关键的地方。你尽管放心。"

"师傅哎……"看着隆介吊儿郎当的模样，我不免多劝一句，"我放不放心不抵事，你起码要用用心，不要成天想着那些婆娘。恕我直言，我看你这鸦片鬼的身坏子，成天喝酒，哪还来的性欲你说！"

"他妈的，性欲我真的有……难道还要扒下裤子证明给你看？"

"性欲和有没有那根王八东西是两个概念好不好？"

"难道你要逼着我演毛片？"

"你吃半碗伟哥也许还能演一场，我发誓我真不想看。"我一掌拊在他肩头，又说，"别装了，我还不知道你么？从来没有女人喜欢你，你才到这一把年纪，还总想着在人前装得很有女人缘的样子。"

隆介本想拉起脸，摆出愤怒的模样，忽然呵呵哈哈地笑起来，一时停不下，最后又打起嗝。他体内贮存着各种连带的声音，随时弄出来，比如说话连带鼻音，发笑连带打嗝，咳嗽连带呛水，放屁连带吹哨。笑完以后他显得老实一点。显然我的话起了作用，遂再敲他一锤，"不要忘了，女人身上你找不到开心，反而会惹麻烦。文联那一堆事，不要忘记。"

"……我是故意的。"

"事情弄砸锅了，偏要说自己与众不同，你们这号人怎么全这样？"

"就晓得教训我……我才是你的师傅。"他回过神，冲我吼，"你要搞搞清楚！"

我跟他学喝酒学写诗那几年，他所在的纱厂避不开社会的大形势，随时准备倒闭。他虽是个艺术家，也没抛弃趋利避害的本能，要混进一个稳妥的单位，想来想去，文联真是最好，这个单位专管养闲人。隆介知道，有个顶有名的作家叫余华，年轻时候就是为了调进文联当闲人，才写了《活着》，后面不光活着，还真是活得顶好。

文联虽是个不声不响的单位，待他想往里调，才发现也是虎视眈眈。而且，一个地方当自己是艺术家的总是很多，当自己是艺术家且想当闲人的则更多。起初几年，他的书法没进过省级展览，想往文联靠，提着猪头也找不着庙门。后来真就下岗了，写字发了狠，参加了几次展览，算是和文联挂上钩。那时他带我去见人，我也得以认识文联的人，他们都当我是他小跟班，让我进了作协。偶尔街头碰面，文联的人叫不出我名字，只说"你师傅躲到哪里去了"。那一阵，喝酒的时候，隆介老是讲自己又跟文联哪个领导一起吃饭，那领导仿佛对自己印象不错。我们几个酒友最烦他把文联领导讲成好大一个领导，一旦他扯领导，我们就把话带到别的地方，晾他一阵。过不久，我俩单独喝的时候，他又骂领导水平不行，写字比不上他左脚，不知怎么混进文联。我提醒他，现在是你要跟人家混，看不起人的眼神要收紧。水平不行的人，往往神经过敏，体察入微，你眉毛一纵人家都明察秋毫。

经过他夹起尾巴勤恳经营，文联领导对他有了器重，那年节前，还组团到小月亮电影院对他进行家访。他把老母亲提前带到那里，也把自己最好的作品裱满墙壁甚至天花板。房间之拥挤，条件之恶劣，还有为艺术献身的勇气，一时都展露无遗。一个文联领导触景生情地说："我们年轻的时候，都是这么熬过来的，好歹都跨进了艺术的门槛。但有些人，就是熬不过来，一身的本事，都被生活活生生地拖垮了呀。帮助一个艺术家全身心地投入艺术创作，这个这个，也是我们文联的基本工作嘛！"

当晚，隆介将这段话模仿了不下十遍，固然也是出于感动，主要仍是喝蒙，记忆不断清零。但领导的话，他每一次都背得一字不漏。

正如预期的那样，隆介朝着自己的目标逐渐靠近，调入文联并没那么容易，但文联宿舍楼里有一套空房，可以当出租屋。文联领导让隆介住进去，租金还打折。

那一阵搬进文联，我经常赶去帮他打扫屋子，提醒他要留给领导一个好印象。领导往往都是体面人，讲究仪容，隆介邋里邋遢的性格，住进来不要适得其反。我还劝他最好是把老婆女儿接来住。

隆介住进文联宽敞明亮的房间，但老婆一直没搬过来。有必要说他老婆，虽然据他自述换了几任，但从来都是外地人，不跟他住一起。有时候，我甚至怀疑他没有老婆，从来没有，一个也没有。虽然他钱夹子里有女儿的照片，那又能说明什么呢？见我质疑，他信誓旦旦地说有，还讲起自己的爱情故事。他说第一个老婆是重庆秀山人，非常漂亮，她爹是包工头，九几年就有两台桑塔纳，身边还养了一帮青皮看家护院。无数男人馋在眼里痒在心里没胆子追，望洋兴叹，望月伤怀，见花谢（隆介原句）。隆介呢，提起了胆子，一个泥腿子怀揣"光脚不怕穿鞋"的激情，说干就干，既是泡妹，又按捺不住打土豪劣绅改天换地的快感。贴近那女人比他想象中容易，因为没几个男的敢去贴她，她其实有那么点寂寞。之后他给女人画像，画成古装的、飞天的、反弹琵琶的，画成民国时期月份牌女郎的模样，越画越粉越画越靓。那女的多少有些见识，知道这比相片来得有档次，自然欢喜，脑袋一热竟不经土豪老爹恩准，跟他私订终身。婚期定下来，到那一天，隆介拉来所有认识的兄弟，造出人多势众的模样，敲敲打打，满街甩鞭炮，想以迅雷不及掩耳之势把人弄到手。没承想，婚礼当天变天了，女人藏起来根本见不着，后面领离婚证都是律师出面。

"从那以后，只要哪个女的看得上我，都结。她想离我也马上签字，绝不留她多吃一餐饭。"

故事到他嘴里，怎么讲都带有传奇，我也不是很信。

"……这个很有必要哦。"此时，我提醒他，"背后人家怎么说你，你也应该知道。有的说你是疯子，但你真是生就一双好手；有的说你是天才，又说你的书画眼下还达不到天才档次。这情况并不很好，让人觉得你就算是想为艺术献身，把自己搞得人不人鬼不鬼，艺术也未必对你青眼相加，往后似乎看不出有多大的发展空间……"

"哪个狗日的这么讲，我打他。"

"你自己风吹就摇，不要放狠话嘛。"我突然像是变成他的师傅，继续指教，"所以你很有必要把老婆女儿接来，让自己显得正常一些，领导一看，印象分又会加起来。"

其实我是怕他哪天喝糊涂，一个电话又把外面的女人叫来，让文联的人撞见，前面所有的努力都打水漂。我跟他接触多，知道他有这个习惯，且不知道轻重缓急。有时候，喝到快丧失知觉，他还用最后一丝力气拨打电话，女人来了他已不省人事。有一次我正好去找他，走到门口看见一个女人砰砰地敲门，骂骂咧咧，邻居都在走廊上等着看戏。我掏了十块钱打车费，四十块钱误工费，才让女人扭头走开。第二天我找他报账，他不认。我让他打开电话，他才说"手又痒了"。他发誓已将所有女人的电话删除，但在酒后，手指还残留有身体记忆，自动拨出曾经拨过的号。

"要拨多少次才能形成身体记忆，你能记起我的号吗？"我不禁问，"都喝成那样，你把她们叫来又能怎样？"

"我只是想找人讲话。"

"那你打兄弟的电话嘛。"

"夜深人静的时候，找你们过来讲话，老子嘴皮子发干。"

那以后，只要我去文联，都会帮他收拾一下房子，但赶不上他变回邋遢的速度。这倒像是一种天赋，他要把自己家抄一遍，住着才安稳。

"你为什么要抄自己的家呢？"

"你弄整齐了，我老觉得不是自己的家。"

他在文联大院住了有一年，但显然离调入文联越来越遥不可及。他能看明白领导脸上四季的更迭。他本来就没什么形象，此时更不注意形象。有一次文联开文艺工作者联谊会，哪个领导脑门一抽，竟安排他也发个言。前面几个领导纷纷表示要培养人才，选拔人才，轮到他讲，他是一脸酒气摸到发言台的，找准话筒都用了瞄准靶心的力气。"以我经验，艺术这个东西，在我们地方上，没有人能培养你，也没有人能选拔你。相反，别人想骂骂不垮你，想毁毁不了你，你才是人才，你肯定能拱出一头之地。"他觉得此处应有掌声，学着领导搞暂停，却听见一片死寂，忍不住又骂，"这时候都不敢给我鼓掌，你们年轻人还有卵希望哦！"掌声稀稀拉拉响起，还是领导带头搞出来的。

酒一醒，他再去文联混，晓得怕跟人撞面。有天晚上，他把一个身份不明的女人往文联宿舍里带。楼梯上撞着了人，他露齿一笑，说这是我老婆。女人也配合，点点头。次日，文联领导不管他怎么解释，强令他搬出去。虽然文联领导没见过他老婆，但他们乐意将这行为默认为一次招嫖，直接终审判决，不容上诉。"不能让一颗老鼠屎搞坏一锅粥。"搬家时，隆介将情况讲给我听，我并不奇怪，任何一个单位的领导，都打过这样的比喻。

当时他很肯定，真是他老婆，还要掏照片。我懒得看，皮夹子里夹一把照片的人皆不可信，那里面只应夹钱。过不多久，酒一喝，他面相坦诚，承认那个并不是老婆。但他偏说，这是故意的。"里面的人，个个假模假式，我待了一年就是看不惯，就要打他们的脸，就要带女人进去。我现在看明白，武大郎开店，哪里都是这样。"

"不管怎么讲，你确实干了一件丑事。难道不是么？"

他又呵呵哈哈笑起来，一笑遮百丑。

调动无望，那以后隆介安心地当起个体户，承包园林工程。正好那些年楼盘刚开始升级换代，商品房不能挤挤挨挨，要有园林环境才能卖上价。隆介不缺活，慢慢弄起一点规模。他也算是落地生根的物种，做起生意，身上的文人气名士气锐减，还置办了一套订制西服，把领带像颈圈一样锁脖子上，只穿一水，便扔给手下"能穿出人样的家伙"。隆介还和文联有来往，因文联的一块地皮要建新楼，他向曾经熟悉现又重新熟悉的领导们谏言，文联大院里若没有整个侔城最好的园林，简直是皇帝当得开心，忘了打龙椅。领导不相信隆介为人，但相信他手艺，答应以后把园林包给他做。

那一阵和文联的人吃饭喝酒又多起来，多是单位签单，偶尔轮到隆介，他就拽上一个新认识的兄弟买单。他这样搞，兄弟做不长久，但是兄弟有如老婆，旧的不去新的不来，他并不担心。

聚起来是文联各种人等，写字绘画唱歌跳舞都有。在我面前，他们对隆介的褒贬都畅言无忌，而我回以人畜无害的微笑。说到隆介的字，他们承认确有天分，因他临帖底子并不厚，但一手章草功法着实谨严，又不失天真烂漫。虽然行话说写字不临帖就算要流氓，但倚着天分有的人就能不按规矩办事，别开生面，自成一家。

那天吃饭，隆介没来，话题便一直锁定隆介。一个一个先说几句好听的，往下再畅言无忌。我听出来，他们并不介意我转述，甚至正有此意。一个年纪较大的作家也评书法，据说地方上的书画家都是请他写书评画论，他一开口，别人立时安静下来，仿佛是由他盖棺定论。

"隆介嘛，是有天赋，但这一点点天赋，不足以使他以天才自居，不足以使他以名士的面目示人。他自我的定位，开始就不当，这导致他整天醉昏昏，讲话天上一句地上一句，简直是表演。"老作家说，"艺品如人品，真实是最起码的品质。隆介嘛，说白了就是个演员。"

席上众人啧啧赞同，还纷纷给老作家敬酒。我赔着笑听他们评论，时间有点久，笑容把脸都堆得发肿。说到书法我不敢多言，但隆介喝酒不是装出来，是真有瘾，这我比他们更有发言权。想至此，我忽然憋不住，张口问一句："那么，谁又不是演员呢？"

老作家像是呛了一口，很快平复，悠悠地答："是啊，谁又不是？"

易老板忙，若我不提醒，他都忘了隆介在帮驯养孔雀。我一提，他说："呃，是要去看一下，别让他吃完了鸡去吃孔雀。"稍后又问：能联系上隆介么？这是所有熟人都遭遇的难题，隆介这货，最爱干的事就是更换手机号码，简直打一个电话换一个号，每一次打来都是陌生号码。他买手机卡肯定是打批发。我打不出电话，易老板忽然一眼迷惘，又问："你说，我为什么要相信隆介呢？"

我稍微想了一想，虽然我早有答案。

"易老板认识的人里头，只有隆介显得不太一样，他身上有让人意想不到的东西。……易老板烦闷的时候，会想起他怎么随时笑得那么开心。你有点看不起他，但你不比他更开心。"

"你说我是感情用事？"

"易老板也就对他感情用事。铁布衫金钟罩都有气门，再理性的人，总要有感情用事的时候。"

易老板脸上擎起"好像是那么回事"的表情。

去成都只有慢车，坐整一天，下车后徐师傅会开一辆破柳微来接站。我其实享受坐慢车，纵使见站即停见车即让有如便秘，但怀有一种逃离的心情，便能将冗长的旅途通通予以忍受。我猜测易老板的心思，实为我自己的心思，他的默认，说明我们总归是有相通之处。

……得有那么一个朋友，看似神不愣登，人堆里不声不响，甚至还有那么点猥琐，偏就身怀某种异能；他若夹起尾巴做人也能稳赚钞票，偏就喜欢将日渐美好的生活折腾得七零八落，仿佛与周遭人事，与生活本身有着千丝万缕的隔膜。但不管日子折腾成何等模样，仍禁不住他脸上的欢悦，内心的狂喜，仿佛打入十八层地狱都是一种全新体验，值得期盼。他强健有力的心脏泵出的却是王八血，品味他这个人，鸡汤和毒药混合的气味扑面而来。你困苦时从那找安慰，你得意时从那找平静。

但这样的人若就在身旁，劲太大，便会闹得你不得安宁，应与他隔一段安全距离，需要时把他翻找出来，当是最好。

到地方，隆介竟然在等我，拉我去围栏参观，叫我点数。"一只都不少哦。"他指指戳戳。孔雀已和本地鸡分开，现在要抢食，本地鸡只能一边靠，孔雀可是百鸟之王，并非浪得虚名。他又说："你看，孔雀已经变蓝。"我分明看出是有些早春的绿意，在这盛夏时节被光一照，绿得发虚。尾羽开始长出，是公是母也一目了然。他还不忘感叹："除了人，大都是公的比母的好看。"我则不失时机回应说："那是因为你也是公的，而且丑。"又问，"你开始训练了么？"

"什么……呃，要等它尾巴再长长一点。"

"要从娃娃抓起。"

"磨刀不误砍柴工，切不可揠苗助长，不能急功近利让方仲永同学躺枪。"

隆介依然好客，只要能喝酒，举座皆挚友。王八池里已经空了，不能用王八血点进酒里，但每天都给我煲鸡。我爱喝汤，他只撕鸡肉蘸酱油，现在买得着固体酱油，他蘸得更带劲。吃了两三只鸡，我才发现，上次看到的本地鸡已经被他吃光，现在养着的这批，毛色乍看像是本地种，拔了毛都是乌鸡。他依然吃了睡睡了吃，有限的时光在案子上铺开纸帮我写字画画，要画什么画什么，我说要画奥特曼，他也百度一下图片给我画出来。这些年我也藏了他不少字画，少说有两三个皮箱，所以我并不在乎再多拿几张，当然，我也绝不盼着他早点死。我感觉虽然他也闹腾了这些年，到地方上混得天才或酒鬼的名声，但只要一死，马上无声无息。

在隆介身边，日子很好打发，不觉过了一周时间，我要赶回去干活。易老板待我不错，我磨洋工要自己掌握分寸。临走，作为一个监工，我不得不提醒隆介："养孔雀的事，你自己也要上手弄。徐师傅是挺好，但他驯不了孔雀开屏。他自己一辈子都没开过一次屏，不是么？"

"你要知道，龙船要由别人来打，我只负责画龙点睛。"

"你要知道，道理在你嘴里，钱在易老板手里。"

由夏到秋，我还去找了隆介几趟，去之前打隆介电话，他竟然一直没换号，有一次直接接通。在我眼底，那个叫民安的小镇已变得熟悉，我赶去那里像是踏上回故乡之路。小镇还藏着隆介，更多一份亲切。他不见得随时都在，叫了徐师傅接待，或者晚我一天赶来。但只要赶来，他就成为小镇的主人。他已有不少熟人，吃饭时拎一瓶酒，带我钻入一处僻静院落，把屋主当成徐师傅一样吩咐：弄几个菜，一块儿喝酒。屋主都听他吩咐，马上动手，厨房（他们叫灶房）马上有了锅瓢撞击的声响。菜都端上桌，摆起龙门阵，他就成为席上的主人，而屋主在他身畔一惊一乍。他一口四川话已然地道，至少在我听来是原装货。一瓶酒扛不住，很快见底，他指使屋主人家再去买两瓶。"要玻璃瓶的哦，剑南春可以封顶，下不保底。别给老子打壶子酒，这可是我兄弟我跟你说！"半天时间，又这么打发。

孔雀一直在长，不慢也不快，徐师傅开始给公孔雀捆扎尾羽，防止它们打起架来羽毛纷飞。掉毛的事仍不可避免，隆介吩咐所有的长羽毛都要捡拾起来，收好，以后用得着。这显然又是斗鸡的经验，斗鸡打架经常会折断羽毛，但一截断茬还在，下次再上场，可将羽毛用大力胶粘在断茬上。我当时在场，有必要提醒：十来万一只的货，你总不能修修补补吧？隆介怪眼一翻，说只是有备无患。我眼皮有点抽，越来越感觉驯孔雀开屏之事，隆介其实和我一样，往好了说也是摸石头过河。

给易老板汇报，我说还行，一切都像那么回事。

"什么叫像那么回事？"

"现在他在和孔雀培养感情，晚上把孔雀关进自己房间一起睡。"

易老板点点头，他相信隆介能与各种动物产生感情。

十月黄金周，我又去民安小镇，碰见黄作家。黄作家年过四十，灰白头发染成金黄，但仿佛把脸也染黄几分，身边还带有一个年纪莫辨的女人，说是刚跟他扯结婚证的妻子。

按说两人应去度蜜月，黄作家一番说道，说出黄金周去景区的种种险恶，终于把女人诳到这僻远的乡镇，享受岁月静好。在这不管待多久，都算他俩蜜月的一部分，黄作家这一招又省下俩月的工资。见是我来，黄作家也显得格外亲热，他乡遇故知，喝酒说话多了一个听众。当天，隆介稍后赶到，一手拎起一个大王八，拎得满头是汗。他说是在施工工地刚弄到，纯种野王八。工人们在一处老屋基下面挖到一凼泥水，抽干水，这两个脸盆大的王八就优哉游哉浮现眼前。工人竟向隆介汇报，问他怎么处理。隆介哪敢耽搁，赶了过去，用网兜把王八拎起就走，让工人们来不及就王八的属权展开一番深入的讨论。

我一看，今天王八血酒一定要把人喝翻为止。

两只野王八断了头以后，血又稠又多，被他倍加小心地灌入十斤装的酒壶，酒色慢慢殷红，根本就是一壶鲜血。黄作家的新婚妻子见着这酒，不肯上桌。"隆介你真是越来越嗜血。"黄作家说，"今天这酒我是喝不了。你们看见的，要是我跟你们喝血，轻者今晚上不了床，重者把她搞成抑郁症，我下半辈子幸福没保障。"我抿一口，血腥味直冲脑门，甚至还有股泥腥。隆介说有泥腥才是野王八的味。开席以后，他按平时的量，杯子照样举得频繁，一仰脖子一口血。而我换了最小的盅，每次斟一半。这架势拉开，简直是以逸待劳，不消个把小时，隆介坐着坐着，喝着喝着，脑袋突然就偏了，嘴角沁出血色。黄作家伸手探探他的鼻息，冲我们说，"我很担心这么发展下去，隆介会半夜爬起来吃人。"

隆介喝时，徐师傅也喝，隆介喝趴，徐师傅把他像褡裢一样扛去里屋，便不出来。"……兄弟，漱漱口，换点别的喝。"黄作家也有几分酒瘾，这是能与隆介长期保持联系的必要条件。他使个眼色，新婚妻子就往外走，稍后拎来两瓶产自茅台镇却从未听说过的酱香，一喝满口赖茅味，但比王八血酒好很多。小镇金黄的午后时光，不来点酒还真难看到日落。

"你们怎么想到让他养孔雀，还要管开屏？这样的好事，给我都更靠谱。"黄作家有了好奇，因他认得易老板，说"易老板的钱可不好赚"。我没法给他解释易老板对隆介怀有的隐秘的心理依赖，只讲当年斗鸡的事。隆介毕竟有他的狠，且是在易老板最擅长的领域让他阴沟翻船，翻出了心理阴影，不服都不行。

黄作家听得稀奇，又说："这么好的鸡，不可能是他自己养，是请人弄出来的。背后一定有高人。"

火红毛的出处，易老板早已与我探讨好几回，认为从别人手里头弄来的可能性不大。养斗鸡是很专业的事，附近州县的好手，易老板心里面都有准谱，斗鸡一动弹，基本能看出是谁的饲养风格。好鸡价格不菲，"济公"当年有人出一万五，易老板还不出手，能斗赢"济公"的鸡，若不是隆介养出来，让他掏钱请人，绝无可能。诸多迹象，都说明隆介身怀异能，或者家里有祖传秘方。

"……是哪年的事？"

"隆介九九年问易老板要的鸡苗，心大，刚孵出的一筐全被他拿走，等他养起来，能打架就到〇一年了。"我记得清楚，那两年鸡场缺人手，我随时抽调过去，斗鸡的门路也弄通不少。

"隆介不会安心养鸡,这家伙,我毕竟比你认识得久。"黄作家此时想起什么,又说,"九九年,是的,那年秋天隆介还找到我家老头子,扔他几只鸡苗,毛都不长,丑得很。他说养大了要是能打架,他有赏,一千两千,上不封顶。老头子合计一下,顶多亏点饲料,就答应帮他养。"

"老爷子会养鸡?"

"城郊老菜农,本地鸡养了一辈子,斗鸡还是搭帮隆介头一回见到。"

"那只火红毛会不会……"

"肯定不是,哪有可能?"黄作家开始邀我喝大杯,又说,"老头子把斗鸡养成了肉鸡,隆介不收,炖了。老头子还叨叨,说斗鸡太费粮,肉柴得很,吃起来硌牙。"

"那还有什么人帮他养鸡?懂行的,这种鸡少说收他上万块工钱;不懂行的,瞎蒙就能养出一只好鸡?"我想起当年学习养斗鸡,光给它皮肤增粗,就要懂熬药汤,会按摩,再别说日常料理、喂药……我总以为,一切扯到钱的事,都有个投入产出比。凭我的经验,放养能养出火红毛这样的斗鸡,其概率约等于猪肚子里长牛黄。

"隆介又不是易老板,哪认识专业好手,他要找,自然是那帮喝酒的朋友。"黄作家以他爸爸为例,以证此言。父子俩并不对路,黄作家若想请老头子出手干些什么,老头子极有可能唱反调。但隆介只消拎一瓶酒,二十块钱以内,老头子就赔上一桌菜,不说厨艺,放眼望去全是肉。把酒一喝,隆介但凡开口,老头子便拉马坠镫跟着跑,虽九死其犹未悔。"有一次隆介鼓噪老头子搞搞投资,只消一年,柏木棺材指定换成檀木棺材。我家老头子真就取了房产证去抵押,幸好我半路拦截,才头一次看到我家房产证长什么样。"黄作家说起这事,仍是心有余悸。又说,这些年来,明面上大家看着他损隆介损得几多开心,暗里头隆介闹得他家暗流汹涌,鸡犬不宁。

这个我倒知道,隆介最是擅长与酒鬼打交道,他一开口,大多数酒鬼都会拉马坠镫跟他走。"你是说,是一个酒鬼,从来不养鸡,一出手就帮他养出那只火红毛?"

"有可能……不要小看酒鬼,成天迷瞪瞪,其实也是一种独特的状态,在这状态里能搞出不一样的事情。隆介真是相信酒鬼有一般人没有的能耐,什么事都要找酒鬼朋友来搞,所以酒鬼也爱听他的安排。隆介包给酒鬼的活,反正是一般人干不出来的,他就赌酒鬼身上有奇迹发生。"

"听起来我俩都包含在里面。"

"谁说不是呢?"

黄作家的分析说服不了我,火红毛赢下"济公",绝非偶然,后面还赢了易老板好几只斗鸡,最后栽在易老板重金购来的"神勇大将军"手上。但这些事,不便道与人听,因为易老板都不知底细。

"你要知道,所有的能人其实都是一种人:包工头。"黄作家还预言,"等着看吧,隆介养的这些孔雀,迟早都会发包给一帮酒鬼。"

"那么肯定有几只,会被酒鬼当成下酒菜。"

"都是概率,弄出一只随时开屏的孔雀,只能去撞概率。"

年前，易老板叫我去取一座 K 金摆件，送到王局长的"后宫"。取到手，造型是"麒麟送子"，我便疑惑，难道"后宫"那女人保住了王局长一脉香火？还敢置办酒席？以他这样的身份，岂不是授人以柄？易老板便夸我，说手底下也要有多少看得出问题的崽子，又说可不要担心王局长断香火，人家的血脉枝枝杈杈，争遗产的时候才会统统冒出来。

"……老王当然不想任何人知道，但是，我们知道也就知道。我这号铁兄弟，知道必然是要送人情。既然有人情，他不开几桌也说不过去。"

荃湾镇那宅院已开张营业，却又关着门。因是会所，专做关门生意，还要预约。私房菜每天 N 桌，只报人头不点单。据说生意极好，轻易订不到桌，因为订到就是赚到，两百多块一位，上了桌八百八一磅的蓝鳍金枪鱼管饱，全然是"不为赚钱为洗钱"的派头。

虽然只有一帮铁兄弟知道，当天去的人极多，门口贴了告示：乡聚专场，外订顺后。酒席正准备，穿了唐装汉服的服务员往来奔忙，唯宅院女主要务在身，不便出来展示不俗的衣品。

最大一间包间被圆拱门与纱帘隔开，几个老板在里间说笑，王局长坐当中一把红木圈椅，一直在打盹儿。我和一帮西服笔挺分头锃亮的家伙坐在外间，他们只差没把"马仔"两字敲在脑门，我穿得随意，竟有些不适。易老板为人随和，一开口憋不住话，可说可不说的，脑袋一抽就一吐为快了。我见他捏着茶杯盖凌空虚划着，嘴里讲起隆介的段子。这是他的保留节目，许多小段都历经修改，我熟悉演变的过程，其实我也为这些段子贡献了不少金句。这话题，似乎能切入王局长的肠胃，脸色醒来几分。王局长难得现面，别个老板要插言，王局长晃晃指节制止。隆介的糗事一桩桩一件件重现耳底。经易老板一编排，隆介简直就是那只笨笨熊，每天都重复着搬起石头砸自己脚的行为。王局长似乎想笑，却只有面色不经意的变化。

我隔帘听着陈段子笑不出来，只些紧张，预感到这把大漏勺（他的自我评价）一定会讲到驯养孔雀。待他把隆介塑造得血肉丰满，忽然有个停顿，眼似乎往我这边一睐。终于还是，讲了出来。

"哦，是嘛。"王局长说。

易老板表示，若想养出听人指令随时可以开屏的孔雀，一般人不必指望，隆介却可期待。

"哦，是嘛。"王局长脸上有了确定的笑意。

晚上返程，易老板唠完以后脸由红转青。"又他妈漏嘴了，把话说早，如何收场？跟你交代过，你怎么不进来制止我？"他冲我说，"我把不住嘴，又不是一回两回，把你放在身边有什么卵用？"

"易老板，说时迟那时快，来不及呀。再说，我招呼不打一脚跨进去，人家以为你预谋了一场火并，说不定几把刀就朝我俩砍来。你想想当时场面！"

"说得跟黑帮一样。"

"我身边那几个穿西装的，牙龈上都有刺青，我不敢乱动呀。"

"嗯，下不为例。再说，老王现在变得这么高调，离翻船也就不远了，到时候，哪还有心情看孔雀开屏？"

"隆介那边还要不要去理？"

"过完年你就过去，这事弄不好，把孔雀翎全都插他屁股上。"

我却想，若隆介知道易老板刚才这番表态，肯定跑来嚷着没钱，要求追加科研费用。孔雀很快就将满周岁，到时候，春暖花开，孔雀开屏。

以前隆介从不主动，现在晓得打来电话，催我去检查工作。我问是不是训练好了，他说哪这么快，刚学会开屏，有的还只能开到半扇，屁股上的力气攒不够。"要一步一步来，有事我们兄弟先商量。"他说，"最近弄到几瓶老酒，你不来我留不住。"

这里刚开通了支线飞机，去成都只一小时。我这时已变得有些忙碌，挨过清明才得以动身。易老板的手下，以前一起喝酒打牌翻脸骂娘的兄弟，现在都恭敬地叫我一声"二哥"。我有些惶恐，直到一天易老板也半是戏谑地这么叫我一声，方始安心。

"……二哥！"隆介亲自开了一辆皮卡跑到双流机场接机，冲我这么叫一声，脸上满是喜色。我问："你都哪听到的？"他说："你写博客啊，下面有跟帖。"我想起来自己开了博客，毕竟我还是作协会员，没想还附带把"二哥"的名头传扬出去。

到他的院子，围栏里面全是乌鸡，间杂几只另类，是母孔雀，公孔雀都见不到。我明白，黄作家的预言是正解，嘴上说："不会都被你炖了蘸酱油吧？"他说怎么可能？孔雀肉炖了不好吃，应该剁丁爆炒。

再去检查工作，有点像走访扶贫点，徐师傅开着皮卡，我们沿着乡村公路一家一家上门。替他驯养孔雀的人，散落在附近几个市县的乡镇。去的时候，皮卡的车箱里还装着那几只母孔雀。母孔雀数量不足，只能共用，一下子全堆在某一只公孔雀身边，看它是不是把持不住，高潮迭起，一下子就掌握开屏的全部技术要点。当然，效果并不显著。隆介说："当初真该多要几只母的，都配好对子，省得像现在这样送货上门，搞得我都像皮条客。"

他承认，早就想好要这么做，把孔雀分养在诸多朋友家里。"他们都是我们精心挑选的，前面好长时间，我一直在考察人选，你以为我光知道喝酒？一般人入不了我的法眼。"我只知道，他选出的能人五花八门，不光是养殖户，还有下岗工人、林场职工、民办教师和退休职工。要说养殖户，包括放蜂人和专事到溪坑里掏野王八的闲汉，和孔雀养殖似乎也扯不上关系。我笑他哪里拽出来一支杂牌军。

"专业的养殖户反正驯不出来，我只好怪拳怪招出手。蜀中多奇人，不要小看他们非专业，其实更容易找出古怪的路径，没准就能把事情搞出来。再说，先前喝酒时候，我把他们都煽乎得头脑发热，劲头十足，把这件事当成毕生的事业来搞。这些人，因为我才找到能为之奋斗终身的理想，能不给我卖命么？"

说至此，他还摸出手机，展示一位退休老教师发给他的短信，上面写着：天不生隆介，万古恒如夜。

"都是喝酒认得的吧？一斤的量是录取线？"

"酒是要喝，这些人倒是精挑细选……"

"我还不知道你吗，酒一喝，撵到碗里全是菜了。"

隆介还待辩解，却不打自招地笑起来。隆介确乎有项异能，就是聚酒鬼。酒鬼仿佛是一根藤上的瓜，扯出隆介一个，就能扯出后面的无穷之数。

我记得，刚认识他的时候，他在帮易老板装修新门店，请了一个装地弹门的吕师傅，半月过去仍不见装好。知道有些师傅爱窝工，一是等钱，二是接了几桩活计，转台似的干活，但两扇地弹门能装半月，怎么也说不过去。隆介只说吕师傅就喜欢慢工细活，把你们店当成百年老店，要好生伺候，一百年里门都没坏，他自己也竖起一块招牌。我得来好奇心，倒要看这吕师傅到底怎么拖的时间，时间在他身上，又发生了怎样的滞留。

某天，吕师傅在门上抚弄了几把，说我去交个手机费，又要闪人。我跟在他后头，发现他在街道尽头一拐，很快在一家杂货店门口站定。三块钱一斤的苞谷烧酒，吕师傅打了半斤，就着酒舀子喝起来，下酒菜是五角钱一包的麻辣小河鱼。吕师傅很快喝完，又要店主加二两酒，再买一包榨菜丝，拎着酒舀子坐到不远处的象棋摊旁边。有人在下棋，他仿佛观战，其实靠着墙角睡着。我回到店子，忙完事情，已近晚饭点，再去街角，吕师傅已醒来，在跟人下棋。他下得很臭，满口脏话，还说"今天我没喝酒没有状态"。一旁的棋友应声给他舀来一块钱的苞谷烧。榨菜丝还剩半包，他从裤兜里找出来，皱皱巴巴，往嘴里一挤，又嘬一大口。

同样是在那个门店，要将吊顶和天花板中间的老线路换一遍。隆介电话一打，很快来个骑自行车的电工师傅，刹车全用鞋底板，到我门口，逼停了一辆奇瑞QQ。我一看，这师傅脸色酡红，嘴巴皮发乌，眼仁像破手电筒，早已不聚光。我跟隆介说："行吗这个？刚喝了来的。"他说是老师傅，姓孙，猴一样灵活。孙师傅不多言，敏捷地爬到顶上，吊顶开始往下落灰。过了半个多小时，石膏吊顶突然坍塌，孙师傅像孙悟空一样从天而降，幸好，快落地时被电线兜住。仔细一查，当天他把火线零线全部接反，犹如织了一张网，兜住他一条老命。孙师傅挣扎着还要往上爬，我们赶紧将他拽住，隆介算是求他说："顶棚架子也踩塌了，没地方落脚呵，搭好脚手架再往上爬吧。"

只要和隆介在一起，这样的事情便层出不穷。我忽然又记起火红毛，便问他："当年那只火红毛，你是请哪个酒鬼养出来的？"

"别打听了，那家伙死掉了。"他一口把话堵死。

检查完工作，回到特种养殖场，隆介请我喝酒，不出所料，他要求追加资金投入。"……你亲眼看见的，我这一年时间，没少花心思在上面，前面给的三万，早就用完。"他说，"剩下的七万，你一把帮我要来，我还按老规矩，给你这个。"他摊开右掌，屈起拇指。

"前面三万，你又例外了。"

"启动资金例外，我们交税也有一部分免税的，你也要宽宏大量，孝敬师傅……再说我也不是不给，火红毛最后一次斗架，即使不赚钱，我不是也给了你这个数？"他晃起四个手指，一个代表一千。

那件事，我自然忘不了。

当年，火红毛之厉害，对于易老板简直是块心病。他在当地被称作鸡王，但隆介突然冒出来，火红毛突然冒出来，接连打掉他几只不错的斗鸡，西贡鸡、暹罗鸡、缅甸鸡、印尼鸡，火红毛简直在横扫东南亚。幸好，两人都是私下里斗，不让别的人知道。纵是输了几手，易老板依然把隆介看成一个金娃娃，最好是加以控制，但隆介始终闭紧口舌，不讲自己驯鸡的诀窍。易老板本以为隆介和自己一样，是一把漏勺，藏不住话，没想……他总结说："他装成漏勺，其实就为了隐藏真正不想说的话。这样的人，才是真正口紧。"易老板也曾怀疑隆介找了别人帮他养鸡，拽着我左分析右讨论，始终觉得不可能。他越发相信隆介身上确有异能。后面易老板专门找缅甸的朋友，搞来那只"神勇大将军"，凭他的经验，对付火红毛十拿九稳。易老板邀斗时，口风很紧，说要是火红毛，仍要一比一，赌两万。隆介换其他任何一只鸡，易老板都将盘口定为一比三，隆介赢了拿走三万，输的话只消交付一万。

隆介表示要考虑一下，私下把我叫去喝酒，问有几成把握。我说易老板的胜算有六成。他哦了一声。此前斗的几架，我都跟他说，你有六成。我这么说，易老板的胜算也打了折扣，对隆介也不算谎报，感觉两边都说得过去。隆介第一次碰见火红毛的胜算小于对方，但又按捺不住想斗这一架。想来想去，一个晚上找我去帮忙，又找了一个发艺师，把火红毛的毛色焗为全黑。"赢了，少不了你的好处。"他找我去，就怕焗了毛的鸡过不了易老板的眼睛，要我一旁敲边鼓，里应外合把那三万搞到手。

"给我多少？"

"老规矩，四成，一万二，一分不少。"他也知道，以前放了空炮，为表诚意先要给我两千。我说好的，到时一块给。

其实，那天晚上我去到他家，凌乱的屋子里，他和发艺师一个捉鸡一个动手，帮鸡染毛色，我就感到一种莫名的欢快。我见过鸡场上出老千，比如给自己的鸡悬爪上抹药，给对方鸡的食槽里放麻药，但焗毛应战，是我见过最有想象力的出千，也只有隆介干得出来。发艺师说，焗一只鸡要算焗两个人头。即使这样，收费无非两百多，但若这一架打赢，隆介多赚两万。

给鸡焗毛，发艺师也是平生头一回，不停叫苦。隆介此时又恢复了漏勺的本性，要对方耐下心性，把活尽量干得漂亮一些，说自己这一把要是赢了，请他连吃三天麻辣烫，龙肝凤髓随他涮。发艺师也深受感染，焗好以后，发誓说其他发艺师都看不出来，这鸡的毛是焗出来的。隆介大喜，掏出一瓶多年舍不得喝的老酒，先行庆功，发艺师果然也是能喝。

我愿意他赢。若干年后，我跟别人讲故事，这会是很独特的一个，醍醐中散发着理想的光辉。人一辈子能活出几个独特的故事哩？

"……新养出来的？怎么看着这么眼熟？"

地点仍在易老板鸡场，围观的人还有几个，都是易老板的至亲，不邀任何斗鸡圈的朋友。易老板一直不让隆介进入他那个圈，但一场几万块的赌局，没有观众也是不行。易老板眯着眼，把黑鸡看了又看。

"和火红毛是显然一抱的，同父异母的兄弟。"隆介肯定地说。

"我们那一抱鸡，有黑毛？"

"有两只母鸡是黑毛，纯黑，看颜色应该是一样。"陈师傅说。

"我们那只火红毛和黑母鸡也踩雄（交配）过？陈师傅？"

易老板开始查黑毛鸡的出身，对于隆介拿去的鸡苗，都是有账可查。鸡场的陈师傅哪记得清楚，只好支吾。我赶紧说，那一阵我来帮忙，就想着给鸡场那只火红毛多留一些种蛋，好几只母鸡抱过去给它踩，有时火红毛挂双飞，有时火红毛一天踩三回。

"你这家伙，把自己当成火红毛，就想着多捡便宜。"隆介冲我来了一句，眼里递着感激，周围的人好几个喷笑。

虽然易老板眼里有疑惑，但不再追问。斗鸡开始。

一个半小时后，黑毛鸡惨败。易老板看得明白，斗架时就不停感慨："这只黑毛，怎么打法也跟火红毛一个路数？真是师傅左撇，徒弟右手不会掌勺。"黑毛鸡没有不败的道理，因为"神勇大将军"专门买来克火红毛，易老板针对火红毛的打法做了针对性的训练。易老板能成为本地鸡王，就因为他有这种科研攻关的精神。但是那一架仍打得好看，黑毛鸡后半小时成了活靶子，多少重脚弹在脑袋上，始终不肯低头。易老板的几个女亲戚都不敢看，摆出善心人的痛苦状。

收鸡以后，易老板说："隆介，一心不能二用，你还要搞艺术，斗鸡这事你再有能耐，心机不够。把两只鸡都给我，火红毛，黑毛，我免你一万块钱，再倒给你一万。别的鸡我也一块收。"

"叫我以后别玩了？"

"我这是为你好，你写字画画，再弄几年，市里面没人跟你比。到时候你一尺的画能抵一只火红毛。"

"给我时间考虑。写字画画要干掉好多人，斗鸡我只想干掉你一个。"

"你让我想起自己年轻的时候，但你玩鸡，就相当于我去写字画画。"易老板在隆介肩头郑重地一拍。

隆介"考虑"了十天，主要是将黑毛再焗回火红毛，一次成不了，再者还要把鸡伤养好，结痂去痂，有伤痕的地方搞一搞伪装。看上去，火红毛一直还是火红毛。那么黑鸡呢？隆介编了一个故事，说他把黑鸡喂养在阳台，结果不知怎么的就上了栏杆，摔下去死了。有照片为证。隆介把火红毛和黑鸡身亡的照片带去给易老板，这样，一万块钱拿不到，但输掉的一万块抵了账。别的斗鸡统统收购，隆介又从易老板手里赚了小两万。四千块钱，他倒真的给了我，但要我请他去城里最好的馆子"寻味斋"搞一顿。"回扣里面拿回扣"，这倒成了我与他一直持续的交际方式。

买来后，易老板发现火红毛不能用，"像是败筒子"。斗鸡跟人不一样，一旦斗败，便变成"败筒子"，从此胆寒，心理医生又无法介入治疗，再拿去打架提不起半点士气，即使占有上风，也会忽然胆寒，开叫认输。

我便建议，拿去做种也是好的。易老板眼皮翻几下，瓮声说，也只好这样。

我说不是我不帮他，而是，眼前孔雀开屏还看不到任何一点苗头，易老板凭什么继续追加投入？"我要有话交代。易老板对你是足够好，但他心里不敢太相信你。这怪不了人家吧？"

"你现在都是二哥了，几万块钱搞不下来？"

"二哥是二哥，易老板想骂我照样指着鼻子骂。钱不在我口袋里，要在，我现在就掏给你。"

"你现在当二哥更会讲话了嘛。"

"你手下的那帮杂牌军，东方不亮西方亮，黑了北方有南方。这几个月，能找出点苗头，有证据证明确实能养好一只符合要求的孔雀，我马上去跟易老板要钱。"

隆介竟有准备，掏出一万块码在我眼前。"先拿去花，你要把余下的七万块弄出来，再提两万，剩下五万打到我账上。"

"不是四成么？"

"还有一万，交脱货的时候一定付给你。"

我不要。还是那句现话，尽快把开屏的孔雀养出苗头，拿证据。

他见我只会哭穷要钱，而我做不了这个主，赶紧抽身回家。我把情况汇报给易老板。

"……我早就想到，他会转包给别人。但有些人，只有他能找出来，也只有在他手底下才能搞出意想不到的事。"

"整个一支杂牌军，我去见过几个，都酒鬼哩。"

"那么，以前那只火红毛，也是有人给他养出来。你再和他碰面，拐弯抹角，问一问这事。"

"问过了，他说帮他养火红毛的人死了。"

"真是死无对证。"易老板抽抽嘴角还想说什么，没说。

往后几个月里，隆介变了主动，给我发好几条"证据"。比方说那个林场工人，把孔雀架在肩上或者头顶，变换着身体的姿势，只要调到一个合适的位置，孔雀果然徐徐地把尾羽打开。

"这不行，这不算开屏，是孔雀在保持平衡。"我说，"再说，我们只回收孔雀，难道到时候还要把这家伙一齐带给人家王局长？让他顶着孔雀成天在宅子里走？要开他多少钱一个月？"

一计不成，又生一计，那个民办教师似乎热衷于创造发明，他给孔雀安装了一个铁头套，一拧扭，铁套里定然是有什么东西慢慢锁紧，孔雀开始挣扎，越挣扎越锁紧，越锁紧越挣扎，很快地，孔雀浑身羽毛都抖了起来，尾羽自然就呈开屏状，但分明和正常的开屏有所不同。

"这不行，这不是孔雀开屏，是给孔雀上刑，你把渣滓洞从重庆搬去了成都。有点人性好不好？"

隆介只有拎着酒不停地家访，不停地给杂牌军部队打气，保证士气高涨。一帮酒鬼在他的怂恿下，在孔雀身上发挥着想象。公孔雀都已会开屏，只是无论如何都拒绝接受指令频繁而又稳定地开屏。隆介和徐师傅把母孔雀带去，想搞美人计，哪只孔雀开屏卖力气，可以享受配种。那些公孔雀见到有异性，开屏确实变得主动，挣得了配种的机会，配完以后会有几天的萎靡。"……它们前列腺还没有我好。"隆介感到难过，他都恨不得自己变成一只公孔雀，不就是开屏嘛，有这么难？

一拖就拖到了夏末秋初，隆介又发来一条视频，保证是"迄今为止最重要的突破"。姜是老的辣，杂牌军里年纪最大的那个退休的扳道工老路，在这段时长不超过一百秒的视频里，用一只自制的树皮口哨，吹出泡沫擦玻璃的声音，让人汗毛倒竖，让一只孔雀一共开了三次屏。我反复看了几遍，便发现问题所在：这种哨音不光让孔雀开屏，还能让它马上收起，接着又打开。次数增多，是因为每一次开屏都未充分，活生生地掐断。老路成功地把一次开屏切分成N次。据说他能力很强，工作起来经常超额完成任务，满屋墙壁都裱满了奖状。看了这段视频，我只是不再怀疑他超额完成任务的能力。

我不好老是唱反调，弄得隆介当是我不肯给钱。我把这段视频给易老板看，并说："看样子蛮有效果。再给点时间，这老同志能够把这只孔雀驯得跟孙子一样听话。"易老板也反复看视频，不置可否。我说都严把时间，只给了隆介三万，但这家伙这一次算是用心在做。易老板说："再给一笔，不能多，留了尾款，交孔雀时再说。"这也是隆介的运气，易老板刚刚回了一笔款，有七百多万，几万块钱这时候掏出来，自是比平时容易。

钱打过去，很快他往我账上打了一万二。易老板掐了掐时间，要我通知隆介，孔雀要在过年前驯出来，到时候王局长那个进不了户口的小少爷满周岁，正好拿去搞搞气氛。"这寓意也好，孔雀开屏，凤凰于飞。"易老板现在变得有些情调，送东西要拿捏寓意。

我提醒隆介随时关注老路的进度，要有发展，随时发最新视频给我。老路起初只关注频率，把一次开屏切得越碎越好，我提醒要孔雀自动收屏以后，再发指示，让它重新开屏。听着差别不大，操作起来大费周折。孔雀完整开一次屏以后，就像干完活下工，老路再去吹哨，它理都不理。不过时间尚有数月，我相信老路一辈子大风大浪，多少困难都解决掉了，不至于晚年给自己留下遗憾。

有一段时间隆介不再发视频过来，但这时矿洞出了问题，易老板被查账追缴税款，王局长也如坐针毡，到处找人，这摊子事谁也顾不上。好在危机公关做得不错，易老板以最小的数目补缴了税款，免于刑事追责，王局长也没被任何单位约谈。这事情过去，年节也就近了，易老板忽然一天想起来："隆介那只孔雀，到底驯到什么程度了？"

给隆介打电话，竟然是空号，好在徐师傅的手机号跟他人一样靠得住，一打就通。我问他，老路驯的那只孔雀，目前到了什么水平？徐师傅顿了一会儿，才说不知道，说最近他忙别的事，老路那一头都是隆老板自己去跑。我预感到情况不妙，也不为难徐师傅，只说要隆介尽快回话。

三天后隆介用一个新号码回我消息：放心，到时候，直接让孔雀去现场开屏，误不了事。

我催他把最新的视频发给我，为保证新鲜度，要让孔雀站在电视机旁，而电视调至新闻频道。

他回：你把我当贼防是吧？

他说话通常没有这种咄咄的口吻，显然在以进为退。我劝他，有什么情况一定给我交底，毕竟我把自己和他拴在一根绳上。他没有回话，次日新的号码又打不通，接着徐师傅关机。

好在通信的渠道越来越多，远非换号关机就能阻止，面对眼下的信息社会，隆介频繁换号的举动无异于螳臂当车。他有博客，虽然他换了几个博客名，账号倒还是同一个。眼下的博客名，叫"是孔雀总要开屏"。我发了几条私信，要他尽快把驯好的孔雀带来，不管有什么问题什么毛病，还可以一同探讨，将其改进。他没有回，也没有更新博文，但我预感他看到了。

翻过年头，我给了他最后时限：王局长公子周岁庆生的前一天。易老板必须事先验证这只孔雀，看它如何开屏。即使不像事先约定那样，一听指令就能开屏，只要易老板掐着表，两分钟内这只孔雀能够将尾巴像折扇一样打开，重复三次，都稳定地打开——OK，还有四万尾款，当场取走。

之后我就不理这事，但这天中午易老板先打了我电话。"隆介没有找你吧？他直接打我电话了，约明天，把孔雀带来。"我嗯了一声，有些奇怪。易老板又说："我估计……看明天吧……也许呢……"

我脑子便往易老板留白的地方填空，知道情况不是很好。他撇开我，也可能是为我好，不是么？有些时候，他确乎会良心发现似的想到，他是我师傅。

次日午后，我们去易老板的鸡场碰面。鸡场换了地方，更大，有半个篮球场大，有废弃的球筐，是一座废弃的小学的一角。易老板准备在这里搞一个高档的斗鸡场子，进来收门票，押鸡要买筹码，反正要将一切都做规范化处理，让人隐约闻到一股澳门或者拉斯维加斯的气息。

隆介进来的时候先是冲我笑，说："我打你电话打不通，怎么搞的？"我说手机有点问题，有些人就是打不进来。

"……哎，这事了账，我给你买一个新的。"他在我肩头一拍。但只见他一人，手里没有拎任何提篮。孔雀和斗鸡一样，带走的时候会用一种提篮拎着，他们管那叫"越南篮子"，把活物放进去，两边露出头尾，中间可用藤条捆住。

易老板撇撇嘴说："隆介，今天不是要见你，是要见到孔雀。"

"是的，孔雀孔雀。"他挤起一种不常有的笑，又说，"老路养的那只，就是前面给你们发视频那只，本来已经差不多了，越驯越听话，忽然有一天就死掉了。脑袋卡在围栏孔眼里，应该是叫了，老路又刚学会用耳机听辰河高腔，没听到，这样孔雀就死掉了。它应该是在发情，今年暖春，天热得早一点，但我这边没给每只公孔雀都配上对子……"

"隆介，你就直接说结果。还有没有别的孔雀能够开屏？你有二十只孔雀，又有这么多能人朋友，八仙过海各显神通嘛。你那么忙，这么老远跑来，不应该是帮一只孔雀报丧来的。"

"易老板讲得对，东方不亮西方亮，老路那只不行，那个民办教师小杨，他不是一心要搞发明创造么，也弄出这么一只。"

"这跟发明创造有关系？孔雀开屏是要驯出来，难道还是造出来？"

"双管齐下，驯养结合发明创造。易老板，年代不同了，以后我们人也是这样，身上会安装很多电子元件，器官会被机器代替，半人半机器，充电就能活命，这样人就可以一直活下去，不是么？"

"美国片看坏脑袋了。"易老板说，"那你把民办教师弄出那玩意儿拿出来看看。"

我以为是杨老师跟他来的，这样万一有什么故障，可以现场修理，但还是徐师傅，忠心耿耿地拎一只越南篮子进门。他解开藤条，把孔雀捞出来，这只孔雀竟然没有屁股——定睛一看，其实只是没有尾巴，屁股光秃秃的。易老板便嘀咕一句：屁股哪去了？

"嗯，这是关键所在。"隆介俯下身去，从提篮里面掏出一个东西。一圈饱满的孔雀尾羽，插在一个环状物上面，上面还有两条带子，看着像是印地安人的头饰。他又说："呶，这是最先进的孔雀开屏，杨老师的最新发明，还没去申请专利。你们看得上，这个专利也是你们的。"

易老板瞥我一眼，仿佛在笑，我知道隆介今天所做的一切都将是瞎忙。

隆介和徐师傅配合着，把那东西拴在孔雀肉嘟嘟的屁股上。环状物应该是金属制成，有点沉，七手八脚拴上去，孔雀就像一个胖男人用不了皮带，只能用背带吊起裤腰。两人放手，孔雀好歹站稳，屁股明显向下驼。隆介又掏出一块东西，是遥控器，一摁中间的圆钮，金属环上插着的尾羽便抖动起来，在我们目光汇聚过去的那一会儿，便已撑开。定睛一看，不只是扇形，简直像羽毛球一样滚圆的一圈。孔雀和身体上的附着物配合还不甚默契，撑开时它脚又是一软，向前滑几步才站稳。

"充一次电，可以用三小时，可以开屏两百次以上。……你看这背带，也是用心挑来的，和孔雀的毛色几乎一模一样，隔远几步，根本看不出来。你看……"他用手指把孔雀身上的背带拽起来，又弹回去，融入暗绿的毛色中。

"不用看了。隆介，你觉得我可能把尾款付给你么？"

"会的，不是可以开屏么？……付一半也行。"

"这样吧，你现在满口四川话，来我这里，当你是客。我一时找不到好菜，就把这只鸟过一过秤，多少钱一斤？今天晚上就炖它了，肉溜溜的屁股，还被你们磨出一圈老茧，最有嚼劲。"

晚上当然没炖孔雀，这是民办教师小杨的科研成果。科研成果一般来说不是用来吃的。孔雀开屏没搞好，易老板也没对隆介太多责怪，易老板操心的事层出不穷，不会揪着这破事不放。坐下来，酒一喝，彼此又勾肩搭背。在我看来，小地方能发财的人，大都跟易老板那样，脾性很好，是赚是亏不翻脸，回头有钱仍一起赚。隆介显然有心理准备，尾款的事并不多提。易老板请他喝五粮液集团一种副牌子，我扛了一箱六瓶，隆介摆开自杀的架势，左右开弓往嘴里灌。俚城刚有人酒桌上喝死，同桌敬过酒的凑钱发埋。易老板怪我酒拿多了，说有事先走。我知道隆介这种看上去半死不活的，反倒不会突然就死，陪他喝到后半夜。

次日，易老板说："我原本不信他，不信的时候他往往能把事办好；你真的信了他，他事就办不好，搪塞你绝对是一套一套。"

"那孔雀开屏的事？"

"你觉得还能怎样？"

"王局长那头，你把话都说了。"

"只要继续赚到钱，彼此都过得下去，不靠一只孔雀拉关系。"

易老板想得通，我以为这事已敷衍过去，到底松一口气。而隆介，这次和光屁股的孔雀一样出乖露丑，估计以后他都不好意思打电话。事实上，有大半年时间，我们断了往来，直到秋后的一天，隆介直接拍响门板找我。

他一脸堆笑，但在他身后，分明有更醒目的事物。我目光直接忽略并越过他，看着后面那女人。女人乍看只是静静站在那里，但显然和马路上来往的女人千差万别。她编了两股辫子，编好且盘成发髻，一个在后脑勺正中，一个在脑左侧。她头发浓密，发髻也大得离谱，这使得整个脑袋像是往一边歪。她睨了我一眼，我得以看清她正面的模样，脑袋并不歪。

隆介说："这是你嫂子！"

"确定？"

"真是我老婆。"

隆介这厮，脸上是有新婚的兴奋。他那张猴脸表情丰富不说，必要的时候双颊飞出一抹绯红。此时，他掏出的烟都是红双喜，以前他不抽这个。

我还是头一次见他带着可称为"老婆"的女人。这么多年，只听他嘴里说着老婆，骂着老婆，每一任老婆都从未出现过，哪怕一次……这让我感觉怪异，我曾怀疑他一个老婆都没有，从来没有。

"……那怎么可能呢？有的有的。隆介长得固然吓人，讲话也四六不搭，但吾国泱泱，百货齐全，再不靠谱的人，用心去找，阴差阳错，歪打正着，总会捡到死鱼。"一次，路边撞见黄作家，正好都没事，路边店里喝了整一下午。昏昏欲睡中，他倒说得明白，隆介结过两次婚，很肯定，但只进过一次洞房，同样很肯定。

结婚没进洞房那次，隆介倒主动跟我提起，是在秀山，一个大富人家的女儿。黄作家说那倒是他二婚了。隆介头一个老婆姓周，是社区医院的医生。当年，隆介中专毕业，分配到发廊找不见毛片看不着的荒僻乡镇，一心想回城，最好是调进纺织厂当设计师，但家里找不出能帮忙的亲戚。他不知从哪得到的消息，说周医生和一个副市长是亲戚，且她为人低调，这关系迄今未被好事者发掘。隆介撇开谈了半年的初恋女友，对周医生展开爱情攻势。他年轻时，把自己好好修饬一番，尚有人样。而且，那时候流行写情书，他一笔好字，平添攻击力；语言也不知哪里摘抄而来，生动有趣，激情勃发。周医生也是文艺女青年，光从收到的情书来讲，隆介寄递的当属出类拔萃。再说，周医生相貌平平，不声不响，收到手的情书不多。两人恋爱的过程中，隆介也得到调动，进了纺织厂，果然当上了设计师，便以为周医生的亲戚已经认这门亲事，暗中出手相助。婚后才知，周医生和姓周的副市长没有任何关系，甚至不是来自一个村，而是相邻乡镇的两个村。村名偏巧一样，字辈偏巧衔接，前面得来的假消息，大概是混淆了。女儿已出生，日子照常过下去，只是两人感情迅速转冷。离婚是周医生主动提出，原因有各种说法，隆介也懒得澄清。别人喝酒时发挥想象，甚至说隆介让周医生守活寡，他都认账。他就喜欢被各种说法包裹，他就喜欢自己有话题。

那天黄作家讲得详细，我也不失时机，问他隆介二婚时扯了证却没进洞房，又怎么回事。"……纸包不住火，秀山那女孩还以为彼此在初恋。结婚之前，有人找到那女孩讲实情。""他前妻？""是啊，算是救了那女孩一命。"黄作家笑着找碰杯，一番话说毕我真看不出他是隆介多年好友。但是，好友确乎就是知道一切实情，还能凑在一起喝酒的人。隆介此后当然还找得到女人，或长或短地跟他在一起，但肯定没结过婚。不是每个人都能屡败屡战，像骨头一次一次打断，又一次一次接起来长成原来那根。隆介喝酒的时候说过，他不相信会有女人长久地跟自己在一起。他认为是自己身上的艺术天赋使然。黄作家不同意，他说一个男人让女人不离开自己是基本的能力，除非他自己没想清楚，要不要找个人一起把余生打发掉。

隆介来找我那天，看着扎着歪辫子的女人，我一刹那又想到黄作家那天所有的说法，低声问他："扯证结婚了？事不过三啊。"

"确实，没这么快。就算我愿意，要人家冲着我下定决心，不是一天两天。"他露齿一笑，又说，"不扯闲篇，这次来，是有事和你商量。"

"我有心理准备。"

女人这时走过来，摆明说："我是来帮你养孔雀的。"

我一时愕然，隆介马上解释，"我跟她讲了孔雀开屏的事，她极有兴趣，不容许我丢脸的失败，要把这事情继续做下去。她很有把握的。"

本想问他，这把握何来，但这时我瞥一眼，在女人脸上看到一种期盼，以及隐藏在期盼之后的一团杀气。我确信杀气的存在，因我很少在女人脸上看到这么繁盛且明白无误的杀气。刚才一瞥见她就觉与众不同，其实是这团杀气闹的。我便住了嘴，请两人进屋。等下要请他们吃饭，话可以慢慢说。

我们出去吃饭喝酒，那女人搛了几筷子就走。她说刚来偪城，要到处看看。隆介说你等一会儿我陪你。女人说："我一个人想去哪去哪。"她真是抬起屁股就走人，并不和我打招呼。隆介脸上闪过一瞬的小尴尬，又说："她就是这样一个人。"

徐师傅稍后赶到，坐上桌，拎一只提篮。我觑了一眼，提篮被藤条绑紧，看不见里面，但这提篮几乎是最小号，不像装有孔雀或者斗鸡。

"……她叫凌大花。"

"笔名？艺名？反正不是本名。看得出来，她是城里人，反倒要把自己搞得土气。"

"有眼光。她本来叫凌雨欣，但她不喜欢。她说没有辨识度。"

"你也不喜欢凌雨欣，你就喜欢凌大花。说不定，她改这个名字就是来讨你喜欢。"

"不至于吧，她改名时我还根本没见过她。"

"冥冥中自有注定，她改名字，就像是换个饵钓鱼。红虫钓鲫壳，屎蛆钓鳊花，什么饵钓什么鱼。土名改洋名，算是流行；洋名改土名，反其道行之，也算一种行为艺术。"

"行为艺术你也懂？"隆介眼球本来就往外突，这下子快挂出来。

那女人真是搞行为艺术的，他俩碰面是在成都高脚碾一家私营艺术中心。隆介说，完全就是"劈面相逢"。那地方离艺专近，江湖书画家扎堆，个展几乎隔三岔五见得着。隆介在四川这么多年，书画圈的朋友认识一堆，有那么几个凑起来办书画展，也拉他入伙。"是要拿我当门面我跟你说呵！"隆介不失时机自我表扬，他一直在反思这些年太低调，也不对。干这一行自己都不捧自己，又如何让别人帮你使劲？

我说我知道的，你天生就是块门面，快往下说。

书画展当天，几个人正在剪彩，马上进入正题，下面也有一两百号人，都是各自亲友捧场。艺术中心地方大，经营有方，同一天不同的艺术展挤挤挨挨搞起。剪彩之后，请来的美协领导正讲话，台下不少人一呼啦往那头奔走。不怕不热闹，就怕更热闹，他们的观众像山体滑坡一样止不住，越走越空，眼看着台下还没台上人多。隆介也抽脚离去，往那边钻，要看个究竟。

"摆明是砸场子，我也看看是谁在砸。"说到此，他杵来这么一句，但我已知事情会戏剧性地发展，就像影视剧，相爱的男女出场时都是对头。隆介和凌大花看上去都不是用来一见钟情的。

虽然人群里外三层，但他人扁钻劲就足，钻到里面，这样他得以看到行为艺术家凌大花，左手擎起半块青砖头，右手畔有一篓子鸡苗。她将小鸡苗逐只拽出，摆到面前，一砖头砸去。鸡苗只来得及叫半声，还有半声被砖块吸去。地上斑斑是血，鸡苗在筐内不规则地彼此冲撞，但仍不免于被逐只捞出，一砖毙命。

女人机械的敲击动作仿佛是生产线上的工人，一筐鸡苗就这么悉数毙命。她有助手，负责及时搬来另一筐鸡苗，再把空筐移开。女人的敲击一直延续，半声惨叫次第相接。别的人看几眼就不看，这边书画展的几个书画家正呼朋引伴，当天的人大都是他们邀来。这边一点点地空了，就剩那么几个，女人敲击的节奏特别稳，并不受人流影响。隆介一直盯着看，书画家朋友来拉扯他，他也说不急不急，我灵感突然来了。

这理由再好不过，作为艺术家，打断另一个艺术家的灵感，无异于谋财害命。

说到这，隆介又告诉我："其实，当时我像是被魇住了。"

说时迟那时快，一只鸡苗蹦出筐，跑到隆介脚边。当时围观还有几人，但那只鸡苗认准了他，简直就是来给他俩牵红线的。隆介弯腰捞起鸡苗，捧在手里。女人随后便到，要他交出鸡苗。她一脸杀无赦的气象，但他觉得应该为这只鸡苗做点什么。

"你放了它。"

"少管闲事。"

"多少钱我补给你。"他还做一个掏裤兜的动作。

"一百万。"她说。

"要拍你就拍我一下吧。"隆介把半张脸扬起来，摆到正好挨砖拍的位置。女人一怔，很快那半块砖就到了他脸上。她力度和刚才一样，但他脑袋不是鸡脑袋，只是有点眼冒金星。两人默然对视一阵，然后相互扭头走开。女人直接离场，剩下的事情有那个助手。他则把那只鸡苗揣进兜里，参加自己的书画展。茶歇时他把芝麻蛋糕上的芝麻抹下来，一粒一粒喂给那只鸡苗，脑子在想，女人拍死这么多鸡，这就是行为艺术？这么轻松就能把书画展的观众抢过去？要知道再蹩脚的书画家也练了若干年，她只要有这么个想法。"简直就像一家馆子同时办起红白宴，红宴笙箫不比白宴锣鼓敲得响。"还有，他瞥了一眼电子显示屏，心说，拍死小鸡为什么叫《时间银行》？他想着有机会问问她。

说到这，我问："后来她是怎么解释的？"

"她就说小鸡也不知道什么是活着，既然不知道什么是活着，活着也是白活，浪费时间。她把它们拍死，就是把它们的时间存起来。"

"就这样简单？"

"嗯，就这样。"

我突然觉得有些不好玩。这女人的解释简直是不讲道理，这比一脸杀气更无趣。"行为艺术就是这样么？有一天她觉得你活着也是白活，然后她拍死你，说是把你时间存起来，你也同意？"

"不想这么多，她拍死我没那么容易，我倒是把她拍到手。"隆介此时笑起来自然还小有得意。话说到这，他又补充说明，"其实我这么多年没有老婆的，独守空房。"我说我知道。他说："你真知道？"我说我刚知道。

他往下要讲他俩的过程，但我不感兴趣。不是每个人的爱情故事都有传播价值，不是么？他便知趣，转移开话题。

他们以搞艺术的名义，混在成都同一片区域，过着半流浪的生活。他们的熟人必然有大量的交集。他算是其中的有钱人，除了搞艺术，别忘了他还是小包工头，搞园林建筑是他吃饭的本事。这样他看中一名搞行为艺术的年轻女孩，主动靠近、接触、相识、交流，上床也是很快的事，相当于从前的握手礼。他骨子里还是老派的人，经过滚床单的洗礼，乐意把这当成一次恋爱。那个叫凌大花的行为艺术家，应该另有一番解释，一般人万难想出来，否则她都饶不过自己。我想，事情无非如此。

且不讨论爱情，他们真就一起生活。两人认识不久，凌大花主动跟着他，去到偏僻的民安小镇，住进他以前用来养孔雀的院子。孔雀现已一只不剩，本地鸡却从来没断养。凌大花在屋里找见孔雀的羽毛，问这是怎么回事，隆介把之前的孔雀开屏讲给她听。她一时来劲，说："你们不行，我也许能搞出来。"隆介劝她省一把力气，没那么容易。再说前面已然失败，尾款都拿不到手，再去买孔雀苗……这可不比那一筐筐鸡苗，便宜得几乎不要成本———那批被她拍死的鸡苗，也是因为鸡瘟暴发而贱价买来，一两毛一只，她若不拍死，也会被蛇场买去喂蛇。这么一讲，与其被蛇一只只带毛活吞，鸡苗落在她手里还算落得个好死。

隆介本以为凌大花在小镇上待不久，她是个行为艺术家，能一口气拍死上千只鸡苗，杀气太重，就有那么点不食人间烟火。而小镇，仍是满坑满谷人间烟火的地方。他以为她必然有着躁动的灵魂，这样与众不同的想法才时刻喷涌，干出令人完全摸不着头脑的行为艺术。但她忽然很安静，很享受小镇的生活，养鸡也很拿手，配料投食洒扫捡蛋，还有晚上操一根手电逐窠点数，样样能来，把徐师傅直接废掉。隆介不希望她就此变成一个农妇，他要她一如既往是行为艺术家。虽然她还不擅于解释自己的行为，但这种事情，做出来就好，阐释意义是另外一些人的吃饭本事，像一条产业链，各据一端，相互关联却又彼此无犯。那些嘴上讲得头头是道的家伙，不会当着众人拍死一筐筐鸡苗。

他劝她去干些什么，去成都，去别的人多的地方，摆个地摊锣鼓一敲就能引来里三圈外三圈观众的地方。

"去干什么？"她朝他好奇地翻起白眼。

"你的行为艺术。时间银行，不可能是只存不取吧？"

"时间银行，只存不取……这个解释我觉得非常到位。"她又说，"行为艺术，只能有一次，重复就不是。"

"那再想些别的，拍死别的什么东西。"

"我还想拍孔雀，长得再漂亮，一砖头拍下去照样死。这样真是震撼人心，把美好的东西毁灭给人看。"

"那还不如直接烧钱，烧真钱，谁看谁心疼。"

她宁愿养鸡，懒得去搞行为艺术。他也拿她没办法，眼睁睁看着她越来越像农家妇女。他跟我讲这么一堆，我已理解他满心的无奈，其实他是想从她身上找启发，行为艺术一搞，轻而易举地吸引别人眼球。她似乎具有这样的天分，灵机一动想出一个点子，胡乱地给予一些解释，说干挴起袖子便干起来，便是行为艺术，就能闹出动静。说不定，他想过和她搭成夫妻档，一起搞行为艺术。我毫不怀疑隆介有这样的潜质，就像老作家所言，隆介本是个演员。他字写得很好，算是书法家，但也许还有更适合他的艺术门类，他一直在择机进入。凌大花要把自己变成家庭妇女，隆介无奈，但也能理解，因这女人本来就是不按常理出牌的。她不会让他轻易就琢磨得一览无余。

或者我想的都不对，他们之间确乎有了感情。他们本就是一对人。

这样，接下来日子过得令隆介都不可思议，凌大花说家里的事都让她来弄，她弄得好。白天，隆介就带着徐师傅，或者说徐师傅开车载着隆介去工地管事，跟人洽谈新的工程承包；晚上回家，有一桌热饭热菜。日子是好过，隆介心里毕竟有说不出的古怪，一个搞行为艺术的，突然变成田螺姑娘，跨度未免太大，让人心底不牢靠。

有凌大花料理后院的本地鸡，隆介回家只管吃饭、喝酒、睡觉。斗鸡暂时不养，他也用不着去看本地鸡养成什么样，反正煮熟了撕开了蘸着酱油吃，味道几乎都一个样。两人凑一起过了三个多月，一天下午，他取得一笔工程款比预想的顺手许多，心情便不错，路过花店时买了一把花。进了院子，他拎着花束去后院养鸡的地方找他心爱的凌大花，刚踩进鸡圈，忽然一只红毛色的小公鸡从鸡群里跳出，蹿至隆介脚边，紧紧地往他裤腿上蹭。

凌大花随后跟过来，红毛小公鸡又赶紧跑到一边；凌大花跟过去，红毛小公鸡绕了半圈又回到隆介脚边。

"……是那只鸡！"

"嗯，只能是那只。"

没被她拍死的那只鸡苗，被他装进衣兜带回这里，正好有一群差不多大小的鸡苗，扔进去，很快就混淆不清。但现在，它自己暴露出来。红毛小公鸡由此变成他的宠物，去哪里都随身带着，放地上会跟在他身边走，寸步不离。红毛小公鸡看他的眼神都发亮，他也舍不得留它在凌大花身畔，说不定哪时她杀心忽然炽烈，手起砖落，再炖熟给他吃。一只小鸡难得通了人性，他便舍不得。将宠物随身带，并不奇怪，但这宠物是本地小公鸡，吃饭时他扒一些米粒到地上先喂它，别的人就有说不出的好笑。凌大花也笑他："你把它当宠物，我怎么敢拍死它？"她越是这样说，隆介越是将小公鸡随身携带。

此刻，红毛小公鸡放在桌子上。我们已经吃过饭，桌上都是残羹冷炙，他将四个盘摆成四个方位，中间空着好展示他的这只宠物。他不发令（用指头叩桌面），小公鸡老实地待着不动，发令后，它会随他手指指向，啄左边的菜，吃右边的肉。他指头一勾，嘴里吹一声细哨，小公鸡就会扑到他怀里。他抚摸着它，它像一只猫把弓起的背逐渐塌下去。

"……所以，要驯这些畜生，最重要的是先要让它们害怕。这也是我当初驯孔雀没有搞明白的地方，老是对它们好，反而宠坏，要恩威并施。最通人性的，就是最懂得害怕的。你想，当初我家大花拍了一千只以上的鸡苗，只有这一只蹦出筐子，逃出生天。它不是一般的鸡，是千挑万选，是命中注定。"隆介说到得意处又喷了标志性的响鼻，小公鸡知冷知暖，引颈寻找声源。

距上次他找到我，给我展示红毛小公鸡又过去了半月。我跟易老板赴海拉尔考察一个金矿回来，给隆介打电话，他很快赶来，但他最新的扮相让我一愣：一身意大利西装，把他空若无物的躯体挺直了几分。他解释："去参加凌大花他们的一个活动，她要我搞成这样。"说的时候，显得无奈，但又藏不住一丝得意。显然，他正亦步亦趋变成另外一个人。我说："幸好你只是隆介，易老板不会担心有人花这么大的代价来高仿你。"

他前次给我展示红毛小公鸡，我也并不意外，东门口算命的瞎子个个都会驯一只鸟叼牌，有喜鹊有画眉有蓝翡翠有花斑钓鱼郎，当然也有驯鸡的，这仿佛不是难事，唯一的看点是隆介无师自通。也许，那些瞎子不外传的门路，隆介已然摸着门槛——他看上去也像个瞎子，据黄作家说，"瞎子"也是当年他诸多的绰号之一。这又能说明什么呢？他的意图，是以此说明他找到驯好一只孔雀开屏的法门，但我觉得这未免牵强，不是说，你有泥瓦匠的技术你就能再砌一幢央视大裤衩。他坚持说内在道理都一样，万事万物皆有关联的点，皆有相通的路径。他要见易老板，我不能拦，说易老板回来我就给他电话。脑袋里，不免生成这样的画面：一筐筐鸡苗，全都换成孔雀苗，凌大花照样重复机械的动作，但力度要加大，有些一砖头拍不死，还要补一下……但这要多大成本？万一拍了几千只，还是没有一只跃出筐扑进一旁守候的隆介的怀里呢？真有这么一只，又能说明它经过了智商测定，天赋超群么？

当然，隆介也表态："有些事要多快好省，但有些事，必须铺张浪费。以前什么都想省着弄，就一再地错过了奇迹发生。现在不一样，我俩决定不惜一切代价驯出这样一只孔雀！"

我总感觉他现在说话和以前不一样，总有一种喷薄的激情，喜欢诅咒发誓，赤裸裸地表态。这些显然和他新的且正在延续的恋情关系甚微。

现在见着易老板，半月前给我展示的内容又重复一遍，看得出来小公鸡驯出的质量很稳定，不是它那天心血来潮突然通的人性。易老板只是笑。"隆介啊隆介，我怎么说你呢？你搭个模型，要跟我卖楼，是不是这个意思？"

"现在楼盘不都是这样卖么？"

"但第一幢楼不是搭模型卖的，是建好卖出去，有了口碑名声，有了品牌价值，才有资格搭模型卖楼。你这个就像小产权，也建了销售部，也有模型和销售经理，表面看上去和正规楼盘差不多，但经常烂尾。"

"易老板，也认识这么多年，你信不过我么？"

"上次我相信你，后来又怎么样？几万块钱，就看了一眼一个民办教师的专利产品。"

"这次不一样，这次我家大花是一定把这事情搞成。"

"我并不了解她。"易老板说，"一个小姑娘，跟你这样的猥琐大叔搞恋爱，我不管你自己怎么看，但我说句实话，很不靠谱。"

隆介尴尬赔笑，慢悠悠聊起他和凌大花恋爱的事情。我听过了，就走一边去抽烟，掐着时间躲尿点；易老板倒是对隆介的爱情故事感兴趣，侧起耳朵听进去。总的来说，易老板对隆介的那份心理依赖，一直还在。

确是这只小公鸡，也未经多少训练，忽然和隆介接通心灵感应。凌大花看在眼里，有一天吃饭时跟隆介提起："以前你没搞成的那件事，现在可以搞一搞。"她相信一定能搞成。隆介的第一反应也和我一样，难道要找成千上万只孔雀苗来拍，以极小的概率寻找有灵性的那一只？这简直比金瓶掣签更不靠谱。凌大花回以冷笑："现在就能想得一清二楚，还有必要动手去做？"她说话不多，简洁有力，但能给他一种下指令的效果。她说不一定拍死那么多孔雀，甚至不一定拍死孔雀，杀鸡做孔雀也不是不可以，这些具体的策略，后面可以商讨，也会在实践中不断调整。隆介点头认可："只是这次易老板再给钱的可能性很小。"凌大花又是冷笑："说你事没搞成先讲钱，你一辈子也就这样。"隆介听得一阵冷惊，回想自己半生，也确是这样瞎掉的。当初能够成为书法家，哪曾想到赚钱，纯属爱好，加之天赋也不缺；但到一定时候，把钱一想，做什么事情都放不开手脚。

他把自己与凌大花的对话也原样复述给易老板，摆明态度：给不给钱，都会驯孔雀，当然给钱更好。而且，他也坦白，凌大花的考虑比他周全，驯孔雀不光是给别人干活，还可同时套拍一部纪录片，名字就叫《孔雀开屏》。"纪录一件毫无把握干成的事，本身就有价值。"凌大花讲的话，隆介听来总有一种名人名言的风范。

"好嘛，换一种方式。"易老板自然听得明白，"以前是我掏钱你给我干活，现在换成你们拍电影我来投资，是这样吗？"

"易老板说了算。"

"是啊，听上去仿佛我们都升级换代，都变得更高级，那么钱也不是几万就能打发的，对吗？"

"怎么能说打发？"

"口误，口误。但我仍然没听出这只小公鸡和孔雀开屏有什么关系。你们要拍电影，对着镜头，孔雀就会更有荣誉感，更配合工作？"

"事在人为，易老板。我们既然要费这么大的工夫，就会有不一样的效果。"

"我只在乎眼见为实。比如说，你能不能让你的小公鸡也开个屏试试？"

"这个真可以试一试。"隆介狡黠地一笑，像是早就料到易老板会出这样的难题。他掏出手机的录音功能，播放其中一条音频，竟然是拍砖的声音，啪啪的闷响，伴以小鸡含在嘴里未及吐出的一声声惨叫。红毛小公鸡站在桌子中央，不久便有显见的瑟缩抖动，再过一会儿，奋力将尾羽张起来，仿佛真是开屏。稍后，"扑"的一声，小公鸡尻子里喷出一腔热粪。

"这么搞要不得哟！"一旁的服务员早就盯住我们这桌，不便说话，现在急不可待要制止。易老板摆摆手，叫服务员不用管，自己凑近了仔细打量那堆鸡粪，又说："这只鸡像是有点白痴，不能拖。我包里有土霉素，现在就灌它两颗，可好？"隆介当然不推辞。给鸡灌药，在场的每个人都轻车熟路。

那一阵隆介自然来得勤快，说请我们吃饭，大多数时候，易老板递个眼色，我就把账结了。隆介会冲我说："你什么意思啊？"我说："你别跟我们争了，就当我们为你拍电影也尽一份力。"坐下来，推杯换盏一如从前。隆介和凌大花搞在一起后，新的话题不缺，比如说行为艺术，比如说艺术，比如说拍电影，比如说怎样才算成功，他都有了和以往截然不同的理解。

"……艺术是开放的，是生活中无处不在的可能，比如说你养斗鸡成为我们的鸡王，你某种程度上也是艺术家，你养出的最好的斗鸡，就是艺术品，最好的一场斗鸡比赛，到时找我们拍下来，就是有价值的资料。而我练字，三岁看老，要是关在书房故步自封，写一辈子又能怎样？顶多就是省里面有些名气。再说书法家，还要有身份，皇亲贵戚，宗教领袖，这些都是必要。我再怎么努力，也只是个写字匠。"凌大花要拍纪录电影，他心甘情愿地掏钱，前期准备所有费用，都由他包圆……以致易老板说："能从你兜里掏钱，都是怎样的奇葩？"凌大花请来了摄影师录音师，摄影师就是她砖拍鸡苗表演时的助手，这些人全都多才多艺。她当然是导演，隆介挂美工。其实一部地下的纪录片不一定要有美工，但隆介不愿挂制片人，他知道那意味着此后拍片掏钱都变成他的责任，所以屈就美工一职。眼下，凌大花领着一帮年轻人以及隆介，操着一套专业气质十足的拍摄器具，在小镇上另找了一个乡镇旅游的题材，拍纪录片。小镇的人还是很关注，经常涌进他们拍摄的场地，看看到底搞的什么鬼。有些年轻人还问："能不能给我一个角色，演什么都行。"隆介就说："赶快投胎变一只孔雀，让你当主演。"

易老板听隆介闲扯，仍是一副受用的模样，这仿佛让他脱离了自己的生活，进入一段异质的人生。他也时而跟我抱怨，说活得没意思，钱赚了不少，没意思，真想把生意放一段时间，开车跑到哪里算哪里，过一过别人的生活。也许每个老板都讲过类似的话，但也只说说，他每天有打不完的电话，忙不完的业务，哪天没电话打，舌头难得有了休息，肯定胖三圈。他喜欢隆介过来串门，好酒好菜招待，晚上还唱歌洗脚。有一次去成都办事，我们晚上打车去的民安镇，见到隆介，便说我们来"探班"。小镇的卡拉OK还保留了多年前的风貌，不上档次，但易老板喜欢，这让他怀旧的情绪任意铺展。他只是感叹："隆介，你真是唱得越来越专业了，就是有点越来越不像你了，怎么搞的嘛。"隆介来偪城找我们，晚上吃饭、唱歌、洗脚、宵夜四部曲过一遍，易老板还问隆介要不要加床垫。我们都知道他一直有这爱好。但现在，隆介认真地说："不用不用。你们不知道，我家大花属狗的，鼻子厉害，能闻见任何一丝别人的骚味。""你这样的货也玩守身如玉！"易老板只好感叹，这一次隆介可能是在恋爱，口臭都被他捂轻了。

在一起时，彼此亲密一如从前，只是隆介开口要钱，易老板便闭口不谈，顾左右而言他。有一次，易老板索性说："你来我这里勤快，聊得也开心，但到最后一开口要钱，就是给我碗底埋蛆。隆介啊隆介，我一直认为你跟我接触的那些生意伙伴不一样，你身上没有虚情假意的东西。"

隆介知道易老板在堵他嘴，但若不用臭袜子堵，隆介仍会拐弯抹角地提到钱。隆介要钱，易老板不给，酒水管够。

我知道，钱的问题，隆介现在开口时机不对。易老板和王局长的关系，最近有点僵，易老板并不打算像以往那样供着这祖宗。生意场上的事，关系起落都跟钱有关，铅锌矿这半年都不断跌价，算是起因。选矿场的税，以前搭帮王局长的能耐一直由地税管着，几个点而已，但从去年底变成征收增值税，一下提了近十个点。分红的时候，王局长自己不表态，他拿的那部分就不能扣税。易老板嘴上不说，心底存下。前不久王局长过生日，有朋友转来消息，易老板牙一咬，叫转消息的朋友捎一件K金摆件，说自己正在外地考察。他确实也在东北、内蒙古和云南缅甸交界之地跑，考察金矿。做了这么多年生意，易老板以为只有贵金属价格才不会起落这么快，当然，事实并不是这样。

隆介要不到一分钱，便不愿瞎跑，我们又有老长时间见不着他。时已深秋，气象台发布消息说，冬天会很冷，极有可能是十年一遇或N个十年一遇，所以买孔雀苗的事情先搁浅。反正，纪录片一上手，凌大花发现身边可拍的题材还是很多。他们也不困守一个题材，每天辗转，尽量多地搜集材料，将来做成片的时候，剪裁将大有余地。果然，那年冬春时分，天降罕见大雪，气温降至罕见的低度。凌大花决定把别的题材都放下，抢拍雪灾，这么大的天灾，必有许多事情暴发。但因团队仓促上马，对于降雪准备不足，大雪天上山车轮打滑下坎，导致隆介一条腿骨折。更惨的是，年轻的摄像师杨某摔成颅内出血，还好及时救回来。隆介住院那一阵发了话瘾，成天给我发短信，还一堆一堆地传与雪灾相关的照片。当时传照片是用彩信，我接收都很费钱，许多照片没打开直接让它过期。他讲到雪灾的见闻，因为凌大花敏锐的头脑，确实能够捕捉到许多独到的东西。雪灾中她盯上了上山敲冰凌的电工，在那环境，上到山顶再爬上特高压塔，非常不易，上下经常就是一天时间，小便变成大麻烦，于是就系成人纸尿裤，便意来临直接往尿裤里撒。没想地势太高，尿在纸尿裤里，贴着肚皮，照样结成冰疙瘩，电工师傅在高塔上进退两难，纸尿裤扯不扯掉，下体都要经受冻伤的考验，颇有几个就此阳痿甚至……凌大花当然乘胜追击，拍了不少电工师傅的镜头，还能说服他们拍到更震撼的镜头，类似以前电线杆子上的性病广告。她有信心，这片子极可能从众多雪灾纪录片中脱颖而出，在影展上拿奖拿到手软。

"东方不亮西方亮，我家大花有这样的嗅觉，迟早会拍出震撼世……震撼人心的东西。"隆介躺在床上给我打电话，经过生死的一劫，不再心疼手机费，经常长篇大论，经常感悟人生，时不时就戳我一句布道般的话语。

我跟易老板转述，他也感叹，这隆介一副鸦片鬼的模样，竟然还有为艺术献身的心思。电影一拍，他的视野动辄世界范畴，还有心思去伺候几只孔雀吗？"要他还有心思养，回头再把那四万块转给他，孔雀真的驯出来，高价收购。但你先不说，就看他自己选择了。"就在雪灾之后、地震之前，易老板把那矿洞的股份全转给王局长的一个熟人，得了一笔钱，打算另起炉灶。孔雀的事情他又感兴趣，是因为有消息说王局长已经被有关部门盯上，进不进去，几个月内要见分晓。"今年必然是多事之秋。"他感慨的同时，还想着王局长在荃湾镇那个宅子，一旦事发，宅子必然低价易手。易老板手头有几千万的现金，忽然不想再像以前那样拼命，在考虑找个地方，住进去，休养生息。机会都是留给有准备的人，而且，时至今日，房宅的流转显然越来越快，传子传孙N代同堂那些老皇历，翻不了了。"到时候，孔雀就是为老子开屏，而不是为了讨好什么王局长。"易老板敞开跟我讲，颇有些项羽的气概，又拍拍我肩，说世事难料，变化无常啊。

开春天气转暖，隆介真就买了一百多只孔雀苗，发照片过来给我，乌麻麻的一片。我亮给易老板看。"先打两万过去，产前小投，产后大投，大幅提高收购的价格。"易老板又警觉地说，"是不是你把我的话透露给他了？"我说要是他冲这几万块而来，只想敷衍，不必买这么多孔雀苗。易老板一想也是，又说，"不能小里小气，四万一起打过去。前回他腿伤我还没去看他哩。"

隆介一听，当是白捡的钱，叫我打二万四过去，我打了三万。他说："也好，只要大花点头，我随时会结婚，你的贺礼算是头一个给，生了小孩认你做寄爷（义父）。"我说："不急，要想清楚，你的余生顶多也就结一次了。"

当然，那年接后发生的事，我们都已了然。五月份川西一震，他们便离开居住多年的民安镇，载着上百只孔雀，一路伺候着，去凌大花的老家重庆沿江郊区找个院子，重新安定下来。那地方离这边近，坐火车也就半天时间，我打算有空多过去看看，易老板也有此想法，要听隆介摆一摆拍电影以后的见识。他还感慨："时代真是不同了，三教九流、牛鬼蛇神都蹦出来拍电影。当然，我看好隆介，他本来就是乱世英雄，乱中取胜。一旦他有苗头，以后我也投资拍拍电影，搞搞文化。"

想象中，隆介确乎离理想的生活越来越近，聚起一帮穿着各异的艺术青年，扛着拍电影的全套器械，走到哪就有一股艺术风刮到哪。万一哪一天，一部片子一炮打响，这帮盲流都可鸡犬升天，成名成家了。他表示养孔雀也不耽搁，甚至有了心理依赖：孔雀开屏，他们横空出世。但我没来得及去那里，就跟易老板赶赴云南边境，着手上马新的项目。

我两年后回偁城，不再跟易老板，易老板有些伤感，说："你跟我这么多年，现在正是我最困难的时候，也给不了你什么。"我说："我妈躺床上，忠孝不能两全啊。"易老板伤感地说："你走吧，带几只斗鸡苗过去，顺便帮我养养。你家前有厅后有院的，不养鸡也是浪费。"

我去好吃街盘下一个门面，不搞餐饮，那太累，只做酒。我专做老酒，声称是走乡串镇，找到那些气息奄奄的杂货店，淘来多年积压的陈酒。本不是好酒，摆了多年后水渍锈迹一应俱全，看着有古董的气质。其实走乡串镇成本太大，都是从贵州批过来的，那里做这种低端老酒也有产业链。生意不错，试想，别的店十块钱一瓶二两五，到我的店二十块钱能买一整瓶十几年的老酒，当着朋友辨认了日期再拧开盖，颇有几分面子。要有人质问我，逼得紧了，我索性说白酒只有优劣，没有真假，这个价格明白人都明白，不明白我也不劝。

然后忽然就要结婚，人是我妈给我介绍的，人挺好，年纪又比我稍大，一看就会照顾人。我妈把我俩拽到她面前吩咐些话语，腔调倒有点临终托孤的意思，我哪敢半点违拗？请帖发出去，这天电话一响，见是贵州的号，以为又有人主动推销某款新出的老酒，接了以后，虽然四川话里夹起贵州腔，但那种喷鼻的响声，马上让我脑袋里浮现出隆介久违的模样。我这才想起来，起码有一年多时间，彼此没联系了。原因还跟从前一样，他换了号码，而且，连徐师傅的电话号码也跟着换，显然经历长途迁徙，换当地的号码省钱。

"你竟然要结婚了？"

"你跟你家凌大花还没结么？"

"别说了……狗日的，说你怎么这么快就结了？也不让我帮你盯一眼？"

"你三婚，领跑了两圈，别怪我不让你先。"

"哎，我要来。头一次结婚才有点结婚的味道，你要把这味道好好榨出来。要想出一些别出心裁的点子。"

"像易老板一样，他妈死的晚上，搞跨省的斗鸡大赛？"

"赢了么？"

"能不赢么？人家老远过来吊唁，当然是给他送钱。"

"这太low，我讲的是英文，你懂吗？就是不上档次呗，易老板钱再多也是土鳖，不上档次，我们要玩一些上档次的，比如婚纱照，也太low，现在我们可以给你拍一部婚庆电影，你自己编剧，你俩是主演，拍这么一个，婚礼上放出来，是最时髦的。"

我不免又想起来，这隆介永远都在搂草打兔，不会单纯地去干一件事。我说："不是拍纪录片么？现在又搞婚庆电影？"

"不能单打一，既要搞艺术，也要赚钱。千里之行，始于足下嘛。"

"是个好主意，"我说，"但没几天我就要结婚，显然来不及，不是么？"

"是啊，他妈的，你下次结婚早点通知我。"

三天后我见到他人，在约定的地方等他，我重点盯来往的皮卡车，他那辆皮卡车跟他这么多年，我从他讲话里没听出换车的可能。一个骑变速车浑身运动装再加专业头盔的家伙忽然一个急停，一腿勉强撑地，冲我一笑。竟是隆介。我吓一跳，问他怎么搞的，他说现在他就这个样子。我怀疑他故意的，一骑百十里地，就为吓我一跳。嗯，不得不说，他做到了。

到路边馆子坐下来，他还去厕所换了便装才上桌，人立时瘪下去几分。我问他怎么搞的。他说："哎，跟我家凌大花混，我变成什么样子你都不要奇怪。"我说："我知道了，凌大花是想拍四川版的《变形金刚》。"

凌大花新找到的题材，是拍一帮探洞的老外。西南一带喀斯特地形遍布，溶洞天坑地漏随处找见，便有许多老外老远赶来，在西南的深山丛林里晃荡，有坑跳坑，见洞探洞。凌大花跟这些老外接上联系，好不容易让他们答应跟拍纪录片。这个题材一定下来，对团队成员的体能就有新的要求，拍人探洞，他们也要有探险家的本事，身上拴着绳，往地底下一钻就是百多米深，"跟下地狱似的"。凌大花表态了，这个事隆介可以不跟，老同志出了事，她负不了责。但这激起了隆介的斗志，竟然年届半百搞起体能训练，去健身房里跟着年轻人一块撸铁，有氧无氧，都要憋出硬邦邦的肌肉。

"你看，还是有点成效了。"他把衬衣解开几个纽扣，掀开了给我看。我先环顾周围，大家都自顾着吃，这才瞥进去一眼，也没见胸脯鼓得像乳房。我说："你为你家凌大花，真是豁得出一条老命。"

"有什么办法？缘分这东西……"

"我看不像是缘分。哪有这么多缘分？有的人走到一起是缘分，但我还算懂你的吧？你是碰到了克星。"

"克星？你这么一讲，倒真像。别人找爱人，我就要找克星。"

酒菜摆上来，不上档次，但都是我们熟悉的味道。他接着跟我讲探洞的事，那些外国佬带着仪器设备，进到洞里探一遍，拿着仪器往洞壁一照，就有一道蓝色光弧像扫条形码一样，产生幽暗的声响。出了洞，再把仪器里的数据输入电脑，很快，整个洞的形貌就会被测绘出来，生成三维立体的图像。而且，老外另一种仪器，照一照，便把洞内的矿物成分、水质成分都一一测出，全都生成数据。

"虽然我们看不懂，但里面元素符号还认识几个，后面跟着千分比。"

"那么……这些老外，是不是在搞间谍活动？探险家，一般都是要收集情报赚外快，就像你们用婚庆电影养纪录片。"

"你是个明白人。"隆介撅起大拇指，说，"我家凌大花看不出来？这帮老外，是趁我们政府心地善良一时不觉察，才能随便钻洞。凌大花早就说过，哪天政府一旦反应过来，这些人就没法玩了。所以，她去和他们套近乎，尽量装得土鳖，她扮土鳖真是有天分，这样才能让老外放松警惕，同意我们跟拍。所以……"

"你们表面在拍纪录片，其实是想拍一部反特大片？"

他把大拇指又撅一回，撅得指面直往后翻，又说："你是明眼人，真应该加入我们团队，卖什么假酒啊，屈才了。"

"我哪卖假酒？！"

"有人去你店上买酒，拍了照片挂博客上。我好歹也在贵州混了这么久，哪看不出来？刚才本来想装成贵州佬跟你搞推销，但我这声音，化成灰你也听出来。"

这两年他们一直在拍片，就是说，隆介一直在投资，但一个片子还没剪出来。在他看来，主要问题在于凌大花才华太多，横竖都往外溢，多得"像是猴子掰苞谷"，一个片子没拍完，她又发现另一个题材，更有一鸣惊人的潜质，于是心思就乱了。"但素材都备在那里，现在只欠一个响炮，后面不愁没有东西接上。"

我感觉凌大花不但是他克星，还颇有洗他脑的意思，现在他开口闭口"我家凌大花"，表情还立时变得恭谨。他自己习焉不察，我在一旁看得分明。于是我问，孔雀的事还搞不搞。

"哪能不搞？孔雀一直都在养，徐师傅专门负责，现在都成专家了，产蛋孵蛋，往外卖孔雀苗，已经帮我们赚钱。"

"我是说，孔雀开屏。"

"哪有这么容易？"他挠挠头，说也许孔雀开屏真驯不出来，人定胜天，但总要有几样事物，人怎么折腾都不能取代天然的神力。"但我们一直都在弄，反复试验，成本投入大，你们扔的几万，早就赔进去了。"

"你们真的拍孔雀苗，然后寻找有灵性的那一只？"当年那血淋淋的画面再一次浮出脑海，我记得牢靠。

"当然，变通也是要的。一切都有成本的，你以为我家大花不会算术？"

"那你怎么弄？"

"还是要让它们先受惊吓，为了省成本，我家大花先是买了两筐玩具，那种到处都有的惨叫鸭，你见过的。"

我点点头，那玩具乳黄色，做成拔光毛的鸭子，发出的叫声极为瘆人，不知撞着人的哪处G点，满街满巷到处都挂得有，按了身量大小，价钱不等。我脑补着这样的画面，他家凌大花将一筐惨叫鸭一只只拍"死"，由他或者徐师傅换一筐进来接着拍，循环不止。

"效果怎么样？"

"不行，孔雀还是比一般的鸟聪明，拍惨叫鸭，不见血，它们根本不怵。后面还是拍了几筐鸡苗，效果好点，有孔雀跳出来找我救命。"

"现在驯到什么程度？"

"不好说，这种事只能看运气……要是驯出来，你们还收么？价钱能给多少？这几年物价飙起来吓死人，不能是以前那个价码了。"

我只好苦笑，告诉他王局长早就进去了。易老板本来自己想买，但到云南以后遭遇人生最大的滑铁卢，毒砂里面炼金，品位达不到，两个守炉子的还被毒气熏瞎了眼，正找易老板闹事索赔。看这架势，易老板暂时也不会有心思挂记一只开屏的孔雀。

"见易老板不行了，你这家伙赶紧抽脚上岸是吧？"

我告诉他我妈可真病卧在床。他便又是一句苍老的感叹："可怜天下父母心，病得真是时候哇。"我说："我其实很享受你用鄙夷的眼光看我，我越来越觉得，我就是你徒弟。"他做了一个暂停的手势。

他说他很忙，就不等我结婚，先送了礼金。次日他发来一堆照片，竟是荃湾镇王局长那个旧宅子。说是旧宅，一点不为过，前几年我们还去贺他新宅落成，但现在全然是旧宅的模样。这宅子据说要被法院拍卖，价格按说不高，但即使三文不值两文，也要以几百万计。隆介发完旧宅子破落的模样，又说："我要是有钱，买下来，作为自己的艺术中心，挂上最好的一些作品。好歹写字画画三十年，精品也攒了不少，要有好地方，装裱高档挂出来，别人才看得出好。"

我只是想，男人当官也好，从商也好，搞艺术也好，骨子里哪有多大区别？无非赚尽可能多的票子，买一幢豪华房舍，当然里面少不了漂亮女人。

婚后一年多，我主要是想搞大老婆的肚皮，她年纪比我大，身体不是很好，所以我有点急。但肚皮一直没见大起来，我怀疑是不是有那方面的问题，又考虑这问题在于她还是在于我，需要搞精确。但很可能是我想多了，于是我便处在一种并不激烈的焦虑中。我和以前的生活截然了断，变得清静，店子请了一个亲戚看着。贵州批来的老酒渐渐卖不动，一些二三线的牌子酒逐渐替换了柜台里的老酒，我本想弄一家有特色的老酒行，但它自己变得和街面上别的酒行一无二致，还配上烟和槟榔。

我以前都跟易老板东奔西跑，现在忽然每天坐店，竟然还坐得住，感觉哪里出了问题。刚这么想，易老板竟然打电话来，声音浊重。聊了半天近况，我也如实汇报。

"……我这边正待大干一场，你跟我许多年，搭帮也顺手。愿不愿过来帮我？"

我大概知道易老板的情况：毒砂矿弄不下去以后，又在那边找了一处锰矿，据说贮量大品位高，他把手头所有的钱都扔进去，还拆借三千万，建成五百吨的选矿厂。如若正常开工，每天原矿正常供应，回本是朝夕之功，但他怎么会缺人呢？我这样屁股后跟着走的马弁，要多少有多少，只要易老板手头项目真如他所说，天下英雄云集景从才对。我跟易老板说到生孩子的事，当务之急，于是，他哦哦了几声，分明表示理解。

我熟悉易老板甚于熟悉老婆，果不出所料，选矿厂建好，矿洞的属权扯起纠纷，一直开不了工。易老板借的钱多是高利贷，每月结息，这样再拖半年，债主天天陪他吃饭，就把他吃出心肌梗死。这时，易老板已离婚，亲戚们的钱又都砸在他手上，动手术的钱都是朋友们帮他凑。

就那一阵，隆介又打来电话，口音又有新变化，他的口音总是能与他所处的环境迅速融合起来，而我听不出他新近流窜了哪些地方。

"易老板的事我知道了哦，竟然救命的钱也拿不出来，真是没想到。"隆介语气倒真是沉重起来，又说，"老乔在帮他筹钱，把事情讲给我，但老乔我是信不过的，他赖过我账。

我通过你也捐一点。"

"我这边也有朋友帮易老板捐，你把钱打我卡上，我明天一起汇给他。"

"好的，我尽快。"他说，"你现在怎么样？"

"不就那样？当然，也像是换了个人，成天守着店子。我都想不到自己能变得这么安静。你呢？"

"不就那样？"

"电影拍出来了？"

"拍了N多个，拿去国外获了N多奖哦。"

"红地毯也走了N多回了吧？"

"他妈的，名额有限，国外的电影奖也是抠着来的，那个臭婆娘去了几次，都没带上我。再说，奖金都不好意思跟人讲，跟以前单位发奖状发茶杯差不多，但以前奖状还不贴本哩。"

他兜里另一个电话又响，通话只能匆匆结束。我赶忙冲着这新号码发一条短信，说：你别再打一个电话换一个号，你要给我一个备用的联系方式。稍后，他给了我一个号码，座机，说是徐师傅家的号。他发消息说，这个号从九〇年用到现在，只要他家不发生灭门惨案，这个号就一直用。很快又追了一条消息：这么多年，我真正信得过的也只有徐师傅，就像易老板真正信得过的也只有你。他打这个比喻让我浑身不舒服，又想他这么忙，未必还有心思玩讽刺。

当天晚上，他打的钱就到账，竟然有两万。我心里面的预期值是两百。那夜，我一时激发了斗志与热情，手指不停，舌头不停，打给易老板曾经的客户，还有当年斗鸡的朋友，死缠烂打要给易老板多募一些款项。我反复跟他们说，易老板算是个好人，不是么？好人要死了，别的好人不应袖手旁观，不是么？他们纷纷说是，钱打过来一两百。

我汇给易老板的有三万五。易老板手术结束，能说话了，他给我打电话，气喘吁吁表示感谢，因为我汇去的是最大的一笔。我说千万别这么说，要感谢就感谢隆介，他汇的有两万。

"没想到。"易老板说，"怎么会是他呢？他是只吃不吐。"

"但就是他。"

"人真是讲不清楚，我在落难，他在发财。但他还认我这个朋友。"

我觉得这跟发不发财没关系，但这时候，哪有心思跟易老板讨论诸如此类的问题？我劝他好好休息，休养生息，以备日后卷土重来。

"我不喜欢卷土重来，我要东山再起。"

"好的好的，我就这个意思。"

那一年因在播种，我滴酒不沾，以此为借口，酒友也不好强劝。虽然，据我所知好些伟大的人物，都是父亲酒后弄出来的，他们基因里散发着酒的芬芳，一辈子有无穷的折腾劲。但我不敢造次，滴酒不沾，深耕广种，但求薄收。年前老婆怀上了，我松一口气，想找人喝酒，这时候隆介咧着嘴露出一口烟牙微笑的样子，忽然在脑海中如此纤毫毕现。他毕竟是我喝酒的师傅，我们来往这么多年，但只有喝酒的时候，我会想起他。

电话当然又遍打不通，问了一些朋友，都没他的消息。有的还说："操，你不提，我都把他忘了。"老乔也这样，说："哪还联系得上？"我问："上次募捐你怎么联系上他的？"老乔说："我是查到了他那个女人的微博，叫凌大花，还是名导演噢。但微博已经断更几个月了，联系不上。"

隆介给我的徐师傅家的座机号，我当时随手一抄，好不容易在一个小抄本上找出来。再用手机拨打，显示对方电话所属的地区，是重庆秀山，离我这不远。半月之内，打了几次，终于有人接。是一个小孩。我说出徐师傅的名字，他说没有这个人。

我说："怎么可能没有呢，你找找你家大人，一定有。你叫什么？"

"徐桂坤，桂树的桂，土字旁的坤。"

"这不对了么？我找的就是你爸爸。你家有大人没有？"

徐桂坤老实地说"你等等"，结果电话一挂半小时，才有一个女人来接。"他大半年没消息，过年都不回家，也没汇钱，一定在外面搞了女人。"女人气愤地说。我说不会的，一定是别的什么问题。女人说："你见到他告诉他一声，他老婆孩子都快饿死了。"我说不至于不至于，并请她记下我的电话号码，如果徐师傅回家，要他给我打过来。"……我这边还有一个项目没给他结账，你一提养孔雀的事，他就知道。"我多加了这么一句。女人沉默了一分钟，叫我报电话号码。

数月后徐师傅将电话打来，在我老婆肚皮已然藏不住的时候。电话一接，对方沉默，我便先问是不是徐师傅。他瓮声瓮气嗯了一声，便咳起来。我问他你那边什么情况。

"什么什么情况？"

"隆介跑哪去了，这几个月，怎么也联系不上。"

"我也见不着他……说不清楚。"徐师傅又说，"有只孔雀，基本上能开屏，你们还收不收？在我这里。"

"孔雀好说，隆介怎么就说不清楚？能不能把隆介的事先说一说？"

"就是找不见了，你联系不上，我也有几个月没见着他人，怎么说得清楚？"

"你是什么时候没见他人的？当时发生了什么情况？这总可以说吧？"

"电话里说不清楚……我这边信号不好，我们是乡里的土信号，不比你们城里。"徐师傅话里带火，倒是以往不曾有的情况，但往下声音又放轻放缓，"孔雀真是只好孔雀，千挑万选才出这么一只，可以便宜一点……"

"那好，孔雀我要看看，再去帮你找买家。"我要他把地址给我。电话里徐师傅心情不好，见了面我或许能问出全部情况。

我赶去那里是一个下午，徐师傅在村口路边等着我，面色又和以往一样。"孔雀不在我家里养，我老婆有病，发病的时候把屋里的活物都弄死，除了儿子。所以孔雀不能养这里，在我堂哥那边。"

"远不远？"

不算太远，只是山路不好走，眼下又在搞村村通，一路都是走走停停，犹如便秘。

"……女的太年轻了，不懂事。"徐师傅一句话总结。

凌大花拉起来的电影拍摄队伍大都是年轻人，虽然隆介改换了装束并投入巨大的精力去搞运动，仍然改变不了一个事实：他是年纪最大的一个。于是接下的事情就顺理成章地发生了，凌大花和摄影师小项眉来眼去。隆介认为凌大花不能这么搞，私下里就教训凌大花，叫她要注意一点。凌大花一句话噎了回来："我嫁给你了吗？"隆介就很无语，他又说："这些年你拍电影，主要都是我在筹钱。"凌大花很天真地问："然后呢？"隆介就跟她说了一些然后的事，凌大花十分惊讶，说："想不到你们六〇后都是这么看问题。"

隆介发现现在恋爱跟以前太不一样，不管他为凌大花付出多少，只要她装成跟他不在一个频道，他此前一切努力都将归零。徐师傅好几次听见隆介在隔壁房间叫嚷着："好嘛，搞了这么久，难道我是你爸爸？"

"……道理我是讲不来，但在我看，问题还是年纪，他俩差了有二十来岁，看上去就是一对父女，隆总想管住凌大花，根本使不上劲。在一起也有这么久，但算不算恋爱，凌大花讲了算，隆总给钱时，她当他是对象；和别的小年轻在一起，她又可以拿他当爸爸，全看她心情了。"徐师傅把带有鸡粪味的烟雾喷满了车厢，又说，"现在和以前不一样，隆总为她花这么多钱，还讲不出口，恋爱时候扯一扯皮，别人只能偏向小姑娘。反正，现在年轻人嘴巴里的新词很多，年纪大的脑袋转都转不过来。"

我能想象隆介面对凌大花时，狗咬刺猬无处下口的悲哀。我又想起凌大花那一脸杀气，天生就是用来跟人对着干的。

车在山道中迂回前行，我不得不叫徐师傅停下抽烟，要不然眼睛辣疼。徐师傅说拍电影真是怪事，赚不到钱，拿奖很容易，凌大花把奖杯堆满了两个带灯的酒柜，酒柜还是隆介专门去挑来的，进口樟木，四千块一个，晚上一开柜里的灯，所有的奖杯奖牌都半阴半阳，很上档次。

"那些破纪录片怎么看得下去？我一看就直接睡，要我说，都是隆总花钱买来的。"徐师傅这么嘀咕一句。

但凌大花分明成了名人，开始频繁接到邀约，出席全国各地的活动，有的是对方买机票，剩下的仍是隆介给她报销差旅。在那些会上，凌大花吊一块牌，头衔是"著名导演"或"著名行为艺术导演"，走红毯。"换一身衣服，竟然还是个漂亮女人。隆总说幸好不要我去，走红地毯会要我命呵。"

凌大花名头越大，隆介跟得越紧，像是怕她突然跑了，虽然她真的要跑他也无可奈何。她跟小项越贴越紧，当是隆介不存在，或者抗议他这个人阴魂不散。

数月前他们进到川西找题材，徐师傅也帮着开车一路随行，这些外来的艺术家不熟悉高原地形，一些盘山路段不敢开车。一天向晚，在理塘的磨坊沟一带，他们找一个荒寂的乡镇停下来，就着烧烤喝酒。那天酒喝得并不多，隆介忽然显得特别醉，忽然就像一个小孩，把小项叫到面前。他说："你走吧，你不适合在我们这个队伍里。"

"为什么？"小项微笑，甩一甩一尺半长的金发。

"不为什么，因为我决定不给你开工资，你没必要再在我们这里瞎耗。"

"你把拍电影看成是给你打工了，不是的。你不给钱我也会干下去，我觉得我干得很好，别人不能替代。至少还有两个没拍完的片子，是我当主摄影，是我的作品，你不能剥夺我的创作权。"

隆介想不到还有个创作权，反正年轻人嘴里的新词汇就是投枪，是匕首，用来扎老人家又准又狠。

"你以为，没有谁是不可替代的。"

"我认为，每个人都是不可替代！"

他比他更铿锵，当时大家围了过去，看着事态发展，有几个年轻人还给小项鼓掌。隆介一时发蒙，稍后忽然飙出一句："我们打一架吧？"

所有人一愣，尤其小项，他比隆介年轻近二十岁，身高高出半头，而且业余爱好是撸铁，出来找不到健身房，就学西西弗斯，找一处山地，从下往上滚石头，发泄掉身体里多余的力气。所有人又开始笑，说隆总开玩笑嘛。

隆介说："这一架反正要打。"

"那就打呗。"小项轻描淡写。

奇怪地，那天竟没人相劝，因为都觉得这架打不起来。徐师傅想开口，但那种奇怪的沉默捂住了他的嘴。隆介叫小项开车往远处去，还冲后面所有的人庄严肃穆地说一句："谁都不要跟过来，要不然……"他没想到要不然又怎样，扭头就走。

小项开着一辆皮卡，往西边开，那边天色很好看，地势开阔，车很久才开到看不见的地方。而留下的十来个人，不好撸串，不好喝酒，都站着发呆。有人也在渐暗的天色中嘀咕，要不要跟过去看看。凌大花则把两手交叉在胸前说："能有什么事？我们的老板命令我们在这待着，我们就待着。"有小伙说那我们听老板娘的。凌大花还骂了一句娘。

过一会儿，是徐师傅吭声了，说去看看吧，隆老板要是出事，往后弄钱不方便。众人这才回过神，隆介其实是很重要的。于是都说，去看看吧去看看吧。凌大花保持着抄手姿势仍然不动，但别的人绕过她，跳上车。两个车寻着西边一直开。天色虽发暗，却一直没有彻底黑下去，遥远的星光每一点都映亮一大片视野，眼前如此开阔，哪里有人根本漏不掉。

他们先是看见了那辆老皮卡，便将方向盘一打，驶进草甸奔皮卡而去。在车旁边，两人相拥着倒在地上，小项的身体几乎完全覆盖了隆介，但隆介的胳膊像绳子一样绑在小项脖子上，腿也缠绕在小项的腰间，这才让走近的人发现他的存在。两人几乎都耗尽了力气，小项下意识地挣扎，但没法挣脱。众人过去一齐用力，将隆介紧扣的指头一枚一枚掰开，再把他手撇向两侧，手一撇开，两条腿也自动地松开。小项挣扎着爬起来，步态踉跄，像是喝了太多白酒，突然一哕，哕出来以后才能说话。

"他妈的，他根本不会打架，只晓得拼命。"小项拖着哭腔冲别人说，"我要不是让着他，他早被我打死十遍八遍了。"

而被压在下面的隆介，已经昏死过去。

第二天在一个破镇子的卫生院里，隆介醒来，艰难地睁开肿圆了的双眼，第一句话就是狗日的小项在哪。有人告诉他："小项跑了，他被你打得心寒。"隆介竟然很高兴，说我这辈子终于也打赢了一回。

伤势稍减，又转到县医院，再后来是徐师傅开着皮卡把他载回自己的住处，凌大花也一直跟着。那一阵隆介心情反而很好，以为自己那个傍晚的英勇表现终于赢得女人的垂青。当他可以下地走路，凌大花就消失了。再后来……

"……凌大花走了有个把星期样子，那天隆介气色还好，开车出去说要买几包精饲料和蚱蜢，那是喂孔雀的。我没感觉他跟平时有任何不一样，结果，车一开就再不见他人。"

"报警了么？"

徐师傅摇摇头，说当天拿不准，就没有报，万一他哪天又回来呢？过了几天仍没见人，打了一个110，对方叫他去乡派出所登记，也就到此为止。然后徐师傅诉起自己的苦，隆介消失以后没人发他工资，他还坚守那里，过年都不敢回家，电话索性也关停。

到现在，隆介消失有几个月，我不免有不好的联想。但万一哪一天他又打来电话或者突然出现在我面前呢？这样的事，在小城多有发生，有人突然失踪，几年毫无消息，大家都以为是被人害死，但十年以后他突然又出现，还带着女人孩子，和睦的一家子。消失和死亡最为相像，但怎么也不能算一回事啊。

路又堵上，徐师傅说他想不通，隆介对凌大花怎么这么当真，"像是被草鬼婆（女巫）种了情蛊"。我没吭声，但满脑袋都在想这原因。徐师傅又说："像他这样单身在外，女人的事情，哪会这样当真？来了又走的，不就跟吃饭穿衣一样么？他也知道凌大花跟他长不了，怎么这一回，脑袋硬是打铁了？"

"是啊，你过年不回家，还关了手机，怕也不光是没钱吧？"我诡谲地一笑，不用扭头，感受着徐师傅超时的沉默。

"怎么又扯上我了？"作为老实人，他只好尴尬一笑。当然这时候我也不在乎他的反应，但隆介的事，我突然觉得自己弄得挺明白。当然，我也不会和徐师傅探讨这些问题，我要考虑的是会开屏的孔雀卖给谁。

终于来到徐师傅的堂哥家，很快见着那只绿孔雀，养得用心，绿孔雀昂首挺胸，平视着我，像打架时的隆介一样雄壮。我说怎么让他开屏？徐师傅说："马上马上。"他掐开手机，找到一段音频播放，很快传来一阵拍砖的声音，伴以小鸡苗的惨叫。虽然是第一次听见，我竟觉得熟悉。绿孔雀很快有了反应，脖子垂低一些，浑身瑟瑟地抖起来，稍后果然便将尾羽撑开，在我眼前狠狠地开屏。我没想竟是这样，孔雀在发抖，同时也在开屏，抖得越重，开得越旺。忽然，孔雀尻尾轻微一响，一泡粪就落在地上。

"怎么一开屏就拉粪呢？这可卖不起价格。"

"不总是这样。"徐师傅递来微笑，但我明显感觉他眼神发虚。

"那让它再开屏一次，要隔多久？"

"要七八分钟样子。"

"怎么要这么久？"

"已经不容易了，时间间隔会缩短，但要花时间去弄。"

过了约莫十分钟，徐师傅又摁响那段音频，孔雀果然又在抖动中开屏，不幸的是，伴之而来仍是一泡粪。既然来了，就要看个真切，虽然孔雀的瑟缩让我难过，但我让徐师傅接着来，一次一次用拍砖声弄开孔雀的尾羽。果然，往下几次开屏，这孔雀都要拉粪，越来越稀。等稀粪都拉不出来，它也没力气开屏了。我看看徐师傅，这个老实人，不得不承认，隆介一直试图解决这个问题，好将孔雀卖上价。刚开始，孔雀还"谎报军情"，爱拉虚粪，就是只拉粪不开屏。经过隆介半年调养，孔雀明显大有进步，会开屏，但总止不住拉粪。隆介正在攻克这道最后的难题。隆介有的是办法，攻克最后的难题只是时间问题。只是，他突然消失，他所有的办法也都消失了。

故事的"开屏术"

——评《开屏术》

张元珂

  《开屏术》侧重故事/情节营构，首先在"讲什么"层面上给人以深刻印象。作为故事核心层面的驯化孔雀事件——让孔雀在指令下开屏，以及在此过程中所发生的一系列或让人啼笑皆非或让人感到匪夷所思的故事，和作为附属或背景的"斗鸡"比赛、"火红毛"驯化过程，以及对与之相关的若干人之往来经历和微妙关系的讲述，若单就故事层面的新颖性和可读性而言，其阅读效果是毋庸置疑的。其次，在"怎么讲"层面上更耐人寻味。这个中篇分别以隆介、易老板、"我"为中心，既独立、分层次讲述，又并置、立体展开，使得"讲述"本身自动生成并呈现出新意——如何通过讲述，使核心事件从"不可能"向着"可能"转化，并从中折射出非同寻常的文学内蕴。由"故事"到"小说"，或者说，从"讲什么"到"怎么讲"，《开屏术》都以其故事本身的新颖别致和文学性生成的立体丰盈而显示了其不俗的文体特质。

  以隆介为中心的故事，主要包括隆介与"我"、易老板与隆介、隆介与徐师傅、隆介与黄作家四个层面，这三者作为小说故事层面的显性要素自始至终"纠缠"在一起，成为意义生成的第一动力源。或者说，小说通过以隆介、"我"、徐师傅、黄作家四者之间朝夕相处的日常故事的讲述，密集织就起小说最直观的外层结构，从而不仅使得小说第一层意蕴的布局与生成扎实而及物，而且为第二层故事顺其自然地浮出表层和更深层意蕴的接续生成，提供一个强大的背景支撑和意义衍生的"跳台"。

  以易老板为中心的故事，主要包括易与局长、易与凌大花、易与隆介三个层面。这三者看似互不关联，各自独立，实则不然。易为千方百计地讨好局长，并想送他一只能随时听从指令开屏的孔雀，其动机何在？易和局长有何交集特别是幕后交易？受易之托，隆介要养一只随时按指令开屏的孔雀，明知不可为却执意为之，他能成功吗？当年在那场斗鸡比赛中，隆介推出的"火红毛"出其不意大胜易老板的"神勇大将军"，其养斗鸡的秘方何在？……这一系列带有导引性、昭示性、延展性的或隐或显的内层故事以及由此而生成的深层意蕴，使得这个中篇小说的可读性、启发性大为增强。

  以"我"为中心的故事，包括"我"与隆介的相识与相处，以及通过隆介这一媒介与上述诸人有意或无意的往来等两个层面。但有关"我"的故事的讲述主要是功用性的，即小说以"我"为讲述视点，使前述两个层面的故事融合为一体，既而使故事本身所蕴储的意旨呈现出来。同时，以"我"的视点，即意味着"我"也作为一重要角色贯穿讲述始终。小说的魅力就在于，通过作者的别具一格的讲述，使其成为一个牵一发而动全身的艺术整体，既而给人以意想不到的阅读体验。

故事是小说基本要素之一。如何拿捏与调整这些故事，并使其生成非同寻常的文学意义，这一过程自然对作者"讲述"能力构成了巨大考验。或者说，让故事"开屏"并展现其魅力，也是作者动用其"独门绝技"——"开屏术"——使然。上述种种不同性质、不同层次的故事镶嵌于文本内部，随着讲述次第展开，各类故事彼此互衬、映现，其呈现效果宛若孔雀开屏，给读者以无穷意味。节奏上的轻重缓急，布局上的明暗主次，效果上的"孔雀开屏"，都使得上述各个层面的"故事"因被统摄于总体性视野之内而有了更为立体、多元的文学性生成空间。

除在故事/情节层面外，这个中篇在人物塑造方面亦有不俗表现。新世纪以来，中篇小说普遍重视对故事/情节层面的讲述，而对典型人物的塑造却大不如前。这个中篇则不然，它对易老板、凌大花、尤其是隆介等三个人物形象的塑造而给人以深刻印象。或者也可以说，作为小说虚构的人物形象，且单就其个性色彩或被塑造的生动程度而言，他们也是近年来中篇小说人物画廊中难得一见的文学角色。从整体上来看，早年以养斗鸡闻名于佴城的易老板是个以营利为目的既得利益群体的代表、投机者；委身于权势人物的凌大花是个典型的交际花、混世者，以追求利益与虚名为旨归的隆介是一个"酒鬼"、时代顽主。小说为此类边缘人物群体塑像，实乃别开生面之举。更为重要的是，作者并没有按照这种身份或职业特点做概念化、公式化塑造，而是从聚焦人物个性特点出发，并且深入世俗层面与人性深处，侧重从对其具体言行、心理等细节的描写，以及通过对人物诸多生活场景和对话关系的细致展现，既而借助对其性格和言行独一无二性特质的细描，从而写活一个个人物形象。除此三个典型人物外，"爱吃百家饭"（蹭饭）的黄作家、饲养孔雀花招频出的徐师傅虽为次要人物，但亦因其言其性个性十足而让人过目难忘。

综上，《开屏术》承继讲故事、塑造典型人物的文学传统，采用写实、夸张且不乏荒诞的艺术笔法，展开对当代世俗生活及其植根于其中的传奇人物的精雕细描，其价值与意义自不待言。故事好看，吸人眼球；人物典型，个性丰满；主旨多元，意蕴丰盈。这些特质不仅使得这个中篇在同类文本中脱颖而出，而且还因其与近年来呼声日隆的"中国化"思潮接轨而具有了探索与实践的示范意义。

长夜行

常小琥

一

裴晓培不知道，在安平医院监护室主任管志军三十多年的从医生涯里，她是他所遇见的最适合干监护的年轻人。他总讲，搞医的人，特别是干监护这一块，家境一定要好，要眼里没有钱，就不会恶意用药。你让一个苦出身在这行里熬，吃相难看不说，还很容易突破底线。管志军每年都要劝走几位朋友和同学的孩子，在他意识到对方把监护室当成一条出路或者是跳板的时候。另外，如果能被他劝走，说明本身你也干不久的。

可是裴晓培不吃这套。管志军总能记起，她穿一件黑色针织外套，立领和袖口绣有金线，灰色束脚长裤，白鞋。轻浅笑窝上，双眼伶俐俊俏，留有整齐短发，青春飘溢。她手提礼盒，在办公室站得笔直，恭顺低头。管志军安坐掠视瞬间，暗暗钟悦。他说既然你父亲托我，我不能害你。你公公是国有银行行长，加上你这个成绩，最好出路是去美国念书，如果执意要念医科，我建议学内科、外科，学牙科也好，别碰监护。裴晓培不语，笑容落下。那一刻管志军也有些紧张。不想裴晓培一屁股坐他身旁，用半埋怨的口气说："主任你就把我留下吧！"

其实真正令管志军忧心的，反倒是裴晓培对这份职业的过于理想化，以及在医患关系上的幼稚。每次交班，监护室主任都要反复强调，"病人就是病人，病人不是亲人。""交病情给我往死了交。""用手机叫外科大夫，保留证据。"他觉得这些小崽子没一个是真正听进去的，因为他们还没吃过这方面的亏。

于是管志军带着裴晓培，去了一次本院的纠纷讨论会，长长见识。那天他们是最后走进专家办公室的，管志军在一排末尾处坐下，裴晓培在后排旁听。他张眼在各科主任脸上来回扫视，没有一位向自己点头，哪怕是瞧上一瞧。

会议室的窗子宽大且多，艳阳高照时，溜进白光，如射灯齐飞，打在身着白衣的专家教授头上，众人或捂脸、或皱眉。他们环环相坐，皎洁的衣服点连成线，串成珠子，更加刺眼、闹心。有人拉上窗帘，屋子里变得晦暗又明亮。

死亡病例递到管志军手里，看到半截，却听见脚步声。他眼皮一抬，见心外科中心主任龙教授已站在队首，灰眉翘立，面如坚冰。从前开纠纷会，老人很少出席，多是医务处简单介绍后，主刀或者主管大夫阐述治疗过程，再由监护室大夫、体外循环和麻醉师补充说明。或云无麻醉意外，或云体外循环脱机，说白了，各自择掉责任，讲明死者与我无关。如果病人死在监护室，那就是他管志军的事了。摊在他的身上后，讨论下一个纠纷。

如今赶上院长换届，加上事态失控，需要尽快拍板，所以得由心外科中心主任亲自定调。开的还是专题会议，不谈别人。龙教授处理纠纷，一向当机立断，他一贯主张能抹平的全部抹平，牵涉下级大夫的，公立医院必须替个人扛起责任。所以众人只等老人一句话，只要说这是正常并发症，谁还会说手术有问题？此刻老人眼袋微微搐动，瞪起一双牛眼，开口却说："鉴于这个纠纷的严重性和恶劣影响，必须充分评估，严肃处理。"

那段时间，全院上下，都在谈论，病人家属找到钱院长家住址，在那里拉横幅、喊喇叭，称死者被如何害死。还不可思议地公布病房主任们被任命时，交给钱院长的钱数，具体到每个人。就连本院财务科的事情、回扣系数和涉及的厂商，也都被编成故事，循环播放。据说院长当晚没住在那个家里，他们就播了整整一晚上。

既然中心主任如此定性，各科主任们只好百官行述，质询适应证范围、术前讨论、术式选择以及术后处理。通常主刀大夫要对质询做出解释，解释得通，大家看你人缘儿还行，便会帮你出主意。人缘差的，便是一顿乱捶。管志军看出来，主刀大夫这次很难过关，因为质询细致到了病人回病房后如何处理、为何会胸骨感染、引流管是怎么放的这种程度。鉴于病人死在监护室，管志军为求自保，最后他也跟着对刀口的处理方法提出疑问。

在哗动中，主刀大夫一一听完，低头浅笑，没有急于解释。

龙教授面向所有人："死者家属扬言，不赔五十万，'十一'大阅兵前，要抬尸体去天安门。这个字我现在就能签，让她拿走支票了事。但是你的科室，总要给出一个交代吧。"

白色光柱下，众多剪影，又是一阵重组、融合，且窸窸窣窣。主刀大夫不经意间和管志军对视，又低下眼皮。管志军知道，真正的主刀大夫不是他，他只是替人收拾烂摊子，没收拾好而已。往日习惯被围攻的管志军，今天却成了局外人，这个场面令他记起以前有个老板，请他去郊区看斗狗，当时狗笼内外的气氛，和现在很像。

记名投票，每人面前的表格中写有十几个分项和流程，包括术前准备不足或者术中操作问题、术后处理是否不当、麻醉和体外的问题、家属期望值是否过高、无理取闹等。各科主任要在上面打钩，写处理意见，签下名字，互不能看，再把纸扣起来，等医务处收走，呈递院长。

老人几乎是拖着步子离开这里的。此刻管志军仍然认为，他们把话讲得那么绝，是给上面看的。是人都有私心，往常纠纷会讨论时说得清楚，是术者桥搭得不通、瓣膜换得不合适，上次一科主任更是会上直言，管志军这次你太冤了，他们哄得他如释重负。可一到画钩，结果出来再看，又他妈定的监护室全责，甚至会写，监护室对于并发症处理不力。真到节骨眼上，谁都会想到自己早晚也有这天，即便是你再反感的同行，该抬手时也要抬手。再说，谁会相信这种投票呢？

相比之下，那位主刀大夫没有为自己辩解一句，他可能早已料到，这一关不是停手术，不是降职调岗。等待他的是来自院委会的最终裁定：解聘。

会议结束，裴晓培跟着管志军走回监护室。

"何必让我参与进来？我只是个主治大夫。"她问主任。

"我第一次参加事故鉴定时，也只是个主治，也不具备参会资格。可是我对当时的老主任说，我去了解决不了，您再出面，一来有个缓冲，二来显出咱们，不好商量。"管志军说。

"挺恶心的。"裴晓培低头瞧着眼前的地，不以为然。

"哪里恶心？"管志军停下脚步，打量她的肚子，以为监护室又多了个要歇产假的大夫。

"会上的主任，很多是给我们编教材的导师，是我们的偶像啊。亲眼看到他们不仅没有起码的信任和立场，而且用心如此险恶。我觉得恶心。"

管志军转身，继续前行，裴晓培很快追上。

"外科大夫，说到底还是手艺人，尤其干到科室主任这一级，别说你是博导硕导，别说你美国执医多少年，别说你拿着多少国家级科研基金，那全没用。你手下大夫下不了台，你能替他们做下来，人家才会服你。"

"主任，你每天用多少时间开这种会？有这工夫，我不如多管几个病人的好。"

裴晓培笑着把头探向管志军，瞄着他看。

"我还指望以后你能替我开这种会。就像当年我去替老主任。"主任眯眼苦笑。

"监护室老主任是谁？"

"很多人都兼任过，但那个老主任，是龙教授。"

二

连值两周大夜外加三十二小时长白班的裴晓培，没有接触到阳光，没有回过家，没有基本的睡眠。在监护室，她脑子里装的全是病人输进多少液、出多少尿、有没有排过便，或者肠内营养走了多少。她根据体重算出他们的能量摄入够不够，观察皮温变化，却忘记了自己吃过什么，忘记了把腰直起来，忘记她可是科里年纪最小的大夫。冬春交际，连日夜班更令她免疫力降低，生起皮疹，只能吃激素控制，生理期紊乱。当初管主任不表态时，是她哭着喊着要干监护的，她说这是念医学院时的理想，她说每当在监护室照看那些病人，或者是参与抢救，感觉就像是在燃烧自己。她为此而活。

在周围护士、护工的冷淡和静默中，她像一盏夜行中的马灯，或者像织布机那样，穿梭折返于责任病区，守时且机械地去开医嘱、查体、看心肌酶和肝肾功能，以及每四小时抽一次血气。这么说吧，最有良心的大夫，每个病人顶多看够二十分钟，除非你把他给逼死。可是一个躺在监护室的危重病人，一天看二十分钟，你能把他看得多明白呢？

管主任会说，哪几个是重病人，你要心里有数。可当她真去关注某个危重症病人，却不止一次地遇到，快要拔管撤机的轻病人猝死或者室颤，这就属于踩到雷了。很多猝死病人除非事后尸检，否则连她都不知道是什么原因。可是外科大夫们才不管这些，他们只会问你："我这么轻的病人怎么就突然死了？"

偏偏有那种大夫，一天能干十八小时，他也不累。手术室规矩，八点后不准接新手术，他为了赶这一台，总掐着七点四十五接进去，只要接进去，手术就必须得做。甚至过了八点，他都能把不是急诊的手术，拉上急诊。真不知道他是怎么做到的。

凌晨两点，已近极限的裴晓培，重新束起头发，完整露出那张长圆脸，一双高挑的细眉下，是尾部漂亮上翘的丹凤眼，鼻梁笔挺。她想起还没有取餐，走向大门的通道，众人已吃得杯盘狼藉，只有她的餐盒单放一处，饭也冷了。这时一个小脑袋大夫刚下手术台，来看病人。在大门口，他没穿鞋套，铺着的消毒棉垫，也只是大步踏过。他看着众人酒足饭饱的样子，说管总真体贴下属。

外科大夫来监护室，如果不见有人在床旁照看，会觉得你不负责。一次两次能忍，三次五次后，便会到处找你。于是裴晓培搁下餐盒，跟回病区，看到那人在为她的病人换引流管，还抱着个纸巾盒，一边让病人咳嗽，一边动手擦净。

她半弓着腰，站在另一张病床旁，周围空无一人。护士们吃过宵夜、打完游戏后，去找地方睡觉，二线大夫更不知躲到哪里。她从会议室找到配药间，均不见人影。后来终于在最里面的休息室，看到乌烟瘴气的景象，二线老雷，和另外的一线，混同几个外科大夫，正在闲聊、打盹儿、玩手机。她还没来得及张口，老雷在管主任常用来补觉的橘色长沙发上，招手叫她同坐。由于还没吃饭，加上腰痛，她确实需要歇上一会儿，于是坐到把边处，拳头别在后背垫着，缓一缓劲。

老雷擦好眼镜，扭头对她说："没事别总摆弄病人，有劲儿也要省着用。夜班重要的是平稳过渡，你这样紧张兮兮，令大家别扭。"裴晓培不语。老雷盯住她又说："我的话你听懂了么？"她把头转向屋门口，那里正站着刚下台的小脑袋大夫。

"26床，不是太好。"他直视她，语气不轻不重，含有警告，"已经术后第四天了，感觉肺部这里有点压缩，氧分子蛋白不够。"

他把病人胸片举到裴晓培脸前，晃了一下。她赶紧站起身，由于屋内挤满大夫，俩人站得很近。

"请你格外关注一下这个病人。我请你，格外关注一下他。"他并没有看片子，而是依旧盯着她，还有她的胸牌，然后迅疾扫了一眼屋内的人，"夜班不是这么上的，一点岗位职责都不讲。"

裴晓培把这理解为一种施压，或者挑衅，甚至是令她受到屈辱。

"林大夫？"她也看他的胸牌，"你是要我把对重病人的注意力，分配给他吗？如果你说我忽视轻病人，你要我做到一视同仁，那在重病人身上投入的精力就要减少，你能接受重病人和轻病人是一个看护程度吗？"

林冰猝不及防，完全愣住。烟雾像水蒸气一样蒙住众人的脸，杂声刻意浮起。

"谁都想自己的病人活，一个不死，但是，不可能。"她望着他那个中药丸似的小脑袋，连喘粗气。如果不是在监护室，如果身上没有披着这身白大衣，她想挠死他。"你顶多有四五个病人在监护室，而我负责看管的病人有多少？而且还不只是你一个人的。"

科里的大夫都不说话，见林冰转身出去，老雷带头，众人纷纷向她竖大拇指。

裴晓培感觉无趣，也走出了休息室，她觉得那张黄沙发，只有累成管主任那样的大夫，才有资格躺。她重新处理一遍病人之后，去洗手池旁，挤出消毒液，想安静地站一会儿。精力刚有松懈，她便察觉到背后有人，转身一看，那个林冰居然还在身后看着自己。

"我说，什么意思？你要给那病人停叶克膜？"林冰嘴里硬声硬气，绷着脸走到裴晓培面前，"他心脏逐渐变大，心功能一直不好，心率还在增快，你他妈的居然要给我停叶克膜。我刚才掰到三升，这刚多久我下来看，你又给我掰到两升不到。你是想把我的病人搞死才行吗？"

"我想试试。"

他还要再吼，却看出裴晓培表情不对。

"你你你看，这两天的心影，你看昨天、前天、大前天的，又有心包积液了。这种情况你觉得能撤机吗？"林冰声音减弱，且磕磕绊绊。

"我觉得心影大主要是因为膈肌上抬。"

"我干了这么多年，心影大小我还看不出来？我觉得你撤机以后，这人挺不过半天就死掉了，要不你跟你们主任商量一下……"

林冰无法再讲下去，他看到一张僵硬且含有敌意的脸庞，仿佛还在轻微颤抖。两股泪珠，正从那双细长眼下坠落。

"我去找管主任，我去和他商量。你别这样……"林冰举起双手，慢慢退步，"我换大夫，我亲自管，以后我不麻烦你了。"

三

夜里，心外科主任贾义在家接到管志军电话，一孩子骑摩托被车撞了，救护车拉走做剖腹探查，关上后拔不了管子，超声测出心脏问题，就把人拉到安平急诊科。管志军叫贾义尽快回到院里。当他赶到心外大楼的专家办公室，看到全院一半的心外科专家正在会诊，于是他在靠门位置找了把椅子坐下。

管志军萎黄的头发，像被火燎一般倒在头顶，空出整个脑门，锃光瓦亮。长圆脸上，粗眉肿眼，大鼻子头，看上去很像老外。他双眼怒张，用那副公鸡嗓和门神似的神情，介绍病情、寻求主任们的态度，上蹿下跳，仿佛要抓壮丁。"因为他循环维持不住，需要我拉到监护室去上叶克膜。去年我们收过类似的民工，从八楼坠下，脖子摔断的同时，心脏也摔坏了。急诊问过全院各科，没人肯收这孩子，都说这是外科的事。所以他们说，先收到管主任那里吧，因为上次就是这么办的。"

他不断干咳，尽最大力气压制情绪，留给众人转变想法的时间。

"当务之急是解决心脏腱索断裂的问题，要尽早做换瓣手术。"

"管主任，外科做也可以，但是得收到你们监护室。"

几个返聘回来的老专家，打断了他，又没有更多要说的。

"把病人收到监护室没有问题，他现在已经打了镇定、插管，正在呼吸机辅助，就是我那一套。可他肯定会心衰，随时可能挂掉，谁去和家属谈？"

会议室静寂加剧，众人像置身于一艘太空船里，保持高度关注和缄默。

"这孩子才十五岁，他自己不知道是在地上躺了多久才有人管。可如果他躺在监护室也没有人管，那和躺大街有什么分别？"管志军那股豪迈劲头已近冷却，眼睛开始扫向后排椅子。贾义感觉到，不论是他的声音、表情，还是肢体语言的幅度，都越收越小，或者说，越来越准确。他在找他。两人相视时，贾义撑了一下眉毛。随后管志军走到离他一步之遥的地方，也就是会议室门口。

监护室主任站在他的身边，显得身形高大、岿然不动。

"龙教授现在外地，我收到短信，他说这个病人必须手术，如果发生纠纷，他来兜着。"

管志军掰开会议室的门把手，即便到了这一步，他也没把握能为这孩子带来一个负责到底的手术大夫。

散会后，贾义跟在管志军身后，一起上电梯，一起下到三层。

"他妈的！"电梯门还没完全闭上，管志军就把话甩出来，"所有人脸上都写着，没我的事！最后病人还不是要砸在我手里。当年老院长怎么告诉我们的，身为外科大夫，首先你要有所担当！"

"管总别怨大家，这么重的病人，谁知道开胸后，心脏是不是早被撞烂，那时只能撂在台上，死亡率还算你的。"

贾义站在电梯角落，轻言细语。走出来时，他没回自己那一边的病房，而是安静转向监护室，换上鞋套，一起进入管志军的办公室。

在那个狭窄得更像是开水间的地方，管志军一边咳嗽，一边给他冲速溶咖啡。

贾义盯住管志军的眼睛："他父母在哪儿，押金交了么？"

"爸妈是郊区的。"管志军停顿下来，继续咳嗽，"夫妻俩带来五万押金，是哭着放进我手里的。"

"五万？"贾义用手捋顺卷发，脸上似笑似哭。他退步到办公室门口，开始为自己的表现懊悔，"管总，你会上怎么不讲？这种危重病人，押金至少要三十万才能收住院。"

管志军不语。一开始他就把贾义当作兜底的最佳人选，如果这时连他也说做不了，那病人就真的没救了。

二人互不相看时，门被人推开，险些把贾义撞倒。

"对不起贾主任。"裴晓培使劲鞠躬，随后她站到管志军面前，双手乱拽，"主任！这孩子循环越来越维持不住，血压都快没了，再不手术就要死了，到底哪个大夫做啊？"

管志军忽然想起什么，皱眉打量起她，"我不是给你调休了么，怎么还在这里？"

"主任，我给这家人弄了个网上筹资，你猜现在凑到多少钱了。"

她伸出手掌，在两人脸前连续晃动。

"五万？"管志军冷眉冷眼，很不耐烦。

"五十万！"

她看看管志军，又看看贾义，像是喝醉一样，又像是要起舞。两个男人，一个嘴咧得如同塞了个球，一个仿佛听到完全不懂的外语，面面相觑。

贾义答应和管志军去看病人，他提出两个请求，或者说是条件。

"您知道这孩子有脑外伤，我担心术中会引发其他并发症，比如一转机出现颅内出血，这种责任总不好找到龙教授身上吧。"

管志军边听边点头，此刻他都不知道这些到底关自己什么事。

"这病人潜在纠纷风险太大，所以其他科主任都躲了。我可以手术，但您要帮忙讲话，救过来了，那些主任肯定要排挤我，我们都不做，偏偏你一个杂牌军做好，这不是打人脸么，显你能耐是吧？如果病人撂在台上，他们会说，你看！早说不该手术吧，贾义非要逞能。"

贾义哭丧着脸，好像一个受气的小媳妇，好像手术已经做砸，在找说辞。

"对对，这个病人不是你想做，是我和龙教授逼着你做的。"按照规矩，谈病人是心外科大夫的事，监护室没有责任。然而管志军不再废话，他几乎是拽着贾义往病房外面走，"家属那边，我现在和你过去谈。这时候不要说是你帮我，还是我帮你，你不手术，孩子肯定是死我监护室里。"

孩子爹妈正坐一楼走廊，抱在一起，或许是哭泣，或许是哭过后的萎靡。他们见那女人已经神志不清，甚至无法站立，于是只把男人叫到拐角处。

"你儿子不做就是死路一条，做了还有一线生机，我们要冒最大风险。做好了大家高兴，做不好不许给我闹，听明白了吗？"管志军用近乎恫吓的口气警告男人，对方头都不敢抬起来看他，却用不知从哪儿来的力气，连说几个"听明白了"，还说："刚和老婆讲的也是这番道理，然后你们就像天神下凡一样站到我们面前。"两人说："行了，你赶紧签字去吧。"

管志军拉着贾义，在心外大楼的楼梯间抽烟。他长吁一口气后，双手插兜，问贾义手术谁来主刀，贾义不语。他接着又问，其实你心底里，是很想做吧。贾义使劲吸一口烟，眼睛一眯，下巴上翘，露出坏笑模样。他说我和林冰一起做，这个手术不做，他会吃了我的。管志军眼睛一转，想过之后，轻轻地说："我操。"

四

每当有朋友在管志军面前抱怨生活，他总要回一句："有空去我监护室看看，保证你什么事情都想通了。"但是如果整日都生活在这里，整日和危重病人以及他们的家属一起度过，天知道要怎样才能扛下来。在监护室，有女婿作主让老人放弃治疗的（所以他总说一定要生儿子）；有哥哥来看妹妹，术后第三天露面，看到账单后，对他说"弄死她"的。管志军还会接到住院处的催钱电话，他们说有个心肌炎病人欠费太多，实在找不到负责人，只能先把他逮着。

最早碰上这种事，是1993年他初到安平，在烧伤科轮转。有个二十岁出头的锅炉工，和他当时岁数差不多大。因为一氧化碳中毒，小伙子晕眩中摔到炉壁上，下半身被烧了个遍，惨不忍睹。当时的安平还很全面，植皮、外科手术、抗感染，翻来覆去地愣是把人给救过来了。术后病人欠下一万块钱治疗费，1993年的一万块钱。

小伙子的父亲，同为四川民工的六旬老人，连夜赶到北京。老头长有尖顶脑壳，全身像被真空包装裹住一样，形容枯槁，皮骨黝赤。见到管志军，老头目光闪避，他说："大夫我找你就为讲讲钱上的事，家里真是分文没有，否则我们父子也不会分开打工。"好一阵不见回应，老头又说："可我能给医院打工，不吃不喝，也用工钱还你。"管志军问："您当这是在饭馆赊账呢，就算您不吃不喝，打工还钱，要到猴年马月才能还清？"老人一怔，笋尖般的脑袋更是低下。管志军说："你们跑吧。"老头硬起那张沟谷纵横的脸，一双钢珠般的厉眼，越是紧绷绷地望着他，双唇越是蜷缩。他说："我们跑了，你怎么办？"管志军说："大不了扣我钱呗。"老头两行老泪钻出眼窝，说："这种事情，我们干不出来。"

那小伙子能下床走路后，父子俩常会穿着自己的衣服，互相搀拽着，在院子里溜达，他们没有跑。后来管志军第一次给病人跑下减免，他让他们去外面挣钱，慢慢还给院里。

干重症后，类似事情在所难免。监护室是辅助科室，不单独核算，账由院里统计。因为要控制医药占比，每月院里会固定发给管志军一个通知，你这月药占比是多少。心外科病人归外科主管大夫去报，跟监护室没有关系。只有从急诊抢救回来的，或者经人从外院转来的病人，管志军才会关心花费问题。这几年欠费的，除去心肌炎这种下不了地的，其余全跑掉了，有的欠着医院七十万，一分不交，跑了还跟他打两年官司。

这次被催钱的女孩，来自河北衡水，刚满十八岁，去大学报到当月，就染上风湿性心肌炎。急诊主任问管志军能不能收，他说能收。女孩父母都是县城农民，白天像钉子一样坐在监护室门口，夜里倒头就睡。女孩后期的心肺功能越来越差，管志军问夫妇俩："眼下还有百分之一的希望，要不要上叶克膜，上的话转一次五万就出去了，你们有钱吗？"夫妇俩的原话是："不要说百分之一，就是千分之一，我们也要凑钱救闺女。"

这属于是病人家属给大夫吃了一颗定心丸。

可是坚持到第三天，他们坚决要把孩子拉回老家。

"你们闺女，身体还有转机，咬牙坚持一下，或许能带活人回去。"管志军瞪着肿眼，下颌发力。他自己没意识到，或者是不愿意识，他的话已经犯了大忌，"如果现在拉走，那可真是人财两空。"

从头到尾，他没有提一句欠费之类的话。

这时女孩妈妈变得犹豫，在呆怔中噙泪，明显在想女儿。管志军心想还好先把女人稳住，多年经验，只要女人一哭一闹，什么事情也没法谈。"再坚持坚持，大不了欠钱嘛，你们可就她一个女儿。"他对男人说。不想男人变脸，面目近似愤恨，且拿出一家之主的威严，要拉女儿回家。

回到休息室，管志军坐在一张陈旧的黄色长沙发上，腮颊鼓起，猛眨两眼。贾义穿着手术衣，光脚卧在他对面的下铺上，玩着手机。

"一个孩子，刚他妈有点盼头，就这样被拉走了。"管志军双手放在腹部，攥成拳头，反复颤抖，"不甘心。"

裴晓培刚好从里面的更衣室换上便装走出来，见主任脸色，不由站定。

"安平是个公立医院，说什么也要体现公益性。病人欠钱怎么样？减免。医院的盘子多大，一年光是流水就五十多亿，减免个几十万不是问题。按国家政策报亏损就行了啊。可即便这样，女孩还是被她父母拉走了。"

"管总，想没想过，她家里没有钱了，你非要给人家治好，但是人家没有这个诉求了。人是活了，拉回去她父母怎么收拾烂摊子？"贾义坐直，面露轻笑，用手指向旁边的裴晓培，"再治下去，不论死活，你监护室怎么收场？你给手下大夫训话时，不是很明白吗？"

管志军勉强抬起眼皮，斜着望向裴晓培，两人对视良久。

五

刚上夜班，裴晓培就听见此起彼伏的落泵声，"啪啪啪"。裴晓培戴好无菌手套，走到治疗台。贾义病房有六张床归她负责，配三个护士，可两个是进修的，只能取血、跑腿，治疗的事她都要亲力亲为。有时候感觉，一天中最幸福的时刻，就是蹲下身看一会儿病人的尿袋，能歇会儿腰。

在一个"室上速"卧床病人身边，裴晓培伸出胳膊，让对方握一握自己的手，她需要感受到他的力量有多大。因为术后心功能不好，他上了IABP（球囊反搏），会影响动脉的血供。如果手心暖和有劲，说明灌注很好，心肺功能在恢复。"这病人不错。"再去摸病人足端，神情微变，她发觉两边温度不同，有动脉穿刺这边发凉，没动的那边暖和，证明末梢的血供差，已经反映出来。

裴晓培找来责任护士，给病人开肌红蛋白检查和扩血管药物，同时让进修护士准备抗血栓仪。她又打给放射科，做下肢超声。护士们放下手机，说知道了。

忙到半夜，众人订外卖、聊天、打游戏，病房里呈现出热烈的宁静氛围。裴晓培照旧没领她那份餐，有人看她还站在病区，守着一个搭桥手术后昏迷中的女人。因为肾衰，她面部暗沉发亮，皮肤却渗出一层尿碱似的白霜，因为体温过高，氧耗太大，拼命在喘。裴晓培双手插兜，缓步走向监护室大门过道。

二线们常说，夜班重在平稳过渡，别让病情恶化进展，平平安安交给白班操作，就算万事大吉。除非遇到非上透析不可的情况，否则作为一线也可以上，也可以耗，看到但不处理，写"继续观察、药物治疗"，谁也不能说继续观察后出了事，是你导致的。你也可以自信地认为，病房里我能掌控住，不会有突发，或者我一人操作，不要助手。怎么做，全看良心。

"那个肾衰病人，我想给她上透析。"裴晓培干涩地走到众人面前，看准责任护士，用大拇指朝身后指。

"外科大夫说调整一段时间，再看用不用上。"护士嘴里露出半截鸡骨头，手机横在面前，战略游戏，热火朝天。

出于病情变化和医疗职责上的顾忌，护士不敢违背医嘱，可是不愿意干的话，她们会说没机器；机器来的话，她们会慢悠悠地安装，反复监测设置；如果你年轻、你不懂，她们会一直磨洋工，说另一个病人有问题要处理。这次她们说，还要等某个疯子大夫推病人回来，凌晨她们至少有六七台"接三"手术，光是接新病人都顾不上，别说躺在那儿的老病人了。

果然，林冰又在把病人往监护室推，她们要提前铺上新床单，把呼吸机调到预备状态，病人一到，合力给悠上病床，这可是个体力活。给病人翻身，检查压疮后，便是接尿袋、接呼吸机，连血压和连心率监护，再把手术室带回的药全配上。

医院永远是给你最少的人，只要能把这摊事运转起来，不出大乱子，就不会多加一个人。同样一个病房，不同大夫上夜班，每人忙的程度不同。干活的人永远是少数，总有一部分人出工不出力，而你是没有资格要求别人的。因为人家熬到了二线，态度明确，我就是等着退休，我不求名利。

裴晓培只能够等，然而刚想吃饭，那个昏迷中的女病人，血气分析仪的黄色报警灯又闪起来，还发出声响。她转头望向对面的医生办公室。屋顶的照明灯，令她的双眼和大脑处在疲惫的亢奋中。这种时间，这种情形，是否叫醒二线，她有些迟疑。

这时裴晓培发现隔在两张病床之外的，是跟她吵过架的林冰，在喂病人牛奶。不知哪里来了勇气，她大步迈向办公室，敲门。

当天值班的二线是老雷，正用三把椅子拼出巧妙形状，既能承接住身体关键部位，又能适应局促空间，还睡得面露陶醉。裴晓培曲眉苦笑着，歪头看了片刻，轻唤三声后，对方眼皮松动，睁开细缝，不悦。

两人互相看着对方反过来的脸。

老雷跟着她，找到那个病人，左看右看后，回头问她："哪里不对？"她解释说："病人现在血氧太低，我觉得必须处理，才请您过来看看。"

老雷一言不发，走到呼吸机前，调试模式。屏上的指标没有升高迹象。随后她看到他动手调通气量的报警设限。

"她慢慢会好起来。"老雷转身离开，不再看她。

"您等等。"对方走回一半时，裴晓培轻喊住他，并且赶上去挡住了路，"这种重要器官缺氧，拖久了我担心病人会犯癫痫，甚至醒不过来。"

"这个范围属于允许性低氧吧？"

刚才接到电话的超声科大夫吴瑶，推着机器，往这边看。裴晓培感到嗓子在颤。

"我知道您在教我东西，可我无法接受。这么低的血氧在我的认知里，是不可以被接受的，因为她是术后病人，我不知道这只是脑低氧，还是因为里面脑出血，或者脑梗死了，很多人没来得及做CT就已经挂掉了。"

吴瑶走到裴晓培身边，用手挽住她的胳膊。科里一线和夜班护士也凑过来。被这么多人围观，裴晓培难以抑制地流泪，她低下头，却发起抖来。

老雷表情木然，睡意全无。

"我判断她最严重的问题在于术中的肺部损伤，不是出在脑袋上。这需要病人的身体自己去清除炎症，需要一些时间去重新修复。"他以二线大夫特有的淡然口气对待她，"人体有时候很强大，很多东西都是可以自我检查，自我修复的。"

"你给她时间自我修复，问题是她给不给你时间！"裴晓培一股来路不明的恨意，喷薄而出，把老雷吓一跳。"没等修复，病人先死了怎么办？说来说去你是不想管吧？万一将来她醒不来，你在护理记录单上怎么写？"

始终站在远处的林冰，侧头看向这边，像受到打扰。

"我去叫管主任。"她已然两眼发愣。

一个老护士按住了她的肩。

"你让老管踏实睡一宿吧。"

凌晨，裴晓培躲在楼道，平复自己。恍然之间，她想到林冰，觉得这人仿佛始终都在关注着今晚发生的一切，哪怕他不在监护室里。

楼梯口的门被推开了，裴晓培扭头看到由里面走出一个大夫。

他看着她的样子，好像知道她在这里，好像她就是在等他一样。

"我替那个病人的家属和手术大夫，跟你道一声感谢。"他那双几乎可以变色的眼睛，像冷血动物一般的眼睛，居然闪现出热诚的笑意，"抛开对错不说，至少你的坚持是好的。如果可以，希望以后我的病人由你来管理。"

六

自从上次冲着二线大夫哭闹，裴晓培仿佛站到了所有人的对立面。她也问过自己，是否可以和大伙一样。如果良心放低一点，是不用那么累的，你不问，我不说，彼此压力都要小很多。可是如果想要良心上过得去，工作就会越干越多。

此刻，管志军和林冰正在观察一个新疆小孩。随后主任看向旁边，裴晓培的一个肺静脉异位引流病人。她迎上去说，这病人肺部饱和度挺好。林冰则斜着眼看，管志军亲自给病人拔管、戴面罩，叫护士给一个低浓度的氧维持。因为怕有心肌缺氧的危险，又换了呼吸机。他还劝病人，千万别嫌麻烦脱开。主任和林冰转身离开，裴晓培追上去说："想请您给他调一下呼吸机参数和模式。"主任一愣，"你的二线不是在值班么？找他。"

"我不信任他。"裴晓培直绷绷地望着管志军。林冰借故走开。

两人去门口的过道，取夜班饭，又一起回到主任办公室。许多双比手机屏幕更亮的眼睛，在背后看。

"我知道大家对你印象不错。"支气管炎的缘故，管志军讲话多用鼻音，语气中透出女人般的柔慈。

"可我不是来这里休婚假的，不是来混产假的。"裴晓培还没坐稳，话便如熟铁淬火一样打出来，"我也不是来养家糊口，拿死工资耗退休的。"

管志军低下头，闷声乐了。

"在你看来，什么才叫好的交接班记录？"主任起劲儿地拆开盒饭包装，也不看清里面有什么，就大口吃起来。

"您教过我，交班时要看他的字条，从心功能、肾功能、肝功能到营养状况和出入量以及一般的感染情况，一条条捋得要思路清晰。包括处理情况，有些病人的问题可能不致命，可是我要看处理上积极不积极。我最讨厌的，"裴晓培顿了一下，像要努劲，"就是'继续观察'四个字。"

管志军像咬到沙子，把槽牙硌住一样，脸僵着不动。

"继续。"

"可现在监护室总是在玩击鼓传花的游戏。病人从手术室推过来，就开始不停地被倒手、推卸，越到后边情况越重，接手的大夫越倒霉。这个花不是一个循环，这个花只能往下传，不会再回来，直到传无可传。交班反而成了掩藏错误。"

管志军快速用纸擦嘴，攒成团，捏在手里。

"裴晓培，你告诉我。"

她有些意外，直起腰背，脸却还在发紧。

"你那个肺静脉异位引流病人，术前诊断是什么？"

"我，不知道。"裴晓培眨动褐色眼睛，边想边说。

"那么引流到哪儿了？我要知道先心病畸形到底在哪儿。"

"不知道。"语气变弱。

"那他有没有'房缺'呢？"

"不知道。"只有嘴动，几乎无声。

"左室大小呢？"

裴晓培索性不答，屋里安静出奇。

"你什么都不知道，谈什么交班标准？"

她看着地面，嘴紧紧闭起。

"你想说，这些是外科大夫的事儿吧。之前你和林冰有过分歧，为什么你插不上嘴？你没做过手术，你们俩起点不同，所以才会胆怯。给我记住，监护室大夫是不拿手术刀的外科大夫。你一定要了解血流动力学，根据变化监护病人。"

裴晓培点头，憋屈中发怔。

"你当初为什么要来监护室？"

"这是我的理想。"她脱口而出。

主任轻轻闭眼，摇头摆手。

"咱今儿不提理想。我最怕看几集美剧的孩子，哭天抹泪要把一生献给医疗事业。讲良心可以，可是在医疗口，老好人是没有用的，病人照样死在你手里，外科大夫照样觉得你没用。你眼里那些混日子的二线，老雷，在治疗上当年比你还要激进。可他们为什么变了，想过吗？同样到了那一天，你怎么办？"

管志军让她吃饭，她摇头不吃，他鼻音又起，"你端着饭进我办公室，再端着饭走出去？"裴晓培并着腿，餐盒放在上面，吃一小口后，主任从兜里掏出手机，点开手机里的视频，让裴晓培拿过去看。

"你也不是初来乍到了，我在科里讲呼吸机有好几次了，你们这帮年轻大夫，从来不听。呼吸机以后会越来越智能，但是我们的脑子能否跟得上呢，你明白我的意思吗？"

裴晓培捧着手机，全神贯注，却也懵懂不知。

"调对模式和参数后，你要给病人恢复时间，让他和机器保持最好的同步性。他喘得厉害，你看着烦，管理也累，就给他完全镇静，可你总不能长期给病人镇静吧。最终目的是让他拔管，这就要病人反过来触发呼吸机。再灵敏的呼吸机都要有这个时间差，为什么我要用两个小时去调好一个病人？"

"功夫在这儿。"裴晓培舒出一口气，像在平衡自己。

"对了。上机器，不是你让病人越来越依赖机器，而是用机器换时间，是你根据病情去调整，反而让呼吸机做功最轻。否则辅助六天，再不脱机就要气管切开。在监护室，没人去想这些问题，真与伪，本与源，我也不会问他们。但是你应该走到那一步。病人躺在那里没有办法，如果大夫也躲着问题走，那叫他妈什么玩意儿？那天你哭，其实不单是冲着老雷，也是气自己无能吧。空有一腔热情，所以才会流泪。"

裴晓培低下头，紧攥勺子，吃下一大口饭。

"没有方向的消耗自己，也是一种懒惰。你应该比我们走得更远。"

"主任，太难了。"

"我们才是病人的最后一条线，如果你都慌了，那他可就真的死了。即便你身边能指望的人全跑了，你也得像个傻逼一样去对抗。所以你说你，非要干什么监护室呢？"

七

管志军和很多大夫一样，住在医院家属楼里，不过科室主任也住在里面的，他可算是绝无仅有。近有近的方便，比如节省路途上的时间，比如在紧急情况下能随叫随到。当然近也有近的烦恼，那就是他在市场买菜的时候、在吃路边摊的时候、在家里洗澡的时候，在和老婆睡觉的时候，都会接到来自监护室或者外科大夫的电话，喊他立即回去。不是病人情况不好，就是两边大夫治疗方案有分歧，或者是有危重病人需要会诊。以至于哪天科里突然没了动静，他在家反而有点别扭，怎么没人找我呢？然后检查家里网络是否正常，手机有没有欠费。仍不踏实，上床前索性又回监护室溜达一圈，才好回家睡觉。久而久之，他发觉自己的事越揽越多，手下大夫和护士反而越干越油。

这天夜里，管志军正在家中洗澡，刚打上肥皂，就接到急诊主任打来电话。说120拉来一心梗病人，继发急性心衰，心肺复苏中。管志军草草擦干身体，把脏衣服重新穿上。还没来得及换鞋，电话又打过来，说病人室颤发作，他在手机里听到胸外按压器"咣当咣当"的声响。昏昏夜色中，管志军一路小跑赶往外科大楼，并且成功地在路上崴脚一次（拖鞋不跟脚）。

赶到急诊，他说："停一下让我看看。"众人见管主任来了，闪到一边。他让大夫继续胸外按压，自己用手电筒照向病人的眼睛，做压眶检查，发现这人还有对光反射，说明按压有效。可是只要一停，心率和呼吸立即没有，也不再有任何生命体征。直到这时，他才注意到，贾义和急诊科主任，都乖乖地站在自己身后。原来二人是叫他过来拍板的，如果他说没戏，大家就会收拾东西，打道回府。

病人是"总后"军官，打篮球时忽然胸痛，扛不住了才被战友叫急救车送来。他老婆和战友正在门外，对病情还一无所知。管志军说他的瞳孔有对光反射，说明这个病人不想死，也不会因为脑损变成植物人，有抢救意义。贾义把他拉到一边，想了想，悄声说："病人是我的关系，家里不缺钱，你说你监护室管不管吧。"管志军头一次见到，如此情急还能保有风度和笑意的大夫。如果换作林冰，早把病人拽上台了，那家伙甚至顾不上给他打电话。管志军说："您得给他做造影、放支架，否则扔在监护室耗着，也是白让家属承担费用。"贾义又重复问："你管不管吧，你管我就做。"管志军说："您做我就管。"贾义说："我可以做，但是你去和家属谈。"

病人老婆哭得已无对话能力，她把自己丈夫的军装都带来了，想让他穿着军装走。管志军只能和那个战友交代病情。他告诉他，病人现在循环维持不住，要靠推药了。那战友是个田字脸，宽下巴，粗眉豹眼，皮肤棕黑。听出重点后，语气坚决地抢先表态："您只管救人，钱不是问题。"

趁着预充机器，管志军让护士穿好一条管路，他拿起备皮刀，亲自给略有发福的军官备皮。贾义站一旁说："管主任亲自动手消毒，少见。"他懒得理会，只说这样节省时间。

叶克膜被手下大夫一安上去，转起机器后，管志军感觉病人有了些心跳。他和贾义几乎同时间说："快转手术间做造影。"

贾义放了临时起搏器后，又连续放进两个支架，可是病人心脏还犯室颤。管志军有些看不下去，说："你除颤吧。""要除吗？"贾义一边嘀咕，一边照做，做惯房颤消融的他，对其他心脏病不免有些生疏，有些倦怠。"咣当"过电之后，起搏器变绿，病人心脏像重启后的发动机，瞬间被带起来。可是贾义感觉心脏跳得还是不好，又问："下面怎么办？"管志军知道，他是不会把病人收到自己病房的。管志军说："您放心，我拉走，所有责任我担。"贾义点头说好。

凌晨，管志军把病人推出来，看到心内科和急诊科的人，早已散掉，台子被收拾得一干二净。行至半道，贾义打声招呼后也转身离开。管志军明白，他们觉得这个病人是救不过来了。类似情况，监护室主任经历过太多，他几乎也是靠着某种本能还在坚持。回监护室的路上，走廊幽深冷清，回声尖脆。孤光中，管志军好像是押运货物一样，是步入雾霭沉沉的荒野末路，寸步不离地跟在病人身边。他对仍无起色的病人说："你的家人和战友还在等你，你可别死。"

凌晨两点，管志军不敢回家，只能卧在休息室的黄沙发上打盹儿，脚上还挂着家中的拖鞋，直到天亮。

次日，管志军被裴晓培叫醒，他随即赶到病床旁执行叫醒工作。淡黄色的晨光轻洒下来，病人呼吸非常平静，处在如婴儿般的熟睡之中。他一面观察对方，一面连续叫出名字，让他"醒醒"。这时病人居然像早做好准备，睁开眼睛。他克制住心情，如同呼唤一个麻醉术后正常恢复的病人那样，要求对方跟着口令，依次摇头、应答。病人一一照做，仿佛早已认识管志军，仿佛完全知道昨天发生过什么。回到办公室，管志军发短信给贾义，回复就两个字：奇迹！

事后，贾义把这次抢救当作经典病例，做成教案，四处讲课，在日本还得了个病例抢救的演讲比赛大奖。起死回生的军官摆了几桌答谢宴，席间对每位参与抢救的医护人员，逐个敬酒（茶水）。他特意在最后才走向管志军，恭恭敬敬地倒满一盅白酒，并且努力回忆着什么，看起来有种见过生死后的复杂神情。"您是我的救命恩人，这杯酒我得喝了。"在回忆失败后，他歉意地微笑。

管志军没有举杯，而是伸手指向站在军官身后的战友，"我不是你的救命恩人，你这位战友才是。没有他坚持治疗，你真的死定了。"军官以为主任在讲场面话，仍然盯着彼此的酒杯。管志军说："兄弟，我还挺羡慕你的，在那么凶险的紧要关头，身边有这样一个战友支持你。我真的很羡慕你。"

八

每当病人在裴晓培面前一天天好转，或者因为她的工作而继续活下去，她会将此视为干监护的最大回报。不过多数时间里，等着她的也不是什么好事，比如她正考虑给病人用药，嘱咐护士观察哪里，或者用电脑开医嘱时，病人会觉得你没有关注我。按照病人的逻辑，大夫应该多在床旁看一看，听一听，或者跟自己聊上两句，这才叫关心病人。可实际上，裴晓培觉得除非病情变化，以及要做床旁操作，她没有必要频繁和一个病人见面。那会占据她本就不够用的时间，有太多看不见的工作等着她去干。

然而当她真的来床旁准备操作，要切开气管、置入注射针，或者打镇静药时，病人又会面露反感甚至恐惧。他们问她："你为什么要让我睡觉？你想对我做什么？"病人嘴里的气管插管被拔掉后，呼吸依然不行，需要二插，他们又在抗拒中质问："为什么又要给我插这个。"病人用最后的力气，令眼中迸出灼光，就像是她想弄死自己一样。裴晓培的体力和意志，就这样不断地被透支着。

监护室是开放式病区，医生护士之间讲话，病人很容易听见。高年资都懂，不要当着病人评价你的同事，不要在他们面前谈论家属，要聊出去聊。裴晓培也清楚，只是有时注意力照顾不到，以为病人处于镇静，便一面用手揉腰，一面随口嘱咐护士两句，这人家属已经把他放弃，老雷和他们谈治疗方案时，一听话头就是奔着要钱来的，不想他活。偏巧不巧，被病人听到了。先是拒绝服药，随后神情颓萎，众人心悬半空时，又见其眼睛如回光返照般，挣出生机，撤下气管插管，口口声声地要自己回家。被护士劝阻后，改以自杀式的不配合治疗，翻天作地。裴晓培看到，病人在她面前薅输液器、扯导尿管，平时应该气囊瘪了才能慢慢抻出的管子，硬是把卡在膀胱里的球囊生拔出来。床褥上面血流成河。裴晓培定在一边，感觉疼的不再是腰，而是从后脑勺起，整条脊椎骨都要裂开。她呆愣着走上前去，伸手去按，想安慰病人。病人却拼力躲她，刀切斧砍一样地用喉部嘶吼："我恨你，别再救我了。"每一个字都如同巴掌一样，响亮地扇到她脸上。

护士扶裴晓培到病区另一面，让她缓一缓神，并且嘱咐她："你千万别过去了。"她像是被罚出场外一样，远远注视，同事们应付着比抢救还要激烈的治疗。

"老李，你感觉怎么样，还憋气吗？这两天护士给你降温了吗？"她听到一股稳固且极暗的声音，像是某种讽刺，在自行流动，"帮我准备一套换药的。"

他对身边护士说完，又用手轻拍病人。裴晓培走过去看，认出那是林冰。

"老李，一会儿我要给你调引流管，动的过程中可能会疼，因为我要调个方向。可能会碰到胸腔里面，你不要紧张，不要害怕，把身子稍微转过来就行。"

林冰转到病床另一侧，裴晓培脚向后退，留出空间。他的语气和动作幅度极小，尤其是把管子轻轻置好的那一刻，眼睛还盯着病人的脸看。"放松放松，这条腿不能动啊。有点难受是吧，稍微坚持一下……"

她按住后腰，探头，紧紧盯着林冰的脸，怕认错人一样。

中午，裴晓培像僵尸一样挺直身子，蹭到休息室，往黄沙发上一靠，疼得嘢嘴："林大夫，我的腿也不能动了。"

林冰在身边坐得笔直，更像是他的腰有问题。

"你有个先心病人，房缺合并二尖瓣关闭不全，已经转回病房了。"

"我知道。"林冰转头瞄了她一眼，从上到下打量脸，腰，腿。

"那病人刚下台时，我一测，血管阻力太高，心脏容量又不够，血压还低，左室心功能EF值只有20。"

"这就是麻醉师不负责，不把容量优化，拼命给我的病人用缩血管药，把血管收得太紧。"林冰笑笑，脸上像死水有异物划过。两人如同被绑架了一样，同样的坐姿。

裴晓培眨了眨眼睛，点头，手指伸向脸前瞄准。

"病人血压低，不是外周血管阻力问题，就是容量严重不够。我把缩血管药减下来，同时适当补容量，第二天EF值就回到36，心脏前负荷恢复很多。"

"我回去后会和病房护士交代，一律按你在监护室的医嘱用药。"林冰说，"你进步这么明显，我有点不敢认了。"

"我也不敢认你了。"裴晓培放下胳膊，嘴角上翘，两眼一弯，"他们说你对病人可狠了，简直就是人格扭曲。"

"你们监护室大夫不使力，我想不狠也不行。"林冰摇头，苦笑，露出少见的疲态，"我喜欢那种，信心坚定，求生欲强的病人。比如有的人会说，我就治好了给你们看看，我喜欢他们这样。我说只要你想活下去，你就能活下去。"

裴晓培用拳头垫在后腰，边皱眉边笑，气岔到下面，会跳着疼。

"可是在监护室，病人很害怕的，亲人不在身边，只有一堆大夫和机器围着自己，躺在那里什么也不知道。你应该听说过白大衣综合征吧，病人什么问题都没有，只是看见这身衣服，血压就能上200。所以心理辅导很重要，你必须要安慰他，既要讲明实情，还要让他做好思想准备，有困难，咱们一关一关地闯，后面有事后面再说。把他心态稳住，很多生命指标也好了。"裴晓培脖子窝在沙发背上，一边听着，一边看着林冰。"如果病人产生ICU综合征，由此心情抑郁，那可不是一天两天能恢复好的。"

"如果病人承你这份情，也可以啊，就怕你累死累活的，还没人知道。"

"为什么要让人家承你的情？你越是投入过多感情，越容易被情绪消耗。长此以往，先崩掉的是你那根绳子。别想和救人不相关的事情，专注在治疗这件事上，谁评价你，谁承你情，和你干的事情无关。"

"林大夫，你这句话我记住了。"裴晓培换个姿势，她忽然扭头，仔细看他。"我怎么忽然觉得，我在想什么你好像都知道似的。"

九

为了达到管主任"每年必须发两篇科研文章"的要求，即便值完夜班，裴晓培也不能回家。课题内容看重时效性，她要抓紧利用本院内网搜集数据，白天要么白班，要么躲在办公室苦写。她再次过上黑白颠倒的生活。半夜，无论是腰椎还是脑袋都如被锯开一般，痛出眼泪，裴晓培吞下一片氨酚待因。随后，像个刻毒的妇人一样，她给自己定好凌晨三点闹铃。她挪蹭回手术间休息室，打算在那里眯上一会儿，不想推开屋门时，见屋内尚有灯亮，空调大开。

放射科的吴瑶，正抱腿愣在床上，见她进来，绷着嘴笑。吴瑶用木簪将长发盘成道姑头，一绺黑发松落下来。为方便夜里出急诊，她的白大衣还穿在身上。裴晓培爬上吴瑶那张床，双手托住腰，直挺挺躺下。吴瑶挪到另一头，靠墙而坐。

"你这腰还不去看？我给你拍个片子吧，怪吓人的。"

"不用你拍，不用你拍。"裴晓培脸上绽露笑意，仿佛屋顶有画。"又被组长骂了？"

"他妈的。"吴瑶低头，落下眼皮，像诅咒自己。

"管主任如果学一学你们组长，那次我上夜班，也不会叫你看到笑话。把我都急成什么样儿了，主任后来还说是我不对。如果再来一次，我还要闹他。"

"这次确实赖我。"吴瑶也往上看，微微肿起来的丹凤眼，透出水淋淋的光。

两人都不作声。吴瑶怕静，碰了碰裴晓培肩膀，她"嗯"了一下，示意没睡。

"之前中日医院的朋友，组织过一次相亲大会，在世贸天阶，号称资源全是高级白领。也不知哪来的勇气，我不仅去了，还走上台对话筒说出名字，把手机号也一起讲了。后来知道，妈的那是一健身器材城开业典礼，让我们凑人数造势。"

因为不敢发力，裴晓培只能从喉咙里咳出笑声。屋顶白炽灯，照得人极不舒服，她用力搬起后腰，把身子扭向里侧，看着吴瑶。

"你活该。"

吴瑶像是没听见一样，把身体躬下来，头垫在膝盖上，手里捻着长发。

"我喜欢上一个外科大夫。"裴晓培说。

"什么时候？"吴瑶抬眼瞧她，嘴被膝盖堵着讲话。

"现在。"裴晓培双手插进怀里，咧嘴笑，眼皮合上，"主要是他术后推回来的病人，特让人踏实。久而久之，那种感觉就留下来，直至我好像也变成他的病人。看到他，就被一股力量给托住了。那种决不妥协的意志力，仿佛是另一个我。"

"叫什么名字？"

"林冰。"

"你老公知道么？"慌错之中，吴瑶再问。

"这和他没有关系。我们已经半个月没见面了，上次谈话，还是为了劝我尽快去英国生孩子。他好像忘了我们两家的结合是为了什么。"裴晓培皱眉打了哈欠，睡意渐起，"还说公司为我在投资部门留好了位置，他居然暗示我辞职。"

"英国籍，银行行长的独子。"裴晓培听见吴瑶又在老调重弹，她们像一对双胞胎姐妹，总要装作互相了解，"真正好的资源，全跑你那去了。"

"有什么好？他们那种人，每天想的就是用最少的时间，赚更多的钱。我们是因为父辈的生意往来才结合的。根本就是两条路上的人。我很清醒，傻逼才相信婚姻。"裴晓培嘴唇嘟囔着，话音轻软模糊，并不指望对方听见。

话音未落，手机闹铃"嗡嗡嗡"地振个没完。她在半睡半醒间，重新托起腰部，逼自己起来。

十

监护室是辅助科室，家属要给红包，通常是经外科大夫，或者主任的关系，转到管志军手里。可他一次也没有收过。管志军常说："这红包你塞进去多少钱合适呢，一两千吧，我救你一条命就值这点钱？一两万吧，你家也不开银行，拿这钱买点吃的，早点恢复就算帮我了。"拒收也好，退回也好，他每年要解决掉十几万的红包。所以有人把信封递给他时，他会捏一下说，太少了，又推回去。推不掉的，收下后会存到病人在住院处的账户上。他不喜欢这份工作里，有交易的味道，有被谁控制的味道。

贾义在院里成立了叶克膜小组，他告诉管志军："全国二十多个常委里，有你的位置。"这是管志军从事临床工作三十多年里，仅有的头衔。很快贾义一年的叶克膜安装量，院内加上外院转来的，超过百例，全国最高。他希望管志军替自己盯住叶克膜病人的监护，从治疗、用药，到安装效果，两人可以随时对接。管志军说："这是我的本职工作，你给不给常委，我都要去做。"

管志军换了新车，黑色沃尔沃，他觉得自己应该有这样一辆新车。他小心翼翼地把刚提的新车开进院里，停在裴晓培那辆白色凯迪拉克旁边。车刚熄火，叶克膜小组的人打来电话："有个病人急性心衰，家属积极要上叶克膜。可是急诊科总值班说，您得给他们主任打电话。"管志军答应后，发微信过去，手机捂在肚子上，又觉不妥，本该公对公的事，怎么倒成了我动用私人关系了？果然，急诊护士长的微信拍马杀到。"兄弟，护士们中午订的烤鱼，你买单吧？"管志军瞪大眼睛，回复没问题。刚按灭手机，屏幕又倔强地亮起，许多信息眼花缭乱地从天而降。"我把你拉到护士群了，过年给大伙儿发红包吧。""管总大气，体贴下属。""管主任新车很漂亮，适合你。"管志军在车里仰起脖子，头向前探，不知道谁在暗处偷看自己。他又低头，对着手机，自说自话："这红包到底发多少合适，这个群一百多人，发少了显得小气。发多了吧，凭他妈什么啊？治病救人怎么变成我发红包了？我跟厂家又不认识，人家一分钱也不给我啊。"

可是院里所有人，都认定监护室主任在这方面有利益，不然你干这么起劲图什么？同时，人们也更愿意相信他拿钱了，而且还是天文数字。

天刚擦黑，暴雨如注，一声闷雷后，管志军把雨刷器调快一挡，打出双闪。新车发动机极静，显出雨声脆响，裴晓培和老雷坐在后面，主任像是带着两个孩子出行一样，兴致盎然地开在路上。老雷专这车稳当、舒适，夸主任技术好。管志军说："你国产抗生素开得太多了。"老雷笑脸凝结。主任又说："协和监护室主任来院里会诊，不会明说，只问能不能换一种药。那是在打我脸。"老雷不语，低头握手。他们堵在儿童医院门口的机动车道上，雨水横着在车窗上流动，外面的样子，已经完全花了。"我车开得再稳有什么用，你们也不往前走。"侧前方一辆切诺基横中间，鬼知道是想往哪里开。

裴晓培在想主任和谁讲话，身子却斜向老雷。管志军猛地打轮，开到公交车道上去。

"警察都他妈去哪儿了？"管志军一边嘟囔，一边扭头看侧后方，"不等了。"

"主任，"裴晓培努力看清黄色标线，"现在还是禁行时段。"

"禁行？等公交车时间到了，病人的时间就没了。"管志军说。

又是贾义介绍的病人，本院感染办主任的亲戚，十二岁心肌炎女孩，三度房室传导阻滞，心率极慢，供血不足。三人赶到儿童医院时，女孩血压低到61，升压药物维持不住，同时阿斯综合征发作，在昏迷中抽搐。院方已经无计可施，请管志军先来评估病情，老规矩：有得治，把人拉走；没得治，就地放弃。在同行的眼里，管志军才是和死神掰手腕的人。这一点让他心里特别带劲。

女孩命悬一线，老雷立刻和裴晓培安装机器。管志军一直盯着安装好，在血管和容量上可能会有的并发症或者是不可逆创伤。他扫了一眼女孩父母的衣着和神态，便说："你们闺女心脏已无有效的排出物，这种重症表现，最好马上转院。叶克膜的后续处理，还是安平最好。"家属本就是院内关系，又不怕花费，加上有主任亲自压阵，坚决要求转院。

回安平的路上，管志军电话打给贾义，女孩心衰已躺不平了，不像只有心肌炎，肯定还有问题，要辅助去做造影。贾义不在院里，他说他去联系。叶克膜小组，一是年轻，二是不敢担事，主任不在，大家都先耗着。没有造影检查，心外科更是不接。管志军回来后，气得拿出手机，咬牙切齿地在群里发语音。"弟兄们，想成为全国领先的监护室和叶克膜小组，记住你们不是装机器的技工。别总把自己摆在小大夫位置上。不去承担责任，你永远成长不了。"

那条语音，没有人回复。

晚上两人回家，走到医院花园，老院长铜像显得黯然无光，和夜幕融为一体。

"我们现在主要是吃心外科，想扩大例数，还要这样从外院转病人过来。但是你看到了吗，没有好处，谁愿意白帮你这个忙。"贾义把胳膊搭在铜像耳朵边上，松一松衣领，抬头看向天空，"管总，这种钱你可以拿。"

管志军停步转身，继续咳嗽。

"别人我不管，我监护室大夫，不会拿叶克膜一分钱回扣。"他把脸转向头上外科大楼，全院唯一亮着的监护室窗户。

"院里不给我一块地，拉到别的科人家又不配合，将来还要把急诊病人辅助了，或者流感季节，把那些肺炎的给做了。你不拿钱，别人怎么拿？"贾义用力给了铜像一下，露出手腕上的表，同样很亮。

"叶克膜这种东西，用好了可以救命，用不好，死人，花费又大。我要是拿了钱，量上就不好把握，不仅失去判断，还容易被各方控制。"管志军下意识地后退两步，脚碾着地上沙土，发出难听的声音。

"你刚才说，你监护室的人也不拿钱。"贾义把手伸进裤兜，掏车钥匙。身上雪白的衬衫，别在皮带里，"那个女孩的父母，没给出诊费吗？"

"没有。"

"还他妈医属呢，这种规矩都不懂，我亲自和他们讲明。"

"每次闹纠纷，医务处的病人账上就会多出几千块钱，就会有大夫偷偷把红包退回来。看来这钱，还是烫手。"管志军要往回走，他决定晚上住在监护室。

次日，女孩父母如梦方醒，两万块钱托感染办主任，交到管志军手里。管志军皱眉，感觉此数不太好分，他索性把钱都给裴晓培和老雷，一人一万。裴晓培不接，说不合适。按规矩，主任一万，底下人各五千。管志军说："我挣钱比你们容易，约出去两场课就回来了，为几千块钱救病人，有意思吗？你们能踏踏实实干就好。"老雷接到手里，一张一张点了起来。裴晓培扭脸不看。后来，老雷悄悄和管志军说，裴晓培看不上这点钱的。管志军问："要不这两万块，全都给你？"老雷不语。

周末，管志军赶到交通队，对着窗口里的警察说，要调监控录像，然后拿出工作证，解释自己是一名医生，那次在儿童医院违停，纯属是去参加抢救造成的。他希望把这两百块钱的处罚给消了。警察说："你拿什么证明你是去抢救了？"管志军说："我是一名医生，我去医院里不是抢救，还能干什么？"警察摇头说不行，"那也证明不了你自己。"管志军全身松劲，看着警察，心里骂了一句："妈了巴子，白忙一通，还倒贴二百。"

十一

裴晓培终于支撑不住了。因为她个头偏高，为病人做心电图时，要就和低矮的病床，背部得弯下去，此外还要帮护士给病人翻身、听诊，特别是听心脏位置，一听就是半天。有时腰椎疼得厉害，两腿会突然间发麻，甚至影响到排便。起初她并没在意，觉得只是腰肌劳损，吃止疼药睡一觉，第二天便能减轻。可是上班一两年后，病痛加重，如今只听两个病人就吃不消了，回到家疼得想哭。

有天下午，她给病人做"气切"，发觉自己弯不下腰了，就这么个简单动作，做不出来。趁着本院还没下班，没顾上跟主任说一声，她就跑到门诊，想找骨科同事开片子、约检查。吴瑶告诉她，直接来核磁室找她。吴瑶为裴晓培扫描腰椎，裴晓培在腹部压上弹力绷带，看着核磁机器里发出的橙黄色的光环，她深吸一口气，听吴瑶的口令，又逐步憋气、呼吸。拍完片子，吴瑶对着控制台上的话筒，叫裴晓培起来，单子填好后，又叫两声，仍不见反应，于是索性从操作间出来，走过去看，她居然躺在机器里面睡着了。吴瑶伸手，拉她起来。裴晓培问："我怎么会睡着呢？"吴瑶说："你又不是第一个睡着的，在这上面拉屎撒尿的人都有，你不算什么。"裴晓培说："你可真够恶心的。"

后来裴晓培又躺到骨科门诊的诊疗床上，骨科主任摸了摸她的腰椎，看过片子后告诉她："你感觉到麻木，是由于腰椎间盘突出，引起神经压迫导致的。"裴晓培整理好衣服，满眼疑虑，瞥着对方。

"看压迫程度，再结合你目前的功能减退病症，应该是属于亚急性，如果不尽快手术，身体自己会慢慢适应。"骨科主任把片子放下。

"手术？"她下意识地摸了摸自己的腰，"这病不是我爸那种岁数才得的吗？"

"亏你还是搞医的，怎么问这种病人才会有的问题。这种病只跟劳累程度有关，临床大夫大都会有。"骨科主任摇摇头，口气略有揶揄，"等到你一条腿的肌力越来越低、退化，然后变成长期的不可逆的，那时候你想再做手术，也没意义了。"

裴晓培回去后，把情况告诉主任。管志军当即批了病假，并且亲自帮她联系外院专家，他说咱们医院我太了解，心脏以外你就别惦记了。他什么也没有提，比如这么多重病人怎么交接，比如科研文章写到哪里了，比如将来会不会二次手术。可是他越是不提，她就越发难受。

裴晓培独自办理了住院手续和术前谈话，她没有按照丈夫侯坤说的，花额外的钱去住单间。她被安排到一个三人间里，住进去时上一个病人还没收拾好，等待过程中，她感觉几个病友之间，宛如姐妹。其中一位留着中分短发，眼睛黑亮的长脸女人，适时提醒她东西放在哪儿，饭卡怎么用，还和她分享水果，如同是这里短暂的主人。大夫说这个病会影响到生育，至少术后三年时间里，不建议怀孕。侯坤没有重提离职或者移民的事，但是他和双方老人来看她时的眼神，令人无法忍受。她成日躺在病床上，用被单蒙头，什么也不看，什么也不听。

侯坤给裴晓培雇了个护工大姐，负责打饭、晾洗衣服。更多时候，她都是听身边那个姐姐聊天。姐姐有个儿子，她老公当初跪着求她不要流掉，后来两人离婚，他却不给抚养费。这次来做手术，是因为她在路边被前夫推倒在地，磕坏了坐骨神经，她当时手里正抱着小儿子。病发作时，尾骨会肿成桃子那么大，无法直立，随后反复化脓、愈合。大夫说，不取出尾骨根治，有得败血症的危险。裴晓培不语。姐姐说，将来她想去很多地方旅行，哪怕是坐在轮椅上。她笑着从脑门朝后捋了一下头发，头发帅气地层层落下。她说："我盼着那小子赶紧长大，有一次他独自去上学，我躲得远远地跟在后面观察，忽然一辆汽车擦着他屁股开过去，当时如果撞到，也就撞到了。现在想想，真是又恨又怕。"她低着头，把病号服的裤腿折来折去。

裴晓培的手术很顺利，没有植入钢板，大夫用一根类似针的东西深入她的椎间隙，吸取出一部分髓核，目的是给她减压。不过还好术后当天就能下地，能正常排便。只是因为担心出血，大夫没有准许她走路。侯坤还是给她换成了VIP病房，还会穿着比她还显干净的白色机车皮衣，每天探视。她一个人躺在那儿等待出院的日子，会不由自主地去想自己一直以来坚持的事情。她第一次开始用值不值得来衡量这一切，第一次去想，如果身体垮了，她还剩下什么？她希望林冰可以出现在身边，他可以来看看她，说些什么话给她听，或者是一个坚定的目光。也许因为这只是个局麻手术，也许他会觉得尴尬，也许，他自己也是麻烦缠身，总之他并没有任何表示。

裴晓培试着以一个病人的状态去消耗每一天。她努力地去刷手机，去无所事事，开始关心头上又生出几根白发，脸上是不是又长了沉淀色素。隔壁的姐姐常跑来陪她。侯坤不语。裴晓培说："恐怕有段时间我们不能做那件事了，如果你忍不住，我不介意你去找。"侯坤说："如果你不做准备，那些事情就永远遥遥无期。"她说："侯坤，我不是个无情的人，所以你别害我。"她提出让他搀扶自己，去外面找大夫换药，或者下地走走。侯坤照办，但是回来后他指着病房的门说："裴晓培你听清楚了，下回这种事情去叫护工来做，叫护工来做，我是付了钱的！"他瞪大眼睛的样子，令姐姐在旁边尴尬不已。裴晓培从床头柜里把自己的钱包砸到侯坤头上，让他快滚出去。姐姐先把侯坤劝走，又回来让她不要生气。裴晓培浑身发抖地说："我没有生气。"

住院一周，不长不短，从吴瑶、管主任再到老雷，都来过了。她对自己讲，林冰一定会来，而且会最后一个来看她。所以每次独处时，她都会陷入漫长的等待和想象中，其实是跟自己过不去。直到贾义这个主任来看她，她才清醒，林冰是不会来的。这也是再正常不过的结果。

林冰比所有人都更没理由来看她，却也比任何人都更应该来看她。她甚至把自己一切的选择，都在无意中其实是极端故意地与他相连。如果两人能这样相处下去，每天在监护室里，比什么都幸福。

住院楼后，有一处风景，假山假水，微缩亭阁。裴晓培把侯坤请到这里，聊聊打算。侯坤无话找话，谈及等她出院，回英国或者澳大利亚休养。裴晓培问他："你是把做投资的心得，用我身上了吧？"侯坤低头不语。

裴晓培指指脑袋，然后架起胳膊，遮挡阳光。"这段时间，不仅治腰，这里的问题，也一起解决掉了。我不能骗你，我这次手术可不是为了备孕，而是不想影响工作。"和煦的阳光照在身上，反而令她连打冷战。她紧束双臂。

侯坤一双大眼，偶尔露出凶相。他被晃得眯上眼睛，转头看她老态龙钟却又倔强的坐姿，随意扎在脑后的辫子，洋气却又脆弱的脸，随后皱着眉头取出一盒烟，叼在嘴上，却没点着。

"你用不着戒烟了。这段日子我躺在床上，动也不能动的时候，我想过很多遍，如果不干这行，我去做什么，我能做什么。也许开个店，也许去绘画、旅行，也许安心去生孩子，或者干脆躺在床上数钱。可惜不行，那些都不是我该做的事情。我忽然意识到，我之所以是我，之所以是裴晓培，就是因为我的监护工作。我有我的专业，我要在我的专业里成为最牛逼的人，像管主任那样。我满脑子想的都是回到我的病区里走来走去，看护病人，那才是真正的我。"

"我其实不太在乎你是否能生孩子。"侯坤把烟从嘴里拿下来，"我知道你看不上我们的婚姻，不过你做任何决定，我都会支持。还有，如果把你看作投资，那才真是自寻死路。"

裴晓培把脸扭向另一边，过去好一会儿，才又重新看他。

"侯坤，如果你说，想找别的女人给你生孩子，或许我能欣慰一点。"

十二

早交班上，管志军拎着他爱吃的豆腐脑和糖油饼，直奔医生办公室。他坐到电脑椅上，仍在为交通队的事生气。不过老雷和大夫们，很快把他围了个密密实实，而且越凑越近。他们像考砸后交成绩单的孩子，捧着一堆病人的诊断、术式和心肺肝肾功能情况，等他拍板。其中一个病例，老太太拔掉气管插管，心功 EF 值只有 31。管志军在桌上打开观片灯，看超声结果。

"病人放平后还是憋气。"老雷说。

"说明左房压还是高，这个年纪，心脏前负荷对于她心功能还是太大，得利尿。至少要负出三千的尿。"

"上周我给正出一千二。"老雷支吾。

管志军抬头看老雷，气得不再讲话。

主任把椅子转过来，不看片子，看人。老雷脸上，欲言又止状，管志军叫大家先去看病人，独留下他。

"一线犯这种错我不说什么，你又怎么回事？"

"以我的年资和岁数，不该值夜班了。"老雷摘下镜架，疲倦地缩紧眼睛，用手掌胡噜一把脸，像猫洗脸。他的个头很矮，比坐着的管志军将将高出一点，脸上的肉向下坠，眼睛鼻子和嘴，也向下坠，甚至连油乎乎的头发，同样紧紧趴在头皮上。

"兄弟，你比我大两届，现在还是主治医。你不值夜班，谁去值？连我还时不时地要替夜班。"

出院后的裴晓培，换上衣服后，站到办公室门口，见俩人谈话，赶紧走开。

"他们说我这是全中国最舒服的监护室，你听了什么感觉？老雷，如果安平是部队医院，四十五岁的主治，你早被干掉了，只能转业。"

老雷重新戴上眼镜。他的眼睛本来很亮很大，却被厚实的眼皮遮去一半，看什么都半信半疑的样子。

"我希望你能晋升，不要让我一个人撑着。我希望你也能被外院请出去会诊。"管志军把目光投向玻璃窗外，护士长已经停留好久。"早年我进监护室，你还带过我一阵子。咱俩共事几十年，你想法上有什么变化，不要以为我不知道。"

"你一个科室主任，不搞课题，不当博导，不收红包，压得我们手下人怎么干活？难道要和你一起，管一辈子病人，值一辈子夜班？"

老雷叹气，转身便走，出门时，险些和护士长撞到一起。

管志军开始吃豆腐脑，嚼糖油饼，发出清脆的破碎声。

"我给你拿微波炉转一下。"护士长进来整理桌子，站在身后说。

"我喜欢吃凉的。"

护士长并不走开。

"跑他妈这儿闹来了。"

管志军鼓起眼睛，扭头看她。

"你说谁呢？"

护士长坐到老雷那张椅子上，也不说话，只掏出手机，放到主任餐盒旁。管志军盯着屏幕上，自己监护室病区里，那放肆的吵闹和混乱场面，嘴里越嚼越慢。

"这人是谁？哪个科的？"

"麻醉。"护士长说，"病人术后推回来一测，两小时前的末次血钾3.2，我半小时查一次房，结果低到1.7。因为之后就没正常，我把结果发到群里，跟他们主任说了。主任怎么也得做点什么吧，就点了这人，他这不发疯一样跑过来闹。"

"都不要脸了，我就他妈骂着说，怎么啦？"一个戴黑眼镜的年纪不大的小胖子，穿着白大褂，在视频里，在病区中间，一边转圈一边嚷。"这事儿就把我给告了，血钾1.7？不是还没死人吗！我操你们监护室的！让我没饭吃，谁他妈也别想消停！"

这段视频是从远处的病床旁，用放大效果拍的，声音刺耳，画面模糊且颤动。像是透过病人的眼睛，看到一个令人感到费解和恐惧的画面。因为那个麻醉师开始越走越近，伸着手骂。

晚交班前，管志军让下白班的人先别走，所有大夫护士站到办公室。有些人只能侧身站着。

"昨天夜里的事，在场的有谁，举手我看一下。"众人左顾右盼，交错举手，最后还有老雷，管志军瞪他，嘴唇抽缩一下。"以后再遇到类似的情况，在保证大家不吃亏的情况下，抽丫挺的！"

主任见到，在场的队伍里，老的老，小的小。除老雷、裴晓培零星几人，其他手下都低下了头，好像承认错误。

"你们几个老护士不应该啊，十几个女的打不过他一个？打完了出来一人，直接躺到地上，就说被他打了。"管志军嗓音嘶哑，打晃，眼袋通红，"病人低钾，一个没死，十个你敢有不死的吗？太他妈欺负人了。我不在，就让人在自己家里为所欲为？"

后来，管志军告诉贾义，他要去找麻醉科主任，或者去敲钱院长的门，这口气他咽不下去。贾义说："这口气当然不能咽，不过我劝你，找清楚问题的根源。如果监护室的人当时打回去，也就打了。事情已然过去，身为科室主任，不好理论的。另外，你的护士长本该私下和麻醉师沟通，在群里把人家晒出来，等于升级矛盾，对方主任也不好做。最后，为这种事找院长，老管你脑袋不转了吧。再说你知道麻醉科主任和院长的关系吗？你知道整个安平的关系网吗？如果你不知道，那么我送你一句简单的话：永远不要为了下面的人，去让上面的人为难。"

十三

院务会上，贾义和管志军，并排而坐，众主任围着院长，走完过场。钱院长有一张多皱的脸，像是降下来的风帆，挂满心事。连带着眼皮厚、鼻子厚、嘴唇之类的都厚。

他吐出一口白色烟圈后，抬起胳膊，一张纸递到贾义面前，抖了两下，让他宣读。心外科主任在不解中接到手里，生硬地念。纸上通篇在讲，管志军贾义，整个季度的叶克膜收治量是多少，病源来自哪里，最后根据规章制度，处罚管志军五千，处罚贾义三千。

"应该是奖励吧？"贾义的脸贴着纸，以为字写错了。

"我们的ICU，叫心脏外科重症监护室，功能很明确吧？外院的心肌炎你们都敢收，不怕病毒感染给其他病人？"钱院长伸手把纸夺回来，攒成一团，扔向管、齐二人，两个主任，一个眼睛发直，一个低头苦想。都没有躲。"我不是不让你们收，院里还有其他监护室，EICU、SICU和CCU，叶克膜病人也可以收到别的地方，这个技术要应用到全院。管志军的科室就是干心脏外科的，你们难道不懂交叉感染的风险？"

"院长，扣我一人吧。"贾义也笑，尴尬且恭顺，"叶克膜小组是我负责。"

"我让你们当一天主任，别他妈真以为自己是什么专家，没有院里的支持，屁都不是。"院长掸了掸白大衣上的烟灰，痰在嘴里转了一圈。"管志军，不说话？调科后安平各科室主任，凡是'三无人员'的一律抹掉。你明不明白？"

管志军脑袋像霜打一样，委在肩上。贾义碰了碰他，才听到那声公鸡嗓子，打鸣似的"嗯"了一下。

散会后，贾义听说院长在耳鼻喉科出门诊，于是赶去敲门。

进到里面，贾义心头一震，这哪里像个门诊，不仅有真皮沙发、液晶电视、空气净化器，墙上还挂有大幅山水字画、风水转运球，还有嵌在墙壁里的鱼缸。唯独没有病人。

纱帘拉下，屋内灰淡。在院长面前，贾义退到沙发前，弯腰坐下。

"近期相继几家医院，爆发院内感染，从院长到中层，一律撤掉，你们这是给我找麻烦呢？"院长提着茶缸，坐到沙发另一侧，看着贾义，"我不是不想支持你们，明白的吧？"

"明白，明白。错误我们已经在会上认识到了。"

贾义后悔，这块蛋糕，没有先分给院长一块。

"管志军的监护室，有什么问题没有？"院长拿下杯盖，热气一熏，张大下巴，嘴和脖子变成管道状，咕咚咚饮茶。

中间，一位身姿婀娜的两道杠护士长走了过来，蹲下身给院长续水。

"每个科室都有问题。"门关上后，贾义把话挤出嘴边。

"问你什么就答什么。"

"有有有。监护室的大夫缺乏责任心。"贾义身子笔直，话像竹筒倒豆子一样，从嘴里蹦出来，"管志军养着一帮懒人，他的位置才坐得稳。"

"我也听说了。老管临床经验和工作态度，无可指摘。但是监护室到底存不存在管理问题？"

"绝对存在，科室主任首先就不够有思想，缺乏科室建设，科室看不到任何朝气，下面的人懒得一塌糊涂。"贾义眼睛始终看着院长的厚嘴唇，话刚停下，便已浑身是汗，白大衣比做下来一台手术还要湿。

十四

院里规定，任何一名提副高的大夫，或者住院医提主治，必须去监护室转科。然而所有转科回来的大夫，都会问贾义一件事，为什么监护室对他们如此仇视和敏感，眼睛和肢体语言上，无不透着："凭什么你们外科大夫挣那么多钱？"

林冰的病人在监护室压床，贾义过去看他开医嘱，换掉一种无伤大雅的药。管志军远远地站在身后瞄着，突然间像擒贼一样，抬手指向两人。

"以后不能改我们监护室的医嘱。"

"什么意思？"林冰还没明白，贾义转身，看管志军走近。

"我们大夫开完医嘱不能随便改。"管志军说。

"你们这个地方开错了我给他改一下……"

"那也不能改。"监护室主任把话截断，冷着脸说，"你得通过我们大夫。"

这时候老雷像瘸着腿一样，晃过来，问怎么了。

"关于治疗方案，监护室以后要重新接管，病人在谁的病区，就听谁的。"

贾义笑笑，站到林冰身前，拿出那副不以为然的潇洒劲儿，看看老雷。

"我听你的管主任。多问一句，一旦病人死在监护室，没我外科大夫的事，是我的人去找家属，还是你的人去和家属谈？你看这病人远端有问题，难免要出血栓，查ACD才160。今天没负出来，反而正出来，如果心脏太涨，死了，"贾义的手搭老雷肩上，轻轻晃动两下，"老雷，是不是监护问题？"

管志军一愣。

"监护室大夫也能谈。"

"你早说嘛。"贾义笑笑，把手收回，"如果你们替我的大夫担风险，如果监护室大夫也可以去法庭站被告席，我现在就带林冰走，从此不进监护室。"

后来贾义有一六十来岁男病人，家属经过复杂的思想准备，同意手术。左主干病变，搭四支桥，顺利下台。次日周六，一早贾义去监护室看他，见病人术后状态不错，便出去告诉家属。两小时后他再回来，看病人是否拔管，却见对方喘气变得浅且急，心率监测快，还换成身体侧卧。贾义立即握病人手，感觉到很虚弱的力，他赶紧为病人翻身，叫护士和值班大夫，说这病人缺氧，快接呼吸机，重新抢救。可是刚翻过身，病人就死了。

正常程序，值班大夫看完片子，要过去看病人，是否醒好，再决定试停、拔管、脱离呼吸机。病人自主吸氧器是否维持得住，这个观察阶段，护士要紧紧盯住。可当时老雷没看病人，直接让护士试停，因为周末护士人少，都忙着转完病人好下班，更没人观察他试停。

那个护士年纪很小，瘦，愣，眼中满是呆滞的凌厉。贾义强压住火，他说："病人家属来了，你们把记录抹掉，我去解释成别的原因。"小护士在他眼皮底下，迅速将所有记录和时间，病人如何缺氧、心率何时不好、翻身后情况，全部改成正常。结果那处，拿一把刀片，将原有的字刮掉，重新填写成"突然心律失常致死"。

这时家属想进监护室看病人，贾义挡住他们说，病人突发心律失常，没抢救过来。家属老婆说："主任你一小时前还说他恢复挺好，今天就能出来，我们全家人欢天喜地等着，这么快我男人死了？"贾义不语。

当天过去，监护室的人不认账了，都在说，怎么别人监测没事，贾主任病人就不行，护士开始往外择，以后他的病人咱别给监测了。贾义和管志军都是一届，他直接去医生办公室找监护室主任，对方又在替手下大夫值夜班。

"不对啊，你说的经过和记录上的不一样。"

管志军立刻掏出手机，照着小护士写的特护记录，一页一页对照。

"你不用看了，那都是我让她们改的。家属在外面闹着封存病例，我告诉她们，怎么写自己想清楚了，别给自己惹事。"

管志军抬头看着站在面前的贾义，把记录放下。

"作为科室主任，护犊子到这种地步？"

贾义向后，把门掩上，质问："你还要找她出来跟我对质吗？老雷不会告诉你，病人没醒明白，他连看都没看就试停脱机吧？这还没打官司，真打官司，你的护士是不是要拿着那份改过的病例来找我算账？我保护你的人保护错了？新来的小护士，都是孩子，你得开一个吧。"

管志军站起身，开门，走向休息室，坐黄沙发上。贾义在他身边坐下。其他大夫拔下手机充电线，纷纷出去。

"你看看你的监护室，都快成游戏机房了。"贾义笑，管志军也笑。"你这主任当的，自己给病人拔管，春节长假、父母病重替个夜班，手下会记你好。他们旅行也让你替班，那你什么时候休息？既然你的大夫只管开药，病人就只有我们去看，没有手术情况，也要笑容满面地来这里盯着，因为你监护室掐着我的脖子。你以为我们来抢医嘱开？是你手下的人，把主导权送到我手里。因为他们不作为，不想担责任。"

"我没有办法。手术是你们做，回扣和红包也是你们拿。院里不给我配足人力，这年头谁愿意干护士？而且还是在重症监护室里，待遇给人家那么低，连本院的都不愿转到我这里。这月已经有三个辞职，社会问题，你能推给一个小孩子吗？"

"领导多往上交钱，才能得到重视和提拔。不服气你也辞职呗，你去私立医院，年薪至少是百万起步。别拿人少当借口。监护室每个病人起码要两个小时看一遍吧？老雷夜班整晚不出办公室的门，只留裴晓培盯在那儿。钱院长会上点名叫你'三无人员'，无学位、无科研、无SCI，他都把话挑明了，你还不争取主动，等着中层改选时被干掉呢？迟早被你的兵害死。"

"什么改选不改选的，要杀要剐还不是院长一句话的事。干监护，没他妈人看得起你，撤就撤了，我还能怎么争取。学你？未来的副院长，明星专家，什么时候上春晚啊？你以后不用死乞白赖找我盯叶克膜了，省得我不给你上，还要得罪那么多吃这碗饭的人。"管志军怔神儿，嘴角苦笑，片刻失落。"为什么罚咱俩钱？暴发院内感染倒是其次，他是觉得我们用院里资源自己挣钱，没给他好处。摸良心讲，我从设备上真的是一分钱也没拿过。"

贾义脑袋看向另一边，摆手，做出懒得理会的样子。

"说点儿有用的，以后不用开腔止血的，你们别再叫我的外科大夫，他白天做那么多手术，晚上还给你看监护，你说他手术能做好吗？"

"你是替林冰找借口吧，他的病人术后出血，叫回去开胸，一礼拜三次了。"管志军眼睛横过来，"他好像随时要崩。我们两个，先各自保护好手下吧。"

"那我们就各自管好下面的人。"贾义附和。

十五

为了保住主任的帽子，贾义交了五十万出去，且保证自己的叶克膜病人，全送到别的监护室，收益也分给院里。至于院长不愿去卫生局开的会、不愿见的厂商和不对路的专家，一概由贾义出面。有段时间他整天泡在外面开会、应酬，无法回科看病人。相应地，院长承诺他在采购中心、外科管委会上有投票权，此外还会为他扩建病房、优先给他院里的课题资源，并且推荐他接受电视台采访。贾义终有体会，这行政职务果然比管临床更有实权。

管志军被迫退出叶克膜小组，把这项业务和危重病人，分摊给CCU、SICU和EICU等其他监护室。

平时只收轻病人的几个监护室，不得不硬着头皮接手叶克膜病人，压床不说，还影响治疗。很多时候，都是些乳臭未干的住院医生，在给气息奄奄的老人安装叶克膜。在孩子气的嬉笑中，他们一边操作，一边拍照留念。场面悲怆。

钱院长的老岳父被诊断出了肺癌，老人住进安平，做左肺叶切除手术。术后老人血压维持不住，住进CCU病房，贾义战战惶惶，亲自做造影检查，结果是肠系膜微小动脉硬化，致使自发出血，堵住主干。院长没有多言，倒是家中妻子不屈不挠，要求全力抢救。贾义在院长面前云山雾绕半天，院长踢踢桌子腿，叫他直接拿治疗方案。贾义说："请管主任过来会诊吧。"院长指着贾义和CCU女主任的脸，"你们就是一帮婊子养的垃圾。"

全院所有相关科室主任和外院专家悉数到场。钱院长坐会议室正中央，看谁拿出办法。众人不语。管志军不想耗在这里，直言现行的治疗方案，是猴吃麻花满拧。

"病人水肿厉害，缩血管药不宜过量，维持住血压是关键，否则会令全身缺血。"管志军略有冲动地看着院长，"一定要脱水利尿！我去看过病人，白天灌得太多，晚上应该全力脱水，减轻心脏负担和全身水肿。这么一味地扩容、输液，反而会令水肿加重、血压变低。"

CCU主任始终不看他，院长岳父住在她的地盘，管志军这么发言和打她耳光没有区别。她等于先后被两个男人骂过，可是只有后面的话，令她感到受辱。贾义说不出原因，就是凭感觉支持管志军。外院的专家们，自然也同意管志军。最后院长拍板，老岳父在CCU里治，但是管志军和贾义来管。

每天早晨，本院胸外科、普外科、心内科、肾内科、超声科、血液科、消化科、营养科、透析科和神经科等各科主任，像上早朝一样，都停下本科的病人，先来办公室交班。因为谁都不想院长的岳父死在自己班儿上，一堆专家团团围站，互相交换意见，一旦有个风吹草动，随时倾全院之力，调动一切资源治疗到底。

白天，贾义替院长在局里开大会，晚上和管志军被拴在CCU病房，给老岳父陪床。夜里老人平稳时，两人便倚在休息室床上，吃裴晓培买来的夜宵。科里的治疗，只能撒手。

"我亲爹在肿瘤医院手术前的晚上，我在办公室里哭着吃饭。然后洗洗脸，继续看病人。他走的时候我都没这么伺候过。"管志军说，"这老头肯定救不过来了，就看能拖多久了。"

"管总，你如果干心外科，不比任何一个主任差。"贾义背靠秃墙，笑笑。

"那咱俩就更成仇人了。上次纠纷会，你连个屁都不放。"管志军倒在床板上，伸起懒腰，"我不在监护室，也不知道那几个孩子行不行。"

"你才离开几天？我的病房，我的叶克膜小组，早成一盘散沙了。你说咱们是专家吗？是的话，怎么随便谁打个招呼，就得屁颠屁颠地被叫过来。"

"像勇于献身的青楼名妓，我觉得。"管志军说。

"老头能活多久我不关心。"贾义忽然叹气，"我算是看出来了，就算你把院长的岳父救活，也改变不了任何东西。好事都是CCU那位的，人家才是真正的勇于献身。"

那一阵子，在两位主任的昼夜看护下，老人风平浪静，一度拔掉气管插管。后来早交班时，竟还苏醒过来，窦性心律、血压正常，循环特别稳定。中午管志军回监护室看了几眼病人，顺便想吃顿午饭，可他刚领到盒饭，就接到CCU女主任电话，她问他跑哪儿去了，院长岳父正抢救呢。管志军说："这他妈变化太快了，不会是回光返照吧？"又折回去看，老人血压一路下跌，之后病情再也没有恢复回来。

老人从头到尾维持了四十多天，直至全身感染导致循环衰竭，贾义给老人同时用了五种顶级抗生素，都不管用，再无挽回余地。后来抢救时，管志军和贾义一起在老人身上按压，等家属来看。钱院长的岳母哭着推门进来，扑向老伴。她一边推贾义和管志军，一边喊："别按啦！让他踏踏实实走吧！"老太太捶打着两位主任的白大褂，他们在晃动中，看着彼此。

后来贾义和管志军说:"干了这么多年外科大夫,这是唯一一次,病人死了我心里还挺高兴的。我真挺高兴的。"

十六

钱院长决定在管志军的监护室楼上,建一个床位更多、设备更新、人员学历更高的监护室。贾义科里的病人,术后将被送到那里。同时,管志军手下的骨干力量,也要抽调一半上去。管志军听到后,喝了一口裴晓培刚给他沏的水,水是开的,可他硬是咽下去了。

心外科和监护室的两拨大夫,彼此指责、猜忌已是家常便饭。病人恶化,外科大夫说是你监护室把病人害死的,监护室会说你们外科有一半大夫该进监狱。贾义为了周转速度再快一些,会让危重病人快一点死。这个人上了叶克膜后,如果一两天内能迅速好转,那就多维持几天,然后转院。如果没有好转,那就直接撤机。虽然这要看家属意思,但是这对贾义来说不是问题,有时候病人死了,家属还会追着塞给他红包。

新监护室启用之前,贾义的病人依然要回管志军这里。用监护室主任的话说,推进来的全是"糖醋排骨",不是血糖高到机器测不出来的,就是体内严重代谢性酸中毒,要不然就是术中用了大量缩血管药物,同时还有低氧血症、躁动等各种并发症,令整个监护室的人员疲于奔命。护士长起初还要算算,看究竟有多少个血气不好的病人,结果三十个病人,只有三个正常。护士们夜班前来病区一看:"我靠,让我看这么重的病人!"直接一个假条递过去,回家。

裴晓培在新监护室的名单里,管志军说:"以后我再也管不了你们了,时刻谨记,保护自己,需要和病人谈问题,要先找贾义跟家属沟通,你得让外科大夫在场,否则没法处理。你一旦插手,他们会推到你头上。"裴晓培说:"主任,我跟您也不短了。再说您看到了吗?病人不稳定,贾主任一人在那里团团转,挺可怜的。"管志军说:"等到判你一年白干的时候,几十万上百万的赔偿,那时候谁可怜你?"裴晓培不解地嘟囔:"至于的么。"

对于林冰的病人,CCU实在是不敢接,他只能推给管志军。管志军一听是林冰的病人,也会给个面子让他回来,别撂在台上。眼下这是一搭桥男病人,一线大夫刚给推回来就突发室颤。赶上裴晓培夜班,她让护士快给升压药,同时冲过来做胸外按压。一小时过去后,当她觉得腰部像被钩子扎穿一样疼,手臂酸胀无力,快要虚脱时,林冰和贾义才来到监护室。林冰看到心电图是前壁心梗,复苏不了,决定在床旁开胸,裴晓培赶紧让开地方,看着他打开病人右心室。贾义伸头扫了一眼,便知已无抢救意义。"别弄了,死了吧。"他站在下级大夫身后说。话没落地,病人便心脏停跳。贾义如保护现场般观察伤口,他说病人胸部下面破了,有挤压的痕迹。裴晓培也凑过去看。她听到心外主任又说:"右室表面有个按压后的针眼,是胸外按压的痕迹,你们监护室不该按压。"裴晓培还愣在那里，仍没明白，这是什么意思。

纠纷讨论，到了裴晓培这件事，医务处主任说："监护室责任，下一个。"管志军立即站起来，对方眨眨眼睛，乖乖又把病例打开。这次裴晓培也一起跟来，她想亲眼看看自己会得到怎样的评判。

"老管你别激动，因为她双手按下去时，病人胸骨是呈劈开状的。"贾义这回和管志军隔着一张桌子，相对而坐，他在监护室主任面前，慢慢地双手交叠，做按压的手势，"就是这个动作，令病人胸骨骨刺把心脏右室扎破，漏了个针眼，病人才死于心室破裂。"

"是啊，推进监护室两个小时后病人死了，监护室里有什么事吗？"医务处主任适时插话。

裴晓培坐在角落处，一双丹凤眼瞪大，边听边摇头。管志军伸手指向贾义，让他打电话把林冰叫进来，当面对峙。

"林主任，齐主任，我干监护这么多年，胸外按压，不说上千例，几百例总有吧，我他妈就没听说过。"这时林冰进来，罚站一样在贾义身边。管志军还干站着，等着和谁辩一辩理，"你们手术时要是把骨刺清理干净、弄平整，把胸骨的钢丝闭合好，断然不会扎出针眼。怎么能怪我的大夫，那她以后还抢不抢救了？看着病人死也不管是吧？"

医务处主任提醒管志军克制情绪。

"什么针眼？"贾义笑笑，回头看看林冰，"我没说过针眼，只有抢救问题。"

"怕扯出手术问题了吧贾主任。"管志军又指向头顶，"上面就有摄像头，咱们说的话，在场的都听见了，还有录音有录像，随时调出来看。"

管志军从未想过，自己在纠纷会议上，遇到的最耍无赖的主任，居然是贾义。裴晓培想发言，却发现嘴唇在抖，根本讲不出话。她只能紧紧盯着贾义的脸，明显感觉到自己心率和血压在急剧上升。那个曾经在她住院时去探视她，那个曾在摩托男孩生命垂危时挺身而出，那个曾让她送饭吃的贾主任，居然冷酷到把这么不堪的责任推到她身上。

"贾义，你他妈踩到我红线了。"管志军绕过桌子，直奔对方，"本来这话我不想会上说，你问林冰，一个换瓣手术，早晨八点进手术室，下午五点才出来，术中到底有什么问题。还他妈心室破裂，明明是他搭桥把病人桥血管堵了，导致急性心梗诱发室颤致死。什么按压问题，你就是拉我的人替你背锅。"

林冰不语。

"管总，就算是术中的问题，本来没你们的事，你说监护室动他干吗，你要是能忍，就让病人死了呗。我知道给你挖了一个大坑，但是谁让你们往里跳的？"贾义仍然嘴硬。

"管总，听我一句。"医务处主任起身拦住，"管总，走个过场。总要有人把责任分下来。不让你们真赔，我交差用。"

管志军抬手，按下医务处主任脑门，众专家笑着围过来，劝酒一样，缠裹着往后拉他。贾义始终坐在椅子上。裴晓培慢慢走近，她想让他们放开主任，这个场面令她伤心。她很想过去让林冰开口，是他告诉自己"专注在治疗上，别想和救人不相关的事，谁评价你谁承你情，无关紧要"。如今这句话比腰疼更折磨她。

"如果定监护室责任，我绝不签字。要么咱们就上法庭。"众人都知道的，就算不签字，院里也可以定他监护室责任。

"哪有一家医院内部上法庭的。"医务处主任笑笑，"医生保护医生嘛。"

"我只保护我的大夫。"管志军把鉴定意见书摔向对方，手又指向裴晓培，"这个定下来会带到晋升档案，不出事情，我监护室的人还轮不到晋升，出事就更没戏了。我不想再往上爬了，可是年轻大夫还要成长。你才在医务处干多久，就要让我签单，院长来了我也不给面子！"

这话讲出，众人无趣，干站着不动。裴晓培看那张写有自己责任的意见书，在医务处主任身上滑落，然后被放在桌上，褶皱得像一颗坏死的心脏。她打个愣怔，慢了半拍后，随管志军离开。经过林冰身边时，稍有停顿，又走过去。

裴晓培去了一切可以碰到林冰的地方，可就是找不到他。后来她听说他下台了，索性堵到手术室的洗浴间。她站在门外，其他男大夫拿着衣服，夺路而逃。里面只听得见哗哗水声。她说："我知道你在，纠纷会上什么意思，我都到场了，你都不看我一眼。我敢面对你，你不敢面对我吗？"水声停了。"有贾义在，没我发言的份儿，纠纷会本来就是主任们扯皮的地方，没人会相信那个结果。"林冰显出心虚。"好，"裴晓培大声说，声音在洗浴间里，阵阵回荡，"手术可以是假的，抢救可以是假的，连他妈责任都可以是假的！这个医院上上下下，到底还有什么是真的？你给我出来，有什么好洗的？你洗得干净吗？"她用力给了门板一拳。"你想要干净，就别干这行了。"林冰再次开口，伴着粗气，"只要机器一转起来，这里没有谁是干净的。哪个大夫身上没有几个冤死鬼，那种刻骨铭心的悔恨，是每个大夫心口的一道疤，是要你血淋淋地记在心里。他们在会上把这道疤撕来撕去，回去一样是要被噩梦惊醒。"裴晓培站开了一些，"哪个大夫身上没有几个冤死鬼，"她重复着，带着哭腔，"这都是他妈的借口，屁话。我走了，你可以继续洗你的了。"

十七

在监护室的医生办公室里，管志军和裴晓培，一坐一立，相对而视。

"我喜欢这个题目，《风暴之后有彩虹》。"管志军用手掌捂住半张脸，把咳嗽声强按下去，却被迫憋出泪水，"只是你应该再自信一些。你怎么回事？"

裴晓培把讲稿摞到桌上，眼皮低垂，微微鼓颊，并不去看主任。

讲实在话，除了"心脏手术后电风暴患者的镇痛镇静治疗"这个主题是管志军帮忙定的，整个内容从病史介绍、诊疗经过、药物选择到思考总结，裴晓培一手完成，并且全英文演讲，深入和细致程度，令管志军除了在备战状态上提个醒，也确实没有什么能教给她的。还有那句"前有洪水猛兽，下有万丈深渊"的副标题，他建议改改。

"主任，我不想去比这个，没意思。"裴晓培嘟囔着。

"不去不行。"管志军话音不大，却不容商量，"全国的监护室专家来做评委，你是获奖热门，这么好的站到台前的机会，你说不去就不去？"

裴晓培梗起脖子，嘴绷得更紧。

"我指望你能为我们监护室，拿回第一项可能也是最后一项荣誉嘉奖。我指望你拿回来。"管志军弯下腰背，低头撑腿，"再往后，你就要去楼上的新监护室了，这也是我最后几天当你的主任。"

讲到这里，裴晓培的眼睛，才敢慢慢看他。

"不知因为什么，感觉总是有点奇怪。"管志军用手指碰了碰鼻子，忽然还是笑了，"像嫁闺女。"

裴晓培这才敢乐。

"不过你这场演讲，我不去看了。"管志军按住双膝，吃力般站起来，"因为我得去全院中层的述职大会。"

"主任，实话实说吧，这次演讲我会努力。可是过完年，我就辞职。"

管志军不语。

"我想好了，去英国把孩子生了。"

"好了，先出去吧。"监护室主任疲倦地闭上眼睛，继续咳嗽，"我也要准备我的述职演讲了。"

"主任您要讲什么，我也给您听听吧。那么大的场面，您可要好好发挥一下。"

"你最好还是别听。"主任背对着裴晓培，公鸡嗓中，透出悲鸣，"既然决定离开，就走个干干净净，去生孩子。不过希望你别忘了，当初面试时自己讲过的话，你说自己要在监护领域里做最牛逼的大夫，我希望你是觉得这里平台不高，我只是一个小小的主委。而不是因为其他原因。"

报告大厅，座无虚席，放眼望去，如白墙绽裂，经聚光灯一照，不晕也晕。

各科主任，泛泛而谈，逐个报流水账，唯一保留节目，就是夹枪带棒地骂骂监护室。比如管理不善，比如擅自减床，有主任更说，病人放叶克膜、二次开胸、肾衰做血滤和感染用抗生素，欠下的账，该由监护室承担。轮到贾义上台，在院长和各位领导面前，用数据说话，手术例数、平均住院日、科室盈利，均是心外科最高。"零点五的死亡率，也是冠绝全院，这还是连自动出院都算在内的。"述职尾声，屏幕上打出"感恩"两字，贾义春风拂面。钱院长笑着领掌，两眼放光。

之后是重症监护室主任管志军，直腰低头，步伐又沉又慢，站上台后，右手握拳，使劲咳嗽。他盯着讲稿，低头不语。

此刻身后电子屏，跳出几张照片，裴晓培的抢救画面、十几个监护大夫带病人去做检查以及夜里整栋外科楼一片漆黑，只有监护病房仍在灯火通明。

钱院长面无表情。

"《牺牲　隐忍　担当——为了危重症病人和死神较量》。"

管志军平静念起报告题目。

"诸位同行议论我擅自减床，我请大家想想，国家要求监护室护理床位比是多少？三比一。目前我们科室严重达不到配比。加之我院外科各级医师基本功不过硬、麻醉科肆意胡为，导致滞留监护室的危重患者增加。而监护室医护工作重、收入低、纠纷多，多重负面影响下，辞职者众多。实非我不愿再开床位。"

大厅内登时"嗡"的一下，响起层层嗡鸣。

各科主任中，只有贾义镇定地仰头看向台上。

"就在刚刚，我最看重的一位年轻医师，向我提出辞职。"管志军停顿良久后，用力咳嗽，"我应该对她说些什么？在座很多主任，你们也认识她，甚至平日里开开玩笑，走动得比我还要近些，你们能不能帮我，和她说点什么？"

管志军鼻音念稿，发声呆板，一字一顿起来，效果和念检查近似。他小心按下键盘，屏幕上又蹦出一组数字。

"刚才诸位述职，全院运转形势大好，各科心脏手术，死亡率全在一以下。巧了，我也有各病房在监护室的死亡率，全部超过一。请问诸位，回到你们病房的死亡人数，怎么可能比我还低？"管志军自始至终，无视台下，也就看不见有多少人咬牙切齿地盯着他，多少人欲言又止地想让他下来。"我这里还有主诊组的数据，要不要公布？贾义，你们科每年做多少例，活多少，死多少，细到每一组，想不想看？"

钱院长已经不再去看台上，他像睡着了，或者做了噩梦一样，面孔漠然。

"都说我监护室减床，如果你们每个病房都是一千台，哪怕能减少0.1天平均住院日，就意味着你一年能多做一百台手术。你抓好质量，哪怕降到1.4天，相当于一年多做三百台手术，这比你总盯着我的床位强吧？我给你开一百张，你做那么烂有用吗？早上我问值班大夫，科里还剩几个病人。八个，其中一个病人躺三周了。快过年了，这么多病人死于感染，压在我那里八个病人没人管。我都想干律师了。"

管志军被自己这个玩笑逗笑了，他终于抬起头，却见满场领导，鸦默雀静。钱院长坐第一排，招手，把纪委书记兼院副书记叫到身边，指着管志军说话。

"刚才已经听出，各位对我监护室诸多不满，如果这样，所有重病人我可以不接收吧，或者你在我这里待一天，第二天走人，回病房你自己看着。有本事你别让病人肾衰、别让我抢救。"

散会，大家向门外鱼贯而出，一位黑衣女士走到台前，递给管志军一张纸条。管志军打开看的工夫，对方消失一般离开。那张纸条上面，用力写了很大的两行字："管志军你还有脸开口讲话，老天会收拾你这个十恶不赦的杀人犯！"

刚下班，贾义打来电话。"管总，你这是死谏啊。"

管志军不语。

"喂，别人都在走过场，挪揄你监护室几句，不是每年都这样吗，你这次是怎么回事，明摆着逼院长干掉你？他说你的述职不合格。"

"哪个地方不合格？"

"你跟我就不要明知故问了吧。他说了，你要么在下次全科的述职里，重新报告一次，要么，最后的打钩投票，你看你还是不是监护室主任。"见管志军仍不作声，贾义换了个口气，"你吐那么多苦水给谁看？他不管质量。院里要求，人有多大胆地有多大产。他给你这块地，这些人，你得给他开多少张床，别老让人找他，说你那里床位不够……管……"

贾义看看手机，原来管志军早就把电话挂了。

十八

被院长降到一线的管志军，等于是被晾了起来，可谁也不可能让他去上白班管病人。更多时间里，前重症监护室主任是用手机微信给全国医院会诊。或者是吃饭时，或者是在家里闲坐时，或者是在开车时，手机里随时传来各种病人的视频或者监测指标的照片。他得到最多的回复，是"管主任威武"、大拇指表情或者从上而降的么么哒。管志军经常抱怨，网络会诊真够讨厌的，他不仅收不到钱，还得搭进去许多流量费。可是看病人早已成为他生活中的重要支撑，没有病人看，他不知道该怎么活着。

管志军妻子的同学，老父亲九十岁，反复发作肺炎，住进一家部队医院。同学雇了两个护工，白天黑夜轮流伺候，还去请康复博爱的人，专门做康复治疗，一周五次。老头在家里躺了半年时间，住院当天，呼吸科主任就放弃了。管志军被妻子叫去，看过后说："不至于，我调一下抗生素。"结果老人很快体温下去。

部队医院的大夫，偏向保守，不让老头下床，管志军却说："今天我在，老爷子您得下床，以后你要走着回家，要咬牙坚持。"老人做过膝关节置换，腿不利索，但是听了管志军的话，让挺腰就挺腰，让抬腿就抬腿。有一次下膝关节没摆正，疼得老头大汗淋漓，想回床上，管志军笑笑，帮老人挪身子。

呼吸科主任拍好片子后，想给老人做气管切开，于是请耳鼻喉的主任，要等。管志军手痒，和老婆说："在我们科，裴晓培就能切，我都不去看，做不下来才会叫我，哪还用耳鼻喉主任。怎么到这里是这个规矩啊。"他老婆说："管志军你把嘴闭上吧。"气切做完后，管志军陪着过去，看到切口长如一把短剑，他说："这要是我的大夫我得骂死他。"

老头终于还是感染了，腹胀得厉害，家属听对方主任交代病情时，管志军坐在旁边。对方说这种情况，要注意心功能。他实在听不下去，插嘴说："老人现在这种情况是感染性中毒性休克，您应该把液体适当放宽一些。"

"你谁啊！"对方主任其实知道，只是嘴硬，"我们只和家属谈，你出去。"

"我也是为病人好，咱们都是从医的。"管志军笑笑，"按照您这个治疗，不太合适。"

"老人的液体入量要在两千以下。"主任打量他后，没有理会，继续开医嘱。

"那不行，你怎么着也得入两千五到三千，不然的话他失水太多。就该肾衰了！"管志军实在憋不住话了，他老婆和同学，都低下头，不知该说什么。

"记上！"主任冲自己的管床大夫喊，"他说要超过两千，出问题他兜着！"

管志军老婆说："你在人家医院，没有执医资格，你不知道吗？"管志军不语。他老婆说："你把这家医院的大夫给闹僵了，老爷子人家不管了怎么办？"

管志军又被赶到了路上，老雷发来短信，说夜班里，科里的男护士们，把一个外科大夫给打了。打了以后才认出来是贾主任。老雷说，那几个小年轻下手可真狠啊，而且专往脸上打。管志军知道，安平已是一地鸡毛。他看向前面的路，这时候他才发现，并不是病人有多需要他这个前监护室主任，而是没有病人看的话，他不知该怎么活着。他也不知道自己应该回到哪里。

知识分子的牺牲、隐忍和担当
——评《长夜行》

颜　敏

　　这是一篇描述当下医院及医务人员日常生活的小说，触及了当代社会敏感神经的精神末梢。中国医疗卫生体制的改革，伴随着新时期以来改革开放的步伐和节奏拉开序幕和走向深入，特别是20世纪90年代以来，它随着整个社会市场化改革的深入不断演进。在这个过程中，新中国时期建立的政府高度集中的公有制医疗卫生体制逐渐瓦解，医改在不断的反思争论中总结经验和教训，艰苦前行。毋庸置疑，自从90年代开始的医疗卫生体制市场化的改革，随着医疗卫生体制的市场化和产权改革的不断深入，公立医疗机构的公益性质逐渐淡化，追求经济利益导向在卫生医疗领域蔓延开来，问题丛生。城镇市民看病难，看病贵的问题突显，医闹事件频发。农村合作医疗体系因为集体经济的解体而失去了主要资金来源，大面积解体甚至濒临崩溃；农村医疗保障的缺位，使得不少农民因病致贫和因病返贫。特别是因为医疗卫生体制改革而出现的医疗弊端的曝光，也使医改的争论开始公开化，加之社会公共卫生事件的爆发，促使人们全面反思现行的医疗卫生制度的现状，影响和推动着医疗卫生体制改革的进一步深入。可以说，迄今为止，中国医疗卫生体制的改革仍然行进在充满悖论的坎坷道路上，诚如这篇小说的标题：《长夜行》。正是从这个角度讲，这篇描述当下医院及其医生困境的中篇小说，触及了我们这个时代社会症结的一个痛点，颇具社会现实意义。

　　当然，上述的医疗卫生体制改革的历史现状，在这篇小说中隐退为历史背景和文化语境，小说叙事的重心是一个医院基层医疗单位的生存境况，具体地说，它集中笔墨描述安平这个公立医院监护室的生存现状，并且通过这个监护室医务人员的生存现实，表现公立医院医务人员的实际生存状况和精神困境，鞭辟入里地透视出医疗卫生体制改革背景下公立医院存在的触目惊心的弊端与医务人员的生存窘况和精神困惑。

　　小说叙事的焦点人物是两个具有悲剧意味的医生形象。一个是年轻的主治大夫裴晓培。她是个勤勉敬业并且拥有理想精神的女性青年医生。进入安平医院监护室之际，室主任管志军真诚劝阻她，像她这样具有优秀学业成绩与优越家境的毕业生，应该出国留学深造，即使是来医院从业，也应去其他科室，而不应来监护室。但是裴晓培执意要从事监护工作，说这是她念医学院时的理想：每当在监护室照看病人，或者是参与抢救，感觉就像是在燃烧自己。她也珍惜这份工作，"在周围护士、护工的冷淡和静默中，她像一盏夜行中的马灯，或者像织布机那样，穿梭折返于责任病区，守时且机械地去开医嘱、查体、看心肌酶和肝肾功能，以及每四小时抽一次血气。"裴晓培总是以良心的标准衡量自己，全身心地投入工作，以致仿佛站到了监护室其他同事的对立面。同时，为了达到管主任"每年必须发两篇科研文章"的要求，她要抓紧时间利用本院内网搜集数据，白天要么白班，要么躲在办公室苦写；晚上即便值完夜班也不回家，再次过上黑白颠倒的生活。

监护室超常态的工作状态，让裴晓培终于支撑不住了。经过诊断，她患上腰椎间盘突出的职业病症，并引发神经压迫，不得不住院治疗。此时她还对劝说自己出国的丈夫说，"我忽然意识到，我之所以是我，之所以是裴晓培，就是因为我的监护工作。我有我的专业，我要在我的专业里成为最牛逼的人，像管主任那样。我满脑子想的都是回到我的病区里走来走去，看护病人，那才是真正的我。"因而每当患者在裴晓培面前一天天好转，或者因为她的工作而继续活下去，她会将此视为干监护的最大回报。也就是说，这份工作是她实现自我价值的表征，再苦再累也能获得精神乐趣。

尽管裴晓培可以忍耐超常规甚至是超越身体极限的工作重负，却无法接受医生为了私人利益而推诿转嫁医疗事故责任的行为，她认为这是逾越医生职业道德底线的行为。当心外科主任贾义试图把一位心脏手术失误的事故责任有意推诿到裴晓培的抢救措施上，裴晓培嘴唇发抖，根本讲不出话，她明显感觉到自己心率和血压在急剧上升，只能紧紧盯着对方的脸。因为她无法想象，对方居然冷酷到把这么不堪的责任推到自己身上。为此，这位曾经执意要来监护室工作的裴晓培，终于辞职，答应丈夫要她出国生育的要求。

另一位则是监护室主任管志军。这是一个勤勤恳恳、具有三十余年临床经验，敢于负责并且秉性正直的壮年医生。管志军作为科室主任忠于职守，全心全意为患者服务，不为世俗诱惑所动，不搞课题，不当博导，不收红包；绝无仅有地住在医院家属楼里，因为这样可以在紧急情况下随叫随到。他对同事的关照，同样也是科室主任的贾义就不太理解："你这主任当的，自己给病人拔管，春节长假、父母病重替个夜班，手下会记你好。他们旅行也让你替班，那你什么时候休息？"

管志军显然不是一些领导欣赏的中层干部，因为这是个"领导多往上交钱，才能得到重视和提拔"的时代，因此在全院中层干部换届前夕，院长就警告他是个无学位、无科研、无 SCI 的"三无人员"，但是他依然我行我素。在年底的述职大会上，各科主任按照医院的惯例述职，泛泛而谈，逐个报流水账，只有管志军以《牺牲 隐忍 担当——为了危重症病人和死神较量》为题，讲真话述实情，结果被院长降到一线，被晾了起来。小说最后说："管志军知道，安平已是一地鸡毛。他看向前面的路，这时候他才发现，并不是病人有多需要他这个前监护室主任，而是没有病人看的话，他不知该怎么活着。他也不知道自己应该回到哪里。"直到此时，他才感觉到自己付出了沉重代价。

上述两位都是勤勉、负责，具有业务能力和人生理想的医生，但他们都因在现实社会坚持自己的理想和原则而受到伤害，具有一种悲剧色彩。所谓悲剧形象，是指原本幸运的人却遭遇不幸，陷入困境。用鲁迅的话说，就是将有价值的东西撕毁给人看。依照悲剧结果产生的原因来分类，则有命运悲剧、性格悲剧和社会悲剧等。小说中这两位人物的不幸结局显然不是无常命运所致，不属命运悲剧，而是由于他们所处的时代和不屈的性格造成的。因为他们坚执的医生职业伦理道德和为人处事的底线伦理原则，与这个时代流行的自私自利的个人主义和唯利是图的功利原则相悖，而且他们不顾现实境遇地坚执个人理想，因而成为不合时宜的人物，最终或者主动辞职或者被迫离职，成为具有悲剧色彩的人物。当然，导致他们悲剧结局的外在因素，既与医疗卫生体制改革的历史背景相关，更与社会改革的文化语境相关，归根到底，医疗卫生体制改革是整个社会体制改革的有机部分。

其实，曾在新时期初期，也有类似的知识分子悲剧形象，如谌容《人到中年》中的陆文婷，在超常的工作境遇与艰难的日常生活中忍辱负重地前行，最后病倒在床上，成为一个圣洁的使徒形象。但是裴晓培和管志军与陆文婷的相同之处在于，他们可以忍受超常的生活和工作重负，也可以抵抗现实社会世俗诱惑的侵蚀，为了自己的理想人生和做人原则艰难前行；但是他们与陆文婷相异之处在于，他们毕竟拥有更多的人生选择，因而并不在乎自己是否符合圣洁使徒的完美形象，为了人格尊严而拒绝自虐，对不合自己理想和原则的现实勇敢抗争，即使付出沉重的代价也毫不妥协。从他们与陆文婷的比较中可以发现，当代知识分子比他们的前辈更加具有独立的人格精神和明晰的人文底线。

总之，这篇小说在医疗卫生体制改革的历史背景和现实文化语境下，描述了当代中国一线医院及其医生的现实境况，刻画了负重前行的医务人员的生存情境和精神困境，既揭示出改革时代医疗体制和社会体制积重难返甚至病入膏肓的种种弊端，也表现出知识分子的牺牲、隐忍和担当。

筷子扎根

孙春平

1

当年，我插队的那个地方农民们形容某片田地肥沃，常用一个非常形象的比喻，说插根筷子都能生根。这我不信，绝对不信。我虽然没有多少土壤学和植物学方面的专业知识，但好歹也读过几年书，这个比喻也有点太不着边际、太不靠谱、太夸张了吧。不管土地有多肥沃，也不管当地气候如何湿润温暖，可筷子无论是木质的还是竹质的，肯定已经彻底失去了生命机能，那它还怎么生根发芽？那个年月，若有塑料筷子，就更不可能。能发芽的不能称为筷子，而是还没彻底晒干巴的小树棍或竹棍。这可用当年我们经常引用的一段论述来说明：一定的温度可使鸡蛋变成小鸡，却绝不能让石头变成小鸡，外因是变化的条件，内因才是变化的根据。这就涉及哲学方面的命题了，绝非抬杠。

可我万万没料到的是，后来，有一根筷子真的生根了，而且一扎几十年，直到今日，还蘖生出两枝很苗壮的支杈。

这根筷子叫张海俊，我从小要好的朋友，初中时的同班同学。

2

我和张海俊下乡时都是十八岁，去的地方离家不远，坐火车也就两个小时的行程。这似乎跟按学校按班级统一调派有关，铁路职工子弟中学嘛，总得找个能听得到火车叫的地方。听说为争取这一点，铁路局尽了很大的努力，包括答应可给安置知青的县城和公社优先调派车皮。这一近，就给我们这些铁路子弟经常回家提供了便利。至于火车票嘛，家长和知青的心中早达成了共识，都是铁路家的孩子，都是响应伟大号召去大有作为的，还买什么票呢，就好像回家敲门，太外道了吧。

但这"共产主义"的好日子并没维持多久。铁路局来了军代表，军代表是个老八路，据说对为时尚不久远的红卫兵运动深恶痛绝。他在坐火车巡察一番后拍了桌子："这叫牛犊子拉车，乱套！一帮小毛孩子，还没王法了呢！不管是谁，想坐车，都买票！"

这些背景资料是我从爸爸口里知道的，我所亲身感受到的气氛则是严防死守如临大敌。那天，已是暮色垂临，我和张海俊跨出车门。下车的旅客不少，其实多数是知青，不下百人。落脚之地是三等小站，几组铁道线路，不长的站台，横空一道天桥，那是出站的唯一通道。但当过红卫兵的知青们很少有人按规矩行事，顺着铁道，或向前，或向后，或跨过对面的铁道，便直奔了广阔天地。可那天的情况特殊，站台对面停着一列货车，便与站台这侧的客车夹成一条狭长的走廊。下车的人一下都拥在站台上不动了，因为站台两头都站满了身穿草绿色军装的士兵，一个个笔挺威严，密密层层地封堵了昔日可自由往来的去路。有车站工作人员拿着电动喇叭喊："下车的旅客请经由天桥出站。没买票的旅客在出站口补票。"

这好比瓮中捉鳖，四面围堵，只留那么一个出口，插翅难逃了。少数买了票的往天桥走，大批的知青则拥在站台上不动，低声的议论与咒骂声嗡嗡嘤嘤。

我对张海俊说："今天要倒霉了。"

张海俊问："怎么说？"

我说："花钱补票呗。"

张海俊冷笑道："不嫌窝囊？"

我说："看来今天得认了。"

张海俊说："愿认你认，顺着腚沟子流大汗一天挣不到两毛钱，显你趁啊？"他说的是实情，别看我们插队的地方交通还算便利，但生产队的分值却低得可怜，年终能不能兑现还得另说。

我嘟哝说："那可咋好？"

张海俊前后看了看，低声说："把你的大棉袄脱下来给我。"

我问："啥意思？"张海俊说："少废话，快脱，别让当兵的看见。"

站台上的人挤成一团，乱糟糟的，高挑在头顶的路灯也昏昏不明，想不让执勤士兵看到我脱大衣很容易。我身上的棉大衣是我爸前些年在工务段当养路工时发的工装，我下乡时便给了我，大衣左胸上印着路徽和安全生产的字样。这一点，张海俊就没法跟我比了，他爸爸是餐车上的厨师，厨师不发棉大衣。

张海俊穿上了我的棉工装，吩咐："随大溜儿，要快。"

我没听明白他的话，更不知大溜儿将怎么行动，可眼见着张海俊已拨开身边的人，大步向着列车尾部而去，走出没几步，又听他扯开嗓门喊："还发什么呆！赶快经天桥出站，没买票的抓紧补票，都给我听好了，今天谁也别想捡国家的便宜！"

张海俊他要干什么？疯啦？可站台上的知青们却以为他是车站上的工作人员，便避瘟神地四下躲闪，任由他一路直冲冲往前走。

张海俊继续喊："不许钻车！知不知道钻车危险？敢钻车的加倍罚款！"

知青们怔了一下，立即就明白了，这响彻站台的吆喝无异于提醒，眼下的唯一逃脱之路就是钻车，从对面的货车或身旁的客车底下钻过去。人们好像炸了圈的羔羊，呼地一下散开，各寻了遁身的去处。执勤士兵的哨子尖厉地叫起来，随即就是奔跑而来的脚步声。那一刻，我呆了一下，就在一个士兵要抓住我胳膊时，一缩身，急闪到货车轮下，由于慌急，脑袋还被底梁重重地撞了一下。

哪还顾得疼不疼，钻过车轮我就往插队的方向跑，身前身后还跑着几个陌生的知青。我一边跑一边往后看，不知张海俊是不是也跑出来了。没想到张海俊突然从铁道旁一根电线杆子后闪出来，哈哈地笑："还跑什么，一帮惊枪的兔子！"

我喘息着，问："你也跑出来啦？"

张海俊得意地笑："我可没跑，咱哥们儿是从他们眼皮子底下走出来的，大摇大摆。"

我说："他们没问你呀？"

张海俊说："问我什么？我是李向阳啊。就咱这扮相，正儿八经的铁路工作人员，《平原游击队》白看啦？"

看他那得意的样子，我可以想见他经过那些执勤官兵身边时的样子。这个张海俊，胆大心细，遇事不慌，真是生错年代啦！

3

我在乡下干了三年，抽工回城后去的单位是铁路局管辖的木材加工厂，开大卡车。木材厂占地面积大，在市郊，厂里给住在城里的职工每人发了一张通勤票，有了这张票就了不得啦，进出站晃一晃，一路放行，没人细看。

可张海俊却远没有我幸运了，他留在了乡下，而且极可能一辈子留下去，究其原因，则完全怪他自己，怨不得别人。

我们下乡时是深秋时节，大地光溜溜的，剩下的庄稼活已基本在场院。第二年，忙过春播和夏日里的三铲三趟，等着的就是秋忙。可就在等秋收的日子，张海俊出事了。

事情出在护秋上。玉米开始结棒时，生产队长挑出几个男知青，说："庄稼有些成色，该护秋了。以前，村里的青壮年护秋，有人监守自盗，还有人抓到偷秋的人抹不开脸，都是乡亲嘛，睁一只眼闭一只眼也正常。这回你们城里的小伙子来了，太好了。你们两眼一抹黑，不管抓到谁，都给我往生产队带，立功有奖，我给你们加工分！护秋员的任务关键在夜里，两条腿得一刻不停地走，眼睛更得像夜猫子（猫头鹰）一样地圆瞪着，工分加厚，一天十五分，不低了吧？关于护秋的地块，村东主要是花生和大豆，这时节花生和大豆正好烀了吃；南头那片地瓜也让人眼馋，大点的已把地皮拱出缝了，又正贴着进村的路，也不可不防；护秋最当紧的是村北和西边的苞米地，人一钻进去，立时没个影。尤其是村西那片，贴着公社的砖瓦窑，窑上没黑没白不熄火，窑工们夜里饿了，常溜进地里掰苞米，那窑眼蹿出的火苗子又正好烤苞米，哪年那片地都不少丢庄稼。"

有人嘟哝："知道丢，还在那儿种，不是缺心眼吧？"

生产队长姓佟，但村里人都喊他大魔，是魔鬼的魔，还是沾了我们村庄磨盘湾的磨，不得而知。听了种地缺心眼的话，大魔黑脸斥道："别刚来乡下没几天就充大尾巴狼，你咋知道队上没种过别的？"

知青们开始抢任务了，东南北三面立时有人报名。我起手慢了点，抢到的是村北。那时，只有村西还没人投标，也只有张海俊一直没吭声，众人便把目光盯向了他。

张海俊翻翻白眼说："瞅我干啥？俏活儿都叫你们抢去了，凭啥剩下的一块臭石头非得让我搬？大不了，我不挣那十五分，随大溜儿一块收秋去。"

大魔说："看村西确实不容易。那就二十分，一天顶两天，这总行吧？"

张海俊冷冷一笑："拉倒吧，谁还稀罕那几分，秋后兑现吗？"

人们一时无言。队长低头卷老旱烟，点燃，才慢悠悠地说："我听说，张海俊常把自己比李向阳，智勇双全，天下无敌。今儿一看，也是吹牛不上税。中了，今儿的会就到这儿吧，大不了，我再另想办法，没有谁，你看地球转不转？"

人们散去。张海俊端坐在炕沿上不动，一副不尴不尬的样子。我不好也走，眼看着队长也快走出房门了，张海俊突然大声说："队长，你还没说，村西那片地去年到底丢了多少呢？"

队长立住脚步："我估摸，最少也得两千棒吧。"

张海俊说："我不要一天二十工分，也是十五吧。今年收秋时你去数，那片地要是丢的苞米超过一百棒，我连十五分都不要！"

队长说："好，就凭海俊这句话，明儿晌午，我让你婶子杀一只鸡，炒上两个菜，我陪你一醉方休。"

其他人还等在窗外，哄嚷起来，齐喊见人下菜碟，不公平。队长便又说："那就都去，可我把话放在这儿，别人去就是多个人多双筷，我请的可只是张海俊。"

大魔不愧是大魔，说笑之间，就用激将法将一块最难啃的骨头丢给了争强好胜的张海俊。过后，我把这话说给海俊，他却哈哈笑，说："你以为我真像傻李逵似的一激就上火呀？我玩这么一下，不过是让大魔别小看咱们知青。其实，那天我是第一个到队部的，进屋就看队长将几张已裁好的纸条塞进了口袋，他的打算是万一活计不好往下派，那就抓阄。可我偏不让他抓，所以你们抢地块时我才一直没吭声。不就是看一片地吗，多大的事，我还想落得自由自在呢。"

护秋的队伍上阵了。东南北三面都跟鬼子进庄似的，悄悄地进行，出动静的不要。唯有西面的张海俊闹得很张扬。他从老农手里借来一件蓑衣，手里还提了一把镰刀，那镰刀加了一米多长的木柄，顶部又搋进一根拃来长的大铁钉，那就不光是农具，还是武器了，有点类似于古时的戈或钩镰枪。而蓑衣则是乡人的雨衣过去式，那东西笨重，还须配上草帽似的雨笠，哪有小帆布粘胶的雨衣轻便又实用。当然，蓑衣的长处也非寻常雨衣可比，蓑草有很强的隔潮功能，所以蓑衣披在身上不仅可遮风挡雨，铺在地上还可充作床铺，湿冷不忌。那天，响晴的天，午后偏晌的时候，张海俊拉上我，出现在村西地头，那里距砖瓦窑也就一箭之遥，与窑上劳作的人彼此可见，视力好的甚至能辨鼻眼。他将蓑衣披挂在肩，手里张扬着那把长柄镰刀，在苞米地头来来去去，唯恐窑上的人没看到，扯开公鸭嗓唱苏联歌曲《三套车》和当时正流行的《这个世界究竟谁怕谁》，一遍又一遍，翻来覆去，唱到"可怜我这匹老马"时，调子要拔高，张海俊唱得声嘶力竭，逗得窑上的人冲着这边喊："野狼嚎，拉倒吧！"

跟在张海俊身旁，看他脑门上滚下的汗水，我都替他热得慌。节令已立秋，秋老虎开始发威了。我说："想吓唬家雀，还不如立一个稻草人呢。你想捂出痱子呀？"

张海俊说："饿死鬼是人，不是家雀。"

我说："你玩这一出，是想敲铜盆吓耗子还是唱空城计？"

张海俊说："耗子们也这么想。"

我说："你也不用担心海口夸大了，村北和你那片儿垄挨垄，你看不过来时，喊上我一声就是了。"

张海俊撇嘴："这点事就搬援兵，我还敢自吹是李向阳？"

那晚，青年点的伙房刚揭锅，张海俊抓上两块饼子就走了，我猜他必是去了村西。夜半时分，他果然押回两个低头耷脑的乡下小伙子，两人脖颈上各挂了两根苞米棒子，他还用大喇叭喊来大魔队长，引得青年儿们都去队部看热闹。

队长进屋就黑着脸问那俩人姓甚名谁。砖窑是公社开的，毕竟按月开饷，所以能来砖窑干活的基本都是各大队的干部家属，起码也是根正苗红的贫下中农。队长说："那你们自个儿选，认罚呢，一人十元；舍不得呢，我这儿备着现成的铜盆，绕着全村喊一圈敲一圈，就拉倒了。"

两人晓得敲铜盆的后果，都认罚，说身上没带钱，明天天一亮送来。因为丢庄稼的事，生产队曾经一次又一次找砖窑，甚至找过公社，于是公社便下了死命令，凡偷秋者，一律开除。

队长阴着脸说："明儿你们要是不来呢，我可没工夫去找你们要小账。这样吧，都把裤带抽下来，明儿交罚款时再拿回去。"

那两个人苦着脸说："我们回去还得推坯码砖，提着裤子还怎么干活？"

队长说："你们要早想到这一层，就不偷庄稼了。提着裤子回去，搓根草绳当腰带，怎么就干不了活？再说，那窑里比澡堂子还热呢，进去的人哪个不是只穿裤头？这事蒙不住我，不认罚就敲铜盆。"

两人提着裤子灰溜溜地离去，看热闹的人忍不住笑出声，队长脸上总算现出笑模样。自从大魔来到小队部后，张海俊就闪了出去，他去牲口棚中抓来一把大豆，从厨间锅灶下扒出灶灰，将豆子丢进去。看来，从傍晚到半夜，两块饼子真是撑不住，他也想垫补。见队长放走了偷青贼，张海俊说："我爬冰卧雪的，把贼给你抓来了，这就拉倒了？"

队长仍是笑："什么爬冰卧雪？眼下刚立秋，出伏后还有四十天热天呢。"

张海俊说："可伏天趴庄稼地里，蚊子和小咬叮起人来更邪乎，这队长大人也知道吧？你看看我身上的这些包，都快成丘陵了。"

队长说："我知道你能把这帮小子抓现行，肯定不容易。都是南北二屯的，细论起来，兴许还和我家拐带着什么亲戚，他们不是答应明天送罚金来嘛。"

张海俊又臭又硬地说："好人你当，挨骂的王八蛋留给我们做，这点鬼子溜儿别以为谁看不明白。"

我怕海俊再说什么，急拉他出了小队部。

4

那年秋天，大魔带人收割城西那片苞米地时，有人在开镰前特意数了数面临砖窑那一面缺失棒子的棵数，张海俊没吹牛，数额的确没超过百棵。作为最要好的朋友，我知道张海俊除了肯吃苦，还小试牛刀地把玩了许多战法。我们没下乡在城里停课闹革命那两年，趁着红卫兵烧图书馆的乱哄劲，海俊抱回家许多书，看得最上瘾的是《三国演义》和《水浒传》，还有《孙子兵法》，他能把三十六计倒背如流并配以古往今来的经典战例，要不是因为他二姥爷新中国成立前去了台湾，他当兵肯定是个运筹帷幄的将才。而我就没出息了，专爱看《安娜·卡列尼娜》和《三言二拍》什么的，那里有不少情爱的故事。那天，有人将只丢八十九棒苞米的战绩报告给队长时，大魔嘴巴里只吐出三个字："这小子。"我听得出，那口气里透露的满是惊讶和赞许。

当然，也只有我知道，那一秋，张海俊的青苞米没少吃。他不在他的那片地掰，却去北边我负责的那片地寻摸，而且专挑金皇后，掰完还拉我去砖窑烤。在窑上看窑眼的女工说："你们看地的还偷青呀？"张海俊撇嘴说："请瞪大眼睛看准了，我烤的是金皇后，黄粒；我看的那片地一码大马牙，白粒。我这是去社员家买的。"每次，张海俊还会折断一棒分给帮忙烘烤的女工，以示感谢。私下里，我对他说："想烤想炸，哪儿不行，非得去窑上呀？"海俊说："这你就不懂了，兵者，诡道也。我这是让窑上人摸不清楚我在哪儿，又什么时候现身，他们胆虚了，就只好忍着饿肚皮了。"这一点我信，在护青的日子，他经常几天不见踪影，有时又整日整夜地和我在一起扯淡。

神出鬼没的张海俊却突然让我们傻眼了。那是霜降后的一天，青年点突然来了一个乡下姑娘，说是找张海俊。留家做饭的女同学问她是谁，姑娘坦率地说是他对象。女同学大惊，张海俊有对象啦？这是新闻啊！便急忙解下围裙奔向场院。正在扬晒高粱的张海俊一听女同学吵儿巴火地叫他快回青年点见对象，瞪眼睛斥道："什么对象，胡说八道！"女同学哈哈笑："人家自己说是你对象嘛，好事，挺漂亮的，就是黑点，掉煤堆里可能不太好找。"在场院干活的社员闻此言，登时笑翻了天。

那天，张海俊一回青年点就把那个姑娘扯进了男生宿舍，不仅关了门，还上了闩。我们收工回来时，做饭的女同学挤眉弄眼地指门示意，可房门推不开，我们只好扒窗户。姑娘背对着窗户坐在炕沿上，垂着头，看不太清爽，但从侧影看，却是挺丰满。姑娘可能在哭，不住地抹眼睛。张海俊则站在地心，挥手让我们快滚蛋，看情景真像和搞对象有关。

那晚，张海俊和我坐在场院谷堆上，好一阵不说话，一副失魂落魄的模样。

我问："你真搞对象啦?"

张海俊嘟哝说："那天,我也就是随口一说,没想她还当真了。"

我追问："哪天?"

张海俊说："就是护青时呗,记不清了。"

我恨道："连搞对象你都记不清?"

海俊再嘟哝："谁搞对象啦,不是糊里糊涂,就把砢碜事做下了嘛。"

原来那天夜里,海俊又悄悄潜进那片苞米地,忍着闷热与蚊虫的叮咬,蜷伏在蓑衣上。夜半时分,突然听到有小心翼翼掰拧苞米的声音,他循声而去,突然抓牢那人的手腕。那人猛往下蹲,张皇失措地说:"大哥大哥,我解手,解手呢,你快松手。"张海俊这才从声音听出,原来是个女人。但他不松手,说:"少废话,带上苞米棒子跟我去生产队。"那女人抱牢张海俊的一条腿,仍是求告,于是就把年纪轻轻的张海俊拖进了那个年月可谓万劫难覆的人生陷阱。

确是难听进耳朵的砢碜事。我挖苦道:"哼,你挺快活呗。"

张海俊耷拉着脑袋说:"快活个屁!还不如跑马(梦遗)呢,丢死人了。可那天,她抓着我的手往她身上摸,我一时就蒙了,没忍住……求你了,可别再臊我了。"

我问:"那以后,你是不是又去砖窑找过那个人?"

海俊把脑袋夹在两腿间,说:"哪还有那个脸,我连那片地都很少去了。"

我想想,确实。护青的后半程,海俊真的很少再去烤苞米,就是有时肚子饿得受不了,我张罗去砖窑,他也说吃够了,还不如吃煮花生和炜毛豆呢。

我问:"那这事怎么收场?"

海俊长长叹口气,说:"听天由命吧。"过了好一阵,又说,"同学们要是问起,你就说是扯淡的话,只是句玩笑。这事可跟谁都不能说呀。"

又过半月,女人再次光临,进门就大声自报名号叫袁玲。这次来的不只袁玲一人,还跟了她的父亲和两个乡下小伙子,都铁塔般黝黑精壮,每人手里还都提着锹镐,那锹板打磨得光洁雪亮宛若镜面,在晚霞中辉映出血一样的光彩。张海俊一见来人这般模样,立即变了脸色,连说话都结巴了,急拉袁玲进屋子。那几个乡下汉子不说话,也不跟随,只是横成一排站在青年点院子里,手里拄着锹镐,死盯房门的目光里透着鱼死网破的杀气。我看大事不好,慌忙召集所有男知青,每人也抓了一把锹镐,都蹲在墙根下,装作刮擦锹镐上的泥巴,又派一女同学快去叫大魔队长。其他女同学则一个个花容失色,连大气都不敢出了。

一顿饭的工夫,袁玲独自走出来,脸上挂着泪痕,又隐着笑意。她走到父亲跟前,低声说:"爸,回去吧,海俊答应一个月后结婚。"她的声音不大,但很清晰,满院子的人都听到了。她父亲闻言,用鼻子哼了一声,把镐往肩上一搭,带着两个小伙子转身而去。走到院门口,袁玲的父亲扭过脸,脸上换上了大获全胜的笑模样,大声说:"我家玲子和张海俊结婚时,你们都来喝喜酒,我就不一一请啦!"

袁家四口离去不久,正巧女同学领着大魔匆匆赶来,见了垂头丧气的海俊便说:"这么大的事，你就二上定下来了？"

"二上"是我们那地方的方言，含有没跟主事人商量、擅自做主的意思。海俊低头嗯了一声，算作应答。

队长又问："跟你爸你妈商量了吗？"

张海俊用脚使劲蹭地上的泥巴，嘟哝说："自己把屎拉进了裤兜子，就自己收拾吧。"

我万没想到，队长闻听此言，在院心转了两个圈子，突然就吼起来，我从来没听他那样吼过，开四类分子批判会时，他也没那样愤怒："你他妈的早干什么去了？但凡早一天跟我说，我也不会让你走出这步臭棋！"吼过，他转身往外走，临出院门时，又说，"真要是个啥仙女下凡也中。急着想娶媳妇，不嫌弃乡下的，跟我说呀，咱村的姑奶奶哪个差啦，明媒正娶，总比这光彩！"

大魔的这番话，知青们都听到了。那一夜，大伙半宿没睡着，议论纷纷。我对大魔的话也画魂儿，他怎么就知袁玲长相一般般，他又为什么磨蹭了那么长时间才赶来？我将疑惑问给去找大魔的女同学，女同学说，白天，队长去大队开会，刚回家门就被她拉来了。路上，大魔跟袁家人走了个碰面，是她告诉的队长。

海俊要和袁玲结婚，这是秃子头上的屎壳郎，明摆着，没什么可说的了。但大魔的话又是什么意思呢？他也是替张海俊憋屈吧。那他责怪海俊"你早干什么去了"又是什么意思呢？海俊若是早跟他说了，他还另有什么好办法不成？

后来，我听说，原来女同学彻夜不眠的议论中还有另外一层意思，就是张海俊想找对象，若在女同学中设立目标，也不是多大的难事，听说那天夜里还有女生捂在被子里抹了眼泪。细想想，也是。海俊一米八的个头，高大帅气，一表人才，再加为人仗义，脑子灵活，书又读得多，当初在学校时，成绩一直中等偏上。可现在蒸下的馒头已经揭锅了，后悔又有什么意思呢。

5

海俊结婚前的那几夜，我常陪他坐在场院的谷堆上，仰望夜空中的繁星，他不说话，我也闷着。时已深秋，夜风很凉，草窠里的秋虫叫得有气无力半死不活。海俊突然开始学抽烟了，而且抽得挺凶，老旱烟卷了一根又一根。我拦阻他，说别抽了，小心把场院点着。海俊总算憋出一个臭屁，说："真把我烧死倒好了，省心啦。"

我们知青下乡离家时，老爸老妈们拎着耳朵叮嘱最多的话就是不能搞对象，搞对象就回不了城了！此后每次回家，爹妈们也经常不放心地询问，没搞对象吧？当过红卫兵的知青们别看别的事情敢造反，唯在这个问题上，几乎都和父母们达成了惊人的一致，大家都未卜先知地估量出了搞对象可能付出的代价，搞对象就叫扎根，休想再回城。所以直到数年后知识青年大回城，"一把抓"，有些老知青在乡下已干了十来年，三十来岁了，独身孤守的仍不在少数。我和海俊从小要好，下乡前那一阵，我没事就去他家，他爸的饭菜做得好，我连着蹭几顿的事都有。张婶叮嘱不许搞对象的话不光对海俊说，也没少对我说："不光海俊不许搞，你也不许。他要敢动了那个心，你一定回家告诉我，听到没！"我一再郑重地点头，只有海俊的妹妹海波在一旁捂嘴笑，说："我亲爱的妈妈呀，你就放心吧，就他们俩那样的，谁跟呀！"可现在，下乡不到两年，海俊不仅有人愿跟，还是人家提着锹镐逼着走进洞房的，这话可让我怎么回城跟张婶说啊！一捆筷子齐整整，偏偏出了这么一根，海俊吃的这个亏到底有多大，怎么估量也不为过呀！

海俊和袁玲的婚礼是在我们磨盘湾村举行的。原本袁家要在他家办，答应腾出两间西厢房，但事到临头，大魔挡了横，并亮出一家之主的姿态，说张海俊是我们队的知青，结婚也得来磨盘湾村。他爸他妈不在这儿，那就应该由我来当这个家。袁玲父亲让海俊拿主意，海俊在这事上没犹豫，说："我答应和袁玲结婚，但我可从没说过去袁家沟当上门女婿。"海俊的心思我明白，糊涂事做下了，丢人现眼也在原处吧，总比再去袁家沟让人指手画脚强。那个年月，上门女婿是个贬义词，让人轻看，况且，前一阵袁家人露面时，是凶神恶煞的形象，而这边，大魔队长又一副大义凛然有所担当的父兄姿态，海俊不站到大魔这边才是怪事。袁玲父亲说："既是你这边操办，我家的猪就不赶过来了。"大魔队长冷笑道："大老爷们说这话，我就替你臊不起，原来拉出去的屎，还可以缩缩回去。也好，磨盘湾生产队虽然穷，但豁出我大魔这张脸，不信一口猪还杀不起。"

虽说大魔一力担承说婚礼由村里操办，但正日子的前两天，袁家还是赶过来一头猪，半大，百来斤，正长骨架，俗称克郎。原本是准备过年时杀的。后来听海俊说，为了这头猪，袁玲还跟家里狠狠打了一架，又是哭又是闹，甚至要跳井。她说那头猪自从抓进圈，就一直是她养，一把野菜一瓢泔水的，当初当着众人的面红口白牙应下的，怎么到了事上还不认账了，以后还让她怎么在磨盘湾见人！大魔队长则在村里赊了几只鸡，当年鸡，挺肥，肉汤里浮了厚厚一层黄油，刚抢了秋膘嘛。

婚礼还算热闹，地点选在场院。肠胃里少见油水的村里人基本都来了。袁家人来得更齐整，三姑六姨都到了，还带来了暖壶洗脸盆之类的贺礼，新郎是城里人嘛，袁家人很骄傲。青年点的男知青也挺踊跃，没差谁，让人不解的是女同学们也不知是谁撺掇的，集体缺席，还传出话，说嫌丢人。到底是谁丢人，丢了谁的人，语焉不详，不究也罢。

海俊家里却谁也没来，只说都在忙，脱不开身。但婚礼上宣读了他爸他妈寄来的贺信，信写得热情洋溢，祝贺儿子儿媳幸福美满，在知识青年扎根农村干革命的康庄大道上携手共进。当然，这事只有我知道，那封信是由我捉刀代笔，再塞进邮筒寄来的。关于婚礼上的事，是我和海俊躺在谷堆上一一商量好的，主要是怎么瞒住家里人，还有海俊父母总不会对儿子结婚这样的大事，写封信就拉倒，起码得送上两套新被褥吧。这事由我和男同学们合谋办，建议同学们的贺仪统统以货币的方式呈献，我还一再喊，韩信将兵，多多益善。我拿那不多的票子跑了两趟县城，买回被褥的里面，还有弹好的棉花。原打算求女同学帮忙，可女同学真是不开面儿，都摇头说不会。当然，这也算不得什么了不得的大事，村里不乏热心的婶嫂，说笑间就把这点活计接过去了。

新房自然是头等大事，其实大魔主动把婚礼从袁家手里抢过来时，心里已有了主意。

村里原有一位五保户，我们插队前就过世了，房子一直空闲着，只是风雨飘摇，透风漏雨。大魔派上几个能工巧匠，认真修缮一番，再刷一层白灰，新房立时有了模样。大魔对海俊说，听说公社已向上级申请木材指标和宅基地，等批下来，你继续享受知青待遇。

新婚夜，不少吃饱喝足的村里小伙子要去洞房闹一闹，男知青也有人跟着凑热闹，我在通往海俊新家的路口一夫当关，想去闹的人心不甘，仍要去，我便借着酒劲，抓起海俊护青时用过的那把长柄镰刀耍起彪来，黑脸怒喝，谁要不识好歹，可别怪我不客气！夜深人静，人们散去。在冷飕飕的秋夜里，我怕有人抄小道去海俊家，便独自前去。远远地，只见海俊家门前的杨木桩上，孤零零坐着一个人，一点烟火在不停地闪动。见我来，海俊苦苦一笑，说他们要来，就来嘛，反正也丢人了，我不怕再丢。我无言以对，说："夜里冷了，还是早点回屋吧。"海俊不言，仍是闷头抽烟。夜色中，又有一人走来，海俊闻声，忙丢掉手里的烟头，慌慌站起。来人是大魔，竟无半句宽慰，开口便是讥斥："我猜你就这点出息！大老爷们做事，咋就敢做不敢当。拙老婆画眉，越描越丑。回屋去！"一向乖张不驯的海俊竟深深地向大魔鞠了一躬，哽咽着叫了声"大魔叔"，然后就推门进屋去了。

那是我第一次听海俊喊大魔"叔"，也第一次看到海俊哭。

婚后，海俊搬出去与袁玲单过，青年点每月将他的粮油单独称出去，不够的部分，自然由袁家贴补。说句厚脸皮的话，那一阵，我和男知青们刻意注意的是袁玲的肚皮。我私下问海俊："你啥时候当爹呀？老同学们可都替你把孩子的名字起下了，叫六月。"海俊怔了一下，随即给了我重重一拳，骂我滚犊子，又说袁玲根本就没怀孕，"我他妈的就是个头号大傻逼，活活叫人家诳了。"这回轮到我发呆发傻了。袁玲第一次到青年点，不是说自己已有孕在身，海俊也认账了吗？但事涉隐私，我也不好多问。

那年冬天，造大寨田的时候，有一天歇崩儿（工间休息），身边只有大魔，我便把心中的疑惑说给了他，大魔气得摔镐头，说这事怪也只能怪海俊。"那天在青年点，我不是把话说给他了吗，为啥不早点把话说给我？"

我问："说给了你，你又有什么办法？"

大魔毫不犹豫地说，铁嘴钢牙不认账，我不信她能拿出什么真凭实据。第一次，为啥是袁玲自个儿一人来，她八成是连亲爹亲妈都没敢告诉呢。男人坚决晃脑袋，女人也只能把这事咽进肚子，她还敢破马张飞地满村子喊呀，那她往后还嫁不嫁人了？就是因为海俊认下了，第二次她家才出马了一帮爷们，手里还操起了家什。在这种事上，乡下人比你们城里人鬼得多！"

我说："那也不是他想不认就不认的事，古人断案不是还有滴血辨亲那一说吗？"

大魔呸了一口，说："那你也信？诸葛亮和吴用都自吹神机妙算，不也没少装神弄鬼吗，蒙人呗！"

袁玲生孩子是第二年快入伏时的事，女孩。知青们的共识还是叫她六月，因为按阴历算，那时正是六月。但这名字的深层次含义却透着无聊知青的刻薄。当地有一个玉米品种叫六月鲜，早熟，却低产，因秧棵矮，乡下人又叫老母猪跷脚，意思是猪一跷脚就能吃到棒子。每年阴历六月，乡间青黄不接最害粮荒，这六月鲜正可解农人的一时急迫，所以虽低产，农民们还是要种一些。当然，知青们的这点刻薄，海俊心知肚明。孩子百天后，他跑到公社给孩子落户口，回来后，他抱孩子来到青年点，手里还拿着户口本，笑哈哈地说："叔叔姑姑们快来看，以后还请多多关照小六月。"

我心里一惊，急抓过户口本，那孩子的名字不是张六月又是什么。同学们一时哑了嘴巴，窘促得不知说什么好。我捅了一下海俊，低声说："你这是何苦，同学们不过是开开玩笑。"

海俊仍是哈哈笑，说："叫六月，不错，真的不错，有纪念意义嘛。"可大家都看到了，海俊的眼眶里，漾动着苦涩的泪意。那一刻，一直不大理他的女同学都红着眼圈转过身去了。

六月出生前的那几个月，海俊还是跟知青们一样，每隔一段时间就跑回城里，看看爸妈，也补充一下肚里的油水。跟以前小有不同的是，他回家的次数少了，每次也只待上一两天，给家里的理由也充分，生产队忙，不给假。好在袁玲在这事上，自知理亏，从不跟他计较。及至袁玲的身子渐显笨重时，海俊又和我商量未雨绸缪的主意。家里多了个小人儿，总不好扔下不管，长时间不回家，跟爸妈又怎么说？我给他出的主意是撒谎，就说征兵政策放宽，去当兵了，按这个谎下来，他起码可以两年不回家。可海俊不同意，说："征兵政策全国一盘棋，这个蒙不住人。再说，让我两三年不回家见见我爸我妈，我就撑不住。而且，当兵不能不给家里写信吧，听说当兵的信封都是专用的，我怎么写？又去哪儿寄？一个邮戳怕就露馅了。我爸我妈跟我要照片又怎么办？"

我给的撒谎之计虽没被采用，却打开了海俊的思路。再回家时，他便先下毛毛雨，说国家在我们县的大山里勘探出一个矿，跟铁路相似，半军事化管理，但保密程度更高，保健待遇也更优厚，他打算报名。他爸妈听了挺高兴。可没过半个月，海俊就收到一封家信，且是加急的，他妹妹以他爸他妈的口气，措辞很是急切严厉地说："那个保密矿千万不能去，妈妈向明白人打听了，那个矿污染严重，在那里待久了的人结婚后可能生不出孩子。张家就你一个传宗接代人，给什么待遇咱也不去。"海俊接到信，立即给了我两项紧急任务，一是马上回北口，当面呈报，说海俊已经去矿上报到，退职的事只能慢慢想办法；二是通报到青年点每个同学，拜托各位以后回城，谁也不要再去海俊家串门，小心说漏了嘴巴。

对第一项任务，我颇为难，虽说撒谎的主意是我出的，但出主意和具体实施是两码事。我说："不如你再抽时间回家一趟，就说去矿上的事已定下来了，很难再抽身而退。"至于第二个任务，我却很乐意完成，还说，以后不管家里有什么事，都可以让海波直接写给我："你手懒，或有什么话不好说，都由我给你当秘书。"海俊为难地说："不是我不愿意回家，可眼下，袁玲真是离不开人，昨天，我陪她去公社卫生院，大夫还说她有早产先兆呢。兄弟，这事你就别推了，受累吧。"

往事说到这儿，聪明的读者可能已看出了端倪，海波后来果然成了我的妻子。张婶（恕我为尊者讳，不提准确姓名，况且这些年我也一直喊她张婶）年轻时当列车员，后来当列车长，因长得漂亮，追求的人自然不少。张叔年轻时也很帅气，加之在同一列车上当厨师长，近水楼台，便抢先摘得芳心。我这样一说，各位就都明白了，父母的基因好，孩子也差不到哪儿去。我从小常去张家找海俊玩，也带海波玩，长大娶海波当媳妇，是我少年时就生出的雄心，或曰野心。几年后，我和海波结婚，有人调侃我，问："你是不是早就存下了这贼心呀？"我不答，哈哈大笑，心里的得意尽在那笑声里。

6

自从有了女儿，张海俊开始不好好在生产队挣工分了，常常天不亮就不见了踪影，入夜后才回家门，不是说老爸闹胃病，就是老妈脑袋疼，都等着他这个大孝子回去照顾。可每次海俊回来，他的小家就飘出烀头蹄下水的香气，招惹得满村的猫儿狗儿都去他家门外撕咬徘徊。有时我忍不住口水，也溜过去，总能共享一顿口福。须知，那年月，要想荤腥落肚，得等过年啊。海俊给村里人和知青们的说法是，老爸老妈听说儿媳有了身孕，自己舍不得吃，攒下了副食票。我却知海俊必是发挥铁路子弟的优势，去跑车板窜市场了，从甲地去乙地，再从乙地奔丙地，省的是车票钱，赚的是价差。一个人要顾三张嘴，颠簸出多少辛苦与劳累，他知我知，理解万岁吧。

隔年秋天，我抽工回城。那次抽工的幅度不小，我们青年点就走了八个。在人欢马叫的欢送热闹中，海俊却没来，我特意跑去他家，见门上挂着铁锁，冷冷冰冰。我猜想得到海俊的心情，唉，我早替他悔青了肠子啊。

回到城里的头两年，我每隔一两个月，总要利用星期天跑回磨盘湾，看看乡亲，看看青年点的同学，主要还是惦念着海俊，那将是我未来的大舅哥呀。俗话说"一个谎，百个圆"。前两年，说海俊去了保密矿的那个谎既是从我口中说出去的，那下面的谎就还需我来圆。回到北口后，自然要去张家报到。张婶看到我，就哭了，说海俊那个傻狍子，但凡听家里一句话，不过在乡下多吃一两年苦，不是也回到城里来了？我说，我去过那个矿，挺好的，不光工资比我们高，保健津贴让人眼馋，吃住的地方更没法比。张婶说："那我和他爸要去矿上看看，为啥他总不让？"我说，不是说了是保密矿吗？张婶说："我们不到矿里去，只站在围墙或者铁丝网外边看看还不行？"我说，矿上防着有人暗中拍照，连往外写封信都得经过严格审查。张婶说："那他给你写信怎么就行了呢？"我被问住了，吭哧好一阵才说，那是……他进矿时留下的唯一联系地址，只有寄那个地址的书信才好通过审查。张婶叹息说："唉，你再给他写信，就告诉他，抓紧娶媳妇，生个孩子吧，就是乡下姑娘，家里也不管啦。老张家不能缺了接户口本的呀。"

我之前回乡下的那几次，总是买些糖果糕点或小衣小裤之类带给六月，有时没买什么，就塞给袁玲几元钱，让她给小侄女买点什么。可一来二去的，海俊不让了，他把我从青年点的饭桌上扯下来，拉进他家去，进屋就喊上酒，那酒菜就不是一穷二白的青年点可比的啦，有时还上大对虾，六个头儿一斤的，按时下的行市看，那可就是纯野生的海中极品啦!

海俊一边斟酒一边说:"兄弟,你的心意我领啦,可你挣那俩工资也不容易,千万就别再勒肠刮肚的啦。我跟你实(石)打实(石)地说,我眼下想方设法划拉到手的,一个月下来,虽比不得你们回城的八个人加一块儿那么多,但也少不到哪里去,这你不能不信吧?"

袁玲打他一下:"咋没等喝就吹起来了?"

海俊麻搭了袁玲一眼,冷冷地说:"没事你哄哄孩子去。我们哥儿俩说说话,你少搭言。"

自结婚后,海俊一直这样跟袁玲说话,我劝也没用,倒习惯了。

海俊又说:"我一个礼拜出去两趟,每次回家最少交柜上五十。你们的工资是多少,一月也就一百九十大毛,学徒工,都这价,三年后才是三十八块六,这没错吧?"

那次在海俊家,也许是借着酒力,也许确是想说服我以后再不要往小六月身上花钱,海俊把我们抽工回城后他的一些想法和光辉业绩都说了。他痛苦过,绝望过,甚至和袁玲商量过假离婚,说把孩子判给袁玲,等他回城后再复婚。但他后来咨询过政策,说只要是结过婚的,尤其一方是在乡青年或还乡青年,且已有子女的知青,抽工时都不在考虑范畴,防的就是造假。海俊找到的心理平衡点就是赚钱,"你们回城当工人老大哥,有政治地位,那我这屯老二就争取个经济地位吧,我不能没了政治地位再让老婆孩子吃不好穿不暖是不是?"那段时间,他把时间与精力基本都用在跑车板上,比如他发现靠海的小镇虾皮很便宜,一元钱一斤,他买上十斤二十斤,带到火车上,再用旧报纸分成小包,每包二两,窜到车厢里卖。虾皮那东西腥咸适度,老少咸宜,在火车上可随口下饭,带回家还可烹饪调味,况且他分成小包后出手便宜,一元钱就可买两包,每次都可轻松出手。至于坐火车,他当然还是不买票,能蒙就蒙,能躲就躲,实在蒙躲不开,那虾皮也可做糖衣炮弹,乘务人员得些好处,面对的又是正宗的铁路子弟,也就枪口抬高一寸,放他一马。别看这虾皮一包只挣两三毛钱,利润却几近百分之百,集腋成裘,就让他的腰包渐渐鼓了起来。

海俊再一项倒卖的东西是猪肉。他跑乡间的集市,专买那种白亮亮状如豆腐的肥膘,带到城里去,颇受婶婶大娘的欢迎。那是个缺少油脂的年代,家庭主妇们急需肥肉熬油,海俊对症下药,"贼"不走空,从城市回来时,手上则带回工人老大哥的各种劳动保护用品,比如皮革手套、线织手套、套袖、各种劳动鞋……海俊不说买,而说换,用那些老大哥家积攒多了的物品换取乡间的肥猪肉,让老大哥感觉废物利用,很捡便宜,也让屯老二感觉物有所值,两者利润都相当可观。

几年后的深秋,我再去青年点。刚进村,就有晒墙根的大爷告诉我:"哟,赶得早不如赶得巧,你哥们儿正挨批呢,老地方。"

生产队里已满登登挤了人,火炕上坐的是上了岁数的爷们儿,地心或站或坐的是小伙子,窗外还围着抱着孩子看热闹的农妇。海俊背靠东墙而立,身后贴着标语,"防止资本主义复辟、打击投机倒把",是用废报纸写的。再看海俊的表情,我绷紧的心总算松弛下来。他一副嬉皮笑脸的模样,很没把批判会当回事。有老农问:"海俊,给大伙说说,你在外面是怎么把钱抓挠到腰包里的?"海俊说:"咱没偷没抢,而是光明正大。乡下有人愿卖,咱买了;等进了城,又有人愿意买,咱也就卖了。彼此都愿意,两好见一好,就像大丫头小伙子搞对象,咱帮着撮合撮合,有什么毛病吗?"又一老农说:"你既有这本事,何苦做贼似的自个儿在外面耍单帮,干脆,大伙选你当副队长,专管副业生产,带着大伙一块儿干,大家多少跟着挣点儿,总比一个个都憋得登登的强吧?"

人们轰地笑起来,笑得窗外的妇女羞红了脸。有泼辣大嫂骂:"开会呢,少胡说八道,回家跟你老婆登登去!"乡间的笑话,都有点黄,意到为止,不可多想。

等笑声落下,海俊扭头问坐在炕头的大魔:"队长,这可是贫下中农的呼声,我要是真能当上一官半职,一定使出牛马之力,多少让乡亲们的腰包鼓溜一些。"

大魔绷着脸说:"这个批判会可是公社要求开的,你严肃点,别嘴巴嘟唧唧的(东北方言,嘴上不严肃,巧令诡辩)。这回你跑城里去投机倒把,让派出所抓住,还是深刻认识吧,不然公社不能让你过了这道关。"

海俊垂下头,遭瘟的鸡似的耷下两个膀子,做沉痛反思状:"是,我错了,我放松了阶级斗争这根弦,我对不起贫下中农的再教育,对不起人民对不起党,死有余辜。但我不能辜负了大家的期望,我真想在死之前再为广大贫下中农做点贡献,哪怕咱队上每人手里多揣进一元票子呢;我罪该万死,但眼下也不能去死,家里还有老婆孩子呢,我那败家娘们儿干啥啥不行吃啥啥没够,孩子也小,还不能当改天换地的铁姑娘,所以我还得死皮赖脸地活着,总不能再把那娘儿俩扔下拖累大家吧?为了表达我真诚悔过的决心,我给诸位叔叔大爷大哥大嫂大妹子大兄弟敬一根烟吧。"

海俊说着,便从衣袋里摸出两盒香烟,那烟盒红亮亮,是牡丹牌。他撕开,一人一根递送。那老农们接烟在手,横在鼻子下使劲嗅,又拿在眼前仔细地瞧。有人喊:"省中华,市牡丹,海俊你牛X啊!"

海俊应道:"我是不齿于人类的牛粪,不是牛X。这烟,是准备在外面给能熊住咱的人打溜须用的,今儿个就溜须老少爷们儿一回,拜托大伙说一声张海俊检讨深刻,就中啦!"

海俊散烟散到门口,与我四目相对,他怔了一怔,随即笑骂:"德行,大伙吃个蚂蚱也落不下你!好,你来得正是时候,快替我写检讨,这回可不愁通不过了!"

那天,挨批的海俊拉我回家,进了屋就喊袁玲快备酒菜,还从炕橱里摸出一瓶酒。我的天,国酒,茅台呀!我急按海俊开瓶的手,说:"留着留着,我回去时带给张叔喝。"海俊说:"我爸我妈的我早备下了,这一瓶专是等你来喝的。"我说:"不喝这酒我也替你写检讨。"海俊的嘴巴喷喷起来,说:"看你说的,好像我真想拿这酒换你几个破字儿似的。实话跟你说,我才不交那狗屁检讨呢。天还不至于塌下来吧,就是塌下来,咱哥们儿大嘎秃子打立正,一手擎着!人家南方早就不提投机倒把这个词儿了,自由买卖比咱们这边做得大多了,哼,也就咱东北吧,还抱着死教条当经书!"

那天,我正和海俊喝得酣畅,大魔突然推门进来,脸上早没了刚才开批斗会时的冰冷。我忙起身让座,说:"队长,不是酒香把你引来的吧?"

队长说："屁，不就茅台嘛，连洋酒，什么欧，对，还有人头马，海俊都孝敬过我了。这些年，我大魔最可心最敢拍胸脯的事情就是，当年，我没把海俊让给袁家沟。海俊知恩图报，这也是我最中意他的地方。"

我将一杯酒呈送到大魔面前。队长不接酒，却说："海俊，你今儿在会上说过的话，还作不作数？"

海俊问："开会时我净装孙子了，我说什么了？"

大魔说："你说你要是给你个一官半职，你如何如何。"

海俊忙又将酒杯送到队长手上，赔笑道："那不是话赶话嘛。队长大叔息怒，千万别多想，小侄真是一丁一点抢班夺权的想法都没有。"

我心里陡地一惊，原来症结在这里！怪不得大魔队长又提当年把他留在磨盘湾，还说知恩图报的话，这是不是在扒短儿并提醒海俊不可有非分之想呀？须知，也不光是那个年月，也不论是在庙堂还是江湖，从上到下，抢班夺权都是大忌大不敬，远近必诛呀！

队长脸沉下来，将酒杯在炕桌上重重一蹾，正色道："我可没把那当话赶话。今儿咱爷儿俩就把话说在这儿，从今往后，生产队副业这一块就全归你管起来。打个比方，就是俩人唱双簧，我坐在前面，你藏在后面。我对你的要求也不多，就是多少能叫乡亲们的腰包鼓溜起来一些。"

海俊却犹豫了，说："这……能行吗？"

大魔说："这年月，这不行那不行的事多了，干熬着受穷就行啦？你小子也不用怕这怕那的，遇事，不是还有我挡在前面吗？真要出了事，不过坐大牢，挨枪子儿，都由我一个人担着。"

海俊说："就凭大魔叔这句话，无论走到哪一步，我张海俊都一路相随，何惧生死。"

大魔摇头："不行不行，你年轻，家里还有老婆孩子呢。"

海俊说："媳妇随她改嫁，不能耽误了人家。孩子嘛，有我妹子妹夫，亏不了。"

大魔问："你妹夫是谁？"

海俊溜了我一眼，说："这你都没看出来？"

大魔在我肩上拍了一掌，笑说："怪不得，这些年，你们哥儿俩一直这么好。"

我不打自招地说："我俩好，是投缘。跟他妹子可没关系。"

海俊笑道："你要这么说，我就让我爸我妈抓紧给海波找婆家。德行，就你那点小算计，还想躲得开我的火眼金睛。"

那是海俊第一次在别人面前称我为妹夫，我心里委实很高兴。

大魔又回正题："只是眼下，这队长副队长的虚名我还不能给你，依我看，你也不会太在意这个吧。"

应该特别说明的是，那是1978年，"文革"已经过去两年，极"左"的阴霾却还弥漫在祖国的天空，但毕竟，劲风在吹，乌云渐散，云隙间已不时闪射出耀眼的光芒了。

7

海俊给大魔出的第一个主意是在村西废弃的砖窑上做文章。两年前，公社已决定放弃那个砖窑，理由极简单，砖窑附近的土质已不适宜托坯烧砖，必须从远处运来沙质土掺拌。财务人员一计算成本，还不如另开建一片窑场呢，所以公社一声令下，曾经热闹了二三十年的砖窑立马冷清下来。

旧砖窑那片地，由于多年取土制坯，适宜耕种的表土层早已不见了踪影，要想重新恢复，总得五六年的休养改造。大魔说要重新耕种那片土地，公社大喜过望。大魔又提出改良土壤，不能没些资金投入，公社理应给些补偿和支持。这个理由也是海俊给出的，公社无言以对，研究了几天，答应减免磨盘湾生产队农业税若干，连续十年。社员们闻之大喜，说砖窑那片地被公社占用了那么多年，从来没个说法，大魔果然有魔道，这一手玩得好呀！

其实，在大魔跑公社的那些天，砖窑那片地已经热闹起来。社员们拆掉窑体上的废砖，又砌垒在曾经的晾坯场和存砖场上，而且还厚厚地抹上泥巴，一律五六十米长，东西走向，一人来高。社员不解，问大魔："咱们这是在干啥，不是怕社员猫冬赌小钱儿，哄咱们玩蚂蚁搬蛋吧？"大魔不解释，说："出水才见两脚泥，叫你干你就干。"紧接着，大魔命令社员往新砌起来的砖土墙南侧移运优质熟土，贴墙铺平，宽不过三米，半拃厚。再往下，便是往熟土上铺粪肥，清一色只要牛马羊粪，本村不够，便派人去外村兑换，一兑一，换以发酵过的人猪粪尿。社员们似乎一下醒悟过来，看来这是要在这地方种什么了。可种什么呢，死冷的冬天，那新砌起来的砖土墙虽能挡风寒，可冻死狗的数九天怎么办？

谁也没料到的是，大魔是要种韭菜。韭菜是两茬生，中间必须移栽一次，想吃过年时鲜嫩无比的头茬韭菜，一般都是晚秋时种下，这时节，绒细的韭苗已有寸多高，早该移栽到家里炕头上了。没想，大魔对此也有算计，他组织社员们去邻近村屯去讨去要，讨不来便赊，赊韭苗的价钱是你估算出你家上炕韭菜过年时的产量，我到时如数奉上头刀韭菜就是。种韭人细心估算，合算，这一冬免去辛苦，又大可不必担心各种病虫害，所以，不少人家干脆将韭苗尽数赊让了出来。

韭苗刚刚移栽齐整，我的大卡车也如期驾到，车上拉着塑料膜，还有满登登的竹竿，是从山东那边拉回来的。押车人是海俊。他说利用星期天，让我陪他跑一趟山东，说山东那边农民已学会冬天种青菜，咱们去趟趟门路。我说卡车是公家的，我说了不算。海俊说："来往的油钱我出，你带我去找说了算的人。"我说："星期天，谁说了算也支派不了我。"海俊呸了一声，说："少跟我玩这套，小心我给海波女士写信，让她从此不理你。"人家都把话说到这个份儿上了，可谓撒手锏，我还敢不听驱使吗？至于海俊见我们厂长时是怎么说的，又使的什么手段，我就不得而知了。那天，我是坐在车里等候，他一个人进了厂长家。反正从那天起，厂长跟他，比跟我还亲热，只要用车，他只需一个电话，厂长很少不答应，除非那天汽车真不得闲。

那天，汽车径直开到砖窑地，大魔吆喝人往下卸东西，并立即张罗架塑料棚，说节令不等人，只怕老天爷变脸。那些天，海俊一直在外面跑，社员早习以为常。这次见海俊闪亮登场，立刻明白过来，人们边干边说，怪不得这一阵大魔嗓门高，原来背后有高人呀！又有会溜须的人说，能用得动高人的那才是高人，比如三国时的刘皇叔。这话大魔爱听，立马春光焕发，说："有愿意夜里来韭菜棚里打更的没有，自己报名，在家里侍候过炕头韭菜的优先。过两天，棚里要砌火炉。韭菜娇气，冷不得，也热不得呀！"

那年春节前，大棚韭菜喜获丰收。除了发社员每家一捆，再支付几月前赊韭苗欠下的债务，余下的还有一万多斤，海俊让全部放进我的后车厢，下面铺褥子，上面盖被子，一家伙全拉进北口市区。也不需跑市场，他只带我去了几家大企业的工会，韭菜捆往工会领导桌上一摆，鲜嫩气立时满屋飘荡。海俊说："年关已近，时下这种韭菜在鲜菜市场上好不好找且不论，我只说价钱，比市场价再减一折。我的要求只一条，一手钱一手货，我们乡下人等钱过年呢。"那天，我们只跑了三家大厂，一万多斤韭菜便告罄了。

重坐回驾驶室，海俊背着鼓囊囊的大挎包说："开车送我去火车站，你就留下休息吧。"我说："都回城了，你就不回家看看你爸你妈？"海俊拍拍挎包，说："今天是腊月二十八，一般说二十九的集市还有半天，我得把票子送回去，乡亲们可都多少年没拿过生产队的现钱儿啦。"我仍不踩油门，很没出息地说："这几个月我跟你跑南跑北的，心（辛）苦肝苦且不论，那韭菜我不白拿，我自己花钱，给我爸我妈还有我未来的老丈人老丈母娘买两斤行不？"海俊一脸坏笑地掀开座位上的皮革垫，让我看下面的小箱子，说："睁大鼠目看清楚，没亏你吧？你家一捆，我家一捆。"我问："还有一捆给谁？"海俊说："那是你自己的呀。可我把话说明白了，大年初二，你肯定去我家蹭饭。那你最少把这一捆分出一半带上，便宜事不能都让你占去。"

海俊的话说得越来越明白，北方习俗，大年初二，是女婿给老丈人拜年的日子。

我设想过千百种生产队分红的热闹场面。多年间，社员们从春到秋，冬天也不得闲，都是十个指头白挠，从没见过红利呀。我特别理解海俊急着赶回去参加分红的心情，那几乎是新媳妇掀盖头，头一遭呀。

开春以后，我又回磨盘湾，有意找晒墙根的老年人，问可见了年前分红的场面。老人们立刻兴奋起来，扯着生怕别人听不见的大嗓门，说："那还能不参加，全村老少，除了病在炕上动不了的，差不多都去了！"我问："一家分了多少钱呀？"

老人们说："反正拢共分下五千多元，平均一家一百多吧。拾元一张，都是嘎嘎新的，拿在手里也是一叠呢。"

我心里沉了一下，一万多斤韭菜，就卖了五千多元？便再问："乡亲们可都满意？"

老人们说："刚开始，也有人想不通，说年前这一阵，市场上的韭菜少说也卖一元钱一斤，咱们队上的韭菜，就算批发，也不该只这俩钱就给打发了，不会是耍秤杆子的蒙人吧？大魔说，海俊就是怕挨蒙，才在家里先过的秤，一捆一斤，一共装车一万六千零三捆。海俊说有三捆不算，他另有用。他交回队上的钱是一万四千四百元，九毛钱一斤卖的，批发价能给七毛八毛就不错了。现在队上留下九千元，他另有安排。过两个月，二刀韭菜下来，票子到手也还这么支派，三七开吧，三分分红度春荒，七分另做大安排。大家听大魔掰开饽饽说馅，便只剩了点头的份儿。"

我又问，那大魔和会计又分了多少？老人们说："老规矩，满勤工分加二成，一年到头，起早贪黑的，应该。两人到手的都是一百三十多元。"

这时候有另一个老人接话："最亏的也就张海俊了，他拿到手才三十多元。可全队谁心里没杆秤，这些年队上头次分红，还不是全靠海俊出主意想办法。我当时就说，也不说应该怎样奖励功臣了，就让他和队长会计一样拿总不为过吧？这话一落地，屋里屋外的人立马一片声地喊，同意！大魔也说，其实，喊大家来之前，他们队委会先开了个小会，也是这个意见，可张海俊不同意呀。大魔让海俊快出来跟大家说句话。那个时候，张海俊又蹲外屋灶坑边烧苞米吃去了。听大家喊他，才亮出黄狼子似的黑嘴巴说，按全年工分分红，这是早定下来的规矩呀，没规矩不成方圆。上半年，他基本没好好出工，要说正经为队上办点事，也就是秋后几个月，所以拿到手这些红利，他已是非常感谢。来年一定争取多出勤。这三十多元钱呢，过年给孩子买炮仗迎财神，足够了。还谢谢大伙的美意。不信你问问海俊，正月里那一阵，哪天没有社员请他到家吃饭，还得带上老婆孩子，那种待遇，全村谁有过呀！"

这个我信，海俊过年回家时对我说过。他还说，其实人这一辈子，活的是个啥呀，还不是让人敬着、高看一眼？这话没头没尾的，张叔张婶听不大明白，可我由衷为他高兴。

8

二月二龙抬头那天，我将载着几十台电动缝纫机的大卡车开进磨盘湾，凡家中有中青年女社员的，每家一台，所出资金就是生产队卖韭菜节余下的钱。驾驶室里还坐着缝纫机厂派来的师傅，挨台安装调试。

星期日，我又陪海波来到磨盘湾，她的任务是教会所有女社员操作缝纫机，又是小队部，满满一屋子女人。海波说："缝纫是熟练工，技术含量不高，关键是上机操作和熟练的过程。回家后，大家可用家里废弃的旧衣物或被褥单子练习，一周后，我再来，我将裁剪完的衣料分发下去，大家就进入实战阶段了。"有人说："缝纫机我家有，我早会，我用我家那台不行吗？"海波说："你家的那台是脚踏的吧？脚踏机一天最多可加工五套衣裤，电动的却可生产二十套，甚至更多，我们是计件付酬，哪个合算，你们自己算，我不强求。"

那时候，我是海波的老板，站在队部外和大魔说闲话。但我也是演双簧，真正的后台老板是海俊，但海俊不露面，因为他还不敢将已在乡下娶妻并生有一女的事暴露给亲妹妹。唉，当年撒谎的时候哪想得到此后的圆谎竟是这等漫长而麻烦呀！

因为家中已有一人下乡，海波初中毕业后便留在了城里，工作被安排到街道办的服装厂，干的就是缝纫。海俊善于利用一切可借用的力量，这一点谁都得服气。派我带海波来乡下当教练，既为我俩创造相聚的机会，还可让我俩有点额外收入，一举两得，好事。因为是哥哥下过乡的村庄，午间休息时，海波便拉我去各处走走，好在知青们前两年都已一把抓回城了，我大可不必担心露馅儿。不过为防意外，我还是要再加一层迷彩服，在来时的路上，我郑重提醒海波，到了村里，无论跟谁，都不要说她是张海俊的妹妹。海波问为什么，我再编谎，说："当初你哥来村里，看中他的女孩子不少，争着托人说媒，一来二去的，你哥烦了，就说出了很伤众的臭话，那话传出去，当初的喜欢就变成了憎恨。"海波问："我哥说什么了？"我说："你哥说，磨盘湾村的姑奶奶一个个猪八戒他妹子似的，我宁可打一辈子光棍，也不在这儿搞对象。"到了磨盘湾后，海波见到了村里几乎所有妇女，便私下问我："说这个村风水不错呀，不说女人个个漂亮，但配得上我哥的还不少。"我只好再圆谎，说："你哥不是刻骨铭记并坚决执行不许在乡下搞对象的最高指示嘛。"

再一周，大卡车不仅拉来了大批布料，还带来了海波和保全、剪裁师傅。保全和剪裁师傅是海波从他们街办厂里选出来的，技术好，人品可靠，听说可有工资外的收入，都巴不得。大魔又选一勤快精明的妇女做海波的助理，说小张同志不在村里时，缝纫管理上的事统统交助理。助理找了一家有大炕面的人家，剪裁师傅便将布匹铺展开去，不过两支烟的工夫，首批裁剪好的衣料已分送到家家户户去了。

小村庄忙碌热闹了起来，家家户户的机器都在嗡嗡作响，计件工资嘛，当日结算，那不由穷怕了的女人们不争分夺秒。热闹的是家里的老人和孩子，不好把他们留在家里，便由老人们带出去，聚到一起玩闹。早有人家发现了商机，忙着烙饼蒸糕擀面条，总不能让小宝贝和忙得抬不起头来的大人们饿着呀。

那两年，海俊带着社员们挣钱的办法是带料加工。他在市里联系某家服装厂，谈好价格，让我拉回布料，加工后再送回服装厂，所谓见利就走，旱涝保收。比如一套衣裤只挣一元钱，三毛给女工发工资，再花两毛钱支付人吃马嚼，生产队便可稳赚五毛。那年，秋后算账，磨盘湾生产队因有了大棚韭菜和缝纫加工两条进钱的渠道，分值已近两元，收入已超过城里的工人了。本来还可更高，可大魔说，有肉也得埋在锅底，不可张扬。我曾不止一次问海俊："为啥非得带料加工，白白让别人剥去一层皮？咱们有钱有工人又有设备，自己办厂不行吗？"海俊说："可政策呢？好比刚开春的天气，不定哪天来个倒春寒，不可不防啊。"

那是1980年，国家的政策确是还让人拿捏不准呀。

我和海波是1981年春天结婚的，我三十岁，海波二十岁，怎么算，也符合晚婚标准了。嫡亲妹妹大婚，当哥哥的不能不露面。那天，他穿着崭新的保密矿的员工服闪亮登场。那身衣服是他特意跑到矿山买来的，褐灰色，改造得很合体帅气。海俊将小砖头似的一捆十元面值的人民币呈到老爸老妈面前表示祝福（那年月钱值钱，还没发行百元钞）。张婶却将票子淡淡地拨到一边，抹着泪水说："海俊，你都多大了？我们老两口不看重你的票子，我们只盼你快点把媳妇领家来，我们想抱孙子啦。"海俊学着电影里的台词笑说："儿媳妇会有的，孙子也会有的，只是别急，心急吃不得热豆腐。"

婚礼前，我曾几次跟海俊商量，不如趁着我和海波的喜兴，把袁玲和两个孩子领家来，一喜变两喜，估计二老看在孙子孙女的面上，也说不出什么了。那时候，海俊的儿子已经五岁了，是粉碎"四人帮"那年出生的，顺着六月的名字，叫十月，倒也应景。可海俊不同意，说："我爸可能问题不大，关键是我老妈，心气太高，儿子娶媳妇这么大的事都瞒着她，而且一瞒这么多年，她肯定想不通，千万别给喜事添堵了。"我说："以前是他儿子的朋友帮着圆谎，以后就是女婿撒大谎，我不光怕挨骂，还怕挨打呢。"海俊说："打就打吧，不会真打，有海波拦着，疼不到哪儿去。"

婚礼过后，海俊悄悄将一串钥匙和房契塞到我手上，说："这个房子在老城区吉祥胡同一个四合院里，两间半，里面已经装修配置妥当，就算我的祝福吧。本来想买离爸妈家近点的，可铁路居宅是公房，不许买卖。蜜月期间，你和海波或住你爸你妈家，或住我爸我妈家，都挺好。可日子长了，小两口还是单住好，都方便。这个事你知道就行了，也别告诉海波，只说是租的吧。"我对海俊的美意自是深切感谢，可我心里还是咯噔了一下。我说："我知道你神通大，办法多，为我和海波考虑得周到，但买房子可不是小开销，村子里的副业都靠你撑着呢，这于公于私，可来不得半点糊涂。"海俊笑说："德行，门缝里瞧风景，也太把人看扁了吧。你放心，生产队的账，都由队上的会计掌着，我只管事，不沾钱。你以为我没黑没白地在外面跑，只跑生产队里的事呀？"

1984年，早在风传要解体的生产队终于解体了，人民公社重又改为乡政府。选举村委会主任时，村民们一片声地喊张海俊。磨盘湾是个小村，又叫自然村，大村叫白虎岭，只有大村才有村委会，海俊的名声早已响遍白虎岭。可海俊坚决不同意，他说："乡亲们的信任，我感谢，也责无旁贷。可我这个人，是个骡子，只配拉套，掌握轻重缓急和方向的，还得大魔，他驾辕，我保证绷紧套不松劲。我呢，也有个想法，说出来请村领导和乡亲们拿主意。咱们白虎岭村可否成立两个公司，一个是农副产品产销公司，以后不光种菜种粮食，还要种水果养淡水鱼，反正啥挣钱就干啥；另一个就是正式成立服装公司，正儿八经地建起厂房。这个公司呢，我自荐当经理，我给乡亲们的承诺还是尽快让白虎岭村民钱包鼓起来，越鼓越好，早日奔小康。"

那是个相信能人的年代。张海俊是能人，小村大村的人们都达成了共识，连附近几个乡都知磨盘村有个能人叫张海俊。

9

那几年，我和海波往磨盘村跑得少了，一是海波怀孕生子；二是村里成立起服装公司后，盖了厂房，买了汽车，还从城里雇去了不少高手师傅，小村庄鸟枪换炮，连报纸电视都在关注了。

海波生孩子那年，海俊回城看外甥，我和他在老城区的一家小酒店对酌。酒至半酣，海俊说："你给我坐稳当。小心听了我的话，一屁股摔下去，摔碎你的尾巴骨。"

我知道海俊又在开玩笑，便也回敬："不会又是哪个村姑相中了你吧？"

海俊笑说："还真让你说中了。不过这个姑奶奶三十多岁，跟袁玲不光是同村，还是同宗，低着她一辈，若细论起来，也可算十多年前的老相好了，而且和我的关系极其特殊，不是一般的相中。"

我怔了："什么意思？"

海俊说："这个女人的名字我忘了，我只记得袁玲叫她大丫。半年前，我在外面跑生意，回厂就听有人告诉我，说袁家沟有个女人来找我好几次了。我当时估摸着，南北二屯来找我的，八成都是想在厂里寻份工作，袁家沟是袁玲的娘家，来找也正常，再来时，我就见了。没想，这大丫见了我竟是自来熟的模样，还海俊海俊地叫，我一看这来头，心里就不爽，说你不是想来厂里干点啥吧？对不起，厂里人满了，想来，只能耐心等，兴许过两年会扩大规模。当时我的办公室里只剩了我们两人，大丫突然问我：'我知道你忙，可咋忙也不会忘了十多年前苞米地里的事吧？'我被说得一愣，问她啥意思。我万没料到这女人脸不红不白地说：'其实那天夜里，让你占去便宜的不是袁玲，而是我。那天，袁玲跟我一块去掰苞米，我被你抓了个现行，当时，袁玲就躲在苞米地里，离咱俩不过几步远，虽说天黑看不清，可她肯定啥都听得一清二楚。'"

海俊说到这儿，停下来，抓起杯子，将满满一杯啤酒灌下去。我问："不会是来讹你的吧？"

海俊说："当时我也这么想。这几年，找我拉近乎的人不少，但像这种，还是头一遭，确实让人蒙圈。我满脑门子的汗呼地就下来了，好在我很快沉下心，不冷不热地回道，谁都有年轻的时候，也难免做过一些不着调的事，我叫你一声大侄女，往后可别再拿这事羞臊我了。没想，大丫听完我这话，竟起身就走，扔下话，说你要以为我是羞臊你，那回家问问你老婆去，我过几天再来。"

我问："你回家问了吗？"

海俊恨道："没想我回家一提这事，袁玲张口就骂，说这个不要脸的东西，这种事她也觍脸说。你别理她，让她有事来找我，看我不骂她个狗血淋头！听袁玲这么一骂，我就知大丫说的是真的了。那次，袁玲骂得性起，还说，那个大丫，在家当姑娘时就不是个好东西，不管家里摊点什么糟心事，她都拉村里管事的人钻高粱地。呸！当年她但凡要点脸，去砖窑当小工也轮不到她。不过，你也用不着为这种恶心事闹心，我嫁给你时，可是百分之百的大姑娘，到现在，一双儿女都给你生下了，你还懊糟个啥！"

我问："那大丫后来又找了你吗？"

海俊说："哪能不找。再来，我就对她说，你来厂干活的事，眼下女工确是不好安排，不知你男人可有啥技术？大丫说，他当过兵，啥苦都吃得，只求大能人可怜可怜我，我家里两个孩子呢，还有双方老人。我说，那就叫你男人来，先当搬运工，以后干什么，再说。"

那天，我不由得又想起当年大魔赶到青年点时说过的那句话，"你为啥不早点把事说给我。"那话说得很怂恼，莫不是，大魔早就看出事情里的磨磨儿？如果海俊当年躲过了逼婚那一劫，是不是后来发生在磨盘湾的故事就完全是另一种版本了呢？

10

　　白虎岭村自建起服装公司后，海俊回城的次数就更少了，或三月，或半年，回来也是来去匆匆，有时夜半时分到家，天亮前就离去，说是赶火车。当然，回家仍是两手不空，除了给老爸老妈带上各种市场上不大好遇的山珍海味，还有让人看了惊叹的貂皮衣帽，还有产自苏联的厨间刀具，那钢口确实好，剁猪骨鸡骨如削瓜果，不虑卷刃。当然，海俊不论带回什么好嚼货、好物件，总不落我和海波一份。有一次，海俊在家多待了两天，一家人总算在一起吃了顿饭。

　　我趁着海波跟二老在厨间忙，问他："你这一阵在忙什么？"

　　海俊说："忙着服装厂转产呀。总摆弄校服、工装服、牛仔装哪行，眼下这种厂子遍地，竞争激烈，赢利有限。我现在转产的一是皮夹克，二是羽绒大衣。过了黑龙江乌苏里江，苏联那边天冷，最相中这些衣服。"

　　我问："看你带回来的东西，你眼下是不是常往苏联那边跑？"

　　海俊点头称是，说："我还是两条腿走路，一是保证村里的厂子有钱只赚不赔，二是我另成立了一家外贸销售公司。村里生产出来的皮夹克和羽绒衣都由我包销，到了那边是赚是赔则全由我个人独撑。我跟你说，苏联那边才叫地大物博呢，人还懒，我眼下正张罗着组织一些中国人去那边种菜，西红柿、茄子、辣椒之类的那边啥都缺，还啥都死贵，可我不要卢布，也不要人民币，我只要木材。咱们国家北边林区的资源早就采伐得没剩啥了，危困得厉害，我只要想办法把上好的木材运过来，那就是大赚。"

　　我揶揄道："听说苏联那边的姑娘也好上手，你可得小心点，家里还有老婆孩子呢。"

　　海俊摇头道："这个请兄弟放一百个心。经过大丫和袁玲两个女人，我早对女人烦了。女人的心思咱不懂，那就不懂吧，惹不起咱躲得起，再在这上头跌跟头，就太不值了。"

　　我说："眼下的社会叫转型期，转型期有点乱，不三不四挣大钱，为人一世，还是稳当点好。"

　　海俊仰面大笑，回了我一句："德行，想当社会学家呀？"

　　我猜不准海俊关于烦女人的话，是真情还是假意，作为老同学和妹夫，我也只能这样用俗而又俗的武林话，点到为止了。

　　但海俊还是出事了。那年好记，1991年，一个曾经的超级大国解体了，不再叫苏联，重新叫俄罗斯。

　　天空飘起那年的第一场雪，大魔突然打来电话，说："我在北口，无论你多忙，咱爷儿俩也得见个面。"我说："我的家你又不是不知道，老城区吉祥胡同，你打个车过来，吃住行我安排。"大魔说："还是你到我这儿来，城北郊，离看守所不远有个四海旅店，我等你，要快，不见不散。"我心里吃了一惊，偌大的城市，怎么偏选在看守所附近，莫不是大魔家或村里的谁出了事吧？大魔说："先别问，见面再说。记住，你来见我的事，先谁也别告诉，特别是你媳妇。"

这一说，我的心陡地就揪上来，真是怕啥来啥，出事的果然是海俊。那几天，正好大卡车被领导借出去了。我打车，大魔已在旅店门口等我，一脸的严肃与沉重。年过花甲的人了，山羊胡已经花白，假牙也没戴，说话有点漏风。我问是谁。大魔说："还有谁，海俊呗。"我再问多大的事。大魔说："不小。他往俄罗斯那边带白酒，喝死了两个人，就看法院怎么判了。"我问能见到人吗。大魔说："海俊捎出话，天黑后，会有人把你带进去。有些事，你们哥儿俩见面说吧。"

看大魔的神情，他应该已跟海俊见过面，可出了这么大的事，海俊为什么不告诉我而是先找大魔呢？他找我要商量什么？这些疑惑，大魔似乎都知道，但他不说，我也不好再多问。凡进了看守所的犯罪嫌疑人，除了检察官和辩护律师，再不可见任何人，防的是串供。但海俊神通广大，而且深不可测，他能找人把我带进看守所，估摸他摊上的事也大不到哪儿去。

天黑透时，我站在一里地外的街道边，上了一辆警车，警车在街道上三盘两绕，当然，最后又踅进了壁垒森严的看守所。在一间小审讯室里，我见到了海俊。海俊神态轻松，看不出大难临头的委顿和落寞，让我稍感心安。一位警员说了声"十五分钟"，就坐到了墙角的椅子上。那是临场监视，一切做得一本正经。

我说："都说你精明，怎么做那种傻事？"

海俊说："防不胜防啊。以前去那边，他们总是找我要中国白酒，可我的经销项目里又没办下这一项，没办法，都是在货物里披着藏着带一点，过关时查出来，大不了认没收。可这次，还是以前酒厂的酒，还是那么带，哪承想里面就有了假酒。唉，人心大大地坏了，只怪自己眼瞎，认罚吧！好在我被拘时已过了国境线，回到了咱们这边，不然他们还不活嚼了我呀。唉，时间紧，快说当紧的事。"

我看了坐在墙角的警员一眼，不吭声。

海俊说："我在里面，可能要待上几年，最不放心的也就是村里的那家服装公司了。大魔可能会请你出任董事长兼总经理，那你就应下，带上海波一块过去挨上几年累。"

来见海俊前，我设想过上百种他要跟我谈的事，唯独没想到这一款。我急摇头："瞎扯。这叫硬赶鸭子上架。"

海俊竟还有心笑："管你是鸭子还是大鹅呢。我不在，那个公司八成要乱套黄摊。村里人都知咱哥儿俩铁，眼下你又是我妹夫，再加有大魔力举，说你一直是我背后的高参和合作者。只有你接手，人心才可能稳下来。就算我求你了，这是火上房的时候，你无论如何不能隔山观火。过一阵，我被判刑收了监，见面会容易些，有事咱俩再商量。"

我说："你家里不还有夫人嘛，要稳人心，她比我更妥靠。"

海俊摇头："她不行，绝对不行，老袁家人都不行，我信不着。这事不再商量，还是让她在家享清福吧。"

我说："我和海波在城里都有工作呢。"

海俊说："都办停薪留职嘛。我以前听海波说过，你们俩的单位，早就半死不活了。

我早有心劝你们下海，但想到经商的风险太多，那就一家两制，可我一人儿造吧。眼下不是事情逼到这份儿了嘛，一蹴而就吧。"

我问："摊上这么大的事，你得有段时间不能回家，这个谎，怎么圆？"

海俊却胸有成竹地说："跟海波，实话实说，我估摸她想得开，也挺得住。至于老爸老妈，再等等，等我判下来，你和海波带上二老和两个孩子，一块来探监，到时我给二老请罪。"

墙角的警员已站起了身，我知时间已到，急将心头堵着的那块最大最大的忌惮说出来："你不会被……到底是死了人。"

海俊在我肩上拍了拍，笑说："看你想哪去了。放心吧，我心里有数。"

那天，临分手，海俊又叮嘱我一件事，说帮他找几本书，写李嘉诚的，传记、宗谱什么的都要，不怕多，找来放在看守所门卫那里就行。还说最好一勺弄两套，让我也读读。

我这人，虽孤陋寡闻又胸无大志，但那年月，李嘉诚大名还是知晓的，白手起家，香港首富嘛。

11

我和海波很快办了停薪留职，到了磨盘湾。那两年，我原先所在的铁路木材厂虽然背靠着超大型的半军事化企业，但木材加工早已名存实亡，枕木逐渐被灰枕取代，职工居宅和办公楼舍修建所需的木材也被各种钢塑材料取代，车间里轮锯、带锯下加工的只剩了防冻害垫板，听说铁路枕木全部改用灰枕后，连垫板也将成为历史。又听说铁路上一些跟大轱辘关系不大的部门都将改革到社会上去，所以我申请停薪留职几乎没遭遇到任何阻碍，只半个月就批下来了，弄得我心里一时还有点委屈和惆怅。海波所在的服装厂原本就是街道办的小厂，俗称小集体，早被雨后春笋般的各种民营企业挤得没了生存空间，获批得比我还痛快。到了村里，大魔早派人将已空闲多年的青年点收拾得里外三新。我的名头是虚席以待，只是多了个代字。海波则负责厂里的生产业务，也算她的老本行。有了这般安排，骚动一时的公司果然安稳下来，很快恢复了生产与销售。我和海波所担心的只是袁玲和她的娘家人，怕他们跟我玩什么外戚干政，大魔斩钉截铁地告诉我，放心吧，海俊早把手令传了过来，老袁家人不敢。

那年底，法院的一审下来，张海俊因犯销售有毒食品致人死亡罪，判处十年徒刑，并处罚金若干。那个数字不小，让人听了咋舌。可张海俊当庭表示，服从判决，不上诉。他手里到底已有多少钱呀？我和海波的另一个不解是，北口市也有监狱，为什么海俊要被收监到省城的监狱去？押在北口，起码家人探监方便些。为这事，我专程去找辩护律师并求他帮助想办法。律师说，张海俊已明确表示了同意，我哪好再说什么。又说，谁让张海俊是能人呢。听说为争取到他，省内各家监狱都没少花力气。放心吧，张海俊在监狱里也闲不住，食宿条件亏不到他。

为去省城探监，我特意借了一辆面包车。我开车，海波坐副驾驶，后面坐着我的岳父岳母，还有袁玲和她的一双儿女。那年，小六月已是大姑娘，二十出头了，高中读完，没考上一本二本，海俊正张罗送她出国读书。十月也十多岁了，挺壮实，一看就随着海俊的眉眼。坐进车里后，我和海波没给他们介绍，他们倒也识趣，不问，也不对话。只是，我的岳父一上车便将十月揽在怀里，一路不松手。老岳母则主动拉住六月的手，哑着嗓子说："丫头，坐我老太太旁边。"两人也是一直拉着手。是骨血亲情使然吗？我一次次望海波，她轻轻摇头，表示不知。袁玲则一直独坐在车子的最后一排，默声不语。这些年，她手不提，肩不挑，各种保健护肤用品尽情使用，保养得很是到位，看面貌比海波还年轻，确实在享清福啦。

到了监狱，我们没坐到隔窗对望的探视室去，而是被带进了一间不大的会议室。海俊被带了出来，穿着灰色的囚服，却没见他像别的犯人那样被剃了光头，带他来的管教人员也没留在屋子里，而是悄然退到门外，还掩上了屋门。岳母见到儿子就哭了，不住地抹眼泪。海俊却仍是大大咧咧的模样，脸上还带着笑。他一一扶二老在椅上坐好，又喊袁玲和一双儿女与他站成一排，下令说："六月、十月，快见过爷爷奶奶。不孝子海俊和儿媳袁玲给二老问安请罪了。"说着，就率先跪下去。

这个海俊，到了这种地方这时候，竟还有心设置场景斟酌台词，但他跪落尘埃叩首请罪时还是入了戏，泪水淋洒下来。我的岳母接过海波递上的毛巾，捂住嘴巴不让自己哭出声音。岳父大人也红了眼圈，拉起孙子和孙女，恨恨地说："我孙子孙女没罪，让有罪的跪。"

海波上前叫了声嫂子，将袁玲也拉起来。

那个时刻，跪在母亲膝前的只有海俊一人了。我上前劝老太太："妈，海俊是你儿子，想打就打，想骂就骂，只是您老别再哭。您和我爸不是早盼着抱孙子孙女吗，现在都来了，个顶个光溜水滑，聪明伶俐，不用二老操半点心。"

没想，我却招来岳母大人的斥骂："浑球子，你也不是什么好东西，跟着他一块装神弄鬼！你以为我们老两口就能让你们糊弄到死呢？我们去一趟磨盘湾，还什么不明白？等以后我再跟你算账！"

老两口是什么时候去的磨盘湾呢？细想想，应该是我和海波婚后不久吧。我和海俊撒下的谎其实太拙劣，没想想我的岳母大人是什么样的人，铁路上的列车长啊，五行八作，三教九流，什么样的人没见过，什么样的阵仗没经过。也许，他们知道了真实情况后，自知无力回天，也就佯作不知了。可不是，从那以后，老两口真的很少再打听海俊的消息，有时海俊半年一载不回家，他们也很少询问了……

也是在那天，探监时间结束，两个孩子扶爷爷奶奶离去，袁玲有意留后一步，对海俊说："孩子爸，我知道，这些年，是我拖累了你，才让你走到今天这一步，是我对不起你，咱俩离婚吧。好在两个孩子都不小了，又有爷爷奶奶稀罕着，你也不用惦记。正好妹子妹夫都在这儿，今天，我就说句话放在这儿，以后不管家里有什么事，只要告诉我，我保证马上到。"

海俊怔了怔，长叹一口气说："你要真想离呢，我不拦。你下次来，带上协议书，我签字。至于财产分割，你拿主意，我都同意就是了。"

袁玲流泪了，好不汹涌。她快出门时，海俊又说："依我看呢，你要不是想另嫁户好人家，还是从长计议的好。十月那孩子半大不小的，正是叛逆年龄，听说爸妈离婚了，心上未必想得开，对成长肯定不利。至于以前的事，就别说谁对不起谁，都忘了吧。但大主意还是你拿，我不勉强。"

海俊和袁玲的婚姻，终没离，直至今日。有时，海波和我没事闲磨嘴，探讨起这事，说："当时是袁玲主动提出离婚的，我哥怎么还打了驳回呢？"我说："世上的事，最难判定是与非的，可能就是这情感二字了。胡适的夫人是小脚女人，鲁迅的原配也是小脚女人，胡适和鲁迅都是绝顶的大学问家大思想家，可胡适与夫人终了一生，鲁迅却与原配一生无缘无果，这里的因果又谁能说得清楚？"海波呸我，说："不过没事翻几本闲书，跟我装什么大学问？"我笑道："我也是几十年琢磨不明白，不装装学问又让我说什么？"

12

我和海波接下海俊留下的摊子，只能说人比人得活着，货比货得留着，守摊吧。那几年，全国的民营企业发展迅猛，群雄逐鹿，尤其是东南沿海地区，磨盘湾服装公司只能勉强维持，车间里的机器还在转，工人的工资也还能每月开，只是数额却越来越跟不上物价的上涨幅度。面对人们期盼的目光，我几次去省城，名义上是看望海俊，实质上却是去请示汇报和谋求良策。

再见海俊，既不在探监室，也不在小会议室，而是在高墙内的一幢办公楼内。长长的走廊里，竟然有一间海俊的独立办公室，与其他房间稍有不同处只是门楣上没有张贴职务或业务范畴的标牌。进了房间，里面的奢华更让我吃惊，宽大的写字台、全皮转椅、六件套的大沙发、写字台上有笔记本电脑，戴尔的，正宗美国货，尤其瞩目的是贴墙一个大养鱼缸，清澈的水里游动的是不知来自何方水域让人叫不出名字的观赏鱼。我在房间里没找到床铺，便问："你夜里住哪里？"海俊在我面前放好用高档茶具沏好的大红袍，笑说："回牢房呗，两人一间，也不错。"我还想着标牌的事情，再问："你在这里算什么？"海俊答："服刑犯人，兼总经理助理。"谈笑之间，不时有秘书样的人敲门进来，呈上文件，恭立一旁，当然，都是男秘书，海俊看过，或说"签吧"，或说"放在我这儿，再等等"。其间，还有秘书进来请示，需要安排午饭吗？未待海俊应答，我忙说还有事，坐坐就走。海俊便笑说，那就主随客便。谁坐在大墙里，心里都不舒服。

我见缝插针，如实向海俊讲述磨盘湾公司的生产与销售情况，又问这家监狱的工厂在生产什么。海俊说，原先也是以外销服装为主，但眼下正转产装饰材料。现在满社会都在公房私售，又开始大批量地建造商品房，老百姓有了自己的房子就要装修，不会再满足于刮刮大白，这个市场大得很。我问，那村里的公司也往装饰上转一转可好？海俊立即摇头，说："我想过，不行。这个转产投资太大，别说一个村，一个乡也没那么大资金力量。再有就是运输问题，就说修一条从火车站到村里的公路吧，那得多大投入？再加运输车辆的投资呢？想吃一头牛，总得先掂量掂量自个儿有多大胃口。"

不久后，海俊给我来信，建议将皮装往裘装上转产，说我可先去浙江海宁那边取取经，请回裘装设计和加工的师傅，还可顺势把紫貂、狐狸什么的养殖业带动起来；又建议似可增加旅游鞋、运动鞋项目，走轻便舒适的路子，尽快放弃华而不实的皮鞋，这可向浙江温州地区学习。我依着这些思路，形势果然有所改观，不仅守住了摊子，产销规模还有了一定扩展。

五年后，我不用再专程往省城跑了，因为海俊已获假释，有了相对的自由，可以回北口看望父母，还时常带人或陪领导去国内各地考察和洽谈项目。有时，他也回村亲自参与谋划公司发展。村民们有人请他吃饭，但海俊除了大魔家和我家，一概不去，婉拒的理由很直接，说："我还是戴罪之身，秽气，再等等。"人们不甘，说去大魔家怎么就不怕带去秽气了？海俊说："大魔是村支书兼村主任，我得向组织上汇报重新做人的情况呀。"

又五年，海俊刑满出狱。那年，已步入古稀之年的大魔一再以老迈年高的理由请辞，海俊专程回磨盘湾祝贺老人家采菊东篱。家宴上，海俊说："我出狱时，省司法厅有领导找我谈话，内容有二：一是考虑到我对省司法系统内设企业的贡献，并想解除我出狱后的再就业之忧，决定从出狱之日起，任命我为省城第一监狱工厂的副总经理，执行年薪制酬金；二是为解决我工作和生活的后顾之忧，决定将我及家属的户口，全部转入省城非农业人口……"闻言，大魔沉吟有顷，问："你怎么回答？"海俊说："我当然感谢政府，服从安排和调遣呀。我还说，只是户口问题，就不必了。我的户口仍留在磨盘湾。"大魔闻言，起身，端起酒杯，高声亮嗓地说："好，干杯！"

那天酒后，我问海俊："好不容易等来回城的机会，为啥拒绝了？听说从别的城市想把户口转到省城，正经得费些周折，省城已在控制人口数量了。海俊说："我在乡下待上瘾了呀，再说，再过十年二十年，咱国家什么本本最值钱？农村户口呀！"我将信将疑地说："不见得吧？"海俊说："那咱哥儿俩就为这事打个赌，可敢？"我问："那你又为什么答应留在省城当那个副总经理呢？回到磨盘湾，继续当你的大拿，可能挣的票子远比那个年薪多得多。"海俊呸了我一声，说："你也是一个巴掌岁数的人了，有些事怎么还琢磨不透。领导的安排，管他是好意还是什么，岂能一概回绝，给人家惹烦了，各种小鞋还提在人家手里呢，不收拾我，也可收拾你或海波，紧紧鞋带就让你们受不了。"我说："我和海波犯法的事不做，毒人的嚼货不吃，保证都是遵纪守法的好公民，我们才不怕这个。"海俊又骂我德行，说："现在经商做买卖，哪个不是想方设法在钻国家政策法规的空子，有人说是踩着刀刃跳舞，我看也挺贴切。你敢保证你没偷过税漏过税？你敢保证逢年过节时没给管得着你的人送过好处打过溜须？细究起来，都是罪过。我留在省城，大的作用没有，总可以给你们通通风报报信、遮遮风挡挡雨吧。好在，转型期的社会正在一步步走向法治化，我不要城市户口，就是等着哪一天，再回到磨盘湾呢。"

时已入夜，圆月初起。村边有片新开出来的小场院，新堆起来的谷堆刚从地里拉进来。近些年，温饱不虞，乡下早没人护青了，连场院都不再有人看。海俊一屁股坐下去，摊开四肢，一副回到家里无法无天的样子，还喊我："躺下呀，就不用请了吧！"

那夜，繁星闪烁，清风徐徐，旷野里飘荡着新谷的清香。我和海俊躺在谷堆上，聊了很久，纵横千年，五湖四海，无边无际……

2019于长春光华学院

风云激荡中的典型形象
——评《筷子扎根》

安殿荣

孙春平是位有着丰富社会阅历和生活经验的作家，且擅长将自己在不同领域的观察与思考转化为小说创作。他写知识分子，写工人，写农民，写老人，写青年，也写在城市打拼的新市民，还写官场……不但涉及的领域宽泛，还能紧扣时代脉搏，虽与时俱进，却也不会被潮头羁绊。发表于《民族文学》2019年第8期的中篇小说《筷子扎根》，就是在知青文学几近落潮的时候，重新凝视半个世纪前的知青岁月，并将叙事一直延展到了当下，塑造了张海俊这样一个曾被时代大潮裹挟，但又敢立时代潮头的人物形象。

知青生活以及半个世纪以来中国大地发生的翻天覆地的变化，被很多作家无数次地描摹重现过，而《筷子扎根》最突出的地方，则体现在对典型人物的设计与塑造上。究竟是什么样的人物能比作"筷子扎根"，在原本不属于他的土壤上重新焕发生机？这便要探究小说人物的个性以及灵魂所在。

小说的讲述者"我"，是主人公张海俊"从小要好的朋友，初中时的同班同学"，且同为铁路子弟，不但跟他同在一个知青点下乡，最后还成了张海俊的妹夫。因此"我"的讲述具备了得天独厚的优势，既具有了第一人称的在场感和天然的亲近感，且几乎具备了第三人称的全知视角，无论时代如何发展，命运如何颠沛，讲述者的视线始终紧贴张海俊的生活，亲历了张海俊的人生起伏；"我"的身份设定，同时还肩负着另一重任务，即无形中成为张海俊与同代人命运的比照。"我"是大多数普通知青中的一个，下乡、返城、就业、结婚、生子，严格按照时代规划的线路行走，所有的选择符合大众认知和行为规范，而张海俊却总是与众不同的那一个，他敢于尝试与探索，最终成为一方风云人物。

张海俊从一开始就是比较特别的那一个，他头脑聪明，也颇具胆识，常以李向阳自居，敢啃硬骨头。有两件事足以烘托他的小聪明和敢干敢冲的个性。一件事是铁路子弟坐火车回城探亲时逃票被围堵，张海俊急中生智，假扮成铁路上的工作人员，成功地暗示大家钻车逃票；二是生产队护秋，留了一块最难看护的地给张海俊，在生产队队长大魔的激将下，张海俊接受挑战，与偷青的人斗智斗勇，出色地完成了护秋任务，且拒绝了额外奖励给他的工分，逞了一时英雄气概。这两个比较鲜明的性格特征，应该说为张海俊日后的命运起伏做下了十足的铺垫。被迫与农村姑娘袁玲结婚后，为了养家，张海俊瞅准商机，利用铁路职工家属的便利，他跑车板串车厢倒卖虾皮，还将乡村的肥猪肉倒给城里急需肥肉熬油的婶婶大娘，再将城里的劳保用品带回去……微薄的利润"集腋成裘，就让他的腰包渐渐鼓了起来"。投机倒把被抓后，反倒因为出色的经商才能，受命管起生产队的副业，他先是利用废砖窑搭温室种韭菜，变废为宝，之后还带领大家做起了缝纫加工，不但让村里人的生活得到改善，福利还辐射到"我"这个和他一同当过知青的准妹夫，且悄悄地为"我"置办了新房。"我"和张海俊两个人，一个回城一个扎在了农村，但张海俊的经济实力早已远远超出了"我"这个工人"老大哥"。张海俊的生意越做越大，甚至做上了跨国生意，但是好马也有失前蹄的时候。张海俊因销售假酒致人死亡，判处十年徒刑。而让人意想不到的是，因为他出色的创收能力，张海俊在监狱中依然叱咤风云……与此同时，"我"与妻子海波临危受命，双双办理停薪留职，帮助张海俊管理磨盘湾的工厂，而此时，"我"所在的木材厂已是名存实亡，妻子海波所在的街道办的小服装厂，也早被雨后春笋般的各种民营企业挤得没了生存空间。两类人物生存环境和生活条件的变化与对比再次显现出来，作家轻描淡写的几句，便把20世纪90年代城市中工人的生存压力勾画了出来。

这其中还有一个变化是不容忽视的。张海俊在狱中托"我"找李嘉诚的传记，他不知道从什么时候起移情别恋，由李向阳而李嘉诚了。这个变化作者虽只用几句话带过，实则在平静的文字下，掀起了不小的波澜。应该说，作者对待张海俊这个人物形象的心情还是比较复杂的。一方面他思维活跃，敢想敢干，愿意带动大家一起致富，让人心生佩服；另一方面，他用自己的小聪明突破了很多边边框框，又或者是钻了政策的空子，是在"踩着刀刃舞蹈"。这些都是"我"这样的老实人所不敢想不敢干的。作家在塑造这个人物的时候，无疑也是带着思考与审视的目光。个人命运与国家命运紧密联结，一个人物的成长变化离不开他所在的这个时代，而正是这个处于社会飞速发展和加速转型的时期，造就了像张海俊这样的风云人物。

作者将一个好读的故事、一个机智的人物呈送到读者面前，实则是埋伏下了更多的思考，体现了一个作家的社会责任感。半个世纪过去了，像张海俊这样的人物，也许只能是在已经过去的这个时代才能寻找到的人物。连张海俊自己也意识到了："转型期的社会正在一步步走向法治化，我不要城市户口，就是等着哪一天，再回到磨盘湾呢。"而且，他认准了将来农村户口最值钱。他的这个选择，也在提示着乡村在未来发展中的巨大潜能。有头脑的张海俊，这下真的扎根农村了。

除了张海俊这个主要人物，其他登场人物也都有血有肉，形象鲜活。农村姑娘袁玲精明胆大，冒着玷污自己名声的危险，李代桃僵，拴住了让很多城里女孩仰慕的张海俊；生产队长大魔，深谙农村人情世故，有胆识有计谋，知人善用，愿意带领村民一起发家致富；张海俊在城里的父母，有着典型的小市民心理，虽然早就识破儿子的谎言，却依然放不下城乡偏见，拉不下城里人的脸面……这些人物形象，尽管着墨有浓有淡，但都鲜活可触，是这个特定时代的产物，同时，这些人物也共同推动和塑造着这个时代，让读者对半个世纪来的风云激荡可感可触。

猪嗷嗷叫

李司平

一

猪走路的时候一点都不好看，尤其下坡的时候，像醉汉划拳。

身负重任，猪从北方的养殖场一路扭着屁股来到了南方高原的村庄。为什么我要说它扭着屁股呢？因为它是头母猪，托付终身于村民发顺，负责繁衍。这里的繁衍包含着另外一层意思，坚决杜绝好吃懒做之人在脱贫和返贫二者之间不停地循环。这是一个修补短板难以突破的怪圈，一贯如此的事在人为，无论好事与坏事。

年久失修的土坯墙上搭着同样岌岌可危的房梁和破瓦，房檐之下是发顺乱糟糟的家。客台的一侧拢着火塘，火塘中杵着几根尚未干透的柴火棒子，不见明火，冒着的浓烟熏着吊在火塘上面无物可装的几个编织袋。每个可视的角落都结着蜘蛛网，蜘蛛网一层层堆积起来，挂满了火塘升起的烟尘以及蚊虫的尸体。这是一个破败的农家，或者它就不曾兴盛过。

自古破檐之下鲜有自视清洁之人，所以刚从宿醉中挺过来的发顺以及他邀来的酒友惺忪着眼，老岩打着哈欠，二黑朝着院子远远啐出一口痰，被狗吃掉。三人乃臭味相投同病相怜从而惺惺相惜的好友，唯一不同的是发顺在前些年忽悠回来一个少言寡语的媳妇，叫玉旺。少言寡语一定程度上我们习惯将其归类为痴傻，发顺喊——"憨婆娘！"别人也跟着喊："发顺家的！"一样的后缀："憨婆娘！"

至少发顺还有一个女人可供他呼来喝去，所以发顺更加神气一些。有理的，无理的，他都要呼来喝去。甚至于，昨夜三人大醉之后，发顺揪醒睡梦中的玉旺，为老岩和二黑表演打婆娘这个节目。绝非周瑜与黄盖，玉旺的一贯示弱和一贯隐忍，不断加重着发顺的这股男子本位的戾气。

"我婆娘！水腌菜好了没有？"发顺在客台上喝着，前一句喝给二黑和老岩听，是炫耀。后一句呵给村里人听，所以声音很大，因为村子很小。发顺的唯一长处，贫穷得善于自欺欺人并苦中作乐。基于一无所有，这算是一种乐观。

"好!"玉旺的声音从偏房传出来。玉旺的眼角还余留着昨夜发顺"表演节目"的青痕,此时玉旺正伸手朝着一个缺边少角的坛子深处抠。劣质的坛子里盛着大部分发霉的腌菜,所以希望在深处。

今天发顺家有点人样的还有被请来杀猪的黑顺。黑顺是个小老头,焦瘦,干巴。因为没有一处是大的,黑顺在火塘边咕噜噜抽水烟筒的时候,三分之二的脸皮要用来蒙住烟筒口。普遍公认的,黑顺是个没有原则的杀猪匠,将杀猪视作他的一种复仇。黑顺号称方圆十里唯一的也是最精巧的杀猪匠。

以村庄为中心的方圆十里,都是山。

二

猪还小,长了架子还没开始结膘。

猪圈失修漏雨,猪圈在雨季积蓄的泥塘入冬还未干涸。猪喜群居,落单的猪娃不好喂养。简易而又枯腐的猪圈栏才打开过半,里头的单猪便迫不及待冲出,从人的胯下钻入,从另外一个人的胯下钻出。还未结膘的猪最灵活,紧实的皮子下没有多余的脂肪累赘。前蹄短粗有力,后腿细长有力。这是起初自然给予猪觅食和逃生的造化,这只落单还未肥化的猪最大程度地保持了本能,这是优势。

磨刀霍霍,还要猪活着,这是故事安排。

当然,为了敬神,准备了香纸,啧啧,充满了仪式感地宰杀一头猪。这里,是万物有灵的南高原。另外,还准备了茶叶,糯米和酒水。玉旺寡言但不呆巴,不忘习俗,要为一头猪超度亡魂。杀猪的人要下地,死了的猪要升天。

虎视眈眈,这里的虎视眈眈是相对的。发顺一干虎视眈眈地盯着出圈的猪,院里的猪也虎视眈眈地盯着围着它的一干人。人与猪的对峙,人为了吃肉,以便下酒,猪也察觉到不怀好意的人。人走近,猪退。人走近,猪后退。猪屁股擦到墙根的时候已退无可退,所以猪哼哼,从低沉转向慌张的激昂。单枪匹马的猪,人多势众的人,局势足够明朗。

杀心已定的糙汉眼中的猪,只不过是暂时会挣扎几下的肉。

发顺张着蛇皮袋,准备套住猪头。

二黑备着结好扣子的绳索。

老岩在大醉中夸下海口,从黑顺手中夺权。持着尖刀,今天他要做凶手。

被夺权之后的黑顺站在一边,口授着杀猪的经验。不过,似乎现在没人听他的。

所以猪哼哼,有时候猪哼哼比人哼哼好听。比如现在,猪哼哼得就比较有内涵。说明一个重要的问题,此猪非彼猪,因为它还未见刀,眼却先红。红眼之兽类并非善类,绝非漫不经心听天由命之辈。当然,这句话是从人那儿得来的经验,人本兽类,人如此,猪亦如此。

所以猪哼哼,低着头寻着地,两只前蹄刨着光滑的水泥地。发顺张好蛇皮口袋顺势往猪头套去，猪一惊，后撤两步，发顺首套猪头的动作落空，收不住力的发顺往地面上摔了个嘴啃泥："奶奶个奶嘴！"顺便吮了吮嘴唇擦破流出的血，往墙角远远地啐出一口带血的痰，爬起来往掌心啐两口唾沫搓了搓，拍拍屁股。后退两步的猪摇摇晃晃的屁股抵近二黑，二黑顺势一把揪住猪的尾巴，往上提。猪尾巴往上提，后腿悬空使不上力气。所以猪嗷嗷，前蹄往前刨，二黑跟着猪屁股后边提着猪尾巴跑："快点来帮忙，别看猪小，特别有力道！"

老岩放下尖刀，揪住猪耳朵。

发顺作势捉住猪的右前蹄，想用绳索将右蹄和左蹄捆牢。

黑顺站在案桌上吆喝："推过来，推猪过来，我抓住猪鬃把它提上来！"黑顺口中所谓的"提"不过是基于他半生屠猪所积攒下来的一刀毙命人人皆知的口风。也正因为这样，没人质疑，包括揪耳和提尾巴往上拽的。

这是一场人多势众的必胜之仗，所以猪嗷嗷，声音有些嘶哑和绝望。人往案桌攘，猪往案桌边上靠。

推至案桌下的猪嗷嗷，众人齐心协力："一……二……"

绝不是黑顺的功劳，猪被抬上一米多高的案桌之上侧躺着，二黑放下紧揪的猪尾，双手钳住猪朝上的右腿，用力别着。黑大爹向下一压，用身子按住猪的腹背："老岩，你掐准猪大腿的酸筋，让它使不上力气。发顺，你别提猪耳朵了，快去拿绳子来捆住猪嘴。"被众人控制在案板上的猪还在案板上嗷嗷乱叫，悬空在案板之外的它激烈地摇头晃脑，咧着沾满腥气白沫子的猪嘴嘶嚎。每一段悠长嘶嚎声的响起落下，都伴着以身压猪的黑大爹在猪腹背处的上下起伏："老岩你快拿刀……发顺赶紧捆住猪嘴，然后提着猪耳朵！"

所以猪的嘶嚎持续不了多长时间就变成了憋而不通畅的呜呜声，因为它的嘴很快就被发顺捆牢扎紧。

完全受制待宰的猪此时唯一能用作防卫的部位只剩下眼睛，它侧躺着。朝上的眼睛恶狠狠地看着朝它身上忙得团团转的人。从猪的视角里，最先看见捆嘴巴的发顺这会儿紧紧扯着它的耳朵，手指紧紧地扣着耳朵上钉着的蓝色号牌，余光向后方扫见俯在它身上焦瘦的黑顺。它还感觉到后腿受制，无奈猪脖子上只有一条筋，无法大幅度转过头来看见别住猪后腿的二黑。

你见过绝望吗？关于一头猪。

案桌上的猪突然停止了激烈的挣扎，鼻子出声，呜呜着。

黑顺："都好好摁紧啰！这畜生开始蓄力了！"

黑顺："尖刀已经够锋利了，老岩你快点……"

如果这会儿再从猪的视角看，那个持着尖刀走近它的猥琐男人就是老岩。老岩终得偿所愿，昨夜醉酒之后夸下杀猪的海口今日得以实现。没酒作胆，酒醒的老岩可没有那么勇敢，颤颤巍巍持着尖刀，无从下手。

黑顺："狗鸡巴日呢！愣着干吗！快点过来捅，我们摁不住了。"

老岩："要从哪里杀进去嘛？没杀过。"

随着案桌上的猪又开始发力，别着猪后腿的二黑有些别不住了："没有杀过猪，昨晚上灌了几口麻栗果（自烤酒）你吹什么牛逼！快点来杀进去！"

老岩："……"

趴在猪腹背的黑顺在猪的喘息声中起伏："从脖子往左下方深深地戳进去，干穿它的心。狗鸡巴日呢，干穿它的心！"

战战兢兢持着尖刀的老岩右手放低刀尖，伸出左手试探性地指了指猪脖子的部位："要从这里扎进去？"

"是嘞！是咧！猪嗓进，扎猪心。要扎猪心，要从猪嗓进！"

"使点大劲，千万杀准一点，不然血喷你一脸。"黑顺匍匐在猪身上传授着有关杀猪的经验，猪又开始挣扎，他有些不耐烦。

找准了一刀致命的部位，老岩右手握紧刀把，蓄力准备往里面捅。发顺揪紧耳朵好让老岩的左手端起猪头。发顺媳妇也端着接猪血的盆，盆里放了少许的水和盐巴。尖刀在猪脖子处比画着寻找最佳的下刀口，最终抵在猪的正嗓处。"那我就杀进去了！"老岩在地上搓了搓破拖鞋的底，双脚踩实，握紧刀把，抵进。

猪也感受到了尖刀一点点地正往肉里扎，它开始奋命挣扎。呜呜呜，嘴被捆牢，头端在老岩左手上。"那我杀进去了！"托在手上的猪头挣扎得越来越厉害。

"废话多！你倒是快杀呀，按不住了！"二黑别住猪后腿的手有些疲软。猪在发力做最后的奋命一搏。

发顺："杀准点，我家没存款。"（南高原的传统，有经验的杀猪匠能一次性放空猪心室的血。而心室的血放不空，吉利的说法，腹心血越多，主人的存款越多）

"等等等，先用刀背敲三下前蹄再杀进去。"黑顺急忙阻止着，还有工序没做完。

蓄力待杀的老岩收回力气，照做。黑顺的话是不可违抗的权威，至少在杀猪上，是这样的。案桌上的猪挣扎得越来越激烈，这是垂死的挣扎。焦瘦的黑顺几乎把全身的重量都压在猪的身上。

老岩第一敲，猪看见尖利的屠刀，挣扎。

老岩第二敲，猪看见老岩紧握的刀把，是放血槽，全力挣扎。

老岩的第三敲，还没来得及落下，猪还在奋命挣扎。

是的，最终第三下没落下，因为腐朽失修的案桌率先散架。案板和猪，以及俯在猪上的黑顺的重量率先落在二黑的脚背上。

的确有些意料之外。"嘭……啊……"这是案板落在二黑脚背上以及二黑吃痛的声音，前者带着腐气，后者带着劣气。

二黑受痛而放开别住的猪后腿。这是猪的机会，猪健壮有力的后腿接地从而受力弹地而起："嗷嗷嗷！啊啊啊！"猪在嗷，人在啊，惊慌失措，人比猪还要惊慌。因为压在猪背上的黑顺跟着案板落下，又被惊慌的猪驮起。黑顺在猪背上，越惊慌，他反而越抓紧猪鬃。因身载负荷，猪急切想要甩脱，所以猪嗷嗷，挣断了前蹄的捆绑，弹地而起后又跃身疾行。疾行的距离很短，止于院墙。猪急停，黑顺这把老骨头在惯性和重力的双重作用下，摔在地上。嘭！尘土飞扬，像极了一口痰落在尘土上。

猪嗷嗷，红着眼，在院墙下梗着脖子，呼呼喘气刨着蹄。

"哎哟哟，哎哟哟！"蜷在地上的黑顺揉搓着纤细干巴的小脚杆，"哎哟哟，手疼！"转而又拍了拍头顶上的尘土："哎哟哟，好像是屁股疼，不，腰杆也疼。"

黑顺的这种疼法多少有些不够具体，锈迹斑斑的老部件坠落而抖落下来的些许锈迹，只不过锈迹之中包裹的是一副老骨头。或者这种疼法在于一个精于一刀毙命的老屠夫在案桌上放跑了一头猪，这种疼法叫作失魄，也可以叫作一个屠夫的晚节不保。

"哎哟哟，哎哟哟！"黑顺仍旧蜷在地上，想等人来将他搀扶起来。他将这视作台阶，杀猪匠最后的稻草。尽管他完全可以自己起来，尽管不会有人去扶他。

受伤最严重的是二黑，百斤的重量砸在脚背上。不过他的疼痛不像黑顺那样广泛，就是单纯的脚受伤了，脚疼。抱着开始发肿的脚一点点挪坐在客台上，两只手紧紧捏住脚杆子，不让血液往患处淌。这种砸伤，起初的疼痛在于麻木，疼过极限后的一种自我保护。发顺一言不发，咬着牙。发顺媳妇想去管他，又不敢。

自家杀猪，不但猪没杀死，还伤了人。发顺自然火冒三丈："妈咧个逼！老子今天一斧头劈死你个畜生！"疾步进屋寻找斧头。可是家里没有斧头，转而找榔头，可是也没有榔头。匹夫之怒是最为廉价的，发顺即匹夫，对现实最无力的那种，所以他掀翻了屋内的桌子。

发顺媳妇走进去收拾残局，发顺骂骂咧咧又走出屋来。

"黑顺大爹你有经验，接下来咋整嘛？猪都放脱了。"发顺阿谀。

此时的猪在院墙角，喘息着红着眼瞪着人，一并还有鸡飞，狗吠。是在跟人示威，或者这头猪在想亡命之法，反正红眼的猪即是兽类，不再是家畜。

"现在可不好办了，案桌散了，按猪的人也受伤了。"被玉旺搀扶起来的黑顺坐在客台上咕噜噜。

"都怪老岩，都说要用刀背敲三下猪蹄才可以杀进去。年轻的后生啊，气盛！"这是黑顺即时总结出来的失败原因，第一是推卸，第二还是推卸。他是方圆十里最好的杀猪匠。

老岩蹲着一言不发，双手捏着受伤的脚，痛而且失神。他没想到一头猪求生的时候所爆发出来的力量是那么猛烈。一言不发，蹲着，像个过失杀人的悔罪者。尽管他杀的是猪，尽管他要杀的猪现在还活蹦乱跳的。

发顺急速升起的怒气也急速退去，显然，他不具备积蓄怒气转化为勇气的能力。不得不再走到黑顺跟前阿谀："黑顺大爹，你经验丰富，你肯定有办法把这畜生杀掉！"

"办法也不是没有，就是腰杆有些疼！"黑顺唏嘘着，用有点疼的手掌扶着全无大碍的瘦腰杆。

"黑顺大爹，这样吧！先把猪杀了，你提着猪腰子回去补一补腰杆。"发顺赔着笑脸。

"杀是可以杀，就是没人按猪。匹子猪架子大，瘦肉多，力气最大。"黑顺关于猪腰子的目的达成，但是还另有盘算。

"猪下水你提着回去吧！我家不吃那臭玩意儿！"发顺再说。

"要不，在村里再请几个人帮忙按猪吧？"玉旺怯怯说道。

"边去，男人的事女人别插嘴。"发顺瞪了玉旺一眼，"多请一个人来按猪，就得多一张嘴。"唯有玉旺还悸于发顺的余威，退去。发顺的盘算丝毫不顾及一旁的二黑和老岩这两张他盘算在内的嘴。二黑和老岩心不在焉，反正认了真理，今天待在发顺家有肉吃。

"要不直接用榔头砸吧！就像杀牛一样，先砸晕了再杀。"老岩回过神来。

"或者，干脆在猪身上泼水，然后拉电线电死它。"坐在客台上的二黑稍有恢复，"对，用电，直接电死这狗日的畜生。"二黑欲报砸脚之仇。

虽然同样是要猪的命，不过现在讨论出来的方式已变成了几个人对一头猪的行刑。一旁默不作声的玉旺悄悄收起准备好的香纸和茶米。

"那就直接电吧！省事。"黑顺决定。

"那就直接电吧！电死它。"发顺附和着黑顺。实际上，发顺家也找不出一把斧头或者榔头。

杀猪的过程中途歇了半个小时，现在又继续。二黑的脚受伤了，没法参加杀猪了。疼得没有人样，因而没有坐相地瘫在客台上。脚背发肿不过没有伤及骨头，在玉旺打来半盏劣质白酒之后，自顾自地开始揉脚。老岩打趣："二黑，不杀猪你还待在这干吗？回去吧！"

二黑咧着嘴："我要等着吃肉。"再补充，"我要吃猪鸡巴！"

发顺："杀母猪，吃个鸡巴！"

老岩借机："对，你吃个鸡巴的猪鸡巴。"

二黑极力反驳："就是等着吃猪鸡巴。"

三人建立在互相需要基础上的友谊从未牢靠过。

"叫个鸡巴！猪鸡巴没有就吃猪逼嘛！小母猪逼。"黑顺结束三人无聊的叫战。

这次是黑顺拿刀，老岩提溜着水桶握着瓢准备往猪身上浇水。发顺扯来电线，零火分开各自拴在长杆子上。

院墙角的猪继续与人对峙，从案板上侥幸逃生的猪草木皆兵。三人走近，猪先是后退然后向前冲向三人。猪向前冲，人往一侧避让。老岩瓢里的水泼过来，猪向前一跃。水再泼来，猪嗷嗷着再次朝着人这边冲过来。一桶水泼完，战意十足的猪也被全身浇湿。

"发顺，快电它，快电死狗日的！"挥着空瓢的老岩喊。

老岩喊，发顺电。发顺持着两根拴了电线的杆子朝满是防备的猪身边试探："那我电了！黑顺大爹准备杀！"

左手零线，右手火线，杆子朝着湿漉漉的猪身上一次一次地试探。猪还在跃跑，最终被三人围在角落。接下来就是零线和火线相碰产生的电流在猪的身上贯穿，猪就晕了。黑顺的尖刀再杀进去，猪就彻底死透了。当然，这只是预想。

即使猪再一次身处绝境，但猪还得活着。这也是故事的安排，据村子的扶贫干部李发康回忆，这一年村子杀猪，真的有一头猪在零线火线之下顺利完成逃亡。所以，我讲的，还真的是真事。

零线和火线即将在湿漉漉的猪身上相碰的时候，门口来人了。来人是扶贫驻村干部李发康，发顺家是他的重点挂钩对象。"砰砰砰！"李发康的敲门声急促，一边敲门还一边叫喊。不过猪嗷嗷，听不清李发康的叫喊。

"玉旺你聋了？还不快去开门！憨婆娘！"发顺举起长杆对玉旺喊，然后又放低杆子往猪身上伸。零线碰到猪的时候猪又冲向人，火线放空。

玉旺打开大门的时候，三人还继续在狭小的院子里赶着饱含斗志的猪。大门彻底打开的时候，三人还没能把猪电翻。不过大门打开倒是一个亡命的大好时机，猪又开始奋命冲锋。首先朝着黑顺的方向，这次猪奔得更快，黑顺来不及避让，疾奔的猪钻胯而过。黑顺这把老骨头再次被驮在猪背上，再次被带出，"砰！"又摔下。

人咿咿呀呀，猪嗷嗷哇哇，冲过黑顺的猪往敞开的大门冲去。猪来势汹汹，李发康还在门中。"书记吆住他！"话还没说全，猪便从李发康的胯下钻过，跑出发顺家。李发康个子高大，所以猪没有将他带翻。猪从李发康的背后跑出，李发康继续往发顺家院子里走："发顺你这是干啥呢？这猪还杀不得啊！杀不得。"李发康来的本意就是阻止发顺杀猪的，此时猪已跑远。

"我的年猪啊！跑了。"发顺一怔，将手中拴着电线的杆子撂在湿漉漉的地上，往门口跑，追猪。冷下准备对他严厉说教的李发康在院子里黑着脸。发顺撂下杆子跑没问题，可是穿着一双破拖鞋在泼水的老岩却中了招。"噼噼啪啪"在湿漉漉的地上触电战栗，晕厥。所幸电路短路电闸自动关闭，捡回一命。老岩触电晕厥的过程很短，在李发康回过神之前就已经结束。李发康愕然，发顺家的院子乱作一团。这里的乱包括瘫在客台上抱脚的二黑，被猪掀翻在地还没爬起来的黑顺，在地上触电昏厥的老岩和一地弯曲打结的电线，以及早些时候散落一地的案板和桌子腿。这杂乱的场景，已经上升为一个新境界，成为一种心境。

以辣居多的五味杂陈在此刻被打翻一地，火从即刻起，李发康却也无处发："狗日的发顺，发顺！"这是李发康参加扶贫工作首次对贫困户骂狗日的，虽然也可以将这个狗日的看作无实意的语气词。不过李发康有这个权利骂发顺，李发康是发顺的堂家亲哥。

"发顺，发顺，狗日的发顺！"李发康在找狗日的发顺，可是发顺此时不在院子里。无人回应。此乱的始作俑者和助推者——发顺和他的猪，已经跑出家去。猪在嗷嗷亡命，发顺突突跟在后边追。

三

村子很小，猪跑起来的样子一点都不好看。

可两种情形加在一起，就成了全村的一道风景。像是一场闹剧，哦！不，是一场啼笑皆非的喜剧。

"看，奔跑中的猪和发顺是多么滑稽可笑。"作为观众的村民中有人道出实情。

可不会有人向发顺伸出援手，绝不会有。发顺十几岁开始至今，不知从何处学来的好吃懒做以及小偷小摸早已耗尽了村里人乡情中最后的耐性。偷东家的鸡鸭、撒西家的鱼塘、欺负北家的孩子、放火烧南家的菜园子，药死这家的狗、掐死那家的猫。勿以恶小而为之，发顺用了三十多年时间将这种小恶做绝，做到极致，所以发顺是将众怒惹犯到极致的人。帮他很容易，不帮他也很容易，人之常情。村子很小，村民也很少，这种团结一致地一直对外。很显然，发顺被"见外"了。

猪跑起来的时候，四只三寸金莲的蹄子前跃后刨，其间伴随着一个抖动的过程。肥猪抖膘，而瘦猪抖着松垮垮的肚皮和耳朵。从发顺家死里逃生的猪贯穿村庄土道，嗷嗷嗷向西亡命，发顺跟着后边气喘吁吁地追。亡命的路径途经村庄绝大部分人家的门口，村民纷纷掩住大门，顺着门缝往外瞧。猪在前面跑，跟在后面的发顺有些跌跌撞撞，边追边喷着唾沫星子："杂种，杂种！"

骂猪，也像在骂人。可是猪不回头，嗷嗷嗷地向前跑。

发顺力不从心地追，边跑边嚷："杂种，憨杂种！"

村民的门缝中有人奚笑："哈哈，发顺家的猪疯了！"不过发顺听不到。此时这条村庄土道中充斥着猪的嗷嗷叫，发顺的叫骂，以及大多数亡命的过程所卷起的尘土，还有少量的猪粪。

不一会儿，猪亡命奔西的路跑到了尽头。村西边是个截断的土崖，懂得逃生的猪不笨，所以它掉头往回跑，可往回跑的路被朝后追来的发顺截住。

人与猪在土道上对峙。"哟哟哟！你倒是再跑啊！你个杂种。"截住猪的发顺嚷嚷着，灰头土脸，气喘吁吁。猪嗷嗷，向着土道的侧边往回冲，被发顺一脚蹬在拱嘴上堵回。猪嗷嗷，后退一截与发顺保持安全距离，前蹄刨地："嗷嗷嗷！"挑战发顺最后一点耐性。还是唾沫星子飞溅着，发顺臭骂的语言和唾沫星子一样散乱、不卫生。发顺沉不住气了，弯腰抓起路边的石头和土块朝着猪所在的方向砸："杂种，老子今天把你砸死在这里！"大石头搬不动，小石头砸不准，土块一扔就碎，发顺徒劳无功累得够呛。作为一个人，在一头猪这儿屡屡挫败，用气急败坏形容发顺的现状再好不过。现在的情形似乎比自家院里还要糟糕，一人一猪的狭路相逢，猪是无畏的勇者。"莫非，这猪成精了？还是疯了？"发顺打量，胆怯起来的时候，发顺想求得支援。

"老岩、二黑、玉旺，都死哪儿去了！还不快来跟我一起把这杂种撵回去！"村子不大，但是发顺的叫喊声很大，往外喷着沫子。即使发顺不叫，玉旺、黑顺以及李发康也正在赶来的路上。

"这几个杂种怎么还不来帮我！"发顺再一次叫骂，在叫骂声传出的同时发顺手中的一块石头冲向猪。叫骂声传进了猪耳，石头在猪的一侧空空落下。事与愿违，这反而又使得原本紧张的猪再次受到了惊吓。所以猪再次抬起头来朝着发顺截住的方向冲锋，受惊的猪此时多了一股子莽撞，像炮弹一样向着发顺射过来，无畏于前方有什么阻挡。

"啊！"吃痛声先于叫骂声脱口而出。发顺被射过来的猪愣头一撞，再被猪拱嘴向上一挑。"砰！"没有任何悬念，发顺被掀翻在地上。

"猪真的疯了，疯了！"发顺痛喊。撞翻发顺的猪没有停留，径直往回跑。发顺也迅速爬起，顾不上拍一拍身上的尘土，竭力跟在猪后边追。得快点结束这一场人与猪的追逐啦，这场闹剧吸引了几乎全村的人成为观众。隔岸观火的快感在于能看到发顺的灰头土脸。

"猪疯了！肯定是。"人们议论。"还没有见过猪疯呢！""那你今天好好看看。"人们议论。猪还在前头嗷嗷疯跑，发顺跟着追。

"猪疯了？不会吧！"正在赶来的玉旺、黑顺和李发康一行人听到发顺的叫喊，加快了脚步。

嗷嗷亡命的猪再次奔回村中央，这里是个十字路口，猪停了片刻。南边路上玉旺一行人已经赶来堵上，西边有气急败坏的发顺追上来。猪要立即作出逃亡方向的决断，因为李发康和黑顺正悄悄往另外两个放空的路口堵过去。

南边路口只剩玉旺一人，玉旺结结巴巴地吆喝猪："哟哟，啰啰，来来！啰啰，哟哟，来来来！"这种百试百灵的吆猪号子在今天宣布失效。地上无食，人慌张，这头猪在生死边沿安装了逃亡之心。

猪扭头，朝着北边的路口又开始奔袭。

堵向北边路口的人是已经被猪掀翻两次的黑顺，黑顺自然清楚此猪的厉害，不敢再靠近像炮弹般射过来的猪。李发康喊："堵住它，堵住它！"黑顺战战兢兢靠在一侧的墙上："让它跑，让它跑，跑死它！"追猪的发顺也赶到这里："喂！狗日的黑顺，堵住他！"再次强力补充："喂！狗日的堵住它，那边是林子，猪窜进去了就难撵了。"

形势所迫，发顺无奈，追向刚擦肩而过向北奔出两三米的猪。之后，是黑顺揪住了猪尾巴，然后猪再次将干巴的黑顺在地上拖行。尾巴负载着黑顺的猪奔跑受限，停了下来。猪掉过头来看向揪着尾巴的黑顺，黑顺也看着猪。又是人与猪的对峙，黑顺率先败下阵来，黑顺松开手里揪住的尾巴，双腿微软向下屈："这猪的眼神怎么那么像一个红眼愤怒的人？"黑顺这么想的时候，猪嗷嗷张大拱嘴向着黑顺扑过来。"啊啊啊，妈咿呀！"黑顺即将成为历史上第一个葬生猪口之人，而且黑顺是个杀猪匠。可是没这样，扑上来的猪嘴并没有在黑顺身上咬合。嗷嗷扑过来的猪喷了黑顺一头一脸的腥臭沫子，黑顺蔫了，猪继续向北亡命。

李发康赶来，拉起黑顺："猪，猪呢？"

黑顺心有余悸："成精了，跑了。"李发康紧追上去。

发顺也到达："狗日的，我的猪呢？"

黑顺拉了个呻吟的长调——"成精了！"

发顺紧跟着李发康追了上去。心有余悸的黑顺继续留在路口，两条干巴纤细的小腿打着弦，瘫坐着嘟囔："再也不碰这猪了！给十副腰子也不干。"玉旺欲扶起瘫坐地上的黑顺，黑顺有气无力："让我缓一缓！"

"你家那猪成精了，你信吗？"黑顺自言自语或者问玉旺。

"信！"玉旺回答。

"听过牛马成灵，麂子马鹿成仙，大象狗熊成圣，猫狗成神，就从没听过猪也成精的！"黑顺疑惑或者自言自语。

"猪仙人！"玉旺自言自语。

村子北边是森林，森林的最外围的退耕还林后村民栽下的松树林，往深处走，就是自然林。植被茂盛的自然林在缴枪禁猎禁伐之后，村民也只有在雨季采集山野的时候才会涉及。此时猪已经逃出村子窜进了树林。李发康这个不擅运动的干部在松林里跑岔了气，又着腰呼呼大喘。发顺很快就在松树林中追上李发康，发顺丧气，灰头土脸，二人在林中呼呼大喘。喘得差不多了，憋着的话从嘴里涌出来。发顺："书记，你说这叫花子猪咋这么能跑啊？太野了，杀都杀不了，按不住。"

李发康仍大口喘着："匹子猪嘛！架子又大，皮肉又紧。"

李发康回过神来："不是，你要杀猪？狗日的，你要杀猪？谁给你的胆子，你要杀猪？"

李发康厉声，发顺即软，怯懦唯唯："这不是马上就要过年了嘛！杀头猪吃肉解馋，下酒。"

李发康怒："什么？狗日的，我问你为什么要杀猪？你为什么要杀了它当年猪？"

李发康再怒："狗日的发顺，老子辛辛苦苦申请来的扶贫项目，给你们建档立卡户发母猪种，是让你们养母猪生猪崽过好日子的！"

"狗日的，还想杀年猪，母猪种什么价格你没个逼数吗？"

"公猪母猪还有什么种猪都还不是一样，都是猪嘛？"发顺唯唯诺诺地辩驳。

李发康有些怒不可遏，将发顺一把推倒，又毫无间隙地揪着发顺脏兮兮的衣领把他提起来。口对着口，喷着唾沫："狗日的，不要说话，听我说。"李发康叫停发顺的反驳，喘息还没有缓过来。

林外有人言："发顺今天给李发康吃火药了。"林外有人，可谁也不敢进林中，林中是一潭浑水。

谁也记不清林中传出多少句狗日的，而狗日的均出自李发康之口。当狗日的不再传出来，就无趣，林外的人各自散去。林中，在怒火三丈的李发康臭骂之下的发顺本来就灰头土脸，现在更是灰溜溜地夹着尾巴。待到二人差不多都平息下来之后，发顺道："李书记，那要咋办啊！猪都进林子了。"李发康在发顺一激之下，火又起来："咋办，凉拌啊！趁这几天杀年猪，把你狗日的油炸了！"

"进林子去把猪找到，撵回来！"李发康平复怒气后。他好像又习惯了发顺这种无赖式的漫不经心。

猪穿过松林的痕迹还在，二人顺着痕迹穿过松林，往更加茂密的自然林深处钻。植被茂密的自然林里，二人很快就失去了猪亡命的痕迹。南方高原的原始森林里，头上是遮天蔽日的巨大树冠，底下是低矮而茂盛的灌木。无迹可寻后，找猪的二人自然也无处可找，无计可施。

起伏的群山和茂密的森林，二人此时所在的位置是山谷，山谷里颤抖着回音。

发顺耳朵最尖："李书记你听，有猪嗷嗷叫！"李发康细听，果然有猪在嗷嗷叫。

"猪在哪里嗷嗷叫？"

"我也不知道，猪在哪里嗷嗷叫！"

"猪真的在嗷嗷叫。"

"我也知道猪在嗷嗷叫！"

闻其声，而不见其影，这是一个有方向而没有去向的僵局。

猪确定是在嗷嗷叫，可是二人不知道往哪个方向去找。猪真的在嗷嗷叫，回声良好的山谷，猪嗷嗷的叫声来自四面八方。

四

猪嗷嗷叫的声音真的一点都不好听。尤其在了无人迹的寂静山中，你能听到自己的心怦怦跳，嗷嗷的猪叫仿佛在为你的心跳敲着锣打着鼓。

找猪的二人在林中漫无目标地游走，听得见猪叫，但二人都知道觅音寻猪这个办法不可靠。二人很少话，无从下手、无计可施的李发康在前面走，此时灰溜溜的发顺是他的随从。不断传来的嗷嗷叫声加重着二人各自的烦躁，就丢猪这一事件而言，二人各有烦恼。发顺短浅，但也知道自家丢了一头猪，不是死了，是跑丢了。李发康深远，他更加知道此猪对于扶贫攻坚工作的重要，丢猪事小，领导下来视察的时候没有猪事大。他早有听闻，县里的领导过不了多久就要下来实地考察验收扶贫工作的进展和成果。

李发康看看身后灰溜溜的发顺，心中存疑，是不是有些揠苗助长了？想了想，即刻否定。发顺是短板，短得像一艘随时可以沉没的破船，不过终还是要将其补回来。顿生同情，李发康觉得自己和发顺同病相怜。一个是破船，一个是补船的，二者兼备，破船也要扬帆。

山里的天黑得早，找猪的二人决定返回村庄，再从长计议。

"唉！"二人长叹。从林中往回赶。

返程中，发顺和李发康相互确认不是虚幻，林子深处嗷嗷的猪叫声又传来，不过二人已经听得厌烦。他们并不指望从声音中分析出什么，比如，窜进森林深处的猪，上半天还是案板上待宰的家畜，下半天就在林中率领着一整个野猪群嗷嗷叫。

暮色在山中笼罩迅速，基本上等同于太阳从山尖埋头山根的速度。势单力薄的人们不敢在山中逗留，那些昼伏夜出的生物的任何响动都会被人误以为鬼在风中叫。

入夜，发顺家中，火塘旁。虽猪已亡命山野，肉荤也没能碰上，老岩和二黑依然赖在发顺家中不肯走。这里的赖，指的是老岩和二黑这两个一人吃饱全家不饿的孤家寡人，要把晚饭的希望寄托在玉旺这个善良无二的女人身上。一天中被同一个猪掀翻三次的杀猪匠黑顺也没走，本着出门不走空的原则，他等着吃顿饭。一张瘦小干巴的老脸蒙在水烟筒口"咕噜噜"地抽着。

发顺心中有火，但也得强压着。李发康和他一并坐在火塘边上，相互冷着脸。二十五瓦的白炽灯本就昏黄，沾满了黑乎乎的苍蝇粪便后更加昏黄，灯头以上的电线挂满了残破的蜘蛛网。火塘里偶尔冒出的浓烟熏得人睁不开眼。灯黄火亮，每一个人的脸都很黑。来者即是客，况且还有李发康。发顺理所应当表现出主人的热情与担当，冷冷地有气无力地道："婆娘，整点饭吃嘛！都干巴巴的坐着，饿着。"

李发康冷着脸，不过仍故作客套："不用了，不用了！我坐会儿，回家吃去。"在山中追了半天猪，李发康饿了。

黑黢黢的铁锅架在同样黑黢黢的铁三脚架上，玉旺往锅里加水。发顺抱着二郎腿组织着希望对答如流的语言，因为他知道今晚必有一顿李发康的所谓说服与教育。尽管李发康数次的说服与教育都没能将他说服。发顺不是顽固分子，只不过是劣质的狗皮膏药，越扯越粘，发不出任何功效。不过一旁的李发康却组织不出来任何用来教育发顺的语言，苦口婆心的说服嘱咐是吆猪的号子。脱贫攻坚的口号喊大了，发顺听腻了；政策讲细了，又有些烦琐晦涩了。发顺这个重点扶贫挂钩对象早已耗尽了李发康的耐心。爱谁谁了！烂泥糊不上墙，但要扶的对象是个人，烂泥一样散漫的人。说不扶，但不可不扶，他是共产党领导下的人民中的一员。只希望发顺这块狗皮膏药在越扯越粘的时候，再给他一股劲，能粘在墙上。

"发顺，猪跑了，咋办啊？你说说你怎么打算的？"李发康放下紧绷着的脸。

发顺："不知道！发康哥，我也不知道咋办！"

李发康："停停停，别叫我哥。我担待不起。"

发顺："跑了，就跑了罢！那畜生没准过几天就死在山上了！"

发顺绝对是李发康的冤家，再一次精准地激到了李发康，李发康强压怒火："去找找吧！明天去山上找找吧！找到了就撵回来继续养。"

发顺："书记，说真的，别找了！丢了就丢了，我不心疼。"

李发康又怒了："狗日的，你不心疼，我心疼！老子千辛万苦找来的扶贫项目，你们说杀就杀？谁给的胆子？"

发顺："猪是国家的，哥……不……书记，你别生气，气大伤身。"

李发康大怒，前合后仰，差点没一头栽火塘上。右手高高抬起，却无桌子可拍，往下"啪"一声拍在左手上："狗日的发顺，明天去把猪给我找回来，过些天县委领导要下来检查工作，别给老子出岔子。"

发顺蔫了下去不敢再搭话，李发康把矛头对准了黑顺、老岩和二黑："你们仨明天也跟着去找。"

黑顺一听便不干了，水烟筒里伸出嘴巴："凭啥呀？他家的猪跑了凭啥我也要去找啊！我只是个杀猪的。"

"你不来杀，猪会跑了吗？明天去找猪，不然明年的低保别想要了！"李发康严词驳斥，加以低保这个并不存在的威胁。低保是黑顺的命根。

老岩和二黑倒是漫不经心的，他们此时只关心锅里已经滚开的面条，不断往火塘里添柴火。今天院里杀猪，明天山上找猪，日子对于二人而言今天和明天只不过是换种方式虚度。老岩和二黑也是建档立卡户，只不过考虑二人都是孤家寡人，所以没给他俩发母猪。

有人统计，在这个世上，坏消息的传播速度和广度是好消息的一百倍。议论纷纷是一种乐趣，隔岸观火也是。丢猪的次日，那只亡命于山野之猪被重新定义名字——"建档立卡猪"。猪只是一个广泛的概念，而加了"建档立卡"这个前缀后，一头猪的身份就有了精确的辨识。方圆十里朝着方圆十里之外集体讶然："昨天有胆大的人杀建档立卡猪啦！""发顺家把建档立卡猪杀了！"以讹传讹："建档立卡猪把人杀了。"关于这只建档立卡猪的新闻被众人议论纷纷的时候，发顺和李发康一行找猪的人已经在山中。他们还不知道乡野之间从芝麻到西瓜的议论，在山中寻摸着到达猪最后失去踪迹的位置。

"这么大的山里找一头猪，怎么找啊！"才走了小半天的山路，黑顺这个小老头就累得不行了。

"怎么找？用眼睛、鼻子、耳朵、嘴巴找！"喘得最厉害的李发康上气不接下气驳道，尽管他也没有任何办法。上山之前又接到县委的电话，县委领导下来检查工作的日子提前了很多天，绝不能出任何岔子，这是死命令。

"你去这边，你去那边，他去那边。"气喘吁吁的李发康不耐烦地挥手随意指点了几个方向，几人分头行动。

还是那千篇一律百试百灵的吆猪号子："哟哟，啰啰，来来！啰啰，哟哟，来来来！"尽管这号子已对此猪不奏效，几人仍旧噘着嘴撇着声朝着各个方向走开。

一天下来还是寻不见猪的踪迹，几人累得够呛。第一天潦草返程，路上，身后的丛林深处又传出嗷嗷的猪叫。

发顺："你们听见猪叫了吗？"

李发康："记下位置，明天再找。"

黑顺："不对，你们听，不止一头猪在叫。"

接下来的几日，几人顺着声音继续往深处找。唯一的发现就是在路上不停地发现地上有猪遗留下来的粪便，可以肯定，不止一头猪。不过仍没有寻见猪的身影。

黑顺有扰乱军心之嫌："别找啦！都是野猪的粪，可能那头家猪已经被野猪咬死了！"李发康狠瞪了他一眼，黑顺不敢再言，尽管李发康也这么认为。

几人已经受够了找猪的生活，生活绝不止找猪这件事，可是目前找猪是重中之重的大事。李发康的烦恼是其他人不能理解的，这是他的认为。领导下来的日子越来越近，可是这猪迟迟不见踪影。这时李发康又接到县委的电话通知："县委领导以及部分市委领导将于三天后到该村实地检查扶贫攻坚工作的进展和成果。"放下电话的李发康心急火燎，领导要来了，可是重点挂钩扶贫对象的猪却跑了。对于他这种扎根基层的干部而言，这绝对是一件大事。事关他在领导眼中的形象，而这猪，就是他的工作态度。可再看看几个一同找猪的人，发顺倚在树根上没个正形，黑顺瘫坐在地上抽烟。老岩和二黑略好，在前头开路，不过心不在焉。

气不打一处来，虽然李发康也毫无办法。李发康再次把火撒向几人："你们四个狗日的，如果你们不杀猪，今天老子也不会在这里找猪！狗日的！"李发康真不该骂狗日的，他是干部。不过自从建档立卡猪亡命山野后，狗日的就成了他的口头禅。发顺、老岩、二黑和黑顺真是狗日的，所以李发康骂狗日的，目的在于将自己和他们区别开来。

越找，几人越垂头丧气。越是垂头丧气的时候，林中就越有嗷嗷的猪叫声传出来。这是对于几个将败之人的挑衅，李发康边骂着狗日的边指挥："顺着声音分头找，找到以后包抄。"这是既定的一成不变的战术，每听到猪嗷嗷叫，几人就寻着声音往林中深处奔跑，每一次都徒劳放空。如此这般，打了鸡血奔跑的人，被失望之棒当头一喝。重复性徒劳无功的劳动掏空的是心力。闻其声不见其影，是心力的煎熬。宁信山中有鬼，不信山中有猪，几人找猪的最后一丝愿望终于被耗尽。累死啦！包括李发康在内。

歇一会儿吧！都找了这几天了。几人没有坐姿，没有睡姿，摊在地上。李发康也这样，找猪的几人都一样，一样地愁眉不展，一样地气喘吁吁，一样的灰头土脸。

黑顺这个小老头最先受不住了："李书记！我真的受不了了！再折腾的话，我这把老骨头就要扔在山上了。"黑顺说的是实话，老，是经不住消耗的："书记，低保我不要了，猪我也不找了！"这是黑顺最后的妥协。

李发康气喘吁吁，不想搭话。

老岩和二黑异口同声道："不找了，不找了，爱怎样就怎样吧！"二人也受不了，宣布罢工不干。

李发康长叹："其实最不想找的是我，只是这建档立卡猪丢不得啊！过几天领导就要下来检查工作了，猪丢了应付不了！"李发康对几人讲出心声。

几人讶然，沉默。

三分钟后，发顺说："书记，原来是这样啊！不找猪了，应付检查的事情重新想办法……"发顺在李发康耳边私语。

似乎有了台阶，李发康妥协道："那好吧！你负责这事，我回去取钱给你！"

李发康："不找了，不找了，猪都丢了好几天了，没准饿死在山上了！"

再返程时，身后的林子深处仍然有嗷嗷的猪叫声传出来，可几人累了，烦了，恼了，他们就听不见。

五

猪是没有表情的，千篇一律的耳朵和拱嘴，熟悉到陌生的老嘴老脸，使得普遍人观念里所有的猪都只有一个共同的名字——还是猪。

物竞天择是一种富有进步性的规律。人于猪而言，人的能动性略强于猪，所以猪就成了被人驯养的家畜。一贯如此的漫不经心和自我满足的怡然自得是一种要命的毛病。猪嗷嗷叫的原因不外乎饿了、发情了、要死了这几种。因而，不到饭点时村庄响起来的嗷嗷猪叫声属于外来户。发顺赶着一头猪回来的时候，距离他上次追着猪贯穿村庄已经过去数日。

再次回到最开始对猪的描述：猪不大，长了架子还没有结膘。猪走路的时候一点都不好看，尤其下坡的时候，像醉汉划拳……猪在前面走，发顺挥着一根紫茎藤兰的秆秆跟在后面，嫁鸡随鸡的玉旺跟在发顺后面。像鬼子进村，前头的猪是太君。更像溃军过境，发顺家两口子一次比一次更加灰头土脸。此猪显然已经被驯服过度，和后边跟着的人一样，气喘咻咻。

穿村而过的土道上，发顺欲弄出一些响动来，所以他挥下一鞭抽在猪屁股上。

猪嗷嗷，向前一段小跑。发顺再抽，猪又嗷嗷。

"够啦！"玉旺阻止。发顺再抽，猪再嗷嗷。

显然，让猪嗷嗷叫着穿过村子是发顺想要达到的效果，因为李发康骑着摩托车在后边跟着，这也是李发康想要的效果。

村子中央，老岩、二黑和黑顺三人在懒洋洋晒着太阳。远远看到发顺赶着猪回来，三人远远地就想撤走。几日前发顺的猪对于三人而言是肉荤，现在就是祸水。对发顺和他的猪敬而远之，是最明智之举，也才像三人应有的做法。

"你们仨别走，给老子站着！"发顺远远地喊住三人，赶着嗷嗷叫的猪过来。

黑顺："回家收衣服，要下雨了！"晴空万里，构不成逃开的理由，发顺和他的猪已经来到跟前。

"猪已经找到了！"找到猪的声音并不是讲给三人听的，所以发顺大声阔嗓地将消息在村中炸开。

老岩和二黑异口同声："哇呀呀！在哪里找到这畜生的？"

发顺："在后山的野芭蕉林里面找到这畜生的！"声音继续炸。

老岩："过几天再杀的时候，一定要多请几个人来。"

发顺拍了一下老岩的头："杀个屁！建档立卡猪是留着怀崽下猪的，建档立卡猪是国家扶持建档立卡户脱贫的重要举措……"发顺的声音继续在村中炸开，像复读机，不，像村中宣扬政策的高音喇叭。是发顺突然觉悟了吗？李发康跟在后头。

黑顺："莫扯卵子！白猪进了一趟山就变成花腰猪了？"黑顺看出端倪，黑顺是杀猪的。

发顺："莫废话！老子撵猪过去再掀翻你！"黑顺不会质疑发顺真会这么做，欲言又止，闭口逃开。

亡命山野的猪找回来的消息传达完毕，发顺和玉旺赶着猪回家。留下三人懒洋洋地继续晒太阳，继续懒洋洋地侃："黑顺，这猪真的不是跑进林子里的那只？""肯定不是嘛！品种都不同！""那发顺哪来的钱买猪？他这是要干啥？"

李发康骑着摩托从三人身边疾驰而过，给三人扑了一脸尘土，三人的议论止于中途，低声谩骂："妈的！骑个摩托了不起！"李发康骑着摩托车拐了个弯进了发顺家。

发顺家再传出猪嗷嗷叫声，发顺揪着猪耳朵，李发康拿着打孔器，二人在院子里又跟猪搅作一团。此猪换彼猪的主意出自发顺，而落实自李发康，假戏做成真戏。借来的打孔器要在赶回来的猪耳朵上打孔戴上建档立卡猪特有的标识耳牌。而这标识耳牌是杀建档立卡猪的时候发顺从猪耳朵上扯下来扔在院子里的。打孔戴牌比杀猪容易，二人很快就在猪耳朵叶上装上标识牌，把猪放回猪圈里。

李发康嘱咐："明天领导下来检查工作你知道怎么说的，不要大口马牙地乱嚼。"

李发康威逼或是利诱："这次检查应付了，这猪你继续养，给你了。出了岔子谁都不好受！"

失而复得的发顺自然高兴，龇着牙咧着嘴："李书记你放心吧！你交代的话我都快背得了！""支持扶贫干部工作是贫困户的义务和责任，坚决摘掉贫困帽子是每个建档立卡户应持有的想法和态度……"

"莫要在这给我耍贫嘴，明天去领导面前耍去。"说完，李发康夹上摩托车离开，为明天迎检做其他准备。此猪换彼猪的确是个好办法，李发康悬着的心得以放下。

绝无鸠占雀巢之嫌，此猪本就是为了填补空窝而来的。猪圈里刚进新家的猪卸下一路奔走的躁动后，在猪圈一角挪了一个窝躺下。耳朵叶子上刚打下的孔流血不止，耳朵叶没过多的神经，微疼。只不过耳朵叶上的身份标识牌，总扑棱扇呼着耳朵。猪有灵敏的嗅觉，毕竟标识牌是别猪的，还有别猪的气味。

看着李发康走远，发顺把视线转到玉旺身上来。猪失而复得确实能让发顺欣喜。发顺拉过玉旺的手，久违的，玉旺猛地缩回，发顺继续拉过来："媳妇啊！特困户的帽子好啊！上头照顾咱照顾得这么周到。"发顺点了根烟叼着，摇晃着小脑袋盘算着："这顶帽子可千万别被摘掉。"

玉旺并不懂发顺口中所谓的帽子，咿呀着从发顺手中挣逃。又有猪可喂了，玉旺要去砍芭蕉，喂猪。

六

大概很少有人会观察，猪最优美的举止是进食。

拱嘴寻着地，"呼哧呼哧"大口进食。无论是在猪食槽中还是就地而食，猪都能保证吃个精光。灵活有力的舌头伸出，舌苔上众多的凸起不会放过任何食物的残渣，一一舔舐干净。这里的美，是指一点都不浪费，也意味着猪圆滚滚的肚皮是一种美。

迎检当天清晨，发顺想起李发康的嘱咐："多喂猪一些芭蕉，少喂谷糠！"最大程度地呈现猪圆滚滚的肚皮，也是一种政绩。

发顺向喂猪的玉旺歧义转达："多喂些芭蕉，多喂些谷糠。"

玉旺弱弱地嘟囔："谷糠吃多了撑！"不过嘟囔不是话。

发顺无暇细听："废话多，破事多！李书记叫怎么做，我们就怎么做！"

玉旺低下头继续"咔咔"剁芭蕉。

村子远，山路弯。零落不整的石块和星罗棋布的坑坑洼洼，以及大面积积蓄的尘土。轿车行驶在山路上的样子像猪走路，犹犹豫豫，前合后仰左摇右摆。前一辆车卷起尘土，后一辆钻进尘土，最后一辆被覆满尘土。

可算是即将抵达，车在山路上蹦跶。蹦跶得最高的是李发康，他骑车摩托在前头带路。跟在后边蹦跶的是轿车，村民没有级别概念，车上坐着的都是大官。

随着"咣当"一声后，首车停在村口，"咣当"两声后，两辆跟车停在路边。路面上同一块凸起的石头三车无一幸免。村子，已经到达。先头赶到的李发康把摩托车停在路边，挥手示意停车。车子所到扬起的尘土，有的已经落下，有的正在落下，路面是一层厚厚的尘土。车门打开，几双油光锃亮的皮鞋插进尘土中。走一步吧！尘土即覆住皮鞋的光泽。

李发康和村民小组长刘四咧着嘴挥手相迎，一旁散落着的还有老岩、二黑、黑顺和发顺，五个人的迎接队伍是李发康能组织和拿得出手的最高迎接礼遇。尽管政令一再重申不搞排场，不过这也算不上排场，顶多是人气。

三辆车共下来六人，不包括车上的司机。走在最前面黑瘦干练的干部是县委书记唐松，唐松两侧各拥一人，左边的是副县长王冬，右边的是乡党委书记兰正义。王东挺着肚子背着手，兰正义鞠着身子跟唐松介绍情况。还有其余三人，李发康没见过。县里的？市里的？管他哪里的！

兰正义："书记，到了，这个村子就是我县我乡最偏远的贫困村了！"

唐松有着从任何角度切入工作的本领："一路上见识了！挺远挺偏的。不过越是这样的村庄越是不能放松我们的工作。"

"是是是，书记说得对！"通常而言，这是书记每一句话结束之后异口同声的回音。

兰正义引荐一旁随从的李发康："唐书记，这就是这个村子的扶贫驻村干部李发康。"

唐松伸手向李发康，李发康欣喜相迎，结结巴巴："书记好，书记好！"

唐松点点头表示会意："辛苦你了！小李。"

李发康阿谀："不辛苦，不辛苦，都是在为老百姓做事情，服务。书记比我们更辛苦！"

阿谀的话唐松很受用，仔细再瞅李发康几眼："我想起来了，五月份有一批用来给贫困户脱贫的母猪种就是你找我签发的！"

"对对对！书记那么忙还记得这种小事。"李发康继续阿谀，激动万分。

唐松："母猪种都给贫困户发下去了没？今天咱们就去看看这些猪的长势如何！"

李发康："发下去了，长得挺好的，贫困户们也很高兴。"

"那个什么，王副你带着兰正义到村子里四处转转，记得访问各个农户都缺什么，需要什么，我们党和政府能做什么。让小李给我们四个介绍情况就行。"唐松亲自点将。

唐松："小李，你今天就带着我和这三位市里的专家四处看看！"

"好好好！"李发康回应着。原来其余三位李发康不认识的人是市里来的专家，李发康心里一个激灵。善于糊弄的是专家，善于不被糊弄的也是专家，这是一次带着照妖镜的检查。

村子很小，很适合检查工作。有什么突出的工作成果很容易看见，有什么工作中的不足和缺憾也会暴露无遗。为了避免后者情况的出现，李发康还在临检之前跟各家各户打过招呼，甚至给发顺家重新买了猪来顶替。现在还把发顺、老岩、黑顺几个扶贫工作的重难点作为随从带在身边，一方面为了防止几人乱说话，一方面是因为几人始终还是李发康心头的重中之患。走访各家各户是工作方式，进村入户访问谈心是工作方法。李发康的准备工作做得充实，所以一路上带着唐松入户调查之时，唐松看到的是他想看到的，听到的是他想听到的。看到的和听到的都是唐松希望李发康交上的令他满意的答卷。

唐松勉励："小李，做得很好！党和政府就需要你这样能吃苦能做事的干部，很好，给你一个口头表扬，继续努力。"

李发康官套："唐书记过奖了，我只是做了自己应该做的！"

唐松："刚刚还说到五月份我给你签发过一批母猪种的，转悠了一圈都没看到。你带着我们去看看。"

李发康继续阿谀和官套："书记真的有心了，心系下属和老百姓，我就带你去看看。这批猪分给了八户困难户，都养得挺好的，老百姓用心，猪长势都不错，再过几个月就发情可以配种怀崽了。"村中共八户发母猪种的农户，七户集中在村东边，和发顺家隔得远远的。李发康引着唐松一行检查人员往村东边走，尽最大可能避开发顺家这个隐患。发顺、老岩和二黑几人蓬头垢面地跟在一行的最后边。唐松疑惑，指了指几人："小李，这几个老乡不必跟着，让他们回去吧！"李发康自有官套好听的解释："书记，这是发顺，这是老岩，他们都是村里脱贫攻坚的重点挂钩对象，让他们跟着学习学习，接受教育。"

发顺收到李发康的眼色："是的，是的，我们是跟着学习的。"

唐松拍了拍李发康的肩膀以示器重："哈哈！这村有你这样的驻村干部是福分，我县有你这样的干部我放心。"李发康激动万分："还得跟唐书记学习，看齐！"唐松："相互学习，我多向你学习！"

见此，发顺揪了揪一旁的二黑和老岩的衣角："向领导们学习！"几个参差不齐的口号在李发康又一个眼色中响起。排场有些激动，唐松挥手叫停："不搞形式主义，不搞这些虚的。相互学习，领导干部多向人民群众学习，为人民服务。"

用精致华丽的面子包装里子，中国人自古就擅长这样，因为很少有人具备向事物内部剖析的勇气。即使唐松一眼即明这是李发康为迎检而提前准备的花哨，不过唐松秘而不宣。知而不言也是一种鼓励。

各家各户都提前做好了热烈欢迎的准备，有糖果瓜子和茶水："领导您到家里坐会儿！"同时也准备好了对答如流的台词："米饭管饱，不存在饥荒。猪肉吃腻，偶尔杀鸡。屋子修整，不漏雨也不进风。"再汇报猪的长势："母猪种好养，不挑食，长肉快。"最后是感谢："感谢党和国家的政策，市上县上乡上，然后是李发康……"如此对答如流而大同小异的客套寒暄，首先让市里三位畜牧专家听腻了："那就带着我们去看看猪吧！""再把猪拉出来，溜一溜，看一看。"

好吧，猪被从猪圈里放了出来，在院子里嗷嗷叫。三位畜牧专家掏出手机："猪耳朵揪过来，扫一扫。"建档立卡猪耳朵上戴着的标识牌上有条码，扫一扫，猪源，品种，用途一应俱全。

先后进了七户农户家，重复地访问，重复性地得到大相径庭的回答，这绝对不是此行想要的，不过是想要听到的。也重复性地扫了七头猪耳朵上的条码，数据规范记录上表。三位专家也及时作出反馈："养得好，喂得也好，不过要注意配种受孕的时候不能喂得太胖。"见专家都连连称好，唐松再拍拍李发康的肩连连称赞："好，好，小李干得不错。"顺便给予鼓励性质的暗示："等扶贫工作结束，人事不再冻结，县里会考虑给你换一个大舞台！""谢谢书记，谢谢！"李发康心中狂喜。唐松幽默："别谢我，你要谢就谢谢这些猪，养得多好啊！"

李发康见检查总算是比较圆满地对付过去了，暗自庆幸。可三位畜牧专家："那个书记，记录上显示这村有八头建档立卡猪，再看完最后一头，今天的工作圆满结束了！"

唐松："哦，还有一头。那小李再带我们去看看。"

提起最后一头猪，暗自庆幸中的李发康汗毛又起，此猪已亡命山野。带着三个畜牧专家去看一头赝品，李发康心发慌，底气全无，想法拖延："书记，那个，那个现在都快到饭点了，要不咱们先吃饭吧！"

唐松："饭就不在村里吃了，有规定。看完最后一头猪我们就回乡上吃工作餐。"

李发康仍在想方设法："哦！是啊！都到饭点了，你们都还饿着。要不我把那家的户主给你喊来当面汇报。"慌乱中故作："来来，发顺！你来跟书记说说你家猪的长势咋样。"

又该发顺表演了，结结巴巴地把台词背上："我家的猪吃得好，睡得好，长得……也好，关键是党和政府发的猪品种好。感谢政府，感谢政策……感谢书记！"

唐松打断："那个小李，你再带我们去他家看看，大家都辛苦了。再辛苦也要把工作落到实处。"

发顺还在背，虽然没人听。李发康揪了揪发顺的衣角："快别汇报了，去你家。"李发康冷了发顺一眼，心又悬了起来，希望可以糊弄过去吧！除非专家眼瞎了。

唐松看出李发康不对劲："怎么，小李，有什么困难吗？"

李发康现在已是惊弓之鸟："没没没，只是发顺家有些远。"

一行人往发顺家赶，这次是发顺在前，他是户主，在前带路，村道中穿行。还未到发顺家，先听到有哭声，一行人脚步加快。一贯没心没肺的老岩和二黑赶上前头的发顺："怎么了？你婆娘哭哇哇的，你家死人了？"发顺黑着脸驳："你家才人死了，你全家都死了！

李发康也冷着脸："别废话，回去就知道了。"转回头冷脸转热："唐书记，就到了，就到。"

发顺家，为了迎检而拾掇一番后，破败之中能见一丝整洁。院子里悬晒着床黑黢黢的棉絮，棉絮下边是一农家妇女抱头瘫地而悲泣，呜呜然，咿咿呀，此人正是发顺婆娘玉旺。有客登门，而家中有人在哭号，发顺自然不开心。发顺黑着脸上前伸出脚尖碰了碰摊在地上哭号的玉旺："咋个了嘛？你哭什么？"发顺语气加重，喝令："咋个了嘛？不准哭！"弯腰钳起玉旺。

玉旺露出哭脸，抽噎着："猪，猪……那猪……不动了……死了……"

"啊！死婆娘，好好的猪怎么就死了。"发顺愤，用力摇晃着抽泣的玉旺。

玉旺继续抽噎，有些颤抖："不动了……就……死了……"

发顺愤而挥手欲打："死婆娘，喂个猪都干不好。"手挥在半空被李发康制住："发顺，你要干什么？再犯浑。"

作为旁观的唐松几人在边上看着院里搅作的人，唐松厉声："小李，怎么回事？"

李发康吞吞吐吐："她说，她家的猪……死了？"

唐松的脸转黑："什么时候，怎么死的？猪在哪儿？让专家看看怎么死的！"唐松示意一旁的专家去看看情况。

几人径直走向猪圈，留着发顺和玉旺两口子坐在客台上，发顺挠着头，玉旺继续抽噎。比房屋还要破败的猪圈里，猪躺在角落里。畜牧专家进猪圈当即说："这猪还没死嘛！"专家用手捅了捅猪，猪哼哼："猪还没死嘛？"躺在地上的猪无视一旁的人，顶着圆滚滚的肚皮，睡着，不动，像死了。专家转身看向猪圈内的猪食槽干干净净："今天都给猪喂了什么？"发顺在院子里有气无力地回答："就是芭蕉和谷糠。""那应该没事，就是这猪吃撑了！""早上喂了多少猪食？"发顺回答："喂了不少呢，这猪能吃得很。"

猪没死，只是吃撑了不想动。猪圈外的李发康长舒一口气，教育发顺："以后一定要注意了，引以为戒，科学饲养。"

畜牧专家继续在猪身上比画打量："不对，这猪有问题。"

李发康："有什么不对的，你扫一扫耳朵上的标识牌嘛，会有什么问题嘛！"

猪圈里的畜牧专家被李发康一驳："标识牌是对的，可这猪不对。品种不对，而且这头小母猪被劁过，根本不是母猪种。"

李发康一副宁死不屈："怎么可能嘛！会不会是……搞错了。"

专家依据有理："劁猪的刀口都还在，况且这猪是小耳种，跟建档立卡猪不是一个品种。"

被专家当场戳穿，李发康支支吾吾，无语应答。一直在旁观的唐松感觉被糊弄了，而且是不能罔视的糊弄，厉声喝道："李发康，你给我过来。"

"怎么回事？"

"就是这猪，不是那个猪。"前言不接后语。

"到底这猪是什么猪？"

"唐书记，就是这猪，它不是原来的猪。"

"那原来的猪呢？"

"原来的猪原来也在这圈里……后来不在了……这猪才来了。"

"原来的猪哪儿去了？"

"原来的猪丢了，找不到了！"助攻，发顺瘫在客台上说。

"好好的猪怎么就丢了呢！"

"就是我们杀猪，猪挣逃，猪跑我们追，我们追猪跑，然后就丢了。"再助攻，发顺瘫在客台上。

"啊，你们杀猪，你们竟敢杀这猪？"唐松吃惊，"那猪呢，猪在哪里？"

"猪在山上。"

"猪怎么会在山上呢?"

"因为猪跑到了山上。"

唐松和李发康院中的对话,再加之发顺的助攻,一场杀猪、追猪、此猪换彼猪的闹剧呈现在人们面前。此时另一行人马,副县长王忠和乡长兰正义闻声赶来。进门,唐松对李发康的批评教育立即转向了一脸疑惑的乡长兰正义身上:"小兰,这种弄虚作假的面子工程一定要严厉批评及时处理,该处分的处分,不能手软。"一脸疑惑的乡长兰正义受到迎头呵责更加疑惑:"唐书记,怎么了? 出什么问题了吗?"唐松冷着脸厉声:"怎么回事?你问问这个好干部李发康吧!"李发康在一旁低着头。

唐松转身对低着头灰溜溜的李发康拍拍肩:"李发康同志,好自为之。"

"王副,看来这个脱贫攻坚的工作形势严峻得很啊! 走,回县里。"

村口的车子再次启动,在山路上蹦跶而回。乡长兰正义的车还留守,兰正义还要留下处理问题,问题即指李发康。

还是发顺家中的院子,发顺冷着脸,李发康黑着脸,兰正义的脸更黑。玉旺不再抽泣,因为所有的人都黑着脸。老岩和二黑潜伏在门外,对于他们而言,门内任何事都是热闹。

兰正义:"发康,说说吧! 怎么回事。"

李发康:"乡长,我也没办法啊! 建档立卡猪丢了,为了迎检我才换猪的。"

兰正义:"好端端的猪怎么就丢了呢?"

李发康:"发顺他们杀猪,猪挣脱了跑进了山里。"

发顺抬起头:"这个我可以证明,猪是我们杀的,跟发康没有关系。"

兰正义勃然大怒:"闭嘴,没问你!"

发顺吃瘪,低下头继续挠头发,灰溜溜夹着尾巴。

兰正义:"发康,那说说接下来你打算怎么办啊!"

李发康支支吾吾地憋出:"我也不知道。"

兰正义:"你这也算情有可原,关键是这事情办出马脚了。不处理你是不行了,惊动唐书记了。这样,处理你的事过几天再说,先把猪找回来。"

李发康委屈巴巴:"这猪贼得很,找过了,找不到。"

兰正义:"猪找回来,是工作的失误。猪找不回来,就是工作的错误,你自己看着办。"

停在村口的最后一辆车也启动后蹦跶着开走了,村子恢复如常。换个方式形容吧:刚刚打完一场必败之仗的溃兵收获更大的败果,进而使得自身陷入更加窘迫的局面。李发康和发顺坐在院子里的石头上,现在的李发康跟发顺一样了,一样地灰头土脸,一样地右手挠着头,左手掐着烟屁股。

猪还没死就意味着玉旺又有事可做了,在院角咔咔剁着芭蕉。

老岩和二黑适时摸了进来。绝大部分时候,发顺、老岩和二黑是一体的,都是热闹的一部分。

"猪回来，是失误。猪不回来，是错误。"这句话是两个极端的结合，朝着李发康重压而下。李发康深知失误和错误的最终定性，没有什么本质的差别。

"要不，明天我们再去山上找找那猪！"李发康说，语气略软，带着恳求。

"找什么找，猪不是在猪圈里吗？"丢了一头猪又重新得到一头猪，发顺自然没有什么损失，他盘算着，发硬地拒绝着。

尽管气大伤身不好，不过发顺总能屡次成功地挑起李发康的火。不要试图去点燃任何人心中的火把，引火自焚的人不在少数。李发康迅速被激起怒气，朝着发顺咆哮："憨杂种，要不是你们造作，会有现在这么多事吗？"发顺被李发康揪着衣领提起来，再推倒在地。李发康继续咆哮："憨杂种，一群憨杂种！社会好，政策好，好好过日子还不好？"

遇硬则软，发顺被推倒在地后就索性不起来，这是他的自保方式。任由李发康燃着怒火咆哮发泄。而一旁附和的老岩和二黑显得更为明智，躲着，不敢上前沾染怒火。不料李发康放过赖在地上的发顺，转而捏着拳头走向二人。二人赔着笑脸："李书记别这样，别这样！"二人磕磕地后退："别这样，这样不好，不好。"李发康继续逼近，二人退到墙根再无退处的时候妥协："好好好，我们错了，错了！明天继续上山找猪，找猪！"

李发康得到想要的回答，随之软了下来："不好意思，不该跟你们动粗的！"

"没有，没有。"二人继续赔着笑脸，顺便拉起赖在地上的发顺。一对三的男人之间的对局以李发康完胜宣告结束，玉旺还在院角剁芭蕉，咔咔咔的。

七

入夜，发顺家的人各自散去。

一天之中逐级传递的怒气还没有消除，从县委书记唐松到乡长兰正义，从兰正义到驻村干部李发康，再从李发康到发顺。这种逐级传递的怒气在传递过程中不断得到积累和加重，发顺承受着这股巨大的怒气。不过发顺并不是开阔之人，他消受不了。

所以，玉旺成为这股怒气的最终承受者。

两个人的落魄家庭里，发顺充当着暴君。暴君必有暴行，首先发顺得先喝点酒，酒劲上头就趁着酒兴挑玉旺的毛病，以便为想要实施的暴行寻找合理的依据。一曰批评教育和指正，二曰拳头之下长记性。而玉旺最大的毛病在于一贯的示弱和一贯的隐忍，所以整日咔咔剁芭蕉喂猪成了发顺挑出的毛病。

"憨婆娘，大事不做，整日只会剁芭蕉喂猪！"发顺挑起。

剁芭蕉的玉旺受骂，无言之杠，往下剁的力度加大："嗒嗒嗒。"今夜，发顺家又不得安宁。

最先传出发顺酒后没有条理且污浊的叫骂声，叫骂声一直持续，越来越大声。其间伴随着锅碗瓢盆落地，玻璃器皿破碎的声音，玉旺隐忍不回应，发顺独角戏唱罢。紧接着就是拳头击打肉体的沉闷声，头颅撞击门板的砰砰声，且越来越大声，越来越凶狠。

邻里以及全村今夜又跟着不得安宁："发顺又发酒疯打婆娘了！""发顺疯了，打得这么厉害，会不会打死人？"暴行愈演愈烈，从未有过地激烈，因为能清楚地听到玉旺绝望的惨叫和求饶声："不要打了……啊……不要打了……"邻里乃至全村不由得为玉旺揪心："去看看吧！劝劝，不然发顺这畜生真会把媳妇打死。"也有异议："别人家的家事别去掺和，别去沾到发顺。"

坐等，观望，持续的惨叫和求饶。

"嘭！……啊！……砰！"驻村未离开的李发康闻声而来，暴行止于李发康破门而入。"嘭！"一脚踢开门。"啊！"一脚踢在发顺屁股上。"砰！"发顺在地上狗啃泥。发顺接着酒劲弹地而起欲反击，再次被李发康一脚蹬倒，在地上借酒耍起赖："管得真宽，管教自己婆娘也要掺和。""砰！"又成功获取李发康一脚："你婆娘不是人啊！怎么经得住这么打！"李发康朝着地上的发顺咆哮："老子是干部，但也是你哥！"

李发康屈蹲一把揪起发顺的头发，厉声斥责："你看看，你婆娘被你打成什么样子了，狗杂种！"

房间角落，玉旺倚着墙柱，脸肿着，眼青着，流着鼻血用袖子揩着。哭失了声，瑟瑟发抖抽噎着。地上散落着实施暴行的衣架、扫把和柴火棒子。

李发康指着墙角的玉旺："打女人，一个大男人。滚过来！道歉。"

发顺赖在地上："怎么可能跟一个女人道歉！"不容置疑，发顺话还没说完又再次获得李发康以暴制暴的一击。李发康揪着发顺的头发在地上拖行，拖到玉旺跟前，厉令："道歉。"

发顺不得不屈服，嘴角流血，面部狰狞，朝着玉旺大声："对不起，以后我不打你了！"这不算道歉，抽噎中的玉旺再次被狰狞的发顺刺激，浑身战栗，双手无力地向前挥舞："啊……啊……别过来，别打我……"

清官难断家务事，而现在李发康管了，以最直接、以暴制暴的方式。平息好这场别人家的暴乱以后，李发康还要去村民小组长家，明天要组织全村的劳力上山找猪。

"发顺，你再打婆娘，我把你手脚卸下来。"李发康临走之前警告。发顺失了神，蔫在一边抽着烟不回应，算是一种妥协。玉旺在另一边继续抽泣，李发康的眼睛扫过来，看到她正以干巴的咧嘴表示感谢。

"玉旺，这狗杂种以后还打你，你告诉我，过不下去就离婚！"听到李发康建议离婚，发顺瞪了李发康一眼。

绝不试图去赞美，只需要真实的描述。单纯地描述一个场景，从发顺家出来李发康接着奔赴下一家，从一件事奔赴另一件与上一件毫无关联的事。着重于时间，深夜，狗都不吠的深夜。基层干部扮演着一个类似于父母的角色，喋喋不休，殚精竭虑，苦口婆心以换来民众早就该具备的觉悟。基层干部的工作类似于在琐碎的河流中浮沉，这种琐碎的处理，要么细致入微，要么身败名裂。

次日，天还未亮。发顺的疯叫声又将整个村子喊得不得安宁。这种疯喊还不同以往，是沿着村道疯跑的疯喊。仔细一听发顺疯喊的内容：

"哇呀呀！李发康，我婆娘跑啦！不见啦！"

"哇呀呀，李发康，你个狗杂种，你促我婆娘跟我离婚！"

"李发康，你个憨杂种！"

发顺的疯喊一直持续到天亮，重复性的奔走叫喊，以致全村的人起来知道的第一件事情是这样的：驻村干部李发康建议玉旺和发顺离婚，从而导致了玉旺现在不知所终。

宁拆十座庙，不毁一桩婚的传统真理面前，村民一致认为发顺打婆娘是自家的小事小恶，而李发康一举则是大恶。这是大多数人的认为，可暂且成为正确。

疯喊到天明的发顺终在喊累的时候静了下来，木讷，两眼无神。现在他终于是一个人了，他从未想过会一个人。不过还想推脱责任或者是博取更多的同情，有气无力地嘟囔着："狗日的李发康！"

老岩劝解："发顺，怎么了？"

发顺捏着烟屁股："狗日的李发康促玉旺和我离婚，玉旺就跑丢了。"

老岩："那你婆娘到底跑哪里了？"

发顺："昨晚那疯婆娘揩干净鼻血就往外跑，跑进了林子里，跑得太疯，我追不上她。"

二黑附和："嗯，真的狗日的李发康。"

再次将行动轨迹倒述到起初找猪的林子来，还是一样的场景描写：村北边是森林，最外围是退耕还林后村民种下的松林，往深处走，是人迹罕至的原始森林。为什么要旧景重提呢？因为据发顺的描述，昨晚玉旺就是趁着月色跑向这个方向的，并最终音信全无。

外围的松林中，大规模的人群聚集。昨夜发顺家的叫喊，成为今早众人的谈资。议论纷纷的众人最终统一意见："玉旺失踪的原因可归结为，由于李发康这个外人擅自插手发顺家的家事。"

乡长兰正义一大早便闻讯赶来，贫困村特困户的婆娘丢了，这是天大的事。此时兰正义正训斥着奔忙一夜的李发康："猪的问题还没解决好，现在你又弄出个丢人！太丢人了！"

李发康："发顺都快把他婆娘打死了，所以我就……"

兰正义："自己的事情都还没处理好，还有心思管别人的家事。"

旁观李发康被训斥的发顺这会儿又有了力气，恨恨地："兰乡长，就是他要管我教育我自己的婆娘，我婆娘才丢的。他还促我婆娘跟我离婚……"

兰正义："发顺，你给老子闭嘴。"

太阳出来，林子中的浓雾散开。村庄里的能动劳力组成的搜索队伍进入森林，本来是要找猪，现在还要找人。因为要找人，惊动了兰正义，兰正义带来了乡派出所的全体警员和消防人员。当然，还有一只警犬，以及若干只村民家中品种不纯的撵山犬。

"找猪和找人两件事碰在一起，开干！"兰正义一声令下。

山大了，再多的人也自然就少了。本来计划的地毯式搜索不奏效，所有参与此次搜寻的人员在林中铺撒开来，往森林深处找。边走边喊，这边的人喊着玉旺，那边的人学着猪叫。

"玉旺这个小女子怎么这么能跑呢！这么多人找都还找不到。"

"都快找了一天了，怎么还找不到？"

发顺、老岩和二黑又聚在一起，跟在队伍的最后面，他们三人又一样了，漫不经心。

"发顺，婆娘跑丢了，你怎么一点都不心焦？"

发顺："死了最好，这疯婆娘！"

"发顺，我劝你还是好好找找，没了婆娘怎么过日子。"

发顺："那疯婆娘是李发康弄丢的，他要负责。"发顺将责任推脱得一干二净。此时李发康正带着人在林子深处找，听不到。

"发顺，你是个畜生。"李发康在心里说。

进山搜寻的队伍在山中一直搜寻到傍晚依旧是毫无头绪，唯一的收获便只是越往深处走，地上散落的猪粪越多。村民跟兰正义打趣："兰乡长，派出所该发枪了，不然这野猪又要下山祸害人了。"兰正义："莫要扯卵，找人要紧。""不过要说玉旺这小女子进山也应该走不了多远，怎么就找不到呢？"警犬在嗅了玉旺的衣服气味汪汪汪撒出数里后也在山中丧失了气味的方向，众人不禁为玉旺的安危担忧起来。

村民甲："林子里有豺狗和豹子！"

村民乙："林子里有吃人的狗熊！"

村民丙："林子里还有大黑野猪，也吃人！"

村民甲乙丙代表群众的声音，代表群众的猜测里，玉旺的死因。因为找了一天了，丝毫不见玉旺的踪迹。

兰正义中断众议论："干部留下连夜找，村民回家，今晚找不到，明天接着找。"

村民回村，山中入夜。兰正义、李发康等一众干部继续留守山中，人命关天。消防和民警打着大电筒在前，兰正义和李发康打着小手电跟在后面。山中的夜里幽冷，林中的每一丝响动都会被放大得诡异。

"嗷嗷嗷！"猪叫声在夜里响起。

"你们听，猪在嗷嗷叫！"

"果然有猪在嗷嗷叫！"

众人闻声，手电筒齐刷刷朝着嗷嗷叫声的地方照，众人朝着手电筒照到的地方奔跑。约估摸半小时后，离嗷嗷的叫声越来越近。手电筒所照的灌木丛中因为反射亮起数十双小灯泡："是野猪，很多的野猪！"有人惊喊。嗯，是的！灌木丛中亮起的小灯泡正是野猪群的眼睛反射着手电筒。与野猪在夜里不期而遇，众人愕然。野猪在夜里被强光所照，怔住三秒。待野猪回过神来嗷嗷往漆黑中逃的时候，众人还在愕然中。

"还愣着干吗？追上去。"李发康喊，众人打着手电筒追上去。

森林，尤其是夜里的森林，那绝对是属于野物的领地。野猪群往山顶上窜，众人跟在后头追。野猪群至山顶，野猪群向下翻下了山梁子后不见了踪影。兰正义和李发康跟在最后，气喘吁吁跟上来。

兰正义："大半夜的跟着野猪瞎追什么？万一野猪转过头来咬人怎么整！"

李发康喘着粗气："你看见了没？野猪群里夹着一头白猪？"

兰正义："乱逼麻麻的！谁顾得上去看黑的白的？"

李发康喊住一个民警问："那你看见了没，有一头白猪？"

民警："没有，光看猪眼睛了！"

"你……唉……"李发康问不出个结果。

"野猪群里夹进了家猪，家猪还不得被咬死！"

李发康把手电夹在腋下，双手揉了揉眼睛："应该没看错啊！我就看见一头白猪夹在黑野猪中间。"李发康再揉揉眼睛，一拍脑门："我敢肯定有一头白猪夹在里面！"李发康自我拍板，确定看见一头白猪，此猪极有可能就是发顺家跑丢的那头建档立卡猪。

"那猪呢？"兰正义打断李发康。其实众人与野猪群只不过在慌乱中照过一面而已。

山中搜寻人员在夜遇野猪群的消息成为第二天早上人们的谈资，议论纷纷的一致结论：发顺跑丢的媳妇玉旺有极大的可能已经死在了山上，根据玉旺踪迹全无以及野猪成群的事实可以正面得出悲惨的推测，玉旺死了，肉已经被野猪吃了，骨头也被嚼碎。同时也得出一致的同情和愤慨：把发顺这个畜生也丢到山上让野猪嚼碎，李发康这个多管闲事的间接杀人犯也丢到山里。

发顺在玉旺走丢次日，又伙同着老岩、二黑呼呼大醉，仿佛丢了的不是她的媳妇，呼呼大醉时坚持的醉话："玉旺，是李发康弄丢的！必须由李发康负责。"

李发康领着人在山中继续找，他走在最前面，背后是千夫所指。

一天一夜的山中引吭，留守山中一天一夜的搜寻人员累得够呛。乡长兰正义糊弄个理由一大早就回了乡上，其余搜寻人员散在地上，横着，倚着，侧躺着。玉旺山中走失，谁都没法安宁。

随着玉旺走丢的时间拖长，这支搜寻队伍的规模不断扩大。第二天，相邻的几个村的劳力加入进来。第三天，县上派来一支专业的消防队员。地毯式的搜寻在玉旺走失后第三天正式形成，林中已撒出去千余人。可是在千余双眼睛之下，丝毫不见任何一丝有关玉旺的踪迹。县上每天的指示大同小异——设法减小这事的影响。但是这事没法不大，这种类似于人间蒸发的音信全无让这场千余人找一人的事件无边扩大，一直寂静冷清的山林在大规模的人群介入之后变得热闹又沸腾。

不断加长的失踪时间消耗着李发康的耐性，在山中坚持三天三夜的李发康灰心丧气，心里打着突，脑子发着木。眼前一黑，累晕之前仍然不屈从："活要见人，死要见尸！"如果搜寻的第一天是人和猪一起找，第二天就是单纯地找人，第三天第四天就是活要见人死要见尸。而第五天，千余人在林中张大鼻孔，单纯地期望着能寻找到一具发臭的遗体，以告结这件费时费力的搜寻。可是没有，什么都没有。

人们认为的玉旺的死讯满天飞的时候，发顺不得不接受玉旺已死的现实。酒越喝越发酸，接受死讯就意味着不得不悲伤，发顺不敢再扯着嗓子喊一个死人疯婆娘了。

所以发顺从村子一路哭喊着上山去："狗日的李发康，你还我玉旺。"

发顺的这种哭喊来得快，去得也快，就像是走走过场，在散落着千余人的林中哭号一气后，发顺被老岩和二黑钳下山去。把悲伤哭喊出来不一定有缓释功能，不过能博取同情，这是发顺的目的。晕倒被抬走的李发康自然成为发顺这个可怜之人可怜的可恨制造者，这是一致认为，不可说服。

无所谓始，也无所谓终。发顺、老岩、二黑三人又继续成为一体，喝上了酒。

老岩："给玉旺立个牌位供一下吧？"

发顺又开始醉话："不弄，浪费香火。明天去告狗日的李发康。"发顺又开始盘算着。

二黑："嗯嗯，人命，赔死狗日的李发康。"

八

玉旺走丢的第十天。

县委书记唐松的办公室热闹非凡，名为接待失踪者家属，实则是发顺率领着老岩和二黑在这里赖作一团。发顺的小盘算，以一条人命为筹码，肯定能在这里吃到一些甜头。唐松冷着脸，寻找着解决之法。办公室的皮沙发上，二黑穿着污兮兮的袜子蹲在上面，老岩靠着。抽烟，吐痰。发顺跷着二郎腿，假装丧妻之痛。对，是假装。

发顺："唐书记，都是李发康弄的鬼，我要一个说法，我家媳妇死得不明不白。"

唐松冷着脸："你媳妇不是没死吗？"

发顺："那么多人找了十天都找不到，跟死了有什么区别。"

发顺继续一脸哭相："唐书记，建档立卡猪是李发康发到我家的，换猪迎检的猪也是李发康买的，我那可怜的媳妇也是因为李发康才弄丢的……"

二黑和老岩附和："是啊，是啊，我们可以作证，都是因为狗日的李发康。"

唐松好言细语："我们县里会仔细研究这个事情，尽快给你们一个满意的答复。"

发顺无赖："我们好不容易来一次县里，今天必须要一个说法，不然就不走了！"

唐松无奈，也只得继续见证三人的无耻："那说说吧！你们的意见。"

发顺愤愤："李发康促我媳妇和我离婚，我媳妇才跑丢的，一定要处理他。而且李发康买到我家迎接检查的猪，我希望政府可以帮我变成钱……以后……政府再有什么发猪崽发鸡儿的，直接帮我变成钱发给我……还有就是……我媳妇死了，政府方面多少给点赔偿……"

唐松听罢发顺一口气说出一系列无理的要求，冷着的脸转黑。"啪！"一拍桌子："死了婆娘还狂了小鬼！李发康的事情我们县里会处理，你们的意见我们也会开会讨论。现在，请你们出去，我们要开会了！"唐松对三人下着逐客令，不过三人丝毫不见要走的意思。唐松无奈，打通乡长兰正义的电话愤愤："兰乡长，快来把发顺他们带回去。"转而对坐在沙发上的三人说道："你们喜欢待就待着吧！我要开会去了。"

"唐书记，唐书记！"三人看着唐松的背影。

还是在唐松办公室内，二黑："发顺，你狗日的不会说话！"

发顺："要怎么说，我说的都是实话嘛！"

老岩："本来可以弄点补偿款的，现在完蛋了。"

三人又开始百无聊赖没有结果的内斗。

玉旺走丢后的搜寻工作在搜寻十二天无果后宣告结束，玉旺成为失踪人口。李发康是躺在病床上被当作问题处理的，扶贫的母猪丢了，是工作的错误。处理基层问题的时候用不当的手段造成严重的后果，这是严重的工作错误。数错加在一起，李发康的错误显得特别严重，可以作为其他干部引以为戒的反面典型。革去公职——当李发康听到县上给自己的处理意见的时候，李发康瞬间释然："唉！"长舒一口气："就这样吧！"期间，发顺率领着和老岩、二黑组成的三人无赖队伍从乡上到县上再到市上，闹遍了所有他们认为可以管到这件事情的部门。以至于从乡上到县上再到市上的各个部门都一致认为——此人，无赖。避之不及。

卸去公职之后的李发康倍感轻松，他要离开这个地方。插手别人的家事从而导致别人媳妇跑丢了，他已背负着千夫所指的罪名。解释不清，不可说服。当李发康身无一物坐上离开的客车时，那个消失数月音讯全无的玉旺从山里回来了。

嗯，没说错！那个跑进山林里失踪数月的玉旺，那个千余人搜寻而不见的玉旺回来了。和玉旺一同回来的还有那头所谓的建档立卡母猪种以及母猪身后跟着的一群小猪崽。母猪嗷嗷嗷，小猪呀呀呀，被玉旺赶着穿村而过。这一天，村里的人打开大门，玉旺和猪回来了，像战士凯旋。

"玉旺不是死在山上了吗？怎么回来了？"

"怎么还赶着猪回来了？还有一群小猪崽子。"

"那群小猪崽是小野猪呢！"

"肯定是小野猪，大概是那母猪跑到山上跟野公猪配的种！"

"不是，玉旺不是死了吗？怎么又回来了？"问题又回到原点。

玉旺和猪继续在村中穿行，一路走，背后跟着的人越来越多，都想看一看这个失踪在林中数月的女人。

玉旺赶着猪回到家中的时候，发顺刚打包好行李，准备到省里去上访。大门打开，见玉旺进门，发顺一愣，接着一惊："啊！你他妈不是死了吗？"赶进院子里的猪嗷嗷不止，见玉旺不回话，发顺大声吼道："你他妈不是死了吗？怎么回来了，没死成？"玉旺的嘴嘟嘟囔囔了几下，发声："李……李发康……在哪儿？"见玉旺回来的第一句话就是问李发康，发顺愤愤："李发康都他妈差点把你害死了，你还跟我提他？"发顺挥手欲打玉旺。

不过这次发顺失算了。"啪！"玉旺响亮的一耳光抽在发顺脸上。挨了一巴掌的发顺发着蒙捂着脸向后退却："这疯婆娘，真的疯了！"天旋地转，天旋地转，这里的天旋地转指的是发顺在捂着脸的瞬间看到门外哄笑的人群。这当然很让人没面子，发顺此时双腿酸软，瘫在地上。世界仿佛倒置，然后变了个色。

"李……发康……"

从山中归来的玉旺变得强硬，但是依旧痴傻。不过人们改变了的说法，玉旺这是淳朴的无害。于是，人们经常会看到玉旺吆喝着从山中带回来的猪群，沿着山路走，不时被林海淹没。

列车向东走，驶出南高原，革去职务的李发康在车上。换个环境也许是种逃离，而逃离偶尔是逃命。列车向东走，李发康的电话响了，接通，乡长兰正义的声音："发康啊！误会啊！误会，发顺家媳妇回来了，建档立卡猪也回来了！"

李发康并不惊讶："回来就好，回来就好！"

兰正义："我们乡里和县上已经更正了对你的处理，你可以回来了！"

"……"电话那头李发康不作声。

兰正义接着说："发顺媳妇回来了，带回来建档立卡猪，还领回来一窝野猪的杂交崽子。乡上准备在村里建立一个野猪杂交的示范基地。"

"……"李发康还是不作声。

兰正义接着说："回来吧！村里的工作需要你！"

"嘟……嘟……嘟……"电话忙音，李发康挂断电话，列车驶出高原。

"唉，累了！结束了！"李发康自言自语，倚着车窗，睡去。

九

现在，我经常在电话里喊李发康："嘿，倒霉蛋！"

他回："滚屎！说人话！"

我："爸！"

他现在在沿海的某个城市的建筑工地，有时候扎钢筋，多数时候扛水泥。

我："爸，村里的野猪养殖场弄起来了！村里的人都顺利脱贫了。"

我爸李发康："那就好，现在国家政策那么好，好好过日子比什么都强！"

我接着："玉旺养殖场的每一头猪，都是我爸！"

玉旺管养殖场的每一头猪，都叫李发康。

发表于《中国作家》2019年第5期，《小说选刊》2019年第5期

时代交响中的清凉之音

——评《猪嗷嗷叫》

崔庆蕾

新中国成立以来，中国共产党人就一直奋战在脱贫攻坚的战场上并取得了突出成绩。2015年，"十三五"规划又确立了在2020年全面消除贫困、打赢脱贫攻坚战的宏伟目标，脱贫攻坚的步伐骤然加速。2015年后的这几年，脱贫攻坚成为时代交响中的强音和高音，各行各业都在积极支援、深度参与这一场没有硝烟的战役。这同样也是时代之于文学的庄严命题，文学如何反映、参与以及推动这一伟大事业成为当代文学人的时代任务。

近几年来，已经涌现出不少优秀的反映这一时代主题生动实践的文学作品。比如赵德发《经山海》、陈毅达《海边春秋》、滕贞甫《战国红》、纪红建《乡村国是》、王宏甲《庄严的承诺》、马平《高腔》等，这些作品将脱贫攻坚的时代命题与文学想象相结合，塑造出一批如扶贫干部吴小蒿般令人难忘的人物形象，讲述了一个个发生在脱贫一线的曲折动人故事，有力地宣传和助推了脱贫攻坚事业的向前迈进。

从写作者的年龄来看，上述作家多是写作经验丰富的老一辈作家，而《猪嗷嗷叫》这篇扶贫题材小说则让我们看到了新一代年轻写作者对于时代命题的高度关注和有力回应，它显现了新一代年轻写作者的宽阔视野和担当精神。这也充分证明，脱贫攻坚是一个全民参与、共同战斗的伟大事业。

《猪嗷嗷叫》的作者李司平出生于1996年，以代际划分，是一名"90后"作家。实际上，早在几年前，"90后"作家便已登场并引起关注。然而，从已有创作来看，"90后"作家的创作仍然较多延续了对于个人情感、城市生活、底层人物等常见主题的关注，对于国家民族重大事件和时代命题的回应不多。《猪嗷嗷叫》的出现让我们看到了"90后"作家创作的另一个向度和可能。

《猪嗷嗷叫》是一篇以扶贫为主题的小说。但作者进入这一宏大主题的方式是别出心裁的，显示了其良好的处理素材的文学能力。作者没有从正面强攻、直接呈现扶贫攻坚的波澜壮阔，而是从侧面入题，以四两拨千斤的方式，通过养猪脱贫、杀猪过年这样具有冲突性的矛盾结构巧妙进入扶贫现场，带着鲜明的问题意识，写出了一篇幽默诙谐、简洁灵动，既有精彩细节场景，又有纵深问题思考的优秀作品。

小说有一个简单清晰的情节主线，即杀猪与找猪，这两个情节占据了小说的绝大部分篇幅。其背后纠结的是脱贫与返贫的矛盾。扶贫工作层层压实，传递到扶贫对象这里，就变成了养猪任务。然而这看似享受政策红利，没有什么难度的任务，却与发顺等扶贫对象的思想观念产生了剧烈冲突。在扶贫工作中，猪并不能完全视为个人的私有财产，它肩负脱贫攻坚重任，它是脱贫奔小康的希望所在。因此，并不能把它作为年猪随意杀掉、一饱口福。但在发顺等扶贫对象这里，显然没有意识到猪的这一特殊内涵和重要性，简单地把它视为私有财产而将它推上了屠宰台，于是便出现了小说开头生动的"杀猪"场景。这一矛盾冲突体现的是扶贫政策和脱贫意识如何艰难落地生根的问题，扶贫并不是简单地给予多少物质援助，更重要的是从根本上摆脱旧有思维，从本体上具备脱贫主动性和行动力。但显然发顺、老岩、二黑、黑顺等人没有这样的思想认识，这恰是脱贫攻坚的深层难度之所在。

小说分层次描写了扶贫对象、驻村扶贫干部、乡镇基层扶贫官员这样一个扶贫事业生态链上的关键人物。从结构上来讲，以李发康为代表的扶贫脱贫推动力量与发顺、老岩、二黑等人为代表的扶贫对象构成了一对矛盾体，这也是脱贫攻坚事业中具有普遍性的矛盾体。发顺等人因为因循守旧、认知落伍成为被改造和帮扶的对象，作者通过对发顺等人好吃、懒做、酗酒、不尊重女性等习性特征的描写深刻揭示出这一群体所固有的性格顽疾，他们之所以成为被改造的对象，并非仅仅是物质上的匮乏，更有性格乃至思想认知的深层根源。

李发康作为驻村扶贫干部，是扶贫工作的关键角色之一，也是作者重点刻画的人物形象。他的积极进取代表了这个群体光亮的一面。但在困难和压力面前，同样也暴露出了弱点和问题。在如何处理建档立卡猪失踪以及应对检查任务的事情上，尽管弄虚作假的主意源自发顺，但在巨大的压力面前，李发康还是做了帮凶，这体现出驻村扶贫干部所面临的巨大压力以及自身的弱点和局限。作为脱贫攻坚战场的关键角色，驻村扶贫干部这一群体理应受到更多的理解和关注。小说结尾，李发康的坚定出走，更是显现出这一群体的复杂心态。作者在塑造这一群体时没有简单地概念化和脸谱化，而是在深入观察了解的基础上，写出了他们思想的复杂性和个体处境的艰难，显示出敏锐的洞察力和独立思考的能力。

总体而言，小说极为巧妙地呈现了脱贫攻坚的一个现实侧面，展现了一幅温热的时代场景，具有很强的现实感。同时也写出了扶贫工作的复杂性和难度，具有很强的问题意识和现实意义。扶贫是一个系统性工作，扶贫先扶智，在具体的政策和举措之外，需要统一思想，需要有深层共识。《猪嗷嗷叫》犹如一股清凉之音，发出了新一代写作者的呐喊，他们对于时代命题的关注和回应，以及处理这种重大题材的能力，让我们对这一代写作者充满更大的期待。

风　烈

杜　斌

一

　　倒霉了半年的刘国瑾站在山顶上，迎着秋风，双手叉腰，兴致盎然地观风景。这是喜爱爬山的他，今年第一次从事自己喜爱的运动。正满眼风光，运动裤口袋里的手机响了。他掏出手机一看，是学校王木德副校长打来的。

　　他最怕接这种突如其来的电话。

　　校长，在山上？王木德问。

　　嗯。有事吗？

　　有事。王木德的口气有点犹豫。

　　啥事？

　　不知该不该……

　　那头没音了，刘国瑾喊了半天也没反应，看手机黑屏，按开关键也没反应。他手机没电了，摸摸另一个口袋，充电宝也忘记带了。

　　他感觉又出事了！

　　他浑身发冷，起一层鸡皮疙瘩。一秒前还在背部像蚯蚓一样蜿蜒冒着丝丝热意的汗水，顿时成了冰挂。头顶的腾腾热气结了霜。秋高气爽的万里蓝天不见了。连绵百里直达天际的群山消失了，红得艳丽虽干枯却不凋谢的千日红无影了，黄灿灿一蓬一蓬似野菊花的旋覆花藏形了，天地一片空白。

　　今年，这是他第三次在山上接到王木德的这种电话了。前两次都给他带来难以摆脱的噩梦。

　　他的小腿肚子在七分裤腿里瑟瑟发抖。

　　这次又会有啥灾祸砸到头上？

　　他不知道。

　　他不敢猜，也不愿猜。

上次接到王木德的电话发生大事是在两个月前的农历十五。天气燥热，日光如毒，万物发蔫。他来到隐云寺，怀着一腔虔诚，和一群居士亦步亦趋跟着和尚做法事。中间，一泡尿憋不住，出来上厕所。站在小便池前，半天撒不出一滴尿来。他怀疑前列腺是不是有了非常严重的炎症。他摒弃一切杂念，集中精力于大腿间，嘴上嘘嘘地吹口哨做引子。好不容易尿了出来，却像没有压力的自来水龙头，滴滴答答，尿了十分钟没尿完，裤口袋里的手机就振动了。他一边继续滴滴答答，一边掏出手机，是王木德的电话。王木德说反垄断调查局打来电话，说学校涉嫌行业垄断，下个星期要过来调查核实。刘国瑾感到好笑，说搞错了吧，我有本事搞行业垄断，我还办啥狗屁民办培训学校？王木德说，没错，办公室王主任给我拿过来反垄断调查局发来的3页传真，说是证据确凿，还提出52个问题，要学校认真准备材料。刘国瑾打了个冷战，滴滴答答中断了，嘘嘘的口哨卡在嗓子眼，没来得及撒出来的尿倒流回膀胱。针对反垄断局的52个问题，学校3名财务人员加上从办公室教务处临时抽调的7名员工，白天黑夜连轴转，准备了6天零9个半小时，打印复印了4377页材料，焦灼中煎熬了半个月，盼来了5名调查人员。刘国瑾每天都要被叫过去问话。财务处人员、办公室人员、教务处人员、后勤处人员都被约谈。后来，又开始挨个抽查学员，询问学员是不是有人强行安排他们来培训。叫了不到一天，学员吓跑了一多半。刘国瑾又气又急，望天长叹。经过5天调查，得出了结论：垄断一事确实存在，但与学校无关。下一步他们要移步有关单位继续调查核实。变成苦瓜脸的刘国瑾给鉴定站副站长陈登第打电话，陈登第为他叫屈。刘国瑾又专门跑到鉴定站给老站长吴兴瑞诉苦，老站长为他打抱不平，但又无可奈何。经过这次折腾，学校一个半月没招到一名学员。外面谣言四起，说得有鼻子有眼，蛇城职业技能培训学校涉嫌行业垄断，被查封了。

第一次接到王木德的电话发生大事是在半年前。王木德说他接到一个陌生电话，对方说他是税务稽查大队的，说是有人举报你们学校偷税漏税。第二天，稽查大队的人马直扑过来，首先封了所有的账目，接着勒令学校停止经营，配合稽查。一查就是半个月，所有的账目一一核对，一年内培训的学员挨个打了电话，所有人都知道蛇城技能培训学校出了大事。经过三天的严格稽查，查出学校不合规发票3张，涉及金额3000元，按规定应该罚款15000元，最后经过稽查人员反复研究，为了响应国家的号召，支持培训学校这一新生事物，支持民营企业合法经营，给予1000元的处罚。这次税务稽查，再加上几位居心叵测的同行趁风扬沙，使学校名声大损，元气大伤，两个多月才招收到11名学员。事后，经过全校教职员工多方努力，如今学校总算是又慢慢步入正轨。

刚笑了没几天，今天又一次接到王木德这种电话，刘国瑾连叫倒霉，他不知道又要出什么事。脑子一片空白还好受，一猜测，一乱想，就哄的一下长满蒺藜。

肚子里面一阵痉挛，疼痛，下面马上就有了便意。

他急忙钻进树丛，脱下裤子，还没蹲下一股稀屎就喷薄而出，扫倒一片杂草。

他的脸发烧。

拉完屎，提起裤，站起身，小腿肚又麻又抖，他感到空气稀薄得喘不上气来。他看看天，看看学校的方向，努力拔起焊在杂草上的两条腿，吃力地往下跑。

从山上下来的小路经过隐云寺，刘国瑾下意识扫了一眼，就有了进去拜拜的冲动。他放慢脚步走进去，从裤口袋掏出一把钱，也没数，就塞进功德箱里，然后点了三炷香，磕了三个头。又匆匆往学校跑，一路上嘴里自言自语：菩萨保佑菩萨保佑。

看见副校长王木德背着手，在学校门口转圈，刘国瑾的心跳到了舌尖。

王副校长似乎闻到了他的味道，风干了的土豆脸转向他。

王木德直直地眼看校长：你这是咋啦，脸都绿了。

刘国瑾声音震颤着问：你在这干啥？

给你打电话，没说两句就断了，再打你已关机，我在这等你。

又有事了？

没啥大事，鉴定站开会，小高打电话，问你有没时间，有的话，就去参加一下。

就这屁事！刘国瑾狠狠剜了王木德一眼，长舒一口气，末了，用右手食指点着对方：你呀，他妈的……王木德！你吓死我了。

刘国瑾两腿一软，一屁股坐在路边一根老柳树的半截树墩上。他抚抚胸口，平息着内心的不安和焦虑。他说：我接到你的电话，还以为又出大事了！

王木德说：哎呀，我的校长，你胆子咋越来越小了。

刘国瑾看着王副校长，突然间他想哭。

二

学校办公区在顶楼，是私自加盖的，属违章建筑，被有关部门处罚过三次。不打不相识，最后大家成了朋友，也就睁只眼闭只眼。再有四年，楼房的租期就到了。他在三年前就筹划着征60亩地，漂漂亮亮盖一座职业技能培训学校。他十分看好职业技能培训的前景。上周一开例会时，他还和王副校长几人就职业技能培训问题进行过一番激烈的争论。对于我国是世界上劳动力资源最丰富的国家，劳动力素质普遍偏低这一点，大家没有分歧。刘国瑾认为，职业技能培训应该成为我们的国策之一，全面推进素质教育，造就数以千万计的专业人才，不仅是缓解就业压力的需要，也当是拉动经济繁荣的重要一环。没有高精尖的创新工匠，我们引以为豪的制造业就难以为继。为此，他决心把自己的后半生投入到职业技能培训领域，但征地建校的难度超过了他的想象。一年的奔走，毫无成效。第二年，全球经济最低迷时，他在《蛇城都市报》文教栏目上看到一条新闻，说省里在蛇城50公里外兴建一个教学园区，已有三家教育机构入驻。他心知机会来了，当下就开车跑过去。教学园区已经设立四年，当地政府正为招商引资愁得白发三千丈。在招商人员的带领下，他转了两大圈，相中了一块地。他的投资虽然不大，但也算是一个项目，在政府招商引资的表格上又增添了一行，很快就签订了有关协议，缴纳了500万元的保证金。如今两年过去了，当初引资人的白发长到了他的头上。由于经济形势的逐步好转，当地政府把主要精力转移到更能拉动GDP的项目上，职业技能教育成了叫好不叫座的鸡肋。

电梯神经质地抖了一下，停在五楼。刘国瑾在前，王木德随后，出了电梯，走到五楼的最东面，沿楼外增加的简易消防梯上到六楼。正对楼梯的是教务处，后面依次是招生处、就业处、后勤处、财务处、校办公室、会议室，副校长办公室，最后一间是校长办公室，270度采光。

后勤处长梁三友又在精心浇花，看见校长，他放下手中的水壶，屁颠屁颠地跟在校长后头。

办公室主任王前进把一份表格放到校长面前，是《民营非营利机构自查工作报表》。王主任说：这个表催得急，要十二点前必须送过去。

刘国瑾斜睨着王主任：上个星期不是已经报过了吗？

王木德说：上星期是报给人社部门的，这次是民政部门要的。

还有哪个部门要？

可能所有的政府部门和相关的民间组织都要，暂时搞不清楚。

王副校长瞪了王主任一眼，说：咱们天生婆婆多，是个部门都会手发痒，伸过来挠两下。你干脆搞它几十份，谁要给谁报，不要老是找校长签字。

王主任说：好的，我马上办。

刘国瑾的号码还没拨出去，正充电的手机响了。

王木德探头一看，报告校长，是陈副站长的电话。

刘国瑾的手伸到空中，王木德把手机和充电宝放到空中的掌心中。

里面的声音比平时高了八度，音调像唱歌：哈哈哈哈，我的刘兄啊，别人的电话都快把我的手机打爆啦。我盼星星盼月亮就等你的电话呀！我咋就看不见你一个电话？你啥时候变得这么牛屎呀？

刘国瑾笑着回答：我的陈站长呀，我正给你拨号呢，咱俩有感应，真是心有灵犀一点通啊。

说得比唱得好听，可事实是一个小时前我专门让办公室的小高通知你们学校，叫你来鉴定站开会，你牛屎得就是不露面。

我爬山了，在山上，手机没电。这不，一下来，一边充电一边给你打电话呢。

潇洒啊！

潇洒个狗屁！你快快当站长吧，你再不当站长，我就要断气啦。

那你是希望我当站长喽。

天天盼，夜夜盼啊！

真心话？

我啥时骗过你陈站长呀？借给我十个胆子也不敢，不是不敢，是不会。

以后就不用盼了！

啊呀，听口气，有喜事？

就你不关心我。

关心，每天关心，时时刻刻关心。哪敢不关心？我天天烧高香，祈祷你赶紧上台，执掌大印。

瞎扯淡！你这么关心我，这么大的事你都不知道，还说关心我？

我在这山沟沟里，孤陋寡闻。

告诉你吧，我的老兄，我的刘校长！特大喜讯：刚刚开会宣布老站长退休，从今天，不，从现在开始，我，全面主持鉴定站的工作！他妈的，千年老二，终于修成老大。

天啊！

还不恭喜我？

你不是哄我开心吧？

这谎我能撒？

我的妈呀！我的老天爷啊！恭喜呀恭喜！

马上过来！

好的好的。

安排饭局！

必须的！

庆贺庆贺！

应该的！粤海世界饭店还是蛇城饭庄？

随你的便，你办事我放心！

挂了电话，刘国瑾觉得身上热血沸腾，他双手拍着桌子，对王木德说，咱们学校的好日子启航啦！

王前进把30份《民营非营利机构自查工作报表》放到校长面前，刘国瑾接过办公室主任递过来的签字笔，在王前进的指挥下，挨个在法人代表一栏里签上龙飞凤舞的签名。笔还没放下，他为自己在山上的紧张感到好笑。

隐云寺的梵音《六字大明咒》透过窗户飘过来，听起来怦然心动。再细听，妙善的特质，让人心静。

刘国瑾不由自主地想，今天的结果，不会是刚才进隐云寺给佛烧了香，菩萨保佑的原因吧？

他又想起了那尊菩萨。他想过两天再去拜拜，如果学校能再上一层楼，他还要给菩萨重塑金身呢。

反正今天是好事，没有坏事，好好，真好！

三

刘国瑾是蛇城职业技能培训学校的校长。他和陈登第都当过兵，虽不是一个部队，但都扛过枪，也能称战友。多了这层关系，加上年龄差不多，相较老站长吴兴瑞，俩人就情同手足。刘国瑾也曾试图和老站长套关系，无奈老站长和方州培训学校的任继军血肉相连，还有风言风语，说老站长吴兴瑞和任继军的母亲关系非同一般，逢年过节，老站长宁可不陪自己的老婆孩子，也要陪任继军母子俩。更有传言说得有鼻子有眼，任继军是老站长的私生子。刘国瑾细细对比过，两个人的侧面还真有点像。巴结不上老站长吴兴瑞，退而求其次，刘国瑾对陈登第自然就精心了许多。培训学校没有鉴定站做后台支撑，就像没娘的孤儿。逢年过节，刘国瑾对陈登第自然就孝敬多多，平时也隔三岔五地红包酬谢。陈登第也投桃送李，凡是蛇城职业技能培训学校的鉴定考试事宜，一路绿灯闪亮。每年四次国家理论考试，按规定，30人一个考场，为了节省租用场地费用，蛇城学校有时会50人甚至80多人一个考场，陈登第都选择睁一只眼闭一只眼。每次技能鉴定，陈登第也是尺度尽量宽松，让刘国瑾获益颇多。刘国瑾早盼望老站长能早日退休，陈副站长转正。那时候，有陈站长做靠山，蛇城培训学校就有希望坐上全省特有工种培训的老大交椅。陈登第跟了老站长多年，了解老站长的口味，知道老站长为什么喜欢他。一般领导都喜欢乖巧的，老实的，而老站长为人大气，精明强干，对有个性的人情有独钟。于是陈登第就把二者糅到一起，常常在一些无关紧要的"大事"上，表现得张牙舞爪，极具血性。无论何时何地，在老站长面前，他都是前倾45度。

陈登第人长得黑，脸又长，人们背后给他起了个外号，叫驴脸。他爱喝啤酒，据说当年老婆菲妮和闺蜜冯爽抓住他在外面酒后乱性，便给他立了个规矩，不准在外喝酒。那时候，菲妮的官做得比他大，菲妮爸的官也比他爸的官做得大。官大一级压死人，夫妻也不例外。菲妮有了禁令，本来在家就低人一等的陈登第，自然只能在家喝酒。驴脸能吃，一顿两大碗刀削面，但不长膘，自己都嫌自己没有男人的风度，便顺势在家大喝啤酒，期望能喝出个啤酒肚来。那个年代，啤酒肚被称作将军肚，是官员的专利，官越大肚子就越大。驴脸两杯啤酒下肚，啥话都敢说，有次还把老婆的嘴巴打得像脱肛似的往外翻。厅级老丈人闻讯赶过来，二话不说，挥手就把驴脸抽成了陀螺。

饭局最终选在滨河东路一个很有特色的私家菜馆，新上任的代理站长陈登第夸奖刘校长考虑周全，有政治头脑，还说当下形势低调一点完全正确。

这个私家菜馆，刘国瑾是第二次来。第一次是两个月前反垄断调查结束的当晚，为了感谢苟处长，为了以后不再有麻烦，他执意要请人家吃个便饭。熟门熟路，刘国瑾没走前门，拐过花坛，绕到后面，进后门。后门陈旧得生满铁锈，打开向前走三步，又是一道门，牛皮包的，推开就是另外一个天地，装修的豪华程度不亚于前两年门庭若市的王府饭店。三祥培训学校校长马三祥、千秋培训学校校长傅正焕、方州培训学校校长任继军、大青培训学校校长刘青山，都在包间门口恭迎刚刚荣升的陈站长。

陈登第把嘴笑得有脸盆大，有点驼的背也挺得像门板。进门的一霎那，刘国瑾兴奋又惊讶地发现，陈登第不但官升了，人也高了半尺，他看他时居然需要仰视了。

昂首挺胸满脸春风的陈登第突然收住脚步，眼一瞪，环视一周，又笑了：你们谁知道今天是啥日子？

刘国瑾笑得把头顶的中式龙灯都逗乐了，说：陈站长您荣升的好日子呀！普天同庆的大喜日子！

陈登第嘴里哈哈哈地滚出一长串大笑，说：今天是我的生日。这么多年了，也不说给我过个生日。

任继军惊叫：哎呀，你是鬼节生的？

陈登第边走边在主位上坐下，环视一周说：正是。咋啦，吃惊？奇怪？呵呵呵呵，别看你们这些校长们一个个猴精猴精，上识天文，下懂地理，其实真正的国粹，你们狗屁不通。鬼节出生的人，在中华五千年的文化里，叫作天胎，文献记载：五星者，是日月之灵根，天胎之五藏，天地赖以综气，日月系之而明。

任继军凑近刘国瑾的耳朵小声说：我们老家把鬼节出生的孩子叫小鬼，说是游荡的小鬼变成的，阴气重。命理学上也认为，此日生人，夫妻相克，子孙刑克，争强好斗。以后我们要和鬼打交道了。

刘国瑾听后一脸坏笑。

按照陈登第的口味，刘国瑾安排好了菜品，"佛跳墙"必点，当然也少不了小葱拌豆腐、家常豆腐、香菇炖豆腐、麻辣豆腐、回锅豆腐。陈登第爱吃豆腐出了名。他常说，小时候家里穷，吃肉是一件极奢侈的事，只有逢年过节才调剂调剂。在漫漫的饥饿成长史中，老母亲无法让他从肉食中获得优质蛋白质，只能从大豆中获取。他对豆腐有特殊的感情，他常念叨：豆腐有妈妈的味道。

第一杯酒，新上任的陈站长说了几句感谢的话，还说以后鉴定站还得仰仗在座的各位鼎力相助。大家积极响应，由衷大笑。刘国瑾的声音比大家高八度，以使整个场面更加自然、真挚、快乐。

第二杯时，刘国瑾端起酒杯，起身说：每个行业都有祖师爷，理发的祖师爷是吕洞宾，毛笔的祖师爷是蒙恬，木匠的祖师爷是鲁班，豆腐行业的祖师爷是刘安。咱们省特有行业培训的祖师爷过去是老站长，从今天开始我们就要供拜陈站长了。来，大家举杯，为咱们新的祖师爷陈站长干杯！

喝第三杯时刘青山忍不住站起，引领大家一起高呼"起三"，谐音起山。

刘青山在碰杯时由于用力过大，把玻璃杯碰烂了，渣子飞到陈登第怀里，弄得场面有点尴尬。

陈登第笑着打圆场：碎碎平安！

自由打关时，任继军有事告辞，临走前，拉着陈站长的手，说了一些祝贺之类的奉承话。

刘青山看着包间门重新关上，把嘴贴近陈站长的耳朵说：这小子肯定是去老站长那儿了。

陈站长说：有话就大声说嘛。

刘青山的嘴只好离开陈登第的耳朵，大声把话重复了一遍。

马三祥说：这是啥机密？天下谁不知道任继军是老站长的心头肉啊。

刘国瑾说：老站长对任继军那叫没说的，比亲儿子还亲。

刘青山说：本来就是亲儿子嘛。

傅正焕故作惊讶：任继军真的是老站长的私生子？

刘国瑾说：听说任继军的父亲当年是为救老站长牺牲的。

闫壮飞说：日哄谁呀，咱们不是三岁小孩。

刘青山说：明摆着是给不正当关系打掩护的。

马三祥说：此地无银三百两。

刘青山说：不是特殊关系，老站长怎能逢年过节宁愿抛下老婆，也要和任继军母子一起去过。

刘国瑾说：你说的不对。老站长春节在自家过，我可以作证。

傅正焕说：说明你过年给老站长拜过年啊。

刘国瑾说：这有什么好隐瞒的，在座的有谁没给老站长拜过年？

陈站长抬起手，做了个下压的动作。他拉长脸，郑重其事地说：今天到此为止，以后大家谁也不能乱讲。老站长是我们大家的老站长，对我们有恩，有情，有义，不能人走茶凉。我在位一天，就不允许你们随便议论。你们都给我注意喽，今天的胡说八道，就此打住，就此打住……

从私家菜馆出来，马三祥请陈站长和大家一起去歌厅吼两嗓子，放松放松，加深加深感情。

陈登第不给他机会，笑呵呵地说：不行啊，今天是中元节，我要祭祀先人。

他转向刘国瑾，郑重地说：祖宗重要。

刘国瑾赶紧点头：祖宗重要，祖宗重要。

为了显示隆重，陈登第先理发、染发。看着镜子里被烟熏黑的牙，又果断地走进红十字口腔医院洗牙。出来意犹未尽，又到美容厅转了一圈。再出来时，刘国瑾都呆了，陈站长眼角的鱼尾纹像是用电熨斗熨过一般。

陈登第坐着刘国瑾的车，先到永安寺公墓，请出父亲的骨灰盒，点三炷高香，三跪九叩，汇报说：爸，您老努力了一辈子，最终才是个副处级，儿子今天超过你啦。我现在是正处了，可以和菲妮平起平坐，可以不看黄脸婆的脸色行事了。

从永安寺公墓出来，陈登第大声指挥刘国瑾狠踩油门，从唐明东街上高速公路，一路向南，直奔浑水河。陈登第给村里的本家兄弟打电话，高声指挥全村姓陈的全部集中到祖坟前，还命令他们按照老家的风俗，到镇上买祭祀用品，花多少钱无所谓，费用他全出。下了高速路，陈登第直奔陈氏祖坟，领着本家兄弟给祖先点高香，烧纸灯，献花馍……

祭完祖，回到省城已是后半夜。中元节到了尾声，街道上已经没有行人，月亮像黄黄的玉米面饼子贴在夜的铁锅上。地砖铺就的人行道上画满了白圈圈，那是给祖宗烧纸时用的，密密麻麻。

刘国瑾听过不少鬼节的传说，后半夜阴气重，他想早点回家。

陈登第却心潮澎湃得平静不下来，他指挥刘国瑾敲开一家小酒店的门，要了几个下酒菜：小葱拌豆腐、醋泡花生米、猪皮冻、过油肉，外加一箱啤酒。

陈登第抽着烟，喝着酒，先是把陈氏祖先称颂一番，又夸自己鲜花正盛开，接着开始称赞前任老站长是他的救命恩人，是他全家的救命恩人。说是有年冬天，老妈在老家中了煤气，当时没经验，医院抢救过来后，就要回老家。半路上，老站长来电话，及时告诫他，中煤气的人必须要进行高压氧治疗，多亏了老站长的建议，他妈才没有落下后遗症，不然，哪能活到今天。陈登第说着说着，话头就像断了线的风筝，突然转向，又开始大骂老站长，说他只顾自己，不管手下人死活。还说，当了十一年的副站长，老站长就像压在头上的五指山，现在五指山终于倒了，他可以大展手脚了，千年老二可以扬眉吐气了。又说，在这个社会上，谁不想由着性子打出自己的一片天下？可他不行，他没有好老子，老子当了一辈子官，死到临头才捞个副县长。有个好老丈人，却没有好老婆。他妈的，个中滋味，谁人体会？日子过得真恓惶，眼看着别人高楼大厦、奔驰宝马、美女黄金，他的心在流血、在颤抖，走路鬼打墙，睡觉腿抽筋。现在老天开眼，云开雾散见晴天，头上没了五指山！他要努力工作，把权力用好，实现人生价值最大化！

说着说着，陈登第突然打住，歪着头，眯起眼，端详着手中的烟，脸唰地绿了。他把手中的半截烟和桌子上刚开包的芙蓉王一起扔到刘国瑾怀里，怒斥道：老子都当站长了，还让老子抽这号烂烟？命令刘国瑾给他买两条中华烟去。

那天，他们一直喝到天亮。刘国瑾叫停，陈登第要了一箱啤酒还要喝，一边喝一边抽着中华烟，中间还给刘国瑾讲了小时候的事，说，六岁那年，他爸妈离了婚，当公社书记的爸回老家过年，大年初一，在巷口碰见他，偷偷给他塞了五毛钱的压岁钱。他用二分钱买了一串山楂糖葫芦，剩下四毛八分钱，怕妈发现，开始藏在被窝里，又藏到裤子底下，最终还是被妈发现了。他不敢告诉妈是爸给他的压岁钱，妈天天警告他，说人穷不能穷了骨气，饿死也不能花那个没良心人的一分钱。他回答不上来妈的问话，妈就三娘教子一样，从炕头捡起木尺，把他的手心打成了五花肉。第二年，他上小学一年级了，大年初一，爸又专门在巷口碰见他，给了一块钱压岁钱。这次他没敢在家里藏，他藏在鞋底，结果鞋帮烂了他不知道，还是让妈发现了。妈用鞋底打得他屁股火辣了半个月，晚上只能趴着睡觉。后来，高中毕业，爸调到外地一个县当劳动局长，把他的户口从农村转到了城市。第二年，爸送他当了兵。复员那年，爸又把他安排到省城，不幸的是，他还没来得及尽孝，他老人家就得了肝癌。临死前，爸给了他一笔钱，他藏在结婚照的镜框后面。第二年，腊月二十三过小年打扫卫生，老婆菲妮发现了镜框后面的秘密，一声不吭全没收了。

陈登第说到这里住了口，打开一瓶啤酒，一仰脖子全下了肚。把空酒瓶往桌子上一蹾，吼道：他妈的，恓惶哩！老子受了一辈子，穷了一辈子！窝囊死了！

他拉住他的手，摇着，拍着：你是校长，是富人，你知道穷人最大的悲哀是什么吗？没钱！穷人所有的困苦，都和钱有关系，脸面，生存，温饱，吃喝拉撒睡。那年我结婚，多年的积蓄全用来置办家当，婚后我口袋里干净得像刚搓完澡的屁股蛋。实话告诉你，不怕丢脸，不怕你笑话，那时候我每天把办公室烟灰缸里剩的烟头都收集起来，躲到没人处，用报纸卷成喇叭筒，偷偷地过烟瘾。

陈登第眼眶里泛起泪光，接着两串泪珠挂在脸颊。

片刻，他挥手抹了一把泪，腾地站起来，手舞足蹈，口吐白沫：今天，老子可以扬眉吐气了，老子现在是正处级干部了！哈哈哈，爽啊！

刘国瑾脑子断片，张着嘴想了半天，才想起应该到洗手间冲冲冷水。返回酒桌，他一把一把地抹着脸上的水，噼里啪啦摔到地上。他拦住对着七八张饭桌大发宏论的陈站长，大声表态，从今天起，蛇城职业技能培训学校聘请陈站长担任顾问，月薪若干。

陈登第一手叉腰，一手挥舞着啤酒瓶，大赞革命战友情深意厚，不拿下威虎山誓不休。

有了顾问的身份，陈登第就往学校跑得勤快起来，主动给学校教务处开会，提合理化建议，帮学校调整技能培训课程，按照国家的考题安排课程，捋顺考培关系。

刘国瑾感激之情如潮涌。他明白，有了陈登第这个天胎的关照，学校考试的合格率就能增加几个百分点，招生就好招，有了生源，学校就有了财源，有了财源学校就能生存。刘国瑾要把陈登第完全变成自己人，让学校的事变成陈登第自己的事，一切可能的问题也就都不成问题了！

四

当深冬的西北风从隐云寺扑下来时，突然有一天，刘国瑾发现陈登第脸上笑容的源泉似乎枯竭了。一连三次实操考试，他都像个省级领导干部，背着手，昂着头，板着脸，威风凛凛，莫名其妙地把学校的老师骂得狗血喷头。

转眼，柳树舒展着嫩叶枝条在春风中翩翩起舞。这天，副校长王木德陪着校长在学校巡视了一遍，来到大门口，商量着要按照风水先生的建议，把校门两边的石狮换成貔貅，把教学楼前的单根旗杆两边各增加一根，变成三根。三根旗杆代表三炷高香，不仅解决了风水问题，还符合中国人的审美观。

王木德看着校长，吸吸气，缓缓神，努力张开嘴：你觉得陈站长这个人靠得住吗？

你有什么新看法？

你没注意到陈站长最近的变化？

……没发现。

王木德说：那是你和他太熟悉了。不知咋的，以前见了陈站长还能嘻嘻哈哈开个玩笑什么的，现在远远看着，就不由得肃然起敬，像老鼠见了猫，第一反应就是夺路而逃，有时候还莫名其妙地浑身起鸡皮疙瘩。

刘国瑾眉头皱了皱，嘴唇动了动，最终没吭声。

又过了不长时间，王木德突然提出想换个工作，不想管教务。

刘国瑾说，你戴着有色眼镜看陈站长。

王木德苦笑着说，看见他，我的感觉就是阎王爷身边的牛头马面钩着我，要把我带进地狱。

刘国瑾说：你是老猫照镜子把自己当成了老鼠。

王木德说：陈站长是猫照镜子照出了老虎的模样。

刘国瑾沉吟了一会儿，扭头问：谁接？

王木德张张嘴没回音。他早把学校管理人员琢磨个遍，他曾对人事处处长说，能不能抓紧招个管教务的副校长？人事处长知道这个职务的人不好找，正儿八经有副校长经历又有能力又精通职业技能培训的人凤毛麟角，这些人大都心高气傲，要么潇洒后半生，要么自己就办个培训学校当老板。有空头衔没两把刷子的人倒是不少，猴急猴急的，恨不得立马就上任，这种人学校又看不上，不想要。人事处长在合适的时间合适的场合把这话传给刘校长，刘校长冷冷地说别理他。

刘校长瞪着王副校长说：等你培养出接班人了再说。

王木德说：我实在是不想看驴脸，挨驴踢。

刘校长安慰他：你就让他过过官瘾吧，权当是看演戏。

在刘国瑾的心里，陈登第已经成了一团雾。当他放下忧惧，想看清楚些时，走近一步，雾却向后飘出十步，愈发朦胧。

在刘国瑾面前，陈登第还是老面孔，笑口大开，嗓门调高八度，毫不吝啬地送过来一顶一顶的高帽子：刘兄啊，你是我认识的校长中最有水平的，你是大把式，你就是我心目中的偶像，做人的榜样。我谁都不服就服你，眼里只有你刘兄！

刘国瑾清楚，这是钱在发酵。

方州培训学校校长任继军和老站长吴兴瑞在海世界请人吃饭，王木德恰好碰上，就一起热闹了一会儿。回校后，他对校长说，怪不得前段时间驴脸老是贬低咱们学校，说咱们学校硬件不如方州，软件不如方州，恨不得把咱们打翻在地，再踩上几脚。今天我才知道，搞了半天，驴脸也兼任了方州培训学校的顾问，任继军给他的顾问费比咱们高出不少。还说任继军告诉他，老站长现在连陈登第的名字都不想提了，说陈登第就是一只掉进饭碗里的苍蝇，吞下去毒不死人，却能把人恶心死。

王副校长还告诉校长一个消息，老站长和任继军也在筹办建一座新的培训学校，有意思的是他们放着省里的教学园区不进，却莫名其妙地将地点选在离蛇城二百多公里的大青山革命老区，那里是当年贺龙东渡后的根据地。还说，当地政府答应免费提供土地。目前老站长正在筹钱，据说，连家底都拿出来了。

刘国瑾说：老站长真是拼了老命啊。他为啥对任继军这么好？

王木德说：我听说任继军去世的父亲过去是老站长的班长，是不是因为这层关系？

刘国瑾说：战友情，深似海，关心帮助都是应该的。但是，老站长这么帮任继军就有点做得过了。

他疑惑地看着王木德，自言自语道：难道任继军真的是老站长的私生子？

慢慢地，刘国瑾感到陈登第和他说话时脸上的笑容急剧衰减，话语的温度也由三夏转入深秋，再后就直接走进隆冬。通电话时，陈登第再也不问刘国瑾说话方便不方便，一张口就像洽洽河决了口。

为了学校，刘国瑾克制自己，努力表现得像个孙子，和陈登第说话时，脸上保持着职业笑容。

渐渐地，刘国瑾又发现，陈登第和他说话时，只管自己说，不用回答了。

陈登第抽烟的派头也变了，过去抽烟时先找烟灰缸，现在烟灰随地弹。这时候，刘国瑾就不得不找个纸杯，倒点矿泉水，端着跟在后面，当行走的烟灰缸。

有天，陈登第来学校督导实操考试，突然说，刘老兄啊，在培训方面，没有我们鉴定站，你们学校狗屁都不是。我说的对不对？

刘国瑾没经过大脑就回答：不对。没了我们培训学校，你们鉴定站给谁鉴定去？去哪赚钱？恰当地说，学校和鉴定站是孪生兄弟，彼此相依。

陈登第脖子一梗：此言荒谬！在职业技能培训方面，我们比你们出的力大得多。你们赚大钱，我们只能领点死工资。这不公平，太不公平了。我虽然贵为站长，在你们这些校长面前，就是个辛勤的穷苦人。接着拍着刘国瑾的肩膀，阴阳怪气地说，刘兄啊，我能让你们学校办好，也能让你们学校生不如死，你相信不相信？

刘国瑾愣得像头看见好莱坞蝙蝠侠的西山黑土猪。

五

当年入伍时，父亲送给陈登第一句话：一招鲜，吃遍天。结束新兵训练下到连队，经过两个月的分析判断，陈登第把自己一招鲜的主攻目标定在射击上。他从外文书店买来"爱尔纳·突击"国际比武射击课程的录像，反复揣摩模仿，根据自身条件，在班长和排长的帮助下，制订了一套切实可行的方案。从那时起，战友们午睡，弯月挂在天边，星期天，节假日，他都泡在训练场上，带着枪跑、爬、出枪，跑、爬、出枪……夏练三伏，冬练三九。功夫不负有心人，在服役第二年，部队组织军事训练成果汇报表演，陈登第的步枪速射表演，33秒命中百米外的40个目标，弹无虚发，受到前来检阅的上级领导的高度赞扬，并立功受奖。就凭这一点，在同一批入伍的新兵中，他是第一个如愿以偿地入党，继而提干的。转业到地方多年了，他射击的嗜好一点也没消减。老丈人有个老部下在公安局，借老丈人的光，每年他都能和菲妮一起过一两次打靶瘾。当上站长，他觉得自己有能力安排自己的事情了。他打电话给刘国瑾，让刘老兄刘大校长给安排安排。刘国瑾费尽了九牛二虎之力，无奈关系不到位，且厚度不够，三个月过去了，打靶的地方还没有着落。陈登第便取笑他除了玩女人，尿也干不成。这时，千秋培训学校傅正焕校长出手了，他把陈站长领到他小舅子当领导的武装部靶场。打完靶，傅校长还给陈站长汽车后备箱里塞满当地的时令水果，说都是有机的。回到蛇城，陈登第拿出两箱时令水果给妈送过去。自从荣升鉴定站一把手后，那些曾经自命不凡的校长们便像夏天的苍蝇，嗡嗡嗡地围绕他转，隔三岔五地把各种名特土产源源不断地送来。

他给妈重新租了一套房子，和他家住的香格里拉小区隔一条杏花园路，很方便。他对妈很孝顺，每星期都给妈钱，当副站长时，是一百二百，当了代理站长头一年，是五百一千，现在成了三千五千。

妈说：你用钱地方多，别老给我。你每次给我买的东西都够我吃好多天，有钱也没地花。

他说：我不能让妈手头不宽裕。

妈说：菲妮会不高兴的。

他说：这些都是我的私房钱。

妈问：你又存私房钱了？

他说：我应该有点。

妈问：菲妮知道吗？

他回答：我能让她知道？

说着，陈登第下意识地用手按按文件包，里面有今天收的两笔礼金。

他妈看着他下意识的动作，说，男人还是有女人管着好，孙悟空没有头上的紧箍，就成不了行者，永远是猴子。

陈登第不和妈顶嘴，任妈唠叨，耐心地听。

穿过马路，回到香格里拉小区，在一楼陈师傅的便利店要了三箱啤酒，让店老板给他送回家去。陈师傅高兴得像中了体育彩票，他店里三分之一的啤酒都让陈登第喝了。

陈登第打开家门，菲妮在客厅沙发上正看电视，一袋绿皮洽洽瓜籽陪着她。听见门响，她扭头看过来。

陈登第故意不和她搭茬，从口袋里掏出打靶剩下的一发手枪子弹，往空中一扔伸手一接，又往空中一扔伸手一接，如此三次到了书房门口。

菲妮悻悻地剜了他一眼，继续看《人民的名义》。这是一部热播的电视剧，剧中的陆亦可质问高小琴，在她发家致富的过程中，是不是存在强取豪夺，有没有民众的血泪。高小琴理直气壮地表示，这是一个爱拼才会赢的时代，不让别人流血泪，别人就会让她流血泪。陆亦可指责她，难道就真的没有为那些失地的农民和下岗职工考虑过。高小琴不屑地称他们跟自己一点关系也没有……

陈登第没出轨前，菲妮是家里的慈禧太后，在她的主导下，夫妻二人有两大习性。菲妮说，拥抱不是恋爱的专利，应该贯穿一生，它能让夫妻的感情每天都有一种如沐春风般的感觉。于是，陈登第就把拥抱当作仪式，与菲妮见面就抱。菲妮说，夫妻之间经常打情骂俏是爱情的保鲜剂和润滑剂，于是陈登第就把它作为夫妻和谐相处的一个技巧，充分发挥利用起来。陈登第出轨后，身为副处级干部的菲妮，果断地对副科级的陈登第采取了隔离措施，夫妻两大习惯全部封杀。菲妮还经常揭老公家的老底，说陈登第的父亲当年就是因为风流成性，到处拈花惹草，才导致挨处分就像吃家常便饭，二十多岁就是公社书记，五十多岁了还在原地踏步，死到临头才看面子给了个排行老幺的副县长。自从当了代理站长，陈登第在家里的地位扶摇直上，特别是半年前菲妮的厅级老爸退休后，陈登第在家里就有了北斗之尊，菲妮成了空气。

陈登第没有立即开书房门，停了几秒，又扭回身，笑吟吟走到沙发前，把手中的子弹在老婆面前的茶几上立起来。

菲妮讪讪笑着说：自己有能力找打靶场了。

他装作听不见，走向书房。

她知道他在向她示威，把目光又移到电视屏幕上。

陈登第右手食指放到指纹门锁识别处，一朵蓝光，外部指令与内置密码吻合，灵敏的电磁阀接到驱动指令，咔咔咔，一串连贯利索的规定动作，哗——，门锁就畅快地打开了，自从换成指纹锁后，菲妮就与书房byebye了。有两次菲妮硬要往进闯，被陈登第毫不客气地用双手请出去，为此俩人冷战了三个月。

他严重警告，现在咱们是平级。

这天，陈登第进了书房，关上门，径直来到书架前，上上下下扫了一遍，相亲一样，开始评估哪本书的厚度配得上他文件包里的人民币。他很享受这个过程，故意拉长节奏。十多分钟后，他缓缓地从第三层抽出一函《史记》，小心打开版口，轻轻掀起护叶，《史记》里面没内容，是个空壳子。他把文件包里的礼金，小心平放进去，《史记》有点厚，装不满。他直骂送礼的人真是山西老抠，声明不待见这号人，下次要给他们点颜色看看。为了把《史记》装满，他不得不从文件包里掏出钱包。钱包里大约有一万五千元，他全部拿出来，数好数目，放进盒里，基本放满。他满意地把护叶放好，合上版口，把《史记》又放回原处。回到书桌前，刚坐下，又倏地站起来，不放心地又抽出《史记》，把里面的钱拿出来，重数了一遍，用一张长方形书签，写明钱数，放在里面，又放好护叶，合上版口，把《史记》放回原处。

坐回椅子，他弯下身，探长胳膊，从桌子底下拿出一瓶啤酒，用牙咬开瓶盖，美美地喝了一口，并不急着下咽，让酒香在口腔里慢慢挥发，双眼眯着，目光舒服地在书架上巡游。书架上的书，之前都是业务书籍。部队入党提干的经历告诉他，父亲的"一招鲜，吃遍天"是至理名言。转业后的十多年里，他买来这些专业书籍，是指望能给他在职业技能鉴定的工作岗位上带来一招鲜，让他的仕途顺畅。顺畅的仕途能让他过上上等人的生活。业务书籍没有带来更多他需要的，反而是装修公司设计的精装书，让他尝到了幸福的甜蜜。

陈登第爱读书，是受他爸的影响。他看的第一本书《把一切献给党》就是爸送给他的。那时他爸当公社书记，他爸对他并不好，但他还是以爸为荣，埋怨他妈不该和爸离婚。他妈说他爸是个花心萝卜。他说这是国情，自古如此，哪个男人不是三妻四妾？他妈说，他爸和那个姓赵的女人生了女娃，不娶人家，后来又和别的女人好上了。他劝他妈想开些，首先要保证自己的生活过得好些。妈说：穷点，苦些，她能忍受，男人花心在外头搞女人，丢八辈子的脸，她受不了。

书架上的书如今已经更换了大约十分之一。当初收下礼金后，他不敢存银行。他从中央台《新闻联播》节目中知道，好多贪官都是从银行抓的线索。

有一天，任继军请他吃饭，老站长作陪。他开始有点受宠若惊，但屁股坐下不到三分钟，就觉得理所应当了。

饭前，在休闲区喝茶聊天，老站长对豪华包间里的大书柜赞不绝口，说那上面摆着的全是装饰精美的大部头书。问陈登第：你家藏书的档次和这里相比如何？

陈登第自嘲地一笑：没法比，没法比。老站长快别拿我开涮了。

小高听后悄悄走到他身后，弯腰凑近，小声说：陈站长，这些书哪能和你家的藏书比，没有一本真货。

陈登第怔了一下，慢慢品着手中的普洱茶。饭局中，他借故上洗手间，回来时，踱到大书柜前，若无其事地伸手抽出一本，打开，里面是空的。

吃完饭，出来到停车场，陈登第突然摸摸口袋说，手机忘拿了。

任继军说，我去取。

陈登第说不用了，自己匆匆返回包间。他问服务员大书柜里的书是从哪买的？服务员说那不是书，是装饰品。他说，我问你它们是从哪买的？服务员说，我不知道。他问酒店老板，老板说是从装修公司买的。他问哪个装修公司。老板说我自己的装修公司。

于是他把书房当作他的银行，用从酒店老板的装修公司买来的精装书当钱柜。菲妮绝对想不到，别人更想不到，他为自己的聪明才智点赞。为了确保安全，他把门锁换成了指纹锁。只有他进出自由……

六

冬季的早上，七点十五分，东山头的曙光才透过浓浓的大雾漫到西山。天气预报空气质量指数151，属轻度污染，比去年同期365的重度污染有了天大的进步。

隐云寺见缝插针安放的演唱机已经把《六字大明咒》《般若波罗蜜多心经》《观世音菩萨发愿偈大悲咒》《普门颂》给群山轮番播放了一夜，现在还在播放着。

梵音中，刘国瑾绕着隐云寺完成了一万步的疾走，停在大理石观音菩萨身后的文化广场，开始一呼一吸地打太极拳。他手中仿佛抱着一只无形的大圆球，嘴角微微扬起，脚在地面划着清逸出尘的弧线。腾挪闪展，四方戏水，八面守法，身若蛟龙。

打完一组太极拳，手机响了。他抬起手腕看佩戴的华为手环，显示是陈登第的电话。前面还有一个，他打太极时太投入了，没听见。他拿下蓝牙耳机，挂在耳朵上，里面立即爆发出臭骂：他妈的，你小子的狗胆越来越肥了，我的电话也敢不接？

他赶紧解释：不好意思，我在打太极拳，没听见。

马上过来，陈登第说，出大事了！

刘国瑾把蓝牙耳机放回手环，往花岗岩地面吐了一口唾沫，随嘴来了一句国骂。他走到栏杆前，拿起衣服，慢慢穿上，手叉腰，看着东山的红日冉冉升起，又俯瞰山下的蛇城渐渐苏醒。让心情恢复平静。突然间，他又脱下外套，放到栏杆上，返回原地，继续打完第二套太极拳，才又重新拿起衣服，慢慢穿上，缓步下山。回到学校，脱下运动服，洗脸，刮胡子，梳头，换上正装，开上奥迪车。

陈登第站在香格里拉小区大门口。刘国瑾闻到了浓浓的羊肉、黄酒、黄芪的混合香味，知道陈登第早上喝了头脑。头脑是蛇城特有的冬天经典饮食，传说是明末清初著名文人傅山发明的。蛇城有头有脸懂得保养的人冬天都喜好这一口，越吃越香，还有益气调元、滋补虚损、活血健胃、强壮身体、延年益寿的作用。

他故意问：站长，又喝头脑啦？

陈登第看着远处说：你刘校长不孝敬，不代表所有学校的校长都看不起在下。

刘国瑾说：你这是打我的脸么？

陈登第说：就你们学校没给我买头脑月票。

刘国瑾的脸一下子红了：真该死，真该死，你看看，我居然给忘了，我现在去买，马上去买。

隔两条马路有家回民饭店就卖头脑。不一会，刘国瑾小跑着回来，递给陈登第一大沓头脑票，说，我给你买了半年的。

陈登第斜着眼看马路上背着书包的学生急匆匆上学。刘国瑾只好把头脑票塞进站长的裤口袋。

陈登第这才把目光收回，放到刘国瑾脸上：刘兄啊，我呀，天生的苦命，为你们学校的考试心急如焚，夜不能寐。挣着王莽的钱，操着刘秀的心。

陈登第说着，从裤口袋掏烟。

刘国瑾急忙掏出自己的烟递上，另一只手掏出打火机给点着。

陈登第深深地吸一口，把烟圈吐向天空，身子习惯性地凑近刘国瑾，继续说：昨天晚上，我在家连夜加班，为你们学校的鉴定考试做准备。不巧，电脑坏了；电脑坏了，问题很严重，你知道不？电脑坏了，数据就生不成；数据生不成就不能上报学员名单；学员名单不上报就拿不到准考证；拿不到准考证，你们学校的学员怎么考？你知道吗？你操过这个心吗？你们一天到晚就知道赚钱，赚钱，赚钱，眼里只有钱，钱，钱。你知道我们鉴定站有多难吗？为了你们学校，为了你们学校的鉴定考试的正常进行，我一个搞职业技能鉴定的专家，却趴在地上修电脑，修了一夜啊。

说着双手一摊：这不，急得我这一大早的，就给你老兄打电话，把你叫过来，看看咋个办。他妈的，谁让咱们是兄弟，我天生就是为你老兄服务的，要是放在别人头上，老子才懒得管他呢。

刘国瑾明白了陈登第的用意，说：我这就安排人去电脑城给你买一台新电脑。

陈登第往后撤一步，像不认识刘国瑾似的：瞧瞧你说的，这不是给我买，我要电脑干啥？我是为你们学校着急，想赶紧把你们学校学员的数据生成，报上去，拿准考证。

刘国瑾连忙说：我知道，当然知道，你是为我们学校操劳的，电脑是为我们学校买的。可我不懂电脑，不知道哪个牌子好。你看……

陈登第说：我也不懂，你去找个懂行的问问。只要能满足鉴定考试的数据生成就行。

刘国瑾说：我的水平你清楚，在你面前就是个阿斗，连阿斗也不如。你先跟我说，你习惯用哪个牌子的。

陈登第说：我喜欢用苹果的，SONY、IBM、戴尔，华为性能也算稳定，反正CPU、显卡、主板、内存、硬盘、显示器齐全，能满足数据生成就行。

刘国瑾一笑：那就买个最高配置的吧。

七

刘国瑾请陈登第吃饭喝啤酒，打电话已经请不到了，他必须亲自到鉴定站去请。

他一般是早上一上班就去，知道这个时候肯定能找到他。

陈登第时间观念很强，这是他在部队养成的习惯。八点钟上班，他七点五十就拎着茶水杯进了办公室。他不吃早饭，一大早就是浓浓一杯茶水，说这有利于把肠道里的毒素排出去。这是他的养生经，常向别人推荐。

其实陈登第结婚前是吃早饭的。菲妮早餐爱吃牛奶面包，她父母上世纪五十年代留学苏联，养成了吃西餐的习惯。陈登第出生农村，天生一副穷下水，早上就喜欢稀饭馍馍咸菜。

结婚第二天，菲妮就早早下厨房。陈登第起床洗漱完，还未坐到餐桌前，菲妮已将两份早餐端上了桌。陈登第穿着西装，笔挺地在饭桌前坐下，看看牛奶面包，一把推到一边，又一把将刀叉扒拉到另一边，然后瞪了菲妮一眼，起身到厨房拿过来一双筷子，又坐回餐桌，看着新婚燕尔的老婆，良久，问：我的小米稀饭馍馍咸菜呢？

菲妮笑着说：对不起，没有。

陈登第说：我不是告诉过你我早饭爱喝小米稀饭，爱吃馍馍咸菜小葱拌豆腐么？

菲妮说：那是农民的早餐，我们家的早餐必须是牛奶面包。

陈登第说：你吃你的牛奶面包，我喝我小米稀饭。

菲妮站起来，走到他身后，两条胳膊绕过前面，抱住他，撒娇地说：不好意思，没做。

陈登第说：现在做。

菲妮笑着说：又不好意思了，本宫不会。

陈登第便用筷子敲敲盘子：你是我老婆。

菲妮推了他一把：我又不是保姆。

陈登第愣了一下，杵在那里，好一会儿缓过神来，把筷子往桌子上一扔，说：不吃了！

菲妮在饭桌对面坐下，抬起上眼皮，剜了他一眼说：爱吃不吃。

即使如此，菲妮还没忘把他送到门口，还来了个亲密的拥抱，但她明显感到，他是应付差事。

此后多年，家里餐桌上的早餐，便只有牛奶面包了。在牛奶面包的影响下，生下陈馨也是如此。陈登第的早饭改成了自己泡的一杯浓浓的茶水。时间一长，一大早就喝茶水成了他的养生经。

在老丈人的关照下，加上老站长的协助和菲妮、冯爽策划的《蛇城都市报》两篇及时雨似的新闻报道，陈登第终于升为副站长。早上进了鉴定站，他先进自己办公室，把茶杯放到办公桌上，摊开一份报纸，摆好办公的架势，然后就去老站长办公室。他用向老站长要的钥匙打开门，亲自动手把老站长办公室收拾得一尘不染，井井有条。再坐一壶开水，给老站长泡好龙井茶。陈登第对老站长永远是毕恭毕敬的。不管在什么地方遇到老站长，他第一反应就是收住脚，后撤一步，眯着笑眼行注目礼，让老站长先过。

当上代理站长后的第一时间，他迫不及待地搬进老站长的办公室。代理站长要有代理站长的新气象，他上班由提前十分钟进步到提前十五分钟，他要求办公室的小高像他伺候老站长一样伺候他。看着小高矮胖的身材，他命令他改掉吃早饭的恶习，像他一样，一大早就是浓浓一杯茶水，把肚子里的脂肪刮干净。八点钟，他爱叼着中华烟，到各个办公室巡视，碰到没按时上班的，一通严厉的训斥，或用手指蹭蹭办公桌椅，发现没擦干净的，就让所有办公室人员重新擦一遍，直到能照见人影。

代理站长陈登第的嗓门也在一天天增大，说话的时间也越来越长，王木德说他这是在刷存在感。

这天，刘国瑾从进门那一刻起，陈登第就没有平静过，声音震颤，身子激动，双手挥舞，起来坐下，大口喝茶，大口抽烟，烟烧到手指头，疼得一抖，烟头掉到地上，严令刘国瑾捡起来。他不顾办公室高雅安静的环境，只管大声说话：一个人的需求是有层次的，满足了一个需求之后还有另一个需求在等着。最基础的需求是生存的需求，吃饭、喝水、睡懒觉；其次是安全的需求，五险一金，买房子、养老；再往上是尊重的需求，自我实现的需求，就像王石登珠穆朗玛峰，人家有钱啊，是亿万富翁，获得了财务上的自由。马斯洛说，只有满足了低层需要才会考虑高层需要。像我这样，肯定不会想他妈的去攀登什么狗屁珠穆朗玛峰。严酷的现实告诉我们，钱是人生价值的具体体现方式。社会是一个无处不需要钱的地方，找熟人办事都要送礼给回扣。穷则独善其身，达则兼济天下，没钱自己尚且寸步难行，还谈什么远大前程，宏伟理想？

刘国瑾硬着头皮，端着耐心，看着陈登第唾沫四溅。他忽然惊叹，我们中国人的形象思维能力真的是太绝太优秀了，越看陈登第越觉得他看到的真是一张驴脸。难怪大家背后叫他驴脸，还真的就是驴脸。刘国瑾下决心从眼下这一刻开始，他也要把陈登第叫驴脸。

驴脸端起茶杯，喝一口继续说：老兄，我完全可以像别人那样，工作时间能干多少是多少，完不成就完不成，狗屁国考不国考，搞得好了，国家又不多发给我一毛钱。再说，我也不需要国家职业资格证书，可我这个人他妈的天生贱骨头，每每到关键时候就心软。毕竟我是经过部队的大熔炉冶炼，又受党教育多年的国家干部，我们的宗旨是全心全意为人民服务。我不会像有些干部那样庸政、懒政、怠政，我没有少整事、别出事、别惹事的心理。我知道我肩上担子的分量，我们身后是上千名学员啊，我们的工作关系到他们的饭碗哪！

好在中间傅正焕校长进来找驴脸预订第二天去他小舅子那里打靶的时间，刘国瑾才赶紧约好午饭，得以脱身。

中午在鉴定站对面的华府酒店，喝着啤酒，吃着念念不忘的豆腐，驴脸又开始滔滔不绝：你们学校整体上比其他学校要好些，但也有致命短板。一个学校搞得好不好，关键就看教务处。火车跑得快，全靠车头带。你们学校的短板就是你们教务处。用好以上率下这把"金钥匙"吧，一个好的教务处长，就能带出一支能打硬仗打胜仗的好队伍。

说到这里，驴脸放下酒杯问：你们那个教务处长叫什么来着？我还真没记住。我这有电脑一样记忆力的人都记不住名字的人，他能优秀了？我要是你，早把他炒了。上次把好几个数据都搞错了，你知道不，错一个数据，我这里就要在成千上万个数据里面一个一个地查找，一找就是三四天，甚至一两个星期。还有，身为教务处长，连最起码的地理常识都没有，咱省有多大，区区108县，扳着手指头都能数过来。你的教务处长多日能，硬生生地把文水县孝义镇的学员给我放到孝义市去。这是啥人啊，你刘老兄就用这号人当教务处长？

刘国瑾赶紧敬一杯，说：我一定严肃处理这件事。

驴脸把酒杯往桌子上狠狠一蹾，啤酒剧烈荡漾，鼻子里哼了两声，说：得得得，等你去处理，黄花菜都凉啦！你们这号人，眼里只有钱，钻进钱眼里不出来，光知道赚钱，哪管周围帮你的人的死活！

驴脸吐一口烟，端起酒杯，喝下一口慢慢咽下，又说：老兄啊，你是校长，这事还要我说吗？这么简单的事都处理不了？

驴脸用手背擦着嘴角的泡沫，继续说：高山流水韵依依，人生难得一知己。谁让咱俩是兄弟？这样吧，我给你推荐个教务处长，此人大名武大威。别看长得像一块从西山煤矿挖出来的黑炭，却超能干，跟我好多年，是我看着长大的。你用上他，根本就不用操心，保证你们学校学员考试通过率能超过95%，也许还能达到100%。

刘国瑾想也没想就答应了。

从华府酒店出来，驴脸觉得腰有点不舒服，便驱车到李子的按摩保健中心。

说起李子，驴脸还得感谢刘国瑾。李子原是蛇城培训学校招的学员，三十多岁，很有几分姿色。王木德给他介绍的目的，是让他帮她考试过关。那天午饭，王木德特意给他们安排在小包间，菜很丰盛。也许是喝多了酒，饭桌上，他面对李子的苹果红的瓜子脸、一闪一闪的长睫毛、性感的厚嘴唇，下身就有了膨胀感，手便鬼使神差地伸向李子。开始，李子拒绝，后来就听之任之了。那天，他和她开了房，云雨一番后，他觉得腰部不舒服，顺嘴一说。李子用手一摸，说你腰椎间盘突出。李子曾当过按摩女，懂得按摩术，马上上手，果然奏效。

陈登第和李子聊天。李子含泪对他说，她是个多余人，从小就没见过亲生父亲。

李子忽然问：蛇城姓陈的多不多？

陈登第说：怎么你要说你亲生父亲也姓陈？

李子急忙摇头。

他用手抬起李子的下巴，说：你长得看着有点面熟。不过，这些年电影电视里的美女都这样。

李子点点头：我妈年轻时是当地有名的美女。可惜红颜多薄命，我妈未婚先孕，只好草草嫁人，结婚三个月就生下了我。我继父想要个男娃，一看生下我这么个丫头片子，就一块破布裹了，扔到村北盐车壕。是我姥姥寻着哭声把我抱回来的。姥姥用面糊糊把我养大，我随姥姥的姓。

驴脸给李子租了一套房子，说你的按摩手艺不错，别找工作了，开个按摩保健中心吧，一边挣钱，一边还能给我治疗腰椎间盘突出。

李子很是感激，说我丈夫死了，我和我儿子相依为命，我正发愁如何挣钱供儿子上学呢。

李子提到她儿子，陈登第想到了他爸。老人家死不瞑目，气若游丝地叮嘱他，陈家不能在你这里断了后，要想方设法传宗接代。菲妮头胎生了个陈馨，身为国家干部，不敢生二胎。现在政策放开了，菲妮却成了一块贫瘠地，任凭他有多好的种子，浇多少水，施多棒的肥料，多么辛勤地劳作，这块地里是永远也长不出苗苗了。

八

武大威一上任，就显露出过人的才华和优势，见面熟，亲和力强，与老师、学员零距离。教学上也有一套，理论、实操样样精通，拿得起放得下。最关键的是实现了学校和鉴定站的无缝对接，鉴定考试成绩坐火箭似的突飞猛进。

王木德也乐得逍遥省事，校长问他对新上任教务处长的看法，他说好得不行了。

两个月后，王木德的眉头却渐渐皱了起来，三个月后，掌握了多个确凿证据的他向校长作了汇报。

校长拧紧了眉头。

王木德说：校长啊，是不是武大威这些日子拍马屁把你拍得很舒服，不知道自己是校长？忘了这个培训学校是你的？

刘国瑾连连摇头：咱俩共事这么多年，你还不了解我？

王木德说：人会变的。

刘国瑾说：唯一的臭脾气不会变。在学校有人刻意选择一些机会表现表现自己，刷刷存在感，是可以理解的。我认为，工作上，和我保持正向沟通是必须的。就说武大威，他一见我，总是笑眯眯的，点头问好。我觉得这是礼貌，不能叫拍马屁。他是找我汇报工作多了些，但也就是个工作关系吧，我和他从不脱离工作说另外的事。他向我说他做什么，学校现在存在的问题是什么，什么问题亟须解决，怎么解决，他有啥好办法。我对他的印象就是比较能干。

刘国瑾还说：第一，把事情做好，第二，嘴巴甜一些，保持良好的上下级关系也是必要的嘛。

有天晚上十点钟，他悄悄驱车到学校突击巡查，看到教务处长武大威在学员宿舍进进出出。他故意在楼道里和武大威遇见。他没开口，武大威主动汇报说，为了保证考试的合格率，这些日子，他每天晚上都不回家，利用业余时间给学员补习，不这样给学员开小灶，提不高学员的成绩。刘国瑾在例会上特别对武大威进行了表扬。

梁三友对校长汇报说武大威有可能是驴脸的白手套。

王木德直接说，武大威就是驴脸的白手套。

王木德还说，他向学员要软中华，因为驴脸只抽软中华。

刘国瑾说，大不了就是两三百元或是一两条烟，只要学员考试成绩好，就睁一眼闭一眼吧。

王木德说：校长啊，千丈之堤以蝼蚁之穴溃，百尺之室以突隙之烟焚啊。

刘国瑾仰头看看天，说：这两天的天气真不错，没有雾霾。

朋友孩子结婚，饭桌上一位老战友骂刘国瑾，说你们学校快成了国民党党部，还骂刘国瑾是又当婊子又立牌坊。他用手指指着刘国瑾的鼻子说，我就是因为穷，没本事，没能力，才混成今天这个样子，才给你打电话，求你免了我儿子的培训费。你倒好，很大方，二话不说，不但免了培训费，连住宿费都免了，我很感激你。刘国瑾啊，你不知道，当时听了你的话，实话对你说，我心头一热，泪水都流出来了。可是你刘国瑾不该人前一套，人后一套，这边给我儿子免费用，背后又让人收取他妈的什么鉴定考试过关费。

刘国瑾连说不可能。

刘大校长啊，不用否认了，我儿子最后把两千块钱过关费都交了。

给了谁？

你们学校啊。

有没有手续，比方说收据？

哪个偷牛的还在现场留下自己的名号，你以为人人都是武松？

刘国瑾说：你喝多了。

老战友说，我统共喝了不到一斤酒，咋就说我喝多了？

老战友又说：我问你，你们学校是不是有一个长相黑黑的叫武大威的教务处长？

刘国瑾点点头。

老战友说这就对了，就是他跑到我儿子的房间先是讲考试要点，接着吹我儿子前途无量，再接着讲国家职业资格证的重要性。末了，说他能帮我儿子考试过关，再往后就是要钱。

刘国瑾心头浮起乌云，但脸上笑容如常，大叫着劝战友喝酒。

刘国瑾压力山大。王木德又提供新证据，他滑开手机屏，点开录音机，是一段电话录音。对方是个女的，说她到学校报到的第二天晚上，武老师就到她住的房间找她，很热情地给她做辅导，还说上课时一眼就喜欢上她了，暗示他能帮她考试过关。她问要花多少钱，他说他不要钱，就是想帮她，主要是鉴定站的人要钱，一个人过关，得两千元左右。为了不白来培训，拿到国家职业资格证，她央求他帮帮忙。她给了他两千元，考试的头天晚上，她去找他，说心里跳得慌，问考试的事情安排好了没有。他说，钱已经给了鉴定站那边的人了。又说，鉴定站那边安排好了，学校这边还没安排，学校这边安排不好，一样不能考好。她问咋办？他提出和她上床。她一口拒绝，最后她考试的结果是差0.1分，不合格。

刘国瑾满脸铁青，他抬眼望天，市区方向瓦蓝瓦蓝的，像透明的镜子，高深莫测；隐云寺上空乌云一堆一堆的，堆得比山还高，随时都会倾倒的样子，但倾倒下来的是雨还是冰雹只有天知道。

他找武大威谈话，武大威觌着黑脸，发誓赌咒，死不认账。刘国瑾知道对方的嘴巴早就练成了钢牙，就直接说明女学员的事。武大威说全是污蔑，还说他来学校后，把学校的教学水平提高了，有人眼红，有人嫉妒，因为他动了别人的奶酪。刘国瑾看武大威说话时，声音平和，脸蛋展展的，像刚打过玻尿酸。

刘国瑾拿着王木德提供的录音去找驴脸。驴脸火冒三丈，脸红脖子粗地骂了个天昏地暗，最后声明，他以前根本就不认识武大威，他的朋友圈里不可能有这号人渣。

研究辞退武大威时，王木德问校长：你真的相信他们以前不认识？

刘国瑾说：鬼才相信。

王木德长叹一口气又说：咱这么做，是不是断人家驴脸的财路？

刘国瑾说：我不断他的财路，我们学校就走投无路。

辞退武大威的第二天，王木德去鉴定站办事，在鉴定站大门口就听见驴脸在楼里咆哮，地板不停地震动。他进了小高办公室，小高说武大威今天是出门踩狗屎，放屁砸脚后跟。坐在小高办公室，听着隔壁驴脸骂人。骂到高潮处，俩人出去透过门缝往里看，正好驴脸抄起桌上的茶水杯，摔在地上，飞溅的玻璃渣子从地板上反弹起来，把天花板上的日光灯都击烂了。

九

驴脸两个多月没在学校露面，学员考试成绩断崖式下跌。社会上已有谣言，据说是大青学校的刘青山校长放出来的风，说是蛇城培训学校鉴定考试及格率全省最低。刘校长忘了去年最后一次国考，陈登第为了惩罚他，给他们大青搞过95%的不合格率。

已有学员提出退学，要到别的培训学校学习。刘青山第一个放出风来，说是只要蛇城学校转到大青的学员，大青包过。

刘国瑾恨得咬牙切齿。

王木德慌了：我的校长啊，你别在这里骂天骂地啦，白费口舌，浪费唾沫。赶紧带上子弹，去鉴定站吧。

刘国瑾说：我把驴脸推荐的人辞了，回头去求他，不是诚心上门找驴踢吗？

王木德说：挨驴踢总比坐在这里等死强。

刘国瑾只好厚着脸皮去求驴脸。

驴脸头也不抬，说：没工夫和你闲扯淡。

刘国瑾不停地承认错误，求陈站长大人不记小人过，说着把一个一万元的红包塞进抽屉。

陈登第拿起红包捏了捏，愤怒地砸回刘国瑾的怀里，吼道：你这是腐蚀拉拢党员干部！是犯罪！

刘国瑾散步到隐云寺，凝望着金刚万佛宝塔，听着清澈远闻的梵音，想像唐僧到西天取到真经一样取到对付驴脸的真经。

刘国瑾拜完菩萨，想和义净法师聊一会儿。茶过三巡，王琼来电，说是保安刚刚打来电话，别墅又让小偷给偷了。他只好匆匆下山，赶往东山别墅。当初他不赞成买别墅的。王琼非要买，说住别墅是她的一生的奋斗目标，他只好随她。他也知道别墅的好处，独立的院落，良好的采光，田园的风景。但让人闹心的是，别墅区这个富人的天下，竟是小偷的目标首选。他不知道除了小偷，是否还有别的什么人惦记着这里。

刘国瑾试探老婆是不是可以把别墅卖了，说：三年了，咱俩和孩子去住的时间加起来不到一个月。

王琼说：别磨磨叽叽的，我是在做长线投资，再过五年十年，别墅的价格肯定翻好几倍。

带着派出所的干警看完一楼，刚上二楼，王木德的电话就来了。电话里的王木德牢骚冲天，说鉴定站不给学校发学员鉴定申请表，没有鉴定申请表，就无法上报学员信息，学员就没办法参加技能鉴定考试。这是要命啊！

为了保住"性命"，刘国瑾咬咬牙，准备好三万元的红包，再去求驴脸。

十

离国考还有二十天，和往年一样，刘国瑾如履薄冰。尽管学校早已形成一整套相当完善的国考鉴定工作制度、工作预案、防范措施和安全体系，但他仍不敢掉以轻心。他早早就召开校长办公会议进行考前安排，郑重地组建国考领导组，下设五个小组。自己亲任组长，总体负责。常务副校长王木德任副组长，负责组织、安排、督导。教务处长任协调人，在副校长的领导下负责具体工作的实施。办公室主任王前进负责协调。后勤处长梁三友、财务处长梁萍负责学员的吃喝拉撒睡。各班班主任分别任小组长、副组长。

王副校长再次要求各小组的组长必须在考试当天七点半提前到达各考点，他会随时检查抽查。

安排完国考事项，刘国瑾看看学校没有什么大事了，便带领招生处处长又马不停蹄地跑出去，忙招生的事。生源是学校生存的关键。

两天后的大中午，刘国瑾接到王木德的电话，心被子弹风暴打成了筛子。王木德在电话中说，刚刚驴脸来过学校，一个招呼也不打，直奔一楼实操室，给大门贴上了封条。还说没有他的命令，谁也不准进实操室一步，要不然，就要取消学校参加新一期国考的资格。现在驴脸对咱们学校就像夺妻杀子的仇人似的。

刘国瑾他一手叉腰，一手指天，转着圈骂娘。

他竭力稳住自己。

他给驴脸打电话，驴脸不接。

他只好中断招生，赶回学校。

斜阳里密密麻麻飞舞着不知名的小虫子，王木德急得在办公室转圈圈。

王木德说：你看看这个驴脸，明知道马上就要国考，却封了实操室，这是明摆着骑在咱们脖子上拉屎拉尿。

又督促校长：你赶紧和驴脸沟通吧。时间上还来得及。有啥事过了国考再说嘛，就是天塌下来，也不能拿国考开玩笑。

刘国瑾苦笑笑说：他就是借国考整咱们。

王木德说：蠢驴！现在是啥形势，还敢这么明目张胆地兴风作浪，他就不怕中纪委收拾他？

又说：马上就是国考，学员们进不了实操室，技能鉴定考试肯定难过关，如果大面积不及格，对于我们学校是灭顶之灾。

刘国瑾努力地平息自己内心的波澜，他不能像王木德那样慌神。

王木德自言自语地说，看他的架势，这回是要置咱们学校于死地。也怪咱们尿眉腥眼的，不细细琢磨，就辞退了人家的白手套，断了人家的财路。

王木德说：不管他怎么敲诈，咱们都不要硬抗，我的意见，你还是亲自去找驴脸谈谈吧。他就是有天大的要求，咱们先应承下来，过了国考再说。真把咱们惹火了，咱们就和任继军联合起来闹他！

刘国瑾跑到鉴定站，看着驴脸，就像看到一堆屎上的绿头大苍蝇，恶心和憎恶让他透不过气。为了学校，为了生存，他不得不硬撑着要变形的脸，让嘴角和眼珠子挤出笑意。

他哀求驴脸：中午一起吃个饭吧？

话像撞到了城墙上：没时间。

那晚上？

不行。

明天中午呢？

也有安排。

后天？

下星期咋样？

到时再联系。

再联系就到了国考！

我不傻！

刘国瑾头晕眼花，脑袋像被打夯机打了三百下。

十一

夜过半。知了也累了，有气无力。不知谁家的宠物狗在楼内乱吠。几声蛙鸣划破夜空。电梯运行沉闷的隆隆声时隐时现。忽然间，银杏树叶有节奏的弹奏中荡起密密的啪啪声。看窗外，有丝丝小雨飘过。温度陡然下降，凉爽舒服了很多，但刘国瑾还在床上翻烙饼。

睡了一觉的王琼，起来上厕所，从厕所回来眯着眼，问：咋啦？还没睡！

刘国瑾翻身给她个脊背。

王琼推了推他的肩膀。

他又转过身来，看着老婆，把事情简单说了一下。

王琼半躺着说：他这就是故意的。

刘国瑾点点头：我清楚。

他想干啥？王琼问。

明知故问。刘国瑾回答。

王琼说：我早就说你了，你太窝囊了。你是个大男人，你不能退让。闹死他！

刘国瑾承认，自己这方面没他老婆有胆识和强悍。作为一个医生，王琼的医术是精湛的，要不然，不会三十岁就成为副主任医师。但她棱角硌人的个性，让她在副主任医师的位置一待就是二十年。她嘴巴刁钻刻薄，但心地善良。不管什么时候什么情况下，都会全力治好每一个患者，去做好每一台手术。她也像其他医生一样，经常被一些患者和家属指着鼻子骂缺德，甚至还遭遇过暴力。她的处理办法是挨骂就还口，挨打就还手。她说：我们不能怕事儿。有活儿来了干活。打架来了，闹他！打得过就打，打不过就跑。她被派出所警察定性过和患者互殴，被领导批评过态度不好。有一天晚上，她值班，碰到一位小个子男家属，因扎针问题辱骂护士，她看不下去了，就和对方舌战起来。对方要操她妈，她毫不客气地咆哮着要操对方的妈。对方伸手要打她，她脱下白大褂，就把对方掀翻在地，暴揍了一回。她常说，作为医生，时刻准备着为需要的患者服务，流血，流汗，加班加点，这是她的职业。但是，她也不允许任何人对医生有暴力行为。对恶的退让和纵容，不是善良，是懦弱。真正的善良，是带着锐利和锋芒的。

王琼说：老公，我的意思，这次你绝对不能心软，必须怒怼回去。你越是迁就，他就越以为你弱。你软弱，他不欺负你欺负谁？若把老娘惹火了，我把他的办公室砸了！

十二

累吧？

累！

放手。

能放手？

不能。

上山，不是想放弃就能放弃的，你放弃一下试试。

是啊，有时候，放弃比坚持还要难。

刘国瑾一拳砸在桌子上，吼道：离国考只剩下四天了，我就不信他驴脸能跑出地球！

王木德说：他这是和咱们比耐力，咱们拖不起。

刘国瑾来到鉴定站，看到驴脸的车停在大楼前，他边往楼上走，边给驴脸打电话。

在办公室吗？我想看看领导。

你在哪？

外面。

我在去省委的路上，省领导有要事相商。

他挂断电话，直扑驴脸办公室，一扭门把手，门没锁，推门进去，驴脸在埋头玩手机游戏。

刘国瑾在努力控制住自己情绪的同时，突然厌恶自己。以前他在驴脸面前就像是一条狗，可怜巴巴地摇尾乞怜，此刻却幻想变成一枚东风-41导弹，准确地击中驴脸，把它炸成雾霾。

驴脸注意到刘国瑾进门后的脸色变化。他忽然开怀大笑，感到十分快乐。

刘国瑾被笑得浑身起鸡皮疙瘩，恐怖地看着他。

驴脸知道胜利又站到他自己这一边。他故意拉长脸，眼睛眯成一条缝，逼视着对手，忽然间，他像发神经似的腾地从椅子上站起来，哈哈大笑，末了，大手空中一扬，大喊：今天真的没时间。

您啥时候方便？

明天见！

还在这里？

不，等我微信。

电梯下行，声音隆隆的。刘国瑾浑身无力像只瘟鸡躲在一角。电梯狭小的空间让他感到憋闷。他仰脸看嗡嗡旋转的电风扇，像要把本来就稀薄的空气抽干。电梯一到一楼，他就冲到大门外，站在阳光下，大口大口呼吸，手不断地抹脸，好像要把落在他脸上的屈辱清除掉。

他茫然地看着蔚蓝的天空、火红的太阳、积木一样的楼房、洪水似的汽车、熙来攘往的人群、枝繁叶茂的树木，还有成群结队的麻雀。突然间，他想笑，想微微一笑，调整一下心态。笑终于出来了，那样短促，那样恐惧，那样凄然，那样苦涩，那样无可奈何，那样空无一物。阳光把他的脸颊照得苍白，黑黑的眼睫毛上挂着点点泪光。

驴脸给了个十分偏僻的地点，在蛇城的西北角。

刘国瑾打开百度地图导航，耗费四十多分钟，在半山腰的一棵柳树下停住。一股从东南方向扑过来的风把柳树刮得趴在山崖上，挟带的小沙粒把脸打得生疼。

他眺望着山风掠过身后高高的山头，左边的几个山头被开山取石炸得面目全非，几台粉碎机正粉尘弥漫地轰隆着把石头变成人民币。第三个山头上新修了一座塔，看样子是要重新修复被破坏的植被。右边，从山深处流过来的洽洽河伸个懒腰，慢慢拐了弯，由东往南流去。

他心急火燎的，不明白驴脸把他弄到这么个鬼地方是什么意思？有什么话城里不能说？难不成要谋害他？他认为驴脸没这个胆量，也没有这个动力。

等了一会儿，还不见驴脸的影子，他给驴脸打电话。

他说：我早到了，正看我们的刘校长呢。

你在哪？

我看见你的车停在柳树下。

你在哪？

现在你正在看山。

他转了个360度。

别转啦，我能看见你，你看不见我，说明你眼里没我。

他又转了一圈，还是没看见他，骂道：少你妈的装神弄鬼！

驴脸大笑，说：你面朝西，向南25度，仰角30度。

驴脸右手拿手机，左手叉住腰，居高临下地看着刘国瑾。刘国瑾不屑地耸耸肩膀，然后手脚并用费力地爬上山崖，站到驴脸身旁，看着崖下，开玩笑地说：你不怕我把你从这里推下去？

驴脸回敬道：我不会傻得等你动手的。

说着，当着刘国瑾的面关了手机，对刘国瑾说，我关了机，你也关了机。

刘国瑾迟疑了一下：怕录音？

驴脸说：这年头，时时刻刻都得防着小人。

原来在你眼里，我是个小人？

反正难以列入君子之列。

喊！

陈登第看着脚下的山崖说：咱们长话短说。今年以来，你们学校参加鉴定的学员是3351名。你们学校的鉴定，属于特有工种技能鉴定，在外省鉴定一名学员，收费400元，我们鉴定站才收费200元。你们学校一共少交鉴定费670200元。我呕心沥血搞鉴定，你们赚大钱，也得让我喝点汤吧？还有，每次你们学校一考试就是好几百人，你们一考就完事，我还得给你们判卷子，一搞几个月。还要生成数据，报上面，还要制证，还要跑人社部门求人签字、盖章，把我都累得腰椎间盘突出，三天两头跑到医院理疗。你们谁管了？我的劳动付出和收入不成比例，我人生的价值在你们眼里狗屁不如！我再也不能这样傻下去啦。现在是经济社会，我前些日子在你们的例会上说过，我付出就要获得相应的回报。

我算了一下，3351名学员每人补交200元，就是670200元。咱们去掉尾数说大数，你拿出60万，我给你启动实操室。

刘国瑾觉得驴脸的声音像是从西山煤矿的坑道里发出来的。他不禁大叫道：60万，开什么国际玩笑，我到银行给你偷去！

陈登第说：你傻还是我傻？你们学校一个学员收3000多元，3351个学员就是1000多万，区区个60万用得着你去偷？

学员吃不要钱？住不要钱？这个费那个费的，到处都是张口要钱的，到了我们手里，就剩下个零头。

你哄鬼吧！有几个有钱人叫唤自己有钱？

我们是真的没有。你的话就像是用微分的概念分析圆周，每一无穷小段都是直线。

废话少说，省省唾沫养养神。给了60万，你们启用实操室。以后，你们学校每到我这里鉴定一名学员，给我200元，一分不能少。

流氓！

你才知道我是流氓？

没见过这样的流氓。

今天不就见了吗？

少点不行？

没得商量。

我没勇气再和你说话了，我怕我说多了管不住嘴，下地狱。

地狱就是让人下的，你们学校在人间还是在地狱，我说了算！

陈登第露出狞笑，把手上的烟往地上一扔：你不是处女，你是婊子。别以为挂个校长的牌子，就可以当嫖客！说完似乎觉得自己的话说得太重，有意缓和一下，接着说：60万一分都不能少！我会算账，啪啪啪，那算盘打的，计算机都比不上，阿尔法狗都自叹不如。

刘国瑾突然问：你咋那么喜欢钱？

驴脸很惊讶，张大嘴，歪着脖子，看了他半天，问：你不喜欢钱？又端正脖子：没钱你就是孙子，不如一条狗，连碗小米稀饭都没人给你喝。

刘国瑾：我没这样想过。

驴脸说：你别看你是个大老板，你不会生活，你白在这个世上来过。说着脸色骤然变冷：最后问你一句，60万答应不答应？

刘国瑾说没法答应。

驴脸便从腰间掏出一把五四手枪对准他。

刘国瑾大惊失色，他没想到驴脸会有枪。

驴脸嘿嘿笑道：非常抱歉，你的顽固和不配合，使得我不得不采取非常手段来解决我们之间的问题。我想，你现在应该明白事理了吧？

驴脸命令刘国瑾：转过去！

刘国瑾转过去身子后，驴脸又叫他趴下。

刘国瑾顺从地四肢着地。

驴脸命令：把手放到头上！

刘国瑾赶紧双手抱头。

驴脸把脚踩到刘国瑾的腰上，用枪顶住他的后脑勺，再次问：60万你到底给不给？

给给给，刘国瑾急忙答应。他觉得下身热乎乎的，随即鼻子里钻进一股尿臊味。

说话算数？

要是不算数，下次你真崩了我。

驴脸把枪移开刘国瑾后脑勺，说：明天天黑前你必须给我送过来。说罢，哈哈大笑，往山下走去。

刘国瑾像根被遗弃在山上的水泥桩半拉子工程，驴脸走后十多分钟，他才翻身坐起。他闭着眼睛，竭力让自己从恐惧中解脱出来。

他听到风飞行时扇动翅膀的声音。

他随着风飞行了一个多钟头，驱车来到洽洽河滩。洽洽河水闪着银光哗哗地向前流。车厢里的尿臊味越聚越浓，让他透不过气来。他摇下车窗，通了一会风，也效果不大。看看还湿湿的裤裆，他懵懵懂懂地下了车，车门也没锁，就向河边走去。河水湿了脚，他觉得透心凉。他继续往前走，河水漫过了小腿，接着又漫过大腿，最后漫到了腰间，大腿间的尿臊味荡然无存。两条腿顺着河水向前漂，他想变成一朵浪花，一丝涟漪，跟着河水流向远方。他抬头看看蓝天上的白云，又环视四周的群山，那样陌生，遥远，虚无。有好多条鲤鱼撞击他的大腿，他不由自主地向后一倒，躺在水面上，还没来得及细想，整个人就沉入水中。他连喝了几口水，舌头马上涨大几十倍，堵死了他的喉咙。他喘不上气来，肺就要爆炸。他后悔了。这样死太不值了，太便宜驴脸了，就是死也要拉驴脸垫背。他还有老婆王琼，还有儿子刘阳，还有他的学校，学校里跟着他干了多年的王木德、王前进、梁三友、梁萍……他拼命挣扎起来。两只手拍打着水面，两只脚在下面扑腾着，寻找坚实的大地。一股水流过来，把他推进一丛水草，他急忙抓住水草，挣扎着上岸。他疲惫得没有一丝力气，在一棵柳树前一屁股坐下。

他想哭，转头看看四周没人，便放开嗓门号啕起来。也不知哭了多长时间，等他清醒过来时，河水已经变成红色。太阳像一个大火球在河里浮荡，金色的蜻蜓在草丛上飞舞。身上的衣服也干了。他抽抽鼻子，提起裤裆，使劲闻闻，没有了尿臊味。

刘国瑾开着车冲出河滩，上了通向市区的路，路灯把他的脸照得忽明忽暗。他没有回市区，也没有回学校，开着车，像只无头苍蝇，没有方向地到处乱窜。天黑时分，轿车在东山别墅前停下，他掏出钥匙打开门。院落里的花花草草，因缺少侍弄已长成杂草。这一晚，他没睡好，给蚊子饱餐了一顿。凌晨三点多，他实在忍受不住蚊子的光顾，又回到学校。

王木德办公室的灯竟然还亮着，他还在为校长担心发愁。看见校长进来，他腾地站起，问，谈好了？

准备下地狱吧。刘国瑾摇摇沉重的头，简单地叙述了一遍。

王木德说：这种被吊打的滋味难受啊。

正副俩校长大眼瞪小眼。

王木德叹口气：60万！还得凑，只给一天时间，这去哪倒腾啊？

刘国瑾心里已经有了主意，他说：就把东山的别墅便宜处理了。眼下，只有它能立马套现。

嫂子知道了，非剥你一层皮不可。

瞒着她。

躺在床上，校长迟迟进入不了梦乡，翻了几个烙饼，无奈地打开手机看头条新闻。一条都市110视频吸引了他。说当天在东山万亩生态园的山道上公安人员拦截了一辆可疑的商务车，发现一个人被五花大绑塞在里面。刘国瑾赶紧将图像放大，他希望被绑架的人是驴脸，最好是被一把斧头砍得分不清脑袋还是屁股！可惜图像经过处理，只能看到一片马赛克。

迷迷糊糊中他也不知是啥时候睡着了，睁开眼，早晨正从天空透过窗户缓缓走进来。他打开电视，寻到中央音乐台。重播节目，维也纳金色音乐厅，钢琴家Ben Morton正在演奏贝多芬的《命运交响曲》，开始的4个音符，刚劲沉重，仿佛命运敲门之声……

十三

陈登第一脸满意地打开家门。

菲妮问：又去打靶了？

陈登第说：这两天忙得像孙子，哪有闲心打靶。

菲妮说：我看见你包里有把手枪。

陈登第从包里拿出来，扔给菲妮：你打小就跟着你爸玩手枪，你看看，这是手枪？

菲妮接过来看了看，认定是仿真的，便打开弹夹，从茶几抽屉里拿出一颗子弹，压进去，顶上膛，瞄准陈登第。

陈登第吓得跳起来：别开玩笑。

菲妮笑着说：枪是仿真的。

陈登第说：子弹是真的。

菲妮说：我记着呢，子弹是你送给我的。我很珍惜，会好好替你保存。她退出子弹，攥在手心，把枪扔给他。

刘国瑾向陈登第要银行账号。

驴脸竖起大拇指：呵呵，真聪明，想留证据？不好意思，我喜欢现金。

驴脸还说，以后每个考生交200元的辛苦费，我见钱就考试。君子一诺，驷马难追。

拿到60万现金的驴脸笑了。他抚摸着万向轮磨砂面商务旅行箱，能感觉到人民币那超高的能熔化南非钻石的温度，他很享受这种幸福的感觉。

第二天，鉴定站小高开着车来到蛇城学校，撕下实操室的封条，发了学员鉴定申请表。

王木德给小高塞了个大红包，表达感激之情。

办完事小高要走，王木德说：鉴定站来人了，对我们学校来说是头等大事。我今天啥事也不干，就是中午陪你喝酒。

驴脸办公室。驴脸靠着老板椅背，对刘国瑾说：刘兄啊，你是大把式，我年轻时心目中的偶像，做人的榜样。职业技能培训行业里，我谁都不服，就服你一个人。以后你们学校的困难，就是我的困难，我保证蛇城学校一路绿灯。

你别再拿枪对准我就行。

这要看你的表现。普京有句名言：好话说一千次一万次，不如战略轰炸机的翅膀扇动一次。

刘国瑾右手端着茶杯，看着驴脸，恨得牙根发痒，幻想着一杯热茶泼到驴脸上。他轻轻把茶杯放回茶几，伸手狠狠揪下办公桌上那盆福绿桐盆景的一片羽叶。

驴脸跳了起来：盆景惹你了！

刘国瑾仰头把天花板溜了一圈，长出一口气，终于让嘴角浮出一圈微笑。他收回目光时，看见一只苍蝇飞到驴脸头发上，想落下来没站住，又嗡嗡嗡地向光明处飞去，撞在窗玻璃上。出不去不死心，继续嗡嗡地撞着，想撞出一条出路来。窗户右上角有蜘蛛网，巴掌大，走投无路的苍蝇会不会被缠住？

刘国瑾的心一阵狂跳，急忙收回目光，伸手拎起文件包，匆匆离开驴脸办公室。

十四

驴脸打开书房的指纹门锁。书架上的专业书籍已经换下二分之一，那些换下来的专业书籍被他装进啤酒箱子里，捐赠给几个培训学校，其中两个学校还隆重地举行了捐赠仪式，把陈站长助学的事迹通过报纸电视进行宣传报道。前两天，驴脸又从装修公司买回一批高贵豪华的空心书籍，有《诺贝尔文学奖获得者全集》《鲁迅全集》《理想国》《人类理解研究》《二十四史》《资治通鉴》《论人类不平等的起源和基础》《莎士比亚全集》《大卫·科波菲尔》《悲惨世界》《赵树理全集》等，都装饰精美，富丽堂皇。

他小心翼翼地从书架上拿下《诺贝尔文学奖获得者全集》，把从刘国瑾那里索要的60万现金装进去，又一一放回书架。他双手叉腰，满足地久久欣赏着。

咚——叭！外面一声二踢脚炮响，把驴脸从梦中惊醒。他揉揉眼，腕上的手表已是夜里12点整。

咚——叭！咚——叭！又是两声二踢脚炮响，一共三响。蛇城传统习俗，结婚当天0时整，男女方都要放三个二踢脚，说是冲喜，寓意家中的好日子过得红红火火。

他把目光移向窗外幽蓝幽蓝的天空。

他心中也产生想放几个二踢脚炮的冲动。

以前在农村，家里再穷，过年时，妈都要给他买一挂鞭炮，几个二踢脚，让他像别人家的娃一样开心地放。

他想妈了。这段时间比较忙，又没顾上看她老人家，明天就是天塌下来，也要跨过马路去看看妈。妈又会揉着老花眼，哆嗦着嘴，结结巴巴地不知说啥好。妈又会嫌他给的钱太多，硬要把钱塞回他口袋里，说钱在她手里根本没地方花。妈又会忙前忙后，只怕他在外面饿了肚子，把早就在厨房做好的他最爱吃的豆腐端过来，看着他吃得满头大汗打饱嗝。妈还会胆怯地唠唠叨叨，要他对菲妮好些，人家是大户人家的闺女，没吃过苦，要学会心疼老婆，她是要和他过一辈子的人。

十五

老站长吴兴瑞请刘国瑾在粤海世界饭店吃饭。

刘国瑾受宠若惊，又有点惶恐不安，闻到一股子黄鼠狼给鸡拜年的味道，但他又不好意思推辞，只能硬着头皮赴宴。

席间，老站长先是用关怀的口吻询问刘国瑾在教学园区建校征地的进展情况，耐心地听，不时点头。听完后，老站长说，你可能也听说了，我和任校长在大青山革命老区也准备建一座职业技能培训学校。老区还很贫困，有的地方让人怀疑走进了解放前。西八县富余劳动力多达数十万，他们居住在贫瘠的深山，最偏远的山村离县城有上百里的路。他们没有钱，有的刚解决温饱问题，有的还在贫困线下晃悠。他们脱贫最佳的途径就是提高素质，掌握一门实用技能。而我们的培训学校大都开在省城或是市里，农村的劳动力就是想参加培训也只能"望校兴叹"，所以经过几年谋划，他想在乡下办一座培训学校，让老区的人足不离村就能得到培训，像家政保姆、果木修剪、中式烹调、电工操作、服装加工、礼仪接待、家禽饲养、消防操作、灭火救援、电脑知识等，这些都是他们容易掌握的职业技能。老站长说，地的问题县里很支持，免费提供，现在的问题就是建校资金，我想筹点钱尽早开工。老站长希望刘国瑾能出点血，目光飘荡着几丝哀求，十分殷切。

刘国瑾差点哭出来，他把前几天在西山发生的事详细地向老站长叙述了一遍。

老站长无言，目光发呆，直到饭局快结束，也没说几句话，只是一个劲地劝刘国瑾吃菜，喝酒。

最后一道菜上来，老站长吃了口，放下筷子，语重心长地对刘国瑾说：你和陈站长的矛盾，现在还是人民内部矛盾。要把握好尺寸，掌握好度。有机会我去找陈站长聊聊，提醒提醒他。毕竟大家一起共事多年，他还是我培养起来的，我也没想到他会变成这样。

最后，老站长说：我的意思，你懂的。

刘国瑾要去买单，老站长按住他，任继军站起来，把信用卡递给服务员。

这时任继军接到一个电话，听出是他母亲的。

老站长问：有事？

任继军点点头。

老站长说：那你赶紧去吧。

任继军说：不急，送了你，我再去。

老站长摇头：不用不用。

又问刘国瑾：你忙不？

刘国瑾说：任校长你忙去吧，我送老站长。

任继军对刘国瑾说：那就麻烦你了。

刘国瑾说：老站长又不是你一个人的，也是我的。

大家都笑了。

任继军拎上包，小跑着走了。

老站长招呼服务员打包。嘴上还念念有词：要节约，不浪费。

老站长家住在唐明大街，却让刘国瑾开车去杏花园路。

老站长让车在香格里拉小区门口靠边停住。

刘国瑾说：陈站长就住在这里。

老站长没吭声，摇下车窗玻璃，喊坐在收烂货的三轮车上看书的老头，把打包的饭菜递给他。

刘国瑾拨左转向灯，挂D挡，准备离开时，看见菲妮出现在小区门口，他装作没看见。

菲妮向车这边瞟了一眼，扭头走向收烂货老头，俩人聊着什么。

十六

刘国瑾成了疯子，在学校见人骂人，见物砸物，学校教职员工人人自危。

刘国瑾也为自己的言行懊恼。他品着茶，哀叹道：我就是一条悲壮的沙丁鱼。水下有海豚、鲸鱼、鲨鱼威胁，水上有鲣鸟、燕鸥、鸬鹚袭击，腹背受敌啊。

义净法师说：压力是伴随着人生，伴随着时代而来的，无法回避。我们首先要有一个正面的思想，来解读这个压力。

又说：放弃抱怨，放弃负能量，多一份努力，多一份思考，你就能杀出重围。

刘国瑾言听计从，但想做做不到。

这天，他又没能控制住自己，没有任何人惹他，他自己把自己搞火了。眼看就要发作，他赶紧跑回办公室换上运动装，跑出去爬山。梁三友帮他拎了八瓶矿泉水。他连爬了七个山头，将矿泉水喝得一瓶不剩。中间只对准一棵老榆树撒了一泡尿，其余的全化成了汗水。

这天晚上，累得腿都要断的刘国瑾又要王木德陪他喝酒。

八两酒量的"缸房"，愣是喝光了一瓶，直喝得屁滚尿流，醉得一塌糊涂。王木德摇摇晃晃地把他送回家，擂鼓一样敲门，敲开门，一张嘴，浓浓的酒气把王琼熏得晕头转向。

他伸着捋不直的舌头，对着王琼乱说了一通：嫂子，我的好嫂子。今天校长他没喝多。不不，喝……多了，全怪我。校长心里苦啊，太苦了，我比谁都清楚……太苦了。他想醉酒……就让他醉好了。他想醉，我也想醉。……今天就让我俩睡个好觉吧……好困啊。说着，就"扑通"一声，和校长一起倒在地上。

王琼哭笑不得，先是把王木德翻过身，拖进客房，脱了鞋，滚上床，盖上被子。又回到客厅把老公搬到卧室，脱了衣服，安顿好。她坐在床头，侧向老公，心疼地看着老公，轻轻地抚摸着老公，双肩微微地颤动。

也不知什么时候她睡着了，和衣卧在老公头前。

王琼被一阵喊声吵醒。她忽地坐起来，听出是隔壁王木德在说梦话，东一榔头西一棒子，断断续续的。听了一会儿，她听出了一点门道，便霍地从床上跃起，揪住老公的耳朵审问东山别墅是咋回事。

刘国瑾却像个活死人，怎么也搞不醒。

王琼冲进客房，打开顶灯，把王木德从梦中拖出来。开头王木德的嘴还硬，后来知道自己的梦话把校长出卖了，后悔不迭。

王木德拉住王琼，苦苦哀求，叫她别再折腾校长了。他一边喝着王琼递过来的浓茶水，一边红着脸简明扼要地给她讲了事情的来龙去脉。

王琼叫道：你咋不早说？

又叫道：你们咋不去纪委告他？黑糟烂污的王八蛋，闹死他！

王木德说：你别急。这种人，必遭天谴。

王琼说：你们不闹我闹！

王木德说：好嫂子，你就别添乱了。我们学校不像你们医院，你们是官办的，我们是民办的，没爹没妈，面临的关系复杂得很。我和校长事先都商量好了，这笔钱，让他好吃难消化。你万万不能搅进来。蒸馍馍要掌握火候，火候不到，过早掀锅盖，馍馍就夹生了。

十七

2015年4月3日，天津检察机关依法对周永康涉嫌受贿、滥用职权、故意泄露国家秘密案提起公诉的时候，相距六百公里的蛇城的一间出租屋内，李子手中的打火机在轻轻地响了两声后，冒出跳跃的火苗，点燃了驴脸手中的中华烟。

驴脸悠闲地抽着，吐着烟圈。

李子把打火机放到床头柜上，让他仰面躺好，叉开大腿，给他做前列腺保健按摩。按摩很到位，舒服得他直哼哼。做完前列腺，驴脸又翻过身来趴着，李子给他按摩腰，按一下，痛一下，疼痛过后是舒坦。

下周日又要技能鉴定考试了，刘国瑾的钱还没送来。前天，他就提醒过这个得了健忘症的猪头。他没直接找刘国瑾，而是把电话打给王木德。王木德会积极地一刻也不耽误地把话传给猪头的：王副校长啊，你过得好舒心哪，我刚才又被省考试中心的领导叫过去，挨了一通臭骂。领导骂我包庇你们学校，还说我和刘国瑾还有你，是一丘之貉，狼狈为奸，问我收了你们多少好处，那么积极主动舍身忘死地罩着你们学校。

驴脸说：你说我冤不冤哪！我打听过了，省考试中心前些天派人下去转了一圈，实地考察了几个培训学校，其中就有你们学校。你们学校的实操设备实在是差劲，老旧不说，有一部分还不能联动。你们这是在开国际玩笑，叫我咋个包庇你们？

昨天，刘国瑾没回音，他又给王木德打电话，说是一大早又让厅长骂了一通，还是你们学校的问题。他故意把声音提高，让王副校长马上、立即、迅速把事件摆平，不然的话，下周的技能鉴定考试不能顺利进行，别怪他陈站长没提醒。

王木德故意问：你让我摆平省里哪个部门？

驴脸说：自己拉的屎自己不清楚？

王木德说：我真不清楚。

驴脸说：你比谁都清楚。

今天，刘国瑾还没露面。驴脸想了想，决定采取行动。搞鉴定工作十多年，别的本事没有，整治培训学校的手段却多的是。

他拿起手机，直接给刘国瑾打过去：刘校长，刘兄啊，在哪里潇洒啊。

我哭得眼泪流成河。这不，下期培训的学员还没落实下来，在下面忙活着呢。

我就说么，刘校长这么大的人物咋就泥牛入海了。

陈大人，有什么指示，请吩咐。

我哪敢指示。我是给你打工的。

言重，言重，承受不起。

言归正传。是这样，刚才省领导把我叫过去，说他派有关部门下去私访，回来的人汇报说你们学校的实操设备存在严重问题，和我探讨下周的实操技能鉴定考试是不是挪到南面或是北面随便哪个设备比较健全的技校去考。我说，你们学校这批学员200多号人，实操考试至少要四五天时间，南面离你们学校最近的技校也有230多公里，一来一去就是460多公里，那要多花多少钱，不是坑人嘛！我对领导说，这样做不利于职业技能培训事业的发展。我还对领导说，不管蛇城学校是去南边还是北边考试，两边的路况都很差劲，加上车又多，特别是拉煤的大车，万一出个什么交通事故，群死群伤，后果不堪设想。我这都是为你们学校着想的，是想方设法在为你们学校争取啊。可咱是谁？一个小小的鉴定站站长，人微言轻，谁也看不起，上面的领导更不会听我的。他们坚持要你们去别的培训学校考试。你说，我该咋办？

刘国瑾说：我在山沟里再有两天就忙完了，一回去我马上找你。我记着呢，忘不了，你放心。

陈登第说：牛头不对马嘴，乱弹琴。我和你说的是两码事。你现在不赶回来，抓紧把事情处理好，等你招完生，早就两腿一蹬，归西啦。别忘了，你们学员鉴定申请表还没领呢。考试地点确定不下来，我这里无法发鉴定申请表，我发不出鉴定申请表，你们就填不了鉴定申请表，没有你们填写的鉴定申请表，我们鉴定站咋给你们出准考证？

刘国瑾明白，驴脸这是逼他送钱。以前全是现金交易，这次刘国瑾想借口在下面忙生源，不在省城，好抓住把柄在手里。他说陈大人，我在这里确实走不开，要不这样吧，你给我发个卡号，我把那个东西给你打过去？

呵呵呵，给我要心眼？

我是那样的人吗？我确实是走不开。

高速公路四通八达，你开车回来不就几个小时嘛，离开几个小时，天会塌下来？要不就这样吧，我还要去省政府开会呢。

陈登第不耐烦地挂了电话。

你的点子真多。李子说。

这就是我的价值，我要实现我的价值。我的手稍稍往上一抬，再垃圾的学校，考试合格率也会增加好几成，利润就哗哗来了。他们不能光顾自己赚钱，忘了恩人是谁。

李子说：我儿子明年就要上初中，农村中学教学质量差，上了也是瞎混。我想让我儿子上县城的中学。上县城中学，就要在县城买房子，可我没钱买房子。

陈登第说：只要你能为我生个儿子，你儿子的事就是我的事。

现在养个孩子贵得吓人。

我是站长，负责多个培训学校的鉴定考试，只要大权在握，这些学校就是我的自留地。

驴脸拿起手机，打开日历，点击明天，又点击新建活动，在标题里写道：买书。

又要进钱了。再买多少书？五十本还是一百本？

十八

又是国考，培训学校最紧张要命的日子，每个人都像弦上的箭。

230位学员，30位一个考场。学员按照准考证上的编号和教室外面公示牌的提示，带着身份证和准考证，鱼贯进入8个考场。考评员、监考老师，胸前挂着工牌，各就各位。离开考剩下15分钟，负责督导的驴脸还没露面。

王木德急得直跳脚。

刘国瑾给驴脸打电话。

驴脸说：车坏到了唐明大街上，正在等4S店派人过来维修。

刘国瑾说：修车来不及了，离开考只剩下不到15分钟了。

驴脸说：我比你还急，这是国考！可车坏了，我走不了。我不能把车扔在路上，这是私家车。

刘国瑾说：你在哪个位置，我派人去接。

驴脸说：就在西环上，离学校也就六七分钟的路。

刘国瑾说：好啦，我去接你。

考试进行得还算顺利，只是整个过程中驴脸拉着本来就长的脸，背着手，看着鼻尖，一声不吭。考完试，饭也不吃，招呼也不打，上车就走了。

不知所措、心情郁闷的刘国瑾没招了，叫梁三友陪他去爬山。

王木德给梁三友使个眼色，梁三友便紧跑两步，跟着校长出了校门。

刘国瑾背着手，一言不发，低头看路，吭哧吭哧只管往前走。梁三友紧跟在右后侧，以防万一。

爬到第二座山的半山腰，碰到个比膝盖稍低点的小坎，校长右腿上去了，左腿跟不上，身子侧空着，在那里摇晃。梁三友连忙伸出两手，在空中虚扶着。晃了三晃，校长左腿跟上去了。梁三友吐了吐舌头，跟在后面跳了上去。

越往山里走，路边的植物越丰富。爬在地上的有灰灰菜、马齿、蒺藜、车前草、马泡，稍高点的有柴胡、细辛、艾蒿、益母草、小飞蓬，高的有曼陀罗、苘麻、野燕麦、野鸡冠花。又到了第四个山头半山腰的拐弯处，刘国瑾的眼睛不由自主地又瞟向那几座坟，心里直硌硬。

十天后，驴脸叫刘国瑾到华府喝酒，喝到差不多时，他清了清嗓子说：老兄啊，上次国考真他妈危险。要不是你开车来接我，肯定耽误大事了。我不能每次国考都让你来接，你也不可能每次都来接。为了给你们学校服务好，我想了想，一咬牙，买了辆新车。说着从口袋掏出行车证，扔到刘国瑾面前。花了三十多万，家里钱不够，只够首付，银行贷了二十万，这钱你们学校得出。

刘国瑾愣了一下，一个劲地劝酒。

席间，驴脸去洗手间。刘国瑾起身翻开驴脸挂在椅子靠背上的包，摸见装在里面的五四手枪，迅速掏出来放进自己的包里。他重新坐回椅子，看着窗外哗哗哗翻飞的银杏树叶，双手紧紧按住胸口，好像怕心脏蹦出来似的。

驴脸放松完回来。刘国瑾慌忙站起端杯敬酒。偷了驴脸的手枪，他的胆子一下子壮了不少，对驴脸说：把一个两头尖的金属物放到电场中，当电场增到一定程度，就会放电，介质就会被击穿。

驴脸说：留下你的高深知识给你们学校的学员讲去吧。

刘国瑾不甘心，继续和驴脸谈判，这回他不怕驴脸拿着枪逼他签城下之盟了。

中间，驴脸曾拿起包，寻找什么，但没找着，眼神疑惑地盯着刘国瑾看了好一阵子。

经过长时间的口舌，最后敲定十万元。他说，学校钱实在紧张，分期付款行不行？

驴脸说：去年你卖别墅的钱呢？

你还惦记着呢？

顺嘴一说。

除了给你的，剩下的被我老婆控制了。我老婆你又不是不知道，典型的女汉子。

就咱哥儿俩的关系，我也不为难你，三个月付清。

三个月我怕够呛，一年行不行？

你妈个屄，不要给脸不要脸。驴脸用筷子猛敲菜盘。

刘国瑾呼吸困难。虽然手枪在他包里，但面对驴脸，他还是底气不足。

他俩你望着我，我看着你，目不转睛，对望了三分钟。最终，刘国瑾的目光先软下来，从驴脸移到酒杯上。

白色啤酒泡沫还在往杯外溢。

驴脸两眼笑容满满，散发着朝霞燃烧的光辉。他知道自己又赢了，他还要乘胜追击，达到理想的彼岸。他耸耸肩，说鉴定站有事，不能多陪。话音没落地，人就站起来离开酒桌。他并没回鉴定站而是回了家。他还没尽兴，这轮薅羊毛行动才刚刚开始。他喊已经在他面前败下阵的菲妮来一盘小葱拌豆腐，再整一盘花生米，要在家里喝个痛快。他一筷子小葱拌豆腐一口啤酒，一粒花生米一口啤酒，边吃边喝边打电话。

第一个电话打给方州培训学校任继军：老弟啊，为了不再出现上次那样的耽误国考的事件，好好给你们学校服务，我想了想，下了个狠心，买了一辆新车，花了三十多万。家里钱不够，银行按揭了二十万，这车钱你们学校得出，你不出的话，下次误了考试可别怪我。

那边的任继军哼哼唧唧：这些天学校银根紧张，你也知道，老站长要在大青山革命老区建培训学校，前期大部分费用都是我这里出的。

老站长的事你就有钱，我的事你口袋就瘪了？

不不不，我不是这个意思。

谁不知道你和老站长好得穿一条裤子。

驴脸不知道，任继军在那边已按下了手机上的录音键。

驴脸继续说：人家刘校长要大包大揽全部出钱，我想不能啊，我负责鉴定考试的学校不止他一家，买车的费用能让人家刘校长一家承担？这不公平，说啥我也不答应。我说，刘校长啊，你的好心我领啦，但车钱最多我只答应让你承担五万。任校长啊，论私人关系，咱俩要比刘国瑾近多了。况且咱们的靠山都是老站长，谁里谁外我是分得清的。路遥知马力，日久见人心。关键时刻，我知道，肯定是你帮我，你出力。我姓陈的是个知恩图报的人，你帮了我，我绝对会报答你，我别的本事没有，给你学校锦上添花的本事还是有一点的。

任继军顿了一下，最后答应承担十万元，说立马从手机银行转过去。

驴脸不让转账，他要现金。

驴脸又给另外八个学校打电话，胡萝卜加大棒，每个学校都敲出来三万五万八万不等的所谓购车费用。

菲妮坐在厨房，听着陈登第打电话，眉头越拧越紧。听到最后，她就像坐在神舟飞船上，心都飞出了嗓子眼。

那天晚上，菲妮整夜未眠，她替他担惊受怕。现在反腐形势这么严峻，抓铁有痕，踏石有印，他竟顶风作案，真是要钱不要命的架势。放在以前，她的官比他大，在家里一言九鼎，会严肃地同他谈话，命令他不能贪腐，警告他不要以身试法。现在不行了，他和她同一级别，他看她时都居高临下。

怎么办呢？菲妮的心像烤煳的面包片，思绪像一望无际的沼泽地。上个月，她的直接上级领导"双规"前从厅里的顶楼跳下自杀了，她很为他惋惜。他不光人长得帅，也很有才，理论水平出类拔萃，工作能力比同级别的领导高出两三个档次，是副省长的有力竞争者。但是他贪腐了，走上了一条不归路。她理解他自杀的心理。换作她也可能会选择自杀。被双规，意味着政治生涯的终结，一个习惯了掌权的人，会视权力如生命，突然从高高在上指点江山的政府官员沦为阶下囚，并注定再无出头之日，那种失落，那种无颜面对江东父老的羞愧，选择自杀是正常的。一双规就自杀，是典型的要无赖。菲妮知道，在现如今这个网络信息发达的年代，贪官即使自杀也有可能逃不脱追责。还有，自杀后对家人带来恶劣后果也是不可想象的。菲妮也曾想过对老公进行一番思想教育工作，让他主动去纪委承认错误，接受惩处，重新做人。她清楚，她的这个愿望在已经膨胀到连脸皮都不要的他身上不可能实现。

前两天和冯爽一起在蓝天喝咖啡时，菲妮曾向她道出自己的苦恼。冯爽沉吟了一会儿，咬牙切齿地说你家老陈现在最好得癌症，今天就死，马上就死。菲妮承认，在老公的问题还没有暴露还没有被"双规"前就消失，是最好的结局，政治上没有污点，也不会给家庭带来像抄家那样难以想象的灾难性的后果。

最后她的思维固定在他把钱放在了哪里。她清楚，他弄了那么多现金，家里是放不下的，那要多少个保险柜啊？唯一能放下的地方，只有银行。存银行就要有存折，存折又放在哪里呢？办公室？家里？书房？外面租的房子？肯定在书房里，他把书房的门锁换成指纹锁就是明证。想到这里，她从床上爬起来，明知书房的指纹锁打不开，仍心存侥幸，想要试试，结果可想而知。回到床上，她继续寻思着进入书房的办法，一定要想方设法找到存折，把索贿受贿得来的不义之财交给纪委，最好是悄悄捐给公益事业，不显山不露水。

买了一辆车，赚了六十多万。多天以后，驴脸在和李子聊天时，自豪地说，这是羊毛出在狗身上，最后由猪来买单，这就是我的方法论。

十九

拿了钱的驴脸和没拿钱的驴脸判若两人，刘国瑾更喜欢拿了钱的驴脸，双目有神，笑声爽朗。没拿钱的驴脸，一脸灰暗，阴阳怪气，疯狗一样，见谁咬谁，贪得无厌的欲望，就像撒尿没完没了。

这天，刘国瑾受了驴脸一肚子气，从鉴定站出来，怕恶劣的情绪影响驾驶，想想没什么急事，看看手表，已是下午五点十分，便打消了回学校的念头，溜达到在洽洽河公园。在河边散心时，碰见了老站长。他向他诉苦：陈站长当了代理站长以后，把屁崩到我脸上，还要问我味道如何。

老站长意味深长地呵呵几声，仰头看天。

俩人边走边聊，走到唐明大桥时，夕阳就蹲到西山头上。河边的人渐渐多起来，三个一群，五个一伙，手捧着用木板和五色纸做成的彩灯，彩灯里点着蜡烛。有人拿着冥币、水果、蛋糕，还有五花八门的祭祀用品。

刘国瑾想起来了，今天是中元节，也就是鬼节，陈登第的生日。他想起刚才在鉴定站时，脑子里还泛起过是不是叫上几个人给驴脸过生日的想法，但一看驴脸那副嘴脸，就把念头给掐断了。去你妈的吧，他脸上冲着驴脸泛起微笑，心里却在咒骂。

任继军来找老站长，左手提着一袋子冥币，右手是一筐烟酒祭祀用品。

刘国瑾又想起那年任继军凑近他耳朵说的话，便苦笑了。

老站长替任继军解释说：那是任校长给他父亲准备的，是个孝子啊。

刘国瑾好奇发问：老站长你也……

老站长说：每年我都和任校长一起给他父亲烧纸，他们老家的风俗和省城不一样，要把先人的牌位请出来，放到专门做祭拜用的供桌上，供上茶饭，燃上香，烧上纸。

刘国瑾心想，老站长这是在为自己的不道德行为寻求心理安慰吧？他不想沿着这个话题走下去，害怕带来不必要的尴尬。他扭头问任继军，你还记不记得今天也是陈站长的生日？

任继军回答：我只知道今天是鬼节，是祭祖的大节。

刘国瑾笑着说：我记得那次你跟我说的话，今天鬼节，我刚才一看见你就想起了。

我说的话多了，哪句？

你们老家把鬼节出生的孩子叫小鬼，说是游荡的小鬼变成的。

是呀，错了吗？有毛病吗？

千真万确，没毛病。

咋啦？

我叫小鬼缠身了。

驴脸本来就是一只小鬼。

老站长说：不怕，哪里有小鬼哪里就有钟馗。

说着拍拍刘国瑾的肩膀，你早点回家吧。今夜也是有讲究的，少说话，不熬夜，早早入睡。握手告别时，老站长又特别叮嘱，保持好积极的心态，别让负面情绪影响了自己，把培训学校办好才是正事。

刘国瑾返回鉴定站开车，在大门口，碰上驴脸从楼上下来，驴脸叫道：刘老兄啊。

刘国瑾不得不端着笑脸迎上去。驴脸用力握住刘国瑾的手，上下摇晃：哎呀，还是老战友好，还是你刘兄好，我还以为你忘记了今天是我的生日，连个电话也不打一个，谁想到你在大门口等我。想不到，想不到，这就是路遥知马力啊。

事已如此，刘国瑾只能假戏真唱了。他说：我打了好几个电话，找不下一个安全的饭店，要不咱们还是去滨河饭店？

驴脸说：我有个隐蔽的地方，在八一路上，两个包间。

这么晚定，怕是没包间了吧？

我昨天就预订了，知道你会和我一起过生日的。

刘国瑾让驴脸把后院的位置用微信发过来，他一边开车往后院走，一边临时打电话拼凑人马。拿出各种手段，总算是把马三祥、傅正焕、刘青山三人搞定，又让学校的王木德领着梁三友和王前进带上一箱二十年老白汾，立即马上赶过来凑数。

饭桌上，不知是有意还是无意，刘青山又提到老站长和任继军的关系，在座的各位都清楚，刘青山和老站长有矛盾，多年解不开。

刘国瑾说：今天是陈站长的生日，刘校长你这是哪壶不开提哪壶啊。

傅正焕说：这个话题好，多好的荤菜啊，多加点，有气氛。

刘国瑾把脸转向驴脸。

驴脸笑着加柴拱火：我赞成傅校长的观点。酒桌嘛，就是个让大家高兴放肆的场合，想说啥就说啥吧。

刘青山问：陈站长，你说任继军是不是吴兴瑞的私生子？

驴脸看马三祥，马三祥夹口菜，放进嘴里，又端起酒杯，喝了一口，说：这是咱们行内公开的秘密，几十年了，你看他俩的长相，越来越像是一对复制品。

傅正焕说：我给马校长点赞。

刘青山盯住陈站长不放。

陈站长说：现如今，有几个情妇，多几个私生子，正常的事嘛，有啥大惊小怪的？

刘青山说：这么说，陈站长你也有喽？

陈登第说：全省谁不知道我是有名的妻管严，我要是有老站长的胆量和气魄，肯定一个都不少。

刘国瑾心情有点郁闷，不在状态，没喝多少就醉了。王木德把他送回了家。

二十

和李子做爱的过程中，驴脸灵光一闪，又飞出一只么蛾子。第二天，和傅正焕校长去武装部靶场打靶回来的路上，他已胸有成竹。

王木德把车停在杏花园路边看着鉴定站的大楼，倒腾着欢快的两只脚，跳舞似的过去，嘴里哼着民歌小调：阳婆婆出宫满面面红，小妹妹白脸脸爱死个人……

进了办公室，他向小高打招呼。

小高放下茶水杯，坏笑着看王木德。他一张口，王木德愉悦的心情就被扔进了马桶。

王木德手举得高高的，原地转了一圈，也没找到能撒气的对象，只好劈了一把空气，来句国骂。

小高笑着耐心地劝王木德还是回学校，老老实实写个申请书，盖上公章，再过来找陈站长签字，有了陈站长的批示才能领表。

王木德说，这么多年了，咱们鉴定哪次不是按我们传过来的学员信息给我们发表？

小高说，你命不好，晚来了一步，今天一大早，七点五十五，陈站长就变更了领取程序。用陈站长的话说是优化程序，为了今后更加有序地管理。

王木德说：这哪是优化，这是脱裤子放屁。又问，是不是以后领表都要先写申请，再找站长签字？

回答：是。

小高劝王木德还是回去按陈站长的新程序办理，胳膊拧不过大腿。陈站长的指示在鉴定站就是圣旨。王木德苦笑着摇摇头，只好回校打印一份申请书，盖上学校的章，又返回鉴定站，找陈站长签字。

陈站长办公室的门锁着。

小高说五分钟前还和我说话哩。

王木德打电话，陈站长说在外面忙，让他明天早上七点五十八分来鉴定站，强调自己每天都忙得焦头烂额，过时不候。

第二天，西中环路和唐明街都堵车，王木德打了二十多分钟的提前量，还是晚到了三分钟。驴脸的脸拉得很长，骂王木德：你这是图财害命，懂不懂？

王木德一脸茫然。

驴脸说：这是鲁迅说的。

王木德想解释。

驴脸把手一抬，我懒得听。又说，我不能给你们惯出毛病来，今天你不遵守时间，就要付出代价。明天我有事，你不要来了，后天下午三点钟准时来。

王木德苦苦哀求，驴脸便喊小高过来，把他领出办公室。

第三天下午，王木德提前半小时来到鉴定站，他在三楼楼道里碰到正慌慌张张要离开的马三祥，问驴脸在不在办公室？

马三祥不耐烦地回答：他又不是我孙子，我看着他干啥？

王木德又问：你没见他？

马三祥嘴一撇：老天爷，我就像老鼠躲猫一样躲他还躲不急哩，谁见到他谁倒霉，一辈子都不想见他。

王木德也不愿见驴脸，可不见拿不到学员鉴定申请表，他不得不见。他硬着头皮敲驴脸办公室的门，半天没有回应，隔一会儿又敲，还是没反应，就只好干等着。

刘青山也来找驴脸，小眼睛上下看看王木德，下巴指向办公室的门。

王木德摇摇头。

去哪了？

王木德又摇摇头。

那你在这等啥？

王木德摊摊手。

刘青山对准门吐了一口唾沫，扭头就走。

王木德轻蔑地看着刘青山远去，快到楼道拐弯处时，他还是忍不住朝刘青山吐了一口口水。他瞧不起刘青山，对有职有权的阿谀奉承奴颜婢膝，对平头百姓颐指气使。如果刚才驴脸在面前，刘青山的脸上会瞬间开出牡丹来。

三点半了，驴脸还没露面，打电话，也不接。他问小高，小高说，陈站长刚才来电话，说他要去省里开会，让你明天早上再来。

好不容易拿着驴脸的批示去领表，小高又说，陈站长又有新指示，从今天起，学员鉴定表要校长亲自来领。这是为了严肃考纪，对党和国家负责，对人民负责。

王木德说，陈站长真有水平，一下子就把自己提高到党和国家领导人的级别了。

小高说，陈站长还说，这是为了避免发生不必要的意外，耽误学员考试鉴定，这是国家的百年大计。

王木德给校长汇报的早晨，刘国瑾正在隐云寺文化广场的牡丹花园看花。花开得五彩缤纷，同为红花，有的如丹，有的像火，有的似红玛瑙；同为白花，有的似冰，有的若银，有的宛如白玉。

刘国瑾气得踢了空气一脚：他妈的，还让不让人活？

王木德说：还好，他还只是个代理站长。

他要是真成了站长，咱们才真的没有活路。

人在做，天在看，举头三尺有神明。

刘国瑾只好亲自到鉴定站领表。

老站长也在，刘国瑾先和老站长打招呼，老站长脸上的笑容还没绽开就萎缩了，只是嘴角挤出两声勉强的笑。接着和驴脸打招呼，驴脸眼睛盯着墙上的挂钟没动。老站长叹口气，站起身，对看挂钟的驴脸说：事情就是这样，你掂量，能帮就帮，帮不了我也不为难你。说着笑着和刘国瑾、王木德握握手，出去了。

驴脸还在继续研究挂钟。

刘国瑾和王木德送老站长下楼，刘国瑾问老站长找陈站长有啥事。

老站长说：还是在老区办职业技能培训学校的事，想请他资助点。结果和你一样，一点面子都不给。

刘国瑾神经一紧：老站长，我可和他不一样，我确实是……

老站长微微一笑：没事没事，不要当真，我就是和你开个玩笑。到了我这个阶段，我会摆正心态的。

出大楼时，刘国瑾问老站长，中午有没有安排，能不能一起吃个饭？

谢谢你，刘校长。老站长握着刘国瑾的手，呵呵笑着说，中午几个大学同学在滨河一号聚会。其中还有我那个省纪委的同学，好久没见了，正好有事找他。

刘国瑾说：咱们就改天吧，看你的方便。

老站长说：我们这些人，时间一大把。不过每天下午，我还是要和我的麻友们活动活动。

刘国瑾附和着说：打麻将是个有益大脑的好运动。

刘国瑾重新来到驴脸办公室门口，王木德摇摇头说：我不进去了。

驴脸手指敲着桌面上的一堆文件，眼睛盯着刘国瑾说：日薄西山，老树昏鸦，能接待接待，就是天大的面子，还以为是昨天？

刘国瑾呵呵两声应付过去，在驴脸对面坐下。驴脸把面前的文件往一边一扔，腾地站起来，说，刚刚省领导来电话，叫我去商量一下工作，你去小高办公室等我。

刘国瑾看着驴脸，心里直骂娘。尽管身体里有一百万个不高兴的细胞上蹿下跳，也只能紧紧封存着。把驴脸送到楼梯口，他转身来到小高办公室，小高正和王木德聊天。王木德看着校长的样子，叹口气站起来倒了杯水，说他就是那个尿势，讨吃鬼！

王木德接到教务处的电话，先一步回校。刘国瑾留下等驴脸，等了两个小时才回来。

经过李子一个多小时的按摩，驴脸身体内的每一根神经都像雨后洽洽河的支流，充满欢快的活力。

刘国瑾把装着三条中华烟的黑色塑料袋扔到驴脸怀里。驴脸的嘴角上翘，挂出两丝笑容：老兄就是老兄，知道我的喜好。说着，拉开抽屉，顺手把烟丢进去，然后轻轻关上，用食指敲着桌面，一本正经地说：拿了你的手不软，吃了你的嘴不短，钢铁就是这样炼成的。

刘国瑾在驴脸办公桌对面的椅子上坐下，靠着椅背看驴脸。驴脸的手机又响了，接完电话说：老兄，你不找我，我没事，你一找我，事情就接二连三。这不，省领导又叫我过去，又有急事要我去处理。这样吧，老兄，你如果有事，你就先忙去吧，如果没事，麻烦你再到小高办公室等一会儿。

那天，刘国瑾坐在小高办公室里把微信看完，头条新闻刷了三次，才接收到楼道里驴脸的脚步传导出来的信息。回到办公室的驴脸，似乎没有注意到刘国瑾的存在，他点燃一支烟，抽着，背靠椅子，把脚搁在办公桌上，双手捧着手机。

驴脸在和李子用微信聊天。

刘国瑾按捺不住了，探身一看，发现驴脸竟在微信聊天。他用手揉揉太阳穴，咬咬牙根，声调悲凉地说：陈站长，鉴定申请表……

驴脸眼睛离开微信，又抽一口烟，缓缓吐着，继续聊微信。一边聊微信一边说：不是我让你来领，是你的责任让你亲自来领。

噢，天哪，责任如此重大？我以前咋就不知道。

那是你觉得我这里衙门小，不在你的视野里。

看在都当过兵的份儿上，不要为难我，好不好？

这是规定，规定就要严格执行，天王老子来了也一样。

刘国瑾看着驴脸，心脏突然痛了一下。

两个人目光对峙，仿佛都想把对方置于死地。随后，刘国瑾把目光从驴脸上转移到驴脸的大茶杯上，他拿起杯子，也不管凉热一阵牛饮，一大杯茶水见了底。

驴脸的眼瞪得像牛蛋，对面的人喝的是他刚倒的一杯热茶水，他只喝了一口，烫得吸吸溜溜的。

放下茶水杯的刘国瑾再抬起头时，目光变得柔和了许多，接着柔和又变成了无奈，再接着又向哀求转换。他下巴动了几下，想说什么却没说出来，脸颊憋得通红，然后垂到了胸前。

驴脸一脸得意：我的老兄啊，波浪卷发，精致五官，小立领亚麻衬衣，哦哟哟，手腕上还戴着一串佛珠，108颗的吧？洒脱，帅气，养眼，超能美男啊！啧啧啧，我有时候很纳闷，世上就有这么一些人，老是得意忘形。比如我的老兄，超能美男校长，有一句话说得很好：不成熟的男人的标志是可以为了一口气壮烈牺牲，成熟的男人的标志是可以为了一口气卑贱地活着。你可以选择做一个成熟的男人或不成熟的男人，但你要记住你是在我的一亩三分地上混饭吃的，混不好就没饭吃。

刘国瑾灰头土脸抱着一堆学员鉴定申请表从鉴定站出来，有凉风吹到脸上，他急需要呼吸新鲜空气。

二十一

刘国瑾在办公室闷了大半天，情绪坏到了极点。王木德进来请示工作，刘国瑾说，陪我散散步去。

他们出了学校没走多远，就开始上坡，之字形穿过绕城高速公路高架桥，登上139个台阶，绕过身披袈裟、眉如小月、眼似双星、朱唇一点红的观音菩萨雕像，来到隐云寺。

佛教文化广场修得越来越像个公园。冬青刚打理过，有模有样。由冬青围成的一片片草坪，绿茸茸的，蓝色的桔梗花，紫色的蒲公英，白色的野菊，黄色的苦菜花，红色的牵牛花，这儿一朵那儿一片的，点缀其间。柳树、松树、柏树、榆树、山楂树、枣树、桃树、楸树，一排排一行行，在人行道两边或草坪上组成各种图案。半米高的青石路灯里安装的播放器轻声吟唱，六七条野狗在草坪上打闹，麻雀在树林中叽叽喳喳，一群鸽子在天空飞翔。

游人不多也不少，有携手散步的，有谈情说爱的，有带着小孩玩耍的，当然也少不了遛狗的。

背着手，走在曲径通幽的林荫小道上，王木德看着人字形彩砖路面说：对驴脸这样的混不吝，我有点束手无策了，他是想压服咱们。

刘国瑾说：这就是他的德性，一味使用蛮力。跟他硬斗，咱们斗不过他，跟他讲理，但他现在根本听不进去。我们要么屈服，要么硬挺到底，想办法把他扳倒。

拐进牡丹园，王木德说：任继军又请我吃饭。

刘国瑾透过树叶看蓝天白云：看来，任继军要决心扳倒这个家伙了。

老站长也插手了。

多给他们提供点证据。

听说，那边的证据不少了，任继军还雇专人跟踪驴脸。

刘国瑾的目光离开蓝天白云，扫了王木德一眼：有分量能做成铁案的证据多不多？

王木德说：最少有七八个。对了，驴脸有个情妇，两人隔三岔五约会，经常一起过夜。

女方是干啥的？

说来这天下也真是太小了，我也没想到，这个女的还曾是咱们学校的学员。

胡屎侃，有这么巧？

这时候了，我骗你干啥？那是大前年的事了。我还记得那个女的，三十多岁，瓜子脸，白皮肤，长睫毛，嘴唇很性感，身材很苗条，是那种男人见了容易想入非非的小妖精。她姓李，叫李子。她对我说过，她的培训学费是朋友给垫的，她想考个国家职业资格证书，便于以后找工作。她怕考试过不了关，培训费打水漂，找我帮忙。那天，我正被这个小妖精缠得快要乱怀，陈站长来学校了，我就把她介绍给了陈站长。午饭时，陈站长没有走，我就给他在小包间准备了一桌饭，他把李子叫了进去。

刘国瑾对王木德说：嘿嘿，现在情妇是一些官员的标配，有啥稀罕的？我还以为是啥大把柄呢。

王木德笑了：如果就这么点事，也就到此为止啦。可有意思的是，任继军告诉我那个女人的一些往事，校长你绝对想不到，就像韩剧一样，狗血得很。

哦，是吗？

陈站长的父亲三十多年前在浑水河公社当过几年书记。

我不知道。

陈站长的父亲在浑水河当公社书记时，到生产队检查三夏麦收，看上一个姓赵的小女娃娃，把她安排到公社当电话员。后来，他把那个女娃娃的肚子搞大了，李子就是那个女娃娃生的，她是陈站长父亲的亲生女儿，陈站长的同父异母妹妹。

啊？驴脸知道不？

肯定不知道。陈站长的父亲离开浑水河后，就再没回去过，也不和那个女子来往。

这玩笑开大啦。

好戏在后头呢。你也知道，陈站长只有个女儿，计划生育，不能生二胎，可他总想再有个儿子，好传宗接代。老婆生不出来，他就把希望寄托在李子身上。

这麻烦大了，李子要是真的怀上驴脸的种，那岂不是……

校长，咱们就当睁眼瞎得了。

两个人站在金刚万佛宝塔前俯瞰蛇城，夕阳把他们的身影拉得很长，从山顶一直铺到学校楼顶。

与此同时，在三公里外的一间出租屋里，驴脸和李子刚做完爱。他仰躺在床上，看着屋顶的LED吸顶灯，又在大发感慨：惭愧啊惭愧，我活了五十多年，才明白我的一技之长竟然是这个。我穷尽前半生去追求幸福，倾尽所有去研究各种技能，在你这儿，我才找出幸福的数据和论证。对吧，李子，我的傻宝贝！

李子没有接话茬，递给驴脸一支中华烟，用打火机为他点燃，自己也叼了一支。

出租屋里立刻就布满了烟雾。驴脸一手抚摸着李子的肚皮问：春天过了，种子该扎根发芽了吧？

猴急！

我想你明天就给我生个大胖小子。

二十二

驴脸指挥着刘国瑾来到蛇城大街，在一片工地上穿梭，最后停在新装修刚启用的一栋三层楼前。楼前高大的广告牌上的字，像炸弹扔进刘国瑾心里：滨河湾售楼中心。

刘国瑾牙发痒想咬人，他恨恨地用力关上车门，斜眼盯着驴脸的后脑勺，极不情愿地跟在后面。上售楼中心台阶时，他大声叫唤一声：头疼。

驴脸问：咋啦？

他虚弱十足地说：头疼，都半个月了，搞不清咋回事。

驴脸把手中的烟摔在地上，用脚尖狠狠拧烂：你妈的屄！真会病！

驴脸急着要买房子，李子已经怀上他的种，而且通过熟人做了 B 超。那天，他拿着医院的性别检验报告一脸热泪，买了一箱青岛啤酒，第一时间赶到永安寺公墓，郑重向父亲汇报，他家后继有人了。

他要趁着还在位，早早给未来的儿子准备好安乐窝及一辈子的生活费用。

这天晚上，滨河湾售楼中心前发生的事，让驴脸在暗夜里久久地睁着大眼睛无法入睡，心里巨大的不平衡和对刘国瑾的恼怒，像一架水泥搅拌机搅得他心烦意乱。凌晨两点，忍无可忍的他，从床上爬起来，眄一眼熟睡的菲妮，蹑手蹑脚溜出卧室，在书房的书架最底层翻出早就准备好的一身女人行头，大衣、围巾、能遮住脸的布塔真丝遮阳帽，对着黑暗稍作穿戴打扮。开车出门，出杏花园路，进唐明大街，过铁路桥，直奔蛇城培训学校。他把大众车停在一个早就选择好的监控探头的死角，然后锁好车，看看黑漆漆的夜空，长长地喘口气镇定自己，便钻进路边景观树丛，潜行 600 多米，跳入蛇城职业技能培训学校实操室。浓浓夜色中，他像蝙蝠，悄无声息地在实操设备之间，快乐地飞来飞去，实操室里能听见温柔的山风优雅地回旋。

三十多年前，他也这样飞过。只是那次耳畔回旋的是浑水河凉飕飕的河风，身上穿的是老爸的中山装，下摆长过膝盖，戴的是老爸的绿色军帽，盖住了大半个脸。那次也是后半夜，他悄悄从床上爬起，溜进公社食堂，抄起案板上的一把菜刀，跑到姓赵的女电话员住处。他要杀了她，为母亲出气报仇。她住处的门虚掩着，一刀砍下去，床上没人。失望的他抢起菜刀，把被子、枕头、褥子砍得棉花飞满屋，直到筋疲力尽。他躺在地上大口喘着气，等到天快麻麻亮，也没等到她回来，只好无奈地从屋子里爬起来，把菜刀放回食堂，又溜回他妈的身边，把他爸的中山装和绿军帽挂回墙上。他本想再找机会下手，他妈却没给他机会。那天中午，眼神痛苦嘴角坚毅的妈，连午饭也不吃，果断地拉着他的小手，永远离开了浑水河。

实施完对实操室设备的破坏，驴脸跳上窗台，他舍不得马上就走，他优雅地回头欣赏了一会儿黑暗中的杰作。想象着几个小时后，刘国瑾看着破败的实操室如丧考妣的苦瓜脸，他的心一阵狂跳，沐浴在胜利的喜悦之中。

第二天上午，学校的实操课没法上了，实操老师把事件汇报给教务处长，教务处长又汇报给王木德，王木德只好把实操课调整为理论课，同时打电话给刘国瑾作了汇报。

刘国瑾在王木德和教务处长的陪同下来到实操室，站在实操室门口，眼前的一片狼藉让他们不敢相信。他们什么话也没说，一致认定破坏者就是驴脸，可他们没有证据。在警察现场勘查过后，他们花了十多万元，日夜修复，终于赶在鉴定考试前一天，让实操室恢复正常。但实操课没上，实操鉴定时，学员一个个大眼瞪小眼，成绩惨不忍睹。学员们心有不甘，组织起来绝食，大闹教务处，要求退还培训费。

学校乱成了一锅粥，刘国瑾嘴上起了一圈燎泡，连吃四颗同仁堂产的牛黄清心丸也不顶用，直骂自己要死就快点。

王木德像热锅上的蚂蚁，也不顾保存了半辈子的老好人形象，张口他妈的，闭口挨尿了。

这天晚上，刚从学员包围圈中逃出来的王木德给任继军打了个电话，问举报材料最近有了什么新内容，准备何时打响第一枪。

驴脸也没闲着，他把目光瞄准二百公里外的千秋培训学校，亲自伪造了一封举报千秋培训学校在考试中集体作弊的信。傅正焕校长见到举报信后，急忙领着驴脸去打靶，顺便塞了个大红包。

刘国瑾找驴脸，驴脸不见，打电话他也不接。

他按着套路赶紧跑到鉴定站请驴脸喝啤酒。

第一天，驴脸对刘国瑾视而不见，刘国瑾无聊地坐了一上午。

第二天，驴脸眼皮抬也不抬地对屁股刚要挨住沙发的刘国瑾说，一会儿省领导要和我通话，事关重大，你在不方便。便把刘国瑾赶出了办公室。

第三天，驴脸眯着眼，看看手表说，没时间听你的高见，我去滨河湾售楼中心有事要办。

刘国瑾终于憋不住了，腾地站起，双手拄在驴脸的办公桌上，看着驴脸。

驴脸背靠椅背，双手紧扣，放在肚子上，一声不吭。

刘国瑾压低声音说：你怎么能这么做？

驴脸说：你说啥？

刘国瑾说：你这是强取豪夺。

驴脸一拍桌子，霍地站起：我没时间和你磨嘴皮子。

刘国瑾问：我咋办？

驴脸用手指敲着桌面：谁耽误我一阵子，我让他后悔一辈子。

刘国瑾前一天一夜未眠，起来后一直偏头痛，便向来办公室请示工作的王木德要止痛药。王木德经常头痛，办公室抽屉里有各种各样的止痛药。

王木德看着校长，关切地问：你咋也头痛了？

还不是让驴脸气的。

王木德双手一摊：让驴脸缠上你就是患上了淋巴癌。

王木德专门给校长准备了一只最新开发出来的录音笔，小巧玲珑，携带方便。他说：咱们这是为某一天法院给狗日的量刑时准备尺寸的。

刘国瑾带着录音笔和十万元去见驴脸，驴脸却强硬地把他推出门外，说：我的门只为朋友开。

刘国瑾在门外说：我就是你的忠心朋友，你最喜欢的东西在我身上带着呢，十个。

门里态度一百八十度大转弯：好，那赶紧进来。

刘国瑾恭恭敬敬地递上包在黑塑料袋里的十万元现金。

驴脸撑开塑料袋，伸长脖子看看，又过过数，然后出乎刘国瑾意料地大声说：我借你十万用一个月，我现在就给你打十万元的借条，保证一个月还你。

刘国瑾听得眼珠子快蹦出来了，像下围棋时手上高高举起的一枚炮，不知如何落子。

驴脸硬把借条塞进刘国瑾包里。

刘国瑾在驴脸对面的椅子上坐下。驴脸说：我要上省里办点事，改天好好喝两杯。

刘国瑾只好又站起来，抢先一步帮驴脸拉开办公室门。

驴脸锁好门，刘国瑾跟在身后下楼，快出鉴定站大门时碰上了老站长。

驴脸停住脚步，看着老站长。老站长也停下脚步，笑着和驴脸打了个招呼，又向刘国瑾点点头。

驴脸站着不动，跟在驴脸身后的刘国瑾下意识地给老站长让路。

老站长问驴脸：去医院看老岳父？

驴脸说：没工夫。

老站长又问：又有省领导召见？

驴脸鼻子里哼了一声。

驴脸眯着眼看门外，似乎在等什么。老站长突然咧嘴无声地一笑，向旁边移了两步，说，那你快去吧，别误了你的国家大事。

驴脸背着手，目视前方，迈着标准的八字步，一步一响地走向楼外的灿烂阳光。

二十三

三十天后的下午，驴脸打来电话说是要还钱，叫刘大校长马上到鉴定站。

刘国瑾说：你这人真逗，咱们是谁和谁呀？

驴脸说：好借好还，再借不难。

刘国瑾来到鉴定站，在驴脸办公室门口先停了停，深吸一口气，把笑容堆到脸上，这才敲门。驴脸笑着一句话不说，示意他坐到办公桌前的椅子上，然后把一张写有今收到陈登第还款十万元的还款条放到他眼前，又拿了一张A4纸，让刘国瑾照抄一遍，并签上大名，按上手印。

刘国瑾看着驴脸小心翼翼地把还款条子折好锁进抽屉，然后又看着驴脸笑吟吟地抬起脸，两手一摊：你借给我十万元，我还了你十万元，咱俩河归河路归路，两清了。

第二天，鉴定站给学校打来电话，连连道歉，说是由于鉴定站工作人员在工作中出现不可原谅的失误，把蛇城培训学校学员上次考试成绩统计错了，考试的合格率不是30%，是95%。

刘国瑾咧咧嘴，没笑出来，放眼看学校上空的淡淡夕阳。

王木德感叹：还是钱有能耐！

人社部门搞了一个国家特有工种职业技能鉴定考评员资格培训，地点在安徽黄山。驴脸看到通知，立即安排小高给李子报了名，费用由鉴定站出。他想，李子有了考评员资格证书，以后就可以名正言顺地去各培训学校做技能鉴定考评工作，每天可以赚三四百元的考评费，可以收一两千元左右的好处费，还可以直接收取想拿国家职业资格证的人的培训费。他手中有这个权力，可以不经过学校就直接将学员的信息数据录入。准考证是鉴定站出，考卷是鉴定站发，考试是鉴定站考，考卷是鉴定站判，资格证虽然发放权在北京，但最后也得由鉴定站往下发放，他完全可以一条龙一手操作。有他陈登第当站长，李子一个人就是一座学校。

驴脸心潮澎湃起来。他这是给未来儿子栽了一棵摇钱树，每天都可以摇一摇，有了这棵摇钱树，未来的儿子和李子的生活就多了一层保障。

王木德和任继军互通消息，两个人约好见面时间和地点。经过一番密谋，他们达成了一致的行动计划。

王木德没憋住，当晚就打电话给刘国瑾。刘国瑾说，上次他敲诈咱们60万时用过的手枪我保存着，这也是一条罪状。

王木德接过校长从保险柜里拿出的手枪看了看，嘴一撇，还给了校长：切！小孩玩具，仿真手枪。

刘国瑾的脸腾地烧得火红。

王木德说：他又不是气功大师王林，他那点社会关系背景，哪能搞来真枪？不过，我见网上也说，有的仿真手枪还真的能当真枪用。

刘国瑾愣在那里，王木德的话他没听见，他觉得驴脸的套路太深了。

王木德说：对付流氓，就要比流氓更流氓，咱们没这个水平。

这天晚上，刘国瑾上了三趟厕所，脸一直烧到第二天。吃早餐时，老婆大惊失色地叫道：老公，你发烧啦？赶紧用手背试老公的额头，不烫手。

老婆一脸疑惑，瞪大眼睛看老公。

刘国瑾心头落泪，丢人呐！

他把仿真枪扔进了垃圾桶。

二十四

驴脸和李子是坐傍晚的飞机直飞黄山的，受雇于任继军的年轻人全程录了像。

任继军看过录像，给老站长打了电话。

电话那头，老站长笑得很开心，说：小军呀，我今天的手气不错，赢了两万多，一吃三啊。

晚上九点多，任继军抱着一摞豪华精装书，按响了驴脸家的门铃。

菲妮在家看电视，播放的是栏目回放中的《人民的名义》，这部电视剧她看了三遍，这是她看的第四遍了。

任继军把豪华精装书放在客厅沙发旁，说是陈站长托他买的。菲妮把手中的瓜子放回袋里，伸手要拿本书看看。

任继军帮忙打开书，说和新华书店卖的书没区别，只是装饰豪华一些。他还给陈站长说过，买书是为了看的，买这么豪华的书，价格贵了好多倍，根本没啥用，还不如一般版本的书实用，可陈站长就是喜欢买豪华书。

喝茶聊天过程中，任继军无意间说傍晚到机场接人，看到陈站长和陈馨在飞机出发厅办理登机手续。

菲妮说：不可能，晚饭我和女儿女婿一块吃的。

任继军皱起眉毛：不对吧，难道我看错了？说着，就打开手机录像，让菲妮看。

菲妮说：这哪是陈馨？

任继军故作吃惊：不可能吧？看着他们那么亲热，很像是父女俩。

菲妮让任继军把录像用微信发给她。

任继军一出门，菲妮立马给老公打电话，关机。又给冯爽打电话，没信号，不在服务区。她气得把手机摔在沙发上。

她站起来，要上洗手间，却被书绊倒，额头磕在茶几角上，疼得龇牙咧嘴，眼冒金星。用手摸摸额头，还好，没出血。她的火气全转到了书上头，爬起来抬脚就踢，书没踢飞，脚尖却碰得痛得撕心裂肺。

她想起了书房里更多的书，越想越气。她腾地站起来，冲进厨房，拿起菜刀，对着书房门一通乱砍。三十刀下去，坚固的书房门就成了烂筛子。她冲进书房，早就觉得书房里一定有个很大的保险柜，可转了四五圈也没找到。她又把头探到书桌下面，也没有。拉开书桌抽屉，打开所有书柜的门，也没找到她想要找到的银行存折或大量现金。她沮丧地站了一会儿，又跪在地上，双手着地，在地板砖上摸索、敲击，她希望能发现某块地板砖有移动过的痕迹，或是有空洞的回音。陈登第心思缜密，也有可能把银行存折或现金藏在地板砖下面。

她在地上搜索了七八遍，终于发现一块地板砖敲击的回音与众不同。她飞快地跑到阳台上，打开工具箱翻出一把铁锤，回到书房。双腿跪在地上，高高举起铁锤，对准那块发出空洞声音的地板砖，狠狠砸下去，一声闷响，铁锤反弹，差点从手中飞出去。虎口震得麻木，地板砖却没有开裂一丝缝隙，只是中间爆出一元钱钢镚大小的白点点。她顾不得手疼，狠命地砸着，两下，三下，四下，五下，地板砖开裂了，再砸便碎了。她扒拉开碎砖块，水泥地上出现一个不规则的小洞。她伸手下去，只能进去三个手指头，指头在里面探索了一会儿，好像触到个包装用的塑料袋。她热血沸腾，一把甩掉上衣，又抢起铁锤，沿着不规则小洞的边沿一点点敲击，当小洞扩大到能容进一只手，便迫不及待地扔掉铁锤，挽起袖子就下手。用力过猛，手背被水泥碴划开三道口子，她顾不上疼痛。好在小洞不深。中指首先触摸到那块塑料的东西，发出悦耳的哗哗响声。她心头一亮，小心翼翼地将塑料袋从小洞里拉出来，先是轻轻抖落上面的水泥、灰尘，再轻轻地把它放到地板砖上。面对塑料包装的东西，她心跳加速。她颤抖着苍白细长的手指，慢慢打开塑料袋，瞪大眼睛一看，火冒三丈，一脚把塑料袋及里面包的东西踢上了房顶。

原来是一包建筑垃圾。

菲妮在书房没找到半毛钱和存折，一肚子怒气最终全发泄到书柜上。随着她手中铁锤的起落，书柜的玻璃门哗啦啦碎了一地。砸着砸着，两本书从柜子里掉出来，和玻璃一起摔到地上，精装的版口打开，护叶掀起，一沓沓鲜红耀眼的人民币散落在眼前。

菲妮愣住了，高高举起的铁锤停在半空中……

这天，她在沙发上窝了一夜。

第二天上午，菲妮请冯爽喝咖啡，两个人一会儿激动万分，一会儿沉默异常，叽叽咕咕到十二点多才分手。回到家，菲妮沉思了半天，终于拨出了老站长的电话，不久，那个一直守在香格里拉小区门口坐在三轮车上看书的收烂货老头便轻轻地敲响了陈站长家门。菲妮帮助老头把书架上的书一本不剩地全部打包拉走。临了，收烂货老头要帮菲妮收拾地上的一堆烂玻璃，她摇头谢绝。

二十五

中元节的前一天，参加完培训，又玩了一个星期的驴脸和李子回到蛇城。

驴脸没回家，他们直奔粤海世界饭店吃宵夜。饭毕，又预订了一个包间，明天中午，他要和李子一起给自己过生日。之后，他俩打的回到李子的住处。

任继军及时向菲妮通报了消息。

菲妮叫上陈馨和女婿闫福，拿着棍棒气势汹汹杀了过去，噼里啪啦，把李子打得皮开肉绽。

陈登第站在一旁不知所措。

陈馨揪了一把陈登第的胳膊：爸，你还不赶紧回家？

一进家门，陈登第就想躲进书房，一看，书房门千疮百孔成了烂筛子，脸立刻变得惨白。扑进门，书架上空空荡荡，他急了眼，大叫：我的书呢？

菲妮得意地说，收烂货的老头正在认真地阅读它们呢。

陈登第眼中顿时冒出熊熊烈火，惨叫着，张牙舞爪地扑向菲妮，揪住菲妮的头发，一个旱地拔葱，整个人在空中画了一个圆圆的弧，重重地摔在地上，然后骑上去，擂绛州大鼓一样揍起来。

陈馨和闫福急忙拉架。

陈登第完全疯了，暴风骤雨般的拳头打得菲妮鬼哭狼嚎。

陈馨和闫福好不容易才把陈登第从菲妮身上拉下来，陈登第又跑进厨房拿了把菜刀出来，挥舞着菜刀要杀菲妮。

闫福冲上去一把夺下菜刀。

陈登第一屁股坐在地上，如丧考妣，抢天呼地，哇哇大哭。

哭了半天，陈登第才吐出一句话来：这是要了我的命啊！

陈馨和闫福如坠云雾之中。

菲妮艰难地从地上站起，走到沙发前，拉开抽屉，伸手在里面一摸，又关上抽屉。她趁着女儿和女婿在一旁安抚的空隙，伸手拉过他的包，从里面摸出那把仿真手枪，把那颗子弹压进去。

她抱着脑袋喊头疼，要去陈馨家，要在那里多住些日子。

躲在洽洽河公园假山里伤心得天昏地暗的陈登第拖着疲惫的身躯准备回家时，西山顶上的夕阳余晖已经被黑夜侵蚀。

街上，过中元节的人渐渐多起来，人们纷纷从家里出来，三个一群，五个一伙。手提纸灯的，拿着冥币的，拎着水果的，捧着蛋糕的，各种祭祀用品，五花八门，丰富多彩。

驴脸这两年只记得自己的生日，中元节回老家祭祖，还是当年被任命为代理站长那天心血来潮隆重地来过一次。

家里乱成一团，像刚刚发生过地震。他径直进了卧室，像一把鼻涕擤在床上。

不知过了多长时间，恍惚间手机响了，屏幕上来电显示的是冯爽的电话。她向陈登第透露，中纪委已经盯上他了，马上就要采取措施。

冷风阵阵，子弹一样，密集地从四面八方射进他的肉体。上下牙打架，他努力控制自己。

他试图爬起来，头却撞到了衣柜上，满眼冒金星。他蜷缩身子，躺在了地上。大脑一片空白。不知过了多长时间，恢复了一点知觉，脑子里也出现了图像，第一个图像竟然是自杀。

他从地上爬起来，扶着墙走进厨房，拉开厨柜，取出菜刀，冰冷的刀刃让他浑身一激灵，手一软，哐当，菜刀掉在了地上。

他扶着墙从厨房出来，在家里转圈圈，一根塑料绳进入视线，拿起来望着门梁，接着长叹一口气，绳子软面条一样掉在地上。

他挪到楼顶，看地面蚂蚁似的人群，一阵头晕目眩，赶紧后退。

最后他选择逃跑。刚出家门，想起没拿包，返身从书房里拿上包，拉开拉链，仿真手枪还在包里。他没多想，就从楼梯下来溜出小区，在马路边的树丛里蛇一样之字形向前。在一个拐弯处，他撞倒了一个买菜回家的老妇人，手忙脚乱地将老人搀起，看着她苍白的头发，他想起了年迈的母亲。他内心一阵痉挛，躲在阴暗的角落里，浑身发抖。

天黑后，他从阴暗的角落里钻出来，低着头，裹紧上衣，犹犹豫豫地穿过杏花园路，出现在母亲租住的楼下。他抬起头，母亲的厨房里亮着灯，那个熟悉的身影正忙碌着。她一定在做他喜欢吃的饭，天天都这样，等他回家吃饭。那个熟悉的身影不时会额头贴着阳台玻璃，朝小区大门口张望。

他不敢上楼去，怕和母亲告别。他跪在楼房的阴影里，看着厨房里的剪影，伏在冰冷的水泥地上，嘴唇哆哆嗦嗦，泪如雨下。十多分钟后，他对着阳台上那个熟悉的身影，深深地磕了三个响头。

他逃到李子的住处，李子不在家。

受伤的李子从医院包扎完回到出租屋，躺在床上刚眯了一会儿，就被任继军叫去吃饭。他俩是初中同学，李子上培训学校就是任继军安排的，学费也是任继军出的。

他们选了一张靠近窗户的卡座，任继军叫了两个李子最爱吃的菜和两碗打卤面。

他还得耐心把眼前的事情完成。

清炒莲藕和过油肉两个菜先上来，他们没吃两口，刀削面就跟着端了上来，木耳、黄花、黄瓜、台蘑、菠菜、西红柿、鸡蛋花做的卤，色彩缤纷，香气扑鼻。任继军鼻子凑到碗里闻了闻，又往面里浇了些醋，撒了点辣椒，这才拿起筷子。他一边吸溜刀削面，一边慢慢告诉李子他所了解到的她和驴脸的真实关系。

李子筷子擎在半空中，嘴角有半截刀削面没来得及吸进去，进到嘴里的刀削面也忘了咀嚼下咽。她瞪着任继军，目光渐渐变得虚虚的，恍惚起来。

任继军说：我真没想到你竟会和他走到一起，更没想到你们有这么一层关系。

随着掉在嘴外面的半截面条的摇晃，她缓缓站起，懵懵懂懂地出了刀削面店。任继军跟出来，痛苦地目送她进了出租屋所在的小区，才开车来到老站长打麻将的老年活动中心。老站长正坐庄，手气很兴。他的对家，任继军认识，是宏鑫工程公司的薄老板。右手边的下家，是在陈登第住的小区门口经常见到的收烂货的老头。左手边的上家是任继军前不久认识的省希望工程基金会的负责人。

老站长抬头扫了任继军一眼。

任继军点点头。

老站长微微一笑，低头专心打麻将。

任继军手插在裤口袋里，静静地站在老站长身后。

老站长快听牌了，起了一张牌，大拇指一摸，是九万。看看牌池，是张危险的放炮牌，便插进牌中，抽出六万来。嘴上念念有词：看住下家，盯着对家，防着上家。六万，他果断地打出去。

他对任继军说：找把椅子坐下吧。

任继军回答：我站着就好。

二十六

月亮像块新疆和田玉，挂在蛇城夜空。给祖宗烧纸钱的孝子们，把本来就不宽的人行道塞得满满的。他们用石灰或粉笔或白漆画个圈儿，西北角留上缺口，以方便阴间的亲人进来。他们表情严肃地点亮彩灯或蜡烛，摆好五花八门的祭品，跪在地上，先点燃几张纸钱扔在圈外，打点过路的野鬼不要过来捣乱。然后一边烧纸，一边念叨亲人的名字，给他们送去金钱、水果、蛋糕、日用品，让他们在地下也能享受人间的荣华富贵。

李子在袅袅青烟中穿梭着，跌跌撞撞地跑回住处。

沙发上瘫着陈登第。

驴脸慌忙坐起来，看着她，嘴唇颤抖着，好像要说什么。

李子猛地打开衣柜，从里面拎出一个小旅行袋，拉开拉锁，翻出一张她妈的遗像和一封信，砸在驴脸脸上。

捡起照片和信，扫了两眼，驴脸的头断了似的垂下。

你死去吧！李子吼道。

陈登第哀求道：我不想死，我凭啥死？咱们一起逃吧，到个无人知晓的地方，趁他们还没有反应过来，咱们现在就逃吧。

你叫我往哪逃啊？

跟着我就是了，我不会让你受罪的。

李子摇摇头，颓然坐下。

陈登第突然从沙发上拉过包，从里面掏出一把手枪，对准自己的太阳穴：你不跟我走，我就死给你看。

李子斜了他一眼：吓唬谁啊？那不过是一把仿真手枪，你告诉过我的。

陈登第说：它也可以是真枪，你不答应，我就死给你看。

李子说：你要是真敢自杀，我佩服你算个男人。

陈登第说：我真的死给你看。

陈登第把手枪往太阳穴上顶了顶。

李子喊：你开枪啊，开枪啊！开枪啊！

陈登第轻轻扣动扳机。

砰！仿真手枪响了……

三天后，《蛇城都市报》登载了一篇独家报道，详述一陈姓渣男婚内出轨与女友玩仿真枪意外死亡的整个过程，令人错愕。

二十七

一个多月后的国庆节。

刘国瑾接到老站长的邀请，驱车来到大青山革命老区，参加"国兴职业技能培训学校"奠基仪式。一身暖绿色的西装，白色衬衣，玫瑰色星空点领带，朝气十足。王木德一身宽松休闲服打扮出来，让他臭骂一通，再出现时换成了西装革履，一下子文雅庄重了不少。

他笑着对副校长说：咱们头上没有大山了，就应该昂首挺胸活成个人样。别人看不起咱们，咱们自己不能埋汰自己。

看到穿了一身红衣的菲妮，身边站着一身黑衣的陈馨，老区的阳光照着她们略显激动的脸。菲妮比两个月前瘦了一圈，老站长吴兴瑞对她们很热情，超出了刘国瑾的想象。

学校是以任继军父亲的名字命名的，王木德说：老站长真叫扶持到家了。

刘国瑾说，我以前就听老站长说过任继军的生身父亲是他的老班长，为救他牺牲了。

没这么简单吧，这种事给大家讲明白不是就不会有风言风语了。

老站长说他讲了十多年，周围的年轻人都不相信，他们不相信人间还有这么纯洁的战友情谊。讲得多了，就有人说身正不怕影子斜，内心无愧，无需解释。也有人说此地无银三百两，越描越黑。再后来，老站长就懒得解释了，干脆由他们去。

如果是我，我会写一篇纪念文章，发表在报纸上，白纸黑字。

我也这么做过，老站长一脸无奈，可现在谁还看报纸信报纸啊。

奠基现场布置得十分简朴。一条大红标语，上写着"国兴职业技能培训学校奠基仪式"，周围插了数十面彩旗。参加的人有十多个，一位省希望工程负责人，一位省人社厅退休的领导，五位老站长的战友，七位当地的农民，再就是刘国瑾、王木德、菲妮、陈馨、任继军。仪式很简短，不到十分钟就结束了。

老站长向来宾简单介绍了菲妮和陈馨，并鞠躬表达谢意。陈馨自始至终挎着母亲的胳膊，两人目光很平静。

送走其他来宾，老站长领着菲妮、陈馨、任继军、刘国瑾继续往山里走。在一处高高的悬崖前，停了车。任继军要搀扶老站长，老站长摆摆手，笑着说再等三十年。

天空又高又蓝，山峰层峦叠嶂，沟壑纵横深邃，溪水清澈迤逦，山风低沉呼啸。金黄的槐树、银杏树，葱绿的云杉、落叶松，火红的枫树、柿子树，五颜六色的灌木丛，把连绵群山打扮得如诗如画。一对头顶黑短羽的褐马鸡，从悬崖上滑翔飞下。

任继军在灌草丛中采了一把野生白菊花，扎好，递给老站长。

悬崖下，整整齐齐地种着一片松柏树。这些松柏树排列有序，组成一个大五角星，可见种植者是颇费了一番心思的。

任继军对刘国瑾说，老站长每年都带他来这里种松柏树，已经种了四十年了。

老站长献上白菊花，点燃三炷香，敬上三杯酒，深情地说：老班长，新兵吴兴瑞来看你了。今天以你的名义，给你战斗过的老区兴建的职业技能培训学校奠基了。用不了几年，我相信，这里的生活水平一定会提高一大步。

山峦升起一线薄雾，浮在悬崖上，像哈达。

老站长热泪盈眶，然后对菲妮、陈馨、刘国瑾、王木德说：老班长是我们部队学雷锋的先进标兵，值得我学习一辈子啊。

四十多年前那场惊心动魄又令人心碎的战斗让老站长终生难忘：山林大火熊熊燃烧，浓烟遮天蔽日，一场扑救山林火灾的战斗正在进行着。突然风势转向，入伍半年的吴兴瑞右腿卡在石缝里拔不出来，无法转移阵地，烈火把他包围起来，和战友们失去了联系。头盔不知啥时候被热浪卷走，头发眉毛被火舌舔得像吹起来的猪尿脬。他害怕了，哭泣着，惨叫着，泪水滂沱。就在这时，耳边传过来熟悉的呼喊，他看见老班长任国兴顶着一件湿漉漉的战斗服，从烈火中冲过来，边跑边高喊他的名字。他用尽全身力气搬起卡住吴兴瑞右腿的石头，拎起他，退到悬崖边，从腰间卸下缓降绳，扣挂住他腰间的安全带，然后将绳的另一头缠绕在一棵树根上，缓缓地把他从悬崖上放下。吴兴瑞回到了人间，老班长却永远地留在了悬崖顶上。老班长身后留下个五个月大的遗腹子，又过了两个月，这个遗腹子早产了，是个男娃娃。他妈给他取名继军，有接过父亲的枪之意。

二十八

凌晨三点，万物梦酣。刘国瑾醒来上了趟洗手间，再也无法入睡。他懒懒地靠在床头，目光在屋子里转悠。一只苍蝇不知从哪里飞来，落在书柜上，他顺手从床头柜上拿起一本书，对准苍蝇就打。苍蝇很狡猾，书本飞过来时的呼啸声给了它预警，当书声响起时，它已飞到他的头顶，看着他转动脑袋寻找它的踪影，它故意振翅在他眼前兜了两个圈，然后嗡嗡嗡地唱着歌，引逗他满屋子追。天花板、窗帘、床头、屋顶灯、床头柜、洗手间、喝水杯、饮水机、地板，把他折腾得精疲力竭。它满足地在屋子里急飞了几圈后，又以迅雷不及掩耳之势冲向射灯，贴着射灯的底座静静蛰伏下来。

他再也找不到它了。

他又坐回床上，靠着床头，愣愣地看着天花板。

他拿起手机，看看时间，三点四十，准备重新眯上双眼。猛然他想起了什么，呼地从床上跃起来，进了洗手间，里面传出淋浴的哗哗水响。

洗漱完毕，穿着整齐，刘国瑾踏着晨光，奔向隐云寺。

这天是普佛吉日，居士们破例入见行堂随僧众上课、礼佛。他们身披海青，在香烟缭绕的大殿中，随寺中六十多名身着黄色法衣的僧人分立两旁，虔诚膜拜上位释迦牟尼佛金身。礼佛后，僧俗二众依序齐诵楞严咒、大悲咒、十小咒，声线浑厚低沉，佛音响彻山谷。

刘国瑾站在观音像前，远远地看着。

他犹豫了一会儿，没有进佛堂。

他爬到最高的山头上，扶着新砌的栏杆，看东方冉冉升起的太阳，看无边无际的朝霞，看着沐浴在一片金色下的蛇城。

天空中冥冥传来一声感叹：今天是个好天气！

挺在风口处

——评《风烈》

文　欢

　　这是一篇写得很"实"的中篇小说，文笔结实，细节严实，创作心思沉实。这种实打实的"实"，让读者有了强烈的现场真实感，会随着男主人公——蛇城一所民营职业技能培训学校的校长刘国瑾那一步一坎、一坎比一坎深的沉重步履，也来到了狂风呼啸的风口。不，确切说是被狂风裹挟到了风口处。而风口处的坎显然最深，深得让刘国瑾拔不出脚来。站在风口处的刘国瑾像一棵树，树欲静而风却永不止，他只能硬生生地挺着，被狂风如刀削般刮遍全身却无力挣脱。

　　刘国瑾的处境始终让读者揪着心，并发出疑问：他为什么这么难！好在小说在情节设置上也并无弯弯绕或悬念之类，而是直截了当给出答案，就是因为他是民营学校的校长。小说开篇就让读者也跟着刘国瑾出了一身冷汗，因为已"倒霉了半年"的刘国瑾要去鉴定站开会。鉴定站是什么部门，那可是掌握学校生死存亡的权力部门，"培训学校没有鉴定站做后台支撑，就像没娘的孤儿"一样。这样一来，那鉴定站的站长陈登第岂不就像阎罗王般有着生杀大权喽！还真是，陈登第自觉"搞鉴定工作十多年，别的本事没有，整治培训学校的手段却多得是"，因此他当仁不让地便认为"这些学校就是我的自留地"。而他如何经营这些自留地呢？敛财，疯狂地敛财！这是他实现自我价值的唯一目标。敛财敛得真是气焰嚣张啊！他毫不掩饰他的贪婪，哪怕那贪婪已近荒诞。他硬是把刘国瑾逼成了"悲壮的沙丁鱼"，被挤压得难以喘息后，就得接受他的百般刁难和勒索了。为了敲诈60万元钱，他把刘约在一处偏僻的小山崖上，掏出一把五四手枪命令刘四肢着地"把手放到头上"，然后"用枪顶住他的后脑勺，再次问：60万，你到底给不给？"刘哪敢不答应，早吓得"下身热乎乎的，随即鼻子里钻进一股尿臊味"。看到刘乖乖就范，陈登第这才满意地"哈哈大笑，往山下走去"。

　　这并不是一篇反腐小说，陈登第的处级站长级别在官场中也不过是小菜一碟，但"腐"字却与所有的金钱和权力都如影随形，不管钱多钱少，不管权大权小，只要有贪的欲望，便有腐的缝隙。因此陈登第的书房里同样会上演反腐剧中常见的那种令人瞠目的藏钱大戏——"他小心翼翼地从书架上拿下《诺贝尔文学奖获得者全集》，把从刘国瑾那里索要的60万现金装进去，又一一放回书架。他双手叉腰，满足地久久地，欣赏着。"看来这些豪华的空心装饰书籍真是很多贪官的首选藏钱工具。估计发明这个方法的人肯定是个巨贪。但这种吸血鬼般的贪婪终将付出代价，如老站长所说："哪里有小鬼哪里就有钟馗。"当陈得知妻子将他的"书"都抢走之后，他"如丧考妣，抢天呼地，哇哇大哭。哭了半天，才吐出一句话来：'这是要了我的命啊！'接着他逃到情人李子的住处，而当两人意外得知他们竟是同父异母的兄妹时，在冲动下，"陈登第轻轻扣动扳机。砰！仿真手枪响了……"他终于为自己的疯狂人生付出了生命代价。

小说虽然有着强烈的写实性和真实感，可在陈登第这个人物塑造上却又有着适度的艺术夸张，这种反差让作品有了丰富性，也有了阅读张力，显然这是作者以拙藏巧、不露痕迹的艺术处理。而其深层的主题思想就暗藏其中，那就是通过刘国瑾和陈登第看似正与邪的较量中，反映出中国民营企业艰难的生存现状。这个"没娘的孩子"自20世纪80年代初诞生之日起，就给人以"私生"之感。这种体制上造成的差异窘境，让民营企业面临重重障碍，步履维艰。因此依靠权力上位成为民企特有的生存手段和商业模式，不得已中竟成了许多"腐"的温床。一方面有着商海弄潮的理想实现之梦，一方面又不得不采用所谓商业上的潜规则来辅以实现，在这种矛盾纠结中更加凸显出各种人性之复杂。

也许因为作者本人就曾是一所民办培训学校的校长，因此才使得小说细节这么丰富饱满，这也是这篇小说之所以真实感强烈的特殊之处吧。对民营企业及当中人物的熟稔了解，使作品中塑造出的民企人物形象让人印象深刻，也使小说主题的警示作用更加达到了目的。

长篇小说评论

序 言

人道主义的精神底色

王春林

在中国小说学会主办的 2019 年度小说排行榜中，上榜的五部长篇小说分别是阿来《云中记》、邓一光《人，或所有的士兵》、付秀莹《他乡》、麦家《人生海海》以及陈应松《森林沉默》。认真打量这几部上榜作品不难发现，在文本之中其实都内蕴着一种足称深沉的人道主义精神底色。

阿来的《云中记》最重要的核心情节，是祭师阿巴的毅然重返云中村。在时过境迁十年之后，公众差不多已经把当年的汶川大地震都遗忘殆尽的时候，阿来却借助祭师阿巴一个人的返乡之旅谱写了一曲庄重悲悯的"安魂曲"，其意义和价值绝对不容低估。如同其编者所言："一位为继承非物质文化遗产而被命名的祭师，一座遭遇地震行将消失的村庄，一众亡灵和他们的前世，一片山林、草地、河流和寄居其上的生灵，山外世界的活力和喧嚣，共同构成了交叉、互感又意义纷呈的多声部合唱。作品叙事流畅、情绪饱满、意涵丰富，实为近年来不可多得的力作。"阿来能够把《云中记》这样一部一个人的"安魂曲"，最终演变为内容意涵特别丰富的多声部合唱，充分体现了作家精神深处特别难能可贵的历史责任感与人道主义情怀。

出身于军人家庭的邓一光，在沉潜十年之后奉献出的《人，或所有的士兵》，不仅是作家的自我超越之作，更应该被看作一部可以与世界优秀战争文学作品对话的中国当代战争长篇小说的标高之作。如果说作为一位战士本身在战争中的遭遇可谓是生死旦夕的无常的话，那么，作为一名战俘，置身于仍然在进行过程中的战争中的命运，简直就是如同蝼蚁一般地可悲复可叹了。也因此，身处如此一种特殊境地中的如同郁淑石这样的战俘们，其最根本的精神特点，就是内心生存恐惧感的生成。正如同潘凯雄指出的："在郁淑石身上，我们更多地看到的是恐惧，从一种恐惧到另一种恐惧，他作为正常人的生活感官已被战争切割得体无完肤，就像是战争机器制造的一个社会残次品。"邓一光此前的战争题材作品既有浓郁的浪漫主义色彩，又表现出强烈的英雄主义情结。以我所见，能够从当年那样一种具有浪漫主义色彩的浓得化不开的英雄主义情结，跨越到《人，或所有的士兵》这样一种"去英雄化"之后的对于战争中恐惧与软弱情绪的真切书写，充分见出作家内心深处的悲悯情怀。

付秀莹《他乡》最突出的思想艺术成就，集中体现在小说对幼通父亲以及幼通这两个人物形象的深度塑造上。虽然说付秀莹的作品并非张爱玲的简单翻版，但幼通父亲对子女生存权利的无端剥夺，却可以被看作是一个活生生的男版曹七巧。人性早已被父母严重扭曲了的幼宜和幼通姐弟俩，也就可以被看作是当代版的长安与长白。如果缺少人道主义的悲悯情怀，我们很难想象付秀莹能够活色生香地塑造出以上几位具有相当人性深度的人物形象来。

相比较而言，麦家长篇小说《人生海海》的主要成就在于成功地打造了上校这样一位生活英雄形象。说到麦家对上校这一人物形象的刻画与塑造，最不容忽视的一个重要细节，就是他私处的那个文身。事实上，也正是这个文身，从根本上决定了上校大半个人生的基本走向。他后半生一切为人所不解的怪癖言行，均可由这一心结中找到答案。我们之所以可以把上校理解为一位具有精神分析深度的人物形象，其根本原因正在于此。毫无疑问，正是在某种人道主义思想的支撑下，麦家才会把自己的关注视野投射到这位1949年后长期处于另类边缘地位的前国民党军官身上。

陈应松的长篇小说《森林沉默》是一部与其故土楚地有着深切文化关联的作品，在风格上亦承续了屈原所开创的浪漫主义文学传统。在"风景画"淡出当下小说创作的情况下，陈应松以回归自然的姿态，不吝笔墨地热情书写了森林的原始奇异景观。大篇幅的风景书写丰富了小说的审美意蕴，同时，借助风景背后所隐含的权力关系，作家得以完成对现代性的反思和批判。毫无疑问，如果说以上四部作品都有着人道主义情怀的突出表现的话，那么，陈应松这部以生态描写为基本主旨的长篇小说，干脆就把人道主义的内涵进一步扩充到了整个大自然。某种意义上，或许可以被称为"物道主义"。

废墟上的灵魂
——评《云中记》

王达敏

　　长篇小说《云中记》首发于《十月》2019年第1期。作者阿来为其贴出的标签是"地震题材小说",为纪念2008年汶川地震而作。作者动笔于汶川地震十周年纪念日,完稿于2018年国庆节。之所以酝酿十年才动笔,是因为他觉得面对这场突如其来而导致几万人丧命的悲剧,不能轻易触碰,如果写得不好,就愧对在地震中失去了生命的那些人。作者认为,不能带着灾民的心态——希望被别人照顾——写地震灾难,应该写出生命的价值和意义。如果领会不出这个东西,作品要么就会写得哭天哭地,要么就会写成好人好事。果然,"十年过去了,我没见到过一本写汶川地震让我感动的书"。阿来一再告诫自己,要慎重深思。他对自己的要求是:写出对生命的敬畏,对人性的尊重。

　　若问《云中记》怎样写汶川地震,说出来会吓你一跳:写招魂。小说可以压缩到一句话的长度:云中村最后一个祭师阿巴从移民村潜回已成废墟的山村,为亡灵招魂,安抚鬼魂。

　　《云中记》描写的云中村,是一群藏族先民一千年前从西藏最古老的原始苯教的发源地迁徙到四川汶川群山峻岭中定居而形成的一个小山村。云中村所处的森林地带土地肥沃,气候温润,食物丰富,因而种族繁衍迅速,很快就人丁兴旺。于是,便有很多族人往下进入更深的河谷,这样就有了现在的瓦约乡的七个村庄。只是那些村庄的人后来改变了信仰,放弃苯教而转信佛教,云中村人就不再视他们为同一族群了。

　　不幸的是,这个存在了一千多年的村子,2008年5月12日被八级地震毁灭,瞬间变成一片废墟。成为废墟的云中村不能重建,据地质考察,它坐落在一个巨大的滑坡体上,最终会从一千多米的高处滑落坠入岷江。2009年4月,云中村的幸存者们移居到平原上的一个村庄。四年多后的2013年5月9日,云中村的祭师阿巴从移民村返回已成废墟的家乡,他要履行自己的职责,侍奉山神,安抚鬼魂。

　　阿巴虽然生于祭师世家,却不是严格意义上的祭师。他当祭师并非家传或神授,也非自己所愿,而是政府为了发展当地旅游,弘扬并传承非物质文化遗产,特意指定他当祭师的。因为他出身于祭师世家,乡里派他到县里接受非物质文化遗产培训学习,培训结束,他领到了非物质文化遗产传承人证书，成为一个由政府认可的祭师。遗憾的是，半路出家的阿巴尽管成了一个合法的祭师，但他却无超自然的能力，不能通灵，甚至连鬼魂都没有见过，而且他还对这个世界是否有鬼魂一直心存疑惑。他是云中村祭师的儿子，在破除封建文化的年代，父亲不仅不能将安抚鬼魂的法术教给他，连自己也不得不放弃祭师之职而改行。改行后的父亲只能在夜里偷偷地给鬼魂施食。小时候，他虽然没有看见过鬼魂，但从父亲在阴影处给鬼魂施食的法事中，他意识到这个世界可能真的有鬼魂。可真正的鬼魂，他从未见过。后来他从非物质文化遗产传承人培训班学到的，仅是有关祭祀山神的一些知识和一些简单的宗教仪轨，与安抚鬼魂无关。阿巴上非物质文化遗产培训班，人类学教授讲得很清楚，祭师担负两个任务：祭祀山神和安抚鬼魂。祭祀山神是原始的自然崇拜，是文化遗产，要传承；事鬼是迷信，要扬弃。所以，阿巴只会祭山神而不会安抚鬼魂。为了安抚人心恢复重建，担任瓦约乡乡长的外甥仁钦要他做法事安抚鬼魂，目的是安抚活着的人。为了救急，在仁钦的指点下，他去卓列乡找到了七十多岁的苯教老祭师，从他那里学习了一些如何安抚鬼魂的仪轨和祝祷词。也就是说，他的祭神和招魂是在宗教仪轨中实施的，形式代替了内容。宗教知识和简单的宗教仪轨可以通过学习掌握，但仅有这些还不能进入神秘现象而通灵。那些通灵的法术和超自然的神力是在代代相传中接通神灵鬼魂的幽闭路径，并在接受神示的启悟中获得的。以此为标准，阿巴离一个真正的祭师还很远。他非常清楚，尽管自己通过短期培训速成了祭师，却没有真正进入角色，他觉得自己不是一个真正的祭师，分明是在表演当一个祭师。

需要追问的是，阿巴为何要返乡安抚鬼魂？他给出的理由是：我是云中村祭师，又是非物质文化遗产继承人，安抚鬼魂是我的职责。于是，他决定从移民村潜回家乡照顾亡灵鬼魂。临行前，他跟从云中村移民来的每户人家告别，他对乡亲们说："你们在这里好好过活。我是云中村的祭师，我要回去敬奉祖先，我要回去照顾鬼魂。"阿巴决意返乡安抚鬼魂，其深意有二：一是安抚鬼魂，带他们归入大化永恒之途；二是让活下来的人放心，好好地活着。他一再强调，他是祭师，安抚鬼魂是他的职责。他对村长和云中村的人说，活着的人有政府管，死去的人由我来管。他对任乡长的外甥仁钦说，乡长管活着的乡亲，我是祭师，死去的人我管；政府把活人管得很好，祭师管死去的人。失去家园的鬼魂没有归宿，只能哀鸣于荒野，鬼魂不能自我救赎，更不能救赎他人，只能成为无家可归的孤魂野鬼。在云中村消失之前，他要把散在野外的幽魂一个一个地召唤回来。

对于阿巴来说，为亡灵招魂是他抵达生命永恒和世界深处的一个途径，那里才是他的生命原乡，灵魂的皈依之处。而死亡则是通向另一个世界的入口，也是告别灾难而获得救赎的解脱方式。在回乡祭祀山神和安抚鬼魂的过程中，有一种力量在驱使着他与亡灵对话、与鬼魂共赴永恒，也就是在这个过程中，他不断地发现自己、完善自己、升华自己。他要安顿无家可归的亡灵，然后，他要带着这些亡灵和云中村一起大化而去，以自己的牺牲成全一个祭师的天职。这种牺牲精神以救赎为前提，人性在这里通往了神性。

滑坡体的裂缝越来越大，云中村的大限一天天逼近。半年后的一天，大限终于降临，大地轰鸣、震颤、绽裂，巨大的滑坡体迅速下滑沉降，坚固的山体变成了液态，道路酥软，泥沙流淌，岩石翻滚，树身歪斜倾倒，地震中都没有倒塌的石碉也轰然倒下，群鸟惊飞，阿巴镇定自若，笑颜以对，与鬼魂和云中村一道随滑坡体葬身自然，他以这种方式归于大化而获得了生命的永恒。这是他和鬼魂最好的生命存在——永恒的存在。他的这种牺牲精神不仅与苯教灵魂升入天国有着同等的意义，也与耶稣基督在十字架上将自己献祭以达到替人类赎罪的行为有着相同的意义。他死了，他的灵魂却复活在生命的永恒之中，从现实的此岸抵达了灵魂的彼岸。

《云中记》不简单，它将一个安抚鬼魂的故事引向灵魂叙事，其语义转换具有隐喻的功能，它与2017年的长篇小说《唇典》在灵魂叙事的取义获义上有着一致性。当"不存在的存在""非现实的现实"成为生命的真实状态时，隐喻便在语义转换中实现了它的意图。在这部小说隐喻的语境中，喻体借助自己的属性指向了更深邃的精神或观念，最终抵达生命的永恒世界，即灵魂的彼岸世界。以此来指实并超越现实世界，同时为现实世界确立一种精神性的价值。

请看，满斗和阿巴，他们一个是萨满教最后一个萨满，一个是苯教最后一个祭师，但他们不约而同地把招魂并安顿鬼魂当作一件大事，其因由也是惊人地一致，并且他们的内疚和忏悔也是惊人地一致。

满斗最终踏上寻找被丢失的灵魂树，实则是一个大隐喻。满斗为亲人故友寻找丢失的灵魂，隐喻着人要寻找被极端化的暴力、物质、欲望所抛弃的精神，即一个世纪以来被人类丢弃的灵魂。阿巴的招魂慰魂并最终与鬼魂一起归于大化而获得生命的永恒，隐喻着精神性灵魂对现实世界的超越与救赎。其实，世上有没有鬼魂并不重要，但有没有灵魂却非常重要。令人遗憾的是，像《云中记》《唇典》这种将招魂安魂转换为精神性灵魂创造的作品，在中国当代文学中很少见。阿巴形象，无疑是中国当代文学继《唇典》在萨满文化中创造的满斗形象之后，于民间苯教文化中创造的又一个新的人物形象。

战争中的精神怯懦与恐惧
——评《人，或所有的士兵》

王春林

尽管从数量上看或许无法与上一个年度内为了"赶评"第十届茅盾文学奖的那样一种简直就是井喷式的创作状况相提并论，但细细地打量2019年度一些有代表性的长篇小说作品，我们却不难发现，其内在的思想艺术品质其实不输于2018年那些曾经一度暴得大名的作品。尤其值得注意的是，在2019年的很多长篇小说中，我们能够发现内蕴着一种足称深沉的人道主义精神底色。又或者，这一年度内很多长篇小说的引人注目，与某种人道主义思想的内在强力支撑，存在着不容轻易剥离的紧密关联。

这一方面最具代表性的，不管怎么说都是邓一光那部无论是字数，抑或是内蕴品质均真正足称厚重的长篇小说《人，或所有的士兵》。我们都知道，邓一光是一位书写战争的高手，从中篇小说《父亲是个兵》，到长篇小说《我是太阳》《我是我的神》，出身于军人家庭的邓一光已经给我们奉献出了多部相当优秀的战争小说。但这一次，在沉潜长达十年之后，这一部《人，或所有的士兵》，却绝对不仅仅称得上是作家的自我超越之作，而且更应该被看作是一部具备了与世界优秀战争文学作品对话的中国当代战争长篇小说的标高之作。具体来说，这部沉甸甸的长篇小说所聚焦表现的核心事件有二。其一，是第二次世界大战期间著名的香港十八日保卫战。1941年12月8日，在日军偷袭珍珠港事件爆发几个小时后，很快又以迅雷不及掩耳之势，对香港发动突袭。面对日军的这一行动，由多国军队组成的香港守军迅即做出反应，进行积极抵抗，但最终因为实力不济以及军心不振，只固守了十八天，就在付出巨大伤亡后被迫宣布投降。当时身为国民党第七战区兵站总监部中尉的主人公郁淑石，因为恰好在香港执行公务，不幸被俘。其二，郁淑石被俘之后，很快就被押解到位于燊岛原始丛林中的一座日军D俘虏营，度过了长达三年零八个月的非人的俘虏生活。尽管以上两个部分均属于《人，或所有的士兵》的核心事件，但相比较来说，邓一光对后一部分的关注与表现的篇幅与力度却明显超过了前一部分，也因此，笔者更愿意把作家的这部十年沉潜之作，理解为一部着重书写第二次世界大战期间战俘生活（当然是以中国战俘为主体）的长篇小说。虽然在第二次世界大战结束后，西方曾经有不少战争小说把关注视野投射到了战俘这一特殊的群体之上，但中国作家却基本上没有能够涉足这个领域。其他且不论，单只就这一点来说，邓一光这部厚重长篇小说题材突破的意义也不容低估。

既然是一部战俘题材的长篇小说，那作家的主要笔墨肯定也就集中在了对这座D俘虏营日常生活状态的书写与表达上。如果说作为一位战士本身在战争中的遭遇可谓是生死旦夕的无常，那么，作为一名战俘，置身于仍然在进行过程中的战争中的命运，简直就如同蝼蚁一般地可悲复可叹了。一方面是简陋到极点的生存条件，另一方面，则是战俘营管理者们毫无顾忌地打骂侮辱乃至于可以随随便便地置战俘于死地的暴力行径。也因此，正如同有批评者已经指出的，身处如此一种特殊境地中的如同郁淑石这样的战俘们，其最根本的精神特点，就是某种简直就是莫须有的生存恐惧感的生成："在邓一光笔下：郁淑石固然是俘虏，但还谈不上背叛；他有时苟且，但从不出卖同伴；看上去软弱，但又常以一种'自虐'的方式为难友争取着微薄的权益……在作品中，邓一光丝毫没有在精神层面主观肆意地拔高战俘的精神意志，而只是符合逻辑地去想象处于长期极度饥饿和高度恐惧环境中的不同个体会何所思何所为。于是，在郁淑石身上，我们更多地看到的是恐惧，从一种恐惧到另一种恐惧，他作为正常人的生活感官已被战争切割得体无完肤，就像是战争机器制造的一个社会残次品。"

其他且不说，单只是通过郁淑石被迫接受日方陆军省俘虏情报局女军官冈崎小姬的安排，配合她完成一个关于战俘的研究项目的情节，就可以帮助我们相对精准地观察到主人公在战争状态中的精神怯懦与恐惧状态将会达到何种严重的地步。为此，我们首先需要了解冈崎小姬的研究意图："冈崎小姬则有更大的个人野心，她希望自己在实验医学的路上往前大大地走一步，掌握个体行为动机条件对疾病影响的意义。'战争认知理论'的研究需要大量来自不同地域和文化背景的个体行为观察、任务表现、个性适应等数据采集和分析。这个工作在瞬息万变的战场上无法完成，而拥有过战争行为的战俘，无疑成为最优质的研究对象。"为了充分证明郁淑石（也即131号）能够胜任研究对象，需要对他进行必要的行动力测试。行动力测试倒也不要紧，关键还在于：第一，这项测试足有可能致命，也就是说，只要郁淑石一时反应不及，就极有可能因此而殒命。第二，郁淑石从得知此项特别残酷的决定后开始准备，到被用真枪实弹实施攻击的时间，只有短短的五分钟。正因为如此，冈崎小姬才不由自主地发出了紧急的催促声："'我说，磨蹭什么，'冈崎回过头来看我，皱皱眉头，提醒我，'没看见吗，坂谷中尉要杀死你，你现在是他的敌人，他会那么做。我可不想看到你变成一具尸体，请快点行动起来吧！'"只有到这个时候，郁淑石方才猛然间意识到，自己的生命其实已经处在了非常危险的境地。

就这样，郁淑石被迫开始了紧张无比的自我拯救工作："我觉得根本没有五分钟。我觉得整个世界都在对付我。沙堆猛地一震，离我二十多公尺远的海滩上，一颗事先埋在那儿的两栖步兵地雷爆炸了，泥沙和着海水冲上天空，气流夹带着细小的石英颗粒扑了我一脸，一只黑脚信天翁展开翅膀抽了我额头一下，不见了，尖锐的鸣叫声随着消失掉。我顾不上别的，丢下圆锹，扑进作业不到一半的卧姿掩体，像受到丛林蚺攻击的鼹鼠，把脸深深埋进湿沙中。"接下来，就是坂谷留和相马正三这两位袭击者对郁淑石进行的令人喘不过气来的猛烈攻击。面对着如此猛烈的攻击："我的心脏快要爆炸了。我担心那些子弹在远处没有找到目标，会接着飞回来寻找我的眼睛、鼻子和嘴巴，但没容我等到那一刻，一枚手雷就在我不远处爆炸，至少一半胸墙被掀进沙坑里。"眼看着如同鸵鸟一般一味地躲在只是半成品的掩体里无法保命，郁淑石只好用手中所拥有的品质很差的武器进行还击。一还击，郁淑石与两位袭击者之间的关系就发生了变化，就由屠杀变成了交战："这意味着无论我是否能离开海滩，都必死无疑。我心里绝望地想，好吧，那就死吧。"但即使到了这种地步，求生的本能仍然在发挥着作用。等到子弹全部打光之后，郁淑石连滚带爬地跳过一片燃烧的海水，穿过树林，最终陷入在一个开满白色野慈姑花的泥潭中无法自拔。若非冈崎的特工队士兵出手帮助，郁淑石大概会因为血液最终流光而殒命。

一个手里只有残破的武器的战俘，被迫面对两位其根本使命就是要一味地置自己于死地的袭击者。对于如此一种极其恐怖的场景，我们恐怕只能够用所谓的"困兽犹斗"来形容。在这个被迫接受的行动力测试的过程中，战俘郁淑石内心深处那样一种极端的精神怯懦与恐惧，无论如何都不容轻易否定。

只要是熟悉邓一光战争题材作品的朋友就都知道，他此前的书写既有浓郁的浪漫主义色彩，同时也表现出了强烈的英雄主义情结。以我所见，能够从当年那样一种具有浪漫主义色彩浓得化不开的英雄主义情结，跨越到《人，或所有的士兵》这样一种"去英雄化"之后的对于战争中恐惧与软弱情绪的真切书写，所充分见出的，正是作家内心深处一种难能可贵的人道主义精神和悲悯情怀。

他乡即故乡
——评《他乡》

吴义勤

　　付秀莹的长篇新作《他乡》既是一部试图突破自我的探索性作品，又是一部个人标识和风格被再次"强化"的极富生活实感和生命质感的作品。小说处理的是"我是谁""我从哪里来，要到哪里去"这样典型的现代主义命题，但诗意浓郁，情感丰厚，在深层涌动着人道主义热流。

　　《他乡》是一部关于生活和情感的长篇小说，是一部女性的心灵史、成长史，也可以看作是一部诗意氤氲的成长小说和叙事长诗。小说以与个人体验、气质紧密联系着的情感性、情绪性调子抒写与主体心有戚戚焉的生活，记录带给主人公深刻感怀和刻骨铭心记忆的人生片段，主人公在一行行一页页中感受、体悟、成长，由青涩青葱而青春而终有风霜，叙述在舒缓中有峻切，在柔婉中有力道，见出人与事在时间流淌中的升降与浮沉，包含着一种诉说、袒露自我内心的迫切之情，一种情感的激荡之声，一种带有浓郁的个人气息和个人意味的感受、共鸣，一种由生活波折和命运捉弄淬炼出来的声音，一种温和、清明的生命喟叹。这是文学魅力的体现：它不在于江河奔涌般的情绪宣泄，更在于字里行间隐伏着的对生活玄机的把握和缓缓流淌的、慢慢积蓄的、伺机择地而出的情感和想象的能量。

　　《他乡》的诗意首先来自其叙事的音乐感。小说以回忆的方式展开，这种回忆无论是出自小梨、幼通还是老管，天然地有一种娓娓道来的舒缓节奏和历经世事沧桑后的坦然、平静和淡泊。如小说通过中年翟小梨的叙述，回忆自少女时代起的生活经历、情感历程，有历经沧桑的淡然自适、通透豁达，写到生活的艰难，寄人篱下的窘迫，写到青春的浪漫、自信，青年人的理想与任性，写到人与人之间的冷漠与隔膜，心绪的迷乱与枉然，心理的焦虑与折磨，灵魂的撕裂和精神的痛苦时，又有或沉郁或张扬或昂然或寂然的情绪与叙述节奏的调整、转换。其中，小说最后部分那封没有寄出甚至连收信人都不清楚的信——"亲爱的某"，写得尤其百转千回、缠绵悱恻而又回肠荡气。在极有节奏的情感、思绪流动中，自然地浮现出一些饱含韵味的意象，细腻的感受通过精细的语言，渗透在诸番景物中，氤氲在某种色彩、气味、声音中，让乡村如雨般的蝉鸣、泥土潮湿的腥气、庄稼生长的气息、撕扯棉絮般纷飞的大雪和呼啸着掠过树梢的北风，让春节乡村世俗的欢腾的快乐，让冬日寒夜城市街头小摊砂锅炖豆腐的香气，让内陆小城随处可见的那些猪肉包子、凉皮、香肠、千层饼、猪肉酸菜馅饼，浸泡在青春的热情、恋爱的浪漫、异地独处的孤独凄苦之中，当这些都浮现于浸透着主人公斑斓色调的回忆之中时，此时此刻和彼时彼刻的情绪、情感和心理又彼此融通出繁复的变调。因此，《他乡》中的诗意，不单靠文字的渲染、铺陈，而是与作者情感的流淌、情绪的宣抒紧密联系在一起的，是隐含在音乐般的韵律和节奏中的。

另外，《他乡》的诗意还来自作家的人性关怀和人文主义思想的折射。它不表现在小说中人物形象的浪漫上，不表现在繁辞丽句的铺排和堆砌上，甚至也主要不表现在优美景物描写的渲染上，它不是"外在的"诗意，而是在情感的编织和表达——"抒情"上，也就是说，诗意和抒情，是交织在一起的，却又不同于那种散文化的诗意，不是把小说的叙述向"诗"靠近，而是勘测和发掘小说叙述中内在的"诗"。因此，《他乡》的抒情和诗意，是和作家笔下的人物共情、同调的，寄托了作者对苍茫世间之人与物的同情，是善良和温热、心灵之美与善的投射。在对时代中国的再现中，在对现实生活与情感的表现中，作者对人生严肃的思考，对世道人心细腻而犀利的剖析，对美好生活和美好人性的向往，伴随着不可压抑和遏制的激情，如涓涓细流无声无息地汇入字里行间，使或平静平淡或颓丧灰败的生活充满深沉动人的诗意。

《他乡》是一种渗透着浓厚个体情感的写作，它所表现的是一种被浓郁的"诗"包含、蕴藏和渗透着的"真"。小说写时代中国现实，试图容纳近三十年中国历史与现实的变迁，这无疑是一种具有史诗诉求的全景式观照，但作者并未采取宏大的总体性眼光，站在某一历史话语高处高屋建瓴地构筑一种"整体现实"，而是依据自己的个性、所长，将"外部"现实"内在化"，将"客观"现实"个人化"，将"现实"做"人性"穿透，将"总体视角"分化为以翟小梨、章幼通、老管和神秘的"郑大官人"等不同的视角，以"个体""人性"体悟和参透"现实""生活"。这样做的结果是，避免了"新写实小说"式的琐碎庸常的日常化写作弊端，呈现出一种"人物成长"或"主体生成"的发展性和上升性，同时，也避免了运用总体性话语整合现实生活时常带来的僵硬和生硬，力求在生活与现实、个人与总体、人性与时代之间寻求一种个人化审美表述。《他乡》与我们熟知的诗化小说的重要区别在于，时间因素、情节因素，尤其是对人物心理性格的刻画是《他乡》的关键因素，"女性/个体"的成长是小说的主题和主体内容，也是贯穿性情节线索，所以从乡村到省城到京城的"空间"转移实际表述的是"自我成长"（时间、时代），同时，叙事情节固然没有淡化，性格、心理、活动等因素的描写较之通常现实主义小说且有所加强：成长历程是"情节"要讲述的，成长体验更是溢出情节的"描写"重点。凝视、同情和信念，是付秀莹观照人、事、景、物和周遭一切的天然尺度。事实上，从"个体/女性"角度看，《他乡》可视为20世纪90年代以来女性文学发展中的一个标志点，只是《他乡》将执拗内向化的女性话语从镜像化的自闭自恋空间中释放出来，从弗洛伊德精神分析情结、解构主义权力话语和欧美女权话语的束缚中解脱出来，从大众文化市场趣味的渗透中突围出来，以"生活""情感""现实"广阔而本然的存在祛除"女性写作"过度的私人化、私语化，在有节制地保留后者的心理深度探究、诗性话语营造和女性主体意识建构的基础上，重新恢复文学关心社会、现实、人心和人性的能力。小说在柔软、隐忍的心理情感向度之外，同时写到了命运交错下个人意识在生活、现实和社会促动和启示下的生长，以及个人意志升华的力量。因此，小说对人性、人心的表现并不停留在情感、心理层面，而是将"人"与"世"——"世道""世界"联系起来，从"人心"把握"世道"和"时代"，将"人心"放在一个更大的"世界"中，既观照"世界"又探查"人心"，既写出置身这个世界中的人的生存、生活和生命，又赋予这个庞大无边的世界以"人"的生命与情感、心理的可感形态。

付秀莹将《他乡》看作一个关于时代巨变中的"中国""中国经验"和中国人命运和精神状况的"巨大的隐喻"。一拿到小说，我本能地觉得"他乡"作为小说题目不好，内涵、意味甚至隐喻本身都太直露了，但读完小说又觉得很合适，似乎并不能找到一个更贴切的题目来替代它。《他乡》的内容却较少涉及乡村生活体验和乡村情感记忆，翟小梨身在"他乡"——从省城到京城的"都市""现代"生活与情感是这篇小说表现的中心。从根本上看，《他乡》并非对"乡村"的怀旧与乡愁。相对于"故乡"而言的"他乡"、异乡、异地，故乡是根脉，是血地，离开它意味着空间的位移和时光的流逝，也意味着一个新的时空的开启。其中自然免不了对故乡故土故人故事的回想和怀恋。"他乡"即"他乡"，在"他乡"与"他乡"之间诞生了一个新的诗学时空。通过这条路，翟小梨找到了个体/女性的自我，同时，也在"他乡"重新发现了"故乡"或者说"他乡"中的"故乡"。对于翟小梨来说，写作就是还乡，小说就是由"他乡"而"还乡""归乡"的一种方式。

英雄归来之后

——评《人生海海》

谢有顺

　　麦家的小说是一个独异的存在，他所塑造的人物都具有不凡的英雄品质，而如何把人格与信念以及人性的强悍与脆弱融为一体，使之成为小说的筋精神骨，并由此写出一种雄浑而孤绝的力量，其实是有很难大艺术难度的。他创造了一种小说类型，又渴望实现对这一类型写作的突破，出版于2019年度的新长篇小说《人生海海》（北京十月文艺出版社），就很好地诠释了麦家新的写作雄心。

　　《人生海海》是讲述英雄归来之后的生活。通过多视点、零散化、非线性的叙事，麦家把讲故事的权利交给小说中的多个角色，塑造了一个有凡人味的、与世俗生活紧密联系的新的传奇人物。作者原谅了英雄的脆弱，还原了英雄作为一个人的常情和常理。上校与太监这个一体两面的复杂人物形象，是此前的中国文学作品中所未见的。

　　小说故事的讲述者，如老保长、爷爷、父亲、林阿姨等，多是平凡人，相较《风声》中的教授、作家和全国政协委员的母亲，精英气要少得多了。麦家把书写英雄形象的大部分工作交给了普通人：爷爷的又恨又怕，林阿姨的又爱又怨，老保长的羡慕与叹息，父亲的内疚与珍重，"我"的好奇、崇拜与悲哀，这些情绪缠绕着上校的不同侧面，形成了不同的价值判断，但又殊途同归地指向一个"骨头比谁都硬，胆量比谁都大，脾气比谁都犟，认领的事十头牛拉不回"的蒋正南。在普通人和英雄的相处中，英雄不仅得以摆脱单一的光明色彩，露出有缺陷，因此也就更有人味的一面，还与俗世的物质建立起了紧密的联系。当读者去触摸上校这个人时，就知道他不仅是属于大时代的，也是属于小地方的，双家村的气候、作物、饮食、建筑等，都是真切的，有温度的。

　　小说里上校出场的时间并不很明确，但至少已是20世纪50年代末、抗美援朝志愿军全部撤回中国后，他的事迹，都以既是插叙也是倒叙的讲述，极其灵活地散布在"我"的自叙中。由此，大体遵循线性时间的"我"的故事，就和时而线性、时而非线性的"上校"的故事，形成了一种错落有致的双线叙事，读者既免于单一时间线索的疲劳，又可激起拼贴、还原"上校"时间线的兴趣，同时，这也符合我们对一个人的认知顺序：我们认识同事、朋友、长辈时，也是既在不可逆的线性时间中与之相处，又在他自身或第三方的叙说中断续地得知他的从前，于是，读者会发现自己很容易代入"我"的角色，同样急不可耐地想知道上校每一桩奇闻异事，因为每一次听故事的机会都遽然而来，戛然而止，也就会特别投入，这种微小的意外之喜，成为读者的阅读动力之一。并且，相较于上帝视角的回忆和追述，读者对人物的回忆会更宽容，允许一些模糊，一些美化，在这种带感情的讲述中，真相不再是唯一有价值的了，人们乐于享受花园的歧路，沉迷于故事本身，甚至主动为它增加传奇色彩。更重要的是，英雄的过去和现在，他属于"上校"的光辉而惊奇的冒险历程，与属于"太监"的平庸而冷漠的归来生活，在这种叙事手法下得以并置呈现，令我们为人物无解的命运产生更深的共情——当然，也隐含着自己是否有资格同情上校的考问。

《人生海海》通过让上校与林阿姨重逢的情节设置，在上校因不堪受辱发疯且已经再无好转可能之后，麦家其实原谅了英雄的脆弱——英雄不必是无坚不摧的，即使在和命运的战斗中，他失去了自己，但这无损曾经的荣光，也不会伤害英雄的本质——人，上校仍然拥有人该当有的、爱与被爱的权利。而林阿姨的意义，不仅在于她的毁灭与拯救，使故事得以进行、圆满，还在于她超越了传统英雄叙事中"新娘"只是功能性人物的地位——固然，她有不够出彩的地方，一个人生意义是救赎单一的、特定的别人的人，格局难免有些小了，总不如志在"鬼杀奸除"的上校光芒四射，而麦家的写作趣味也并不在于挖掘这"小"里的"大"，但她是一个人，一个有情有欲、有对有错的人："有人会同情我吗？我想不会有，包括我自己，有时也懊悔把他毁成那样。但我不是神，我是人，我就那水平，人的水平，所以更多时候我并不懊悔。我认了，是把刀子也得吞下去，没有选择。人就是这待遇，熬着活，你看我和老头子，现在活成这样还不是熬着在活？"这不仅是一个在当代小说中极为难得的、逻辑可以自洽的人，更是一个在思索生命意义之后仍能坦然处之的人，她不是英雄，却有着同样坚韧而伟大的灵魂。

英雄总是夹在神与人之间的尴尬存在，他既没有神那样足够的强力，令人维持畏惧与崇拜，对于人群而言，又始终是一个无法彻底融入的异质分子，一个不安定、不可控的因素。即使神话里给王国带回拯救性力量的英雄，都常常遭到普通人的质疑与敌视，何况《人生海海》中并没有直接惠泽双家村每一个人的上校？"战场上迟早要当英雄"的上校，从离开战场伊始，也就走向了悲剧，尽管他一度曾在双家村找到一种微妙的平衡——任凭大家津津有味地为他的裤裆编造各色传说，默许自己背后有个"太监"的外号，即使小孩子调皮，当面叫他太监，多数时候他也不加理睬，上校才能以一个无害的、被阉割了的"英雄"形象在村庄里生存下来。但这种平衡终究是昙花一现的。当动荡的、秩序的颠倒成为可能的时代来临，最先倒下的总是上校们。

这也正是《人生海海》的重要性，尤其是上校与太监一体两面这一复杂人物形象，是此前的中国文学作品中所未见的，那种苦难中的辉煌、污秽中的道德，那种在罪恶中开出的精神之花，那种信念的建立、垮塌、畏首畏尾而又无所畏惧的矛盾对立，那种渺小中的光辉、光芒中的阴影，那种人性的坚韧、坦荡以及自私、暗黑，都在上校与太监一体两面的形象中呈现出来了。麦家通过《人生海海》的写作，检索自己的童年、少年记忆，以一种特殊的方式回到故乡，并通过一个人的存在与命运，写下了一个地方的灵魂——这个灵魂里，有光荣，也有猥琐，有凡俗的乐趣，也有等待清理的罪与悔。这样的重新出发，见证了麦家对自己写作的超越。

雷达曾撰文说，有两条道路摆在麦家面前："一条是继续《暗算》《风声》的路子，不断循环，时有翻新，基本是类型化的路子，成为一个影视编剧高手和畅销书作家，可以向着柯南道尔、希区柯克、丹·布朗们看齐。另一条是纯文学的大家之路，我从《两个富阳姑娘》等作品中看到了麦家后一方面尚未大面积开发的才能和积累。"现在，虽然不能确定地说《人生海海》走的就是"另一条"路，但从这部小说中可以看出，麦家还有很多写作资源可以调动，他在人物身上所寄寓的精神追求，表明他的写作一直着迷于人物的内心，一直追索人物内心世界里极为幽深而又轻易不为人所知、任何力量都不可摧毁的部分，他要通过人物来向世界说话，并一再证明人身上有着不可穷尽的可能。而从《人生海海》的叙事形态上看，又说明麦家是一个没有失去写作抱负的作家，他不满足于讲一个好看的故事，他总想创造一种有新意的讲故事的方式，也总想通过叙事探索而使故事摇曳多姿，增加艺术的曲折、暧昧、无解的审美意味，让读者在享受故事的同时，也思考故事。

《人生海海》不仅留下了令人难忘的人物和故事，而且也让我们在阅读中不断地思考时代与命运、性格与命运的关系，并让我们认识到，一种人格的站立、一种精神的流传，背后可能经历的痛苦与风暴，以及心灵通过受难所能企及的高度。

风景书写与现代性反思
——评陈应松《森林沉默》

王春林

陈应松的长篇小说《森林沉默》是一部与其故土楚地有着深切文化关联的作品，在风格上亦承续了屈原所开创的浪漫主义文学传统。在"风景画"淡出当下小说创作的情况下，陈应松以回归自然的姿态，不吝笔墨地热情书写了森林的原始奇异景观。大篇幅的风景书写不仅丰富了小说的审美意蕴，而且也正是借助于风景背后所隐含的权力关系，作家才得以完成其对现代性的反思和批判。

在小说中，存在着赫然有别的两种景观：其一是自然和谐的原始森林景观，另一则是飞机场这一现代景观。小说主要的矛盾冲突就围绕着飞机场这一现代性景观对于森林这一自然景观的侵占和破坏而展开。这一矛盾典型地体现在叙述者"我"也即戴玃的叔叔麻古与土地之间的故事。麻古和土地之间故事的发生，与飞机场在咕噜山区的建设有着无法剥离的内在关联。我们注意到，在小说开始不久，就从村长那里传来了政府要在咕噜山区修建飞机场的确切消息："只想着要政府的补助，你们这些没用的蛋子。告诉你们吧，明年的春天将是一个天翻地覆的春天。咱天音梁子要建飞机场了，你们知道吗？要削平九座山头，填平九条峡谷。咱们村好不容易争了个孔子沟建垃圾填埋场，国家每年补助咱们村十万，以后咱们就是吃垃圾啦……"然而，村民们根本就不知道什么叫飞机场。对此，村长以呵斥的方式给出了进一步的解释："飞机场，你们这些土包子。飞机，飞机没见过吗？这里要落飞机。飞机场一造，有很多的外地人要进山来了，咱们就搞旅游，可以卖你们的药材、菌子、苞谷酒、洋芋、土鸡，落豹河就可以搞漂流了。"更进一步地，"商村长给我们说，天音梁子和孔子沟的庄稼都没有了，改革总是要牺牲一部分人的利益，要舍小家，顾大家。那里的山尖要变成平地，要变成比大海还平的平地，要一望无涯，要修一条可以伸展到田边的水泥大道，要建候机楼，来不及挖的款冬花和种下的党参你们赶快刨起来，不刨也有青苗补偿费，我跟大家多争取点儿……"身为政府的代理人，村长的话语所强调的，一方面，固然是飞机场的建立将会给地方带来的好处。但在另一方面，却显然也是在要求咕噜山区的民众为此而做出相应的牺牲。尽管从总体上说，国家政治层面在《森林沉默》中是缺席的，但仅只是偶一涉及，便会露出犀利的批判锋芒。

飞机场作为一种现代性象征的庞然大物，要想在咕噜山区落脚，一个关键的问题，就是对土地的强势征用与占有。很不幸的一点是，"我"叔叔麻古的土地，就在被飞机场强势征用的那个范畴之内。对于一个依托于土地生存的山民来说，土地的失去意味着什么，是一个显而易见的事情。这一点，在祖父讲给叔叔的一段话里表现得非常突出："虽然你没了田，就把蜂养好，总可活人。自从修机场，动了森林，月亮山精满山乱窜，它们也在跟你一样开荒找田。"这里面，颇含有深意的一句话，就是月亮山精也在开荒找田。如果把月亮山精理解为咕噜山区民众的一种象征性民间信仰，那么，它的开荒找田自然也就意味着整个咕噜山区都受到了现代性的侵扰与伤害。《森林沉默》第五章《天上的鹰嘴岩》所集中关注表现的，正是叔叔麻古对土地的那样一种深情依恋。叔叔问"我"："跟我去找地吗？"紧接着，"叔叔又说：'我就想不通那么好的地就种上草了。'"在叔叔麻古"找地"的过程中，有这样两个细节无论如何不容忽视。一个是麻古在飞机场种地。或许与曾经属于自己的那块土地就位于飞机场所占用的天音梁子紧密相关，等到麻古被村长介绍到飞机场担任清洁工的时候，他竟然不管不顾地在飞机场的草坪上种上了苞谷："雨下得大，早上住了，叔叔听到苞谷拔节的啪啪声。叔叔拿着扫帚，他被这天音梁子自己的土地上再次复活的苞谷苗惊呆了，叔叔拿着扫帚误当作了锄头，假模假样地薅了几下，等于是过瘾，回到了现在自己的清洁员身份，还是很高兴。""叔叔把苞谷种在草坪深处，在几丛杜鹃背后。这些杜鹃不是映山红，不是曾经长在田边的花。不过在自己的土地上又闻到了庄稼的气味，而且是原味，是'野鸡啄'他的土地和粮食又回来了——它们被圈在中央，像是一片保护区。"但正如你已经预料到的，一座现代化的飞机场，怎么能够容忍有人种苞谷呢？到最后，不仅苞谷没有被保住，而且连同麻古自己在内，也都被清退驱离出了飞机场。然而，尽管叔叔的种苞谷事业在飞机场严重受挫，但他找地种苞谷的梦想却并未破灭。到最后，他竟然突发奇想地试图在高高的鹰嘴岩上实现找地种苞谷的理想。鹰嘴岩，是咕噜山区的制高点之一，曾经有很多采药人试图攀登上去而未果。但就是这座因其高高耸立而被视作无法登临畏途的鹰嘴岩，竟然被叔叔麻古给征服了："没有几天，我果真就看到了鹰嘴岩的坡上出现了一块棕色的土地，看上去才一块手帕那么大，但至少应该有七八亩地，叔叔真干上了。他砍去了那些杂木和灌丛，他刨出来那块地，应该比天音梁子前的草坪大。我告诉祖父叔叔开出了土地，祖父说看不见，只是用一双浑浊的眼睛对着高高的岩上。但村里路过的人都看到了，说，那是麻古上去了吗？他在那儿开荒吗？那可是半天空啊，他是怎么上去的？怪哉！"如果说麻古在半天空的鹰嘴岩上种苞谷，本身就足够神奇的，那么，陈应松所突然冒出来的"怪哉"一词，就更加神奇了，简直就是所谓的"神来之笔"。但是，正如同麻古无法在飞机场种成苞谷一样，到最后，他在鹰嘴岩上的种植事业，因为惊天巨雷击中喙嘴致使山崩，也还是万般无奈地功亏一篑了："叔叔在鹰嘴岩上日夜悲号，像啼血的杜鹃。后来就渐渐没了声息。"究其根本，叔叔麻古之所以会先后到飞机场和鹰嘴岩上去种苞谷，正是因为他的土地被飞机场这一现代性的事物侵占征用。从这个意义上说，陈应松借助于叔叔麻古的这一曲土地悲歌，真正意欲表达的，仍然是对现代性的一种深刻批判与反思。

另外值得注意的是第四章《一只戴胜》部分所集中讲述的女博士花仙老师的故事。花仙老师之所以会突然出现在拥有丰富原始森林资源的咕噜山区，主要是为了完成支教的任务，但更是希望通过“消失在森林”来缓解自己的抑郁症。而她所患的抑郁症与学术圈内的名利纠葛有关。这场纠葛主要发生在花仙老师的师兄牛冰勀和导师谭三木之间。身为南楚大学生物系主任的导师谭三木教授，是研究咕噜山区的生物起家的一位优秀学者。他曾经把长达八年的时间投入到咕噜山区的实地考察之中。不仅发现了多种植物和鱼类的亚种、三亚种，而且也还发现了两个稀罕的金丝猴群。这里，一个不容回避的尴尬情形是，一方面，正是导师的考察发现致使沉默千年的咕噜山区一时间名声大振，但在另一方面，正所谓“成也萧何，败也萧何”，正是咕噜山区的名声大振，致使外在的现代性力量对那个地区产生了浓厚的兴趣，最终导致了飞机场的修建：“这是他没有预料到的。他一生呼吁保护咕噜山区的生态环境，最后生态环境却遭到了破坏。”或许从根本上说，这位谭三木所无奈面对的，就是生态保护与现代性之间的某种必然悖论。但一直为咕噜山区的生态保护忧心忡忡的谭三木教授，却根本就不可能料想到，他所面临的真正威胁就在自己的身边，就是自己的学生牛冰勀。早已利欲熏心的牛冰勀，简直无所不用其极地想要把老师排挤掉，好让自己早一点上位。一方面是四处拉拢那些拥有话语权的学界大佬，另一方面，则是不择手段地利用一切机会攻讦自己的老师。到最后，为了彻底搞垮谭三木，牛冰勀竟然使出了极其卑鄙的告密与构陷手段：“说谭三木作为一个知名学者，一个党员，一个系主任，常在网上发布违背党的宗旨、攻击诋毁我国基本政治制度、鼓吹西方价值观的言论，与某些反动公知大V遥相呼应，是典型的吃党的饭砸党的锅……还说谭三木私吞科研课题经费，与数名女学生关系暧昧，比如与博士生花仙……”这一构陷在伤害谭三木的同时，也将花仙老师拉到了舆论的风口浪尖。由此，我们发现，一方面，花仙老师之所以会罹患抑郁症，正是因为受到牛冰勀的欺侮并看清其真面目，但在另一方面，也正因为她对牛冰勀以及由牛冰勀所代表的那个现代文明世界绝望透顶，所以才最终选择了到咕噜山区来支教。表面上看起来是要支教，最根本的目的却是试图依凭古老的原始森林来为自己疗伤，疗治精神的疾患。实际上，也正是因为看清楚了类似于牛冰勀这样的所谓文明人的真面目，所以，花仙老师才更加对戢玃这样一种看似怪异的生命存在充满了信心：“她坚定地说，玃一定会回到地上，在人群中生活。他可能拥有比我们更多的智慧，我们所不能达到的灵气，他认识的东西远远超过我们的想象。他懂河流和花朵，懂山冈和树木，野兽和飞鸟。她说我不是来调教他的，我是来向他学习的，他的大脑里装着整个森林，他有许多神奇的生存技能，他知道那么多草药知识，是谁教他的呢？这太神奇了，他会让许多人对他着迷。”与花仙老师如此一种肯定性看法形成鲜明对照的，是以牛冰勀为代表的那样一种将戢玃理解为带有明显痴呆性质的唐氏综合征患者的否定性看法。在对戢玃进行研究之后，牛冰勀认为：“……总的情况表明猴娃天生愚笨，完全不能适应人类生活特别是现代生活，他们让他坐在坐便器上，他非要蹲上坐便器，致使摔下来了，摔破了脑袋。他的脑容量才655毫升，因此智力低下，落后于直立人。他平时不穿衣服，睡在树上……”为什么同样是生物系博士，对戢玃的研究认识竟然存在如此大的差异呢？内中的原因究竟何在？我个人以为，这里，甚至存在着两种不同文明观的重要问题。某种意义上，如果说牛冰坨的看法更多地体现着一种现代性的文明观角度，那么，花仙老师截然相反的看法恐怕就更多地体现着对现代性文明观的一种反观与沉思。也因此，尽管在实际的现实生活中，花仙老师所代表的立场惨遭失败，但从作家陈应松的表达意图来看，其对现代性的批判，乃是无可置疑的一种文本事实。

究其根本，也正因为花仙老师对咕噜山区的原始森林充满期待和向往，所以，出现在她视野里的包括各种动植物在内的森林风景才会显得那样光彩迷人："山很安静，有时候，忽略掉落豹河的声音后，在没有下雨的时候，落豹河的声音比较轻言细语，仿佛是个疲弱的人赶路，它们有赶不完的路。那种旷世的安静就像是飞升到天空，人的周围没有任何障碍，整个肉体世界和精神世界一马平川，肉与灵。但是高寒山区的风横扫森林和群山的时候，会发出呜呜的吼声，像一个变态女人的叫床。每天夜里，你若是倾听，都会听到群山发出的一阵阵怒气，这是荒野的吟唱，是它们狂热、单调的语言。一座山会如此深沉，那些过往岁月的回忆会如此雄壮，经受过煎熬和痛苦，但它只是在半夜发出类似巨人的呓语般的吼叫，然后，它会睡去。仿佛盖着厚厚的毡子，温顺、蜷伏。生命如此善良，愈是久远的生命愈是善良，而且有着耐心，漫山遍野、年复一年地活着。"毫无疑问，陈应松笔端对森林风景的如此一种书写，已然不再仅仅只是景色的描摹，而是明显不过地赋予了森林风景以突出的主体性内涵。

实际上，也正是在对咕噜山区的原始森林产生难以自抑的强烈感情之后，花仙老师才不管不顾地把自己也完整地交给了戴玀："她抱紧我，在我身上乱抓。她抓住我的下面，那儿突然像硬挺挺的蘑菇往上疯长。我被她挤倒在地上。她翻过身来，又被我压下去。她的手在抖，却不由自主地牵引着它，终于，我的蘑菇滑溜溜地掉入了她身子的深处……'啊，啊，啊……'她失声尖叫紧紧地抱住我，不停地扭动。飞机的轰鸣持续不断，她在飞机声中喊叫，松鸦不怀好意地在林子里喊叫，她拼命地撕扯我，拔我的红毛，咬我，上下翻腾。"那么，这位女博士难道果真爱上戴玀了吗？答案恐怕是否定的。这一方面，一个耐人寻味的细节就是："'我把我自己给了他。这算是我的博士论文的一部分……'她在日记中写道。"如果承认戴玀这一人物带有一定的返祖特点，如果把他看作是原始生命力的一个代表，那么，陈应松所特别设定的花仙老师与戴玀交媾的情节，也就具有了突出的象征隐喻性质。最起码，在生物系博士花仙老师这里，有着无可置疑的科学实验性质。遗憾之处在于，花仙老师的如此一种带有强烈理想主义色彩的努力，最终无奈地以失败或者最起码是无果而告终。先是专门前来咕噜山区的导师谭三木因飞机失事而不幸身亡，紧接着是花仙老师吞噬过量安眠药去世，更关键的一点是，花仙老师肚子里那个多少带有一些现代与原始杂交性质的金毛婴儿一出生即死亡。一方面，陈应松对牛冰坨"告密与构陷"导师事件的书写本身，就意味着一种坚决的现代性批判，但与此同时，以上三方面细节所充分说明的一点是，回归所谓的原始生命力也未必就能够真正行得通。由此不难做出判断，尽管陈应松对欲望喧嚣的现代性充满了绝望的情绪，但在面对以戴玀为代表的原始自然的时候，他却依然保持了一种难能可贵的清醒理性。

网络小说评论

序　言

高扬现实观照　彰显提质创新

肖惊鸿

　　中国网络文学经过二十几年的发展，从民间性、草根性不断迈向经典化、精品化。2019年，中国小说学会首次出炉网络小说年度排行榜。上榜作品反映了年度网络文学创作整体风貌，对带动网络文学创作的类型发展创新和内容延展变革起到积极作用。

　　作为一种大众文学样式，网络小说以情感爆发力和创作想象力成就了一大批玄幻、修真、仙侠、科幻、都市等类型文。网络小说携带着人类文化基因密码，合乎人类情感的发生发展。"热血幻想"成为网络小说的一个重要标签，体现了网络文学内在的本体特征，也是网络文学创作的主体标识。作为2019年度现象级作品，二目的《魔力工业时代》（原名《放开那个女巫》）将工业文明的科技进步与奇幻叙事的女巫传奇巧妙融合，打通了自然科学和人文科学两种文化壁垒，重塑了积极、健康、乐观、友善的人类精神。横扫天涯的《天道图书馆》，以奇妙创意著称。作品世界架构新奇，角色设定独特，故事基调光明，情节构思奇巧，阅读体验愉悦，代表了这一年玄幻类创作高峰。宅猪的《牧神记》气象宏大，气势磅礴，叙事不落俗套，情节激情热血，笔调风趣幽默，人物性格丰满，在现代价值体系中传承光大了玄幻小说的表现力。

　　在类型化日臻成熟、同质化愈发严重、盗版抄袭猖獗、融梗洗稿盛行的今天，网络小说提质创新成为发展的内在诉求和不二选择，成为网络小说创作的风向标杆。cuslaa的《宰执天下》书写了一个热血幻想的燃情故事，作品中燃点、爽点设置密集，历史事件铺排巧妙，科技建设脑洞不断，历史真实与艺术真实交相辉映，展现出作品的特殊魅力以及作者良好的文学功力。长洱的《天才基本法》书写一群学霸向人类智慧极限的不断挑战。数学知识、公式定理，在故事当中点石成金、横生趣味，友情爱情最动情、青春热血不狗血，在燃情叙事中蕴含了理性内核，成为年度最炫学霸文。冰临神下的《谋断九州》以独树一帜的个人风格创造出一种"历史中的行动者"形象，在具有大众气质的网络小说中高扬了一面艺术探索的旗帜，上升到艺术与哲学交融的思想高度，极具挑战性和实验属性，成为艺术创新的典型作品。

在网络文学创作中注入现实主义精神、运用现实主义创作手法，不仅是现实题材网络小说要达成的价值目标，也是各个类型网络小说的根本追求。阿菩的《十三行》以清朝著名的广东十三行为创作蓝本，呈现了清代中国对外贸易以及商业发展的全景式画卷，折射出中国商贸变化发展的百年历史。在现实主义精神观照下，呈现真实的历史背景，引发人们对中国百年商贸史的反思，具有深刻的现实意义和现实价值。争斤论两花花帽的《我的1979》呈现了中国当代史上一个特殊时间节点的社会生活，以细致入微的笔触描写了社会生活中的具体事件，展现了时代潮流与个人命运的裹挟纠缠，写出了一个英雄辈出时代的奋斗与梦想，彰显了深厚的现实主义关怀，成为网络文学现实题材力作。叶非夜的《好想住你隔壁》以都市言情风讲述了一个不一样的爱情故事，不仅实现了女主的现实心愿，也达成了读者的爱情梦想。轻喜剧风格手法娴熟、心理把握颇为细腻，使这部作品在一众女频文中脱颖而出，体现了温暖的现实主义格调。骁骑校的《昆仑侠》以拾荒者的故事表达了对都市生存的忧思，体现了宽容理解的人性关怀和现实观照，体现了网络作家的时代责任。

网络文学一方面植根于中华民族文化传统，一方面吸纳了西方奇幻文学元素，因此与生俱来地带有跨文化传播基因，扬帆出海成为必然。网络文学国际影响力不断增大，成为中华文化的重要名片和载体，成为提高国家文化软实力的有力途径。相当一部分上榜作品，如二目的《魔力工业时代》、横扫天涯的《天道图书馆》、宅猪的《牧神记》、叶非夜的《好想住你隔壁》等不一而足，不仅受到国内读者的广泛关注，同样收获广大海外读者的好评，成为网络文学海外传播的典型案例。

二目与《魔力工业时代》

夏　烈

　　《魔力工业时代》（原名《放开那个女巫》）是作者二目的第一部网络长篇，连载于起点中文网。2016年3月29日始，2019年6月4日毕，总字数近340万。小说至今已在起点中文网获得708.53万人次的推荐票，评分高达9.1。类型标签为"史诗奇幻"，作者自定义标签为"种田文"。这部小说在2016年甫一推出就被读者热议，使得作者二目当年就登顶起点中文网的"十二天王"，实现了"一书封神"的奇观。

　　小说写的是地球青年、机械工程师程岩因加班过劳猝死而穿越至中世纪欧洲风格的异世大陆，以四大王国之一的灰堡四王子罗兰·温布顿的身份展开功业的故事。当这位地球心智的罗兰·温布顿在圆形广场的高台铁椅上清醒过来快速确定着自己究竟是谁、为什么这般打扮、正在何处的同时，那个审判的现场也逼迫他迅速地读解到被替代掉的四王子的记忆区——他的面前那位羸弱肮脏的犯人正是一名"女巫"（女巫安娜最终成了他的妻子）。也就是说，小说开篇要言不烦，以情节环境催动背景交代，迅速地和盘托出，不仅仅是交代了穿越及男主的人设，还有全篇的核心要素"女巫"在第一时间就出了场，告知读者这不但是中世纪文明水准的异世大陆，也是真正有女巫存在的异次元世界。这样，作为小说类型的西方奇幻在此拥有了不折不扣的正宗血统，引领着读者入场，也调动着读者所有"前阅读"中的有关西方奇幻和女巫文的经验记忆。读者在开读之时，就仿佛知道了小说大抵是怎么一种特点的叙事，这就是类型小说文的特色之处，即读者是在悠久的类型模式和类型期待中加以（或者重加）体验的。我们研究网络类型小说，就得领受这种接受学上的常态、常识并在很大程度上视之为一种杰出的传统。

　　二目在小说的第一部分即三分之一篇幅几乎就这样稳当地递进着人们对于女巫文的基本心理期待，并且由于他的文笔优异、结构舒徐，大多数读者都会赞叹作者此文的"良心"。比如有读者评价，"这本书的优点就在于一个稳字。一个水准远在网文写手平均水准之上的作者铁了心地一门心思地很认真地写爽文，就问你怕不怕？"又或者说，"前1000章整体来看基本是种田文巅峰水平，构思谈不上新颖但整个构架很好，伏笔收放、多视角叙事、爽点布置也都做得不错，开挂程度恰到好处……此外人物塑造和日常描写非常能戳到网文读者的点，无怪乎国外好评如潮。"如果说，作者不仅仅按套路加文笔的办法在应对读者的期待，而是有什么匠心独运的话，我觉得定然是在作者虽写奇幻，写女巫，却在小说落笔之前就精心想好了女巫之"魔力"在小说世界里的控制——即一种有限性。这和一般写奇幻，写魔力的网文拉开了距离，我们很容易看到的是这类网文随波逐流大用特用巫术魔力的"金手指"拼命开挂以获取爽感，或以扮猪吃老虎的手法炫耀扮酷。然而作者从一开始就限制了这种"大路货"的做法，仿佛对他来说，"有限"的爽才是更有意味的爽，而关键的是，魔力与科技究竟可以怎样合作？乃至于伏笔千里最终一齐指出作者对于二者关系的"哲学性"理解，这些成了小说颇具苦心孤诣的设计，显示了作者自我立意的高度和写文的追求，值得我们读罢赞佩其境界、其用心。

所以说，仅看小说的前三分之一，可以用奇幻叙事的文学传统和工业文明的科技知识相融兼济来肯定《魔力工业时代》的一些特点。通过小说，作者巧妙地设计了，由四王子罗兰所代表的地球工业文明知识体系及其从中世纪开始奋勇开拓的实践，以及由女巫们所代表的超现实的各自不同的魔力技能。比如女巫们起初被人类王国视为"堕落"与"邪恶"不得不依靠罗兰来庇护拯救；比如罗兰的工业造物必须由女巫的相应种类魔力帮助才能完成；比如每一位女巫的魔力不但各不相同且通过数学、物理、化学等知识的学习可以获得进化；比如女巫以近似科研工作者的角色与人类中的知识精英合作方得以不断发明机械、枪炮、航船、火车、高楼、飞机、汽车、电影、核武器。于是，天马行空的奇幻想象被理工男的科技思维不断消化控制着，求得了文学和科学在小说里的内在平衡。

然而，当小说的第二部分突然出现了罗兰的梦境世界后，新的悬念打破了之前工业与魔力共同开疆拓土、统一大陆王国的"种田文"惯性，似乎酝酿着小说中现实世界和梦境世界的崭新关系。读者一方面极其关注这种剧情的转折变化意味着什么，它将提供何种新鲜的答案；另一方面，则担心作者无法自圆其说，甚至有的开始埋怨作者多此一举。作者在这一部分着意于写小说里现实世界内几大文明（四大文明尚余其三）的竞争关系，这种关系在小说中被命名为"神意之战"，而人所面对的正是魔鬼族群的强势侵入，胜者覆灭对方的文明还可获取"传承碎片"以提升整个族群的文明等级。这一部分，罗兰的梦境世界揭开了现实空间的力量紧迫较量之外的玄妙的"意识界"。换言之，罗兰的意识所形成的梦境世界在神明的意识界中形成了自己的结界（犹如浓汤中的一粒气泡），将探究现实世界种族征伐的隐秘，也预示着罗兰对于神明拥有终极挑战的可能。

小说第三部分不得不触及终极（哲学）的领域，作为现实世界的人类领袖和梦境世界的缔造者之一，罗兰理应选择一条跳出神意安排的族群文明间优胜劣汰之零和博弈的路径，作者为此花费了不少脑细胞勾画着现实世界、意识界、梦境世界间如何联系并存的解释系统。拔升至此的小说不可能用戏剧化庸俗化的套路来收尾了，却也因为触及哲学、宇宙、文明这样的大命题而有些捉襟见肘。但二目的雄心还是了不起的，当他用宇宙的高度看待小说中的文明体系时，他形成的是关于"两种文明"的科学、哲学解释及其宇宙观设想。

小说在第一部分讲，"对众多穿越者而言，科技是第一生产力。而在这里，女巫才是第一生产力"。这个时候，重点还在于工业化的魔力、魔力的工业化这么一种开疆拓土、构建工业文明体系的思维。但小说也隐隐约约地表达，魔力可能来源于另一种文明，一种罗兰所谓的地球科技尚不了解、尚未掌握的另类科技。到了第三部分末尾，小说把努力铺垫构架的文明来源作了最终的介绍，原来这个世界的文明——包括魔力、四大文明的"神意之战"等，皆是曾经存在于此世界中的"十七万六千四百二十五个文明达成了一致协定""迁移上千亿个星系，把宇宙万分之一的物质聚集在一起，来制造一个人为的引力裂隙。一旦成功，世界的走向将彻底被改变——而这个工程，便是门计划！"当此间世界被引力拉裂撕出一个细小裂隙之后，魔力就被引入世界，代价与意外却是缔造者们也被抹去了，世界的运行依靠一套智能系统及其规则在不断地做新文明的优选。"活着，就是在逆天而行！"异次元世界的人类所坚持的探索创新价值和地球人类的我们何其相似，即便走向部分的毁灭。所以说，貌似偶然的一切都来自过往文明意志的选择，异次元世界的魔力文明和罗兰从地球带来的科技文明，在这里都被科学化和哲学化了。

对大多数读者言，《魔力工业时代》的一个鲜明的阅读快感就来自于重新演绎人类历史中工业文明到来的诸多细节以及由此形成的蒸蒸日上的科技乐观主义。"在热兵器时代，口径就是正义，射速就是自由，威力越大越光荣，炮塔越多越平等"，类似这样的科技至上、科技崇拜和强国理想，通过小说人物的口吻及其精神、行动表达得淋漓尽致。这貌似源自作者的理工男、工业党的思维认知，但其实也是人们观察分析历史尤其是二百多年人类工业文明快速递进的历程后坚信的一些事实与价值。换言之，如果说现实题材式样的网络小说如《材料帝国》《大国重工》等渗透着中国民间知识者对于叙写工业史、彰扬1949年以来工业文明和时代精神的一种表达类型，那么，到了《魔力工业时代》以及同类的如《临高启明》《奥术神座》等，则可以认为这种工业与科技思维认知已浸入了玄幻、奇幻类型之中，形成了不同程度的"科玄合流"，这也是很多男频技术性小说的硬核标识。

在通俗的大众的类型小说中，"述史"其实是一种渊源有自的传统，而"代入"则是与读者构建读写关系的一种共鸣共情的基本能力。于是，当述史（包含知识谱系）与强烈的代入感叙事合二为一时，它们承担着，也构成着一种独特的小说与历史关系（方法），我称之为"历史代入法"，像《魔力工业时代》这样的奇幻类型下的知识与历史谱系，则是"奇幻历史代入法"。具体讲，就是作者以某个专业知识谱系的传播普及为目的，他通过网络小说、类型小说、通俗小说，构建了一个拟真的"小说—历史（知识）"还原场域，导引着新的读者走入一段过往的相对陌生化的历史（知识）长廊。由于小说的高度虚构真实，不但加强了人们对于陌生历史（知识）的接受可能，关键的是增强了体验，使人更富感性经验地领略到了历史（知识）本身在生活、生产中的过程、价值与美感。这是很重要的一种文艺功能。对于《魔力工业时代》来说，18世纪60年代开始的工业革命历程，在整部小说中一一得以重现，只是它的出现方式、整合方式是奇幻化的。它让你忽略了工业科技本身的枯燥和晦涩，乐于了解和理解了一些工业技术的来龙去脉，并被书中造物者、使用者、旁观者的文学化叙写带动了情感情绪，体味到类似人类历史上时代人物可能产生的快感、成就感与时代精神。

《魔力工业时代》总体讲述得有声有色，从而成就了它异军突起的年度佳作的位置。

附

《魔力工业时代》故事梗概

程岩一觉醒来，重生成了灰堡四王子罗兰·温布顿。眼前的社会风土人情与他记忆里的中世纪欧洲类似，但灰堡、狼心、永冬和晨曦等国家的名称以及真实存在的魔法提醒着他，这是一片与地球截然不同的神奇大陆。罗兰因父亲温布顿三世颁布的五子"争王令"来到偏僻的边陲镇，在这里他救下了即将被处决的女巫安娜，凭借安娜操控火的能力开始了"工业化"改造边陲镇的历程，正式加入争夺王位的行列。

一直觊觎世俗权力的教会也在暗中行动，利用女巫和神药搅弄着王权之争，致使大王子被绞首，二王子与三王女在南北边境开战。暂时平静的西境边陲镇放出了招揽女巫的消息，引来了五王女所集结的海湾女巫组织和教会两方的注意，同时新加入的女巫叶子带来了绝境山脉内有"魔鬼"的消息。罗兰用火枪证明了自己的实力，赢得了沉睡岛女巫灰烬的信任，在灰烬离开时帮助罗兰解决了教会侦察队，一场危机化为无形。

灰堡国暂时归于平静，边陲镇在逐步工业化的同时，罗兰开始展开文化攻势，为人类与女巫和谐相处打下基石。在解决了瘟疫和劳动力短缺的问题后，边陲镇更加繁荣。同为女巫的五王女提莉也与罗兰缔结盟约，沉睡岛女巫以留学的方式来到边陲镇，也带来了五王女在峡湾遗迹中发现的羊皮卷，一切都指向了绝境山脉深处的"魔鬼"。

罗兰带女巫们前往深山查看，救出了塔其拉圣城的幸存女巫爱葛莎，从她口中得知了四百年前第二次"神意之战"的始末，为抗击随时会发动第三次神意之战的魔鬼，拯救人类，罗兰加快了扩张领土和制造科技工具的步伐，凭借绝对优势击败教会统一了大陆，同时还因击败了教会女巫洁萝获得了"梦境空间"。随后各地女巫组织纷纷联络罗兰，包括与地底文明结合得以幸存的其他塔其拉女巫——神罚女巫们。神罚女巫们数百年前的经历启发了罗兰，一条以魔力进化为线索的族群进化史在他眼前展开。

随着越来越多的女巫加入，罗兰理想中的工业化已基本实现。此时，他在叛神者岚的解释下，知道了自己的"梦境空间"是超出神明控制的存在，以及"神意之战"是神明的一场阴谋，他必须赢得神意之战并且成为新的神明，才能阻止世界的坍塌。随着棱镜城被吞噬，神意之战正式开始。

人类方面在热武器和女巫的帮助下，不断击溃魔鬼的进攻。魔鬼方面尚不知神明发动神意之战的真实目的，但为了实现第二次族群进化，他们不惜一切代价要消灭人类，甚至动用了"神造之神"——可以在天空漂浮的大陆。罗兰用飞机装载着内爆弹解决了这一空中威胁，彻底击败了魔鬼们。还未来得及庆祝，天海界的恐兽们又向人类发起了新一轮的攻击，罗兰的"梦境空间"也已生长侵入神之领域。

与众人商议后，罗兰决定直面神明，人类则继续反击恐兽。在神之领域中，神明自称万智监护者，监护每个文明的发源与毁灭，并获得数据，罗兰的梦境空间则破坏了数据的收集。监护者决定与罗兰展开一场灵魂之战，最终以罗兰成为新的"摇篮"告终。人类与天海界的战争也获得了胜利。

最后，罗兰的梦境空间世界与魔法世界开始了互相融合之路，技术世界与魔法世界有了真正的交流往来。

cuslaa 与《宰执天下》

马　季

　　《宰执天下》是一部以北宋社会变革为背景的历史穿越小说。作品以宋代在中国古代历史演变中的个性特色和独特地位为叙事背景，采用超越时空、虚实结合的艺术表现手法，重构历史故事。作为互联网语境下的文学创作，这部作品兼具艺术性和传播性，对网络历史小说创作进行了积极有效的探索，在读者中产生广泛影响。《宰执天下》在汗牛充栋的网络文学作品库当中称得上是一部奇书，自 2010 年 12 月 1 日开始在纵横中文网（http：//www.zongheng.com/）连载，于 2019 年 2 月 4 日（除夕）完本，全文 735 万字，截止 2020 年 3 月 28 日，该站总点击 2522.7 万，总推荐 346.2 万，读者发帖数 63835；百度搜索结果高达 600 万。应该说，这是一部超级人气网络小说，读者的褒扬远远大于吐槽，也在各种排行榜和推荐中占有一席之地。

寻求重塑历史的可能

　　网络历史小说与传统历史小说在精神性上并无本质区别，但在表现形式上差异性大于相似性。传统历史小说创作，作者基本处在理性、冷静的叙事状态，尽可能客观地还原历史，而网络历史小说最显著特征是作者情感深度介入，"设身处地"与历史人物进行情感置换。采用穿越和架空手法创作的网络历史小说，主人公多为虚构人物，他们具有现代生活理念和价值观，在真实的历史事件中发挥重要作用，以推动甚至是"改写"历史。因此说，网络历史小说实际上是借助重大历史事件的叙述和历史人物的成长经历，表达作者的情感认知、文化认同和历史想象。

　　《宰执天下》属于典型的历史穿越小说，具备现代人穿越后介入历史事件、与历史人物产生交集，并影响历史进程等基本要素。当代青年穿越到北宋成为作品主人公韩冈，他以低微的寒士身份加入开拓河湟与西夏交战的征程，将军医院及医疗护理制度推广到关西全境，由此闻名军中，乃至朝中，甚至被传为药王孙思邈的弟子。在京城结识王安石、章惇后，开始向人生理想迈进。韩冈考中进士为官就任白马知县，帮助王安石安抚大旱后的流民之乱。汴河水运因河水上冻而断绝，王安石为了平抑物价，利用韩冈发明的雪橇车，由汴河冰面上运送粮食，解决了京城的饥荒。韩冈主持军器监，提振工业，开发出了板甲、造出热气球；两次出手阻止宫变，维护大宋内部稳定。

在纷纭复杂的历史变革中，北宋王安石变法是妇孺皆知的历史事件，其中的成败自有学界评说，作为一部小说，《宰执天下》在思想及文化上有自己独特的思考和见解，这在网络文本中并不多见，恐怕也是它在读者中产生热议的原因之一。小说主人公韩冈虽然支持新党变革，但他与王安石因为道统观点不一，存在思想上的争议。他主张以近代科学为骨，以张载的气学为肉，以儒家诸子的经意为血，而削弱皇权，发展科技；经济上，以煤钢铁路等工业为主，以棉蚕纺织等轻工为辅，以海陆商运为强援，打破中华自古以来的小农经济生产方式，进而加速资本积累，强化立国之本。

网络历史小说，从吸引读者的角度出发，一般都有大量古代军事战争场面的描述，《宰执天下》也不例外，故而此类文本又被称为历史军事小说。军事战争一方面可以增强作品的故事性，便于塑造人物，另一方面也可以展现历史变革过程中的宏大场面。北宋历史上一直战乱不止，韩冈立足于政治家的高度，主张在战略上推动热兵器研制，加强海军装备，战术上对西夏采取攻势，对强敌辽国积极防御，放弃以金钱换取太平的绥靖政策，并借用北方威胁团结朝堂各方力量，对南方诸小国，则施以强硬的手段剪除后患。这一军事思想是韩冈宰执期间确保北宋克敌制胜、国富民安的重要政治方略。

《宰执天下》在故事构架上有别于其他历史穿越小说，主人公韩冈虽然无法摆脱封建王朝的宫廷内斗的游戏规则，但并没有被宦海沉浮的浊浪所淹没，他果断抓住一切机会打破陈规陋习，实现科技改变国运的人生抱负。作品突出表现了这一历史细节，王安石变法后期的宋代政体出现了君主立宪的雏形，工商业经济的发展在隐约呼唤工业革命的到来。这或许只是一种历史想象，但在这样的视野下，历史叙事与当代社会变革形成了对应关系，产生了共振。人生有时，繁华有限，所有的交锋都是表面。韩冈宰执十年，主持朝政的真实目的是以科学主导社会进步，以提升生产力改变世界、造福黎民百姓，从而实现老师张载的政治理想："为天地立心，为生民立命，为往圣继绝学，为万世开太平！"由此可见，作者 cuslaa 试图让现代智慧深入历史现场，在当代与历史的碰撞中寻求重塑历史的可能，并以此探求和表达全球化时代的中国道路和文化立场。

历史真实与文学想象

美国当代学者乔治·麦克林在论述如何解读历史文本时认为："我们的目标似乎不是在阅读古代文本时简单地复述古代人的目标，而是用新的视界、新的问题、从新时代来认识古代文本。我们应让它以新的方式向我们阐述，在这么做的过程中，文本和哲学就变成活的而不是死的——因而也是更真实的。在这个意义上文本的阅读是活的传统的一部分，凭此我们与生活中面对的问题作斗争，并确立值得我们追随的未来。"[1]这可以

---

① 〔美〕乔治·麦克林著，干春松等译：《传统与超越》，华夏出版社，2000年。

从侧面说明《宰执天下》作者 cuslaa 创作的出发点：从史料中汲取真实的素材，比如详细的北宋官制、社会礼仪风俗，宋神宗时期的内外军政体制，文人士大夫、边关将门内廷宦官以及宗室商人、胥吏地主，乃至贩夫走卒的生活方式，在真实历史的基础上构建一座现代"建筑"。作品中塑造的数十位各阶层代表人物，描绘的数以千计的社会各色人等，这些人物的命运构成了《宰执天下》历史叙事的主体，为主人公以穿越的方式激活历史提供了依据。

因为写作的开放性，网络文学被称之为"读者的文学"。言下之意，网络文学必须以"故事性"及其产生的带入感赢得读者，否则就会遭遇"扑街"的命运。这就要求历史小说在合理性与故事性之中找到平衡点。《宰执天下》在处理历史真实与文学想象方面从容自如，游刃有余，达到了网络历史小说新的高度。

王安石是贯穿全书的另外一个重要角色，这位中国历史上声誉卓著的改革家，在晚年也有其固执保守的一面，他坚守所谓的"道统"，维护年幼的宋哲宗上位，并把自己的孙女嫁进皇家，因此与韩冈产生了思想上的冲突。作品里还描述了两次宫变，一次是宋神宗（书中的熙宗）冬至祭天中风，皇权有一次变动。另一次则是高太皇太后联合宰相蔡确、参政曾布、神宗二弟、内侍石得一等，趁韩冈不备发动政变，软禁垂帘听政的向太后，废了神宗之子赵煦，立二大王之子为帝。这两次都被韩冈以非常手段翻盘。在情节设计上，两次宫变可谓是合理想象的典型情节，足见作者把握历史真实与文学想象的能力。

从《宰执天下》的阅读效应可以看出，网络读者并不把"真实性"当作判断网络历史小说优劣的标准，这说明网络文学的民间性导致读者认可小说对历史的合理"改写"。因此，历史小说的范畴在网络被扩大，历史与当代社会的连接点成为网络历史小说的叙事动力。当然，维护历史的严肃性毋庸置疑，事实上恶搞历史的作品，在网络上也难以立足，更不可能获得认可和张扬。实际上，不同时代对历史的重新发现与重新解读，从来未曾停止过。网络历史小说则是作家在不同层面，借助历史思考现实的一种表达。显然，网络文学突破了五四新文学以来对历史小说形成的规约，回归到中国传统文学"演义历史"的基本模式中，并进而由网络的虚拟特性衍生出"架空"和"穿越"等新的叙事方式，为历史寻找"假设性"和"可能性"。在二十多年的网文发展过程中，网络历史小说走得很艰辛，很多作家的探索值得重视和研究，比如月关、酒徒、猫腻、阿越、孙晓等，都可以做专题性的研究，他们在媒介变革中的写作尝试，对中国当代文学的意义会慢慢凸显出来。因此，这也是网络小说写作策略与评价体系构建过程中值得研究的一个重要课题。

附

《宰执天下》故事梗概

北宋熙宁二年（1069），朝廷内外事务交困，关西边塞战事频发。韩冈在此时穿越到秦州成纪县韩家。几十年来，秦州时时刻刻都在面对西夏人的入侵，韩冈的两位兄长先后战死沙场。韩家是农户，有服衙前役的义务，韩冈于是代替父亲前往服役。

北宋军事将领王韶以一篇《平戎策》得到神宗赵顼的赏识，奉旨来到关西秦凤路的秦州，准备并吞河湟，在西夏西南面开辟新战场，以图扭转北宋对西夏的不利战局。王韶之子王厚，奉命在沿途收罗有助于河湟战事的人才，韩冈以出众的才华，以及不惧权势的作为，获得王厚的信任，加入了开拓河湟的行列。

韩冈跟随王韶来到大宋繁华富丽的都城汴京，结识了王安石、吕惠卿、曾布、章惇这一干新党核心，拜见了留名后世的大程程颢，张载的弟弟张戬，得到了他们的赞许和看重。尽管被卷入了新旧党争之中，有人意图在铨选考核中刁难韩冈，在接受了程颢和张戬的教导之后，韩冈顺利通过了流内铨的考核，得到了官职。在京师的这一段时间里，韩冈不仅仅结交了周旋于官场的一干大员，也遇到了一位倾心于他的佳丽，教坊司的花魁周南。河湟之役结束，王韶回到京师担任枢密副使，韩冈也辞去了司职回乡读书。熙宁五年（1072）秋，韩冈离开家乡前往京师参加科举考试，与王安石次女王旖相遇，就此定下婚约。来年春日，韩冈顺利通过了礼部试和殿试，取得进士功名。

此时，王安石注定名垂史册的变法大业刚刚拉开序幕。王安石的新学、二程的理学、司马光的史学、二苏的蜀学，以及张载的气学，各家学派百花齐放，但没有一个统治性的思想，这给了韩冈展示才智的机会。韩冈利用自己来自后世的经验，改进了锻造技术，并让人设计出了板甲。大宋禁军从此在装备上远远超出了周边邻国，第一次确立了军事优势。韩冈不仅仅专注于兵器制造，在受到来自宰相构陷之际，顺水推舟将浮力原理推到了世人的面前。当热气球浮于天际，震惊了皇帝，震动了朝堂，让天下人为之惊讶。在官场上，韩冈以洞明世事的眼光、人情练达的手腕和杀伐果断的意志彻底摧毁了旧势力，阻止了两次宫廷政变，终于位极人臣宰执天下。在学术上，韩冈师从张载接续了被理学吞并的气学，并以格物致知的名义，开始宣扬来自千年之后的科学，彻底改变了大宋的面貌。

西夏势力衰弱后，大宋北面的辽国迅速崛起。不仅拥有辽阔的疆域、富庶的海外领地，还拥有上百万精锐部队，辽国皇帝耶律乙辛志得意满，亲率大军进攻大宋。经过几次会战，辽国不敌大宋由科技武装的先进战力而灭亡。由于蒸汽机的大量使用，大宋无数佃农和工人失业，但庞大的辽国土地，缓解了这一矛盾，帝国进入了新的发展时期。

《天道图书馆》：破解"金手指"的秘密

陈定家

金手指是网络幻想类小说中演示"神迹"之"道具"的统称。在读者和网生评论家眼里，凡是主角拥有的"稀罕物"或"神助攻"皆可称为金手指。金手指的出现，意在斩断叙事逻辑链条的束缚，使濒临绝境的主角化险为夷或反败为胜。常见的金手指有法宝、系统、导师、天生异能等，在横扫天涯这部书中，金手指就是隐藏于张悬脑海里的图书馆。

一、别出心裁的硬梗硬核

《天道图书馆》是阅文集团作家横扫天涯的原创作品，首发、独签于起点中文网，讲述了张悬穿越异界成为名师，脑海中出现神秘图书馆，并借此叱咤风云的故事。张悬穿越异界，初为人师，心中茫然，因而遭白眼与奚落。幸得"天道图书馆"的帮助，不管他遇到什么人，对方脑中所思所想，以及过往所言所行，"书"中皆有详细记录。于是，对学院与教学一无所知的张悬摇身一变，成了一位无所不知的名师中的名师。小说以鲜活的人物群像和生动的故事情节，演绎这样一个弥久愈新的理念——知识就是力量，信息决定成败！

作者横扫天涯，原名杨汉亮，"80后"网络作家，自称老涯，在青海德令哈市从事教学工作多年。他创作勤奋，一日数更，曾创下一日百更纪录，号称"百更帝"。其作品多是仙侠、玄幻类小说，如《拳皇异界纵横》（2009~2010）、《八神庵》（2010~2011）、《诸天》（2011~2013）、《万界独尊》（2014）、《无尽丹田》（2013~2016），《天道图书馆》也在"玄幻"之列，属于"异世大陆"故事。该书自2017年年底首发起点中文迄今，阅读量超过两亿。同期线下书有"成都时代社""台湾说文频道"等多个版本，曾在起点国际占据过"点击""推荐""收藏""畅销"四榜榜首，已被翻译为英语、德语、法语、土耳其语、越南语等多种文字，相关动画正在推进，有声阅读量超过3500万。2017年阅文集团第3届中国原创风云榜第四名；2017年度湖南卫视阅文风云盛典海外最受欢迎IP奖；2018年5月，《天道图书馆》以橙瓜评分7.6分的优异成绩入选第三届"橙瓜网络文学奖"百强作品，第四届"橙瓜网络文学奖"年度百强作品。

如此骄人的成绩，必有骄人的"硬核"。该书的"硬梗"就是作为"金手指"的"天道图书馆"。书中一切传奇皆与此梗有关。主人公张悬，原地球图书管理员，遭遇大火，魂穿名师大陆，成为洪天学院废柴教师，得天道图书馆相助，凭借其超常眼力走出了一条名师之路。最初只是为了不被开除而招学生入门，后渐渐转变成真心为学生付出，以其高明的教学能力和至诚的态度赢得了学院师生的尊重。参加师者评测、考核名师、援救学生、被封天认圣者、领悟明理之眼、孤身闯名师堂、一言喝退千万军马、九天莲胎塑造不死分身、担任名师学院院长、对抗名师堂、追查自身身世……张悬一路走来，终立于名师大陆顶端。在人族生死存亡之际，孤身打入异灵族内部，竟然歼敌十万大军，不仅化解了人族危机，还让弟子当上异灵族皇，彻底解决异灵族隐患。此后追随孔师周游世界，穿越封印，抵达上苍，成为宗主。消灭孔师恶念分身，晋级神灵，获得九天封王之后，归还图书馆于天道，并突破帝君桎梏，最终登上修炼者的巅峰。张悬所成就的这段传奇，全得益于天道图书馆的知识与信息。

书中另一个"趣梗"是"天道之册"，主人公只有在收到学生真心的感激之情时才可获得这种作为秒杀级别武器的金色书籍。它有时限，且不可回收，但能够封印任何级别的敌人。金色书页能够提升5.0的心境刻度，也可以用于将图书馆的内容灌注为大脑记忆。它更拥有令血脉修炼者提升血脉的用处。书中这类硬梗，堪称玄幻小说之金手指家族中的翘楚。

二、众星捧月的人物群像

就出身而言，张悬原本是所谓的"九天莲胎"，修行过程中分别获得鸿远学院院长、圣子殿殿主、众多家族的族长，以及这个堂主那个堂的宗主等虚虚实实、奇奇怪怪的头衔。"前世的他，只是个图书管理员，过着两点一线的日子，平凡普通，平庸简单，继续干下去，也就只能拿着死工资，碌碌无为下去，到了这里不一样了，有了天道图书馆这个穿越大礼包，以后或许真能越走越远，越走越强，走出一个全新、绚烂多姿的人生！"（第12章）当然，他也知道，想要成为真正的名师，还要多读书，多学习，知识量充足了，才能越走越远。

作为怀揣"名师梦"的修行者，他先后获得了一二十个"九星名师"称号，如生命炼丹师、炼器师、驯兽师、阵法师、医师、毒师、书画师、惊鸿师、魔音师、鉴宝师、天工师、启灵师、巫魂师，等等，令人眼花缭乱。至于他所掌握的各种技能，则更是五花八门，数不胜数。如什么天道伪装、天道毒功、天道剑法……流水剑诀、封禁真解、时间真解、空间真解、灵魂真解、言出法随。最终悟出天道并非永恒，唯感情超越一切，独创出"天若有情功法"。

女主角聂灵犀与男主角张悬初次相遇便一见钟情，二人在火源城敞开心扉，于丘吾宫约定三生，后来终成眷属，结为夫妻。小公主洛七七受张悬指点炼丹术并喜欢上了对方，又因误会而与张悬订婚，后被拒。在张悬离开名师大陆后凭借静空珠之力破界离去寻找对方，并最终跟主角大婚。有人说，《天道图书馆》是一部老师写老师的修心小说。师徒缘分虽非天定，却不是亲人胜似亲人。张悬的亲传弟子众多，性格各异，如呆萌少女王颖、打赌赢来的学员刘扬、枪法奇才郑阳等，尤其是不可一世的大小姐赵雅，相关故事、情节跌宕多姿，"包袱"设计精妙，洋溢着喜剧气氛。而路冲的故事则为小说增添了悲壮的复仇色彩。路冲为报灭族之仇，隐姓埋名，忍辱负重，在张悬帮助下得以报仇雪恨。八弟子张九霄追随张悬的修行经历具有一定的典型意义。张九霄是圣人门阀张家旁支子弟，起初对张悬有竞争之心，后彻底拜服。张悬使用天道之册提升其血脉，并将其定为下一任张家家主。张九霄跟随张悬前往上苍进入神界之后，被云璃大帝带走培养，成就封号神王。作品中还有众多有趣的人物，无论是同校学生、同事、校友，还是竞争者或敌手，他们各有各的故事。如擅长惊鸿舞的鸿远学院学员胡夭夭，原本想设法好好教训一下张悬，结果却反被收为学徒，后在张悬的帮助下和洛玄青等人修成正果，进入神界。

张悬的终极对手是异灵族的"狼人大帝"。"狼人"原本是数万年的"绝世强者"，曾诈死于另一强者孔师刀下，身体四分五裂。其心脏部分被张悬用天道之册收服，并多次为张悬化解危机。狼人大帝后陆陆续续暗中收集自身骸骨，在神界灵气潮汐到来之际，趁机吸收神界天道力量，从而灵气大增，实力暴涨，在解除灵魂契约后，轻松击败多位帝君。但最终，狼人大帝还是被成功突破的张悬击杀。

三、两极分化的网络批评

任何广受关注的作品，都会引发相应的争议。既有不虞之誉，必有求全之毁。《天道图书馆》自然也不能例外。批判与反批判主要表现在以下几个方面。

首先，关于"套路"产生审美疲劳引起的论争。有人说该书缺乏创新之意，无非是"废材逆袭"的无聊故事。"反反复复的装B打脸，这种老掉牙的套路，实在让人腻歪。"但也有粉丝为之辩解说："套路比较老，但是用得好！"譬如说，主角招生时，屡次被人冒犯，无可奈何之际，金手指突然开启，"图书馆"如"照妖镜"，将冒犯者的武功缺陷和盘托出，就算"命门"这种修炼者的绝密隐私也逃不过张悬的眼睛。"天道图书馆能够勘察一切缺陷，性格、行为上的也算。"（第11章）目中无人的冒犯者被狠狠打脸多么痛快！这样的套路有何不可？"说该书反智，有毒，全是脑残套路！言过其实了吧？网文不就是装B打脸吗？就好比这本书，再怎么弱智，都有一大票人捏着鼻子看，这本身就是一种成功。"

其次，对主角形象的喜爱与厌恶之争。"这本书被称为毒草，据说看到的人都活不过五章。"也有人声称"读了几章就果断弃坑"。其中比较有代表性的言论是主人公心胸不够坦荡，性格不够淳朴，好忽悠，爱使诈，形象猥琐！但也有书友回敬说："果真如此，该书海量的粉丝数、追读人数、打赏数据又做何解释呢？看到这些动辄几百万的数据，我真的想说，如果这样也是毒草，我愿意做一个毒王之王。"还有人对书中反复出现的拜师情节甚为不满。什么毒师、丹师、画师、驯兽师，几乎都是重复！反批判者认为，不能肤浅地反对重复，恰如其分的重复是一种艺术境界。

最后，该书在海内外大受追捧很大程度上得益于其鲜活、通俗语言风格，尤其是一些接地气的校园俚语，既有幽默感，又有表现力。当然，横扫天涯的局限性也在于俚语俗语过泛过滥。看看作品各章的标题就不难发现，网上众多吐槽张悬"太猥琐"的评语确非毫无道理。如第2章《不要脸》、第3章《打脸》、第10章《赖账》、第120章《不是个东西》、第141章《你是个畜生》……至于"装B""打脸""暴打某某"之类近似于爆粗口的语言，书中触目皆是。过分追求口语化表达的爽快与劲爆固然可能红火一时，但这类粗鄙化的表达因缺少回味余地很快会令人生厌。毕竟，文学是语言的艺术，无论如何，作品的语言是不能与审美精神背道而驰的。

金手指并非网络文学所独有，传统文学中的上帝之手、阿拉丁神灯、孙悟空的救命毫毛等当属其列。戏法人人会变，诀窍各有不同。《天道图书馆》这样一部别出心裁的作品获得"2017最火玄幻作品，海外点推双榜第一"等多种殊荣可谓名归实至，遭遇众多言辞激烈的吐槽也在情理之中。或许"最火"与"第一"这四个字的含义不同的人有不同的理解，因此，横扫天涯的这部作品就有了如此超乎寻常的赞誉和不近情理的苛求。

附

《天道图书馆》故事梗概

图书管理员张悬穿越到名师大陆，在这里，老师是最高尚的职业。张悬上学期师德考核倒数第一，这学期再无法招收到学生，就会被开除。他一旦被学校除名，不但会遭众人唾弃，甚至连性命都会不保。为了保住职位，张悬使出全身解数，招收了第一位学生王颖，实现了零的突破。此时，奇迹发生了，他成功地激活了脑海中的"天道图书馆"。

这个神奇的图书馆，隐藏着海量的信息，无论何人何物，只要张悬需要，就能将其以书籍的形式呈现在脑海。借此，他先后收了刘扬、赵雅、郑阳等诸多弟子，并取得了一系列惊人的成绩。尽管张悬师徒屡遭质疑甚至被陷害，但凭借天道图书馆的神助，张悬团队总能化险为夷。张悬也因此赢得了"学院第一师"的美誉。"废材"张悬的崛起，使学院的优秀教师们颇感意外，名师陆寻更是想设法揭穿"张悬奇迹"背后的"猫腻"，于是他别有用心地发动了一场学生比试。比试结果，张悬团队毫无悬念地碾压了一切对手。

为了帮助学生激活体质，张悬借助"杨玄"老师之手，行医治病，收购药材，帮助学生提升修为，成为强者。在这一过程中，张悬认识到，在众多职业中，名师最受人仰慕，因为任何职业都不能无师自通，自此，张悬立下成为名师的誓愿。

不久之后，他意外发现自己穿越之前死于体内的一道毒气。为了自救，他离开天玄王国，在经历一系列传奇性的游历之后，终于找到了解决体内先天胎毒的方法。此后，他在天武王城名师堂的诸多考核中，一路过关斩将，终于成为一位真正的"名师"，并收了爱徒路冲。在为路冲报仇时，不幸得罪了太子殿下，而路冲则为救张悬被杀。为了救活路冲，张悬倾尽全力彻底摧毁了轩辕国。为了让学生能有个更好的修炼环境，张悬先后为赵雅、袁涛等人找到进一步深造的地方，真正领悟了作为老师的意义。

张悬为寻找巫魂师，被困地宫，但最终得到巫魂传承，并成功将路冲救活。在这个过程中，张悬不但认识了洛七七和玉飞儿公主等人，还认识了挚爱洛若曦，二人心意相通，互生爱慕。张家后人与洛家千金，指腹为婚，张悬以为能和心爱的人永远在一起了，却在婚礼现场察觉，这位洛家千金，并非洛若曦，而是洛七七。洛若曦此时来到这里，让他跟着离开。二人共同寻找进入孔庙的重要宝物。进入孔庙后，张悬修为接连突破，明白了大陆和异灵族人的矛盾和争斗；也明白了孔师的诸多子弟，并未死亡，而是躲藏在了另外一个世界。

在争夺孔师宝物春秋大典的过程中，洛若曦破开了身体的修为，破碎虚空进入了另外一个世界。在临走前，她将春秋大典放在了张悬的脑海，和天道图书馆在一起。为了追寻洛若曦，张悬去了异灵族，将其灵皇斩杀，并扶持刘扬成了新的异灵皇。找到了孔师传承的世界后，张悬在这里追随着孔师的脚步，找到了进入另外一个世界的通道。经过一番努力后，张悬进入了更高级别的世界——上苍。

宅猪与《牧神记》

房 伟 张琳琳

英雄传奇这一古老文学传统早已有之，纵跨今古横括中外，实在不算罕见。不论是中国上古神话，历代史书里的英雄列传，传奇、话本甚至是明清小说里的神魔演义；还是古希腊神话里的英雄传奇，古阿拉伯世界《一千零一夜》的各式英雄，中世纪时期的骑士传奇。英雄们的故事讲了又讲，传了又传，却是层出不穷，不变的是人们对于英雄故事的叙述渴望。当人类社会走入现代，文学传播方式的迅速变革，也引发文学形态的极大改变。凭借网络新媒介而发展壮大的网络文学，已是蔚然成风，给文学写作带来更多可能与全新变革。在这样的大前提里，英雄叙事在网络文学的大潮里，又有着怎样的变化？将呈现出何种文学形态？又会为这一文学传统带来怎样的生机与塑造？对于以上种种思索，《牧神记》在一定程度上给予了回答。

小说《牧神记》和普通网络小说在生产方式、流通渠道上，并无太大差别。小说连载于起点中文网，作者宅猪是起点中文网的白金作家，具有相当的读者号召力。小说《牧神记》被归于"玄幻"类，号称2018年最受欢迎的网络小说之一。《牧神记》表现确实不俗，小说连载于2017年6月20日，连载仅一月便获得近百万点击量，获百万读者推荐票。小说连载历时两年，多次获得同时段男频月票榜首。截至2019年12月，小说《牧神记》累计点击率达1.2亿余次，总推荐数达1388万次。颇为常见的类型化网络小说，与小说产生的巨大传播影响力形成鲜明反差，不由得引起研究者的关注。小说《牧神记》何以有着如此大的影响力？在"玄幻"这种类型化书写里，《牧神记》又有着怎样的过人之处？

小说《牧神记》到底讲述了一个怎样的故事？故事开始于东方神秘之地大墟残老村，被人抛弃的婴儿秦牧，被村里的九老抚养大，成长为一个有本事知善恶的少年。少年秦牧在九位老人的教导下不断成长，走上了他的"称霸"之路。秦牧在收获亲情的同时，还结识了魔猿、白狐灵狐儿。大墟之外的高手不断闯入残老村寻仇，秦牧小试牛刀初胜漓江派弟子，打败吴女，哄骗镇央宫魔兽功法，在实战里实现灵胎破壁，成为武者。后又打败漓江派掌教沐悲风，战胜大雷音寺明心小和尚，骗走延康国太子少保顾离暖的佩剑少保剑和剑法丹心决。不久秦牧战胜天魔教三百六十堂堂主，成为天魔教少教主。为探寻身世之谜，秦牧与村长进入大墟暗界。秦牧剑挑群魔，和村长一同顺利回到残老村，同时灵胎四度觉醒，元气倍增。秦牧因接到天魔教少年祖师来信，请他到延康太学院相聚。秦牧初到延康，就遭遇延康各路兵马起兵造反，意在推翻延康变法。秦牧毒杀尸仙教长老，大战驭龙门群蛟，在参悟琴音里实现五曜破壁，考入太学院，并打遍太学院无敌手，帮助太学院战胜前来堵门却无人能敌的林轩道子。村长传位秦牧成为新一代人皇。秦牧因变法与天魔教义一致，决定支持延康变法，助延康国师和延丰帝平定变法反对者的叛乱，入境斩杀皇太子，继续延康变法。秦牧入幽冥谷探寻身世，机缘巧合之间遇见生父，得知自己开皇遗孤的身份，得到成神宝书，打开道法神通的改革大世。天庭与延康再次爆发战争，天庭被延康所灭，延康帝建立新的天庭。此时延康变法已见成效，"圣人之道，无异于百姓日用也"已深入人心。秦牧历经十六宇宙纪的历练混沌成道，最终成为第十七纪，进而拯救宇宙。

小说《牧神记》情节跌宕起伏，围绕主人公秦牧展开叙事，小说在结构上更是宏大壮阔，层层深入又相互照应，可谓"草蛇灰线，伏脉千里"，却又在层层揭秘之间，紧扣主人公秦牧探秘身世之谜的主线。小说行文如此宏阔精巧，不免为人惊叹。然而，当我们跳出纷繁庞杂的情节，会发现小说《牧神记》的故事模式却并不复杂，作者宅猪以588万字的巨大篇幅，讲述的却是有关英雄的成长故事。就如题目所提示的，"牧神记"就是关于主人公秦牧从大墟残老村弃婴，不断成长为延康国首位太学博士、天魔教主、延康变法三杰、人皇、牧天尊、幽都神子、天盟盟主、弥罗宫混沌殿七公子、混沌，最后成为拯救宇宙的超级英雄的全过程，更是秦牧通过层层考验，经历重重磨难，最终实现个体自我的成长之路。英雄传奇并不稀奇，成长故事更是文学写作的必备要素，"升级打怪"式的种种"考验游戏"，在民间故事里更是比比皆是，成为如今"玄幻"小说的基本公式，一次次的出走历险，更使得小说《牧神记》延续西游故事《天路历程》，这类"在路上"小说的书写惯性。这些种种并不罕见的技法轮番上场，小说《牧神记》却为何又显得如此注目？

实际上这是在因为小说《牧神记》，明显是对传统"英雄传奇"的"变形"与"升级"，这在小说叙事方式和情节设定上表现得尤为明显。尽管小说《牧神记》是有关主人公秦牧由凡入圣，由普通人蜕变为超级英雄的成长故事，但回溯式的叙述方式，却使小说呈现出"伪侦探小说"的形态。换言之，《牧神记》是以探秘揭秘的方式，层层揭开主人公的身世之谜，并借此讲明秦牧何以经历如此磨难，强化秦牧成长之路的艰难波折。这也是小说情节跌宕，悬念伏笔重重，给人极大阅读快感的重要原因所在。

更难能可贵的是，《牧神记》在讲述主人公秦牧成长之路的表层故事之外，还有着更加深刻的意义所指，行文叙事之间，将故事的叙事流，与中国古代的"变法"故事，进行了很好的融合，使小说的深层叙事带有历史的隐喻性与鲜明现实指向性。如题目"牧神记"所点明的，是有关秦牧的成长故事，是经历种种磨难考验，最终成圣成神的故事，但更是秦牧放牧诸神，变革宇宙定法，开创宇宙新世纪的传奇。《牧神记》里"变法""变革"随处可见，而延康变法更是推动小说情节发展的核心动力。此变法思想与中国历史上的阳明学、儒家太谷学派等思想，都有着内在联系；而内在的"平民主义"思维，平等思维，则对当下的文化环境有所隐喻。而延康国因变法而叛乱生，也可以看作中国历史变法命运的某种思考。同样是因为秦牧等延康英杰决心变法，不畏种种艰难牺牲，最终推翻诸神，使延康成为新的天庭，开创新世界。值得注意的是，引发惊天大变的延康变法，其核心要旨在于"圣人之道，无异于百姓日用也"，为的是"神为人用"，要的是"人命大于天"。这种以人为本，一心为民的主张，显然有着某种政治隐喻在。然而，引发延康变法最重要的原因，还是源自延康的内部，而这正是引起道门、大雷音寺等各路人马叛乱的主要原因，直指延康的人才培养问题。延康开设太学院培养士子，太学院里本领高强者众多，但像秦牧、延康国师这样的顶级高手却很少，于是延康被指控为毁灭天才。同时太学士子的选拔里，入选者多是世家大族，平民难有施展之地，长此以往阶级固化的恶性循环在所难免。可以说，延康国存在的问题和对变法新路的思考，很难说不是作者宅猪对当下现实情形的"变形"表达，是个体自我面对时代宏大声音的细微回应与和鸣，成为微小自我凭借网络文学抒发个体情感意志的新式探索，更是对日常现实处境的某种回应与补偿。宅猪不自觉间流露出对延康变法的认可与支持，更使《牧神记》有了几分别样"主旋律"的书写特质。在网络文学写作玄幻、神魔、言情大行其道的今天，这种强烈现实关怀，恰是今天网络文学写作里所欠缺的，也因此显得难能可贵。

毫无疑问，作为网络文学作品的《牧神记》是典型类型小说，被打上"玄幻""魔幻"的标签，但同时更是披着神魔外衣的新英雄故事，在有关秦牧成长历程的背后，我们看到作者潜藏的现代性意识，是有关个体自我的发现，更关乎自我意识的觉醒，是家国一体的责任担当，这些才是秦牧成长之路的真正意义所在。无处不在的奇思妙想，宏阔壮大的宇宙观念，展现出作者宅猪强大而无与伦比的想象力，使小说《牧神记》远胜过同类"玄幻"小说。在纵向时间，《牧神记》横跨延康时代、开皇时代、上皇时代、赤明时代、龙汉时代、太古鸿蒙、过去宇宙，历经十七世纪宇宙的时间长度；在横向的世界划分里，想象出大墟、延康、无忧乡、太皇、龙汉天庭、祖庭、弥罗宫等众多世界体系，丰富而强大的想象能力架构起宏阔的文本宇宙。尽管加大阅读的难度，但同时也带来难以名状的阅读快感，《牧神记》为网络文学在现代性思考与想象力的探索上带来更多可能。

附

《牧神记》故事梗概

　　《牧神记》是宅猪出品的一部优秀的网络玄幻小说。小说的故事设定于东方神秘的大墟残老村。村中九大长老，各个身怀绝技：司婆婆有裁衣之法、马爷拳法惊人、屠夫擅长刀法、聋子画法高超、瘸子有诡异的腿法和近身术、哑巴善于炼器具、瞎子有神眼通、药师擅长治病炼药之法、村长的神剑技能无人能敌。他们收养了一个叫秦牧的孤儿，并将之培养成了绝世高手。实际村中九老，都是退隐的武林高人，有着天魔圣女、神拳、神腿、神眼、画圣、天刀、剑神等特殊身份。全村神通最大的村长，更是当代人皇。

　　大墟外高手不断闯入残老村寻仇，秦牧小试牛刀初胜漓江派弟子，打败吴女，哄骗镇央宫魔兽功法，在实战里实现灵胎破壁，成为武者。后又打败漓江派掌教沐悲风，在奶奶庙摆摊打擂，战胜大雷音寺明心小和尚，骗走延康国太子少保顾离暖的佩剑少保剑和剑法丹心决。不久秦牧迎来大考验，成为天魔教少教主，惩恶扬善斩杀镶龙城城主之子傅庭岳。为探寻身世之谜，秦牧与村长进入大墟暗界。秦牧剑挑群魔，和村长一同顺利回到残老村，同时灵胎四度觉醒，元气倍增。秦牧因接到天魔教少年祖师来信，请他到延康太学院相聚。秦牧最终连破九关，通过了残老村九位老人的考验。

　　秦牧初到延康，遭遇各路兵马起兵造反，意在推翻延康变法。秦牧毒杀尸仙教长老，大战驭龙门群蛟，在参悟琴音里实现五曜破壁，考入太学院，打遍太学院无敌手，帮助太学院战胜前来堵门却无人能敌的林轩道子。秦牧与师兄霸山祭酒入黄金圣宫，夺回屠夫爷爷下肢，继任天魔教主之位，得大育天魔经之法，赴南疆帮助延康国平反后，准备回乡过节，一路上征服天都魔王，打败枯树道人、青鱼道人、卢文书等宗派联盟的追杀，驾驶月亮船进入大墟黑暗，营救回残老村的老人们。村长初探得秦牧身世，又见秦牧有胆有识且有情有义有担当，传位秦牧成为新一代人皇。

　　秦牧决定支持延康变法，助延康国师和延丰帝平定变法反对者的叛乱，入境斩杀皇太子，继续延康变法。秦牧入幽冥谷探寻身世，机缘巧合之间遇见生父，得知自己开皇遗孤的身份，得到成神宝书，打开道法神通的改革大世。结果触怒诸神，派上苍伪神毁灭延康国。秦牧因初祖人皇激将进入太皇天，和初祖人皇等人一同带领诸神逃离即将毁灭的太皇天。秦牧无意间穿越时空，回到百万年前，与开皇秦业等人大闹天庭，后各自成为秦天尊、牧天尊，不久元界解封，见到地母元君。延康因昊天尊下界斩杀地母元君而被牵连，秦牧只好帮古神天帝和地母元君复活，并以一己之力对抗天庭四位大帝，不惜舍弃自己的第三只眼，成为没有魂魄的人，但通过开辟地赋神藏得以重生。

天庭爆发瑶池风波，秦牧被派到太皇，意外成为造物主族圣婴，并促成造物主与无忧乡的和解。秦牧再次穿越历史，回到龙汉时期，探寻造物主族祖庭。因祖庭封印松动，秦牧和另外八天尊一同进入祖庭。天盟会议上十天尊斩杀天公，秦牧参战并在天公死后复活天公。瘸爷爷因史前成道者偷渡而牺牲，秦牧悲愤之间练就劫剑冲上玉京，见到弥罗宫主人，得知自己弥罗宫七公子的身份。秦牧离开弥罗宫后，救回凌天尊和云天尊，并与昊天尊合作。不久开皇秦业在幽都之战牺牲，秦牧因此落败，假意投降昊天尊以积蓄力量。天庭与延康再次爆发战争，天庭被延康所灭，延康帝建立新天庭。此时延康变法已见成效，"圣人之道，无异于百姓日用也"已深入人心。秦牧保卫祖庭三十五亿年，重回第一宇宙破灭劫，历经十六宇宙纪的历练混沌成道，成为第十七纪最强者。

《牧神记》情节跌宕起伏，人物性格饱满，想象宏大，世界构架气势恢宏，展现了宅猪对玄幻小说炉火纯青的驾驭能力。而在英雄成长主题之外，有关"延康变法"的论述，则融合了历史架空等其他诸多类型，展示了玄幻小说的新变化。

长洱与《天才基本法》

许苗苗

《天才基本法》是一部青春校园励志小说，描写青年人在人生道路的关口克服自身的怯懦，勇敢面对考验，在老师和家长的引导下逐渐找到目标，坚持不懈并最终战胜磨难的故事。

一、校园小场景与人生大道理

《天才基本法》对校园和学生展开了全面的描写。其中既有一般印象中的"好学生"，如天资异禀聪颖的裴之，资质中上却敢于拼搏的林朝夕，资质平平却十分上进的陆志安等；也有所谓的"差生"，如沉迷网络的陈竹、自怨自艾的小萌和校园混混郑马特等。"好学生"怀着对知识的兴趣，不懈探求数学奥秘，并激发了其他同学对学习的兴趣，两个人群相互影响和帮助，形成校园亲密团结的氛围。当然，小说也没有回避校园问题，如富二代的自大傲慢、对差生的歧视和霸凌，部分学生的自我放逐和早恋等。更可贵的是，在集中讲述成长故事的同时，作者没有将校园看作封闭的空间，她的笔触还伸向象牙塔之外，探讨有关社会阶层固化、学术圈腐败之类现实问题。

整部作品的情节基于校园群体展开，通过解答青少年学子遇到的种种问题，作者试图讲述基本的人生道理，从而揭示天才形成的轨迹。主人公是22岁即将大学毕业的女孩林朝夕。她穿越回中小学时代，必然以成人的认知重新审视孩童的经历，并生发出过来人的思考。但如何将人生大道理转变成故事内容？小说将哲思伴随贴近校园实际的故事情节脉络展开，在情节精彩和人生道理阐述两方面之间达到平衡。

例如作为孩子的女主角林朝夕（小林）害怕考试，但她的父亲老林却说，学习本身就是幸福的过程，享受知识的同时，不要畏惧挑战。所谓考试的本质是由社会制定的淘汰标准，如果你不在意，它就没那么重要。又如在与傲慢的章亮比赛时，虽然规则总是对方来定，但小林还是能赢。面对惊诧的对手，她说："这个世界永远有比你聪明的人，永远有比你强的强者……抬头看看那些比你更强大的人，试着仰望那些人，追逐人类历史上无数天才的脚步，那才是真正的快乐，远比鄙视弱者要快乐得多。"

在孩子们议论为什么要读书时，小林想："对我来说，努力读书，可以给我更多选择机会，我可以用成绩来得到我人生的自主权……不管怎么说，机会就是机会，它有时表现得很困难，有时看起来过程丑陋难熬，有时它的结果注定让你觉得难过，但总之，还是要努力抓住每一次机会！毕竟很多事情往往是在认真去做的时候，我们才能找到真正的意义。"而初中辍学的包小萌在林朝夕帮助下自学获得进步，也意识到通过一以贯之的努力，会使每天都增加一点微小成功的概率，不知不觉中，自己的赌注就能翻倍，从而成为人生赢家。

通过克服成长道路上的种种困难，作者试图传达这样的思想：真正的天才永远坦然无畏、洞悉本心，忠于理想、矢志不渝。因此，天才并不是解决一切问题的法宝。一个人的命运不会因为是不是天才而根本改变，人生的道路终归在自己脚下。

二、诙谐幽默的语言和充盈丰沛的情感

《天才基本法》虽然处处讲述大道理，却以诙谐幽默的笔调增加其趣味性。在几段穿越过程中，无论细节还是语言，都非常贴切地符合当时的年代和情景。例如小学阶段童趣盎然，孩子们最关心的是新买的小浣熊干脆面里装着什么样的卡片；而初中时的孩子则喜欢将游戏角色平移到生活中。如郑天明和裴之打架时，同学高喊"保重龙体""我们要找皇上和五阿哥救你"；请班主任帮忙时则说："冲还是我们冲吧，您帮我们兜着就行，《还珠格格》里皇上不都这样罩着小燕子嘛。"主人公林朝夕与父亲的关系也亦师亦友，和父亲一起吃饭后老林先走了，小说写道"老林为了逃单，很不要脸地先溜了"，类似亲密中透露出戏谑的语言在小说里比比皆是。

充盈的情感是《天才基本法》的又一特色，它使枯燥的人生道理不再抽象，难怪有人称这部作品是"言情小说"。这里的情不是简单的男女之情，而是浓郁的人世情味。除了学业，青少年必然面临情感问题。在主人公自我救赎的过程中，作者用亲情、友情、爱情的交织打造出情感的网络。当年父亲为女儿放弃出国留学；后来女儿又为使父亲避过车祸而放弃去机场为男神送行的机会，故事里的亲情温暖又真实。林朝夕把父母比作大魔王：他们或者待你漫不经心，或者太过严苛，却也往往是那个在你最需要的时候为你披荆斩棘的人；只不过他们出现的次数太多，就不那么显眼了。不同人追求爱情的表现绝不相同，故事里的爱情既符合人物性格又牵动读者的心。裴之是林朝夕自小就心向往之的男神。随着彼此成长，藏在心中的小秘密愈发强烈，却始终羞于表白……渐渐地，林朝夕对裴之的渴望，从成为站在他身边的女生转变为要成为像他一样的人。

作品不仅涉及多层次的情感，对表现细节也把握准确。当同学问道小林是否暗恋裴之时，她"脑子是少女动漫画面——她突然转身大喊'裴之同学，我喜欢你十年了'，但她并没有这么干，因为没有勇气。"当两人同时获得考试第一公布成绩时，小林坐在桌前，阳光照下，裴之的发丝阴影落在小林手边。她也不知自己那时在想什么，只是希

望揉揉落在书桌上的那片头发阴影——少女初恋心情的描写，在真实感人的细节中强化了作品的感染力。

三、斗士、大神、老顽童般的人物塑造

《天才基本法》的成功，很大方面得力于人物形象的塑造。作品的三个主要人物分别是女主林朝夕、父亲老林（兆生）、同学兼男神裴之。

斗士称号当属林朝夕，这个小姑娘像父亲一样正直顽强，并富有年轻人的闯劲，"她是真凶悍，上课怼老师，下课怼同学，一身反骨谁都不服"。小时候为反抗不公，她准备抱着校长的腿不撒手；中学叛逆期她也曾跟同学之间彼此暧昧；长大的她看似资质平平，学业庸常，人生道路一片茫然。但这只是成长过程中暂时脆弱的表象，她不甘平庸，决心通过自己的努力主宰人生。在三段艰难的重生中，面对竞争激烈的残酷现实，她发奋学习，闯过一道道难关，并不断反思自我，从此不再怯懦和逃避，坚韧地追寻自己的人生目标。

林爸爸则是一名老顽童，小说活泼诙谐的风格也主要由这个人物营造。老林并不是命运的宠儿，他半生坎坷却忠于理想，聪明睿智又含而不露；表面大大咧咧，总在嘲讽他人的同时自嘲。虽然老林看起来游戏人生，实际却非常遵规懂礼，他的人生信条是："人必须为自己的决定负责。"他对孩子爱却不溺爱，对女儿有期待又不强制，时时关注却不事事限制。相信大多数人看完这本书，一定都希望自己有这样一个父亲。

裴之是一名标准的男神。他的第一次正式出场就是在阶梯教室代替老师给学生讲题，完全不像一个实在人物，而是一束引导林朝夕前行的光。小说里找不到裴之的行动轨迹，也看不到他的心理活动，他总是在人物极端困难时突然降临，然后迅速解决问题。

三个人物虽性格各异，但有一个共同点，就是钟情于数学，并且目标明确，始终坚持，决不放弃。甚至可以说，这几名小说人物存在的意义，也是现实生活中献身于数学的人们存在的意义。

四、亦梦亦幻的结构特点

一篇描写青少年学数学的小说，如何才能吸引不同年龄段的读者？作者在叙事方面的匠心解答了这个难题。

一开篇，作者就埋伏下几个梗，吸引读者的目光。小林为什么由父亲独自养大？老人的阿尔茨海默病又会如何发展？小林与裴之的爱情将怎样走下去？开篇伏笔是一般小说叙述的诀窍，而故事发展中，又不断有新的悬念出现：如裴之父亲的自杀、母亲的焦虑症和他本人的自虐等。这些问题也在小说中始终困扰着女主，迫使她在学习间隙努力寻求答案。尽管后来的发展中，有些问题依旧雪泥鸿爪，没有得到全面解密，但故事里的人却说

了这样一句话："世界上大部分事，都没有太大意义，真理与热爱除外。"的确，作者也许想借此表明，一切皆有可能，不必事事纠缠，真正有意义的，就在于对真理的追求和坚持。不把精力浪费到无关紧要的事情上，也是成为天才的基本法则之一。

小说里人物经历了三段重生，但却与一般穿越重生的写法不太一样，人物"站在梦与现实交织的边境线上"。女主从二十二岁穿越回少年，但她并没有拥有异能，而是同样懵懂，有着同龄人的所有缺点，例如偷懒、莽撞甚至早恋等……但她又时时以成年人的思维和阅历检视这几段重生，不断发现自己的短板并予以纠正和弥补。这种对人生的回望就是人的自我反思，而在穿越世界里面临的考验也就是在现实世界发奋努力的过程。我们不妨将这种结构称作"穿越式梦境"或"梦境式穿越"，梦中人与现实世界的人物都有对应，梦中的思考都是现实中的焦虑。这种似是而非的叙述在一般纯粹的穿越故事结构之外，给人一种强烈的现实感。

作者讲述重生故事时采用了与记述现实世界不同的笔调。前者搞笑诙谐，人物行为大胆、冲动，后者则含蓄内敛，人物隐忍、沉默。这种区别恰符合少年和成年的不同特点，也符合作品通过穿越呈现的两个不同世界的特点。本来，人的兴趣就不是单一的，对读者来说，一味搞笑或一味严肃必使人腻烦。小说通过穿越呈现出两个不同的世界，抓住不同年龄阶段的特点相互穿插，不断激发读者兴趣，给人不同的感受。

附

《天才基本法》故事梗概

这是一部成长小说，一部励志小说，同时也是一部言情小说。作者长洱用清新爽利又跳跃的笔法，以新鲜有趣的人物形象、生动诙谐的人物语言，贴近现实的生活细节，炖出一大锅有滋有味的浓汤，让读者在忍俊不禁、欲罢不能、感同身受的触动之中吸取到行走人生路的养料。

女主林朝夕大四毕业前夕，独自抚养她二十二年的父亲被确诊患上阿尔茨海默病，她自己暗恋多年的男神又因即将出国留学深造而与她渐行渐远。茫然惶惑时，实习单位的主任告诉她：有人可以帮她延缓父亲的病情，但必须以与她建立恋爱关系、共度一生为条件。对于即将面临失怙和失恋双重打击的林朝夕来说，接受这个要求，既能挽救父亲的生命，又能获得安稳依靠一生的肩膀，无疑是最妥当的选择。然而，一旦想到自己从此的一生都要交给安逸平庸的生活，又不免令哲学系毕业的林朝夕产生恐惧，她不能接受这种从开头就看见结局的故事，在她心中，有个声音不断地挣扎叫喊："确定的轨迹意味着人生再也没有无限可能！"

"我的病是我的病，你的人生是你的人生。"林朝夕的父亲宽慰女儿，并问她是否会因为没能在可以追求梦想的年纪去追寻梦想而感到后悔。梦想，林朝夕的梦想是什么呢？是数学！林朝夕从小就有数学天赋，并在父亲的培养下喜欢数学，从做数学题中获得自信。而且，她心中的男神裴之也是数学系的高才生。但不知何时，她开始害怕数学，认为那是天才的领域，平凡的自己难以企及。父亲告诉她："在这漫长而美好的一生里，如果你真找到了想做的事情，那么无论何时你决定再次开始，都不算晚。"

"再次开始"！一道父亲写在墙上的爱因斯坦质能方程 $E=MC^2$ 将林朝夕送上了三段重生的穿越之路。小时候的林朝夕是一个被遗弃在福利院的孤儿，为得到自己选择领养人的权利，她克服重重困难参加了奥数培训，并取得出色的成绩；初中时，她继续努力拼搏，大胆迎接挑战，在数学联赛中以绝佳的战绩扭转了周围人的看法；到了高中，她又利用几次参加数学竞赛的机会，努力求解身世之谜，多方查找挽救父亲躲避车祸的办法，同时还小心翼翼地试探着追赶暗恋的男生。

在这三段身心的挣扎和拼搏中，"林朝夕豁然发觉，那些曾经辜负的光阴，遗弃的信条，未竟的梦想，错失的羁绊，乃至父亲的病症，在她收获这份来自命运的垂青时，一切便都有了重新弥补的可能——哪怕是开局坏到极点的人生，也有无限生机。"重生的历程唤起林朝夕主体意识的觉醒。她从只关注自己转变为关注周围的世界，在一步步走向成熟的过程中超越自我造福他人，最终明确了人生理念，牢牢地把握住自己的人生。

阿菩与《十三行》

周志雄　许潇菲

　　阿菩，1981年生，广东揭阳人，文学博士，当代知名网络作家，中国作家协会第九届全国委员会委员，第十二届广东政协委员会委员，广东省作家协会副主席。阿菩《十三行》的问世让人眼前一亮。它包含了穿越的元素，却是写实的风格；它的背景架构在清代，却展现出时代的脉搏心跳。难得的是，它再现了清代广州十三行的辉煌，重现粤商风采，描绘出一幅富有岭南地域特色的商业图画。

　　《十三行》以清朝乾隆、嘉庆时期的垄断贸易机构十三行为创作对象，讲述宜和行的发展历程以及十三行各保商的生活状态，具体地呈现了清朝时期国内外贸易活动。作者以十三行贸易为切入点，窥探清帝国的社会制度和政治体系，反映当时粤港澳地区的文化传统。小说真实地还原了十三行白银淌街、朱珪和珅明争暗斗、和珅倒台等重大历史事件。因此它不只是一部商业小说，也是一部有着历史感的商业史。值得一提的是，主人公吴承鉴以清朝伍秉鉴为原型，他的宜和行是历史上怡和行的翻版。还有其父亲吴国英、侠商卢关恒等，都是历史上的真实人物。

　　据史料记载，伍秉鉴是清朝当之无愧的首富，他凭借肯吃亏的大方品质深得西方商人的信赖，他还帮助过清政府向东印度公司偿还三分之一的国债。其资本曾深入到美国的铁路、证券等行业，巅峰时期的家产折合竟超过国库。小说中的吴承鉴继承了伍秉鉴的爱国、豪爽、守信等优秀品质，还原了当年继承家产、手撕洋人债条等细节。然而他的身上更多的是被赋予了现代爱国商人的精神风貌——果断拒绝东印度公司的鸦片贸易，直面外强入侵毫不退缩，面对权贵不卑不亢，这一切让我们看到主人公身上超前的时代观念。历史上的伍秉鉴迫于形势不得不作为求和队的一员向英国低头，这也让他背上"汉奸"的骂名。书中则间接实现了两代"伍秉鉴"的隔空对话，这正体现出作者对历史遗憾的深刻反省。

　　作为一部商业题材小说，其中经常出现洗钱、融资、钱权交易等资本手段，真实地再现了清代商品经济的运作状态，然而除却这些对经济手段的描述，其内核是智慧的博弈。小说中处处都闪耀着智慧的光芒。吴承鉴凭借着过人的商业头脑与胆识，解决群兽分食、查抄红货、绝交和珅这三件足以让吴家破产，甚至杀头流放的难题。让蓄意设局者自食恶果，更在复杂的政治斗争中争得自己的一席之地。他的师爷周贻瑾智多而近妖，妻子叶有鱼可谓是女中诸葛，还有老谋深算的叶大林、城府深沉的蔡士文、至奸至滑的和珅等。上自政权斗争，下至商行对峙，每次交锋都是以命运为筹码的赌博，紧锣密鼓的逻辑碰撞令人身处暗流涌动的十三行，步步惊心。

作为一部有着穿越元素的小说，它确实无可避免地会有金手指的运用。这不仅表现于主人公开挂般地游走于权贵与保商之间，以四两拨千斤之势屡出奇招破除困境，更表现于他对各种潜在危险的敏锐嗅觉。虽然小说已经将穿越的元素降至最低，只是含糊地提了一下吴承鉴"来到这个世界二十四年""知道青史"。但通过他第一次看见鸦片就变了脸色，早早察觉出东印度公司的狼子野心，对和珅倒台的正确预判，以及那明显带有现代色彩的经商手段来看，他的破局关键仍然建立在穿越之上。好在穿越在这部小说中是个关键因素，但绝不是决定性因素。在《十三行》中，吴承鉴虽然用自己最大的努力宣传鸦片的危害，引进先进科技，但在一个思想和体制已然僵化的时代，这一切都显得于事无补。大清官员对鸦片的危害置若罔闻，嘉庆帝对蒸汽机的不屑一顾，都为大清帝国覆灭结局埋下隐忧。即使是小说结尾，吴承鉴也只是驾驶着花差号与即将来犯的英国舰队对峙，一切仍然是未知数。在不歪曲历史规律的前提下运用金手指，在更高层面反映人类个体在时代洪流中的顽强挣扎，让这部小说既有网络小说的阅读"爽感"，也有对历史的反映和反思深度。

我国自古就有重农抑商的传统，"商人重利轻别离"是古代商人的刻板形象。即使是当今的商业题材网络小说，商人仍然是"重利"的，缺乏个性化塑造。《十三行》则鲜活地刻画了一批以吴承鉴为首的粤商形象。吴承鉴不仅有商人的特有的精明，更有以国为重的觉悟和担当。他不断改进制茶工艺，欲以茶叶为"国之利器"为华夏"争得四海之利"；他怜悯织工蚕农，每每让利让底层人群改善生活；他态度果决地拒绝鸦片进入中国，即使这意味着放弃巨额利润；在发觉英国即将入侵澳门的野心后，他联合众多保商，将密信传达至紫禁城。而与此同时，京城的大小官员仍沉迷于权力斗争，对外部世界的发展不管不问，连两袖清风的帝师朱珪也不能免俗。在这样的前提下，吴承鉴已然不是一个单纯逐利的商人，更是一个处处树立德业的贤者，一个有着家国担当的"国士"。除了吴承鉴，小说中的其他商人也有着或多或少的爱国情怀。在得知英军即将来犯时，潘吴叶三家暂时放下争执和恩怨，派人通过各自的渠道向京城递送消息；在得知鸦片的危害后，总商潘有节默默放弃陷害吴家的机会。这些粤商有着"非经商不能昌业"的自觉，比起高居紫禁城的大小官员，他们有着更为开阔的眼界和开放的观念。他们从不耻于言利，却懂得分辨义利轻重。他们是清朝看向世界的第一双眼睛，承担的是代表国家与外界交流的重要职责。

《十三行》以人物对话为主，兼以文字解说，语言轻重有度，极富张力。不同身份地位、不同性格心理的人都有各自的语言风格。吴承鉴笑傲放浪，周贻瑾冷静自持，潘有节儒雅有礼，蔡巧珠温柔贤惠……阅读这部小说，一个个鲜活的人物形象活跃在我们眼前。在写作手法上，作者借鉴了大量传统经典文化作品，尤其是明清时期的世情小说。如吴承鉴的通房丫鬟春蕊、夏晴、秋纹，是《红楼梦》中贾宝玉房中袭人、晴雯、麝月的人物翻版；吴承鉴本人则有《蜃楼志》中苏吉士的多情风流。

从唐代商贾小说到明清世情小说，商业小说总是直接反映一个时代的经济状况、生活状态和历史文化风貌。《十三行》重现岭南的地域特色，再现广州十三行的金融传奇，最大程度地展示粤商风采。历史上描写广东商人的小说不在少数，《蒋兴哥重会珍珠衫》中善良宽容的蒋兴哥便是广州商人，还有《宦海》中欲工商救国的陈连泰、《九命奇冤》中乐善好施的方德等，他们都在一定程度拥有粤商的优良品质。而吴承鉴不仅兼怀这些基本道德素养，还在更大层面上展示了粤商勇于进取、敢于拼搏的奋斗品质。而叶大林则代表着反面的商人形象：奸猾狡诈、唯利是图、吝啬贪婪。当然，这并没有削弱小说的社会价值，对现实丰富性的反映增加了小说的厚度。

小说中的地域特征非常明显，其表现之一就是粤语方言的运用。如"粗身大细""着草""穿隆""执笠"等广州俗语的运用，还有童谣"天乌乌，要落雨，海龙王，要娶某。孤呆做媒人，土虱做查某。龟吹笙，鳖拍鼓……""落雨大，水浸街，阿哥担柴上街卖，阿嫂出街着花鞋。花鞋、花袜、花腰带，珍珠蝴蝶两边排……"的插入，不仅为读者带来亲切和新奇之感，同时也营造了岭南的语言氛围，有强烈的沉浸感。除了人文风貌，小说还展现了广州的地理景观，如秀丽宜人的白鹅潭、雄浑雅致的镇海楼、历史深厚的西关。再加上广州美食如虾饺、粉果、马蹄糕，地方信仰妈祖娘娘等地域元素，绘制出一幅活色生香、真实可感的广东市井图。

《十三行》是一部极具个性化的优秀作品，无论是在题材选择，还是故事结构，或是文字运用上，都体现出作者的独到匠心，它讲述的是历史故事，却有极强的现实意义。它深入行业内部，向我们揭示了商战中的商业智慧，有各方利益的权衡，还有对世态人心的揣度，以及商业领域的运作规律。或许精明强悍、料事如神的吴承鉴身上包含着作者对商人过于理想化的期待，但文中那现代化商业范式与清代僵化体制的碰撞、商人重利与家国担当的抉择，都在无形中为当今社会的商业发展树立一面以史为鉴的明镜。

附

《十三行》故事梗概

清朝乾隆年间，闽海关、江海关、浙海关相继撤销，独留粤海关一口承担全国对外进出口贸易。在政策的加持下，广州西关成为唯一合法的外贸区域，而被誉为"帝国商行，天子南库"的垄断机构十三行，更是白银洗街、美人如云的欢乐场；是巨贾沉浮、商宦角力的名利场；也是危机四伏、暗流涌动的生死场。

在这吃人不吐骨头的欲望旋涡中心，宜和行三少爷，二世祖吴承鉴给自己定了两个小目标：一、好好享受上天赐予自己的纨绔生活；二、顺手确保一下让自己过上纨绔生活的外在条件。行商重担自有大哥来挑，家中杂事自有贤嫂来助。手下收养"四大帮闲"，身边更有个智胜诸葛、貌比潘安的周师爷。只见他：神仙洲上抛金山，花差号下洒银雨。鲜衣怒马，跌宕风流，好个脂粉场的班头，败家子的领袖。

有道是："喜荣华正好，恨无常又到。"突然间，一批本应交付东印度公司的本家茶不翼而飞，大哥彻查无果一病不起，老父遭受打击亦重病在床。前有垂涎吴家产业的众多保商设计陷害，后有心狠手辣的东印度公司步步紧逼。"饿龙出洞，群兽分食"之局初现凶相，一个毫无头绪的烂摊子骤然压在吴承鉴的肩上，走错一步，倾家荡产。众人冷眼欲看这纨绔子弟在困局之中如何破局，他却选择维持局势，只是暗中屡施奇谋，借助和珅的势力挪转乾坤，将那布局者变成瓮中鳖。吴家得以重振雄风，傲立十三行。

天地忽转，乾隆退位，嘉庆初登帝位。新旧天子相互揣测疑窦丛生，帝师朱珪与重臣和珅正面博弈。神仙打架，小鬼遭殃，作为"天子南库"的十三行局势动荡。宜和行地位陡升后，一批大内红货也暗中运至仓库。这批神秘货物，竟引得朱珪兵围十三行搜剿红货，一张薄如蝉翼的货物清单，让吴承鉴变了脸色。拦，已拦不住；不拦，却是不忠。刚刚拒绝东印度公司的鸦片贸易，失去了一手好牌的吴承鉴拿什么筹码去跟京城贵族对峙？他说："咱们掀桌子！"一夜之间，天火突降，十三行仓库陷入火海……

大火之后，吴承鉴一边率领十三行恢复经济，另一边则急于撇清自己与和珅的关系。大哥久卧病榻，最终溘然长逝。寡嫂蔡巧珠不得不提前为幼子日后在宜和行的地位谋算。而一生聪慧贤良的她，不自觉中竟上了和珅的贼船。吴承鉴的妻子叶有鱼善争不善和，导致家庭内部矛盾愈演愈烈，吴家即将四分五裂。与此同时，智囊担当周师爷突然消失，再次传来消息时，他已经被和珅打入大牢。为救挚友，吴承鉴散尽家财，铤而走险，孤身进京。直面老王爷、和中堂，乃至当今圣上。和珅，还是嘉庆帝？这一次，他押对了。

而接下来他要面对的真正对手，是那意图发动第一次鸦片战争的英吉利帝国。

一介商贾之流，哪来的底气敢与和珅斗？哪来的超前认知断然拒绝鸦片？"我知道青史"，吴承鉴与牢中的和珅耳语。原来正是：二十余载梦中过，游戏人生始道真。

争斥论两花花帽与《我的1979》

单小曦

《我的1979》是争斥论两花花帽的代表作，连载之初就获得了2016年首届"网络原创文学现实主义题材征文大赛"二等奖，获中国作协2017年重点作品扶持，也是"迎接庆祝党的十九大胜利召开"主题专项作品唯一网络小说。作品采用了现实主义创作题材，跨越四十年的历史时空，主人公的自我奋斗故事与中国1979年后的改革开放历史发展同步，通过草根人物李和的人生奋斗这一主线，串联起了时代大潮下众多小人物的命运轨迹，展示了波澜壮阔的时代潮流中的社会百态。

在人物设置上，小说出场人物众多，形象各异，人物间关系复杂。主人公李和，双女主张婉婷、何芳，以及主人公老家的亲人李兆坤、李隆等，章舒声等京大的师生，以及苏明、李爱军等商业伙伴等，都塑造得有血有肉、立体丰满。

在社会加速发展、时代不断变革的历史背景下，小说主角李和经历了一个从农村贫困家庭中做黄鳝生意以贴补家用的中学生，到上了大学之后一边读书一边卖古董的小老板，到大学毕业后成为大学教师，再到辞职下海成为专职商人，到最后成为世界首富的成长历程。作为有重生经历的人物，李和的一生低调却又不凡。重生后的李和表面懒散、没有上进心，实际上却很有头脑，他凭借与"生"俱来的先知先觉的优势走上了实打实的创业道路，且能以一种闲适淡然的心态和拿捏自如的方式处理经商、创业、人际交往中的问题。小说通过李和社会身份的变迁充分展现了改革开放初期中国社会的剧烈变动，体现了新旧浪潮激荡之下所诞生的机遇与危机，展现出了时代大潮流中跌宕起伏的个人命运。李和个人的成功既是顺应时代发展、抓住历史机遇的必然，也是其个人努力拼搏的结果，他的故事折射出了风起云涌的改革浪潮中千千万万拼搏奋斗的小人物命运。

小说中，女性人物众多。通过对这些同辈女性人物群像的塑造，使主角李和的男性形象变得更加立体、丰满。从与主角的关系着眼，作品中大致可分为两类女性形象。一类属于被李和吸引的崇拜者形象；一类属于被李和帮助的被拯救者形象。通过对汪雨、何招娣等崇拜者形象的塑造，凸显了主角李和的男性魅力；通过章舒声、付霞等被拯救者形象的塑造，凸显了主角李和善良大气的秉性，从而满足了作者和读者英雄主义式的幻想。小说中的张婉婷是李和重生伊始最想念的人，也是重生后人生的最大遗憾。她善良单纯，温柔可爱，在前世与李和同甘共苦，相伴一生。在见证李和前生事业成功的同时，也给了他一个圆满的家庭。但李和重生后，却因过早出现，导致张婉婷的性格和眼界都发生改变，从而产生出国留学的想法。经过漫长的异国恋，两人最终分手。与张婉婷的分手导致李和重生后的人生发生了"蝴蝶效应"式的转变，他失去了前生相濡以沫的妻子和最珍视的家庭，这成为李和重生后最大的遗憾。何芳本不是李和择偶的"第一人选"，但她在李和被张婉婷抛弃后悉心照顾、陪伴他，使李和对她产生感情，最终两人结为夫妻。与张婉婷温柔单纯的"小白兔"形象不同，何芳的年龄比李和大六岁，处处体现着强势的"大姐"风范。小说中，还有对李和经商道路上合作伙伴这一群像的描写。他们各就其位、各司其职，在帮助李和成功创业的同时，也改善了自己的生活。对这些人物形象的塑造凸显了主角李和在事业上所获得的巨大成功，更衬托了主角李和卓越超群的能力和至诚至善的品质。可见，小说的人物塑造基本用的是一套网络小说的惯有手法，即主角中心，即使是"双女主"有着鲜明个性，其他配角也丰满立体，但在功能上他们都是主角的陪衬，是主角个性和成长的"垫脚石"。

在主题思想上，小说对中国改革开放的社会历史洪流予以了再发现。这种再发现是通过重生后的主人公李和与重前生截然不同的人生经历展现和探索出来的。在这个过程中，读者与主人公一起"再次"经历了改革开放的时代。与此同时，这种再发现使小说在文本上体现出了不同于传统现实主义的某种创新性。主人公李和的重生时间跨度与以往动辄上千年的重生小说相比，只有短短四十年。小说标题中的"1979"即为小说故事的时间起点，这是中国走上改革开放和现代化建设的关键性时间点。从这一时间节点写起，作者将目光投向改革开放背景之下的小人物，以及他目睹的社会变化，串联起一部崭新的中国改革开放发展史，带领读者走进那个年代，去发现1979年以来中国社会在经济发展、国际化进程等领域取得的伟大成就。

虽然《我的1979》是一部以商业为主导的网络小说，但与一般的网络小说不同，它以"小正大"的原则紧贴市场政策导向，传达本时代最为核心的精神焦虑和价值指向，负载最丰富饱满的现实信息，并将之熔铸进最富表现力的网络类型文形式之中。小说不仅在主题思想上再现了改革开放这一历史主题，也在某种程度上对宏大的历史题材的内涵进行了挖掘。作者通过这部小说探索出了一种既符合主流意识形态规范，又契合当下受众心理的文本形式，其在一定程度上也是对中国当代现实主义文学的再创新。

小说旨在传达一种"主流价值观"。作品中，李和既是具有全球视野的商业大亨，又是一个关心教育的慈善人士。在商业发展上，他努力革新企业组织结构，大力发展中国本土企业，使其能够顺应全球化发展潮流，树立良好的国际形象。在教育发展上，在其获得了一定资产后，李和不仅为家乡投资修建学校，更是像邵逸夫等慈善人士一样高额捐款，兴办教育，还在一定程度上推动了国家教育制度改革，促进了国家教育资源的合理分配。主人公李和所做的每一个选择既是自我提升和个人事业发展，也是中国改革开放历史成就的微观展现。在网络文学伦理表达上，虽然很多读者习惯于重生文中主人公所信奉的铁血的"丛林法则"，但在《我的1979》中，作者有意构造了一个有人情味的、文明与法制共存的世界。与此同时，作者对市场经济背景下人性中欲望、贪婪的释放也予以了一定程度的反思和批判。

在叙事艺术上，作品既继承了传统现实主义文学题材创作的一些基本法则，又突破了其普遍采用的社会环境决定论的叙述框架，变相采用了网文中常见的"升级流"模式，迎合读者的"爽感"需求，表现出一种"我命由我不由天"的网文气质。当然，这在一定程度上也消解了传统现实主义叙事所应有的深度及广度。

小说中，作者打破了传统现实主义作品中人物受客观历史现实限制的叙事视角，通过重生赋予主人公李和"先知先觉"的优势，使其能以"上帝视角"俯视时代发展。同时，作者还对部分情节进行夸张、变形等处理，比如一天卖几千斤黄鳝、十天盖好一座房子。这看似违背真实的历史语境，却在某种程度上满足了读者心理期待。尽管这部小说采用了现实主义的某些写作方式，但网络小说的"爽"叙事特征也非常突出。作品在叙事上追求历史现实与爽文虚构的合理交汇，常常将有历史根据的事件分解，再以爽文模式加以重组。由于处理得相对得当，在读者接受感觉上不仅没有对历史的割裂，在一定程度上还获得了一种陌生化的满足感，甚至是与历史认知相悖但却又合情合理的阅读快感。

值得关注的是，商业化和爽文叙事模式一定程度上提高了网络文学作品的审美接受度，但也导致作品过度的娱乐性，消解了其本身应有的思想深度与审美内涵。当下新媒介技术的发展，文学场景化写作成为可能，读者的即时反馈和平台奖励机制使作家更侧重于套路化、类型化的欲望书写。在叙事艺术上，网络文学有很大的提升空间，作者也需要积极探索网络文学产业化与人文内蕴之间的平衡点。在这方面，《我的1979》还有所欠缺。

附

《我的1979》故事梗概

作品主角李和于1979年重生于河南一个贫困农户家中。先是凭借过人的胆识以及吃苦耐劳的品质，通过抓捕和倒卖黄鳝，帮助家人摆脱贫穷，过上相对富足的生活。

中国高考恢复第三年，李和参加高考迈入了他梦寐以求的京大校门，成为一名天之骄子。在大学期间，为减轻家庭负担，李和半工半读，借助 1980 年国家鼓励城镇个体工商业户发展私营经济的契机，与苏明等志同道合的伙伴一起经营家电收购、维修、售卖等生意。机缘巧合之下，结识古董达人李舒白，从经营二手家电跨入古董文玩行业，逐步扩大商业版图。至此，事业一片向好，爱情上也如鱼得水。在此过程中，李和通过锲而不舍的努力，找到了自己心念已久的前世妻子张婉婷，并对她展开热烈追求。同时，与前世妻子过早的相遇交往，也改变了她之后的人生观、价值观甚至人生轨迹，以致她最后毅然决然地步入了当时中国的海外留学潮，到国外追逐自己的梦想。

大学毕业后，李和留校任教，课堂教学得到学生和同行的一致认可，并参与教材编订工作。当他储备了足够的资金后，便开始下海经商。在创业过程中，李和并没有成为一个鼠目寸光、唯利是图、只局限于眼前利益的小商人，而是广结善缘，仗义疏财，广泛投资。他协助李爱军开办鞋厂，资助寿山开办饭店，为付霞的家具厂提供资助。在生意和事业不断发展壮大的同时，李和也收获了良好的人际关系和较高的社会威望。

在积累了一定的创业经验和资本后，李和辞掉大学教师的工作，将全部精力投入商业版图的拓展中。先将妹妹李冰、李琴送到香港和海外读书，自己则在香港安家，为兄弟姐妹及下一代的发展打下坚实物质基础。之后，李和凭借前世记忆带来的超前商业思维以及今生新增的商业敏感度，促使企业不断发展壮大，市场一度扩张到海外。在这一过程中，其爱情与友情双双遭到了挫折。爱情方面，在异国留学的张婉婷学成回国，缺乏对李和真实状况的了解，误以为他没有上进心而提出分手，李和深受打击。另一方面，自李和创业以来，他的大学同学何芳一直默默陪伴在他身边。张婉婷的离去，推动了两人关系的进一步发展，最终结为夫妻，并生下一双儿女。友情方面，在李和到香港谈生意期间，察觉到商业合作伙伴李舒白资产的可疑动向。经过暗地调查，发现了李舒白与付霞以调包伎俩私自拍卖了他早年收购的文玩藏品。李和以走私文物罪名向公诉机关起诉李舒白，致使其被判获刑，流失的文物也陆续被追回。

之后，李和预估到了亚洲金融危机，在受邀随行出访马来西亚等国家时，他凭前世记忆先机，与东南亚华人富豪一起投资，财富激增，并跻身富商行列。随着香港和内地等地企业不断壮大，李和一路坐上了"世界首富"的宝座，最终梦想成真，过上与自己前生截然不同的生活。

叶非夜与《好想住你隔壁》

肖惊鸿　瑶　华

　　《好想住你隔壁》的作者叶非夜是阅文集团云起书院白金作家，女频都市言情类代表作家。代表作有《国民老公带回家》《那时喜欢你》《亿万星辰不及你》《致我最爱的你》《时光和你都很美》《好想住你隔壁》等多部，几乎部部成为爆款。《好想住你隔壁》连载期间全网点击率过亿。叶非夜以她多年不辍的创作，完美创造了网络文学女频都市言情的"叶非夜现象"。

　　这部作品作为一部先婚后爱题材的都市言情小说，堪称集齐同类型文"爽点"的偶像剧代表作。女主角夏晚安深爱着总裁男主角韩经年，而韩经年起初只是为完成家族生育继承人的契约答应与之成婚。当夏晚安得知韩经年的心理秘密后，两人达成内心深处的默契。然而得知真相的夏晚安遭遇反派暗算，假死失踪。韩经年意识到自己对夏晚安的真爱，夏晚安也对车祸后失明的韩经年不离不弃，共同揭露了反派的阴谋真相，走向大团圆的幸福结局。小说塑造了"愿得一心人，白头不相离"的真情女主角形象，诠释了作者对男女爱情的理解和认识，充分融合了萌点和虐点，得到特定读者群的认可和喜爱。

　　网络言情小说中，"霸道总裁"型男主一向是热门人设，《好想住你隔壁》虽然沿用了这类男主角设定，但没有一味地落入大众化窠臼，而是为男主增加了傲娇、吃醋等较多"萌点"，女主也因坚强、独立的个性品格而博得读者更多好感。本文剧情设置加入较多曲折和热点元素，悬疑设定推动了故事进程和男女主角感情升华，带给读者新奇的阅读体验。

一、故事设定的曲折创新

　　故事开篇便为读者设置了悬念：夏晚安虽然已经和韩经年结婚，但却是一次没有婚纱和祝福的婚礼，连办结婚手续男主角都没有出席，甚至外界无人知道他们是夫妻。而夏晚安虽然经常独守空房，却能够一直忍耐丈夫的冷淡，因为她暗恋韩经年多年，一朝成为新妇，巨大的内心满足感暂时抵消了对方的冷漠。因此，即使对方没有回应，也甘心等候和付出。两人的婚姻其实是出自家族利益的商业联姻，由夏晚安主动提出，韩经年从拒绝到同意，也并不是因为动心，而是因为家族中的一份神秘文件。故事核的内在逻辑是成立的，也符合人物个性的发展。

到底这背后有着怎样的秘密呢？年轻读者的好奇心被勾起后，随着作者的抽丝剥茧，设置了越来越多的虐点：韩经年竟也逐渐爱上了夏晚安，在两人感情终于有所升温，出现甜蜜戏份后，夏晚安却听到韩经年和祖母商议"可以找个代孕"，才知道原来那份神秘的文件是韩氏集团要求生孩子的契约，韩经年当初接受自己是为了继承人，原因就此大白。而夏晚安一直未能怀孕，天真纯净的她不想让自己给韩经年带来压力，成为他生命中的残缺，宁愿因此退出。而夏晚安的朋友艾姜因为嫉妒而内心扭曲，策划了游艇爆炸事件，夏晚安在爆炸中失踪。而韩经年在失去夏晚安后才意识到自己失去了毕生挚爱。作者将他的内心痛苦描写得淋漓尽致，让读者们深感"解气"的同时，极大地增强了代入感。

随后，作者设置了更加曲折的情节：夏晚安失踪后，因为闺蜜"小三姐姐"秦书简有难，夏晚安决定出手相助，因此以全新的身份——悦榕会的下一任接班人夏婉婉回国，外貌也做了改变，但偶然一见，韩经年终还是认出了她，于是一大波"狗粮"撒在读者面前。韩经年在她遇到车祸时第一时间保护她，宁可自己受伤；韩经年在家族面前全心维护夏晚安；韩经年在商业竞拍中出手相助……最终两人相认。但这仍然不是最高潮，神秘的幕后反派Q为毁灭韩氏集团，设计让韩经年"车毁人亡"。夏晚安痛不欲生，但为了守住韩氏集团，振作起来与反派殊死搏斗。为了保住韩经年名下的企业，仍然以夏婉婉身份活动的夏晚安只好将自己的真实身份和婚姻公之于众，以妻子的身份继承股份，成为最大股东，并公布了自己的另一重身份：世界顶尖首饰设计师Anan，赢得了股东们的信任。最终，Q的阴谋被全部揭穿，失明的韩经年被医治痊愈，和夏晚安有情人白头偕老。多年后，他们的儿子描述父母共同长眠的场景催人泪下。

二、情节转折的悬念推动

作者在文本中设置了多个悬念，最受读者关注的就是神秘人Q的身份，结局出人意料，但又合情合理。可以说，Q是全文的"终极BOSS"，多次暗害韩经年，利用韩经年的心理疾患"黑暗恐惧症"，制造停电事件试图置他于死地，还对韩经年下药，意欲让他产生事实意义的出轨。包括夏晚安的不孕，也是Q一直暗中下药造成，艾姜对她下毒手也是受Q指使。而读者们对这个非常熟悉韩氏家族情况的神秘的Q也有诸多猜测，Q的存在深深激起了读者的好奇心。其实作者在开篇不久即已埋下伏笔：韩经年的姑姑韩晴晴当年曾为一个穷书生而私奔，生了女儿后深居简出不见外人，女儿韩一笑又因为心理创伤变成了哑巴。真相大白后谜底揭开：真正的韩晴晴早已被韩一笑的亲生父亲迟荣杀害，迟荣因为暗恋韩经年的母亲未果，在韩母死后决心报复韩家，先是诱骗了韩晴晴，然后杀害了她，易容成"韩晴晴"，以她的身份暗地犯下多桩罪行，韩一笑因为目睹父亲杀死母亲受到严重惊吓变成哑巴。但这一切都被韩晴晴临死前暗中记录下来。这一系列的悬疑设定增加了文本的曲折性和可读性，同时作为内在逻辑动力推动了男女主角感情进展。

文中另一大悬念是，因为男主角患有黑暗恐惧症，被害失明后，失明将对他的心理造成崩溃性的打击，甚至引发生命危险。在性命攸关关头，神秘人捐赠眼角膜让男主角得以复明。这个神秘人是夏晚安的师兄何澈，也是珠宝界顶级设计师AllureLove，多年来一直默默地爱着夏晚安，为了她的幸福，不惜牺牲自己，终身未婚。虽为配角，着墨不多，然而何澈对女主角的深情点点滴滴融在文中，他为她和韩经年的婚礼铺上十里红妆玫瑰，为她的爱人贡献出自己的光明。这一以"忠贞不渝的深情"诠释的配角形象，使全文的感情线索更加丰富饱满。而贯穿全篇的悬疑元素又让小说在粉红梦幻之余多了一重现实的冷峻，提升了可读性。

三、人设契合少女读者梦想

作为一部"标配"女频都市言情文，《好想住你隔壁》的主要读者群体为青少年女性。除曲折创新的故事设定和悬念迭生的情节推动，本文以完美的人设充分满足了少女读者对爱情的幻想。人物设定多样化，但爱情的终极目标明确又坚定：愿得一心人，白头不相离。以此为轴心的角色设定，从各个不同视角诠释了这一理念。

如男主角韩经年，不仅集高富帅于一身，还是"宠妻狂魔""亚洲醋王""钢铁直男"，这些特征在少女读者看来，不仅能够体现他的专情、痴情，还能够代入自己的情感需求，产生更多的共鸣与共情。再如暗恋女主角的男二号何澈，以深情、优秀让读者颇为感动。他爱女主角夏晚安，然而却尊重她的选择，也尊重并选择了自己对爱情的诠释。女主角夏晚安的爱，更是体现了一枚"直女"的勇往直前、锲而不舍。虽然在开篇对男主角的爱"低到尘埃里"，但仍不失决断的勇气，未落入普通的甜宠文套路，而是以男女主角的势均力敌，带给全文更多的看点。即便是那个"终极Boss"Q的存在，也是为爱情设定了一个"反面教材"，让读者体悟到，极端自私的爱只能带来仇恨、破坏和毁灭。由此，作者完成了创作主旨：为少女读者提供了一个美好的爱情梦想，并为这个美好梦想注入了十足的正能量。

作者以扎实的言情功力，以易于碎片化的网络阅读，调动了平实轻松的文字，不乏充沛情感的语句，层层包装、塑造了鲜明生动的人物形象。例如，韩经年的爱情表白："如果时光可以倒流，我……好想住你隔壁""此去经年，晚安晚安"，再如何澈的深情告白："山高水远，带伤而来，只为对你亲口说出三句祝福。"这些都给读者留下深刻印象，充分调动读者的"泪点"，充分满足了读者的"少女心"和"偶像剧情结"。

附

《好想住你隔壁》故事梗概

　　珠宝设计师夏晚安，年少貌美、单纯开朗，自六年前偶然遇见韩经年后，一往情深、一厢情愿、不可自拔、不计回报地爱上他。身为韩氏企业CEO的高富帅韩经年，外表酷帅却性格冷漠，对女人不假辞色，从未回应任何人的示爱。而这时天大的机遇降临，夏晚安等到了家族为利益联姻的可能性，因此主动示爱，向韩经年求婚，答复却是"我不想娶你"。夏晚安失望之余，却迎来转机，韩经年在看过一份家族内部的神秘文件后，竟然同意和夏晚安结婚。但这桩婚姻却条件严苛，不但几乎不为世人所知，就连办手续都是韩经年助理代替他前往，更没有婚宴、戒指、亲朋好友的祝福，仅仅是一桩家庭利益集团的交易而已。

　　然而，这对于夏晚安却不同寻常。她嫁给自己心爱的男子，极大满足了内心深处的愿望。尽管结婚已有两年，夏晚安一直孤独地居住在豪宅中，偶尔韩经年回来例行公事，再匆匆离开，有时几个月见不到彼此，两人说过的话更是屈指可数。因为内心的梦想和爱，和暗暗期待的"柳暗花明"，尽管如此，夏晚安依然无怨无悔地维持着形式大于内容的婚姻，并被韩经年大嫂安排进韩氏企业工作。与此同时，对韩经年来讲，他也经历了内心的巨大变化，他发现他已默默地爱上了夏晚安，却因为迫于家族压力，伪装成疏离冷漠的渣男，连夏晚安受伤住院也装作无动于衷。

　　二人关系的转机终于出现，却出乎夏晚安的意料，她发现了韩经年内心深处无法倾诉的秘密：童年时父母双亡让他患上严重的黑暗恐惧症，黑暗会让他心悸不安甚至感受到生命危险。韩氏企业的蹊跷停电，韩经年以为自己必死无疑，夏晚安却像一道闪电出现在他面前，拯救了他，并陪他一夜安眠。韩经年慢慢开始正视自己的感情。但就在两人关系升温时，夏晚安却偶然得知，原来他们婚前韩经年看过的神秘文件，竟然是韩经年祖母要求他在五年内生育继承人的契约，所以韩经年迫于压力急于结婚。祖母这一举措用心良苦，因为韩经年的父亲和哥哥均英年早逝，姑姑韩晴晴又似乎有疾患而深居老宅。然而夏晚安却不知为何一直没有怀孕，虽然这时已爱上她的韩经年和祖母希望找人代孕，但夏晚安不想给韩经年带来压力，选择默默离开。

夏晚安的闺蜜艾姜嫉妒韩经年对晚安的爱，策划了游艇爆炸事件，夏晚安在爆炸中失踪。但夏晚安并未遇难，而是改换了容貌和身份，凭借自己出色的珠宝设计水准取得了炫丽的事业成就。夏晚安的师兄、顶级设计师何澈暗恋她多年，默默为她提供助力，但夏晚安却始终不知何澈的心意。这时夏晚安为帮助朋友回到国内，偶遇韩经年，尽管外表已大不同，却被敏感的韩经年认出。

两人再次走近，深情相许。神秘的幕后反派Q渐渐浮出水面。原来韩经年遭遇的停电、被设计下药都是Q下的毒手，夏晚安遭遇的爆炸事件和不孕也是Q所为。Q为毁灭韩氏集团，再下狠招，让韩经年遭遇车祸失踪。夏晚安为保住韩经年名下的企业，只好公布二人的夫妻事实，成为韩氏企业的继承者。所幸，韩经年并没有死，虽然面临失明的危险。为了让夏晚安幸福，暗恋她的何澈毅然匿名给韩经年捐献了眼角膜。终于，Q的真实身份浮出水面，竟是多年藏在"韩晴晴"的伪装之后的她的前夫迟荣，真正的韩晴晴早已被害，迟荣当年暗恋韩经年之母未遂，为了报复韩家以此手段打入韩家，并谋害韩父等人。天网恢恢，Q被法律严惩。韩经年和夏晚安终成阳光下的亲密眷属。

骁骑校与《昆仑侠》

桫 椤

骁骑校现为中国作协会员、江苏省网络作家协会副主席、徐州市作协副主席，被读者和网文圈内亲切地称为"校长"。他本名刘晔，出生在一个教育世家，童年曾经生活在棚户区，自幼喜爱读书；大学毕业后进入一家电力设备自动化公司工作，直到辞职成为专职作家。至今他的累计创作量已超一千五百万字；他的作品想象奇诡，情节曲折，网络特征明显，多部作品可称得上是异能、穿越、重生等类型小说中的精品佳作，《橙红年代》《匹夫的逆袭》《穿越者》等作品深受读者喜爱。

《昆仑侠》是骁骑校的一部重要作品。小说的网络文学属性特征极为明显，在主题和叙事上较为全面地反映出网络文学文本的总体性面貌，是一部理解网络都市异能小说类型的代表之作。同时，小说鲜明的主题内涵支持了网络小说关切现实伦理、人性和道德的价值趋向；在写作风格上，基于现实的书写通过"金手指"和时空转换不断获得新的叙事地图，故事在客观世界和想象世界中延展，彰显了作者奇伟的想象和大胆的表达；世界设定虚实相生，在现实与想象之间的关系中建立了新的读写契约，跌宕起伏、出人意料的情节转换为读者阅读作品提供了情感动力。小说的故事横跨现实和虚构两界，但它的虚构不是基于客观物质逻辑的虚构，不是传统写作中通过典型化的方式来虚构故事和人物的现实主义方法，而是对客观规律的某种超越和变形，是将发生在现实之中的故事嫁接到了非客观之上的逻辑中。所以他的作品有着超现实的世界观，故事有着现实基础但又探入人类想象世界。这种写法的难度在于这两个世界如何嵌合在一起，骁骑校成功地通过人物的"跨界"经历化解了这个难题。

刘昆仑是一个生活在垃圾场中的少年，父亲是个残疾人。人物的这种出身和生活环境为其贴上了一个"底层小人物"的身份标签。这个身份一出现，就意味着情节安排要采取一种"低开高走"的趋势，因为他已经身在社会的最底层了，只要人生得以延续，不会再往低走或者维持这种低度，势必要触底反弹与命运搏斗。直到他被毒枭张彦斌击伤后的高位截瘫在青海五道梁暴风雪中痊愈之前，无论是他和四姐因为救韦康而获得了进入夜总会做服务工作的机会，还是为给女朋友罗小巧报仇只身赴京，或者在他身负重伤后楚桐在母亲的教唆下堕胎消失，以及此前楚桐因生父尤老鼠的低贱和卑劣而不肯相认，都没有脱离现实生活的景象，不外乎以恩报恩、以仇报仇的道德逻辑和趋炎附势、树倒猢狲散的人性逻辑的具象化；连同后半部分富豪王化云抛妻弃子、巧取豪夺，都使《昆仑侠》具有照应和批判现实的意义。刘昆仑重新得到了属于自己的一切，好人有好报；南裴晨也魂兮归来与林蕊和林海樱团聚，"坏"分子回头是岸。这种"大团圆"的结局回应的是读者的情感愿望，它满足着读者以代入感对人物命运的期待，遵循的是大众文艺普遍的叙事原理。

已经高位截瘫的刘昆仑如何更充分地完成"侠"的性格建构？显然，作者认为对现实生活的描摹无法为表现人物和推进故事提供充分的环境以完成这种设定，所以才有了以后的超现实。在再造的想象世界中，至少融合了科幻和奇幻双重结构世界的方式。刘昆仑系王化云克隆人的身份；李明被王化云派到西藏去寻找能延年益寿的僧侣，他却误打误撞发现了很多刻着放射性条纹的石盘，后被明证其中保存了史前人类的图像，是记录脑波视频的载体化石；李明在探寻真相过程中发现的加装违背物理原则的垂直升降装置的歼六战斗机，在救走刘昆仑、春韭和母亲的过程中出现；驾驶战斗机的人费天来是来自五百年后的未来人等，皆是科幻的手法。刘昆仑从藏北一梦到了藏南，高位截瘫后的身体功能恢复；刘昆仑因谋杀克里斯被判死刑，其灵魂被导出，王化云的灵魂进驻其年轻的躯壳，皆是奇幻的写法。毫无疑问，人物从现实世界进入幻想世界，命运被置于不同的发展线路上进行想象的试验，人物性格在多种可能性探索中被塑造出来。

在《昆仑侠》中，刘昆仑作为贯穿始终的主角，其命运不断转折，多次毁灭之后凭借异能又多次重生，比如他在不同地理点位上的瞬间穿行，睡梦中学会驾驶飞机。此外，其他人物也多次凭借"金手指"的外挂作用实现超越自我的跃升，例如刘昆仑的四姐刘沂蒙，她因为具有透视灵魂的功能才发现了四处游荡的弟弟魂灵，并最终修炼为藏传佛教的空行母；而活佛香巴则具有赋人形树根以灵魂的功法。作为网络小说特有的技巧，这些写法完全超出了以"反映论"为基本范式的传统文学叙事方法，看似离奇、荒诞，但很显然，对于网络文学的读者而言，他们与作者之间形成了某种契约，这种契约并不以客观真实为评判文学真实的依据，而衡之以想象真实的标准。因此，穿越和重生的情节作为网络小说建构故事的基础性元素被普遍使用，并且已经成为读者接受故事的基本常识，不能不说是对文学的重要贡献。

在这部作品中，人物常常被逼到命运的死角，然后出人意料地获得转机，从而开启新的人生机缘。这也成为作者构造故事的基本模式。刘昆仑遭遇的第一次重大危机是与韦康合伙捣毁苏老板的制毒工厂，苏老板假借让人陪他去地下室取钱却暗下了灭口令，本无生路的他因韦康杀死凶手而侥幸活命，但他却误伤了救命恩人。张彦斌的刺杀和绑架、摇着轮椅去崔家为父亲报仇、在五道梁遭遇暴风雪袭击、手刃克里斯而被特工追杀、死亡之后灵魂居无定所等危险纷至沓来，但他都幸运地化险为夷。这一方面增加了人物经历的厚度，更重要的是，伴随人物命运所带动的故事情节的推进，使传奇性成为重要的叙事表现。每一次风险来临，都将故事拉向一个情节的高潮，对读者产生强烈的情绪和情感刺激，风险被排除，带给读者的是一种紧张之后的快感和爽感。通过不同故事单元模式的不断重复，循环调动了读者的阅读心理。而从人物自身发展来看，从肉体毁灭到灵魂无依，每一次的凶险都甚于上一次，对危险的排除则预示着个人能力的不断提升，这亦是"打怪升级"套路的变种。但从另外一个角度看，人物命运转折过多，就会使情节过于离奇，也带来了痕迹过重的造作感，这与小说随写随发的创作方式有关。

《昆仑侠》的书名隐含着小说的主题价值追求。行侠仗义、疾恶如仇、扶危济困、滴水之恩当涌泉相报，是传统文化精神的重要表现，也是古代侠客所遵循的基本道德和行为准则，从古典侠义公案小说到近现代武侠小说，尽管包含多元化的价值观念，但主体仍然是这一内涵。作者将侠义道德作为人物的主要精神底色，在小说的开头，刘昆仑在垃圾中的箱子里发现了已成尸体一样的韦康，他并没有害怕招惹麻烦而躲避，而是将他接回"秘密基地"交给四姐救治。当他偶然发现自己的老板制毒、贩毒后，没有视而不见或助纣为虐，而是选择与韦康一起捣毁毒工厂；此外，远赴京城为罗小巧复仇，勇救春韭母女二人，当知道自己是富豪的后代时亦不打算认祖归宗等，这些行为都暗合了传统侠客的价值观念和道德追求，也是刘昆仑这个人物形象最重要的文学意义。作为主角，他身上的能量和道德光环都是耀眼的，这也成为骁骑校塑造人物的基本方法，《穿越者》中的刘彦直、《匹夫的逆袭》中的刘汉东、《橙红年代》里的刘子光等，都依稀有着相似的性格和品格。但是，刘昆仑的行走"江湖"的方式并非没有缺点，最明显的问题就是在一贯的硬汉作风驱使下不相信法律，不相信公平正义的存在，而崇尚丛林法则、以暴制暴，这是应该受到批判的。

炽热的情感是《昆仑侠》打动人心的主要力量。刘昆仑被塑造成一位有着钢铁般意志的、江湖侠客式的平民英雄，但也表现出多情的柔肠。他长期与四姐刘沂蒙相依为命，一同在艰难中讨生活，亲情始终是他们的情感支柱，姐弟俩一同救助韦康，又一同到城里工作；刘沂蒙在餐厅当服务员受了欺负，弟弟过去一把将桌子掀翻为姐姐出气，尽管这种冲动的做法并不可取，但却透射出他对姐姐的深挚感情。而姐姐也对弟弟百般呵护，刘昆仑因杀掉克里斯而被判死刑，已经具备灵魂透视能力的刘沂蒙赶到刑场，发现弟弟的魂魄飘荡在丛林中，她拼尽全力将这些树木移植回家乡；之后又费尽辛苦带着烧焦的半截树桩将之种在昆仑山下，有此树根形成的树人被附上了刘昆仑漂泊的灵魂，从而获得重生。姐弟亲情读来令人有欲泪之感。在爱情方面，刘昆仑从爱慕苏晴到与罗小巧相恋，再到弄假成真与楚桐相爱，都表现出了他渴望温情、真诚对待感情的一面。人物身上的温情在很大程度上消弭了他作为超现实身份的机械感和符号感。

《昆仑侠》反映出骁骑校创作中较为明显的风格特征，例如惯于从现实中取材，但又不拘泥于客观逻辑的桎梏，用精妙而又合理的想象拓展小说的叙事空间，为安排情节、塑造人物和表现主题建立起新的叙事原则。在现实与想象这"两翼"和"两轮"的带动下，小说关怀现实，叩问情感和灵魂，通过底层甚至边缘小人物的经历考问道德和人性，其与现实、命运的抗争和对自我的超越使作品表现出积极的力量，也使作品体现出现实主义精神。

附

《昆仑侠》故事梗概

　　《昆仑侠》是一部都市异能小说，讲述一位有着侠义精神的少年刘昆仑的传奇经历。刘昆仑生活在社会底层，因为救了一个叫韦康的人，和四姐刘沂蒙一起进城谋生。他很快就因身手利落晋升为大老板苏容茂的司机，爱上了他的女儿苏晴，但他很快发现这些人的所作所为与他的江湖梦背道而驰。他行侠仗义捣毁老板的秘密制毒工厂，帮助民警维护社会治安。毒枭张彦斌派人复仇失败，更奠定了刘昆仑的地位。他与山村女孩苗春韭和女大学生罗小巧相识，并与罗小巧相恋。贪慕虚荣的罗小巧死于一场神秘的叫作"血弥撒"的祭祀仪式，刘昆仑孤身进京寻找凶手，历尽磨难。关键时刻，春韭帮刘昆仑坚持了下来，他从母亲处得知，自己是一个赤脚医生做出来的试管婴儿，四姐刘沂蒙倒是捡来的孩子。在远赴青海寻找身世的路上，邂逅青年企业家姬宇乾成为莫逆。遭遇风暴袭击苏醒后，他的高位截瘫离奇痊愈，这引来了王化云的关注。王化云生父是港岛富豪王蹇，王蹇去世后王化云继承了全部遗产，并且抛妻弃子。刘昆仑并不打算认祖归宗，他投入江大校长邵文渊门下学习，优秀表现赢得了王化云的青睐，为其取名王海昆。圣诞夜，王海聪的飞机坠毁在北海冰冷的海水中，刘昆仑查找王海聪的死因，意外发现他和罗小巧都死于邪教，他悬赏追杀主谋克里斯。已成护士的刘沂蒙发现自己能够看到灵魂从而皈依宗教，但是神秘人士费天来告诉她这仍是科学范畴。克里斯被抓住后，刘昆仑在罗小巧的灵前将克里斯手刃，后被警方发现。在陪春韭家乡救母时被追捕身负重伤，春韭抱着为刘昆仑留下后代的想法，和他春宵一度。神秘的战斗机出现将三人救走，在得到临终关怀后，母亲离世，春韭在世间再无亲人。驾驶战斗机的人是费天来，他揭示了刘昆仑是王化云克隆人的身份。刘昆仑被警方抓获判处死刑，他的灵魂被导出丢弃，老朽不堪的王化云进驻了这具年轻的躯壳。刘沂蒙赶到刑场，发现弟弟的魂魄飘荡在树林中，她倾尽全力将这些树木移植到近江，附着刘昆仑灵魂的小白杨就种在春韭开的面馆前。多年之后，成为藏传佛教空行母的刘沂蒙回到故乡，将杨树桩栽植在昆仑山下，云游四方的活佛香巴来用人形树根为刘昆仑的灵魂打造躯壳，使他重生为人。刘昆仑立誓夺回自己的身体，在这一过程中发现了韦康牺牲的真相。刘昆仑的新躯体具有俊美的外形，超人的能力，他带着团队开始调查真相，却发现了人类的秘密：史前人类掌握了先进的基因技术，不再自然繁衍后代，躯体破损了就生产新的替换上，文明渐渐消亡，但部分科技却以巫术和邪教的方式流传下来，王化云是其中一支，克里斯是另外一支。刘昆仑拿回了自己的一切，南裴晨也魂兮归来，与林蕊和林海樱团聚，而一直和刘昆仑并肩作战的青年才俊季宇梵，也是王海聪的转世。

冰临神下与《谋断九州》

邵燕君　龚翰文

在大神林立的网文界，冰临神下可称一种"妖孽"式的存在。"妖孽"在网络文化中常用以形容非常规强势逆袭的草根。不过，这里的"妖孽"之意是，无论相对于网文的"草根传统"，还是相对于其出身的"学院正统"，冰临神下都显得有些"旁门""外道"。

冰临神下本名孔祥吉，1977年生于吉林省通化柳河。2000年毕业于吉林大学汉语言文学系——在至今知名的网文作者中，他应该是唯一毕业于名校中文系的。毕业后，曾在北京任报社编辑多年，终因创作之梦的诱惑，在三十三岁（2010年）那年辞职，专心写作。

一开始，他认认真真按套路写。在起点中文网开过四篇文的头，全部扑街（网文用语，指不受欢迎，成绩惨淡），然后太监（网文用语，指未完成）。2011年10月27日用"冰临神下"的笔名开始连载《落榜神仙》（玄幻），74万字，继续扑街，但坚持完本。2012年7月开始连载《死人经》（武侠），决意按自己的方式写，150万字后才签约上架，被一群自称为"挑剔老饕"的"老白"（指资深读者）发现，被誉为"武侠类网文巅峰之作"。2014年6月，开始连载《拔魔》，在现有的修仙小说体系之外自成体系，凭一己之力开辟出"九大道统十八道科"的修真世界，被部分读者评价为"个人修仙类第一"。2016年3月，连载历史类小说《孺子帝》，从幻想类型步入历史领域，随后，又连续创作两部历史小说——《大明妖孽》（2017.6~2018.2）、《谋断九州》（2018.8~2019.6）。在这历史"三部曲"中，冰大（粉丝对冰临神下尊称）进一步大胆尝试超越常规类型文的写作模式。在网络文学类型文发展日臻成熟、寻求突破之际，异军突起，独树一帜，以"纯文学"①资源为网络文学

---

① 在中国当代主流文学界，"纯文学"这个概念与1985年前后兴起的"文学变革"运动直接相关。这场"文学变革"主张文学从"政治宣传的工具"的位置上解放出来，"回归文学自身"，强调文学的形式自觉和语言自觉，"重要的是'怎么写'而不是'写什么'"。这场运动前后包括"寻根文学""现代派文学""先锋小说"几个潮流，主要是从西方和拉美借鉴现代派和后现代派文学技巧进行创作。20世纪90年代以后，先锋文学退潮，但"纯文学"的概念依然保留下来，但逐渐具有贬义。一些人开始对"纯文学"的负面影响进行反思，认为这样一种纯而又纯的文学丧失了反映社会现实能力和社会责任感，也是使主流文学失去读者的重要原因。在主流文学界以外的文化领域，包括网络文学界，"纯文学"往往泛指一种与商业文学相对的"纯粹的文学"，包括各种传统主流文学，与"严肃文学""精英文学""传统文学""经典文学"等概念经常混用。本文在对冰临神下的介绍里所使用的"纯文学"概念，也是这种泛称。具体到冰临神下个人，"纯文学"更是指他"中文系"出身（转接下页）

性的提升注入动力，其"奇奇怪怪"的形式探索丰富了网络类型小说的形态。

在冰临神下的"妖孽之作"中，"封神之作"《孺子帝》是最"亲民的"，但其"纯文学基因"还是埋在了历史文的套路里。小说基本全程采取了第三人称限制视角——不是全知视角，所以你不知道上帝怎么想；也不是第一人称视角，所以你不知道主角怎么想。你的视觉和主角绑定在一起，你和他获得的信息没有区别，只是智商经常会被碾压。什么叫历史的偶然性？不确定性？什么叫一切合目的性的叙述都是胜利者的追述？在这里是用叙事技巧展现的——"形式即内容"——这正是20世纪80年代"先锋小说"最爱玩的，也是冰大最爱玩的。

《大明妖孽》更直指怪力乱神、江湖社会，在正史之外吸纳野史笔记等资料，将架空历史、悬疑、异能、科幻等各类型元素熔为一炉，炼出一部"不伦不类"之作。这部小说另一卓越贡献是，塑造了"大明妖孽"胡桂扬（意为"狐生鬼养"）这个典型人物。与网文中习见的杀伐果断而超速成神的"妖孽"完全相反，胡桂扬是"反妖孽的妖孽"，身为锦衣卫基层密探，懒散徜徉于江湖、市井与庙堂之间，退守内心本真，抵抗体制威逼和欲望诱惑的双重操控。这样的"妖孽"主角，大大拓宽了网文人物处世立身态度的光谱，而且有力地反拨了"屌丝逆袭"的庸俗价值趋向。

《孺子帝》《大明妖孽》《谋断九州》每一部都在之前的基础上走得更远一点。《孺子帝》一斧一斫将"皇权"二字诠释至极致；《大明妖孽》则试图在欲望充斥的世界中寻求"我乐意"的个人正义；《谋断九州》更是一意孤行，将"反套路"进行到底。

在卷帙浩繁的历史类型文所形成的叙事传统中，《谋断九州》的出现饶有趣味。刚开篇，主角徐础的"小目标"便是杀皇帝。从此亲手开启一代乱世，印证了相士刘有终对他的评价"张口乱世之枭雄，闭口治世之能臣"；待到计降四王、雄踞东都、野望天下、万里江山将入囊中之时，徐础却主动放弃吴王之位，遣散士卒，孤身进入思过谷闭关领悟"名实之辨"的"范氏之学"。这一"神转折"，将文内文外的人全都打懵了。

在《谋断九州》的后记里，冰临神下说，他原本要写一部"谋士视角的《孺子帝》"。但事实上，该作的思想构成却远比前作复杂。主人公徐础的塑造是以隋唐霸主李密为主要原型的，另杂以张良、苏秦故事。李密做谋士时劝人舍弃洛阳、专攻长安，未被采纳；做一方霸主时，别人劝他舍弃洛阳、专攻长安，他也不采纳，因此兵败退位。这一史料，构成了《谋断九州》的核心情节。不同的是，徐础没有兵败，而是在众望所归之际，主动放弃了王位，不做君王而做谋士。这个"神转折"发生在第三卷末尾，这一卷名为"破名"，意味着成王的路到此走到尽头，"孺子帝"的故事在此终结，读者的爽感期待全部落

（转接上页）

受到的学院派文学传统影响。2018年5月23日，冰临神下曾受北京大学网络文学研究论坛之邀，做"网络文学的文学性——'纯文学'资源与网络化写作"的讲座。在讲座中，冰临神下说自己喜欢读各种"奇奇怪怪"的书，包括中国古典笔记小说、通俗小说，也有"纯文学"。"纯文学"中喜欢马尔克斯和略萨，鲁迅和余华。现代派、后现代派、拉美魔幻现实主义，这些被统称为"奇奇怪怪"的东西，在他的谱系里都叫"妖孽"。参阅许婷：《冰临神下：网络文学的文学性——"纯文学"资源与网络化写作》，微信公众号媒后台2018年5月27日推送。

了空。很多读者在"本章说"里猜，吴王徐础为什么做这样的选择？大多数的推理仍然是从"成王之道"的逻辑上寻找合理性，这说明，虽然冰大粉丝的水准在网文粉丝中堪称一流，但与"妖孽"作家相比，尚有一段距离。

冰大的每一部小说都在"造反"，这次他不但造了"爽文"总套路的反，也造了时代价值观的反。前半部，小说虽然费解，但仍是"爽文"的套路——其烧脑处也正是铁粉们的最爽处。然而，冰大表面上写的是徐础费尽心思地"逆袭"，实际上真正写的是他那颗被一次次挤压的心。圣人不仁，帝王无情，他不断鄙夷自己的"妇人之仁"，说服自己认同世人认同的成功价值。为成大业，什么都可以成为明码标价的代价。但他的心终于受不了了——那颗不忍之心。谋士犯错，身后有君王为他负责，但没有人能为君王负责。徐础明智地发现了自己没有"附众"的才能，无法冷漠对待士卒的牺牲，不愿意为"大局"而牺牲"局部"。因而，他甘为谋士，只求治国平天下之实，而不求帝王之名。求名求实，一体两面，就如上坡路与下坡路是同一条路。但在网文的套路里，一直只有"逆袭"的上坡路，如何写"逆行"的下坡路？而且，这并不是结尾处，"情怀"一下就好，实在不行，还可以留白。此时行文至半，至少还有几十万字要写。成仁的路与成功的路一样，都得实实在在地写，成王败寇，颠沛流离，这样的文如何"爽"得起来？

事实上，冰大的野心尚不止于此。徐础退位后，冰大甚至不让他顺利找到"真龙天子"，而是借外蛮贺荣部再度打开小说架构，用民族矛盾提供徐础行为的合法性。"嘴公子"徐础凭一"嘴"之力，以天下为秤、诸侯为棋，效法苏秦周游列国，合纵中原豪强，最终大败贺荣部于襄阳城下。此后，冰大更拒绝为争霸叙事的亡魂续命，以范蠡、西施的泛舟江湖为徐础落下帷幕。

冰大这一自设难度的挑战成功了吗？从小说的实现结果来讲，应该说不太成功。对叙事模式的迷恋与"纯文学"资源的加持，对他既是助力也是掣肘。小说前半段的矛盾冲突集中于东都一隅，极为克制的限制视角很适合这类有限空间内的矛盾构造。你方唱罢我登场，铺张起一场即将上演的逐鹿好戏。但在徐础退位之后，先前营造的种种矛盾难免同时冰消雪融，原本要收束的伏笔散成一地废墟，叙事因之变得琐碎。此时固定不变的视角反而使得"国事"变成了徐础的"家事"，明明是历史小说，却缺乏波澜壮阔的史诗场面。冰临神下仍坚持使用苦行僧般的白描在伏笔的废墟上重新结构张力，却未能抛出犹如《大明妖孽》中"神魔背后是贪婪的人心"一类核心线索。中局部分长达两百章的延宕，徐础的三字箴言"再等等"重复数百次，令读者搔首挠腮不得其解。徐础可以迷茫但读者不行。冰临神下拒绝转换叙述视角，故事局限于徐础一条主线上，犹如干秃的树干，其余暗线则如荷下流水般只闻其声不见其形。腾挪转换仅有立锥之地，白象似的群山永远模糊，这种结构难以支撑《谋断九州》版图宏大的世界架构。

尽管如此，冰大的气象着实令人钦佩。《孺子帝》的成功使他敢于或者说"被迫"在之后的创作中致力于打开历史类小说的新途径。将历史、科幻与当代情绪融合的《大明妖孽》已是先例，《谋断九州》则更多地接续传统文学资源。荀子的"名实之辩"与诸子杂糅的"范氏之学"先后成为徐础的思想基础，并且，未停留在空想阶段，而是切实地成为这个"历史中的行动者"立身立命的行为准则，落实进后半部近百万字的行文中，展现了作者"以文证道"的胆略。正是因为有了这样不计代价的"造反"，网络文学才能不断打开新的可能性。

附

《谋断九州》故事梗概

《谋断九州》于2018年8月9日发布于起点中文网，2019年6月29日完结，共计555章，约180万字。

成国灭吴后，国号天成。吴国公主徐宝心与大将军楼温生下十七公子楼础。终南相士刘有终称之为"张嘴乱世之枭雄，闭嘴治世之良贤"。诚如斯言，十八岁开口之时，楼础第一个计划便是杀皇帝。他一边在诱学馆以将军之子身份学习，一边与梁国后人马维密谋暗杀万物帝。万物帝化名上官，每晚与贵家公子纵马取乐。楼础通过兄长楼硬，掌握了万物帝行踪。刺客刺杀万物帝失败后，万物帝亦受伤卧床。楼础利用万物帝对亲近之人的信任，联合黄门侍郎与济北王世子在榻前亲手杀死万物帝。

天成朝原本建国不久，庙堂之内，君臣未能齐心；庙堂之外，又将五国遗民视为前朝余孽。待万物帝一死，内忧外患陡生。内有太后、太傅与楼大将军博弈争权，外有百姓河工造反，十八路烽烟并举。成为钦犯的楼础更名为徐础，在逃亡过程中重逢马维，并结识了自称"弥勒降世"的降世军祖王薛六甲与草莽豪杰宁抱关，还与晋阳沈家的沈五公子等人拜为兄弟。事实上诸人各怀鬼胎，只等借机发难，坐收渔翁之利。徐础表面逢迎，实际上不相信任何人。他凭三寸不烂之舌以及"吴国公主之子"和"刺杀万物帝凶手"的身份，以名求实，逐渐培养了一批部曲，有了逐鹿的初步实力。待天成朝迁都后，降世军攻破天成旧都，徐础斡旋于旧都诸雄之间，既保全了旧都十万百姓，又将诸王凝集在一起，不至于迅速分崩离析。其时旧都内势力最为强大的降世王将女儿嫁与徐础，成为徐础一大助力。但旧都相对于天下诸侯仍旧孱弱，徐础以谋略武功战胜各地官军并守住了旧都，同时声望渐长，成为旧都诸王中的实际掌权者，自称吴王。

就当吴王逐渐获得了天下势力的青眼相待之时，徐础认为自己始终不具备称帝之能，选择急流勇退，主动放弃吴王王位，只身前往郏城思过谷，继承名士范闭衣钵，并结识了范闭大弟子宋取竹。在思过谷，徐础闭关多年，虽然身不出谷，仍旧眼观天下。当初郏城引为外援的贺荣部此时已日益壮大，各方诸侯再难制衡，纷纷俯首称臣。徐础躬出思过谷，游说诸侯联军共抗外敌，用计诱发贺荣诸部间的矛盾，终于再度将贺荣部赶出塞外。其时除了宁抱关、天成旧朝、贺荣部、沈五公子、马维等各占一方的诸侯外又有新的枭雄出现，宋取竹带领一方匪兵在夹缝间生存。徐础认为他才是自己等待已久的真龙天子，暗中为他游走于列强之间，指明了一条封王称帝之路。但他本人并不愿再度卷入天下纷争，带着老友马维的幼子归隐于思过谷。

此后天下逐渐平定，宋取竹登基称帝。徐础与宋取竹相忘于江湖，躬耕于思过谷。长子徐埙成为东宫伴读，次子徐篪亦受征为官。朝廷归于正轨，一如万物帝当年。徐础终老于思过谷，再不张口出谋。

图书在版编目（CIP）数据

2019中国小说排行榜／中国小说学会编选. -- 北京：作家出版社，2020.12

ISBN 978-7-5212-1182-5

Ⅰ. ①2… Ⅱ. ①中… Ⅲ. ①小说集 – 中国 –当代 Ⅳ. ①I247

中国版本图书馆CIP数据核字（2020）第231137号

2019中国小说排行榜

作　　者：中国小说学会
责任编辑：向　萍　乔永真
封面设计：杜　江　李　娜　周　侠
出版发行：作家出版社有限公司
社　　址：北京农展馆南里10号　　邮　编：100125
电话传真：86-10-65067186（发行中心及邮购部）
　　　　　86-10-65004079（总编室）
E-mail:zuojia@zuojia.net.cn
http://www.zuojiachubanshe.com
印　　刷：北京玺诚印务有限公司
成品尺寸：185×260
字　　数：870千
印　　张：38.75
版　　次：2020年12月第1版
印　　次：2020年12月第1次印刷
ISBN　978-7-5212-1182-5
定　　价：118.00元